Lawrence Norfolk

LEMPRIÈRE'İN SÖZLÜĞÜ

CAN

ÇAĞDAŞ DÜNYA YAZARLARI

ISBN 975-510-949-8

Bu kitap, İstanbul'da Can Yayınları'nda dizildi,
Özal Basımevi'nde basıldı. (1999)
Cilt: ZE Ciltevi
Dizgi: Mine Sarıkaya

Lawrence Norfolk

LEMPRIÈRE'İN SÖZLÜĞÜ

ROMAN

İngilizce aslından çeviren
GÜRAY TEKÇE

CAN YAYINLARI LTD. ŞTİ.
Hayriye Caddesi No. 2, 80060 Galatasaray, İstanbul
Telefon: (0-212) 252 56 75 - 252 59 88 - 252 59 89 Fax: 252 72 33
web sayfamız: http// www.canyayinlari.com
e-mail: yayinevi@canyayinlari.com

Özgün adı
Lemprière's Dictionary

Lawrence Norfolk, 1963 yılında Londra'da doğdu. Londra Üniversitesi'nde İngiliz ve Amerikan edebiyatı okudu. Amerikan şiiri üzerine doktora yaptıktan sonra Times Literary Supplement dergisinde şiir eleştirmeni olarak çalıştı. Değişik işlere girdikten sonra *Lemprière'in Sözlüğü*'nü yazmaya başladı. 1991'de yayımlanan kitap 28 dile çevrildi, yarım milyon tane satıldı. 1996 yılında ikinci romanı *Papa'nın Gergedanı*'nı yayımlattı. Londra'da oturan yazar, yüzmekten, dalmaktan, yemek pişirmekten ve bahçe işlerinden zevk almaktadır.

Barbarus hic ego sum, qui non intellegor ulli

CAESAREA

Rüzgârlar Jersey'in epey üstünden esiyor, yıldızların ışıklarının aşağıdaki adaya ulaşabilmesi için gökyüzünü temizliyordu. Adanın sakin kumları ve yüksek kayalıkları, karanlık sulardan açıkça ayırt edilebiliyordu. Ay, bu görüntüden saatler önce çekilmişti. Ayışığı bazı geceler kitap okuyacak kadar parlak olurdu, ama bu gece öyle değildi. Delikanlının başında oturduğu masanın üzerindeki gaz lambası yumuşak, sarı bir ışık saçıyordu. Önünde açık duran kitabı büyük bir dikkatle okuyordu, yüzü kitabın sayfalarından ancak birkaç santim uzaktaydı. Başı satırları izliyor, hafifçe soldan sağa ve yine başa dönerek, sayfa boyunca ağır ağır aşağıya doğru ilerliyordu. Dışarıda, sahili yalayan ve Bouley Koyu'nun kayalıklarına çarpan dalgaların mırıltısı kulaklarına zar zor ulaşıyordu.

Eğilmiş durumda oturan kişi, bir süre sonra başını çalışmasından kaldırdı ve gözlerini yumruklarıyla ovuşturdu. Uzun ve köşeli bedeni tutulmuştu, bacakları iskemlenin çevresinde dolanmıştı, dirsekleri masanın üstünde, karışık kâğıtların arasında dayanacak bir yer aranıyordu. Beceriksizce yerinde kımıldandı. Ellerini gözlerinden çektiğinde oda eriyip gitmişti. Az çok seçebildiği o kasvetli kırmızı leke yatağı, onun ötesindeki daha açık alan da kapı olmalıydı. Yeri ayaklarıyla duyumsayabiliyor, pencereyi yüzüne serinlik veren beklenmedik hafif esintiler aracılığıyla tanımlayabiliyordu. Geri kalan şeyler ise, santimetre değil, metrelerle ölçülebilen bu uzaklıktan onun gözleri önünde gölgeler arasına karışıp gidiyordu; 'ışıktan yoksun hava,' başka bir şey değil; bu formülü anımsadı. Doğrucu ve kayırmayan Lucretius. Çevresindeki nesneler sürüklenip gözden silinir ve birbiri içinde erirken, John Lemprière midesinde, çoktan alışmış olduğu, o hafif paniği duyumsadı, şimdiden hoşa gitmeyen bir duyumdu bu. Gözlerini yeniden odaklamaya çalışarak sayfaya doğru eğildi.

Görme bulanıklığı on dört yaşlarındayken başlamış ve yaşı yirmiye yaklaşırken giderek artmış, dünya ona şimdi olduğu gibi görünür olmuştu. Nesneler bulanıklaşıyor ve öteki nesnelerle karışıyordu. Dış çizgiler kırılıyor ve çevrelerine yayılıyordu. Miyopluğu, dünyayı bir olasılıklar sisi içinde eritiyor ve bu belirsiz biçimler onun kurguları için bir oyun alanı oluşturuyordu. Gençlik paniği giderek bir onaylamaya, daha sonraları da neredeyse keyifli bir duyguya dönüşmüştü. Geride yalnızca çok hafif bir tedirginlik izi kalmış ve delikanlı, kurgularının, gündüz düşlerinin ve hayallerinin kendisini özgürce yönetmesine izin vermişti. Adanın tüm nüfusu, genç öğrencinin düşgücü tarlalarını dolduran yarı-tanrılar ve kahramanlar yığınıyla, periler ve hayvanlardan oluşan gürültülü sürüyle boy ölçüşemezdi. Tully'nin, Terence'in, Pindar'ın ya da Propertius'un en zarif ya da en ürkütücü betimlemelerinin, penceresinin dışında salınan akşam karanlığında canlandığını görmek için yalnızca başını sayfalardan kaldırması yetiyordu. Bu görüntüler dünyasında Galatea, Acis'le şakalaşıyor, Polyphemus ise her ikisiyle eğleniyordu. Son Pön Savaşı geride kalmış, Pönler yenilmiş, duvarları yirmi mil boyunca yıkılıp alevlere teslim olan Kartaca kenti on yedi gün durmadan yanmıştı. Scipio Africanus bir düzenbazdan başka bir şey değildi, ama sahip olmak için yalvar yakar olduğu konsolosluğu elde etmişti. *Delenda est Carthago.* Yaşamları doğal ve doğaüstü dünyalar arasında gidip gelen eski krallar, bedenleri oduna, orman ve su perilerine dönüştüren ellerin bir an dokunduğu sıradan çoban aşkları... Bir Atina ocağının basit alevleri içinde Prometheus'un uğradığı korkunç işkenceleri, bülbülün şarkısında Philomel'in uğradığı cinsel saldırıyı gören, her ağaçta bir yüz, her derede bir ses algılayan hangi düşgücüydü? Ve arkalarında akla mantığa uymayan buyruklarıyla, ama bunu yapacak konumda oldukları konusundaki basit gerçeklikleriyle ukaseler[1] yatıyordu; belki Tanrılar da bu yaban yalınlığın kurbanlarıdır, diye düşündü. Çelik bir mantığa, geri dönüşü olmayan bir yargıya sahip bu açık seçikliğin kurbanlarıydılar.

[1] Ukase: Eski Rus İmparatoru ya da hükümetince yayınlanan emir ya da ferman. (Çev.)

Prensler ve kahramanlar, periler ve satirler, genç klasikçinin zihninin bekleme odasında gururla salınıyor, gülüp oynayarak, bölünerek onun Eski Zaman sayfaları arasında kovaladığı sahneleri yeniden ve yeniden oynuyorlardı.

"Kovaya takılıp tökezledi. Kova açıkça görülebilir bir yerdeydi, Charles." Annesinin yakınan sesi onun başını Thuycidides'in sayfalarından kaldırdı ve kulakları gece yapılan bu konuşmanın kırıntılarını yakalarken eski Yunan harfleri gözlerinin önünden süzülüp gitti.

"Ne oldu? Bir yerine bir şey mi oldu?"

"Durumu anlaman için, onun bacağının kırılması mı gerekiyor, Charles? Sen de en az oğlan kadar körsün." Üzgün oldukları ya da duyulmak istemedikleri için fısıltıyla konuşuyorlardı. Lemprière'in parmak uçları, önündeki sayfanın tebeşirsi yüzeyini sıvazladı. Yüzünden doksan santim uzaklıktaki şeyleri okuyamıyordu, ancak iki, üç santim uzakta tutunca harflerin kenarları belirginleşiyor, seçilebilir oluyordu. Annesiyle babası duyulmadıklarını sanıyorlardı.

"İyi bir öğrenci o, yaşına göre belki de en iyisi. Kovanın üzerinden atlamasa da olur."

"Okumak onun gözlerini harap ediyor. Onu harap ediyor," tıslama biçiminde çıkan bu son sözler, Charles Lemprière'in güvensiz homurtusuyla karşılandı.

"Bize karşı garipleşti, Charles, sen de biliyorsun."

"Yalnızca çalışmalarına çok düşkün, zamanla dengelenir. Ben de öyleydim, iyi anımsıyorum."

"Ah, evet, Lemprièreler hep birbirinin aynısıdır, bunu biliyorum. Hiçbir şey değişmiyor değil mi, Charles?" Sesi acılaşmıştı.

Lemprière bundan sonra yalnızca boğuk sözcükler duydu, bir de annesinin sessiz sessiz ağlayışını. Bu tartışma alışık olduğu bir şeydi. Uyumaz, bunu bekler, tartışmanın merkezindeki rolünden hoşlanırdı. Annesiyle babası farkında olmadan kendisiyle ilgili tüm duygularını ona anlatırken, kendini onlara daha yakın bulurdu. Genelde annesi, onun söylediklerinin pek azını anlıyor gibi görünürdü, babası ise çekinik davranır, oğlunun, onun ciddi dış görünümüne bakarak ancak kestirebildiği duygularını kendine saklardı. Bununla birlikte bu, aynı konudaki tartışmaların sonuncusu olacaktı, çünkü ertesi sabah bir çözüme ulaşıldığı ortaya çıktı. John Lemprière gözlük takacaktı.

Böylece, bir hafta sonra iki kişi, adanın çevresinde, Rozel'den Saint-Helier'e kadar olan yaklaşık altı buçuk kilometrelik patikada yürürken görüldü. Daha uzun boylu olan ve oğlundan biraz daha hızlı yürüyen Charles Lemprière, yol üzerindeki tekerlek izlerinin arasında alışkanlığın verdiği bir rahatlıkla yürüyordu. Ara sıra gökyüzüne bakayım derken, dizlerine dek çamura batmakla birlikte, gidecekleri yere kuru olarak varacakları konusunda yeterince güven duymuştu. Oğlu sık sık tökezliyor, Charles her keresinde sabırla durup geriye bakıyor, ama kasılıyor ve sessizce homurdanıyordu. Karısı haklıydı kuşkusuz, ama göz ya da zihin körlüğünün kendine göre yararları vardı. Çünkü bazen insanın gereğinden fazla şey görmesi olasıydı. Yol bir ormanın kıyısından geçiyordu. Uzanmış bir dala doğru eğildi, oğlunun geçmesi için havaya kaldırdı. Çift, yürüyüşünü sürdürdü. Beş Meşeleri geçince tepenin sırtına vardılar ve Charles, Saint-Helier'in önlerinde uzanmakta olduğunu gördü, daha ötede, Elizabeth Şatosu sanki limanda su üzerinde yüzüyor gibiydi. Rullecourt ve yedi yüz adamının, adayı teslim eden belgeyi imzalaması için, valiyi yatağından kaldırmalarının üstünden yalnızca beş yıl geçmişti. Gözlerindeki uykuyu silen vali, belgeyi imzalamıştı. Elizabeth Şatosu o günden beri yerinde dimdik duruyordu. Zavallı Moses Corbert, misket kurşunlarıyla delik deşik olmuş şapkasıyla pazar yerinde koşuşup duruyordu. Şimdi kulübeden çok, Martellolar[1] sarmıştı her yanı.

Oğlu, Saint-Helier'i görmeden çok önce duymuştu. Kasaba onu şamatayla karşılıyordu, ceketini fırçalıyorlar, işlerini yapan, çekişen ya da birbirini selamlayan gürültülü insan sesleri ona anonim bir kent selamı veriyorlardı. Babasının kolunu yakalayıp kalabalığın arasından aceleyle geçerlerken, sesler başının üstünde taçlanıp parçalanıyordu. Charles Lemprière ardında oğluyla, Jersey'in öğüttüğü iş ve dedikodu malzemelerinin arasından yol açarak ilerledi. Bir yan yola girdiklerinde kalabalık azal-

---

[1] Martello Kuleleri: Napolyon ordularına karşı B. Britanya Adaları kıyılarında yaptırılan yuvarlak kule biçiminde ve büyük kayalardan yapılmış kaleler. (Korsika Adası kıyılarında *Mortella Burnu*'nda İngiliz Donanması tarafından ele geçirilen –1794– bu tür bir kalenin ardından) (Çev.)

dı. Peirson'u geçtiler, pazar yerinin hayhuyundan sonra olağandışı sessiz görünen sokaklar boyunca ilerlediler. Bir köşeyi daha döndüler ve soluk soluğa, camcı ve gözlük camı yapımcısı Ichnabod Bonamy'nin dükkânına vardılar. Charles çana uzanmıştı ki, içeriden bir ses patladı.

"İçeri gel, Lemprière."

İçeri girince kendilerini, bir elinde kömür küreği, ötekinde ise içi doldurulmuş bir baykuş tutan Ichnabod'la yüz yüze buldular.

"Hoş geldiniz, ikiniz de hoş geldiniz. İyi misin Charles? Çocuğu tanıyorum zaten, bu, gözleri bozuk olan çocuk değil mi, hmm? Baykuşun kusuruna bakmayın." Küreği yere koydu. "Toz alıyordum da." Duvarları işaret etti. Orada, duvara tutturulmuş sıra sıra rafların üstünde tünemiş, dayanmış ya da çivilenmiş, çeşitli en ve boyda doldurulmuş baykuşlar duruyordu, gagaları aşağıya doğru eğilmişti, (camdan) gözleri, durumlarının uygunsuzluğuna karşı sessiz bir küçümseme içinde, dimdik karşıya bakıyordu. Charles hemen, çoğunun doğru dürüst doldurulmamış olduğunu açıkça gördü.

"Benim yapılacak işlerim var, Bay Bonamy. İki saat sonra gelsem olur mu?"

"Mükemmel, mükemmel," diye yanıtladı öteki, kâh bir göz bebeğini parlatıyor, kâh bir pençeyi siliyordu.

"İki saat sonra, tamam mı John?" Charles Lemprière, dışarıdaki daha temiz havaya bir an önce kavuşma dileğiyle kapıya doğru seğirtirken, oğlu yanıt vermedi. Gözlük yapımcısı deneğine döndü..

"Benden önceki kiracının mirası," diye açıkladı Ichnabod genç adama.

John Lemprière onu dinlemiyordu. Baykuş gözlerinin donuk parıltısı üstüne üstüne geliyordu. Yüzlerce çift göz üstüne dikilmişti, zihni, bu bakışlara karşılık vermek için belirsizce çabalayarak başıboş sürüklendi. Acaba bu Cecrop Hall araştırmaları küçük çapta araştırmalar mıydı? Odada ışık solarken birbirleriyle yumuşak sesle konuşarak, bilgelik ipliğinin narin yumağını oluşturacaklardı. Açık yara, doğum. Ichnabod, eşi olmayan bir ad... tüm silahlarını kuşanmış durumda atılıveriyordu ortaya.

"İçeriye gel, John Lemprière!"

Uzun tezgâhın yanından geçip sesin geldiği, dükkânın arkasındaki küçük kapıya doğru yavaşça yürüdü ve içeri girdi. Kare biçiminde bir odaydı, duvarları, dükkânın tahta panolarla gizlenmiş olan temel yapısı gibi granitten oyulmuştu. Tavan orantısız bir yüksekliğe sahipti ve geniş maun bir koltuğun üstüne doğru ışın demeti gönderen bir dam penceresi vardı. Odanın öteki ucunda büyük bir soba, bir çalışma masası ve birkaç dolap duruyordu, Ichnabod şimdi bunların içinde bir şeyler arıyordu. Soba iyice kızmıştı.

"Koltuğa otur." Bu alışkın olmadığı çevrede, hareketleri tedirgindi, oturdu. Pallas'ın, Hephaestus'un demirhanesindeki bekleme odası, diye düşündü oturduğu yerde. Ne yapıyor bu adam? Gözlük camı yapımcısı, aradığı her neyse bulmuş görünüyordu, elinde büyük bir tepsiyle deneğine yaklaştı.

"Tut bunu." Ve Lemprière sobanın karşısında, kolları tümüyle kımıltısız, cam disklerin bulunduğu tepsiyi tuttu. "Şimdi, çerçeveler." Ichnabod elinde tahtadan, garip ve büyük bir aygıtla uzaktaki bir hayal gibi deneğine doğru eğildi.

Koltuğa mıhlanmış durumdaki Lemprière, midesine hafif kramplar giriyor, sidik torbası sıkışıyordu. Tepsiyi yere fırlatmak ve şimdi yüzünde iki kocaman pençe gibi duran aygıttan kurtulmak için güçlü bir istek duyuyordu. Ichnabod iri deneme çerçevesini kafasına iyice yerleştirdi ve kapatma mandalını çıt diye kapattı.

"Kendi buluşum," dedi gururla. Çerçeve, Lemprière'in başının küremsi yuvarlağını örten bir küp gibiydi. Bedeninden ayrılan kafatası tahta kafesinin içinde son derece kolay incinebilir bir görünüme sahipti. Delikanlı, dimdik bakışlarla doğru karşıya bakıyor, ayağa kalkmak, başında tahta kafesiyle filan kendini sokağa atmak için duyduğu güçlü isteği bastırmaya çalışıyordu. Gözlük camı yapımcısının genç adamın huzursuzluğuna aldırış ettiği yoktu. Odak uzaklığı, dinamizm, kullanım rahatlığı: Bozuk gözbebeklerinin önüne farklı camlar takıp çıkartırken, onu ilgilendiren konular işte bunlardı.

Mercek, böyle şeylere inanmayan Ichnabod için bir tılsımdı. Arşimed, Roma ordularını Siraküza'da kızartmak için aynı şeyi kullanmamış mıydı? Ve Ptolemi, Faros Adası'ndaki kuleye bunlardan bir tane yerleştirerek düşman gemilerini altı yüz mil uzaklıktan görmemiş miydi? Düzgün yüzeyi kenarlara doğru hafifçe incelen bu basit disk, bin yıldır değişmemişti.

Mercek üretiminin temel süreçlerine egemen olmak yıllarını almıştı. Ama bu sürecin kökeni de zaten yüzyıllar öncesine uzanıyordu. Ah evet, bu köken *Optikler* adlı çalışması dikkate alınarak Newton'a dayandırılabilirdi, ama o kendi kurallarını asla uygulamamıştı. Basit cam top, emril taşıyla dikkatle disk biçiminde deliniyordu. Bir körcahil bile yapabilirdi bunu, ama sıra kulpunu yapıştırmaya (Colophonia en düzgün bireşim noktasını vermişti), tanımlanan sıcaklığa dek ısıtmaya ve demir tabağa dökmeye gelince, bu iş zordu. Sonra uzun uzun parlatmak gerekiyordu. Bunu düşününce kolunun üst bölümü ağrımaya başladı. Diskin önce saldamla, sonra Depart suyu ve Tripolis tozuyla ovulması gerekiyordu, cam düzgün olmayan üst tabakasından kurtulunca kaba cam kütlenin içindeki kusursuz mercek giderek belirmeye başlar, özellikleri boyutlarının içine yerleşirdi. Adam, düzgün diskleri çocuğun gözlerinin önünde takılı bulunan çerçevenin içinde düşürürken, her birinin üretim aşamalarını anımsıyordu. Bazı geceler içlerinden birini avuçlarının arasında sıkar, merceğin kaygan soğukluğu ellerinin sıcaklığına yenilince başka birini alırdı.

Lemprière'e gelince, mercekler tarafından aralıksız olarak dağıtılıp toplanmakta olan dünyası, bu disklerle o denli iç içe değildi. Gözleri bir çift merceğin sunduğu yeni dünyaya daha yeni uyum sağlamaya başlamışken, hemen bir başkasının gürültülü biçimde duyurduğu yeni bir istekle karşılaşıyordu. Bunların her biri sırası geldiğinde yok oluyordu. Uyum sağladığı her durum için, 'daha iyi' ya da 'daha kötü' gibi sözlerle onayını ya da karşı çıkışını belirtiyordu. Ichnabod belki iki düzine çift denedikten sonra, durdu. Tepsiye doğru baktı, mırıldandı, bazı kısa hesaplar yapıyormuş gibi görünüyordu.

"John Lemprière," diye ilan etti bir sihirbaz tonlamasıyla, "görmeye hazırlan."

Tepsiye eğildi, geri kalan birkaç çift mercekten birini aldı. Lemprière, bunların birbirlerine, sonra da çerçeveye değerken çıkarttığı şıkırtıyı duydu. Soba kötü niyetli kırmızı bir parlaklık içindeydi. Mercekler çerçevenin içine gürültüyle düştü. Delikanlının tepsiyi yakalayan parmak eklemleri bembeyaz kesilmişti.

"Aah! Bırakın beni! Bırakın beni!" Tepsiyi yere çarptı. Gözünün önündeki mercekler odayı yakalayıp ışık hızıyla tutsağın yüzüne doğru savurdu. Delikanlı korku dolu bir çığlık attı. Mercekler çerçevenin içinden gözbebeklerini emdi ve onu seçilebilen ilk nesneye doğru savurdu. Sobaya. Alevlerin içindeydi. Alevler açgözlülükle onu yalıyordu. Tahta çerçeveyle savaştı. Ateş yüzünde yanıyordu: Alevlerin arkasında iki göz yakaladı çocuğun gözlerini, korkunç, biçimsiz bir yüz, çarpık bir beden, geçmiş çağların kötülükleriyle kararmış gözler, yılanlar gibi ona doğru yayılan kıvrık bacaklar. Her birinin ağzından, "Seni görüyorum Lemprière," diye bir tıslama çıkıyordu. Yılanlar gibi kıvrılan ve yayılan Erichthonius[1]. Alevler gibi. Yalnızca alevler. Bir sobanın, bir odanın içindeki alevler. Minevra tapınağıyla Volkan'ın demirhanesi arasındaki bir odanın.

"Görenlerin dünyasına hoş geldin John Lemprière."

Mercekler yere, ikisinin arasına saçılmıştı. Gri renkli geniş ve yassı taşlarla döşeli tabanı değerli taşlar gibi bezeyen mercekler, iki adama sessizce bakıyordu. Lemprière titriyor ve gözlerini kırpıştırıyordu. Soba yalnızca bir soba, oda yalnızca bir odaydı. Ve Ichnabod... Ichnabod topal bir adam, bir cam dehasıydı, çevrede çok fazla baykuş vardı. Lemprière görebiliyordu.

***

Buz gibi sular dalgaların altında sessizce kabarıyor, ileri doğru fışkırıyor, bocalıyor, geriye düşerek arkadaki gelgit güçlerince toplanıyordu. Sular okyanus dibinin karanlık, taşlı tabanından kör bir amaçla akıp geliyor, ilerideki durağan denizin içine saplanıyor, Cherbourg'daki inatçı yarımadaya çarpmadan önce, belirsizlik içinde iki yandan, kıyıdan sıkıştırılıyor, kıyı boyunca hızla sürüklenerek kanalın içine kayıyordu.

Rakip batı akıntısı, barut rengi Kuzey Denizi'nden akıp gelerek Dover Boğazı'ndan hızla geçerken güç topluyor, yolundan sapıyor ve doğu akıntısıyla karşılaşıp kendisine zorla yol

---

[1] Erichthonius: Atina'nın ilk krallarından. Ateş Tanrı'sı Hephaistos'un (Volkan) yere saçılan tohumlarından yaratılmış. (Çev.)

açarken denizin yüzeyine burgaçlar oyuyordu. Her şeyi içine çeken akıntılar çarpışmanın şiddetiyle kıyılara vuruyordu. İki denizin kütlesi karşılaşınca birbirini dilimleyerek iç içe geçiyordu; bu savaş alanının ortasında her darbenin ve her karşı darbenin güçlü izini yamaçlarında taşıyan bir granit kayalık dikilmiş duruyordu. Otuz iki kilometre uzunluğunda, dokuz buçuk kilometre genişliğindeki bu kayalık, akıntının ve karşı akıntının yüzeyin altındaki dramını, gel-giti inceliyormuş gibi bu tehlikeli suların ortasında sapasağlam dikiliyordu. Yamaçlarına çarpan sular bazen bir metre kadar yükseliyor, gel-git kıyıyı çekip götürüyor ya da kuzey yamaçlarına öfkeyle çarpıyor, ama kırmızı granit, yaşlı ve kaskatıydı. İlkel bir savaştan kalma yaralar gibi adanın her yanında çimenlerin arasından yeryüzüne fırlamıştı.

Çitler, yer yer fundalıkların mor lekeleri ya da eğrelti otlarının daha koyu yeşil parıltılarıyla gölgelenen yeşil görüntüyü pek de bozmadan, toprağı dostça parselliyordu. Güneye bakan tepelerdeki otların üstünde, geç yaz güneşi altında kahverengi yamalar oluşmaya başlamıştı. Sayısız izler ve patikalar yeşil alanı, ince bir cilanın üstünde oluşan çatlaklara benzer izlerle kesip biçiyordu. Yolların birleştiği yerde, kavşaklarda, bazen birkaç kulübe kümeleniyor, bazen de bir kilise, yeni bir villa ya da eski konaklardan biri yer alıyordu. Saint Brelade'tan Saint Ouen'e, Saint Clement'den, Saint Martin'e dek çeşitlenen on iki dinsel cemaat, adanın yüzeyine kendi görünmez sınırlarını çizmişti; bunlar de kendi aralarında daha başka alt kollara ayrılıyordu. Yeryüzünde iz bırakmak isteği, o eski dürtü, gösterişli kanıtlarıyla adayı karmakarışık etmişti. İç bölgelerdeki yerleşim alanlarına, her ne kadar buralara kaleler dikmek gereksiz gibi görünse de, Keltler kendi menhirlerini, taş anıtlarını, Romalılar kendi hoklarını dikmişlerdi. Kıyılardaki Martello kuleleri, gözetleme platformları, şatolar ve kaleler daha yakın zamana ait bir korkuyu, on beş deniz mili kadar uzaklıktaki kıyıları, güneşin deniz üstündeki sabah sisini aydınlatmasıyla belirmeye başlayan Fransa'dan gelebilecek akınlara karşı duyulan korkuyu dile getiriyordu.

Charles'in sağında Rozel değirmeni vardı, birkaç hafta içinde elmalar, yeni meyve bahçelerinden buraya, sıkılmaya getirilecekti. Altındaki tepe teraslar halinde aşağı iniyordu, her biri dikkatle düzeltilmiş düzlüklerin üzerinde ayrıkotları bitmişti. Yamaç, altı ya da yedi mevsimdir işlenmemiş durumdaydı. Tepe üstünün öte kıyısındaki bir dört boynuzlu koyun sürüsü anlık, özel bir korkuya kapılarak birden koşmaya başlıyor, sonra yine birdenbire durmazdan önce, dönerek bir araya toplanıyordu. Charles önündeki görüntüye döndü. Güney rüzgârı elma şarabının kokusunu dalgalandırıyordu; Bouley, Rozel ve Fliquet koylarından gelen dalga sesleri uzaktan uzağa duyuluyordu. Ses taşınıyor, havada birden duruyor, sonra kendisine aralıksız ıslıksı fısıltılar halinde ulaşıyordu. Bu durgun yineleniş bir zamanlar yaşamsal olan, ama artık yalnızca yıpranmışlık ve yenilgiden söz eden bir haberin hayaleti gibiydi.

Bizim sesimizle rahatlama... Hareketimizin en küçük bir amacını bile kavrayabilirim sanma, der gibiydiler. O dik kayanız okyanus tabanı gibi dümdüz olduğunda, bunun bizim zaferimizi gösterdiğini düşünme. Bu, başka bir yerde aynı hareketin yeniden başladığından başka bir şeyi göstermez. Biz devam ederiz, biz sürdürürüz, hepsi bu. Deniz, adanın çevresinde çırpınıyor, kıyıları dövüyordu; yüzeyi kocaman bir hayvanın derisi gibi titreşiyor, esniyor, kaslarını yeğin saldırılara hazırlıyordu. Eski çağlardan kalma mırıltısında hiçbir aykırılık yoktu: Tek haklı nedeni, var olmaktı. Ve tepenin üzerindeki adam bu kuralla başa çıkmaya çalışıyordu. Büyükbabası zehir dilini morartıp şişirmeden önce boğazını yakalayarak, "Rochelle" diye haykırmıştı. Babası üstü açık bir tekneyle kıyıdan ayrılmış ve gel-gite kapılıp yüzükoyun dönmüştü. Acıyla terbiyelenip katılaşan eski öfke, öç alma duygusuna dönüşmüştü artık. Ve şimdi de korkuyla karışıyordu. Kavga şimdilik biraz daha sürecekti, ancak bitirecek kadar zaman kalmıştı. Öldürdüğü kişileri görmemişti, adlarını bile bilmiyordu, ama şimdi çarkı biraz dürtüklemek yeterdi, hepsi göz kırparak ışığa çıkıyorlardı. Arkasında sıralanan ataları, onu harekete geçmeye zorluyordu. Eski gizem gelip hepsini bulmuştu. Ve beni de bulacak, diye düşündü. Ama henüz değil, bu hoş yaz sabahında değil, yaşamımın geçtiği bu adada değil. Aşağıdaki sığ vadiden hızla akan dereye baktı. Çocukken bu dereyi gümüş karası diye lanetlemişlerdi, ama bunun nedenini şimdi anımsamıyordu. İçinde balık yoktu. Derenin ötesinde, karaağaç ve meşe ağaçlıklarının orada –bu anıya gülümsedi– Marianne korkusuzca soyunmuş, ağaç köklerinin arasındaki sert ot kümelerinin içinde onunla yatmıştı. Solunda, on beş gün sonra onunla evlendiği kilise duruyordu. Ve orada, ağaçlıkla kilise arasındaki patikada, bu birleşmenin ürünü, aynı kiliseye doğru kendine özgü bir yol çizmiş, yürüyordu.

***

İşte bu ürün ileride, patikanın yanındaki dik yamacı tırmanmak için harcadığı sonuçsuz çabalarını sürdürüyordu. Koşarak yamaca yaklaşıyor, biriken hızın kendisini havaya kaldırarak zirveye otuz, kırk santim kadar yaklaştırmasını sağlıyordu. Orada belki bir saniye kadar asılı kalıyor, sonra yine paldır küldür yola düşüyordu. Zikzaklar çizerek ilerliyordu: Kişinin Tanrı'ya yaklaşırken takınması gereken bir tavır, diye düşündü Charles Lemprière, çalışma odasının penceresinden uzaktaki figürü izlerken. Oğlu bir an tökezleyip şaşkınlık içinde yere serilince, gözlükler, şanssızlığa karşı kesin bir güvence değilse de, harcanan paraya değdi, diye geçirdi aklından.

John Lemprière ağzındaki tozu tükürdü ve yavaşça kalktı. Bir yeri zarar görmemişti, iyi. Bu ikinci çan mıydı, yoksa üçüncüsü mü? Belinden aşağısı toz içinde kalmıştı. Hızla üstünü başını süpürdü ve gözlüklerine dokundu. Gözlükler, yirmi iki yaşının olgunluğunu yaşayan delikanlıyı ikinci bir çocukluğa geri döndürmüştü. Koşuyor, sıçrıyor, sahildeki dik yamaçlara tırmanıyor, denize taş atıyordu; bedeninin yeniden uyanmakta olduğunu haber veren kaslarındaki ağrılardan hoşlanıyordu. Durdu ve gerindi, bu keyifli gerilimin belkemiğinden yukarı çıktığını duyumsadı. İleride, kilise onu çağırıyordu. Her zaman annesiyle babası da gelirlerdi, ama bu gün evde kalmışlardı. Bir şey konuşacağız, demişlerdi. Yoluna devam etti; kiliseye yaklaştıkça, akort yapan bandonun uyumsuz sesleri hafiften duyulmaya başladı. Fatih William zamanında bile eski bir yapı olan Saint Martin'in uzun orta bölümü, gelenlerin hepsini sığdırabilmek için daha da uzatılmıştı. Amor dei, öznel ve nesnel –in hali, Quint'in dersi belleğinin çapraşık bölmelerinde yankılandı. Kimin sevgisiydi gerçekten? Tanrı'nın bana olan sevgisi mi, yoksa benim Tanrı'ya olan sevgim mi? Elmaların ve otların kokusunu içine çekti. Gökyüzü sınırsız maviydi. Yoksa benim başka birine duyduğum sevgi mi? Bu yasak düşüncenin tadına vardı. "Başka biri." Kim olabilirdi? Bu renksiz dünyanın ötesinden gelen farklı bir kadın. Bir yabancı kadın, anlaşılmaz bir kadın. Kendisi onu kurtaracaktı. Kilise avlusunun kapısına gelince durup şişman Welles Ana'ya yol verdi. Ve onu selamladı.

Bu gelişigüzel düşünce karmaşasının içinde kendini yitiren genç öğrenci, en sevdiği imgelerin ruh gözünün önünden sessizce geçmesine izin verdi. Sıkıntı içindeki ak organlar ve altın bukleler, belirsiz kahramanca çabalarla iç içe giriyordu. Garip hayvanlar, kılıcının önünde boyun eğiyor, kanlı salyalar akıtıyordu. Öküz gözlü kadınların gözyaşlarını kurutuyor, onları kara kayaya bağlayan zincirleri kırıyordu. Uçuşan etekleri, taş gibi sert yüzeyin üzerinde o denli akpaktı ki... Bu imgeler geçidi sürüp giderken arabanın, kilisenin yoluna yavaşça döndüğünü görmedi. Çakıl taşları çıtırdadı ve demir çerçeveli tekerleklerin altında savruldu. Bu keyifli düşünceler arabanın çıkarttığı gürültüyle dağılırken, zihninde geçmişe yönelik bir üzüntü henüz biçimlenmeye başlamıştı. Genç adamın bakışları önünde yeniden biçimlenen sahnenin içinde yitip gitmezden önce, geride yalnızca dış çizgileri kırılıp dalgalanan gölgelerini bıraktılar. Mavi gök, ışığını aşağıdaki tarlaların üzerine saçtı.

Arabanın tekerlekleri yavaşça duraklayınca, John Lemprière gündüz düşlerini daha yumuşak bir biçimde araladı, ikisi birbirine karışırken, Afrodit imgesinin tutsak aleminden çıkıp dünyaya Juliette Casterleigh kılığında inmekte olduğunu gördü. O, güneşte yanmış Kıbrıslı, Tanrıçanın doğum sahnesi karşısında açılan gözler, unutulan balık ağları... Bu sahne genç Lemprière'e de yapacağını yapmıştı. Bakışı karşılıksız kalmıştı, ağzı açık durumda, Venüs'ün krem rengi ketenden bir köpük içinde, Casterleigh arabasının çatlak sahanlığına zarif ayağını uzatmasını izledi.

Arabanın modeli yirmi yıl kadar eskiydi, korkuluğun üzerindeki altın yaldız, 1760 diye bağırıyordu bunu duymak için bu yüksekliğe tırmanmayı göze alabilecek herkese: ama Juliette Casterleigh'in buna metelik verdiği yoktu. Bu arabanın taşıdığı önem, rahatsız koltukları, hatta giderek daha sık onarım gördüğü konusunda yeterli miktarda kanıta sahip olması yüzünden değil (Jersey'in sokakları tekerlek izleri ve çukurlarla doluydu); Pazar günleri bir araya gelerek sahiplerinin –yerini bulmuş bir poundun bile satın alabileceği her bonservisi değerlendiren bir toplum içindeki– saygınlığını sessizce onaylayan arabalar arasındaki (başta gelen) göreceli toplumsal konumundan ileri geliyordu.

"Günaydın Bayan Casterleigh."

"Günaydın Peder."

"Günaydın Bayan Casterleigh, babanız bugün bizi onurlandırmıyor mu?"

"Günaydın Bay Carteret."

Çiftçilerin karılarına bir baş sallama, oğullarına küçüt bir şapka hareketi (başka bir şey yok). Karışık düzeylerde selamlaşmalar kilisenin en öndeki sıralarına dek onun geçişine eşlik etti, orada artık Lemprière'in hayranlık dolu bakışının açısı dışına çıktı. Yerine oturdu, saçtığı ışık arkadakilerin üzerine yansıdı ve bu hafta da, diğer haftalarda olduğu gibi geri dönerek, ağır ağır kiliseyi doldurmakta olan inananları izlemek için duyduğu güçlü isteği bastırdı. Yer yer İngilizceyle karışan Jersey Fransızcasının aksanı çalındı kulağına. Saint Martin kilise cemaatinin konuşmaları kilisenin kemerli tavanının içinde birbiriyle çarpışıp bozuluyordu.

Biraz aşağıda, ada yaşamının protokolü ön sıralardan başlayarak inananları zenginlik ve saygınlık derecelerine göre ayrımlayıp sınıflandırıyordu. Arazi sahiplerinin görüntüleri, kiracılarının ve varislerinin görüntülerinin içinde eriyor, onlarınki de daha açıkgöz olan zanaatçı esnafının görüntüleriyle karışıyordu. Onların arkasında cemaatin büyük bölümünü oluşturan çiftlik ve meyve bahçesi işçileri, çobanlar ve yamaklar, karılarıyla çocukları itişip kakışıyor, telaşla geçen haftanın seçme fıkralarını birbirlerine anlatıp duruyorlardı. Kilisenin içi bu telaşlı uğultuyla yankılanıyordu, yalnızca Juliette bunların dışındaydı. O, ön sırada oturan yalnız bir kişiydi.

Başka türlü olabilir mi? diye düşündü kız kendi kendine. Çünkü ben de en az onlar kadar et ve kandan yapıldım, öyle değil mi? Bunu zihninde tarttı. Yine de önümde şapkalarını ve bonelerini çıkartıyorlar, yumurcakları beceriksizce diz büküp eğiliyorlar. Ne görüyorlar acaba? Benim şık giysilerim olmasa, arabam, konağım, çevresindeki dönümlerce toprak olmasa. Geriye ne kalır? Yalnızca tarlalara ve arka sokaklara uygun bir zavallı mı? Belki.

Topluluğun son üyeleri de yerlerini alıyorlardı. Kilise halkı yerleşip sessizleşti. Saint Helier'de, caddede kendisini aşağılayan Lizzie Matts'ı anımsadı. Pasaklı kadın bir şey söylemiş, arkadaşları da gülmüştü. Juliette hiç düşünmeden kadının yüzüne bir tokat atmıştı. Yüzüğü, kadının dudağına çarpmış, biraz kanatmıştı. Bu olayı anlattığında, babası gülmüştü. Ve birkaç hafta sonra konuşurlarken ona bunu anımsatmıştı. "Şunu unutma elmasım," demişti, "çobanlar değişebilir, ama koyun her zaman bir koyundur. Çoban, sürüsünden fazla farkı olmayan düşük düzeyli bir yaratık olabilir. Ama koyun için o bir Tanrı'dır ve sürü bundan emindir. Eğer içlerinden biri kaçıp gidecek olsa, bu, onun Tanrı'sına inanmadığını göstermez. Tam tersine, koyun Tanrı'ya yüzünü, gücünü göstermesi için yalvarmaktadır. Biz kazanmak için oynuyoruz, sevgili yavrum... Bunu unutma." Babasını memnun etmek için gülmüştü o zaman. Daha sonra onun bu sözlerini daha iyi anlamıştı. Onun için önlerinde gururla yürüyorum, diye düşündü. Ve onların imrenmelerinden keyif duyuyorum.

Gerçekten de imreniyorlardı. "Sonradan görme," diye fısıldanıyordu, sanki ada halkının onun, baba diye çağırdığı adama boyun eğişinde gizlenen o hafif düşmanlık, serfin senyoruna, serfin oğlunun kendi kalıtçısına lanet okumasından farklı bir şeydi. Herhangi çökmüş bir hanedanın sıkıntı verici servetinden söz edilir gibi, yüksek sesle söz ediliyordu Casterleigh'in, kuşkusuz kaynağı belirsiz, binliklerinden. Ve bizim sona erdiğimiz yer, en ufak başlangıçları da engeller, bu doğru değil mi?

Bu doğru değil mi? Bu düşünceyi zihnine ekerken, soğuk eli kızın beyaz ensesindeydi. Ah evet, doğruydu. Öteki eliyle, kendi topraklarının, holdeki masanın üzerine yayılmış bulunan bir harita üzerinde yayılışını gösteriyordu. İşaret parmağı dış çizgilerin ve sınırların arasında hızla ilerliyordu.

"Bunların satın aldık Juliette'im, çoğu kez de zorla aldım. Sen de üstüne düşen her şeyi yaptın, kusursuz biçimde yaptın. Ama şimdi öğrenmen gereken başka şeyler var. Bunu yapabilir misin, bilmiyorum?"

"Elbette baba." Neden soruyordu ki bunu?

Parmağı ensesini hafifçe, şefkatle ovuyordu, kızın başı geriye düşerken fresklerle süslenmiş tavan, hızla görüş açısına girdi. Küçük küpidler.

Lemprière'in boynu, birkaç sıra gerisinde onun bonesini görebilmek için kıvranıp dururken, daha çetin bir çaba içindeydi. Her ne kadar kız başını ne sağa ne sola birkaç dereceden fazla döndürmüşse de, Afrodit'in kendi üstüne düşeni kusursuz biçimde yaptığı belliydi. Delikanlı yaşamı boyunca Juliette Casterleigh kadar güzel bir kız görmemişti, cinsel bir gerilim içinde kıvranıyor, daha şimdiden aşk sancıları olduğuna inandığı sancılar çekiyordu. Bununla birlikte, kabul görmemiş hayranları olmadan bir Tanrıça neye yarardı? Kendilerinden daha varlıklı çiftçilerin oğulları tarafından Juliette hakkında uydurulan fanteziler, bu hayranlığın değerini oldukça temel güdülerle düşürmekte olsa da, John tek hayran sayılmazdı gerçekten. Tören sürüklenip gidiyordu; Peder Calveston'un dudaklarından en sevdiği mecazlar ve ibret alınacak öyküler dökülürken çıplak başı da terden parıldıyordu.

"Bizler hepimiz İsa ordusunun erleriyiz... Ve günah, bizim içsel düşmanımız olan günah... çünkü o içimizde de, tıpkı dışımızdaki dünyada olduğu gibi değil midir?"

Şu son altı haftadır sürdürdüğü vaazının sözleri sanki tümüyle Matts ailesine yöneltilmiş gibiydi. Lizzie Matts'ın onun gözüne bir yumruk indirmiş olduğu söyleniyordu, ama henüz bunun nedenini bilen yoktu. Kimsede bunun nedenini rahibe soracak yürek yoktu, Lizzie de anlatmayacağına göre, durum böylece sürüp gidiyordu. Juliette'nin gözleri rahibin yüzünden hiç ayrılmıyordu. Lemprière içindeki düşmanla pek gönülsüzce savaşıyordu. Yanındaki sıra komşusunun karnı yemek beklentisi içinde guruldüyordu. Tören sona erdi.

"Biraz kımıldan John, kımıldan." Yerinde kalmak, geçerken onu izlemek istiyordu, ama Pierre Dumaresque'nin ve ailesinin açlığı, bekleyecek gibi değildi. Sıralar boyunca ilerledi ve tövbekârlardan oluşan yeni bir akıntıyla geçitten aşağı sürüklendi.

"İşte sonunda şanslı bir kerata."

"Bize Ovid'den söz et Lemprière."

"Kurbağa gözlü!"

Güçlü gün ışığına çıkarken gözlerini sertçe kırpıştırmaya başlayan delikanlıyı eski sınıf arkadaşlarının pek dostça olmayan bu sözleri karşıladı.

"Günaydın Wilfred. George." Sıkılganlığını, resmiyetin arkasına gizlenerek örtmeye çabalıyordu. Ama işkencecilerinin buna aldırış ettiği yoktu. Onlara sürtünerek geçip gitmek isterken ayak bileğine bir şey takıldı, tökezledi ve paldır küldür yere uzandı. Wilfred Fiedler öne doğru uzatmış olduğu ayağını çekti. Ancak bir an sonra, etkili bir kahkahaya dönüşmek üzere olan sırıtık yüz ifadesi de kayboldu.

"Ah, yürekli Bay Fiedler!" diyen sert bir kız sesi duydu Lemprière. Bu alaycı sözler karşısında Wilfred boş boş baktı.

"Kahraman Bay Fiedler! Böyle güçlü bir savaşçı olduğunuzu görünce Albay Peirson kıskançlıktan deliye dönecek. Kâhyalara karşı açacağınız kampanya için başarı dileklerimizi kabul edin. Haydi şimdi, çekilin yoldan bakalım." Kısaca kovulmuş olan Wilfred Fiedler, kafasına takılan öteki konuların yanı sıra Fiedler babanın, en önemli alacaklısının kızını böyle incitmiş olması karşısında kendisine nasıl davranacağını düşüne taşına uzaklaştı.

Kilise yolunun üzerindeki tozun tadı, tadı varsa eğer, patikadakinden biraz daha kötüydü. Lemprière gözlüğünü yeniden taktığında, işkencecilerin patikadan aşağı hızla uzaklaşmakta olduklarını gördü. Kendisini toparlamaya çalışırken, zarif, ak bir el onu kolundan yakalayıp ayağa kaldırdı. Kadın bir an boyunca onu tuttu. Delikanlı hafif bir ter kokusuyla karışan hoş bir koku duydu. Kızın yüzü az önceki can sıkıntısıyla pembeleşmişti, kara gözleri ilgiyle onun gözlerinin içine bakıyordu. Kendisine, yürüyebilecek durumda olup olmadığını soran kızın soluğunun hafifçe yanağına çarptığını duyumsadı. "Çekilin yolumdan, siz ikiniz. Haydi." Şişko Welles Ana geçmek için yol istiyordu ve görmezden gelinir gibi değildi. Kadının patikada ilerleyen zorba gövdesini, Lemprière'in kurtarıcısının narin biçimi izledi, ayrılırken, "Kendine dikkat et John Lemprière," dedi önemsizce, omzunun üzerinden. Adını nereden biliyordu? Kız arabasına binmek için eğilirken ağzı açık, şaşkın, üstünü başını silkeledi. Genç kız arabacıya sert bir emir verdi ve yola koyuldular. Lemprière, arabanın arkasından koşup Tanrıçası'nın kutsal barınağının içine bakmak için duyduğu o güçlü isteği şiddetli bastırmamış olsaydı, Juliette Casterleigh'in, yüzünde derin bir düşünce iziyle, dirsekleri dizlerine dayalı, öne eğilmiş durumda oturmakta olduğunu görecekti.

Ama John bunu yapmadı. Tanrıça'yı düşlemiş, o da gelmişti. Ayaklarının dibine serilmiş, o da kendisini yerden kaldırmıştı. Düşmanları çevresini kuşatmışken o kendisini korumuştu. Menelaus'un saldırısıyla karşılaşan Paris'ti o. Kendisini şişlemeye hazırlanan aldatılmış adamın boynuzları bronzla kaplanmıştı. Acının o terli korkusu, şakaklarına dolan kanın ağır zonklayışı, mide çukurundaki o güçten düşürücü burkulma, zarar görmeyi beklerken duyumsanan o koku ve sonra deniz sisinden peleriniyle çıkagelen Afrodit. Pelerinini kendisinin çevresine saran, onu gözlerden gizleyen ve yüreklendirip güvenliğe ulaştıran – evet, kendisi artık onundu. Tanrıçanın onu bulutla sardığını düşleyerek evine doğru yürüdü. Bulut serin, elektrikli parmaklarıyla tenine değiyor, giysilerinin katları altına kayarak ona dokunuyordu. Bağıracak olsa, o kendisini susturacaktı, düşünce sisinden başka bir şey olmayan, ama yine de onun eli olan... elini dudaklarının üzerine koyacaktı. Delikanlı bu eli öpecek, onun sımsıkı kucaklayışı içinde güvenle, eterin[1] içinden yukarıya doğru çekilecekti.

Bu düşünceler içinde yitip gitmiş durumda, Rozel'e doğru yükselen tepeyi tırmanmaya başladı. Amaçsızca attığı tekmeler yüzünden ayaklarından kum rengi bir toz yükseliyordu. İnce, uzun bacakları bir kuklanın bacaklarına benziyor, uzaktan bakılınca arkadaki patikadan yansıyan ışık bacaklarını tepeden tırnağa sıyırıp geçiyordu.

Kapıda onu babası karşıladı.

"Günaydın John. Kilisede bizi özlediler mi?"

"Peder Calveston gözünü Matts kızlarından ayırmadı..."

"Ha! Ve sen de gözünü Peder Celveston'dan ayırmadın. Bu durumda yol için tek gözün kaldı demektir." Oğlunun üstünü başını temizleme çabaları tümüyle başarılı olmamıştı. "Peki, bu artan göz nereye yönelmişti acaba, pek merak ettim. O da

[1] Eter: Atomlar arasındaki boşluğu ve tüm evreni doldurduğu varsayılan, ağırlığı olmayan, ısı ve ışığı ileten töz. (Çev.)

Matts ailesine bakıyordu belki? Ha, ha. Haydi gel, yemek hazır." Bu son sözler neredeyse böğürtüyle söylenmişti. Oğlu bu içten şaka karşısında oldukça afallamıştı. Charles Lemprière'in tavırları genelde daha çekinikti. İçeri girdiğinde, annesinin sürekli küçümser tavrının, babasının görmezden gelen neşesinin ardında gizlenen neden için uluorta bir ipucu oluşturduğunu sezdi. Ne *konuşmuşlardı?* Bu durum yemek boyunca sürdü. Annesi tam bir sessizlik içinde otururken, babası eti kesiyor, sebzelerden ya da havadan söz ediyor, şakalaşıyor, önemsiz şeylerden söz ediyordu. Oğlu da bir saat kadar babası gibi elinden geleni yaptı, son bir yıl içinde ona söylemiş olduğu sözcüklerin bir katı sözcük kullandı. Ama giderek artan şaşkınlığı, bu eğlenceli hece bilmecesinin ardındaki gerilimin ayırdına varmasına engel olmadı.

Yemek sona erdi. John Lemprière biraz aklı karışmış olarak odasına kaçtı. Yatağının yanındaki ufak yığının arasından gelişigüzel bir kitap alıp kendisini yatağa attı, kitabı elinde tutuyor, kolu bir tılsım gibi yatağın kenarından aşağı sarkıyordu. Dokunduğu kitap katı ve serindi, yoğun ağırlığı delikanlıya belirsiz bir güven veriyordu. Kitabı kaldırıp açacak olsa, birden kendisini bir –neydi?– başka bir yerde bulacaktı. Evet, burada bulunan ve aynı zamanda kendisi olan başka bir yer. Her an kendisi için hazır olan bir yer, bir anılar limanı; güzel bir tümceydi bu. Kitap elinde ısındı ve parmaklarının nemi paragrafı kayganlaştırınca elinden kurtulup bir gümbürtüyle yere düştü. Juliette Casterleigh'le selamlaşmış olduğundan niçin söz etmemişti? Normal olarak bundan söz ederdi. Gizler gizleri doğuruyor, onlar da başka gizleri oluşturuyordu; gizli zevkleri. Kız belki de onu, umutla bir neden aradı, amaçlı olarak kurtarmıştı? Kendini, bu yorumun yönlendirdiği çekici görüntülerden zorla uzaklaştırıp el yordamıyla yerdeki kitabı arandı. Kitabın sırtındaki başlığı görebilmek için kolunu kıvırdı. *Sextus Propertius, Opera.* Roma'nın Kallimachos'u. Herkes böyle söylüyordu.

Bu ozanla ilk karşılaşmasını anımsadı. Karşılaşma denemezde, her ikisine de yabancı olan topraklar üzerindeki iki vatandaş arasında bir bakışmaydı. Quint'in dersliği düşüncelerine girdi, içini sıkıntı kaplamıştı. Havasız odayı ve hoşnutsuz sakinlerini yeniden anımsayınca, o sıkıcı tekdüzelik belleğinde canlandı. Quint'in eski uygarlıklar üzerine kendine özgü ve doğmatik düşünceleri vardı. Sınıf öğretmeninin tüm dağarcığı, belirli bir sıraya göre yüksek sesle yinelenen dilbilgisi kuralları ve Latin düzyazı metinlerinden bölümler öğrenmekle geçirilen sonu gelmez ikindiler boyunca tüketilirdi. Delikanlının değerli yeteneğini zedelemiş, lirik ozanlara karşı duyduğu gençlik hevesiyle alay etmişti. Buna karşılık çocuk da, Quint'in en küçük bir hatasını bile keyifle ortaya koyuyor, Quint'in hoşlandığını açıkladığı ve savunma coşkusuyla cilalamakta olduğu bile söylenebilecek yazarların yeterlilik dereceleri konusunda onunla sonu gelmez tartışmalara girişiyordu. Öğretmenin, görkemli, abartılı anlatımı hiçbir noktalamayla bölünmeden sayfalarca süren Tully'e karşı duyduğu coşku sınır tanımıyordu. Tully, 'hitabet sanatının kusursuz efendisi'ydi, metinleri, 'doğru yorumlayacak olursak, bizim için uyum içinde salınacak özlü mecazlar' içeriyordu, 'güzel söz söyleme yeteneği sınırsızdı.' Genç Lemprière, Bay Quint'in, Bay Tully'i dinleme fırsatını ne zaman elde etmiş olduğunu merak ediyordu doğrusu. Böylesi bir yaklaşım içinde ne Lemprière ne de Propertius hoş karşılanıyordu elbet. Propertius, 'artık kullanılmayan sözcükleri yönünden ilginç olabilirdi, ama Tibullus'tan çok aşağı sayılmalıydı', bu arada Quint'in, öngörülebilir gelecekte öğreteceği varsayılan herhangi bir metin üzerinde daha on dört yaşında uzmanlaşan Lemprière ise giderek daha çok sıkıntı yaratmaya başlamıştı. Ertesi yıl, *Novi Poetae*'yı kendi başına aramak için okulu bırakmıştı. Tren gibi akıp giden düşünceleri yavaşladı, uzun bir süre zihni boş durumda, orada öyle yatıp kaldı. Ev yaşamının bildik sesleri kendisine aşağıdan belirsiz bir biçimde ulaşıyordu. Odası çok sessizdi, tek kıpırtı yatağının kenarından sarkan kolunun neredeyse bilinçsiz salınımıydı, kitap hâlâ elindeydi. Bir sarkaç gibiydi, hiçbir şeyi saymıyordu, saatler elleri boş, geçip gitti.

Dışarıda gün batıyordu, genç adam yine kitabına döndü. Engin kırmızı yuvarlak, sızıp akar gibi gözlerden uzaklaşıncaya kadar tembel tembel okudu. Sayfadan sayfaya sıçrayarak, bir şiirin sonuyla bir başkasının başlangıcı arasındaki aralığı pek de ayırt edemeden son anların tadını çıkarttı. Son kırmızı kıymık da daralıp arkasındaki grileşen mavide yitip gitti ve akşam karanlığı çöktü. Delikanlı sayfayı çevirdi.

Qui mirare meas tot in uno corpore formas,
accipe Vertumni signa paterna dei

Olanaksız seçim. Lemprière fiilleri, özneleri ve nesneleri birbiriyle eşleştirdi, düzenledi, düzeltti ve dizeleri oluştururken açık seçikliğe doğru yavaşça ilerlemenin tadını çıkardı.

Kim şaşırıyor, hayır, her kim ki şaşırıyor, ya da daha dramatik bir zamir bul... Bir bedenin, tek bir bedenin içinde, bu denli çok kalıplar, biçimler bulunmasına şaşıran sen, Tanrı Vertumnus'un babacan simgelerini, hayır, atasal simgelerini kabul et. Bunu zihninin içine kabul et, öğren. Evet, öğren doğruydu. Formae, corpus, ilk düzenbazlıkların kenti olan geç Roma için iyi bir boyuttu.

Altın, grileşti ve kurşuna dönüştü, gökyüzü karardı. Sivrisinek bulutları alacakaranlıkta toplanıp kaynaşarak ağaçların altında otlamakta olan sığırların yumuşak boyunlarında açgözlülükle beslendi. Tarlalarda kimse yoktu; ışık çekilirken kurşun demire, sabanın üstünde pas rengine dönüştü ve gecenin biçimleri ortaya çıkıverdi. İki mil kadar uzaklıktaki bir kulübeden sızan tek ışık bir geminin demirine dönüştü ve yarı kanarlıkta sürüklendi, ağaçlar yer değiştirdi ve gökyüzüne karıştı. Tarlalar yuvarlandı ve hafifçe dalgalandı. Lemprière terliyordu. Sanki ağaçlar çimen çarşaflarını emip bayır aşağı, yuvasını önceden oymuş bulunan hendeğin, derenin karnına boşaltmışlardı. Öğrenmek, ama neyi? Son ışık da derenin her iki yanında, tarlalardan aşağı akıp giderken, kocaman bir dip akıntıya yakalanıp karanlığın içine yılan gibi kayan, dalgalanan uzun, ince ağza doğru sürüklendi, delikanlının yatağının kenarını yakalamış elleri beyazlaştı, genişledi. Biçimden yoksun dev gibi bir ağız açıldı, yüz, iğrenç bir gömü töreninin kurbanı gibi çürüdü, kıvranan ve yüzeye doğru açılıp kütleler halinde dökülen köklerle karışıp birbiri içine girdi. Yüz ufalanıp giderken altında donuk, güçsüz bir parıltı vardı. Delikanlı dilini ağzının içinde dolaştırmaya çalıştı, boğazı düğümlenmiş, kurumuştu. Parçalanan yüzün ağzı, o ince uzun, kara yarık kıvranıyor, dudakları paçavralar gibi ikiye ayrılıyor, soyuluyor, altındaki bronz biçim ortaya çıkıyordu. Ayrıştı, sonra yine bir araya geldi. Yumuşadı, sonra yeniden belirlendi. Biçimlendi, ama çöktü. Görünümü bir andan ötekine değişiyordu, her tümlenmiş değişim, arkadan gelen bir başkasının habercisi oluyordu. Ama bütün bunların arasında o bronz gözler, hızlı, kesik soluklar almaya çalışan, yatağın üzerinde kolu ve bacakları kaskatı kesilmiş durumda yatan, göğsü gergin genç adamın üzerine dikiliydi, ona odaklanmıştı.

Ve bir süre sonra gözler de eridi. Çünkü ağlıyorlardı. Işıltılı damlalar gözlerin kıyısında toplanıyor, sessizce aşağıya, yere düşüyordu. Kocaman, hüzünlü gözler onları çevreleyen boş havanın, gençliğin içinden geçerek, Laurentum kıyılarının iç taraflarındaki meyve bahçelerinin arasından Pomona'ya kur yaparak sessizce konuşuyor, onu elde ediyordu. Başımda çelenklerle yakışıklıydım, pek çok taç sarkarken parmaklarımdan ve şarkılar benden söz ederken, giderek nasıl da azaldı şarkılar, derken tükendi, bitti... Sessizliğim gibi! Beni yeniden çağıran kara toprak, şimdi ondan söz edeceğim... Ve o karanlık, gömülme düşüncelerimi ağırlaştırıyor hâlâ, çok uzun süre sustum, çok uzun... Ve kararsız melankolisinin arasında gözyaşları düşerken, Lemprière'in çevresindeki karanlık giderek koyulaştı. Gözleri, sözünü ettiği o unutkan, hüzünlü çağlara gerisin geriye düştü, noktalaştı, iğne ucu kadar oldu ve karanlıkta sessizce yitip gitti. Terk edilmiş bir Tanrı'nın gözyaşları, karanlıktan önceki o son yakarı.

Her siniri çatırdayarak gerilimden kurtulurken Lemprière'in bedeni şiddetle sıçradı. Titriyordu. Dizlerini toplayıp iki yana salladı. Hızlı bir soluk alınca boynu ağrıdı. Ben neye tanık oldum, diye şaşırdı. Bu olamaz, olamaz... Bu, gerçek olacağına ben deli olayım daha iyi. Pencereden dışarı baktı. Dere, ağaçlar ve tarlalar her zamanki gibi görünüyordu. Tanık olduğu o görüntüden hiçbir iz yoktu. Tanrı geri gelmiş olabilirdi, yükselmiş ve yüzüstü bırakılışının yasını tutmuş olabilirdi, ama bu olguyu ele verecek hiçbir işaret yoktu. Peki ya, ben, diye düşündü sonra. Onu anlamlandıran ben değil miyim? Onu ben mi çağırdım? Ama bu olasılık, gerçek olduğu korkusuyla yüz yüze gelinemeyecek o düşünce, hemen kafasına dank etti. Onu ben çağırdım, onu ben çağırmış olmalıyım. Başını iki elinin arasına aldı. Şakakları atıyordu, boğazına kısık bir homurtu takılmıştı. Kafasını çekiçler dövüyordu. Kendini yataktan attı, pencereye koştu, derin bir soluk alarak karanlığa haykırdı:

"Onu ben çağırdım!"

Karanlığın hiç bu kadar koyu olduğunu anımsamıyordu. Sesinin sönüşünü kesin bir sessizlik izledi. Ama içindeki ses hâlâ oradaydı, orada açıkça duyulabilir düzeydeydi, çocukken Rozel Koyu'ndaki mağaranın tavanından nasıl düştüklerini izlediği su damlaları –bunlar zamanla mağara zeminindeki bodur dikitleri oluşturacaktı– gibi oradaydı. Kişi isterse bu damlalardan yüz, bin, bir milyon tanesini yakalasındı, ama sonuçta bunlar yine de dikitleri oluşturacak, her küçük tortu kendini bir öncekine ekleyecek ve dikit tavana erişinceye dek yükselecekti. Pencereden ayrılıp yatağına döndü. Orada boş gözlerle yatarken, zihninin kapılarını açtı.

"O, benim." Bu sözleri yüksek sesle söyledi, az önce ne kadar basit ve korkutucu bir söz söylemiş olduğunu düşünerek kendi kendine güldü. İçimde bir yerlerde, diye düşündü, yüzünü topraktan kopartıp çıkaran, iki bin yıldır toprakta yürümemiş olan, şimdi penceremin dışında yürüyen bir Tanrı var. Öyleyse, diye merak etti, içimde daha başka kimler yürüyor?

Oda bir süre sessiz kaldı. Birkaç cızırtı duyuldu, bunlar giderek sıklaştı ve tiz kıkırdamalara dönüştü. Lemprière, karanlıkta yalnız başına nasıl ve niçin olduğunu bilmeden kendi kendine gülüyordu. Kahkahalar yükseldi ve düştü. Kahkaha patlamaları arasındaki sessizlik boşlukları giderek uzadı, sonunda tükendi, delikanlı derin ve düşsüz bir uykuya daldı. Pencerenin dışında, ay bulutların arasından sıyrıldı, genç adamın yüzüne ağartıcı bir ışık vurdu. Bedeni içsel gerilimlerinden kurtulurken uzuvları düzenli aralıklarla seyiriyordu; yüzü ay ışığında beyaz ve sakindi. Uyudu.

***

Rahip Calveston o garip gerecini yağlıyordu, canı cehenneme, aslında o bir rahip olmayı, başıboş koyunlara çobanlık yapmayı istememişti. Homurdandı. Sürekli söz kesmeler, yaşlı Hıristiyan kadınların kırk yıl önce samanlıkta yuvarlanmış oldukları için cehenneme gidip gitmeyeceklerini sorup durmaları, ya aldığı o üç kuruş ücret. Her hafta dinsel tören, iki haftada bir, kilise yolunu çamur içinde bırakarak çıka gelen hödük ana-babaları –zaten cemaatin içinde dört tane varken ve bu dört bile fazlayken– "Acaba adını Ezekiel mi koysak?" diye düşüne dursun, çığlıklar atıp önünü ıslatan o mide bulantısı yumurcaklar. O, bu işe uygun değildi, o çağrılmamıştı. Bunu ona Oxford'da söylemişlerdi. "Calveston," demişlerdi, "çok kişinin çağrıldığını, ama bunlardan pek azının seçildiğini iyice düşündün mü?" Düşünmek! Canı cehenneme, bundan başka bir şey düşünmemişti ki. O çağrılmamış, gönderilmişti ve gönderen babası olduğundan, Tanrı kendisini istesin ya da istemesin, yine de Tanrı'nın hizmetine girmek onun yazgısıydı. Hakça düşünecek olursak, diye anımsadı, belki de Tanrı onu istememişti, ama başka seçenek mi vardı? Toprak, sevgili kardeşi Michael'e kalmış, o da, daha babasının cesedi soğumadan bu toprağı satmıştı. Kendisine ise kilise kalmıştı. Tanrı'nın cezası! Yüksek sesle küfrederken, biraz da göz yumduğu o küçük mirasyedi, bücür kardeşi Michael'e karşı duyduğu öfke, kendi beceriksizliğine karşı duyduğu öfkeden daha fazla değildi –başparmağı, temizlemekte olduğu karmaşık makine parçasına sıkışmıştı, çıkarmakta zorlanıyordu. Aah! Gereç gevşedi ve adam geri çekilip uğraştığı nesneyi inceledi.

Yaklaşık bir buçuk metre yükseklikteydi, dökme demirden kenarları donuk donuk parlıyordu. Bir su pompasına benziyordu, ama suyun içinden geçmesi gereken silindirin bir bölümü kırıktı. İlmikler ve çark dişlilerinden oluşan karmaşık bir mekanizmayla birlikte pistona benzer bir nesnenin ucu göze çarpıyordu, bu nesne herhalde silindir boyunca devam ederek sapa kadar uzanıyordu. Bu kendi buluşuydu, tasarlayıp yaşama geçirebildiği tek buluştu. Daha önceki piliç yolma makinesi çok tutkulu bir tasarım olmuştu. Pilicin içini temizleme işini iyi yapıyordu, ama tüyleri yolunmadan içi temizlenmiş bir pilicin Jersey pazarında geçerli olmayan bir mal olduğu anlaşıldı. Saç kesme makinesinde de bazı sorunlar vardı. Crewelerin küçük oğlunun bu kadar şamata yapmış olmasına şaşmamalıydı. Yine de sonuçta saçları uzamış, başındaki izlerini kapatmıştı. Ama bu sonuncu ve en büyük buluşu daha değişik bir düzendi. Off! Başparmağını bir kez daha kaptırdığı ilmikten kurtardı ve acıklı acıklı emdi. Büyük bir mucit olacaktı, bir Bilim adamı. Eğer görevleri bu denli zamanını çalmasaydı.

Sürüsü hakkında düşünmeye başlamak, ruh durumunu düzeltmedi. Tanrı cezasını versin, daha bu sabah o kendini beğenmiş; götü boklu genç, fırtına gibi içeri dalmış ve ondan evinin arkasındaki tarlasında bulunan cinleri kovmasını istemişti. Cinleri kovmak! Bu, Jersey'de iki yüz yıldır yapılmayan bir şeydi. Ve eğer John Lemprière çok istiyorsa, kendisi yapsaydı bu Tanrı'nın cezası şeyi. Küçük, aptal topraktan, sırıtıp duran ya da ağlayan –artık hangisiyse– eski zaman Tanrılarının yükseldiğine dair saçma sapan sözler etmişti. Eğer bu ahmak bir papa istiyorsa, İtalya işte oradaydı. Bu genç bir yere kapatılmalıydı, sonunda *Bedeni Kalınbağırsaktan Terk Eden Ruhlar İçin Gerçek Rehber* gibi bir broşür falan verip onu savmıştı. Yaşlı Eli bu Tanrı'nın cezası şeyleri basıp duruyor ve kasalarla dağıtıyordu. Nedenini Tanrı bilirdi, ama kendisi bilmiyordu. Yaşlı Eli'nin de bildiğini sanmıyordu, yaşlı aptal... Ama makinesi bekliyordu ve ilgilenmesi gereken, Eli'nin aptallığından daha önemli işleri vardı. Makinesini çalıştırmanın tam zamanıydı.

Çalışma sırasının üzerinde duran beş patatesten birini aldı, elinin içinde patatesin düzgün, serin kabuğunu duyumsadı. Peder Calveston kendini topladı ve makinenin sapını sımsıkı tuttu. Onu oldukça genç gösteren hoş bir heyecan ifadesi sardı yüzünü. Teninde yansımalı ışıltılar oluşturan küçücük yağlı ter boncukları tepesinden aşağı süzülürken kel kafası görkemle parıldadı.

***

Lemprière, Calveston'un kulübesinden yürüyerek geri dönerken düşünceleri, rahibe sözünü etmiş olduğu yasaklanmış bölgelere pek az uğradı. Papaz, o içeri girdiğinde bir işle uğraşıyordu herhalde, kendisine yol göstermesi isteğini oldukça kuşkucu karşılamış, Lemprière sonunda kendini toplayarak görmüş olduğu şeyden ona söz edebildiğinde de küçümser tavırlar takınmıştı. Papaz, onun beklentilerini karşılamaktan çok uzak kalmıştı.

Güneş tepesinde parıldıyordu. Ötedeki patika, hatırı sayılır, eski bir ağaca doğru saygıyla eğiliyordu, içgüdüsel olarak oraya doğru koştu. Hiç durmadan ağacın gövdesine tırmandı, kendisini dalların oluşturduğu kafesin içine bıraktı, orada oturdu ve yüksekliğin kendisine sağladığı bu yeni görüntünün keyfine daldı. Birkaç mil öteden tazıların havlamaları hafiften duyuluyordu, esinti onu gölgeleyen yaprak kümelerini hışırdatıyor, güneş, yaprakların arasından canlı ışık çakmaları halinde girip çıkıyordu. Solundaki dalın üzerinde karıncaların oluşturduğu uzun bir kuyruk yavaşça ilerliyordu. Olduğu yerde tüneyip birkaç dakika bunları izledi. Karıncaların ağaçlarda dolaştığını bilmiyordu. Onları bu denli düzgün bir sıra halinde düzenleyen hangi kararlılıktı? Aşağıdan gelen hafif ayak seslerini duydu. Lemprière döndü, görebilmek için açısını değiştirdi. Elini uzatıp kendisine destek olacak bir dal arandı. Karıncalar arasında Lemprière tarafından önemsenmeyen alarmlar verildi, savaş çığlıkları atıldı. Lemprière'in eli, dokunuşuyla kâğıt gibi kolayca ufalanan çürümüş dalı yakalayınca, karıncalarla birlikte sürünen tombul ak bir böcek larvası kısa bir an göründü.

Güneş birden çok parlayınca Lemprière elinde olmadan ağaçtan düştü ve tozlu patikanın üzerine güm diye indi. Doğrulmaya çalışırken, kimin olduğunu bilmediği bir el yakasından tutup kalkmasına yardım etti.

"Toprağa olan sevginiz bir bilim adamından çok bir çiftçiye yakışıyor," dedi bildik bir ses.

Aynı anda hem sendeleyip hem de üstünü başını silkerken bu sözler karşısında şaşırarak başını kaldırdı. Juliette en tatlı gülüşüyle gülüyordu. Kapkara bir tel saç, sımsıkı başlığından kurtulmuş, gamzeli yanağına uzamıştı. Lemprière sarsıldı ve dili kilitlendi. Kimbilir ne kadar gülünç görünüyordu, kızdan en aşağı beş yaş büyük olduğu halde hayta bir çocuk gibi davranıyordu hep. Onun kendisine gülmek istediğine kuşkusu yoktu. Ama kız kendisine değil de, kendisiyle birlikte gülümsüyordu. Delikanlı öksürdü ve gülümseyerek ona karşılık vermeyi başardı.

"Günaydın Bayan Casterleigh." Eh, bu kabul edilebilir gibiydi. Sonra bir sessizlik oldu. Birbirlerine baktılar. Bir şeyler daha söylemeye çalışmalıydı, bir övgü.

"Saçlarınız..." Ve durdu. Saçları hakkında söyleyeceği herhangi bir şey gelip ayıbın sınırlarına dayanacaktı, saçları öyle kara ve gürdü ki...

"Ah." Kız gevşemiş saçı yakaladı ve başlığının altına tıktı. "Fark etmemişim," parmakları hızla kulaklarının üzerinden geçerken başı biraz geriye kaykıldı.

"Hayır, hayır, ben şey demek istedim... Yani, çok güzel görünüyordu, en azından ben çok..." Söylediği her şey giderek daha yanlış oluyordu. Belki de en iyisi, deliymiş gibi yapıp koşarak yanından uzaklaşmaktı. Deliler en olmadık boşboğazlıkları yapabilir ve hoşgörülürlerdi. Ama ardında üç bin yıllık deneyim bulunan Afrodit, John Lemprière'i çok iyi anlamış gibi görünüyordu.

"Bu düşüşünüz beni bir yolculuk yapmaktan kurtardı," dedi neşeyle. "Babamın sizden bir ricası var..." Ve Juliette, anakaradaki bir mülkün iflastan sonra toptan satışından alınan Casterleigh Kütüphanesi'nde çok garip bir eksiklik olduğunu anlatırken Lemprière, hem anlattıklarını hem de kızın sesini dinledi.

"Kütüphanedeki birkaç bin cilt arasında..." Kız bu rakamı rahat bir tavırla söylemişti, ama delikanlının yüzünde gördüğü anlatım, yemin yutulduğunu gösteriyordu. Birkaç bin cilt! Bu, Lemprière için neredeyse düşlenemeyecek bir sayıydı. "Birkaç bin cilt arasında," diye sürdürdü kız, "sizin üzerinde çalışmakla *ünlenmiş* olduğunuz konuya değgin hiçbir şey yok, Doktor Lemprière."

"Henüz doktor değilim," diye mırıldandı Lemprière.

"Bütün bu kitapların arasında Antik dönem yazarlarından hiçbirisi yok ve babam bunun üzerine durulması gereken bir konu olduğuna inanıyor, durumu anlıyorsunuz değil mi ve bu durumu düzeltebilecek tek kişi de sizsiniz." Rahat bir tavırla konuşuyordu. Eğer Lemprière, hangi baskıların alınmasının uygun olacağını önerebilirse babası gönül borcu duyacaktı, babası, Lemprière'in büyük umutlar veren bir öğrenci olduğunu duymuştu ve kendisinin vereceği önerilere çok değer veriyordu. Genç adam, her dilediğinde gelip kütüphaneyi kullanmakta özgürdü... Gelecek perşembe gelebilir miydi? Lemprière'e gelince, kız onu bir yüzyıl sonra Doğu Hindistan'a da çağırmış olsa, bunu geri çevirmeyecekti. Övgüler karşısında kızardı, Juliette, onu yemekten sonra bekleyeceklerini söylerken tedirginlikle gözlükleriyle oyalandı. Kız elini uzattı, hoşça kalın dedi ve patikadan aşağı yürüdü. On adım attıktan sonra döndü.

"John Lemprière!" diye seslendi. "Söyler misiniz, Peder Calveston evde miydi bugün?"

***

Sıraya dizilmiş beş patates. O gece kaç tane yiyebilirdi? Üç patates mi, yoksa yalnızca iki patates mi? Yalnızca iki patates, diye düşündü. İyi, öyleyse, makine için üç patates. Rahip Calveston, kendi kendine şarkı mırıldanarak ve bile bile attığı geniş, hızlı adımlarla dolanarak ilk patatesi sevgiyle sıkıp silindirin içine attı.

Bunu yaparken de yüksek sesle, "Çek aşağıya," dedi. Makinenin bağırsaklarında, pistonlar ve çark dişlilerinden oluşan karmaşık sistem, ilmikleri bulanık bir metal parıltısı içinde bir araya topladı. Bunlar, patatesin lifli etine gömülmeden önce bir an birbirlerine çarptılar. Silindirin dibindeki parıltılı metal tepsiye önce bir damla, sonra da tümüyle ezilmiş patatesten oluşan büyük bir yapışkan topak düştü. Peder Calveston kendi buluşuna gururla baktı: Bu bir patates ezme makinesiydi. Ancak şimdi, soğuk pürenin görüntüsü karşısında duyarlı, ak teninin her yanını o gıdıklayıcı, karıncalayıcı coşku sarmaya başlamıştı... Silindirin içine bir patates daha attı ve sertçe bastırdı.

***

Lemprière, yolun ortasında öyle kolları bacakları açılmış yatarken ne kadar da aptalca görünüyordu. Babası onun çok zeki olduğunu söylemişti. Çok bilgiliydi, ama kıza her bakışında pancar gibi kızarıyordu. Pancar gibi. Ama bu da kızın hoşuna gidiyordu. Babası bilse, kızardı. Yine de onun bunu kestirmiş olabileceğini biliyordu. Babası her şeyi bilirdi. John Lemprière'in, kızın üstüne tepe taklak düşeceğini de bilmiş olmalıydı ve işte, kız kafasını ona doğru her döndürdüğünde delikanlı düşüyor, sırıtıyor ve kekeliyordu.

"Hey merhaba!" Kız boş boş baktı. O tarım işçisi yine kendisini selamlıyordu. Üç köşeli aptal bir şapka giymiş o aptal adam. Bunu nasıl yapabiliyorlardı, tarlalarda gün boyu nasıl çalışıyorlardı? Ama herkes bazen hoşlanmadığı şeyleri yapmak zorunda kalıyor, diye düşündü. Yoksa bu yumurtakafa adamla niçin konuşayım? Papaz evi az ilerdeydi. Ayakları o yöne doğru isteksizce sürüklendi.

***

Soğuk, çiğnenmiş, etli patates. Beyaz ve ezik, gri ve yapışkan. Avuçlar dolusu, topak topak ve iç içe geçmiş kaygan bulaşık, ezilmiş terli patates. Adam, bundan büyük bir avuç dolusu alıp kendi üzerine fırlatmaya bayılıyordu. Çıplak Peder Calveston. Patatesli. Kıvranıyor, sürünüyor, ağır ağır patates krizinin zevkini çıkartıyordu. Ensesindeki buz gibi kütle, belkemiği boyunca ağır ağır ilerleyerek titreyen küremsi bulutların arasında gözden yitiyordu. Tüm göğsünü kaplayan kayganlık göğüs uçlarını sertleştiriyor, göbeğini sıkıştırıyordu. Jelatinimsi kütleler, savunmasız, çıplak bedeninin her yanına fırlatılmış, yayılmıştı. Tümüyle çıplak bedeninin *her yerine*. Bundan ne kadar hoşlanıyordu, öyle heyecan verici ve iğrençti ki, kendi özsuyu, patatesin özsuyuyla birleşmek için nasıl da yükseliyordu, birleşmek için, odanın uzak köşesindeki kapı kolu fark edilmeden dönerken –birleşmek için– menteşe gıcırtısı kendisini çok geç uyarırken, döndü –birleşmek için...

"Günaydın Peder Calveston."

Peder Calveston, çıplak, donup kaldı. Alçakgönüllü bir ezilmiş patates topağı yavaşça, ancak cansızlara özgü bir dayanıklılıkla adamın sertleşmiş penisinden aşağı kolayca kayıp sağ yumurtalığının üzerinden geçerek sessizce yere çarptı. Topağın geçişiyle birlikte, az önce coşkuyla dolu (şimdi cansızlaşmış) aletinin ateşli, parlak kırmızı başı ortaya çıktı, Rahip Calveston'ın çıplak bedeni tarafından sunulmakta olan kırmızılıklar sınıflandırılacak olsa, adamın başının tepesinden yayılan kırmızılık artık daha yoğundu. Adam tepeden tırnağa kıpkırmızı olmuştu. Sanki bu utanç bedeninin sınırlarını, bir civcivin yumurtasını kırması gibi parçalayacaktı.

"Oturun Rahip Calveston. Lütfen." Ancak, böylesi genç birinden çıkması neredeyse garipsenebilecek bu sesin demirsi tonu, bu sözlerin bir rica olduğu yolundaki herhangi bir sanıyı yalanlıyordu.

"Şimdi." Kız sustu, tahta sırada geriye yaslandı ve kollarını kavuşturdu. "Konuşalım." Adamın başka bir şansı yok gibiydi.

***

Âşıktı. Yoldan aşağı evine dönerken buna hiç kuşkusu yoktu. Kız, onu büyülemişti ve artık kızın ardından, o nereye isterse gidecekti. Onun isteklerini yerine getirmek için gidebileceği yerlerin sınırı geniş bir bölgeyi kapsıyordu, denizleri ve okyanusları aşabilir, Hyrkanialılar, Sacialar ve geri çekilirken atlarının üzerinde geriye dönüp alevli oklar atan Parthlar[1] gibi garip ve yaban insanların yaşadığı topraklardan geçebilirdi. Nil ırmağını, yediye ayrılarak Akdeniz'e dökülünceye dek izleyebilir, Alplerin en yüksek tepelerine çıkıp kendi zaferleri için dikilmiş anıtları ve ötelerde, zihni, Afroditi'nin (Kendi Afroditi'nin. Bu düşünce –böyle bir şeyin asla gerçek olmayacağı düşüncesiyle bozularak– ağzından acımsı tatlı bir tat bırakıyordu) onuruna yeryüzünün en tehlikeli köşelerinde dolaşırken, o sırada kendisini bağrına basan zengin yaz doğa görüntüsünün konuksever oylumlarını aşıp kulağına gelen uçuk fısıltılarını dinlediği Britanya'nın en uç adalarının eteklerindeki yabancı denizleri gözlemleyebilirdi. Kız onu evine davet etmişti; bu bir şeydi. Lemprièrelerin evi göründü. Bu çağrıdan, önce annesine söz edecekti.

Ön kapı, aslında tüm kapılar, açıktı. Annesi, kendi deyimiyle, kıyı köşeyi havalandırıyordu.

"Bugün yolda Juliette Casterleigh'le karşılaştım."

"Evet, John?" Büyük bir örümceği tek bacağından yakalamış olan annesi, onun yanından geçip örümceği kapıdan dışarı fırlattı.

"Kitaplardan söz ettik."

Marianne Lemprière, pencere eşiğinden girmeye çalışan bir tespihböceğini ezdi.

---

[1] Hazer Denizi'nin güney doğusunda antik çağda yaşamış halklar. (Çev.)

"Babasının kütüphanede yardıma gereksinmesi varmış." Marianne bir örümcek daha yakaladı, bir karıncanın üzerine bastı ve masanın üzerinde duran bir Manander cildini kullanarak ufak, kahverengi bir bokböceğini ezdi.

"İstediği tam olarak nedir?"

Böceklerle uğraşmaya bir an ara verip ona döndü ve gülümsedi. Kendi kendine itiraf etti ki, oğlu garip bir çocuktu doğrusu. Ama onu çok seviyordu.

Oğlu da ona gülümsedi ve annesine kütüphaneden, kütüphanenin tamamlanması konusunda oynayacağı yaşamsal rolden söz etti. Kadın gönülsüzmüş gibi davrandı, ama oğlunun bunu, sanki gerçekten kuşkulu bir durummuş gibi kabul ettirebilmek için kendisini tatlılıkla kandırmaya çalışması hoşuna gitmişti. Ama oğlu zaten bu konuda başarılı olmuştu. Sonra aykırı bir düşünce geldi aklına.

"Bay Quint neden yapmıyor bunu?" diye sordu, birden oğlunun eski öğretmenini anımsamıştı. "Ne de olsa, şimdi Casterleighler için çalışıyor, değil mi?"

Oğlu ona baktı.

"Elbette gitmelisin," dedi. "Ama önce babana sormalısın, John."

Bir yığın kâğıtla çevrili olarak yukarıda, çalışma odasında bulunan Charles Lemprière, her şeyi duymuştu. Önündeki kâğıda hızlı hızlı bir şeyler yazıyordu: "Mektubunuzda belirttiğiniz gibi, savıma karşı çıkışınızla ilgili olarak..." Durakladı, sonra son yazdıklarını çizdi, yeniden yazmaya başladı. "Ben bu düşüncede değilim. Bu tonajdaki bir gemi ancak benim tanımladığım türde bir limana girebilir. Belki Lorient ya da Nantes, Rochelle ya da başka bir limana. Bana liman krokilerini sağlamanız mümkün mü? Geminin tonajıyla liman draftları[1] karşılaştırıldığında, Philips'in hesaplamalarının doğru olduğu ortaya çıkacaktır..." Yine durdu. Mektuplaştığı kişi, Captain Guardian, Philips'e inanmıyordu.

Buluşmalarını isteyen Philips'ti. Saint Heiler'de, kirli bir meyhanede, bir masa başında karşılıklı oturmuşlardı. Philips bir gemiden söz etmişti. Geminin ne adını biliyordu, ne de

[1] Draft: Bir geminin su kesimi düzlemi ile en alt noktasından geçen, buna koşut düzlem arasındaki uzaklık. Buna uygun derinlikteki liman. (Çev.)

amacını. Philips'e göre (bu, daha sonraki yıllarda Charles'in sık sık başvurduğu bir deyim olmuştu), bu gemi yılda iki kez Fransa'nın batı kıyılarına yollanıyor, burada bulunan bir limana yükünü boşaltıyordu; Philips kendisini bir deniz müfettişi olarak tanıtmıştı. Kara giysiler içinde, zeki yüzlü, genç bir adamdı. Bu gemi hakkında garip bir ısrarla konuşuyor, iki garip ayrıntıyı dile getiriyordu. Birincisi, bunun, dört yüz tonluk bir gemi oluşuydu. Kıyı ticareti yapmak için fazla büyük bir gemiydi. İkincisi ise, geminin tasarımıyla ilgiliydi: Bu gemi, İngiltere-Hindistan arasında işleyen büyük ticaret gemilerinden birisiydi. Bir Şirket gemisiydi.

Philips, öyküsünü ilgi uyandıran bir tarafsızlıkla anlatmıştı. Bir Şirket gemisinin Fransa limanlarından birinde ne işi olabilirdi? Buluşmaları bir saatten az sürmüştü. O sıralarda altı yaşında olan John, konuşmalar boyunca tam bir sessizlik içinde oturmuştu. Charles'ın duyduğu heyecan giderek artmış, anlatılanları başıyla onaylayarak dinlemişti. Toplantı sona ermiş, o da çalışmalarına geri dönmüş ve şimdi karşısında duran kâğıtları baştan başa incelemişti. Aradığı şeyi, babasının el yazısıyla yazılmış satırları bulmuştu. "Gemiyi buldum," diye yazmıştı babası. "Herkül'ün Sütunları'ndan[1] geçerek kuzeye, Fransa kıyılarına, hangisi olduğunu mutlaka bulmam gereken bir limana yöneliyor." Ama babası o limanı asla bulamamıştı. Bir yıl içinde ölmüş, Jersey kıyılarının sakin denizinin açıklarında boğulmuştu. Ve Charles Lemprière meyhanedeki o günden sonra Philips'i bir daha görmemişti.

Bu gemiyi araştırmayı üzerine almış, anavatanla enine boyuna yazışmıştı. Ebenezer Guardian bunlardan ilkiydi, ama Eben, bu Philips'ten kuşkulanmıştı. Adam, sanki Charles'ın merakını uyandırmak için ortaya çıkmış, görevini başarınca da havaya uçmuştu.

Yine de araştırma sürmüştü, her ne kadar bu 'gemi' hâlâ bir hayalet, bir avuç birbirini tutmaz olgulardan oluşan bir şey gibi görünmekteyse de, o zamandan bu yana başka olgular, kendisinin ilgisini çekmeye yetecek bazı raslantısal bulgular çıkmıştı ortaya. Odanın her yanına dağılmış faturalar, makbuzlar, bo-

[1] Herkül'ün Sütunları: Herkül'ün kollarıyla ayırdığına inanılan, Cebelitarık Boğazı'nın iki yanındaki kayalıklar. (Çev.)

nolar, yazılı yeminli ifadeler, sipariş formları bataklığında, ortak bir nokta vardı. Elle yazılmış hesaplar, günlükler, mektuplar ve notların sayfaların içinde bir yerde, ince bir çizgi vardı, ama onu bulamıyordu. Tek bir not, kitapların başındaki, köşeleri kıvrılmış boş sayfalarda bulunabilecek herhangi bir karalama bağlantıyı sağlayabilir, olgular arasındaki ortak noktayı açıklayan bir anahtar olabilirdi. O buradaydı, burada bir yerde gömülü duruyordu. Belki onu görmüş ve önemini kavramamıştı.

Aşağıda, mutfaktaki sesler susmuştu. Yarı tamamlanmış mektubunun üzerinden baktı ve gemiyi düşündü. Bu boşluğu Casterleighler yerine, neden oğlu doldurmasındı? Hayır, hayır, karısının geçen Pazar akıttığı kızgın gözyaşlarını anımsayarak bu düşünceyi engelledi. Bıraksınlar, çocuk kendi işine baksın, kendi yolundan gitsindi.

Charles Lemprière, masanın öbür ucundaki kâğıt yığınına uzandı. Onu uzak tutmalı, diye düşündü. Onu bütün bunlardan uzak tutmalı.

***

Babası ondan hoşnut kalacaktı. Babası onu öpecek ve onu övecekti. O babasının mücevheriydi. Hiç kimse ona babası kadar gereksinme duyamazdı. Babası onu seviyordu. Akıllı babası. Zavallı, aptal Peder Calveston. Ne kadar gülünç görünüyordu, özellikle de patates kurumaya başladığı zaman, tüm o küçük çatlaklar... Kendisine nasıl da yaltaklanmıştı! Juliette onu bir oyun oynamaya zorlamıştı. Mendilini her düşürdüğünde, adam yerde emekleyerek alıp ona vermişti. O denli çok kez 'üzgünüm' demişti ki, sonunda kız ona susmasını söylemişti. Kızın sorduğu her şeyi yanıtlamıştı. Konuşmak, kendisini memnun etmek için çok hevesli görünüyordu. Ağlamaklı olduğu zaman bile konuşmayı sürdürmüş, babasının duymak isteyeceğine emin olduğu şeyleri anlatmıştı. Peder Calveston'un ne kötü ve iğrenç olduğunu anlatacaktı babasına, çünkü doğruydu, ama adam mendilini yerden aldığı zaman kendi duyduklarından söz etmeyecekti. Onu kızdırmak istemiyordu. Peder Calveston da aynı duyguları paylaşmıştı; kız ayrılırken şeyi yine kalkmıştı.

Babasına bundan söz edecekti. Merdivenlerden yukarı tırmanırken, evet, diye düşündü.

Doğuya bakan pencereden yere ve arkadaki parlak, beyaz duvara eğimli bir gölge ağı düşüyordu. Bu gölgeler ışığa doğru yaklaşan insan figürünü çerçeveledi ve imgesini o duvara yansıttı. Bu figür, havaya kaldırdığı ve katlanmış panjurlara yasladığı kolları, belirli bir açıdan gelen ışığın etkisiyle yoğunluk kazanarak genişlemiş bedeniyle, taşa dönmüş ilkel bir adama benziyordu. Kollarının dirsekten yukarısı ve omuzları belli belirsiz kımıltılarla sarsılıyordu, sanki kendi gücünü masif tahta çerçeveyle yarıştırıyordu: Hiç de yabancısı olmayan bazı düşünceleri, bir ipi demetler ve santim santim hesaplarmış gibi yavaşça gözden geçiriyordu. Kaba ve pürüzlü bir düşünce örgüsüydü. Ve kişi, bastığı yer göçtüğü gün, bu düşüncelerine asılı kalarak yaşamını yitirebilirdi. En güvenilir temeller hangileriydi ve bu temelleri korumak için neler yapılmalıydı? Bunlar kollar esnek, omuzlar gerginken alçak sesle sorulan, içgüdüsel sorulardı. Bu soruları yanıtlamak, yanıtları sağlamak zamanı gelmişti. Bunları bir soruşturma havasıyla hafifletmek değil, mermer tabletler halinde ortaya koymak gerekiyordu: Yeniden sorulmaları olasılığını ortadan kaldıracak yanıtlar bulmak gerekiyordu. Bu sorular bir daha asla sorulmamalıydı. Evin arkasında, köpek sürüsü havlıyor ve sızlanıyordu. Bunlar neden beslenmemişti hâlâ? Casterleigh biraz sıkılarak pencereden odaya doğru döndüğünde Juliette de hızla içeri dalıyordu.

"Baba! Baba!" Gülüyordu, soluk soluğaydı. "Otur baba, sana bugün neler yaptığımı anlatayım." Can sıkıntısı, onun zamansız girişiyle öfkeye dönmüştü.

Kızı eteklerini tutarak ona doğru koşarken döndü:

"Kes sesini!" diye bağırdı.

Anında kız sessizleşti, anlamsız bir yüzle durdu. Adam kıza baktı, gözlerindeki güvenilir korkuyu gördü. Sakinleşti. Masasına yaslandı ve yine konuştu.

"Bana çocuktan söz et," dedi.

***

Gökyüzünde yaz, sona erdiğini ilan ediyor, Jersey üzerine küçük, karanlık bulutlar salıyordu. Yağmurla yoğunlaşmış ve kararmış olan bu bulutlar, arkalarındaki derin ve süreli maviliğin üzerinde doğal değilmiş gibi görünüyorlardı. Canlı bir güneybatı esintisi uzun otların tepelerini kamçılıyordu. Bulutlar başlarının üzerinden hızla ve sessizce geçtiler, gölgeleri tarlaların, patikaların ve evlerin üzerinde yarıştı. Aralıklarla ortaya çıkan güneşe ve güçlü esintiye karşın sabah çiği hâlâ, delikanlının aralarında avare avare dolaştığı otların gövdelerine yapışmış duruyordu. Fazla yürünmemiş patikanın üzerini ot bürümüştü. Ayakkabıları iyice ıslanmıştı, ama o, bunun ayırdında değildi. Çite vardı, üzerine tırmanıp aştı ve Casterleigh'lerin evine giden yola doğru ilerledi.

Ev çimlerin ortasındaydı, ama birbirlerine doğru sallanan iki sıra ağaç perdesi onu durağan görünümden ayırıyordu. Lemprière ağaçların ikinci sırasını da döndü ve Casterleigh'in kır konağıyla karşılaştı. Yalnızca yarım yüzyıllık bir yapıydı, erik kırmızısı tuğlaları deniz havasının aşındırıcı etkisine iyi dayanmıştı. Bu renk, çevresindeki sakin görünüşlü yeşillerden şiddetle ayrılıyor, evi olduğundan daha büyük gösteriyordu. Yine de, bir boydan bir boya iki buçuk ya da üç buçuk kilometre olmalı, diye hesapladı. Evin dört köşesi yuvarlaklaştırılmış, buralara cumbalar yerleştirilerek konağa oval bir görüntü verilmişti. Çok miktardaki büyük pencereler çıkıntılı kırmızı tuğlalarla çerçevelenmişti, pencerelerin arasında yer alan ve yapı yüksekliği boyunca uzanan yarım sütunların oymalarla süslemeli başlıkları da bir saçak uzantısını desteklemekteydi, şimdilik yapının bu kadarını görebilmişti. Ötekilerden daha yüksek olan yarım sütunlardan ikisi damın ortasında bir tavanarası katını belirliyordu, bunların tepelerinde de iki tane karmaşık biçimde oyulmuş taş figür vardı. Ancak gözlükleriyle bile bunların biçimlerini tam olarak göremiyordu. Simetrik iki taş merdiven ana girişin önünde balkonla buluşuyordu, girişin kapıları sanki içerden güçle çekilmiş gibi ardına kadar açıldı.

"İçeri gir John Lemprière, kötü yazgın seni bekliyor!"

Alaylı bir törensellik içinde söylenen bu tekdüze sözler, içerdeki giriş holünün serin gölgesi içinde duran Juliette'nin varlığını ele veriyordu. Delikanlı solundaki merdivenlere yöneldi. Juliette onu karşılamak için gülümseyerek ilerledi, delikanlının gözleri giriş holünün daha loş ışığına uyum sağlamaya çalışıyordu. Tavanda tombul eroslar birbirlerine doğru nişanladıkları oklarla oynaşıyorlardı.

"Gelin, babam sizi görmek istiyor." Delikanlının yüzündeki telaş, kızı duraklattı. "Korkmayın. Yalnızca size teşekkür etmek istiyor."

İki gün önce hazırladığı antik yazarların listesi delikanlının cebinde duruyordu. Bunu bir büyüymüş gibi sımsıkı tutuyordu. Juliette önde, ona yol gösterirken omzunun üzerinden gevezelik ediyordu. Sesi kıvrak bir şarkı söyler gibiydi ve Lemprière onun sözlerinin altında gerçekte Jersey'e özgü olmayan bir tını duyar gibi oluyordu. Belki Fransızca. Oturma odasına açılan bir bekleme odasından geçtiler.

"Baba, Doktor John Lemprière dünyamızı doğru yola sokmaya geldi." Ve bu sunuştan sonra onu Vikont'la yalnız bırakarak çekildi.

Casterleigh, odanın bir ucundaki yazı masasının arkasında ayakta duruyordu. Frak giymiş olmasına rağmen, Lemprière adamın güçlü omuzlarının ve kalın kollarının ayırdına vardı. Adam çevresi tarafından zar zor denetlenebilen bir güce sahip olduğu izlenimini veriyordu. Konuğunu selamlamak için döndüğünde, kendi eylemlerine hızla ve güçle egemen olduğu, yüzünün çizgilerinden belli oluyordu. Grileşen saçları arkaya doğru taranmıştı, seçtiği herhangi bir nesne üzerine dikilen gözlerini hemen hiç kırpmıyordu. Geniş Romalı burnu ona şahinimsi bir hava veriyordu.

"Yardımımıza geldiğiniz için teşekkür ederim Bay Lemprière. Jersey boyutlarındaki bir adada bu işi yüklenebilecek bir adam bulunması bir şanstır." Masanın üzerindeki bir mektup açacağıyla oynuyordu. "Bay Quint'e gerekli talimatları verdim. Kendisiyle daha önce tanıştığınızı sanıyorum, öyle değil mi?" Lemprière başını salladı. Vikont doğrudan doğruya onun yüzüne bakıyordu. Lemprière, durumun gerektirdiğinden daha dikkatle incelenmekte olduğunu duyumsamaya başladı. "Öyleyse çalışmaya başlıyorsunuz. Yeniden görüşünceye dek, Bay Lemprière." Büyük elini uzattı.

"Evet," diye yanıtladı Lemprière. Eli sıkılmış ve bırakılmıştı. Vikont, bir hizmetçinin belirerek, az önce girmiş olduğu kapıya bitişik bir kapıdan çıkması için delikanlıya yol göstermesini izledi. Bir koridoru geçtiler, sonra ikinci bir kapının önünde durakladılar. Hizmetçi bu kapıya vurdu, hiçbir yanıt gelmeyince Lemprière'i odaya soktu, burası kütüphaneydi.

Kız ayrılırken Lemprière, "Teşekkür ederim," diye mırıldandı. Kapının tokmağı yumuşakça tıkırdayarak kapandı.

Yerden tavana dek yığınla raf vardı. İki, iki buçuk metre yükseklikte olan en yukarıdakilere ulaşmak mümkün olmadığından, bu amaçla zemine yerleştirilmiş pirinç raylar üzerinde hareket eden tekerlekli bir merdiven konulmuştu. Cilalı cevizden uzun bir masa, neredeyse odayı bir uçtan ötekine kaplayarak soluk bir ışık yansıtan büyük pencerenin önüne dek uzanıyordu. Masanın diğer ucunda uzun-dolaplı, maun bir saat yumuşak tıklamalarla saniyeleri kovalıyordu. Hava kuru, küflü bir kokuyla ağırlaşmıştı. Havayı koklarken, kitapların özü, diye düşündü Lemprière.

Odada çevresine bakındı ve gözleri büyüdü. Üzerlerinde altın ve gümüş yaldızlı yazılar bulunan kırmızı, mavi ve zeytin rengi maroken ciltler son derece süslüydü. Alman yapımı emaye cloisonné[1] ciltler, yaldızlı noktalarla süslü Fransız yapımı ciltler; bunlar belki de Gascon'un elinden çıkma ciltler derken, parçalı gümüş yaldız gözüne takılınca, belki de Gentile'nin, diye düşündü. Bu kütüphaneyi bir araya getiren kişi Grolier'e rakip sayılırdı. Juliette bu koleksiyonun, sahipleri zor duruma düşmüş bir malikâneden kalan kırıntılar olduğu izlenimini vermişti. Delikanlı, çağdaş bir İskenderiye kütüphanesiyle karşılaşmaya hazırlıklı değildi.

Kitaplar raflarından sessizce kendisine bakarken o, sırtı pencereye dönük taş gibi donup kalmıştı. Gözlerini kapatarak, onların mırıltılarını duyduğunu düşledi. Çeşitli aksanlar ve diller derinden derine, alçak sesli bir karmaşa halinde birbirine karışıyor, ayırt edilemez oluyor gibiydi. Ve gözleri fal taşı gibi açıldı, onları *duyuyordu*. Onların seslerini duyuyordu: Ama şaşkınlığı kısa sürdü, çünkü bu olağanüstü durumun açıklaması, Juliette ve bir saniye sonra da Bay Orbilius Quint biçiminde

[1] Cloisonné: Mineli bölümleri, birbirinden madeni şeritlerle ayrılan bir emaye işçiliği. (Çev.)

odaya girmişti. Quint, grileşmiş saçları, hafifçe eğik duruşuyla odanın içinde çabukça ilerledi, hareketleri garip bir biçimde bir kuşun hareketlerini andırıyordu. Juliette ise teklifsizce masanın kıyısına oturmuştu.

"Oh, oh, öğrencim bana çalışmalarımda yardımcı olmak için geri gelmiş demek," diyen sesi Lemprière'in kulaklarını tırmaladı.

"İyi, iyi, artık çalışalım mı, hmm? Yoksa tembel tembel dikilip Moğol saldırılarını mı bekleyelim? Gel, John..."

Orbilius Quint hemen otorite sahibi kişi rolüne yerleşivermişti, ama eski öğrencisi, kendisini on yıl önce bezdirmiş olan, şimdi de yalnızca sinirlendiren bir otoriteye boyun eğecek değildi. Hayır, dostum Quint, diye düşündü, ben senin sekreterin olmayacağım, kütüphane benim alanım, bu kez boyunduruğa giren sen olacaksın. Ancak yüksek sesle konuştuğunda yalnızca, Bay Quint'i görmeyi beklemediğini, ama kendisinin yardımını hoşnutlukla (aslında bu hiç de doğru değildi) karşılayacağını ve kuşkusuz, işe ne kadar çabuk başlarlarsa o denli iyi olacağını, söyledi. Her ikisi de kalemleri, kâğıtları ve kurutma kâğıtlarını hazırlamaya başladılar, yönetimi ele alan, kendi gereçlerini hazır eden Lemprière oldu.

"En iyisi baştan alalım," diye bildirdi, "Homer'le başlayalım."

"Sanırım sorun kitabın kapsamıyla değil de, hangi basım oluşuyla ilgili olmalı, hmm?" diye karşı saldırıya geçti Quint.

"En iyi basım ise kuşkusuz–"

"Heyne'ninki," diye tamamladı adam tümceyi.

"Hayır, Teselya'lı Eustathius'unki hiç kuşkusuz en iyisidir. Ancak elde edilmesi neredeyse tümüyle olanaksız olduğundan, Heyne de onun yerine kullanılabilir."

Değerlendirmeler böylece, kabaca eşit sayılabilir bir düzeyde paylaşıldıktan sonra Hesiod'a geçtiler, burada Lemprière geçen yıl yayımlanan Parma baskısını başarıyla savundu, davayı kazanmasının başlıca nedeni ise Quint'in bundan haberli olmamasıydı. Juliette, Ascraean Bard basımının çeşitlendirilen değerleri konusunda hiçbir bilgisi olmamakla birlikte, onların savunma yeteneklerinin çeşitlendirilen değerleri konusunda epey bilgilendi. Onlar, çapraşık dilbilgisi kuralları, yozlaşmış parçalar ve klasik paleografinin[1] daha ince ayrımları üzerinde bilgi yarıştırırken, kendisi de aralarındaki rekabetin ateşini destek ya da sakınma ünlemleriyle körükledi. Kâğıtların üzerleri ölü yazarların sermayeleriyle dolup taştı ve hava tartışmalarla yoğunlaştı.

Lemprière, Oppianos'un balıklarla ilgili yapıtını[2] ateşli bir biçimde savundu. Quint, *Halieuticon*'u kabul etmekle birlikte, *Cynegeticon* konusunda taş gibi katıydı. Quint, Bacchylidês'ten yirmi dize okumakta direndi.

Bitirdiğinde, "Bravo," diye bağırdı Juliette. Lemprière onu, Anáxilas'ın bir dizesini altı olası biçimde yorumlayarak yanıtlayınca, benzer bir övgü aldı. Her biri ötekine karşı katı bir nezaketle davranıyor, ama her ikisi de en iyi yaptıkları şeyin bu olduğunu biliyordu, bu, bir anlamda onların kendilerini gerçekleştirme biçimiydi. Aralarındaki savaş Atina'dan Roma'ya doğru kızışırken, katalizörlerinin tepesi attı ve elleriyle masayı yumrukladı. Quint boş yere onun coşkusunu yatıştırmaya çalıştı; kız, masanın bir ucuna tüneyerek onlardan devam etmelerini istedi. Lemprière, Sezar'ın edebiyat panteonunda bir yeri olmadığını öne sürdü.

"Ya bunlar yalnızca birer nottu, ya da o dilbilgisinin temel ilkelerini hiç anlamamıştı," diye sabırsızlıkla tartıştı. Quint bu düşünce dizisine yabancı olmamakla birlikte, o yöne çekilmeye direndi.

"O yerini bir strateji uzmanı olarak hak etti," diye ilan etti düz bir sesle.

"Ve *Aeneid*[3] de bir gezi rehberi olarak," diye yanıtladı genç adam tartışmaya alay katarak.

"Ah ama bu aynı şey değil, biliyorsun..."

Ama Lemprière, eli kazanıyordu. Cato'nun[4] *De Re Rustica*'sı bir çekişmeyi kışkırtmıştı. Quint, Ausonius Pompona baskısından hoşlanıyor, Lemprière daha çağdaş olan Gesner'i öneriyordu. Lemprière sonunda geri çekildi, ama daha sonraki ya-

---

[1] Paleografi: Tarihsel el yazılarını okuma bilgisi. (Çev.)

[2] Oppianos: İ.S. II. yy.da yaşamış Kilikyalı Yunan ozanı, balıkçılık sanatı üzerine yazdığı beş bölümlük şiiri *Helieutica*'yı Marcus Aurelius'a ve Commodus'a ithaf etmiştir. (Çev.)

[3] Aeneid: Truva'nın düşmesinden sonra Vergilius'un, Truva kahramanı Aeneas ile ilgili olarak, on iki kitap biçiminde yazdığı destansı şiir. (Çev.)

[4] Cato: Censorius lakaplı Romalı devlet adamı. Yunanistan'dan gelen yeni gelenekleri, alışkanlıkları, aşırı tüketimi gerektiren lüks yaşayışı sezdi, buna karşı çıktı ve yazdı. *De Re Rustica* adlı incelemesinde, "Mal sahibi, satın almasını değil, satmasını sevmelidir," diye yazmıştı. (Çev.)

rım düzine baskı konusunda ödün vermedi. Düşünceleri hiçbir zaman bu denli saydam olmamış, hiç bu denli keskin tartışmamıştı. Kolayca, uzun bölümlerden örnekler veriyor, yalnızca, bazen bir metnin püf noktası, bazen de bir yozlaşmış yorumla ilgili açıklamalar yapmak üzere duraklıyordu. Her şey açık seçikti ve bu noktayı kanıtlayarak, şu noktayı çürüterek ilerlerken her zaman yaşlı adamı, asıl nesneyi, çabalarının hedefini göz önünde tutuyordu. Juliette şimdi açıkça onun tarafını tutuyor, bu da onu mahmuzluyordu.

Sextus Propertius'a vardıklarında dışarıda ışık soluyordu. Quint terlerken, rakibi de kendine özel bir şakanın tadını çıkartır gibi bıyık altından gülümsüyordu.

"Santenus baskısının olağanüstü olduğunu duydum. Özlü, yeterli–"

"Sanmıyorum," diye kesti Lemprière.

"Barthius'unki öyleyse–"

"Hayır, Propertius'u listeye almaya değmez."

Ve Quint kendisini garip bir durumda buldu, nefret ettiği bir ozanı, onun tutkulu savunucusu olduğunu bildiği birisine karşı savunacaktı. Ama Lemprière kararından dönmüyordu: Bunlar şehvetli, konuşma biçimiyle yazılmış, dilbilgisi bozuk şiirlerdi ve artık kullanılmayan hantal sözcüklerle doluydular.

"... ve eğer onu bilgisinden ötürü seviyor idiysek, bu konuda Ovid[1] de bizi hoşnut edebilir," diye bitirdi, sözü uzatmak istemezcesine. Quint aslında bütün bu suçlamalara katılma eğilimindeydi, ancak karşıt görüşte olmak zorunda olduğundan, her birini şiddetle yadsıyordu. Bununla birlikte Lemprière'i inandırmak olası değildi. Juliette giderek daha çok şamata yapmaya başlamıştı. "Ancak," diye lütfetti genç adam, "listemizde, yalnızca beşinci kitabıyla yer alabilir, çünkü ilk dördü kabul edilebilir gibi değil."

Quint bu uzlaşmaya atladı.

"Olabilir, olabilir, evet beşinci kitap, olabilir..." dedi sözcükleri telaşla ağzının içinde yuvarlayarak. Lemprière bir an geri yaslandı, sonra eski öğretmenine doğru eğildi.

"Bir beşinci kitap yoktur."

---

[1] Ovid: Publius Ovidius Naso, (İ.Ö. 43-İ.Ö.18) Romalı ozan. (Çev.)

Bu gerçeği ortaya, sakin bir havuza bir taş atar gibi atmıştı, havuz bu taşı yutmuş, içine çekip gözden uzaklaştırmış ve geride yalnızca, hafifçe birbiri üzerine katlanarak kıyılara doğru ilerlerken sessizce yok olan halkalar kalmış gibiydi. Oda birden son derece sessizleşti.

"Geç oldu artık gitmeliyim," diye mırıldandı yaşlı adam. Her ikisinin de yüzüne bile bakmadan döndü, dışarı çıkmak için kapıya yöneldi. Lemprière, ancak kapıyı kapatırken onun yüzündeki aşağılanmışlık ifadesini gördü. Ve o anda üzüldü. Yapmış olduğu şeyden ötürü derin bir pişmanlık duydu ve kesinlikle yanlış davranmış olduğunu kabul etti. Kapı kapanmıştı, kütüphanenin içinde bir an yalnızca saatin yumuşak tıkırtısı duyuldu. Ama Juliette onun yanlış davrandığını düşünmüyordu. Hayır Juliette, hiç de, onun yanlış davrandığını düşünmüyordu. Delikanlı başını önüne eğerken kız ona doğru koştu. Serin avucunu onun yanağına yasladı ve bir saniyeden az bir süreyle dudaklarını yanağına değdirdi.

"Bravo, savaşçım benim."

Kızın sıcak soluğu kulağının içindeydi.

***

Teşekkürlerimi ve çalışmalarınızdan ötürü duyduğum hoşnutluğun bir ifadesi olan bu basit şeyi sunuyorum size, Bay Lemprière. Birlikte, İngiltere'nin kitap satıcılarını bir on yıl kadar uğraştıracağımızı sanıyorum.

Notun altına, Casterleigh yerine yalnızca "C" diye imza atılmıştı. Kitabı ellerinin arasında evirip çevirdi. Çok güzeldi. Kara dana derisi üzerine gümüş yaldızla, "Publius Ovidius Naso, *Metamorfozlar*" yazısı basılmıştı.

Rastgele bir sayfa açtı:

Rumor in ambiguo est; aliis violentior aequo
Visa dea est...

Kütüphanede kazandığı zaferin üzerinden dört gün geçmişti. Dört gün boyunca yanaklarına şöyle bir değen dudaklardan başka pek az şey düşünebilmişti. Annesi, oğlunun üzerine yine bir dalgınlık geldiğini, ama daha mutlu göründüğünü düşünüyordu. Babasının çalışma odasından gelen kâğıt hışırtıları sürüp gidiyordu. Yapılan eylemlerin düzeyi gece ve gündüz, her saat azalıp çoğalıyordu. Oğlu normalde bu eylemlerin yoğun bir çalışmayla ilgili olduğunu düşünürdü, babasıyla ilgili bilmecelerin bir belirtisi de buydu, ama şimdi kendi düşüncelerine dalmıştı. Vadinin ötesindeki evde yaşayan kızla ilgili düşünceler, daha çok kendini adamaya benzer düşünceler, daha çok aşka benzer adanmışlıklar. Aşka benzer, yine de bir biçimde, bundan biraz kaçınıyordu. O ilk anda, kilisenin dışında kızın gözlerinin içine baktığında, arzu edilebilir olan her şeyin, kendisinin *sevebileceği* her şeyin imgesini görmüştü. Ama daha fazla bir şey görmemişti. Bu derin kara gözlerin ardında ne olduğunu bilmiyordu. Bu gözler onu şaşırtmıştı, tutuşturmuştu. Uyumlu bir yetenek, diye düşündü.

Lidyalı kadınlar, bileklerini yakalayan budaklı ellerden kaçınabilmek için kendilerini ağaçlara, kuşlara ve derelere dönüştüren, Thebes ve Haemonia kentlerinden gelme kızlar. Kitabın sayfalarını gelişigüzel çevirdi, Ceix ve Alcyone ile Jupiter ve Europa'yı, Althaea'nın öcünü alışını anlatan bildik öyküler delikanlının düşünceleri arasında canlılıkla dolaştı. Ama kitabın kendisinde bir gariplik vardı. Görebildiği kadarıyla metinlerde yanlışlık yoktu, ama kitapta hiçbir editörün adı yer almamıştı. Ne kitabın kaynağını belirten bir tarih, ne de herhangi bir yayımcının adı vardı. Bu konudaki tek ipucunun kendisi bile bir garipti. Baş sayfanın ortasına bir çember basılmıştı, bu belli ki bir tür simgeydi, ama baskısı pek iyi değildi, çemberin bir yanı kırıktı. Öteki baskıların çoğunda böyle bir yanlışlık, gözünü normalde bir saniye kadar meşgul ederdi. Çünkü baskılar genellikle kötü oluyordu. Ama bu kitaptaki basım olağanüstüydü, noktasına virgülüne dek özenle basılmıştı. Böylesi açık bir hatanın yayımcının dikkatinden kaçmaması gerekirdi... Bu, delikanlıyı şaşırttı. Ama bu hatanın, kitabın sayfalarını karıştırırken aldığı zevki bozmasına izin vermedi. Hemen her öykü resimlenmişti. Metin boyunca, aralara küçük litograflar serpiştirilmişti;

hoş Romen harflerini yeterince destekleyen bu baskı resimler onun dikkatini fazla çekmedi. Ama Actaeon ve Diana söylencesine gelince iş değişti.

Bu resim farklıydı. Tüm sayfayı kaplıyordu ve ötekilerden daha ayrıntılıydı, sanki ressam bu resmi ötekilerinin tarzına uydurabilmek için fazla çaba göstermemişti. Bu resimde sayfa numarası da bulunmadığına dikkat etti. Ressamın, Actaeon'un aptallığı üzerinde epeyce düşünmüş olduğu açıkça belliydi. Zavallı Actaeon, çıplak Diana'nın ateşli iffetine tanık olmak konusundaki gönülsüzlüğü yüzünden cezalandırılmıştı. Diana havuzun içinde şaşırıp kalmış, yayını germemişti. Ama bu Actaeon'u kurtarmaya yetmemişti: Kafası bir erkek geyik kafasına dönüşmüş, kendi köpekleri, bacaklarına ve kaburgalarına pençelerini geçirmişti. Bir kolu arkasındaki ağaçtan destek alırken, öteki sonuçsuz bir yalvarışla gökyüzüne uzanmıştı, geyik kafası acıyla böğürüyordu; ama bir yararı yoktu. Diana sakin görünüyordu, yumuşak kolları yalnızca firuze kakmalı deri bir bilezikle süslenmiş, yayını gizlenmiş, ama bakmasına izin verilmiş birine gösterir gibi uzatmıştı. Bir göğsü açıktaydı. Resmin fonunda bir dizi ağaç resme perspektif sağlıyordu, gölgeli tonlarla yarım tonların içinde, at üstünde bir adama benzer bir figür uzaktan sahneyi izliyordu. Bu resim genç adamı etkilemişti. Bunun nedenini bilmiyordu. Actaeon'un yazgısı geçmişte onun ilgisini pek çekmemişti. Ama şimdi öykü üzerinde derin derin düşünüyor, yarı bilinçli, bunun kendisini niçin etkilemekte olduğunun ipuçlarını bulmaya çalışıyordu. Ama bütün bulabildiği, her zaman bulduğu şeydi: Ovid'in kasvetli *kader kurbanı* torunu için duyduğu soyut bir tür şefkat. Actaeon'un bu kötü kaderi hak etmiş olup olmadığı, klasikler dünyasında basmakalıp bir tartışma konusuydu. Bunu bir keresinde Quint'le tartışmış olduklarını anımsadı, sonunda taraf değiştirmişler, her biri kendi savının tersini savunmuştu. Bu mutlu bir anıydı ve birden yaşlı adama karşı kazandığı zaferden yine pişmanlık duydu. Gerçi Juliette onu hoş karşılamış, hatta daha da fazlasını yapmıştı. O beni öptü, diye düşündü kendi kendine, sonra zihni yeniden Diana'nın, Actaeon'un meraklı gözleri karşısında uğramış olduğu saldırıya döndü.

***

Hiçbir ipucu yoktu. En azından burada yoktu. Ve henüz... Charles Lemprière çalışmalarına ara verdi. Zaman kendisinden yana değildi. Yol sona ermiş, ama henüz varış yeri görünmemişti. Yaklaşmıştı, bu kadarını biliyordu, belki de yeterince yaklaşmamıştı. Taşırmasa bile, suları kımıldatabilecekti belki ya da belki onlar kendi kendilerine ortaya çıkacaklardı. Bu düşünceyle gülümsedi. Haklarında hiçbir şey bilmediği yaratıklara yem olabilirdi, ancak onlar kendisinin göremeyeceği karanlık köşelerde yolunu bekliyorlardı. Ama artık onları ışığa çıkartmanın zamanı gelmişti... ya da ölmek zamanı. Bu melodramik düşünceyle, kendi kendine canı sıkılmış gibi yaptı. Ama içinde bir yerlerde, bunun gerçek olabileceği düşüncesi yatıyordu. Bu düşünce onun tarafından ortaya çıkarılmayı bekliyor, o ise bundan kaçınıyordu. Bu düşünceyle karşılaşmaya ne zaman hazır olacaktı? Kim olabilir ki, diye düşündü. Açık pencereden gelen rüzgâr, önündeki masanın üzerine yayılmış kâğıt destelerinin köşelerini kaldırdı. Zaman zaman bir tanesi havalanarak nazikçe yere konuyordu. Şimdi yerde epeyce kâğıt birikmişti. Ne zamandır buradayım? Şimdiye dek Avukat Chadwick'ten durumu öğrenmiş olmalıydılar. Böyle olduğunu varsaymak zorundaydı... Ötesi hakkında tahmin yürütmeleri kolaydı. Keşke kendisi için de böyle olsaydı. Geç olmuştu, yıldızlar yaz gecesi göğünde parıldıyordu. Bu ışık noktaları arasında bir yerlerde, bir düzen vardı; Tanrıbilimcilere göre bir yerlerde bunların hepsini açıklayan bir biçim vardı. Ve belki de bunu ben bulurum, diye düşündü.

***

Ertesi sabah Marianne Lemprière kocası ve oğlunu, "Bu, yazın son güzel günü olabilir," diye selamladı.

Ağzı yumurtayla dolu olan kocası, "Olabilir Marianne, gerçekten de öyle olabilir," diye yanıtladı. Oğlu da başını salladı. İki erkek de aynı anda aynı şeyi düşünmüştü.

"Hayır, Marianne, hiç de gerekli değil bu."

"Ev hiçbir zaman bu denli, bu denli–"

"Hoş görünmemişti," diye tamamladı Charles, oğlunun tümcesini.

Marianne onların susmasını bekledi.

"Yazın son günü, evin kış temizliğine başlanma günüdür," diye ilan etti ve erkeklerin yüzü asılırken o gülümsedi. "Ve siz ikinizi ayak altında *istemiyorum*. Kahvaltını bitirdin mi John? İyi. Charles?" Adam tabağını ona uzattı. "Sizi en erken saat beşe kadar görmek istemiyorum. Ve daha sonra da her ikinizi birden görmek istiyorum." İkisini de kapıdan dışarı iteklerken güldü.

Kapıyı arkalarından çarparken seslendi, "Saat beşte."

Erkekler dışarıda birbirlerine beceriksizce baka kaldılar. Evden kovulmalarına şakayla karşı çıkışlarının altında ikisinin paylaştığı şimdi şakacılık kılıfından sıyrılmış olduğu için her ikisini de utandıran ender durumlardan biri vardı. Ama ne önemi vardı. Herhangi bir baba oğul gibi bir şakayı paylaşmışlardı işte. Oğul sırıttı.

"Bari, Saint Lawrence'a kadar yürüyerek gideyim," dedi.

"Ben de Jake Stakes'i görmeye gideyim," diye katıldı babası. İkisi de gülümsedi; bunlar, Marianne'nin temizlik krizleri sırasında sığınmaya alışık oldukları yerlerdi. İçerden, o günkü çalışmalar nedeniyle düzenlenmekte olan çanak çömleğin sesleri duyuluyordu. Evden tıpkı bir nalbant dükkânına benzer sesler geliyordu ve her ikisi de Marianne'nin az sonra su almak için dışarı çıkacağını biliyordu.

"Öyleyse akşama görüşmek üzere, John."

"Hoşça kal, baba." Ve böylece ayrıldılar.

Yaklaşık iki ya da belki üç mil ötede, aralarındaki Saint Martin topraklarında, Vikont Casterleigh dizginlerinden çektiği atıyla birlikte köpek kulübelerinin çevresini dönüyordu. Hayvan, birden başlayan uluma ve havlamalara sinirlenerek burnundan soludu, başını arkaya attı. Adamın kımıltısız yüzünde heyecanın ilk belirtileriyle karışık bir kararlılık vardı. Aracı onlara geldiğinde plan biçimlenmişti. Bir gün, işin buraya varacağını hepsi, Jacques bile biliyordu. Her zaman böyle olmuştu. Böyle olacaktı.

Kız neredeydi? Harekete geçileceğini sezen köpekler, çözülmeyi bekleyerek şimdiden yeri tırmalayıp duruyor, kuyruk ve bacakları huysuzca havayı döverken birbirlerinin üzerine tırmanıyor, biri ötekinin kulağını ısırıyor, her biri sürü hiyerarşisi içindeki kendi yeri için savaşırken kısa, hırçın çatışmalar oluyordu. Adam atına bindi, köpekler, kovalama beklentisi içinde daha da çıldırdılar, yerlerinde dönüp durdular. Nerede kalmıştı bu Tanrı'nın cezası kız? Seslendi, kız köşeyi koşarak dönerken öfkesi giderek artıyordu. Önce kız yerini almalıydı. Hiçbir gecikme olmamalıydı.

"Çık!" diye emretti, duruma uygun giyinmiş ve korkuyla bekleyen kıza.

Köpeklerin heyecanı azalmamıştı. Ağır yapılı hayvanlardı. Atının, kızın hafif ağırlığı altında kendini sabitlediğini sezdi. Kız kollarını adamın beline sarıp ellerini birleştirdi. Kız ayırdında olmasa da, rolünü kendisine öğretildiği biçimde oynayacaktı. Buradaki alaya kendi kendine gülümsedi. Bu sahneyi tasarlayan kendisi olmayabilirdi, hatta o, kendi varlığının bu sahnenin içine yerleştirilmiş olduğuna bile içerleyebilirdi, ama role gelince, işte o tadı çıkartılacak bir şeydi. Birden düşünceleri bunun üzerine kilitlendi, yapmak üzere olduğu şeye sıkıca tutundu. At, binicileri ve hevesli köpek sürüsü kendi çevrelerinde döndüler, bir saniye için kendilerini hazırladılar, sonra çite ve çitin ötesinde uzanan çayırlara doğru fırladılar. Köpekler yayılmış, öldürme isteği içinde önden koşuyorlardı.

Oğul ve babası birbirlerinden ayrıldılar. Charles, Saint Martin Kilisesi'ne giden patikaya saptı, oğlu Bouley Koy'u çevresinde yükselen kayalıkların tepesine doğru uzanan çayırları geçmeye başladı. Kiliseye varınca Charles de çayırlara saptı, doğudaki çitleri izleyerek La Vallée'ye, varmak istediği yere, Jake Stokes'in Blanche Pierre'deki evine doğru yöneldi. Jake onu bekliyor olmalıydı. Marianne'nin ev kadınlığı kampanyalarının katı bir rejimle yönetilmekte olduğunu o da, Charles kadar biliyordu. Ve adam çayırlara doğru yürürken, günün gerçekten de yazın son günü olduğu gerçeği giderek daha da belirginleşti.

Güneş yükselmişti, havada hâlâ sabahın ısısı vardı. Güneydoğuda alçalmakta olan kara bir bulut kümesi görüyordu, o bakarken bulut kümesi giderek kalınlaşıp kararıyordu. Bunu Jake de görecek ve Marianne'nin tepkisini tahmin edecekti. Karısını düşününce, kadın birden içine saplandı. Yapay bir ciddiyetin altına gizlediği gülümsemelerle öyle güzel, öyle istenilesiydi ki, onunla haftalardır yatmamış olduğunun ayırdına vardı. Kaç haftadır? Unutmuştu ve bu dürtü benliğini sarınca hemen oracıkta geri dönmek istedi. Geri dönmek, evlerinin kapısını hızla açıp onun elini öpmek, onu böylesine savsaklamakla hayvanlık etmiş olduğunu söylemek istedi. Ve o da gülecek ve bir keresinde söylemiş olduğu gibi, hayvanlara karşı istek duyduğunu söyleyecek, kendisini elinden tutup yukarıya çıkartacaktı.

Ama Marianne meşguldü ve işleriyle arasına girilmesini hoş karşılamayacaktı. Adam bunu biliyordu, yoluna devam etti. Çitlerin üzerinde kuşlar ötüyordu. Bir saksağan gördüğünü sandı ve uzaklardan gelen köpek havlamalarını duydu. Karısını seviyordu. Ona karşı ilgisiz kalmış olmasını bağışlatacak zamana sahip olmayı diledi, çünkü karısı herhalde böyle düşünüyordu. Yaz güneşiyle kurumuş olan çimlerin ayaklarının altında direndiğini duyumsuyordu. Tarlaların yüksek yerlerinde toprakta çatlamalar başlamıştı, bu durum bazı çiftçileri kaygılandırıyordu. "Toprak hortlaklarını dışarı salıyor," diyorlardı, söylediklerine kendileri de inanmadan. Yine köpek sesleri geldi kulağına. Casterleigh'in itleri, diye düşündü kendi kendine. Tanrı bilir niçin Jersey'e salmıştı onları. Oralarda avlanacak fazla bir şey yoktu ki.

Tarlaların arasında rastgele bir yol tutturdu, herhangi bir belirli rota değil, genel bir yön izliyordu ve belki de yanı sıra ilerlediği çit dizisinin eğimi, güneye yönelik olması gereken normal yönünden biraz kuzeye sapıyordu. Ya da belki kısaca yolunu kaybetmişti. Ama kesin olan şuydu ki, ne zaman güneye sapacak olsa Casterleigh'in köpeklerinin sesini duyuyordu. Sonunda bunların Casterleigh'e ait olduklarına emin olmuştu. Aslında onları asla görmüş değildi. Köpeklerden hoşlanmazdı, ama sürünün çevresinden dolaşmak konusunda gösterdiği yarı bilinçli çabalar yalnızca, Quetivel Değirmeni'nin biraz yakınlarına çıkması sonucunu doğurmuştu, aslında Les Chasses'e yarım millik bir yolu kalmış olması gerekirken, şimdi oradan üç ya da dört mil uzaklıktaydı. Tanrı'nın cezası hayvanlar. Ama canını en çok sıkan şey, kendi çekingenliğiydi. Doğruca Saint Lawrence Vadisi'ne yönelmeye ve güneydeki Blanche Pierre deresini izlemeye karar verdi.

Köpek sürüsü hızlanmıştı. Champs Clair'den geçip Chapel Yolu'ndan Handois'e saptılar, Quetivel'i ve vadiyi çevreleyerek ilerlediler, izleri çalılıkları ve çayırları aşıyor, çitlerin ve hendeklerin, duvarların ve tel örgülerin, çayırların ve ekilmemiş tarlaların üzerinden geçiyor, bodur bitkilerin arasından ormanlık topraklara dönüyordu, toprak üzerine çıkmış kökler dik bir yamaçtan aşağı yönelen köpekleri tökezletiyordu. Atın üzerindeki adam daha düzgün bir yol izliyor, atını aşağıda yayılmakta olduğunu bildiği çalılıklara doğru yönlendiriyordu. Köpekler dillerini sarkıtarak soludular. Artık havlamıyorlardı.

Vadinin dik yamaçlarında, ağaç gölgelerin kurumaktan kurtaramadığı koyu toprak, koşar adım yürümekte olan Charles'in ayakları altında ufalanıyordu. Bir ara neredeyse düşüyordu. Ağaçlar kalın, düğümlü köklerini uzatarak onun inişini kolaylaştırıyordu. Eğim sona ererken ağaçlar azaldı, yerlerini kalın böğürtlen çalıları aldı. Charles bunların esnek dikenli gövdelerini çocukken böğürtlen toplamaya gittiği zamanlardan tanıyordu. Ama burada kimse böğürtlen toplamamıştı. Meyveler, dallarda büzülüp katılaşmış kahverengi tomurcuklara dönüşmüştü. Çalılıkların çevresinden dikkatle dolaştı ve biraz şaşırarak burada geçilebilir bir yol olduğunu gördü. Bu dallar yeni kesilmiş olmalı, diye düşündü. Kim kesmiş olabilirdi? Giysilerine takılmış dikenleri temizleyerek buradan geçti. Hızla akan ya da düşen suyun sesi geldi kulağına, ama uzun bir eğrelti otu kümesi görüntüyü engelliyordu. Otları bir yana çekti ve aralarından geçti. Burada bir çağlayan *vardı*, ama gözlerinin önüne serilen görüntü onu birden, dizlerinin arkasına vurulmuş gibi diz üstü çökertmişti. Yüreği kanını tüm bedenine yayılan yoğun bir atışla pompalayıverdi.

"Aman Tanrım," diye bağırdı önündeki görüntü karşısında.

Şimdi sırası, evet, diye düşündü atın üstündeki adam. Zihni çok açıktı. Çocuk da öyle. Hemen. Derenin kıyısına ulaştıklarında köpeklerini toparladı. Kovaladıkları avın yakında olduğunu anlamışlardı. Onları geride tuttu, beklerken aklından, zamana karşı uzaklığı ve araziyi hesaplayarak çocuğun izlemiş olabileceği yolu tasarladı. Güneş tepesinde parlıyordu. Az sonra, çocuğun kendisi için işaretlenmiş yere geleceğini, sahnede kendi rolünü oynayacağını hesapladı. Sonra olayı bitirmek için dayanılmaz bir istek yükseldi içinde. Av sürüsünü koyverdi ve atını dereden aşağıya sürdü. Şimdi.

John Lemprière, Vicard Point'e gelinceye kadar Bouley Koyu'nun kayalık tepelerinde oyalandı, sonra batıya, Mado Dağları'ndaki taş ocaklarına yöneldi. Buradan güneye doğru yürüdü, Wesleyan Kilisesi'ni geçti ve Saint Lawrence Vadisi'ne daldı. Ilık gün ışığı tepesindeki ağaçların arasından parıldıyor, çevresindeki toprağı benekliyordu. Gözlükleri gözünde olduğundan eğimden pek korkusu yoktu ve her durumda vadinin batı kıyısı karşı kıyıdan daha az dikti. Hareketlerini aşağıda, sol yanında, göze görünmeden akan derenin sesine göre ayarlayarak yürüdü.

Bu vadiyi seviyordu. İnsan yerleşimleriyle bozulmamıştı, herhangi bir zamanda varolabilirdi; antik figürler denetimsizce koşuşabilir, bir miğferin parıltısı, görüş alanının kıyısındaki âni bir hareket hızla geçerken görülebilirdi. Gece, başı Casterleigh'in göndermiş olduğu kitaba dayalı durumda uyuduğundan yüzü ağrıyordu. İki kez düşünde, kitaptaki harflerin göz kapaklarından içeri kaydığını görerek telaş içinde başını silkip kaldırmıştı. Her ikisinde de başı yine düşmüş ve güvenle uykuya dalmıştı. Ama dökme demirden gözyaşlarıyla o koca yüzünün anısı onu hâlâ izliyordu. Ve Ichnabod'un dükkânında da, diye düşündü. Vadideki en sevdiği yere, çağlayana doğru yoluna devam etti, hızla akan dere burada yüksekten düşüyor, yeniden daralarak vadiden aşağı, Blanche Pierre'e doğru yoluna devam etmezden önce, sığ bir gölcük biçiminde genişliyordu. Bazan buraya gider hiçbir şey yapmadan oturur ve suyun sesini dinlerdi.

Çağlayanı görmezden önce hafif homurtusunu duydu ve kulaklarını sanki bir işaret ateşiymişçesine bu sese uyumladı. Ama yamaçtan aşağı inen köşeyi dönerken kısa bir çığlık ve ardından ağır bir şeyin suya düşüşünü duydu. Biri, gölcüğünü bulmuştu. Biri, onun gölcüğüne girmişti! Öfkeyle ilerledi, bir ağaç kümesinin çevresinden dolaştı ve çağlayanın altında çıplak duran Juliette Casterleigh'in görüntüsü karşısında olduğu yerde çakılıp kaldı.

O anda ileriye doğru koşabilirdi. Koşabilir ve diz çöküp yüksekten düşen suların şimdi öpmekte olduğu yerleri öpebilirdi. Göbeğini, göğüslerini ve dudaklarını. Ama ancak soluk alabiliyordu. Arzudan dili kurumuştu, midesindeki her bir kasın gerilmiş olduğunu duyumsuyordu. Parıltılı gümüş su kızın teninde ışıldıyordu. Uzun kara saçlarını geri atmıştı, ışıltılı su damlaları bir tak gibi başının çevresine yağıyordu. Çukurlaştırmış olduğu avuçları suyu bacaklarına, göbeğinin üzerine ve uçları soğuktan sertleşmiş göğüslerine serpiyordu, parıltılı damlacıklar ayaklarının altında burgaçlanan daha koyu renkteki suya sızıyordu. Çağlayan, kızın üzerine düşüyor ve o yukarıya kaldırdığı kollarıyla suyu kucaklarken, tatmak için ağzını açarken, sırtını çevreleyerek belkemiğinden, butlarının arasından ve bacaklarının arkasından aşağı çınlıyordu. Kız gölün her iki kıyısındaki bakışların, babanın ve oğlun bakışlarının altında donmuş gibi durdu. Çağlayanın soğuk öpücüğü kızın bedenine değerken John Lemprière'in gözleri kızın dirseği üzerindeki soluk doğum izine takılmıştı, ama bunun ne olduğunu anlayıncaya kadar kız döndü.

Su mermerinden ten, kara kehribardan gözler, kızın bedeni oğuldan babaya döndü. Gölün öteki kıyısında Charles Lemprière, tek bir ayrıntı dışında, oğlunun gördüğü her şeyi görmüştü. Kara suyun içindeki ak ten ve bu tenden kayan suyun koyu damlaları. Ve kız ona doğru döndüğünde, bu damlaların gölden yükselen gümüş ilmikler gibi çevresine saçıldığını gördü. Bacaklarının arasındaki kara üçgeni, göğüslerini, daha da kararan gözlerini gördü ve soluğu kesildi. Ve kızın bedeni ona doğru dönerken o işareti, oğlunun bir an görebildiği, ama anlayamadığı o kusuru gördü. Ama baba bu işareti anladı, bunun kendisini büyük dehşete düşüren bir işaret olduğunu algıladı ve bu işaret bir zamanlar kızın içine nasıl işlemişse, kendi içine de öyle işledi. Bu kırık çember, kendisinin savaş açmış olduğu her şeyin imzasıydı. Ve yüzü belirsiz, sabırlı düşmanlarının kendisini yenmiş olduğunu, kendisinin, babasının ve onun babasının tüm çabalarının boşa gitmiş olduğunu anladı. Artık defteri dürülmüştü ve bunun karşılığında yaşamını kaybedecekti. Onu bulmuşlardı. Bir an, yenilgiyle karşılaşmış olmanın bilinciyle büyülenmiş gibi dizleri üzerine çöktü, sonra ayağa kalktı, protestosu gırtlağından yırtarcasına çıktı, bilinçsiz bir çığlık attı.

"Hayır, hayır! Şimdi olmaz! Burada olmaz!"

Sonra köpek sürüsünün sesini duydu. Donmuş gibi durdu, sözleri boğazında sönerken, başından beri bu sürünün *kendisinin* peşinde olduğunu algıladı, en başından beri. Ama herhangi bir düşünce için artık çok geçti.

Köpekler aşağıdaki dereden üç buçuk metre kadar yukarıda göründüler, hızla ve yere yakın koşuyorlardı. Adam şimdi kendisini gölden izleyen çıplak kıza doğru döndü. Kızın kara gözleri ışıldıyor, adamın içine işliyordu. Kendi kendine, koşmamak, başına gelecek her neyse kabullenmek kararı aldı. Ama çılgın gibi, yolunun üzerindeki eğrelti otlarını, çalılıkları döverek koştu, bu arada, gölün öte yakasındaki bir çift bacak koşmaya çalışıyor, ama koşamıyordu. Bir çift el, ortaya çıkan bu karabasanı aralamak ister gibi havayı pençeliyor, başaramıyordu. Bir ses bağırmaya çalıştı, ama yalnızca köpeklerin alaşağı ettiği babasının haykırışlarını duydu.

Uzun, karanlık bulut şeridi sessizce geçti, tepeleri, tarlaları, vadileri gölgeledi. Gölün kıyısındaki yaralı ve kıvrılmış bedeni gölgeledi. Gri kefenini çevresine saran oğlunu gölgeledi. Gri bir gölge sis gibi, soğuk parmaklarıyla tenine dokundu. Delikanlı kuru, gergin hıçkırıkların boğazını zorladığını duyumsadı. Önceleri hiçbir sözcük yoktu. İçinin derinliklerinde, merkezinde kara bir beze, değişim yaratan düşüncesini bedeninin ve beden kanallarının içine salmıştı bile, bu beze kendi salgısının ağır ağır beyin çanağına sızışını izliyor, acı içindeki delikanlıya kendi ağzını sunuyor ve onunla birleşirken, kabul görüyordu. Zihninde, kitap hâlâ odasındaki masanın üzerinde açık duruyordu. Actaeon henüz yaşıyordu, hâlâ köpeklerin kendisine ulaşmasını bekliyordu. Burada ise, babasının parçalanmış kadavrası yarı yarıya gölün içinde yatıyordu. Her iki bedenin arasında, onları birleştiren, birini ötekine dönüştüren kendi bedeni vardı.

***

Gaz lambasının on fitili vardı. Bu alışılmamış bir tasarımdı, lamba titreyerek yanıyor, kararsız bir ışık veriyordu. Fitillerinden biri tutuşturma fitiliydi; öteki dokuz fitilden üçü yanıyordu.

"Dundas'in tezkeresinin gelecek ay tartışılacağını duydum. Duyduğuma göre bunu destekleyenler varmış."

"Bir araştırma yapıldı. Zorluk çıkacağını sanmıyorum, yine de–"

"Biraz manevra birkaç vicdanı rahatlatabilir. Böyle yapılsın. Eğer hâlâ zorluk çıkarsa, bunun üzerinde yine düşünürüz." Durdu. "Öteki iş ne oldu?"

Kısa bir sessizlik oldu.

"Planladığımız gibi yürüdü."

"Artık Jaques'i Fransa'ya gönderebiliriz. Daha fazla gecikmemeliyiz. Kız da onunla birlikte gidebilir."

Bu durum onaylandı.

"Ya çocuk?"

"O iş denetimimiz altında. Hiçbir güçlük çıkacağını sanmıyorum, şu anda böyle bir durum yok."

"Senin işin kesinlikle *emin olmak.* Emin ol. Neyi tehlikeye attığımızı unutma." Üçüncü bir ses duyuldu. Daha derin, ötekilerden daha yavaş bir ses.

"Her şeyi. Her şeyi tehlikeye atıyoruz."

***

Küçük dalgalar tekneye yandan çarpıyordu. Yukarıda, martılar dönüyordu. Deniz onlar için saydamdı. Engin tekdüzelik içinde minik bir noktaydı tekne, motifin içindeki bir çatlaktı. Kuşlar sıcak rüzgârları yakaladılar, her iki adayı, Jersey ve Guernsey'yı ve onların ötesinde Fransa kıyılarını görünceye kadar rüzgârlarla birlikte yükselip ileri atıldılar. Ve daha yükseklere uçtular, sonunda İngiltere kıyıları neredeyse görülmez oldu, ufukta gri bir lekeydi artık.

Epey aşağılarda posta gemisi yavaşça St. Peter Limanı'na girdi. Genç adam çantasını savurup omzuna vurdu, tahta iskeleden rıhtıma dek taşıdı. Rıhtımın sonunda durdu ve bir kez geriye baktı, sonra dönüp yürüdü. Martılar bulutların içine dalmış, göğün engin griliğinde görülmez oluncaya dek yükselmişlerdi.

Hoşça kal Caesarea.

LONDRA

Martılar havada çığlıklar atarak dönüyorlardı. Sesleri, gübre ve çamurun içinde sarsıla sarsıla, kayarak ilerleyen arabanın içinden duyulabiliyor, arabanın eğimli tekerlekleri Londra'ya uzanan yolun üzerinde derin ve ince izler bırakıyordu. Araba, Southampton'dan yola çıkmış, Guildford'tan ve Holmesdale Vadisi'nden geçmiş, yol boyunca çamurla, yağmurla, buzla ve kasım ayında North Downs'un bozuk yollarıyla savaşmış, şaft kırmıştı. Şu anda gökyüzü açıktı. Atlar şaftlara dayanıp güçle itiyor, sürücü onları kamçıladıkça burunlarından soluyorlardı. Soğuk havada solukları buharlaşıyordu. Yıkılmış küçük köylerin ve boş tarlaların arasından, terk edilmiş çiftlik evlerinin, parıltılı yeşil derelerin, tüten saman yığınlarının yanından geçtiler, metropole doğru yaptıkları bu yolculukta mürver ağaçlarıyla süslenmiş kiliselere rastladılar. Yol, vadileri, alçak tepeleri, çayırları ve bataklıkları kesip geçiyordu. Şimdi de George's Fields içlerinde ilerliyorlardı.

Çayırlar ve kuru taş duvarlar şimdi yerlerini kırmızı kiremitli damları, duman öksüren bacalarıyla set set sıralanmış kulübeleri çevreleyen daha sistemli parmaklıklara bırakmıştı. Sürücü şapkasını aşağıya doğru çekti ve yorgun atları gayretlendirmeye çalıştı. Atlar hızlandı, Southwark'tan geçip Borough'a doğru yol aldılar, bu arada evler ikişer üçer katlı olmaya başlamıştı, Londra Köprüsü'ne yaklaşırken evlerin daha uzun ve dar olduğu görülüyordu, burada kalabalık ev yığınları birden aralandı, nehre gelmişlerdi.

Durgun akan suyun üzerinden geçerlerken, Cleaver, "...başlıca işim, ithalat-ihracat. Çarkı döndürmek için ne gerekiyorsa işte..." diye açıklıyordu, kendisini dinleyenlere. Anlattıklarını kimsenin umursadığı yoktu. Bir kadın ve genç çocuğu kibarca başlarını salladılar; yanındaki genç adam başını onun omzuna doğru eğmiş uyuyordu. Cleaver omzunu silkip onu uzaklaştırdı.

"Ned Cleaver'in nehirden hoşlanmadığını hiç kimse söyleyemez," dedi. O ara silkinip uyanan genç adam bu sözleri duydu. Kadın yine başını salladı.

"Nehir mi? Hani, nerede?" diye sordu genç adam kendine gelirken. Sesi uykuluydu.

Ama artık nehri geçmişlerdi, Lombard Caddesi'nin kaldırım taşları üzerinde sarsıla sarsıla ilerliyorlardı.

"Geride kaldı," dedi Cleaver, başparmağıyla omzunun üzerinden işaret ederek. Araba, giderek kalabalıklaşıp gürültülü olmaya başlayan yolda yavaşlamıştı, salyangoz hızıyla Cheapside'dan aşağıya inip Saint Paul Katedrali'nin çevresini dolandılar. Cleaver ağzını eliyle kapatmak zahmetine girmeden aksırdı.

"Şuna bakın," diye uyardı. "Hiç böyle bir kent gördünüz mü?" Yukarıda, sürücü dizginlerini çekti. Atlar hemen durdular.

Sürücü aşağıya doğru, "Yolculuk bitti," diye seslendi. Cleaver arabadan güçlükle indi, tepeden çantasını çekip aldı ve "iyi günler" falan demeden çekip gitti. Kadın ve çocuk da onun arkasından arabadan indiler, ardından kendisini daha toparlamaya çalışan genç adam inmeye davrandı. Bir elinde valizini tutan kadın, öteki elini ona uzattı.

"Teşekkür ederim, Bayan Jemmer."

"İyi günler dilerim Bay..." Kadın, üç gün önce kendisine bir kez söylenmiş olan adı anımsamaya çalıştı. Sonra yalnızca, "Başınız sağolsun, efendim," dedi ve ayrıldı.

Sürücü genç adama sandığını uzatırken, "Bu sizin mi?" diye sordu. Delikanlı sandığı aldı, sonra cebini yokladı. Eli yanlışlıkla, Jersey'den gemiye binerken annesinin eline sıkıştırmış olduğu minyatür portreyi kavradı. İnsanlar ite kaka yanından geçiyorlardı. Delikanlı yine cebini aradı ve annesinin, Thames Nehri üstündeki herhangi bir noktadan başlayarak gidilebilecek her yönü gösteren bir haritayı özene bezene üzerine çizmiş olduğu kâğıdı bulup çıkarttı. Tüm bu kargaşanın ortasında tek yapması gereken nehri bulmaktı. Yanılması olanaksızdı.

"Hey, dikkat!" Geri sıçradı, bir el arabası takırdayarak geçiyordu. Sandığını kaldırıp omzuna vurdu.

"Hop!" Arkasında, yol isteyen iriyarı bir adamın itmesiyle öne doğru birkaç adım attı. Yol, yan sokaklara taşan Fleet Pazarı'nın satıcıları ve alıcılarıyla dolup taşıyordu. İşportacılar her yöne dönüp duran, itişip kakışan kalabalığa bağıra çağıra mallarını tanıtıyordu. El arabalı adamlar, hamallar tekmeler ve küfürlerle kendilerine yol açıyordu. Ev kadınları peniler ve çeyrek penilerle pazarlık ediyor, satıcılar da onların cimriliklerine karşı çıkıyordu. Küçük oğlan çocukları sırıklı kayıkçıların bacakları arasında oynaşıyor, derken köpekler araya giriyordu.

Yolun karşı kıyısında bir adam, tanesi bir peniye portakal satıyordu, önündeki tezgâhın kenarında adı yazılıydı.

Delikanlı, "Affedersiniz, efendim?" diye başladı.

"Beni tanıyor musunuz, efendim?"

"Hayır, ben–"

"Portakal mı istiyorsunuz?" Bir tane uzattı.

"Hayır, ben–"

"Öyleyse beni meşgul etme." Adam bu ters yanıtla onu başından defetmişti, ama önemi yoktu. Sokağın öte yanında başka satıcılar da vardı. Thames'in nerede olduğunu onlar bilirlerdi elbet. Biliyorlardı, ama hiçbiri ona söylemiyordu. Ona bir peni, iki pense meyveler, hurma, elma ve armutlar uzatıyorlardı. Delikanlı, sandığı omzunda yoluna devam etti, satın alan ve satan, takas yapan ve pazarlık eden kalabalığın en yoğun olduğu pazarın içine daldı.

Gelip geçen yabancılara, "Bana Thames'in yerini gösterebilir misiniz?" diye soruyordu. Ona sanki deliymiş gibi bakıyorlardı. Kendisine, kilesi bir şiline İsveç şalgamı ve yine aynı fiyata yerli şalgam öneriyorlardı. Ayaküstü satış yapan seyyar balık satıcısı kadınlar, ite kaka onu pazarın içlerine doğru sürüklüyorlardı. Bu arada bir çocuk, onu kutusu bir şiline ya da üç kutusu iki şiline enfiye almaya zorladı. Bunu duyan ve iyi bir şey gördüğünde hemen anlayan bir müşteri kutuları aldı, üç pensini bir kalkan balığına vermeye hazırlanan bir kadının dirseğini çekti. Bir gineden üç pens, haftada bir gine. Satıcı kadın, Billingsgate'de[1] saat altıda sırtına vurduğu sepetiyle bağırıp duruyordu. Yanındaki arkadaşı, bir salamı daha ucuza verebilir, ama bir şiline kalkana elini bile sürmezdi, yemeye kalkışmadıkça elbet. Kadın kibritçinin yanından geçerken, adamın kutusuna bir peni attı, ama kibritleri almadı. İki bacağı da dizinden kesilmiş adam geceleri, toprağa gömülü hazineleri düşlüyordu. Genç adam dilinin ucundaki soruyu soramadan gerilerken, kibritçi kesik bacaklarının üzerinde öfkeyle, "Hazineyi buradan altı adım öteye gömdüm!" diyordu. İşkembe satıcılarının işi yolundaydı, poundunu dört pensten veriyorlardı ve size tek gereken şey sirkeydi. Mumcudan şişesi iki pense alınacak sirke. Sabun yapımcısının pis kokusu, bıçak bileyicisi Bay Gyp'den önce, yelkenci ve körük tamircisinin burnuna doldu. Adam, Kieran Healey'in boğazını kesen bıçağı bilemiş ve bunu açımlamak için hakim Sir John'un karşısına çıkmıştı. Healey'in dulu frengi olmuştu ve oğulları, peruk yapımcısının işine katkıda bulunmak üzere bir sepetten perukalar çalıyordu. Ama kendilerine hiçbir komisyon ödenmiyordu. Bunları sandalyesinin üzerinde taşınan Mileydi Alice de Vere giyiyordu ve ispanyeli, onu arkadan izliyor, pencereden uzanan bir el köpeğin tasmasını çekiyordu, kadın Albemarle'den Piazza'ya kadar altı matlaşmış peni dağıttı, peni başına beş yüz iki adım düşüyordu. "Dikkat et delikanlı, bu gözlükleri süs olsun diye mi takıyorsun?" Alice'in taşınmasıyla, yürüyüşü bir an engellenen genç adam, daha sonra yoluna devam etti. Gine çeteleri, pazarı Picadilly Stapes'deki Millicent Martyn'in balenli korseleri kadar sertleştirmişlerdi, Greenland'dan beri yirmi üç şilin. Börek ve şarap atıştırma merakı onu şarap tüccarlarının sevgilisi yapmıştı, yarım litre şaraba bir peni, tütsülenmiş jambon ve tuzlanmış domuz etine dört buçuk peni ödüyordu. Tabelacı babası geçen yıl üç yüz pound kazanç elde etmişti, bu yılki kazancı daha da iyiydi, kız bir talip bulamamanın acısı içindeydi, çeyizinin rengi solmuştu, ayakkabıları cilalı herhangi birisinin başvurusu değerlendirilecekti. (Soyu sopu, dini, mezhebi belirsiz) adayların, haylaz Willem'i görmeleri gerekmektedir. O, kendilerini hale yola sokacaktır. Ücret, ne ka-

[1] Billingsgate: Londra'da, Thames nehri üzerinde bulunan eski kapıların birinde kurulmuş olan balık pazarı. (Çev.)

dar verebilirlerse. Willem'in fırçaları Spitalfield'li Simon Kirkby ve Oğulları tarafından üretilmiştir. Oğullar, Deptford Fields'in izinden yürümüşler, ses getiren bir ticaretin içinde olmayı başarmışlardır; kazançları üzerinde Jonathan'ın kahvesinde spekülasyon yapılmış, Marmaduke Oates'in sayısız müşterilerinin hesapları üzerindeki rakam sütunlarının gölgesinde yitirilmişti, Marmaduke, kentin tüm caddelerini bir hafta içinde yürüyeceğine dair bin poundluk bir bahse girmiş, bahsi yitirmiş ve alacaklısını yurt dışına gitmek zorunda bırakmıştı. Şimdi Oates, Chalge Alley'de yürüyor, güherçile ve Çin çayı ticareti yapıyordu, hayır genç beyefendi, nehirler benim yolumun üzerinde değil. Saatine baktı, neredeyse onu çeyrek geçiyordu. Saatinin altın kapağını elledi. Bu sabahki altın fiyatının onsu 31 *l.* 17 *s.* 10 1/2 *d.* idi. Öğleye doğru yükselirdi. Az sonra eczacılar ve bakkaliye simsarları en canlı işlerini Kraliyet Borsa'sının avlusunda, Türk tüccarlarla II. Charles büstü arasında yapacaklardı. Bunlar, Batı Hindistan hisseleri üzerine garip bir biçimde akın ederek öfkeyle değişim yapıyorlardı, ama asıl iş kaldırım boyunca sıralanmış sıraların üzerinde görülüyordu. Obadiah Walker, yirmi ton şeker karşılığında ileriye yönelik bir Ducane opsiyonu almıştı, geriye kalan miktar bankada Lambeth'in bisküvi imalatçılarının alacaklarından indirilecekti. Bu gün herkes çaya saldırıyordu, *Nottingham*'ın süresi dolmuş, yüküne dokunulmamıştı. Söylentiye göre stoklarda kalan yükün onda dokuzu bozulmuş, fiyatı pound başına iki, iki buçuk pens düşmüştü. Hiç kimsenin onlarla ilgilendiği yoktu, yalnızca şaşkın bir aptal, Thames'in hâlâ Londra'da olup olmadığını sormuştu ve ontlar, o öğle sonrasını çaydan başka şeylerin konuşulduğu Antwerp'te, üst katta geçireceklerdi, meğer ki, cam satıcıları o öğle sonrası hisselerini sergilemeyi seçmemiş olsun. Endişeli bir tüccar içini çekiyor, müşteri aranıyordu, bir başkası ise fiyatlarını biraz indirmiş, ama bu da bir işe yaramayınca Kuzey Kapısı'ndan Threadneedle Caddesi'ne doğru ağır adımlarla yürümeye koyulmuştu. Şimdi Jerusalem'de, iç kısımlarda kıyı ticareti yapan bir grup masaya çökmüş, dükkân sahibinin, ister inanın ister inanmayın, nehrin nerede olduğunu öğrenmek isteyen şakacı bir sırığı, bagajını arkasındaki merdivenlerden aşağı yuvarlayarak nasıl dışarı kovaladığına kulak kabartıyorlardı, yüzsüz ibneye bak sen. Bir kadın bu gürültüye başını kaldırıp baktı, küçük yassı cep şişesinden bir yudum aldı ve yanındaki arkadaşı, soru soranın yanına gidip ona en iyi öğüdünü verirken yine başını eğdi. "Batıya doğru git, genç adam." O yönü işaret etti. İşareti karşısındakince anlaşıldı ve adam nehir hakkındaki o aptalca soruya gülerek yürüyüp gitti, hiç öğrenemeyecek miydi? Ne de olsa öğüt bedavaydı, genç adam bu öğüdünü tutup bir oğlan çocuğunun gelecek cumartesi yapılacak törensel kıyıma kocaman bir domuzu götürdüğü kız kardeşinin de bir kaz sürüsünü güttüğü yolda, Holborn'un peruklu kalabalığı, arasından geçti, Oxford Caddesi'ne doğru yürüyüp gitti. Oğlanla kıza yetişti, her ikisi de ne su yolunu, ne de oraya nereden gidildiğini doğru dürüst biliyordu. Tüm bildikleri domuz ve kazdı. Delikanlı, Charing Cross'dan kuzeye ve doğuya doğru giden dar sokaklar labirentine döndü. Artık hızlı yürüyemiyor, ayaklarını zorlukla sürüklüyordu. Ayakları ağrıyordu. Sandık dar omuzlarına batıyor, kolları zonkluyordu. Kaldırım taşlarının kirden zor göründüğü dar yollarda yavaşça ilerledi. Ucuz kiralık evlerden kadın çığlıkları geliyor, sağduyusu ona geriye bakmamasını öğütlerken ayaklarını sürükleyerek Sheath Alley'den Piazza'ya doğru yürüyordu. Acaba nehri hiç bulamayacak mıydı? Alanı dönerken umutsuzluğa kapılmak üzereydi, kalabalığın arasında adım adım ilerleyerek güney yönündeki kısa bir sokağı izledi. Yarı yolda durdu, tükenmiş durumda sandığı yere indirip bir kapıya dayandı. Büyük mavi bir çanta taşıyan bir adam ona doğru kararsız bir yürüyüşle geliyordu. Lemprière duruşunu değiştirdi. Adam sallandı, sonra sendeledi. Çarpıştılar.

"Tanrı'nın cezası!" Lemprière'in düş kırıklığı, ayaklarının dibine düşen sarhoş saldırganının üzerine boşaldı. Lemprière haritasını onun yüzüne doğru uzattı.

"Nehir," diye sordu. "Nehri istiyorum." Adam yattığı yerden korkuyla ona baktı.

Lemprière kendisini çekip ayağa kaldırırken, "Nehrin neresini istiyorsunuz, efendim? Gitmek istediğiniz yer neresi?" diye sordu. Elle çizilmiş harita havada sallanıyordu.

"Burasını," diye parmağını sapladı genç adam, "Southampton Street'i."

"Ah, benimle alay etmeyin bayım, sarhoşum ve bunu kabul ediyorum, ama böyle davranmanız için neden yok–"

"Söyle!"

"Size böyle çarpmayı istememiştim, biliyorsunuz..." Genç adam sandığı yerden kaldırdı.

"Yalnızca söyle," diye yineledi yavaşça, soğuk bir gözdağı verir gibi görünmeyi umuyordu. Tutuklusu iki yanına bakındı, durakladı; bu bir saldırı bahanesi miydi yoksa?

"Ama efendim, Southampton Caddesi burası. Siz bu caddenin üzerindesiniz zaten," diye umutsuzca ağzından kaçırdı.

"İçinde miyim?"

"Burası orası, efendim, orası."

Bulmuştu, dahası üzerinde duruyordu. Adamı bıraktı, soluğunu yavaşça salıverdi, rahatlamıştı, tek duygusu buydu.

Dalgın dalgın, paçalarındaki çamuru fırçalamak için eğilirken, "Teşekkür ederim, arkadaşım," dedi. Beriki bir yanıt vermedi, genç adam onun bu sessizliğinin nedenini anlamak için döndüğünde, adamın kaçıp gitmiş olduğunu gördü. Delikanlı çabucak caddenin bir ucundan ötekine baktı, ama ne yazık ki görülebilecek bir yer yoktu. Biraz daha aşağıda, karşı kaldırımın en ucunda kalacağı yeri gördü. Karşıya geçti, kaldırımda hızlı adımlarla ilerledi, kapıyı vurdu. Ayak sesleri merdivenlerden aşağıya indi ve sürgü hızla açıldı.

"Hoş geldiniz, Bay Lemprière," diye bağırdı kapıyı açan yaşlı kadın ve onu içeriye aldı. Delikanlı, sandığını sürükleyerek onu izlerken, arayış çabasını dışarıdaki caddenin merhametine terk etti. Thames'in nerede olduğu artık hiç umurunda değildi.

***

Akıntılar nehrin ağzını belirleyen durgun sularda kargaşa içinde karşılaştı. Dalgalar kısa, ak taçlar oluştururken çalkantılı yüzeyin üzerinde bir martı tedirgin, inip çıkıyordu. Kanatları havayı araştırır gibi kucaklıyordu; gelgit, bilinçsiz akıntıları kaydırarak kanalın içinde atmaya başlar, denizin öfkesi derin, amaçlı bir kabarmaya dönüşürken kanatlar uçuşa geçti. Sular ilkin belirsizlik içinde karıştılar, sonra direngen çekime kapılarak kent yönünde kararlı bir akışla birleştiler.

Kış ışığında belli belirsiz seçilen ufukta soylu bir yelkenli, hafif rüzgârı ardına almış durumda, tüm yelkenleri açılmış, gelgiti yakalama çabasıyla suları yaran bir geminin gelişini haber verdi. Gemi haliçe yaklaşırken akıntı onu nehrin ağzına doğru çektiğinde önce gabyalar, sonra da ana yelkenler belirdi. Tamasa, kara nehir, Tamesis. Thames.

Boşken bin iki yüz ton çeken geminin bu ilk yolculuğuydu. Akıntı gemiyi içeri çekerken güvertede Hintli gemiciler aceleyle yelkenleri çözüyorlardı. İngiltere-Hindistan arasında işleyen büyük ticaret gemisi *Nottingham*, ilerledi, Çin'den ve Comorin Burnu'ndan gecikmeyle geçmişti. Thomas Brown'un tersanesindeki kalafatçı, marangoz ve doğramacılar iyi iş yapmışlardı; palangalarının çoğu istifli durumdaydı, lombarları mühürlüydü. Doğu Hindistan filosunun gururu *Nottingham*, kendisini iç limana çeken suların içinde, durmuş oturmuş ve kâr getirir bir görünüme sahipti. Kaburgası sağlamdı, kötü hava koşullarına karşın iyi dayanmıştı, su basıncına karşı koyan kasnakları hâlâ sımsıkıydı, fazla pompa kullanmak gerekmemişti. Küçük bordalı *Nottingham*'ın üst yan bölümleri, sudan bordo çalımıyla dimdik çıkıyordu. Gemi, sessiz pompayla Thames'dan yukarı ilerlerken görkemli boyutunu gözler önüne seriyordu.

Bazen daha büyük gemilerce gözden gizlenen, bazen de denizin ayırımlanamayan grisiyle karışmış gibi görünen bir gemi, yükü hafif olmakla birlikte, durgun suların içinde yalpalıyordu. En fazla yarı tonajında olan bu gemi, *Nottingham*'ın dümen suyunda kurnazca ilerliyordu. Yasal mirasçıyı izleyen savurganca kullanılmış başıboş bir tekne. Güvertede Hintli gemiciler yoktu, ama onların yerine alınmış olmaları gereken, yüzleri güneşte yanmış tayfalar vardı. Modası geçmiş donanımın isterlerini ağır bir çabayla ve gönülsüzce yerine getiriyorlardı. Parıldayan ucuz halatlar, kullanılmaktan incelmiş dubaların çevresinden hızla kayıyordu. Güvertedeki tek ses, geminin gerilmiş kaburgasının çatırtısıyla yanlarına çarpan suların sesiydi, çünkü tayfa sessiz çalışıyordu. İki gemi yollarına devam ettiler.

Az sonra ilk birkaç ev görülür oldu. Gravesend'de *Nottingham*'ı, yolculuğunun bu son evresinde Thames'in kanallarından geçirerek Deptford'a ulaştıracak kılavuzu taşıyan uzun bir gemi karşıladı.

Şimdi her iki gemi de nehrin ortasında yol alıyordu. Nehrin üst bölümlerini dolduran posta gemileri, eğlence tekneleri ve kotralar, bu büyük İngiltere-Hindistan gemisinin su çekme kapasitesi konusunda bilgilendirilmiş olduklarından en derin kanalları boşatmışlardı. The Upper Wet Docks'a yaklaşıldı ve yanaşıldı.

"Vira!"

Palamarlar atıldı ve gemi sıkıca bağlandı. Uzun yolculuk sona ermişti.

Nazım ötekilerle birlikte gemiden ayrıldı; son dokuz aydır yuvası olan gemiye bir kez bile dönüp bakmadı. Dikkati, kendilerini limana kadar izleyen tanımlanmamış gemi üzerinde toplanmıştı. Kaptanın yönettiği gemi nehirden yukarı, Rotherhithe'e doğru ağır ağır ilerliyordu. Nazım, gemi, nehirdeki bir dönemeci dönüp gözden uzaklaşıncaya dek arkasından baktı. Gemi yoluna devam etti, nehirden yukarı yalpalayarak, hiçbir kayıtla bağlı bulunmadığı rıhtımdaki yerine doğru, gıcırdayarak, demirli durumda beklemek üzere ilerledi. Hiçbir liman işçisi onu karşılamak için koşup gelmedi, yalnızca sızlanıp duran topal bir eski denizci, gemi yavaşça rıhtıma yanaşırken şöyle bir dönüp baktı. Ve daha ilerideki Koruyucu Kaptan evinin çatı penceresinde bir an bir yüz belirip yitti. Geminin tayfası ayaklarını sürüyerek alt güverteden, başları önlerinde, elleri ceplerinde dışarı çıktı. Gemileri Thames gelgitinde nazikçe sallanıyordu, dönüş tarihi çoktan zaman aşımına uğramış, onu bekleyebilecek kişilerin inanç ve sabrı çoktan taşmıştı, *Vendragon*'un iskeleye çarpması sonucunda tık, tık diye tekdüze 'bir evine hoş geldin' sesi duyuluyordu.

***

Efendim, bu, Kasım ayının yirmi ikinci günü sabahı Chancery Lane'deki büromuza buyurmanız, saygıyla rica edilmektedir. Babanız, Charles Lemprière'in emriyle Chadwick, Skewer ve Soames tarafından izlenmekte olan gelişmeler, kendisinin oğlu ve bundan böyle, mirasının vekili ve mülkünün yöneticisi olmanız nedeniyle tarafınıza aktarılacaktır. Bu acılı anınızda saygılarımı sunarım.

Ewen Skewer (avukat)

Batı'ya doğru yola çıkmıştı. Gideceği yere varmıştı. John Lemprière botlarını gevşetirken içini çekti. Ayakları ağrıyordu. Mektup gelmiş, kendisini bekliyordu. İletinin ana paragrafının altında, farklı bir el tarafından yazılmış bir not ilkin, söz konusu gelişmelerden çoğunun belgeler halinde olduğunu, herhangi özel bir ulaşım aracı gerektirmediğini haber veriyordu. İkinci olarak da, bir ilgilinin ertesi sabah kendisini arayacağı ve avukatın bürosuna götüreceği bildiriliyordu. Notta herhangi bir imza yoktu, Lemprière, ilgili kişinin kim olabileceğini düşündü. Neyle ilgileniyordu?

Gözlüklerini çıkartıp burnunun kemerini ovuşturdu. İkindi ışığı odayı griye boyamıştı. Odada az eşya vardı: bir iskemle, küçük bir yazı masası, üzerine oturduğu yatak ve bir şifonyer. Yol sandığı açılmış durumda, şifonyerin yanında yerde duruyordu. İçindeki kâğıtları biraz önce karıştırmış, karmakarışık etmişti. Bu kısa araştırmanın nedeni yanında cansız bir varlık halinde duruyordu. Bir mektup. Giriştiği serüvenin heyecanı çoktan dinmiş, yerini daha bildik bir yorgunluk duygusu almıştı. Sıkıntıyla pencereden tekdüze göğe bakıyordu.

"Londra," dedi yüksek sesle kendi kendine. Aşağıdaki sokaktan, sokak satıcılarının ve müşterilerinin patırtısı geliyordu kulağına. Bir köpek havladı.

Jersey'den ayrıldığından beri geçen altı gün boyunca çok az konuşmuştu. Büyük yolculuğu deniz tutmasıyla birleşmiş, Saint Peter Limanı'ndan Southampton'a dek kusmuştu. İçi dışına çıkmıştı. Araba yolculuğu biraz daha iyi geçmişti. Soluğu bira kokan, kırmızı yüzlü bir adam ona sayısız kez, kendisinin 'ithalat-ihracat' işi yapmakta olduğunu söyleyip durmuştu; her keresinde de ağzını yayarak sırıtıp göz kırpıyordu, sanki bu söylediğini gizli bir önemi vardı. Karşılarında orta yaşlı bir kadınla çocuğu oturuyor, durmadan başlarını sallıyorlardı. En kötü yollarda bile midesi dönmemiş, ama sıkıcı tedirginliği daha da yeğin başkaldırır olmuştu. Şimdi, yanında duran mektuba, babasının mektubuna bakarken bunu yine duyumsuyordu. Lemprière bununla, on beş gün önce kendisini eteğinden yakalamaya çalışan düşüncelerin dibine çökerek, oynuyordu. Bu düşüncelere bir yakalanacak olsa, karşı koymasına bile zaman tanımayacaklardı.

Kapı ardına kadar açılmıştı. Yaşlı bir kadın, onu merdivenlerden yukarıya çıkartırken öteki kiracılar hakkında gevezelik ediyordu. Bodrum katta pazarda çalışan Galli kızlar kalıyordu. Zemin kat boştu, ama ilk kat tutulmuştu. Kendi odası ikinci kattaydı, üstünde de bir terzi, karısı ve ailesiyle birlikte kalıyordu. Kadın yanından ayrılmak için acele ediyordu. Kendisini kapının önünde bırakıp gıcırdayan tahta merdivenlerden aşağı takır tukur indi.

Delikanlı olduğu yerde kalıp bekledi, onun gürültülü ayrılışını dinledi, sokağa açılan kapı çarpılarak kapatıldığında, ancak o anda, içten içe vicdanının ilk iğnelemelerini duyumsadı, bu, babasının ölümünden beri alıştığı bir duyguydu, verdiği yılgınlık giderek artıyordu, son bir-iki saattir daha da büyümüş, şimdi tüm gücü ve sıkıntısıyla üzerine abanan o duyguya dönüşmüştü. Onun ağır ağır gelişinin, o inatçı, yabancı varlığının ayırdına varır olmuştu. Son haftalar boyunca Jersey'in kayalıklarının tepelerinde uzun yürüyüşlere çıktığı görülmüştü. Birçok kez, kendisini koşarken bulmuş, kendine gelince niye koştuğunu anımsamamıştı. Ama nedenini biliyordu.

Lemprière ayağa kalkıp pencereye yürüdü. Pencereyi kapatarak aşağıdaki sokakta kaynaşan erkek ve kadın kalabalığına baktı. Hepsi bir gün ruhlarını teslim edecek, kasvetli yaşamlarını bırakıp yukarıdaki etere karışacaktı. Ve babam da, harpya, siren ya da sfenks olarak 'ker'in farklı bedenlenmelerine yöneldi. Bedeni, ağızdan terk etti, kara kanatların üzerinde uçtu. Yüzü bir kadının yüzüydü. Miasma'nın.[1] Onun vebay.. neden olduğuna inanılır, tarlaları kirlettiğine; aşağıdaki kaygısız borçlularını kavuran kıskanç bir alacaklıdır o.

Yukarıda, terzinin en küçük çocuğu bir şarkıya başladı, "Hazırlıksız Ethelred, İtirafçı Edward, Beşinci Henry..." Sağduyusuz... ve yine yatağının üzerine koymuş olduğu mektubu, babasının sözlerini düşünmeye daldı. *Currite fusi*... Şıkır şıkır, şık. Geçmişten ve gelecekten gelen sesler, "Yedinci Henry, Sekizinci Henry..." Sokakta biri bağırdı, "Sığır eti, iyi sığır eti!"

Dişleri baldırın içine dalıp birleşince, bir emme sesi çıkmıştı, sesin bu denli yüksek çıkmış olması şaşırtıcıydı, sesi, tıpkı koyu çamurun içinden çekilip çıkartılmış bir botun sesini andı-

---

[1] Bataklık. (Çev.)

rıyordu. Şubat, yatıştırma ayıydı, daha çok erken, diye düşündü. Ya da çok geç. Törenin özü, tam zamanında olmasına bağlıydı. Bir adam öldüğünde, kalıntıları büyük bir toprak çömleğe, bir küpe konur, bazı törenlerle gömülürdü, ölen adamın ailesi de 'ker'ini sakinleştirmek için törenler yapardı. Bazen göreneklerinin hiçbir etkisi olmaz, ama bu, Atinalıların inancını ya da korkusunu sarsmazdı. Onlar 'ker'in, ölüm travmasını yaşayan ürkmüş bir ruh olduğunu biliyorlardı ve çok daha sonraları, Charon'un parası ödendiğinde, Acheron'un suları geçildiğinde ve gölgeli topraklara erişildiğinde, o içinde hâlâ bir korku izi taşıyor olacaktı. O, yaşayanların ağzında acı bir tortuydu, beklenen yeniden birleşmenin tadıydı. "Sana da sıra gelecek," diye uyarıyordu bedensiz sesler.

Nehirden tüten kokular hâlâ odanın içinde asılı duruyordu. Odanın öteki ucundaki küçük ateş sönmek üzereydi. Oraya doğru yürüyüp ateşi öylesine karıştırdı, birkaç kömür daha attı. Burada ateş bile faklı yanıyordu. Yere çömelerek, düzensiz alevlerin, kömürleri inançsızca yalamasını izledi. Mektup hâlâ onu bekliyordu. Eline almak için döndüğünde içini önsezi doldurmuştu, ama, neden korkuyordu? Yanıtlayamayacağı sorular, düzeltmesine olanak olmayan suçlamalar. Saçmaydı ama, bu mektubun kendisi bu tür bir suçlamaydı. Omzunu ovuşturdu ve yeniden yatağındaki yerini aldı. Elinde mektup, Hipponomus'u, güya Sthenoboaea'nın yatağından, elinde kendi ölüm emrinin yazılı olduğu Proteus'un mektubuyla, safça Jobates'in sarayına gönderilen Bellerophon'u[1] düşündü. Yine de kurtulmayı başarmıştı, diye söylendi kendi kendine. Yukarıda Birinci Charles, aşağıya doğru dalgalanıyordu. Babasının dikkatle biçimlendirmiş olduğu harfleri ona bakıyordu. Okumaya başladı.

***

Nazım ötekilerle birlikte Ratcliffe yatakhanesine doğru yürüdü. Bu yıkıntı yapının içine girince, yaşlılar bir araya topla-

---

[1] Bellerophon: Grek. Mit. Kral Proetos'un güzel karısı Anteia saraylarında konuk olan Bellerephon'a âşık olur, ancak erdemli prensi baştan çıkartamayınca kocasına, onunla ilgili iftira eder. Proetos, Bellerophon'un eline bir mektup vererek onu kayınpederinin sarayına gönderir. Mektupta Bellerephon'un öldürülmesi yazılıdır. (Çev.)

nıp gruplaşır, kendi aralarında konuşurlardı. Adam onların umutsuzluklarını seziyor, ama daha önce de çoğu kez olduğu gibi, bu duygularına katılmıyordu. Gerçekten de bu yatakhane kötü bir yerdi; soğuktu, az aydınlatılmıştı, aylarca temizlik yüzü görmemişti. Ne önemi vardı? O, kendisine verilen öğütlere uyuyor, bu sessiz tartışmalara katılmıyordu. Bazıları daha şimdiden Madras'a ya da Goa'ya giden bir gemide kendilerine birer ranza bulmaktan söz eder olmuştu. Şirket'in buna izin vermeyeceğini biliyordu. Hem nasılsa, kasımda Hint adalarına gidecek gemi pek az bulunurdu, bu çok riskli olduğundan saçma bir şey sayılıyordu. Doğulu gemicilere bakındı. Parmakları tahta kaplamanın üzerinde dikkatle trampet çalıyordu, bir, iki, üç, dört, başparmak. Her parmak kasının esnemesiyle bir, iki, üç, dört, başparmak. İpler ve kaldıraçlar. Bundan daha kötü yerler vardı. Ve daha iyi yerler.

Oturduğu yerden az ötede adamlar homurdanmayı sürdürüyorlardı. Parmaklarının ağır kıpırdanmaları azaldı. Bu madalyonun yalnızca öteki yüzüydü. Eğer Şirket'in verdiği sözler yerine getirilecek olursa, tedirginlikleri neşeye dönüşecekti, her iki durum da kendisi için aynı derecede anlaşılmazdı. Bunların hiçbir değeri yoktu. Eğer kendisine bir şey kazandıracak olsa, onların davranışlarına kafa yorabilirdi, ama böylesi konulardan öyle uzun süredir uzak kalmıştı ki. O madalyonun diğer yanını da görmüştü. İnsanlar aptallara sırf öyle istedikleri için, gösteriş olsun diye vuruyorlardı. Bundan yıllarca önce, amcası henüz hayattayken, Nawab'ın sarayına ilk ziyaretini yapmıştı. O gün pek çok şey görmüş, çoğunu anlayamamıştı, ama bu ziyaretin amacı ya da amaçlarından biri, daha sonra kavramaya başladığı gibi, gösterişin ne olduğunu anlamasıydı.

Düşünceleri gerilere sürüklendi. Amcasıyla birlikte kocaman yapının dışında yan yana durmuşlardı. Yakıcı sıcağı, kırmızı kum taşlarının parıltısını anımsıyordu. Ve sonra içerideki serin mermer. Ayakları yere çarptıkça ses çıkartıyor, bu ses duvarlarda ve yukarıdaki altın yaldızlı tavanda yankılanıyordu. Kemerli giriş yerine vardıklarında, amcası ona kemerli yerin ötesindeki müzik pavyonunu işaret etmişti. Söz dinleyen bakışlarla bakmıştı. Dinleyicilerin salonunu, özel odaları ve haremi, sıcak su banyolarını ve su kanallarıyla çağlayanların yüzme havuzuna döküldüğü bahçeleri geçmişlerdi. Kubbealtları ve çatı pavyonları başlarının üzerinden onlara bakarken pirinç ve gümüş kapıların sessizce kapandığı, delikli paravanların ardından hafif fısıltıların duyulduğu iç bölümlere dalıp gözden uzaklaşmışlardı. İkisi, gölgeli uzun koridorlardan geçip yollarına devam ederek sonunda, arabesk süslemeler ve yazılarla, kakma akik ve değerli taşlarla süslenmiş desenlerle bezenmiş, altın, turkuaz ve erguvan gibi hepsi de en değerli renklerle boyanmış kabul odasına vardılar. Burada, bu ziyaret dolayısıyla yanında tek bir hizmetçi bulunan, ufak, çökmüş bir adam vardı.

Amcası onunla saygıyla konuşmuştu. İkisi bir süre konuşmuşlar ve sırık gibi boyuyla on iki yaşında bir genç olan kendisi, bu ufak adama tanıştırılmıştı. O sırada bunun ne anlama geldiğini anlayamamıştı, ama o buluşma sırasında bir pazarlık yapılmış, birbiri ardına bazı sözler verilmiş ve o andan sonra kendisi, ayırdına bile varmadan Nawab'ın hizmetine girmişti. Amcasının Nawab'la alçak sesle yaptığı konuşmadan saatler sonra saygılarını sunmuş ve dönüp odadan çıkmışlardı.

Saraydan ayrılmazdan önce amcası kendisine Aynalar Odası'nı göstermişti. Buradan söz edildiğini duymuştu, çok güzel olduğu söylenmişti. Sayısız küçük ayna parçası alçı çıkıntılara yerleştirilmiş, bu kalın tabakalar garip, değişken ve mozaik oluşturmuştu. Delikanlı kendisini binlerce küçük parça halinde görüyordu, bunlardan her biri de birbirinden ayrıydı. Bu harika bir şeydi, değil mi? Bu gösteriden fazla etkilenmeyen çocuk, nazikçe başını sallamıştı. Duvarlar boş olsaydı kendisi üzerinde ne daha az, ne de daha fazla bir etki yaratacaktı. Bunun amacı neydi? Amcası onu dikkatle izlemiş ve çocuk, sonraları, çok daha sonraları bunun bir tür deney olduğunu kavramıştı. Çocuğun yüz çizgilerinden hiçbir ilgi kıpırtısı gelip geçmemişti.

O zaman amcası gülümsemiş, onu dinleyiciler salonundan geçirip geri götürmüştü, önlerine çıkan saray uşakları kendilerine yol açıyor ve gözlerini kaçırıyorlardı. Nazım'ın, amcasının böyle önemli bir kişi olduğundan haberi yoktu. Gizlice uşakların yüzlerine bakmış ve hepsinde aynı ifadeyi görmüştü. Saygılıydılar kuşkusuz, ama gözlerinde başka bir şey daha vardı. Fazla meraklı olduğu için amcası onu azarlamıştı, ama o yine de, kendileri geçip giderken uşakların gözlerinde bir hoşnutsuzluk izi ve dahası, kesinlikle, güçlü ve uzlaştırılmamış bir korku görmüştü. O güne dek, bildiği kadarıyla, herhangi bir kimse üzerinde pek az etkisi olduğunu sandığı amcası gibi bir adamdan uşakların niçin korktuğuna akıl erdirememişti. Daha sonraları bu yanlış anlamayı anımsayarak gülümseyecekti, ama geri dönerlerken geçtikleri kemerli yolda ve süslü saray kapılarında merakı giderek büyümüştü. Saraylılar, en saygın hizmetliler, sarayın profesyonel dalkavukları, hepsi, kendilerinin yavaşça dışarı çıkmalarını gönüllü bir özenle izlemişlerdi. Amcasıyla ikisi: Nawab'ın gurur ve mutlulukla atanmış resmi katili ve hemen o gün atanmış on iki yaşındaki çırağı. İkisi birlikte, el ele; Bahadur-ud-Dowlah genç yeğenini eve götürüyordu...

Yatakhanenin kapısı birden hızla açılınca Nazım dalgınlığından sıyrıldı. Kendi vatandaşlarından ilki geri dönmüştü. Nazım, battaniyesini yere serdi ve başını alışkın olduğu gibi kapı yönünde yerleştirerek, yattı. Kapı düzensiz aralıklarla hızla açılıp duruyordu. Her defasında, hemen gözleri açılıyor, herhangi bir tehlike olmadığını görünce yine kapanıyordu. İlk ders bu, diye düşündü kendi kendine. İnsanların pek azı her şeye karşı yürekli bir tavır alır, ama çoğu üzgün bir yüz takınır, bazıları da kana bulanır. Sendeleyerek yerlerine geçmeye çalışan gecenin döküntülerinin çıkarttığı seslerle bölünen düzensiz bir uyku uyudu. Yarın, kendisine verilen görev başlayacaktı.

***

"*Oğlum,*" diye başlıyordu mektup, "*sana yazdığım ilk ve son mektup olan bu mektubu okuduğun sırada ben ölmüş olacağım. Benim bu dünyadan göçüşüm, atalarımızın ölüm tarzında olduğu takdirde, sen merak içinde, kuşkular ve yanıtlanmamış sorularla kuşatılmış durumda kalacaksın. John, bu kuşkularının peşine düşme. Merakın yatışmayacak, öç duygun asla yasal bir doyuma ulaşamayacaktır. Lemprièreler'in tarihi sana Atreus'un*[1] *evini anımsatıyorsa, bunun nedeni bu öğütün çok az verilmiş ve asla tutulmamış oluşudur. Sanırım bu mektubu Londra'da ya da bu ken-*

---

[1] Atreus: Grek. Mit. Argos Kralı. Kardeşi Thyestes, karısı Aerope'yi ayartınca, Atreus öç almak için öldürdüğü üç oğlunun etini bir ziyafet sırasında kardeşinin önüne koyar ve ona yedirir, kendisi de Aigisthos tarafından öldürülür. (Çev.)

te giderken yolda okuyor olacaksın. Yapman gereken iş ne ise, hemen yap ve oradan ayrıl. Kâğıtlarıma gelince," buraya gelince John, bu kâğıtlarla dolu olan yol sandığına baktı, *"yak onları. Okuma zahmetine girişme. Daha fazla bir şey söylemeye korkuyorum, yalnızca dediklerimi yap, o zaman huzur içinde olacağım."*

Mektup imzalanmamıştı, ama el yazısının babasına ait olduğuna kuşkusu yoktu. Öç almaktan söz ederken ne demek istemişti? Ve vahşi bir biçimde öleceğini nereden bilmişti? Babasının sözlerini düşündükçe, bu ve bunlar gibi birçok düşünce sarıyordu kafasını.

Daracık yatakta yatıyor, şimdi ateşin dumanıyla sararmış olan beyaz boyalı tavana bakıyordu. Karışık duygular içinde, Jersey'in ormanlarını, tarlalarını ve kısa bir an annesini düşündü. Yukarıda, terzinin ailesinin yatmaya hazırlandığı duyuluyordu, dışarıda ise sokağın gürültüsü dinmemiş, yalnızca gürültülerin türü değişmişti. Kulağına, düzenli bir ticaret, hakaret ve selamlama mırıltısı halinde gelen yolcuların, pazar işçilerinin gürültüsü şimdi azalmış, yerini farklı egemenliğini, ani haykırışlar, yaklaşıp uzaklaşan ayak sesleri biçiminde sunan gecenin kırık tartımları almıştı.

Babasını düşündü. Niçin haykırmıştı? Eğer, olduğu yerde yatıp kalsaydı, sonuç böyle olmayabilirdi. Eğer, Casterleigh başka bir gün ava gitmeyi seçseydi, bütün bunlar olmayabilirdi. Eğer, Juliette banyo yapmamış, eğer Juliette suyun içinde oynamamış olsaydı, eğer Juliette... Eğer ben Actaeon'un günahını işlememiş olsaydım... Hayır, bu düşünceyi yadsıdı. Şimdi değil.

Ama evet, içindeki başka bir ses direniyordu, *eğer başka birinin senin yerini almasına izin vermeseydin...* Böyle olmayabilirdi, diye yorgun ve bıkkın sonuca vardı. Böyle olmaması için öyle çok seçenek vardı ki. Eğer o öyküyü okumamış olsaydım, diye yakardı, o kitap bana verilmemiş olsaydı, kütüphanede kendimi kanıtlamaya çalışmasaydım. Yapmamış olmam gereken pek çok şey vardı. Onu gölün içinde banyo yaparken izledim.

Düşünceleri dönüp dolaşıp kıza geliyordu. Dışarıdan bakılınca sakin görünüyordu, ama körükleyen duyguları içten içe, kum saatinin içinde akan ak kumlar gibi yavaşça süzülüyordu. Gece ilerledi. Sonuçta gözleri kapandı ve uyudu.

Uzun yıllar önce, üzerine kentin kurulacağı, kayalık temel tabakanın üzerine kocaman bir şey çarptı. Ölümlülüğü içinde dikkatsiz ve kibirliydi, gölgesi bütün düzlük ve uçurumların üzerine düştü. Kraterler onun ayak izleriydi ve o üzerini yavaşça örten yumuşak balçık toprağın içine battı. O, burada öldü. Ve burada, her şeyi sinesine çeken toprak onu aşağıya, taş yataklara doğru çekti. Yavaş yavaş bir uyum başgösterdi. Azar azar, öylesine yavaş ki, bu şey, taşa yenik düştü. Biçimi katılaştı ve bir cesetten başka bir şey oldu; neredeyse algılanamaz bir biçimde kendi göçüşünün bir anıtı, şimdi beş davetsiz konuğun sessiz ev sahibi olan, bilmecemsi bir maden damarı oldu.

Uyuyan kentin altındaki derinliklerde, bu yapının içinde çok hafif bir canlılık var. Onun fosilleşmiş kalıntılarının beş noktasında bir kıpırtı var. Beş adam, granit atardamarların, çok sert galerilerin ve kolay kırılır kristal tabakaların içlerine doğru emekliyor. Ayrı yönlerde ilerliyorlar. Yolları bükülüp kıvrılıyor, ama asla karşılaşmıyor. Hepsi de bu yolculuğu daha önce de pek çok kez yapmış. Hiçbiri diğerinin yolundan haberli değil. Tünel ağının içinde yollarını seçerken, ortaklaşa sahip oldukları tek şey yalnızca yazgıları. Bazen, kat kat kireçtaşının kâğıt inceliğindeki zarıyla ayrılmış durumda, birbirlerinden yalnızca birkaç milim uzaklıkta oluyorlar, ama bunu asla bilemeyecekler. Kocaman cesedin tam ortasındaki bölmeye, bir zamanlar belki de onun yüreği olan bu bölmeye doğru, herkes kendi yolundan gidiyor. Bu bölmenin kapısı, belki bir zamanlar atardamarların ve damarların içinden akıp gelen sıcak kanla atan bir ana atardamardı, oysa şimdi yalnızca, yaklaşmakta olan beş adamın durmadan yer değiştiren ayak seslerinin hafif yankılarını barındırıyor. Göğüslerine yakın tuttukları lambalar önlerindeki yolu aydınlatırken, arkalarındaki karanlığa bedenlerinin uzayıp giden gölgeleri düşüyor. Odaya girdiklerinde her biri, elindeki lambayı söndürdü ve duvara tutturulmuş lambanın bir fitili yaktı. Bu fitiller, ötekilerini yakan fitil sayılmazsa, tam dokuz taneydi. Dokuzundan beşi yakıldığında, bölmenin tavanını ve duvarlarını aydınlatan titrek bir ışık yayılıyordu. Bu yerdeki tek aydınlanma biçimi buydu. Bölme soğuk ve havası çok durgundu. Kabala oturumu başlamıştı.

Işığın loşluğunda kendini gizlemeyi seçen önderleri, gölgeli iskemlesinde geriye yaslanmış oturuyordu. Arkasında, iki yanında kendisini sütunlar gibi kuşatan iki kişi ayakta duruyordu. Kalın yapılı bir adam masanın önünde yerini aldı. Harekete alışkın bir insan havası vardı üzerinde ve tedirginlikle kıpırdayıp duruyordu. Yanında, kısa boylu bir adam vardı, daha çabukça yerleşmişti.

Sonuncu adam karşısına yerleşirken, "Lütfen oturun," dedi Önder. Herhangi bir beklenti havası, heyecan yoktu. Bir ağırlık vardı belki, sanki maddeleri yıllar önce kararlaştırılmış bir antlaşmanın son imzası için toplanılmıştı. Önder, neredeyse ayırt edilmeyecek bir tarzda hafifçe öne doğru eğildi, yüzü hâlâ karanlıktaydı. Bu bir işaretti. Ötekiler, alışkın bir tavırla onu dinlemeye hazırlandı. Bundan önce böyle pek çok toplantı yapmışlardı. Kalın yapılı adamın elleri, önündeki masanın üzerindeydi, ellerini birleştirdi. Bir parmağının ucu sol elindeki bir yüzüğe sessizce değdi. Bu altın bir yüzüktü, kabaca yapılmıştı ve üzerinde bir mekanizma vardı. Ötekinin sözleri sanki onun dikkatini pek az çekiyormuş gibi tırnaklarını inceliyordu. Bu, derin düşünceye dalmış gibi görünen pozu ona o denli yabancıydı ki, etkisi neredeyse komikti. Konuşmacı onun takındığı kayıtsızlığa aynı biçimde karşılık verdi.

"Nawab'ın acele bir ajan gönderdiğini duyduk... O kişi ortaya çıkartılacak. Bu konuda," soluk almak için bir an durdu, "daha sonra bir karar alınabilir. O, her durumda, bizim daha büyük sorunumuzun yalnızca bir parçası–"

"Niçin bekliyoruz?" İri yapılı adam birleştirdiği ellerini ayırdı. "Onunla niçin hemen ilgilenmiyoruz? Onun varlığı kuşkusuz bizim yararımıza değil." Onaylama bekler gibi masa başındakilere baktı, yüzler her zamanki gibi ifadesizdi. Öteki, sözünü kesen kişiyi yanıtlar gibi sözüne devam etti:

"İzlenecek. Onun kimliğinin–" durdu, "harekete geçmemizden önce ortaya çıkartılması, bizim yararımıza olacaktır. Bu işler o kadar basit değil."

Özel olarak kendisine yanıt verilen karşısındaki kişi, sinirli bir tavırla önündeki bir sayfa kâğıtla oynadı. Önder karşısındaki adama çabucak baktı, adamın yanındaki daha ufarak kişi bu bakışı yakaladı ve göz kırpmadan karşılık verdi.

"Sorun, ağın merkezinde yatıyor," dedi daha yaşlı ses. "Devam edin."

"Evet, Nawab, beklenenden daha dolambaçlı bir oyun oynuyor. Hem hükümet ve hem de Arcot hisseleriyle ilgili borçları kabul etmekle, ötekinin hisselerine karşılık ileri sürülen taleplerle de oynamış oluyor ve hiçbirini ödemiyor. Nawab kendisinin çok uyumlu bir kişi olduğunu daha önce göstermişti; o her şeyi kabul edecektir."

"Bu da hiçbir şeyi kabul etmeyeceği anlamına geliyor. Aslında hiçbir gücü yok, ama kendi borçlarına karşılık her iki tarafı da elinde rehin olarak tutuyor."

"Oldukça doğru," dedi, görünmeyen kişi. "Tüm çıkarların kendisinde birleştiği boş bir merkez o."

"Bizimkiler de dahil mi?" dedi adam, konuşurken kaslarını esneterek.

"Bizim kendi düzenlemelerimizin değiştirildiğine ya da hatta söz konusu edildiğine inanmamız için bir neden yok. Bununla birlikte, dikkati çekmek–" durdu düşündü, "hoş değil. Önlemler alınmalı. Ajanı bekleyeceğiz; ne de olsa bu, çözümlememiz gereken bir durum değil." Kendi kendine gülümsedi. "Yalnızca... kapsamımıza giren bir durum. Tamam mı?"

Birer birer hepsi başlarını eğerek onaylarını belirttiler. Kurul üyeleri yeniden yerleşmeden önce sandalyelerinde biraz kıpırdandılar. Sonuç sindirilmişti. Teker teker bunu işaret ettiler, sonra çok hafif bir beklenti havası oluştu, parmaklar masada trampet çaldı, başlar biraz eğildi. Yaşlı bir ses yine konuştu:

"Jaques'den haber aldık. Fransa'daki meslektaşlarımızla konuşmuş." Jaques'ın görevine değinilince toplantıda hafif bir gerilim oluştu.

"Ay içinde dönecek, dönüşünde daha doyurucu bilgiler alacağız."

"Ya kız?" diye sordu iri adam, karşısındakine bakmadan.

"Kız da dönecek, kuşkusuz. Onu biraz daha kullanmamız gerekecek." Bu düşünce öteki düşünceleri çağrıştırınca, "Öteki konuya gelince, bu sırada başka herhangi bir güçlük beklemiyoruz. Sessizliğinize bakarak oğlanın gelmiş olduğunu anlıyorum."

Ağır yapılı adam hafif bir şaşkınlıkla başını kaldırıp baktı. "Geldi ve yerleştirildi," diye onayladı.

Öteki, "İyi," dedi. "Lemprièreler uzun süre sürünün dışında kalmıştı. Baylar, oyun şimdi gerçekten başladı."

Toplantı başka, uzatmalı konulara kaydı. Sonra, tüm iş sorunları konuşulup kararlar alındığı ya da ertelendiği, hareket yönleri çözümlendiği, katılımcıların çoğu sırayla dışarı çıktığı ve yalnızca iki fitil yanık kaldığında, odadaki ışık eskisinden daha da azalmıştı. İri yapılı adam huzursuz adımlarla yürümeye başladı, yüzü görülmeyen öteki ise oturuyordu. Gözleri berikinin her hareketini izliyordu.

"Çocukla olan işimizden hoşlanmıyorum, bu çok açık, dostum," dedi.

"Onun ortadan kaldırılması gereksiz," diye karşılık verdi iri adam. "Çoluk çocuk işi."

"Tek sıkıntın bu mu?" İri adam durdu, ellerini masaya dayadı, ifadesiz bir yüz takınmak için çok çaba harcıyordu.

"Bu yeterli bir sıkıntı," diye yanıtladı. "İstediğimizi daha kolay bir yoldan elde edebiliriz. Doğrudan hareket edebiliriz."

"Seçenekler ortaya koymak için, biraz geç sayılmaz mı?"

"Yalnızca işin uygulanabilme kolaylığı ilgilendiriyor beni–"

"Kuşkusuz, ama bir köylüyle iş yapmıyoruz. Burada önemli olan, uygun davranışın."

"Uygun davranış mı? Bununla ne ilgisi var?" Sesinde bir küçük görme işareti seziliyordu. Dikkatli davran dostum, diye düşündü öteki.

"Bu dünyanın Çiçero ve Sokrateslerinin verilen hükmü tartıştıkları çok ender görülür," dedi, hüküm sözcüğünün üzerine basarak. "Onları inciten şey hükmün uygulama biçimidir, dile getirilişi, törenin kesin ayrıntılarıdır. Yaptığımız şeyle değil, nasıl yaptığımızla ilgilenirler." İri yapılı adam bunu onaylıyor gibiydi. Başını salladı ve lambaya doğru ilerledi. Fitillerden birini söndürürken, ötekinin sesi yeniden duyulunca şaşırdı.

"Artık yaşlandım Nicolas. Ve yoruldum. Değişimin de sırası gelecek." Yine sustu. Nicolas Casterleigh topuklarının üzerinde döndü ve yanıt vermeden dışarı çıktı. Önder, masanın başında yalnız kalmıştı.

Gelecek aylar önündeydi, bu son düşünce biçimlenirken artık geleceğe hazırdı. Çünkü değişim olacaktı, Önder son fitili söndürürken böyle düşündü. Düşüncelerinde eski kent ayaklandı, iç limanı gözeten ikiz kuleler birer nöbetçi gibi dikiliyordu. Bir dönüş olacaktı.

***

Nazım şafakla birlikte uyandı, önünde uzanan gün için hazırlanmaya başladı. Yastık görevi yapan çantasına uzandı, elleri aylar önce oraya koymuş olduğu geniş kenarlı şapkayı ve pelerini buldu. Çabucak giyindi, soluğu soğuk havaya küçük bulutlar salıyordu. Caddeye çıkarken şapkasını yüzüne doğru çekti. Batıya, Smithfield'e doğru yürürken Ratcliff Anayolu hâlâ çok sessizdi. Kule'nin köşesini dönerken daha kararlı yürümeye başladı, Minories'e hızlı adımlarla vardı. Gökyüzü bulutsuzdu. Gün ışığı ak kaldırım taşlarında havayı ısıtmadan parıldıyordu. George Caddesi'ni geçerken küçük bir çocuk kalabalığı aktı üzerine; bir elin kalçasına değdiğini duyumsadı ve bu eli şöyle bir itti. Onu soymaya kalkışan, ötekilerden daha uzun, hortlak kadar zayıf, sekiz-dokuz yaşında bir çocuktu, adamın gözlerine kısa bir an baktı. Nazım yürüyüp giderken arkasından hemen bir şarkı başladı.

"Kara Kuş! Kara Kuş!" Adam, adımlarının hızını artırdı, ama çocuklar arkasından zıplayıp sekerek, bu tekdüze şarkıyı söyleyerek, onu izlemeyi sürdürdüler. Başarısız hırsız onları yönetiyor, arkadaşlarının akortsuz korosunun müziğine uyarak zaman zaman Nazım'ın önünde dans ediyordu. Çocuğun ayakları çıplaktı. Seyyar satıcıların ve gelip geçenlerin dikkatini çekmeye başlamışlardı, bazıları bu arsız sokak çocuklarını hoşgörüyle azarladılar. Nazım istenilmeyen bir biçimde ilgi odağı olmaya başladığını sezdi, zihni hızla çalışmaya başladı. Çocukların oynadıkları oyundan vazgeçmeye niyetleri yoktu. Nazım birkaç metre ötede dar bir geçit olduğunu gördü; hemen oraya girdi. Yol boştu. Biraz ilerleyip, hızını azalttı. Birden çevresi şarkı söyleyen çocuklarla dolmuştu. Çetenin Önder'i sağındaydı.

"Kara Kuş! Kara Kuş!" diye bağırdı.

Nazım döndü ve şaşırtıcı bir hızla onu yakaladı. Bir eliyle çocuğu başının arkasından yakalayıp öbür elinin ayasını burnuna bastırdı. Çocuk bağıramayacak denli şaşırmıştı; duyulan tek ses, çocuğun burun kemiğindeki kıkırdağın birden kırılmasıyla çıkan sesti. Nazım, öteki çocukların kanı görmeleri için çocuğun başını geriye çekerek onu bir saniye tuttu. Çocuklar dillerini yutmuş gibi oldukları yerde kalmışlardı, adam döndü, dar geçit boyunca hızla ilerleyip gözden uzaklaştı.

***

Lemprière iyi uyumuştu. İsteksizce kalktı, yatağın sıcaklığı bedeninden ayrılmadan önce çabucak gözlüklerini taktı, botlarını giydi. Ateş yakma konusunda uzmanlığı olmadığından, çalı çırpıyı tutuşturarak kömürleri yakabilme girişimleri iki kez başarısız oldu, ama sonunda yanmaya başlayan kömürlerin alevi havanın nemini azaltmaya başladı. Yüzündeki ergenlik sivilcelerini ayaklandıran soğuk sudan ürkerek, yıkandı, saçlarını şöyle bir düzeltti. Pencereye yaklaşarak aşağı baktı, hamallar ve kalabalığı dirsekleriyle aralayarak kendine yol açan el arabalı adamlarla doldurulmuş olan sokakta yaşam başlamıştı. Bir yük arabası kalmakta olduğu pansiyonun karşısında durdu, kırk, elli yaşlarında bir kadın, sürücüye şiddetle küfürler yağdırmaya başladı. Sokağın yukarısı daha da kalabalıktı. Beyefendilerin perukları çok hoş görünüyor, diye düşündü.

Lemprière sokağı izlerken gözleri, tümüyle kara giysilere bürünmüş ve kalabalığın içinde kendinden emin bir tavırla ilerleyen birine takıldı. Bu kişi sokaktan aşağıya, kendi kaldığı konuta doğru geldi ve hemen kapıya doğru döndü, şimdi pencerenin çıkıntısı onu delikanlının gözünden gizliyordu. Avukatın 'ilgili kişi'si olmalı, diye düşündü kendi kendine. Öyle olmalı, bu saatte bu evde başka kimsenin bir işi olamaz. Odaya her an birinin gireceğini düşünerek pencerede bekledi. Bir dakika geçti, ama hiçbir ses duymadı. Belki de adam terzinin odasına gitmişti. Lemprière kapıya doğru yürüdü ve hızla açtı. Görünürde kimse yoktu.

Kendisini biraz garip hissederek, merdivenlerden aşağıya bakıp, "Merhaba!" diye seslendi, merdiven aralığı dar ve kötü ışıklandırılmıştı. Hiçbir yanıt gelmedi. Yanılmış olmalıyım, diye düşünüp geriledi ve kapısını kapattı. Ama kilidin yerine otururken çıkarttığı tıkırtı henüz duyulmuştu ki, uzaktan bir gıcırtı geldi, sanki biri gizlice tahta merdivenlerden çıkıyor ya da iniyordu. Lemprière kulağını kapıya dayayıp dikkatle dinledi. Hemen ardından aynı sesi, bu kez daha yüksek olarak yine duydu. İçinde bulunduğu gerilim nedeniyle tüm gücünü bir araya toplamıştı. Kapıyı hızla açtı ve bu kez yumruğunu kaldırmış, vurmaya hazırlanan bir adamla karşılaştı. Lemprière, adamın yumruğu inmeden önce kapıyı çarpıp kapattı, ocağa doğru koştu yanan bir odunu yakaladı. Kolu havada, elinde yanan odun, ayaklarını iki yana açarak bedenini desteklemiş durumda odanın ortasında durup vurmaya hazır bekledi. Bekledi, poz aldı. Bekledi, kıvrandı. Bekledi.

Hiçbir şey olmadı. Lemprière duruşunu değiştirmedi. Sonra kapıya iki kez vuruldu, hafifçe kısık, soru soran bir ses, "John Lemprière?" diye seslendi. Kapı bir parmak açıldı ve aradan bir kafa belirdi.

"Bu, John Lemprière'nin odası değil mi?"

"Kimsiniz?" diye sordu delikanlı. "Niçin geldiniz?" Gladyatör benzeri duruşu giderek gevşiyordu. Elindeki odun sönmüş, odayı dumanla doldurmaya başlamıştı.

Yüzün sahibi, "Septimus," dedi, "Septimus Praeceps. Chadwick, Skewer ve Soames'den geldim. Avukatlardan." Bunu söylerken içeriye girdi, elini tokalaşmak için öne doğru uzatmıştı. Lemprière adamın elini sıktı, öksürdü ve odunu ocağa attı.

"Yumruğunuzu niçin kaldırmıştınız?" diye sordu daha sakin bir sesle.

"Kapınıza vurmak üzereydim. Sizi korkuttuysam, özür dilerim."

"Hayır, hayır." Lemprière yine öksürdü, sonra dönüp ziyaretçisini inceledi. Bay Septimus Praeceps kendisinden belki birkaç santim uzundu, daha önce gözlemlemiş olduğu gibi hemen tümüyle kara giysiler içindeydi. Giysilerine uygun düşen kara saçları kısa ve serbest dalgalıydı, bu koyu giyimin tekdüzeliğini aralayan tek şey yalnızca, yüzünün, gömleğinin ve çoraplarının beyaz oluşuydu. Çıkık elmacık kemikleri ve koyu kahverengi gözleriyle, yüzü çarpıcıydı. Lemprière'in gözleriyse ateşin çıkarttığı dumandan yaşarmış durumdaydı, beceriksizce gözlüklerinin altından mendiliyle gözlerini kurulamaya çalışıyordu.

"Kendinize geldiniz mi?" diye sordu Septimus kaygıyla. Lemprière başını salladı.

"İyi, gidelim mi?" Lemprière yine başını salladı, ceketini giydi ve konuğunun eşliğinde merdivenlerden aşağı indi. Kapının önünde, kalabalığa karışmadan önce bir an durakladılar. Lemprière, onları birbirinden ayırmaya zorlayan bedenlerden kaçınmaya çabalarken Septimus ağır yürüyordu. Delikanlı, Saint Helier'deki pazar yerini ve babasını düşünüyordu.

"Dikkat edin!" diye uyardı Septimus, onu dirseğinden çekerek. Kocaman bir at gübresi yığınının kenarından geçtiler. Arabalar hızla geçiyordu. İkisi de ayak altındaki döküntülerden kaçınarak yürüyorlardı, Lemprière, adımlarını hızlandıran Septimus'dan uzaklaşmamaya çalışıyordu. Strand'dan aşağı indiler, Somerset House'u geçip insan trafiğinin daha az coşkulu olduğu görülen Temple Bar'a doğru yürüdüler.

Lemprière düşüncelerini toparlamaya başlamıştı. Londralıların engelleyici davranışlarıyla ilgili hoş bir söz söylemek üzereyken, Septimus tıslayarak kendisini izlemesini söyleyip birden sola döndü. Bir sopaya dizdiği çılgına dönmüş piliçleri taşıyan iri bir adam Lemprière'in yolunu kesmişti. Delikanlı adamın arkasından dolanmaya çalıştı, ama gözlerini bir yerde odaklayamayan, yalpalayan, sarhoş olduğu belli genç bir adam çıkmıştı yoluna.

"Septimus!" diye seslendi.

Sarhoş bağlantısız bir biçimde delikanlının önünde fır döndü. "Sebdimuş?" diye papağan gibi yineledi.

"Hayır, ben... Bir arkadaşıma sesleniyorum, izin verin." Lemprière karalar giyinmiş kişiyi göremiyordu.

"Bir *arkadaşım*," diye yanıtladı sarhoş. "Nerede?" İki adam boş yere kalabalığı gözden geçirdi.

"Burada," dedi bir ses ve her ikisi de dönüp kendilerine gülümseyen Septimus'u gördüler. "Sen sarhoşsun Walter," dedi,

Lemprière'in karşılaştığı yabancıya. "Su geçirmez, kırmızı ve kesik."

"Ve sarhoş," diye onayladı Walter. "Bana bir gine ver. İyi akşamlar." (Bu son söz Lemprière'e söylenmişti.)

"Evine git, Walter," dedi Septimus.

"İyi geceler ve iyi şanslar, beni iyi silkeledin, doğrusu," diye eleştirdi Walter. "Gözlüklerinizi ödünç alabilir miyim?"

Kıkırdadı ve sendeleyerek kalabalığa karıştı.

"Sizin onu tanıdığınızı bilmiyordum..." diye başladı Lemprière.

"Walter Warburton-Burleigh, sarhoş, kadın satıcısı ve benim iyi arkadaşım, ama sabahın bu saatinde çekilmez. Ondan kaçmaya çalışıyordum." Lemprière başını salladı ve Chadwick, Skewer ve Soames'in bürosunun bulunduğu Chancery Lane yönünde ilerlediler.

Büyük caddeyi döndüklerinde Lemprière, buradaki yapıların daha önce gördüklerine benzemediğinin ayırdına vardı. Aralarında daha büyük bir benzerlik bulunduğu ve yapısal olarak ötekilerden farklı oldukları görülüyordu. Cadde boyunca sıralanan yapıların beyaz duvarlarına yerleştirilmiş küçük, kafesli pencerelerin arkasında kâtipler çalışkan, narin elleriyle bir şeyler kopya ediyor, daha yüksek pencerelerde peruklu beyler, kendilerine ait ufacık odaların, hâlâ bütünle bağlantılı olup olmadığını denetlemek ister gibi zaman zaman aşağıya bir göz atıyorlardı. Gelip geçenlerin çoğu aynı biçimde giyinmiş beyefendilerdi, dört-beş kişilik hareketli yığınlar halinde ilerliyorlardı, ama yer yer, tek başına olanlar da vardı.

Septimus böylesi grupların ortasına dalıp zorla kendisine yol açmaktan özel bir zevk alır gibiydi. O geçtikten sonra arkasından protestolar yükseliyordu. Lemprière onu geriden izleme durumunda kalmıştı, başarısız bir biçimde kendisinin, yol arkadaşının oynadığı kaba komedide hiçbir rolü olmadığı etkisini uyandırmaya çalışıyordu. Yolun neredeyse başına varmışlardı ki, Septimus bir girişe daldı. Karşılarına taş bir merdiven çıktı, ama bu merdiveni çıkacakları yerde çevresinden dolanıp öteki yanına geçtiler ve merdivenin arkasında bulunan benzer bir girişten küçük bir avluya çıktılar. Varmayı umdukları yere, avlunun karşı köşesinde bulunan ve Septimus'un basamaklarını ikişer ikişer atladığı merdivenlerden biriyle çıkılıyordu. Septimus merdivenin tepesindeki kapıya anlamlı bir biçimde vurdu, kapıyı elinde bir tüy kalem olan, ufak, tombul bir adam açtı.

"Evet?" dedi dalgın bir sesle, zihninin başka bir yerlerde olduğu belliydi, sonra kendine gelip onları içeriye buyur etti. Septimus'un bu kâtiple tanıştığı açıkça belliydi, antreye girerlerken onun omzuna vurdu ve adamı Lemprière'e, 'değerli Peppard,' diye tanıttı.

Değerli Peppard'ın çalışma odası avluya bakan kısa bir koridordu. Tam orta yerde büyük bir masa duruyordu; arkasında da değerli Peppard'ın iskemlesi. Karşı duvara dayanmış uzun bir sıra duvarın uzunluğunu yayıyor gibiydi. Peppard sırtı pencereye dönük durumda, böylece çalışıyordu. Odanın uzak yanında, üzerinde, 'Ewen Skewer, Avukat' yazısı bulunan bir kapı vardı. Septimus oraya doğru gitti.

Septimus elini kapı koluna uzatırken Peppard iskemlesinden yarı kalkarak, "Bir konuğu var," diye seslendi. "Korkarım, beklemek zorundasınız," diye de özür diledi.

Septimus küfretti ve Lemprière sıraya oturdu. Septimus sinirli bir tavırla bir aşağı bir yukarı yürüyüp duruyordu, bu gecikmeden ötürü çileden çıkmış olduğu belliydi. Kapıya kulağını dayadı.

"Adamın meşgul olduğundan emin misin?" diye sordu öfkeyle. Peppard başını işinden kaldırıp baktı. "Ah evet, oldukça eminim, bakın, saat onda iki beyefendiyle randevusu vardı, ama geç kaldılar, böylece şu anda içeride olan hanımefendi geldiğinde, ki geleceğini önceden bildirmemişti, anlatabildim mi, o da beklemek zorunda kaldı ve–"

"Evet, evet anlaşıldı, teşekkür ederim; Tanrı cezasını versin." Yine hızla gidip gelmeye başladı.

"Siz biraz erken geldiniz, anlatabildim mi," Peppard, Lemprière'e anlatıyordu, "ve o iki beyefendi ve o hanımefendi, arkadan da sizin erken gelmeniz bu sabah işleri iyice karıştırdı." Bunu öyle bir melankoli içinde söylemişti ki, delikanlı Septimus'u unuttu ve değerli Peppard'ın karşılaştığı zorluklar karşısında ona biraz yakınlık duydu.

"Durumu anlıyoruz," dedi Lemprière. Ama Septimus hiç de o havada değildi.

"Anlayışın canı cehenneme!" diye bağırdı, onun bağırmasıyla birlikte, koridorun ucundaki odada sesleri hiç duyulmayan kişilerin konuştukları duyulur olmaya başladı.

"Seni pislik! Seni hırsız! Lanet olsun sana!" Bu sözcükleri söyleyen kadın sesi öfkeyle bağırıyordu ve hemen ardından bir gümbürtü koptu. "Seni berbat yaratık, seni! Gerçeği ağzından söke söke alacağım senin!" Arada, yatıştırıcı bir tonla konuşmaya çalışan bir erkek sesi de duyuluyordu, ama anlaşılan kadın, verdiği göz dağlarını uygulamaya başlayınca, adamın tavrının birden değişiverdiği belli oldu.

"Peppard!"

Güm!

"Peppard, neredesin... Of! Peppard!"

Peppard zaten odaya doğru koşuyordu. Adam kapıyı hızla açınca, orta yaşını geçmiş bir kadının, bir köşeye sıkıştırıp bir eliyle yakasından tuttuğu avukatın başına öteki elindeki ayakkabısıyla vurmakta olduğu görüldü. Kadının bonesi kaykılmış, yüzü ateş gibi kızarmıştı. Bu yakışıksız eyleminin ortaya çıkmış olması karşısında kadın donup kaldı. Septimus bu gelişmeleri eğlenerek, kayıtsızlıkla izliyordu, sanki bu acıklı komedi sahnesi, avukatın neden olduğu gecikmeyi hafifletmek için yapması gereken en az şeydi. Hemen duruma el koydu. Kurbanının tepesinde, durumunu bozmadan kalan kadına doğru yürüdü; kadının, bir darbe daha indirerek ek bir doyum sağlamak ya da uygun davranışta bulunarak hiç değilse onurundan geriye kalanı kurtarmak gibi iki karar arasında gidip geldiği açıktı. Lemprière, nedenini bilmeden kadının bir kez daha vuracağını umdu.

"Madam?" Septimus nazikçe kolunu uzattı, kadın kabul etti ve birlikte kapıya doğru ilerlediler. Hâlâ tek ayakkabısı elinde olan kadın odayı topallayarak geçti. Az önceki şiddet gösterisiyle ilgili herhangi bir değinmenin olayı yeniden başlatacağını sezen Lemprière, kadın geçerken ayağa kalkarak en basit nezaket kuralını yerine getirdi. Kadın durdu ve ona döndü. Sesi oldukça sakindi, ama gözleri hâlâ parlıyordu.

"Teşekkür ederim, efendim," dedi, delikanlı doğrulurken, "deli gibi davrandığımı sanmayın, durum böyle değil. Aklım gayet açık seçik çalışıyor. Bir çan sesi kadar açık seçik ve bu adam..." –işaret etme zahmetine katlanmadan sürdürdü– "bir yalancı ve bir hırsızdır, kendisinden daha da iğrenç olan yanında çalıştırdığı üçkâğıtçılar da ondan hiç aşağı kalmaz. Size iyi günler dilerim, efendim."

Bu sözlerden sonra ayakkabısının tekini giydi, kapıyı açtı ve çıkıp gitti. Ayak sesleri duyulmaz oluncaya dek durup dinlediler.

Avukat etkili bir darbe almamış gibi görünüyordu. Yüzünde, bir yerine iğne batmış gibi bir ifade vardı, ince uzun, zayıf bir adamdı. Kendisine hiç yakışmayan yüzündeki kızarıklık hızla soluyordu ve sonunda yok oldu. Kaşlarını düzeltti. Peppard, efendisinin bürosunu yerleştirme telaşındaydı. Kocaman kâğıtlar yere saçılmıştı. Bir iskemle ters dönmüştü.

"Özür dilerim baylar," diye açıkladı adam. "Son derece yakışıksız bir durum, zavallı kadın bir dul, anlatabiliyor muyum, kaybetmeye dayanamayıp çıldırdı. Buyrun." Avukat onları bürosuna aldı. "Bay Lemprière, değil mi?"

Lemprière başını salladı. Avukat masasının önündeki iskemleleri işaret etti, oturdular. Septimus yerleşmezden önce bacaklarını yedi kez birbiri üstüne atıp, indirdi. Ewen Skewer masasının öbür yanından onlara bakıyordu, ince dudaklarını büzmüştü. Sinirli bir biçimde önündeki kurutma kâğıtları, tüy kalemler ve mühürlerle oynayıp duruyordu. Lemprière, tüy kalemlerden hiçbirinin kesilmemiş olduğuna dikkat etti.

"Bir dul mu, dediniz?" diye sordu, kadının davranışı konusunda hâlâ merakı giderilmemişti.

"Evet, Mrs. Neagle. Kocası bir İngiliz-Hindistan gemisinde kaptandı. Tüm mürettebatıyla birlikte battı–"

"Ne kadar korkunç!" diye adamın sözünü kesti Lemprière.

"Her ticaretin bir riski vardır," dedi Skewer, olur böyle şeyler gibisinden, sonra bu kendini beğenmiş duygusuzluk karşısında Lemprière'in yüzündeki ayıplayan ifadeyi yakalayınca, "Bu, yirmi yıl önceydi; ama kadın bir daha kendine gelemedi. Başlangıçta acılıydı, şimdiyse anılar soldu, ama kadın hâlâ delice öfkeli. Merhum kocasının adını kirletecek bir şeyler döndüğüne gerçekten inanıyor, oysa bende, daha doğrusu bu firmada, onun lekesiz olduğunu kanıtlayacak belgeler, haritalar ve başka şeyler var," diye sürdürdü.

"Ne tür işler dönüyormuş?" diye diretti Lemprière.

"İşin gerçeği, bilmiyorum." Sustu. "Balinalarla ilgili bir şey sanırım. Dediğim gibi kadın çıldırmış. Her neyse, dulların fantezileriyle ilgilenmek bizim işimiz değil." Ayağa kalktı ve arkasındaki raftan büyük bir zarf aldı. Zarfın bir yanı güneşte kalmış gibi sararmıştı, bir bantla bağlanmış, parlak kırmızı mühürle damgalanmıştı. Skewer bu mührü kırdı, bandı çözdü. Önündeki masaya, zarfın içinden dağınık durumda bir miktar kâğıt düştü. Avukat bunları kısa bir süre karıştırdı, içlerinden aynı biçimde mühürlenmiş daha küçük bir zarfı seçti.

Zarfın üzerindeki mührü kırarken, "Vasiyet," diye bildirdi. Lemprière, Septimus'la karşılaşmaları, talihsiz dul Neagle ve bu kentle ilgili düşüncelere dalıp gitmişti, ama şimdi, tıpkı dün akşamkine benzer bir duygu içinde olduğunu algıladı. Önsezi, merak ve her ikisinin de altında, hafif bir suçluluk. Avukatın imzaları gelişigüzel incelemeyi bırakıp da bir an önce metni okumaya başlamasını diliyordu. Skewer baktı ve en azından biçim açısından, açık bir uygunsuzluk bulunmaması nedeniyle vasiyetin geçerli olduğunu bildirdi. Sonunda boğazını temizledi ve okumaya başladı.

> *Ben, Charles Philip Lemprière, Tanrı'nın bana ihsan ettiği bu dünya malını ve mülkünü bu vasiyetimle dağıtacağım. Önce, tüm borçlarımın ödenmesini ve temizlenmesini, sonra geriye kalan mal ve mülkümü, Jersey Adası'ndaki Saint Martin papazlık bölgesindeki evimi ve evime bağlı bulunan topraklarımı karım, Marianne Wroxley Lemprière'e veriyor ve vasiyet ediyorum, ayrıca, evin ve toprakların sahiplik belgeleri ve yönetimiyle ilgili belgeler –ki bunlar tapu senetleri, araştırmalar ve hesaplardır– dışında özel kâğıtlarım hariç, evin içindeki bütün eşyaları da söz konusu hanıma veriyorum. Özel kâğıtlarım oğlum John Lemprière'e verilecektir. Eğer oğlum beklenmedik bir biçimde ölecek olursa, bu kâğıtlar Jersey Adası'nda, Blanche Pierre'de oturan Jacob Romilly Stokes'e teslim edilecektir.*

Vasiyet uzun, süslü bölümlerle sürüp gidiyor, anlamı, dönemeçler ve yinelemeler arasında yitip gidiyordu, Lemprière kısa süre sonra vasiyetteki düşüncelerin yolunu izlemeye çalışmaktan vazgeçip zihnini dilediği yerde gezinmekte özgür bıraktı. Skewer'in sesinin tekdüze tınısı, herhangi bir amaçlı ses değişimini ya da vurgulamayı geçersiz kılıyor, tonlaması metni sıkıcı bir biçimde yassıltıyordu. Bu uyuşturucu ritmi yalnızca kişi adları bozuyordu. Septimus bu töreni bir biçimde hızlandırmak için duyduğu doğal tepkiyi sık sık cep saatine bakmak yoluyla sınırlandırıyor, her tümcenin bitiminde saatin kapağını gürültüyle kapatıyordu. Vasiyetin okunuşunda sıra raporlara eşlik eden eklere gelmişti, Lemprière yarı dinleyerek, yarı Skewer'in işini bitirmesini bekleyerek tembelce gündüz düşleri kuruyordu.

"... imzalanmış, mühürlenmiş, ilan edilmiş ve kendisinin son arzusu olduğu bizlerin huzurunda beyan edilmiştir..."

Vasiyet annesi ve Jake Stokes'in tanıklığıyla imzalanmıştı. Delikanlı, babası, diğer ikisi ve başka bir adamla yapılan ufak ciddi bir toplantıyı hayal meyal anımsıyordu. O adam Bay Skewer değildi. O zamanlar küçük bir çocuktu, ama şimdi, o toplantının, vasiyetin altında gördüğü soluk imzaların atıldığı gün yapılıp yapılmadığını merak ediyordu. Bu olayı daha önce anımsamamış olmasına şaştı, ama içten içe, henüz hiçbir şeyle karşılaşmamış olduğunu, böylesi anıların genellikle, katılmaya hazırlıksız olduğu savaşların ön girişi olduğunu biliyordu. Ve kendisine, çevresindeki her şeyden kopuk olduğu duygusunu veren o dalgalanan duyumun, madalyonun öteki yüzü olduğunun ayırdına vardı, o bu yolla, geçmişi yarı verilmiş sözler ve isteksiz pişmanlıklarla ödüyordu; başka bir gün, bir gün daha, ama madalyon ağır dönüyordu. Avukat bu düşünceler arasına girdi.

"Bunlar çok eski," dedi, bir deste kâğıdı yavaşça masanın üzerinden uzatırken, Lemprière aklı başka yerde, baktı.

"Nedir bunlar?" diye sordu.

"Babadan oğla geçen şeyler sanırım, ailenin tarihi filan gibi..."

"Sanırım bunlar arasında, sizin bir atanızla Thomas de Vere adındaki bir adam arasında yapılmış bir antlaşma da yer alıyor," diye tahminde bulundu Septimus, Lemprière onun bu toplantıdaki resmi konumunun 'ilgili kişi' olduğunu anımsadı.

"Evet, işte şu kâğıt, sanırım."

Lemprière, yılların sarartıp kuruttuğu, katlanmış parşömen belgeyi dikkatle açtı. Kâğıdın iki ucunda testere dişli karmaşık bir düzenek vardı; delikanlı kâğıdı düzleştirip masanın üzerine yayarken bu dişlerden uyarıcı bir çatırtı çıktı. Delikanlı ayağa kalktı, belgenin üzerine eğilerek okudu.

Aşağıda isimleri zikredilen bizler, Tanrı'nın bin altı yüz üçüncü yılının yirmi beş Nisan'ında içtima etmiş bulunuyoruz.

İş bu mukavele, Dördüncü Braith Kontu Thomas de Vere *ve tüccar* François Charles Lemprière *arasında akdedilmiştir. Tanrı'nın izni ve Hükümdarımız Haşmetmeapları Kral Hazretlerinin rızasıyla, yukarıdaki isimle zikredilen birinci zat, Memleketimize şan ve şerefler temin etmek ve Mıntıkamızdaki ticaret ve emtiayı inkişaf ettirmek maksadıyla yapmış olduğu müttenevvi seyyahatleri sırasında, diğer taraflarla daha evvelce akdetmiş bulunduğu mütenevvi mukaveleler mucibince, yine mütenevvi miktarlardaki nakdin paylaşılmasıyla ilgili olarak, bu nakdin diğer taraflarca kendi leyhlerine düzenlenmiş ve kayıtlanmış olup, bu hisseleri meydana getiren birikmiş nakdin ve Doğu Hindistan ve diğer müstemlekelere ve etraflarındaki diğer memleketlere yapılan seyyahatlerde elde edilen kârların ve emtianın ve bu emtianın satışından sağlanan nakdin, bilâhare farklı bir karar alınıncaya kadar, taraflarca mucibince paylaşılmasını temin edilmesi, bu husus temin edilemediği takdirde, işbu mukavele mucibince, bu gibi emtia, eşya ve mücevherler ya da malların, bu Müstemlekeler ya da Memleketler tarafından, yukarıda zikredilen ikinci isme, tüccar* François Charles Lemprière'e *verilmesi ya da teslim edilmesi kararlaştırılmıştır; yukarıda ikinci isim diye zikredilen* François Charles Lemprière'e *temin eyleyeceği hizmetlere mukabil yukarıda zikredilen birinci zat olan Dördüncü Braith Kontu* Thomas de Vere'e, *bu para ve kârların, daha evvel kurulmuş olan Joynt-Stock Şirketi'nin hisselerine isabet eden mikdarının onda biri tediye edilecek ve bu hisselerden ayrı olarak, iki taraf arasında kabul edilen mukavele mucibince, yukarıda zikri geçen ve Doğu Hindistan'da ticaret yapmakta olan, Joynt-Stock Şirketi'nin tarafsız acenteliği ve temsilciliği de kendisine bilâ bedel verilmiş olup bu mukavelenin herhangi bir şekilde feshi ya da yukarıda zikredrilen her iki taraftan,* Thomas de Vere *ve tüccar* François Charles Lemprière'*dan birinin ya da her ikisinin ölümleri halinde bile mukavele hükümleri câri olup işbu haklar muhafaza edilecektir. Bu mukaveleyi şahitler huzurunda kendi aramızda hazırlamış bulunuyoruz.*

Tanrı'nın bin altı yüz üçüncü yılının yirmi beşinci Nisan ayında, bizler, Londra'da bu mukaveleyi imzalamış bulunduğumuzu kabul ediyoruz.

Thomas de Vere
François Charles Lemprière

Lemprière belgeden başını kaldırıp avukata baktı.

"Tiksindirici bir ifade," diye ilan etti Skewer. "Oldukça garip."

"Garip olduğu kesin," diye katıldı Septimus. "Belki Peppard'ın düşüncesini alsak iyi olur."

"Hiç gereği yok," diye karşılık verdi Skewer. "İlginç bir kalıntı gerçekten, ama yaklaşımı merak uyandırıcı–"

"Sizin olayla ilginiz nedir, Bay Praeceps?" diye sordu Lemprière.

"Hiçbir ilgim yok–"

"Ama bana gönderilen mektupta, açıkça, *ilgili kişi* olarak anılmışsınız–"

"Kendimle ilgili olarak hiçbir ilişkim yok," diye sürdürdü Septimus, "ama On ikinci Braith Kontu ya da Edmund de Vere, bu belgeyi edinme konusuyla ilgileniyor ve bu belgeyi satın almak istiyor... Akla yakın bir fiyata, kuşkusuz."

"Bence en uygun davranış bu," diye ekledi Skewer. "Babanızın avukatı olarak, işlerini sonuçlandırmak benim görevlerim arasında ve..."

"Bir dakika beyler, bir dakika lütfen." Lemprière sırtını dikleştirdi ve elleriyle sakinleşmelerini işaretledi. "Her şeyden önce, siz, efendim babamın avukatı değilsiniz, babamın avukatı, burada açıkça yazdığı gibi Bay Chadwick'ti." Orjinal zarfı işaret etti. "Aslında, ben Bay Chadwick'in nerede olduğunu öğrenmek istiyorum?" diye sordu.

Avukatın yüzü asıldı. "Bay Chadwick'i kaybetmiş bulunuyoruz, acıyla söylemeliyim ki sekiz ay bile olmadı daha." İçini çekti. "Çabalarımın doyurucu olmadığına üzüldüm, eğer ben–"

Ama Lemprière onun sözünü kesti. "Lütfen özürlerimi kabul ediniz. Sizi incitmek istemedim. Çabalarınız övgüye değer."

"Yüz gine veriyoruz, bunun için," diye onun sözünü kesti Septimus, duygusuzca.

"Bay Praeceps!" diye ünledi Skewer.

"İki yüz."

Septimus'a bakmadan ve katı bir sesle, "Babamın bana bıraktığı miras satılık değil," diye yanıtladı Lemprière.

"Pek bir miras sayılmaz," diye mırıldandı Skewer.

"Pekâlâ öyleyse, iş çözümlendi," dedi Septimus, konuşma bitti der gibi.

"Ne demek istiyorsunuz?" diye hızla sordu Lemprière, öfkelenmişti.

"Satmayı kabul etmiyorsunuz, değil mi?"

"Evet, öyle."

"İyi."

Lemprière adamın vardığı sonucun ne olduğunu pek anlamamıştı. Septimus'un rakamları kaba bir biçimde tartışması durumun ciddiyetini bozmuş, ayrıca satış önerisinin geri çevrilişini hemen kabul etmesi, daha önceki kendi satın alma hevesiyle alay eder gibi bir hava yaratmıştı. Delikanlının aklına bir şey geldi. "Braith Kontu bu belgeyi niçin satın almak istesin? Çıkarı nedir?" diye sordu.

"Ah, aile arşivleri," diye yanıtladı Skewer. "Braith Kontluğu'nun öyle pek eski bir geçmişi yok. Ayrıca, kontluğun soy ağacına yakınlarda bazı yeni eklemeler de yapılmış durumda ve kendileriyle yaptığım sınırlı toplantılarda gözlemlediğim kadarıyla, nasıl söylemeli, en azından, kökleri sağlamlaştırmak, tarihsel yönlere daha önem vermek gibi bazı istekleri var..."

"Ama mesele kapandı," dedi Septimus.

"Peki, Kont, benim, yani babamın, bu belgeye sahip olduğunu nereden biliyor? Bay Chadwick mi söylemişti kendisine?"

"Aman Tanrım, hayır." Skewer bu düşünceyle dehşete düşmüş gibiydi. "Bir avukatla müvekkili arasında gizlilik esastır."

"Meğer ki, Bayan Neagle'nin sözlerine inanılmış olsun," diye araya girdi Septimus.

Avukat bunu duymazdan geldi ve sürdürdü, "Buna inanmak, sınırları oldukça aşmak olur–"

Ama Septimus yine onun sözünü kesti. "Biliyor çünkü, öteki de onda."

"Öteki mi?" diye yankıladı Lemprière.

"Bu belgeden iki tane var," diye sürdürdü Septimus. "Açıktır ki, bunlardan birisi, Kont'ta, öteki de bu adamda, sizin atanızda. Bu bir antlaşmaydı, değil mi? İki kopya, her birine birer tane."

Bu, Lemprière için kabul edilebilir bir açıklamaydı. "Her neyse, korkarım, bu satılık değil. Kontun özürlerimi kabul etmesini dilerim." Kararlıydı. Septimus, Lemprière'e baktı. Avukat, Septimus'a baktı.

"Tüm öteki işlerin düzenli olduğunu sanıyorum. Envanterde her şeyin listesi var. Eğer yanıtlanmasını istediğiniz sorularınız varsa, herhangi bir yardımım olabilirse, lütfen söyleyin."

Lemprière, Bay Skewer'in toplantının bitmiş olmasından ötürü rahatladığını sezdi. Envantere şöyle bir göz attı. Paragrafın çoğu, "Bir belge..." diye başlıyor, bazılarında ise yalnızca bu sözcük yazıyordu. Parmağı sütunun üzerinde bir yerde durdu.

"Burada bir mühür olduğu yazılmış: Mülkümüzün bir altın mührü," diye yüksek sesle okudu. Skewer kâğıtları araştırdı ve Lemprière'e bir nesne uzattı. Bu, altın bir yüzüktü, ağırdı ve kabaca biçimlendirilmişti. Bandın üzerinde bir simge vardı: bir yanı kırık bir çember. Kare biçimli bir fon üzerine oturtulmuştu, yeni yapılmış gibi parlıyordu. Üzerinde hiçbir çizik ya da herhangi bir iz görünmüyordu. Kuşkusuz parmağa çok az takılmış ya da hiç takılmamıştı. Lemprière yüzüğün üstündeki örneğe uzun uzun baktı, ama örnek içinde hafif bir anımsama uyandırır gibi olduysa da bu, yüzeye çıkmadı.

"Bir yüzük," dedi anlamsız bir sesle.

"Bir mühür yüzük," diye düzeltti Skewer.

İçgüdüsel olarak yüzüğü, mektubun üzerindeki mühre yaklaştırdı. Birbirlerine uymuyorlardı.

"Hiç kullanılmadı," dedi Septimus.

"Hayır," dedi Lemprière düşünmeden. Yüzüğü cebine atıp ayağa kalktı. "Teşekkür ederim, Bay Skewer."

"Başınız sağolsun, efendim." Skewer onu kapıya kadar geçirdi ve mektubu eline verdi. Septimus onları izledi.

"Babanız iyi bir adamdı," dedi avukat, ayrılırken.

Onu tanımıyordun, diye düşündü Lemprière, ama yine de haklısın. "Teşekkür ederim," dedi yine, birden içinde, bu törenin sona erişi önceden tahmin edemeyeceği kadar değerli bir şeyin bittiğine işaret ediyormuş gibi derin bir üzüntü duydu. Bu duyguyu boğup geri attı.

"Gidelim mi?" diye sordu Septimus.

"Evet, evet, kuşkusuz." Dış kapıya doğru ilerledi.

"Hoşça kalın, Bay Peppard." Kâtip başını işinden kaldırıp kendisine hitap edilmesine şaşırmış gibi baktı.

"Hoşça kalın, Bay Lemprière, Bay Praeceps," ve bir kez daha kendini işine verdi.

Merdivenlerden aşağı inerlerken adımları yüksek sesle yankılandı. Avukatla yapılan toplantıda bir sorun çıkmamış gibi görünüyordu. Babasının, mezarın ötesinden gelen ve zorlu bir öç almadan söz eden sesindeki daha önceki önsezilerin temelsiz olduğu kanıtlanmış, delikanlı Septimus ve Skewer'in talepleriyle, sanki böyle şeylere doğuştan alışıkmış gibi başa çıkmış ya da kendisine öyle gelmişti. Bununla birlikte geride, yanıtlanmamış demek doğru olmasa da, en azından daha başka soruları çağrıştıran bazı sorular kalmıştı. Septimus, belgelere karşı duyduğu ilginin niçin böyle hızla artıp, sonra yine aynı hızla azaldığını açıklamamış, Skewer de, sanki bu işte kendisinin de bir çıkarı varmış gibi, belgelerin satışını kuşku verici bir güçle desteklemişti.

Avludan geçerlerken Lemprière, bu son toplantının öğelerini birbirleriyle karşılaştırdı ve kuşkularının biriktiğini duyumsadı. Septimus'un ortaya koyduğu kaba saba ilgi ve sonraki ilgisizlik, Skewer'in telaşlı hareketleri, duyduğu şaşkınlığı öfkeye dönüştürdü, sonunda Septimus'u kolundan yakaladı.

"Babamın işlerinden neden böyle bir tonda söz ediyorsunuz, siz?" diye sordu, sesi amaçladığından daha keskin çıkmıştı. Septimus durakladı. "Böyle bir tavırla konuşmakla ne elde edeceğinizi umdunuz?" Sonra sesini daha yumuşatarak, "demek istiyorum ki, orada elde etmeye çalıştığınız şey neydi?" diye sorguladı.

Ama Septimus'un yüzünden bir şey anlaşılmıyordu. "Tavırlarımın sizi tedirgin etmesine üzüldüm," dedi çabukça, "amacım bu değildi ve bu yanlışı ikinci kez yinelemeyeceğim. Beni bağışlayın Bay Lemprière. Dostça ayrılalım. Bir daha karşılaşmayacağız." Ayrılırken elini uzattığında, yüzünde bir incinme belirtisi vardı. Lemprière adamın elini tuttu, olayın bu denli hızlı dönüşümü karşısında şaşkına dönmüştü. Septimus, "kuşkusuz, kaybınız için üzgünüm. Yaptığım küçük hizmet yersizdi, bunun için de özür dilerim. Size iyi şanslar dilerim, Bay Lemprière, ama şimdi izninizi rica ediyorum..." dedi, tümcesini bitirmeden dönüp gitmeye hazırlandı.

"Bekleyin," diye yine onun kolunu yakaladı Lemprière. "Amacım yalnızca-"

"Benim 'amacım da yalnızca' iki tarafı, karşılıklı çıkarları için bir araya getirmekti, Bay Lemprière, işleri kolaylaştırmak, başka bir deyişle, yardımcı olmaktı. Neyse, önemi yok. Dost canlısı bir kimseye benziyorsunuz, becerikli, hiç de aptal olmayan birisiniz, ama bu kentin sizi iyi karşılayacağını pek sanmıyorum. Burada yalnız ve arkadaşsızsınız ve kentin geleneklerinden haberiniz yok. Barbarsınız ve kullandığınız sözcükler değişik anlamlara geliyor. Hepsi bu. Bana güvenmemekte belki de haklısınız, onun için hoşça kalın Bay Lemprière, iyi şanslar." Elini uzattı. Lemprière bu eli tutup sıktı, sonra öksürerek boğazını temizledi.

"Sizi yanlış anlamış olabilirim Bay Praeceps. Özür dilerim," diye mırıldandı. İkisi karşılıklı durup bakıştılar. Karşısındakinin taş gibi yüzü, geniş bir gülümsemeyle aydınlanıncaya kadar geçen bir saniye Lemprière'e bir saat gibi geldi.

"Septimus, deyin lütfen," dedi Septimus. "Eğer sonunda arkadaş olacaksak, böyle ağız dolusu bir adla seslenemezsiniz bana, değil mi?"

"John," dedi Lemprière.

"İyi, çok iyi." Septimus'un yüzündeki incinmiş ifade çoktan uçup gitmişti bile. Lemprière'i öne doğru iterek, "Haydi gelin," dedi, ikisi avludan birlikte ayrıldılar.

Lemprière, daha önce görmüş olduğu merdivenin önünden sessizlik içinde yürüyüp geçti. Zihninin gerilerinde, bir ayrıntıya daha takılmıştı. Bu, Peppard'la ilgili bir ayrıntıydı. Araba tekerleklerinin biriktirdiği çamur tepelerinden kaçınarak yolun karşı kıyısına geçip yürüyüşlerini sürdürdüler. Septimus, garip bir biçimde sessizdi. Lemprière, kendisini tedirgin eden soruları düşünüp taşınırken, adımlarını eskisine göre daha çabukça uyduruyordu ona. Geliş yollarından daha farklı bir yön tutturmuşlar, Lincoln Hanı'nın arkasından dolanmışlardı, Portekiz Yolu'na vardıklarında delikanlı sessiz arkadaşına döndü.

Elindeki zarfı uzatarak, "Bu konuda niçin Peppard'ın düşüncesini almak istediniz?" diye sordu. Septimus durdu ve zarfa baktı.

"Skewer aptalın biridir," dedi kısaca ve yine, öncekinden daha hızlı yürümeye başladı. Lemprière ona yetişmeye çalıştı.

"Ve Peppard de bir aptalın kâtibi oluyor, öyle mi?" Septimus'un avukatla ilgili kanısına gizlice katılıyordu. Haksızlık etmemeliyim, diye azarladı kendisini.

"Bu Peppard'ın şanssızlığı."

"Öyleyse niçin ona sordunuz?"

"Ona sormadım."

"Ama ona soracaktınız," diye diretti Lemprière. Septimus havaya bir tekme savurdu.

"Evet, ona soracaktım," diye kabul etti. "Skewer bunun bir anlaşma olduğunun bile farkında değil. Peppard..." Durdu.

"Evet, Peppard?"

"Peppard, 'Chadwick, Skewer ve Soames'un beynidir. Ya da öyle olduğu söylenir. Ancak o zaman bundan bir anlam çıkartılabilirdi." Burnunu kıvırdı. "Allah kahretsin, açlıktan öleceğim."

"Nasıl yani?" diye atladı Lemprière.

"Evet. Peppard, bir zamanlar Londra'daki en iyi hukuksal kafalardan biri olarak kabul edilirmiş. Davayı kazanmak isteyen herkese o önerilirmiş, durumu çok iyiymiş, ama sonra bir skandal patlak vermiş. Bu, yıllar önce olmuş, belki yirmi yıl önce." Lemprière kâtibi ve kendisinin alçakgönüllülük sandığı yalın tavırlarını düşündü.

"Ne tür bir skandal olmuş?" diye sordu açık bir merakla.

"Bunu pek iyi bilmiyorum, galiba sigortayla ilgili bir şeymiş." Septimus bu konuyu, elinin tedirgin bir hareketiyle kapattı. "Yemek yemem gerek," diye bildirdi, sanki Lemprière'in sorularının, böylesi bir açıklama karşısında hemen yok olup gitmesi gerekiyordu. "İşin aslında hem yemem, hem de–" köşedeki tavernanın levhası gözüne ilişmişti, "içmem gerek," dedi. Lemprière kendisinin de açıkmış olduğunun ayırdına vardı. Handan iştah açıcı kokular geliyor, olası müşterilerine baştan çıkarıcı mesajlar veriyordu. Septimus arkadaşına döndü ve çabuk çabuk konuştu:

"Bakın, bütün bu olup bitenlerin," –kollarıyla geniş bir alan çizdi– "size çok garip geldiğini biliyorum. Kont Edmund'un bir parşömen parçasını niçin istediğini öğrenmek istiyorsanız, neden gidip kendisine sormuyorsunuz? Demek istediğim, her ikimizle birlikte bir araya gelmeye ne dersiniz? Tamam mı?"

Lemprière bu çağrı karşısında boş bulunup şaşalamıştı.

"Bu cumartesi gelin. Craven Arms'da saat sekiz sularında buluşacağız. Gelir misiniz?"

"Evet, geleceğim," diye karar verdi Lemprière aceleyle.

"İyi." Septimus ayrılmak ister gibi döndü, sonra birden adımlarını denetledi. "Eğer gelmeden önce daha fazla bilgi edinmek isterseniz," dedi çabucak, "kime soracağınızı biliyorsunuz." Başıyla arkadaki yapıyı işaret etti.

"Skewer'a mı?" diye sordu Lemprière inanmayarak. Septimus döndü ve geri geri yürümesini sürdürürken, seslendi.

"Kâtibine."

***

Peppard'ın büyükbabasının sahneye çok hevesi vardı, onun için doğal olarak dava vekili olmuştu. Annesi ise bir avukata heveslenmiş, ama bir bakkalla evlenmişti. Evlendikten sonra bir erkek çocuk doğurmuş, böylece ilkinde düşkırıklığına uğrayıp ikincisinde başarılı olmaya azmetmişti. Peppard sessizce küfretti: Bir leke daha olursa, yazıyı yeniden yazması gerekecekti. Kadın, yıpranmış kırmızı deri ciltler içinde bir yığın dava dosyası getirmişti. Peppard bunları açgözlülükle okumuştu.

Cambridge'e hukuk okumak üzere geldiğinde, son sınavlarını vermeye hazır durumdaydı. Bay Chadwick'le olan sözleşmesi bir formalite sayılırdı.

Şimdi bile kavrayamadığı nedenlerle ticaret hukukuna karşı ilgi duyuyordu. Yaşamı boyunca, paraya düşkünlük konusunda fazla bir yetenek gösterememiş, bu durum, gariptir ki, mesleğinde kendisi için yararlı olmuştu. Zengin tüccarlar ve mali destekçiler binliklerin sayımı sırasında gözleri büyümeyen bir adamla çalıştıkları için güvenlikte olduklarını duyumsamışlar, daha yoksul müşteriler de, aynı gözlerin, şilin ve pens düzeyinde yapılan konuşmalar süresince sıkıntıdan kapanmayışını takdirle karşılamışlardı. George Peppard'ın bürosu, sürüyle müşteri çekmiş, kendisi toplumun çeşitli düzeylerinden saygı görmüştü, onun 'hukukçu olamayacak kadar iyi birisi' olduğu söylenirdi. Kendisine Hazine Bakanlığı'nda önemli bir konum önerilmek üzereydi. Evlenmeyi düşünmeye başlamıştı.

Ama bu noktada düş sona erdi. Bunu izleyen günleri anımsamak onu hâlâ incitiyor, bu günleri dolduran olaylar üzerinde düşünmekten hoşlanmıyordu. Kalemi, önündeki karmaşık belge üzerinde usta darbe izleri bırakarak hızla hareket ediyordu. Son fıkrayı da bitirdi, imzalayacakların adlarını yazabilmeleri için gereken boşlukları bıraktı, tümünü kurutma kâğıdıyla kuruttu, dosyayı dikkatle çekmecesine kaldırdı. Başını kaldırınca Bay Skewer'in, bürosunun açık kapısına dayanmış olduğunu gördü.

"İstersen gidebilirsin, Peppard."

"Peki, efendim." Hem şaşırmış, hem de hoşlanmıştı. Skewer'in cömertlik gösterdiği anlar hem az, hem de çok seyrekti. Penceresinden dışarı bakınca havanın kararmakta olduğunu gördü.

Dışarıda hava soğuktu, avludan hızla geçip caddeye çıktı. Bu sırada arkasından ayak sesleri duyduğunu sandı, ama çevresine bakınınca hiç kimseyi göremedi. Döndü ve adımlarını hızlandırdı. Normalde biraz duraksar, ama bunun üzerinde pek durmazdı. Ama şu son birkaç gün, Peppard'ın normal diye tanımlayabileceği günlere pek uymuyordu.

Peppard'ı, bugünkü düzeyine indirgeyen skandaldan bu yana yirmi sıkıcı yıl geçmişti. Bu süre içinde, kendisini bu denli başarılı bir biçimde yıkan adamın kendisini yine incelemekte olduğu sanısına kapılmıştı çoğu kez. Bunun için nedenleri vardı. Kalabalık içindeki yüzler giderek kendisine daha tanıdık gelir olmuştu. Sokağının köşesinde, orada olmaları için görünür nedeni olmayan bazı adamların yerleşmiş bulunduğunu fark ediyordu. Bunlar, şu ya da bu elverişli noktaya yerleşiyor, sonra ortadan kayboluyor, bir daha da görünmüyorlardı. İki kez odasında yapılan ince bir araştırmanın izlerini bulmuştu: Bir kitap açık kalmış, bir leğen su boşaltılmış ve farklı bir düzeye kadar doldurulmuştu. Gözünden kaçan böylesi kaç ayrıntı vardı acaba? Başlangıçta, onların dikkatlerinin kendisi üzerinde olduğunu fark edinceye dek, bu gibi olaylar oldukça gelişigüzel gibi görünüyordu. Sonra bu gibi davetsiz konukların, eski düşmanı Doğu Hindistan Şirketi'nin çeşitli krizleri sırasında ortaya çıkmakta olduklarının ayırdına vardı.

Bir dürtüyle yine çevresine bakındı. Hiçbir şey yoktu. Avlu karanlıktı. Karanlığın içinde herhangi bir şey gizlenmiş olabilirdi. Şirket'i, şimdi hangi karışıklığın tedirgin etmekte olduğunu merak etti. Merakı onu hiç terk etmemişti. Bir şeyler yaklaşmaktaydı, bu kadarını kesinlikle anlayabiliyordu. Bundan üç gün önce, her zamanki gibi evine doğru yürürken, tüm bu yıllar boyunca yarı doğrulanmış kuşkularıyla ilk kez doğrudan karşılaşmıştı. Gerçekte, önemsiz bir şeydi. Peppard, kendi kendisine bunun bir anlamı olmadığını söylüyordu. Her zamanki yolundan evine doğru giderken, ardına bir adam düşmüştü. İnce bir yüzü vardı, karalar giyinmişti. Peppard ona aldırış etmemişti. Belki dalga geçmek isteyen sokak serserisinin ya da delinin tekiydi. Ama bir-iki dakika sonra adam onu durdurmuş, omzuna elini koyup yüzüne bakmıştı. Peppard hiçbir şey söylememişti. İnce yüzlü adamın ağzından tek bir sözcük çıkmıştı. "Peppard." Metal gibi bir sesi vardı. Yalnızca tek bir sözcük, ama kendisine verdiği mesaj açıktı: Senin kim olduğunu, nerede olduğunu biliyoruz, her dilediğimiz an, sen bizimsin... Şu an değil, şimdi değil, diye karşı çıkmak istemişti Peppard. Ama sessiz kalmayı başarmıştı. Adam onun yüzüne birkaç uzun dakika boyunca bakmış, sonra dönüp yürümüş, kalabalığın içinde gözden yitmişti. Peppard evine, giysileri tere batmış durumda varmış, elleri bir saat titremişti. Kendisine bir uyarıda bulunulmuştu.

Şimdi caddeye vardığında, bu olayı aklına getiren şeyin, Septimus'un ya da yanındaki kişini, ya da dul Neagle'nin ziyaretleri olup olmadığını merak ediyordu. Bunu bilemezdi. Bu merakının Tanrı cezasını versindi. Ayak sesleri yaratmıştı zihninde. Bu saçmaydı, hepsi saçmaydı, işte cadde önünde uzanıyordu. Binlerce, binlerce ayak sesi vardı orada.

Chancery Lane bu saatte, kendisi gibi evlerine dönen kâtipler ve amirlerle doluydu. İtişip kakışıyor, su yollarının pisliğinden kaçınabilmek için birbirlerini dürtüklüyorlardı, Peppard bu kargaşa içinde aynı hızda yürümekte zorlanıyordu. Yavaşladı, kalabalığın arasında saldırgan bir grup halinde hareket eden birkaç genç adamın arkasına düşmüştü, bunlar hiç kimsenin geçmesine izin vermiyor, kabaca yol kıyısındaki çamurun içine ya da daha beter bir yere sürdükleri talihsizlerle alay ediyorlardı. Peppard güvenlikte olduğunu duyumsadı. Holborn her zamanki gibi kalabalıktı, ama Saffron Hill'de insan kitlesi azalmıştı. Vine Street'e dönünce şöyle bir arkasına bakındı ve yüz metre kadar gerisinde bulunan birinin dikkati çekecek biçimde olduğu yerde kaldığını gördü. Peppard ona bir-iki saniye baktı, sonra hızla Vine Street'den aşağı inip Clerkenwell Green'i geçti. Karşı kaldırımdan sıkıntılı bakışlarıyla o kişiyi taradı, ama göremedi. Kendisini hiç kimse izlememişti. Ne diye izlesindi? Evine her zamanki yoldan, Cheapside'dan yukarı çıkarak dönmüş olmayı istiyordu şimdi. Kentin bu bölümünde ana yollar kuzeyden güneye doğru uzanıyordu, Peppard hepsini birer birer gözden geçirirken, kuzeydoğu bölgesinde cadde görevini üstlenen bu dar geçitler örgüsündeki sokakların sağladığı güvenliğin kısa ömürlü olduğunu gördü. Kendi ürkekliğine lanet etti, ama Clerkenwell'in yolları çoğu yerde kötü aydınlatılmıştı ve köşeleri, dönemeçleri öyle boldu ki, insan yirmi metre ilerisini ya da gerisini göremiyordu. Gururu, koşmasını engelliyordu, ama hızını her azaltışında bilinmeyen izleyicisinin ayak seslerini duyduğunu sanıyordu, doğuya doğru dönmeyi seçtiğinde soluk soluğa kalmıştı.

Golden Lane'e varınca rahatladı, hatta aptalca davranmış olduğunu düşündü. Şimdi evinden ancak birkaç metre uzaklıktaydı. Kereste yüklenmiş bir yük arabası yanından gürültüyle geçerken birkaç adım geriledi. Gözleriyle arabanın yoldan geçişini izledi ve açık seçik ve hiç kuşkuya yer bırakmayacak biçimde elli metre kadar uzakta, aynı kişiyi gördü.

Peppard telaşa kapıldı. Dosdoğru yolun karşısına koştu, onun bu ani hareketi az uzağındaki kişinin dikkatini çekmişti. Peppard karşısına çıkan ilk sokağa saptı ve başka bir sokaktan sağa döndü. Ayak sesleri onu izlemeyi sürdürüyordu, bu kez çıkardığı ses daha yüksek ve kendi adımlarından daha hızlıydı. Peppard ancak sokağın dibine varınca Jermey Row Sokağı'nın bir çıkmaz sokak olduğunu anımsadı.

Bir an sessizlik oldu, Peppard kaçabileceği bir yer arandı. Ama çıkmaz sokakta ne kapı ne de pencere vardı. Bir payandadan başka, arkasına gizlenebilecek hiçbir şey yoktu. Yamyassı duvara yaslanıp onun arkasına sindi. Sonra ayak seslerini yine duydu. Kendisini izleyen kişi acelesinden çıkmaz sokağı fark etmeden geçip gitmişti, ama geri gelip sokağı buldu. Çakıllar ayağının altında ezildi. Ayak sesleri yavaşladı. Çıkmaz sokak boyunca ilerledi, giderek daha da yavaşlıyordu. Peppard, bu bilinmeyen düşmanın üzerine atılarak, bir biçimde ondan kurtulup kaçabileceğine inanmaya çalıştı. Yavaş yavaş yaklaşıyordu. Gözlerini kapattı. Artık neredeyse üzerine gelmişti. Ayak sesleri durduğunda yere çömeldi, ardından gelebilecek herhangi bir dehşet verici davranışı beklemeye koyuldu. Derin derin soluk alınıp verildiğini duyuyordu. Kendisini izleyen adam tepesinde durmuş aşağıya, ona doğru bakıyordu.

"Peppard," dedi yalnızca, havayı yutarak. Peppard yukarıya doğru baktı, ağzı bir karış açıldı.

"Bay Lemprière," diye bağırdı.

* * *

Kaptan Guardian'ın zihninde, pruvadan pupaya, beş bin dört yüz elli iki gemi, ufuk çizgisinin üzerinde, görülmez oluncaya dek dizilmiş duruyordu. Triremisler[1], mavnalar, guletler ve römorkörler; karavelalar[2], karraklar ve yandan çarklılar. Kaptan Guardian insanoğlunun bildiği tüm gemi türlerinin yapımını gerçekleştirmişti, bu ona keyif veriyordu. On beş yıl ön-

[1] Triremis: Üç sıra kürekleri olan eski Yunan ya da Roma savaş gemisi. (Çev.)

[2] Karavela: 15.-17. yy. küçük, hızlı İspanyol ya da Portekiz gemisi. (Çev.)

ce denize veda ettiği ve zihninin terk etmiş olduğu güverte kadar boş olduğunun ilk kez ayırdına vardığı günden bu yana her gece, gürül gürül yanan bir ateşin karşısına oturup gözlerini kapatarak bir gemi inşa ediyordu. Bouguer'i, Duhamel, Dumonceau ve Leonard Euler'i okumuştu (yine de kendi düşüncesine göre, bir İsveçli matematikçi tarafından tasarımlanmış herhangi bir gemi hiç de güven verici olamazdı). Doklara gitmiş ve gemi ustalarıyla konuşmuştu. Fransa'yı bile gezmişti.

Teknekurdu konusunda, bakır kaplamayı savunanlara sakınarak destek vermiş, ama ne de olsa koruyucu özellikleriyle yaklaşık otuz yıldır (bunun 6 yılı Batı Hint Adalar'ında geçmişti) kendisine hizmet vermiş olan köknar tahtası, kıl ve katrandan oluşan bir karışımın erdemlerini de gözardı etmemişti. Her zaman modellerden çok planları yeğlerdi, ama gemi ustalarının alışkanlıkları her ikisinden de önemliydi ve tasarımlarda, tahminlerden çok hesaplara güvenirdi. Şömine rafının üzerinde duran Anthony Deane'nin ufak bir kabartması da onun bir inancını onaylıyordu, bir gemi suya indirilirken bahar gelgiti suya indirenlerin beklediğinden daha kısa sürünce kendi kendine sık sık kıkırdayıp duruyordu.

Tüm bu yıllar boyunca Thames üzerindeki trafik keşmekeşi ona hep çekici gelmişti. Deniz onun yakasını asla bırakmamıştı. Daha geçen gün, ikindide, en son gelen geminin limana yanaşmasını, tayfasının alt güvertelerde aylak aylak dolaşmasını izlemişti. Eben, Karga Yuvası'nın[1] (evinin tavanarası odasını böyle tasarımlamıştı) penceresinde, giderek koyulaşan alacakaranlıkta yaşlı gözlerini zorlayarak, itişe kakışa her biri kendi işine gitmekte olan deniz adamlarını gözlemlemişti. Yığdığı odunların ateşi küçük odasının öte yanından sırtını ısıtıyordu. Odanın duvarlarındaki kitap rafları, karıştırılmaktan eskimiş ciltlerle doluydu. Bir zamanlar herhalde geçit olarak kullanılmış olan küçük kapıdan çok daha büyük, orantısız bir masanın üzerine kâğıtlar, çizelgeler ve planlar yayılmıştı. Pencereden aşağıya bakarken, evinden yüz metre uzaklıktaki rıhtıma yanaşmış olan bu hırpani geminin çizgileri kendisine yabancı gelmemişti. Bir göz atmış, sonra yine bakmıştı.

[1] Karga Yuvası: Gemilerin ana yelken direğine yerleştirilen ve 'Çanaklık' diye anılan, gözetleme amaçlı ufak platform. (Çev.)

Bildik bir şeyler vardı bu gemide. Onu daha önce de görmüş gibiydi... Daha iyi görebilmek için boynunu uzatıp yan yan bakmıştı. Daha sonra, belki sabah olunca limana gidecekti. Oda ılıktı ve penceresi sisleniyordu. Eben masasına çekilmiş, koltuğuna gömülmüş, bu saatte hep yaptığı gibi, sıcak, kuru olmaktan ve kıyıda bulunmaktan memnun olduğunu düşünmüştü.

Bu, bir gece önceydi ve Eben, gemiye yakından bakmak konusundaki kararını henüz yerine getirmemişti. Yarın sabah, belki. Bu gece, gemi tasarımları düşleme tutkusuna bırakacaktı kendisini. Bu gece bir hermafrodit brik[1] inşa edilecekti.

Daha şimdiden omurgayı blokların üzerine oturtmuştu, pruva ve pupa direklerini dikip yuvalarına yerleştirmiş, iç omurgayı geminin yer kaburgalarına cıvatalamıştı. Flika küpeştesini tahtayla kaplıyor, güverteyi çiviliyordu, görevinin üzerinde eğilmişti. Tokmak çivilerin üzerine, küpeşte rıhtıma tak, tak, tak diye vuruyordu... Daha önce bir yerde görmüştü, biliyordu. Kafasına takılmıştı, onu rahat bırakmıyordu. Rendeliyordu. Tak, tak, tak, bir şey eksikti, bir bilmecede yerine konması gereken eksik bir nesne gibi can sıkan bir şey vardı. Bu nesne, anımsayıncaya dek kendisine vurup duruyordu, yoksa boşluğu öfke dolduracaktı. Kaptan Guardian kendisini ileri doğru iterek koltuğundan kalktı, pencereye doğru gitti ve rıhtıma bakarken, bunun düşündüğü bilmece olmadığını anladı, çünkü nesnenin kendisi oradaydı, ama boşluk yerinde duruyordu. Rıhtımdan bir yüz metre kadar açıkta demirlemiş olan geminin adı *Vendragon*'du. Bu adda ya da gemide kendisini rahatsız eden bir şey vardı. Bütün bunların içinde bir yerde, yanlış bir şey vardı.

***

"Burası, burası, burası ve burası. Burası ve burası ve burası!" Peppard'ın adli parmağı kâğıdın üzerine kararlılıkla saplandı. "Burası da," diye ekledi parmağının bir hareketiyle.

Yarıya kadar grimsi bir suyla dolu –ama bu, belki de ışık yüzündendi– beyaz emaye bir çanak; yıpranmış kırmızı deriden

[1] Hermafrodit brik: İki tür tekne özelliği taşıyan gemi. İki direkli, seren yelkenli brik ile, yandan yelkenli uskuna karışım gemi. (Çev.)

ciltleriyle tozlu kitaplar; bir yatak, bir masa, iki iskemle. Ateş yanmıyordu, oda soğuktu.

"Ama nedir bunlar?" diye sordu Lemprière, küçük adama bakarak.

Avludaki dış girişte, Peppard'ın görünmesini yalnızca birkaç dakika beklemişti. Ancak göründüğünde, bu, yalnızca bir saniye sürmüştü; gelip geçenler küçük adamı hemen bir sel gibi yutmuş ve adam uzaklaşmıştı, avı caddede gözden yitip giderken, nerede olabileceğini kestirip o yöne ilerlemişti. Ama Peppard yan yollardan birine sapmış olacaktı. Hangisine sapmış olabileceğini kestirmeye çalışmanın bir yararı yoktu, rastgele birisine daldı. Ayağının altında yumuşak çamur vardı, kaldırım taşlarıyla karşılaşmak ise kuraldışıydı. Ayağı kaydı, neredeyse düşecekti, ama tam zamanında kendini dengeledi. Dar geçit kıvrılıyor ve dolanıyordu, ama yönünden çok uzaklaştığını düşündüğü her defasında yol yeniden geriye dönüyordu. Ötelerden caddenin uğultusu geliyordu.

Yola, avından daha önce ulaşmış olmalıydı. Lemprière gelip geçenden kaçınmaya çalışarak ileri geri dolaşıyor, Peppard'ı bekliyordu. Yakında ortaya çıkardı... Evet, işte! Seslendi, ama Peppard çabuk hareket etmişti, Lemprière bir-iki küfür sallayarak cadde üzerinde kendisine yol açtı, karşı kaldırıma geçip aşağı doğru yürüdü. Hiçbir şey göremiyordu. Bu olanaksızdı, Peppard bu denli hızlı ilerlemiş olamazdı. Sonra soldaki dar sokağı fark etti.

"Garip, çok garip. Hiç de profesyonelce değil sanki... ama belki." Durakladı. "Çok garip." Peppard belgeye daha çok eğildi, ellerini paragrafları birleştirmek için birer pergel gibi kullanıyor, sözcükleri sözcüklere bağlıyordu.

"Peppard?" dedi Lemprière yanındakine, kendisini anımsatarak.

"George, diyebilirsiniz dilerseniz, bir dakika lütfen..." Hâlâ okuyordu.

"Skewer bunun garip bir şey olduğunu, ama değersiz olmadığını düşünüyor," diye atıldı yine Lemprière.

"Kuşkusuz değersiz değil," diye mırıldandı Peppard, kendini tümüyle incelediği şeye vermiş durumda.

Peppard hâlâ belgeye bakarak doğrulup masadan uzaklaştı, arkasına yaslandı. Odaya girdiklerinde hâlâ kurtulamadığı ürkek tavırları artık kaybolmuştu. Orkestra şefi olduğu bir dünyaya geri dönmüştü ve şimdi görevinin hakkını veren bir kimsenin güveni gelmişti üzerine.

"Değersiz değil, bununla birlikte, değer tartışmasını kanıtlamış sayılabilir."

Lemprière boş boş baktı.

"Özür dilerim, iyi ifade edemedim; belki bana tam olarak neyi öğrenmek istediğinizi söyleyebilirsiniz."

Neyi öğrenmek istediğini mi? Lemprière'in düşüncesi, bekleyişi sırasında dışarıya çevrilmişti, şimdi Peppard'ın sorusu onu yeniden bu sorunun içindeki çembere çekmiş, bir yana atılmış olasılıklar bu çembere teğet geçmişlerdi. Peppard'ın yeteneğine sahip bir adamın, Skewer gibi bir adamın hizmetinde ne aradığını öğrenmek isterdi. Bu olguda bir payı varmış gibi görünen o skandalın ne olduğunu öğrenmek isterdi. Septimus hakkında çok daha fazla şey öğrenmek isterdi. Sorular onu heyecanlandırmıştı. Yanıtını öğrenmek istediği kataloglar dolusu soru vardı. Kehanet kitaplarındaki sözlerin anlamları; omfalos'un[1] yeri. İskender'in, Hermolaus'u niçin öldürmüş olduğu. Canlılarla ölüler arasındaki kanalların doğal yapısı, var olup olmadıkları, içlerinden en güzeli kimdi, o kendisini sevebilir miydi, onun uzun kara saçları, su... Yeterli mi?

"Bu nedir?" diye sordu.

Lemprière geçide doğru bakmıştı. Yalnızca kırk, elli santim genişliğindeydi ve her iki yanında yapıların duvarları yükseliyor, sokağın iki ucunun aslında birleşmesi gerek gibi geliyordu insana, aralarında uzaklık sanki bir kusurdu. Geçit oldukça boş gibiydi.

Ayağına çabuk Peppard, diye düşündü kendi kendine. Bu yoksul geçidin adı duvara kazınmıştı, ama üzerine yağan yağmur ya da bu yörede gökten inen başka bir sıvı yüzünden harflerin bir bölümü silinmişti. Şimdi 'er ow' diye bir şey okunuyordu duvarın üzerinde. Birkaç metre ileri, birkaç metre geri yürüdü. Sonra payandayı gördü. Arkasına saklanabilecek tek

---

[1] Omfalos: Delfi'deki Apollon tapınağının iç odasında bulunduğu varsayılan ve dünyanın göbeği olduğu sanılan konik taş. (Çev.)

olasılıktı, oraya doğru ilerlerken çakıllar ayaklarının altında çıtırdıyordu. İşte, kuşkusuz Peppard oradaydı.

"Peppard," dedi.

"Bay Lemprière," diye bağırdı Peppard, şaşkınlık içinde.

Peppard'ı yerden kaldırdı, adamın bacakları tutmuyordu, karşılıklı açıklamalar yapıldı, Peppard utanç içinde büzülmüştü. Birlikte geri döndüler, Peppard ağzının içinde yönleri geveliyor, Lemprière şunun ya da bunun için özürler diliyordu, elini daha canlı sallayabilir, seslenebilirdi, bu arada bu kovalamacadan zevk aldığı yolundaki suçluluk dolu düşüncelerini kendisine saklıyordu. Peppard'ın evim dediği, Blue Anchor Lane'deki pansiyona yaklaşmışlardı.

"Bu, nasıl baktığınıza bağlı, anlıyor musunuz?"

Anlamıyordu.

"Bu kabaca, bir tür sözleşme, resmi bir senet, bir şantaj notu, hatta bir navlun sözleşmesi, ya hiçbir şey değil ya da bütün bunların hepsi." Gülümsedi. "Her biri çeşitli düzey ve oranlarda varsayılabilir, kuşkusuz."

"Bununla birlikte temelde bu bir anlaşma, öyle değil mi?" diye atıldı Lemprière umutla.

"Kesinlikle doğru," diye onayladı Peppard, "ama bununla birlikte, hemen her yasal belge bir anlaşmadır. Bir idam emri de, taraflardan biri öteki kadar kârlı çıkmamakla birlikte, bir anlaşmadır. Ama iş bundan ibaret değil. Anımsayın, hukuk açık seçik bir araç değildir, bu nedenle avukatlar da öyle. Hukuk kuşkusuz, bir şeyin *lehinde* karar verir, ya da *aleyhinde*; gerçek olabildiğince dışlanmıştır. Hukuk işleri karmaşıklaştırma eğilimindedir. Biraz çay içelim mi?"

Ellerini ısıtan sıcak fincanlarının başına çöktüler. Peppard en incesini almaya özen göstermişti. İki adam, belge önlerinde açık durumda, masanın üzerine eğildiler.

"Buna en basitinden bir senet diyebiliriz," diye başladı Peppard.

"Resmi bir senet mi?"

"Bunlar," parmağını parşömenin kenarındaki dişli saçakların üzerinde gezdirdi, "bunlar başka bir kopya ya da kopyalar olduğunu gösteriyor, büyük olasılıkla tek bir kopya daha."

"Braith Kontu'nun elinde olan bir kopya mı?"

"Eğer hâlâ ailedeyse, evet," dedi heceleri birbirine karıştırarak. "Bu, bir tür güvenlik önlemidir; anlıyorsunuz ya, eğer bu iki dişli dizisi birbirine uymazsa, içlerinden biri sahte demektir." Saçakları daha yakından incelemek için eğildi. "Temiz bir kesim, bu en üstteki kopya olmalı, gerçi bunun bir anlamı yok ya. Kuşkusuz," Peppard birden düşünce akışını değiştirdi, "kâğıt parçalarının kesiminin yasada hiçbir yaptırımı yoktur, bu yalnızca taraflar için bir kolaylıktır." Sustu. "Gerçekten garip, aceleyle kaleme alınmış gibi, sanki akıllarına ne geldiyse yazmışlar..." Lemprière'in o anda ancak tahminde bulunabildiği bazı kendine özgü yorumlar yapmaya başladı.

"Görüyorsun ya, anlaşma, bu ikisi arasında yapılmış," diye açıkladı Peppard. "Bir kopyanın öteki tarafından tanınması, her ikisinin de birbirlerini tanımasına yardımcı olacaktı, birer temsilcileri yoksa elbet, ama böyle olduğunu hiç sanmıyorum."

"Neden?" diye araya girdi öteki.

"Ona geliyorum. Ama eğer onlar birbirlerini tanıyorlarsa, bu belgelerin neden bunu onaylaması gerekiyordu? İçlerinden birisinin ya da her ikisinin görüntüleri mi değişecekti? Belki de çok seyrek görüşüyorlardı." Peppard parmağıyla trampet çaldı. "Ancak o zaman bir anlamı olabilir."

Lemprière bir şeyin açıklanmış olduğunu sezdi, ama sorusu yanıtsız kalmıştı.

Bu düşüncesini anlayan Peppard, "biliyorum," dedi. "Ona geliyorum," Her ikisi de durgunlaştı. "Sizin de dediğiniz gibi, bu bir anlaşma."

"Ve de sizin dediğiniz gibi, bu sözcük her anlama geliyor ve hiçbir anlama gelmiyor."

"Şey, evet. Temelde öyle. Thomas de Vere, burada açıkça belirtilmeyen, ama dış ticaretle, Doğu Hindistan ticaretiyle ilgili bazı konularda sizin atanızın temsilcisi olarak davranmayı kabul ediyor." Peppard kâğıda eğildi. "Sizin atanız tümünü... ah evet, kontun payının tümünü alıyor ve hizmetlerinden ötürü Kont'a bu miktarın onda birini geri ödüyor. Ama bu, öykünün yalnızca yarısı, kont bir aptal değilse elbette. Bu anlaşmaya göre zavallı Kont payının onda dokuzunu öylece veriyor–"

"Hangi payın?" diye sordu Lemprière.

"Hangi payın olacak, bugünkü şu anlı şanlı kurumun öncülü, dış ticaretimizin koruyucusu olan o sevgili, yaşlı Joynt-Stock Şirketi'ndeki payının kuşkusuz." Peppard'ın sesi acılaşmıştı. "Sıkıntıya düşmüşlerin, yoksulların bu iyi niyetli fonu, bu, bu..." boğulur gibi oldu, ağzı oynuyordu. "Tanrı beni kahretsin."

"Bu, ne?" diye nazikçe sordu Lemprière, hangi duyarlı sinirin açığa çıktığının merakı içindeydi.

"Şirket," dedi arkadaşı sonunda sakin ama boğuk bir sesle.

"Doğu Hindistan Şirketi mi?"

"Aynı şirket." Peppard kendini toparlamaya çalışıyordu. Yüzü kızarmıştı. Kendini tutup söyleyeceği bir şeyi yuttu, sonra sanki bir şey yokmuş gibi inandırıcı olmayan bir tavırla konuşmasını sürdürdü, "Her neyse, sizin atanız Kont'a bir şey sunmuş olmalı, bunun için yalnızca tahminlerde bulunabiliriz."

Lemprière bu tahminlerden bazılarını duymak isterdi, ama dilini tuttu. Küçük adamın sesi şimdi sakindi. Tavırlarında, az önceki patlamasının izini taşıyan hafif bir katılık vardı yalnızca.

"Bu paragraf, 'yukarıda zikredilen birinci zat' v.b., bunların hepsi konu dışı. Joynt-Stock Şirketi'nin nasıl yapılanmış olduğu önemli değil, patentinin bu konuyla hiçbir ilgisi yok. Bu deyimin daha önceki başka bir belgeden alınmış olduğunu ileri sürme cesaretini gösteriyorum; artık hiçbir önemi olmayan bir belgeden. Geri kalanına gelince, ipucu veren dört öğe var." Peppard artık kendisini iyiden iyiye işine vermişti. Konuğu rahatladı.

"Diyorum ki, bunlardan birincisi 'seyyahat' sözcüğü, 'Hindistan'a vb. yaptığı seyyahatlar', buradaki soru, kaç yolculuk yapılmış olduğu. Bu soruya bir yanıt verilmiyor, bu belgede verilmiyor, en azından. İkincisi, Thomas de Vere'in sunduğu hizmet," Peppard sürdürdü. "Burada hangi hizmeti verdiğinden söz edilmiyor, yine de, üçüncü öğeye bakarak bir tahminde bulunabiliyorum, bu 'tarafsız acenteliği ve temsilciliği' deyimi. Neden tarafsız? Daha doğrusu, 'tarafsız' sözcüğüne neden gerek duyulmuş?" Lemprière'in bu konuda bir fikri yoktu. Peppard'ın düşüncelerinin belli bir yönelimi vardı, adam bir yere doğru gidiyordu, Lemprière bu kadarını görebiliyordu, ama aklı iyice karışmıştı.

"Dördüncü öğe ise tüm bu soruları getiriyor; anlıyor musunuz, 'bu mukavelenin herhangi bir şekilde feshi ya da ölüm' durumunda, dikkatinizi çekerim, 'zikredilen her iki taraftan birinin ya da her ikisinin vb.' deniliyor. Şimdi bu anlaşma bu iki adam arasındaysa, bunların ölümleriyle nasıl sona *ermez*? Belirsizlik, deyimin kuruluş tarzında değil." Parmağıyla sinirli bir biçimde vurdu.

"Uzantılar," dedi.

"Uzantılar," diye yankıladı Lemprière.

"Kaç yolculuk? Hangi düzeyde temsilci? Nasıl tarafsız? Ne kadar süre için? Sorular bunlar," diye şiddetle diretti Peppard.

"Evet, sorular var."

"Burada iki yönlü bir varsayım var. İlki, gelecek bir hak olarak varsayılıyor, anlaşma sonsuza dek uzanıyor, 'ölümü halinde bile' ve tüm bu ötekiler." Lemprière'in sağlayacağı yararlarına işaret etti. "İkincisi, tüm bunlar o denli belirsiz ki, bağlayıcı olmaktan uzaklaşıyor. Anahtar bölümler tanımlanmamış. Kullanılan anlatım tarzı da garip. Ben birçok belge gördüm –çoğunlukla senetler ve vasiyetler–, ama bunların hepsi bir bütünlük içindeydi, yasal bir rehber kitap ve az bir sağduyu aracılığıyla her iki tarafın kabaca tasarlamış olduğu şeylerdi. Bu zavallı şeytanlarsa epey acı çekmişler. Tüm deyimler var burada, ama bir şey değişmez biçimde tersine gidiyor. Pek yasal sayılmaz bu belge, açıkça söylemek gerekirse, bu böyle."

"Bir çapağı var, mı demek istiyorsunuz?" diye sordu Lemprière.

"Tam tersine. Kusursuz. Kararlaştırmaya çalıştıkları şey, her ikisinin de ölümsüz olmadığını kabul edecek olursak, sanırım olanaksız. Ancak anlaşmanın biçimi oldukça yasal. Edindiğim izlenim şu–" Durdu, burnunun kemerini ovuşturdu. "Edindiğim izlenim, bir avukatın tutulmuş olduğu, kendisine izlerini örtmesin ve bu belgenin bir amatör işi olduğu izlenimi vermesinin söylendiğidir."

"Ama neden?"

"Bu, ikinci öğeyle ilgili, amaç kararlaştırdıkları şeye bir belirsizlik getirmek. Bir olasılık planı bu, sanırım–"

"Olasılık mı, neyin olasılığı?" diye yine atıldı Lemprière. Peppard masanın diğer ucundan ona baktı.

"İhanet olasılığı, kuşkusuz. Bu anlaşma imzalandığın sırada, sizin aileniz Fransız'dı sanırım?"

"Sanırım öyle, bilmiyorum, evet, ama yine de anlamıyorum–"

"O günkü hükümet, hatta bugünkü bile, bir Fransızın temsilcisi olarak eylemde bulunmanın," –belgenin tarihine bir göz attı– "Kraliçesine ve ülkesine sadık bir vatandaştan beklenecek bir şey olmadığını düşünebilirdi. Kuşkusuz bu bir ihanetti. Belgenin bağlayıcı gücü işte bu. Gerçekten bu açık."

"George, açık değil, hiç de açık değil."

"Bakın, belgenin terimleri herhangi bir yorumda bulunmaya olanak vermeyecek denli yetersiz bir biçimde tanımlanmış, öyle değil mi?"

Lemprière başını salladı.

"Bu nedenle, yasal olmayan, ama tarafları bağlayıcı herhangi bir hüküm olmalı burada, beni izliyor musunuz?"

Lemprière yine başını salladı.

"Eğer De Vere ülkesinden kaçan bir firari olsaydı, bu belge onun ölüm ilamı olarak kabul edilebilirdi; bu bakımdan bağlayıcı sayılır. Ben, terimlerdeki bu belirsizliğin tarafların kendi çabalarıyla sağlanmış olduğunu sanıyorum, ama yine de, bu çabaların suçlanmaktan kaçınabilmek açısından verimsiz olduğunu söyleyebilirim." Sustu ve belgeye daha yakından baktı. Sonra kendi kendine kıkırdadı. "Bu belgenin en bağlayıcı özelliğinin ne olduğunu biliyor musunuz?" Sorunun yanıtını beklemeden, parmağını Lemprière'in atasının vaftiz adında bir yere saplandı. "Bu!" dedi, "Thomas de Vere'i ipe götürecek olan şey işte bu!"

Lemprière, karşıdan François Lemprière'in mürekkebi solmuş imzasına göz attı, atasının el yazısının garip bir biçimde kendi yazısına benzediğini ilk kez fark ediyordu.

"Bu 'c' harfi mi?"

"'c' değil, kuyruğu, şu çengel. Adamın Fransız olduğunu belirleyen ipucu. Hiçbir İngiliz, adını çengelli yazmaz. Zavallı Thomas de Vere, korktuğu ip işte bu çengele geçirilecekti." Peppard giderek daha ciddileşti. "Kuşkusuz tüm bunlar Kont'un bu sözleşmeyi niçin imzalamış olduğunu açıklamıyor.

Kendisine ne önerildiğini bilmiyoruz, ama herhalde değecek bir şeydi. Büyük bir riske girmiş doğrusu."

Arkadaşının aklı ise daha kendisine özgü sorulara takılmıştı. "Septimus demek bu nedenle satın almak istedi bu belgeyi... Oldukça mantıklı."

"Pek değil, bu anlaşma yalnızca dördüncü Kont'u bağlar. Bugün yalnızca küçük bir utanca neden olur, o kadar."

"Ama, 'her iki tarafın ölümleri halinde bile' ve tüm diğer ifadeler ne olacak?"

"Doğru, ama böyle bir davayı kim açacak? Elbet, anlaşma bir biçimde yeniden geçerli kılınmadıysa." Peppard bu düşünce dizisinin izini sürmek eğilimindeydi, ama hayır, Skewer, Kont'un niyetleri konusunda haklı olabilirdi, öyleyse çocuğu niçin umutlandırmalıydı? Eğer bu belge geçerli idiyse, hisse ya da pay, Şirket her anonim hale getirildiğinde yeniden yatırıldıysa, Lemprière Efendi gerçekten çok zengin bir genç adam olurdu... Ve Şirket de bir o denli yoksullaşırdı, bu düşünce hoşuna gitmişti. Konuşmaya devam ettiler, Peppard'ın açıklamış olduğu düşünce hoşuna gitmişti. Konuşmaya devam ettiler, Peppard'ın açıklamış olduğu hususları bir kez daha gözden geçirdiler, eski parşömeni dikkatle incelediler.

"Önemli noktalar şunlar," dedi Peppard, "François Lemprière, Şirket'in onda dokuzuna sahip, Thomas de Vere kendisinin temsilcisi olarak eylemde bulunarak, böylece onun sahipliğini gizleyen bir paravan görevini üstlenmiş oluyor. Thomas'ın bu işten çıkarı neydi, bilmiyorum."

Lemprière önündeki belgeye karanlık gözlerle bakmaya başladı. "İşin içinde burada görüldüğünden daha çok iş var," dedi. Peppard yalnızca başını salladı.

Zaman epey ilerlemişti. İki adam konuşmayı sürdürdüler, ama Peppard önceki açıklamalarına pek az bir şey ekledi. Sonunda konuşmalar sona erdi. Lemprière parşömeni dikkatle katladı ve ceketini ilikledi. Peppard kapıyı açtı. Lemprière ona teşekkür etti.

Peppard konuğunun ardından, "Güle güle," diye seslendi. Lemprière, hoşça kal gibilerinden elini salladı, sonra dönüp eve yollandı.

Ceketini üzerine çekerken, gömleğinin içine sıkıştırmış olduğu parşömen çıtırdadı ve delikanlı caddeden aşağı yola koyuldu. Düşünceli düşünceli yoluna devam ederken, giderek, omuzlarına hatırı sayılır bir ağırlık bindirmeye başlayan bir görevin onun gücünü ölçmekte olduğu duygusuna kapılıyordu. Golden Lane'deki insan seli dinmek bilmiyordu, güçlü, bölünmüş bir amaçla hareket eden bir kitleydi, kendisini sarıyor, taşıyor ve düşüncelerinin dibine batmasını engelliyordu. Az ötesinde kalçalarından sepetler sarkan bir sepetçi arkasındaki sandığı çekerek ağır ve hantal yürüyordu. Kenara çekilerek arkasından gelen Lemprière'e yol verdi.

Lemprière, Septimus konusunda şaşkına dönmüştü. Skewer'i, en azından, istediği kadar anlamıştı. Peppard'ı yalnız anlamakla kalmamış, ondan hoşlanmıştı da. Ama Septimus... Görünürde kendisini çok ortaya koyar gibi davranmamasına karşın, onda bir şeyler gizleyen birinin havası vardı. Anlaşmayı niçin istemişti? Ve onu neden Peppard'a yönlendirmişti? Avukat kuşkusuz, kendi kendine sezebileceğinden çok daha fazlasını anlatmıştı. Adam kendisine iyi bir öğüt vermiş ve birçok şey açığa çıkmıştı... Daha sonra bunlar üzerinde fazlasıyla düşünecekti. Septimus ve Peppard: onun yanındaydılar. Ya ötekiler? Septimus'un uyarısı tüm kentin kargaşası arasında yankılanıyordu. *Burada sen bir barbarsın*... Ve, eğer Septimus değilse, bu kentte kendisine başka kim yardım edebilirdi?

Böylece, koşuşan karınca ordusunun içinde aceleci bir nokta olarak, sessiz yapıların dışında herkesin gözünden arada bir yitip yine ortaya çıkarak yoluna devam etti. Sıra sıra balkonları, üst üste binmiş, yukarıya doğru yükselen katlarıyla tarafsızlık içinde birbirini izleyen yapılar, onun kendi gösterisini bekliyordu, sonunda yukarıdaki taşların gözünde her şey itişip kakışan kafalardan oluşan bir mozayiğe dönüşüyordu. İşgüzar caddenin kendine özgü gereksinmeleri, cadde yaratıklarının da kendi istekleri vardı, ama bu yükseklikten, bir biçimde, her şey çok uzak, çok solgun görünüyordu. Belki de bu nokta yokuşun bir yerlerinde gözden yitip gitmişti. Yapılar onu caddenin şamatalı sesinin içinde saptıyordu, bu ses hep azalıyor, ama aşağıdaki biçimden yoksun nesnenin birden birleşiverme olasılığını hep sıcak tutuyordu. Yapılar işaretlenmiş patikalardan bir sapış, belkemiğinden aşağı çınlayan soğuk suya, sirkenin keskin kokusuna doğru bir sürüklenip gidiş sezdiler, doğru rotadan daha binlerce küçük sapma vardı. Bu sapış aslında, sekizinci katta kendinden ve kendi yeterliliğinin eşliğinde dans eden kuşkularından başka hiçbir imge bulunmayan zigguratın dersine yöneliyordu.

Düşüncelerini eve doğru taşırken Lemprière'in kuşkuları öğütüldü ve çevresinde dönmeye başladı.

Dostları vardı ve gizemleri. Şimdiden, her ikisinin de ortaya çıkma olasılığını taşıyan cumartesiyi düşünüyordu. *İçini çekti.* Fleet Caddesi boyunca ilerler ve Strand'a ulaşmak için batıya dönerken gözleniyordu. Yorgun adımlar, Southamton Caddesi'nde gözden uzaklaşıncaya dek onu izledi.

***

Zayıf adam rıhtımın ucunda durmuş kendisini gözetliyordu, evet buna hiç kuşku yoktu. Bir dizi hamal, kasaları gemiye yüklüyordu, hayır, buna da hiç kuşku yoktu. Kötürüm adam çok ortalık yerdeydi, onun üzerinde durmak gereksizdi, ama rıhtımdan yüz metre kadar uzaklıktaki evin tavanarası penceresinde şimdi ikinci keredir beliren yüz dikkate alınmalıydı. Nazım'ın kafasında bir plan biçimlenmeye başlamış, bir yargıya varmıştı. *Vendragon* gözetleniyor, ama başında nöbet tutulmuyordu –bir zayıf nokta. Eğer ilk girişimde başarılı olmazsa, ikincisinde olurdu. Bazıları bir nehrin, kaynağında durdurulması gerektiğini öne sürebilirdi, Nawab'ın kuralının altında bu tür bir önlem kaygısı vardı. Ama Nazım biliyordu, evet, Nawab'ın kendisi söylemişti, işin içinde daha büyük sorunlar vardı. Gizlilik şarttı, sırdaş ses tonunun altındaki uyarı, hiç dile getirilmemiş olduğu halde, her ikisince de anlaşılmıştı, onun ancak ölüsünü ele geçirmeliydiler. Zayıf adam kendisinden yana bakmıyordu. Bu oyunun bir parçasıydı; Nazım farkına varıldığını ve akılda tutulduğunu biliyordu. Sen de öyle, diye düşündü. Şapkasını zayıf adama doğru eğdi, gözlerindeki titreyişi gördü. Zayıf adamın avı döndü ve rıhtımda, doğu yönünde yürüdü. Nazım zamansız davranmamış olmayı umdu: Eğer zayıf adam, kendisi koşar adım geri dönmezden önce oradan ayrılacak olursa, yalnızca penceredeki yaşlı adamla baş başa kalacaktı ki, olasılıkla onun bu işle hiçbir ilgisi yoktu.

***

Zamansız Anthesteria, mevsimin acı meyvesi. Sert zeminde oturmuş babasının kâğıtlarını karıştırırken sevinci kısa sürdü. Sandığın içinde incelenmeyi bekleyen daha da yoğun bir kâğıt tomarı vardı. Akdeniz üzerine bir soru işareti karalanmış bir dünya haritası, bir dizi aylık makbuz "*reçue par Mme K., 43, Villa Rouge, Rue Boucher des Deux Boules, Paris*", adlarının başındaki kısaltmaların (emkl., Kapt. (eski) bayan) ufak düşkırıklığı öyküleri anlattığı bazı kimselerden gelmiş eski mektuplar. Gemi tasarımları, uzun rakam sütunları, yapı planları ve kendisinin tanımlayamadığı bir yapının tasarımı. Ayrıca: tüm sayfaları yırtılmış bir defter, bir sonenin ikinci yarısı, kısa açıklamalar ve desenler, Jersey'de en çok rastlanan on kelebek türünü gösteren bir liste, büyükbabasına ait bir anı defteri ve bazı karalamalar. Bunların çoğunu okumuştu, içeriklerini dikkatle incelemiş, mürekkep renklerine, kâğıt türlerine bakarak el yazılarını karşılaştırmaya çalışmıştı, babasının neyi araştırmakta olduğunu ortaya koyacağına emin olduğu bir ayrıntı, bir deyim, bir kırıntı bulabilmek için yapmıştı tüm bunları. Ama bu ana kadar hiçbir şey bulamamıştı.

Septimus ertesi gün kendisini ziyarete geldi, görünürdeki amacı Craven Arms'ın yerini gösteren bir plan çizmekti.

"Sizi oraya kendim götürebilirdim, ama Tören Sorumlusu olarak daha erken gitmem gerekiyor." Lemprière özellikle hangi törene değinildiğini merak etmişti, ama Septimus konuyu çoktan dağıtmış, eski püskü belgelerden kâğıt oklar yapıp fırlatmaya ve Lemprière'e boks öğretme önerilerinde bulunmaya başlamıştı. Pencereden, aşağıdaki kadınlara– "haydi yukarı gel!"– gibi laflar atmaya başlayınca, Lemprière ondan gitmesini istedi.

Adam merdivenlerden aşağıya, solunu çalıştırarak inerken, "cumartesi görüşürüz," diye bağırdı.

Şimdi cumartesi gelmiş ve genç adam henüz daha fazla bir şey öğrenememişti. Sayfaları ilgisizce çeviriyor, artık üzerinde yazılanlara pek de bakmıyordu. Kalıntılar. Bu denli önemli olabilir miydi? Şurada bir gemi envanteri, burada Peder Calveston'un kendisine (yanlışlıkla?) vermiş olduğu şeye benzer, üzerinde şarkı sözü bulunan bir el ilanı, şurada da Septimus'un buruşturmuş olduğu bir belge vardı. Sinir içinde kâğıtlara eliyle bir darbe indirdi. Kâğıtlar havalanıp birkaç adım ötede yere konarken birden, haftalardır hiçbir şey okumadığının, okuduğu tek şeyin bu kâğıtlar olduğunun ayırdına vardı. Garip. Bunu daha önce neden düşünmemişti. Kuşkusuz tüm kitapları paketlememişti (kuşkusuz?), ama o öyleyse...

Bu düşünce zinciriyle başlamıştı, ama şimdi sürdürmeyi istemiyordu. Peppard anlaşmayı okumuş; kendisi ise yalnızca şöyle bir göz atmıştı. İsteseydi okuyabilirdi. İstememişti. Kendisini tüm bunlara kitaplar yönlendirmiş, ama amaçladığından daha ileri gitmişti. Tüm kitaplar mı? Hayır. Yalnızca sevdiği kitaplar, sırtında yaldızlı harfler bulunan, sayfaları kaliteli kâğıttan Antika kitaplar, zamana direnmiş öyküler. Kahramanca davranışların, görünürdeki anlamları dışında başka bir anlam taşımadığı, dünyanın, kendi merkezinden yönetilebildiği zamanlara ait öyküler. Babasının, gölcüğün kıyısında yatan cesedini düşündü. Tembelce okumuş olduğu öyküyü düşündü. Köpekler yere yatarak koşuyorlardı. Bunun gerçeğe dönüşebileceğini hiç düşünmemişti. Ama yine de *düşünmüştü.* Yukarıdaki bulut, suları griye, babasının kanı da kırmızıya boyamıştı. Bu düş kendisinindi, başka hiç kimsenin değil.

Tüm bunlar için vakit geçti, hava çok kararmıştı ve çok geçti. Lemprière ayağa kalktı, ceketini ve botlarını giydi, basa basa merdivenlerden inip caddeye indi. Soğuk? *Baban mı?* Hayır. Adımları arnavut kaldırımlarını dövüyordu, hızla yürürken sokak garip bir biçimde boş ve düşüncelerini başka yöne çekmeyecek denli küçüktü, havadaki yağmur beklentisine karşı ceketini sıkıca iliklemişti. Artık adımlarını hızlandırdı, geç kalmak istemiyordu. Ayaklar niçin böyle içe oylumludur? Botların ayak içine doğru aşınmasının nedeni bu olsa gerek, iyi bir anatomist İngiltere'nin kaldırım taşlarını ortadan kaldırabilirdi, iskeletler asla onun dayanıklı giysisi olamazdı... Sol, sağ, VIII. Henry'ye ve Yedi Çan'a sol, ilerle ve tırman; neden, hepimiz

Protestan değil miyiz, yeni inancın tohumsal vaftizinden geçmedik mi?

Başını eğince su birikintileri yüzünü yansıttı, ama Dor kaideleri ve cicili bicili Korent başlıklarıyla yarım sütunları, karyatidlerin[1] dik bakışlarını ve öteki kalıntıları dışladı. Adımlarını daha da hızlandırarak Hogg Caddesi'ne döndü. Abartılı barok tarzı duvarlar her an yıkılabilir, onu ezip öldürebilirdi, sokakların güvenli olduğunu kimse söyleyemez, arnavut kaldırımları üzerinde tak, tak, tak yürüdü. *Babanız mı?* Hayır, henüz değil, en iyisi beklemek, yoksa oradan geçmekte olan bir kartal, başının üzerine tıpkı Eschylus'a yaptığı gibi bir kaplumbağa düşürebilir, en iyisi çevresinden dolaşmalı, insan, güçlü rüzgâra karşı tüm yelkenleri basarsa kötü denizci demektir, triremlerin[2] tayfaları özgür bırakılmış adamlardı, kadırgalarsa gelecekteki bir şeyi köleleştirmektedir... Bu, daha çok böyle bir şeydir, şimdi Septimus'un sözünü ettiği töreni merak ediyordu. Canı arkadaş istiyordu ve de şarkı söylemek (oysa hiç söyleyemezdi), hayır, evet ve belki biraz da içmek, yaklaşmakta olan bir tür isteri kriziyle buraya sıkışıp kalmıştı, şimdi daha hızlı yürüyordu, geride bıraktığı sokakların bir yerinde yitirmiş olmayı umduğu o öteki ses, ertesi sabah kaplumbağa bombardımanında öldürülmüş olarak bulunacaktı.

Yukarıda, ay olağandışı gümüşsüydü, bu gece bulutlar aydınlığın doruğundaydı. Geride, yağmur yüklü çeşitli bulut örnekleri, raslantısallığın kendilerine dayatmış olduğu yöne doğru, kentin üzerinde bulut işlevi görmek (ayı karartmak, yağmur yağdırmak, bir ya da daha çok türdeki simgesel gereksinmeleri yerine getirmek) üzere eyaletleri aşarak doğuya ilerliyorlardı. Bununla birlikte o anda gökyüzüne yayılmış olan koyu, yünsü puflar (kesinlikle görülecek şeydi bu) ayın yüzünden geçerken eriyor, bir an için ona, saçaklı bir saç demeti ekliyordu.

Lemprière yukarıya doğru bakmış olsaydı, bu fenomenle, sokağın öteki ucundaki görülmez düşmanına öfkeyle bayrak sallayan bir palavracının çelik grisi, aslansı başı arasında karşılaştırma yapabilirdi. Bayrak sallayan kişi, gösteriş budalaları, malların takası ve babalarımızın toprakları konusunda bağırıp

[1] Karyatid: Kadın heykeli biçiminde taş sütun. (Çev.)
[2] Trirem: Üç sıra kürekleri olan eski Yunan ya da Roma savaş gemisi. (Çev.)

çağırırken çok öfkeli görünüyordu. Lemprière ise bu tür şeyler için vaktin gerçekten de çok geç olduğunu düşünüyordu, ama çevrede on beş ya da yirmi kişiden oluşan bir kalabalık birikmiş dinliyordu, izin verin, izin verin, deyip kendisine bir yol bularak geçti, "...ve en kötüsü, işin en kötüsü," (bayrak daha çok sallandı)... Ama Lemprière en kötüsünün ne olduğunu dinlemedi, en azından bunu duyabilmek için vakit çok geçti, çünkü gördüğü hanın kapısından içeri dalmaya hazırlanmıştı, aceleyle ilerledi, neredeyse varmıştı, dikkatini başka yöne çekecek pek çok şey vardı, aradığım her şeyi buldum, kapıyı el yordamıyla arandı, tüm yanıtları, tüm soruları... *Babanız mı?* Haayıır, işte geldik...

"*Domuzeti Klübü*'ne hoş geldiniz!" Septimus, bir tiyatro yönetmeni gibi masanın üzerinde salınarak bütün şarlatanlığıyla dizginleri koyvermişti. İçerideki kalabalık dalga gibi kabarıp kabarıp iniyordu. Gelmeyi kabul ettiği yer bu muydu? Çevrede, her yerde, brokarlı köstekliler çeşitli türlerdeki sarhoş ve düğmeleri çözük güzellerle cinsel ilişki arayışı içindeydi.

"Oink!" Kalabalık tek bir beden gibi dönüp kendilerine seslenen tören sorumlusuna baktı. Aslında (Septimus dışında) hiç kimse bağırmıyordu, ama şamata korkunçtu. Lemprière sinir içinde gözlerini kırpıştırmaya başladı; bu hiç de beklediği şey değildi, Septimus onun içeri girdiğini görmüş ve orada toplanmış bulunan Domuzeti Klübü üyelerinin *üzerinden* atlamaya karar vererek bir hoş geldin havası içinde dikkatleri hemen gözlüklü arkadaşına çekmiş, takıma, ilk gece sinirleri üzerinde olan bu bohçayı, sürüden biri olarak tanıtmıştı. O bu manevraya girişirken çığlık çığlığa bir genç kızla, genç köylü âşığı, sağlığa içme ânının geldiğini düşündüler. Şişe sallamalar adamın sıçrayışıyla aynı ana raslayınca Septimus istemeyerek şişeyi tekmeledi ve gürültüyle kalabalığın üzerine yığıldı, ayaktaki kişiler onun düşüşünü kısmen engellediler.

"Ha!" diye fırlayıp kalktı. Bu arada şişe, Septimus'un engellenmiş yörüngesi boyunca ilerleyerek kalabalığın üzerinden uçup şak diye Lemprière'in eline kondu.

"Çek bir yudum," dedi aşağılarda bir yerde kalçasına yakın duran birisi. Bir yudum çekti.

"Demek tanıştınız?" Septimus kendini, kollar ve bacakların kalabalığından kurtarıp çok fazla maskara sürmüş birisinin yılışmalarını geri çevirerek, kusursuz bir dinginlik içinde, bir eli ceketinin içinde bir şeyler araştırarak çıka gelmişti.

"Domuz pastırması?"

"Ne?.."

Septimus, ceketinin içinden, Lemprière'in şimdiye dek görmüş olduğu en uzun, en kırmızı, en yağlı domuz pastırmasını çıkarttı. Boyu bir metre kadar olmalıydı. Bu geceki törenlerin ilki miydi bu? Herhalde bu canavar için at büyüklüğünde bir domuz ölmüştü, ama Septimus aslında kimsenin bunu yemesini istemiyordu, öyle değil mi?

Görünüşe göre istemiyordu. Septimus onları birbirlerine tanıştırırken o uzun şey şehvetle sallanıp duruyordu.

"Teddy, John Lemprière. John, Edmund de Vere." Demek Kont buydu. İlk izlenim her zaman en iyi izlenim olmuyordu.

"Seninle daha sonra oynayacağız, John," diye sürdürdü Lemprière'le konuşmasını, sonra sesini alçalttı. "Fazla içme. Kendinde ol."

"Oynamak mı? Ne oynamak?"

"Aptal çocuk, Kupa Oyunu'ndan söz ediyorum, elbette," dedi Septimus tatlı bir gülüşle.

"Şey... Septimus?"

Ama Septimus çoktan kalabalığın arasına karışıp sinek valesinin çorap bağına gizlendiği, gerçekten ateşli bir hileli piket oynama sözü verdiği küçük kızıl saçlıyı aramaya başlamıştı bile...

"Her şey yolunda," dedi, kalçasının yanındaki lord müsveddesi ağız dolusu kafayı çekerken, içerideki havadan biraz daha ılık olan içkinin kokusu içini gıdıklayarak burun deliklerine yükseldi, orada duman, ateş ve pipo, ter, yarı bastırılmış osuruk, bergamut enfiyesi, yasemin kokulu saç yağı ve daha başka bir kokuyla karıştı...

Septimus bir yana çekilmişti (aslında odanın öte yanında, esnek değneğini hiçbir şeyden kuşkulanmayan genç bir kızın boğazına sarmaya çalışıyordu, hileli piket bekleyebilirdi), bu yüzden o olamazdı. Ocağa doğru bakınca burnunun algıladığı kokuların nereden geldiğini anladı, lezzetli domuz eti dumanları havayı, kahvaltı için domuz pastırması, akşam yemeği için sosis, cızırdayan et dilimleri ve tütsülenmiş jambon anılarıyla süslüyordu. Mmm. Ateşin üzerinde şişe geçirilmiş, ayakları bacanın kenarına, küt burnu öteki kenara değen şişman bir domuz altındaki ateşe yağlar sızdırıyordu. Şiş, sallanan ağırlığın altında eğilmişti, yüzünde (ağzında bir elmayla), tavada yirmi dakika kaldıktan sonra bir yanının iyice kızarmış olduğu düşüncesiyle öteki yanına dönmesi istenilen Aziz Lawrence'i anımsatan alaycı bir ermişlik ifadesi vardı.

Bu domuzun topluluk için ilahi bir önem taşıdığı açıktı. Eğlenen kişilerden ona en yakın duranlar, pipo içerek ahlaksızca açık saçık konuşma eğilimindeydiler, bunlar odanın ta öbür köşesinden kalkıp fikir alışverişine daha bir eğilimli olan bu köşesine geliyorlardı, bu arada büyük saygı gösterilen bir kocakarı bastonuyla ara sıra onları buna yüreklendiriyordu; kendisinden yana sık sık selamlar ve centilmence 'iyi akşamlar' yağıyordu.

Bu arada kalçasındaki ses bir elle yer değiştirmişti. Çevresinde döndü; kremsi saten ve kırmızı saç lülelerinden oluşan bir hayaletsi biçim, açıklamalar yapmaya başladı, hayır, kusara bakmayın, sizi birisiyle karıştırdım... Arkasında yalnızca bir gülsuyu kokusu ve önlüğünün altında gizlendiği yerden dökülerek zeminde sıralanan kısa bir kart dizisi bırakarak süzülüp giderken çok üzgündü.

"Gözlüklü!" Kendisini kötü kötü süzen Warburton-Burleigh sendeledi. "İçiyor musun?"

"Teşekkür ederim, hayır, ben–" dedi Lemprière katı bir sesle.

"Kusura bakmazsan ben içeyim," bunu söyleyerek genç adamın elindeki şişeyi kapıp kaynaşan kalabalığın arasına döndü, Lemprière, bu kalabalığın içinde bir yerde çok canlı bir *pas de chat* (kedi adımı) dansı yapmakta olan Septimus'u gördü, bu arada bir köşede biri sekiz şişeyi bir iple yukarıdaki tırabzanlara dizmiş, do, re, mi vb. seslerini çıkartabilmek için her birine *tam yeterli miktarda* bira dökmeye çalışıyordu. Ne yazık ki, her keresinde çok fazla miktarda dökmüş olduğundan sıvıyı gereken düzeye indirebilmek için üzerinden içmek zorunda kalıyordu; başarı olasılığı gitgide uzaklaşıyordu, yalnızca yarım saat önce, eski ülkesinde bu biçimde çalınan bir şarkıyı dinlemek isteyen ve şarkıyı mırıldanmakta olan genç kız, artık bu konuda ağzını açmış olduğuna çoktan pişman olmuştu, oradaki bıyıklı mösyö de bu sırada parlak, sarı dişlerini göstererek gülmekte, tam da kızın hoşlandığı biçimde göz kırpmaktaydı.

Lemprière içinse, her şey *orada* olup bitiyor, kendisi de *burada* sıkışıp kalmış duruyordu. Buraya iş için gelmiş olmasının bir önemi yoktu. Kontun yanına oturdu ve anında yanlış bir şey yapmış olduğunu sezdi. Kont, üç bardağı masanın üzerinde, içinde bulunduğu duruma göre şaşırtıcı bir beceriklilikle, birbirinin yerine koyup değiştirerek 'fasulyeyi bul' oyununu oynuyordu. Fasulye birkaç turdur yokolmuş, rakibi bundan epey önce çekip gitmişti bile. Üstelik tüm bardaklar camdı... Lemprière'in, Kont'un fazla bir şey konuşacak durumda olmadığına inanması için yeterince kanıt vardı, ancak işlerin zaman geçtikçe daha kötüye gideceğini düşündü, ya şimdi konuşmalı ya da konuşmamalıydı, onun için harekete geçti.

Bir kere, Kont hiçbir tepki vermiyordu. Lemprière onu belirsiz bir biçimde kamçılayarak, birçok şeye dokundurarak konuşturmaya çalıştı. Henüz hiçbir şey işe yaramamıştı, delikanlı, ataları arasında yapılan toplantı hakkında açıklamalar falan yaparak bu tavrını sürdürdü. Doğru, bu yüz elli yıl önceydi, günümüzle doğrudan bir ilgisi yoktu, ama Kont, atalarının baş başa yaptıkları bir konuşmanın kayıtlarını satın almak istememiş miydi? Sonunda anladı ki Kont, kendisinin neden söz etmekte olduğunu bilmekle birlikte, bu konuya uzaktan yakından hiçbir ilgi duymuyordu, Lemprière neden içki içmiyordu kuzum?

"İçkiye fazla düşkün değilim," diye açıkladı sarhoşa.

"Çok iyi delikanlı, hiç başlama," dedi Kont, bir eliyle başını desteklerken öteki eliyle ona yapışkan yeşil bir sıvı uzatıyordu.

"Bakın, bu anlaşma–"

"Yüksük kadar bir şeyin ne zararı olabilir?"

"Hayır, gerçekten istemiyorum, teşekkür ederim."

"İşte, dene bir kere. Bu gerçekten çok, çok..." Kont kullanacağı sıfatı arıyordu. "Bu gerçekten çok," diye tamamladı. Lemprière yine geriledi, onun bu tavrı Kont'u rahatsız ediyor gibiydi.

"Niçin içmediğinizi bana söyleyebilir misiniz?" dedi incinmiş bir tavırla. "Yalnızca nezaket gereği, ikram ediyorum." Kont'un dirseğine bir parça domuz yağı bulaşmıştı, bu leke, az önce Septimus'un olağandışı irilikteki pastırmasından damlamıştı belki de ve Kont, şimdi başını eline dayamaya çalıştığında, kol yana kayıyor ve başı *güm* diye masaya çarpıyordu. Konuşmaları bu yıkılışların eşliğinde yürütüyordu.

"Kuşkusuz, öyle." Lemprière, Kont'un önerisine minnettardı. "Bu çok basit." *Güm.* "Ailem tarafından içmemem konusunda–" durakladı, "uyarılmıştım." Bir an yere baktı, "Şimdi, anlaşmaya gelince–"

Güm!

Bu küçük görüşme oldukça eşit koşullarda sürüyordu, Lemprière her soru soruşunda, neden içmediği konusunda bir özür buluyor, ama karşılığında sorusuna pek bir yanıt gelmiyordu, son bir atılımda bulunmadan önce bunun doktor emri gereği olduğunu söyleyerek (Kont artık daha fazla dayanamazdı) belgeyi satmayı önerdi. Kont bunun üzerine kendisine üç pens verebileceğini söyledi ve bir kez de, "Septimus'u," denemesini önerdi, "o bu konuyla daha çok ilgili aslında..." Lemprière bunu bekliyor gibiydi, Kont'u daha fazla konuşması için pompalayabilirdi ama, kafayı çekmiş bu bedenin ağırlığı artık kendisine çok fazla geliyordu, Kont da zaten bir yana kaykılmak üzereydi...

Aslında, Lemprière'in bu gözlemi, en akla uygun tümevarımsal ilkelere dayandırılmış olmakla birlikte, oldukça yanlıştı. Tüm görünümlerin tersine, Thomas de Vere'in sarhoşluğu giderek artmıyordu, tam tersine adam giderek ayılıyordu. Bu yıkıcı birikimlerde, adamın içinde böylesi bir gelişme yaratan bir şey vardı. Adamın genlerinde bulunan değişime uğramış aykırılık güdüsü (bu güdünün virütik atası ise Lemprière'in üzerinde çok durduğu bu küçük anlaşmayla epey ilişkiliydi herhalde), Thomas de Vere'in lenf sisteminin bir yerlerinde kıvrılıp kalmış olmalıydı, şimdi zaman zaman açığa çıkan lökosit saldırılarının arasında, zarlarından ve toplardamar kılcallarından dışarı kendi mutluluk anlayışını sızdırmakla meşguldü. Ortak yaşamlarda hep olduğu gibi tek yanlıydı. Karar, akyuvarlara aitti.

Ne olduğunu ya da nereden geldiğini söylemek zor olmakla birlikte, bu fenomende hafifçe hoşgörüsüz bir kendini yadsıma da vardı. Königsberg'den bir grip salgını gibi boşalan biraz Prusyalı bir sel kendi izlerini örtüyordu. Yalnızca bir umlaut[1] serpintisi, oyunu açığa vuruyordu, bir yerlerde, Friedrich ya da Emmanuel adını taşıyan bir kuzenin fısıltıları, hafif bir bratwurst[2] esintisi, üzerlerine yağmurlar yağan loş, kara ormanlara, sabah güneşinde tepelerden aşağı yuvarlanan buharlarıyla her şeyin çok *taze* olduğu bir yere karşı duyulan kalıtsal bir arayış...

Çok hızlı *ilerleyen* bir şey vardı, Kont'un en gizli biyokimyası içinde saklı bir inanç, her şeyin bir biçimde her zaman gelişmekte olduğunu söylüyordu. Onun alkol patlamaları bir söylence malzemesiydi, ama oldukça yeni bir söylenceydi bu. Yüreklilikle bir ilgisi yoktu, ayılabilmek için bir çuval şişe devirmek zorunda oluşu ona acımasız bir ani değişim gibi geliyordu. Arkadaşları, Kont'un zilzurna sarhoş olup sonra ayık olarak çekip gitme alışkanlığını bir gariplik olarak değerlendiriyorlardı; onun bir uyarana gereksinmesi yoktu ama, *schadenfreude*[3] işe yarıyordu.

Lemprière tüm bunları bilmiş olsaydı, sorularını akşamın ilerleyen saatlerine dek yinelerdi, ama onun sabıkalı yüreği iyiye giden işlerden çok kötüye giden işlere ayarlanmıştı, gerçekten de işler kötüye gitmişti, çünkü daha önceki arkadaşı hâlâ umutsuzca uğraşırken, Bıyıklı Mösyö çoktan kızı alıp gitmişti bile, başka bir çeyrek ton ise, şişelerin içindeki içkinin biraz azalması ve gelip geçen insanların bu müzik aletinin en yaşamsal bölümlerini içip bitirmekte oluşuydu. Kocakarı ateşin başındaki yerini, Septimus'a dans adımlarının nasıl olması gerektiğini göstermek üzere değiştirmişti, başparmak içeri ve *hafifçe vur!* Ayakkabısı havada dönerek uçtu, bir yağ kandiline çarpıp kırarak yere tekinsiz bir alev dili yaydı, Domuzeti Klübü toplantılarında genel krizler sırasında her zaman olduğu gibi her şey denetim altındaydı, bu büyük yangın üzerine bira, elma şarabı ve kötü şarap (bardaklar memnunlukla daha kaliteli şaraplarla ye-

---

[1] Umlaut: Alman dillerinde üzeri çift noktalı a yada ö ya da ü harfi. (Çev.)

[2] Bratwust: Kızarmış iri sosis. (Çev.)

[3] Schadenfreude: Başkalarının zararından memnun olmak. (Çev.)

niden doldurulmak üzere) dökülerek söndürüldü, kimseye pek bir şey olmamıştı.

Her şey yeniden başladı, ama genel ve karmaşık bir hareket baş göstermişti, ahlaksızca eğlenen grubun merkezinden, daha doğrusu Kocakarı'dan yoğun bir dürtü yayılıyordu. Dans dersleri vermekten kötü bir iş olduğu için vazgeçmiş, dönüp gözlerini sevişenlerin, homurdananların ve kafayı çekenlerin üzerine dikmişti, gruplar bu gizemli baskı altında ayrılmaya başladılar. Eller gizlice bedenlerin üzerinden çekildi, baştan çıkarıcı pozlar artık alkışlanmıyordu, cinsler Kızıl Deniz gibi ayrıldı, vedalaştı, ellerle öpücükler yollandı, bu melodramik havayı Calzabigi aryalarının sözlerindeki soyutlamalara benzer yalvarışlar doldurdu. Bütün bunların yerini bir bekleyiş almaya başlamıştı. Köstekliler, küstahlar, iyi giyimliler ve şişinenler odanın Lemprière'in bulunduğu yanında, genç kadınlar, genç kızlar, su perileri ve işvebazlar ise öteki yanda toplanmışlardı; içlerinde bazıları delikanlıya tanıdık gibi gelmişti, ama şimdi bunu düşünmeye zaman yoktu, çünkü Kocakarı iri sopasını yere üç kez vurmuş, ateşe doğru gerilemişti. Sahne boşalmıştı, Septimus bu boş sahneye sıçradı.

Yüzü ciddiydi. Baküs şenliklerinden arta kalma kalabalığa seslenirken ciddi konuların eli kulağında gibiydi.

"Dostlarım," diye başladı, "sevgili leydiler," arkasına döndü, "klüplerin en kusursuzu ve neşelisi olan bu klüpte–" ("Yaşa, yaşa!" ve "Daha iyisi yok!" çığlıkları), "her zaman anımsayacağımız, akıllarımızdan hiç çıkmayacak birçok mutlu saatler geçirdik. İçtik–" ("Çok doğru" ve "Buna kuşku yok" mırıltıları), "şarkılar söyledik ve," açık saçık efektler bekleyerek duraksadı, "şamata yaptık!" ("Ha! Bunu yaptık" ve "kentteki en iyi şamata." Karşılıklı, "iyi şamataydı, doğrusu!" gibi ünlemeler.) "Ama–" Septimus parmağını kaldırdı, şimdi ne geleceğini biliyorlardı, "her şeyden çok, ne yedik?" Hepsi bekleyerek poz aldı, "koca domuz eti dilimleri!"

Domuz etinden söz edilmesiyle birlikte salon coştu, herkes şamata yapıyor, şapkasını havaya fırlatıyordu, bir kavga çıktı, dövüşenler, durumu denetleme çabaları ve erotik kutlama sahneleriyle ayrıldılar. Ateşin önünde duran Kocakarı şenliğin ortasına doğru, çılgınca cızırdayan ve ağız sulandırarak üzerlerine düşen cızır cızır, kızarmış, gevrek bir jambon şeridi fırlatarak iltifatını belirtti.

Septimus, "Madam!" diye selamladı onu, toplananlar kadehlerini kaldırdılar.

"Doya doya için çocuklarım!" diye bağırdı kadın ve duyarlı bir piruet yapmaya çalıştı, yüksek bir alkış aldı. Septimus onları hoşnut bir havada yakalamıştı.

"Dostlarım," diye sürdürdü konuşmasını, "bu gece aramızda çok sevgili bir tanıdığım var." (Topluluk arasında meraklı bakışlar gezindi, kimmiş o?) "Yaşamın nehrine atılmış, başıboş sürüklenen genç bir adam. Eğer bir öksüz olamayacak kadar gençse, bizim dostumuz olacak kadar yaşlı demektir. Bu geceki oyunda benim ortağım olmaya geldi. Bay John Lemprière!" Lemprière bunu eğilerek karşılarken topluluktan nazik bir alkış geldi. Septimus şimdi söylev verir gibi konuşmaya başlamıştı.

"Şimdi tüm iyi aşçıların bildiği gibi, en sulu, en güzel kokulu, en kocaman domuz döşü, doğal yoldaşı, sıvı yatak arkadaşından yoksun kaldığında doruğundan düşmüş, Eumaeus'un kaleminin ucundan fırlatılıp atılmış sayılır... Dostlarım, kuşkusuz içkiden söz ediyorum."

Domuzeti Klübü üyeleri bardaklarını masanın üzerine üç kez vurdular.

"Evet, dostlarım için. Terk edilmiş karıların avuntusu, ayaklarımızın yağıdır bu; eğer gemiciler ve fahişeleri için uygunsa," onaylayan eller uzandı, Septimus titreyen bir sesle konuşmasını sürdürdü, "kuşkusuz, *kuşkusuz* bizim için de uygundur değil mi?" Birkaç "Kesinlikle" homurtusu onun gerçeği söylediğini onayladı.

"Ve böylece bir oyun oynayacağız." Septimus bunu söyleyerek bir süre sustu, yeri arşınladı, parmakları burnunun kemerindeydi, birden derin düşünceye dalmış gibiydi, oynuyordu.

"Oyunların en atletik olanı olmayabilir, bilimadamları için, hatta *ayaktakımı* için bile uygun olmayabilir, ama iki büyük özelliği vardır. İlki, testileri, içki kaplarını içermesidir–" (Domuzeti Klübü üyeleri gökgürültüsü gibi, memnuniyetlerini belirttiler, adam onları canlandırıyordu), "ve ikincisi de, en azından bunun, *bizim* oyunumuz olmasıdır." Çağlayan, aah...

sesleri. Duygusal bakışmalar oldu, ayaklara doğru güçlü ve çapkınca bakıldı. Gözlerde yaşlar birikti.

Aşırı duygusallığa düşülmesini önlemek için Septimus onlara yeniden seslendi, "Dostlarım, iki sevgili insana teşekkür ediyoruz: zarif ev sahibimize–" (Kocakarıya alkışlar) "ve belki, bu gece kendisinin kocası olacak olan, güçlü ataya... Kral Archon'a!"

Bu bir düzendi. Domuzeti Klübü yuhalamaya ve ıslıklamaya başladı, ölüm gözdağları verildi, yüzlerde iğrenç nefret ifadeleri dolaştı. Lemprière, şaşkınlık içindeydi, bu kadar nefret uyandıran şeyi görmeye çalıştı.

"İçi geçmiş aletini kesip atalım onun!", "Suratını dağıtalım!" haykırışları arasında, "işte orada," diye fısıldadı Kont.

Ateşin yanında, karşı duvarda diyagonal biçimde yükselen merdivenlerin dibinde bir iskemlede oturuyordu Kral Archon. Bir zamanlar görkemli olan ifadesiz yüzünün kasları erimiş, katlanmıştı, dudakları seyiriyor, tükürüğü ağzının kenarlarından gömleğinin üzerinde kirli bir iz bırakarak akıyordu. Domuzeti Klübü üyelerinin gürültülü nefretinin farkında değildi. Geçen yıllar, içindeki yaşamı yakıp yıkmış, geriye bu kalıntı kalmıştı. Bir zamanlar kendisini destekleyen şey her neyse, devrini doğanın izin verdiğinden fazla tamamlamıştı; nefret verici kir torbası, ölümü hak etmişti, ama yaşamak onun için, yaşamın kendisi demek olduğu için daha acımasız ve sürgitliydi. İğrenç, kabuk bağlamış kalıntı: Çok yaşa Kral! Uyruğunun sevecenliği onun yaşama katlanmasını emrediyordu, oysa, başka bir biçim ya da tarzda, Kral bu gece öldürülecekti.

Septimus şimdi kalabalığı sakinleştiriyor, onları sona hazırlıyordu. Kocakarı aksayarak sahnenin ortasına gelip eşleşmeye başlayan yarışmacıları alkışladı.

Kont, az önce kendisini sorgulayan genci, "İyi şanslar," diyerek destekledi.

Odanın öte yanında, daha saygıdeğer fahişelerden ikisi bağıra çağıra bahis ilan ediyor, para ya da herhangi bir biçimdeki kredi mektuplarını kabul edip bahse koyuyorlardı. Lemprière altılarda geziniyordu (Septimus'tan ötürü ancak bu kadar cömertlik gösteriliyordu), bu arada Walter Warburton-Burleigh ve Boksör (bu şaşı gözlü, varil gibi bir adamdı) ise 13- 8'le günün gözdeleriydi. Lemprière onlara sürüklendi. Nereye gideceğini bilen para onu görmezden geliyordu. Bahisçiler, genç adama tanıdık gibi gelmişti, ama bunu düşünmesine zaman kalmadan Septimus'un onlara bir kese verdiğini gördü, bu kese biraz duraksamayla alındıysa da fiyat birden dörtlere dayandı.

Bu arada Kocakarı, bahisçilere domuz parçaları dağıtıyor, ortadaki masanın, üzerine şişeler diziyordu. Her biçim, büyüklük ve renkte şişe vardı, bazıları rafyaya sarılmış, bazılarıysa balmumuyla mühürlenmişti ve kadın her şişenin önüne, üzerine birer harf basılmış ufak seramik kaplar koymuştu. Bunlar yirmi altı taneydi. Odanın öbür yanındaki küçük bir masada bir çanak dolusu kara fasulye vardı. Lemprière'in içinde bir şey kıpırdanıyordu, bu simgelere karşı belirsiz bir tepki duyuyor, ama bunun ne olduğunu bilemiyordu ve üzerinde düşünmesine zaman kalmadan Septimus tam zamanında kasıla kasıla yürüyerek geldi. Lemprière ona kuşkularını anlatmaya, kendisinin burada ne aradığını, neler olup bittiğini sormaya başladı. Ama arkadaşı bunları, ciddiye alınamayacak safsatalar diye nitelendirdi.

"Söylemek istediğim bu değildi," diye tısladı genç adam.

"Yalnızca başkalarının ne yaptığına dikkat et," diye öğütledi Septimus, Lemprière'in domuz etinden bir parça kopardı, "ve tıslayıp durma."

Yarışmacılardan çoğu eşlerini bulmuş, son bahisler oynanmıştı, oyun başlamak üzereydi. Kocakarı kalın sopasını kaldırıp susmalarını istedi.

"Kupalar Oyunu!" diye çığlık attı Kocakarı.

"Oink!" diye bağırdı Septimus, Kont ve öteki yarışmacılar.

"Ödül kazananın olacak, haydi oyun başlasın!"

"Pythoigia!" diye bağrıştı Lemprière dışında herkes, Pythoiga mı?

"Ödül *nedir?*" diye sordu, Septimus'a sesler dinince.

"Anlayacaksın," diye yanıtladı Septimus.

Kocakarı ateşin yanına çekilmişti. İlk yarışmacılar yerlerini aldılar.

"Daha çok domuz eti yemelisin," diye öğütledi Septimus, Kont ağırbaşlı bir tavırla başını sallayıp aynı görüşte olduğunu belirtti.

"Ne kadar yersen, şansın o kadar artar," diye onayladı.

İlk çift, oyunun ilk turunda epey yol almıştı. Biri, önündeki rakı, brendi, elma şarabı vb. dolu içki kaplarını sırasıyla başına dikerken, öteki de fasulye kâsesinin başına çökmüştü.

"Ritme dikkat et," diye üsteledi Septimus, "bu işin püf noktası ritmdir." İçkici her üçüncü kabı devirdiğinde, fasulyelerin başındaki oyuncu bir fasulye tanesi alarak içkicinin, bir eliyle yeni bir kap daha alırken öteki eliyle havaya kaldırdığı boşalmış içki kabına denetimli bir parabolle bir fasulye tanesi atıyordu. Dokuz fasulye tanesinden yalnızca üçü *ding!* diye boş kabın içinde yerini buldu, boşalan içki kapları ise arkadan gelen yarışmacılar için hemen yeniden dolduruluyordu.

"Zayıf bir tur," diye kararını bildirdi Kont.

Bitirirlerken içkici sendeliyordu, bu kadar az içkiyle sarhoş olması biraz alayla karşılandı.

"Çökün!" diye çığlık attı Kocakarı.

Bu ikinci turun başlayacağını ilan ediyordu, ilk çift dizlerini bükerek biri Kral Archon'un, diğeri Kocakarı'nın yanında çömeldiler. Onlara yalvarır gibi görünüyorlardı, ama bunun bir yararı olmuyordu. Bu arada ikinci takım yerine geçmişti, içiyor ve fırlatıyor, fırlatıyor ve içiyorlardı, egnog[1], bulgur şarabı, *pfft, ding!* cin, ren şarabı, irruaz ve altıda beş fasulye hedefini bulmuştu, oldukça iyi.

Lemprière tüm dikkatini Kocakarı'ya ve yanındaki sıska Kral Archon'a ısrarla yalvarmakta olan ilk çifte vermişti.

"Oyunun Çökme bölüme fazla kafayı takma," dedi Septimus.

"Ama ne yapıyor bunlar?"

"Birisi Kral Archon'u Kocakarı'yla evlenmesi için kandırmaya, öteki de Kocakarı'nın bu evliliği kabul etmesini sağlamaya çalışıyor; ama sen bunlarla ilgilenme. Bu yalnızca bir perde arası, bunu bir soluklanma olarak kabul et."

"Ama eğer başarırlarsa–?"

"Hayır, bu asla olamaz. Domuzeti Klübü'nün tüm tarihinde hiç kimse ikisinden birini kandırmayı başaramadı. Bu sportmence bir tavır, yalnızca deniyorlar işte, sen enerjini–"

---

[1] Egnog: Yumurtayı sıcak bira, elma şarabı, şarap ya da başka bir alkollü içkiyle karıştırarak yapılan bir içecek. (Çev.)

"Gösteri!" diye çığlık attı Kocakarı, ikinci takımın içkicisi son kabı bitirdiğinde. Dokuz fasulyeden yedisini tutturabilmişlerdi, içkici hâlâ ayaktaydı, beklendiğinden iyiydi. Sonra oyunun final bölümüne geçtiler, bir tür mim yapıyorlardı.

"Bu nedir?" diye fısıldadı Lemprière.

"Oyunun kazanıldığı ya da yitirildiği yer," diye yanıtladı Septimus. "Umut verici durumda olanlar, bol trajik çizgileri olan dramatik bir oyun sergiler; bu oyunun tek katı kuralı ise Kral Archon'un ölümüyle sona ermek zorunda oluşudur. Bak, işte şimdi sıra buna geldi."

Yarışmacılardan biri, bir merdiveni dikmeye çalışır gibi yaparken, öteki de çılgın gibi düşsel arıları kovalamaya çalışıyordu. Birden her ikisi de ellerinde taşıdıkları bir şeyle –bu herhalde bir kazandı– Kral Archon'na doğru koştular, her biri adamın iki yanında durarak düşsel kazanın içindeki düşsel içeriği adamın kafasından aşağı boşalttılar. Bu sürekli bir alkış aldı.

"Duygulu, ama mantıklı değil!" dedi Septimus.

Kupalar Oyunu şimdi iyice hızını almış durumdaydı. Ateşli ricacılar, abartılı bir biçimde ortaya dökülen beden dili ve odanın içinde uçuşup duran fasulyeler. Sıralarını savan yarışmacılar domuz etini çiğniyor, ötekilerin sergilediği gösterilere alkış tutuyorlardı.

"Sevgilim! Öldürme tarzına *bayıldım.*"

"George kaç puan aldı? İyi, Tanrım, gerçekten mi?"

"Ah, sen çok alçakgönüllüsün. Tıptı *Plautus* gibiydin!"

Fasulye fırlatanlar hızla kafayı çekerek oyun eşlerine yetişmeye çalışıyorlardı; sırasını savanlar arasında arkadaşça bir hava esiyordu. Kont, eşini bulmak için yerinden ayrılmıştı. Oyun sürüp gidiyordu, Walter Warburton-Burleigh'la, Boksör sahnede yerlerini almak için ayağa kalktıklarında Lemprière, onların ardından sıranın son olarak kendisine ve Septimus'a geldiğini kavradı.

"Biz sonuncuyuz!" dedi oyun eşine, ama Septimus, Boksör'le düşmanca bakışıp duruyordu.

"Yenmemiz gereken çift, onlar," diye sır verdi.

"Bizim kazanacağımızı ciddi olarak düşünmüyorsun, değil mi?" Lemprière yükleneceği bu sorumluluk karşısında dona kalmıştı.

"Kazanmayı umsan daha iyi olur," diye atağa geçti Septimus. "Senin tüm paranı bizim üstümüze oynadım."

"Neee?"

Ve durum kesinlikle anlaşıldı, ceketinin cepleri boştu... Kırmızı küpeli ve kremsi satenler içindeki o hayalet, becerikli parmaklarını cebine sokmuştu, ah, seni aptal...

Lemprière'in Septimus'a savurduğu yumruk beklenen bir şeydi. Boşa gitmiş olması da öyle. Lemprière çok kızmıştı. Septimus'a uzun bir süre baka kaldı, ona yeniden bir yumruk indirse miydi? Lemprière çok öfkelenmişti, ama içinde, yarı hoşnut bir duygunun Septimus'un burnunu kırmak için duyduğu güçlü güdüyle karışmakta olduğunu duyumsayınca şaşırdı, üstelik özür diler gibiydi... Canı cehenneme, biz kazanabiliriz, bu ve böylesi duygular dalgalar halinde yükseliyordu; gerçekten aptalca bir şeyler yapmak için karşı konulmaz bir dürtü vardı içinde ve bunun şimdi tam sırasıydı.

Boksör ve Warburton-Burleigh saat gibi çalışıyorlardı, lıkır, lıkır, lıkır, kol uzanıyor, *pfft...ding!* Warburton-Burleigh fasulyeleri sözcüğün tam anlamıyla havada bir yay çizerek atıyordu, kusursuz yarım çemberler, yüksek gösterişli yaylar çiziyor, havada sert bir açıyla en kısa yoldan fasulyeleri kabın içine gönderiyordu, basit işti. Dokuz fasulye ve dokuz vuruş.

"Ritmi unutma," diye fısıldadı Septimus ayağa kalkarlarken. "Kendi hızına göre ayarla, ama, ne yap yap, kupayı mideye indir."

"Belki fasulyeleri fırlatsam daha iyi olur," diye düşüncesini öne sürdü Lemprière, içkici rolünü almayı kabul ettiğini anımsamıyordu.

"Şimdi taktik ayrıntıları tartışmanın sırası değil. Bak, bu ikisini görüyor musun? Neden sırıttıklarını bilmek ister misin? Benim bahsi koyduğumu gördüler, bizim yenilmemizi istiyorlar. Sersem piçler, suratlarını dağıtacağız onların. Tanrı aşkına *gel artık*, John. Bu senin paran..."

Öteki yarışmacılar, Warburton-Burleigh'in yaptığı akrobatik hareketleri alkışlıyorlardı, ama herkesin bir gözü Septimus'daydı; kuyruğunu ateşten nasıl kurtaracaktı bakalım? Özellikle ortağı olan bu yarı kör, topal ördekle... Bu ikiliye fazla güvenleri yoktu, ama yine de, iyi şanslar. Aslında hiç kimse

Boksör'ün ve Warburton-Burleigh'in ödülü kazanmasını istemiyordu, Septimus son kaleydi.

"Haydi, John. Artık işe koyulalım." Ve Septimus bunu söylerken gerinip yutkunarak kalktı, Lemprière vızıldanarak arkasından gidiyordu.

"Ne yapacağını biliyorsun, değil mi?"

Genç adam başını salladı.

"Her üç kupada bir."

"Biliyorum." Lemprière "A" kupasının, Septimus da fasulyelerin başındaki yerlerini aldılar. Bir kez bakıştılar. "İyi şanslar" demediler; bu bir işti. Başladılar.

Lemprière'in kaygıları bu noktaya kadar daha çok, belirsiz bir yenilgi ve bunun sonucunda topluluk önünde mahcup duruma düşme düzeyindeydi. Fasulyeleri yakalamanın güçlüklerini belli belirsiz şöyle bir düşünmüştü, ama önündeki bir doz içkiyi fiziksel olarak yutamayabileceği hiç aklına gelmemişti. O âna dek. Daha önce içtiği içkiler kendisini bu olasılığa karşı önceden uyarmış olmalıydı. İlk kupayı dudaklarına yaklaştırırken rakının kötü kokusu burun deliklerine doldu; onun bu duraksaması kıkırdaşmaları başlattı. Bunu yutacak olursa, eğer bu zararlı zehri boğazından aşağı gönderecek olursa hemen kusacağından emindi. Kıkırdaşmalar şimdi övgülere dönüşmeye başlamıştı, ah hayır, ölüm kokuyordu, yapılacak tek şey vardı... Yuttu, bir sindirimsel mucize oldu ve kusmadı. Brendi içini yaktı, ama daha az iğrençti. Elma şarabını isteyerek içebilirdi, neredeyse geriye dönmeyi unutuyordu, tam zamanında, *pfft... ding!* Birde bir. Nasılsa yüreklendi, ritmi unutmamaya çalıştı, bulgur şarabı, *pfft... ding!* Cin, ren şarabı, yutarak ve dönerek devam etti, öteki yarışmacılar onu alkışlayıp duruyorlardı, kimin aklına gelirdi, lıkır lıkır içip duruyordu. İçmek giderek daha kolay olmaya başlamıştı, ilki en kötüsüydü, ah evet, julep[1], kümmel[2], lethe[3], dön ve yakala. Porto, quassia[4], rom, *ding!* Gözucuyla

[1] Julep: Şeker, buz ve nane ile yapılan bir içki. (Çev.)

[2] Kümmel: Kimyonlu, alkollü, sindirimi kolaylaştırıcı Rus likörü (Çev.)

[3] Lethe: Mitolojide suyundan içildiğinde ölülerin ruhlarının yeryüzündeki yaşamlarını unutmalarına neden olan yeraltı nehirlerinden biri, bu söylence anıştırılarak adlandırılan bir içki. (Çev.)

[4] Quassia: Acıağaç, sıcak ülkelerde yetişen, kabuğu ve odunu hekimlikte kullanılan bir ağaç, bu ağacın özsuyundan elde edilen içki. (Çev.)

Boksör'ü gördü ve düşmanca gülümsemeye çalıştı. Wassail[1] çenesinden akıyordu, kimin umurundaydı.

Xeres[2], Sack[3], dön ve dokuzda dokuz, sarı kök, bir kez daha zorla yuvarla. Sonuncuyu bol bol, bademciklerinden aşağı döküp saçarak yuvarladı, zythum, piramit suyu, *lıkır.*

Lemprière kupayı masaya güm diye indirip Domuzeti Klübü üyelerinin çılgınca alkışlarına karşılık verdi. Alkol gözlerini yaşartmıştı, ama kulakları yalnızca bu sesi istiyordu.

"İyi iş çıkarttın," diye Septimus onun sırtına vurdu. Warburton-Burleigh ve Pug, (beklenildiği gibi) Kral Archon ve Kocakarı'yı birbirlerinin çekicilikleri konusunda kandırmayı başaramamışlar, yan yan kalabalığın içine karışmışlardı. Septimus ve Lemprière ikinci tura hazırlandılar.

"Kendini nasıl hissediyorsun John?"

"Çok iyi, dokuzda dokuz, değil mi?" Doğru, biraz kızarmıştı ve midesi alışılmadık bir tarzda kıpırdanıp duruyordu, ama henüz hoşa gitmeyen bir durum yoktu.

"İkinci sahneye yavaş gir, oldu mu? Sen Kral'ı al, ben de Kocakarı'yla ilgileneyim. Bu zor bir şey değil, John." Bu son sözle birlikte Lemprière'in endişesi yüzünden okunmaya başlamıştı. "Yalnızca aklına gelen her hoşa giden sözü şöyle, yeter. Sıkışırsan yalan söyle."

"Tamam." Lemprière bir dakika öncesine göre biraz sıcaklamıştı, yerlerini alırlarken yakasını gevşetti, Septimus, Kocakarı'nın, ortağı da Kral'ın dizinin dibine yerleşti. Boksör ve Warburton-Burleigh başlamak için sabırsızlanıyorlardı ve Domuzeti Klübü onlarla aynı düşüncedeydi. Kocakarı'dan gelen bir işaret üzerine her şey başladı. Boksör ve Warburton-Burleigh hemen, oldukça çevik bir kılıç düellosuna başladılar, bu arada Septimus yalandan protestolarla Kocakarı'ya, Kral Archon'un verimli yeterlilikleri ve evlilik yaşamında yer alacağı varsayılan aygır nitelikleri konusunda diller dökerek işe girişti. "... görünüş aldatıcı olabilir," diyordu.

Ama Lemprière takılmıştı. Bir Kocakarı'ya, bir Kral'a bakıyordu. Aklına hiçbir övgü sözcüğü gelmiyordu.

---

[1] Wassail: Noel arifesinde içilen baharlı içki. (Çev.)
[2] Xeres: Andaluzya şarabı. (Çev.)
[3] Sack : Eskiden İspanya ve Kanarya Adaları'ndan gelen bir tür beyaz şarap. (Çev.)

"Belki sizi iyi besler," diye başladı beceriksizce.

"Onu zaten besliyor!" diye bağırdı arkasından, elindeki domuz etini tıkınan çillinin biri. Dilinin tutulmuş olması, hoşnutsuz dikkatleri üzerine çekiyor, Septimus ona dik dik bakıyordu. Boksör şimdi bir kayığı taklit ediyordu, bu arada Warburton-Burleigh bu kayığın üzerinden atladı ve ne olduğu belirsiz, ama inandırıcı tavırlarla bir şeyleri öldürmeye başladı. Lemprière yalan söylemeyi denedi.

"Gözleri... gözleri, çok güzel gözleri var," diye patladı. Birkaç seyirci birbirlerine başlarını sallayarak onayladılar. Bu kesinlikle doğru değildi.

"Güzel gözler ve cömert bir yürek," diye sürdürdü. "Sütle, insan iyiliği sütüyle dolu bir yürek!"

Warburton-Burleigh şimdi timsahvari ölüm sancıları içindeydi, vals adımlarıyla kıvranıp bükülüyor, ağzından *habibi* mırıltıları dökülüyordu, bu arada Boksör mimle, titanların soykırımını anlatıyordu, hiç biri, ama yüzlercesi yıkılıyordu yere, parmaklarıyla Chesil Dili'nin boyutunu gösterdi.

"Sizi seviyor, en azından bu doğru," diye yalan söyledi Lemprière, sonra yeni bir esin bulabilmek için Kocakarı'ya baktığında kadının yüz çizgilerinde bir titreşim görür gibi oldu, *Evet, bu doğru; yalan söylemiyor,* der gibiydi. Bu doğru olamazdı, ama... Kocakarı'nın yanaklarının eğrisinde bir gurur ifadesi, havayı titreştiren uzun keman notalarının dalgalanmasına benzer bir şey olduğunu söyleyerek sürdürdü (biraz fazla süslü sözler, diye düşündü Domuzeti Klübü), genç adam yine baktı. Hayır, bu doğru olamazdı. Gözlerinin önünde hafif, ama kesin bir değişim oluyordu Kocakarı'da. Daha doğrusu, yanaklarının biçiminde bir değişim vardı, bu konuda kuşkuya yer yoktu. İster kötü olsun ister iyi, kadının yüzünün biçiminde, gözle görülebilir, kemansı bir nitelik belirmişti. Kuşkusuz, Boksör ve Warburton-Burleigh körükörüne aynı anda Lizbon depremini anlatıyorlardı, ama bu, gerçekten içten içe gelişen bir değişimle başa çıkabilir miydi? Lemprière, alkış, şaşkınlık, hatta korkulu bir saygı vurgusu bekleyerek çevresine bakındı. Domuzeti Klübü deprem konusunda bir karar vermekle meşguldü: "Bu, limanın boşaltılması değil mi?", "Alhambra, belki.", "Ne?" gibi sesler, çevredekilerin gösterdikleri tepkilerden birkaç örnekti. Yalnızca Septimus gözünü dikmiş bakıyordu ona. Hepsi de kör mü olmuştu?

"Dolgun kırmızı dudaklarına bakın." Bu olguya iyice asılmaya başlamıştı. "Gamzelerinin tomurcuklanmasına, gözlerinin derin göllerine." Bu işi bitirecekti ve evet, bitiriyordu galiba. Tüm bunlar gerçekten olmaya başlamıştı. Kaba anlamıyla değil ama, sanki yıllar katlarından sıyrılıyordu ve zaman sanki hep bu biçimde, geriye doğru akıp gitmek istemişti, öteki türlüsü yanlıştı, her şey iyiye gitmeliydi, en azından o kadar kötüye gitmemeliydi.

Kocakarı gözü güzel görünür olmaya başlamıştı, gerçekten istek uyandırır bir durumda olmanın eşiğindeydi ve Lemprière bitişe doğru koşmaya başladı, daha yüksek değerde güzel sözler söylüyordu artık. Gergin retorik figürler ve ateşli söylevler derhal sonuç vermeye başladı. Art arda gelen doksan dokuzuncu sınıf soneler çekmecelerinden çıkıp ortaya döküldü; Lemprière'e yalnızca, üzerlerindeki tozları üflemek ve Kocakarı'nın kişiliği üzerinde ete kemiği bürünmeleri için sözcüklerin yazımlarını birazcık düzeltmek kalıyordu, olgun meyve gibi göğüsler, ak mermerden bir boyun.

"Ey şanslı adam!" diye selamladı Kral Archon'u, Jüpiter'in başı için, gerçeği söylüyordu; Kocakarı şimdi parıldıyordu, kadının elindeki baston niteliksiz şehvet düşünceleriyle çatırdıyor, kıvılcımlanıyordu. Bu adı taşımaya layık olan her erkek, çıkıntısını onun çukuruna sokabilme şansını ele geçirebilmek için deli olurdu. Anacreon'dan birkaç dize söyledi, kadının bu yeni ortaya çıkan güzelliği hafif oğlansı bir görünüm aldı, oldukça hoştu, ama en iyisi bu işi daha ileri götürmemekti. Şimdi, çevresine dönüp baktığında Lemprière, Domuzeti Klübü'nün eskiye göre daha sessizleşmiş olduğunun ayırdına vardı. Fondaki gürültülerin yerini çoğunlukla homurdanmalar ve genizden konuşmalar almıştı. Birkaçı yerde, boş şişelerin, yenmemiş kıkırdak parçalarının ve yere dökülen kadehlerinin çevresinde ellerinin ve dizlerinin üzerinde sürünüyorlardı. Boksör ve Warburton-Burleigh oyunlarının zirvesine ulaşmak üzereydiler, Warburton-Burleigh, Boksör'ün omuzlarına binmiş, Pug'un arkasındaki duvara birbiri ardına kocaman siluletler düşüren parmaklarını eğip bükerek hayvan biçimleri –bir tavşan, bir tarlafaresi, büyük bir yılan, bir timsah (yine bununla ne anlatılmak isteniyordu?)– oluşturuyordu, bu sırada Boksör jig dansına benzer adımlarla, tap tap yürüyordu.

Lemprière bir çift gamze ekledi ve yine çevresine bakındı. Arkasında bir değişim oluşmaya başlamıştı. İzleyen şenlikçilerde domuzsu bir değişimin işaretleri beliriyordu, burunlar kalınlaşmış ve yassılmış, karınlar yayılıp gerilmiş, çizgiler yuvarlanmıştı. Zaten çoğu domuz gibi bağırıp homurdanıyordu, içlerinden bazıları masa örtüsünü yiyor gibi görünüyorlardı. Yapmak istediği bu değildi, o domuzlardan söz etmemişti, bu bir rastlantı mıydı? Oda kesinlikle daha da ısınmıştı ve birisi yakılmamış şamdanı başının üzerine kaldırmış döndürüp duruyordu. Üstüne üstlük Kocakarı da eski durumuna dönmüş, bulanıklaşıp buruş buruş olmuştu, genç adamın midesi havalanmış ve hoşa gitmeyen anılar, başka dönüşümler baş göstermişti, bunları gece boyunca geri itmişti, bu, ne de olsa bir oyundu, değil mi?

Kesinlikle öyleydi. Boksör de Kral Archon'un kafasını koparıp arkasında homurdanan sürüye attı, bu arada Warburton-Burleigh peruğunu çekip çıkartınca, peruğun altında gizlenmiş yedi kar beyazı güvercin domuz dumanıyla dolu havaya yükseldi, aşağılarda masumiyet ararcasına çatıda gözden yitip gitti. Bir yerlerde bir kaz çığlık attı. Septimus ona gülümsedi, parmaklar havaya kalktı. Tur bitmişti.

Kont, Lemprière'in omzuna vurdu.

"Çok iyiydin. Yardım edeyim mi?" Lemprière silkinerek ayağa kalktı. Kont hiç de domuza benzemiyordu, biraz belirsizlik içinde gibiydi belki, ama bu belirsizlik daha önceki durumundan oldukça farklı bir düzene aitti. Dizleri ağrıyordu. Kulağına Boksör'ün ve Warburton-Burleigh'in gösterisi hakkındaki konuşmalar çarptı: Oy sahipleri bu gösterinin içten, iyi uygulanmış, ama biraz belirsiz ve hileli olduğunu tartışıyorlardı. Kâğıttan yapılma Archon Kafası, her ne kadar biraz profesyonelce de olsa, bir *coup de théâtre*[1] olarak değerlendiriliyordu. Genç adam birkaç övgü aldı, ama hiç birisi domuzsulardan gelmemişti bu övgülerin ve Kocakarı eskisi kadar sıskaydı. Lemprière şaşkınlık içindeydi, tüm bunları kendisi mi düşlemişti? *Hayır...* "Hayır," Septimus, nazik dizeleri kendisini duyan her-

[1] Coup de théâtre: Başarılı oyun. (Çev.)

kes üzerinde hoş bir etki yapmış olmakla birlikte, Kocakarı'nın ve Kral Archon'un, yine de aralarında bir bağ oluşturmamaya karar vermiş olduklarını açıklıyordu. Kral Archon eskisi kadar vurdumduymazdı, ama cesareti kırılmamalıydı, bu bir kuraldı. Her şey olması gerektiği gibi oluyordu.

Lemprière bu söze ve Septimus'a sarıldı. İstemediği halde diz çökmek zorunda kalmak kendisini hep üzerdi ve oda giderek başkalaşıyordu. Daha gürültülü olmuş ve loşlaşmıştı. Belki de, havada çizgiler ve katlar halinde tembelce gezinerek yayılan duman yüzündendi bu.

"Kendini topla, John. Haydi gel delikanlı," Septimus bu sevimsiz düşüncelerini böldü.

"Acaba içki çok fazla mı geldi?" diye tasalanarak sordu Kont.

"Haydi, John. Savaşı biz kazanıyoruz, kalk! Haydi, gidelim!" Lemprière bedeninin içinde dolaşan kurşuni ikoru[1] yok saymaya çalıştı.

"Gösterelim onlara günlerini!" dedi pat diye.

"Hah, işte böyle. Sen beni izle yeter."

Domuzeti Klübü bir önceki gösteriyi sindirmiş, şimdi kendisini ikincisine hazırlamaya başlamıştı. Sevgilileri uzun sürmüş ayrılıktan sonra yine kendilerine katılmaya başlamış, yeniden birer çift oluşturma olasılıkları, havaya kalkan kaşlar, çırpınan yelpazeler ve sevimli gülücükler içinde yeniden tartışılır olmuştu. Toplu bekleyiş elle dokunulur gibiydi. Septimus onlara istediklerini vermeye başlamıştı bile, bir ileri bir geri yürüyor, arada bir izleyicilere doğru atılıyor, onlar da oyuna katılarak "Hooo!" diye bağırıyorlardı. Septimus kulaklarının üzerinde parmaklarını sallamaya başlayıncaya dek Lemprière ne yapacağını bilemiyordu, bu doğal olmayan ekleme bir hareketti; herhalde bilinmeyen türde bir canavara değiniliyordu, ki bu da Lemprière için yeterliydi. Düşsel bir kargıyla havayı delerek bir kahraman havasına girdi (her canavar bir kahramanı çağrıştırır ya da tam tersi), Septimus ise daha da hırsla sallanıyordu. Kargı atıcısı bu noktada, Septimus'un kıvranan parmaklarının yılanları simgelediğine, ateş saçan gözlerinin ise Medusa'ın taşlaştıran

[1] İkor: Grek mitolojisinde Tanrıların damarlarında kan yerine dolaşan eter cinsinden bir sıvı. (Çev.)

bakışına yakın olduğuna karar verdi. Domuzeti Klübü oyuna katılıyor, sallanmalarının arasında Septimus'u ıslıklayıp ona bağırıyordu. Lemprière, Septimus-Gorgon'un[1] Ovid baskısını izlemekte olduğunu umuyordu; kendisi de dikkatle, olmayan bir kalkanı ayna olarak kullanıyor, hamle yapıyor, karşı darbeyi savuşturuyor ve canavarı öldürmeye çalışıyordu, bir çatırtı! ve işte Septimus'dan ölüm kıvranışları.

Şimdi Septimus bayılarak ve parmaklarını eğip bükerek işleri biraz karıştırmaya başlamıştı, Perseus-Lemprière'in tanımlayamadığı bir karakteri canlandırıyordu. Düşüncelerini toplayabilmek için bir Kahraman'ın Yolculuğu'na çıkmaya karar verdi, Domuzeti Klübü'nün "Sola, sola! Hayır, sağa git! Sağa!" diye bağrışmalarını duymazlıktan gelerek, gelişi güzel gidip geliyordu. Andromeda! Kuşkusuz! Ama zaman tükenmek üzereydi, çabuk, iki misli hızla canavarı öldürüp kızı kurtar. Kız, pek de kurtulmak ister gibi değildi, işler biraz daha karıştı; Septimus-Andromeda, sakın şu ünlü (ama kaybolmuş) Iolus metnine değiniyor olmasındı? Bu metinde Perseus öyküsündeki olaylar (söylentiye göre) tam tersine akmaktaydı. Bu pek olası gibi görünmüyordu, ama oyun devam etmek zorundaydı. Lemprière, sonunda gözü kara davranmaya karar verdi: İşe Phineus[2] la başladı (işler her durumda çok karmaşıktı zaten), Atlas'a ikinci bir düşünme şansı vermeden, Larissa Oyunları'na geçti. Septimus şimdi dalgalanıyordu, belki de Larissalı kalabalıkları canlandırıyor, diye düşündü ortağı. Görülmez bir diski atarak dramatik gerilimi artırdı, kolunu önce yukarı kaldırdı, sonra aşağı indirip salladı, diski kararlaştırılmış hedefine, Acrisius'un nazik kafatasına doğru savurdu. Domuzeti Klübü'nden, önce yer yer, sonra giderek yükselen ve daha da yükselen büyük bir alkış koptu, alkışlar doruğa ulaşınca mızrağını fırlattı, mızrağın havada izlediği yolu bakışlarıyla izledi, mızrağın kaçınılmaz hedefi Acrisius-Archon'du.

Gürültü, kutlamalara dönüşünceye dek pozunu bozmadı.

---

[1] Gorgon: Grek mitolojisinde ağızları yaban domuzunun savunma dişleriyle donatılmış ve başlarının çevresinde yılanlar bulunan Euryale, Stheno ve Medusa adlı üç kız kardeşten biri: Medusa en tehlikelileriydi ve kime baksa o kişi taş olurdu. (Çev.)

[2] Phineus: Andromeda'ya âşıktı. Perseus'la Andromeda'nın düğünlerinde ziyafet salonuna girdi, önüne çıkanları öldürdü. Ama Perseus, Medusa'nın kafasını ona gösterince taş kesildi, kaldı. (Çev.)

"Bravo Theseus!"
"Yaşa!"
"Zafer Atinalıların!"

Oyunun tam içeriği ve karakterleri konusunda Domuzeti Klübü üyelerinden bazılarının aklı karışmıştı, ama şimdi hepsi onun çevresinde toplanmış, elini sıkıyor ve sırtına vuruyorlardı.

"Olağanüstü John!" Kont kendisini kitleden ayırıp gelmişti. "Archon'un işbirliği yapmaması konusundaki ana sorunu çözdün, parlak düşünce doğrusu, oldukça parlak..." Genç adam Septimus'a doğru ilerlerken belirli bir Lydia (krem rengi ipek, kırmızı küpeler ve parmaklar) onu özür diler gibi öptü. Her şey yolundaydı, Septimus gülümsüyordu.

Lemprière yaklaşırken alçak sesle, "Yanılmıyorsam Perseus'u oynuyordun, değil mi?" diye sordu.

"Evet, disk fırlatışım sırasında." Yine gösterdi (bu hareketi yine bağrışmalarla karşılandı). "Pek kötü olmadı, değil mi? Yani disk." Boş elini uzattı, ama Septimus onun sözünü kesti.

"Biz Theseus'u yapıyorduk," diye tısladı. "Kıvranan parmaklar Minotaur'du[1] ve senin Ariadne'i kurtarman gerekiyordu, Andromeda'yla evlenmen değil. Son bölüm ise senin kara yelkenli gemiyle Atina'yı dönmeni simgeliyordu–"

"Ve koca AEgeus bunu, benim ölüm haberim olarak algılıyordu." Lemprière'in aklını karıştıran şeyler şimdi açığa çıkıyordu.

"Ve kendini öldürdü, evet. Neyse ki senin disk fırlatışın Theseus'un gemiden el sallayışına benzedi, bu da dramatik ironiyi derinleştirdi, vb. vb. Sözün kısası, dostum, buna bayıldılar, onun için düşüncelerini kendine sakla. Ah ve John." Lemprière geriye döndü. "Biz kazandık. İyi iş çıkarttık." Gülümsedi ve savaş arkadaşına bir şişe uzattı, Boksör ve Warburton-Burleigh biraz surat asıyorlardı, ama Domuzeti Klübü, Septimus'la aynı düşüncedeydi, defne yaprakları onların olmuştu. Septimus ona bir şişe verip mantarını çekti, *lıkır lıkır lıkır,* art arda içti, bu içki Lemprière'e 'g' harfli kabı anımsattı, belki biraz 'j'yi de andırıyordu, *lıkır lıkır,* boğazından aşağı şurup gibi akıyordu.

[1] Minotaur: Theseus'un Girit'teki labirentte yendiği yarı insan, yarı boğa yaratık. (Çev.)

Bu sırada, Kocakarı galiplerin çevresindeki çemberi yarıp geldi. Lemprière'in bakışları kararsızca onun üzerinde odaklandı. Delikanlının elindeki şişenin yarısı boşalmıştı, içkiyi içmekle hata etmiş olabileceğini daha yeni anlamaya başlıyordu.

"Ödül! Ödül!" diye gıdakladı Kocakarı.

"Oink!" diye onayladı Domuzeti Klübü.

"Ödül mü?" diye dili dolanarak sordu Lemprière.

"Ödül," diye onayladı Septimus.

"Çukura önce kim inecek, benim küçük domuzcuklarım?" diye cırtlak bir sesle sordu ikisine Kocakarı. Domuzeti Klübü kendi aralarında mırıldandı. Septimus bu sorunu çözdü.

"Önce John gidecek," diye bildirdi. "Esin dolu amatörlüğünün ödülü olarak."

"Dolanan bacakları için," diye bağırdı biri, çünkü şimdi Lemprière, sallanmakta olan duvarlarla uyumlu olarak sallanıp duruyordu.

"Bacaklarına laf etmeyin," diye bağırdı Kocakarı. "Onlara gereksinmesi olacak!" Abartılı göz kırpmalar ve açık saçık kol hareketleri bu anıştırmanın üzerindeki yetersiz örtüyü uçurdu.

"Şu anda buna hazır olduğumu sanmıyorum. Kendimi uyuz gibi hissediyorum, anlıyorsunuz ya," diye mırıldandı Lemprière.

"Kesinlikle görkemli olacaksın John," diye böğürdü Septimus. "Haydi, yürü Theseus!"

"İyi misin, John?" diye sordu Kont.

Septimus'un yüreklendirmesine kapılarak, durumu kabulleniyor olması, Lemprière'in durumunun kötülüğünü gösteriyordu. Evet, görkemli.

"Kesinlikle. Hiç bu kadar iyi olmadım," diye yanıtladı ve odanın karşı köşesindeki merdivenlere doğru sendeleyerek yürüdü. Merdivene yaklaşırken, merdiven de sendeleyerek kendisine doğru yaklaşmaktaydı. İkisi ağırdan bir kadril oynuyorlardı (dansın üç bölümünü merdiven oynuyordu) ve dans sona erdiğinde Lemprière tepeye ulaşmıştı.

"Bon soir, tatlı prens," diye seslendi Septimus raslantısal kahramana, genç adam bunu yapay bir reveransla karşıladı. Aşağıdaki kalabalıktan gelen gürültüler akord yapmakta olan bir orkestranın çıkarttığı seslere benziyor, ışık giderek yoğunlaşan dalgalar halinde geliyordu. Kendisini hiç de iyi hissetmiyordu. Yaygara koparan bir fagot kendisini yeterince duyurabilmek için çevresinde dönüp duruyordu, hava, saniyede milyonlarca kez patlayıp dağılan ufak sabun baloncuklarıyla doluydu, bulutlar her yanı düzgünce örttüğünde gökyüzü nasıl beyaza keserse, havayı işte öyle ağırtan vızıltılı bir kitle intiharıydı sanki ve herhangi bir yerine bakmak insanın gözünü acıtıyordu. Kendisini farklı bir biçimde garip hissediyordu.

Aşağıdakiler kendisinin zaferi onuruna kadeh kaldırıyorlardı. Biri Lydia'nın göğüslerinin arasına bir tavus tüyü sokmuştu, kız kahkahadan kırılıyordu. Boksör bile bir oyun arkadaşı bulmuştu, kızı başının üzerine kaldırmış tutarken, o da adamın açılıp kapanan ağzına domuz parçaları atıyor, iki şişe arasında çiğneme hızı azaldığında, bu öğünü mayalandırmak için Negus döküyordu. Domuzeti Klübü üyeleri arasında, birisiyle –herhangi birisiyle– yakın ve sevgi dolu bir bağ kurma dürtüsü yayılıyordu; bu dürtüye tümüyle şehvet denemezdi belki, ama pek kız-erkek kardeşliği türünden bir şey de sayılmazdı. Her şeyden uyarıcı bir hava sızmaya başlamıştı; mobilyaların üzerine bile yeni, flörtümsü bir görünüm siniyordu ve yukarıda, ödülün içeriği konusundaki yorumlarının özünü onaylayan bu havaya Lemprière de kapılmıştı.

Bu, *onun* uyarılmış olduğu anlamına gelmiyordu. Şu anda ayaktaydı, bu da durumunu idare edebildiğini gösteriyordu, Batı'nın diliyle konuşmak gerekirse, işler yoluna girebilirdi. Midesinde oldukça kötü kaliteli bir şarap, kümmelle birlikte tepinip duruyordu, brendi ve elma şarabı bağırsaklarına inmişti bile, ama bunların hepsi de, karnına yakın bir yerlerde acılı bir yoğunlaşmayla hâlâ oturup duran sarı kök birasını gözardı ediyordu. Genç adamın az önce devirmiş olduğu rom ise hâlâ aşağıya inmeye çalışıyordu, ama bu beklenmedik gelişi hiç de hoş karşılanmayacaktı. Bununla birlikte, delikanlı uzaktaki kapıya (bir dakika öncesine göre daha yakınlaşmamış mıydı?) doğru ağır ağır ilerlerken, doğru yolda olduğundan kuşkusu yoktu. Bu yanlış yönelimin bazı görünümleri vardı, kendisine ürkütücü gibi gelse de, genç adam bu olaydan hoşnuttu, bunun başlıca nedenlerinden biri de, bu durumu kendisinin yaratmamış olmasıydı. Kocakarı'nın geçirmiş olduğu değişimi düşünmüyordu artık. Oynamakta olduğu öykü ve bu öykünün raslantısal koşutlukları hakkında düşünmüyordu... Raslantısal kahraman, Septimus bilebilir, aradaki ilişkiyi önceden tahmin edebilir miydi? Kuşkusuz edemezdi. Çok çapraşık, profesör. Henüz değil. Bunun hakkında (bir adım daha) düşünmeyecekti, bir adım daha attı, düşünmemeye kararlıydı. Kapı böyle eğri olmamalıydı, kapının kulpu, onu destek olarak kullan, evet, böyle, geleceğe bak ve ilerle Perseus. Theseus ya da her kimsen. Gözler yukarı. Öyle değil. Gözler yukarı. Hayır, diye yadsıdı, sendeleyerek, sallanarak, kayarak, sendeleyerek, kesinlikle karşı koyarak açılan kapıdan içeri düştü.

Aşağıda Jemimah, amacının bu olmadığını açıklıyordu. Hayır, bunu istememişti, çok üzgündü, "Of!" diye bağırdı. Kocakarı kızın kalın kafasına bir spatüla indirmişti, kadın şans için bir kez daha indirdi, aman Tanrım, kimse onun bunu isteyerek yaptığını düşünmemeliydi. Kızın, kendisine böyle kötü huylu bir kuş satmış olduğunu nereden bilsindi, hanımefendiyi kanatlarıyla nasıl da sıkıca yakalamıştı öyle (hih, hih)? Jemmy şimdi kazı sıkıca kolunun altında tutuyordu, doğru düzgün ve sımsıkı, gagası iyice bağlanmış olan kaz kapıyı gözetliyordu, Kont kapı ağzında durmuş, Lydia'ya, bu olay ikisinden birine ya da her ikisine ciddi bir zarar verebilirdi, en azından kalçaları yerinden çıkabilirdi, diye sabırla açıklıyordu, ne iyi huylu bir adamdı. Ve ne denli kendine hâkimdi. Benimle evlen, diye düşündü, Jemmy. Beni Braith Kontesi yap! Oralarda birisi, bir şişeyi yere vurarak *ding, ding* diye gürültü çıkartıyordu, yerin sonradan biraz süpürülmesi gerekecekti. Kazlar da hiç rahat durmazdı. Hem iyice bir de silinmeliydi, yağlı gibi görünüyordu çünkü. Jemimah kuşu daha sıkı tuttu, *ding*, bu da ustaca kaçmaya çalışıyordu.

Ding. Lemprière, yukarıda bu sesi çok hafif duyuyordu. Belki de gümüş bir çeşmeden, inanılmaz güzellikteki ak kuşların banyo yapıp su içtikleri gümüş bir göle müzik damlıyordu. Hayır, asık suratlı, iri yapılı köpekler suyun içinde aylak aylak dolaşıp su sıçratıyorlar, çamuru karıştırıyorlardı, değil mi? Yine hayır. Burası bir yatak odasıydı. Kara, kırmızı, ak. Bir ateş yanıyordu, yerde halılar vardı. Bu halılar Lemprière'in düşüşünü yumuşatmıştı. Odanın içinde bir karyola vardı. Buraya bir amaç için konulduğu belliydi. Yatay ve düşeyler. Halı çok koyu bir kırmızıydı. Karyola kara dövme demirden yapılmıştı. Üzerinde yastık yoktu. Lemprière silkinip doğruldu. Bu odanın sessizliği ve kendisini beklemiş, kendisi için hazırlanmış (kimin tarafından) olduğu duygusu, aklını hâlâ kurcalayan başlıca düşüncelere –sarhoşluğun çapraz taramasına ve bahanelerine– başka bir gerilim ekliyordu. Bu düzenleme, onu yere sermek için elinden geleni ardına koymuyordu. O ise karşı koyuyordu. Oda dalgalanıyor ve sallanıyor, kendisini uyumaya zorluyor gibiydi. Lemprière, kendisine en yakın karyola direğini yakalayıp yatağın üzerine baktı. Gözleri, önünde uzanan ödül üzerinde odaklanırken, evet, diye düşündü. Ödül bu olmalıydı.

Kız, yüzükoyun uzanmış yatıyordu, kolları bacakları gerilip, karyolanın kara demirden direklerine bağlanmıştı. Kuşkusuz çıplaktı; üzerinde, yalnızca saçının buklelerinden bir bölümünü tutan kırmızı bir kurdele vardı. Kızın üzerine ham ipek, ak bir örtü atılmıştı. Bu örtü her ne kadar, kızın çıplaklığının belirgin uzantılarını gözden gizlemekteyse de, çıplak olduğu anlaşılıyordu. Örtünün dokunuşundan kaçmış bazı ayrıntılar ortadaydı. Yatağın demirlerine deri kayışlarla bağlanmış el ve ayak bilekleri görülebiliyordu. Bu bileklikler türkuaz taşlarıyla bezeliydi.

Lemprière bu bilekleri tanıyordu. Bunları daha önce de görmüştü. Parlak su damlaları ve kırmızı çizgiler, suyu boyayan kırmızılar bu bileklerden aşağı akmıştı... Yatağın ayak kısmı üzerinden eğilmiş bakarken, kendi bacakları iyi, ama işe yaramaz durumda, dikilmiş duruyordu, bu olamazdı, bu doğru değildi, her şeyi çok yavaş ve üzerinde yoğunlaşarak düşünüyordu şimdi. Bir eli hâlâ karyolanın direğinde, örtüyü, kızın hafifçe eğimli sütsü sırtına yayılan, kırmızı kurdeleyle bağlanmış kara saçlarının ilk demeti görününceye kadar kaldırdı. Bu olamazdı, bilmek zorundaydı, kasları gergin bir biçimde ve parıldayarak, yarık ve bekleyen düzgün kalçalarıyla bir süt gölünde yüzerek, bedeni daha serin bir havayla karşılaşınca bacaklarındaki sinirler cildinin yüzeyini ürpertirken, kendisine cinsel saldırıda bulunacak kişiyi bekleyerek böyle kaç saattir yatıyordu? Kızın ak teni parlıyordu, teninden dışarı yayılıp kendisini de saran akışkan bir aklıktı bu, genç adam orada asılı dururken her şey bu aklığın içinde bulanıklaşıyordu, elini gevşetti.

"Juliette?" Sesi zayıf çıkıyordu. Ama biliyordu, bu sahne noksandı. *Baban!* Öne doğru devrildi, düştü ve hareketsiz kaldı.

Bu arada, aşağıda, kazın, başına gelecekleri sezerek kaçmış olması, Noel'in yaklaşmakta olduğu düşünüldüğünde pek de şaşırtıcı değildi. Ya da yarı yarıya kaçmış sayılırdı. Kıta boyutunda bir uzaklık söz konusu olduğunda en uygun kuşun kaz olduğu (üstüne üstlük bir de şu garip, suyun üzerinde gezebilme özelliği vardı) konusunda yaygın bir kanı vardır. Ancak, kazın belirli manevralarda başarılı olmadığı da bilinir, bunlardan başta geleni köşeleri dönmektir. Bu kaz merdivenlerden aşağıya uçuyor, Domuzeti Klübü tarafından alkışlarla karşılanıyordu, duvarlara doğru uçmakta olduğundan, yüzünde sersemlemiş bir anlatım bulunması hiç de şaşırtıcı değildi. Hâlâ havada olması bir mucizeydi, insanların başlarından bir, bir buçuk metre yukarıda *gaklayarak* uçuyordu.

Kocakarı olayı böyle görmüyordu. Uzun yastıkları havaya savuruyor, kazı aşağıya indirecek engeller yaratmaya çalışıyordu. Şu ana kadar başarılı olamamıştı, ama duvarların üzerinde, şimdi ölmüş bulunan bir devamlı müşteri tarafından yapılmış, Kelt harikası John Opie tarzında oldukça ahlaksızca resimlenmiş kocaman suluboyaların, bir zamanlar asılı olduğu belirli bazı çiviler vardı. Kaz henüz bu çivilerle karşılaşmış değildi (bir mucize daha), ama bir çift uzun yastık çivilerle karşılaşmış ve kaz tüyleri Domuzeti Klübü'nün üzerine kar gibi yağarak aşağıya inmeye başlamıştı. Üzerlerine sinmiş tüm o domuz pastırması ve domuz eti yağları henüz yıkanmamış olduğundan, oldukça yapışkan durumdaki giysileri nedeniyle tüyler içinde kalmış pek çok kişi şimdi, bu denli ilgi çekmiş olmaktan hiç de mutlu olmayan kazın (üstüne üstlük, bu garip ak nesnenin nereden gelmiş olduğunu anlaması için ikiyle ikiyi toplaması da yeterliydi) taklidini yaparak ortalıkta, kolları havada eğilip kalkıyordu.

Tüm bunların arasında, yukarıdan gelen gümbürtüyü yalnızca Septimus duydu. Belki de bunun kaçınılmaz olduğunu duyumsamıştı. Hızla yukarı koşup içeri dalınca yere yıkılmış olan Lemprière'i gördü. Onu tokatlayarak kendine getirmeye çalıştıysa da, hiçbir tutarlı yanıt alamadı, delikanlının genzinden yalnızca hırıltılı bir ses geliyordu. Septimus, onu zorla yerden kaldırarak, birlikte odadan çıkmak için dönünce kapıdan içeri dalan Walter Warburton-Burleigh'le karşılaştı.

"Yardıma gereksinme var mı?" diye sırıtıyordu. "Kıza el sürülmüş mü?"

"Sürülmemiş olduğu ortada," dedi Septimus kısaca ve Lemprière'i sırtlayarak mal sahiplerine özgü bir ilgiyle odayı gözetleyen mavi giysili iki kadının arasından geçip odadan çıktı. Lemprière, dizleri Septimus'un omuzlarından aşağı sallanır durumda, taşınıp götürülüyordu, kolları neredeyse yere değecekti. İki kadından daha yaşlıca olanı, Septimus'u durdurdu. "Kazandıklarınız," dedi.

"Onun kazandıkları," dedi Septimus başaşağı duran bedeni göstererek. Kadın dolu keseyi Lemprière'in eline tutuşturmaya çalıştı, ama boşunaydı. Delikanlı bunu tutamayacaktı. Sonunda kadın keseyi onun ağzına tıktı. Bu arada, Warburton-Burleigh, kendi kesesinin içini boşaltmış ve yatmakta olan kızın ılık sırtına, her omuruna bir tane gelecek biçimde sıralayarak, soğuk bir para dizisi oluşturmaya başlamıştı. Kız biraz titredi.

"Rahat dur Rosalie," diye mırıldandı ipeksi bir sesle. "İlki, her zaman zordur."

Lemprière merdivenlerden aşağı inerken kendine gelmeye başlamıştı, ağzındaki kesenin arasından *muhbubh,* diye inledi. Tepeden, ayaklarından tavana tutkallanmış insanlara doğru uçuyordu. Aşağıda kristal bir ağaç yapraklarını şıngırdatıyor ve kocaman ak bir kuş beceriksizce bu ağacın çevresinde dönüp duruyordu. Kafası hafifti, öylesine hafifti ki, tavandan birkaç santim uzaklıktaki bedenini çekip götürüyordu. Herkes başaşağı duruyordu, zavallı şeytanlar.

Domuzeti Klübü kazla ilgilenmekten vazgeçip onu şarkılaştırmaya karar vermiş, bu amaçla koro ve şarkıcı olarak ayrılmış, şurada burada ayakta gevezelik eden karşıt takımlar gibi dizilmişlerdi. Kazın (çok) kabaca bir çember çizecek olduğu söylendi, birisi, şu eski 'kürelerin müziği' kuramını[1] ileri sürdü. Bazıları, uygun bir şarkı söylendiğinde kazın aşağı ineceğine inanı-

[1] Kürelerin müziği: Eskiden uyumlu seslerle dünyanın çevresinde döndüğü ve beraberinde ay, güneş, gezegenler ve yıldızları da taşıdığı düşünülen, ortak merkezli, saydam, içi boş küreler. (Çev.)

yordu. Bu zayıf bir tartışmaydı, ama böyle bir istek vardı, eller kaldırılarak resmi olmayan bir oylama yapıldıktan sonra Domuzeti Klübü ilahisinin söylenmesine karar verildi. Bu ilahinin adı 'Kalıt Şarkı'ydı ve sözleri şöyleydi:

Yoksul garibanların sarayında kim yürür görkemle
Kime denir söyle, Bol Kese diye?
Kim dağıtır sadakayı serserilerle güzellere
Tabutun gerisinden gelen dullara?

(nakarat) Baban! Baban!
Senin azgın, etli butlu efendi baban.
Baban! Baban!
Ülkenin en savurganı, mirasyedi baban.

Mirasçı yoksun kalırsa mirastan eğer
Piçler, faturalar ve pasaklı karılar bir yana,
Kumar oynar, içer ve evlenir arsız bir kızla
Bilemedin mi kimmiş bu kaltaban, meğer?

(nakarat) Baban! Baban! Vb.

Lemprière ağzındaki keseyi Septimus'un çizmesinin içine düşürdü.

"Bırak beni Septimus. Tanrı aşkına..." Duyulduğuna bile emin olamadığı sesine ivedilik katmaya çalışıyordu. *Baban! Baban!* Septimus duymuş ya da yalnızca anlamıştı. Kont'un kendileri için açtığı kapıya doğru sendeleyerek ilerlediler. Kont, Septimus'la birkaç kelime konuştuktan sonra Lemprière'in önünde diz çöktü.

"Efendim?" Kont, Lemprière'in omzuna vuruyordu. "Bay Lemprière?"

"Grnnh?"

"Bay Lemprière!" Kont'un yüzü başaşağı dururken çok garip görünüyordu.

"Daha önce sözünü ettiğimiz anlaşma..." Kont'un sesi, aslında tüm kişiliği değişmişti. Konuşurken kekelemiyordu ve gözleri doğrudan kendisine bakıyordu. Kont, daha önceki tartışmalarını özetlerken tümüyle bir işadamı görünümündeydi, Lemprière'in o andaki kavrayış düzeyinin üzerinde bulunan kapsamlı bir öyküye girmeden önce eliyle, odada bu konuşmanın geçtiği yeri işaret etti, ne zaman ve nasıl yapıldığından söz etti. Niçin yapıyordu bunu?

"... paylaştırılıyordu yatırımcılar arasında. De Vereler'in *annus mirabilis'i*[1] bin altı yüzdü, ilk yolculuk çok geniş kârlar sağlamıştı. Biz ödünç olarak... Sermaye herkesi aşıyordu, ama kârlar, kârlar çok büyük olacaktı... De Vereler her zaman tüccardılar, her zaman satılabilir yüklerle ilgilenirlerdi. Bu tehlikeli girişim boşa gidince, Dördüncü Kont Thomas her şeyini yitirmişti. Aile tümüyle yıkılmak üzereydi, ama sizin atanız, François Lemprière, bizim kurtarıcımız oldu, yük peş para etmez durumdaydı, anlıyor musunuz? Babam kuşkusuz, sattı. Ve Şirket yeniden verimli olmaya başladığında De Vereler kendi hisseleriyle yeniden zengin oldu. Atanız ise bunun on katı kazanmış olmalıydı. Binlerin üstüne binler. Anlaşma bozulunca kuşkusuz bizim servetimiz de bir kez daha geriledi. Ama bunun nedenini hiç bilemedik. Kuşatma ya da başka bir tür ihanet yüzünden belki. Tüm bunlar geçmişte kaldı... Ama anlaşma ebediyen, sonsuza dek geçerliydi, bunu biliyorsunuz sanırım. Kuramsal olarak sonsuza dek sürüp gidecektir..."

Ataların yaptığı anlaşmalar; Kont, Lemprière'i ilgilendiren bir şeyden söz ediyordu. Ama neden?

"... payımızın şimdi hangi rakamlara ulaşmış olduğunu kim bilebilir? Lemprièreler'in ve De Vereler'in payından söz ediyorum... Milyonları bulmuştur herhalde, yüzyıllardır birikip durdu, neredeyse inanılmaz bir rakam olmuştur," diye sürdürdü Kont, Lemprière'in bulantılı umursamazlığına karşı. Gözleri gözlüklerinin ardından parıldamaya başlamıştı.

"Milyonlar!" diye bağırdı Kont, Lemprière'in yüzüne. Onu kışkırtmaya çalışıyordu.

"Çek arabanı," dedi Lemprière, ilk kez düzgün bir tümce kurmaya çalışarak. Kont'un yüzü biraz bozuldu, ama kendi yüzünden birkaç santim uzaktaki yeri değişmedi. Derken, buna benzer bir sahneyi belirsiz bir biçimde anımsar gibi oldu. Anlaşmalar, atalar, Braith Kontu. Ama bu saatler, yıllar önceydi,

[1] Annus mirabilis: Latince, en önemli yıl. (Çev.)

epey bir zaman olmuştu en azından, şimdi tüm bunları kim anımsayacaktı? Artık çok geçti, geçmişte kalmıştı ve hiçbir önemi yoktu, hayır, şu anda hiçbir önemi yoktu. *Baban!*

"Sizin atanız!" diye haykırdı Kont. Ama Lemprière tüm bunların anlamını kavramayacaktı. Kont çok gürültücü biri, diye düşündü. Belki de sarhoştu. Lemprière, onun çizmelerinin üzerine midesini boşaltırken böyle düşündü. Kont yine bağırarak bir şeyler anlatıyordu, ama çok geçti, çok gürültücüydü, çok sarhoştu ve lütfen şimdi gidin başımda, gidin, uzaklara gidin...

Kont gitmeyecekti. O bir yanıt bekliyordu. Lemprière tüm kaynaklarını toparlayıp onun emrine verdi.

"Sebdimus'a sorun," demeyi başardı sonunda. Kont bir an geriye döndü.

"Boş kafalı," dedi Septimus'a, sonra yine kendisine döndü.

"Başka zaman, Bay Lemprière!" diye böğürdü Kont. "Hoşça kalın!"

"Çek arabanı!" demeye çabaladı Lemprière yine. Bu kez daha başarılıydı galiba, çünkü karşısındaki yüz yok olmuştu. Kont'un sesi, fondaki mırıltılar ve o korkunç şarkı sesleriyle karışarak, yakınlarda bir yerde, Septimus'un sesinden daha iyi duyulabiliyordu. Yukarıda (yoksa aşağıda mıydı) kocaman, ak ve belki de kanatlı bir şey *tak* diye duvara çarptı. Kaz hâlâ uçuyordu.

"Güle güle, kaz," diye mırıldandı Lemprière, Septimus kendisini çekip kaldırarak tekmeyle kapıyı açarken.

Baba katili, diye tısladı kaz. Dışarı çıkıp geceye karıştılar.

Bulutlar çekilmişti. Kara sokaklara, çatıların ve kalkan duvarlarının üzerine sicim gibi çarpa çarpa, dondurucu bir yağmur yağıyordu. Yağmur, kayrakların ve kiremitlerin üzerine çarşaf gibi seriliyor, oluklardan aşağı boşalıyor, duvarları yıkayarak caddeye dökülüyordu. Kaldırım taşlarının üzerinde dans ediyor, hendeklerle su kanallarına doluyordu. Yağmur çakıl taşlarını ovalayarak temizliyor, çamurdan, kirden ve kepekten arındırıyor, caddeden aşağı kalın bir sulu çamur dalgası yuvarlıyordu. Köşe bucağı yıkıyor, sokakları suluyor, avluları vaftiz ediyor, at pisliği kümelerine raslayınca yükseliyor, balık kafalarını, et sarılmış kâğıtları ve açık lağımlarda boğulmuş fareleri topluyor, bunları zengin, sıvı bir humus tabakası gibi sürükleyip götürüyordu. Yarın ortalığı pis bir koku kaplayacaktı. Ama şimdi yağmur, yıkık duvarların taşlarını ve kırılmış sütunları delip geçerek kenti temizlemek için şiddetini kullanıyordu, erimekte olan kente kendi biçimini bağışlayan her yağmur damlası beyaza kesiyordu. Yapıların ayrıntıları bulanıklaşmış gibiydi, sağanak bu ayrıntıların yerini sefil çağlayanlar ve çeşmelerle, kırık borular ve su sızdıran minarelerle dolduruyordu; bunlar, geçmiş zamanı yatıştıran biçimlerdi, bu, geleceğe karşı alınan önlemdi yalnızca, çünkü gökler hiçbir şeyi bağışlamazdı, kuşkusuz.

Bu gelişmelerden uzakta, aşağıdaki gereksinmelerin fazlaca ayırdında olmadığından havanın derin dinginliği pek de bozulmuyordu. Devran dönüyor ve kentler düşüyordu. Bugün yağmur, yarın hiçbir şey. Bu yapılar kendi kasvetli özelliklerini ya da gri küstahlıklarını ortaya koydukları sürece bu, hep böyle olmuştu. Bataklığı yedi tepe çevreliyordu, anımsıyor musun? Merkezi çoktan sıtmaya yenilmiş, hastalığa yenik düşmüş, hastalığı yeniden depreştirip yaymış geçici bir imparatorluğun sağlık maskesi, sonradan bu yetersizliğin kurutulmasını, sürülmesini de gözlerden gizleyecekti. Şimdi, biçiminin dış çizgileri çatıların altından –yataktaki kızda olduğu gibi– seçilebiliyordu, içe işleyen, parmak ucuyla ışık ve buz gibi bir soğuk dağıtan, dönüşünü anıştıran belirsizliği oyunun bir parçası oluyordu. Her bir soğuk yağmur damlası borçlarını anımsatıyor, gümüşten sivri uçlarla kemerlenen her bir dondurucu damla *kişinin Tanrısına yaklaşırken takınması gereken uygun tavrı...* oluşturuyordu.

"Yağmur... Çok soğuk." Sendeleyerek yürümeyi sürdürdüler, Septimus şimdi onu baş yukarı taşıyordu, ayakları arkadan işe yaramaz bir biçimde sürükleniyordu. Yağmur dalgalar halinde kulaklarından içeri, dışarı boşalıyordu. Nehre ulaşmışlardı. Lemprière arkadaşına dönmeye çabaladı.

"Sen ne biliyorsun?" diye sordu. "Tanrı cezanı versin, ne kadarını biliyorsun sen?" Artık dayanamıyordu.

"Benim hakkımda ne biliyorsun? Ne yaptığımı? Ne olduğumu?" Belki de ağlıyordu. Yağmur o denli yeğindi ki, bundan emin olmak zordu.

Septimus'un yüzü hâlâ kımıltısızdı. Lemprière bunu ilk kez olarak görüyordu, adamın yüzü mermere, bir heykelin yüzüne benziyordu.

"Söyle bana," dedi, elini Lemprière'in omzuna atarken. "Bana her şeyi anlat."

***

Yağmur daha da yeğin yağmaya başladı, ikisini de boğacak gibiydi. Sokağın çamurundan neredeyse görülmeyecek durumda olan Lemprière, olduğu gibi ıslak yere çökmüştü, neredeyse birbirlerini duymuyorlardı, çamura bulanmış durumdaki iki mavili kadın şimdi fırtınanın kiri, tozu arasında kasvetli adımlarla, evlerine doğru yürüyorlardı. Sokaktan çamur akıyordu: Strand'ı, Fleet Market'i geçerek Ludgate'e ulaşıp yukarı doğru ilerlediler, gökler yeri dövüyor ve kenti deliyordu. Yağmur yağıyordu.

Kadınların gittiği yer, Ludgate'den sonra daha bir saatlik yol çekiyordu; burası Stonecutter Sokağı'nda bulunan karanlık pencereli bir evdi. Yağmur mahzenin içinden donuk, düzensiz dalgalar halinde duyuluyordu. Nazım, rüzgârın yağmuru caddeye çarpmakta olduğunu, kaldırımın ve ötesindeki boş sokağın ancak görülebildiği dar ızgaradan izliyordu. Su damlaları dar pencerenin hemen tepesindeki pervazdan çabuk çabuk yere çarpıyordu. Başının üzerindeki tahtada bulunan çatlaklardan, halen üstündeki odanın sönük ışığını görebiliyordu.

Sabaha daha saatler vardı, şafağın gri ışığında rıhtımdaki nöbeti sürecekti. O gemi, *Vendragon,* tüm kadrosuyla, çımacıları ve hamallarıyla birlikte orada olacaktı ve soğuk, adamların sırtlarındaki teri buharlar halinde çekip alırken kendisi de onları gözetleyecekti. Coker, adamın adı buydu değil mi? Rıhtımda yığılmış dişlilerin arasında saklanmış olduğu yerden konuşmalarını duyduğu ekipbaşı, Coker. O ince yüzlü adam, şapkasını öne doğru eğip hızla köşeyi dönerken kendisini gözetlemişti. Yapay vedalaşmalar, gizli dönüşler. Coker, evet. Bu adamın hiçbir anlamı yoktu. Önemli değildi. Koşar adım geri dönmüş ve rıhtım boyunca kayıp ilerlemişti, gizlenecek yer pek çoktu, kendisi için onlara yaklaşıp ikisinin konuşmalarını dinlemek işten değildi.

"... birkaç hafta içinde. Yük gelir gelmez sana haber verilecek. Ulaşılabilir bir yerde olursun değil mi?" Ama bu bir soru değildi. Nazım ince yüzlü adamın sesinde hesaplar sezdi. Coker ellerini birleştirdi. Uygun durumda olacaktı, adamları da elbet. Nazım'ın şu son günlerde, gemiye yüklenirlerken gözetleyip durduğu kasalar düzenli olmayan aralarla geliyordu. Acaba nereden? Ve ne zaman? Nazım ayrıntıları yakalamaya çalışıyordu, ama bu ikisi konuya yalnızca şöyle bir değinmişlerdi. Londra'da, kentin içinde bir yerden geliyorlardı. Nehri kaynağında durdurmalı. Nazım kendisini, bir makinenin çıkarttığı sesleri dinleyerek anlam çıkartmaya çalışırken bölümler ve parçalar içinde düğüm olmuş, yitip gitmiş gibi hissediyordu. *Vendragon*'u sürekli gözetleyerek fazla bir şey öğrenemeyecekti. Kasalar, adamlar, gemi, tüm bunlar kendisini Dokuz'lardan uzaklaştıran bir yol izliyorlardı. "Mizzer Mara," Coker, ince yüzlü adamı böyle çağırıyordu. "Mizzer Mara" onlardan biriydi.

O ilk gün, rıhtımdan az uzaktaki tavanarası penceresinde beliren yaşlı yüz o günden beri birçok kez, yeniden belirmişti. Nazım bir kez gözlerinin karşılaşmış olduğunu sandı, ama aralarında çok uzaklık vardı. Yüz kendisini inceledi, ama daha çok üzerinden geçip gitme eğilimindeydi. Yüklemeyi denetlemek için içlerinden iki kişi göndermezlerdi. "Mara", Coker'a törpüleyici tekdüze bir sesle emirler vermişti. Tonunda, hemen hiçbir değişim bulunmayan sesinin rengi Nazım'ı sarsmıştı. Adamın sesinde, korkuyu, övüngen yengiyi ya da zevki aynı düzleme indirgeyen bir vurgu vardı, geriye yalnızca eylemin kendisi kalıyordu. Kadınlar ve erkekler bu sesi, Nawab'ın katili yaşamlarını almadan önceki anda, yalnızca bir kez duymuşlardı. Ama bu vurguyu başka birisinin ağzından duyunca, bir an, Nazım'ın siniri bozulmuştu. 'Mara'nın ne yaptığını anladı. Mara da bir katildi.

"*Le* Mara," diye yine duyuldu ses. Öteki adamın söylediğini düzeltiyordu. "Mizzer *Le* Mara," diye bir çocuk gibi yineleyen Coker paytak adımlarla adamlarına doğru yürürken,kendi kendisine mırıldandı, "*Le* Mara." Nazım gözünün ucuyla, rıhtımın yukarısındaki tavanarası penceresinde perdenin indiğini gördü. Kötürüm adamı ise ters yönde ilerlemiş, elli metre kadar uzaklaşmıştı bile.

İzleyen günler bildiklerine hiçbir şey eklememişti. Coker'ı ve kasaları ileri geri taşıyan diğer adamları gözetlemişti, Le Mara da onları gözlüyordu. Önündeki nehirde gemiler bir aşağı bir yukarı gezinip duruyor, güneş bir parlıyor, bir gizleniyor, ama o hiçbir şey öğrenemiyordu ve şimdi, suyun mahzene sürekli olarak damlamasını ve dinmek bilmeyen yağmuru dinlerken, bundan sonra nasıl davranması gerektiğini düşünmeye başlamıştı. Alışık olmadığı bir ortam ve sonra, "Yenik düşmemelisin," Nawab basitçe ve doğrudan konuşmuştu, bu da kendisine duyduğu saygının bir belirtisiydi; Nawab'ın dolaysız isteklerinin içsel sığınağına girebilen bir kendisi, bir tek kendisi vardı. Nazım, onun bir görev için seçilmiş aletiydi. "Yenik düşmemeli, ya da yetersiz kalmamalısın," demişti Nawab ona. Yetersiz kalmayacaktı. Aylar önceki konuşmalarının özü buydu.

Nawab şöyle düşünüyordu: ortaklığa girecek, gece gelen kervanları kabul edecek, (hiçbir şeyden anlamayan) saray erkânının öğütlerine kulağını tıkayacak, kilitli sandığı hemen, yüzlerce mil uzaklıkta bulunan ve kendisinin hiçbir zaman görmeyeceği bir yerdeki hedefe gönderecek, yük, bir gemiye yüklenerek, yine hiçbir zaman görmeyeceği Akdeniz'e doğru yola çıkacaktı. Kendisi de aptal değildi ya? Sarayını kullanılır duruma getirecek, şanlı bir banker kuruluşuna dönüştürecekti, bir tefeciden başka bir şey değildi, bundan fazla bir şey değildi ve atalarının kendisiyle alay etmekte olduğunu hayal etmek zor değildi, bu sesler koridorların gölgeleri içinde ve güneşsiz köşelerde kolayca duyuluyordu... Nawab, kendi unvanının kiracısıydı, sonra, kendilerine borçlanmış olduğu terli İngiliz zenginleri mendillerini kaşlarına götürerek, kendi unvanına ve göreneklerine karşı kusursuz ve abartısız bir saygı göstererek nezaketle alacaklarını istiyorlardı. Ve o ödeyemiyordu. Ödeyemiyordu.

O zaman dönmüş, o zaman bir hırsız havasıyla kilitli sandıklara gitmiş ve bunu nasıl yapabileceğini ilk kez o zaman düşünmüştü. Şirket bu sahtekârlığın derecesini, Hindistan'dan gelen sandıklardaki önemsiz çatlakları, bu çatlaklardan akarak sarayının altındaki güvenli odada biriken kaçınılmaz ve sayılması olanaksız haraçları nereden fark edecekti? İngiltere'de dokuz adam vardı, yalnızca dokuz; her şeyi bu adamlar özenli dokunuşlarla denetliyor ve yönlendiriyorlardı, onların hizmetkârı olan Nawab'a ise yalnızca hayran olmak kalıyordu. Bu, bir ortaklıktı, evet, bu ortaklıkta ona bir ücret ödeniyordu, büyük bir ücret, ama şimdi anlaşmayı bozuyorlardı. Saraya her zaman farklı araçlarla ve farklı yönlerden gelerek azar azar biriken sandıklar bir araya toplanıyor, her yıl adsız patronlarına gönderiliyordu, bu gelen sandıkların miktarı her yıl giderek azalmaya başlamıştı. Bunların kilitlerini kırıp açacak ve içlerine bakacak olsa, orada yalnızca kum ve kaya, bir de alaycı bir not bulacağından kuşkulanıyordu. Onun işi bitiyordu, kendi ellerinden geçerek yüzlerce, binlerce mil uzaklıktaki dokuzlara ulaşan servetin, kendisinin teslim etmiş olduğu ve kendisinden çalınmış bulunan gücün ayrılmaz parçası olan servetin tüm ağırlığını duyumsuyordu ve şimdi o neydi? Bir kukla ve oyuncak, İngilizlerin, yani kendisini gaspedenlerin maskarası. Hayır, bu duruma düşmeyecekti, yine kilitli sandıkları ve içindekileri düşündü, en değerli taşlar, en saf değerli metaller, gümüş ve altınla işlenmiş giysiler hayalinde buhar oluyor ve birleşiyordu, hepsi neredeyse elinin altındaydı, şimdi bile. Çünkü düşündüğünden fazlasını biliyordu.

Onu ellerinde tuttuklarını sanıyorlardı. Bahadır'ı ele geçirmiş ve onu değişmiş, yabancılaşmış olarak geri göndermişlerdi. Ama o, Nawab'a ait olan servetle, onun servetini ele geçirmek suretiyle armağanlara boğulmuş bir yabancıydı. Zavallı Bahadır, kayalıkların tepesinde denemeden geçirilmiş ve kafadan noksan bir durumda bulunmuş sadık hizmetkâr. Şimdi meşaleyi Nazım devralıyordu ve bu meşaleyi dokuzların ateşinde yakacaktı... Nazım, amcasının yapamadığı şeyi yapacaktı.

Nazım, Nawab odaya girince ayağa kalkmıştı. Eğildi, Nawab ona oturmasını işaret etti. Anında yerleşti, Nawab konuşmaya başladı. Sözcükler uzun ve düz bir konuşmayla biçimleniyordu, konular konuları izliyor, şu ya da bu paragraf yineleniyor, tek bir ara verilmeden ele alınmış satırlar tek bir ara verilmeden geçiliyordu; Nazım, Nawab'ın ve dokuz ticaret ortağının, onların Şirket'in kârlarından elde etmekte oldukları sübvansiyonun, Nawab'ı nasıl aldatmakta olduklarının ve servetin, Nawab'ın içinde oturmakta olduğu saraydan yola çıkarak, Şirket'in kendisine vatan edindiği –Nawab'ın ortaklarının, ona ihanet edenlerin, gizli evlerden bu serveti denetlemekte oldukları– uzaktaki adaya doğru yaptığı uzun yolculuğun öyküsünü dinlerken, sonunda biçimlenmeye başlayan daha geniş motifi kavramaya ve kendi zihninde yankılandırmaya başladı; bul onları –uyarı henüz dile getirilmemişti, ama getirilecekti ve Nazım, Nawab'ın ağzından duyduğu bu öyküyü, gizli teslimatları, sevkiyatları ve istiflenen ham maddeyi, bozulan kontratları ve bu yüzden uygulanan cezaları dinledi, bu öykünün içinde şimdi kendisi de bir karakter ve bir oyuncu olarak yer almaktaydı.

"Bahadır, Fransa'ya gönderildiği zaman, onların inlerinin Paris'te olduğunu sanıyordum. Ama... yanılmışım. Onlar kinci ve kurnaz kişilerdir. Bahadır bunu keşfetti, dahası da vardı..."

Ustasının görevinden söz edilmesiyle birlikte Nazım'da o zamana ait, Bahadır'ın ortadan kaybolmasıyla ilgili anılar canlandı, o zamanlar kendisi henüz çocuktu. On yedi yıl önce, kendisinin dikkatini çekmiş bir durumdu bu, Bahadır sonunda geri döndüğünde farklı bir adamdı artık. O Fransa'da, Paris'te bulunmuştu.

"Bahadır benim yanlış bildiğimi ortaya çıkarttı," –Nawab biraz kızarmıştı– "onlar İngiltere'de yaşıyorlardı. Şans eseri rastlamıştı onlara, yalnızca kendi zekâsı ve yürekliliği sayesinde geri dönebilmişti. O, olağanüstü bir adamdı." Nawab'ın sesindeki sıcaklık Nazım'ı sarmıştı. "Ve sen de öylesin, Nazım-ud-Dowlah."

Bahadır soğuk ve uzak biri olup çıkmıştı. Gerçekte geri dönmüş sayılmazdı. Uzakta geçirdiği günler hakkında fazla konuşmuyordu, o sürenin içinde, sanki kendisine ait bir parçanın yitip gittiği bir boşluk vardı. Kendisini yakalamışlar, sonra özgür bırakmışlardı. Belki de yitirdiği şey kendi gururuydu.

"Ama söz vermişti," diye, yine konuştu Nawab. "Beni aldatan adamı bulacaktı... Bu sözünü tuttu."

Nawab konuşmayı sürdürdü, Nazım'a, sarayından geçen hazinenin nasıl daha belirsiz aralıklarla gönderilmekte olduğunu, araların nasıl giderek uzadığını ve sonunda bundan birkaç ay önce sevkiyatın tümüyle durdurulmuş olduğunu anlattı.

"Beni, gözden çıkartılabilecek biri olarak görüyorlar," dedi incinmiş gibi. Nazım bu kaçıklık karşısında gülümsedi. "Hazineyi İngiltere'ye götürüyorlar ve oradan... Onlar durdurulmalı. Bizden çalınan şeyi geri almamız gerek. Onları bulmalı ve öldürmelisin, dokuzunu birden. Benim olanı bulup, geri getirmelisin..." Nazım, aklı başka bir yerdeymiş gibi, tavandaki bir köşeye bakarak konuşan ve sonra orada olmasını beklediği şeyi bulamayınca başını indiren efendisini merakla izliyordu.

"Onlar dokuz kişidir," diye yine aşağıya baktı. "Londra'da yaşıyorlar. Oraya gitmeli, onları bulmalısın." Sustu, sonra birden: "Ve gemiyi de! Geminin adı *Vendragon*. Hazineyi bu gemiyle gönderiyorlar, evet. Gemiyi mutlaka bulmalısın, anlıyor musun? Onları ancak gemi aracılığıyla bulabilirsin," dedi Nawab, giysisinin kolunun kenarını tuttu, sonra Nazım'ın yüzüne baktı. "Bunu yapacaksın." Yalnızca bu kadar. Evet, efendim. "Evet," diye yanıtladı Nazım. Tamamdı. Konuşma bitmişti ve Nazım ayrılmak için doğruldu. Ama bu sırada Nawab uzanmış ve onun kolunu yakalayarak Nazım'ı şaşırtmıştı.

"Dahası var," dedi ciddi ciddi. "Bir dakika daha, bir ad. Dokuzlardan biri belki, Bahadır emin değildi... ama bir ad vardı." Nazım, Nawab'ın bu adı söylemesini bekledi, ama daha yaklaşmalıydı, daha yakına, evet böyle, kulağına fısıldayacaktı ve Nazım, o isteyince başını eğdi. Nawab uzandı, Nazım onun soluğunda tatlı bir koku duyumsayarak bu sözcüğü bekledi; sonra sözcüğü duydu ve Nawab sımsıkı tuttuğu kolunu bırakıp garip bir tavırla hemen geri çekilerek yer değiştirirken, Nazım bu adı belleğine kazıdı.

O gece saraydan ayrıldı, derin derin tek bir şeyi düşünüyordu. Dokuz adamı, gemiyi, efendisinin servetini bulacaktı, bir biçimde bunların hepsi aynı şey, tek bir hareket olmak zorundaydı. Bunu çoktan kabullenmişti. Şimdi bu hareketi yapmasını öğrenecekti. Ve kendisine fısıldanmış olan o ad, örümcek ağına doğru çekilen bir sinek gibi bu merkez kaygının çevresinde uçuşup duruyordu.

"Yapamazsın! Tanrı cezanı versin, yapamazsın!" Bir ses, Nazım'ı daldığı düşüncelerden ayırarak birden yaşadığı âna çekti. Sıçradı, soluğunu tuttu. Bedeni gerildi. İkinci bir ses duyulurken kulaklarını dikti.

"Çok üzgünüm, inan. Böyle olmasını ister miydim hiç?" Yukarıda, dışarıdaki caddede iki kadın vardı. İkincisinin konuşması aksanlıydı. İngiliz değildi. Nazım çatlaktan baktı, ama yalnızca mavi bir giysi parçası gördü, sonra kadınlar onun gözetleme deliğinden uzaklaştılar, Nazım kadınların el yordamıyla kapıyı aradıklarını duydu. Ev eşyasızdı ve pencereleri tahtayla çivilenmiş durumdaydı. Nazım buranın terk edilmiş bir ev olduğunu sanıyordu. Buraya kömürlüğün penceresinden girmişti. Kadınlar kapıyı açmışlardı, şimdi Nazım, hemen tepesindeki yer tahtaları üzerinde ayak seslerinin yankılanışını duyuyordu. Tartışıyorlardı. Nazım, nasıl bir önlem alması gerektiğini düşünerek dinliyordu.

"... bu berbat yer. Kemiklerimi ağrıttı burası." Bet adındaki kadın yakınıyordu. "Neden bahse girdin? Yeterince paramız vardı ve artık hiçbir şeyimiz yok. İşte, buradayız şimdi." Kinle dolu sesinin tonu, bu soğuk ve katı zeminle daha önce de bir ilişkisi olduğunu düşündürüyordu.

"Akla uygun herhangi bir şey, demiştin, böyle söylemiştin bana." Yabancı kadın neredeyse gözyaşlarına boğulmak üzereydi. "Bana böyle söylemiştin," diye onu taklit etti öteki sertçe. Ve gerçekten, bir an sonra Nazım'ın kulağına yumuşak ağlama sesleri geldi. Yakınan kadın yumuşadı ve arkadaşına doğru yürüyüp onu rahatlatmaya çalıştı.

"Haydi Karin. Ateş yakar, giysilerimizi kurutururuz. Ağlama." Karin sakinleşmeye çalıştı. Şimdi, bir kandil yakılmıştı ve Nazım bu soluk ışığın altında, onları gözetlemekte olduğu köşelerle dar yarıkların, biçimlerini bozduğu ve kestiği bedenleriyle iki figür seçebiliyordu, her ikisi de maviler içindeydi.

"Zavallı Rosalie!" diyordu Karin. Sesindeki aksan duyguyla yumuşamış ve kalınlaşmıştı.

"Yoksulluk hepimizin başında..." Ve bir şıngırtı duyuldu, yere, aralarına birkaç bozuk para düştü. "... hepsi benim suçum." Karin ağlamaya başlıyordu.

"Çocuğun kazanabileceğini kimse ummuyordu, Septimus'un yardımıyla bile," dedi arkadaşı yatıştırmak isteyerek, ama bir yararı yoktu.

"Ve Rosalie... o benim için bir evlat gibiydi, ona ne olacak şimdi?" Karin açık yüreklilikle ağlıyordu. "Onu sattık, bir et parçası gibi sattık, o bizimdi." Arkadaşının sesi sertleşmişti.

"O bizim değildi, o hiç kimsenin değildi. Şimdi o birisinin..." Kimin diye meraklandı Nazım, bedenini sarmaya başlayan uyuşukluğa izin vererek, "... ve orada başka işler de yapacağız. O şakacı adam iyi para ödüyor doğrusu. Oğlan da iyi aldandı, onu başkası sandı galiba, değil mi?" Ama Karin hâlâ sızlanıp duruyordu. "Bunların hepsi oyundu. Başka oyunlar da oynanacak." Zavallı Rosalie, bu ikisi oynamış oldukları roller hakkında farklı görüşler ileri sürerlerken Nazım elinde olmadan, yukarıdan gelen sesleri yarım kulak dinliyordu, her birinin kendine göre anlattığı olayın bölümleri art arda ortaya çıkıyordu. Bu bir işti, o gece, başka bir yerde bir kız –bir maskeli baloda genç bir adam için dekor olarak kullanılmış bir kız– vardı. Bir bahis oynanmış, ödeme yapılmış ve bu nedenle para yitirilmişti, bu üzüntüye neden olmuştu. Umut ise, aynı kaynaktan daha çok iş gelebileceği biçimindeydi.

"Yarın Galloways'de buluşacağız," diye açıklıyordu Bet arkadaşına. "Galloways," diye yineledi Karin, ama sesi sürüklenir gibiydi, sanki bunun bir önemi yoktu.

Nazım kendi düşüncelerine, gemiye, dokuz adama ve yıllar önce Bahadır'ın ele geçirmiş olduğu ada geri döndü. Yukarıda kadın güldü.

"Yürüyemiyordu! Bir oturağa bile işeyemezdi o..."

"Kim?" Karin dinlemiyor, ateşi karıştırıyordu. Çok aşağılarda, kayalığın tepesindeki iki figür uçurumun kıyısına daha yaklaşmış gibiydi, biri ötekinden ayrılmaya çalışıyordu.

"O oğlan, o enayi," diye açıkladı Bet. "Sana söylüyorum, bu bir şakaydı. Belki de yarın evleniyordur..." Nazım ikisini de pek az görebiliyordu, daha önceki düşüncelerine geri dönmeye çalışıyor, ama kadınların sesleri buna engel oluyordu.

"Kimdi o? Septimus'un arkadaşıydı, biliyorum. Ama adı neydi onun?" Nazım birden mahzene geri döndü. Nawab'ın ele geçirmiş olduğu, sonra belki kendisinin de sahibini bulacağı, kadının sormuş olduğu soruya: Adı neydi onun, sorusuna yanıt olarak söylenen o adı duymuştu yine.

"Septimus, onu Lemprière diye çağırıyordu," dedi Bet. Lemprière, Nawab'ın kulağına fısıldadığı addı. Yaşıyordu, Londra'daydı. Onu bulabilirdi.

Gece kendi gizleri ve hava koşullarıyla sürüklenip gidiyor, saatler ilerledikçe, giderek yıpranıyordu, sonunda şafak şamatayla karanlığın içine ilk saldırısını yaptı. Sağanak zaman zaman boşalıyordu, sonra güneş yükseldi ve hafif, yüksek bir esinti geri kalan bulutları denize doğru sürükledi. Ve kent yağmur suyunun düzgün parlaklığı içinde pırıldadı, o pazar sabahı erken kalkanlar, kentin parıldayan yüzeyini görebilmek için gözlerini elleriyle gölgelemek zorunda kaldılar. Nazım'ın yüreği, o adı duyunca bir piston gibi gümbürdemişti. Lemprière, bir eşek şakasının enayisi, bir sarhoş, 'Septimus'un bir arkadaşı, bu kendisinin bilmediği bir addı. Lemprière'in adı Paris'ten, Hindistan'dan Londra'ya yolculuk yapmış, burada karşısına dikilmişti. Dokuzlardan biriydi belki; kendisini öteki sekize götürebilecek birisiydi. Lemprière burada, Londra'daydı ve Nazım onu bulacaktı. Mahzende bunun için kendi kendine söz verdi, sabahleyin uyanınca kalktı, kömürlüğün deliğinden dışarı tırmanıp yukarıdaki kaldırıma çıktı.

Hava soğuktu, Nazım titredi. Evin karşısındaki bir kapının ağzına yerleşip iki kadının dışarı çıkmasını bekledi. Bir saat sonra, daha önce üzerinde olan ve gece yatmaktan buruşmuş durumdaki mavi giysisi içinde Bet'in on sekiz metre gerisinde yavaşça yürüyordu, şimdi randevusunun olduğu yere doğru karmakarışık sokaklar ve geçitlerden geçerek geniş adımlarla yürüyen Bet'in ardındaki Nazım, yorulmuştu. Kilise çanları adamın ayak seslerini gizliyordu. Galloway Kahvehanesi'nin önüne geldiklerinde Nazım, bu adı dün gece duymuş olduğunu anımsadı. Burası, Lemprière'e oynanan oyun için para ödeyen, başka hizmetleri için yine ödeme yapacak olan ve Rosalie adındaki kız için para ödemiş bulunan adamla buluşacağı yerdi. Bu adam belki Lemprière'in düşmanıydı. Belki Nazım'ın en büyük yandaşıydı. Nazım, kadının içeriye girişini izledi. Birkaç dakika sonra kendisi de içeriye girdi.

Kahvehanenin içi sandığından daha genişti, kenarlardaki yüksek bölmelerde masalar ve karşı karşıya yerleştirilmiş sıralar vardı. Kadın, dükkânın gerisindeki bir bölmeye yerleşmiş, girişi görebilecek biçimde yüzü kapıya dönük olarak oturmuştu. Nazım dükkânı boydan boya geçerek kadının arkasındaki bölmeye yerleşirken kadın başını kaldırıp bakmış, sonra yine kapıyı gözetlemeye devam etmişti. Nazım, sırtı kapıya dönük durumda oturuyordu, başını aradaki bölmeye dayamıştı. Dükkân sahibi belirdi, Nazım bir kupa kahve ısmarladı. Adam dikkatini öteki bölmeye çevirince, kadını görüp dışarı çıkartmak istedi: "Kadınlar giremez." Kısa bir tartışma oldu, adam katıydı, ama birden bir anlaşmaya varılır gibi oldu. Kadın eski yerinde oturmaya devam ederken, adam dükkânın gerisindeki tezgâhına geri dönmüştü. Nazım, adamın çekmeceye birkaç bozuk para attığını duydu.

O, Bet'in randevu verdiği kişiyi beklerken arka duvardaki saat dakikaları kovalıyordu. İlkini, ikinci bir kahve izledi. Dakikalar, saatlere dönüştü ve dükkân giderek kalabalıklaştı. Öğleyi biraz geçmişti ki, arkasındaki bölmeden gelen bir hareket, kadının varlığını belli etmek için ayağa kalkmış olduğunu haber verdi. Biri kapıdan içeriye girmişti ve dükkân hıncahınç dolu olmakla birlikte Nazım, onun kadının bölmesine yaklaşıp sonra duran ayak seslerini genel gürültülerden ayırt etti.

"Bizi terk ettiğinizi sandım..." dedi kadının sesi. Nazım'ın kafası bu yakınmanın hedefinden yalnızca birkaç santim uzaklıktaydı, ama onun yanıtını duyamadı. Tahta bölmenin engellediği belirsiz bir erkek sesi, kendi duyuş alanından ötelere sürükleniyordu. Yalnızca Bet'i duyabiliyordu, başlangıç konuşmaları giderek daha iş havasına dönüşüyordu, bir noktada para verildi, biraz daha kahve ısmarlandı. Bet, bir önceki gece öteki kadının adını andığı ve onun için üzüldüğü Rosalie'yi soruyor gibiydi, ama o iş bitmişti, artık kadını ilgilendirmemesi gerekiyordu ve kadın vazgeçti. Şimdi yeni bir öneri yapılmıştı. Kendisinin de katılması gerekiyordu, hizmetinin karşılığı ödenecekti. Bu bir tür gösteriydi, ama Nazım ayrıntıları duyamadı, yalnızca kadının kabul ettiğini anladı. Nazım, bölmenin üzerinden bakarak adamın kimliğini anlayabilmek için duyduğu güçlü isteği denetledi ve bastırdı. Kadının sesi tersleniyordu, daha fazla para istiyor ve Noel gecesi ucuza hizmet edemeyeceğini söyleyerek karşı çıkıyordu. Noel gecesi, Nazım buna tutundu. Bir yer, adam onu sessizce zorladı, o adın yerini söyledi.

"Ailem önce gelir." Hâlâ adamı kandırmaya çalışıyordu. "Noel gecesi çalışmak zorunda olduğumu onlara nasıl anlatırım?" Ama adamın sabrı taşmıştı, sesi daha öncekine göre yüksek ve sert çıktı, sonunda Nazım onun sesini duyabilmişti.

"Fahişelerin ailesi olmaz," dedi kadına düz bir sesle ve gitmek üzere ayağa kalktı. Gerideki bölmenin içinde Nazım bu sesi duyunca birden kolu seyirip önündeki kahve kupasını salladı, şok olmuştu. Bu adamın kim olduğunu biliyordu. İki gün önce doklarda duymuş olduğu aynı düz sesti bu. Kadının kurtarıcısı, ödeme yapan efendi, acımasız, ince yüzlü Le Mara'ydı. Şu Lemprière'in ilk aldatılışının mimarı olan Le Mara'ydı. Şimdi bu kadında odaklaşan ikinci bir oyuna hazırlanıyordu. Lemprière'in düşmanının ayrıldığını belirleyen seslerden sonra Nazım onu görebilmek için doğruldu ve bu öngörüsünü doğruladı.

***

Çapanın, kavın ve çömlekçi çarkının mucidi İskityalı Anarcharsis, her şarabın üç tür üzümü öne çıkarttığını gözlemlemiştir: ilki neşe, ikincisi sarhoşluk ve üçüncüsü de pişmanlık verir. Bir kapı çarpıldı; ziller çaldı, çizmeler merdivenlerden gürültüyle çıktı. Kendisine özgü hafif kokularla döllenmiş sıcak yatak örtüleri, şamatadan kaçarcasına yastıklara gömülmüş uyuyan kişiyi sarmıştı. John Lemprière uyandığında göz kapaklarını kurumuş uykuyla birbirine tutturulmuş, kafatasını da çıt diye kırılıveren gevrek kâğıtlara sarılmış durumda buldu. Gözleri sulandı, uykuyu eritti, sonra açıldı ve gün ışığı yüzüne vurdu. Kanı kafatasının altına hızla dolmaya başlayıp beynine basınç yaptı. Öteki yanına döndü ve inledi. Başını kımıldatınca, yan taraflarının garip bir biçimde ağırlaşmış olduğunu duyumsadı, teni sanki yağlı bir parıltıyla kaplanmış gibiydi. Kımıldandığında canı yandı, canı yanınca, kımıltısız kaldı. Dışarıdan bakıldığında uykuya benzeyen, ama uyku olmayan bir dalgınlığın içine düştü. Bir an kendi kendine, hiçbir şey yapmayacağım, diye düşündü. Ama çizmelerin gürültüsü giderek artıyordu, sonunda Septimus kendisini kaldırmak üzere sırıtarak, ayaklarını yere vura vura ve kendisini hemen kalkmaya zorlayarak odaya daldı. Dün gece, garip ve acı meyvesini vermişti.

"Uyan, uyan!" diye böğüren Septimus gürültüyle ortalıkta dolaştı ve Lemprière'in giysilerini üzerine attı. Gün ışığının parıltısı yoğunlaşmış gibiydi, içini yakıyordu. Midesine bir kramp girdi, bir an kusacağını sandı, ama kusmadı ve mide ağrısı hafifleyince, Lemprière çok acıkmış olduğunu duyumsadı. Bunun nedenini pek anlayamamıştı, ama sonra dün gece bol bol kusmuş olduğunu anımsadı. Dün gece... Septimus bunun için buradaydı. Kendisi, ona bir şey için söz vermişti. Bir sancı daha girince çaresizlik içinde midesine yapıştı. Bir gece önce Septimus'a bir şey söylemişti ve bu bir yanlıştı. Geceki sağanak altında ıslanmış bulunan ve hâlâ nemli giysilerini giydi, bu da bir yanlıştı. Bir gece önce cumartesiydi ve şimdi pazar sabahıydı... Güneş parıldıyordu ve yağmur yoktu. Her şey yanlıştı.

"Dün gece sana sözünü etmiş olduğum beyefendiyi görmeye gideceğiz," diye dikkatle açıkladı Septimus.

Dün gece. Dün gecenin büyük bölümü Lemprière için bilmeceydi, özellikle son bölümü. Kupalar oyununu kazanmışlardı, bunu anımsıyordu. Kendisi bir ödül kazanmıştı, bunu da anımsadı, kızın ak sırtı düzgündü, kapkara saçları vardı. Ama o olamazdı, sabahın bu soğuk ışığında o orada ya da o durumda olamazdı, o, Juliette olamazdı. Sonra, Thames'i bulmuştu. Bir köprünün üzerinde oturmuştu. Septimus onu bir soru sormuştu.

Sonra yaptığı yanlışı anımsadı. Septimus'a her şeyi anlatmıştı.

"Ernst ve Elly benim dostlarımdır..." diyordu Septimus, birlikte caddede yürürlerken. Bu, Lemprière'in güvenmemeyi öğrenmekte olduğu bir sözdü.

"Biz şimdi oraya mı gidiyoruz?"

"Şimdi, evet. Bunu kabul etmiştin, bir bakıma bu senin önerindi." Lemprière'in önerisi. Hiç anımsamıyordu. Belki de köprünün üzerinde Septimus'la konuştuğu zaman kabul etmişti bunu ya da belki daha önce ya da daha sonda ya da hiç böyle bir şey olmamıştı da, bu bir tür eşek şakası ya da daha kötü bir şeydi. Septimus'a ne *anlatmıştı?* Her şeyi, her şeyi.

"Onlardan hoşlanacaksın ya da en azından onlar senden hoşlanacaklar. Ernst'i tanıdıkça oldukça zeki olduğunu göreceksin..."

"Evet, ama kim onlar? Niçin oraya gidiyoruz?"

Bir saat sonra, bir set üstüne sıralanmış bir dizi gösterişsiz evin önünden geçiyorlardı. Septimus birdenbire durdu ve parlak kırmızı bir kapıya güm güm vurdu. Sonra kendisine dönüp sorusunu yanıtladı. "Kafa doktorudur onlar, John. Ve senin aklın başında olmadığı için buradayız." Aklı başında değilmiş... Lemprière'in yüzü bir an için eridi. Sonra kapı hızla açıldı, Lemprière kendini toparladığında karşısında, Septimus'u uzun süre önce yitirmiş olduğu oğlu gibi karşılayan yamru yumru, güleç bir adam gördü.

Selamlaştıktan sonra ikisi doğru konuk odasına alındılar, burası aynı zamanda Elmore Clementi ile Ernst Kalkbrenner'in muayene odasıydı, bu kişiler, çağlarında, kendilerinden bozguncu, sapkın, amatör, şarlatan, ayartıcı ve en son olarak Septimus'un dostları olarak söz edilen adamlardı.

"İftira kurbanları," dedi Septimus odaya girerlerken, bir sır verir gibi, "iyi dostlardır, çok iyi dostlardır."

Konuk odası baştan başa kırmızı renkte döşenmişti. Yerlerde koyu kırmızı buhara halılar, pencerelerde kırmızı kadife perdeler ve duvarlarda galibarda ve sülüğünle boyanmış tablolar vardı. Odanın uzak köşesindeki piyano pas kahverengisi bir boyayla kaplıydı. Kendilerine yol gösteren kişi, onlar tüm bunlara göz atıncaya dek bekledi. Kırmızı ipek biyeli, pembemsi çizgili bir gömlek, fistolu à la marinère[1] manşetler ve kafatası biçimli düğmeler, gömleğin üzerinde, turuncu zambak desenleriyle süslü kruvaze koyu kırmızı kadifeden bir yelek, en tepede boynunun çevresinde katmerlenmiş dantellerle süslü bir kravat. Dikkatle taranmış, örgülü kuyruğu arkadan fiyongla bağlanmış perukasının altındaki yüz pudralanmış ve rujla renklendirilmişti, adam tanıştırılmayı bekleyerek iki yana sallanıp durdukça perukasının örgülü kuyruğu arkadan sallanıp duruyordu.

"Septimus?" diye şakıdı birkaç saniye geçince. Septimus anladı.

"John, benim bilge dostum. Bu da, Elmore Clementi."

[1] À la marinère: bir tür kadın bluzu tarzında. (Çev.)

"Bana Elly deyin." Yaratık elini uzattı.

"Ve ben de," dedi arkalarından gelen bir ses, "Ernst Kalkbrenner'im." Gri takımlar içinde uzun boylu, ince birisi belirmişti kapının eşiğinde. "Tekrar hoş geldiniz Bay Septimus." Elini Lemprière'e uzattı, delikanlı onun elini sıktı.

"Size danışmaya geldik," diye bildirdi Septimus.

"Mükemmel, mükemmel. Elly, çay iyi gider sanırım. Bunun üzerine Clementi ellerini telaşla açıp gözden kayboldu. Septimus ve Lemprière odanın ortasındaki leylak rengi divana yerleştiler. Clementi az sonra çayla birlikte belirdi.

"İçinde biraz kır papatyası var," diye sır verdi Lemprière'e. "Sisteminizi temizlemeye yardımcı olacaktır. Berbat bir şey, için..." Lemprière bu teşhisten gizlice etkilenmişti. Çayını içerek oturdu, gerçekten de şimdi kendisini öncesine göre daha güçlü hissediyordu. Kırmızı renge giderek alışmaya başlamış gibiydi. Ernst Kalkbrenner piyanonun başına, hastası da karşısındaki kadife koltuğa yerleştiler. Adam divanın üzerinde oturan çifte döndü.

"Sorunun tam olarak ne olduğunu açıklarsanız iyi olur sanırım," diye başladı.

Lemprière arkadaşına döndü.

"John çok sarhoş olmuştu," diye başladı Septimus.

Ve yağmur yağıyordu, diye düşündü Lemprière. Köprünün üzerindeydiler.

Bacakları tutmaz olmuştu. Sonunda ıslak yere çökmüştü. Sağanağın içine dalan kendi sesini duydu, gökyüzü tıpası çıkmış gibi her ikisinin üzerine boşalıyordu. Mavi giysiler içindeki iki kadın, bez bebekler gibi beceriksizce yürüyerek köprünün öteki ucuna doğru yavaşça ilerleyerek gözden uzaklaşmışlardı. Septimus, "Bana her şeyi anlat," diyordu, kendi sesi bu soruyu karşılamak için silkinerek ilerliyordu, sürçüyor, kendisini toparlıyor ve öyküyü anlatmayı sürdürüyordu, bu öykünün karakterleri yağmurun içinde mürekkep gibi eriyip gidiyor, sayfanın ovalanmış, kar beyazı, el değmemiş lifleri tümüyle boşalıyordu. Anımsayamıyordu. "Devam et," diyordu yanı başındaki ses. Mürekkep ters yönde eriyor, grileri, koyu maviler izliyordu, boş tabletin üzerinde düzensiz parçalar ortaya çıkıp siliniyor, ikinci bir sahne için geri dönüyor, ilkinin bir imgesi olan bu ikincisinde şimdi ünsüzlerle ünlülerin düğümü, kollarla bacakların düğümüne dönüşmüş bulunuyordu, yüzeyde yuvarlanan kendiliğinden hareketli hücreler ve yerlerinden kurtulmuş öğeler bu karabasan sahnesini toprağın üzerinde hızla ve azar azar *emiyor*, bir kitaptaki evcil bir öykü gibi değil de gri bir bulaşıcı hastalık gibi geri sızdırıyordu, beyninin yumuşak süngerinden gelen bir sızıntı okumuş olduğu öyküyü *emiyor*, babasının etinde açıp yayıyordu, kendisini barındıran bedenden dışarı patlayıp çıkan aç bir parazit gibiydi, harcanan beden, suların içinde yuvarlanıyor, öykü ötelerde, adanın öte yanında, yeniden suçsuz kâğıt ve zararsız baskının içine yerleşiyordu. Dişler baldıra gömüldüğü zaman çıkan ses. *Emme* sesi.

Septimus, ezbere yaptığı konuşmasını bitirmişti. Ernst Kalkbrenner düşünceli düşünceli dudaklarını büzdü.

"Bir şeyler okuyor?" Kalkbrenner yüksek sesle düşünüyordu. "Ve bu şeyler gerçekleşiyor? Pek anlayamadım."

"Hepsi değil," dedi Septimus. "Ama kesinlikle iki kez oldu ve belki iki kez daha." Lemprière başını salladı. Septimus'un yaklaşımları en azından doğrulandı; tüm bunları anlatacak olsa, herhalde gün boyu sürerdi. "İlkin bir on dördüncü yüzyıl–"

"On beşinci," diye düzeltti Lemprière.

"Bir on beşinci yüzyıl Atina kralı gördü Jersey'de, bir sobanın içinde; sonra yerel bir Tanrıça, Vertumnus, aile evlerinin dışındaki tarlalarda gururla yürüyüp duruyordu; sonra Diana, köpekleriyle birlikte, yine Jersey'de görüldü." Lemprière başını çevirdi. "En son olarak da, Covent Gardenlı bir madam, Circe'ye dönüştü. Bu dün gece oldu."

Lemprière bu konuşma karşısında utançla eğildi. Bu sözler kendisine bile saçma geliyordu. Bununla birlikte, Kalkbrenner derin bir düşünceye dalmış gibi görünüyordu. Clementi onu, bir açıklama bekler gibi, güvenle gözlüyordu. Septimus ise huzursuzlanmaya başlamıştı. Sonunda uzman doktor, piyanonun önünde bir ileri bir geri yürümeye başlayarak teşhis koymaya hazır olduğunun işaretini verdi.

"Tüm bu olaylarda," diye bildirdi, "ortak bir yön fark ettiğimi sanıyorum. Yanlışsam düzeltin," diye sürdürdü, ama sesinde böyle bir varsayımı önleyen bir ton vardı. "Burada *antik* bir öğe yok mu? Bir parça Eski Zaman?"

Lemprière bu sözlerin, belki kendisini rahatlatmak için söylenmiş, alaycı bir şaka olup olmadığını merak etti. Septimus'un baş sallayışında herhangi bir alay izi yoktu.

"Çok zekice," diye yorumladı.

"Kuşkusuz, bu talihsiz durumu tanımlayabiliriz. Bunu yapabiliriz–"

"Tanımla, Ernst!" dedi Clementi şevkle.

"Ama bunun bir yararı olmaz. İlk ilkelerden başlamalıyız, karşılaştırma ve karşıtını bulma; semptomatik sınıflandırmaları *ansiklopedist*'lere bırakalım." Lemprière, Kalkbrenner'in akla vurma yöntemini izleyemez olmuştu, bu olgu beraberinde bir güvenlik duygusu getiriyordu.

"Zihin yalnızca, öteki zihinlerle ortaklaşa sahip olduğu nitelikler nedeniyle, böyle var olur." Piyanonun kapağını kaldırıp şu notaları çaldı:

"Mutlu mu, üzgün mü?"

"Üzgün," diye yanıtladı Lemprière hemen.

"Tam da öyle, evrensel bir tepki."

"Alcmaeon, yalnızca bu yanıtınıza dayanarak sizin tümüyle aklı başında bir kimse olduğunuzu ilan edebilirdi, ama artık Crotona'yı aşmış bulunuyoruz, izonomi bize yetersiz gelecektir. Empedokles, sizin piyanonun bir parçası olduğunuza karar verecek, Pitagoras ise buna katılmakla birlikte kuşkusuz, piyanonun da Lemprière'in bir parçası olduğunu ekleyecektir. Bu da bizi Aristo'ya götürür..." Kalkbrenner konuşmasını, Clementi'nin onaylamalarına eşlik eden akışkan bir dizi göndermeyle sürdürdü. Seçmiş olduğu yolda Plotinus, Augustine ve Aquinas gibi yolcularla karşılaştılar, Descartes'in pineal bezesi ile ilgili saptaması gülünçtü, Linnaeus bir yazar müsveddesi, yalnızca uyanıkken düş gören bir düş yorumcusuydu... Kalkbrenner bunlardan hepsinin değerini ölçüp biçmişti, onun Tötonik[1] yıkıcılığı geride, modası geçmiş tarzdaki yapıların yıkıntılarından başka bir şey bırakmıyordu. Locke'a karşı biraz hayranlığı vardı, ama kendisine duygusal alanda özürler buluyordu. L'Abbé de Condillac, Etienne Bonnot'un adını tekdüze bir tonlamayla yinelemeye başladığında tiradı sona erdi ve yerini övgüler aldı.

'Le divin abbé'nin (ondan böyle söz ediyordu) genç Kalkbrenner üzerinde önemli bir etkisi olmuştu. Kendisinde din değiştiren bir kimsenin coşkusu vardı, genç bir adamken Darmstadt'da bir mermer heykelin ayak parmaklarını emdiği gözlenmişti, ama otoriteler ("Kartezyen herifler, bu kırmaların *topuna* lanet olsun") bunu anlayışla karşılamayı kabul etmemişlerdi.

"Nasıl yaparlar, bunların deneyimleri kendilerine yapay olduğunu kanıtladığım bir sistem tarafından koşullanmış durumdadır? 'İsyan! Sürgün!' diye bağrıştılar ve böylece yanımda, şu sevgili Elly'den başka hiç kimse olmadan Alçak Ülkeler[2]'de ve Fransa'da başıboş dolaşıp durduğum yıllar başladı; ama bu, dertler başlamazdan önceydi, o zamandan beri hoş kıyılarınızda dolaştığım her yere, le divin abbé'nin sözlerini yaymaya başladım."

---

[1] Tötonik: Alman ırkına özgü. (Çev.)

[2] Alçak Ülkeler: Belçika, Hollanda, Lüksemburg. (Çev.)

Öyküsüne ara verdi ve parmakları bir kez daha piyanonun tuşlarıyla oynaştı. Bir-iki nota çaldı. Kalkbrenner müzik aletinin arkasındaki raftan sayfaları pek çok kez çevrilmiş bir kitap aldı.

"Bu. *Traité des Sensations.* Sizin öykünüz bu kitabın başındaki sunuyu getiriyor akla. 'Doğarken içinde bulunduğumuz masumiyeti tekrar elde edemeyiz. Bu, ardında hiç iz bırakmayan bir durumdur. Masumiyetimizi anımsamamız, ancak neler öğrenmiş olduğumuzu anımsamamızla mümkündür. Önce bazı düşüncelerimiz olmalı ki, bir zamanlar onlardan yoksun olduğumuzu gözlemleyebilelim.' "İçini çekti." Yüce...

"Heykel ancak, önceki boşluğunun bilgisine sahip olmak, kendisini oluşturan yapıyı görmek yoluyla tümüyle duyarlık kazanır, tümüyle canlanır. Sizin içinizdeki şey, sezmemiz gereken şey işte bu, efendim," dedi Lemprière'e bakarak. "Öykünüzü ele alıp dişlilerini ve kaldıraçlarını izleyerek özgün arızayı bulmalıyız; vidaları sıkıştırmalı, sizin saat gibi düzgün çalışmanızı sağlayacak yaşamsal bölmeyi ayarlamalıyız..."

Ama bu öndeyişe karşın Doktor Kalkbrenner'in, Lemprière'in yaşam öyküsünü dinlemek konusunda en ufak bir niyeti yoktu. İnsan zihninin ilkelerini ayrıntılarıyla anlatmayı, 'le divin Abbé de Condillac'a övgüler düzmeyi sürdürdü. Bu değerli konularla olan önemsiz bağlantısı nedeniyle ara sıra Lemprière'in durumuna da değiniyordu. Zaman zaman sorular soruldu ve Lemprière tarafından yanıtlandı, genç adamın mide bulantısı yine başlamış, baş ağrısının yerini almıştı, delikanlı buna çevresini saran kırmızılığın neden olduğundan kuşkulanıyordu. Hamile bir kadın ve yunus balığıyla, Aix-la-Chapelle'de karşılaşmış olduğu bir durumla, pineal bezesinin şaşılacak biçimde daralmasıyla ve idrar tutma takıntısı olan bir 'Monsieur Sienois'ın ancak, komşusunun bu adamın evini ateşe vermesinden sonra iyileşmesiyle ilgili durumları içeren konu dışı sapmalardan sonra, saygıdeğer doktor en sonunda Lemprière'e ilgili tanısına vardı.

"... ve bu örneklerden anlaşılacağı gibi, sizin sorununuz oldukça az rastlanır garip bir durumdur, şunu da eklemeliyim ki, bu projektif-objektif palilexic echopraxia'dan başka bir şey değildir. Palilexia ile ilkin Salzburg'da karşılaşmıştım, buradaki bir beyefendi iktidar konusuyla ilgili bir el kitabı okumuştu, olumsuz anlamda hiç kuşkusuz." Bunun sonuçlarının konuşulmayacak denli ürkütücü olduğunu belirten, bir el işareti yaptı. "Echopraxia, kitle isterileriyle daha doğal bir ilişki içindedir. Kişinin, kendisinden üst düzeyde bulunan kimsenin beden hareketlerini yansıtma eğilimi, askeri çevrelerde daha çok görülmektedir. L'Abbé de Condillac bu konuları doğrudan ele almaz, anlıyorsunuz ya... siz bir tür kanal olarak işlevi görüyor gibisiniz: okumak, salgılamak, boşaltmak, bu olaydaki motif böyle." Kalkbrenner kaşlarını çattı.

"Belki ilgiyi başka yöne çekmek iyi olur," diye önerdi Septimus.

"Kesinlikle, bu çözümü önermek üzereydim," diye onayladı Kalkbrenner, "Belki bir hobi–"

"Bu aşırı okuma alışkanlığı için bir çıkış yolu olacaktır," diye tümceyi tamamladı Septimus.

"Bir çıkış yolu? Oh. Evet, bir çıkış yolu. Ben de aynı şeyi önerecektim. Bir çıkış yolu işe yarayabilir, bir vana, evet, bir çıkış yolu." Kalkbrenner'in tedavi yöntemi biçimlenmeye başlamıştı. "Şimdi bu çıkış yolunun ne olabileceğini bulmaya geldi sıra; ameliyat bize birçok seçenekler sunuyor–"

"Ve ancak sizin deneyimlerinize sahip bir kişi, bunu kabul etmeyecek kadar özgüvenlidir Doktor Kalkbrenner. Sizin değerli Condillac'ınızın da öğütlediği üzere, beyin yine beynin kendi yöntemleriyle araştırılmalıdır," diye kesti Septimus.

"Gerçekten de böyle şeyler, elbet böyle söyler. Ah evet, zihin. Zihnin, zihinsel bir çıkış yoluna gereksinmesi vardır–"

"Bir uğraş," diye kesti yine Septimus. "Bu, *okuma* cinlerini defedecek bir uğraş!"

"Cinleri defetmek mi? Pek de öyle sayılmaz, ama benim tanımın genel çizgileri böyle, evet, Septimus." Kalkbrenner, Lemprière'in sorununun çözümünü arıyordu: "Zihin," "çıkış yolu," "okumak," bu kalıpları koşut biçimde yayarak bir biçim oluşturmaya başlamıştı... "Yazmak!" diye ünledi. "Onun yazması gerek!"

"Kuşkusuz," dedi Septimus, Kalkbrenner'in reçetesinin kesin doğruluğu karşısında sersemlemiş gibiydi. "Yanıt karşımızda durmuş bize bakıyordu, ama onu yalnızca sen yeryüzüne çıkartabilirdin. Bravo, Ernst. Bravo!" Kalkbrenner alnını ovuşturuyor ve gülümsüyordu, biraz utanmıştı –zekâsıyla fazla mı gösteriş yapmıştı? İçgüdüleri böyle olmadığını söylüyordu.

"Yazmak mı?" Lemprière'in sesi, bu kendi kendini kutlama sesleri arasında yitmişti. "Ne yazacağım?"

Bir saat sonra, aynı yerde, dördü, bu soruya eleme yöntemiyle bir yanıt bulma yolunda ilerleme gösteriyordu. İlke üzerinde anlaşmışlardı: Yazılacak şey Lemprière'in Antik Çağ sevgisini kapsamalı, aynı zamanda bu sevginin Lemprière'in uyanık saatlerini ele geçirmesine neden olacak –az önce sözü edilenler de içinde olmak üzere– her türlü konudan uzak olmalıydı. "Bırakalım, Antik Çağ'ın hayaletleri huzur içinde yatsınlar!" diye inledi Ernst. "Onlar senin işini bitirmeden önce, sen onların işini bitirmelisin," diye bu düşünceyi onayladı Septimus. "Ama ne yazmalı?" diye sordu Elly.

O âna kadar kabul edilmeyenler şunlardı: *bir almanak* (bunun için çok geçti), *bir Katolik dua kitabı* (anlamsızdı), *bir tapu sicili* (çok burjuvaca), *bir ansiklopedi* (fazla zaman alırdı), *bir feskenayn dize-diyalog* (bunun ne olduğunu bir tek Lemprière biliyordu), *bir ek sözlük* (zaten pek çok vardı), *uzun bir konuşma* (hayır), *eski sanat eserleriyle ilgili bir kitap* (bunun için çok geç kalınmıştı), *sanatçıların gençken ürettikleri yapıtlar konusunda bir kitap* (bunun için de çok geç kalınmıştı), *bir kunstlerroman* (bunun için de erkendi), *bir seyir defteri* (Lemprière gemilerden nefret ediyordu), *bir el kitabı* (sıkıcı), *bir roman* (çok sıradan), *bir opera* (aşırı tutkulu), *bir broşür* (fazla alçakgönüllü), *bir Kur'an* (zaten bir tane vardı), *bir dava dilekçesi* (fazla bilmecemsi), *bir öykü* (çok basit), *bir bilimsel inceleme* (belki, ama fazla coşkulu değil), *bir Upanişad* (fazla hayali), *değişik sayılardan bir derleme* (neyin?), *bir weltanschauung* (kendini tatmin), *bir Xenophon kozmolojisi* (modası geçmiş) ve *bir yıllık.*

Lemprière, Kalkbrenner ve Clementi, Septimus'un önerilerine karşı asık yüzlü ve duyarsız davrandıkları için, genç adam giderek daha az düşünce üretir olmuştu, bunlar da fazla inandırıcı olmayan, kabul görmeyecek düşüncelerdi.

"Hayır," dediler son söylediği öneriye *(bir zetetik broşür)*, "fazla araştırma kokuyor." Septimus'un bile bir an cesareti kırılır gibi oldu. Sonra birden yüzündeki ifade değişti. Ayağa kalktı ve karşıdaki kütüphaneye doğru canlı adımlarla yürüdü. Birbirinin eşi, iki iri kitaba gözünü dikmişti. Yazarın adı kitapların sırtına altın harflerle parıldıyordu.

"Buldum," dedi birini çekip çıkartırken. "İşte bu. İşte sen, bunu yazmalısın, John. Bunlardan birini yaz." Ad, yukarıdan delikanlıya bakıyordu. "Samuel Johnson."

"Samuel Johnson," diye yüksek sesle okudu Lemprière.

"Samuel Johnson," diye yankıladı Kalkbrenner. "Kuşkusuz! Bunu nasıl akıl edemedik? Gerçekten doğrusunuz, Bay Praeceps; Bay Lemprière, siz saygıdeğer Doktor Johnson'u örnek almalısınız, benim son ve kesin reçetem budur." Septimus kitabı bir çomak gibi sallayıp Lempière'e doğru fırlattı, bunu yakalayan genç adam kitabın ön yüzünü garip garip süzdü.

"Nedir o?" diye sordu Elly.

"Her şeyi kapsayan bir eser istiyordunuz, değil mi? İşte istediğiniz şey bu!"

"Doğru," dedi Lemprière başı kitabın içinde.

"Ne kadar akıllısın Ernst, ama bunun ne olduğunu sorabilir miyim?" diye mırıldandı Clementi.

"Sonunda yanıtı bulduk. Bunu yapabileceğini düşünüyor musun, John?" diye sordu Septimus.

"Evet," diye yanıtladı beriki, hâlâ okuyordu. Septimus, Kalkbrenner'in elini sıkmak için ona doğru hızla yürüdü.

"Bulacağımızı biliyordum."

"Çok iyi, Ernst!"

Clementi aşağı yukarı gidip geliyor, ikisini de kutlayıp övüyordu. "Hepiniz çok iyiydiniz! Gerçekten de, her şey yoluna girmiş gibi görünüyor. Şimdi sorabilir miyim acaba, cahilliğimi bağışlayın, ama sorabilir miyim, bu kitap tam olarak nedir?"

Lemprière başını okumakta olduğu kitaptan kaldırdı.

"Bu bir sözlük," diye yanıtladı. O, bir sözlük yazabilirdi. Ama, kararını bildirmek üzereyken Lemprière'i çok garip bir heyecan kapladı. Yaşamının, bebekliğinin, çocukluğunun ve gençliğinin olayları, Juliette'e karşı duyduğu aşk, babasının ölümü, hatta bir önceki geceye ait parçalı anılar, tüm bunlar sanki birdenbire gözünün önünden geçer gibi oldu. Yaşamındaki olaylar ve çektiği zorluklar içinden fırlayıp çıktı, atları ve sürücüleriyle birlikte, yüz tane araba gibi birbiri üzerine kapanıp çarpıştı, paramparça oldu, organlar ve kırık şaftlar dolaştı. Lemprière bu depremin merkezindeydi. Kafile uzun süren bir hareketsizlikten sonra hız kazandı ve ilerledi. Lemprière, onların yeniden dört nala uzaklaşmalarını izledi, düzlüğün üzerinde, tekerlekleri gibi döne döne uzaklaşıyorlardı. Bunlar onun gizli ajanları, sözlüğün delegeleriydi.

"Sözlüğün hergeleleri mi?" Septimus'un ses tonu birden keskin çıkmıştı. Lemprière farkında olmadan bu sözü mırıldanmıştı.

"Delegeleri," diye düzeltti arkadaşını. "Önemli değil." Üçü de durmuş onu gözlüyor, bekliyorlardı. Bu, oldukça açıktı.

"Bir sözlük yazacağım," dedi onlara, hepsi üzerine atılıp bu kararından ötürü onu kutladı.

Az sonra, karşılıklı kutlamalar, uzun vedalaşmalardan sonra Lemprière ve Septimus daha önceki adımlarını yeniden izleyerek, aynı set üstü evlerin önünden ve sokaklardan geçip gidiyorlardı. Lemprière, bir gece önceki iç boşaltmasını arkadaşının nasıl özetlemiş olduğunu düşündü. Doğruydu, Lemprière'in başına gelen her şeyi sıralamıştı, bununla birlikte Lemprière ona daha fazlasını da anlatmış olduğunu biliyordu. Ne kadar fazlasını? Sessizlik içinde yollarına devam ederlerken bunu düşünerek kıvranıyordu, Lemprière kararsızlık içinde, için için kaynıyordu. Septimus ise ne olduğu belirsiz bazı düşüncelere dalmıştı. Sonunda Lemprière merakını ve duyduğu tedirginliği daha fazla saklayamadı.

"Kızdan söz etmedin?" diye meydan okudu Septimus'a.

"Kız mı? Hangi kız? Ne zaman?" Lemprière'in sorusu iki anlamlıydı, belki Juliette'den söz ediyordu, belki ötekinden. Sarhoşlukla, sevdiği kızla karıştırmış olduğu o, yataktaki kızdan, ama bu olanaksızdı. O değildi. Ve şimdi Septimus onun blöfünü görmüştü.

"Sanırım, aklım... karışmıştı."

"Evet, öyle olduğuna inanıyorum," diye hemen onayladı Septimus. Biraz daha yürüdüler, ama konuşmadılar, daha önce her ikisinin de katılmakta olduğu sessizlik, şimdi yalnızca birinin tekelindeydi. Lemprière yine konuşmaya gereksiniyordu.

"Her ikisinin de bunların bir sözcüğüne bile inanmadığını düşünüyorum," diye patladı.

"Ernst ve Elly mi? Ne önemi var? Ne de olsa, tüm bunları hayal etmiş olabilirsin. Hayal ettin demiyorum, ama olabilir diyorum. Tarlalarda, dükkânlarda canavarlar ve Tanrılar, Craven Arms Hanı'nda Circe. Sen bunlar hakkında bir şeyler okumuştun kuşkusuz ve işte, beliriverdiler, bu senin düş gücün anlıyor musun?" Gri üzerinde kırmızı, göl, gökyüzü.

"Köpekler öyle değildi," dedi Lemprière, "Onları ben hayal etmedim."

"Hayır," diye kabul etti Septimus. "Köpekler gerçekti. Ve kız da öyle, kuşkusuz."

"Kız mı?" Lemprière birden Septimus'a döndü.

"Gölcükte, Diana gibi banyo yapan kız. O kız."

"Kuşkusuz." Lemprière yine yürümeye başladı. O kız. Juliette, gölcükte çıplaktı.

Sokağın sonunda durdular. "Öyleyse, sözlük," dedi Lemprière, bir kutlama yapar gibi. Bu, Septimus'un dikkatini çekti.

"Evet, sözlük. Sözlük çok önemli." Son iki sözcüğü oldukça önemli vurgulamıştı. "Bir an önce başlamalısın."

"Hemen, bu gece başlayacağım," diye güvenle söz verdi Lemprière. Septimus öteye baktı. Yitip gitmiş, uzaklaşmış gibiydi. Bu an geçti.

"İyi. Sana iyi geceler, öyleyse," diye, onun omzuna vurdu Lemprière.

"Evet, iyi geceler John," diye yanıtladı adam. Lemprière gülümsedi, sonra topukları üzerinde döndü ve sokaktan çıkıp, belirlenmiş bir yoldan evine doğru hızla yürüdü. Septimus orada birkaç saniye daha durdu, çevresine bakındı, sonra başka bir yöne doğru ağır ağır uzaklaştı.

O gece Lemprière odasında, masasının başına oturdu. Önünde kalemleri, bir mürekkep şişesi ve bir sayfa beyaz kâğıt dizilmiş, duruyordu. Kalemini çabucak mürekkep şişesine batırdı, sonra hareketsiz tutarak üç kara mürekkep damlasının kalemin ucundan sessizce yuvarlanışını izledi. Masasının üzerindeki kâğıda baktı. Kalem, kâğıdın yüzeyinden yukarıda, prova yapar gibi hızla hareketlendi. Lemprière durdu; sonra sol üst köşeye dikkatle "A" harfini yazdı.

***

Şimdi kentin gergin derisinden aşağıya, alttaki kaya ve toprak karışımına iniyoruz. Gri-mavi ve koyu kırmızı balçığın, çökeltili tortu tabakalarının, kara granit ve su içerikli oluşumların arasından, titreşen grizu alevlerine, tortulu şiste ve kömür damarlarına geçerek, oradan ikinci ve daha gizli bir derinin içine sızıp Canavar'ın bedenine giriyoruz. Uzun süre önce açılmış dehlizler burada kıvrılıp bal peteğine dönüşür, gevrek kireçten ipliklerin ucuna asılı duran silisli topraktan beşikler, kenarlar, yakalar ve platformlarla, kilise büyüklüğündeki mağaralara açılır, burada her şey taşlaşıp donmuş durumda yüzyıllardır kentin altında beklemektedir. Bir zamanlar burası, yürek gibi atan kırmızı etten ve kaslardan oluşan kanlı canlı bir beden dağıydı. Şimdi, damarları emilip toz gibi kurumuş, arterleri zamanla dağılıp gitmiş ölü bir taş yığınıdır; geçitlerinden asalaklar gibi sürünerek geçen ve doğal bölmeleri, tünelleri ve ağları hakkında, farklı bilgilere sahip olan –bunu pek çok yönden dikkate almak gerekir– dokuz, o sırada sekiz, adama ev sahipliği yapan suçsuz bir anıttır.

Banyosunun içinde geniş ve kırmızı duran Boffe, suyu kuvvetle sıçrattı ve kendisini her yönden çevreleyen taş yaratığı düşlemeye çalıştı. Sıvılarının içinde oturuyor, yüzlerce metre yukarıda, yüzeyden kendi üzerine basınç yapan milyonlarca ton zemin, kaya ve toprağın fazlaca farkında olmadan banyo yaparken her zamanki alışkanlığıyla içinde bulunduğu bölmeyi gözden geçiriyordu. Gerçek bir ağırlık, kötü yönetilen bir orkestraya benzer düşüncelerinde derin bir bas gürüldedi. Tanrı'nın cezası Vaucanson kendisini "zayıf bağlantı" diye nitelemişti, oysa kendisi olmadan bir hiç sayılırdı o, bir gösteri imparatoru, bir hayali pilottu. Boffe, banyosunun içinde ansızın suları savurup guruldadı, sonra bölmesinin daha soğukça havasında buharı tüten iri bedenini kurulamak için havluya uzandı. Boffe'nin baş belası Vaucanson bir kaşıntı gibi ayaklanarak Boffe'nin öfkesini derinleştirdi. Onun sahnelenen oyunları (olağanüstü işleri), gösterileri ve oluşturulan, planlanan, onaylanan ve uygulanan oturumları öteki adamın dehasına, onun mekanik hünerlerine bağımlıydı. Boffe'nin motorlara ve makinelere, ara sıra da aktörlere (gerçi sonuncusu iflah olmaz derecede kaskatı ve dilini yutmuş birisi olduğundan buluşunu zorlamıştı, öyle ki, kendi kendisine, tüm büyük sanatların ortamdan gelen engellemelere karşın üretilmekte olduğunu anımsatmak zorunda kalmıştı) gereksinmesi vardı. Boffe! Odanın öbür ucundaki aynada kendisini süzdü. O asla yanılmazdı.

Arkasındaki masada kendi modelleri, planları, sünger ve telden elle biçimlendirilmiş ağaç kümeleri, çamurdan yapılmış figürleri, Vaucanson'un kibrit çöpleri ve iple yapılmış motorları vardı. Boffe zayıf bağlantı değildi, önündeki plan bunu doğruluyordu. Vaucanson kendisinden hoşlanmıyordu, Cas de l'Île kendisinden nefret ediyordu. Kendi zavallı, kötüye kullanılmış yeteneklerinin artık dayanacak hali kalmamıştı, bir ölüm makinesi gibi çevrede sürünüp duran Le Mara'dan ve bu mağaralardan, bu korkunç mağaralardan nefret ediyordu, artık dayanamaz olmuştu, bu çok korkunçtu. Boffe kendisine karşı duyduğu saygıyla midesine vurdu ve giyindi. Giyindiğinde görkemli görünüyordu, belki bacakları bedeninin geri kalan bölümlerine göre biraz inceydi, ama hâlâ iş görüyordu, masaya doğru yürüyüp minyatür konağa ve bahçelerine, (yayılmış çuhadan yapılma) çayırlara, ötedeki (kurutma kâğıdına yerleştirilmiş boyalı domuz kıllarından yapılma) engebeli araziye, ağaçlara, odun yığınlarının oluşturduğu asıl bölüme doğru eğildi, bu bölümde kadın, tarifsiz acılar çekerek işkenceyle yanacaktı, bu acıların süresini bir ya da iki dakika daha uzatmaya Boffe'nin dehası bile yetmezdi.

Vaucanson'un işi, ağaçların arkasındaydı, öyle düzenlenmişti. Boffe, kalın parmağını yapraklı çardağın tepesine hafifçe bastırdı. Erimiş maden işkencesinin kör edici parıltısı buradan yükselecek, dönecek ve kadının üzerine –hatta içine– sanki gözlerden yağıyormuşçasına dökülecekti. Bu olay, genellikle yalnızca Tanrı'dan gelen bir gereklilik olduğu yanılsaması yaratarak, mümkün olan en iyi yoldan büyük bir gösteriye dönüşecekti.

Boffe bu hayalin coşkusuyla dolaşan pantolon ağını düzeltti, sonra dikkatini, içinden oğlanın çıkacağı eve yöneltti. Aynı parmak, oğlanı istenilen yere istenilen zamanda yönlendirerek, tanıklık rolünü oynayabilmesi (Önder böyle olmasını istemişti) ve bir anlamda katılımcı olabilmesi için düzenlemiş olduğu akıl çelme ve dikkati başka yöne çekme yöntemlerini aklından geçirerek, çayırlığın ve engebeli arazinin üzerinde bir yol izleyip ağaçlara, oradan da odun yığınına doğru gitti. Boffe odun yığınının çevresindeki boşluğu abartılı bir Makam Koltuğu gibi tasarlamıştı, çocuk-kral görmek ve görülebilmek için belki hemen buraya oturacaktı. Boffe çıkarttığı özete, Perseus'a nasıl gebe kalındığının o parlak öyküsünü, Zeus'un bakireye yaptığı o inanılmaz ziyareti anlatan (bulutları üfürüp uzaklaştırmış ve kızın üzerine bir altın sağanağının kurnaz damlaları halinde yağmıştı) bir yana devrilmiş açık sayfalara bir göz attı. Pirinçten yapılma çukur, taklitti kuşkusuz ve etkin olarak oyuna katılması istenmemiş olmakla birlikte kadını da düşünmek gerekiyordu... Boffe'yi her şeyden çok oğlan endişelendiriyordu. Prova yapmamış olacaktı elbette, onun bu düzenlemeyle olan ilişkileri belirsizdi, belki olan bitene tümüyle karşı koyacaktı, hmm. Ama Boffe rüzgâr altı durumlar, dayanak noktaları, karşı ağırlıklar ve düşündürücü karşılaşmalar düzenlemişti, tüm bunlar onu iz üstünde tutacaktı, bir yandan hoşgörüye de izin vardı, çünkü her septiğin dayandığı bir mantık olmalıydı. Boffe geriye çekilip hayranlıkla baktı. Birçok önemsiz, mantıksal sorun vardı ve o, bunların hepsine çözümler bulmuştu! Vaucanson'un motorlarının kaba gücünü kabul ediyordu: Turna iyiydi ve köpek makinelerini de sevmişti, eşsiz tasarımlardı.

Boffe planlarını toparladı ve öteki yediyi düşündü, ama Jaques, Fransa'daydı, öyleyse altı, kendisinin kurnazlığına şaşırıp kalacaklardı. Boffe lambasına uzandı ve bölmesinin kapısına doğru yürüdü. Toplantı başlamak üzereydi. Onu bekliyorlardı.

Kabala toplanıyordu. Casterleigh, odanın girişinde, yağ lambasının olanaklarıyla yayılan ışık gölünün kıyısında duruyordu. Hava geçirmez kapı birkaç metre geresindeydi. Hiçbir ışık sızdırmıyordu. Önünde, Canavar'ın düzlük bölümlerinden biri, karanlığa doğru uzanıp gidiyordu. Gerçekte burası, ayak altında çıtırdayan kumların örttüğü, yarım çember biçiminde kocaman bir platformdu, kumların çıkarttığı ses, üç metre yukarıda kemerlenen tavanda yankılanıyordu. Toplantı odasının duvarı bölmeyi ikiye ayırıyor, duvarın arkasında kalan ve birçok geçitlere açılan kumlu plato bir giriş yeri olarak kullanılıyordu. Platonun bir yanındaki eğimli, yüksek duvar ileride öteki duvara doğru uzanıp bir tavan oluşturuyor, diğer yanında sarp bir dikit bulunuyordu. Giriş alanı altmış beş, yetmiş metre uzunluktaydı ve büyük bölümüyle karanlıktı. İş arkadaşlarından çoğu içeride toplanmıştı bile. Jacques yoktu, o kızla birlikte Paris'teydi... Boffe de yoktu, o ağır kanlı, kilolu diye düşündü Casterleigh. Ve Le Mara da gelmemişti, burada onu bekliyordu.

Birkaç dakika sonra karanlığın içinde, önünde ve solunda ayak sürümesine benzer bir ses duydu. Bu, Le Mara olacaktı. Seslenmenin bir anlamı yoktu. Önünde açılan mağara boşluğunu akustiği garipti. Kapıya yakın durduğu yerden çevredeki en önemsiz sesi bile yanılgısız bir doğrulukla duymak mümkündü. Le Mara kendisine doğru, daha doğrusu kapıya doğru geliyordu. Casterleigh'e göre Canavar, kuramların pürüzlü saçaklarından atılıp dışlanmış bir anormallikler limanıydı, kendileri sorunlarını buraya getiriyorlardı. Öteki mağaralar tümüyle sessizdi, duvarlar sesi bir sünger gibi emiyor ve kişi başka bir kişiyle karşı karşıya konuşmadıkça, sesi düşüyor, kendisini hiç kimse tarafından duyulmadan ağzını oynatır durumda buluyordu. Isılar da bir garipti. Birkaç dakika içinde donma derecesinden acı soğuğa, sonra, bunaltıcı sıcağa geçiliyordu. Canavar'ın bazı bölümleri içine girilemeyecek denli aşırı sıcaktı, çoğunlukla aşağı bölümler böyleydi, ama bunun belirgin bir düzeni de yoktu. Le Mara ilerliyordu, ayak sesleri giderek yakınlaştı, sonunda adam yarı karınlıktan çıkıp belirdi ve hemen Casterleigh'le karşılaştı. Durdu, gözlerini kırpıştırdı. Casterleigh ona yaklaşmasını işaret etti. Casterleigh adamın yüzünde merak ifadesi arandı. Ama böyle bir şey yoktu.

"İlk teslimat gemiye yüklendi mi?" diye sordu. Le Mara başını salladı.

"Hintli hâlâ izleyip duruyor mu?" Le Mara yine başını salladı, sonra konuştu.

"O durdurulabilir. Bizim hareketlerimizi izliyor. Bir şeyler aranıyor." Casterleigh, Le Mara'nın sesindeki tekdüzelikten nefret etti, bu ölü bir adamın sesiydi. Doğrulup katilin tepesinden baktı. Beklemek canını çok sıkmıştı.

"Katılıyorum." Casterleigh, Önder'in buna karşı olduğunu biliyordu; dahası, bu konuda inatla karşı çıkıyordu. Bu olgu, ikisinin –olası komplocuların– arasında, havada asılı durdu. İkisi de konuşmadılar. Le Mara hemen döndü ve arkasına, karanlığa doğru baktı. Casterleigh onun davranışından hemen sonra sesi duydu, ayak sesleriydi. Boffe'nin ayak seslerini kumların arasında güçlükle ilerleyerek kapıya ve kapının arkasındaki toplantıya doğru geliyordu.

"Gidelim mi?" Casterleigh kapıyı işaret etti. Zaman gelmişti. Le Mara başını sallayıp ilerledi, sonra durdu. Katil, tamamlanması belirli bir süre almış bir sürecin mantıksal sonucuymuş gibi konuştu.

"Hintliyi öldürmeli." İşte, söylenmişti. "Kâtibi de."

"Henüz değil, biraz daha beklemeliyiz," diye onu destekledi Casterleigh. Le Mara yine döndü. Casterleigh gülümsedi. Karar kendisine aitti. Le Mara ile birlikte kapıya doğru yürüdü ve ufarak adamın önü sıra kapıdan girişini izledi. Le Mara da ona aitti.

İç bölmede altı kandil yanıyordu. Bir dakika sonra Boffe'nin soluk soluğa gelişiyle bir yedinci kandil daha eklendi. Jacques'ın sandalyesi ve elbet, Önder'in solundaki sandalye boş kalmıştı. Önder her zamanki gibi geriye yaslandı, yüzü gölgelerin içinde gizleniyordu. Düzensiz konuşmalar, planlar arasında saatler sürüklenip gitti. Le Mara, *Vendragon*'un yüklendiğini rapor etti. Coker ve adamları yeterli olduklarını kanıtlıyorlardı. İkinci teslimat onaylandı.

"Hintli hâlâ–"

"Ona el sürülmeyecek," diye yineledi Önder. Le Mara ona dik dik bakıp sonra başını çevirdi, emri kabul etmişti. "Kâtibe de öyle," dedi sert bir sesle.

"Çocuk onunla buluştu," dedi Casterleigh, Önder'e, sonra Peppard'la dikkatlerinin nesnesi olan öteki arasındaki toplantıdan söz etti. "Çocuk yanlış yönlendirilebilir. Peppard kabul etmiş olduğundan daha fazlasını biliyor." Neagle skandalının anısı hepsinin düşüncelerini sardı. Durum kabul edilemeyecek denli riskliydi.

"Eğer ikinci bir ilişki daha kurulacak olursa, raslantısal bir ilişki ötesinde bir ilişki daha kurulacak olursa," Önder, Le Mara ile dikkatle konuşuyordu, "o zaman harekete geçebiliriz." Le Mara başını salladı. Casterleigh, uzlaşmanın sağlanışını izledi.

İstediğini tartışmasız kabul ettirebilirdi. "Çocuk bu kimselerden uzak tutulmalı," dedi Önder babaca bir tonlamayla. "Kolayca incinebilir, çok duyarlı..." Adamların çoğu gülümsedi. Casterleigh, Juliette'i düşündü.

"Onun için hazır mıyız?" Bu soruya hiçbir yanıt gerekmiyordu. Yüz çizgileri gölgelerin arasında kalan Önder masanın çevresindeki yüzlerde bir şeyler aradı.

"Kadın hazırlandı," dedi Le Mara. Casterleigh bunu onaylayarak başını salladı. O ve Le Mara bakıştılar.

"Hintli de oradaydı. Onunla anlaştığımızı gördü–"

"Ona dokunulmayacak!" dedi Önder, sesi tırmalayıcı bir sertliğe sahipti. Toplantıya bir sessizlik egemen oldu. Boffe planını bu noktada sunmayı düşündü, ama Önder yine konuştu.

"Dost dediğin iyi haber getirir..." Casterleigh içinden sövdü. Planın, en hoşlanmadığı bölümü buydu. Uygulamaya hiç de uygun olmayan bu sonsuz süslemeler, incelikler–tüm bunlar zihnindeki kuşkuları bir araya getiriyordu, dışarıdan gelme birini alıp her şeyin tam kalbine yerleştirmek olacak şey miydi, bu her şeyi kökünden sallıyordu. Dışarıdan biri olmakla da kalmıyordu, bilinen bir geçmişi olmayan biriydi. Ne kadar çabaladılarsa da bir şey, hiçbir şey bulamamışlardı. Yalnızca gördüklerini biliyorlardı ve o, bundan başka bir şey vermeye gönüllü değildi. Bu düzenleme acelecilik ve ihtiyatsızlık kokuyordu. Önder, çocuğun sarhoşken yapmış olduğu yanlışlardan ve o gecenin karmaşasından söz ederken, Casterleigh'in yüzünde açıkça beliren güvensizliği gördü. Juliette'in adı geçti. Söz konusu rastlantı yüzlerde gülümsemelere neden oldu, Önder'in ses tonu ise neredeyse şefkatliydi.

"... kız şu an için elde tutulacak. Benzerliğin işe yaradığı kanıtlandı." Le Mara, Rosalie'nin bekletilmesini başını sallayarak onayladı. Konu, ertesi güne, Lemprière'in kentteki gezintilerine, yaptığı ziyarete ve kararlılığına kadar geldi.

"Bir sözlük yazacak," diye bildirdi Önder, sesinde belki bir rahatlama tanısı vardı. Ötekiler bu olguyu onaylayarak baktılar. "Şimdi, devam edebiliriz..." Boffe sıranın kendisine geldiğini anladı. "Bundan iki hafta sonra onun içine ikinci bir şeytan daha yerleştirebiliriz," diye sürdürdü Önder. Boffe önündeki kâğıtları –planlarını– karıştırdı.

"İki hafta mı?" diye sordu Vaucanson. Boffe hazırlanarak, gırtlağını temizledi.

"Evet," diye onayladı Önder, "Noel Gecesi." Ve Boffe sonunda ayağa kalkarak yapmış olduğu hazırlıkları anlatmaya başladı.

***

Lemprière'in kararını izleyen iki hafta içinde Septimus, yanında birkaç arkadaşı ile birlikte geldi, gitti. Lemprière, onların gelişlerinin yarattığı kargaşa ve telaş içinde arkadaşının kahvehanede yapmış olduğu çılgınlıkları unutmuştu. Adamlar, yanlarında kendilerine eşlik eden Septimus'la birlikte, tek başlarına geliyorlardı, Septimus sırıtarak onları tanıştırıyordu, bunlar projesi için çeşitli yardımlarda bulunacak kişilerdi.

Bay Stone adında biri, yelken bezinden çantasını açarak Lemprière'e kâğıt parçaları, kirli küçük kâğıtlar ve daha büyük sayfalar çıkartıp gösterdi, hepsinin köşeleri kıvrılmıştı, adam bunları toplamış ve böyle bir fırsat için saklamıştı.

"Üzerlerine yazman için," diye açıkladı Septimus. Bay Stone bu parçaları yayarak en güzel görünümleriyle sergilemek için oraya buraya yerleştirirken kendi kendine mırıldanıp duruyordu.

Septimus iki gün sonra, kitap satıcısı Tom Cadell'i tanıştırdı. Bay Cadell, Lemprière'in sözlüğündeki tamamlanmış notları bir saatten fazla gözden geçirdi. Enfiye kullanıyordu, her kâğıt sayfasını inceledikten sonra bir tutam enfiye alıyor, dökülen taneler yerlere saçılıyordu. Sonradan, odada her aksırışında Lemprière'in aklına Bay Cadell gelir oldu.

"Siz bilgili bir adamsınız," dedi Lemprière'e, son sayfayı yerleştirip, enfiye kalıntılarını temizlerken. "Sizin kitabınızı satın almaktan mutluluk duyardım, elbet satmaktan da." Bir 'ama' sözcüğünü çağrıştıran 'duyardım' sözcüğü, izleyen sessizlik içinde daha da büyüdü. "Biraz daha insanca bir hava getirseniz," dedi sonunda. "Her şeyden önce, okunabilir olması gerek. Okurlarınız, esere olduğu kadar insana da değer verirler." Lemprière şaşırmıştı. "Yanaklarına biraz renk, dudaklarına birazcık gülümseme vermelisiniz."

"Onları güldüreyim mi?" dedi delikanlı.

"Onların para ödemelerini sağlayın," dedi Bay Cadell kesin bir tavırla. "Ben de sizin kitabınızı satın almaktan, basmaktan ve satmaktan mutlu olayım, Bay Lemprière," dedi ve ikisi el sıkıştılar. Kararlaştırılmıştı. Septimus ayrıntıları düzenleyecekti, ayrılırlarken Bay Cadell'in arkasından arkadaşına kutlama anlamında yumruğunu sıktı.

Bunu, Porson Trindles'den Jeremy Trindle izledi, gereksinim duyacağı kitapları Lemprière'e uygun bir fiyata kiralayacaktı. Bu olağandışı bir düzenlemeydi, ama bunu dostluk adına yapacaktı. Septimus kendinden memnun görünüyordu.

"Teşekkür ederim," dedi Lemprière bir ya da iki gün sonra, uzun kış gecelerinde belirlenmemiş bazı hizmetler sunmaya gelmiş bulunan Lydia'nın yan yan bakışını izlerken, "Hayır, istemem, teşekkür ederim." Ayrılırken Septimus kendisini öpünce, kızın yanaklarını deneyimli bir kızıllık sardı.

En sonunda, hepsinden daha şaşırtıcı biri geldi. Bu, uzun boylu, zamana göre giyinmiş, kahverengi ya da kara saçlı, tanımlanması zor biriydi, belki o denli uzun değildi, ama kısa da değildi, yüzü dolgun sayılmazdı, sıska yüzlü denebilirdi, yine de, bu tanımların hiç biri ona ne tam uyuyor ne de uymuyordu. Septimus onu fazla şamata yapmadan içeri sokmuş ilk kez hiçbir şey söylememişti. Lemprière bu adama kuşkulu kuşkulu baktı.

"Kimsiniz?" diye sordu sonunda.

"Bu, Bay O'Tristero," dedi Septimus. Bunu ikinci bir uzun sessizlik izledi.

"Ben, sizin rakibinizim," dedi Bay O'Tristero. Bu, o akşam söylenmiş olan her şeyin özüydü.

O gittikten sonra, Lemprière arkadaşına dönüp açıklama bekledi.

"İşini sürdürmekte direnmen için," diye açıkladı Septimus. O gün özellikle neşeliydi.

"İki madde daha yap." Lemprière'nin masasında şimdiden yığılmaya başlayan el yazmalarını işaret etti. "Tüm bunlar imzalanıp tarihlendi mi?" sayfaları karıştırdı.

"İmzalamak mı? Hayır."

"Ve tarihle. Her maddeyi imzala ve tarihle. Bu çok önemli, anlıyor musun? Her şeyi imzala ve tarihle, bu kesinlikle en önemli şey."

"Tamam, kesinlikle öyle yaparım," diye onayladı Lemprière.

"Kanıt," dedi Septimus. "Cadell böyle şeylerde pek vicdanlı davranmaz. Her şeyi... Tamam mı?"

"Elbette," dedi Lemprière.

"Öyleyse, iki madde daha, şimdilik daha fazla istemez. Edmund'un balosunun yapılacağı akşam gelir, onları toparlar alırım. Kostümün var değil mi?"

Ama Lemprière, iki hafta önceki o Domuzeti Klübü gecesinde, Edmund'un kendisini davet etmiş olduğunu hiç anımsamıyordu, dönüp duran, içkiye doymuş başının üzerinden kendisine böyle bir şey fısıldanmış mıydı? Oralarda bir yerde, dönüp duran parıltılı yüzleri, şamdanları, kazı, Juliette olan ve olmayan kızı, içkiyi, zaferi ve boşalan yağmuru anımsayamadığı bir yerde, böyle bir anı var mıydı? Septimus'un neden söz etmekte olduğunu anlamıyordu.

"Kostüm mü?" Septimus kendisine, Domuzeti Klübü'ndekilerin çoğuyla, kadın-erkek, genç-yaşlı daha birçok kimseyle birlikte her ikisinin de davetli olduklarını açıkladı. Bekleniyorlardı. De Vere'lerin mevsimlik balosu, son yıllarda biraz çaptan düşmüş olmakla birlikte, büyük bir olay sayılırdı.

"Peki ama, nerede ve ne zaman?" diye sordu Lemprière.

"Richmond'da büyük bir malikâneleri var," dedi Septimus, kapıya doğru giderken. Gideceği yere geç kalıyordu.

"Saat üçte hazır ol." Merdivenlerden aşağı ikişer üçer iniyordu.

"Ama ne zaman? Hangi gün?" diye seslendi arkasından Lemprière.

"Üç gün sonra," diye bağırdı Septimus. "Noel Gecesi!" Ve gitti.

Lemprière masasının başına oturdu ve bu haberi sindirdi. Şimdiden endişelenmeye başlamıştı. Hiç kimseyi tanımıyordu, daha doğrusu, hemen hemen hiç kimseyi. Kendi rolüne bürünmesi beklenecekti, ama bu rolün ne olması gerektiğini bilmiyordu. Her şeyden önce de, niçin davet edilmiş olduğunu merak ediyordu.

Sokağın gürültüsü odasına doğru karmakarışık biçimde yükseliyordu, ama artık buna alışmıştı. Anımsadığı kadarıyla

Kont ulaşılabilir biriydi. Biraz sarhoştu belki... ve pek de üretken bir kimseye benzemiyordu. Belki yanılıyordu. Sorularından hiçbiri pazartesiden önce yanıtlanmayacaktı nasılsa. Pazartesi, Noel Gecesi'ydi.

Lemprière şimdi önünde yığılmış kâğıtlara bakıyordu, bunlar onun sözlüğüydü, en azından sözlüğünün başlangıcıydı. İlk sayfaya baktı, sayfa yetkilisi "A", en tepeye karalanmıştı. "Aaras'sus, Pisidia'da bir kent." Bu gibi şeylere ağlamak ya da gülmek şöyle dursun, bunların kimsenin ilgisini çekebileceğini düşünmek bile zordu. "Burası belki de Ptolemi'nin Ariasis'i olabilir," diye eklemişti. Öyleydi. Ama kimin umurundaydı? Bu sorunun yanıtı, kendisinin umurunda oluşuydu. Bütün bunlar, içinde hızla dönüp duruyordu, umurunda olmak zorundaydı. Maddenin altına dikkatle adını yazdı ve "1781, Aralık ayının yirmi birinci günü," diye tarihledi. Lemprière, bu kitabı yazmaya karar verdikten, son dakikada çok garip davranan Septimus'dan ayrıldıktan sonra, eve döner dönmez hemen çalışmaya başlamıştı. İçmiş olduğu kahve yorgunluğunu almış ve sinirlerini germişti. Gece boyunca yazdı ve yatağa şafakla birlikte, gözleri camlaşmış durumda tepeden tırnağa ağrılar içinde girdi. Daha sonraları, yalnızca gün ışığı olduğu saatlerde yazmaya çalıştı, ama her zaman düzgün olan uykusu, artık kendi seçtiği zaman ve sırada gelir olmuştu. Bazen gün ortasında üç saat ve gece yarısını biraz geçtikten sonra dört saat daha uyuyordu. Sonra da bazen bir yüzyıl boyu uyuyordu. Bu pek normal gibi görünmüyordu. Giderek uyanık saatleri gecelere kaydı ve Septimus ziyaretlerinden bir kaçında onu yatakta ya da masasının üzerine yığılmış durumda derin uykuda buldu. Sözlüğü sanki geceleri yazılmayı yeğliyor gibiydi, bu durum Lemprière'e anlaşılmaz geliyor, bu konuda kaygılanıyordu, ama fazla seçeneği yoktu. Septimus'un araya girişlerine katlanarak iki hafta boyunca çalışmıştı, çabalarının sonuçları buradaydı: sık yazılmış otuz sekiz sayfa, Pisidia[1]'daki Aaras'sus dan, Marmara Denizi'ndeki Cyzicus'a dek, boşluklar ve sonradan harıl harıl çalışarak düzelteceği hatalarla dolu olarak önünde duruyordu.

Şimdi o oturmuş, otomatik bir makine gibi ardı ardına imzalayıp tarihlerken kendi çabalarının sonuçları, eski düşmanlık-

[1] Psidia: Burdur yöresi, (Çev.)

larını ve narin erdemlerini gerisin geri taşıyıp getiriyorlardı: iki hafta önce kendisini ziyaret edip duran öyküler, karakterler, yerler, özellikle de Actaeon –bu durum kendisi için ne fazla şaşırtıcıydı, ne de duyduğu dehşet daha azdı–, köpekler ve yere yatmış o biçim yine karşısına dikilirken, kalemi masum kâğıdın üzerinde hızla geziniyordu, "John Lemprière, 1787, Aralık ayının yirmi birinci günü." İşte. Kendi adını koymuştu üzerine, her ne kadar gözlerini kapayıp zihnini boşalttığında gözünün önüne gelen şey, yukarıdan alçalan aynı bulut kümesi ve altında yatan babasının cesedi idiyse de, Kalkbrenner'in söylediklerinin gerçek olduğunu seziyordu. Tüm olup biteni yazıya dökerek, yazarak içinden çıkartıp atmak; onun görevi buydu, şimdi bunun gerçekte ne anlama geldiğini daha iyi anlamaya başlıyordu. Başlardaki iyimserliği uçup gitmiş, yerini daha zor ve daha dayanıklı bir şey, kararlılık almıştı, bu, belki yapmakta olduğu işin düşündüğünden daha zor –önceden aklına gelmemiş olan bazı yönlerden–, daha kapsamlı olduğunu anlaması yüzündendi. Daha on beş gün önce basit bir kişi, yer ve olaylar listesi olarak başlayan şey, o zamandan beri, her yöne doğru filizlenen yumrular ve sarmaşık dallarıyla garip bir biçimde gelişmişti, birbirleriyle bağıntılı olan bu şeyler hep birlikte düğümler ve kafesler oluşturuyor, bunların tümü kaleminin ucunda bir iğneden sarkan solucan demeti gibi kıvranıyordu. Bu şey, her yönden bakıyor, itişip kakışan dillerde konuşuyor, yabani suratlarıyla ona somurtuyordu, düşlere dönüşmüş bulunan tüm gerçek şeyler ve kendisini düşleyenlere dönüşmüş adamlar, Argus gözlü, Babel dilli, Chimere kafalı bir yapıya dönüşmüştü. Bunların hepsi ölmüş adamlardı şimdi. "John Lemprière, 1787, Aralık ayının yirmi birinci günü." Yine.

Bu kadar başlangıcında olmasına karşın, sözlük kendi kendisinin canavarı olmuştu, maddeler ufak yaşam seyirmeleriyle kendi başlarına ilerliyorlardı, delikanlı düzgün ve usandırıcı çalışması sırasında, bunun açık seçik ayırdına varıyordu. Büyük ve küçük karakterlerin yeniden belirmeleriyle öykü kendi üzerine katlanıyor, yinelenen yerlerin önemi artıyor ve azalıyor, olaylar birbirlerine koşut olarak gelişiyordu. Buna bir liste denemezdi pek, daha çok yılanımsı bir şeydi. Lemprière, Larissa'da yazgının kendisine biçtiği ölümle karşılaşan uğursuz büyükbaba Acrisius'la ilgili maddeyi yazarken durakladı, bu adam torununu ve kızını bir sandığın içine kilitlemişti, kendi yıkımının kozası, kızın (Danae'nin) kendi kozasının içindeydi; ama ana-oğul kurtulmuş ve Argos'a dönmüşlerdi ve delikanlı listeye şunları da eklemişti: Adrastus, Theseus'un dostu; Aegisthus, Clytemnestra'nın âşığı ve Agenor, Crotopus'un babası –diğer bir deyişle, Domuzeti Klübü'ndeki sessiz oyunda Lemprière'in ikinci kişiliği, hatalarının Persiad'ı olan Perseus'un da içlerinde bulunduğu Argos Kralları. Perseus, Andromeda'yı kurtarmıştı (John Lemprière, 1787, Aralık ayının yirmi birinci günü.), Cepheus'un kutsamaları ve karısı Cassiopeia'nın teşekkürleriyle onunla evlenmiş, Argos kendisini geri çağırmıştı. Sunaklar ve gasplar kenti Argos– Admeta'yı gaspeden Juno ve Galenolu Danaeus olmuştu, Danae adı da belki buradan geliyordu. Delikanlı buna emin değildi. Chiron'un öğrencisi, Admeta yüzünden Hippholyte'nin kemerini getirmişti, Augeus'un, Alceste'yi cehennemden geri getiren seyis yamağı da, Charon'un yıl boyu hapsedilmesini sağlayan ve Cerberus'un üç başlı köpeğini eğiten de oydu.[1] Ve Alceste, Admetus'la evlenecekti, Admetus onu, kendisinin çobanı ve hizmetçisi olan sürgün Apollo'nun vermiş olduğu bir arabayla birlikte kazanmıştı... Admetus, Admeta. Danaeus, Danae.

Lemprière yazdıkça, zaman zaman geriye çekiliyor, olayların ve raslantıların tembelce birleşerek bükülen, dağılan ve yeni, ama daha garip olay zincirleri oluşturan öyküler biçimlendirmekte olduğunu görüyordu. Çabalarının tümü yer değiştirmişti. Antaeus'un katili sırtında Acheron'la, cehennemin yargıçlarına meydan okuyordu, aralarında bulunan ve Jupiter'in bir alev dili biçimine girerek kendisini elde etmesinden sonra Aegine tarafından gebe bırakılmış olan Aeacus, Lemprière'e bir kez daha Danae'yi anımsatıyordu, aynı kahraman, Alcmena'nın oğlu (Argonotların bu obur dostlarını andıkları adla, Buphagus) kendisiyle önce bir yılan, sonra bir öküz, daha sonra da tek boynuzlu bir öküz kılığında savaşan Achelous'un boynuzlarından birini kırmıştı, çünkü bu boynuz tahılla doldurması için Copia'ya verilecekti, Jupiter kendisini emziren keçi Amalthea'nın bir boynuzunu alıp nymphlere verdiğinde, Lemprière'in aklı bir kez daha

[1] Chiron'un öğrencisi....: Yazar burada Herakles'den söz ediyor. (Çev.)

karıştı. İkinci bir Cornucopia[1] daha çıkmıştı ortaya ya da bir biçimde yine aynısıydı, Lemprière bu konuda karar veremiyordu. Peki, bunun Atina'da keçi kurban edilen –bu öyle aşırı bir hal almıştı ki, sonunda kıtlığa neden olmuştu– 'Agrotera' ile bir ilgisi var mıydı? Belki de yok, diye düşündü ve 'Agrotera'yı da diğerleri gibi imzalayıp, yine '1787, Aralık ayının yirmi birinci günü' diye tarihledi. Belki de bir sekretere gereksinmesi vardı. Boynuzları ona Electyron'u anımsatmıştı (oysa henüz 'E'lere varmamıştı), bu adam, Alcmene'nin babası ve onun ikizlerinin büyükbabasıydı, bu ikizlerden biri kocasından, öteki ise başka birinden, yine, üç gece boyunca beraber olduğu Jupiter'dendi (üçlü ay hali böyle gösteriyordu) ve Achelous'un katili yine Jupiter'in çabalarıyla yaratılmıştı, yine onu, ama... Boynuzlar, evet. Electryon'u boynuzlar öldürmüştü (Ceraton, tümüyle *geyik boynuzlarından* yapılmış bir tapınaktı), Electryon, Amphitryon'un kendisine vermiş olduğu öküz sürüsünü güden çobanların yaylarından çıkan oklardan birinin öküz boynuzuna çarpıp sekerek kafatasına büyük bir güçle çarpmasıyla ölmüştü. Ve Amphitryon, Argos kralı olmuş, Alcmene'yle evlenmişti. Ve kuşkusuz Electryon, Andromeda'nın oğluydu ve büyükannesi ise, Acrisius'un sandığının içine kapatılmış durumda denizde çalkalanırken Cyclades kıyılarına vuran kadındı: yine Danae. Bu kadın, Lemprière'e, bir biçimde her şeyin merkezi gibi görünüyordu, oysa sözlüğü daha ona, Danae'ye varmamıştı.

Electryon'un ölümü, Lemprière'e hepsinden daha anlamsız geliyordu, sonra yukarıdan geçmekte olan bir kartalın düşürdüğü bir kaplumbağanın başına düşmesiyle yediği darbeden ölen Aeschylus'u anımsadı ve sonra, iyi bir Kapadokyalı konuşmacının, uçan bir kaplumbağa kadar ender bulunur bir şey olduğunu söyleyen Capaneus'un, bu çok beğenilmiş sözlerini düşündü. Ve belki de, ne yazık ki, Capaneus kuşatma kavramının yaratıcısı olmuştu ve bu kavarama adanabilecek bazı anıt olaylar vardı: Cato'nun senatoda yakılıp yıkılması için uluduğu Kartaca, yüzlerce bronz kapısı ve iki yüz kubit[2] yüksekliğindeki, ziftle çimentolanmış duvarlarıyla Babil ve hepsinden büyüğü, kitapların yakılıp kül edildiği İskenderiye... Kapısının dışında,

[1] Cornucopia: Bolluk simgesi olarak kullanılan ve içinden meyveler taşan boynuz. (Çev.)
[2] Kubit: 45-56 cm.lik eski bir uzunluk ölçüsü. (Çev.)

merdivenlerde bir tıkırtı duydu. Terziydi. Henüz adamı görmemişti. Lemprière, tamamlamış olduğu işin imzalanması ve tarihlenmesi işine, bu ağır ve sıkıcı işe döndü.

Daha sonraki iki gün boyunca sayfaları dikkatle gözden geçirdi ve kendisine verilen talimat gereğince iki madde daha yazacak zaman buldu. Bu çabalardan arda kalan adın, sayfanın üzerinde asılı duran, yazılmış olsa üçüncü maddeyi oluşturacak olan bu adın: Danae oluşuna hiç şaşırmadı.

***

"Biraz daha öteye gidin, Lydia, evet oldu." Lemprière koltuğa sığıştı.

"Gözlüklü geldi!" Walter Warburton-Burleigh onu görmekten memnun olmuş gibiydi. Boksör de kıs kıs gülüyordu. Arabada delikanlının karşısında oturuyorlardı. Saat dörde geliyordu. Noel gecesiydi ve hava kararmaya başlamıştı. Septimus güçlükle arabayı tırmanıp kapıyı çarptı ve arabanın tavanına vurdu. Araba hareket etti.

Warburton-Burleigh, Lemprière'e gülümsedi. "Rosalie ortadan kayboldu, biliyor musunuz? Geçen cumartesi günü. Ben oraya bir uğramıştım, ama kız gitmişti. Ama yine de, burada sizin için bir anı var," elini cebine soktu. Bu, bilekliklerden biriydi.

Lemprière ilgilenmediğini gösterir bir şey söyledi: Lydia ona sertçe baktı ve delikanlı kızı bir biçimde incitmiş olduğunu sezdi. Kızlararası dayanışma. Nereye *gitmişti?* Lemprière'in öbür yanında oturan Septimus, kıza bacakları konusunda bir şeyler söyledi ve Lydia birden, kendisini tutmaya çalışarak güldü. Hava giderek daha dostça olmaya başlamıştı. Boksör bir pipo çıkartıp dumanını üfleyerek arabanın içine koku saldı, sonunda Warburton-Burleigh pipoyu adamın ağzından çekip aldı, arabanın penceresinden dışarı fırlattı. Kısa bir tartışmadan sonra araba durdu, hepsi aşağıya inip bu nesneyi aramaya başladılar. Hâlâ yanıp yanmadığı konusunda kimse emin değildi, Septimus, onu yalnızca kokusu nedeniyle bulacağını ileri sürüyordu. Kent birkaç mil geride kalmıştı ve gökyüzü kapalıydı. Hava neredeyse tümüyle kararmıştı. Ayrılıp yol üzerinde birkaç dakika arandılar. Bir gece önce kar yağmıştı. Yolun iki yanındaki hendekler hâlâ kar altındaydı, gecenin içinde, tarlalara doğru çatlayan dalgalar gibi solgun ve hafifçe aydınlatılmış olarak uzanıyorlardı, bu hendekler, bir biçimde yanlış bir yerdeydiler sanki. Yolların çoğu hâlâ kardan kapalı durumdaydı ve posta gecikmişti. Neyse ki anayol temizdi. Lemprière hiçbir şey göremiyordu. "John." Döndü. Lydia'ydı. "Buldunuz mu?" diye sordu kıza. "Hayır, dinleyin. Rosalie sizi görmeye geldi mi? Biri onu sürükleyip götürdü. Garip sesli birisiydi," dedi Lydia. "Bet ve Karin bu konuda bir şeyler biliyor olmalılar, ama onlar da ortadan yok oldu. Benim sorunum değil, ama yine de..."

"Bet ve Karin mi?"

"Aha!" diye bir ses geldi yolun uzak kıyısından.

Boksör böğürerek pipoyu bulduğunu bildiriyordu, ama kırılmıştı ve Warburton-Burleigh dişi köpeğin enciğiydi. Arabaya döndüler, yolculuk boyunca Boksör surat asıp durmuştu. Bu durumdan zaman zaman çıkıyor, Warburton-Burleigh kırık pipoyu gösterince yine içine dönüyordu. Bu, bir tür eğlence olmuştu. De Verelere yaklaşırlarken Lemprière'in sıkıntısı giderek büyüyordu. Üzerinde o gün, daha erken saatlerde, Septimus'un kendisine ödünç olarak verdiği yeni bir takım ve pelerin vardı.

"Çok iyi," demişti Septimus, giysiyi üzerinde denediğinde, aynı şeyi sözlüğünün tamamlanmış sayfalarını karıştırırken de söylemişti. Bu, onun en önem verdiği iş olup çıkmıştı. "Danae mi?" diye sormuştu, son sayfayı okuyordu.

"Henüz başlamadım..." Septimus'un daha önceki talimatından söz ederek karşılık vermeye hazırlanırken, adam sözünü kesmişti.

"İyi, iyi..." Septimus. Çok işgüzar görünüyordu. Ernst ve Elly ile konsültasyon yaptıktan sonra ayrılırlarken sergilediği belirsizliğin hiç izi yoktu.

"Pekâlâ, orada kimler olacak, yani tam olarak?" diye sordu Lemprière, konuşmalar biraz aralanınca canlı bir sesle. Ama araba şiddetle sarsıldı, herkes kendine çeki düzen vermeye çalışırken bu soru unutulup gitti. Delikanlı yeniden sormak zorunda kaldı.

"Herkes," diye yanıtladı onu Septimus. "Teddy'nin arkadaşları ve tanıdıkları, annesininkiler de." Septimus, Lemprière'in sessizliğinin içinde, güvence verilmeye duyduğu gereksinimi sezdi.

"Neredeyse her an müzik, yeme içme kuşkusuz ve bir tür gösteri..."

"Havai fişek gösterisi," diye ekledi Boksör. Lemprière başını salladı.

"Ve etler," dedi Walter Warburton-Burleigh. Lydia teyatral bir iç çekti. "Pıtır pıtır yürüyüşleriyle her şeyleri havalanan tombul kızlar."

"Eski Kont gemicilikle ilgilenirdi, bir sürü yaşlı deniz kurdu, Şirket'in adamları," diye sürdürdü Septimus, "Askeri tipler... Teddy onların hepsini tanır. Annesi evi zengin dullarla doldurur, onlar da kendi arkadaşlarını getirirler. Garip bir bileşim gerçekten; geçen yıl Dundas da oradaydı."

"İngiltere'nin en sıkıcı adamı," diye araya girdi Warburton-Burleigh.

"Ve Byrne, Byrne da oradaydı, başka kimler vardı?"

"Chadwick?"

"Bu yıl yok," dedi Boksör. "Öldü." Lemprière babasının eski avukatının adını duyunca şaşırarak başını kaldırıp baktı.

"Ve o ufak sürüngen herif, hani gece boyunca ağzını açıp bir şey söylememişti..." Walter Warburton-Burleigh adamın adını anımsamaya çalışıyordu.

"Kiminle birlikteydi?" diye sordu Septimus.

"Yalnızdı sanırım, hayır, hayır yanında Croesus[1] vardı."

"Croesus mü?" Lemprière bu konuşmaları izlerken şaşırıp duruyordu.

"Öylesine zengin."

"Vikont Casterleigh," diye açıkladı Septimus, arkadaşına bakarak. Casterleigh.

"Ve Domuzeti Klübü," diye bağırdı Warburton-Burleigh.

"Oink!" dedi Septimus ve Boksör de hayali bir bardağı kaldırarak aynı biçimde karşılık verdi.

"Hepsi," dedi Lydia sonuç olarak.

---

[1] Croesus: Krezüs, serveti ile ünlü Lidya kralı (İ.Ö. 6. yy.), Karun, çok zengin anlamına. (Çev.)

"Kuşkusuz! Casterleigh'i tanıyorsundur. Onun Jersey'de evi var..." dedi birden Septimus, Lemprière geriye çekilmiş, yüzü kapalı ve ifadesiz oturuyordu, Casterleigh'in adı ve Juliette düşüncelerinde yükselmeye başlamıştı bile, ama aynı zamanda köprüde, yağmur altında içini nasıl döktüğünü düşünecek zamanı da vardı. Septimus'a, ne Casterleigh'ten ne de kızından söz etmişti. İçinden gizlice, bir rahatlama dalgası aktı.

"Evet, evet! Bu adamı tanıyorum," diye kabul etti hemen ve Jersey'deki kütüphanede oynadığı rolden söz etti. Warburton-Burleigh ona yeni bir ilgiyle baktı.

"Doğal olarak kızıyla da tanışmış olmalısınız?" diye hince sordu. Lemprière bir an düşündü; hiçbir şeyi ele vermiyordu.

"Doğal olarak," diye kabullendi.

"Aha," dedi Warburton-Burleigh kısaca ve Lemprière yanındaki kişilerin yüz ifadelerinden sözlerine inanılmadığı okudu. Karşı koydu, kızın inandırıcı ayrıntılarını tanımladı, tavırlarını ve her zamanki alışılmış jestlerini, tüm bunlar onun belleğine silinmez biçimde kazınmıştı.

"Hepimiz *gördük* onu," dedi Boksör.

"Adam kızı Acrisius gibi koruyor," diye ekledi Septimus. Lemprière ona sert sert baktı.

"Ne istersen düşünebilirsin," dedi. Ve birden kendisine inanıp inanmamaları onu hiç ilgilendirmemeye başladı. Bu olasılık birden beyninde dönüp durmaya başlamıştı. Yanındakileri unutup gitmişti. Pencerenin ötesindeki karanlığın içinde ışıklar görebiliyordu, Juliette, Juliette diye heceliyordu belki.

"Geldik," dedi Lydia yaklaşırlarken.

"Ve geciktik," dedi Septimus.

Doğruydu. Avluyu arabalar doldurmuştu, araba yolundan aşağı ilerliyorlardı. Çitler ve tahta perdeler ağaçları ve çalılıkları, yabani fundalıkları, köksüz böğürtlen çalılarını ve öteki bitki örtüsünü barındıran karanlığın içine doğru uzanıyorlardı: hepsi oradaydı, görünmeden, bekleyerek ve gizlice yeşilliklerini koruyarak. Lydia, Lemprière, Warburton-Burleigh, Boksör, arkadan da, Septimus bacakları tutulmuş durumda arabadan aşağıya indiler, soğuk gece havasından esneyip, gerindiler. Gece göğü, öncekinden daha karanlıktı.

Lemprière arabanın köşesini dönünce evi gördü. Beyaz sıvalı, uzun bir yapıydı, ön yüzünde ahşaptan ve Gotik tarzda simetrik dört yapraklı süslemeleriyle çapraz kirişler vardı; yapı, gözlerini her iki yanda gezdirdikçe karanlığın içine doğru kıvrılan, burada yoğun gelişigüzel eklemeler, alçak galeriler ve yan yapılar arasında yiten çatıaltı duvarları ve dağınık çatı çizgileriyle daha da belirdi. Yapının ön yüzü, kır meşesinden yapılma masif kara bir kapının yanlarına dizili pencerelerini bölen dikey trizleriyle en azından etkileyiciydi, Septimus bu kapıya doğru gidip vurdu, kapının arkasındaki hol kocaman taş bir davul gibi, gelişlerini bildiren vuruşları bir, iki, üç kez yankıladı.

Beşi durup –her biri kendi düşüncelerine dalmış durumda– sessizce kapının açılmasını beklediler, Lemprière yine, hiç karşılaşmamış olduğu ve artık asla göremeyeceği Bay Chadwick'i düşündü. "Dondum," diye tısladı Boksör sıktığı dişlerinin arasından.

Kapı açıldı. Bay Chadwick de burada durmuş ve davet edilmesinin nedenini merak etmiş olmalıydı. Kapıda beliren kırmızı giysili, ufak tefek, kel kafalı adam pelerinlerin altına gömüldü. "Efendim?" Lemprière adama paltosunu uzattı ve ötekilerin ardından içeriye doğru yürüdü. Babasının avukatı buraya niçin çağrılmıştı?

"Buradan, efendim." Lemprière başını salladı. "Epey soğuk bir gece, sanırım efendim." Ama Lemprière, evin içinde kendisini yönlendiren uşağın ardından giderken yalnızca adamın ayak seslerini duyuyordu, derken bu sesin yerini daha genel bir mırıltı, farklı bir ses dizisi aldı. Genel mırıltılar daha arttı, bir tonlar ve aksanlar karmaşası patlak verdi, bir bataklıktan yükselen baloncuklar gibi kendilerine yol bulup çıkan bazı garip sesler de vardı, bu sesler giderek çoğaldı, uşak çift kanatlı bir kapıyı açtığında, sesler yeni ve daha farklı bir düzeye ulaşır gibi oldu; bu kapının ardında toplanan kişiler bir ağızdan konuşuyorlardı.

Ses kırıldı, Lemprière'in üzerine zengin bir gıdaklama gevezeliği, tokuşturulan bardaklar ve fincanlar eşliğinde yapılan uğultulu bir sohbet biçiminde boşaldı, sahne birbirleriyle anlaşılmaz biçimde hızlı hızlı konuşan heykelsi kadınlarla doluydu, erkekler ise kendi aralarında duvar diplerine sıralanmışlardı, ellerinde tepsiler ve sürahiler, kasa kasa şişeler, masa örtüleri ve iskemlelerle dizi dizi hizmetçiler, kalabalığın arasında affedersiniz, affedersiniz diye bir özür töreniyle kendilerine yol açıyorlardı. Ortalığa saçılmış bulunan Cabriole koltukları[1] hizmetçilerin ilerlemesini engelliyordu. Gösterişli ormulu[2] sehpalar herhangi bir akla yakın kullanıma uygun olmaktan uzaktı. Boş cam kadehlerle dolu tepsiler yerlerde karmakarışık yayılmıştı, bu durum eğlenen konuklarda nazik bir gerginlik uyandırıyor ve kadınlar arasındaki konuşmaların odağı oluyordu. Erkekler onların sohbetlerini küçümsüyor, Godolphin adlı Arap atından, Mendoza'nın bir sonraki yarışından ve bir tutsak gemisi olan *Polly*'de, Bristol açıklarında meydana gelen garip patlamalardan, bunu izleyen iki haftanın sonunda Bay Hervey'in, Battle'deki barut imalathanesinin havaya uçmasından söz etmeyi seçiyorlardı, bunların her ikisi de birer gizemdi.

"Bu işin doğası böyle," dedi Onuncu Piyade Alayı'ndan Bay Lifter, "hiçbir kanıt yok." Biraz sabırsızdı, yakında yüzbaşılığı gelecekti.

"*Hayatım*, kadın neredeyse, *la Chudleigh*[3]. Ne diye üzerlerine elbise giydiklerini anlamak mümkün değil..." Konuşan kişi tepeden tırnağa kalça yastıkları, çemberli etek ve kat kat ketenler içindeydi, Lemprière, Septimus'un arkasında kalabalığı yardı, sonunda birlikte odanın öbür ucuna varıp gözden yitmiş durumda olan ötekilere bakındılar. Salon büyüktü, kemerli tavanı, aşağıdaki yüzlerce konuğun seslerini şiddetle yankılıyordu. Lemprière, ortalıkta burgaçlanan kadınları izliyordu, karşı koyan yığınların arasından erkekleri ele geçiriyor ve cinsiyetlerin daha özgürce karıştığı bir ortamda onları değiş tokuş ediyorlardı. Daha yaşlıca hanımlar ellerinde gümüş saplı kamış değnekleri, başlarında çiçeklerle süslü kocaman şapkaları, *malades imaginaires*[4]'leri ve bastonlarına yapışmış, peşlerinden kaskatı yürüyen eşleriyle ortalıkta aksayarak dolaşıyorlardı. Yaşlılar boncuksu gözlerle, aralarından salyangoz hızıyla geçerken gençler

---

[1] Cabriole koltukları: Özellikle 17. ve 18. yy. İngiliz mobilyalarında, Chippendale tarzında yapılmış kıvrık ayaklı bir çeşit küçük koltuk. (Çev.)

[2] Ormulu sehpalar: 18. yy.'da, Fransa'da mobilyaların dayangaçlarında kullanılan altın kaplama tonçla süslenmiş sehpalar. (Çev.)

[3] La Chudleigh: (Chute des reins) Fr. Bel altı, burada İngiliz aksanıyla söyleniyor ve 'kalçalarına kadar açık' denmek isteniyor. (Çev.)

[4] Malades İmaginaires: Fr. Hayali hastalıklar. (Çev.)

kadehlerini göğüslerine bastırıyorlardı. Gözleri yapay bir sabırsızlıkla göğe dönüyordu. Asker kökenli milletvekilleri fazla gösteri yapmıyorlardı. Kızlar çiçek demetlerinin arasından ortalığı gözetliyorlardı.

Lemprière, Domuzeti Klübü'nden tanıdığı bazı yüzler gördü, bıyıklı, iri dişli adam, şişelere vurup müzik yapan adam ve ötekiler. Rosalie yoktu, ama Lydia'nın arkadaşları vardı ve sonra bakıp el sallayan Kont, beden yığınının arasından, "Buraya gelin," diyordu tumturaklı bir sesle. Septimus da yoktu. Az önce seyirtip giderken yolunu kesen çiçek bozuğu yüzlü bir zengin dulla birlikteydi, ona bir Sicilya bordellosunda yaşadığı serüveni anlatıyor, kadının oynak yeğenleri gözlerini kocaman açmış onu sessizce dinliyorlardı.

"Korkunç!" diye havladı zengin dul bu gösterişli konuşmadan sonra, yüzündeki pudradan ufak bir parça yerinden kopup bardağının içine düştü. Yeğenler dudaklarını ısırıp, başka yana baktılar. Septimus onlara göz kırptı. Lemprière zorlanıyordu. İşareti üzerine, kalabalığın içinden Kont'a doğru kararlılıkla ilerlemeye çalışıyordu, ama bir biçimde yolundan saptırıldı. Birden Kont ortadan kayboldu. Yoluna devam etmek istedi, ama salon konuşmalar ve resmi olmayan selamlaşmalarla daha da dolmuş gibiydi, nazik düşmanlar arasında ufak soğuk bakışmalar oluyor, çevresindeki herkes birbirini yürekten kucaklıyor, onu yolundan sapmaya ve öteki konukların konuşmalarına kulak misafiri olmaya zorluyorlardı.

"... ve aşçı, köpeği kendisine söylendiği gibi kapatmış, yine işkembeyle uğraşmaya devam etmiş, sonra çevresine bakındığında köpeğin yok olduğunu görmüş."

"Yok mu olmuş?"

"Yok olmuş. Dışarı uğrayıp köpeğe seslenmeye başlamış, ama bu ahlaksız it saklanmış ya da kaçıp gitmiş. Sonra bir et parçasıyla onun midesine seslenmeyi düşünmüş, böylece köpeğin kendisini izleyeceğini düşünmüş."

"Ama, ne mide varmış ne de köpek."

"Doğru, böylece o da eti bırakmış..."

Nota sehpası taşıyan düşük bıyıklı, esmer, ufak tefek bir adam Lemprière'le öykünün arasında kendine bir yol bularak geçerken delikanlıyı öbür yana itiştirdi, orada duran mor kravatlı, gösterişli giyimli bir beyefendi delikanlıya, uzun süredir beklediği kötü haber gibi gelen bir sözcük kullanmayı seçti.

"... Kaplumbağalar."

"Saçma!"

"Kaplumbağalar diyorum size. Yüzlerce dev kaplumbağa. Livy'nizi[1] okuyun. Isparta kuşatmasını."

"Emin misiniz, Marmaduke?"

"Eminim, kuşkusuz." Lemprière de emindi, birliklerin kaplumbağa biçiminde düzenlenmesi anlamına gelen bir savaş taktiğinin, bu hayvanın kendisiyle karıştırılmış olması karşısında kendi kendine alayla gülümsedi. Marmaduke şimdi kitle halindeki kaplumbağa sıralarının yaklaşmasına öykünerek anlatıyordu. Ufak tefek, esmer adam kocaman, ağır bir sandığı kucaklamış, kalabalığın geçilmesi en güç yerinden kendine bir yol açmaya çalışarak geliyordu. Yüzü kıpkırmızı, soluk soluğa, ona buna toslayarak aralarından geçerken Lemprière yoldan bir adım geri çekilerek Marmaduke'ün, kahraman Romalı kaplumbağaların Ispartalıların arasına dalarak nasıl büyük bir zafer kazanmış olduklarını anlatışını duymaya çalıştı.

"Bunu daha önce duymamıştınız, değil mi? Eh, yakında bunun hakkında herkes bir şeyler öğrenecek, herkes, bunu, her şeyi *görecek*..." Arkadaşı boş boş baktı, sonra donakaldı.

"Bu gösteriyi sahne üzerinde canlandırmayı düşünmüyorsunuz, değil mi Marmaduke?"

Lemprière, bir oyuncu, diye düşündü.

"O benim sahnem," diye adama döndü Marmaduke ve onun yüzündeki dehşet ifadesini görünce, "Hayır, sahne *üzerinde* değil. Sahnenin üzerine koyacağım."

"Üzerine mi?" Bir tiyatro yöneticisi, diye düzeltti Lemprière daha önceki düşüncesini, sonra bir oyun sırasında dev kaplumbağaların yukarı kulisten aşağıya doğru sallamakta olduklarını hayal etti, neydi acaba bu oyun, *Oresteia* mı? Adam bir manyak olmalıydı.

"Damın üzerine!" diye ünledi Marmaduke. Adamları görevlendirdim bile, Coade Firması onları iki metre dizecek, tanesi dört gineden, eğer bir düzineden fazla alırsam fiyat düşüyor."

"Bir düzineden fazla mı?"

---

[1] Livy: Titus livius (İ.Ö. 59 - İ.S. 17), Romalı tarihçi. (Çev.)

"Herhalde iki düzine kadar alırım, korkuluğun üzerine de koyarız, bir kaplumbağa siperi oluşur. Her oyundan önce damda dolaştırabiliriz, gazete sayfalarına ilanlar veririz, böyle şeyler işte..." Arkadaşı, Marmaduke sırtına vururken başını sallıyor ve kendi kendine çok yavaş bir sesle, "*aman Tanrım, aman Tanrım,*" diye mırıldanıyordu, Lemprière ise Aeschylus'u ve yazgısı gereği kafasına düşen kaplumbağayı düşünüyordu, derken bıyıklı adam, bu kez elinde bir demet kâğıt ve ufak bir pirinç tornavidayla yine yanından geçerken, sendeledi. Lemprière onu bakışlarıyla izlerken belki ardından gidip Kont'u ya da Septimus'u ya da Lydia'yı, Boksör'ü, hatta belki Warburton-Burleigh'i bulmaya çalışsa iyi olur, diye düşündü.

"John! Adamım!" Sırtına inen büyük bir şaplak onun neredeyse soluğunu kesince, Lemprière öksürdü, boğulur gibi oldu, dönünce Edmund'u, Braith Kontu'nu gördü, adamın yüzünde geniş bir gülümseme ve elinde huni biçimli bir nesne vardı, bunu ağzına götürdü ve içinden böğürdü, "Sizi görmek ne iyi!" Bir sürü insan, bu arada Marmaduke de döndü.

"Marmaduke Stalkart'la tanıştınız mı?" Kont her ikisini de dirseklerinden tutup bir araya getirdi. "Marmaduke, şu anda, ne yazık ki perdeleri kapalı bulunan Haymarket Operası'nın sahibidir–"

"Yakında yeniden açılıyor," diye elini uzattı Marmaduke, Lemprière bu eli sıktı. İkisi de sustular. Kont birinden, ötekine baktı. Bu gece için özür diler gibi yapay bir tavırla, "Buraya niçin gelmiş olduğunuzu merak ediyor olmalısınız?" dedi, canlı bir sesle.

"Evet, niçin *buradayım?*" diye sordu Lemprière.

"Kendi marifetinizle buradasınız," dedi Kont. "Ama sanırım annem, Leydi de Vere sizinle konuşmak istiyordu."

"Anneniz mi? Annenizle hiç karşılaşmadım. Nerede kendisi?"

"Yukarıda. Bu gibi toplantılara hiç katılmaz, babam öldüğünden beri. Gerçekten ben de sizin kadar karanlıklar içindeyim. Anlıyorsunuz değil mi, o çok yaşlı." Kont bu sözleri söylerken omzunun üzerinden geriye bakıyordu, sonra açıklamaları birden sona erdi. "John, gösterinin başladığını bildirmek zorundayım. Beni bağışlayın, daha sonra konuşuruz. Bunların çok aptalca göründüğünü biliyorum, ama..." Kont, salonun uzak ucundaki çift kanatlı kapının yanında ufak tefek adamın donanımı ile birlikte yer aldığı yöne doğru kayıp gidiyordu. Lemprière körlemesine bir atış yaptı.

"Bay Chadwick!" diye seslendi Edmund'un ardından, Kont, yüzünde bu adı biliyor olmaktan doğan bir şaşkınlık ifadesiyle durup ona baktı. "Benim burada olmamın nedeni, Bay Chadwick!" diye daha önemle yineledi ve bir sayı yaptığını anladı. Ama bunun nedenini bilmiyordu.

"Sonra, John." Şaşırıp kalan Kont'un tüm söyleyebildiği bu oldu, sonra Mösyö Maillardet'e ulaşabilmek için konuklarını yarmaya başladı, bu adam şimdi çömelmiş ve başını bir kutunun içine sokmuş durumda, tornavidasıyla bir şeyler yapıyordu.

"İşe yaramayacak," dedi yumuşak bir İskoç sesi, Lemprière dönünce kendini uzun boylu, kapkara saçlı bir adamın önünde buldu.

"Bay Byrne," diye tanıttı adam kendisini ve Lemprière de karşılık verdi.

"Maillardet'nin şu berbat oyuncağı; parlak bir mekanik, ama bu adamın yetkin bir makineyi, gidip ona kafasını toslasa bile fark edebileceğini sanmam."

"Evet, sanırım... Bilmiyorum," diye başladı Lemprière, ama sözü yüksek perdeden bangırdayan bir ses kesildi. Kont bir iskemleye tırmanmış, dostlarından susmalarını rica ediyordu.

"Hepinize iyi Noeller diliyorum," diye oldukça aptalca başladı söze, bu işareti başka anlamda anlayan kalabalığın uğultusu hiç de azalmadı. Yanlış anlaşıldığı ve söylediği sözlerinin nitelikleri konusunda uzun uzun açıklamalar yaptıktan, uzun kucaklaşma araları, yapay duraklamalar ve yeniden başlamalardan sonra kadehini, belirgin sesler ya da çeşitli köşelerden gelen, "Bravo, bravo!" mırıltıları arasında mutlu bir şaşkınlık içinde havada gezdirdi.

"Epey geliştirmiş," dedi tanıdık bir ses, Lemprière'in kulağına. Bu Septimus'tu. Marmaduke ve Bay Byrne başlarıyla ona selam verdiler. "Geçen yılki daha berbattı. Saatlerce sürmüştü."

"... ve reddetmeyi hiç dilememiş olmayı amaçlamak bir yana, aslında, tam tersine, reddetmek *dileğindeyim* ben, yeter ki hazır olalım..." diyordu Kont, "... umuyorum ve kuşkusuz kabul etmek gerekir ki, hazırız." Son sözcükler önemle vurgulanmıştı, dinleyicilerden onun konuşmasını olumlu yönde algılayan kesim arasında derhal olumlayan uğultular yükselirken, tam tersini algılayan ötekilerden de, "Hiç de değil," ya da "Korkma," gibi mırıltılar geldi. Daha sonra Kont'tan başka bir söz çıkmayınca, her iki taraf da konuşmanın sona erdiği inancıyla desteklerinin dozunu yükselttiler ve ortaya nazik bir çene yarışı çıktı. Edmund, bunun ortasında, konuşmasını özetlemeye çalıştı, ama sözlerinin çoğu gürültüye gitti, sonunda dinleyiciler onun yeniden konuşmaya başladığını anladılar. Hemen susarak adamın, "... Mösyö Maillardet ve hepinize teşekkür ederim," dediğini duyabildiler, bu gerçekten de konuşmanın sonuydu. Şaşkın birkaç alkış koptu. Kapadokyalılar diye düşündü Lemprière.

"Bay Praeceps, yine her zamanki gibi haklı çıktı," diyordu Bay Byrne. "Gelişme yolunda dikkat çekici bir çaba gösterilmiş gerçekten." Ön sıralarda bir şeyler oluyordu. Bıyıklı küçük adam, Lemprière'in daha önce Kont'un elinde görmüş olduğu borunun içinden konuşuyor, ağzında ezip büzdüğü yabancı ünlüleri bu huninin deliğinden çatıya doğru ateşliyor, tavana çarpan sesler karmaşık bir yankı halinde aşağıya dönüyordu. Sonra durdu.

"Daha yaklaşabilir miyiz?" diye yönlendirdi Bay Byrne öteki üçünü, şimdi makinesini kurmakta olan Mösyö Maillardet'i izleyen öndeki kalabalığın içinde kendisine bir tırtıl gibi yol açan adamın peşine takıldılar. "Nedir bu?" diye sordu Marmaduke.

"Bir gösteri," dedi Septimus.

"Sıradan amatörlük," diye ekledi Bay Byrne. "Bundan daha iyi bir oyuncak olan makineler yaptım ben." Lemprière, Septimus'a kaşını kaldırdı. "Bir rakip," diye fısıldadı Septimus. "Geçen yılki gösteriyi o hazırlamıştı."

Mösyö Maillardet yine hunisini kaldırarak garip gerecini gösterip kısaca konuştu. Bu, bir sandığın üzerinde diz çökmüş, üzerinde bir Fransız asker kılığı bulunan bir bebekti. Bu bebeğin önünde bir masa, masanın üzerinde kâğıtlar vardı. Bebeğin kollarından biri yanına düşmüştü, öteki kolu ise havada, dirseğinden kıvrılmış durumdaydı, sanki bir vuruşu savuşturuyordu.

"Gerçekten olağanüstü, değil mi?" dedi Marmaduke.

"Hayır," dedi Bay Byrne.

Tavırlarından denizci oldukları anlaşılan, altmış yaşlarında küçük bir grup yakından bakmak için öne doğru uzandılar.

"Nedir bu?" diye sordu Lemprière.

"Senin ve benim birer parçamız," dedi Septimus.

"Bir otomat," diye yanıtladı Bay Byrne. "Canlı bir heykel. Yapay bir insanlık."

"Ernst bunu görmeliydi," diye fısıldadı Lemprière, Septimus'a. "Bu onun tüm kuramlarına uyuyor." Septimus gürültüyle güldü. Mösyö Maillardet ona öfkeyle baktı.

"Susun, oradakiler," dedi denizciler grubundan biri, olup bitene büyük ilgi gösteriyordu.

Lemprière yine otomata ve yapımcısına baktı, adam şimdi oyuncağının arkasında diz çökmüş durumda bir şeyleri döndürüyor ve kendi kendine mırıldanıyordu. Gösteriye başlamaya hazırdı. Birkaç kez döndürdükten sonra yana, tırnaklarını inceleyen Bay Byrne'a daha yakın bir yere çekildi. Bay Byrne'nın dışında herkes otomata bakıyordu. Birkaç saniye geçti, hiçbir şey olmadı, Bay Byrne'nın yüzünden hafif bir gülümseme geçti, sonra birden, kadınların birinden kulakları tırmalayan tiz bir çığlık yükseldi. Otomat hareket ediyordu. Mösyö Maillardet, Bay Byrne'a, onu daha fark etmiş gibi şöyle bir baktı ve kolu titredi, durdu, yine titredi, sonra yavaşça aşağıya doğru indi, parmakları açıldı ve kalemin üzerinde kapandı. Lemprière sessizliğin içinde, arada düzgün olmayan tıkırtıların da duyulduğu hafif bir vızıltı duydu. Gösteri ilerledikçe bu seslere, bebeğin göğsünden gelen ve ötekilerine göre daha aralıklı duyulan, bazı boğuk sesler de eklenmeye başladı. "Mil dirseklerini nemlendirmemiş bile," diye fısıldadı Bay Byrne, delikanlının kulağına.

Makinesinin içinde, eşit aralıklarla çalışmayı sağlayan indeks çarkları programı düzenlerken, denetim döndürme mekanizmasıyla servo düzeni arasında gidip geliyordu, mil dirsekleri ve fünyeler otomatın kol ve bacaklarının içinde sessizce hareket ederek kodlanmış gücü, dişliler aracılığıyla eklemli manivelalara geçiriyordu. Kalemini mürekkep hokkasına batıran bebek, kolu hareket etmezden önce bir dizi ufak mekanik titreşim sergiliyor ve bilgi akışı sürüyordu. Kolun hareketleri çok katıydı, ama kalemin kâğıt üzerinde kayarak düzgünce ilerlemesi Lemprière'in dikkatini çekti. On iki, on dört satır kadar yazdıktan sonra Mösyo Maillardet kâğıdı masadan alıp ön sıradaki kadınlardan birine uzattı.

"Bir aşk şiiri! Oh, mon amour!" dedi kadın makineye abartılı bir tavırla, arkadaşları güldüler ve onlar da ellerini çırptılar. Mösyö Maillardet bu iltifatları, yaratısı adına kabul etti. Bebek ise sabit bakışlarla ileriye doğru bakıyordu. Bu gösteri iki kez yinelendi, her defasında aynı biçimde hoş karşılandı, hanımlar otomatın çabalarını karşılaştırıyor, onun sevgisini kazanmak konusunda birbirleriyle rekabet ediyorlardı. Bu gösteriden sonra Mösyö Maillardet ellerini kaldırıp susmalarını istedi ve borusunun içinden deminki gibi anlaşılmaz bir şeyler söyledi. Sonra kalemi ve kâğıdı yeniden yerlerine koydu, bebeğin göğsünün üzerindeki bir kolu çevirdi. Herkes sessizlik içinde izliyordu. Makine hareket etmeye başladı, bu kez daha hızlıydı, içinden gelen tıkırtı ve uğultular öncekine göre daha yüksekti.

"Motor ayarı çok yüksek," dedi Bay Byrne, Lemprière'e. Otomat kalemini hızla, kamçı gibi kullanarak, birden indirip kaldırarak bir imge yaratıyordu. Bu bir gemiydi, tüm donanımıyla, merdivenli direklerinden, pruva bağlantılarına dek tüm ayrıntılarıyla bu, üç direkli bir gemiydi. Deniz kurtları daha iyi görebilmek için yaklaştılar, içlerinden özellikle biri, doğru makineye ilerliyor ve Lemprière'in görüşünü kapatıyordu. Açık havadan yanmış yüzünde aşırı ifadeler hiç yer almamış gibiydi, ama şimdi, ortaya çıkan imgeye bakan adamın bakışları şaşkındı. Mösyö Maillardet korumak ister gibi, gemiye son kandilisayı[1] da koymakta olan yaratısına doğru atıldı.

"Aman Tanrım!" diye bağırdı adam. "Ben bu gemiyi biliyorum!" Ve bunu söyledikten sonra, tam bebek geminin pruvasına adını yazmak üzereyken kâğıdı kapmak için uzandı.

"Mösyö!" diye karşı çıktı bebeğin yaratıcısı. Ama çok geç kalmıştı. Adamın parmakları kâğıdın üzerine kapanırken bebek sol kolunu uzattı, eli açıldı ve adamın bileğini sımsıkı tuttu. Ma-

[1] Kandilisa: Gemicilik terimi. Yelken, seren ya da bayrağı yerine kaldıran halat. (Çev.)

kinenin sol yanı donmuş gibi olduğu yerde kaldı, bu arada adam kendisini ondan kurtarmaya çabalıyordu.

"Allah kahretsin!" diye kekeledi, sonra sağ kol ağır hareketlerle elinde kalemle birlikte inerek geminin adını yumuşak avuç içine yazarken adam birden yüksek sesle bağırdı. Kan ve mürekkep birbirine karıştı.

"Aman Tanrım, bırak elimi!" diye bağıran adam bebeği sarsmaya başladı. Arkadaşları da metal kolu çekiyorlardı.

"Baylar! Lütfen!" diye bağırdı Mösyö Maillardet. Bay Byrne harekete geçti. Rakibine doğru giderek, hâlâ elinde duran tornavidayı kaptı. Otomatın arkasında diz çöktü, dengelendi ve tornavidayı bebeğin arkasına soktu. Birden otamatın iki eli de parmaklarını gevşetti ve adamı bıraktı, aynı anda makinenin içinden tüyler ürpertici, kulak tırmalayıcı bir inleme başladı. Kolları iki yana ayrıldı, sonra sol el yavaşça, çok ağırdan geldi, sağ eli yakalayıp büktü. El, bilekten ayrıldı. Birçok kişi kafasını öteye çevirdi. Bileğin kötürüm ucundaki ufak pirinç kaldıraçlar seyiriyordu. Sonra aynı el, bebeğin burnuna dokunmak ister gibi yükseldi. Lemprière bu hareketin basitçe tamamlanışını, otomatın beş parmağını boyalı yüzüne kaldırışını izledi. El, kafanın içindeki bir şeyin üzerine kapandı ve kol bu şeyi geri çekmeye başladı. Bir yırtılma sesi, sonra yüksek bir kopma sesi duyuldu ve kafa boyundan koptu. Bebeğin içindeki motorlar çığlıklar atıyor, mil dirsekleri çılgınca takırdıyordu, ama otomatın hareketleri hâlâ denetimliydi. Elinden sarkan gülümseyen kafasıyla orada oturuyordu, kafayı masaya bir, iki, üç kez vurdu. Göze görünmeyen mekanik kendi kendini parçalara ayırırken motorlar daha yüksek çığlıklar atıyordu. Otomat çılgınca seyirdi, sonra hareketsiz kaldı. Kafa, parmaklarının arasından düşüp yerde yuvarlandı. Dikkatler, tiyatrovari bir tarzda ellerini kulaklarına kapamış duran ve şimdi yaralı yaratısına doğru koşmakta olan Mösyö Maillardet'e döndü. Kafayı ve eli yerden kaptı, sonra umutsuzluk içinde yere yığıldı. Başsız otomat masaya yüzüstü düşmüştü.

"Neden?" diye bağırdı Mösyö Maillardet toplananların tümüne, sonra kendisine tornavidasını geri veren Bay Byrne'e yine, "Neden?" diye bağırdı.

"Nesneler çözülür," dedi Bay Byrne kısa ve özetle. "Bu, bilimsel bir gerçektir."

Gösteri sona ermişti. Kont'un konukları bir sonraki gösteri için çevrelerine bakınmaya başladılar. Elini bir mendille sarmaya çalışan yaralı adamın çevresini arkadaşlarından oluşan küçük bir grup almıştı.

"Tanrı'nın cezası, o Tanrı'nın cezası gemi. Ben *biliyorum* o gemiyi," diyordu, yıkıntıya dönmüş makine ile yaşadığı serüvenin sarsıntısını henüz atlatmamıştı.

"Sus artık, Eben," dedi yaşlıca bir hanımefendi, emreder bir tonla.

"Size söylüyorum, tam burada demirli o," diye karşı çıkıyordu adam. "Burada, Thames'de." Kunt yapılı, çelik grisi saçlı, altmışın üzerinde görünen birisiydi. Her yönden adamın üzerine kaygı dolu öğütler yağıyordu, konuklar onun durumuyla ilgilenmeye başlamışlardı. Gençlerden bazıları birbirlerini dirsekleriyle dürtüyorlardı. Elinin temizlenip pansumanlanması gerektiğine karar verildi. Eben kendini bir hizmetçinin ardında, çekilip götürülür durumda buldu, hâlâ gemiler hakkında bir şeyler kekeliyordu, bu gemiyi tanımış olmaktan duyduğu şokun etkisinden kurtulmamıştı, ama daha sakindi, çünkü bir gösteriye neden olduğunun farkına varmıştı belki.

"O *Vendragon*'du, size söylüyorum, o Tanrı'nın cezası *Vendragon*'du..." diyordu Lemprière"in yanından geçerken.

"Neden?" diye sordu Mösyö Maillardet yine, hâlâ yerdeydi. Onu hiç kimse yanıtlamadı.

"John?" Bu, Kont'tu ve Chadwick'in adını anınca Kont'un yüzünde beliren şoku, kendi kuşkularını ve öteki yüzlerce soruyu anımsayan Lempriére'in düşünceleri yine adli konulara döndü.

"Annem sizi görmek istediğini söyledi," dedi Kont. Bay Byrne, yerdeki Maillardet'in yanındaydı. Birlikte ufak pirinç vidaları, rondelaları ve motor çerçevesinin parçalarını topluyorlardı. Yaralı adamın açık havada yanmış yüzü salonun yan tarafındaki kapıların birinden yitip gidiyordu. Septimus hiçbir yerde görünmüyordu. Lemprière, ne Casterleigh'in ne de kızının ortalıkta olduğunun ayırdındaydı. "Mösyö Maillardet'in gösterisinden hoşlandınız mı?" diye sordu Kont, Lemprière onu, kendine özgü bir gösteri olduğunu söyleyerek yanıtladı.

İkisi salonun gerisine doğru ilerlediler. Kont, fazla neşeli gibiydi, geçerken arkadaki ve öndeki konuklarıyla birbirlerine laflar atıyorlar, Kont onlardan daha yüksek sesle gülüyordu.

"Bu taraftan," dedi ve ikisi bir kapıdan geçip uzun bir koridora girdiler. Salondan gelen şamata sönüp gitti, artık yalnızca adımlarından çıkan ses duyuluyordu.

"Söylediğin gibi, o çok *yaşlı,*" dedi. Kont yolu gösterirken omzunun üzerinden konuşuyordu. "Her şeyin kendi istediği gibi olmasını istiyor. Beni anlıyorsunuz değil mi?" Lemprière başını salladı. "Her şey eskiden nasılsa ya da o nasıl hayal ediyorsa yine öyle olmasını istiyor." Bir merdivenden çıkıp uzun bir odaya girdiler, bu odayı oyulmuş alçıdan çeşitli mitolojik sahneler, çokbaşlı yılanlar, kılıçlı adamlar, kule içinde kadınlar süslüyordu. Bu odanın ilerisindeki odaya boş raflar sıralanmıştı. Evin arka bölümüne doğru dönüyorlardı, evin coğrafyası parça parça ve daha da akıl karıştırıcı bir hal almıştı. Garip biçimli odalar, penceresiz odalar ve birkaç basamaklı sayısız kısa merdiven vardı, tüm bunlar, evin gelişigüzel bir plana sahip olduğunu düşündürüyordu, sanki ev tasarımlanmamış, eklemelerle oluşturulmuş gibiydi. Edmund odalardan geçerken sürekli olarak bir şeyler anlatıyor, Lemprière'e asıl yapının, Elizabeth döneminde dördüncü Kont Thomas tarafından, ticaretten kazanmış olduğu para ile yaptırılmış olduğunu açıklıyordu.

"Ama kuşkusuz, bunların hepsini biliyor olmalısınız..." diyordu, bu sırada Lemprière aklından, Thomas ve François adlarının bulunduğu antlaşmayı geçiriyordu.

"Bu konuda biraz daha bilgi verir misiniz?" Ama Kont, evini gezdiren evsahibi rolüne geri dönmüştü, Lemprière'e, özgün evin ölçü ve görkemine pek de uymayan daha sonraki bazı eklentilerden söz ediyordu, aradan geçen yüzyıllar boyunca gerektikçe irili ufaklı parçalar eklenmişti, yapının bazı bölümlerindeki işçiliğin bayağılığı açıkça görülüyordu. Bununla birlikte, Lemprière, yapının iç bölümlerinde ilerlerken övgülü sözler söylemek zorunda kalıyordu.

"Ah, bazı büyüleyici köşeleri vardır," dedi Kont havalı bir sesle. "Keşke size bahçeleri gösterebilseydim. Yeraltında, ilginç bulabileceğiniz bir drenaj projesi yürütüyorum. Bu bir aile geleneğidir. Bütün de Vereler yapıya bir şeyler eklemişlerdir." Kont'un konuşması bu anlatı sırasında hâlâ anlaşılabilir gibiyse de, biraz bulanıklaşmaya başlamıştı. "Babam ölmeden önce yeni ahırlar eklemişti, ama kuşkusuz *onun* sağlamış olduğu geçim düzeyini tutturamıyoruz. Aramızda kalsın, tüm bu yapı neredeyse çökmek üzere. Annem bunu kabul edemiyor. Bu yapıdan başka bir şey düşündüğü yok. Anlamaya çalışın, John." Lemprière bunu tüm içtenliğiyle onayladı. Tüm duvarları panellerle kaplı, içindeki eşyaların öncekilere göre daha iyi onarım görmüş olduğu bir kanada girdiler. Duvarlarında garip kostümler içinde kaskatı poz vermiş erkek ve kadın portrelerinden oluşan sıra sıra resimler asılıydı. Kont bunlardan birinin önünde durdu.

"Dördüncü Kont, Thomas de Vere'in gençliği," dedi. "Garip, değil mi?" Ve Lemprière bu düşünceye katıldı. Sararmış vernik ve teninin aşırı renkliliği dışında, bu resim Edmund'un resmi olabilirdi. Bu benzerlik oldukça rahatsız ediciydi.

"Burası." Kont, dördüncü Kont'un portresinin yanındaki bir kapıyı açtı ve uzun bir salona girdiler, içeride kanepeler, bir piyano ve duvara dizilmiş birkaç yazı masası vardı. Ocakta canlı bir ateş yanıyordu. "Eğer burada bir dakika bekleyebilirseniz..." dedi Kont ve odanın içinde ilerleyip ikinci bir kapıda gözden yitti. Lemprière, çevresine bakınmaya başladı, ama Kont birkaç saniye sonra döndü. "John Lemprière, size annemi tanıtmama izin verin, Leydi Alice de Vere," dedi. O konuşurken kapının ağzında bir figür belirdi, bu, çok ince, çok uçuk mavi giysi içinde bir kadındı. Yüzü beyaz pudrayla kaplıydı, yanaklarına rujla küçük dokunuşlar yapılmıştı ve saçları salondaki kadınlarınkine hiç benzemeyen bir tarzda, çok fazla yükseltilmişti. Kadın durdu ve bir pince-nez[1] alıp Lemprière'i süzdü. Lemprière, ufak bir reverans yaptı ve gözlükler aşağı indirildi.

"Demek Lemprière bu," dedi açık bir sesle. "De Verelerin evine hoş geldiniz, Bay Lemprière, tıpkı François, yani, sizin atanız gibi." Lemprière gözlüklerinin ardından gözlerini kırpış-

[1] Pince-nez: Fr. Sapsız kelebek gözlük.(Çev.)

tırdı. "Yüz elli yıl koşullarımızı değiştirmiş olabilir, ama sizi, en azından, o zamanki gibi hoş karşılayabiliriz."

"Teşekkür ederim, Leydi de Vere," dedi Lemprière.

"Kar yüzünden zorluk çekmediniz ya?"

"Hayır, hayır."

"Edmund? Belki Bay Lemprière biraz şarap almak ister." Kont aşırı doldurulmuş bir koltuğun yanında duruyor, ama şimdi destek almak ister gibi ona dayanıyordu. Sürahiyi almak için ilerlediğinde hafifçe sendeledi. Lemprière kadehinden bir yudum aldı. Kont yutkundu, sonra o da bir yudum aldı. Annesi ona baktı. "Ben konuklarımın yanına dönmek zorundayım," dedi Kont. Konuşması az öncekine göre daha açık seçikti. "Septimus'a burada olduğunu söylerim," dedi Lemprière'e, sonra az önce girmiş oldukları kapıdan çıkıp gitti.

Lemprière kendisini Leydi de Vere'yle yalnız buldu, kadın şimdi ona daha yaklaşmıştı.

"Siz genç bir adamsınız," dedi. "Çocuklarınız var mı?" Adımları narindi, biraz sendeler gibiydi. Lemprière içinden onun oturmasını istedi.

"Hayır, yok," dedi. Kadın yakından bakılınca daha zayıf görünüyordu, sanki içi bir biçimde boşalmış gibiydi. Gözleri çok koyuydu ve dimdik Lemprière'in üzerine ya da arkasındaki belirli bir noktaya bakıyordu.

"O Skewer'dı," diye konuştu çabucak ve oturdu, Lemprière'e de oturması için işaret etti. "Burada bulunmanızın nedenini merak ediyorsunuz. O, Skewer'dı, Chadwick değildi. Bay Chadwick geçmiş zamanda kaldı. Bize antlaşma metnini getiren Bay Skewer'dı."

"Öyleydi," dedi Lemprière. "Bay Chadwick geçmiş zamanda *kaldı.* Bir süre önce öldü."

"Öldü mü?" dedi Leydi de Vere. "Evet, elbette." Bu söz, konuğuna değil de, kendi kendine söylenmiş gibiydi. "Babanız da öldü, değil mi?"

Lemprière başını salladı, olaydan böyle duyarsız bir ifadeyle söz edilmiş olması karşısında hafifçe incinmişti.

"Babanız bir ya da bir buçuk ay önce Bay Chadwick'le bir iş yapmıştı. Skewer o zamanlar kendisinin yardımcısıydı. Bize antlaşmadan söz eden o oldu. Bizim ilgimizin neden bu kadar gecikmiş olduğunu merak ediyor olmalısınız. Bir yıl önce bu gün, Bay Chadwick'i bildiklerini açıklaması için buraya davet etmiştik. O kabul etmedi, hatta bunu istemiş olmamıza alındı, ama sormak zorundaydık: Bu işte bizim olduğu kadar sizin de çıkarınız vardı." Leydi de Vere daha canlanmıştı. "Babanız öldüğünde, Bay Skewer bize bir kez daha geldi–"

"Antlaşmadan o zaman haberiniz oldu, demek–" dedi Lemprière.

"Önceden de biliyorduk," diye yanıtladı kadın keskin bir sesle. "Demin size söylemiştim. Ancak değişen koşullar bizi ikinci bir girişimde bulunmaya yöneltti, Bay Praeceps'in katılımı ve bizim bu belgeyi satın almak için yaptığımız önerinin nedeni budur." Lemprière, Skewer'in masanın arkasındaki kaygılı yüzünü, kendisine bunun garip ve değerli bir şey olduğunu söyleyişini düşündü. Dul bayan Neagle'nin ona ayakkabıyla vuruşu gözünün önüne geldi. "Üç kâğıtçıların uşağı," diye öfkeyle bağırmıştı ona. Hepsi doğruydu.

"Antlaşmayı satın almak istediniz," dedi duyarsızlıkla. "Onu satın almak istiyorsunuz. O sizin gereksinim duyduğunuz bir şey."

"Hayır, Bay Lemprière," dedi kadın daha yumuşak bir sesle. "Bu antlaşma, artık çok uzak geçmişte kaldığını düşündüğümüz şeylerden söz ediyor." Leydi de Vere, genç adamı bir-iki saniye süzdü, sonra yine konuşmaya başladı. "Sizin deyiminizle, bizim gereksinme duyduğumuz, başka bir şey. Bizim ilgimizin nesnesi şimdiye dek, Bay Lemprière, antlaşma değil, siz oldunuz."

Leydi de Vere bunu söylerken oturduğu yerden kalktı ve hızla odanın öbür ucundaki çekmeceli bir yazı masasına doğru gitti. Lemprière, kadının son sözleri karşısındaki şaşkınlığına karşın onun yürüyüşündeki bu gelişmenin ayırdına vardı.

Odaya girişindeki sendelemeler, o narin görüntü kendisini etkilemek içindi. Kadın bir masayı, sonra bir başkasını karıştırırken, acaba onun ne çıkarı var bundan, diye düşündü, kadın kalın bir kâğıt destesi ve kabaca sarılmış birkaç kitapla geri döndü.

"Gerçek şu ki," dedi Leydi de Vere, kâğıt dizisinin içinden bir sayfa uzatırken, "bizim kendi antlaşmamız var, sizin antlaşmanızı neden isteyelim?" Evet, antlaşmaydı bu, imzalardan, kâğıdın alt ucundaki dişli saçaklara dek, ötekilerle her yönden aynıydı. Thomas de Vere. François Lemprière.

"Oğlum size bunun önemini anlatmıştır," diyordu Leydi de Vere, ama Lemprière'in bakışları boştu. Domuzeti Klübü'ndeki sarhoş gürültüleriyle karışarak bozulan bir konuşma, mide bulantısı, "onda birlik bölümü... şimdi milyonlar... sonsuza dek..." diyen Kont'un, kendi yüzünün karşısında başaşağı duran görüntüsü. Daha fazlası da vardı, çok daha fazlası, ama parmaklarının arasından su gibi akıp gitmişti. Anımsayamıyordu.

"Dördüncü Kont yürekli bir girişimciydi, o, ilk gerçek girişimcilerden birisiydi..." Bu sözler hiçlikten düşer gibiydi. "...bir tüccar. İlk yolculuğu daha sonra başına gelen her şeyin anahtarı oldu. Bu, her yönden tam bir serüvendi." Alice de Vere konuşurken bir yandan da önündeki kâğıt destesini düzenliyordu. Şimdi de Lemprière'e, köşeleri kıvrılmış, zamanın etkisiyle sararmış bir kitapçık uzatıyordu, genç adam yüksek sesle okudu, "Hindistan'a yapılan yolculuk ve *Dragon, Hector, Ascension* ve *Susan*'ın kaptanı Lancaster'in serüvenleri. Tam bir döküm."

"Bu ilk yolculuktu." Lemprière başını salladı, önündeki sayfaları çevirerek bu seferin deneyim ve zaferlerini tembelce okuyordu. Leydi de Vere yine konuştu, olguları hızlı bir akışla, çok yinelenmiş bildik bir anlatımla sıralıyordu.

"Başlangıçta birçok girişimci vardı. Gemiler 1600'da yola çıktı. Ellerindeki tek bilgi Burun'un ötesinde Doğu'nun baharat pazarlarının bulunduğu yolundaydı. Hollandalı tüccarlar oradan gemiler dolusu baharat getiriyorlardı. Bu da yeterliydi. Gemiler yola çıktı ve iki yıl boyunca onlardan hiçbir haber alınamadı. İki yıl, Bay Lemprière. Girişimcilerden çoğunun moralleri bozulmuştu. İçlerinde pek azı stoklarını koruyabildi ve kuşkusuz, bu kişiler korkakların stoklarını da satın aldılar. Sonunda geriye yalnızca dokuz kişi kalmıştı."

"İçlerinde Thomas de Vere de bulunuyordu."

"Doğal olarak. Dokuzunun yükü de ipotekliydi. De Vereler binlerce pound borçlanmışlardı. Gemi yapımcılarının paraları ödenmemişti, erzakçıların da. Evlerinin geçimi kent tefecilerinin insafına kalmıştı. Dokuzu da çok büyük borçların altına girmişlerdi, ama kendi aralarında bütün malın sahibiydiler ve imanları vardı." Lemprière hâlâ belgeleri karıştırıyordu.

"Gemiler döndü," dedi. Bu kadar yıl sonra bile Kaptan Lancaester bu yıpranmış sayfalardan dışarı olağanüstü bir adam kimliğinde çıkıyordu.

"Ah evet, döndüler. İlk rapor, Beaudeguerre adındaki bir Fransız'dan geldi. Dört gemi Fransa'nın batı kıyıları açıklarında görülmüştü. Birden mallarının değeri ikiye, üçe, sonra yine üçe katlanmıştı, Thomas o zaman ve orada mallarını satabilirdi. Öneriler almıştı. Ama moralini yüksek tuttu, iki yıl beklemişti. Olguların gösterdiği gibi, tüm bunlardan vazgeçmesi aptallık olurdu." Leydi de Vere sustu ve ağzını sildi.

"Gemiler boş muydu?" diye atıldı Lemprière.

"Hayır! Gemiler doluydu! Ambarları biberle doluydu. Lancaster kendisinden istenilen her şeyi yapmıştı."

"Böylece, herkes zengin oldu–"

"Herkes battı," dedi kadın. "Hollandalılar aylardır pazarı silip süpürüyorlardı. Gemiler ulaşıncaya dek geriye pazar falan kalmamıştı. Biber değersizdi. Ne burada, ne de kıtada, hiç alıcı bulamadılar. Tanrı tanıktır, Thomas hissesini satmaya çalıştı, ama..." Kısa bir sessizlik oldu. "Ailelerimiz ilk olarak işte böyle tanıştı Bay Lemprière."

Saat, kutusunun içinde sessizce çaldı. Dört yağ lambası masaya düzgün bir ışık yayıyordu. Leydi de Vere elleri kucağında, dimdik oturuyordu. Yüzüklerinin çevresinde parmakları seyirdi, kadın konuşmaya başlarken yüzüklerini parmağında döndürdü.

"Bu gerçekten de, Thomas de Vere'in içinde bulunduğu en kötü durumdu. Belki sonradan başka türlü düşünecekti, ama durum o anda böyle görünüyordu. Yolculuk başarılı geçmiş gibiydi, oysa sonuç başarısızdı. Ailesine zenginlikler söz verilmiş, ama hepsi iflas etmişti. Borçlular kapısını aşındırıyordu. Hiçbir zaman ödeyemeyeceğini bildiği borçları vardı. Hepsinden kötüsü başından beri haklıydı, bunu biliyordu. Lancaster, Hindistan'ın düşünebildiğinden daha zengin, dolgun bir kese olduğunu kanıtlamıştı. Dünyanın tüm kârları onu bekliyordu, ama gidip bunları alacak durumda değildi. Hiç kimse, içlerinde hiç birine ikinci bir yolculuk için gereken parayı vermeyecekti. Karaya oturmuş, terk edilmişti; Tantalus gibi, tam içmek için eğildiği sırada sular çekilmişti. Bunu hayal edebiliyor musunuz Bay Lemprière?" Lemprière kendi düşlerini düşündü, kendisince yarı yarıya bilinen konuları, kadının şimdi anlatmakta olduğu öyküyü.

"Evet, sanırım edebiliyorum," dedi.

"Girişimcilerin dokuzu da aynı sıkıntılar içindeydi, hepsi aynı teknede bulunuyordu, ha!" Gülüşü acıydı. "Ama bir süre sonra kurtuldular."

"François?" diye ortaya attı Lemprière.

"Ve başkaları. Dokuzu birdi, bir aynanın içindeki imgeler gibi. Onlar tüccar ve girişimciydiler, bu, bir tür klüptü. Birkaç ay sonra Rochelle'den gemiyle yola çıktılar, ama alın, kendiniz okuyun–" Ve böyle söyleyerek Lemprière'e bir zamanlar kitap olduğu halde, şimdi sırtı kırılmış ve sayfaları dağılmış bulunan bir yığın kâğıdı uzattı. Ramak sütunları, listeler.

"Bir muhasebe defteri mi?"

"Bir tür," dedi Leydi de Vere. "Okuyun." Lemprière bir kez daha başını eğerken, kadın yukarıdan baktı ve sayfanın başını işaret etti.

"Tarihi görüyor musunuz? 1602 kışı, geminin seferden dönüşünden kısa bir süre sonra." Lemprière yanıt vermeden başını salladı. Bir ad listesi okuyordu.

"Aylardır sürüncemede kalmış olsa bile hizmetçilerin maaşları her zaman ödeniyordu," dedi Leydi de Vere, biraz gururla. Lemprière okudu, ertesi yılın başında bazı gemilerin satılmış olduğunu okudu, sonra bir parça, sonra başka bir parça toprağın. "1603 Şubat'ı. Bay Woodal bugün yine, yedinci kez, beni görmeye geldi, ama rehin ücretini veremedim. Thomas Wilbert'e de öyle."

"Alacaklıları," dedi Leydi de Vere. Paragraflar daha sıklaşıyordu, arada, yalnız mart ayında beş kez, "Toplantı. Philp. Sm. ve ötekilerle," gibi notlar vardı.

"Philpot ve Smith," diye açıkladı Leydi de Vere. "Ötekiler ise, diğer altı girişimciydi. Hepsi birden sorunlar içindeydi." Mart sonuna doğru hesaplar bir envantere dönüşmeye başlamıştı. "Uzun Ev'de, topluluğumuza ait her tür emtia ve her çeşit taşınır mallar. Büyük odada: Madde, üzeri örtülü sabit bir yatak, bir yatak örtüsü, bir şilte, bir uzun yastık, 2 yastık, 3 perde, bir *çay masası,* bir çekmece ve 2 iskemleli bir *çay masası.* Bunlar için £ 9 9s. Şapel Bölmesinde, Madde..." ve liste böylece, orta ve ana salonlara, büyük salona, hizmetlilerin bölmelerine ve mutfağa, iki başka bölüme dek uzayıp gidiyordu, bunlardan her birinin sonunda 'Bunlar için' diye bir sonek ve bir rakam konulmuştu. Lemprière'in görebildiği kadarıyla o ay elde edilen tek gelir bunlardı.

"Eşyalarını mı sattı?" diye sordu.

"Başka şansı yoktu. Uzun Ev, yapının en eski bölümüydü. Aile burayı kapattı ve başka bir kanada taşındı. Zor zamanlardı." Lemprière yine önüne baktı, ama Leydi de Vere'in yüzünde acımasız bir gülümseme vardı. "Yalnızca babaların günahı değil, Bay Lemprière, talihsizlikler de insanı yeniden ziyaret edebiliyor." Delikanlı yanaklarının yandığını duyumsadı, ama bir an sonra tüm böylesi düşünceler dağılıp gitmişti. Bir sonraki sayfaya boydan boya tek bir sözcük karalanmıştı: "Kurtulduk!" Altında sakin bir el yazısıyla: "Bugün bir Fransızla buluştum, bir tüccar, adı François Lemprière, yazılıydı."

Daha sonraki birkaç gün, yapılan öteki toplantıların kayıtları vardı, gerçi artık yalnızca, "F. L. Buluşuldu ve birkaç saat konuşuldu," ya da "F. L. Çok geç saatlere dek etraflıca konuşuldu," gibi notlar yazılmıştı.

"Antlaşmayı tartışıyorlardı," dedi Alice de Vere.

"Kuşkusuz," diye mırıldandı Lemprière, adamların işlerinin ivediliği, gecenin kör karanlığında yapılan bu komplo toplantıları, kısık sesler, bitkinlik bir biçimde onu etkilemişti.

"Tanrı'nın 1603'üncü yılının on sekizinci Nisan günü, aşağıdaki mallarla birlikte Norwich'e doğru yola çıktık: Onsu 6d. 2s. 6d.den 3 ons Karanfil, 1b.si 3s. 3d. 6s. 11d. den 2 1.2 ons *Uzun Synamon,* 1b.si 4d.den. 4s.den 12 1b. Beyaz nişasta, 2 doz, 11d. *ekmek tahtası.*" Liste, sayfa boyunca uzuyordu: ipek, iplik, kordela, şerit, toplu iğne, gülsuyu ve tatlı su, uzun meys[1] orta boy meys, ponza taşı, amberyağı, safran ve Atbaharı. Biber. Tam bir seferdi. Sonra Lemprière antlaşmanın son tümcesini anımsadı, *bugün Norwich'te imzalandı.*

[1] Meys: Kurutulmuş hindistancevizi kabuğundan yapılma bir tür baharat. (Çev.)

"Thomas orada François'le buluştu ve antlaşmayı imzaladı," dedi.

"Evet," dedi Leydi de Vere. "Antlaşma 25 Nisan günü imzalanmıştı."

"Neden Norwich'te?"

"Herhangi bir yerde olabilirdi. Ama Londra'da olamazdı ve burada da. Bu konuyu çok gizli tutmak zorundaydılar, o zaman işler şimdiki gibi değildi. Fransa o zamanlar bizim düşmanımızdı ve bunun adına açıkça–"

"Hıyanet denirdi," dedi Lemprière, Peppard'la birlikte geçirdiği geceyi, küçük adam antlaşmayı sözcük sözcük tüm düğümleri çözerek sökmeye çalışırken kendisinin de onu dinleyerek geçirmiş olduğu geceyi anımsayarak.

"Evet, ihanet," diye yanıtladı Leydi de Vere. Gözleri onun üzerindeydi.

"Skewer böyle bir şeylerden söz etmişti," dedi.

"Etmiştir." Bu bir soru olabilirdi. Gözleri karşılaştı. Kadın onun yalan söylediğini biliyordu.

"Ama bunun *nedenini* anlayamıyorum," dedi Lemprière. "Gizlilikten değil, bu ortaklıktan söz ediyorum. François kendi gemilerini gönderebilirdi. Böylesi bir antlaşmaya girmesine ne gerek vardı? Thomas onun acentesi olabilir ve bu çabası için tam kârın yüzde onunu alabilirdi, bunu anlarım, ama her şeyden önce neden bir acenteye gerek duyulduğunu da anlayamıyorum aslında. Bir kere, her şeyden önce, bu adamlar neden Rochelle'den yelken açmadılar?"

"Onların kendi sorunları vardı. Anımsayın, onlar Katolik Kilisesi karşıtıydılar, Huguenot'dular... Protestan'dılar," diye açıkladı kadın, "ve Fransız Sarayı, o zaman da şimdiki gibi iliklerine dek Katolik'ti. Anlıyor musunuz? İngiliz Joynt-Stock Şirketi'nin ise, hacizli gemileri ve kontratlarından başka hiçbir şeyleri yoktu, ama La Rochelle'de[1] eksik olan şey de buydu zaten. Kendi kralları onlara asla böyle bir lütufta bulunmayacaktı ve onlar da bunu biliyorlardı. Bu kontrat rota konusunda ga-

[1] La Rochelle: Fransa'da bir idare merkezi. Tarihte Fransızlarla İngilizler arasında çekişme nedeni oldu, Protestanlığın merkezi haline geldi. Fransızlar tarafından iki kez kuşatıldı. (1573-1627-28) Çok kanlı geçen 2. kuşatmadan sonra yenildi, bundan sonra yalnızca sömürge ticaretiyle uğraşmaya başladı. (Çev.)

rantili bir tekel sağlıyordu. Burun'u Şirket gemileri dönmezse, hiçbir gemi ödenemezdi. La Rochelles'in Thomas'tan, Philpot'tan, Smith'ten ve ötekilerden satın aldığı şey buydu."

"Ama Hollandalılar da bu rotayı kullandılar, yoksa başka bir yol mu izlemişlerdi?"

"Hayır! Başka bir rota *yoktu*. Eğer olsaydı bunu, suyun üzerinde durabilen her gemi kullanırdı, inanın bana. Hollandalılar bir baş belasıydı, ama o zamanlar da şimdi olduğu gibi, muhatap alınacak ne orduları ne de donanmaları vardı. Eğer birileri kendilerine meydan okuyacak olsa, böyle güvenceli bir tekel sağlamaları söz konusu olamazdı."

"Ve onlara meydan okundu?"

"Ah, evet," ve kadın yine kayıt defterini işaret etti. "Okuyun."

Antlaşmanın imzalanmasını izleyen sayfalar öncekinden oldukça farklı bir öykü anlatıyordu. Alacaklılara olan borçlar ödenmiş, toprak yeniden satın alınmış, şu ya da bu proje için ustalar tutulmuş, başka daha ufak girişimlere paralar yatırılmış, yeni hizmetliler alınmıştı.

"Bu evin büyük bölümü o zaman yaptırılmıştı," diye konuştu yine Leydi de Vere. "Bir çeyrek yüzyıl kadar bu düzenlemeler yolunda gitti. İkinci sefere çıkıldığında söylentiler başlamıştı kuşkusuz, insanlar bu yolculuğun paraca nasıl desteklenmekte olduğunu merak ediyorlardı, ama dedikodulardan hiçbiri gerçeğin kendisi kadar olağandışı değildi. Ve bu gerçek bizim ailemizi çok zengin etti; öteki girişimcileri de. Birbiri ardına yolculuklar yapılıyor, ticaret istasyonları kuruluyordu. Bu günkü Şirket'in hacmi ile karşılaştırılamaz, ama ödüller yine de görkemliydi. Sizin kendi aileniz de Krezüs kadar zengin olmuştu herhalde. Ama, bu bile bir sorun olmuştu; bu miktardaki altının kendisi de dikkat çekici bir kargo oluyordu."

"Bu parayı ne yaptılar? Her şeyin, anlaşmanın falan gizli kalması gerekiyordu, değil mi?"

"Bilmiyorum," dedi Leydi de Vere. "Bunu La Rochelle çözümlemişti, ben ancak bu kadarını *biliyorum*, ama nasıl olduğunu... dördüncü Kont bunu asla yazmamış, ben de araştırdım, inanın bana. Kendi onda birlik hissesi Thomas'a, sizin atanız tarafından ödeniyordu, ama *bunun* nasıl yapıldığını bilmiyorum.

Thomas bu miktarları hiç kaydetmemiş, ama harcamalarına bakılarak tahminde bulunulabilir, binlerce poundluk harcamalar yapılıyordu."

"Gizlenmesi zor," dedi Lemprière.

"Ama olanaksız değil," dedi Leydi de Vere.

İçinde konuştukları odanın dışındaki karla örtülü kırlar kımıltısızdı. Nemli hava evin ve bahçelerin çevresine çökmüştü. Daha ötedeki engebeli alanda tüm sesler azalıyor ve yağan kar tarafından emiliyordu. Makineler uyuyan canlılar gibi oraya buraya dağılmıştı. Tüm eylem izleri gecenin içine gömülmüştü. Boffe'nin ayağı bir köke ya da başka bir şeye takıldı. Kurtaramadı. Bir adım geri atıp yine uğraştı. Hâlâ kurtulamamıştı. Öteki ayağıyla aşağı doğru güçle bastırdı. Bir şey çatırdadı ve ayağı bir silkinmeyle takıldığı şeyden sökülüp çıktı. Dizinden aşağısını hissetmediğini düşündü. Burada bulunmamalıydı. Hâlâ kımıltısız durup kendisini bekleyen öteki adama doğru aceleyle seyirtti.

"Her şey hazır," diye bildirdi yaklaşırken, biraz soluk soluğa kalmıştı. İri adam döndü ve yürümeye başladı. Boffe, ötekine yetişmeye çalışarak, "Hazır, dedim," diye yineledi, adam birden döndü.

"Seni duydum!" diye uludu, bu Casterleigh'di.

"Böylece Rochelleli tüccarlar Saygıdeğer Şirket'in denetimini kazanmış oluyordu. Antlaşma Thomas de Vere'le diğer taraf arasında yapılmıştı. Her şey yolundaydı," diye tahminde bulundu Lemprière.

"Evet, François ve ötekiler Rochelle'e döndüler, sanırım. Bir çeyrek yüzyıla yakın bir süre her şey yolundaydı. Şirket giderek büyüdü. Sonra her şey patlayıp havaya uçtu."

Ateş sönmeye başlamış ve soğuk, odanın içine işlemeye başlamıştı. Lemprière titredi. İkisinin arasında bulunan yerdeki halının üzerinde gri üzerine kırmızı bir karo deseni vardı. Eğer Juliette gelecek olsaydı, şimdiye dek gelmesi gerekirdi. Belki kar yüzünden. "Patladı mı?"

"Kuşatma." Ama delikanlı bu konuda bir şey bilmiyordu. Demir parmaklığın içinde mavi bir hayal titreşti, kara demir parmaklığın üzerinde öne arkaya, öne arkaya dans etti. Bu hayal delikanlının gözünü kendisiyle konuşan yaşlı kadından ayırıp kendi üzerine çekti: "... her yönden kuşatılmışlardı, karadan ve denizden, Bay Lemprière."

"Evet, sizi duydum. Ben..." Rochelle, La Rochelle kuşatması. Patlayan şey buydu ve hepsi birden kendi işlerine dalmıştı, o denli meşguldüler ki, bu durumla ilgilenmeyi ihmal etmişler, bunun yaklaşmakta olduğunu, kendilerini neyin beklediğini görmemişlerdi.

"Kuşatma aylarca, belki bir yıldan fazla sürdü. Tüm ödemeler durmuş, belki bir biçimde ele geçirilmişti. Herhalde para Rochelle üzerinden geliyordu. Her ne olduysa, artık ödeme durmuştu. Şirket kendi kendisini büyük ölçüde idare edebilirdi, ama kâr sağlamak tümüyle başka bir konuydu. Belki zarardaydılar. Belki de değildiler."

"Peki, François ve ortakları kuşatmada ölmüşler miydi?" diye onun sözünü kesti Lemprière.

"Bu noktadan sonra her şey çok karmaşıklaşıyor," dedi Leydi de Vere. "Kuşatma çok korkunçtu. Fransa Kralı'nın isteği toprak kazanmak değildi. O, hepsinin ezilip yok edilmesini, tüm Huguentların öldürülmesini, kentin yerle bir edilmesini istiyordu. Kentin çevresindeki kırsal alanda katliamlar yapıldığı yolunda öyküler vardı, korkunç öyküler... İngilizler acele bir sefer düzenlediler, bunun genel nedeni kendilerinin de Protestan olması gibi gösteriliyordu, ama bu girişim başarısız oldu ya da başarısız olmaya mahkûmdu. Kuşatma ertesi yıla, 1628'e dek uzadı. Richelieu yönetimindeki Katolikler denize bir tür duvar çekmişlerdi ve bu gerçekten de her şeyin sonu oldu."

"Kenti ele geçirdiler mi?"

"Kentten geriye kalanı. Rochelle'de yaşayanların çoğu açlıktan ölmüş, geriye kalanlar da onları izlemişti."

"Kılıçtan mı geçirildiler?"

"Kendi kendilerini öldürdüler," –Leydi de Vere'in sesi soğuktu– "ele geçmektense bunu yapmayı yeğlediler."

"Ama François ve diğerlerinin kaçtıklarını söylediniz."

"Belki de bunu yapabilen tek kişi onlardı. Bilmiyorum. Onlar becerikli adamlardı. Ama bir şey olmuştu, kendi aralarındaki bir şeydi, sanırım. Kuşatmanın üzerinden birkaç ay geçmişti, 1629 baharıydı. Yaklaşık iki yıldır hiç bir ödeme yapılmamıştı. Londra'daki girişimciler ortaklarının öldüklerine inandılar. Dördüncü Kont Thomas, bundan emindi. Bu sırada sizin atanız onunla yeniden ilişkiye geçti. Anımsarsanız, bu adamlar birbirlerini yirmi beş yıldan beri görmemişlerdi. François, Londra'daydı ve buluştular. Bu garip bir toplantı oldu, ama bakın, kendiniz görün." Leydi de Vere, Lemprière'in elindeki yıpranmış kâğıt tomarını aldı ve sayfalarını beşer, altışar çevirdi. "Bu toplantıyı defterine not etmiş," diyordu; birkaç sayfaya daha göz attı, sonra tüm tomarı yine Lemprière'e geri uzattı. "İşte." Thomas de Vere'in notlarının başladığı bölümünü işaret ediyordu. "1629 baharı." Lemprière kâğıtları aldı ve okumaya başladı.

Bugün yaşayan en zengin adam ya da en yoksul dilenci olabilirim ve hangisi olduğumu bilmiyorum. Daha önce bir kez beni yıkılmış durumda bulan, sonra servete boğan adamla buluştum ve şimdi bana aynı şeyi öneriyor. Tüccar François Lemprière'den söz ediyorum. Son görüşmemizin üzerinden yirmi beş yıl geçti ve her ikimiz de çok değiştik. François bir baston kullanıyor, çünkü bacağı iyileşemeyecek düzeyde zarar görmüş. Saçları aklanmış, ama yüzü hâlâ ifadeli ve konuşması hâlâ coşkuluydu; gerçektir, Tanrı'ya bunun için şükrettim, yoksa, yok olup gideceğim, ailem de Duke Humphrey'in sofrasına muhtaç olacak.

Karşılaşmamız şans eseriydi, şaşkınlığımızdan kurtulur kurtulmaz hemen oturup konuşmaya başladık ve biftekle, jambon yedik. Binlerce gizemle kuşatılmış durumdaydım, ama dilimi tutup fazla konuşmadım ve o anda, sabırdan daha değerli bir erdem olamazdı, çünkü François bir pompadan boşalır gibi konuşuyordu, anlattıklarının çoğu korkunç şeylerdi. Kuşatmayı ve yarattığı dehşeti anlatırken dona kalmıştım, sözleri öylesine canlı ve yüzü o denli yırtıcıydı ki, ama sözlerini buraya yazmayacağım. Başka bir şeyler daha yedik ve bir şişe Nigus içtik, François bana o şanssız yerden, Rochelle'den kaçış öyküsünü anlattı. Bacakları ezilmişti ve yara izleri vardı. Zavallı halkı tarafından Saygıdeğer Buckingham Dükü'ne ve İngiliz Sarayı'na bir tür elçi olarak gönderilmişti, ama bunun duvarların arkasında tutsak kalan zavallı adam ve kadınlara bir yararı olmamıştı, çünkü Dük'ün kuşatmayı kıramadığını biliyordum ve Dük geri döndüğünde François de onunla birlikte aynı gemide gelmişti, arkadaşlarını geride bırakmak zorunda kalmıştı. Ama kendisine öteki tüccar dostları için hâlâ yas tutup tutmadığını sorduğumda –çünkü son katliamdan bu yana birkaç ay geçmişti– beni hayır, diye cevapladı, çünkü henüz yaşıyorlardı ve ötekilerle birlikte yakılıp ölmüş olsalardı bile cevabı, yine hayır olacaktı, çünkü, yavrularını yiyen kuşlardan, nefret ettiği kadar, belki de daha fazla nefret ediyordu onlardan. Bu sözler deliliğe benzer bir öfkeyle söylenmişti, ama sonra yine sakinleşti ve aklı başında bir kimse gibi konuştu. Jersey Adası'na yerleşmişti, kuşatmanın üzerinden aylar geçmişti. Öteki tüccar arkadaşlarıyla ilişkisini kesmişti ve onlara meydan okuyordu. Bunun nedenini anlatmıyor, ama yalnızca Rochelle'in ruhunun bunun nedenini bildiğini ve bunun yeterli olduğunu söylüyordu. Onu bu konuda daha fazla sıkıştırmadım, bunun yerine ona kendi özel yaşamımdan söz ettim, aslında benim sorunlarım onunkilerin yanında hiçbir şey değildi, o karısını ve altı çocuğunu yitirmişti, hepsi ölmüştü. François ben konuşurken son derece canlıydı ve bana yakında kendisinin dışında herkesten zengin bir adam olacağımı söyledi, çünkü benimle bir anlaşma yapmıştı ve buna sadık kalacağını söylüyordu. Eski arkadaşları olan öteki sekiz tüccara kötülük yapmaktan söz ettiğini sanıyorum, ama o yalnızca onların kâğıtlarını işaretlemekten ya da işaretli kâğıtlara sahip olmaktan söz ediyordu, *seni işaretliyorum*, diyor ve kendi aksanıyla söylediği bu *işaret* sözcüğüyle bir tür oyun yapıyordu. Bana gelince, sükunetimi muhafaza ettim ve başka şeylerden, mesela, ikinci sınıf yazarların Şirket'e yaptığı acımasız saldırılardan konuştuk. Ben kendisine bunları anlatırken duyduğum öfke ona bir tür komedi gibi geliyor olmalıydı ki, çok yüksek sesle güldü ve deliliği bu şakacı tavrında yine ortaya çıktı. Ona, kendisinin söylediği gibi nasıl zengin olacağımızı sordum, ama o, yalnızca güvenmem ya da bilmem gerektiğini, bu konuda seçimin bana ait olduğunu söyledi. Şimdi, evde ufak masamın başındayım, onunla birlikte geçirdiğim bu saatler ve şarap yüzünden başım ağrıyor. Tanrı yardımcımdır, ama yardım yönteminin daha basit olmasını dilerdim, François ise garip bir adam, ama yine de bana garip gelmiyor. Ona güveneceğim. Kararım budur.

"Ve yanılıyordu," dedi Alice de Vere. "Çünkü bundan sonra François'i bir daha görmedi ve bir kuruş bile almadı." Lemprière, aceleyle karalanmış yazıyı yukarıdan aşağıya gözden geçirdi: "Delilik gibi... ve deliliği yine ortaya çıktı... Ona güveneceğim."

"Peki ama, ne oldu? Eğer François'nın ötekilere karşı bir planı vardıysa, bir tür intikam örneğin–"

"Eğer, eğer," dedi kadın. "Neler olup bittiğini hiç keşfedemedim. Her nasılsa, hiçbir sonuç çıkmadı. Bir ipucu bulabilmek için dördüncü Kont'un kâğıtlarını taradım ve artık onun da benden fazla bir şey bilmediğine inanıyorum. Belki daha bile azını biliyordu..." Ama Lemprière, François'in deliliği konusunda düşünüyordu, gözlerinin nasıl döndüğünü ve denetleyemediği kahkahalarını, öfkesini düşündü. Bir şey, Rochelle'deki bir şey onu, bunu düşünmeye zorluyordu.

"Söz konusu olan neydi? İşaretli kâğıtlar ya da işaretlerle ilgili iş neydi? François şey gibi güldüğü..." Lemprière durakladı, "Güldüğü zaman?" diye sordu.

"Konu broşürlerdi," dedi Leydi de Vere, yine kâğıtların arasında tünel açıyordu, sonunda yazıları, kâğıdın ortasından öteye düzensizce basılı, yıpranmış bir deste uzattı. "John Şirketi için el kitabı, burada kendi kesin anlamlarını büyük puntoyla yazılmış olarak bulabilir ve bunlara bakarak kendi gerçek yapısını öğrenebilir."

"Bunlar bir diziydi," dedi kadın. "Bu ikincisi."

"Zebaniler. Bunlar yalancı tanıklık, soygun yapan ve toplumsal gelişimi tecimsel gevezeliklerle körelten ayak takımıdır, bunlar kendi kâr ve kazançlarından başka bir şey bilmezler ve biz onları Şirket adıyla tanıyoruz..." 'K' 'Kokuşma' içindi ve 'D' onlara karşı açtığı 'Doğruluk Savaşı' içindi, "mikroplar gibi onlar da bir müshil, bir kırbaçlanma ihtiyacı içindedir," diyordu ve broşür böylece sürüp gidiyor, 'K'dan 'L' ve 'M'ye dek tüm bu sayılıp dökülen şeyler, Şirket'e karşı en şok edici bir dille yazılmış, bir kötüye kullanma ve küfürler kataloğuydu. Maskeleri düşürmek konusunda birçok sözler edilmişti, ama hiçbir maske düşürülmüş ya da herhangi belirli bir suçlama yapılmış değildi. Ancak Lemprière son sayfadaki takma adı görünce içinde çok hafif bir zil çaldı. *Asiaticus.* Sanki bu ele geçmez anıyı tavanın çatlamış boyasında açığa çıkabilirmiş gibi başını yukarı kaldırıp baktı. Sandık. Evet buydu. Babasının sandığında böylesi bir broşür vardı, *Asiaticus;* Domuzeti Klübü gecesinde ona bir göz atmıştı ve şimdi kadına bundan söz etti.

"Ah evet," dedi Leydi de Vere. "Şu gizemli *Asiaticus*," bir şey daha söyleyecek gibi olduysa da, kendisini tuttu. "Sorun şu ki," başka bir notu aldı, "François hiçbir iz bırakmadan ortadan kaybolmuştu. Ailesi kuşatmada öldürülmüştü ve demin okuduğunuz toplantıdan sonra ondan hiç haber almadık. Belki öldürülmüş ya da yalnızca delilik nöbetleri yüzünden ölmüş ya da kaçıp gitmişti. Aynı biçimde, kuşatmanın bitmesiyle kendi toplantıları arasında geçen aylar da Thomas için bir bilinmezdi. François sanki boşluktan çıkıp gelmişti. François bu ayların büyük bölümünü Jersey'de geçirmiş olmalıydı. Dördüncü Kont oraya gitmeyi hiç düşünmedi, ama gitmiş olsaydı, orada François'nın ikinci ailesini bulabilir ve her şey farklı biçimde gelişebilirdi."

"İkinci bir aile mi? François'nın ikinci bir aile edindiğini nereden bilebilirsiniz? Orada yalnızca–" Lemprière notlara bir kez daha göz attı, "birkaç ay kalmıştı."

"Siz yalnızca birkaç saattir buradasınız Bay Lemprière. Bununla birlikte sizin var olduğunuz konusunda oldukça eminim. Orada ne kadar kalmış olursa olsun François yeni bir aile kuracak zamanı bulmuştu. Skewer bize bu bilgi kırıntısını getirdiğinde, bizi ilgilendiren şey antlaşma olmadı, Bay Lemprière. O sizdiniz."

"Ben mi? Ama–"

"Bu aylar zarfında François tarafından kurulan aile sizin ailenizdi. Siz gerçek bir Lemprière'siniz, ortaklığın öteki yarısı sizsiniz, anlıyor musunuz? Antlaşma yürürlüktedir. Bay Lemprière, Şirket'in dokuzda biri sizin hakkınızdır ve bunun da onda biri bizimdir. Alın, kendiniz okuyun." Kadının elleri bağımsız bir yaşama sahipti sanki, alçak masanın üzerinde her madde ile birlikte sıçrıyordu. Yüzükleri, önlerinde duran masanın üzerinde yatan broşürün ön yüzüne çarpıyordu.

"Sonsuza dek, görmüyor musunuz?" Lemprière, Thomas de Vere ile kendi atası arasında yıllar önce yapılmış bulunan toplantıyı yeni bir ışık altında görüyordu, Thomas'ın neler olup bittiğini öğrenmeye olan gereksiniminin keskinliği, bunun kaçınılmazlığı ve o lanetli zorunluluk, bir sarhoş, bir deli gibi davranan François'yla olan şansının ne olduğunu öğrenmeyi beklemek. Bunların hepsi Alice de Vere'in gözlerinde okunuyordu, aynı şeydi, kadının kolu onun kolunun üzerindeydi ve delikanlı bunun bir saçmalık olduğunu biliyordu. Tüm bu adamlar ölüp gitmişler ve onların delice umutları da kendileriyle birlikte ölüp gitmişti. "Milyonlar üstüne milyonlar," diyordu kadın ve anlaşmanın üzerindeki elleri bunları yakalayan pençelere benziyordu. Kendi sesinin, "Hayır, hayır olanaksız," dediğini duyuyordu, Peppard'ın sözlerini yineliyordu, kadın bu sözleri daha önce de duymuştu ve olasılıkla ondan önce de biliyordu. Bu olamazdı, çok geçti. Evi başına yıkılıncaya dek talep etmeyi sürdürebilirdi, ama onu yine de hiç kimse dinlemeyecekti. Bu adamların hepsi ölmüştü. Lemprière başını sallıyor ve kendi sözlerini yineliyordu. "Şirket'in sahibi her kimse, onu öyle kolayca vermeyecektir. Bu anlaşmayla hiçbir şey alınamaz." Elinde tuttuğu anlaşmayı kaldırıp gösterdi, Leydi de Vere birden atılıp belgeyi elinden kaptı.

"Öyleyse cehenneme kadar yolu var!" Hızla ayağa kalktı ve neredeyse koşarak ocağın yanına gitti. "Cehenneme git!" diye bağırdı ve belgeyi ateşe attı, kâğıt hemen tutuşup bir anda kül oldu.

Yaşlı kadın ateşin yanında ayakta duruyordu. Lemprière ona baktı, sonra başını eğdi. Bir kül parçası ince bir ısı tabakasının üzerinde uçup geldi, kadının dikenli brokar giysisinin üzerine kondu. Kadın uzun bir sessizlikten sonra, "Sizden özür dilemeliyim, Bay Lemprière," dedi. Lemprière ayaklarının ucuna bakarak, üzgünüm, gibi bir şeyler mırıldandı. Leydi de Vere de yere baktı, sonra bir kez daha ona döndü. Deminki gibi dimdik duruyordu. Yeniden konuştuğunda, sesi sanki hiçbir şey olmamış gibi düzgündü.

"Konukların yanına geri dönmenizden önce," dedi farklı ve daha açık seçik bir ses tonuyla, "size batı çayırında yaptırdığımız drenajdan söz etmek isterim, Bay Lemprière, kabul ederseniz." Hâlâ şaşkınlık içindeki Lemprière ona baktı, kadın hoşgörüyle kendisine elini uzatıyordu.

"Kuşkusuz," dedi Lemprière, oysa öteki konuklardan söz edilmesi sabırsızlığını artırmıştı. Gitmeyi istiyordu.

"Bu ev hafif bir yükseltinin üzerinde duruyor," diye konuştu Leydi de Vere. "Eve yaklaşırken bu eğim dikkatinizi çekmiştir." Çekmemişti, ama başını salladı. Dikkatini Boksör'ün piposuna vermişti, zihni bu ve öteki düşüncelerle doluydu. "Bu yükseltiyi bahçeler çevreliyor, daha ötede, doğu ve batı yönlerinde iki çayır var, bunların her biri ikişer, üçer hektar. Bu çayırlar birçok yönden birbirinin aynısıdır, her ikisi de dördüncü Kont zamanında temizlenip açılmıştı, topraklarının kalitesi aynıdır, hava koşullarından aynı biçimde etkilenmekte ve her ikisi de alçakta kalmaktadır. İlk açıldıklarında, doğu çayırına esnek çim ekilmiş ve çayır bir yıl otlak olarak kullanılmıştı. Ama batı çayırı yazın, içinde her tür sineğin kaynaştığı, kışın da donan bir bataklığa dönüşmüştü. Kısacası, oldukça işe yaramaz bir durumdaydı. Dördüncü Kont da bu durumda onu kurutmaya karar vermiş ve biraz çaba göstererek bunu başarabilmişti. Tüm bu çalışmalar başarılıydı ve batı çayırı artık iyi bir otlak alanı olmuştu. Ama birkaç hafta sonra, Thomas'ın adamları doğu çayırının giderek daha nemli olmaya başladığının ayırdına vardılar ve gerçekten de, yıl sona ermezden önce burası, eskiden batı çayırının olduğu gibi bir bataklığa dönüştü."

"Toprağın altında, bir tünelle birleşiyorlar mı acaba?"

"Çok mümkün," dedi Leydi de Vere. "Şimdi, annesinden daha pratik olan Edmund, bir yıl önce aynı projeyi yürürlüğe koymaya karar verdi ve gerçekten de doğu çayırını kuruttu."

"Bu kez de, batı çayırını mı su bastı?"

"Kuşkusuz. Şimdi batı çayırında makineleriyle birlikte ufak bir mühendis ordusu var. Hava yükselince batı çayırının suyunu pompayla kurutacak ve sonra sanırım, yine doğu çayırını, sonra yine batıyı. Kendisine neden yaşamını, bir bataklığı bir mil boyunca ileri geri sürerek harcamak istediğini sorduğumda, bana bunun, gelişme olduğunu söylüyor. Toprağı yeniden kullanılabilir duruma getiriyor. Yerel çiftçiler bu deliliği anlıyorlar, Bay Lemprière, onu övüyorlar ve onun olağanüstü uzak görüşlü olduğunu söylüyorlar. Ne ben ne de oğlum aptalca davranmak isteriz, ama yine de ben bunu anlayamıyorum. Benim anladığım tek şey, her ikimizin ailelerinin, Lemprièreler ve De Vereler'in bir zamanlar güçlü oldukları halde şimdi harcanmış durumda bulunduklarıdır. Şu anda benim tek anladığım bu, Bay Lemprière."

Lemprière bu garip öyküyle güreşiyor, daha önceki tartışmalarıyla ilişkisini bulmaya çabalıyordu. Onların aptal olmadıklarıyla ilgili bir şey olmalıydı. "Eğer Edmund, Kont, toprağı kurutabilirse, sonra ne–"

"Çok iyi, Bay Lemprière." Kadının sesi çelik katılığındaydı. "O zaman toprağı satacak ve hizmetçilerin maaşları da ödenecek. Eğer olmazsa, olmayacak. Seçimlerimizi, bunların bize nasıl göründüklerine göre yaparız." Derken, Lemprière tüm öykünün, kadının deminki duygu patlayışını açıklamayı amaçladığını anladı; bu bir özürdü ve onun önerisini benimsememiş olmaktan ötürü içini pişmanlık kapladı, ama bu olanaksızdı, delilikti.

"Dinlediğiniz için teşekkür ederim, Bay Lemprière." Kadın kendisine doğru geliyor, elini uzatıyordu, hayır, masadan bir şey aldı. "Bunu alın Bay Lemprière. Bir anı olarak." Onu kapıya kadar geçirirken Asiaticus'un broşürünü eline tutuşturdu. Kadın vakurdu. Kendisi korkaktı. Düşüncesini değiştirebilir, kadına, İngiltere'deki tüm mahkemelere başvurarak Şirket'e savaş açacağını ve sonunda kazanacağını söyleyebilirdi.

"Teşekkür ederim," diyordu, bir şey daha söylemesi gerekiyordu, ama ne? Kapı kapanıyordu.

"Güle güle, Bay Lemprière," bu ses, kapı yumuşak bir sesle *klik* diye kapanırken havada asılı kaldı, delikanlı koridorda artık tek başınaydı.

Thomas de Vere, altın yaldızlı çerçevesinin içinde ona tepeden bakıyordu. Koridor, ahşaplardan, ketenle kaplı panellerden, minderlerden ve Grenoble tahtasından zarifçe oyulmuş sade sandalyelerden yansıyan solgun sarılar ve kahverengilerden oluşan bir tayf düşüren kollu şamdanlarla aydınlatılmıştı. Yerler halıyla kaplıydı ve Lemprière bu halının üzerinde, François'nın, yaldızlı melek heykelciklerinin içinden kendisini gözleyen bir gargoyl[1] olarak hayal ettiği yüzüyle birlikte yürüdü: tüccar, serüvenci, mülteci, intikamcı. Deli. Aklını başından alan

[1] Gargoyl: Gotik mimaride, su oluklarını süsleyen ağzı açık insan ya da hayvan başı ya da bedeni heykeli. (Çev.)

bir şey, eski iş arkadaşlarını ve dostlarını düşman saymasına neden olan bir şey olmuştu Rochelle'de.

Koridorun sonundaki birkaç basamaklı merdivenden çıktı ve önündeki geçidin beklenmedik dönüşlerini izledi. François'nın kafasına yerleştirip, orada tuttuğu plan, dördüncü Kont'a vermek istediği, gölgeli düşüncelerinde asılı duran o gizli armağan neydi? Belki bir hiçti, belki de oralarda bir yerlerde bekleyen engin, üretken ve göze görünmez bir şeydi. Parlak *pietra dura*[1] zemini eskiden, artık vazgeçilen başka bir amaç için kullanılmış bir yer olduğunu düşündüren yüksek kenarlı bir üst katta yürüyordu. Bu bölümünün sonundaki bir merdiven Lemprière'i geçitleri daha dar, alçak tavanlı ve kapıları basit tahtadan yapılma bir alana indirdi. Sıvasız, taşla örülmüş bir alandı burası. Daha önce buradan geçmiş olduğunu anımsamıyordu, ama çeşitli işlevlere sahip olduğu anlaşılan odalara bir göz atarak yürümeyi sürdürdü. Bu odalardan bazıları oldukça boş, bazıları da mutfak eşyalarıyla ya da ambalaj kutularıyla doluydu. Görünürde hiç kimse yoktu ve Lemprière yolunu yitirmiş olduğunun ayırdına varmak üzereydi ki, geçidin içinde kulağına, dışarıda bir yerlerden yumuşak bir *pat!* sesi geldi, sonra bir daha ve bir daha. Bu sesler geçidin içinde, çevresinde yuvarlanıyor, bazen şuradan, bazen buradan geliyordu. İlerledi, sonra Septimus'un bu geceyle ilgili sözlerini anımsadı. Duyduğu sesler havai fişeklerinin sesiydi, ama evin önünden mi, arkasından mı ya da her iki yönden birden mi geldiklerini anlayamıyordu. Bodrum katına inmişti görünüşe göre, geldiği yoldan geri dönmeye başladı. Döndü ve yeniden merdivenlere doğru yürüdü, kendisini konukların yanına, Septimus'a ve başkasını, Juliette'e ulaştıracak basamakları bulacağını umduğu bir köşeyi, sonra bir başkasını döndü. Yürümeyi sürdürdü, ama köşeler ona yalnızca öncekilerin aynısı başka köşeler getiriyordu: yankılı kabul odaları, boş salonlar, uzun sıkıcı koridorlar ve kapılar. Sayısız kapılar.

Son girdiği geçidin başında duran Lemprière sözlüğünün başında, evinin güvenli ortamında bulunuyor olmayı dilemeye başlamıştı ki, koridorun ilerisindeki yarı aydınlıkta kocaman bir çift bacağa benzer bir nesne gördü. O yana doğru yaklaştı.

---

[1] Pietra dura: İtl. Sert taş. (Çev.)

Bu hareketli bir merdivendi. Bu merdivenin tam üstünde, alçak tavanın üzerinde bir kapak vardı. Koridorlar ve geçitler arasında kendisine saatler kadar gelen bir süredir yönünü bilmeden dolaşıp durmuştu. Artık umutsuzluğa kapılmış durumdaydı. Önüne çıkan seçenekler kendisine basit gibi görünmüştü. İsteksizce merdiveni tırmanmaya başladı, tavana yaklaşıp kapağı iterken merdiven, her iki yana ve öne arkaya sallanıp duruyordu. Kapak kilitli değildi, birkaç santim aralandı, ama üzerinde bir şey, Lemprière güçle ittikçe ağırlığı daha da artar gibi olan bir şey vardı. Ayrıca, Lemprière'in kafasını eğmek, gözlüklerinin üst kısmına dayanan kapağı, hiçbir şey göremeden itmek zorundaydı. Ödünç ceketinin içinde terliyordu, merdiven ise kendi kendine delice dönüp duruyordu, Lemprière sonunda kapağı kaldırıp bir yana atabildi. Başının üzerinde bir patırtı koptu ve başına kaba bir şey, kumaş türünde bir şey çarptı. Delikanlı bunu itti ve birden kendisine doğru yaklaşan hızlı ayak sesleri duydu, derken merdiven altından kaydı, onu kendisi tekmeleyip altından atmıştı. Niçin? Yere, parçalanmış durumdaki merdivenin üzerine düşüp çarparken kafasındaki düşünce buydu. Yanıt: Yukarıdaki odada bulunan biri başına şiddetle vurmuştu; aslında, parçalanmış merdivenin üzerine yerleşirken kafasından çabucak geçen düşünce, 'biri' olmuştu.

***

"Kımıldamayın, efendim işte böyle," diyordu hizmetçi kadın. Teşekkürlerini homurdanan adam ise Kaptan Guardian'dı. O iğrenç oyuncak, geminin dış çizgilerini çizerken zihninde onu *Vendragon*'un imgesiyle birleştirip giderek emin olmuştu, bu çizgiler bir ve aynı çizgilerdi. İki gemi asla tümüyle birbirinin eşi olamazdı, gerçekten de hiçbir yanlışlık yoktu ve bu konuda kendi yargısına güvenebilirdi –eğer yargıda bulunmuş olsaydı, ama yaklaşmış ve daha iyi görebilmek için yakından bakmıştı. Kanca kulplarının açısına dek aynı gemiydi. Guardian, o zaman bu gemiyi bir yerden tanıdığını anımsamıştı, bu da garipti, çünkü o, Hindistan'a sefer yapan büyük ticaret gemilerinden birisiydi, içinde açılmadığı tek gemi türü buydu neredeyse. Ama nereden? Avucunun içi zonklamaya başlamıştı, mendili daha sıkıca bastırdı. Kana bulanmış bu rozetleri sahiplerine geri vermeyi hiç düşünmüyordu. Öteki konukların gizlemeye çalıştıkları alaycı gülüşleri.. Belki biraz da sevecenlik vardı bu gülüşlerin içinde, ama bunu aklına bile getirmek istemiyordu, o denli berbat bir şeydi.

O adı anımsayamıyordu. *Vendragon*'u değil, orada bir yere, anımsanamayan asıl gemiye kalıp oluşturan, geminin çizgileri ve köşeleri arasında bir yere gizlenmiş bulunan o gerçek adı. Nerede? Ve ne zaman? Kaptan Guardian sinirle homurdandı ve yumruğunu yanındaki kapıya indirdi, bu bir hataydı. Sargılı elindeki acı bir kez daha toplanırken yüksek sesle küfrederek kolunu hızla havaya kaldırdı ve omzunu sarstı. Bu vuruşla kapı savrulup açıldı, arkasındaki oda göründü. Burada lambalar yanıyordu.

"Özür dilerim, ben..." Guardian öfke salvosunu birisinin duymuş olabileceği düşüncesiyle şaşırmış, utanmıştı, özürler dileyip sakınarak kapının yanından odanın içine göz attı. Ama ışık yanmasına karşın, odada hiç kimse yoktu.

"Merhaba?" diye seslendi yine. Yanıt gelmedi. Yavaşça içeri adım attı ve çevresine bakındı, hareketlerinde güçlü bir suçluluk havası vardı, ama merak, öteden beri karakterinin zayıf bir noktasıydı. Üstelik, kimin haberi olacaktı? Odada bir çekmeceli büro, bir yazı masası ve iskemle vardı, oda halıyla kaplıydı ve halının ortasında, çevresinde iskemleler bulunan alçak bir masa bulunuyordu. Odanın öte ucunda, daha büyük bir masanın üzerinde, Eben'in dikkatini çeken planlar ve çizelgeler vardı. Kapıyı yavaşça arkasından kapadı ve daha yakından inceleyebilmek için masaya yaklaştı. Sınırları kesik çizgilerle belirlenmiş, doğudan batıya doğru uzanan bir mülkün planları ve ayrı sayfalar üzerinde büyütülmüş bazı ayrıntılardı, ayrıca, Eben'in saf gözlerine kocaman, pratik olmayan şeyler gibi gelen makine çizimleri, toprağın bireşimi ile ilgili notlar ve üzerlerine karalanmış su seviyeleri vardı. Bu bir drenaj projesi olmalıydı. Masanın yanındaki vitrinli dolabın üzerinde bulunan yarısı dolu bir şişe şarap, tüm bunların üzerinde gözlerini gezdiren Eben'in gözünden kaçmadı. Bir an düşündükten sonra, bir yudum almanın konukseverliğin sınırlarını aşmak olmadığına karar vererek dolabın kapağını açıp bir bardak aradı, ama dolapta, üstte duran şişenin eşi diğer şişelerden başka bir şey yoktu, üstelik bunların hepsi de boştu. Şişeyi başına dikip içerken, garip, diye düşündü. Gece ilerliyordu. Kaptan Guardian koltuğa yerleşip şaraptan bir yudum daha aldı ve o gün daha erken saatlerde omurgasını çattığı hayali şatı düşünmeye başladı. Doğruyu söylemek gerekirse, oldukça sıkıcı bir projeydi, ama bunu bir biçimde canlandıracaktı. Bir avara demiri ekleyebilirdi belki. Bir yığın flama koyabilirdi... hmm.

Bunu düşünerek bir saatten fazla zaman geçirdi, önemsenebilecek tek olay Eben'in, şişenin dibini bulmuş ve masanın çekmecelerinde bir şişe daha ele geçirmiş olmasıydı. Bir dizi sıkıcı ses, dışarıda bir yerde havai fişek gösterisinin başladığını ilan ediyordu. Dünya gül rengi bir parıltıya büründü, sandalye ise yaşlı bedeninin dilediği tüm eğrilere ve köşelere sahipti. Hayalinde bir şat biçimlenmeye başlamıştı. Belki, pruvaya konabilecek ufak bir platformda borazancıların yer alacağı bir kraliyet şatı olabilirdi. Ve daha çok flama. Şat, iyi bir düşünceydi ne de olsa, mor bir göğün altında, bir nehirde süreklenip giden bir şat, çok uzaklarda yağmur yağdığı belli oluyordu, ama bu yağmur asla onun üzerine yağmayacaktı, *mmmh*, bir yudum daha ve kıyının iki yanında ellerinde flamalarla çığrışan neşeli kalabalıklar, bu flamalar gemisindeki flamaların rengini tamamlayacak biçimde düzenlenebilirdi, binlerce kişinin mutlulukla salladığı bu flamalar, tüm anlamlarından ustalıkla soyutlanarak tek sözcüğü uyum olan bir tür haberleşme sistemiydi, evet, sarhoştu ve bu umurunda değildi. *Güm!* Ve kanolar! Şatın ardına sıralanmış bir dizi süslü kano– *Güm*! Bu kez ayırdına vardı.

Eben başını kaldırdı, özürler dileyerek ayaklarını masanın üzerinden kaldırdı, güvenli limanı ve tüm öteki şeyleri düşünüp dururken kendinden geçmişti, ama odanın içinde bakışlarını gezdirirken, orada kimsenin bulunmadığını gördü. Bir davetsiz konuk muydu? Can sıkıcı kimselerden biri, Eben ayaklarıyla masayı itti ve bir silah arandı. Kendisini güvenliğe alacak bir toplu iğne bile yoktu ama, ama boş şişe, boş şişelerden biri en azından, evet. Şimdi hedef...

Düşündüğünden daha sarhoştu. Odanın ortasında yer hareket ediyor gibiydi. Alçak masanın çevresindeki sandalyeler birbirlerine doğru kayıyor ve masa bir yukarı, bir aşağı oynuyordu. Birdenbire masa havaya doğru yükselir oldu ve gürültüyle bir yana devrildi. Halı orta yerinden şişmeye başlamıştı. Halının içinden bir şey çıkıyordu.

Kaptan Guardian harekete geçti. Kurnazca yerden dışarı çıkan çıkıntıya doğru hızla ilerledi, şişeyi kaldırdı ve çıkıntının en yüksek noktasına şiddetle vurdu. Şişkinlik yok oldu ve bir an sonra yüksek bir çatırtı koptu. Sonra sessizlik. Halı şimdi, eskiden masanın bulunduğu yerden aşağıya doğru çukurlaşmıştı. Burası kare biçiminde bir oyuktu, Guardian biraz gecikmeyle, bunun bir yer kapağı olduğunu anladı. Belki durup içeriye girmeye çalışan şeyin ne ya da kim olduğunu beklemesi, sonra vurması gerekirdi, duyduğu kaygı nedeniyle sarhoşluk sisleri dağılırken halıyı yerdeki deliğin üzerinden kaldırabilmek için iskemleleri ve masayı çekti.

Kapağı açılmış bir yer kapısı çıkmıştı ortaya, Guardian bu delikten bakınca aşağıda bir tür pasaj bulunduğunu ve kurbanını gördü, ince, uzun genç bir adam bir yığın kırılmış tahta parçasının üzerinde yatıyordu.

Eben her iki elindeki şişeleri ve tamponları unutarak aşağıdaki genç adama, "Hey," diye seslendi ve ellerini salladı, şişe kurbanından, neyse ki, birkaç metre öteye düşüp kırılırken, kanlı paçavralar dosdoğru yüzünün üstüne düştü.

Ama Eben buna aldırmadı. Birden tüm dikkati, Maillardet'in zavallı oyuncağının eline yazmış olduğu ve şimdi ortaya çıkan gemi adı üzerinde toplanmıştı, eline kaba bir dövme gibi yazılmış bulunan bu adı yirmi beş yıldan fazla bir zamandır hep biliyordu kuşkusuz ve onaylamak ister gibi yüksek sesle okudu: *Falmouth*.

Hey! Sarı bir sis yuvarlanıyor, kırmızı ve ıslak bir şeye dönüşüyordu. Lemprière'in yüzünde bir şey vardı. Yukarıdan biri "Falmouth!" diye bağırıyordu. Yüzündeki şey soluk almasını engelliyordu. Az sonra onu yüzünden kaldıracaktı. Belki, hemen. Başında da bir şey vardı. Lemprière'in bedeni merdivenin parçaları arasında doğruldu, kucağına kırmızı ve ıslak bir şey düştü, tepesinin üzerinde sakallı bir yüz tavandaki delikten bakıyor ve *Falmouth*'un, evinin yüz metre kadar ilerisinde demirlemiş olduğunu söylüyordu. "Onun adı *Vendragon* değil. Bu kadarını kestirmiştim... Düşünsene! Yirmi yıldır kayıp ve işte şimdi ortaya çıkıyor. *Falmouth*, biliyordum, evet, biliyordum. Bir gemiyi asla unutmam..." Delikanlının başının üzerinde yumurta büyüklüğünde bir şişkinlik vardı. Yukarıdaki adam onun başına vurmuştu ve şimdi de gemilerden söz ediyordu, *Falmouth*, *Vendragon*. Merdivenden düşmüştü, merdiven bu yüzden kırılmıştı. Şimdi adam delikten aşağıya ellerini uzatıyordu. Adamın ellerinden birinin avucunda "Falmouth" yazılıydı. Eli kan içindeydi. Derken, açık havada yanmış o yüzü anımsadı, kendisine bir yerinin incinip incinmediğini soruyordu.

"Otomat," dedi Lemprière. Dili şişmişti. "Size otomat saldırmıştı. Elinize..." Şimdilik bu kadarı yeterliydi.

"Elimi tutun," dedi adam. "Sandım ki, siz... bunun bir saldırı olduğunu sandım, anlıyor musunuz? Sizi çekeceğim." Lemprière ayağa kalktı, ama arada bir, bir buçuk metre vardı, çekmesi olası değildi. "Bekleyin," dedi yüz. "Bir ip bulacağım." Yüz delikten kayboldu, sonra şaşkın bir ifadeyle geri döndü. "Burada ip yok," dedi. "Birisi almış olmalı." Bu, içinden çıkılmaz bir durumdu.

"Ben burada kalayım," dedi Lemprière ve bu, sorunu çözmüş gibi oldu. Başını ovuşturdu. "Siz kimsiniz?" diye sordu, yüze.

"Size vurduğum için özür dilerim. Ben, Guardian, Kaptan Ebenezer Guardian. Emekli kaptan." Bu ad, Lemprière'in içinde bir şey uyandırdı. Yüzü hâlâ ıslaktı. Bir parmağını yanağında gezdirdi ve kanı gördü. Burnu mu? Hayır, bezden. Bez yerde, ayaklarının arasında duruyordu. Guardian onu kendisine getirebilmek için bu bezi atmış olacaktı. İyi düşünceydi. Bezi adama geri attı.

"Lemprière," diye kendisini tanıttı, adamın yüzüne bir gülümseme yayıldı.

"Lemprière! Eh, neden daha önce söylemediniz? Daha yaşlı bir adam bekliyordum. Aman Tanrım, nasılsınız?" Adam onu tanıyordu, ama nasıl? Sonra Lemprière babasının sandığının üzerine yazılı harfleri anımsadı, Kaptan Ebenezer Guardian (emekli), Pork Klüp'e gittiği gece bir göz attığı addı bu. Guardian onu babası sanmıştı.

"John," dedi Lemprière, "Charles, değil. Babam öldü, birkaç ay önce..." Yüzde derin bir üzüntü belirdi.

"Babanız, Fransa'nın batı kıyıları hakkında herkesten fazla bilgiye sahipti," dedi Guardian sıcak bir sesle, "Biz mektuplaşıyorduk, biliyor musunuz? Charles öldü demek. Gerçekten çok üzüldüm, genç adam." Yüzü üzüntülüydü.

"Eliniz nasıl oldu?" diye konuyu değiştirdi Lemprière.

"Elim mi? Ah, çok iyi, sanırım. Tüm bunlar oldukça utanç verici. Bu, o gemi yüzünden oldu, *Falmouth* ya da *Vendragon*. Evimin az aşağısında demirledi, ama bu uzun bir öykü. Dinleyin, bunu daha sonra etraflıca konuşuruz. Bende babanızın mektupları ve çalışmalarında gereksinme duyduğu bir kitap var. Sorduğu her şey bir amaca hizmet ederdi." Lemprière'in boynu yukarıya, Kaptan Guardian'a bakmaktan ağrımıştı.

"Evin önünde buluşabiliriz," diye önerdi genç adam.

"Çok iyi," dedi yanıtladı Guardian. "Öyleyse, görüşürüz." Baş kayboldu, Lemprière adamın kapıya doğru uzaklaşan ayak seslerini duydu ve kapı çarpılıp kapandı. Çevresine bakındı; sonra yolunu yitirmiş olduğunu anımsadı.

Bir saat, Lemprière'i, ancak birkaç dakika önce geçtiği yerlere yeniden döndüren uzun, amaçsız koridorlar gibi uzayıp giden dakikalardan oluşan bir saat sonra, genç adam artık, De Vereler'in evimiz dedikleri bu, olduğu yerde yayılıp üreyen yığından adamakıllı sıkılmıştı. Geçitler: Onları ne denli hızla geçerse geçsin, ev sanki hemen yenilerini üretiyordu, yaylım ateşi gibi sıralanmış suitler, başka suitlere ve daha başka kullanım alanlarına açılıyor ve bu, böylece sürüp gidiyordu, sonunda, anlayabildiği kadarıyla, üçüncü katlardan herhangi birinde bulunan büyük boş bir odada durdu ve istememesine karşın kendisini buraya böyle sürükleyip getirdiği için Septimus'a küfretti, Tanrı cezasını versindi.

"John!" Septimus? Karşıdaki kapının arkasında. Ve ayak sesleri. Delikanlı ayak sesleri duydu.

"Septimus!" Kapıdan geçti, öncekinin aynısı bir odaydı, tam kendisi girerken kapanan kapısı da öyle.

"Septimus!" Koştu ve kapıyı ardına kadar açtı, bu kez yine bir odaya girmişti, ancak bu önceki iki odadan farklıydı, daha çok kısa bir koridora benziyordu ve kapısı doğrudan dışarıya açılıyordu. Kapı açık bırakılmıştı. Genç adam evin arka yüzüne ulaşmıştı. Septimus nereye gittiğini sanıyordu? Kapının önünü kapatmış bulunan kar nedeniyle, kapı açıldığında yerde kusursuz bir yarım çember oluşmuştu. Lemprière gevrek karın üzerinde ayak izleri gördü, bu izler çimenliğin düzlük alanını keserek uzanıyordu.

"Septimus!" diye bağırdı bir kez daha, ama hiçbir yanıt yoktu. Lemprière dışarı adımı attı ve ayak izlerinin peşinden gitmeye başladı. Kar ayaklarının altında çıtırdıyordu, kapıdan gelen ışık hızla soluyor ve bu da önündeki izin ardından gitmeyi zorlaştırıyordu. Ayak izleri giderek daha belirsizleşmeye, hafifleşmeye başladı ve birkaç adım sonra hiç görünmez oldu. Lemprière kendisini, üzerinde hiçbir iz bulunmayan kusursuz bir kar örtüsüyle karşı karşıya buldu, peşinde olduğu iz sanki yukarıdan vinçle kaldırılıp temizlenmişti. Olanaksız. Geri dönmekten başka yapılacak şey yoktu ve o da bunu yaptı, ancak bu kez de kapı kapanmış ve kilitlenmişti. Hiçbir ses duyulmuyordu. İşgüzar bir uşaktı herhalde ya da belki arkasından gelen solgun ışıkta Septimus'u gözden kaçırmıştı, o ve arkadaşları şimdi içeriye girmiş olmalıydılar, Lemprière bu düşünceyle kapıyı yumrukladı ve bağırdı, ama hiçbir yanıt gelmiyordu. Hava oldukça soğuktu. Vermiş olduğu randevular zihninden geçiyordu: Septimus ve ötekiler, Guardian, Casterleigh, şimdi de saçma bir düşünceye kapılmıştı, sanki ev yarı bilinçliydi ve dışarı atılması gereken yabancı bir beden gibi kendisini kabul etmek istemiyordu. Nerede olduğunu biliyordu: Evin arka yüzündeydi. Yürüyüp evin ön yüzüne dönmek ve daha önce yapmış olduğu gibi içeri girmek basit bir işti. Havai fişekler hâlâ atılıyor olabilirdi. Herkes dışarıda olmalıydı. Lydia, Boksör, Walter ve ötekiler. Juliette.

Kapı kapanmış olduğu için bütün ev karanlıklara gömülmüş gibiydi ve evin yarı karanlıkta beliren karmaşık perspektifleri öncekinden daha karışık görünüyordu. Özenle kırpılmış şimşir çitleriyle çevrelenmiş karla kaplı çimenlik evin önünde uzanıyordu. Evi sağında tutmaya karar verdi, sonra bu ak görüntü içindeki yürüyüşüne başladı.

Lemprière'in gözü karanlığa alıştıkça, karın kendisi de çok hafif bir ışık verir gibi oluyordu, ince buzdan kafesine takılıp kalmış her bir kar tanesi kendi minicik ışığını üretiyordu. Kara gömüldükçe gıcırdayan Lemprière'in botları ve birbirine sürtünen dalların çıkarttığı hışırtılar sayılmazsa ortam son derece sessizdi. Kar her şeyin üzerini kaplamıştı: çimenliği, çiti, taştan süsleri, kırpılarak biçimlendirilmiş ağaçları. Hep aynı yüksek çitlerle çevrilmiş patikalar birkaç metrede bir, sağa sola uzanıp gidiyordu ve Lemprière evin yan duvarına koşut olarak ilerlediğini tahmin ettiği birine saptı. Patikanın içine girince, yüksek çitlerden ötürü ev görünmez olmuştu.

Gece havası iki yandaki nemle yüklü çitlerin arasında asılı kalmıştı. Patika Lemprière'i, şimdi hava fişeklerinin ışığıyla kırmızılar, maviler ve yeşillere bulanmış yüzler hayal ettiği hedefinden saptıran bir teğet çizerek, döndürdü. Bahçe sessizdi. Lemprière, karları ezerek ilerleyen kendi adımlarından çıkan sesleri dinledi, çeşitli atılışlar yapıyor ve özellikle açılandırdığı sıçrayışlarla birbirinden hafifçe farklı sesler üretiyordu. Ardında garip bir iz bırakıyordu. Patika, önünde bir boru gibi uzanıyordu. Bakımlı bahçenin düzenli çizgileri bozulmaya, özenle kırpılmış çitler daha karışık olmaya başlamıştı. Bunu kar bile gizleyemiyordu, alttaki engebeli arazinin, bahçıvanların, geliştiricilerin, yayılma idealine inananların geçmiş zorbalıklarına karşı çıkan buruşukluk ve kırışıklıklarından ötürü kar artık düzgün bir örtü biçiminde yayılmıyordu. Ufak sırtlar ötelerdeki, Öklit karşıtı[1] yabanlıkların içlerine doğru yılan gibi kıvrılan sorulara benziyordu: *claire et distincte? claire et distincte?*[2]

Lemprière kendi yarattığı bu kar müziğinin içinde yitip gitmişti, ancak ayakları donmuş topraktan uyumsuz yığınlar sökmeye başlayınca başını kaldırıp baktı. Kar örtüsü incelmişti. Karanlıktı. Ev görünmüyordu. Çit arkasında uzanıp gidiyordu herhalde, ama gece, çevresindeki her şeyin üzerini örtmüştü ve genç adam kendisini, ondan uzaklaşarak göğe doğru kayıp giden sessizlik duvarlarına bakarken buldu. Tıpkı limboya[3] ya da Perslerin cennetine benziyor, diye düşündü. *Pairidaezo*: kişiyi

---

[1] Öklit karşıtı: Geometrik olmayan. (Çev.)

[2] Claire et distincte: Fr. Açık ve seçik. Descartes düşüncesi: "'Cogito ergosum – Düşünüyorum öyle ise varım!' önermesi, Descartes'in uzun ve dolambaçlı bir kuşku yolunun sonunda varmış olduğu kesin, artık sarsılamaz olan doğrudur... Neden kendi bilicimizin varoluşunu hiç kuşku götürmez bir kesinlikle bilebiliyoruz? Çünkü bu varoluşu biz *açık* (clara) ve *seçik* (distincta) olarak kavrıyoruz." (Çev.)

[3] Limbo: Cehennem sınırında vaftiz edilmeden ölen çocuklarla, İsa'dan önce yaşamış olanların ruhlarının bulunduğu yer, zindan, istenilmeyen bir kimsenin gönderildiği yer ya da içinde bulunduğu durum. (Çev.)

kuşatan bir yer. Ama Alice de Vere kendisine, çayırlığın evden uzağa düştüğünü söylemişti. Geniş bir yarım çember çizmiş olmalıydı, sürekli yanlış yönelme eğilimi onu ilkin uzaklaştırıyor, sonra döndürüyor ve yine aynı şanslı parabol boyunca geri getiriyordu. İleriye doğru baktığında, ak bayır o ayırdına varıncaya dek genişlemiş, her iki yana doğru yayılmış gibiydi, ötedeki uzun ve alçak tepe herhalde ev olmalıydı. Ama toprak aşağıya doğru hafifçe eğime geçmeye başlamıştı, Lemprière bu arada, önüne çıkan bir hendekten aşağıya kolaylıkla indi ve yine aynı kolaylıkla çıktı. Alçak ak tepe giderek yakınlaşıyor ve geriye doğru uzanıyordu. Yürümek giderek zorlaşıyor ve Lemprière, karla kaplı alçak çalılıklara takılmamak için adımlarını daha dikkatlice atmak zorunda kalıyordu. Çalı demetinden çalı demetine sıçramaya başladı, bu yeni bir oyundu, sonra, yüksek ak bir burnu çevreleyen bir ardıç çalılığının arasından geçmeye çalıştı. Bu, aslında bir tepe değildi. Ön sıralarında alçak çalılıklar ve fidanlar bulunan ağaçlık bir yerdi, üzerlerine yağmış kar, toprağın aslında, birkaç santim ya da birkaç metre ya da çok daha aşağıda bulunduğunu düşündüren aldatıcı bir tente oluşturuyordu. Lemprière, çevresinde yükselen birkaç kurumuş mürver ağacının arasından kendisine zorla bir yol bularak ilerledi, sanki ak pudradan bir gölün içinde güçlükle yürüyordu. Beline, göğsüne ve sonunda kafasına dek karlara gömüldü ve sonunda kendini tentenin altında buldu.

Yoğun biçimde birbirine girmiş üst dallar karı bir tente gibi alttan destekliyordu. Bu tentenin altında toprak yaşam doluydu. Yabani akdiken bacaklarına takılıyordu, her yeri kaplamış bulunan kayın ağaçlarının kökleri yükseliyor, çok yukarılarda ikiye ayrılarak, çoğalarak dallardan oluşan bir hasır örüyordu, sanki kar yeryüzünden sıyrılıp alınmış, geride, daha önce yapışmış olduğu yeri belli eden bu lifleri ve iplikleri bırakmıştı. Köklerden dışarı kocaman ağaç gövdeleri çıkıyordu. Toprak Lemprière'in, çürümekte olan otlardan, kurumuş yapraklardan ve dallardan oluşan humus tabakasını çiğneyen, ezen sonra bastıran ayaklarının altında tütüyordu. Çevresindeki her yerde ağır bir oksitlenme var gibiydi. Kokuşan çöpleme, şifalı ot ve banotları daha zehirli bir yaşam biçimine teslim olmuşlardı. Orman tabanının birikintileri küçük, güçlü organik gübre volkanları halinde yığılmışlardı. Buğu nedeniyle oluşan büyük su damlaları yukarılardaki dallardan aşağıya, kaygan toprağın üzerine düşüyordu. Tepesindeki kar örtüsü portakal rengi almıştı ve toprağın eğimi ona hâlâ aşağıya doğru çekiyordu. Toprak öncekine göre daha kaygan, ıslak, daha yumuşaktı, Lemprière geniş ve durgun su birikintilerinden kaçınarak ilerlemeye çalışıyordu. Ormanın karakteri değişmeye başlamıştı, daha soğuk ve sessizdi, daha gizli bir canlılık içindeydi. Buradakiler, birbirleriyle delice açılar çizen bodur meşe ve fındık ağaçlarıydı; bazıları ayakta dururken, ötekiler yana yatmıştı, ama hepsi de, bataklık gazının ara sıra duyulan gurultuları dışında kımıltısızca uzanmış kara gölcüklerin suları içinde ölüydü. Lemprière'in ayakları sırılsıklam olmuştu, sonunda, evin batısındaki bataklık çayırda bulunduğunun ayırdına vardı. Alice de Vere bu bataklığın yüz elli yıllık olduğundan söz etmemişti. Görünüşe göre buraya dördüncü Kont'un zamanından beri el sürülmemişti ve Lemprière kadının bunu bilip bilmediğini merak etti. Yanlış bir yola girmişti. Geri dönmeliydi.

Ama dönemedi, diğer kıyıya, ormanın eteklerine, arkasında ya da her iki yanında, belki de önünde uzanıyor olması gereken eve geri dönmeyi umarak yoluna devam etti. Bu akla yakındı, evet, çünkü kar örtüsünün portakal rengi o ilerledikçe giderek güçleniyordu.

Bu davranışında dikkafalılığı ve önceki yanlış yönelimli yolculukların taze anıları da rol oynuyordu: İlk geldiğinde Londra'nın seyyar satıcı çocukları ve balıkçı kadınları arasındaki taşralı çocuk çaresizliği, yine aynı sokaklarda Septimus'un kararlı baskınlarına sonraki uysal boyun eğişleri ve her ikisinin ardından da kendisini Jersey'de, Blanche Pierre üzerindeki gölcüğe götüren bir patika vardı, ama hepsi bu. O zaman üstüne gitmemişti. Okumuş olduğu, düşlediği ve ortaya koyup gerçekleştirdiği öykü tüm yırtıcılığını bir zamanlar babam dediği, seyirmekte olan cesedin üzerine boşaltırken, o da bir korkak gibi olup biteni izlemişti. Yürü, diyordu önündeki görüntü. Yoluna devam et.

Bataklık daha derinleşmiş, ölü çalılıklar daha da yoğunlaşmıştı, ama o tüm bunların arasında kendisine yol bulup geçti. Portakal rengi parıltının yaygınlığı sanki daha azalmış gibiydi, bir şey duyar gibi oldu, bu hafifçe duyulan bir gümbürtüydü.

Harcadığı çabalardan ötürü üstü başı çamur içinde kalmıştı. Yanıtlanmamış, bitirilmemiş, henüz karşılaşılacak çok şey vardı. Eski düşünceler yine başına üşüşmüştü; üşüyordu, yalnızdı, korkmuştu, yine masasının başında, tepesine 'Danae' yazılı boş bir kâğıdın önünde oturuyor olmayı şiddetle diliyordu. Bu adın altındaki kâğıt boştu: su mermeri kadar ya da insan eti ya da karlı tarlalar kadar tertemiz. Derken örümcek ağına benzeyen kendi elyazısı öyküyü ince bir kara ilmik yığını halinde ortaya koyacaktı. Tunçtan yapılma kulesi ya da çukuru içindeki Danae, Aphollodorus'un[1] yazdığı gibi. Bir altın sağanağı halinde yağan Zeus'un hışmına uğrayan Danae.

Portakal rengi parıltı şimdi daha yakınlaşmış gibiydi, şişkin bir ışın sütunu yükseliyordu yerden. Gürültülü ses durmuştu. Suları savurarak yaklaştı, şimdi daha hızlı yürüyordu, çamur gölcüklerinin arasında güçlükle yürüyor, ayağı, düşmüş ağaç dallarına takılıyordu, sonunda bu rengin daha çok dumanımsı bir yapıya sahip olduğunun ve portakal renginden çok sarıya çaldığının ayırdına vardı. Lemprière yarı batmış bir kütüğün üzerinden neredeyse uçtu, doğruldu, çürümüş bir sarmaşık örtüsünü yana çekti, sonra bu garip ışığın kaynağını gördü.

Toprağa gömülmüştü; üç, dört metre çapında bir delikti. Suyla ağırlaşmış toprağın bu deliğin içine kayması gerekirdi, ama kaymıyordu. Portakalımsı sarı ışıltı toprağın içindeki bu delikten geliyordu, düzgünce kesilmiş bulunan bu çemberin kusursuzluğu çevresindeki arazinin çürümeye yönelik düzeniyle çelişiyordu. Bu, oraya ait olmayan bir şeydi. Genç adamın ağzı kurumuştu. Oraya gidip bakacağını biliyordu. Bu çemberin kıyısına doğru yürüyen bacakları sanki kendisine ait değildi, aşağıya doğru bakan gözleri de öyle. Bronzun donuk parıltısını gördü, çukurun içinde bir kadın vardı. Terledi. Kadının mavi saten giysisini Domuzeti Klübü'nde ve kahvehanenin dışındaki caddede gördüğünü anımsıyordu şimdi, bu giysi artık paçavraya dönmüştü. Bir şeyler kadını orada, çukurun içinde tutuyordu, ağzında bir şey vardı. Metal bir halka kadının ağzının kapanmasını engelliyordu. En kötüsü ise kadının gözleriydi, genç adamı aşıp geçerek yukarıdaki bir şeye bakıyordu. Sonra kulaklarına bir gürleme doldu ve delikanlı kadının bakışlarını izleyerek bir-

---

[1] Aphollodorus: İ. Ö. 140'da yaşamış Atinalı bir yazar. (Çev.)

den başını kaldırıp bakınca kapkara gökte, devrilip aşağıya dönem kocaman kara bir biçim gördü, bu nesne açıldı, gökyüzü artık kara değildi, ışık doluydu. Sıcaklık yüzüne çarptı, bu sarı leke o denli parlaktı ki gözleri kamaştı, başka bir şey göremez oldu, parıltı yanından hışırdayarak geçti ve erimiş metal çağlayanı çukurun içine boşaldı. Bu altındı. Kulakları, insan etinin çatırdadığını duydu, gözleri, altın sağanağının altında haşlanan kadının çırpındığını, kol ve bacaklarının bir bebeğinkiler gibi ayrıldığını gördü. Bu delikanlının kendi gözleri değildi. Kendi kulakları değildi. Kadın nasıl böyle haykırabilmişti? Ağzı, boğazı doluydu onun. Nasıl? Genç adamın eli, ayağı bataklığın içine düştü, bu haykırışların kendisinden çıktığının ayırdına vardı ve bunu durdurmak elinde değildi. Korkuları şimdiden yayılıyor ve daha geniş bir çevreye uzanıyordu. Zindancılar gelip seni kilit altına atacaklar. Delikanlı kadının midesinin patladığını duydu. Kadın uzun süre canlı kalmıştı. Seni kilitleyecekler. Millerce uzakta, ufak altın damlaları salkım salkım meşaleler halinde ilerliyordu. İleriye doğru koştu. Gece hepsini içine alan kocaman kara bir ağızdı. Kadın, millerce, millerce ötede artık ölmüştü, yanmıştı. Ufak altın damlaları. Seni kilitleyecekler. Delikanlı gecenin içine doğru kaçarken millerce arkasında hava fişekleri ve meşalelere benzer altın renkli parlak ışık damlaları vardı.

***

Arama grubu tam umudunu yitirmeye başlamıştı ki haykırış duyuldu. Bu yüksek çığlık bir biçimde, gece havası fazla yüklenmiş de, belirli bazı sesleri artık taşıyamazmış gibi bir yanılsama yarattı. Septimus kulak kabarttı. "Orada," dedi. Sol yanı işaret ediyordu.

Kont homurdandı. "Orası bataklık," dedi. Topluluk görev bilirlikle döndü ve sesin kaynağına doğru yürümeye başladı. Meşalelerinden çıkan alevler nemli havada titreşiyordu.

"Evin ön yüzünde buluşalım, demişti. O kadar yol gitmiş olabilir mi?" Guardian'ın ayakları sırılsıklam olmuştu, zihni ise hâlâ *Falmouth*'daydı.

"Evet," dedi Septimus, "bunu yapabilir." Rüzgârın etkisiyle savruldular ve Kont'un tahmin ettiği gibi kendilerini çabucak, sırılsıklam batı kırlarında suları sıçratarak ilerlerken buldular. Haykırış durmuştu ve araştırma grubu sessizce yürüyordu. Islak toprakta ilerlerken attıkları adımlardan başka ses yoktu. İleriye doğru yayıldılar, sonra içlerinden biri, sanki birden bir şeye hafiften şaşırmış gibi, "Olr," diye bir ses çıkarttı. Ötekiler ona doğru yaklaştılar ve çevresine toplandılar. Birlikte çukurun içine baktılar.

"Aman Tanrım," dedi Kaptan Guardian. Grubun en arkasındaki iriyarı adam, aşağıya bakmayan tek kişiydi. Uzun bir sessizlik oldu. Kont bu sessizliği bozdu.

"Eve döneceğiz," dedi. Bu, en doğru karar gibi görünüyordu. Kont yanındaki iri adama döndü.

"Yardım etmekle nezaket gösterdiniz, Vikont," dedi. Adam öne doğru ilerledi ve aşağıdaki bedene baktı.

"Önemli değil," dedi Casterleigh. Çevresindeki yüzlere bakındı, bu yüzler meşale ışığında sarı ve kırmızı görünüyorlardı. "Böyle bir şeyi kim yapabilir?" Hiçbir yanıt gelmedi.

***

Sola döndü, sonra sağa, sonra yine sola. Yukarılarda kar tabakası daha inceydi. Tökezledi ve düştü, öne doğru emekledi, ayağa kalktı, yine düştü. *Hiçbir yerden hiçbir yere doğru* ilerliyordu. Yakından bakılınca soluk soluğa kaldığı görülebilirdi. Kar, çevresinde, toprağın üzerinde sessizce uzanıyordu.

Lemprière'in ciğerleri soğuk havayla kavruluyordu. Yüzü hâlâ sıcaktı. Nerede olduğu hakkında hiçbir fikri yoktu. Koşmuş ve burada yere serilmişti. Ne kadar zamandır? Sonunda ayağa kalktı ve yürümeye başladı. Kendi adımları, bacaklarının hareketi, kendisine yabancı geliyordu. Yürüdü, böylece sonsuza dek yürüyüp gidebilirdi. Annesinin minyatürünü arandı, ama kendi ceketinde kalmıştı. Üzerindeki ödünç alınmış bir ceketti. Resmin yanında olmayışı bir biçimde içini dehşetle doldurdu. Burada olduğunu hiç kimse bilmiyordu. Kimse onu burada aramayacaktı. Ve eğer buraya bakmış, onu bulmuş olsalardı, koşup kaçacaktı. Eğer durmuş olsa, donacaktı. Ayak izleri karanlığın içine doğru uzayıp gidiyordu.

Bir süre sonra titremeye başladı. Kafası olağandışı büyümüş gibi geliyordu kendisine. Elleri de öyle. Olduğu yerde tepinmeye başladı ve çıkardığı sesle neşelendi. Geri dönüşü yoktu. Soğuğun kemiklerine sızdığını duyumsayan Lemprière sürüklenerek ilerliyordu. Soğuğu duyumsamaz olana dek ne denli üşüyebileceğini merak etti. Bir şeyle çarpışmıştı. Bulutlar alçalmış, sise dönüşmüştü, önünü göremiyordu. Bu bir parmaklıktı. Tırmanıp üzerinden atladı, sonra kulağına bir ses geldi, ötelerde belirsiz darbe sesleri vardı. Lemprière ilerledi, hâlâ dinliyordu, sonra ilk sesin altında tanıdık bir ses daha duydu. Tekerlekler. Darbe sesleri atların ayaklarından geliyordu. Bir posta arabası kendisine doğru yaklaşıyordu. Bir an hiçbir şey göremedi. Sonra orada, solunda, otuz-otuz beş metre ötesinde kara bir biçim gördü, yolun üzerinde hızla ilerliyordu. Lemprière öne atıldığı sırada, soluk soluğa dört atın çektiği kara bir posta arabası şiddetle gürüldeyerek birden sisin içinden çıktı. Onu göremeyeceklerdi, daha hızlı. Bağırıyordu. Posta arabası üzerine doğru geliyor, çelik jantlı tekerlekleri neredeyse üzerine çıkacaktı. Ama araba durmuyordu.

Avucuyla arabanın kapısına darbeler indirdi ve posta arabası hızla geçip giderken iç loşluğunda, pencerenin camıyla çerçevelenen ak bir yüz yükseldi. Lemprière'in elleri yanına düştü, yolun üzerinde kendi başına soluk soluğa durup ancak birkaç santim uzağında beliren, sonra yine geri çekilerek delikanlının gözünden uzaklaşan bu yüzün imgesiyle baş başa kalırken, gecenin ve sisin içine dalıp uzaklaşan posta arabasının ardından ağzı açık baka kaldı. Araba gitmişti. Bu, Juliette'in yüzüydü.

***

Sir John Fielding, Noel sabahında, Bay Rudge'in diretmesiyle, görkemli ve bandajlı kapısından dışarıya adımını attı. Kılavuz çocuk hemen önden koşmaya başladı.

"Ağır ol!" diye gürledi ve ipi sertçe çekti.

"S' John." Çocuğun sesi çekingendi. Şapkasını çekiştirip duruyor olmalıydı. Çekingen çocuktu, ama itilip kakılmayı hak eden öncekinden daha iyiydi. Kilise çanları çalıyordu. Sokaklar kalabalık olacaktı. Çevresinde bir koşuşturma sezdi ve gözlerini örten bandajı düzeltti.

"Yürü!" diye emretti ve ikisi yollarına devam ettiler. Adamın kulağına konuşma sesleri, garip sözcükler, sesler, her zamanki kent uğultuları geliyordu, Sir John kulaklarını kabarttı. Eski düşmanı kente gelmişti –bu konuda raporlar almıştı– bir portakal sandığının tepesinde, kışkırtarak, büyük ve iyi olan, daha da tehlikelisi, pek de iyi olmayan şeyleri kötü bir biçimde simgeleyerek ortalığa sorunlar salıyordu. Sir John onun varlığını, sokaklarda, ithalatçılara ya da Şirket'e ya da her ikisine karşı giderek artan yakınmalarda, atılan nutuklarda, alttan alta fokurdayan sokak hırsızlarını, yol kesen haydutları, dükkân basanları, kart oyununda hile yapanları, dolandırıcıları, yankesicileri ve her tür hırsızı inlerinden, barınaklarından çıkartarak *kendi* işi olan düzenin bozulmasına neden olan hoşnutsuzlukta sezinliyordu. Sir John, Bow Caddesi'nin yargıcıydı, arkasından onu kör gaga diye çağırıyorlar, ona daha başka adlar da takıyorlardı. O, bunların hepsini biliyor ve hiçbir şeyi unutmuyordu. Bir biley sesi. Sokağın karşı yanına doğru, "Gyp," diye böğürdü.

"Sir John." Evet, bu Gyp'ti. Başka bir çekingen herif. Gyp'i Healey davasında sorgulamış ve ondan hoşlanmamıştı. Bir bıçak bileyicisi için fazla kurnazdı, yarıdan fazla kurnaz.

"İyi işler Gyp!" Yoluna devam etmeden önce onu uyarmıştı. Pis bir işti bu. Sir John, doğru dürüst bir kötü adamdan gelecek doğrudan saldırıyı yeğlerdi. İçten içe, katillerden hoşlanıyordu. Hırsızlık, kurban ve suçlu ayırt etmeden, halkın içindeki rüşvet eğilimini uyarıyordu. Ama cinayet, bir cinayet açık ve seçikti. Bir anlamı vardı. Cinayet, çöz beni diye yalvaran bir bilmeceydi. Adli konulardaki gücüyle ünlüydü, bunu biliyordu. (Ne de olsa, şanssızlık eseri yoluna çıkan her yasa bozucuyu yalnızca sesinden ayırt edebiliyordu.) Ama, ün bir garnitürdü. Onu tat aldığı şey çözüm süreciydi. Ortalıkta ceset, rapor, bir ya da iki tanık vardı –ya da yoktu– ve bunların içinden cinayet nedenini, aracını ve katili, her üçünü de, bulup çıkartması beklenirdi kendisinden. O da bunu yapardı, ipleri usulca çözer, konu dışı olan öğeleri, kırmızı teğelleri ve belirli yalanları ayıklar, sonunda bütün bunları yapmayacak olsa pekâlâ gözden kaçabilecek olan sefil, kendisinin, Sir John'un ürünü olan kara bir nurla karşısına dikilirdi. Sonra o da bu adamı asardı. Bir boşa harcanmışlıktı gerçekten, ama Sir John'u hiçbir şey bir cinayet kadar keyiflendirmezdi. Hatta çok kanlı bile olsa. Çözülmemiş bile olsa, böyleydi. Neredeyse cinsel birleşme gibiydi bu kendisi için. Hayır, bu pek doğru sayılmazdı, ama suçsuz ve suçlu zevkler birbirine karışıyordu cinayetin içinde. Sir John'u zevklendiren şey ölümün kendisi değildi. Korkutucu ve garip bir işti onun işi. Ama başka çaresi de yoktu.

Yollarına devam ettiler, adam ve çocuk Bay Rudge'yi ziyarete gidiyorlardı. İnsanların gözleri üzerlerindeydi. Adam bunun ayırdındaydı.

"Farina!" Kalabalıktan gelen bir haykırış Sir John'u kaskatı edip durdurdu. Bir üvendire, bir yemdi, eğer yutacak, sertçe, "Buraya gel, her kimsen," diye sertçe karşılık verecek olsa, (kimse gelmeyecekti), birdenbire saçma bir figür, utanç duyan yabancılara böğüren, bir ipe bağlı çocuğun yönelttiği şişman, kör bir adam oluverecekti. Bu engel, bu kocaman engel onun sessiz kalmasına neden oldu. Farina onun düşmanıydı; aynı zamanda ikinci Wilkes olarak da bilinirdi ya da Özgürlük Adamı, Halk'ın Kalkanı. Bu, Sir John'a göre, kesin bir saldırıydı. Yanıt vermemeli, şişman, kör bir adam olmamalıydı. Farina'yı üzerine çıktığı portakal sandığının üzerinden zamanla çekip alacaktı. Ses arkasından gelmişti, bundan hoşlandı. Saldırganların ve sorun yaratanların arasında gizli bir kuşku geziniyordu, Sir John'un körlüğünün uydurma olduğu sanılıyordu. Bu neredeyse bir boş inana dönüşmüştü; kendisi, baş şeytandı. Sir John bu inanı boşa çıkartacak bir şey yapmıyordu. Farina kentte, bir yerlerdeydi, başını şuradan buradan çıkartıyor, her zaman karşı çıkıp durduğu şeylere karşı çıkıyordu. Değerli bir hasımdı, ama sunduğu yemek karmaşıkt., fazla biberliydi. İşe politika da karışıyordu. Bir cinayetin yarısı kadar iştah açıcı değildi. Farina halk tarafından seviliyordu, bu avantajı vardı, bu da Sir John'u, Henry sorununa yöneltiyordu.

Üvey kardeşi Henry de, Bow Caddesi yargıcıydı. Sir John neredeyse uluslararası bir saygınlığa sahipti. Bazı bölgeler kendisine çok sadıktı, ama sevilen biri değildi. Gerçeği söylemek gerekirse, Henry iyi bir yargıç sayılmazdı. Ayaklanma Yasası'na dayanarak Peulez'i asması, aman Tanrım, bir hata olmuştu

–ama yine de seviliyordu. Neden? Henry'nin gölgesi Sir John'un üzerine sıkıcı bir örnek gibi düşüyor, bu yükün altında adamın tüm çabaları yetersiz kalıyordu. Küçük kardeş John, etkili kişilik, doğuştan yönetici. Buna alınabilirdi, ama yaşam kısaydı. Kriz anlarında buna bir muska gibi sarılıyordu: Şu ya da bu durum, yenik bir avukatın başlıca sorusu gibi ortaya çıkartıyordu bu duyguyu, *Henry* olsa ne yapardı? Henry olsa ne *yapardı?*

Çocuk duruma uyum sağlamıştı, hızlı adımları Sir John'un ağır yürüyüşüyle daha bir eşgüdüm kazanmıştı. Neredeyse Rudge'a varmışlardı ve Sir John patalogun bu sabah kendisine ne gibi bir gizem sunacağını merak ediyordu.

"Geldik efendim," dedi çocuk.

"Aferin delikanlı." Sir John basamakları çıktı ve binaya girdi. Yabancı kimyasal kokular burun deliklerini gıdıkladı.

"Günaydın Sir John." Rudge'ın asistanı Perse'ti bu, ovalama konusunda bir dâhiydi kendisi. "Bay Rudge laboratuvarda, Sir John."

Laboratuvar? "Teşekkür ederim, Perse." Sir John çocuğa beklemesini söyleyerek morga indi.

Rudge'le yaptığı görüşmeleri severdi. Rudge metodikti, beyni, iptal yöntemiyle çalışırdı. Başka bir adamda olsa buna çıkarsama[1] adı verilebilirdi, ama Rudge sebatkârdı. Yıllarca süren tanışıklıkları boyunca patalojistin söylediği her şeyin doğruluğu saptanmıştı. Rudge'in söylemlerinin, cesetler konusundan uzaklaştığında giderek sıkıcı olmaya başladığını eklemek gerekirse de, adam olağanüstü başarılı sayılırdı. O, bekârdı.

"Sir John! Günaydınlar." Morg durağan, sessiz bir yer; ölümün tüm şiddet dolu telaşlarının dindiği bir liman, diye düşündü Sir John.

"Bay Rudge." Masanın üzerinde bir beden vardı, fenol kokusunun altında bunu duyumsayabiliyordu. Cesede doğru yaklaştırılmaktan sıkıntı duydu.

"Cinayet," dedi Bay Rudge. "Garip bir durum, belki karşılaştığım en garip durum, Sir John." Garıp: Rudge'nin sınırlı sözlüğünde bu, şiddetli, ürkütücü, itici, iğrenç, tuhaf, gizemli

[1] Çıkarsama: Dedüksiyon, tümden gelim, çıkarsanan şey, sonuç. (Çev.)

sözcüklerinden herhangi biri, bazıları ya da hepsi anlamına geliyordu. Ama yine de, *en* garip? Kendi oyunları başlıyordu.

"Dün gece, erken saatlerde getirildi bu kadın." Sir John sakınarak elini cesedin üzerine koydu. "Onu henüz açmadım," diye sürdürdü Rudge. Ceset soğuktu, odadan daha soğuktu.

"Dışarıda bulunmuş."

"Öyle." Sir John için ilk öğe buydu. İşe ayaklarla başladı, sonra şişmiş olan bilekleri elledi. Bedende bir tür kasılma vardı, ciltte çizik yoktu, belki iple. Bacakları kalındı, iri yapılı bir kadındı. Sir John sol kalçayı inceledi, dokunulduğunda yerinden oynuyordu.

"Kırılmış mı?" diye sordu.

"Yerinden çıkmış," dedi Rudge. "Daha önce böyle bir şeyle karşılaşmamıştım." Sir John mideye uzandı ve eline, kocaman bir yaranın lime lime olmuş kenarları geldi. Ama Rudge cesedi açmadığını söylemişti ve bu herhangi bir bıçağın işi değildi. Bu, bir yırtılma, parçalanıp açılmaydı. Sonra anladı. Mide patlamıştı ve bu sıcak, epey yüksek bir sıcak anlamına geliyordu. Sir John ellerini cesedin cildi üzerinde çabucak gezdirdi. Düzgündü, hiç de yanmış gibi değildi. Kaburga kemiklerinin çoğu kırılmıştı. Bir şeyin soğuk ve katı kenarları, kadının böğrüne saplanmış gibiydi, bunun çevresindeki et büzüşmüştü. Yine sıcak. Yaranın kenarları bir tür metalle kaplanmıştı, Sir John garip takıları, orospulara özgü bazı süsleri düşündü. Ama Rudge böylesi şeyleri çoktan çıkartmış olmalıydı. Zihni hızla işledi. Sıcak, metal... Hayır, bu çok korkunçtu. Midesi duyarlı biri değildi, ama bu çok garipti, çok acayipti. Bedeni incelemeyi sürdürdü.

Tanılarının kuralları belirli bir enlemde ilerlemeye olanak sağlıyordu. Bu nedenle Rudge geçmişte bir keresinde kendisine Poplar'da bulunmuş bir yürek, yalnızca bir yürek sunmuş ve ritüel kıyımlar ve Mağribi uygulamaları, hatta mezar soyguncuları hakkında konuşmaya başlamıştı. Sonradan kendisine bunun gerçekten de ritüel bir kıyım kurbanına ait olduğunu söyleyen Rudge bu durumu oldukça eğlenceli bulmuş olmakla birlikte, nemli organı ellerinin içinde evirip çeviren Sir John oldukça kötü etkilenmişti. Bu, bir domuz yüreğiydi. Öte yandan, bir keresinde de Sir John, içeri girdiğinde, beli doğal olmayan bir biçimde kasılmış genç bir kadın cesediyle karşılaşmış, durumun ne olduğunu anlayabilmek için birkaç saniye harcadıktan sonra bu kadının, üç ya da dört gün boyunca ne oturabilecek ne de yatabilecek durumda, belinden bir kapı koluna asılmış durumda kaldıktan sonra bitkinlik ve susuzluktan ölmüş olduğunu bildirmişti. Dahası ceset, Chick Lane'de ya da o çevredeki bir su kanalında bulunmuş, cinayet aslında birkaç hafta önce işlenmişti. Sir John, çay satıcısı olan Bay Rooker adında birinin, o sabah kızın, patronları tarafından öldürülmüş olduğunu ihbar ettiğini ise Rudge'a söylememişti. Rudge etkilenmiş ve kuşkular içinde kalmıştı. Bu, korkunç olmakla birlikte olağanüstü bir yarışmaydı.

Elleri kadının omuzlarını buldu. Her ikisi de yerinden çıkmıştı. Kadın çılgınca çırpınmış olmalıydı. Gözlerinden biri dışarı uğramıştı. Sir John parmak uçlarını kadının yüzünde gezdirdi, katı metal parçaları cildine düzgün çiviler gibi saplanıp dağılmıştı.

"İfadesi dehşete düşmüş gibi mi?"

"Son derece," diye onayladı Bay Rudge.

Önceki kuşkuları doğrulanıyordu; yine de parmakları kadının ağzına dokunduğunda donup kaldı. Rudge sırıtıyor olmalıydı. Kadının ağzı tıkalıydı, ağzında bir çıkıntı yapan aynı soğuk metalle doluydu, sanki boğazına bir kütük tıkılmıştı. Sir John ellerini çekti. Yeterince anlamıştı. Rudge ona bir bez uzattı.

"Hakkın var," dedi ellerini silerken. "Son derece garip. Çok vahşice öldürülmüş." Bezi geri uzattı. "Ağzı bir şey aracılığıyla açık tutulmuş. Eğer ağzındaki metali kazıp çıkartacak olursan bu nesneyi bulursun. Erimiş metal ağzına akıtılmış, büyük miktarda ve yukarıdan. Yüzüne de sıçramış." Bir jest yaptı. "Metal, iç organlarını kavurmuş, midesinin patlamasına neden olmuş. Dahası, organlarını ve cildini içerden yakmış. Böğründe bunun izleri var. Tüm yaraları ateşle dağlanmış, böylece kanı akmamış, doğru muyum?"

"Doğrusun," dedi Rudge.

"Garipten daha öte bir şey," diye sürdürdü Sir John. "Karşılaştığım en barbarca cinayet. Kadın korkunç acılar..." Ama tümcesini bitirmedi.

"Başka bir bilmece daha var," dedi Rudge. Sir John başını kaldırdı, başka ne vardı? "Kullanılan metalle ilgili bu..."

"Evet?"

"Altın," dedi Bay Rudge. "Bu ceset ufak bir servet değerinde."

Dakikalar sonra Rudge, Sir John'un ricası üzerine, cesedin bulunuşuyla ilgili ayrıntıları yazıyordu.

"Richmond'dan aşağıda mı?"

"De Verelerin topraklarında, evin batı yönünden bir mil kadar uzakta."

"Nasıl bulunmuş?"

"Bir balo veriliyormuş. Bir konuk kaybolmuş. Arama grubu mülkün içindeki bir bataklıkta cesede rastlamış."

"Orada öldürülmemiş olmalı."

"Orada öldürülmüş gibi görünüyor."

"Arama grubu..."

"Bende bir liste var. Edmund de Vere."

"Kont mu?"

"Evet."

"Babasını tanırdım, annesini de. Korkunç bir kadındır, gerçi son zamanlarda oldukça çaptan düşmüş."

"Kont, sonra Bay Warburton-Burleigh, Bay Septimus Praeceps adında biri, Pannell, Guardian ve Stokeley adındaki kaptanlar, üç uşak ve Vikont Casterleigh."

"Casterleigh mı? Kendisine pek uygun olmayan arkadaşlarla berabermiş." Sir John Fielding listeyi kafasının içinden geçirdi, ama masanın üzerindeki ceset dikkatini bu konudan uzaklaştırdı.

"İçlerinde hiç kimse bu kadının kim olduğunu bilmiyordu, öyle söylediler."

Ölü bir kadın. Altın. Ayrı ayrı her ikisi de sıradan şeylerdi, ama bu biçimde birleşmiş olmaları onları farklı kılıyordu. Tıpkı sülfür, güherçile ve odun kömürü gibi. Sir John Fielding huzursuz olmuştu. Ve kadının kim olduğu bilinmiyordu. Toplumsal düzen kendisi için bir içgüdüydü. Kentin yüzeyinde, yıkıcı jestlerle patlayan bazı rahatsızlıkların toplanmakta olduğunu şimdiden duyumsuyordu. Kadının ağzında altın. Henry olsa ne yapardı? Onu kapsa, bir anlam taşımasını sağla. Farina böylesi şeylerden ötürü kargaşa çıkartırdı, ayak takımı mantığı ayaklar altında kalacak, sokaklarda meşaleler dolaşacaktı. Hayır, bu işe kendi damgasını bastığı sürece bu, böyle olmayacaktı. Politik yapı kendisini hizmetlileri arasında saydığı sürece böyle olmayacaktı. Altınla doldurmuş bir beden. Hayır, bunu kabul etmeyecekti. "Bay Rudge."

"Sir John."

"Bu talihsiz ölümü bizden başka kim biliyor?"

"Arama grubu. Onlara dillerini tutmalarını söyledim, araştırmanın selameti adına."

"İyi. Ben de konuşurum onlarla. Bu konuda sağduyulu olmak gerektiğine inanıyorum, çok abartmamakla birlikte, gizli tutulmalı. Bu korkunç bir cinayet, yeterince kötü bir durum, ama yine de, ortaya çıkmasından daha çok korkuyo.rum. İlgi merkezi olmasından–"

"Anlıyorum."

Rudge anlıyordu. Kuşkusuz. Kendisi gibi, kalabalıkların tutkularının kıyısında yaşayan, onlara belirli bir görüş açısından bakan birisi için bu anlaşılabilir bir şeydi. Kuşkusuz, anlıyordu.

"Kimi arıyorlardı? De Vere ve ötekiler?" diye sordu birden adam.

Rudge'ın düşünceleri Sir John'la benzer çizgilerde yol alıyordu. Bir an düşündü. "Bana söylenmişti. Bir yere yazdım." Notlarına baktı. "Lemprière," dedi. "Bay Lemprière adında biri."

"Lemprière." Sir John bu adı boş bir sesle yankıladı. "Bay Lemprière'le ben de konuşabilirim." Merdivenlere doğru ilerledi, kafasında bir şeyler vardı. Sonra birden döndü ve önemle konuştu. "Bay Rudge, bundan kimseye söz etmeyin. Cesedi gizleyin. Size yetki veriyorum." Durakladı, içinde tasalar birikiyordu. "Kimseye bundan söz etmeyin Bay Rudge. Hiç kimseye."

PARİS

Saint Helier'den Saint Malo'ya posta gemisiyle, oradan Normandiya yollarının aşamaları boyunca posta arabasıyla Paris'e, Trésaguet'in üç katmanlı[1] dehasından ve angarla çalışma sisteminden[2] yola çıkarak miller boyunca yassı ve gri gökyüzünün altında halı gibi yayılan kırık taş döşemeli yolların üzerinde takırdayan tekerlekler, iki yanında basit ağaçlar ve Lombardiya kavaklarının dizili olduğu yollarda yokuşları inip çıkarken, zaman zaman, atlarını daha hızlı süren kişilerin eşliğinde yol alıyordu, oysa ortalıkta orakları ve tırpanlarıyla gecikmiş bir harman telaşındaki kasketli ve iş önlüklü köylülerden başka ilişki kurulacak kimse yoktu. Burası Le Nain'di.

Posta arabası, ülkenin içlerine, Île-de-France'a doğru yoluna devam etti, burada daha yoğun bir tarımsal yapı yer alıyordu, domuzlar, inekler, koyunlar, yolun üzerinde beliren hafif eğimleri tazeleyen ani esintilerin dalgalandırdığı kızıl-kahverengi tarlalar, arabanın havada sıçrarken çıkarttığı gürültüyle oraya buraya kaçışan civciv kümeleri, elma ağaçları ve toprağın içinden ölülerin kollarına benzer dallarını çıkartan bağ kütükleri, yassı çayırlar ve bakımsız *çiçek bahçeleri* vardı. Her şeyin yardımı oluyordu, hatta hâlâ kurşun grisi gökyüzünün, hatta araba büyük kente yaklaşırken ender olarak başlarını kaldırıp bakan köylülerin, gerçi onların katkısı pak fazla sayılmazdı, ama inatçı ilgisizlikleri, kentin pek de uzakta olmadığının işaretiydi ve kısa bir süre sonra ötelerde ufukta yükselen gri-mor bir leke bu

[1] Üç katmanlı: Yazar burada üç katmanlı toplum yapısını (Soylular, Din Adamları ve Halk) anıştırmakta olabilir. (Çev.)

[2] Angarla çalışma sistemi: Kölelik düzeninde, köylünün derebeyine zorunlu ücretsiz hizmeti. (Çev.)

gerçeği onaylıyordu, kent en çok dört ya da beş saat uzaklıktaydı. Sonbaharın sonuydu.

Posta arabasının içindeki iki yolcu, kent ağır ağır içlerine sinerken onun bu yaklaşımının ayırdına vardılar, Paris, ak sıvalı duvarların, çok kiracılı cılız, ucuz apartmanların ve Palais Royale'in kenti. İkisi de daha sonra burada gezinecek ve treillage[1]'a, atkestanesi ağaçlarına hayran kalacaklar, bazı alçakgönüllü yapıların ne olduğu konusunda tahminlerde bulunacak, sonra bunların farklı yönlerden olağandışı yapılar, trompet okulları, bir duvar kâğıdı fabrikası ya da kentin bağırsaklarını geçitler ve kanallarla karmaşıklaştıran katakombların bir girişi olduğunu öğreneceklerdi, toprak aşırı tebeşirimsi olduğundan yapıların bir gecede, hatta gün ışığında bile birden yok oldukları bilinmekteydi, burası beklenmedik çöküşler ve doğru oldukları sonradan ortaya çıkan çöküş dedikodularının kentiydi. Paris. Âşıklar kenti, posta arabası bu kente Rue de Sèvres'den girmişti, çobanlar ve arabacılarla başa baş bir yürüme hızıyla ilerliyordu. Juliette başını cama dayayıp kendilerine ağır ağır yaklaşan kenti izledi, kuleleri ve damları kızın gözlerini şu ya da bu yöne çekip duruyordu, sonunda çevrelerinde yapılardan başka bir şey kalmadı; sürücü bariyerlerden geçiyordu, çiçek satıcıları, mektup yazıcıları, pasta satan kadınlar, sirke ve taze soğanla tadlandırılmış ringa balığı satan adamlarla dolu sokaklarda adım adım ilerlemeye başladılar. Bu koku genç kızın birden her şeyi anımsamasına neden oldu. Posta arabası Rue Notre Dame des Victoires'de durdu ve kız arabadan dışarı adımını attı, ayaklarının altındaki zeminin katı ve gerçek olduğunu duyumsayarak birdenbire kendi dönüşünün kenti olan Paris'in içinde belirdi.

Arkasında, öteki yolcu arabadan daha yavaş indi. Sabahın ilk ışıklarıyla yola koyulmuşlardı ve şimdi ikindi olmuştu. Jaques, posta arabasının arkasına doğru giden, Fransızca gevezelik ederek, bavulları indirmekte olan adamları şuraya, buraya çekiştiren, üstü açık bir arabaya el sallayan kızı gözlemledi. Kızın hareketlerinde bir telaş havası vardı, Jaques dikkat etmişti, bazen uyuşukluk evreleri içine giren kızı, bas bas bağrılarak verilen bir emirden başka hiçbir şey harekete geçiremiyordu. Bu Casterleigh'in ya da tanık olmadığı, ancak tahminde bulunabildiği

[1] Treillage: (Fr.) Kafes çit. (Çev.)

geçmiş ilişkiler yüzünden olmalı diye düşündü. Jersey'den beri yaptıkları yolculuk, geçen defaki yolculuklarına oranla daha düzenli geçmiş olmasına karşın kendisini bitkin düşürmüştü. Giderek bu işten bıkmaya başlamıştı, ama her şey yolunda giderse bu, son kez olacaktı.

"Bekle!" diye bağırdı Jaques kıza doğru, kız dondu, omzunun üzerinden yüzünde bir hırsızın ifadesiyle geriye baktı. Yine Casterleigh. Kızın üzerine damgasını vurmuştu. Jaques, arabanın arkasında, kaldırım taşlarının üzerinde kalan kızın kendi çantasını işaret etti. Yıpranmış kumaştan, ucuz bir şeydi. Saint Helier'den beri kız buna sıkı sıkıya sarılıp durmuştu; çantanın üzerindeki mavi çiçeklerin boyası solup gitmişti.

Ev, bir çeyrek mil uzaklıktaydı, Rue Montmartre'ın çaprazında, Rue du Bout du Monde'un ötesindeki bir avlunun içindeydi. Eve bu avludan geçilerek giriliyordu. Onlar bindikten sonra la porte-cochère[1]nin ağır kanatları arkalarından kapandı, araba tekerlekleri dönerek yola koyuldu, az sonra, ak sıvalı, alçak pencereleri taşın işine gömülü demir parmaklıklarla korunan üç katlı villaya geldiler. Uşak bagajları boşaltmak için bekliyordu. Seyis yamakları atların koşumlarını çıkarttılar. İçeride hizmetçiler kendi yollarına gitmezden önce saygıyla Juliette'i selamladılar. Havada hafif bir toz kokusu asılı kalmıştı. Kız görünmeyen bir yerlerde kovaların ve paspasların tıkırdadığını duyuyordu. Ev kapalı kalmıştı ve şimdi ikisi için açılıyordu. Burada hizmetçilerin dışında yalnızca evin sakinleri vardı. Jaques şimdiden ortadan kaybolmuştu. Kız giriş holünde çantaları ve merdivenin dibinde sessizce bekleyen uşakla birlikte kendi başına kalmıştı, bildik sahneydi, onlarca, belki yüzlercesini görmüştü böylesi hollerin, su mermerinden sütunları ve büyük Japon vazoları, karmaşık süslemeli karton-piyerleriyle serin, yankılı giriş holleriydi bunlar ve yalnızca kendi ayak sesleriyle bozulan sessizlik içinde onu yukarıya götürecek olan uşağı bekleyen o, Juliette.

Bu kez uşak bekliyordu, ama sessizlik öğesi değişmemişti, kız uşağa kendisini, bavullarını açmaya başlayacak olan bir hizmetçinin saygıyla beklediği odasına götürmesini işaret etti. Bez çantayı kavrayıp göğsüne bastırdı. Yüksek pencereler güneye,

[1] Porte-cochère: (Fr.) Koçu tipi arabanın kapısı. (Çev.)

balık puluna benzeyen dam tepelerine, nehre ve Notre Dame'ın kulesiyle kente tepeden bakıyordu, uzaklara doğru, ayrıntılar giderek gözden siliniyor ve akşam iniyordu. Görüntüye egemen olan bulunduğu yerle çan kulesi arasında, Saint Denis anayolunun ve Quai de la Mégisserie'nin sınırladığı sokaklar karmaşasının hemen ötesinde, Le Marché des Innocents uzanıyordu. Genç kız, bu bölgedeki hemen her sokağı, her dar yolu, avluyu, hatta kuruluşlardan bazılarını gizli arka girişlerle daha sessiz geçişlere bağlayan adsız geçitleri bile arşınlamış olmalıydı. O, bunların hepsini biliyordu, oğlan çocuğu gibi kısa kesilmiş saçlarıyla, nehrin pis kokusuna bulanmış, dizleri kabuk bağlamış oyun arkadaşları ile birlikte buralarda koşuşup durmuştu, o zamanlar bile güzeldi. Sele kapılıp gelen ufak kayıkların nehirde parçalanışını izlerler, kayıklar Pont Neuf'ün taşlarına çarpıp dağıldıklarında neşelenirlerdi. Annesi onu her şeyi çift görünceye dek yumruklardı, ama bunun nedenini, hatta ne zaman olduğunu bile unutmuştu. Maman, onu neredeyse unutmuştu.

"Matmazel?"

"Evet, evet, kuşkusuz." Hizmetçinin işi bitmişti. İki pencere arasına yerleştirilmiş bir boy aynası kızın görüntüsünü yansıtıyordu. Bir amaçla geri gönderilmişti. Vikont bunun ne olduğunu biliyor, ama söylemiyordu. Bekleyen gemiye doğru hareket eden posta arabasına binerlerken bunu ona sormayacak denli akıllıydı. Adam rıhtımın üzerinde Jaques'le konuşmuştu. Kendisi pencereden bu konuşmayı izlemiş, sonra Jaques onu bu eve geri getirmişti. Vikont'un ayrılışı genç kızın ihanete uğramışlığa benzer belirsiz duygusunu bilemişti, çünkü artık ilişkilerinde yeni bir evreye girmiş olduklarının çoktan ayırdındaydı ve vites değiştirilirken çıkan takırtıları duyuyordu. Gölcüğü düşündü. Su çok soğuktu ve adam –o sırada bir adam bile denemezdi ona– birden çöküvermişti, ucunda parçalanmış eli bulunan kolu havaya kalkmıştı, kendi bedeni gelmişti kızın aklına, kendisini ayak bilekleri çevresine takılmış ağırlıklar gibi olduğu yerde tutan suyun içinde ak ve çıplaktı. O, gitgide Vikont olmuştu; artık hiç de Baba değildi. Bazen biri, bazen da öbürü oluyordu, kız artık izleyemiyordu ve onun hoşnutsuzluğunun içinde bocalamaya terk edilmişti, bir koket, zamanından önce gelişmiş bir fahişeydi, yaptığı her şey yanlış oluyordu, ama gölcüğün içinde farklı bir biçimde korkmuştu. Adam sonradan, köpekleri vurmuştu. Kız odasında kalmıştı. Bir saat sürmüştü bu ve silahın her ateşlenişinde kız yerinden sıçramıştı, sonra kendisini toparlamaya çalışmış, ancak hep, kendisini, yeniden gölcükte, atın üzerindeki adama bakarken bulduğu o âna geri sıçratacak olan bir sonraki atışı beklemişti, adam orada, yukarıdan kendisine bakmış ve kız onun yüzünde verilmiş bir kararın yan etkisini görmüştü. Yalnızdı, çıplaktı ve köpekler oradaydı, amaçsızca bekleşiyorlardı; karar kendisine yönelikti. Silah patlamış ve kız yine irkilmişti. O adam delikanlının babasıydı, ama kız bunu daha sonra tahmin etmişti. Sonra, Vikont'a gittiğinde ve o kendisine çocuğun her şeyi görmüş olduğunu söylediğinde. Sorun buydu. Kız, o kendisini görmüş olduğu için utandı. Casterleigh yine Baba olmuştu, duruma göre şefkatli ya da acımasız oluyordu, artık Vikont değildi, kız ona, Peder Calveston'un kendisine söylemiş olduğu şeyleri, Lemprière'in sözlerini anlattığı sırada olduğu gibi.

"Vizyonlar mı?" diye sormuştu?

"Bir şeyler okuyor. Bu şeylerin gerçekleştiğine inanıyor–"

"Ne gibi şeyler?"

Adam yüzüstü dönmüştü. Köpekler onu yemişti. Londra'daki adama mektuplar gönderilmiş ve o, bir kez daha Vikont olmuştu, öfkelenmiş ve küfretmişti. Çocuk oyunları! O delikanlıyı öldürmek istiyordu, mektuplar ise bunu yapmamasını söylüyordu. Juliette onu, yumruklarının içinde mektuplarla, bir hayvan gibi masasının üzerinde eğilmiş dururken gizlice gözetlemişti, ufak kâğıt parçaları ona bunu yapmamasını söylüyordu ve delikanlı hâlâ sağdı. Jaques, Jersey'de birlikte geçirdikleri hafta sonunda kendisine böyle söylemişti. Delikanlı, babasının vasiyeti için gemiyle İngiltere'ye gitmişti. On beş gün sonra da kendisi Jaques'la birlikte Fransa'ya hareket etmişti. Bu her iki şeyin de bir nedeni olmalıydı. Köpeklerin, onu suyun içinde tir tir titrerken, hiçbir yeri çizilmemiş durumda bırakmalarının, ona zarar vermeden dereden yukarı efendilerine doğru sürüklenerek geri dönmelerinin bir nedeni vardı; adamın yumruğunun içindeki, Lemprière'in sağ kalmasına neden olan ufak kâğıt parçaları gibi nedenler vardı. Londra'daki adam, ona böyle söylemişti.

"Bunları okuyor. Ve gerçekleştiklerine inanıyor." Köpekler dönmüşler, efendilerine doğru bir koşu tutturmuşlardı. Lemprière: Onun düşünceleri, bu sahnenin içindeki ağaçların, gölcüğün, köpeklerin, hatta Casterleigh'in ve kızın kendisi varlığının içindeydi. Onun tüm düşleri gerçek olmuştu, hepsi buradaydı. Gölcüğün içinde, kendisi her şeyin merkezindeydi. Köpekler o insan bedenini parçalarken kendisi de, Vikont'un kararı ve Lemprière'in kendisini orada düşlemesiyle onların emrinde bir o yana, bir bu yana mekik dokuyup durmuştu. Bir biçimde onlarla, onların tüm seçenekleriyle özdeşleşmişti. Bu, yeni bir evreydi. Baba yok olmuştu. Şimdi yalnızca Vikont ve Lemprière vardı.

Evin içinde yaptığı araştırmalar tavan arasında sonuçlandı. Buradan, aşağıdaki avluya bir faytonun girdiğini duydu. Juliette tünemiş olduğu masanın üzerinden indi. Koridordan ve merdivenlerden aşağı koştu.

Jaques giriş holüne vardığında, o, tuvalet masasının başında oturmuş saçındaki tokaları çıkartıyor, yatmaya hazırlanıyordu. Masanın üzerindeki küçük cam tepsinin üzerine birer birer koydukça tokalar hafifçe tıkırdıyordu. Kız saçlarını fırçalıyordu ki, aynadan Jaques'ın kapının ağzında durduğunu gördü. Jaques hemen hemen kel sayılırdı, yumuşak, entelektüel bir yüzü vardı. Adam orada kala kalmıştı, ne odanın içinde, ne tümüyle dışındaydı. Kız dönüp ona baktı, şaşırdı, kendisinden böyle bir şeyin beklendiğini bilmiyordu. Tarağı saçına takıldı, bir toka unutmuştu, başını önüne eğip dikkatle tokayı çıkarttı. Saçları sırtından aşağıya sarkıyordu, *klik*, bu hafif ses üzerine yeniden dönüp baktı. Adam kapıyı çekmişti. Toka tepsiye, ötekilerin yanına *çıt*, diye kondu. Kız çevresine bakındı. Jaques gitmişti.

Ertesi sabah, onları kol kola üç şeritli Cour de la Reine Bulvarı'nda gezinirken buldu. Birlikte Port aux Pierres'den geçip Place de Louis Quinze'e girerlerken genç kız, onun kendi kızıydı, vasiyetindeki genç bir hanım, sevilen bir yeğendi, bunlardan bazıları ya da hepsiydi. Daha sonra Tuileries'in üç yanında uzanan kemerli evlere hayran oldular. Ertesi gün, ringa balığı raflarının arasında, katlanan sandalyelere oturmuş *passe-dix* ve *biribi* oynayan kumarbazlarla dolu Quai de Pelletiers'de dolaşırken de durum aynıydı.

Öteki günler, öteki görüntüler. Kasım göğünde yağmur bulutları dolaşırken kız, Baron'da saçlarını yaptırtmıştı. Véry'de ya da Beauvilliers'de yemek yemişler ve Astley'de, acemi binicilerin atlarından düşmelerini izlemişlerdi. Gündelik düzenin birbirini izleyen bir rastlantılar dizisi olduğunu sanan Juliette için bu, tedirgin ediciydi. Akşamları Madame Julien'de *trente et un* ya da Chocolat Café'de domino oynuyor ya da tiyatroya gidiyorlardı. Bazen genç kız yalnız başına kalıyordu. Günler hesaplı bir amaçsızlık içinde geçip gidiyordu. Günlerin her biri, bir biçimde, daha öncekinin bir tıpkı basımıydı. Yalnızca ayrıntıları değişiyordu.

Günler, haftalara dönüştü. Caddelerdeki belirsiz gezintileri, sanki herhangi bir plan yapmaları, önceden tasarlamaları ya saklanmışçasına, giderek daha da belirsiz olmaya başlamıştı, böylece kendilerini, Juliette'nin kendi isteğiyle asla dalmayı ve sokaklarında yürümeyi düşünmeyeceği, lağımcıların saman, hayvan pislikleri ve süprüntüler içinde boğuldukları Halles ya da Courtille bölgelerinde buldular. Bu gezintilerin hiçbir amacı ya da düzeni yokmuş gibi görünmekle birlikte kızın, evde geçirdikleri ilk gece uzaktan gözlemiş olduğu Marché des Innocents'ın aşağısındaki bölgeye bir kez bile dalmadılar. Bundan kaçınabilmek için kendilerini yorgunluktan tüketen uzun dolambaçlı yollar deniyorlardı ve böylece, Juliette'i dehşete düşüren görüntülerle hiç karşılaşmadılar. Casterleigh, adama bundan söz etmiş olmalıydı, kesinlikle. Bir kez daha "Baba" olmuştu, belki.

Gözleniyorlardı. Bundan emin olamazdı –her zaman farklı kişilerdi– onları gözucuyla, hemen kulağının dibinde ve belirli olmayan zamanlarda, hiçbir önemi olmayan yerlerde yakalıyordu. Bunlarla huzurunu bozmuyordu; ağırlığı tartılacak ve ötekilerle birlikte bilmecenin içine yerleştirilecek bir öğe daha, diye alıyordu bunu da, tıpkı çalışma odasında baş aşağı çevrili duran, Lemprière'in yapmış olduğu liste gibi. Kendi amaçsızlıkları, bekleyişleri, gözleyişleri; merkezi bir görev, bir olay kuracaktı aradaki bağlantıyı, kız bunun ne olduğunu bilmiyordu. Kendi rolü değişmişti, şimdi bir yabancıydı. Arabadan iner inmez kentin onun üzerine doğrudan abanışı, onu ilk kucaklayışı, artık yoktu böyle bir şey. Genç kız sürükleniyor ve akıp gidiyordu.

Bu, birbirini izleyen gezintilerin arasında, bazen ikisinin birbirlerinden ayrıldığı oluyordu. Hatta kendilerini gözetleyenler bile gözden uzaklaşıyor ya da kalabalığın içine daha başarıyla karışıyorlardı. Zaman olaylarla ve sapmalarla, yaptıkları ya da kaçındıkları şeylerle doluydu. Tüm bunların içinde, bir yerde bir amaç vardı.

Aralık ayı geldi ve hiçbir şey değişmedi. Salonlarda ve lobilerde, ağır kristal avizeli, gösterişli bekleme odalarında yaptıkları amaçsız gezilerini sürdürdüler. Kenti çok az tanıyordu, bir kez karşılaştığı ve bir daha asla karşılaşmayacağı insanlarla acele konuşmalar yaparken bu kentin içinde yitip gitmiş gibiydi, caddelerde kendisini sıkıştıran kalabalıkların arasında bir o yana, bir bu yana savrulup duruyordu, ama onlar aynı zamanda kendisinden uzaktı, önceden gelmişlerdi, bir sonraki sokağa, kapılarının önüne, oraya, önceden gelmişlerdi, ertesi gün onun kendi aralarına bir kez daha karışmasını, aynı yüzü günde yüzlerce ve binlerce kez görmeyi bekliyorlardı. Yalnızca Jaques değişmiyordu. O, bir şey bekliyordu ve kız buna sarılmıştı. Kış, yüzlerindeki rengi soldurdu. Ak yapılar, yanlarından geçen araba tekerleklerinin sıçrattığı is ve gübreden ötürü artık ak değildi, renkleri grimsi bir kahverengiye dönüşmüştü. Kent donmaya başlamıştı. Erkekler ve kadınlar, caddeler ve yan sokaklarda giderek daha ağır hareket ediyorlardı. Metropolis yaşamı, çevrelerindeki sıvı katılaşmanın erimeden, olduğu gibi durmasını sağlıyordu. Alley of Sighs'da, ölü gözlü yaratıklar, onlar, ötekilerle birlikte titreyerek, dişleri macun gibi parıldayarak yanlarından geçerlerken çolak bileklerini kaldırıyorlardı. Sarhoşlar buz ve acı soğuk düşleri kuruyorlardı.

Tüm bunlara, bu soğuk, can sıkıcı tehdit ve donuk fısıltılara yabancı, camsı bir et olan Palais Royale *Hayır!* diyordu. Arabalar Rue Saint Honoré boyunca yığılıyor, burayı yüksek ve aşağı sınıftan insanlarla dolduruyorlardı. Kontesler ve sıradan insanlar, yolcular ve ayak satıcıları, sokak şarkıcıları ve silahşörler, çocuk aktörler ve pornograflar, bankerler ve kâtipleri ve karıları ve metresleri, bunların hepsi de levité[1]'ler, hafif ipekler ve desenli pamuklular içinde, parlak atkılara bürünmüş, parmakları taşlarla parıldayan dansçı ve şarkıcılardı. *Parterre*'in üzerinde

[1] Levité: Fr. Bir tür uzun redingot. (Çev.)

projektör gösterileri ve oyuncular yer alıyordu, café'ler, kitap standları ve lokantalar, kollarına, gözleri sürmeli, tüyler içinde, avizelere doğru duman gibi savurdukları hafif bir İtalyan aksanıyla birer demi-mondaine[1] takmış, sitron renginde ve çizgili satenden ceketleriyle centilmenlerle, kırmızı yanaklarla, ağızların çevresinde çırpınan ak eldivenlerle, kadife bandlar ve havada süzülerek, birbirlerini itip kakarken vız diye gelip geçen ipeklerle doluydu, yaptıkları dedikodular havayı yakıyor gibiydi.

Juliette bunların arasında, emekli biri gibi amaçsızca geziniyordu. Jaques onu kolundan tutuyordu, kız mücevherli tasması olan bir hayvandı. Yılın bu zamanında bile bahçeler, yürüyüşe engeller oluşturan gruplar halinde birbirleriyle çene çalan erkek ve kadınlarla tıklım tıklım doluydu. Bu, bir sesler orkestrasıydı, alçak tonlar iç parçalayıcı haykırışlarla, tıslayan ıslıklarla ve gurultulu gülüşlerle karışıyordu. İkisi tüm bu kabalığı, soldan sağa doğru diyagonal bir biçimde keserek ilerliyorlardı ve Juliette kadınlarla dolu bir merdiveni ya göz ucuyla yakaladı ya da gördü – buna emin değildi. Yine baktı. Bir grup şövalyenin yanından geçtiler; adamlar ona süslü şapkalarını çıkartınca kız başını çevirdi, sonra haklı olduğunu anladı. Sade giysiler içinde bir adam. Yol boyunca ve bahçeden geçerlerken karşı kıyıda, kendileriyle koşut olarak ilerlemişti. Gözünün ucuyla adamın silüetinin kalabalığın içindeki boşluklara daldığını görmüştü. Sonra yok olmuştu. Ufak, kara bir şapkası vardı. Şimdi, kadın başlarının öne arkaya ve iki yana doğru yaptığı sarkaç hareketlerinin, topuzlu saçlar ve renkli tüylerin genişletildiği Büyük Galeri'deydiler. Birden adam yine belirdi, bu kez az ötelerindeydi. Bu olanaksızdı, kız geriye doğru öyle bir dönmüştü ki, Jaques onu çekmek zorunda kaldı. Adam sağ yanlarında duruyordu, ama kalabalığın içinde bu denli hızlı hareket etmiş olamazdı. Bunlar iki kişiydi, birdenbire durumu açıkça gördü, bunlar iki ya da daha çok kişiydi. Adamı, ilk olarak, göz ucuyla gördüğü noktaya doğru ağır ağır yaklaşıyorlardı. Juliette başını kaldırıp Jaques'a baktı ve onun yüzünün değişmiş, kasılmış olduğunu gördü, bakışları sağa sola gidip geliyordu. Ağzını açmaya, kolunu kaldırıp işaret etmeye kalkışırken adam onun bileğini çabucak yakaladı ve kolunu aşağıya indirmeye zorladı.

[1] Demi-mondaine: Fr. Kibar fahişeler. (Çev.)

"Hiçbir şey söyleme!" diye tısladı ona. Sağlarındaki adamın yolu bir noktada onlarla kesişecekti, galerinin öte ucundaki kapının yanında ona toslayacaklardı, ama ayaküstü gevezelik eden ve burunlarını pudralayanların arasında izledikleri patikada, yürüyüşü yavaşlayan önlerindeki adama yaklaşıyorlardı, kapıya ulaştıklarında aralarında yalnızca birkaç santim kalmıştı. Kız, arkalarından gelen ikinci adamın sert ayak seslerinin hızlandığını duyabiliyordu. İlki de daha hızlı hareket etmeye başlamıştı. Jaques kızı bileğinden tutmuş çekiyordu. Avluyu neredeyse koşarak geçtiler, genç kız soğuk gece havasında soluk soluğaydı ve şimdi yaklaşıyordu. Önlerinde, adam caddenin ortasına fırladı, oradan geçmekte olan bir araba yavaşladı, birinci adam arabanın kapısını açtı, Jaques arkasındaki kızı biraz daha çekerek arabaya tırmandı, ikinci adam da arkadan kendisini içeriye attı, sonra da birinci adam bindi, kapı çarpılıp kapandı, dördünün de binmiş olduğu araba hızını artırdı ve atlar dört nala koşmaya başladılar.

İki adam karşılarında oturmuşlardı. İçlerinden biri öne doğru eğildi ve Jaques onun elini sıktı. Öteki hareketsizdi.

"Dokuz hafta," dedi Jaques. "Dokuz haftadır buradayız."

"Biliyorum," dedi öteki. "Gözleniyordunuz." Ve Juliette birden –her kim idiyseler– Jaques'ın beklediği olayın, bu adamlarla buluşmak olduğunu kavradı.

Varmak istedikleri yer, onlara hızla yaklaşıyordu. Araba, Rue Saint Honoré'den aşağıya hızla, sarsılıp takırdayarak iniyordu. Juliette arabanın camından dışarı baktı. Evlerin ve kaldırımların dışına, yola taşmış kalabalıklar kayıp geçiyordu. Camın ardından yüzleri ak lekeler gibiydi. *Dışarıda kalın,* diye düşündü kız.

Araba Marché des Innocents'de, Pont Neuf'e girip nehri geçecekmiş gibi sola döndü, ama hayır, yavaşlayıp durdu. Juliette ürperiyordu. Jaques eğilip gözlerinin içine baktı. Şimdi sol yanlarında kalan caddeler ve sokaklar bu kette bulundukları süre içinde genç kızın karşısına bir düşman kalesi gibi dikilmişti. Önlerinde bir yük arabası devrilmiş, dökülen keresteler yolu kapatmıştı. Bir at ölmüştü. Juliette, arabacı kendi atlarını bu engelin çevresinden dolaştırarak öte yana geçmeye çalışırken hayvanların çıkartmakta olduğu şaşkın solukların gürültüsünü duyuyordu ve bakmadan bile, sapmak üzere oldukları bu sokağı tanıdığını biliyordu. Sonra baktı, araba Rue Boucher des Deux Boules'e döndüğünde kız boğazından bir şeyin yükseldiğini duyumsadı. İşte fırıncı oradaydı ve birkaç kapı ileride, parapetin üzerinde durup bağıran –herkes bağırmıştı– küçük Restif'i izlediği Hôtel vardı, çocuk aşağıdakı gelip geçenlerin başlarına çişini yapmıştı. Şimdi geçtikleri geçidin adı yoktu, ama buraya, başka hiçbir yerde görmedikleri küflü duvarlarının parıltısından ötürü 'Kara ve Yeşil' adını takmışlardı. Sokak yan yolda kavislenmeden bir saniye önce az ötedeki evler kızın gözleri önüne serildi, tam o anda Jaques hemen penceredeki perdeyi çekivermişti.

Ama kız göreceğini görmüştü, kırmızı perdelerin –aynı perdelerdi bunlar– ardında ışıklar parıldıyordu ve kız içerideki uzun odayı görebiliyordu, odanın her iki ucundaki ocaklarda yanan ateşin karşısına dizilmiş kanepeleri ve koltukları büyük bir canlılıkla anımsıyordu. Sabahleyin gün ışığı yüksek pencerelerden süzülür uzanır, konuşur, esner ve kaşınırken kendisi de yerde oturup oyun oynardı. Ve Maman. Yukarıda yatak odaları vardı, onların üzerinde de tavan arası odası, kendisi burada gücünün her zerresini kullanarak yeri tekmeler, çığlıklar atar, ama hiçbir yararı olmazdı. Sonra bir ya da iki yıl sonra, aynı pencere, Maman yoldan aşağıya mavi bez çantasını sallayarak yürüyor, arkasına bile bakmıyordu. Çocuk, pencerenin camına vurdu, ama hiç kimse duymadı. Petit Pas kadının arkasından koşmuş, sonra aynı mavi çantayla geri dönmüştü. Bir hatıra olsun diye verilmişti. Kız o zaman annesinin bir daha geri dönmeyeceğini anladı. Madam Stéphanie, gelse bile onu geri almayacaktı, iyi ki çekip gitti, diyordu. Çanta bir hoşça kaldı ve küçük kız, uzun ikindilerde âşıkları hakkında çeşitli öyküler anlatan Maman'ın anılarıyla baş başa kaldı, içlerinden biri de Juliette'in babasıydı.

"İyi bir adamdır. Sözünde duran bir adam." Ama kadın bunu yalnızca adam her ay para gönderdiği için söylenmişti, para Juliette için gönderiliyor, o da bunu annesine veriyordu, kendisine kalan ise yalnızca babasının kendi varlığından haberli olduğu olgusuydu. Onu görmeye gelmeyecekti, böyle söylüyordu kendi kendine. Kendisi onu arayacaktı. Bu onun içinde gizli bir öfkeydi, kimsenin bunu görmesine izin vermezdi.

Şimdi araba, dört yıl önce onun arkasından son kez kapanan ağır ön kapının önünden geçiyor olmalıydı, Vikontun arabası bu sırada sokakta durmuş bekliyordu. Adam, Madam Stéphanie ile işleri sonuçlandırıncaya dek kendisi bu arabanın içinde oturup beklemişti. Yüzü o zaman da, şimdiki gibi apaktı ve ellerinin içinde eteklerini büküp duruyordu. Adam arabada onun yanına katıldığı zaman kentten ayrılmak üzere olduğunu öğrendi. Jersey'e gidiyordu.

"Baba?" Adanın adını duyuca, zayıf bir olasılığın yapay umudu hızla geçmişti kafasından. Para Jersey'den gönderiliyordu, babası herhangi bir yerde bulunuyorsa, herhalde Jersey'de olmalıydı. "Baba?" Bu boğa yapılı adamın babası olmadığını biliyordu. Yüzünde hiçbir kıpırtı olmamıştı ve bu durum araba hareket eder etmez kendisine kanıtlanmıştı. Adam onunla oracıkta, arabanın kanepesi üzerinde, kabaca, işini bitirmişti. Baba: Kız o anda kendisine böyle seslenebilirdi. O anda, içinde bulunduğu kargaşa arasında bile kaçmayı düşündü. Ama kız öfkeyle adama, kendisini aldattığını, babası olmadığını söyleyerek bağırdığı zaman (oysa adam hiç de böyle bir iddiada bulunmamıştı), Vikont onun mutsuzluğuna gülmüştü.

"Baban mı? Saçma! Senin babanla ben tümüyle birbirimizden farklıyız." Bu sözler elle dokunulurcasına gerçekti. Adam bu sözleri kızın boynunun çevresine bir tasma gibi taksa da olurdu. Annesinin bu bildik sokaktan aşağıya kaçıp kendisinden uzaklaştığını, Madam Stéphanie'nin salonlarında tanıdıkları, müşterileri beklemekle ve bu bekleyişin ardından, az önce bu arabanın içinde yinelemiş olduğu işi yapmakla geçen kendi günlerini anımsadı. Babasının yokluğu bu sahnelerin ve buna benzer öteki sahnelerin üzerinde asılı duruyordu. Onun geri dönebileceği düşüncesi umutların en zayıfı olmakla birlikte, bir gün onun gelip uzun süre ertelemiş olduğu görevleri üstleneceğini umuyordu, ama şimdi sonunda bir arabaya binmiş gidiyordu, araba caddeden aşağıya takırdayarak yol alırken kendi geçişini görüyordu, özetle söylemek gerekirse, bunu bırakıp şuna gidiyordu işte. Ama 'şu'nun hâlâ bir yüzü ve adı yoktu, henüz 'o' sayılmazdı, henüz yollarını gözlediği babası değildi. Kızın

Vikont'a karşı duyduğu biçim değiştirmiş nefretten ve kaçıp giderek kendisini burada bırakan kadına karşı duyduğu öfkeden oluşan bir tutkunun ateşlediği arayışı sürüyordu. Ve Vikont da biçim değiştirmeler konusunda ustaydı, kızın önemsiz masumiyetini, kendi egemenliği karşısında bir boyun eğişe, içten karşı koyuşlarını uysallığa dönüştürüyordu. Kız, onun pencereden dışarıyı tembelce gözleyişini izledi. Babası. *Biz birbirimizden tümüyle farklıyız...* Kuşkusuz. Ani nefreti dinmeye başlamıştı bile. Artık onu bırakıp gidemez, gereksinmelerini yanlış anlayamazdı. Adam bu isteklerini ona daha birçok kez dayatacak ve kız da onun istediğini yerine getirecekti. Adam kendi sözlerinin kızın yüz ifadesine kazınmış işaretlerini görebiliyordu. O, kızın babasının kimliğini biliyordu. Bu da kızın ona ait olmasını sağlıyordu.

Adamlardan biri arabanın tepesine vurdu ve seslendi, "Dur." Düşünceleri, dört yıl önceki olaylara sürüklenmiş bulunan kızın nerede oldukları konusunda hiçbir fikri yoktu. Elinin üzerinde Jaques'ın elini hissetti. İki yabancı onların ardından arabadan indiler. Ucu yüksek bir duvarla kesilen bir arka sokaktaydılar. Araba gitti ve önlerinde alçak bir kapı açıldı. Dördü bu kapıdan dalınca kendilerini geniş bir bahçede buldular. Burası oldukça karanlıktı, özenle kırpılmış ağaçlar gece göğü önünde, kara canavarları andırıyordu. Juliette ayaklarının altında kırpılmış çimen olduğunu duyumsadı. Alçak ağaçlardan oluşan küçük bir koruluğun çevresini döndüler, sonra birden büyük bir ev göründü, burası Vikont'un evinden bile büyüktü. Evin içinde ışıklar parıldıyordu ve Juliette, birinci kattaki uzun odada bir davet verilmekte olduğunu gördü. Bir masanın çevresine oturmuş yirmi, otuz kadar adam konuşuyor, yiyor ve içiyordu. Çimenliği aşıp ilerleyince bu sahne gözden silindi. İki adam, onları evin yan tarafındaki bir kapıya yöneltti. Işıklandırılmamış bir koridordan geçip bir salona girdiler, bu salondan lambaları yanmakta olan büyük bir odaya geçiliyordu.

Odanın ortasında uzun bir masa vardı. Jaques bir iskemleye oturdu ve Juliette'e de oturması için işaret etti. İki adamdan yüzü daha ifadesiz olanı karşılarına oturdu. Öteki, arkadaşı kendisine seslendiği sırada kapıyı kapatıyordu.

"Duluc!" Şimdi Kardinal'i getirmek gerekiyor." Duluc başını salladı ve çıktı. Üçü yalnız kalmışlardı. Juliette, birlikte geçirdikleri haftalar boyunca dalgın ve uzak, bu konağa gelirlerken yaptıkları yolculuk sırasında ise sinirleri gergin olan Jaques'ın, şimdi bir üçüncü bir kimliğe bürünmüş olduğuna dikkat etti. Sandalyesinin içinde gevşek oturuyordu. Rahat, hatta ilgisizdi.

"İyi misin Protagoras?" diye sordu öylesine. Beriki bu konu büyük bir önem taşıyormuş gibi başını salladı. Jaques odada gözlerini gezdirdi. Sanki Elysée Bahçeler'inde, bir sıranın üzerinde oturmuş, gelip geçeni izliyordu. Kapı açıldı, Duluc, gri giysiler içinde, başına mor bir takke giymiş bir adamla birlikte geri geldi.

"Kardinal." Jaques masanın üzerinden elini uzattı.

"Jaques." Kısaca el sıkıştılar. "İyi görünüyorsunuz." Adamın gözleri, sandalyesinde fırlamak üzereymiş gibi dimdik oturan Juliette'in üzerinde gezindi.

"Görüyorum, önerime uymuşsunuz. Kızı yeğeniniz olarak tanıttığınızı bildiren raporlar aldım, durum böyle mi?"

"Turist olarak bulunuyoruz, doğallıkla." Kardinal gülümsedi. Dişleri sarı ve ufaktı.

"Gecikmeden ötürü özür dilerim. Çok yakın zamana dek gözleniyordunuz, Duluc açıklamıştır herhalde?"

"Kuşkusuz. Gecikme kaçınılmazdı. Risk ise söz konusu değildi."

"Evet, evet. Hem de çok yakından gözleniyordunuz." Kardinal'in sesinde bir tını vardı, sinirliydi. "Hatta bu gece bile... Bu geceki konuğumu biliyor musunuz?"

"Evet, gördük."

"İnce bir alay. Eğer kendisine böylesine pahalıya mal olmayacak olsa, kendisi bile hoşlanırdı bundan." Kardinal yine gülümsedi.

"Bizi onunla tanıştırmalısınız," dedi Jaques. Sesinin tonu ciddiydi. Kardinal gülümsedi. "Her durumda, nasılsa daha sonra tanışacaksınız. Koşullar değiştiğinde."

"Bunun şerefine kadeh kaldırabiliriz, belki?" Kardinal, kalkıp duvara dayalı büfenin üzerinde duran bir sürahiye doğru ilerleyen Protagoras'a döndü.

"Belki, bunu yapmasak daha iyi olur," dedi Jaques. Protagoras durdu ve yerine döndü. Kardinal yine gülümsedi. Juliette birden, Kardinal'in kendi evinde Jaques'ten çekinmekte olduğunu anladı. Kardinal, Jaques'ten korkuyor muydu, burada bile?

"Vikont bizimle birlikte olamadı; ne yazık ki."

"Yönetmemiz gereken başka işler var," diye yanıtladı Jaques. "Burada işimiz görüşme yapmak değil şimdi; görüşmeler sona erdi, bu konuda anlaştık mı?" Kardinal kabul etti. "Ve yalnızca, anlaşmamız gereği, bazı konuları açıklığa kavuşturmak için buradayız, bu açık değil mi?" Evet, öyle görünüyordu. "Sizinle konuştuğumda, Kardinal, Kabala'nın bölünmez isteğini simgeliyorum demektir. Aynı biçimde, siz de burada *Les Cacouacs*'ın, her bir ve tüm üyelerini simgelemektesiniz, doğru mu söylüyorum?"

"*Le Conseil aux Conseils*," diye düzeltti Kardinal. "Evet, kuşkusuz. Bununla birlikte bazı üyelerin üzerinde durmak istedikleri bazı ufak noktalar vardı, geri ödeme programı, örneğin..." Jaques'ın tavrı derhal değişti.

"Beni dinleyin Kardinal." Masanın üzerinden öne doğru eğildi, yüzü neredeyse Kardinal'in yüzüne değecekti. "Hiçbir nokta üzerinde konuşma yapılmayacak. Siz ve öteki vatanseverler," –aşağılarcasına bastırmıştı bu sözcüğün üzerine– "bize geldiniz ve basit bir olgudan başka hiçbir şey getirmediniz: Eğer ülkeniz satılıp kilit altına alınsa, stoklanıp varile konsa bile bu, onun borçlarını ödeyemeyecekti. Siz borçlarınızın miktarını bile bilmiyorsunuz! Monsier Necker bütçenizde gerçekte, kırk milyon livreden[1] fazla bir açık olduğuna inanıyor. Monsieur Calonne ise bunun seksen milyon olduğunu sanıyor, biz ise bunun yüz yirmi milyon olduğunu düşünüyoruz. Acaba, hangimiz haklıyız, Kardinal? Siz, ben ve Avrupa'da kafası hesap işlerine eren herkes, Fransa'nın bir milyon delikten kan yitirmekte olduğunu biliyor. Kendi iç borçları bile onları geri ödeyebilme çabalarından çok daha fazla. Sınırları dışındaki borçları ise daha da çok ve her Hollandalı banker paranızın yalnızca birer kâğıt parçası, iskambilden yapılma birer ev olduğu düşüncesinde. Dayandığınız hiçbir şey yok. Biz, Kabala olarak, sizin borçlarınızı üstlenip değerlendiriyoruz. Artık bir milyon tane borçlunuz

[1] La Livre: Fr. Eski bir Fransız sikkesinin adı. (Çev.)

yok, tek bir borçlunuz var. O da, Biziz. Tüm rezervlerimizi emrinize verdik. Bizim servetimiz tüm Fransa'nın altında granit gibi yayılacak. Ve bunun karşılığından sizden hiçbir şey istemiyoruz, yalnızca bunu yapmamıza izin vermeniz yeterli ve siz de izin vereceksiniz, Kardinal. Artık size hiç kimse gelmeyecek. Fransa, lütuflarını çok sık ve çok ucuza satan bir orospu oldu. Görüyor musun Kardinal, kimliğinizi yitirince, geriye yalnızca para kalıyor."

Duluc ve Protagoras'ın yüzleri taş gibiydi. Çok sık ve çok ucuz. Juliette bu düşünceyi kafasında döndürdü. Kardinal korkakça bir sessizliğe bürünmüştü. Duluc konuştu.

"Tüm bu eleştirileri kabul etmiştik. *Le Conseil aux Conseils* tüm söylediklerinizi kabul ediyor. Bununla birlikte sizin rezervleriniz, Fransa'nın rezervleri olduğu zaman, bunu olduğu gibi geri çekmekten ve ülkemizi yıkıma götürmekten sizi ne alıkoyabilir?"

"Ülkeniz zaten yıkımda, ama sizi yanıtlamış olmak için söyleyeyim, bir kez verdikten sonra, desteğimizi neden geri çekelim?"

"Birçok neden olabilir. Monsieur Jaques, hoşunuza gitmeyen bir politika, bir emir–"

"O halde siz de böylesi politikalar gütmez ya da böylesi emirler çıkartmazsınız."

"Başka bir deyişle, ülkemizi siz yöneteceksiniz."

Jaques yeniden oturdu. "Başka bir deyişle, bizi böyle yapmaya siz, kendiniz yönlendirdiniz."

"Biz, sizin kim olduğunuzu bile bilmiyoruz," diye toparlandı Kardinal. "Herhangi bir gücün ajanları olabilirsiniz. Söz verdiğiniz şeyleri yapıp yapmayacağınızı bile bilmiyoruz. Bu miktardaki paralar nereden geliyor? Nasıl gizli tutuluyor?"

"Kardinal, bizim kimliğimizi ortaya çıkartma yolundaki çabalarınızdan haberliyiz. Bu çabalarınızdan vazgeçeceksiniz, nasılsa hiçbir şey bulamazsınız. Bu kadar parayı nasıl bir araya getirdiğimiz ise bizim kendi sorunumuz, nasıl gizli tutulduğu da öyle. Ama servetimizin büyük bölümü şu anda Fransa'da bulunuyor, daha fazlasını bilmenize gerek yok. Kendimiz dışında hiçbir gücü, hiçbir ulusu ya da herhangi bir ulusun hiçbir grubunu temsil etmiyoruz. Sizin politikanızla hiç ilgimiz yok.

Bizler yatırımcıyız, bundan ne fazla, ne de eksik bir kimliğimiz yok. Bizim kim olduğumuz hakkında, size söylediklerimiz dışında hiçbir bilgi elde edemezsiniz. Biz de tıpkı siz, *Cacouaclar* gibi vatansever olacağız. Servetimizin miktarı istediğimiz değişiklik yapıldığında, size ve tüm Fransa'ya açıklanacaktır. Ve görüşmemiz gereken konu, işte bu değişikliktir, çünkü bu gerçekleşinceye dek başka görüşme yapılmayacaktır."

"Duluc bu görevi üstlenmiş durumda," diye yanıtladı Kardinal ve dönüp arkadaşına baktı. Duluc, Jaques konuşurken odanın öbür ucundaki bir dolabın içini karıştırmaktaydı. Şimdi ilerledi, masanın üzerinde büyük bir ruloyu açtı, bu, bir Fransa haritasıydı. Çabucak, leylak rengi mürekkeple işaretlenmiş bazı yöreleri işaret etti.

"Haber verilir verilmez bu kentlerde herhangi bir huzursuzluk yayılabilir. Buralara adamlarımızı yerleştirdik, harekete geçme zamanı gelinceye dek burada durup bekleyecekler." Parmağı, ötekilerden daha önemle işaretlenmiş bir bölge üzerinde durdu. "Burada," diye vurdu parmağını, "isyan ya başarılı ya da başarısız olacak. Burada, Paris'te–"

"Başarılı olacak," dedi Jaques, düz bir sesle. "Bizi ilgilendiren tek şey, bu zamana dek geçecek olan süre. Bir buçuk yıl; böyle bir süre içinde her şey değişebilir. Eğer isyanınız başarısız olacak olursa, sonuçları da başarısız olacaktır. Partizanlarınızı iyi doyurmak zorundasınız, onları giydirin, silahlandırın. Binlerce masraf çıkacak. Kararlaştırmış olduğumuz gibi, bunların hepsini karşılayacağız. Şimdi bile, bu iş için Londra'da bir gemi yüklenmekte. Geminin yükü, servetimizin yalnızca küçük bir bölümünü oluşturuyor, ama yeterli olacaktır. Bu günden yedi ay sonra yelken açacak ve temmuzun on üçünde kıyılarınıza ulaşmış olacak. Bu transferin gereği gibi yapılmasını sağlamak için ben de gemide olacağım. Siz, Duluc, o gece beni bekliyor olmalısınız." Jaques masanın üzerinden eğildi ve parmağını batı kıyısında bir yere bastırdı. "Burada. Bir rıhtım ve adamlar hazır edilmeli. Bu koy korunaklı ve yalnızca tek bir geminin demirlenmesine uygun. O gece, koyun solundaki tepede üç yeşil ışık yakacaksınız, beni izliyor musunuz?" Duluc başını salladı. "Tepenin eğimi bu işaretin yalnızca denizden görülebilmesini sağlıyor. Altını burada boşaltacağız."

"Altın mı?" Duluc kaşını kaldırdı.

"Korkmayın. İyi kamuflaj edildi. Bir gümrük gemisi dikkati çekecek hiçbir şey göremez." Jaques durakladı, sonra büfeyi işaret etti. "O içkiyi şimdi alabiliriz. Kutlama için." Protagoras bardakları getirdi, Juliette'e bardak getirilmemişti. Jaques kolunu kaldırdı. "Devrime ve yeni Fransa'ya." Dört adam içkilerini içtiler.

"Konukların yanına dönmek zorundayım," diye konuştu Kardinal.

"Temmuzda yeniden görüşeceğiz," dedi Jaques ve Kardinal gitmesine izin verilmiş gibi çekildi. "Arabamız hazır mı?" Protagoras onayladı. Duluc, elinde harita, kapıya varmıştı bile. Dördü evin içinde ve bahçede aynı yolu izlediler. Jaques, Juliette'in çimenliğin karşısına, yemekli toplantının sürmekte olduğu ışıklı pencerelere gizlice göz attığını gördü. Zengin giysili, başında çağıltılı bir peruk bulunan bir adamla gülümseyerek konuşan Kardinal'i görebiliyordu. Duluc ve Protagoras onlara yalnızca arabaya kadar eşlik ettiler.

Jaques arabaya binerken Duluc onun kolunu yakaladı. "Jaques. Ben bu geminin adını bilmiyorum."

Arka sokakta kimse yoktu, ama Jaques'ın burada görülmemesi gerekiyordu. "Geminin adı *Vendragon,*" diye çabucak yanıtladı. "Orada olmayı unutma sakın."

Araba hareket ederken, Duluc'un geminin adını bilmesine gerek olmadığının ayırdına vardı. Bunu açıklamakta acele etmişti. Duluc kendisinin sandığından daha ustaydı anlaşılan. Araba hızlandı. Juliette adamın karşısında oturmuş, kendi düşüncelerine dalmıştı. Jaques oturduğu yerde geriye yaslandı ve uzun bir soluk verdi.

Bu akşam onu tüketmişti. Şimdi, arabanın penceresinden dışarı bakarken, gölgeler gibi hızla geçen karanlık sokaklar zihninde önceki sokakla karışıyordu. Bundan kaçınmıştı, yaptıkları tüm yürüyüşlerde bu sokağın kıyısından geçmişlerdi. Sokağa girmekten kaçınmıştı. Ama Rue Boucher des Deux Boules, şimdi önünden geçmekte oldukları arduvaz kepenklerin, titiz demir işçiliği sergileyen parmaklıkların ve yüksek, dar kapıların çizgilerinden bir hayalet gibi sıyrılıp ortaya çıkıyordu ve Jaques, on yedi yıl önceki olayların üzerine abandığını ve sokaklarda onu kovalamakta olduğunu duyumsuyordu. O akşamın daha erken saatlerinde atılıp perdeleri kapatmış, ama kızın yüzü solmuştu. Duluc bunun ayırdına varmış, ama varmamış gibi davranmıştı. Madam Stéphanie'nin evinin ya da bilindiği adıyla, Villa Rouge'un önünden geçerlerken araba silkinmiş ve onu yerinden sıçratmış, kendini havada asılı kalmış gibi hissetmişti. Anıların saldırısına karşı koymuş, karşısında oturan iki adamın tarafsız bakışları altında bunları bastırmaya çalışmıştı. Ama bunlar şimdi, yine gerisin geri tırmanıyor, kendisine o geceyi anımsatıyordu. Buna karşı koyacak durumda değildi.

Yağmur gece boyunca yağmıştı. O ve Charles bir haftadır Paris'te, kâğıt fabrikalarını gezip durmuşlardı, gelecekte içlerinden birini satın alacak, daha sonra da zararına satacaklardı ve bu durum Charles'ı iflasa sürükleyecekti. Plan buydu: Gereksinme adamı onların kollarına atacaktı; ama Charles'in duyduğu gereksinme, kendisini bu sonuca ulaştıracak denli güçlü olmadı. Böylece öykü Jersey'de, Blanche Pierre'in yukarısındaki tarlalarda sona erdi, Jaques bu sonu on yedi yıl öncesinden sezmişti. İşte bu nedenle Charles ile birlikte Paris'e gelmiş, bunun için ona yalan söylemiş, onu aldatmış, yıkılmasına neden olmuştu. Ve yıllar sonra, parçalanmış cesedini Saint Heiler'de, çamurun içinde gördüğünde yine aynı biçimde, o zamanki kanısında haklı olduğunu ve kendisinin bu konuda başarısızlığa uğradığını düşünmüştü. Charles çok gururlu ve çok girişimciydi. Lemprièreler uzun süre yoksul kalmamışlardı. O hafta, ikisi birlikte Paris'te dolaşırken ve Jaques arkadaşını cadde ve sokaklarda gezdirir, cafélere ve hanlara, bahçelere götürürken böyle davranmakla iyi yaptığını düşünüyordu. Onu aldatmakta olduğu gerçeği böylece aklanmış oluyordu. O zamanlar buna inanıyordu ve bugün de bu düşüncedeydi. Ama, yağmurun yağdığı gece Jaques'ın bu inancını değiştirmiş, onu daha karmaşık ve daha karanlık bir yapıya dönüştürmüştü.

Sağanak başladığında Puy's'da yemek yiyorlardı ve orada yağmurun hafiflemesini bekleyerek ikindiye dek kaldılar. O gün gördükleri fabrika onlara kusursuz gibi görünmüştü. Akşama dek, Gannétin ve Condrieu dolu bardaklarını kutlama için kaldırıp durmuşlardı. Yağmur azalmamıştı, tersine, sonunda oradan ayrıldıklarında daha da yeğin yağıyordu. İkisi de çoktan, oldukça sarhoş olmuşlardı. Charles ceplerini, masadan aldığı taze armutlarla doldurmuştu, açık su oluklarına dolup boşalan yağmur altındaki sokaklar boyunca bunları yiyerek uzun uzun yürümüşlerdi. İkisi de çabucak sırılsıklam olmuşlardı, ama keyifleri yerinde olduğundan 'Tod's Buckler' şarkısını söyleyerek Rue Saint Martin'den aşağıya yürüyorlardı, Charles palyaçoluk yapıyor ve Jaques bundan ötürü garip bir huzursuzluk duyuyordu.

Rue de Venise'de kerteriz aldılar ve batıya doğru yürümeye karar verdiler. Ama Rue de Venise onları yalnızca bir kilise avlusuna yöneltti, geri dönerek ilk olanakta sağa sapmaya karar verdiler. Charles kâğıtlar ya da filigran kâğıt konusunda bir şeyler söylüyordu. Jaques sağanağın altında, şapkasını aşağıya çekmiş, tepkisiz bir sessizlik içinde sicim gibi yağan yağmurun altında yürüyordu. Yürümekte oldukları sokak onları, havaya karşı kepenklerini kapatmış, birbirinin eşi yapıların güneye ve batıya doğru uzandığı Marché des Innocents'ın bir köşesine çıkartmıştı. Alan boştu ve yağmur uzaktaki köşeyi perde gibi örtüyordu. Kara kaldırım taşlarının yassı yüzeyi ve çamur gölcüklerinin düzensizliği Charles'in neşesini kaçırmıştı, birlikte sessizce yürüdüler.

Alanın uzak bir köşesine geldiklerinde, Jaques dönüp kederli alana bir göz attı, sonra Charles'e döndü ve geldikleri yöne doğru işaret etti. Her ikisi de yağmurun içinde görmeye çalışarak baktılar. Otuz beş, kırk metre ötelerinde çizgileri belirsiz biri vardı, bir erkek gibi görünüyordu. Karanlığın ve yağmurun altında herhangi bir şey olabilirdi. Charles nehri bulmaları ve yönlerini ona göre saptamaları gerektiğini düşünüyordu. Çarşı alanının aşağılarında, dar sokaklar ve geçitlerden oluşan bir labirent içinde iz sürmeye başladılar. Rue de Déchangeur'da karşılarına bir meyhane çıktı. İkisi, giysilerinden ahşap zemine sular damlarken şarabı üst üste yuvarlayarak orada mutlu bir sessizlik içinde oturdular. Charles, neden sonra, kendilerini Rue Saint Martin'den beri izleyen adamdan söz etti, birden aynı adamın burada, meyhanedeki kalabalığın içinde olduğunu ayırdına varmıştı.

O da kendileri gibi sırılsıklamdı, koyu tenli, oval yüzlü, uzun boylu bir adamdı. Jaques daha iyi görebilmek için huzursuzluk içinde ayağa kalktı. Adamın giysileri çamur içinde olmakla birlikte kılığı kıyafeti yerindeydi, köşedeki masanın başında, tek başına oturuyordu. Belirli bir şeye bakmıyordu. Yapay rahatlığı Jaques'ın üzerinde ters bir etki bırakmıştı, hemen erkekler tuvaletine gitti. Birkaç olasılık vardı. Charles yanılmış olabilirdi, ama Le Mara'nın 'Hintli' konusundaki uyarısı kulaklarında çınlıyordu, bu durumda, düşünmeye çalıştı, kendisine hiçbir şey söylenmemesi gereken Charles, ona ayak bağı oluyordu. Dar koridorun üzerinde iki kapı daha vardı, biri mutfağa, öteki salona açılıyordu. Başının üzerinde bir tabak dumanı üstünde pırasa taşıyan şişman bir kadın kendisini duvara sıkıştırarak geçmeye çalışıyordu, ama bir şey unuttuğu için yine mutfağa daldı. Jaques yine koridora döndü, ama öteki uçta Hintli kendisini bekliyordu. Jaques donup kaldı, tüm kuşkuları birden açıklığa kavuştu. Hintli kendisine doğru geliyordu. Jaques hiçbir şey düşünemiyordu, oraya yapışıp kalmıştı, ama sonra şişman kadın mutfaktan çıkınca ikisi arasındaki yolu tıkamış oldu. Jaques'ın zihni yine çalıştı ve üst üste konmuş bir dizi tabağı dikkatle taşımakta olan kadına doğru ilerledi. Hintli şaşırmıştı. Kadın koridorun sonunda gövdesiyle kendisini dışarı atıyor, adamına ulaşamıyordu. Koridorun meyhaneye açılan ucunda Jaques duvara yapışmış durumda, kadının aralarında kalmasını sağlıyordu. Hintli'nin elinde bir bıçak kabzası gördü. Ama artık kalabalık salona girmiş bulunuyordu ve Charles'ı elinden yakalayıp hızla kapıya ve kapının ötesindeki sokağa doğru çekti.

İkisi sokağa daldılar, Jaques kaburgalarında soğuk bir gıdıklanma duyumsadığını ve koridordan aşağı kan aktığını hayal ediyordu. Charles hâlâ nehir hakkında bir şeyler mırıldanıp duruyordu, Jaques'ın katlanabileceğinden daha fazla içmişti. Onu orada bırakıp gitmeliydim, diye düşünüyordu; çok daha sonraları aynı şeyi bir kez daha düşünmüştü, hem de daha iyi bir nedeni vardı. Sokaktan aşağı tökezleyerek koşmaya başlamışlardı, meyhanenin kapısı arkalarından bir kez daha açılırken onlar köşeyi bulmuşlardı bile. Jaques, Charles'ı yakasından tutup çekerek koşmuştu, sokakta evler sıralıydı ve ışıkları sönüktü. Jaques'ın gözüne sokakta hızlı, çirkin hareketler çarptı, bazı çabuk hareketler vardı. Başka bir köşeye geldiler, Jaques omzunun üstünden geriye doğru baktı. Hintli hâlâ oradaydı, onlar koşarak Rue Boucher des Deux Boules'e dalarlarken, o da seke seke son köşeyi dönüyordu. Ve işte sığınacakları yeri buldular, kan kırmızısı perdelerinden dışarı ışıklar sızıyordu: Villa Rouge. Charles nehirden aşağıya sandalla gitmek konusunda birbirini tutmayan sözcükler mırıldanıyordu. Hintli göründüğü sırada Jaques kapıya güm güm vuruyordu, onları kapının önünde gören Hintli bir koşu tutturmuştu. Ama onlara yetişemeyecekti. Kapıyı kırk, elli yaşlarında, leylak rengi giysiler içinde bir kadın açtı, onların görüntüsü karşısında yeniden kapatacaktı, ama Jaques hemen kadının eline paraları sıkıştırdı ve içeriye girdiler, holde ahşap zemine üzerlerinden sular damlayarak, soluk soluğa iki büklüm duruyorlardı. Kadın onlara elini uzattı, o Madam Stéphanie'ydi ve onları müessesesine buyur ediyordu. Jaques sığındıkları yerin bir genelev olduğunun ayırdına vardı.

Jaques sonradan, orada geçirdikleri saatler içinde Charles'ı, gözden kaçmış bir ayrıntı, daha geniş bir ölçek içinde göz ardı edilmiş ufacık bir bölge olarak görmüş olduğunu düşünecekti, ama bu ufacık bölge büyümüş, giderek tüm öteki öğelerin üzerini kaplamıştı, bu tıpkı, kişinin bilmediği başka adlarla dolu bir listede kendi adını yitirmesine ve bu listeyi körü körüne imzalamasına benziyordu. Madam abartılı bir tavırla konuşmuş, her ikisinden de bir konuk defterini imzalamalarını istemişti. Kadının tüm tavırları abartılıydı. O anda Jaques, Charles'ın bir açıklama istemeyecek denli sarhoş olduğuna memnundu. Adam, çoktan holün ötesindeki, iki ucunda birer canlı ateşin yandığı uzun salona girmiş ve yumuşak bir elin kendisini çekerek oturttuğu kanepelerden birine yerleşmişti. Jaques, Madam'a biraz daha para ödedi. Le Mara, Vaucanson ve adamları birkaç sokak ötede sabırsızlanıyor olmalıydılar. Hintli dışarılarda bir yerde gizlenmiş bekliyordu. Jaques, Madam Stéphanie ile çabucak konuştu, ona, sokaklarda yolunu yitirmek ve meraklanan arkadaşları hakkında bir eşek şakası ile ilgili saçma bir şeyler anlattı; istediği şey bir haberci gönderilmesiydi. Madam bunu yapabilirdi ve Jaques içini kaplayan rahatlama duygusunu gizledi. Hintli elde ettiği en iyi şansı koridorda yitirmiş ve sokaklarda onların arayı epey açmalarına engel olamamıştı. Şimdi Jaques'ın kendi sambrı bu adama karşı çalışacaktı. Bir çocuk bulundu.

Evin arkasında yayılan, neredeyse sokaklara dek uzayan dam tepelerini kullanacaktı. Onu hiç kimse görmeyecekti, hayır, diye salladı başını Madam, bu soru üzerine. Mesaj aceleyle karalandı ve çocuk ayrıldı. Jaques, beklemek için salona doğru yürüdü, o akşamki olayların hızını kaybetmeye başladığını ve kendinden yana döndüğünü düşünüyordu.

Bir ya da iki saat sonra Madam Stéphanie içeriye kısa ve tıknaz bir adam getirdi ve Jaques sürecin tamamlanmış olduğunu anladı. Bu Vaucanson'du. Mesaj alınmıştı. Hintli dışarıda, sokaklardan birinde yakalanmış ve Vaucanson'un gözetiminde zararsız hale getirilmişti. Adam kurbanı ile ilgili bir öykü hazırlamıştı bile. Nawab bunu kendi parasıyla ödeyecekti. Vaucanson gitti ve Jaques bir bardak şarap almak için salona döndü. Kızlar ve müşterileri alçalan, kesilen konuşmalar içindeydiler, kendisi ise sırtı ateşe dönük durumda oturmuş, içkisini yudumlarken ateşin çıkarttığı yatıştırıcı sesi dinliyordu. Son gördüğünde, çevresi bu müessesenin ince kollarıyla sarılmış durumda bulunan Charles ortalarda yoktu. Jaques şarabını bitirdi ve kızlardan birine onu görüp görmediğini sordu. Kız görmemişti, ama az uzaktan seslenen bir başkası, onun 'Küçük Kontes'le birlikte olduğunu söyledi. Yarım saat kadar önce birinci katın gizliliğine sığınmışlardı.

Jaques merdivenleri tırmandı ve kapıları açtı, sonunda geçidin bittiği yerde, içinde, yüzünde ekşi bir ifade bulunan genç bir kadının büyük bir demir yatağın ortasında oturduğu bir odaya geldi. Jaques, kadının gür ve kara saç örgülerinin omuzlarına doğru inmekte olduğunun ayırdına vardı. Charles kadının yanında, yarı çıplak yatıyordu, pek kendinde değildi. Kadın çıplaktı ve kendisi kapının ağzında dururken, örtünmeye kalkışmadı. Ayrıntılar, küçük ayrıntılar.

Ertesi sabah midesi bulanan ve titreyerek ateşler içinde yanan Charles bunları bir yazgı olarak kabullenmişti, yatağında, bir yağmur ve içki denizinin içinde, çevresinde dolanan küçük anı adalarının arasında oturuyordu. Sokakları ve meyhaneyi, genelevden bazı sahneleri, bir kadının yüzünü anımsıyordu, Jaques'a bu konuda hiç kimseye bir şey söylememesi için yemin ettirdi. Birkaç gün sonra Jersey'e gitmek üzere kentten ayrıldılar ve her ikisi de yaklaşık bir yıl süreyle bu serüvenlerini akıllarına bile getirmediler, sonra bir gün Charles elinde Paris'ten gelen bir mektupla Jaques'ın kapısına geldi, kekeleyerek, kadının o gece, yağmur yağdığı gece gebe kalmış olduğunu anlattı. Charles genelevin kayıt defterine gerçek adını ve öteki ayrıntıları yazmıştı. Şimdi kadın, doğan kız bebeği için para istiyordu. Jaques orada öfkesi başına vurmuş durumda, arkadaşına bu istek karşısında kayıtsız kalmasını söylüyordu, hiçbir yanıt gelmeyince kadın, bu adın sahte olduğunu düşünecekti.

"Hiç açılmamış durumda geri gönder mektubu," demişti. Oysa Charles inatçı dürüstlüğü içinde parayı göndermişti. Ve sonra daha fazla para. Her ay hiç aksatmadan, Rue Boucher des Deux Boules'deki 'Villa Rouge'a para gönderiyordu. Paris ve Jersey arasında, ödemeler ve makbuzlardan oluşan bir kâğıt trafiği başlamıştı. Ve on yedi yıl sonra Casterleigh, kuşkusuz aynı müessesede annesi gibi orospuluk yapan kızı böyle bulmuştu. Bir çocuktu henüz, ama hepsinden daha yaşlıydı. Şimdi Jaques arabada karşısında oturan kıza bakıyordu, artık çocuk değildi, neredeyse bir kadın olmuştu.

Juliette pencereden bakıyor, hızla geçen sokakları izliyordu, gün boyu başlarının üzerinde dolaşan ve şimdi karanlık gökyüzünde göze görünmeyen alçak bulutlar söz verdikleri yağmuru artık boşaltıyorlardı.

Ertesi sabah, ikisi eşyalarının, kendilerini kentten uzaklaştıracak olan arabaya yüklenmelerini beklerken hâlâ yağmur yağıyordu. Arabaya tırmandılar ve Juliette kendini, önlerindeki uzun yolculuğa hazırladı. Bez çantası koltuğun üzerinde, yanında yatıyordu. Jaques sessizlik içinde, karşısında oturuyordu. Araba hareket ettiğinde kız, daha önce yaptığı aynı yolculuğu düşündü. O zaman yanında Vikont vardı. Kent yağmur altında grileşmişti ve Pont Neuf'ün üzerindeki gezgin satıcılar korunacak bir yer bulmak için koşuşuyorlardı. Paris arabanın tekerleri altında kayıp uzaklaşıyor, giderek arkalarında kalan, düşüncelerinde uzanan gri-yeşil çimenliğe gömülü bir şey oluyordu. Sağanak, küçük kasabalardan ve mola yerlerinden sarsılarak geçişlerine, yabancı yataklarda geçirilen rahatsız gecelere eşlik ediyordu, sonunda, Calais'den kalkan ve kabaran denizde yuvarlanan geminin kaptanı kendisine karı haberleyen gökyüzünü incelerken, Paris yeri doldurulamaz biçimde geride kalmış, küllerinin öngörülmüşlüğü içinde kötürümleşen, topal bir anı olmuştu.

Kanalı yavaş ve kararsız bir biçimde geçmişlerdi. Ara sıra aniden bastıran rüzgâr kendi kaprisine göre tayfaların, itişip kakışarak yelkenleri palangalamalarına ya da gevşetmelerine neden oluyordu. Saint Malo gemisinde hastalanmamış olan Juliette bu kez hastalandı. Jaques ona koyu kahverengi bir şişeden tatlı ve pekmez gibi ağdalı bir şey içirdi, bir saat içinde mide bulantısı geçti. Parçalı ufak dalgalar ona cilalanmış camlar gibi görünüyordu, bunlar çentikli ve kuşkusuz hareketli camlardı, ama bu, bir dizi sarsıntıyla gelen, birbiri ardına şimşek gibi hızla çakan bir hareketti. Teknenin esnemesi de bir garipti. Eğer dikkatini uzaklarda bir yerde, koyu bir çizgi gibi görünen ufuk çizgisi üzerinde yoğunlaştıracak olursa, hareket tümüyle ortadan kalkıyordu. Ya da, ağırlığını bu hareketin ritmiyle bir ayağından ötekine aktaracak olursa bu salınım daha da büyüyor ve uç noktalara ulaşıyordu. Ufak bir çaba harcayacak olsa gemiyi âni bir tepkimeyle ters döndürebileceğini duyumsuyordu, belki de kıyıya bu durumda, kenarlarının üzerinde baş aşağı, suyun içinde bir ağaç gövdesi gibi yuvarlanarak varabilirdi. Gökyüzünde hafif bir morluk vardı. Güneş alçak bulutların da altında bir yerlerde gizlenmişti, ama Juliette bulut örtüsünün belirli bir yerini aradan çıkartınca, gözlerinin, soluk bir dairenin dağınık ışığını bir araya getirebildiğini gördü, bu, güneş değildi, ama ona benziyordu. Ya da belki gökyüzünde asılı iki kocaman gözlük camı gibi iki taneydi. Kendi yaratısına bakar ve bu gözlüklerin sahibinin –yalnızca kafasının– camların ardında, kuşku duyan bir dev misali belirdiğini düşünürken yüzü üşümüş, tüyleri diken diken olmuştu. Sonra kustu. Bu olağanüstü bir boşalmaydı. Derken kendinden geçti.

Yine. Hayır. Biri kendisini çekiştiriyordu. Jaques. Kolunu sarsıyor, onu uyandırmaya çalışıyordu. Ağzının içi zehir gibiydi, titriyordu. Öteki yolcuların bacakları, çevresinde dolaşıyordu. Juliette zorlukla doğruldu ve rıhtımları gördü, bir dizi alçak yapı, bir şeyler taşıyarak dolaşan adamlar ve dik bir yamaç, bir kayalık. Gökyüzü hâlâ griydi ve belirsiz çizgilerini bulutların arasından kendi üzerine doğru iten yüz yok olmuştu, şimdi Jaques kendisini iskeleye doğru yönelterek elini parmaklığın üzerine koyarken, kız bu yüze adını koydu. Kendisi tüm bunların dışındaydı, gökyüzündeki genç yüz gibi yukarıdan bakıyordu olup bitene. Çantası. Rıhtımın üzerinde bir dizi adam çantaları taşıyor ve bir yük arabasına yüklüyordu. Arabanın yanında kara bir yolcu arabası bekliyordu. Bu arabanın yanında, Vikont duruyordu.

Yollar, izler, araba patikaları, bariyerler, yükselen tırmanışlar ve rahat inişler, kış ayları için kapatılmış odalarda geçen iki dondurucu gece, bastırıveren tipi ve Dover'le kendi varacakları yer arasındaki, kızın ne kadar olduğunu bilmediği tüm o miller. Jaques atla, Londra'ya gitmişti, ikisinin bagajları da arabadaydı. O halde Londra'ya gitmiyorlardı, böyle düşündü kız. Vikont sessizlik içinde kendisine bakıyordu. Saatler önce kendisine Paris'te geçirdikleri günler hakkında sorular sormuştu. O anlatmış, Vikont hiçbir şey söylememişti. Paris eski bir düş olmuştu. Miller sürüklenip geçiyordu ve hava neredeyse kararmıştı. Artık yavaş ilerliyorlardı, kar kalınlığı artmıştı ve atlar arabayı bir sümüklüböcek hızıyla sürüyorlardı. Her yerin karla kaplanmış olduğu yerlerde tümüyle duruyorlar, yolu araştırıyorlar, sonra hareketsiz gecenin içinde yollarına devam ediyorlardı.

Juliette düşüncelerine dalmış, susuyordu. Vikont bacaklarını uzatmıştı, dinlenme durumu kendisine yabancıymış gibi ara sıra oturuş biçimini değiştiriyordu. O da arabanın içindeki bir öğeydi. Paris hâlâ bu yolculuğa yapıştırılmış bir etiketti ve Casterleigh de bunun bir parçasıydı: dört yıl önce kendisine buna benzer bir yolculuk sırasında eşlik eden aynı sessiz varlıktı. İkisi de orada öylece oturmuşlardı, çevreleri görüntü biçiminde hızla gelip geçerken, aynı sistemin, kendi farklı ölçütlerine ve amaçlarına sahip öğeleriydiler. Araba tarafsızdı, tekerlekler üzerindeki bir kutudan başka bir şey değildi. Ama daha önceki yolculuğu sırasında ortaya çıkan sahneyi nasıl açıklamak gerekiyordu? O zaman kız, adamı kendi özellikleriyle, kabalığı ve kara kara düşünen, içe dönek karakteriyle tanımlamıştı. Bunlar aynı mantığın bir arada barınan öğeleriydi. Gölgeleri, her birine öteki tarafından dayatılan durumları bozuyordu. Casterleigh'in babalık parodisi her zaman öteki tavırları, diktatörlüğü, kendisine güvenle açılan düzenbazlığı, ırza geçmeyi ve daha başkalarını da getiriyordu. Bunların tümü babalığın öğeleri olabilir miydi? Kendisini kullanmakta olduğu dört yıllık süre içinde adam fiziksel olarak şişmiş ve irileşmiş, kişiliği de, tümöre benzeyen yeni tasarımlarla aynı biçimde gelişmişti. 'Baba'yı oluşturan çizgiler dağılıp gitmeye, alttan alta yeni yapılaşmalar oluşmaya başlamıştı ve kız ortaya çıkacak şeyi görmek için bekliyordu. 'Vikont' oluşmakta olan bir şeydi. Kendisini aşıyordu. Kızın kavrayışına göre, kendi rolü de bu sürecin içinde değişiyordu; kendisi de bu oluşumun içinde bir yerlerde bulunan bir etmendi, tıpkı adamın son manevralarının yönelmiş olduğu anlaşılan delikanlı gibi. Kızın kendi rolü değişiyordu. Vikont'la olan ilişkisi bir biçimde sapmıştı ve kendisi ortada olmadığı halde Lemprière de bu değişikliğin bir parçasıydı. Delikanlı farkında bile olmadan şimdi onların ilgi odağı, her ikisinin içinde bulunan bir şifreydi, öyle ki, Vikont kendisine doğru eğilip gidecekleri yeri belirleyen ötedeki yükseltinin üzerindeki evin ışıklarını işaret ettiğinde, kız delikanlının bu evin içinde bir yerde olduğuna emin oldu.

Kendi arabaları içeri girdiğinde avluda birçok araba bulunuyordu. Casterleigh onu, erguvan rengi giysiler içindeki ufak tefek bir adamın açtığı kapıya doğru götürdü, uşağın arkasından uzun bir koridorda ilerleyip insanlarla dolu bir salona girdiler. Adam, kendi keyfine bakmasını söyleyince şaşkınlığını gizleyen genç kız, Casterleigh'in şişman bir adamın dirseğinden tutup onunla birlikte yandaki bir kapıdan dışarı çıktığını gördü. Salonun içindeki konuklar büyük bir at nalının çevresinde toplanmışlar, hep birlikte, kendi kendini, ünlü bir Akıllı Hava Fişeği Göstericisi "Monsieur Henry," diye tanıtan birisini izliyorlardı. Adam, kötü hava koşulları nedeniyle dışarıda yapılacak gösterisinden vazgeçilmiş olduğu için özür diliyordu. Yine de onları düş kırıklığına uğratmamaya çalışacaktı.

Kalabalık kendi arasında konuşmaya başlamıştı. Juliette daha iyi görebilmek için kalabalığın içinde ilerledi.

"Önce," diyordu Monsieur Henry, "dikey bir Güneş ve Kuzey Yıldızı göstereceğim, bunlar birbiri ardınca İngiliz Deniz Güçleri'nin renklerini sergileyecekler." Kalabalığın içinde bir takdir mırıltısı dolaştı. Juliette, arkasında duran birinin bir köpek ve bir tavşandan söz ettiğini duydu. Biri, "Kaplumbağa," dedi.

"İzninizle, nazik beyefendiler ve hanımefendiler, bir konuda güvence vermek istiyorum, benim çalışmalarımda duman, koku ya da pudra gibi şeyler yer almayacak ve her şeyden önce de hiçbir patlama olmayacaktır."

"Tanrı'ya şükür," dedi, Juliette'in sağında duran iri bir leydi. Sorumluluğundaki gençler avuçlarının içine doğru kıkırdadılar. İlk parça harekete geçti.

"Ve şimdi, on iki noktadan çeşitli renkler çıkartan, bir Dönen Güneş, özellikle leylak ve canlı kırmızı renklere dikkat edin," diye sözünü tamamladı Monsieur Henry.

"Ve şimdi, farklı yönlerde dönen iki Saxon – dikkatinizi boş, altın rengi bir kıvılcıma çekmeme izin verin..."

Juliette sıkıldı. Öteki konuklara bakındı, çoğu buna benzer başka toplantılardan tanıdığı yüzlerdi, ama bu toplantılarda Vikont'un yanından birkaç santimden fazla uzaklaşamazdı. Bu ufacık özgürlük düşüncesi zihninden geçer geçmez başını çevirdi ve Casterleigh'in aynı kapıdan salona girmekte olduğunu gördü. Adam, eli sargılı gri saçlı bir adamın çevresinde toplanmış olan bir grup genç adama doğru ilerledi. Daha önce Casterleigh'in yanında bulunan kişi ortalıkta görünmüyordu. Sekiz, dokuz adam, heyecanlı bir tartışmaya girişmişlerdi. Genç kız bunlardan yalnızca üçünü açıkça görebiliyordu: Eli sargılı adam, ellerini sallayan genç ve dürüst görünüşlü biri ve iki-üç yaş daha büyük gösteren, karalar giyinmiş ve yakışıklı biri. Bu sonuncusu Vikont yaklaşırken döndü ve elini uzattı. Vikont bakmadı. Adam da, bir-iki dakika sonra bir sonuca varıldığı anlaşılan tartışmaya geri döndü. Tüm grup, yan kapıya doğru ilerledi, kapı açıldığında dışarıda kollarında bir meşale demeti tutan uşak göründü. Gruptakiler adamın yanından geçerken birer meşale aldılar, daha sonra kapı arkalarından bir kez daha kapandı.

Konuklardan pek azı onların ayrılışına dikkat etti ya da ilgilendi. Çoğu, Monsieur Henry'nin gösterilerine dalmış, bu arada sıkıcı fişek çalışmaları ivme kazanmıştı. Çiftli bir çark döndürülmeye başlanmıştı. Juliette, ufak klikler halinde bir araya gelen tek tük izleyicilerin arasından geçerek uzaklaştı. Geçmişte tanıştırılmış olduğu çok az tanıdığı kadınlarla dedikodu yaparak yıpranan bir saat geçti. Omzuna dokunulduğunda burnu havada genç bir adamı görmezden geliyordu.

"Evet?" Bir uşak gönderilmişti ve omzunun üzerinden uzun boylu görüntüsüyle Vikont'u bir kez daha gördü, eliyle gelmesini işaret ediyordu. Adamın yüzü soğuktan kızarmıştı.

"Gel, gidiyoruz artık. Acele et," dedi kız yaklaşırken. Botları çamur içindeydi. Kız onun arkasından salondan çıkıp arama grubunun öteki üyelerinin tabut taşıyıcılarına benzer biçimde, bir şey taşımakta oldukları koridorda ilerledi. Bu, bir buçuk, iki metre uzunluğunda bir şeydi ve pelerinlerine sarılmıştı. Zorlukla taşıdıklarına göre ağır olmalıydı. Juliette adımlarını Vikont'unkine uydurmuş durumda hızla onlara doğru yürüdü. Her kış sokaklarda donan ve ertesi sabah belediye vagonlarıyla kütük gibi taşınan kişileri düşündü. Yanlarından geçerken taşıyıcıların yüzündeki kasvetli ifadeyi gördü. Böylesi bir işe alışık değillerdi ve pelerinleri de taşımakta oldukları şeyi tümüyle örtmüyordu.

"Buradan," diye onu yönetti Vikont. Dışarı çıkınca arabaların arasından geçip kendi arabalarına doğru yürüdüler. Kız basamağı çıkarken Vikont arabanın kapısını tuttu. Önceden arabaya binmiş biri kendilerini bekliyordu. Bu, daha önce Vikont'la konuştuğunu gördüğü şişman adamdı, hani şu birlikte ortadan kaybolduğu adam.

"Tamam mı?" diye sordu adam araba avludan ayrılırken. Vikont başını salladı.

"Ya delikanlı? Lemprière." Juliette tırnaklarının avucunun içine battığını duyumsadı.

"Hiç iz yok."

"Yürüyüş yapılacak bir gece değil. Soğuk insanın iliklerine işliyor, farkına bile varmadan–"

"Yaşamış ya da ölmüş, benim sorunum değil."

"Önder'in hoşuna gitmez–"

"Benim sorunum değil," diye yineledi Casterleigh, daha sert bir sesle. Araba hareket etti. Juliette başı öte yana dönük durumda oturdu, yanakları cama değiyordu. Arabanın sarsıntılı hareketi onun uyanık kalmasına izin vermedi, hız kazandığı ve çevrelerindeki ak tarlaların arasından hızla geçtiği zaman da kızı düşleriyle birlikte taşıdı. Karlardan mavimsi bir ışık geliyordu. Genç kız düşünde arabanın yanında alçaktan, uzun sıçramalarla koşuyor, arabayla yarışıyordu. Bu çok kolay bir şeydi. Üzerinden rahatça geçtiği alçak parmaklıklar vardı, sonra daha ve daha çok parmaklık. Görebildiği yerler hep karla kaplıydı ve o dilediği yere kadar görebiliyordu. Sonra karın içinde ufak çentikli yarıklar belirmeye başladı, bunlar bazen bir anda beliriyor, kız yere basmak, sonra yine sıçramak zorunda kalıyordu. Bu yarıklar daha da sık belirmeye başlamıştı, ama yol bundan etkilenmemiş olduğundan araba havayı yırtarak ilerliyordu. Kız yarıkların içine bakmak istedi, ama geride kalıyordu. Araba kızın önünden gidiyordu. Kız, arabacıya yavaşlaması için bağırdı, sesi sönük çıkıyordu, sonra arabanın içindekilere seslendi. Kız onları göremiyordu, ama oradaydılar, zorlukla ilerleyişini izliyorlardı. Kız arabanın yan duvarlarına yumruklar indirmeye çalıştı, sonra içine baktı, ama yalnızca Dover göklerinin tekdüzeliğini ve kendisinin oraya kocaman gözlük camları gibi asmış olduğu aydınlık daireleri gördü, sonra bu gözlüklerin ardındaki yüz göründü. Bu yüz onun üzerine çullandı, doğru üzerine gelmiş, kendisini eziyordu, yumrukların sesi sağır ediciydi, sanki bir el başının yanına vurup duruyordu, Lemprière'in köşeli yüzü ve baykuş gözlükleri, camın ardında bir balığın ağzı gibi açık duran ağzı, hareket ediyordu, biri bağırıyordu, "Hayır, durun!" Birden uyandı, delikanlının yüzü gecenin içinde uzaklaşıyordu. Hayır, bu bir düş değildi. Bağıran kendisiydi. Araba hızla uzaklaşırken Vikont'un yüzüne baktı, adamın yüzünde kendi patlayışı karşısında şaşırmış bir ifade vardı, bu ifade sonra öfkeye dönüştü. Baba yok olmuş, kâğıttan bir maske gibi yırtılıp gitmişti. Kız, Lemprière'in geride, donmuş yolun üzerinde bir yerlerde, arabanın ışıkları karanlığın içinde uzaklaşıp yok olur, kendisini ondan ayırıp götürürken tek başına kalakalmış olduğunu imgeledi. Yeniden Vikont'a baktı, sonra başını yine geceye döndürdü. Şimdi ikisi arasında kalmıştı ve o anda kendisinin de tek başına olduğunu kavradı.

***

Bir ya da iki saat geçmişti. Arabanın ışıkları nokta gibi olmuş, yarı karanlıkta yitip gitmişti. Lemprière yürümekten vazgeçmişti. Titremesi de durmuştu. Yolun kıyısında otururken, arkasından yükselen hafif sese doğru başını döndürüp bakmaya bile çalışmadı. Yürümüş, ama yoldan ve çevresindeki karanlıktan başka bir şey bulamamıştı. Ve bir de kar vardı. Ses daha yükseldi. Bir araba olacaktı. Bir araba, diye düşündü. Kemiklerinin içindeki soğuk can sıkıcı bir ağrı gibiydi. Yüzü uyuşmuştu, başı sallanıyordu. Kuşkusuz, bu bir arabaydı. Bacakları katılaşmış ve ağırlaşmıştı. İşte orada, önündeydi. Durmuştu. İçinden insanlar çıkmıştı. Septimus. Soruyordu, "Burada ne yapıyor?" Arabanın tepesinde bir şey vardı. Mavi. Merhaba? Sonunda yanıt verebildi. Kendisini taşıdılar. Uyandığında Lydia'nın kucağındaydı.

"Uyudu," dedi Lydia.

"Kendinden geçti," dedi Septimus.

"Bahse girerim, ayak parmakları kararmıştır." Warburton-Burleigh şiddetle botlarını çekiyordu. Araba karın altında gizlenmiş bir yol çukuruna düştü ve hepsi oturdukları yerden havaya sıçradılar, bu arada bir şey arabanın tavanına şiddetle çarpmıştı. Lydia yukarı baktı ve rengi uçtu.

"Casterleigh alamaz mıydı şunu?" diye sordu. "Ne de olsa, ilk giden o oldu."

"Onu yüzü yukarıya dönük olarak bağlamamalıydık," dedi Boksör. Araba yine sıçradı ve yine o sert çarpma sesi duyuldu.

"Korkunç!" dedi Lydia, bu ses karşısında kulaklarını tıkayarak. Kızın kucağındaki Lemprière'in kafası sallandı. Öteki üçü sessizdi. Araba Londra'ya giden bu eğri büğrü yolda, kadının cesedini tavana çarptıra çarptıra yol alıyordu. Araba her taşa tosladığında, başı sallanıyor ve ağzındaki metal parçası arabanın damına çarpıyordu. Arabanın içinde kendinden geçmiş durumda bulunan Lemprière kadının, tutuşmuş altın derelerin akıp gittiği tarlaların içinde sıçrayıp durduğunu görüyordu düşünde. Araba buz ve karla örtülü tarlaların arasında yol alıyor, Londra'ya dönüyordu.

❋❋❋

"Danae, Argos Kralı Acrisius'un Eurydice'den olma kızı. Babası tarafından pirinçten bir kuleye kapatılmıştı, çünkü bir falcı kendisine, kızının oğlu tarafından öldürüleceğini haber vermişti..." Orada, masasının üzerine eğilmiş duran Septimus'un sesi. Lemprière uyanık olduğunu biliyor ve kalkmaya çabalıyordu.

"Danae'nın anne olmasını engellemek için harcadığı çabalar bir sonuç vermemişti; ve kıza âşık olan Jupiter, kendisini bir altın sağanağına dönüştürerek kızın yatağına girmişti." "Hmm, iyi. Sen klüpteki o gece, Acrisius'u öldürmemiş miydin?" Septimus, çember atma hareketine öykünüyordu. Ama arkadaşı hâlâ tam uyanmış değildi. Gecenin bir saatinde bedeninin titreyişiyle uyanmıştı. Kalkmış ve bu maddeyi yazmıştı. Uykusu garip aralıklarla doluydu.

"Nasıl bitiyor?" diye soruyordu Septimus. Soruşturma yakında başlayacaktı. Lemprière soğuktan donup ölebilirdi.

"Kötü," diyebildi Lemprière uzun bir aradan sonra. Septimus hâlâ masanın yanında duruyordu.

"Seni aradık, biliyor musun? Arama grubu, meşaleler filan..." Delikanlı bir araba, yol, bir çarpma sesi anımsadı.

"Beni buldunuz," dedi Lemprière.

"Hayır, bir kadın bulduk..." Lemprière'in başının yastığının üzerine düşmesine izin verdi. Septimus onun yüzünü göremeyecekti. "Ölü bir kadın..." *Söyle ona*, diye düşündü Lemprière.

"Ölü bir kadın mı?" ve kendine engel olamadan, "Nasıl olmuş... Yani..." dedi.

"Bataklığa dönüşmüş o Batı çayırında. Oldukça korkunçtu. Sen millerce uzaklardaydın." Maddeyi okuduğu halde, nasıl anlayamaz? "Millerce uzakta," bu bir uyarı mıydı?

"Yolumu yitirdim, eve döndüğümü sanıyordum. Karanlıktı."

"Önce söyle bakalım, evin dışında mıydın?"

"Evet, kuşkusuz..." Kuşkusuz, çimenlikte, karın üzerindeki taze ayak izlerinin peşinden gitmişti, Septimus'u gördüğünü sanmıştı. "Evin arkasındaki bir koridorda, bir odada seni gördüğümü sandım," dedi Lemprière.

"Evet," dedi Septimus.

"Ve çimenlikte."

"Evet. Çimenliği şöyle bir döndüm, sonra içeriye girdim. Seni arıyordum. Fişek gösterilerini kaçırdın." Çimenliği şöyle bir döndü. Fişekler.

"Evin çevresinde dönmeye çalıştım," dedi Lemprière. Ayak izleri geri dönmemişti.

"Bunu alabilir miyim? Zaten imzalamışsın." Maddenin yazılı olduğu kâğıdı elinde tutuyordu. Gözü, ağzı yayılıyordu, bunların hepsini al götür.

"Nasıl istersen," dedi Lemprière. Ayak izleri orada öylece bitmişti. Septimus kâğıdı dikkatle katlıyordu.

"Ölebilirdin, biliyor musun? Soğuktan."

"Evet, biliyorum." Lemprière kapıya doğru yürüyen Septimus'a baktı. "Teşekkür ederim," dedi. Septimus gidiyordu.

"Alice de Vere garip bir kuş, değil mi?"

"Olağanüstü bir kadın," diye yanıtladı Lemprière dikkatle.

"Ve, Casterleigh kızını da kaçırdın." Bunu merdivenlerden aşağı hızla inerken bağırarak söylemişti. Ve sonra, "Bir sürü aptallık yapıyorsun!" Ön kapı hızla çarpılıp kapandı. Septimus çıktı, diye düşündü Lemprière, *cum mea culpa*[1] ve bunun için teşekkür ediyorum.

Daha sonraki günlerde Lemprière 'D' harfi ile güreşti. Masasının başında oturup on üç Domitii'yi birbirinden ayırmaya çalıştı. Dionysus adını taşıyan yirminin üstünde kişilik vardı. O ana dek yirmi dördünü ayırt etmişti, ama içinde durmadan yinelenen bir duygu kendisine bir tane daha olduğunu söyleyip durmaktaydı. Örneğin, Atticus'un kütüphanecisi bunlardan biriydi, Cicero ondan söz etmişti, ama kitap çalmakla ilgili bir şey vardı ve bu da Cicero'ya ilgiliydi –acaba aynı Cicero mu?– Bilgiler biriktikçe, masası ile odanın öteki ucunda üst üste duran kitap yığınları arasında gidip gelmeler yorucu bir törensellik haline gelmişti. Böylece, tüm kitapları açıp yere kitaplardan oluşan bir tür halı serdi. Kitapların arasında, bir bölümden diğer bir bölüme yürüyebilmesi için boşluklar bırakmıştı. Bu olağanüstü bir düzenleme ve eleme sistemiydi. Yirmi beşinci Dionysus'u buldu. Stoacı'lara doğru sıçradı ve bu kaynağı desteklemek için Euripides'e bir göz attı. "Cicero'nun bir kölesi, efen-

[1] Cum mea culpa: Lt. Benim hatam yüzünden (günahım) (Çev.)

disinin bir çok kitaptan oluşan kütüphanesini yağmalamıştı, *Cic. Fam. 5. ep. 10 1. 13 ep.77*" diye karaladı, işte buydu. Artık 'Dionysus'dan sıkılmıştı, yirmi beşinden de. Gelişi güzel çalıştı. Daedalus'un, mekanik adamları, *automata*'yı ürettiğini unutmuştu. Ve Pasiphae'ye, doğal olmayan tutkusu konusunda yardımcı olmuştu. Bu uçuşun öyküsünü herkes bilirdi; elindeki kitapta Daedelus'un ve İcarus'un güneşe doğru uçuşlarını betimleyen küçük bir resim vardı. Belki uçma olayı ile automata birbirine karışmıştı ve bunlar uçan adamlar değil, uçan makinelerdi. Uçmak: Olağandışı bir düşünceydi, gerçekten de, *Vuuup*, Lemprière kollarıyla havada süzülür gibi beceriksizce bir hareket yaptı. Dışarıda ağır yük arabaları Arnavut kaldırımlarının üzerinde yuvarlana yuvarlana ilerliyordu. Başka bir Dionysus, bir yirmi altıncı Dionysus daha bulunduğunu düşündü, ama aklına gelmiyordu. Doberes'e, Dobunni'ye ve Dochi'ye, kuzey Makedonya, Gloucestershire ve Ethiopis halklarına döndü, bunların hepsi sözlüğünde birbirine karışıyordu; yeni bir coğrafyaydı bu. Docimus da birçok sıcak banyo yapmıştı.

Daha sonraki günler ve geceler boyunca uyku sorunu sürdü: Üç saat burada, on iki saat şurada uyuyordu, hep de garip zamanlarda geliyordu uykusu. Sözlük hâlâ kendi öngörülemez programını dayatıyor gibiydi. Gereği gibi yedide ya da sekizde yataktan çıkmaya zorladığı zamanlarda, kendisini bir süre sonra boşluğa bakar, hayal kurar, başka yönlere dalmış durumda buluyordu. Böylesi anlardan birinde kendisini, Septimus'un "garip" bulduğu, ama kendisinin hiç de bu düşüncede olmadığı, Alice de Vere'i, daha doğrusu Leydi ve Vere'i düşünürken buldu. "Olağanüstü bir kadın." Bu iyiydi. Otorite kokuyordu bu söz. Oturduğu yerden tumturaklı sözler söylemek: "Ya da, kişinin böyle inanmaya yöneldiği gibi," "Eğer nesnenin gerçeğini doğrulayan bir şey varsa, o da işte budur," gibi tümceler başkalarının, "Lemprière söylediğinden çok daha fazlasını biliyor," diye düşünmelerine neden oluyordu. Septimus'un "garip" olduğunu düşündüğü Alice de Vere, daha doğrusu Leydi de Vere ve ne de olsa Septimus'un, kendisi sormuştu bunu. Şu küçük şeyi bana ver ve atalarının tadını çıkarttığı tüm servet ve güce sahip ol. Dahası, dilediğin her şeye. Lemprière, Peppard'ın duraklamasını anımsadı: "sonsuza dek..." Bu ufak adam başka şeyler de söyleyecekti, ama kendisini tutmuştu. "Kuramsal olarak, bu anlaşmanın geçerliliği böylece sürüp gidiyor..." Alice de Vere kendisinden bu kuramı uygulamaya koymasını istemişti. O bir Lemprière'di, tüm Şirket'in onda dokuzuna sahipti. Anlaşma böyle olduğunu söylüyordu. Babasının çalışma odasında geçirdiği uzun saatler sırasında araştırdığı şey bu muydu? Babasının Bay Chadwick'le bir işi vardı ve bu iş anlaşmayı kapsıyordu. Bunu biliyordu, çünkü Alice de Vere kendisine böyle söylemişti. Ve kadına da bunu Skewer söylemişti. Can sıkıcı Skewer. Düzenbaz adam.

O halde Dul haklıydı, Lemprière onun deli olduğunu sanmıştı. Peppard anlaşmanın anıştırdığı şeyleri, gerçeklerden uzak olsalar bile anlatmalıydı kendisine. Ve Skewer. Skewer kendisine yalan söylemişti, babasını da aldatmıştı. Alice de Vere'e koşmuş ve bildiği şeyleri pek az bir ücret karşılığında satmıştı.

Lemprière ceketini giymeye çalışırken bir yandan da aşağıdaki kalabalıkları izliyordu. Giysisi kuruyunca üzerindeki çamurların çoğunu fırçalamıştı. Şimdi giysinin bazı yerlerinde kocaman benekler vardı. Botlarını da giydi ve ceplerini denetledi: anahtar, bozuk paralar, varlığı kendisine Rosalie'yi anımsatan annesinin minyatürü; Lydia kendisine bu kız hakkında sorular sormuştu ve o hayaletsi anılar, arabadaki bitkinliği içinde bile kendisine ulaşan o darbe sesi. Günler önce. Kadının başı tavana vurup durmuştu. Ama sokağa çıktığında, düşünceleri yine Skewer'e ve Peppard'a döndü, ama hepsinden çok Skewer'e. Bay Skewer kendisine açık bir davet yapmıştı, "ne denli ufak olursa olsun, herhangi bir sorununuz olduğunda." Bunlar adamın kendi sözleriydi. Lemprière, Southampton Caddesi'ne vardığında aklında bu davet vardı. Kendisinin *ufak* bir sorunu vardı. Bu sorun, güvene ihanetle ilgiliydi ve Ewen Skewer'e bu davetini anımsatacaktı.

Avukatın bürosuna yaptığı ikinci ziyaret, birincisinin yolunu izledi. Burada Septimus kendisinin, sarhoşun biriyle çarpışmasını engellemişti, Strand, piliç kasalarına ve Warburton-Burleigh'in gevelemelerine, vedalarına, Fleet Caddesi boyunca ve Chancery Lane'den yukarı hızla ilerlemeye devam edişlerine tanık olmuştu, şu anda girip geçmekte olduğu ve az sonra ucundaki merdivenlerden çıkacağı avluya varıncaya dek kaldırımlar üzerinde bir yürüyüş yapmışlardı. İlkinde olduğu gibi şimdi de ikişer ikişer çıkıyordu merdiven basamaklarını, ama sonra bu koşutluk değişti ve ilk seferin daha önce dış ofiste bir aşağı bir yukarı yürüdüğü o birkaç dakikalık bölümü ikincinin arkasında kaldı, çünkü Lemprière merdivenlerin tepesine vardığında tanıdık bir ses yükseldi. Öfkeli sesler. Kapı açıldı ve delikanlı Dul Neagle ile karşılaştı. Elindeki ayakkabıyı adamın başına doğru kaldırmış durumda hâlâ Skewer'in bürosunda olması gerekiyordu, ama değildi; öfkesi arasında ayakkabının kendi yerine dönmüş olduğu açıktı.

"Neden buradasınız? Size ne demiştim ben?" Lemprière'e yönelmişti. Kapının öbür yanında, Peppard, bu karşılaşmadan telaşlanmış durumda iskemlesine geri dönmüş olmalıydı. Skewer herhalde başıyla ilgileniyordu. Lemprière sırıttı.

"Gülünecek bir şey yok, delikanlı," diye konuşmasını sürdürdü Dul. "Öfkelenmiş yaşlı bir kadının nasıl göründüğünün pekâlâ farkındayım. Öte yandan sizin, bunun nedenleri konusunda hiçbir şey bildiğiniz yok, Bay Lemprière. Bunu öğreninceye dek kendi işinize bakın. Sizin kendi sorunlarınız size yeter zaten." Lemprière artık sırıtmıyordu. Dul onun yanından sıyrılıp geçmiş, sert adımlarla merdivenden inmeye başlamıştı. Lemprière kapıya vurmak üzereydi. Durdu, döndü ve merdivenlerden aşağıya koştu. Dul avludan geçiyordu.

"Ne sorunları?" diye sordu, kadının öfkeli sözleri kendi üzerine boşalırken. "Ben sizin şanssızlığınıza gülmüyordum. Skewer'e gülüyordum, anlıyor musunuz, daha önce–"

"Sakın bana patronluk taslayabileceğinizi sanmayın, Bay Lemprière," diye yine döndü kadın, sözlerine devam edecekti, ama Lemprière onun kolunu yakaladı.

"Size patronluk taslamıyorum. Size gülmüyorum. Açıklamaya çalışıyorum." Arabada Juliette'le olan tanışıklıklarını anlatırken ötekilerin kendisine inanmadıklarını gördüğü zamanki duygular içindeydi. Dul kendisine bakıyordu, bu patlayışı kadının üzerinde en ufak bir sindirici etki yapmamıştı. Gözleri kendi gözlerini araştırıyordu. Kadının kolunu tutan eli yanına düştü.

"Benim öğüdüme kulak asmadınız. Size Skewer'e güvenmemenizi söylemiştim, şimdi söyleyeceğiniz şeyler varsa, kendisine söyleyin." Hangi sorunlar? diye düşündü Lemprière.

"Haklıydınız," dedi çabucak.

"Sizin işlerinize gelince, ben yalnızca şunu biliyorum," dedi Dul. "Skewer yalnızca tek bir efendiye hizmet eder, bu da siz değilsiniz. Onun yapacağı hiçbir şey sizin yararınıza olmaz. Şimdi, eğer izin verirseniz–"

"Tek efendi mi?" Lemprière daha fazlasını öğrenmek istiyordu.

"Bu uzun bir öykü, Bay Lemprière, eğer öğrenmeye niyetli iseniz."

"Sizi arayabilir miyim?" diye sordu Lemprière. "Bu öğleden sonra, belki?"

"Bay Skewer'le görüşmenizden sonra mı? O zaman sizi pek iyi karşılamayacağımdan korkarım."

"Başka bir gün, yarın?"

"Seçiminizi yapın, Bay Lemprière, ya şimdi ya da beni bir daha rahatsız etmeyin," dedi Dul ve gitmek üzere döndü. Sesinin tonu Skewer'in ihaneti konusunda kuşkuya hiç yer bırakmıyordu. Tek efendi. Kadın avlunun öbür ucundaki girişten çıkıp kaybolmak üzereydi. Lemprière, merak ile düpedüz öç duygusu arasında, oracıkta çakılı kalmıştı. Dul gözden uzaklaşmıştı, yalnızca ayak sesleri duyuluyordu.

"Bekleyin!" diye bağırdı ve kadının ardından koştu.

* * *

"Kendi tarih kitaplarını yazdıklarında, benim adım sayfayı yakıp bir delik açacak. Farina!"

Lemprière, hanın dışındaki sokakta kalabalığın arasından sıyrılırlarken gördüğü bu boşboğazı tanıdı. O ve Dul penceresinin yanındaki bir masaya yerleştiler.

"Fünyeyi onlar tutuşturdular, dostlarım, ben değil, hiçbiriniz değil. Saint Giles'ın kara kuşları ağzımızdaki lokmayı çalarken ve Spitalfields anneleri bebelerini kilise merdivenlerine bırakırken onlar şişkin kızlarını, şişkin servetlerini düşünüyorlar..." Adamın çevresindeki kalabalık gürledi. Lemprière onu

Domuzeti Klübü'ndeki gecede, Craven Arms'ın dışında görmüştü, uzun bir ipek parçasını sallayarak daha küçük bir kalabalığa sesleniyordu. Bu kez kalabalık daha büyümüştü. Daha da gergindi. Dul başını pencereden öteye çevirdi.

"Eğer Skewer'den böylesine nefret ediyorsanız, niçin bürosuna gidiyorsunuz?" diye sordu Lemprière.

"Nefret değil," diye yanıtladı Dul, "iğrenme. Skewer küçük bir adam, bir hiç, nefreti bile pek hak etmiyor. Bununla birlikte, Skewer'in bürosunda yalnızca Skewer yok, orada daha fazlası var."

"Onda size ait bir şey mi var, bir belge filan?" diye ağzını aradı Lemprière. Dul gülümsedi ve masaya baktı.

"Bir anlamda," dedi. Lemprière onun sözünü bitirmesini bekledi, ama kadın söylediklerine hiçbir şey eklemedi.

"Skewer sizin kocanızı kaybettiğinizi söyledi," diye atıldı.

"Aynı zamanda bu acıdan ötürü deliye döndüğümü de söylemiştir," diye karşıladı Dul onun atağını. Kadın bir şey daha söylemişti, ama kalabalığın gürültüsü artmıştı, bu derin uğultu kadının sözlerini bastırıyordu. "...Tavernalarda en çok sözü edilen öykü oldu. Ben de zaman zaman duyuyorum. Neagle'ın Balinası. Hatta bir şarkısı bile var. "Neagle'ın Balinası. Kocam olsa, o da beğenirdi bu şarkıyı."

"O halde kocanız öldü?"

"Ah, evet. Skewer bu konuda gerçeği söylemiş. Benim için sorun, nasıl ve neden öldüğü. Skewer bunun yanıtlarını biliyor olabilir, gerçi bu konuda kuşkuluyum ya. Ama söylediğinden daha fazlasını biliyor, sigortacılar da, sigortacıların avukatları da, rahmetli kocamın meslektaşları ve Şirket'te çalışanların çoğu da öyle. Belki siz de, söylediğinizden fazlasını biliyorsunuzdur, Bay Lemprière?"

"Ben yalnızca sizin bana söylediklerinizi biliyorum..." diye açıklamaya başladı, ama Dul gülümsüyor, onunla dalga geçiyordu.

"Ben on sekizimde evlendim ve yirmi dördümde dul kaldım," diye anlattı kadın ona. "Kocam, Alan, benden yaklaşık on yaş büyüktü. Bunun hiç önemi yoktu. Büyük gemiyi yöneten en genç kaptanlardan biriydi. Biz iyi bir çifttik. O tüm rakiplerini yenmiş, bana kur yapmış, beni kazanmıştı." Dul toplu saçından kurtulan bir bukleye koketsi tavırlarla bir fiske vurdu, sonra elini çabucak indirdi.

"Her neyse, biz evlendik. Alan ve ben Thames Caddesi'nde bir ev tuttuk. Ben hâlâ orada oturuyorum. Öykünün ikinci bölümü Alan'la, daha doğrusu Kumandan Neagle'la ilgili. Ben bu öyküyü onun raporlarından öğrendim. Gemisi 1763'te Madras'a hareket etti, gemi onarımdan çıkmıştı ve yıl sona ermek üzereydi, ama o yine de, öteki ticaret gemilerine yetişebileceğine inanıyordu, bu konuda Şirket'i ikna etti. Herkes onun deneyimli bir denizci olduğunu biliyordu, ama yolculuk süresince her türlü sorunla karşılaşıldı. Kocam gemiyi Lizbon'da onarıma sokmak zorunda kaldı –şu Blackwall gemi hakları adliyeye getirilmişti, anlıyorsunuz ya– ve birkaç gün sonra bir fırtınaya yakalandılar. Yapabilecekleri tek şey fırtınanın önünden kaçmaya çalışmaktı. Doğuya, Herkül Kapıları[1]'na doğru savrulup, Cebelitarık Boğazı'ndan ve Akdeniz'in ağzından içeriye girdiler. Bununla birlikte şans yardım etmişti. Fırtına geçtiğinde, Kapılar'dan içeriye güvenlik içinde geçmiş bulunduklarını ve Alboran Denizi[2]'nde yüzmekte olduklarını gördüler. Gözetleme platformundaki tayfalar her iki kıyıyı da göremiyorlardı. Bu bir mucize gibiydi. Alan adamlarını güverteye topladı ve onlara bu iyi şanslarından söz etti, dualar edildi, sonra iskandil alındı. Bu bir törensellik havası içinde yapıldı, açık denizdeydiler ne de olsa, ama sonuç ortaya çıktığında tüm gemiye bir sessizlik egemen oldu. Tümüyle karaya oturmuş durumdaydılar. Alan'ın yanında deniz haritası yoktu, ama buna inanamıyordu. İkinci bir iskandil alındı. Bu kez sancak yanı açıktı, ama iskele yanında geminin *draftından* daha az bir derinlik vardı. Başka bir deyişle, karaya oturmuşlardı. Ama bu olamazdı. Gemi özgürce yüzüp gidiyordu. Tayfa huzursuz oldu, geminin bordasından aşağıya eğilip bakıyor, ama hiçbir şey görmüyorlardı. Alan neler olup bittiğini anlayamıyordu. Birçok iskandiller alındı, ama hiçbiri ötekini tutmuyordu. Adamlardan bazıları paniğe kapıl-

[1] Herkül Kapıları: ya da Herkül Sütunları, Cebelitarık boğazının doğu, yani, Akdeniz tarafındaki girişini belirten dağlık iki burun; kuzeydekine Kalpe Dağı, güneydekine Abyle Kayası adı verilir; efsaneye göre Herakles, burada dünyanın sınırlarını saptamıştı. (Çev.)

[2] Alboran Denizi: Akdeniz'in batı ucu. İspanya ve Fas arasında, Avrupa ve Asya kıta plakalarının dokunağında yer alır. Atlas Okyanusu kökenli az tuzlu yüzey sularının altında daha tuzlu Akdeniz suları yer alır. (Çev.)

dılar, Alan kaptan yardımcılarını tüm geminin çevresine yerleştirmişti, derken birdenbire o garip olay kendini gösterdi. İskele yanında hafif bir ses duyulmuştu, sanki sular hızla akıyordu, sonra suyun içinde büyük burgaçlar belirmeye başladı. Sonra aynı şey sancak yanında da oldu. Kıç direğinin yanındaki herkesi sırılsıklam eden büyük bir su sütunu fışkırdı ve birden bir balina sürüsü, tek bir beden gibi su yüzüne çıkıp gemiyi çevreledi. En azından on, on beş taneydiler, kocamandılar, geminin yarı büyüklüğünde balinalardı. İskandil bunların sırtlarından alınmıştı. Bir an gemiyi sessizlik kapladı, sonra herkes sevinçle bağırdı, oysa henüz tehlike geçmiş sayılmazdı. Ama balinalar geminin çevresinde bir ya da iki dakika kadar dolandıktan sonra yüzeye yakın yüzerek başlarını doğuya verip uzaklaştılar. Gemi kurtulmuştu." Dul masanın üzerinden Lemprière'e baktı.

"Alan ertesi yıl gemisi ve yüküyle birlikte döndü. Bana bu balinaların öyküsünü anlattığında yalnızca rahatlama duydum. Ama birçok yönden garip bir öyküydü. Balinalar gemiye niçin zarar vermemişler, hatta onu batırmamışlardı?" Lemprière başını salladı.

"Akdeniz'de balina bulunduğunu bilmiyordum," dedi.

"Tastamam öyle!" diye bağırdı Dul. "Pek az vardır, böyle sanılıyordu. Ama, asıl olağandışı olan şey balinaların gemiden ayrıldıktan sonra aldıkları yöndü. Balinalar amaçsız yüzmez ve bu balinalar doğuya doğru yüzüyordu. Akdeniz'in ağzından öteye, Arabistan yönünde yüzüyordu."

"Arabistan'dan sonra nereye?" Ama Dul bu soruyu elini sallayarak geçiştirdi.

"Kocam yüzgeçlerinin, üç köşeli kuyruklarının resimlerini yapmış, hatta nasıl yüzmekte olduklarıyla ilgili notlar almıştı. Bunları balina filosundaki arkadaşlarına gösterdi, iyi resim yapamazdı, bu yüzden arkadaşları bu resimlere bakarak balinaların türü konusunda birbirinden farklı yorumlarda bulundular, ama üç metreye ulaşan boylarından söz edince, hepsi görüş birliği yaptılar, bunlar en büyük balina türü olan mavi balinalardı. Ama bu su devlerini nerede görmüş olduğunu söyleyince hepsi onu alaya aldı. Batı Akdeniz'de mavi balina bulunmaz, hele doğuda hiç balina olmazdı. Çünkü orada beslenebilecekleri bir şey yoktu. Oraya en yakın beslenme alanı kuzey Hint Okyanusu'ydu. Ve kocamın dediği yerden oraya hiçbir geçit yoktu, elbet bir biçimde Mısır çöllerini geçmeyi başarmadılarsa. Kocam bir eğlence aracı oldu, yeni bir tür balina türemişti, Neagle'ın Balinası. Bunun bacakları da olması gerekiyordu. Ama Alan ne görmüş olduğunu biliyordu ve dahası, bunun ne anlama geldiğini de. Direktörler Kurulu'na verdiği, bu konuda daha fazla araştırma yapma önerisi geri çevrildı. Diretince de uyarıldı. Elimize geçen eski bir seyir defteri haklı olduğumuz konusunda bizi ikna etti, aynı yer, aynı balinalardı. Bir Şirket gemisi aynı görüntüyle bir buçuk yıl önce de karşılaşmıştı."

"Ama bunun anlamı *nedir*?" diye sordu Lemprière. "Balinalar nereye gidiyordu?" Dışarıdan gelen gürültüler Dul'un verdiği yanıtı yine bastırmıştı.

"... Şirket'in patenti bu rotanın tekeline sahipti, anlıyor musunuz? Herkes Hindistan'la ticaret yapabilirdi, ancak, Afrika'nın ucundan dolaşmamak koşuluyla. Yalnızca tek bir rota olduğu sürece Şirket'in ticareti güvencedeydi." Dul sustu ve Lemprière'in, söylediklerini duymamış olduğunun ayırdına vardı. "Hindistan," dedi. "Balinalar doğuya, Hint Okyanusu'na, beslenme alanlarına doğru gidiyorlardı. Hindistan'a giden ikinci bir yol keşfetmişlerdi, belki Kızıl Deniz'den geçiyorlardı. Şirket bu nedenle kocamı susturmuştu."

Lemprière geriye yaslandı, balina sürüsünün Akdeniz'le Kızıl Deniz arasındaki belirlenmemiş kanallardan görünmeden geçişini imgeledi.

"Bu bildiğim en inanılmaz öykü," dedi Dul. "Ama ne denli olanaksız gibi görünse de, burada sona ermiyor."

Birden masaya gölgeler düştü. Kalabalık çoğalarak sokağı doldurmuş ve dış çeperindeki adamların sırtları pencereye dayanmıştı.

"Burada sona ermiyor mu?" diye atıldı Lemprière, ama Dul pencereden dışarıya bakıyordu. Kalabalığın davranışları daha da sertleşmişti. Farina'nın sesi tavernanın içinden duyulabiliyordu.

"...bu Spitalfield dokumacıları için..." Kalabalığın gürültüsünü bile bastıran yüksek bir yırtılma sesi duyuldu ve kulakları sağır edici bir sevinç yaygarası başladı. "...Ve bu yeteneklerini çocukları ile birlikte gömen yün balyacıları için..." Başka bir yırtılma sesi ve bu kez yaygara daha yüksek, daha öfkeli çıktı.

"Konuşmamıza başka yerde devam edelim," dedi Dul, Lemprière'e çabucak. "Gelin." Delikanlı durakladı, olayların akışı onu sersemletmişti. Kadın keskin bir sesle konuştu. "Çabuk!" Delikanlı kalktı ve Dul onu, içinde bulundukları durumun tüm açıklığıyla arka çıktığı kapıya doğru çekti.

Önce iki düzine dinleyiciden oluşan kalabalık, şimdi iki yüz ya da daha çok kişiye çıkmış, hem de adamlar kabalaşmıştı, Dul kendisini çekerek, tavernanın önünden adamların sırtlarını sıyırarak geçirirken Lemprière'e böyle geldi. Orta yerde, bir şeyin üzerine çıkmış duran Farina görünüyordu. Lemprière onun, yanında duran çıplak kafalı bir adam zaman zaman seslendiğine, "Bana rakamları ver, Stoltz!" ya da, "Doğru mu? Değil mi Stoltz?" dediğine dikkat etti. Adam bu sözleri konuşarak ya da başını sallayarak yanıtlıyordu. Stoltz. Adamın tavırları kendisini, şimdi uzun bir kırmızı ipek parçası tutan Farina'nın yanında neredeyse göze görünmez bir düzeye indirgiyordu. Stoltz bu kumaşa bir şey yapıyordu galiba, eğilerek mi bir şey yapıyordu yoksa?

"Buradan!" Dul kolunu birden çekince delikanlı, yüksek sesle bir daha, bir daha bağıran birçok adamı sıyırarak ilerledi. Kulakları sağır olmuştu, kalabalık havayı yumrukluyordu. Farina, başı geriye atılmış durumda ayakta duruyordu, elleri arasındaki ipeği germişti, kalabalık birbirini itiştiriyor, giderek daha gerginleşiyordu ve Farina ikiye ayırdığında kumaşı alevler yalıyordu, adam başını geriye atmış, kollarını uzatmış duruyordu, ellerinde tuttuğu ipekler birden tutuştu, alev içindeki iki bayrak adamı, kutsal olmayan bir intikamcı melek gibi çerçeveliyordu. Kabalığın haykırışları sürüyor, sürüyordu. "Hint casusları!" Sonra başka bir ses. "Casuslar! Hint casusları!" İpek kül olmuştu. Dul önüne çıkanı ite kaka yol alıyordu. Bu ses kalabalığın içinde dolaştı ve Farina aşağıya baktı. Havaya bir yumruk atıldı, sonra bir tane daha.

"Farina!" Şaşkınlık yaratan bir ses kalabalığın tüm sesleri üzerinde otoritesini ortaya koyarak yükseldi. Kalabalığın uzağında bir adam ayakta duruyordu, bastonunu kaldırmış, dosdoğru, ağız kalabalığı eden adama uzatmıştı. Bu adamın gözleri sargılıydı. Bir adam ona doğru gitmiş ve tekmelenmişti.

"İt!" diye bağırdı Dul Lemprière'e, geriye dönerek.

"Hayır!" diye haykırdı Farina kalabalığa, ama kavga ipeğin üzerindeki alevler gibi sarmıştı ortalığı.

"Hint casusları!" diye yükseldi şiddet çağrısı, kör adam değneğiyle işaret ederek bir kez daha bağırdığı sırada. Çok geçti, şiddet, eğilen, kıvrılan, düşen Lemprière'in her yanını sarmıştı, derken bir el, bileğinin çevresini çelik gibi saran bir el onu çekerek yerde sürükledi. Bu Dul'un eli değildi; geniş kenarlı bir şapkası, bir pelerini vardı. Kalabalığın kıyısında duruyordu. Dul döndü. Onu gördü, çekerek yerden kaldırmaya çalıştı, delikanlı kurtarıcısını görebilmek için çevresine bakındığında adam gitmişti. Görebildiği tek şey şapka ve pelerindi. Ve bir de o el, güneşte yanmış ve kahverengileşmiş o el. Bir gemici diye düşündü Lemprière.

"Gel," dedi Dul, sonra onu kolundan çekti ve delikanlı kadının ardından topallayarak yürüdü. Arkalarında kalan kalabalığın yırtıcılığı diniyordu. Yerlerde yatan adamlar vardı. Kör adam bir kez daha, "Farina," diye bağırdı, bastonu hâlâ kalabalığın merkezini işaretliyordu. Ama Farina ortadan yok olmuştu.

"Haydi, acele et." Dul omzunun üzerinden soluk soluğa konuşuyordu. "Sir John milisleri çağıracak ve bu acımasızlarla karşılaşmamıza hiç gerek yok." Lemprière dizini incittiğini düşünüyordu ve Dul'un yoldan aşağı canlı yürüyüşüne ancak seke seke katılabiliyor, bir yandan da gizemli kurtarıcısına içinden teşekkürlerini sunuyordu. Adamın şapkasını daha önce görmüş gibiydi. Shoe Lane'e girmek üzereyken ceketinde, cebine yakın bir yerde bir yırtık bulunduğunu fark etti, oradan Stonecutter Lane'e girdiler. Delikanlı hâlâ sarsılmış durumdaydı, geniş omuzlu isyancıların herhangi bir yerden çıkıp üzerine atılmalarını bekliyordu yarı bilinçle. Geçidin sonunda sıkıntıyla dönüp arkasına baktı, ama yalnızca zararsız yayalar, bir grup çocuk ve onların arkasında iki sepetli kadını gördü, daha da geride belli belirsiz bir figür vardı, geniş kenarlı şapkasını fark etti.

"Tanrı'nın cezası!" diye onu çekti Dul. "Şuraya bak." Eliyle gösterdi, Fleet Market'in karmaşası arasında bir grup kırmızı ceketli adam kalabalığı yarıyordu. Bir kez daha dönüp geriye baktı, yine çocukları ve iki kadını gördü, ama pelerinli ve şapkalı figür ortadan yok olmuştu. Sokak, bir boydan bir boya gerisin geriye koşamayacağı kadar uzundu, ama adamın bu ikinci yok oluşunu daha fazla düşünecek zaman bulamadan ikisi pazar alanının kıyısından geçmiş ve Ludgate üzerinden güneye ve doğuya doğru yönelmişlerdi. Thames Caddesi'nde ellerinde mızrakları ve piyade tüfekleriyle başka bir birlikte karşılaştılar, on beş-yirmi kişiydiler. Aralarında yalnızca elli metre vardı, cakayla kendilerine doğru ilerliyorlardı. Lemprière geri dönüp bakmak isterken Dul onu kararlı bir biçimde ileriye doğru çekti, kendilerine doğru kasıla kasıla ilerleyen kırmızı ceketli eşkiyalarla aralarında yalnızca yirmi metre kalmıştı, Lemprière duvara sindi, sessizce barış ve sukunet duaları etmeye başladı.

"Buraya," dedi Dul cebinden bir anahtar çıkartırken, sonra en yakın kapı ağzına doğru döndü. Anahtar döndü, kapı açıldı ve arkalarından kapıyı çarpıp kapatarak içerisinin güvenliğine kavuştular.

"Burası benim evim," dedi kadın. "Hoş geldiniz. Belki burada bir süre dinlenirsiniz."

"Evet," dedi Lemprière.

"Ve sonra profesörlerle tanışmalısınız."

Birkaç dakika sonra evin ilk katındaki bir oturma odasında oturuyorlardı. Mobilyalar aşırı gösterişli, odalar geniş ve havalıydı.

"Kocam ertesi yıl, 1766'da sefere çıktı," diyordu Dul. "Nasıl davranacağımızı dikkatle planlamıştık." Lemprière bir porselen fincan içindeki çayını içiyordu. "Kocam Cebelitarık Boğazı'na dek normal rotayı izleyecekti, ama sonra, Afrika'nın batı kıyılarından aşağı doğru yöneleceğine, Akdeniz'e dönecekti–"

"Ve geçidi bulacaktı," Lemprière, diye tamamladı tümceyi.

"Kesinlikle. Eğer bir balina sürüsü oradan geçebiliyorsa, tam yüklü bir büyük gemi de geçebilirdi. Tüm beklentilerden aylar öncesinde Hint Okyanus'unda belirecekti. Ve Şirket'in tekeli de böylece sona erecekti."

"Ve geçidi buldu, değil mi?"

"Bekleyin. Ben Londra'da kalmıştım; benim de bu işte bir rolüm vardı. Eğer bu rota çiziliyorsa, koruma altına da alınmalıydı. Bu rotayı birisi bulabilirse, bir başkası da bulabilirdi. Bu düşünceyle, kocam bana taslaklarını, krokilerini ve tüm kurgu malzemelerini vermişti. Bunlar paketlenmiş ve mühürlenmişti, bunları yalnızca avukatımız görebilirdi, o da ancak sağlam bir gizlilik güvencesi verdiği zaman. Avukat ancak ondan sonra patentleri, krokileri ve öteki belgeleri düzenleyebilirdi. Başka bir deyişle, böylece kocamın savını yasal güçlerle destekleyebilirdi. Ama avukatları bizim davamızla ilgilenmeye razı etmekte güçlüklerle karşılaşıyorduk.

"Anlayacağınız, yasa diliyle ifade etmek gerekirse, bu karmaşık bir işti. Yüzlerce büroda oturmak zorunda kaldım, Londra'daki her avukat bizim neyle uğraşmakta olduğumuzu öğrendi. Bazıları küçümsediler, bazıları nazik ilgisizlikle karşıladılar, çoğu da vermek istediğimiz komisyonu orada ve o anda reddetti. Mahkemede karşılaşacakları davalının Şirket olacağını öğrenir öğrenmez kuyruklarını bacakları arasına sıkıştırıp kaçtılar. Aklımı kaçıracaktım. Çünkü, kocamın Akdeniz'de bir aşağı bir yukarı dolaşıp durduğunu biliyordum, bense bir avukat bile bulamamıştım. O sırada Chadwick ve Soames'e başvurmuştum, sizin ailenizin avukatına."

"Ve onlar bu davayı aldılar."

"Hayır, almadılar. Ama bana astlarından birini önerdiler. Kendi bürosunu birkaç ay önce açmıştı."

"Bay Skewer!" diye patladı Lemprière. Dul şaşırarak ona baka kaldı.

"Ne saçma bir düşünce," dedi. "Skewer o sırada Bay Chadwick'in kâtibiydi ve bir yirmi yıl kadar da öyle kaldı. Hayır, hayır. Skewer değildi. Chadwick'in önerdiği genç adam yükselmekte olan bir yıldızdı, çok zeki, çok parlaktı. Ve benim de eskiden, Alan'la evlenmeden önce tanımış olduğum birisiydi."

"Niçin daha önce bu adama gitmemiştiniz öyleyse?" diye sordu Lemprière.

"Bu da başka bir uzun öykü," dedi Dul yavaşça. "Belki de, bu işin bizim zararımıza sonuçlanacağını bildiğim içindir. Her neyse, ona gittim ve kendisine öyküyü anlattığımda, bu davayı almaya razı oldu. Mühürlü belgeleri kendisine bıraktım ve evime döndüm. Alan'ın gemisinin yola çıkmasının üzerinden üç ay geçmişti, düş kırıklığı ve başarısızlık dolu üç ay, ama sonunda, şimdi, bir şeyler elde edebileceğimi duyumsuyordum. İşin gerçeği, bu hâlâ bir düştü. Alan her zaman tutkulu bir adam olmuştu, bunun gizlisi saklısı yok. Bana göre ise, avukat bir zaferdi. Ertesi gün aynı saatlerde, tüm bu düşler dilediğimiz her şey ve değer verdiğim her şey yok olacak, yıkılacak, boğulacak, ölecekti..." Kadın birden susmuştu. Lemprière, fincanlarına çay koymakta olan kadını izliyordu. Kadın kendininkini alırken fincanı tabağında takırdadı.

"Her şey, ertesi sabah başladı. Bir gün önce bizim adımıza hareket etmeyi kabul eden avukat kapımda belirdi. Geceyi kocamın kâğıtlarını okuyarak geçirmişti ve verdiği mesaj kısaydı. Bizim davamızı kabul etmeyeceğini söylüyordu. Ama ben onu önceden tanıyordum, aramızda tanışıklıktan daha öte bir ilişki vardı." Dul parmağındaki yüzüğü döndürdü, Lemprière aynı davranışı sergileyen Leydi de Vere'i anımsadı.

"Pazarlık edilecek şeyler vardır, pazarlık edilmeyecek şeyler vardır, ama yapılması gerekiyordu, beni anlıyor musunuz? Ve ben bu adamı evliliğimden önce tanıyordum. Bana kur yapmıştı. Beni hâlâ istiyordu anlıyor musunuz? Benim kendisine sunduğum şeyi almayacaktı, ama isteyecek olursa, ben ona verecektim. O, bunu biliyordu, ben de onun bunu bildiğini biliyordum. Bu bizim anlaşmamızdı. Ve kocam için yapıyordum bunu..." Dul kısa ve acı bir kahkaha attı.

"O denli korkunç bir şey değil," dedi Lemprière.

"Hayır," dedi Dul. "Korkunç değildi, yalnız ben onun beni istediğini, ama istediği şeyi almayacak denli nazik olduğunu biliyordum. O denli korkunç değildi, yalnız o gün dünyanın diğer yanında –nasıl bilebilirdim?– kocam zaten ölmüş bulunuyordu, tüm adamları da kendisiyle birlikte yok olmuştu. Gerçekte o denli korkunç değildi, ama avukat, çoktan yitirilmiş bir dava olan bizim davamızı üstlenmeyi kabul etmişti ve onu yıktılar, kocamı sıradan bir şantajcı, beni de deli bir kadın ya da bir hainin orospusu ilan ettiler. Alan ölmüştü, cesedi Arakan Denizi'nin açıklarında yürüyordu ve anlayacağınız, onların düşmanlıklarına bile değmeyen benim için de Şirket tarafından önlem alınmıştı, oysa fırsatım olsa onları bir saniyede yok edebilirim. Bu," sözcüklerini dikkatle seçerek sözünü tamamladı, "uygun bir aşağılanma."

"Ve avukat," dedi Lemprière. "Ona ne oldu?"

"Kuşkusuz biliyorsunuz," dedi Dul yumuşak bir sesle. Lemprière, hayır anlamında başını salladı. "O avukat, George Peppard'dı," dedi kadın.

Bir hizmetçi çevrede dolaşıp duruyor, lambaları yakmayı bekliyordu. Lemprière, Blue Anchor Lane'deki o kirli odada gördüğü Peppard'ın yüzündü düşündü ve Şirket'ten söz edildiğinde sesinin nasıl kasılmış olduğunu anımsadı. Dul'a baktı, zihninde Peppard'ı onun âşığı, belki kocasının yerini ele geçiren birisi olarak kadının yanına yerleştirdi, ama koca boğulmuş, aldatılmış ve balıklara terk edilmişti. Kadının düşündüğü buydu. Ölü adamlar. Dalgaların üstünden yuvarlanırken kol ve bacakları yavaşça öne arkaya sallanan ve orada, yosunlar ve geride bıraktıkları yaslı yakınlarının düşleriyle birbirine karışmış durumda öylece salınan, okyanusun ağır akıntılarında sürüklenen boğulmuş adamlar. Ağır ağır dibe iniyorlardı. Çok yukarılarda, terk edilmiş gemi kalıntıları bir araya toplanıp karmakarışık bir sal oluşturmuştu. Ölü denizcilerin çok yukarısındaki dalgaların tepesinde silkinen üç direkli gemi halat ve zincirlerinin parçalanmış uçlarına dolanmış, birbirine karışmış yarık uzun tahtalar ve yırtık keten bezlerine dönüşmüştü, derin deniz uykucularını ikinci bir duaya çağıran deniz yoluyla gelmiş bir Ceraton'du. Gövdesi değişmiş, içine sular yürümüştü. Derin sular ağır ısı aktarımına başlarken kımıltısız sulardaki hafif titreşimler ölü adamların sürünerek dibe doğru ilerleyişini duraksattı. Bedenler yükseldiler.

Lambaların ışığı biraz daha yükselince hayaletler öteki biçimlere karıştı. Hizmetçi odadan ayrıldı ve Lemprière onu, kapıyı kapatıncaya dek izledi.

"Enkazı asla bulamadılar," diyordu Dul ona. "En küçük bir iz bile yoktu. Anımsayın Alan, Akdeniz'e yelken açmayı kararlaştırmıştı. Arakan ise Hindistan kıyılarındadır. Gemi ya yolunu yitirirmiş ya da–"

"Ya da kocanız Akdeniz geçidini bulmuştu," dedi Lemprière.

"Evet, bizim gereksinme duyduğumuz bilgi ve Şirket'in en çok korktuğu şey buydu. Bana yalan söylemiş olduklarını biliyordum, kocamı bir biçimde yok etmişlerdi. Onlar bana söylediklerinden çok daha fazlasını biliyorlardı, ama ben bir aptal gibi başımın doğrultusuna, acele ettim. Yalanlardan ve yarım gerçeklerden ötürü öfkeliydim ve elbet Alan'ın ölümü yüzünden de. George bana durmam için yalvardı, ama ben durmayacaktım. Alan olmayınca durum umutsuzdu. Bu sorunun tüm olgularını o biliyordu ve o da boğulmuştu. Bizi mahkemede gülünç duruma düşürdüler ve George Peppard'ı iftiralarıyla çökerttiler. Bunu ona ben yaptım... Mahkemede ayağa kalktı ve balinalardan, krokilerden ve gizli su yollarından söz etti. Alan olmadan bu bir saçmalıktı."

Lemprière, Skewer'ın bürosunun dışında beklerlerken Septimus'un söylemiş olduğu sözleri anımsadı. "Deniz sigortası, bir tür hile." Dul'a bunun doğru olup olmadığını sordu.

"Bu, davadan sonraydı. George'un bunu destekleyecek ipuçları vardı. Bir anlaşmayı sorgulamak için, mahkeme dışında kullandı bu ipuçlarını, anlıyor musunuz? Neler olup bittiğini iyi bilmiyorum, ama bunlar geri tepti. Şirket onu ve kocamı şantajcılıkla suçladı. Sanırım, her şeyin ötesinde, bunca yıldır direnmemi sağlayan üzerimize sürülen bu leke oldu. Kocam gitti, ama onun ölümünün hesabını Şirket'ten ve onun avukatlarından sormayı sürdüreceğim. Bu büyüklükte bir çabaya girmem çözüm aramaktan fazla bir şey gibi görünebilir. Belki öyledir, ama yine de yirmi yıldır bundan başka hiçbir şeyi kanıtlamaya çalışmadım. Gelin, size göstereceğim."

Sonra Dul ayağa kalktı ve Lemprière'i bir kapıya doğru götürdü. Bir koridoru geçip evin arka bölümünde bulunan bir odaya girdiler, burada, sokaktan gelen sesler yerini yüz metre ötedeki Thames üzerinde bulunan kayıkçıların hafif bağırışlarına bırakmıştı. Hava artık kararmıştı.

"Bakın," Dul odanın duvarlarını saran, hesap defterlerinin, seyir defterlerinin, dava kopyalarının, atlasların, eski el ilanlarının, resmi ve gayri resmi tarih kitaplarının ağırlığı altında inleyen bel vermiş rafları işaret etti.

"Tutanaklar," dedi. "Şirket'e karşı yapılmış olan her şikâyet ya da saldırı burada bir yerlerde bulunmaktadır. Her rüşvet olayı, her ayıp, her suç tarihlenmiş ve not edilmiştir, aralarında kocama karşı işlenmiş olan suç da var." Sararmakta olan kâğıtlardan oluşan kalın bir desteyi gösterdi. "Neagle davası," dedi. Dul'un bu çalışmalarının karşısında şaşkına dönen Lemprière tutanaklara baktı. Bu oda bütünüyle, engin bir suçlamaydı.

"Asiaticus adındaki bir yazarı biliyor musunuz?" diye sordu kadına. Dul ona şaşkınlıkla baktı.

"Ah, kuşkusuz. Sahip olduğunuz bilgi beni şaşırttı da. Onu *nereden* biliyorsunuz?" Lemprière, babasının kâğıtları arasında bulduğu ilk broşürden ve kendisine Leydi de Vere tarafından armağan edilen ikincisinden söz etti. Anlaşma ise yalnızca söz arasında geçti.

"Acaba, raslantısal olarak, dördüncü broşür de var mı sizde?" diye sordu Dul hevesle. Lemprière, hayır anlamında başını salladı. "Çok yazık. Bende ilk üçü var. Hepsi de duygu yüklü, ama kanıtlara yer verilmemiş. Dördüncü broşürde her şeyin açıklamış olması gerekiyor, ama bu kopya hiç elime geçmedi. Basılıp basılmadığından bile kuşkuluyum."

"Belki de bunların hepsi yalnızca boş laftır," diye konuştu Lemprière . "Adamın anlatacak hiçbir şeyi de olmayabilir."

"Belki," diye bu düşünceye katıldı Dul, "ama ben tersine inanmak eğilimindeyim. Söylediğinden daha çok bildiği izlenimini veriyor. Gözdağı verir gibi yazıyor, zarar vereceğini söylediği açıklamalardan söz ediyor. Ben bu adamdan hoşlanıyorum doğrusu."

"Kimdi bu adam?" diye sordu Lemprière.

"Bu hâlâ bir gizem," dedi Dul. "Zamanında, kimliğini gizli tutmuş, nedeni ise açık. İlk broşür, 1628 sonlarında, Buckingham'ın La Rochelle'den dönüşünden bir süre sonra yayımlanmış. Öteki ikisi birkaç ay sonra ilkini izlemiş, sonra hiçbir şey yok."

"En azından, bu ad altında hiçbir şey yazılmamış," diye girişti Lemprière ve Dul başını salladı.

"Başına herhangi bir şey gelmiş olabilir," dedi kadın, "Şirket'in çıkarlarına toslayan herkesin başına geldiği gibi." Kadın ona bakıyordu. Lemprière, kötüye kullanma ve karşılıklı suçlama dizinlerinin ağırlığı altında inleyen raflarla çevrilmiş durumda, orada duruyordu, tüm bunlar binlerce kurbandan arta kalmıştı. Eğer böyle herhangi birisi varsa. Dul'un bakışları kendisinin üzerine dikilmişti, biraz sonra konuştu.

"Sizin soruşturmalarınız hakkında biraz bilgim var," dedi. Lemprière de ona baktı. "İşleriniz kendinizi ilgilendirir," diye ekledi çabucak, "ama ortaya çıkarttığınız şey her neyse, amacınıza ulaşmanız için yeterli olmayacaktır. Ben bu konuda daha fazla bir şey öğrenmek istemiyorum, ama o noktaya ulaştığınızda, bana gelin Bay Lemprière." Kadın rafları işaret etti. "Size gereksinme duyduğunuz şeyi söyleyeceğim. Bilmek istediğiniz her şey bu raflarda, bir yerlerde duruyor. Bu önerimi unutmayın." Dul, bu gece ikinci kezdir Lemprière'e, Alice de Vere'i anımsatıyordu. "Düşünebileceğiniz tüm servet..." Bir hafta önce dökülmekte olan konağın içinde kendisine sunulan şey buydu. Şimdi ise, "Bilmeyi istediğiniz her şey..." Delikanlı, düşüncelerinde iki kadın ve yaptıkları öneriler yarışırken arada bir sessizlik oluşmasına izin verdi, genç adam, Paris gibi elinde altın bir elmayla kararsızlık içinde kala kaldı; düşünülmeyecek servet, öngörülemeyecek bilgi ve üstelik her ikisinin yanında bir de üçüncüsü parıldıyordu, ama henüz değil, biraz daha uzun bir zaman içinde ve biraz daha uzak bir yerde gecenin içinde yitip gidiyordu.

Dul pencereden dışarıya bakıyordu. Delikanlı kadının cama yansıyan yüzünü görebiliyordu. Kadın döndü ve hafifçe onun koluna vurup dalgınlığını bozdu.

"Size verdiğim öğüde uyun, John Lemprière," dedi. "Gelin, ayrılmazdan önce profesörlerle tanışın." Delikanlıyı kolundan tutmuştu. "Bilgili bir adamla konuşma şansını her zaman elde edemiyorlar." Lemprière bu tanımlamayı alçakgönüllülükle karşıladı, sonra kolundan çekilerek odadan ve ağırlıkları altında gıcırdayan dar bir merdivenden yukarı çıkartılmaya katlandı. Kapıya yaklaştıkları sırada yüksek ve kararsız bir gümbürtü ve tartışmalı mırıltılar geliyordu içeriden.

"Ah," dedi Dul. Lemprière soru dolu gözlerle baktı. "İster Atla İster Öl oynuyorlar," dedi ve kapıyı açtı, üzerine büyük bir stilize krokinin serilmiş olduğu geniş bir masanın üzerine eğilmiş gri sakallı üç adam göründü.

"Bay John Lemprière," diye tanıttı kadın onu yerlerinden kalkan adamlara, sonra, "Profesörler, Ledwitch, Chegwyn ve Linebarger," diye sırasıyla onları tanıttı ve karşılıklı selamlaşıldı.

"İster Atla İster Öl oyununa başlamak üzereydik," dedi Ledwitch, Lemprière'e. "Oyuna katılmak ister misiniz?" Lemprière nazikçe geri çevirdi. Yüzlerce farklı renkteki karelere bölünmüş krokiye baktı, parlak kırmızılar, maviler ve leylaklar kenarlarda toplanmıştı, hâkiler, zeytuni ve kahverengi gibi daha koyu renklerse ortaya yakındı. Tam ortada çevresi duvarlarla çevrilmiş bir kentin planı vardı ve kentin ortasında da kanatlı bir adam duruyordu. Lemprière merakla bu figüre baktı.

"Uçan adam," diye açıkladı Linebarger. "Bu oyunun amacı o. Her oyuncu uçan adam olmaya çalışır."

"Peki bu nasıl yapılıyor?" diye sordu Lemprière. Krokiyi daha yakından inceledi ve her karenin üzerin karalanmış kısa bir mesaj bulunduğunu gördü; bu mesaj orta bölüme yaklaştıkça okunaksızlaşıyordu, özellikle sıkıcı renklerdeki karelerin üzerindekiler böyleydi, kentin duvarlarına bitişik olanlar ise, neredeyse hiç okunmuyordu.

Profesör Chegwyn ona döndü. "Her oyuncu zar atarak kareden kareye ilerliyor," dedi. "Üzerine konduğunuz birinci karedeki emirler belirlidir. Örneğin eğer ben iki atacak olursam, buraya yerleşirim." Parlak sarı bir kareyi işaretledi ve üzerindeki yazıya göz attı. "Burada, Duc de Guise'le taktik bir birlik oluşturmam gerekiyor. Ama altı geldi," yine karenin üzerine baktı, "ve bana 1621 Temmuz'unda Montauban'da direniş görevini veriyor. Doğal olarak, bu noktada Duc de Rohan olmaya yaklaştığımdan üçün beni haklarımdan el çekmeye zorlamasına karşı dokunulmazlık kazanıyorum."

"Eğer 1628'de La Rochelle'de, La Tremouille olursanız çok işe yarar," diye ekledi Lemprière.

"Takip ediyor musunuz?" diye araya girdi Linebarger. Ama Chegwyn bir beş attı ve öteki ikisi homurdandılar. Üçü de iskemlelerine güçlükle tırmandılar, sonra aynı anda yere atladılar, büyük bir gümbürtü çıktı.

"Ben Saint Bartholomew Katliamı'nın ortasına kondum," dedi Chegwyn, koyu bir kareyi göstererek.

"Bu da, oyuna yeniden başlayacağımız anlamına geliyor," diye ekledi Ledwitch.

"La Rochelle nerede?" dedi Lemprière.

"Burası." Linebarger oyunun ortasındaki duvarlı kenti gösterdi. "Burası La Rochelle. Ve kuşatma altında. Tüm bu parlak renkli kareleri *politika* diye adlandırıyoruz, daha koyu renklileri ise kuşatma sırasında geçen olaylar, burada işler biraz karışık.

Kent yine kendisini simgeliyor. Ve ortasındaki Uçan Adam da, kuşkusuz Uçan Adam'ın kendisi."

"Kuşatmaya ulaşabilmek için politikaların arasından geçmek zorundasınız," dedi Ledwitch.

"Ve kuşatmadan geçerek kente girmelisiniz," dedi Chegwyn.

"Ve kentin içinde, şeye, Uçan Adam'a ulaşmalısınız," diye bildirdi Linebarger.

"Anlıyorum," dedi Lemprière. Ledwitch bir dört attı. "Bras de Fer!" dedi öteki ikisi ve Ledwitch kollarından birini havaya kaldırdı.

"Gümüşçü Vaucanson'un yapmış olduğu yapay kolla donatılmış Monsieur La None oldu," diye açıkladı Linebarger. "Bu en dolaylı olaylardan biridir."

Lemprière oyunu, giderek azalan keskin bir ilgiyle izliyordu. Oyuna iki kez yeniden başlandı ve oyunculardan hiçbiri politikadan dışarıya çıkamadı, delikanlı, eğer bir oyuncu kente ulaşabilirse ne olur, diye sorduğunda:

"Orayı yaşamı pahasına korumalıdır, herhalde," dedi Profesör Chegwyn.

"Emin değil misiniz?"

"Bu son derece güç bir oyun," dedi Chegwyn. "Ve şimdiye dek kente ulaşmayı başaramadık."

"Öyleyse Uçan Adam'ın," dedi Lemprière kentin ortasındaki figürü işaret ederek, "bu oyunla bir ilgisi yok." Bu profesörlerin bir şamata kopartmasına neden oldu. Dul bir kenara oturmuştu, tartışmaya katılmaya niyeti yoktu.

"Uçan Adam her şeydir," diye karşı çıktı Ledwitch.

"Kuşkusuz, o oyunla ilgilidir, hayatta kalabilen tek kişidir o," diye açıkladı Linebarger. "Ondan başka herkes ya atladı ya da öldü; her durumda öldüler, yalnızca Uçan Adam hayatta kaldı."

"Demek istiyorsunuz ki, kuşatmanın sonunda kaçabilen uçan bir adam vardı, öyle mi?"

"Kuşkusuz, böyle söylüyoruz," dedi Chegwyn. "La Rochelle'in Ruhu! Kuşatmanın son günüydü. Yüzlerce kişi görmüştü onu. Kale alevler içindeydi, erkekler ve kadınlar tutuşmuştu, kendilerini duvarlardan aşağı atıyorlardı, toplar atılıyor, duvarlarda delikler açılıyordu. Tüm bunların ortasında La Rochellelilerden biri kendini duvarlardan aşağıya attı, ama yere düşmedi."

"O uçtu," dedi Ledwitch. "Bununla ilgili sayısız kayıt var. Görünüşe göre o bir çocuktu."

"La Rochelle'nin Ruhu," dedi Lemprière, profesörlerden çok kendi kendisiyle konuşuyordu. "Uçan adamlar?"

"Bu, göründüğü kadar şaşırtıcı bir şey değil," dedi Chegwyn. "Ne de olsa, Daedalus ve Icarus da bunu başarmışlardı. Bunu biliyor olmalısınız, Bay Lemprière."

"Ve şu Pers kralı, Kar Kawus kendisini aç kartalların sırtına bağlamış, sonra bir mızrağın ucuna, onların ulaşamayacağı bir uzaklığa et parçası geçirmişti. Kartallar eti ele geçirebilmek için uçtular ve," –Ledwitch kollarını havada çırptı– "eh, bu da açık bir şey."

"Büyük İskender de aynı yöntemi kullanmıştı," dedi Linebarger.

"O, grifondu, kartal değildi," dedi Ledwitch. Lemprière bu olayı unutmuştu ve şimdi, yazmış olduğu İskender maddesinin Bay Cadell'de bulunduğunu ve basılmak üzere olduğunu anımsadı.

"Ki-kung Shi uçan bir araba icat etmişti," diye ileri sürdü Chegwyn, "ama nasıl işlediğinden söz etmemiş."

"Bunların hepsi farklı şeyler,"dedi Lemprière. Profesörler ona katılarak başlarını salladılar. "Haklı, haklı."

"Kral Bladud!" diye atıldı Linebarger. "O da, tam bu kentin üzerinden uçmuştu. Ama düşüp öldü, kuşkusuz."

"Yine de Bath'ı bulacak zamanı oldu," diye ekledi Ledwitch asık suratla.

"Peki, ya Malmesburyli Oliver'e ne buyurulur?" Dul da tartışmaya katılmıştı.

"'Ie causet to mak ane pair of wingus,'"[1] diye alıntı yaptı Linebarger.

"Bu kuleden atlama olayı gerçek," dedi Ledwitch.

"Kuleden atlayan kişileri sayalım mı?" diye sordu Linebarger. Bu öneri isteksizce kabul edildi ve konuşma, Perugialı Giambattista Danti'ye, adsız bir Nurembergli kantora ve Tungland Başkeşişi'nin Stirling Kalesi'nin duvarlarından aşağı atlayı-

[1] Eski İng. "Bana bir çift kanat yapma düşüncesi esinlendi." (Çev.)

şına yöneldi. Bolori'nin Troyes Katedrali'nden aşağı yaptığı, ölümle sonuçlanan tehlikeli atlayışına şöyle bir değinilip geçildi, Burattini'nin yaylı kedi kaldıracı herkesten alkış aldı. Ledwitch, Hezarfen Ahmed'in uçuşunu ve Üsküdar'daki çarşı meydanına sağ salim inişini uzun uzun anlattı. Chegwyn, Besnier'nin Sable'deki bir evin üzerine yaptığı atlayışı birinci ilan etti. Cyrano de Bergerac'ın, sabahleyin erkenden güneşe doğru yükselecek olan çiğlerin kendisini de havalandıracağı masalıyla, uçuş yapacak kişinin çiğ dolu şişeler bağlaması bolca küçümsemeyle karşılandı.

"Meleklerden söz etmediniz henüz," dedi Dul.

"Hiç kanıt yok," dedi Linebarger oldukça ters bir sesle.

"Wilkins melek ruhlardan söz etmez mi?" diye alaya aldı Ledwitch. "Ve La Rochelle'in Ruhu'nun da kanatları olduğu söyleniyordu. En son, açık denizlerde, dalgaların üzerine dokunurcasına geçerken görülmüştü..."

Ama melekler pek coşkuyla karşılanmadı. Lemprière'in bu tartışmaya tek katkısı Hermes'i anması (çok mitolojik bulunarak kabul edilmemişti) ve 'kendisini bir uçurtmaya bağlayan biri' oldu. Delikanlı artık gitme zamanını geldiğini duyumsayarak profesörlerden izin istedi, onlar kendisini kalması için kandırmaya, birkaç tur daha İster Atla İster Öl oynamaya heveslendirmeye çalıştılar, ama delikanlı katıydı. Saat on biri geçiyordu, sokak kapısının ağzında Dul'a veda edip ayrıldı. Evine dönüş yolu kendisine yalın ifadelerle anlatıldı. Ayrılmazdan önce kadının son sözleri, "Önerimi unutma," oldu. Kapı ardından kapandı ve delikanlı evine doğru yürümeye başladı.

Thames Caddesi neredeyse bomboştu. Hızlı adımlarla Ludgate'den geçip Fleet Caddesi'ne girerken soluğu ağzından buhar bulutları halinde çıkıyordu, sinsi sinsi yürüyen garip adamlar caddenin az ileride daha kalabalıklaştığı müjdesini verdi. Çıraklar ve ustaları, iyi giyimli genç kadınlar ve dostça tavırlar içindeki sarhoşlar ortalıkta dolaşıyor, birbirlerinin sağlığına ve Yeni Yıl'ın onuruna kadeh kaldırıyorlardı, Lemprière, Yeni Yıl'ın birkaç dakika sonra başlayacağını ancak şimdi anımsadı. Ancak bu bile, üzücü koşulları şimdi tümüyle anlaşılabilir olan Dul, Leydi de Vere ve George Peppard arasında gidip gelen düşüncelerinin akışını pek değiştirmedi. Alice de Vere'in böylesi bir zorlamayla dayatmış olduğu olasılıktan Peppard'ın kendisine niçin söz etmemiş olduğunu merak etti yine. "Düşlerinizi de aşan servet..." Sonra kendisini toparladı, aslında bu da Neagle'in Balinası kadar fanteziydi, ancak bu konuda Dul'un anlattığından daha fazla bir şeyler bulunduğunu duyumsuyordu. George Peppard bunu biliyor olmalıydı, başka kim bilebilirdi. Ve bir de Şirket, kuşkusuz. Zavallı Thomas de Vere ve yatırımcı arkadaşlarına sırt çeviren François, kuşatma sırasında, kuşatmadan sonra, bir şey olmuştu...

Sorular, bir yerden yuvarlanan, ama asla yere düşemeyen insanlar gibi zihninde dönüp duruyordu. Bir yerlerde, savaşa benzer bir şey yok olmuştu. Balinalar, kaybolan gemiler. Yapay iskandiller. Lemprière, Fleet Caddesi ve sonra Strand boyunca yürümeyi sürdürüyordu, sonunda oturduğu eve vardı. Ellerini ceplerinin içine gömdü, yüksek bir yırtılma sesi duyuldu, aşağıya doğru bakınca Septimus'un ceketindeki yırtığı on beş santim daha genişletmiş olduğunu gördü. O zaman aklına iyi bir fikir geldi.

Lemprière evinin merdivenlerinden çıktı, ama kendi odasının önünde durmayarak yukarıya çıkıp kendi odasının tam üstündeki odanın kapısını vurdu. Aynı anda, yılın son saniyeleri saatin kollarını bir araya getirdi ve birbiri ardına Saint Paul'un, Saint Clement'in, Saint Anne'nın, Strand'daki Saint Mary'nin ve Savoy'daki Saint Mary'nin ve Londra kentinin her yerini çevreleyen tüm kiliselerin çanları birbirine karışan sesler halinde çalmaya, uyumsuz sesler çıkartmaya, şakırdamaya, darbeler indirmeye başladı. Lemprière'in durup beklediği yerde sonu gelmez sağır edici bir dizi çan sesi sürüp gidiyordu. Kulaklarını korumak için elleriyle bastırarak orada ayakta durup bekledi, sonunda kapı açıldığında bu durumda yakalanmıştı, aradığı adamla karşılaşmıştı, ufak tefek, aksi suratlı, yassı burunlu bir adamdı.

"Evet?" diye bağırdı adam.

"Siz bir terzisiniz!" diye kendisi de bağırdı Lemprière, gürültünün arasından.

"Öyleyim," diye yanıtladı adam.

"Benim ceketim yırtıldı," diye böğürdü Lemprière. Yırtığı gösterdi. "Belki bunu onarmanızı isteyebilirim, diye düşündüm!" Terzi önce cekete, sonra Lemprière'e baktı.

"Ben pantolon dikerim," dedi.

"Ah!" diye bağırdı Lemprière. "Ama belki bunu da dikebilirsiniz!" Terzi başını salladı.

"Pantolon," dedi yine, sonra odanın içine doğru geriledi ve kapıyı kapattı. Çanların sesi azalıyordu. Lemprière çamur lekeli, gül rengi ceketinin içinde durdu ve yırtığı inceledi. Sessizliği yalnızca geride kalmış bir *dong* sesi bozdu ve gecenin dinginliği hemen tümüyle geri döndü. Delikanlı, sözlüğünün kendisini beklediği odasına indi. Yeni bir yıl başlamıştı. Kalemini eline alıp bir kez daha yeniden yazmaya başlarken, hanın dışındaki kalabalık, gizemli kurtarıcısı, Dul ve balinalar, üç profesör ve onların uçan adamı, bunların hepsi zihninden geçti.

***

Lemprière: Bu ad Nazım'ı, kafatasının çevresinde sıkılı duran bir el gibi kavrıyordu, beş çelik parmak beyninin yumuşak dokularına gömülmüştü. Bu adı Paris'te ilk duyan kişi Bahadır'dı ve bunun bedelini ruhundan eksiltilen bir şeyle ödemişti. Biz içimizden *değişiriz*, diyordu düşlerindeki ses, asla aynı kalınmıyordu. İkinci kişi de Nawab'dı, bu adı sarayının serin iç odalarında bir çocuk gibi fısıldamış ve emrini vermişti, "Bul onu, hepsini bul onların." Dokuzunu da. Sonra o iki kadın, yağmurun yağdığı gecenin içinde kötü yazgılarından söz eden o iki kadın vardı, bu adı ona yol gösteren bir ip gibi uzatmışlardı, ama bu ipin ucunu kahvehanenin dışında yitirmişti. Le Mara kör parmaktı, onu göstermek için kahvehanenin dışında beklemişti. Ama o gün Le Mara'yı da gözden yitirmişti, siyah arabayla katil arasında kararsız kalmıştı, araştırmalarına kalabalık engel oluyordu, kahvehanenin içindeki aptal da öyle elbet. Bahaneler. Nazım'ın düşünceleri solgun ayak izlerini ve yarı duyulan fısıltıları izliyordu, *Lemprière* adı fantastik bir yazgıya dönüşüp kuşkularıyla alay ediyor, arayışları sonunda canavarlara, şeytanlara ulaşıyor ve tüm gömülü kalmış korkuları yaşama benzer ölü nesneler gibi hortluyordu. *Biz içimizden değişiriz.*

Dokuzlar ayrı ayrıydı, bunu biliyordu. Le Mara'nın mavili kadın işi hiç de zararsız bir eşek şakası değildi. Lemprière bir entrikanın nesnesiydi. 'Noel Gecesi' aradaki tahta perdeyi kaldırmıştı, ama yer adı anılmamıştı. Siyah araba belki onu bu yere yöneltebilirdi, ama arabayı gözden yitirmişti. Ertesi sabah rıhtımdaki nöbetine başlamış ve sandıkları ağır ağır taşıyan Coker'ın adamlarını izlemişti. Le Mara ancak kısa bir süre belirmişti, bu da Nazım için yeterliydi, adamı Ratcliffe yolu boyunca belli bir uzaklıktan izlemişti, Tower Sokağı'nın güneyindeki sıra ahırların arasındaki bir evin önüne gelmiş ve anahtarlarını çıkartmıştı. Sonra içeriye girip gözden yitti, Nazım dönüp evin arkasına geçti. Burası Thames'e sandığından daha yakındı. Aldatıcı kent, tüm pencerelerdeki perdelerin inik olduğuna dikkat edip bu düşüncenin izini sürmedi. Öğle üzeriydi.

Saatlerce sabırla gözleyen Nazım hiçbir şeyle karşılaşmayınca evin arka kapısına süzüldü, üst eşikle kapı arasındaki yarıktan gözünü uydurup bakınca içeriyi gördü ve eve zorla girilecek olsa, cezasız kalınacağına inandı. İçeriye girdiğinde, ilk izlenimi doğrulandı. Ev, çinili holünden, tavan arasındaki daha bakımsız hizmetli bölümlerine dek tümüyle boştu, pencerelerdeki perdeler bu olguyu yabancıların meraklı bakışlarından gizliyordu. Evin içinde ne bir parça eşya, ne de bir kimseye ait herhangi bir şey vardı. Nazım'ın düşünceleri belirli bir yol izleyip kendisini, kuşkularının, geniş kaldırım taşlarının arasına yerleştirilmiş bir yer kapağı ile doğrulandığı mahzene götürdü. Bakmaya bile gerek duymadan içeriden kilitlenmiş olduğunu biliyordu. Altında bir destek ve bunun ardında bir yerde de La Mara olmalıydı. Ev bir giriş kapısından başka bir şey değildi, ama nereye? Karşılaştırmalar yapmak için uygun bir zaman değildi, Bahadır'ın yaptığı hatanın hayali onu durdurdu. Bunun da zamanı gelecekti, o zaman kendisi de hazır olacaktı. Nazım, kanının damarlarında pompalandığını duyumsayarak yer kapağının üzerinde durdu. Onlar, bunun altında, aşağıda bir yerlerdeydi: Dokuzlar. Belki Lemprière de oradaydı.

Noel gecesi yaklaştıkça Nazım farklı gerilimler içinde kalmıştı, kahvehanedeki kadının yaptığı anlaşmanın arkasındaki amaç belirlenmemişti henüz. Lemprière'e karşı hazırlanan hareket planı uygulanıyor, ama kendisi bununla ilgili hiçbir şey bulamıyordu. Le Mara'nın hareket tarzı değişmemişti, hiçbir ipucu vermiyordu. Artık onun kendisine bir yararı yoktu. Noel günü artık gemiyi izleyemedi, sokakları sessiz bir öfke içinde arşınlamaya başladı. Biliyordu, bir yerlerde, üzerlerinde bu adamların parmağı olan bazı işler ortaya konuyor ve kendisi bunu görebilmek için orada bulunuyordu, başına vuran öfkeyi denetlemeye çalıştıysa da, Le Mara'nın rıhtımdaki yerini bırakıp başka bir yere gitmiş olduğunu anlayınca deliye döndü. Bu yeni durumu oluşturan bir şey yapılmıştı, kendisini belki Lemprière'e ulaştırabilecek bir şey, ama bunu bulmakta yetersiz kalmıştı, Nazım bu garip oyunun daha ne kadar çok hataya ve kaçırılmış fırsatlara gebe olduğunu düşündü.

Le Mara'nın yeni yeri, kentin kuzeyindeydi, Goswell Caddesi'nin batısı ve Moorfields'in doğusuyla sınırlanmıştı, Golden Lane'in çevresindeki birbirine geçmiş sokakların sona erip Saint Agnes'in ötesindeki açık tarlaların başladığı yere yakındı. Nazım bir kez daha adamı gözetlemeye başladı, onu Tower Caddesi'nin dışındaki evden bu bölgenin her yerine dağılmış belirli noktalara doğru izliyordu, izledikleri rota hiçbir zaman bir diğerinin aynısı olmuyor, amacının ne olduğu kendisi tarafından bilinmeyen bir desen çiziyordu.

Görülmemek için özen göstermesine karşın, Nazım öteki adamın onun varlığını bir olgu olarak kabul ettiğini biliyordu. Adam, gözetleme noktası olarak saptadığı alanlara ulaşmak için seçtiği dönen, çemberler çizen rotaları izlerken bunu biliyordu. Bunun başka bir kanıtı da, Le Mara'nın nöbetlerinin aralarına serpiştirdiği ve yalnızca karmaşık yapıları nedeniyle yer alıyormuş gibi görünen Hyde Park'a, Southwark'a ya da Wapping'e doğru yapılan öngörülmez yolculuklarıydı. Nazım bunu, aralarındaki yarışmanın doğru dürüst düzenlenmesinden önceki gelgitleri olarak kabul ediyordu. La Mara'yı Clerkenwell'in ya da Poplar'ın ya da hatta o gün, öteki adamı yanlış değerlendirmiş olmasını neredeyse yaşamıyla ödemesine neden olabilecek, Chancery Lane'in çevresinde dolanarak izlemek basit bir işti. Chancery Lane ya da daha doğru tanımlamak gerekirse, kendi gizlenme yerinin çok yakınında bulunan Fetter Lane'in her iki ucundaki sokakların çıkış noktasındaydı.

Le Mara'yı bir saatten fazladır sabırla izleyip durmuştu. Yeni yıl gecesiydi ve sokaklarda her tür şamata yapılıyordu. Bu, onun görevini zorlaştırabilirdi, ama Le Mara daha önceki tüm manevralarından vazgeçmiş gibi görünüyordu; daha önceki günlerde Nazım'ı çıldırtan, geçitlerden aşağıya birden dalmalar, dükkân önlerinde oyalanmalar ya da kahvehaneler ya da tavernalarda geçen uzun konaklamalar yoktu. Le Mara caddeden aşağıya sakince yürüyor, ne sağa ne de sola bakıyor, dosdoğru Nazım'ın önünde büyük bir kalabalığın toplanmış olduğunu gördüğü bir hana doğru gidiyordu.

Kalabalık, bir portakal sandığının üzerine çıkmış elinde kırmızı bir kumaş parçası tutan gümüş saçlı bir adamı dinliyordu. Adamın konuşması içsatıma, tekstile ve yoksulların zor çalışma koşullarına, varlıklıların açgözlülüğüne ve yabancı prenslere, her şeyden fazla da Şirket'e karşı bir tiratttı. Kalabalık, konuşmacının yüzünün uzaktan baktığı hanın tam önünde toplanmıştı ve Nazım, Le Mara'nın kalabalığın içinde gözden uzaklaşmasını izledi, adam kalabalığı oluşturan kaba işçilerin ve yolcuların arasına karışmıştı. Le Mara kalabalığın içinde kendisini izleyen Nazım'ın gözünden oldukça uzaklaşmıştı, beden yığınlarının arasından zorlukla görebiliyordu adamı, arkadan ona yaklaşmaya çalışırken bir karışıklık oldu, sonra kalabalıktan bir haykırış yükseldi, Nazım başını kaldırıp bakınca konuşmacının alev almış iki bayrağın arasında durduğunu gördü, bu bir zirveydi ve Le Mara gözden kaybolmuştu.

Nazım şuradan, buradan geçmeye çalıştı, ama hiçbir şey göremedi, sonra birdenb:re dönüp arkasına bakınca Le Mara'nın konuşmacının tam önünde durmakta olduğunu gördü. Yüzü ifadesizdi, dosdoğru kendisine bakıyordu ve Nazım da Le Mara'ya bakmaktan başka yapacak bir şey bulamadı, Le Mara eğildi ve yanındaki daha ufarak bir adamın kulağına bir şeyler söyledi. Nazım buraya bilinçli bir biçimde yöneltilmiş olduğunun ayırdına vardı. Bu fısıltı kalabalığın içinde dağıldı ve bir dalga gibi giderek hız kazanıp bir haykırışla doruğa ulaştı, "Casuslar!" Hintli casuslar!" Ve birden büyük bir tehlike içinde olduğunu anladı.

Nazım şapkasını aşağıya doğru çekti ve kalabalığa omuz vurarak kendisine yol açmaya başladı. Daha şimdiden bir darbe yemişti, döndüğü sırada arkasındaki adam onun yüzünü görmüş ve omzuna pençesini geçirmişti. Nazım çabucak döndü, iki parmağını adamın gözüne soktu, adam bağırırken yine arkasını döndü. Kalabalık kendi içinde döndü. Elinde kalasla dev gibi bir adam kalabalığın elleri üzerinde geliyordu. Dev kendisine doğru yaklaşıyordu. Nazım ince yapılı bir adamın bileğine yapışıp onu öne doğru çekti. "Adam ölüyor, lanet olası, ölüyor!" Bir çığlık duraklayan, şaşıran deve yönelmişti, bu, Nazım'ın yandan kaçması için yeterli bir süreydi, insan kalkanını aşıp sokağın açık bölümüne doğru koştu. Le Mara gitmiş, yine yok olmuştu. Bir hata daha.

Stonecutter Lane'e doğru birkaç metre yürüdü, burası hemen hemen boştu: sepetli iki kadın, bir çocuk çetesi ve onların ötesinde, uzaktaki iki kişi, kendisi çabucak kömür ambarının içine kaydığında hepsi öteki yöne bakıyordu, yalnızca önden giden kişilerden biri dönmüş ve kendisi karanlık mahzene dalarken bakmıştı, Nazım'ın gözüne çarpan son şey, o kişinin yüzündeki bir şeye, bir çift gözlük olması gereken bir şeye yansıyan ikindi güneşiydi.

Yeni yıl gelmişti, bu olay bir yana her şey eskisi kadar tekdüzeydi. Le Mara'nın alanı daralmış, Cheequer Alley'den aşağıya, Germey Row'un doğusundaki sokaklara, özellikle Blue Anchor Lane'e odaklanmıştı. Katil bir şeyi ya da birisini bekliyor ve gözetliyordu, Nazım da aynı şeyi yapmaya zorlanıyordu, uzun dakikalar ve saatlerin ötekinde yarattığı birikimi, son noktayı koyacak olan harekete geçme ânının ağır ağır oluşmakta olduğunu sezebiliyordu. Kendisi de bunu hevesle bekliyor, kendisine ait bir şey olmamasına karşın, bekliyor ve gözetliyordu.

Haftalar geçti. Ocak ortalarında Nazım, Le Mara'nın ilgisinin nesnesini kavradığına inandı: Bu kısa boylu bir adam. Bir buçuk metreden kısaydı. Blue Anchor Lane'de, kira odalarında kalıyordu. Adam her sabah saat yedide evinden ayrılıyor, akşam olunca yaklaşık aynı saatte dönüyordu. Adamın bu saatler arasında nereye gittiği ve ne yaptığı Nazım için bir gizdi, ama Le Mara için böyle olmadığını tahmin etti. Belki de bu adamı gün boyu izlemek için başka ajanlar görevlendirilmişti, ama bu ona gevşek bir düzenleme gibi geliyordu. Peki, Le Mara niçin bekliyordu? Dilese bu işi hemen bitirebilirdi. Adam başka bir olayı bekliyordu, daha fazla bir şeyi, Nazım'ın bilmediği başka bir şeyi.

Bu üç köşeli nöbet böylece sürüp gitti; kısa boylu adam Le Mara tarafından, Le Mara da Nazım tarafından gözetleniyordu. Serin ikindiler ve soğuk geceler, yağmurlu ya da güneşli uzun günler, hepsi birbirinin aynı ve olaysız günler birbirini izledi. Nazım bazen bitkin düşüyor, Stonecutter Lane'deki mahzene dalıvermesi, sabahın ilk saatlerinde Fleet Market'e açılan yolları dolduran kalabalıklarca engelleniyordu. O zaman eve, hâlâ yukarıdaki odalarda, ama artık tek başına kalan kadınla karşılaşma riskini göze alarak açıkça arka kapıdan giriyordu, görünüşe göre arkadaşı kadını terk etmişti.

Mahzende geçen geceleri, yırtıcı dövüşler ve imgelenimleri sessizce kabullenmekle geçiyordu. Avı onu bu saatlerde, kılık değiştirmiş durumda ziyaret ediyordu; bazen kanatlı Lemprière ya da boynuzlu Lemprière, denizin ya da toprağın altındaki Lemprière'di. Ama en canlı düşlerini kesintisiz uykuyla geçen saatlerde, yüzü kendi yüzüne yapışmış durumda gördüğü Bahadır oluşturuyordu. Eskisi gibi kızıl kayalıkların üzerinde birlikte yürüyorlardı. Kocaman mavi gökyüzü altında birer siluettiler. Gölgeleri arkalarındaki toprağın üzerine karadan daha kara düşüyordu. Güneş üzerlerinde parıldıyordu. Makine garip hareketlerle havada süzülüyordu. Kayalıkların dibindeki pürüzlü toprak, çok iyi anımsadığı ak taşlara dönüşünceye dek devam ediyorlardı. Ak taşlar, Bahadır onu kolundan tutuyordu. Konuşuyorlardı ve az sonra korktuğu o üç sözcük söylenecekti, o zaman kayalığın kıyısında öne arkaya sallanacaklardı. Teninin gözeneklerinden inci gibi terler dökülecek ve Bahadır'ın yüzünün kuru olduğunu görecekti. Öne arkaya, öne arkaya sallanacaklardı. Gözkapaklarının altında gözleri seyiriyordu. Bir pandül gibi... *içimizden değişiriz*. Yüzü sırılsıklamdı. Bahadır bir çocuk olmuştu, bir bebek, ufacık bir sarsıntı kol ve bacaklarını dağıtıyor, ufalıp yok oluyordu.

Kadın, Karin dönmüştü. Yer tahtalarındaki yarıklarda kadının parçalı bir görüntüsü vardı, mavi giysisi eskisine göre daha kirlenmiş ve parçalanmıştı, birden Nazım arkadaşının ortadan yok oluşundan beri kadını yemek yerken görmemiş olduğunun ayırdına vardı. Kadın giderek daha çok evde kalıyordu. Yukarıdaki odada hareketleri duraksamalı ve güçsüzdü. Kadın evde giderek daha çok zaman geçiriyordu. Bir ceset sorun demekti: Ölüler, her zaman canlılardan daha çok dikkat çekerdi. Kendi kendine konuşuyordu, aksanı pazarcı kadınların çocuksu sokak konuşmalarını andırıyordu, her ikisinin de altında Paris aksanı vardı.

"Beni bırakıp gitmeyecek, değil mi? Değil mi, değil mi, değil mi? Hayııır..." Bu, yarım sözlerin ve tümcelerin karışımından oluşan tatlı bir sesti. Yavaşça, Nawab'ın ve Bahadır'ın kendisini beklediği düşlerine dönen Nazım'ı rahatlatıyordu. Her ikisinin de ardında Lemprière'in çizgileri yavaşça yükseliyor, kendi bilgisizliğinin şifreleri olarak kendi kendisini oluşturuyordu.

Yanıtlar. Ertesi sabah Nazım'ı, Blue Anchor Lane'nin girişindeki nöbet yerinde buldu. Le Mara bir yüz metre kadar ileride, ufak adamın belirdiği ve canlı adımlarla yürüyüp gittiği kapıdan kırk metre uzakta bekliyordu. Hava çok güzeldi, gökyüzü temiz ve soğuktu. Arada bir kuzeydoğu rüzgârı esip geçiyordu.

Nazım geceyi düşlerle kaplanmış durumda geçirmiş, mahzenin soğuk toprağında dönüp durmuştu, düşlerinin canlı imgeleri gün boyu kendisini rahatsız edip duruyordu. Herhangi birisi Lemprière olabilirdi. Hatta ufak adam bile, birkaç saat sonra döndüğünde damların altındaki destek duvarlarına dek düşen ocak güneşi Nazım'ın içinde sessiz yorumlar uyandırıyordu. Yeni yürüyen bir bebeği elinden tutmuş bir kadın geçti, Nazım'ın bakışlarına kuşkuyla karşılık verdi. Bir işçi, bakışlarını içtenlikle karşıladı, sonunda Nazım başını çevirmek zorunda kaldı. Sokağın daha aşağılarına baktı, uzun boylu bir adam yürüyerek kendisine doğru geliyordu. Yürüyüş tarzı Nazım'a tanıdık geliyordu, sonra kalın gözlüklerinin gümüş çerçevelerini gördü. Adamı, hanın dışındaki kalabalıktan anımsıyordu, hemen duvara sindi. Nazım onun, ufak adamın ancak birkaç dakika önce girmiş olduğu kapıya doğru yürüdüğünü gördü.

***

"ABC." Lemprière sümkürdü. "D." Burnunu sildi, sonra aynı şeyi gözlüklerine de yapmayı düşündü. "E" Yine sümkürdü. Lemprière "E" harfine karşı hafif bir hoşnutsuzluk besliyordu. Görünüşü, ama aynı zamanda kendisine yanıltıcı gibi gelen okunuşu yüzünden. "Eee." "E," acaba kaç kez "Eee" sesi çıkartıyordu? Bu harfin kaprisleri yeni bir sesli harfi işaretler gibiydi, bir 'iy' ya da 'er' ya da bir 'eh.' Bu harf, öteki uyumlu komşularıyla (özellikle de 'R' ile) sürekli olarak karışan raslantısal, yaltaklanan bir sessiz harfe benziyordu, Lemprière'in kendisi hakkındaki düşüncesini onaylıyor gibiydi, delikanlının gözünde 'E' başkaldıran küçük bir hieroglafdı: "E, *ee, eeyurgh*." Önündeki sayfaya baktı ve gözlüğünün sol camında hafif bir sümük lekesi olduğunu fark etti. Gözlüğünü yeniden sildi.

Sayfa, *Euripus* maddesiyle başlıyordu, (üç sayfa gerideki) *Euboea* adasıyla (Cadell'e verilmiş olan sayfa yığınının içinde kalan) *Boeotia* kıyıları arasında bulunan dar bir boğazdı. Akıntılarının gel-git hareketleri açıklanamayacak denli düzensizdi, öyle ki Aristotle'ı, bu konuda aydınlanabilmek için içine atlamaya yöneltmişti. Ya ayın ilk on sekiz (bazılarına göre on dokuz) günü boyunca düzenli, ondan sonra düzensizdi ya da her gün aynıydı, ama bu süre içinde on dört kez değişiyordu. Lemprière, buradan hareketle, Cicero'nun Atticus'a yazmış olduğu mektuptaki sözünü, *Euripio Mobilior*: "Ben, Euripine Boğazı'nın suları gibi değişirim,"–bu 'dönek' anlamına geliyordu– anımsadı. "John Lemprière. 1788 Ocak'ının yirmi üçüncü günü," diye yazdı bu maddenin altına.

Sert ve ani bir esinti penceredeki bir yarıktan yol bulup içeri dalınca, yazdığı kâğıdın yanındaki ince bir kâğıt destesinin en üstünde bulunan sayfa havalandı, kaydı ve yukarı aşağı salınarak yere kondu. Septimus iki gün önce, tamamlanmış maddeleri toparlayıp götürmeye gelmişti, o âna dek yapılan işten hoşnut olan Cadell'in övgülerinden ötürü neşeliydi. Bu duygularını Lemprière'e de geçirdi, şimdi tümüyle uçup havaya karışmış bulunan bir zevkle "E"ye saldırması için onu yüreklendirmişti. Ceketten söz edilmemişti. Lemprière, Septimus'a Dul'la ve onun kiracıları olan profesörlerle buluşmasını anlatmıştı. Balinalar, gizli denizaltı geçitleri ve Kaptan Neagle'ın ortadan kayboluşuyla ilgili uzun bir konuşma yaptı, sonunda Septimus dikkati çekecek biçimde sıkılmış, kolunun altındaki kâğıt tomarıyla delikanlının yanından ayrılmıştı. Sonra yağmur yağmıştı.

Şimdi, Lemprière yere düşen başıboş sayfayı rafın üzerine yerleştirdi, *Empedocles* maddesine başladı. Dul'un olağandışı öyküsünün olanaksızlığı, yeniden anlatılırken bu niteliğinden bir şey yitirmemişti, özellikle de balinalar, ama aynı zamanda Kaptan Neagle'ın, gemisinin ve tüm adamlarının garip bir biçimde tümüyle ortadan yok olması da öyle. Empedocles, ölüme yaklaşırken bir Tanrı olarak kabul edilmeyi dileyerek kendisini Etna yanardağının alevleri içine atınca havada eriyip yok olmuştu. Kaptan Neagle'ın ortadan yok olma hareketinde de, Lemprière'e göre, buna benzer bir şey vardı. Bir yere gitmişti, kesinlikle, ama nereye? Empedocles, ölümünden sonra volkanın kraterinden yukarı fırlayan kömürleşmiş bir sandal nedeniyle ortaya çıkmıştı. Lemprière, Kaptan Neagle'ın giysilerinin çeşitli parçaları ve bunların yazgısını düşündü: Arakan denizinin kıyılarına vurmuş bir şapka, Akdeniz'le Kızıldeniz arasında gidip gelen çizmeler, Thames'de amaçsızca gezinen çizgili bir yün fanila. Rüzgâr pencere pervazlarını takırdatarak bir daha esti. Bir balinanın midesinden kesilip çıkartılmış pantolonun parçalarını bir araya getirdi.

Dul ölmüş adama sadıktı. Belki de adamın ortadan yok oluşu Şirket'in işiydi, ama kadının çılgınca öfkesine karşın onu yönlendiren bu işi çözümlemek değil, suçluluk duygusuydu. Delikanlının kendi babasının anısı bu düşüncelerin yakın çevresinde dolanıp duruyor, kendi gel-gitleriyle yaklaşıp uzaklaşıyordu, gölcüğün kıyılarını yalayan ufak dalgacıklar gibiydi. Ve Peppard! Ufak tefek adam Lemprière'in gözünde, yaşama bir eğlence aracı olarak başlamıştı, Dul ayakkabısını çekmiş Skewer'e saldırırken, o da özürler dileyerek çevrede seyirtip durmuştu. Ama Peppard, Blue Anchor Lane'deki o soğuk odada anlaşmanın karışık metnini çözen adamdı aynı zamanda. O, Lemprière, ilk sözcüğü anlamamıştı. Sonra o geceki garip anları, gözden düşmüş avukatın yıkılmış dış görünüşünün, sıradan kâtibin, Dul'un ve kocasının Şirket'le oynamış oldukları oyunun içindeki yitik piyonun altında, belki de Dul'un âşığı olan adamın parlayıp söndüğü o hafif sessizlikleri anımsadı.

Delikanlı önündeki sayfayı çevirdi ve kalemini bir kez daha kaldırdı. Peppard, Dul'la olan ilişkisini saklamıştı, bir de anlaşma sorunu vardı. Geçerli miydi, değil miydi, kendisinin böylesi bir servetin varisi olabileceğinden en azından bir söz edilmeliydi. Lemprière, Skewer'in bürosunda Dul'un öfkesinin nasıl birdenbire dindiğini, kendisini toparlamak için harcadığı çabayı anımsadı. Bu, kendisi ya da Septimus yüzünden değildi. Peppard içindi. Peppard ve Dul hakkında, göz önündekinden daha fazla bir şeyler söz konusuydu ve kendi kuşkuları, korkudan çok meraktan kaynaklanan, özgür bir yorumdu. Onlarınki çok utangaç bir işbirliğiydi.

Lemprière yazmak üzere olduğu sözcüğü düşündü, "Euripus," yine bir Yunanlı. Kalemini kâğıdın üzerinde dolaştırdı, sonra merakını yenemedi. Ayağa kalktı, pembe ceketini giyip Euripus'u kendi işleriyle baş başa bırakıp çıktı.

Kapıya vurulduğunda Peppard karyolasında yatmış, okuyordu. Başını birden kaldırınca destek olduğu şilteyi gücünün son kertesine dek sıçratan haç biçimli ağır tel kafese çarptı. Adamın daha önce okumakta olduğu materyalden bir sayfa, telle şilte arasında sıkışmış aşağıya doğru bastırılıp deliklerden içeri girmişti. Orada sıkışıp kalan ve son yirmi yıldır şiltenin ağırlığı ve Peppard'ın oradan oraya dönüp duran hafif, ama yine de hatırı sayılır hacmi altında, bir zamanlar yumuşak olan sayfa, bu nazik hareketlerle aşınmış ve giderek gevrekleşmişti, öyle ki tel şimdi sayfanın yalnızca liflerini tutuyordu.

"John!"

"George!" Dostça el sıkıştılar, sonra son karşılaşmalarından beri geçen üç ay boyunca olup bitenleri konuşmaya daldılar. Konuşurlarken Peppard, tedirginliğini gizledi. Son günlerdeki çeşitli kuşkuları, ardında gizlenen bazı kişiler üzerinde toplanmıştı, önceleri görünmüyorlardı, ama sonra sokakta görür gibi olduğu, ama bu ana dek iyice tanımlayamadığı iki ayrı yüzün ayırdına varmıştı, hâlâ, Şirket'in antenleri gibi çevresinde dolanıyor, gözetliyor ve bekliyorlardı... Neyi?

Lemprière, kendi açısından De Vereler'deki cinayetten söz etmedi ve belki de bu göreceli sakınmalar, buluşmalarının ilk dakikalarındaki abartılı içtenliğin açıklaması sayılabilirdi. Lemprière, şanssız Kaptan Guardian'la karşılaşmasını ve Alice De Vere'le buluşmasını anlatırken Peppard'ın ilk açıklamalarından nazik bir saldırı biçiminde söz etti. Kadının tuhaf bir yapısı olduğunu vurguladı, ama yine de, ufak adamın daha önce savsaklamış olduğu hususları, elde etmeyi umduğu bilgilere zarar vermek istemeyen deneyimli bir sorgulayıcı tavrıyla şöyle bir geçiştirdi. Lemprière, çapraşık hukuksal hususları söyleşi ve çay fincanları arasında gündeme getirmeye çalıştı, birçok dolambaçlı sözden sonra Peppard her iki hususu da kavradı ve tepesi attı.

"Şirket'in dokuzda bir hissesine sahip olmanız olasılığı bulunup bulunmadığını merak ediyorsunuz," dedi. "Ve eğer böyle bir olasılık varsa size bundan niçin söz etmemiş olduğumu öğrenmek istiyorsunuz. Öğrenmek istediğiniz bu mu?" Lemprière kızardı ve bunu kabul etti. Peppard iskemlesine daha bir yerleşti. "Hayır, böyle bir olasılık yok," dedi, "bu, sizin iki merakınıza da yanıt oluyor... Bu anlaşmanın ebedi, diğer bir deyişle sonsuza dek geçerli olmak üzere hazırlandığını biliyorum, ama anlaşma bireyler arasında yapılmıştı. Bu durumda, sonsuzluk deyimi, onlar yaşadıkları sürece anlamına geliyor. Bu da, hukuksal anlamda kesinlikle, belgede belirtilen hisseye neden sahip olamayacağınızı açıklar."

"Ya hukuk dışında?" diye bastırdı Lemprière.

"Ben bir avukatım," dedi Peppard, "ya da öyleydim. Ben sizi yalnızca hukuk çerçevesi içinde yanıtlayabilirim. Eğer anlaşmanızın bir değeri varsa, bu da Şirket'in söz edilmesini istemediği şeylerden söz etmekte oluşu yüzündendir. John, burada önemli olan anlaşmanın kendisi değil, arkasındaki öykü."

"Peki nedir bu öykü?" diye sordu Lemprière merakla öne doğru eğilerek.

"Tanrı aşkına, nereden bilebilirim?" diye güldü Peppard, sonra öksürerek toparlandı ve yüzündeki ifade değişti. "Şimdi, beni dinleyin. Eğer bu adamlar, yani, anlaşmada sözü edilen yatırımcılar, hâlâ Şirket'i yönetiyorlarsa, bu durumda iki yüz yıldır işin başında bulunuyorlar demektir. Düşman olarak karşınıza almayı göze alamayacağınız, tehlikeli adamlar bunlar. Ve eğer elinizdeki kâğıt parçasını sallayarak onların peşine düşecek ve ailenize ait hisseyi talep edecek olursanız, o zaman onlar da kendilerini savunurlar ve siz bir şantajcı durumuna düşersiniz. Yasa önünde bu böyledir. Bir şantajcı olduğunuzdan kuşkulanılması çok çirkin bir şeydir, ayrıca, her ikimizin de bildiği gibi, Şirket'in karşısına tek başına çıkmak ise deliliktir. Ben kendi deneyimlerimle ve siz de John, benim örneğime bakarak bunu ikimiz de biliyoruz." Lemprière suçluluk içinde başını kaldırıp baktı, bu ufak adamın uğradığı onursuzluğun ayrıntılarını bildiği için birden utandı.

"Durum böyle değil mi?" diye sordu Peppard. Lemprière başını salladı. "Annabel, Dul bayan Neagle, büroya geldi. Bana sizinle yapmış olduğu konuşmayı anlattı."

"Ben bir şey sormadım–" diye başladı Lemprière.

"Biliyorum," dedi Peppard. "Ama öğrendiğiniz iyi oldu. Uyarıcı bir öyküdür." Gülümsedi.

"Yalnızca sigortayla ilgili bir şey olduğunu biliyorum," dedi Lemprière.

"Denizcilik sigortası," diye ekledi Peppard. "Ama öykü bundan biraz daha önce başlıyor, balinalarla..." Konuşmasını sürdürdü, tıpkı Dul'un anlatmış olduğu gibi Kaptan Neagle'ın Akdeniz'deki buluşunu ana hatlarıyla aktardı, ancak şimdi kulağa öncekinden daha da fantastik geliyordu.

"Akdeniz'den Hindistan'a doğru gizli bir rota söz konusuydu ve bu rota üzerinde kurulacak bir tekel gerçekten de bir buluş sayılabilirdi," diyordu Peppard. "Alan Neagle tarihe geçecekti. Bir anlamda, yine de geçti, kuşkusuz. Ve mahkemede Şirket'i yenecek bir avukat ise –çünkü onlar sonuna dek savaşırdı– inanın buna, evet, bu avukat da onun gibi tarihe geçerdi. Gençtim ve tutku doluydum; tek bir büyük dava bana dilediğim her şeyi sağlayabilirdi. Alan Neagle tüm notlarını ve talimatlarını mühürlemişti ve henüz seferdeydi. Karısının bir avukat bulması gerekiyordu. Bu dava bir kumardı, ama bir çok kişi davayı alabilirdi. O, bana gelmezden çok önce biliyordum, bu davayla ilgili haberler ulaşmıştı bana. Şirket'in insanları nasıl uyardığını, rüşvet, gözdağı verdiğini, şiddet ya da ödül önerdiğini duymuştum. Eski hikâye. Bana da gelmişler, Leadenhall Street'de kolay ve iyi ücretli bir iş önermişlerdi; bana gelen serseriyi kapı dışarı etmiştim." Lemprière küçük adamın yüzünde bir an parlayıp sönen öfkeyi gördü. "Dul Neagle bana geldiğinde, bu davayı yalnızca bu yüzden almayı istedim, ama o bana ayrıntıları anlattıkça, dava daha da umutsuz gibi göründü."

"Ama davayı aldınız," dedi Lemprière.

"O alacağımı biliyordu, yalnızca istemesi yeterliydi... Eskiden verilmiş bir söz vardı." Peppard'ın sesi masanın öte yanından güçlükle duyuluyordu. "Ben, Annabel'e âşıktım, Alan Neagle'den önce, anlıyorsunuz değil mi? Herkesi dolaştıktan sonra gelmişti bana, bunu söylemiş miydim? Umutsuzluk içindeydi. Bunu biliyordum, o bana bu öneriyi yaptı... Ah, davayı aldım. Önemli olan bu. Neden yaptığıma boş verin." Peppard çayından bir yudum aldı. "Her neyse, bana Kaptan Neagle'ın kâğıtlarını bırakıp gitti. Kâğıtlar mühürlenmişti ve o bunları görmemişti."

"Balinalar hakkında kanıtlar," diye öngörüde bulundu Lemprière.

"Kesin kanıtlar, temeli sağlam kanıtlar, diyebilirsiniz. O geceki paketi açtım ve Alan Neagle'ın Akdeniz'de olup biteni anlattığı kayıtları önce şaşkınlık, sonra da hayretler içinde okudum. Gemileri ileri sürdüğü gibi, fırtınanın önünde sürüklenmişti kuşkusuz ve tayfa, kanıtları gözleriyle görmüştü. Buldukları şey ise Neagle'ın öne sürdüğü gibi her yönden büyük bir açıklamaydı."

"Balinalarla ilgili kanıtlar mı?" Lemprière giderek sabırsızlanıyordu.

"Balina yoktu," diye yanıtladı Peppard. "Ne o zaman, ne de hiçbir zaman. Tüm bu öykü öylesine bir saçmalıktı. Alan Neagle'ın o gün keşfettiği şey bir gemiydi, asla orada bulunmaması gereken bir gemi. Onun hiç görmemesi gereken bir gemi."

***

Evin dışında, önceki rüzgâr yavaş yavaş dinmekteydi. Hava katmanlar halinde kentin üzerine sakince yerleşiyordu. Çok yukarılarda, astral iplik sessizce yuvarlanıyor, aşağıda, kutsal düzeneğin üzerinde bocalayan tüm çabaların güçlerini o an için, dengeliyordu.

Nazım soğukta bekliyordu. Le Mara sokağın ötesindeki gözetleme yerinde duruyordu. Aralarında sabırlı dikkatlerinin nesnesi bulunuyordu. Nazım titredi ve şapkasının geniş siperliğini gözlerinin üzerine çekti. Le Mara bekliyordu. Gözleri hızla hareket ediyor, sokağı denetliyor bir solu, bir sağı tarıyordu. Bekliyordu.

"Fırtına dinince, Neagle ve tayfası, karısına söylemiş olduğu gibi, kendilerini Alaboran Denizi'nde yüzer durumda bulmuşlardı, ama kendilerini karşılayan görüntü bir gemiydi. Olağanüstü bir şey değildi ve tayfanın çoğu bu gemiye pek dikkat etmemişti. Limandan dört, beş mil uzaklıktaki üç direkli bir gemiydi. Aslında, bir Indianamandı.[1]"

"Bir Indianaman mı? Öyleyse Akdeniz'de bir geçit vardı."

"Kimbilir? Gemi herhangi bir nedenle orada bulunabilirdi. Sorun o anda geminin niçin orada olduğu değil, ama orada bulunmakta oluşuydu. Anlıyor musunuz, Alan Neagle bu gemiyi tanımıştı. Bu *Sophie*'ydi, ama o anda bu ad altında sefere çıkmamıştı."

"O halde ona yeniden ad koymuşlardı," dedi Lemprière.

"Yeniden ad konulmuştu, evet. Ve Neagle'ın notlarına göre yeniden donanmıştı da. Ama tüm bunlardan daha önemlisi, tüm tayfaları ile birlikte battığının duyurulmuş olmasıydı. Ve bu, o günden yirmi yıl öncesine ait bir olaydı. Bu gemi okyanus tabanında çürüyor durumda olmalıydı, yine de yirmi yıl sonra Akdeniz'de bir aşağı bir yukarı kıyı ticaretini yürütüyordu."

"Öyleyse bu bir sigorta yolsuzluğuydu," dedi Lemprière, Dul'un sözlerini, ondan önce de Septimus'un söylemiş olduklarını anımsayarak.

"Bu Neagle'ın vardığı sonuçtu; bu kanısı gemiyle değil yüküyle ilgiliydi. Şirket'in gemileri kendi malı değildi. Doklarla bir kira sözleşmesi vardı, ama bu çok karmaşık bir anlaşmaydı. Yine de kargo doğrudan Şirket'e aitti; bir sigorta talebinde bulunmak basit ve daha az nicel olacaktı. 'Bin balya kumaş', 'bin balya ipek', 'renkli taşlar', 'amatist' falan olabilirdi. Gemi de aynı biçimde satılabilirdi. Bunları hepsi toplamı yükseltirdi, bence."

"İkna olmamış mıydınız?"

"O gece Neagle'ın notlarını okuduğumda, söz konusu miktarların, getireceği risklerle karşılaştırıldığında çok az olduğunu kavradım. Kazançları birkaç binden fazla değildi ve açığa çıktığında büyük bir skandal olurdu. Risk ve kâr Şirket'in çok dik-

[1] Indianaman: Eskiden Hindistan-İngiltere arasında işleyen büyük ticaret gemisi. (Çev.)

katle dengelediği iki şeydir. Benim düşünceme göre, onlar bu gemiyi başka bir amaç için kullanıyorlardı. Öyle olmasa, *niçin* orada bulunuyordu bu gemi?"

"Ama bir gemi satın almaları yeterliydi."

"Kuşkusuz, ama belirli bir nedeni olmadan ortadan yok olduğunda sorular başlayacaktı. Bundan kaçınmaya çalışmaları gerekiyordu. Böylece, gizli bir şey ve bu şeye ulaşmanın araçları vardı."

"Neydi bu?" dedi Lemprière.

"Hiçbir fikrim yok," dedi Peppard. "O gece Neagle'ın gerçek nedenlerinin ayırdına varınca, artık bu davayı alamazdım. Bu bir şantajdı, bir-iki sözleşmeyle ve biraz ince hukuksal deyimle süslenmişti, ama sonuç olarak şantajdı. Benim işlevim bu olacaktı. Annabel bunların hiçbirinden haberli değildi ya da hemen hiçbirinden. Kocasının balinalarla ilgili olarak söylediği yalanlara inanmıştı, hâlâ da inanıyor. Bu konuyla hiçbir biçimde ilgilenmemeye karar verdim, Kaptan Neagle'ın deyimiyle kanıtları paketledim ve ertesi sabah kadının kapısında belirdim. Bu davayı alamazdım."

"Ama aldınız." Lemprière, Peppard'ın bocalamalarını izlemekte güçlük çekiyordu.

"Evet, evet aldım. Dahası vardı, ben... Bu uzun bir öyküdür, ama önemli olan benim eskiden, Neagle'den önce, Annabel'le flört etmiş olmam, anlıyor musunuz? Ve ona âşıktım." Peppard yutkundu. "Ama Annabel seçimini yapmış, Kaptan'da karar kılmıştı. Bu kararın ona, bana belli ettiğinden daha çok acı vermiş olduğunu biliyorum. Ama o gün, kâğıtları geri götürdüğümde, biz..." Peppard başka yöne baktı. "Her ikimiz de açıkça, son derece açıkça, Annabel'in yanlış seçim yapmış olduğunu biliyorduk. Neagle yerine benimle evlenebilirdi. Her ikimiz de bunu dile getirmedik, ama sonradan o bana yazdı ve o günkü duygularından söz etti. Bu duygular benim tahmin etmiş olduğum gibiydi ve benim duygularım da aynı derecede güçlüydü. Her ikimiz de gençtik, henüz zaman vardı. Ama bu ihanet, Alan Neagle'a karşı yaptığı ihanet onu yaraladı. Sonunda herhalde, bu nedenle kabul ettim davayı. Ne yaptığımızı biliyorduk. Alan'a bir şey vermek zorunda olduğumuzu düşünüyorduk. Ve sonuçta, ona her şeyimizi verdik, bize kalan ise hiçbir şey oldu, birbirimize bile sahip olamadık. Dava başladı, daha başından, bunun başımıza bela getireceğini biliyordum. Balinalar... bana güldüler. Şirket başlangıçta bize karşı savaşında yavaş hareket ediyordu. Bizim kendi nedenlerimiz incelendi ve bunlar Şirket'in istediği gibi biçimlendi. Annabel'in umurunda değildi. Yalnızca çaba göstermiş olmamız yetiyordu ona. Ama sonra geminin battığı haberleri geldi ve o zaman Şirket'in bana saldırmakta niçin böylesine yavaş davrandığını kavradım. Diledikleri her şeyi yapacak kadar güçlü durumda olmayı bekliyorlardı ve Neagle'ın ölümü onlara bu fırsatı sağlamıştı. Onun kanıtları olmadıkça bu dava bir komediydi. Bana karşı davalar açmaya başladılar."

"Ama hangi nedenle?" diye sordu Lemprière.

"Her şey ve hiçbir şey, düşünebildikleri herhangi bir şey için. Bunun bir önemi yoktu. Üzerime yeterince çamur atınca bazıları nasılsa yapışıp kalacaktı. Ben sinirlerimi sağlam tuttum ve onlar Annabel'i anıştırmaya başladılar, o bir Şirket duludur, ayağını denk al, gibilerinden davrandılar, sonra ben bir hata yaptım."

"Neagle'ın gerçek kanıtları–"

"Gemi, o sigorta yolsuzluğu, evet. Ben yalnızca bu işi sona erdirmek istiyordum. Onlardan hiçbir şey istemiyordum. Bunun karşılığında susacaktım. Ama bu bir şantajdı, benim hiçbir gerçek kanıtım yoktu ve onlar da bunu biliyorlardı. Onlar için kolaydı. Bir toplantı ayarlandı, tanıklar gizlendi. Ben konuşurken her sözüm yazıya geçti ve sonunda bu yazılanlar bana gösterildi. Oldukça açık bir durumdu. Eğer bu konu hakkında bir söz edecek olursam yargılanacak ve mahkûm olacaktım ya da daha kötüsü. Bu arada benden bir daha avukatlık yapmamam istendi. Ben bir şantajcıydım ve bana yardım edebilecek herkese bu anımsatılacaktı. Bu onursuzluk hâlâ üzerimde asılı duruyor. Bir şantajcı. Ve Annabel için, kendisi uğruna yaşamını vermiş olan Alan Neagle'dır. Bu adamı sevmiyordu aslında, ama öldüğü için sanki onun cesedi üzerinde yatmak zorundaymışız gibi orada, ikimizin arasında duruyor. Biz her şeyimizi yitirdik, birbirimizi bile."

"Ya gemiler?"

"Her ikisi hakkında da hiçbir haber çıkmadı, oysa böyle bir haber beni haklı çıkarabilirdi. Artık onurumun geri verilmesi umurumda bile değil, ama Annabel ve ben..." Peppard'ın sesi yine, Lemprière'in daha önceden nerelerde olabileceğini tahmin etmeye çalıştığı, ama izlemekte güçlük çektiği alanlara doğru sürüklenip gidiyordu.

"Bir aileniz var mı?" diye sordu ona Lemprière, konuyu değiştirerek.

"Pek sayılmaz," diye burnunu kıvırdı Peppard. Lemprière elini ceketinin cebine daldırıp annesinin minyatürünün bulunduğu pirinç kutuyu çıkarttı. "Marianne Lemprière." Peppard resmin altındaki yazıyı yüksek sesle okudu. "Çok güzel bir kadın."

"Şimdi biraz daha yaşlı görünüyor," dedi Lemprière. Minyatürü açık durumda masanın üzerinde bırakmıştı, bu, Peppard'ın yeniden tartışma konularına çekmek için yapılmış gibiydi.

"Kuşkusuz onurlu ya da onursuz, Skewer'den daha iyi iş yapabilirdiniz, değil mi?" Peppard'ın böyle bir işi seçmiş olması Lemprière için anlaşılmaz bir şeydi. Skewer yüz karası bir tipti, Peppard için de böyle olduğundan kuşkulanıyordu.

"Evet, evet sanırım. Ama her şeyin bir bedeli vardır." Lemprière, ufak adamın beklentisinin daha önce tahmin ettiğinden daha derinlerde yatmakta olduğunu anladı.

"Dul Neagle için orada kalıyorsunuz," dedi. Peppard yalnızca başını salladı.

"Onun hâlâ sizinle ilgilendiğini biliyorsunuz. Büroyu bu nedenle ziyaret ediyor."

"Durumun böyle olduğunu pek sanmıyorum."

"Durum *böyle*," diye vurguladı Lemprière. "Hem sonra, her şeyden önemlisi, eğer ikiniz de hâlâ eski duygularınızın–"

"Sonra her şeyden önemlisi," diye Peppard deyimi tarttı. "Çok fazla 'sonra' ve çok fazla 'her şey' var," dedi. "Benim umutlarım *Falmouth*'dan daha derinlere battı. Neagle kamarasında çürüyor ve ben de ona eşlik ediyorum.. John? Benim sayıklamalarıma en azından kulak verebilirsiniz..."

Ama Lemprière onu dinlemiyordu. Masanın öte yanından Peppard'a bakıyor, gözleri onun üzerine yöneliyor, ama çok gerilerde, başka bir odadaki başka bir yüze, daha da önemlisi başka birinin eline odaklanıyordu. Peppard, Neagle'ın gemisinin adından, *Falmouth*'dan söz ettiğinde, Lemprière'in kulaklarında, De Verelerin evindeki gece, Kaptan Fuardian'ın söylemiş olduğu sözler yankılanmıştı, Kaptan'ın avucunun içine damgalanan da yine bu aynı addı, Guardian'ın bunu anımsadığında uğradığı şok da, Lemprière'in Blue Anchor Lane'deki odada uğradığı şokun aynısıydı. Bir şey kalıntısının, neydi – bir merdiven kalıntısının başına geldiğinde adamın ağzından çıkan sözler, *Falmouth*, "Yirmi yıldır kayıptı ve işte yine ortaya çıktı," olmuştu!

"O burada," dedi Lemprière yavaşça. Gözleri yine Peppard'ın yüzünü buldu. "*Falmouth*, burada, Londra'da." Daha önceki adamla buluşmasını giderek daha çok anımsıyordu.

"*Falmouth* mu?" Peppard'ın ağzı açılıyor ve kapanıyordu.

"Hayır." Lemprière beynini zorladı. "Ona yeni bir ad verilmiş, Neagle'ın görmüş olduğu geminin adı gibiydi. Onun adı.." Adı anımsadı. "Onun adı, sanırım ona, *Vendragon*, adı verilmiş." Bu adı telaşla söylemişti. "Haklıydınız, George. Yine aynı şeyi yapmışlar. Ancak şimdi, gemileri Akdeniz'de değil. Burada, tam burada, Londra'da demirli."

Peppard, Lemprière'e baka kaldı, konuşmaya başladığında sözleri ölçülüydü. "Bu kez hata yapılmayacak," dedi. Sustu ve düşündü. "Kanıtları sabırla toparlayacağım, gözetleyip bekleyeceğim. Geminin kayıtlarına, her şeye gereksinmemiz var."

"Ama biz nasıl–"

"Bana büyük bir iyilik borçlu olan biri var, çok büyük bir karşılık. O yardım edecek."

"Kim?" diye sordu Lemprière, ama Peppard iskemlesinden kalkmış, kapıdan dışarı çıkmıştı bile.

Peppard'ın "Derhal haber göndereceğim," diye bağırdığını duydu ön kapıdan. Bir dakika sona, bir mesaj taşımak için anlaştığı kızıl saçlı bir çocukla geri döndü. Lemprière bir şeyler karalayan Peppard'ı izledi.

"Neresi olduğunu biliyorsun değil mi?" diye sordu çocuğa adam. Çocuk başımı salladı ve yola çıktı. Peppard birkaç satır daha karaladı. "Buluşma yerini ve zamanını yazdım," dedi delikanlıya, "eğer gelebilirseniz büyük yardımı olur. Dostumu ikna etmek kolay olmayacak." Lemprière mesajı katlayıp cebine koydu.

"Kiminle buluşacağız?" diye sordu yine.

"Yirmi yıldır görmediğim birisi, ama anlayacaksınız."

"Onu tanımayabilirsiniz," diye yokladı Lemprière.

"Ah, sanırım tanıyabilirim," diye döndü Peppard, yüzünde büyük bir gülümseme vardı. "Siz de tanıyacaksınız. Onun adı Theobald'dır ve onu görür görmez tanıyacaksınız." Adamın kimliği konusunda başka bir şey söylemedi. Konuşmayı sürdürdüler ve Lemprière, Peppard'ın şimdiden Dul'u düşünmeye başladığını görebiliyordu.

"Ona Neagle'ın yalanlarından söz edebilirsiniz, balinalardan falan," diye atıldı.

"Kendimi sevdirmek için mi?" diye onun bu anıştırmasını gün ışığına çıkarttı Peppard.

"Sanırım adam zaten haklıydı," dedi Lemprière, başka bir kanca atarak.

"Hmm."

Peppard sandalyesine yayılmıştı, bu bir hoşnutluk göstergesiydi.

"Hayır. Hiç de değil," diye patladı. "Bu olayın yükler ve sigortalarla ilgili bir şey olduğuna inanmıyorum. Onlara gerekli olan şey, geminin kendisi. Bu çok açık. Sizinle bahse girerim, *Sophie* de tıpkı, *Falmouth* ya da *Vendragon* gibi –artık hangi adı yeğlerseniz– hiçbir iz bırakmadan ortadan yok oldu. Onlar bu gemiyi Şirket'le ilgili bir şey, bir amaç için kullanıyorlar ve en azından yirmi yıldır ya da belki daha uzun bir süredir, yapıyorlar bunu. Peki, bu gemiyi niçin kullanıyorlar?"

"Kaptan Guardian geminin evinin aşağısında demirlediğini söylüyordu. Gidip bakabilirsiniz, gerçi evinin yerini bilmiyorum ama..."

"Öğrenebiliriz," dedi Peppard. "Zaten hafta boyunca bu konuyu konuşacağız." Lemprière onaylayarak başını salladı. Zaman ilerlemiş, ayırdına varmadığı halde heyecan onu yormuştu. Peppard önceki kadar canlı görünüyordu. Delikanlı ayrılmak üzere ayağa kalktı, ceketini ilikledi. Peppard da ayağa kalktı ve yüzünde bir üzüntü belirdi.

"Anlaşmanız konusunda size yardımcı olamadığım için üzgünüm," dedi.

"Ah, sorun değil," diye eliyle havalı bir biçimde geçiştirdi Lemprière, sonra Peppard'a daha yakından baktı. "Ne? Ne var?" diye sordu.

"Belki hiçbir şey," dedi Peppard. Lemprière bekledi. "Yalnızca... Bu dava olayından sonra Şirket için bir ilgi alanı, belli belirsiz bir ilgi alanı oldum, bildiklerim yüzünden, anlıyorsunuz ya? Yıllar içinde, Şirket'le ilgili çeşitli skandallar, krizler oldu, saldırılar yapıldı. Demek istiyorum ki, beni unutmadılar. Şirket'in sorunları olduğu dönemlerde izlendim. Karşılaştığım gece işte bu nedenle kaçtım ve saklandım."

"İzlenmek mi? Kim izliyordu sizi?"

"Şirket'in casusları. Bir önlem olarak, sanırım."

Lemprière konuyu kavradı. Küçük adamı rahatlatmak için, "Gemi hakkında sessiz kalmanızı sağlamaya çalışacaklarından korkuyorsunuz. Asla korkmayın," dedi. "Benim dudaklarım mühürlüdür. Tek söz etmem," deyip gülümsedi.

"Hayır, gemi hakkında başka kimse bir şey bilemez. Bunu yalnızca biz, ikimiz biliyoruz. Bu konuda anlaştık, John. Bakın, geçen şu birkaç haftadır, beni yine izlemeye başladıklarına inanıyorum. Emin değilim, ama yine de–"

"Kim izliyor sizi?"

"İki kişiler; bir tanesiyle daha önce karşılaşmıştım, öteki ise yeni biri. Garip bir şapkası var." Peppard kollarını açtı. "Çok geniş. Yine de yanılmış olabilirim."

"Ama Şirket şimdi bir kriz içinde değil ki. Sizi niçin izliyor olsunlar?"

"Ortada bir neden yok gibi, ancak..."

"Ancak ne?"

Peppard bir an duraksadı. "Eğer kriz siz değilseniz."

"Ben mi?"

"Anlaşma, John. Skewer biliyor, Annabel, Alice de Vere, oğlu, ben, başka bilen var mı?"

"Septimus."

"Kuşkusuz. Ve kendiniz. Yedi kişi bir gizi saklayamaz. Bu nesnenin bir değeri olup olmadığını bilemiyorum, ama garip sorular getiriyor akla, John. Yanıtlar ise tüm yorumlarımızı aşabilir. Ayrıca, yanılmış olabilirim. Söylemek istediğim kısaca şu: eğer beni gözetliyorlarsa, o zaman sizi de biliyor olmalıdırlar. Ben onları size yöneltebilirim. Dikkatli olun John."

"Olacağım," diye ona güvence verdi Lemprière, dönüp merdivenlerden aşağıya gürültüyle indi.

Lemprière caddeye çıkınca çevresine deneyimli bir kuşkuyla bakındı. Rüzgârın dinmiş olduğunu görüp rahatladı. Şirket'in kendi anlaşması, böylesi bir kâğıt parçası için ortalığı karıştırabileceği düşüncesi hiç akla yakın gelmiyordu. Soğuk nedeniyle ellerini arka ceplerine daldırıp parmaklarını kıvırdı. Lemprière, Golden Lane'e doğru yürürken sokak oldukça boş görünüyordu. Parmakları ceketinin cebindeki bir şeyi kavrar gibi sıkılıp yine açıldı. Cepleri boştu. Lemprière durdu. Öteki ceplerini yokladı. Hiçbir şey yoktu. Peppard'ın evinin bulunduğu sokağı gözleriyle taradı, sonra, annesinin minyatürünü masanın üzerinde açık durumda unutmuş olduğunu anımsadı.

Peppard için yirmi yıl önce çalmış olması gereken, ama çalmayan düğün çanları şimdi çalıyordu. Engin ve değişmez gelecek, bir zamanlar krallar tarafından yerleştirilmiş ve üzerlerine uzun bir eğitimden geçmiş aşkının simgeleri oyulmuş sütunlarıyla bir Efes tapınağı gibi önünde dikiliyordu. Yaşasın Lemprière, yeni umutlarının Ctesiphon'u sevinç içindeydi. Tek bir asma kütüğünden oyulmuş yaklaşık iki metrelik bir merdiven, isteklerinin su sızdıran çatısını delmişti ve yıllardır oluşan bir sel bu delikten geçerek gökyüzünden boşalıyordu. On yıllar birer an gibiydi ve anlar, yıllar önce terk etmiş olduğu bir ülkeden gelen uzak gün ışığında yavaşça dolanan toz tanecikleriydi. Onun gemisi –kendi kendine sessizce güldü– dönmüştü. Marianne'nin gözleri masanın üzerinden, sandalyesinde gevşekçe yayılmış oturmakta olan kendisine bakıyordu.

"Annabel," dedi Peppard kendi kendine, sonra, minyatürü fark edince, "Lemprière," dedi. Arkadaşı gideli daha iki dakika olmuştu. Peppard sandalyesinden kalktı ve sahibinin arkasından koşma düşüncesiyle minyatürü kaptı. Ama kapıya yaklaşırken dış merdivenlerden çıkan hafif ayak seslerini duydu. Koşmasına gerek kalmamıştı. Kapıya vuruldu.

"John!" diye seslendi George Peppard. Kapıyı açmak için sürgüyü hızlı çekti.

Blue Anchor Lane'deki evin kapısı kapanırken iki gölge belirmişti. Nazım, gözlüklü gencin, içine girip gözden uzaklaşmış olduğu kapı girişinin elli metre kadar uzağındaki bekleme yerinin çevresinde dolanıp duruyordu. Buradan elli metre ötedeki Le Mara'nın karışık gölgelerini seziyordu. Bir saat böylece geçti, daha önceki insan seli yerini, tek başına ya da çiftler halinde belirsiz işler peşinde gezinen birkaç tipe bırakmıştı. Sokak, ufak bir çocuk çetesi sayılmazsa, bomboştu, bu çocukların sokağın öte ucundaki varlıkları onu diken üstünde tutuyor, dikkatli olmaya yöneltiyordu. Nazım çocuklarla daha önceki karşılaşmasını, oğlanın burun kemiğinin kendi elinin altında kırılırken çıkarttığı sesi anımsıyordu. Altı ya da yedi kadar çocuk bağrışıyor ve ortalıkta koşuşuyordu. Çocukların gürültülü oyunu sürüp giderken, bunlar Nazım'a, daha kalabalık ve daha hareketli bir sahnenin parçası gibi göründü. Ama onlar için, sokak ölüydü.

Birden kuzeydoğu rüzgârı esiverdi, sonra geçen dakikalar içinde duruldu. Çocukların hafif bağrışmaları ve Nazım'ın bulunduğu yerden imlediği Le Mara'nın heyecanı dışında, bu tekdüze dinginlik sürüp gidiyordu. Düşmanı görülmeden ve duyulmadan yok olmuştu, karanlık kuşkular kanat çırpıyordu.

Sokağın ucunda bir kapı açıldı. Ufak adam dışarı çıktı. Kira evinin kapısına çıkan basamakların üzerinde duruyordu. Nazım adamın sokağın üst ucundaki çocuklara doğru işaret etmesini gözledi. İçlerinden biri koşarak geldi, parlak kızıl saçlı bir çete üyesiydi. Kısa bir konuşmadan sonra evin içinde kayboldular. Öteki çocuklar oyunlarını sürdürüyordu. Bir ya da iki dakika geçti, sonra çocuk yine göründü. Döndü ve Nazım'a doğru yürümeye başladı. Elinde bir mektup vardı. Nazım saklandığı gölgelerin içinden çıkıp onun yolunu kesti. Çocuk durakladı. İkisi yüz yüze duruyorlardı. Basit bir emir ve çocuk mektubu verip parayı aldı.

"Theo, yirmi yıl çok uzun bir süre. Gelecek cuma, sekizde, Ship in Distress hanında benimle buluşmaya gel. Önemli bir durum. Geo."

Nazım notu okudu, sonra katlayıp geri verdi. Çocuk yoluna gitti. Geo'dan Theo'ya. Nazım göz önünden çekildi. Le Mara hâlâ orada dikilmiş duruyor, hâlâ bekliyordu.

Aradan bir süre daha geçti: Saniyeler ağır ağır dakikalara dönüştü. Evin içinde ikisi konuşuyor ya da sessizce düşünüyor olmalıydılar, belki de, aralarındaki görüş ayrılıklarını tartışıyor ya da çözümlüyor, planlarını oluşturuyor, farklı noktalar arasına çizgiler çekiyorlardı.

Dakikalar yavaşça gelip geçti ve Le Mara'nın varlığı daha yakınlarda sezilir oldu. Kapı yine açıldı ve uzun boylu genç dışarı çıktı. Çevresine sinirli sinirli bakınarak, o da Nazım'a doğru ilerlemeye başladı. Birkaç metre ötesindeydi. Nazım topuklarının üzerinde geriye doğru sallandı. Genç, gözlüklerinin ardındaki gözlerini kırpıştırarak birden durdu. Ceplerini yokluyordu. Nazım gölgelerin içinde kımıltısız durup bekledi. Delikanlı bir şey yitirmişti. Kararsız kalmıştı, geri mi dönmeli, yoksa yoluna devam mı etmeliydi? Hâlâ karar verememişti. Nazım gözledi ve sonra onun yoluna devam ettiğini, evden uzaklaşarak sokağın sonuna doğru uzaklaşıp köşeyi dönerek gözden uzaklaştığını gördü.

Nazım dikkatini yine eve çevirdi. Bir an hiçbir şey değişmemiş gibiydi. Sonra sokaktan aşağıya ilerleyen gölgeyi gördü. Le Mara sessizce eve doğru koşuyordu. Tepeden tırnağa karalar içindeki adam sokaktan aşağı kayarken neredeyse görünmez durumdaydı. Sonra Nazım bir gümüş parıltısını gördü ve tanık olduğu toplantıyı yanlış değerlendirmiş olduğunu anladı. Tartışılan şey her neyse, tartışmacıların değerlerini değiştirmişti. Gözlüklünün ayrılışı ufak adama ikinci bir konuk getirmişti. Le Mara eve dalmıştı. Artık iş uzun sürmeyecekti. Nazım ufak adamın raslantısal bir oyuncu olduğunu sanmıştı. Yanılmıştı.

Bir ya da iki dakika sonra kapı yine açıldı ve bir gölge sokaktan aşağıya koşarak uzaklaştı. Le Mara'nın işi sona ermişti. Le Mara kaçmıştı. Ortalık oldukça sakindi. Nazım dönüp kapıya yöneldi. Kapı zorlanmıştı. Merdivenlerden yukarıya çıktı. Nawab'ın sözleri ve kendisini onlara yöneltecek olan ad Nazım'ın anılarında yankılanıyordu. Kapı kilitli değildi. İtip açtı ve içeriye girdi.

Nazım bir masa, iskemleler, kitaplar ve yatağın üzerinde yatan bir ceset gördü. Bahadır bunun nasıl yapılması gerektiğini kendisine öğretmişti. *Adamı arkadan yakala. Başını tut.* Bunları söylerken amcasının gözleri sakindi. *Bıçağı boynunun kıyısına daya. Yukarıya doğru değil, aşağıya doğru. Bıçağı hareketsiz tut. Başı geriye çek. Bıçağı kendinden öteye it.* Bunun bir mantığı vardı. *Bıçak soluk borusunu tıkayıp adamını susturur. İlk kan senden uzağa fışkırır. Bu çok güçlü bir yöntemdir.*

Karşıdaki duvardan kan damlıyordu. Yatağın üzerindeki ceset, sanki doğrulup kalkmak ister gibi garip bir biçimde eğilmiş duruyordu. Nazım adamın ellerinden birinin bir şeyin çevresinde sıkıca bükülü durumda olduğunu fark etti. Bir nesne. Parmaklarını zorlayıp açtı ve ufak adamın son tılsımının, üzerinde minyatür bulunan bir madalyonun olduğunu gördü. Nazım bunu açtı ve arkasındaki yazıyı okudu. Yatağın üzerine çöktü. Çok geç kalmıştı. Minyatür, ince yapılı, geniş ağızlı, gri-mavi gözlü bir kadını gösteriyordu. Arkasındaki yazı şöyleydi: "Marianne Lemprière." Nazım ayağa kalktı, bu ada baka kalmıştı. Madalyonu cebine indirdi ve kapıya doğru yürüdü. Lemprière, diye düşündü, kendi kendini azarladı. Görevi artık çok daha zorlamıştı. Bahadır'ın, uğruna her şeyini vermiş olduğu ad artık bir hiçti. Lemprière ölmüştü.

Yataktaki ölü adam yavaşça eğildi, sonra bir yana devrildi. Bu yavaş çarpışmadan ötürü somya çatırdadı. Şiltenin altında, somyanın tel örgüsü tarafından desteklenmekte olan ve adamın daha önce, son kez olarak okumuş olduğu mektup sonunda parçalar ayrılıp yere düştü, baklava biçimli parçalar konfeti gibi yere saçıldı, bunlar eski bir mesajın parçalarıydı. "Sevgili George'um, benim tek," .... "çünkü zaman bizden yana olunca, ki olacak" ...... "tüm aşkımla, Annabel." Nazım döndü kapıyı çekti. Kan şiltenin içine işliyor ve sürekli olarak mektup parçalarının üzerine damlıyordu.

***

Saat yediyi geçiyordu ve gideceği yer yürüyerek neredeyse bir saat çekiyordu. Lemprière canlı adımlarla güneye doğru yürüyordu, sonra Strand boyunca doğuya döndü. Somerset House sağında kocaman ak bir kütleydi. Kalabalığın içinden geçip çevresinden dolandı. Peppard'ın öğüdüne uyarak düzenli aralarla sağına soluna bakınıyordu. Bunu hafta boyu yapıp durmuştu. Bu uyanıklığı kendisi için belirsiz bir gurur kaynağı oluyordu. *Falmouth* yaşamlarına girmişti, artık her şey farklı olacaktı ve o notun alıcısı olan Theo, her kim idiyse, bu değişikliğin etmeniydi. Temple Bar'daki mahkemeleri ve kaldırım taşlarının altında fokurdayan Fleet Ditch'in pis kokularıyla Fleet Market'in pasajlarını geçti, Ludgate'e çıkan kısa yokuşu tırmandı, Saint Paul'ün çevresini dolandı ve Cheapside'a daldı. Lemprière akşam kalabalığının içinde Milk Street'e doğru aceleyle yürüyordu. Dostunun ve şu gizemli Theo'nun kendisini beklemekte oldukları taverna az ilerideydi.

Gemilerin girebilmesine elverişli sulardan neredeyse bir mil uzaklıkta yerleşmiş bulunan, buraya Ship in Distress[1] adının verilmesine neden olan herhangi bir gemi gerçekten çok büyük bir sıkıntı yaratmış olmalıydı. Eğer, bu adın nereden geldiği belirsiz idiyse, yapının tasarımı da herhalde öyle olmalıydı, çünkü bu yapı tümüyle çıkıntılardan oluşmuştu. İçerden bakıldığında birbirini izleyen dar katlar bir merdiven gibi bir öteki üzerine asılıydı ve tüm bu yapı, kendi çöküşü karşısında sendeleyen son sarhoşa yapılmış bir anıt gibi Milk Street'in üzerine doğru sarkıyordu. Buna karşın, Lemprière bu tavernaya fazla algılamadan baktı. Bu yapı gözünü yıldırmaktan çok kafasını karıştırmıştı. Her iki yandaki müşteriler, işleri bu gece, ipek dokumacıları birliğinin toplantısı nedeniyle artmış bulunan bir garson seli tarafından sürekli olarak besleniyordu. Lemprière kapıdan içeriye girerken solunda bunları gördü, tartışma halindeki bir grup, şurada burada ayakta içen ve bu akına karşı hafif homurtular yayan müşterilerin ana kitlesinden ayrılmış durumdaydılar.

Dokumacılar arasında kıran kırana bir tartışma patlak vermişti. "Ben çavdar yemeyeceğim!" diye bağırdı ateşli bir ruh. "Önce açlıktan ölmem gerekir!" Lemprière kalabalığın içindeki ılımlı grubun Sir John Fielding'den söz ettiklerine, öte yandan, bazı pencereleri kırmaya ya da bu gemici hanını yakmaya daha çok eğimli kargaşacıların Farina'nın adını bağırmakta oldukları-

[1] Ship in Distress: (İng.) Sıkıntıya Düşmüş Gemi. (Çev.)

na dikkat etti. Kentin içinde, şikâyet etmekle baş kaldırmak arasında gidip gelen böylesi kaç hoşnutsuz topluluk bulunduğunu merak etti. Geçen gün hanın dışındaki kalabalık ürkütücü bir hızla çirkinleşmişti. Ceketindeki yırtığı elleyerek orada durdu. Peppard ortalıkta görünmüyordu.

Dokumacılar konularından sapmışlar ve Farina'nın güvenilir olup olmadığının incelenmesine girişmişlerdi, Lemprière onların konuşmalarını dinlerken bir yandan da çevresindeki kirli görünümlü ortama bakınıyordu. Konuşmalardan çeşitli sonuçlar çıkıyordu: Bu adam, bir Whitby maden işçisinin yasa dışı oğlu, Wapping halkevlerinden[1], ya da Merovingian[2] krallarının gaspçı soyundan gelme, gençlik yıllarında İngiliz uyruğuna geçirilmiş bir Fransız'ın ürünü olan bir öksüz, zengin bir asker, bir dolandırıcı, bir numaracı, bir şarlatan ya da Musa idi; Wilkes'le olan çekişmesinden söz ediliyordu, bundan yirmi yıl sonra, Gordon Başkaldırısı'nda gizli bir rolü olmuş, daha sonra Alçak Ülkeler[3]'e ya da İspanya'ya sürgün edilmişti, Stepney'de bir kadının susturulduğu (ama bu asla kanıtlanamamıştı) da söyleniyordu. Şimdi geri dönmüştü, onlar için kavga etmek istiyor, kendilerine ait olan şeyleri elde etmeleri için kavgaya girişmeye söz veriyordu, onların şampiyonu, kışkırtıcısı, önderi ve ayartıcısıydı, kralların, soyluların ve zenginlerin kafalarını uçuracak olan bir mastıydı[4]. Onuruna kadehler kaldırıldı ve "Farina," diye bağrıştılar.

Lemprière tedirginlikle ilerledi. Devamlı müşteriler bir araya kümelenmişlerdi, yarım litrelik içki çömleklerini kavradılar, omuzlarının üzerinden ş^matacılara onaylamayan bakışlar fırlattılar. Lemprière onların aralarından geçip odanın uzak köşesine doğru kendisine yol açtı, burada, duvar boyunca sıralanmış masalardan birinde yalnız başına oturan bir adam gördü.

Handa, kendisinden başka, yalnız başına içen tek müşteri oydu. Yandan yaklaştı, hâlâ emin değildi, adamı arkadan gözleyebilmek için birbirleriyle genizden gelen seslerle homurdanarak konuşan iri yapılı iki kasabalının ardına gizlendi. Adamın

---

[1] Wapping halkevleri: Eskiden birçok ailenin oturduğu eski ve harap yapılar kümesi. (Çev.)

[2] Merovingian: 752'ye dek Galya ve Almanya'ya egemen olan Frenk kralları soyundan gelen kimse. (Çev.)

[3] Alçak Ülkeler: Belçika-Hollanda-Lüksemburg, (Çev.)

[4] Mastı: Kulakları uzun ve düşük bacakları kısa, bodur bir tür köpek. (Çev.)

kara pelerini yanındaki iskemlenin arkasına atılmıştı. Elleriyle yarım litrelik içki çömleğini kavramış, dosdoğru karşıya bakıyordu, düşüncelere dalmış gibiydi. Gemici fenerleri sönük, sarımsı bir ışık veriyordu, ama delikanlı öne uzanmış hafif kemerli bir burun ve oval bir yüze gömülü kocaman koyu gözlerini seçebildi. Yaşı belli değildi, adam otuz ya da elli yaşlarında olabilirdi. Lemprière ışığın derisini koyulaştırdığını düşündü ilkin, ama tavernanın, daha kaba saba, solgun, kir ya da ise bulanmış durumdaki öteki sakinleri, onun bu tezini çürütüyorlardı. Adamın düz kara saçları kısa kesilmişti, tırnakları aktı... bir Hintli gemici. Giysileri de aldatmıştı kendisini; iyi cins kalın yünden giysiler içindeydi. Bu oydu ve Lemprière, Peppard'ın suçlamalarının genel saptamalarıyla ilgili belirsiz bağlantılar kurdu, Hindistan, Hintliler, ortadan yok olan gemiler, Şirket gemilerinde çalışan Hintli gemiciler. Kesin bir şey yoktu, ama bu adamın Peppard'ın notunda belirtilen Theo olduğuna giderek emin oluyordu, sonunda adama yaklaştı, Hintli dönüp baktı, şaşırmış görünmüyordu, sanki Lemprière'in buradaki varlığından bir süredir haberli gibiydi. Lemprière elini uzattı, "Bay Theobald?" diye sordu, beriki ayağa kalkıp elini uzattı. Gözleri Lemprière'in ceketindeki yırtığa takıldı.

"Peppard her ikimizin de dostu oluyor sanırım," dedi. Bay Theobald başını salladı, Lemprière'e en yakın olan iskemledeki pelerinini kaldırdı ve solundaki iskemlede duran şapkasının yanına koydu. Lemprière bu şapkaya bir göz attı. Hintli kendisine bakıyordu. "Kuşkusuz, ne kadar kabayım," anlamıştı. "Benim adım John..."

Nazım soyadını bekledi, ama o anda Peppard belirdi ve herhangi bir tanışıklık belirtisi göstermeden onlara doğru yaklaşıp yanlarından geçti.

"George!" diye seslendi Lemprière adamın arkasından. Ufak adam yürümeyi sürdürdü.

"Bay George?" dedi Hintli, Lemprière'in elini sıkarak.

"Hayır, ben... bir dakika, kusura bakmayın," Lemprière arkadaşını aramak için içki içen müşterilerin arasında kendisine yol açtı. Yine "George!" diye seslendi. "George Peppard!" Ve Peppard döndü.

Peppard'ın şansının açılmış olduğu açıkça görülüyordu, bir hafta önce ayak işleri yapan kâtip, şimdi düzgün bir Bond Street sakini olmuştu. Yeni bir palto ve gömlek giymiş, bunlara uyan yakasına müslin bir kaşkol bağlamıştı. Ayaklarını devetüyü renginde, oymalı pirinç düğmeli bir çift parlak ayakkabı süslüyordu. Ama en büyük değişiklik saçlarındaydı. Daha önce koyu kahverengi olan zayıf saçlarının yerinde şimdi şaşırtıcı parlaklıktaki sarı renkli saçları kıvrılmış bukleler halinde omuzlarına düşüyordu.

"Sizi tanıyor muyum, efendim?" Peppard yapay, kibirli bir sesle konuşuyordu. Lemprière yine güldü ve onun omzuna vurdu.

"Çok iyi George," diye bağırdı. "Gerçekten çok iyi. Haydi gelin, Theobald bekliyor." Omzunun üzerinden işaret etti.

"*Gerçekten* de öyle" diye katıldı egzotik yaratık. "En azından bir açıklama bekliyor."

"George?"

"Ben George değilim," dedi öteki. "Ben Theobald'ım." Lemprière bu oyunun gereğinden fazla uzadığını duyumsadı.

"Ben Theobald'le az önce konuştum," dedi Peppard'a ve Hintli'nin beklemekte olduğu yere doğru baktı.

Hintli gitmişti. "O..." diye başladı, sonra dehşet içinde düşündü. Bir yanlışlık mı yapmıştı? Peppard'ın yüzü onu süzüyordu, alnındaki çizgiler yok olmuştu, gözleri biraz daha dardı...

"Siz döndünüz," dedi. "Adınızı seslendim ve siz–"

"Siz, 'Peppard' diye seslendiniz," diye sözünü kesti öteki. "Ben Theobald Peppard'ım. George'un kardeşiyim ve şimdi Tanrı aşkına kim olduğunuzu öğrenebilir miyim?"

Hintli kendisini doğru dürüst tanıtmamıştı, pek bir söz söylememişti aslında. *Bay George*, demişti, belki İngilizce bilmiyordu, Lemprière'in dönüşünü beklemekten sıkılarak amaçsızca oradan uzaklaşmış olmalıydı. Tek açıklama bu gibi görünüyordu, ama adam kendisinin her sözcüğünü anladığı izlenimini vermişti. Ve sonra şu şapka vardı. Bu şapkayı bir yerlerden tanıyordu...

"George'un ikiz kardeşiyim," diyordu yeni Theobald. "Bu notu bir hafta önce aldım." Delikanlının kendisini ziyarete gittiği gece George'un kurşun kalemle karalamış olduğu notu Lemprière'e gösterdi. "George nerede?"

"Yaptığım yanlışlığı bağışlamalısınız," dedi Lemprière. "Siz, ikiniz çok benziyorsunuz. Görünüş olarak, demek istiyorum."

"Evet," dedi öteki kısaca. Kalabalık girişe doğru bakınıyordu. "Burada daha fazla beklemeyeceğim." Theobald çevresini küçümseyerek işaret ediyordu. "Şimdiden yarım saat gecikti."

"Daha şimdi geldiniz!" diye karşı çıktı Lemprière.

"Ama zamanında gelmiş ve tam bir yarım saat boşuna oyalanmış olabilirdim," diye karşılık verdi öteki.

"Kardeşinizi görmek için yirmi yıl bekledikten sonra, birkaç dakika için onu kaçırmayı göze mi alıyorsunuz?" Lemprière inanamıyordu.

"Eğer George benimle burada buluşmayı amaçlamışsa, zamanında gelirdi. Bu arada, bu işle sizin ne ilginiz var?"

"Sizin ve benim yardımımızla adını temize çıkartma fırsatını elde etti."

"Adını temize çıkartmak mı! Kuşkusuz! George'un gemileri tüm tayfasıyla birlikte hep karaya oturmak zorundadır, değil mi? Burada daha önce de bulundum, Bay–"

"Lemprière," dedi Lemprière.

"Yirmi yıl önce kendi yaşamımı George'un hatırı için savurup atmayı kabul etmemiştim. Bu gün de etmiyorum."

"Hayır, hayır. Bu gerçekten çok basit. Tüm kanıtlar elimizde, yalnızca onaylanmasını istiyoruz." Lemprière ona, Kaptan Neagle'ın, *Falmouth*'un ortadan yok oluşunun ve yeniden ortaya çıkışının öyküsünü özetledi.

"Akıl almaz!" diye bağırdı Theobald. "Bu iftirayı onaylamam mı gerekiyor? Benim kim olduğum hakkında bir fikriniz var mı?" Lemprière olumsuz anlamda başını salladı. "Ben Doğu Hindistan Şirketi'nin baş arşivcisiyim," diye bildirdi adam, göğsünü kabarttı.

Yirmi dakika sonra ikisi Golden Lane'nin kaldırımlarını arşınlıyorlardı. "İstediğimiz şey onaylama değil," demişti Lemprière, "ama bir karar vermenizi istiyoruz: olumlu, ya da olumsuz. Doğal olarak tüm bu iş, sizin de dediğiniz gibi, akıl almaz bir şey. Bunun doğru olup olmadığını kanıtlayacak tek kişi de sizsiniz. George saplantılar içinde, onun inandırılması gerek. Bizim kanıtlara gereksinmemiz var, anlıyor musunuz?"

Theobald Peppard kendisinin gerekli olduğunu anlamış, kısa bir süre sonra Lemprière'in, kardeşini evinde ziyaret etme önerisini isteksizce kabul etmişti.

"Ban hâlâ bu işle ilginizi anlayamadım," kuzeye doğru yürürlerken böyle söylüyordu Theobald.

"*Vendragon*'la ilgimi mi? Hiçbir ilgim yok," diye yanıtladı Lemprière. "Eski bir belge için George'a danışmıştım, bir aile mirasıydı. Böylece tanıştık."

"O halde bu geminin var olup olmaması ya da gizli bir entrika için kullanılmış olup olmaması için fark etmiyor, öyle mi?"

"Kesinlikle öyle," dedi Lemprière. "Ancak George'u etkilemesi nedeniyle ilgiliyim."

"Aha," dedi Theobald kuşkucu bir tonla. Lemprière, George'un kardeşiyle kavgaya tutuşmak için duyduğu güçlü isteği bastırdı.

"Ne zaman Şirket'in arşivcisi oldunuz?" diye sordu tarafsız bir sesle.

"Bundan size ne?" Theobald bu soruya çabucak karşı koymuştu.

"Yalnızca merak," dedi Lemprière.

"Yirmi yıl önce, George'un yaptığı açıkgözlülükten kısa bir süre sonra. Daha gelmedik mi?"

"Neredeyse geldik," dedi Lemprière. Kardeşler arasındaki çatışma giderek açığa çıkıyordu. Kardeşinin sesi kesilirken, Theobald işini yoluna koymuştu.

"Burası," dedi yol arkadaşına, Blue Anchor Lane'nin girişini göstererek.

Döndüler ve yolculuklarının son bölümüne girdiler. Önlerinde ufak bir kalabalık birikmişti ve Lemprière oraya yaklaştıkça, insanların George'un evinin girişi önünde toplanmış olduklarını gördü. Daha iyi görebilmek için birbirlerinin omuzları üzerinden eğilip bükülerek kapı aralığından içeriyi gözetliyorlardı. Bazıları battaniyelere sarınmışlardı. Lemprière kalabalığın içinde kendisine yol açtı ve girişini engelleyen iki görevli tarafından durduruldu.

"İzin verin." Geçmek ister gibi davrandı.

"Akrabası mısınız?" diye sordu memurlardan birisi. Lemprière'in midesindeki sıkışma duygusu soğuk bir düğüme dönüştü.

"Arkadaşıyım," dedi ve içeriye salındı. Skewer holde duruyordu. Lemprière geçerken konuşmak ister gibi atıldı. Peppard'ın oda kapısı açıktı. Kapının dışında oturan bir görevli, Lemprière kapının pervazına yıkılır gibi dayanınca başını kaldırıp bakmadı. Odanın içinde iki adam vardı. Biri kapıyla yatak arasında ayakta duruyordu, yapılı gövdesi, yatağın üzerine eğilmiş gibi görünen ötekini kısmen gözden gizliyordu.

"... evet, bir hafta kadar olmuş," diyordu ikinci adam. "İşverenin sözleriyle uyuşuyor. Bay Skewer onun Perşembe sabahından beri işe gelmediğini söylemişti, değil mi?"

"Öyle," dedi öteki. "Buradaki kanıtlara göre demek olay Çarşamba akşamı olmuş. O gün kendisini ziyarete gelen herkesle konuşmayı istersiniz sanırım. Profesyonelce yapılmış –bu açık– kafa geriye çekilmiş, darbe doğru yere vurulmuş..." Ayakta duran adam birden geri döndü ve Lemprière onun gözlerinin sargılı olduğunu gördü. Bu Sir John Fielding'di.

"Siz akraba mısınız?" diye sordu Sir John, canlı bir sesle. "Ya da bir arkadaş?"

"Bir arkadaş," dedi Lemprière.

"Bizim bir akrabaya gereksinmemiz var," dedi Sir John. "Bay Rudge, formaliteler için bir akraba gerek."

"Çarşamba akşamı burada ya da buraya yakınlarda bir yerde miydiniz?" diye sordu Lemprière'e. Lemprière konuşamadı. "Kimsiniz?" diye sordu Sir John.

"Hayır," demeyi başardı sonunda Lemprière, bir yandan da bu konuyu araştırıp ortaya çıkaracaklarını düşünüyordu... "Smith," dedi.

"*John*[1] Smith mi?" Sir John'un ses tonu alaycıydı. George, diye düşündü Lemprière. George. Rudge yatağın altında bir şeyler yapıyordu.

[1] John Smith: adli olaylarda kimliği bilinmeyen kimselere verilen simgesel bir ad. (Çev.)

"Burada parçalanmış bir mektup var." Daha çok kendi kendisine konuşuyordu. Theobald kapının ağzında belirdi.

"John, ne oluyor yahu–" Sonra yatağı gördü.

"Demek, John," dedi Sir John Fielding kaba bir sesle.

"Bu bir aşk mektubu." Rudge, şilteden sızan kanla lekelenmiş kâğıt parçalarını topluyordu. "Tüm aşkımla, Annabel," diye okudu yüksek sesle. "Annabel ne?"

"Not et," dedi Sir John. Henry de bunu yapacaktı zaten. "Her şeyi not et." George'un bedeni. Lemprière döndü ve merdivenlerden aşağıya yuvarlanarak indi.

Dışarı çıkınca, soğuk gece havasında derin soluklar aldı, ellerini ceplerinin içine gömmüş, gözlerini kapatmıştı.

"Niçin?" diye yan yan sokuldu Theobald. "Neden George?" Lemprière, büyük bir şaşkınlık içinde bulunan ufak adama baktı. "Neagle'ın gemisiyle ilgili o saçmalığa inanabilecek bir kimse bulunabilir mi? Bunun üzerinden çok zaman geçti, her şey yıllar önce bitti."

"Bir hafta," dedi Lemprière. "Yıllar değil, bir hafta geçti. Ve ben, sizin yardımınız olsun olmasın bunu kanıtlayacağım. George haklıydı. Ben bu gemiyi ve burada bulunma nedenini ortaya çıkartacağım. George'un gerçeği söylemiş olduğunu ve ondan başka herkesin, evet sizin de, yanılmış olduğunuzu herkes öğrenecek."

"Kuşkusuz yardım edeceğim," diye karşı çıktı Theobald. "Gücüm yettiği kadar. Ama size anımsatmama izin verin Bay Lemprière, George üstüne vazife olmayan işlere burnunu soktuğu için öldürüldü. Dediğim gibi, George'un gemileri tüm tayfasıyla birlikte hep kereye otururdu–"

"Ama karaya oturmadı, değil mi?" Lemprière onun çevresinde döndü. "Siz kendinizi Şirket'te rahat bir işle güvenceye almışken gemi George ile birlikte dibe indi ve orada bir şey değişmedi, değil mi? Ancak bu kez onun kazanımları, kendisi ölmüş olduğu için suyun yüzüne yükselemeyecek, siz ise yaşıyorsunuz ve yardım etmeyeceksiniz!"

"Şimdi beni dinleyin," diye atıldı öteki adam, "Bay Smith ya da Lemprière, kendinize her ne ad veriyorsanız, istersem yardım ederim, ama gösterdiğiniz çabalar kendi gizlediğiniz şeyleri güvenceye almaktan başka bir amaca hizmet ediyormuş gibi havalar takınmayın. George bazı –bazı *işleri*– bildiği için öldü, o halde sırada siz varsınız. Daha önce, yaşamımı George uğruna fırlatıp atmadım ve şimdi de bunu yapmayacağım. Size iyi günler, Lemprière ve iyi kurtuluşlar." Theobald topukları üzerinde döndü ve sokaktan aşağıya hızlı adımlarla uzaklaştı.

"O sizin gibi yüz adama bedeldi!" diye tükürdü adamın ardından.

Theobald'ın sözleri, adam gemi hakkında yanılmış da olsa, kendisini etkilemişti. George'un, *Falmouth*'un yeniden ortaya çıkışından kimseye söz edecek zamanı olmamıştı. Kişisel çıkarlarınız, diye ileri sürmüştü Theobald. George'un sözleri, yaklaşık son sözleri, geldi aklına: *Eğer bu kriz sizseniz... Anlaşma, John, garip sorular getiriyor akla... İzleniyorum*. George kendisini uyarmanın gerekli olduğunu bile düşünmüştü: *Beni gözetliyorlarsa, o zaman sizi de biliyor olmalılar*. Ama yanılmıştı. Tam tersiydi. Kendisi, Lemprière götürmüştü onları George Peppard'a. Ve onları cinayete yönelten şey gemi değildi. Geminin varlığını yalnızca ikisi biliyordu. Ve eğer neden *Falmouth* değilse, o zaman tek olasılık kalıyordu. Anlaşmadaki bir şeydi.

Sonraki günler boyunca hava daha açık ve soğuktu. Şubatın ikinci yarısında acı bir rüzgâr esti. Peppard ölmüştü. Bu olgu her geçen gün Lemprière üzerindeki etkisini artırıyor, zaman ilerledikçe zihninde bir başka görünümü daha açığa çıkartıyordu. Kavrayışının gergin zarı yükün ağırlığı altında çöküyor, alttaki öteki yüzeylere hafifçe dokunuyordu. Lemprière'in düşünceleri Dul'a uzanıyor, sonra kendi kendisine ve gecenin içinde sürüklenip uzaklaşan o yüze dönüyordu, *evet, o gece*, diye düşünüyordu. *O evlenebilirdi, son şansı, bu döngüyü tamamlayabilir, en istediği, öncekinden daha çok gereksinme duyduğu şeye yine ulaşabilirdi*, bu arada kendi şansının dönüp araba penceresiyle çerçevelenmiş durumda belirsiz bir gecenin içine doğru uzaklaşıp gittiğini görüyordu. Yitik miydi? Hayır, sonunda her şey dönüp geri gelecekti. Ama ortada o et ve kan yığını vardı, Peppard'ın bedeni, onun kendi döngüsünün sonuydu. Yarıda kesilmişti: Kırık bir çemberdi ya da her şeyin başında hiç çizilmemişti. Peppard, skandal ve utanç yılları boyunca özlemini çektiği kadına en sonunda neredeyse ulaşmak üzereyken, o kendisinden uzağa düşmüştü. Lemprière, Juliette'i düşündü. Peppard'ın bedeni suyun yüzeyini delmiş ve yavaşça derinliklere inmişti; katilinin inip kalkan darbeleri gözlerinde resimlenen boğulmuş bir gemiciydi, kâğıtları ve açıklamalarını göğe doğru yükselen ışık sütunları gibi fırlatan ufak adam, bir tiyatro sahnesinde yağmur fırtınası gibi yağan konfetiydi. Soğuk bir gerçek bekliyordu. Kayıp giden suların ve gecenin içinde, kişilerin içine saklanmış duruyordu. Bu, ölü adamlarla, yitip giden ve sonra bulunan bir gemi arasındaki bir anlaşmaydı. Juliette'ti.

Rosalie'yle karşılaşmasından sonra, Lydia'nın Domuzeti Klübü'nde para kesesini çabucak aşırmasının ardından kolaylıkla zarar görebileceğini dikkate alarak, altın mühür yüzüğü sandığının içine saklamıştı. Yüzüğün çentikli yüzeyi şimdi sabah güneşini yansıtıyordu. Kaba bir "C" idi. Lemprière'in sandıktan çıkartarak incelemiş ve konu dışı olduklarına karar vererek ayıklamış bulunduğu mektuplar, belgeler, kesilmiş kupürler ve kâğıt parçalarının üzerinde geçici bir kâğıt ağırlığı gibi duruyordu. Sandık ise yanında yerdeydi, kapağı açıktı. Önünde incelenmeyi bekleyen bir kâğıt yığını vardı. Yere çökmüş oturuyordu, bacaklarından biri uyuşmuştu.

"*A, Açgözlülük* ve John Şirketi'nin gemilerini yakıp kavuracak, beş para etmez paçavralardan oluşan vaatlerini buruşturacak ve adamlarını kaba saba bir arabaya doldurup kendilerine uygun kokuşmuş nesnelerden oluşan giysilere bürünmüş durumda asılmaya gönderecek olan öfke *Ateş*'i içindir. *B* ise *Berbat piçler* içindir, çünkü bunların hepsi berbat birer piçtir, doğumla elde ettiği haklarını çok az bir ücret karşılığında yabancı uyruklu bir orospu, onun yeni soygunları, hırsızlıkları ve cinayetleri uğruna satan John Şirketi de öyle..."

Asiaticus'un Şirket'e karşı duyduğu öfkeydi bu; Alice de Vere'in kendisine vermiş olduğundan bir önceki ilk kitapçıktı. Lemprière, kitapçıktan taşan öfke selini üstünkörü inceledi. John Şirketi ve yabancı uyruklu orospu, Rochelle'deki ilk tüccarlar ve yatırımcılar olabilir miydi; "doğumla elde edilen haklar" da ayrıcalıkları mıydı? "Kaba saba araba" ufak bir grubu simgeliyor olmalıydı. 1620'lerde, Şirket'e bağlı yüzlerce ya da binlerce çalışanı kapsaması olası değildi. Bunlar bazı mesajlar olmalıydı, ama ilk kitapçık da ikincisi gibi açıklama yapması gereken yerde belirsizleşiyor, suçlamalarını ortaya koyması gerekirken öfke saçıyordu. Gizemli Asiaticus'un kimliği sorunu Lemprière'i, gizlerinin düşkırıklığı uyandıran içeriği kadar tedirgin ediyordu, ama her iki konu da bir adres peşinde olan o andaki araştırmalarının kapsamına girmiyordu.

Adamakıllı araştırıyordu, önünde biriken kâğıt yığını, babasının kâğıtlarından çoğunu eledikçe azalmaya başlamıştı. Üst üste yığın iki kez çökmüş ve mühür yüzüğü her ikisinde de yatağın altına kaymıştı. Bir karalama iyice kapalı olmayan kapının altına doğru kaydı. Theobald Peppard'a karşı yaptığı, Neagle'ın gemisini bularak arkadaşının adını temize çıkartacağı yolundaki öfkeli ve üst perdeden konuşma şimdi kendisine daha çok bir esinti gibi geliyordu. Üstelik, eğer George'un ölümünün bir nedeni var idiyse, bunu açıklayacak olan şey anlaşmaydı. *Anlaşma değil, anlaşmanın ardındaki öykü,* demişti Peppard.

Araştırmayı sürdürdü. Sararmış iplere sarılı kalın bir mektup destesi açıldı, yayıldı ve kımıltısız bir çağlayan gibi olduğu yerde kaldı. Aradığı mektubun bu bağlanmış destenin arasında olmadığını biliyordu – o gece, Domuzeti Klübü'ne gitmeden önce bunlara göz atmıştı. Sırf meraktan zarfların içindeki mektupları birbiri ardına çıkartmaya başladı: Soluk bir mürekkeple *Charles Lemprière, Rozel Malikanesi, Jersey Adası* yazılmıştı her zarfın üzerine.

Bu iletişim, bir dizi şaşırtıcı kişiden gelen bilgileri içeriyordu: rahipler, evde kalmış kızlar, denizciler, iflas etmiş kişiler, Tur'dan[1] dönen ikinci oğullar, onların eğitmenleri ve dans öğretmenleri, kroki çizimcileri ve gemi yapımcılarından gelmişti bu mektuplar. Babasının onlara ne sormuş olduğunu bilmeyen Lemprière yalnızca bu yanıtların gerisindeki amacı çıkartmaya çalışabiliyordu. Adamın biri bir tazı tuzağına düşüp bileğini kırmıştı. Bir başkası, Saint Malo Limanı'nın dört yıl önce dört buçuk metrelik bir drafta sahip olduğunu, ama artık bu konuda emin olmadığını yazıyordu. Bir üçüncüsü Cebelitarık Boğazı'nı kürekle geçmiş ve akıntıların gelişi güzel bir diagramını çizmişti. Bunun gibi ondan fazla mektubu inceleyen Lemprière, babasının araştırmalarının giderek daha karmaşıklaştığını ve o ölçü-

---

[1] Tur: Eskiden okul yaşamının son döneminde soylu çocuklarının Fransa, Almanya, İsviçre ve İtalya'yı dolaşması. (Çev.)

de de anlaşılabilir olmaktan uzaklaştığını görmüştü. Geri kalanlarını açma zahmetine girişmedi.

Zarfı olmayan bir mektup karışmıştı bunların arasına. Gerçekte bir mektuptan çok bir taslağa benziyordu. Delikanlının hemen tanıdığı düzgün el yazısının üzeri yer yer çizilmiş, düzeltmeler yapılmıştı. Bu destedeki mektuplar içinde babasının yazmış olduğu tek mektuptu bu. İlk tümceden sonra Lemprière gözlüklerini çıkarttı, sildi ve yeniden taktı. Sayfanın sonundaki imzaya baktı. Masasının başına geçti, oturdu ve okumaya devam etti. Bir çok kez durdu ve derin soluklar aldı. Mektubun sonunda, oğlunun gözünde, baba artık farklı bir adam olmuştu. Mektupta şunlar yazılıydı,

Benim sevgili Marianne'ım,

Southampton'daki bu odada sana bu mektubu yazmakta olduğum şu sırada, senin kocan ve seni aldatan adam olduğumun bilincindeyim, her ikisi de benim. Yalnızca birincisi olmayı yaşamım pahasına ne kadar isterdim, ama bu olası değil. Her ikisi de benim.

Karıcığım, bu kadarını sen de biliyorsun, ama ne zaman ve nerede ve nasıl olduğunu bilmiyorsun. Niçini şu anda beni aşıyor, ama sana geri kalanını açıklayacağım, o zaman beni, önündeki olaylara ve koşullara dayanarak dilediğin gibi yargılayabilirsin. Sana bu öyküyü en basit biçimiyle anlatacağım, bunun sana verdiği acı, beni de incitiyor ve bu mektubu gerçeğin verdiği acıyla kıvranarak yazıyorum. Ama bunu yapacağım. Sana bunu ve daha pek çok şeyi borçluyum.

Paris'teydik, Jake ve ben duvar kâğıdı fabrikası işinde battığımız zamandı (bu ne denli aptalca bir girişimdi!). Yolculuğumuzun son günü'ydü– o sabah satın alacağımız fabrikayı bulmuş ve tüm öğle sonrası boyunca bunu kutlamıştık. Lokantada –Puy'da– epeyce yiyip içmiştik (Marianne, bu şeyleri öğrenmeyi isteyip istemediğini bilmiyorum, ama şimdi sana her şeyi anlatmak zorundayım). 1769'un Aralık ayıydı, bildiğin gibi. Bu ikindiyi izleyen gece, anlatamayacağım kadar garip bir geceydi.

Lokantadan ayrıldıktan sonra neşem yerindeydi, ama Jake'ın yüzü asılmıştı, içkiden sonra her zaman böyle olurdu. Yağmur yağıyordu. Rue Saint Martin'den aşağı yürüyüp, Pa-

rislilerin dediği gibi, Marché de Innocents'i geçtik ve ötesindeki tüm dar sokaklara daldık. Pazar yerinden ayrılırken, Jake arkasına döndü ve arkamızda yağmur altında duran birini gördüğünü sandı. Adam epeyce uzaktaydı, ama sarhoşluk içinde bile ben de onu yeterince açık bir biçimde gördüm, sanırım. Ben o sırada Seine Nehri'ni bulma gereksinmesi içindeydim, ama Jake beni bir meyhaneye çekti, burada da karanfilli sıcak şarap içtik, ben bundan iki bardak içmiştim. Marché des Innocents'de görmüş olduğumuz adam kısa bir süre sonra meyhanenin içinde belirmişti, görünüşe göre bir Hintli idi. Ben onu işaret edince Jake korkuya kapıldı. Marianne, tüm bunlar bu öyküye özür bulmak için, bir ön hazırlık olarak anlatılıyor gibi görünebilir, ama hepsi birbirine bağlı, yemin ederim. Bir biçimde, tüm bu olayların daha sonraki olay üzerinde belirleyici bir etkisi oldu, beni bağışla. Her neyse tavernayı, nedenini anlayamadığım büyük bir kargaşa içinde terk ettik. Yağmur daha yoğunlaşmıştı. Jake'de oloğandışı bir hal vardı, sokak boyunca beni çekiştirip duruyordu. Oldukça sarhoştum ve bu acelesinin nedenini anlayamıyordum. Sonradan bana bu Hintli'nin bize bir kötülük yapmaya hazırlandığını anlattı, ama bunu nasıl bilebildiğini hâlâ anlamış değilim. Jake oralardaki sokaklarda sığınabileceğimiz bir yer aradı, ama tüm evler karanlıktı. Koştuk, koştuk, bunu anımsıyorum. Ben tökezliyor ve küfrediyordum, Hintli hâlâ arkamıza düşmüş durumdaydı. Böylece o Kırmızı Ev'e vardık. Sığınabileceğimiz tek yer orasıydı, tepeden tırnağa sırılsıklam olmuştum, içki yüzünden sendeliyordum. Şimdi burada oturmuş, sana, karıma yazarken, yalnızca olan bitenin bir bölümünü anımsayabiliyorum. Kırmızı Ev kötü ünü olan yerdi –bir genelevdi kısacası– ve oranın Madam'ı, yalnızca sığınacak bir yer aradığımız halde, bizi müşteri sandı. İçinde, evdeki kadınların dolandığı bir salon vardı, böyle diyorlardı oraya. İçeride ateşler yandığını anımsıyorum. Çok ısınmıştım. Orada bir iki kadeh daha içtim. 'Kontes' adını verdikleri bir kadın vardı, merdivenleri sendeleyerek çıktığımı anımsıyorum ancak. Daha sonraki anım, Jake'in beni sarsarak uyandırması ve beni sırtına vurup oradan uzaklaştırması olmuştu. Kadın gitmişti ve başıma neler geldiğini hiçbir biçimde anımsamıyordum. Bizi buraya dek kovalayan Hintli'ye ne olmuştu, bilmiyorum.

Öykünün gerisini biliyorsun; o gecenin sonuçları beni Paris'ten Jersey'e hatta evimizin içine dek izledi. Gönderdiğim paralar onun, her ikisinin, gereksinmeleri içindi, bunu söylemeliyim ve Paris söz konusu olduğunda bu konu burada sona eriyor. Marianne, çocuğu hiç görmedim ve asla görmeyeceğim. Bu odada, tümüyle benim neden olduğum bir utanç içinde oturuyorum. Elimde olsa her şeyi silip atardım, ama bu olası değil. Eğer sen istersen, burada kalırım. Senden beni bağışlamanı isteyemem, ama belki yalnızca unutabilirsin.

Tüm aşkımla, kocan,
Charles.

Kadın kuşkusuz bağışlamıştı onu. Charles pişman, değişmiş olarak geri dönmüştü, şimdi de oğluna dönüyordu, yine değişmişti. Lemprière mektubu okudukça, babasının kafasındaki ürkütücü görüntüsü düşüp uzaklaştı, yerini çaresiz ve şanssız bir yetişkine, sevgi dolu bir kocaya, yabancı bir limanda tek başına korku içinde kalmış bir adama bıraktı. Delikanlı aynı zamanda bu görüntüde, elinde olmadan, Charles'ın ve Jake'in haylazlıklarından –içki, yağmur ve kadınlar– izler görüyordu. Domuzeti Klübü'ndeki kendi deneyimlerini andıran bir şeyler. Jake'in yıllar önce babasına yapmış olduğu gibi, Septimus da kendisini dışarı taşımıştı. Ortaya çıkan ürün için de bir düşüncesi vardı –şöyle bir değinilip geçildiği için neredeyse delikanlının gözünden kaçacaktı– kendi erkek ya da kız kardeşi Paris'in kenar mahallelerinin bir yerlerinde yitip gitmişti. Garıptir ki, sanki öteki yorumsal bir varlık ya da "Kontes"in para için uydurduğu bir şeymiş gibi, kendisini hâlâ kuvvetle tek çocuk gibi duyumsuyordu. Para. Marianne bu yüzden anlamış olmalıydı. Bütçeyi her zaman o düzenlerdi.

Geri kalan kâğıtları çabucak enine boyuna araştırdı. Evet, haklıydı. Paranın alındığını bildiren faturalar gönderilmiş, gelecek ödeme için çekler ciro edilmişti, *reçue par Madame K., 43, Villa Rouge, Rue Boucher des Deux Boules, Paris,* yıllar ve aylar boyunca uzayıp giden bir diziydi bu. Annesinin sonunda anlayabileceğini düşünememesi babasının saflığını gösteriyordu, böyle düşündü Lemprière, adam sanki karısının anlamasını istemişti.

Annesi ilişkilerinde her zaman, kendi evini oluşturan bir adada geçen bir yaşamın kesin sınırlamalarını yansıtmıştı. Bu sınırlar içinde her zaman özgürce ve koşulsuz olarak sunulan annelik ve eşlik sevgisinin narin dış çizgileri sarmıştı kendilerini. Ama bu sınırların aşılmaya kalkışılması tümüyle farklı bir hayvanı ayaklandırırdı, seyrek görülen bir öfke ifadesi yüzünde canlı izler bırakmıştı. Babasını, o gri-mavi gözlerin kırmızıya dönüşmesini izlerken düşündü ve içgüdüsel olarak eli cebine gitti. Sonra durdu. Lemprière elini yer tahtalarının üzerine çarptı ve Peppard'la vedalaştığı o geceyi düşündü yine, evden birkaç metre uzaklaştıktan sonra durduğunu, cebini yokladığını anımsadı. Madalyonu Peppard'ın masasının üzerinde açık durumda bırakmıştı. Onu almak için geri dönebilirdi, ama dönmemişti. Geri döndüğünde gözlerini odada gezdirmiş, cesedi görünce donup kalmış, şok olmuştu. Madalyon orada olsaydı, görebilir miydi? Kuşkusuz evet. Masa tam önünde duruyordu. O halde oradan kaldırılmıştı. Alınmıştı. Sir John tarafından mı? Hayır, çevrede "herhangi bir kimse bulunup bulunmadığını sormuşlardı." Ellerinde bir ad yoktu. Peppard'ın katili her kim idiyse, pirinç madalyon şimdi onun elinde olmalıydı, bu madalyonun üzerinde kendisinin adı vardı. Lemprière. Soğuk gözlerin yazıya bakarken nasıl ışıldadığını, kendisinden gelebilecek tehlikeyi, kendisinin susturulmasının gerekliliğini tartışını imledi.

Bekle, bekle, bekle, dedi kendi kendine. Eğer anlaşmayı elinde tutan kişi katili Peppard'a yönelttiyse, o halde bu kişi zaten mimlenmiş durumdaydı. Zaten, ayırt edilmişti. O belirtisiz bir taşımacıydı, ancak dokunduğu kimseler zarar görüyordu. O zaman bu odada tek başına kaldığı, babasının hayaletinin tüm sorunlarını da beraberinde taşıyarak havalanıp uçtuğunu, etere karıştığını, bu sorunları, kendi özel kirlenmesinden söz eden pek çok veba işareti gibi yukarıya gönderdiğini düşlediği o ilk geceyi düşündü. Bataklık. Sözlüğü aracılığıyla yaptığı tüm o şeytan kovma işlemlerine, tüm iblislerini hizaya sokma çabalarına karşın onlar hâlâ orada, kendisinin içindeydi, kendisini masumların kanıyla çevrelemek için uçuşup duruyorlardı: Babası, boşa çıkmış bir yakarıyla suçlayan kolunu göklere doğru uzatırken yüz üstü yuvarlamıştı; yukarıdan üzerine erimiş altın boşalan, çukurun içindeki o kadın; ve George, yatağın üzerinde bir kan yığını halinde yatan arkadaşı. Ağıza alınması bile ölüme yol açan bu şeylerden kime söz edebilirdi. Bunları yalnızca Septimus duymuş ve hayatta kalmıştı. Septimus'u koruyan şey neydi? *Peppard'a güvenebilirsin.* Bu sözler taşıdığı önemle ağırlaşmış, ama açıklığa kavuşmamıştı. Bu, bir tür işaretti. Kendisine Septimus tarafından gönderilmiş, kendisi tarafından kabul edilmiş, ama kusurlu olarak anlaşılmıştı. Olayın vurgusu bunların tümünün ya da herhangi birinin üzerinde yoğunlaşıyor, bunları yeniden biçimlendiriyor, şu ya da bu yana çekiştiriyordu. Septimus açıkça her şeyden önce Peppard'la görüşmesi gerektiğini anıştırmıştı. De Vereler'le yaptığı her iki buluşmayı da o düzenlemişti. Sözlüğü konusunda ona yardımcı olmuştu. Bunu Septimus ayarlamıştı.

Sabah ilerleyip öğle sonrasına dönüştü. Düşünceler içinde yitip gitmiş olan Lemprière kent kiliselerinin gün ortası şamatalarını duymadı. Araştırmaları düzensiz bir biçimde ilerliyordu. Kâğıt parçaları tembelce çevriliyor, dikkatsizce inceleniyor, pişmanlık duyulmadan bir yere atılıyordu. Babası, delikanlının incelemelerinin ışığında birer birer açılan, dışarı doğru ışıyarak ölü adamın izlemiş olduğu patikayı açığa çıkartan ve artık terk edilmiş bulunan bir koridorlar topluluğunun doruğu olmuştu. Tümü, oğlunun daha önce hiç de öngöremediği görünümleri simgeliyordu. Araştırmalarını sona erdiren nesneyi bulduğunda saat üçü geçmişti.

Charles çalışma odasında, yakın, uzak ve ötelerdeki görünmez kişilere sorular, notlar ve mektuplar yazmıştı. Bunlarla, Fransa'nın batı kıyıları konusunda yazışmış, özellikle, bu kıyılardaki limanları ve dört yüz ton su çeken gemilerin yanaşmasına uygun olup olmadıklarını soruşturmuştu. Bu, körü körüne girilen bir koridor daha olmuştu delikanlı için.

Lemprière, Southampton Sokağı'ndaki kendi geçici çalışma odasında oturmuş, bir zarfı çevirip bakmıştı. Zarfın arkasında, düzensiz bir el yazısıyla *Kaptan Ebenezer Guardian* (emekli), *Karga Yuvası, Pillory Lane, Wapping* diye yazılıydı, babasının daha önce yapmış olduğu soruşturmalar konusuna, sonra Peppard'ın gemisine –bu Neagle'ın gemisi anlamına geliyordu– *Vendragon* ya da *Falmouth*'a, bunlardan biri ya da hepsine bir geçiş izniydi bu zarf (bu neyi kanıtlayacaksa).

Emekli Kaptan Ebenezer Guardian tüm bu kargaşayı açığa çıkartacak mıydı? Cherbourg yarımadasının güneyinde kalan tüm limanlarla ilgili gizemleri ve Charles'in bunlarla ilgilenmesinin niçinini ve tüm bunların ortaya çıkmasının ana nedeni olarak da, geçen yirmi yıl boyunca ortadan kaybolan ve şimdi yeniden beliren bir geminin taşıdığı önemi açıklayacak mıydı? Lemprière ceketini giyerek, mektubu cebine koyar ve yola koyulmaya hazırlanırken bu pek olası gibi görünmüyordu.

* * *

Temel bir sorundu. Malzemenin (tahta) sınırlı yapısı tasarımlama evresinde karmaşık sorunlar yaratıyordu. Gereksiz yere her şeye burnunu sokan, şu herkesin yaka silktiği Lübeck gümrüğünün sorumluları güverte bölümüne zorunlu vergi salmışlardı, böylece herkes güverteleri elden geldiğince kısıtlıyordu. Aynı zamanda, Zuider Zee'nin sığ sularından geçmek ise geminin olabildiğince az drafta sahip olmasını gerektiriyordu. Kaptan Guardian, Karga Yuvası'nda, yoğun bir ateşin karşısında oturmuş, bu sorunları düşünüyordu.

Açıkça ortadaydı, Zuider Zee'den geçmek için düz altlı bir gemi gerekiyordu, eğer bu, ambarları kâr sağlamaya yeterli kapasiteye sahip ve aşırı şişkin karinası sudan yükselerek, dikine ve iç bükey olarak güverte bölümüne bağlanan bir gemi ya da kısaca bir fluytsa, bu durumda Lübeck'in vergi toplayıcılarının güverte alanını kısıtlayan şu haksız zorunlu vergisinden sıyırtmış oluyordu. Bu gemi, önden bakıldığında, yukarıya doğru dikilmiş, direkli, şişkin bir üçgene benzeyecekti: Yüzen bir ambardı aslında. Sorunlar boldu: Yeterli genişlikte bir güverteye sahip olmayan fluyta insanlar nasıl çıkacaktı? Ve, geniş ambarları patlayıncaya dek doldurulduğunda, aynı yük nasıl boşaltılacaktı? Guardian hayalinde, menteşeli başkasaralar[1] ve yukarı çekilerek açılan bir köprü mekanizması icat etti, ama bu fluyt kaba saba çirkin bir şey olmuştu. Ne de olsa bu geminin safraya

[1] Başkasara: Eski tüccar gemilerinde ön üst güverte. (Çev.)

pek gereksinmesi yoktu. Bordasında bol miktarda tüylü kalaslar kullanılması gerekiyordu. Kaptan Guardian içini çekti. Kalaslardan nefret ederdi ve bu projeye hiç kafa yormamış olmayı bile istedi, bu sırada kapının ötesindeki dar merdivenin üzerine asılı ufak pirinç çan birden çalıverdi, aşağıda bir konuğu olduğunu bildiriyordu. Eben katılaşmış eklemlerini zorlayarak merdivenlerden aşağıya aceleyle indi, gelenin kimliğini merak ediyordu. Kapıda, köşeli, uzun boylu, pembe bir ceket giymiş, gözlüklü biriyle karşılaştı, adam elini uzattı ve hemen konuşmaya başladı.

"Efendim, ben–"

"Kim olduğunuzu anımsadım," dedi Eben. "Siz Charles Lemprière'in oğlusunuz. Adınız John'du, değil mi?" Uzatılan eli sıktı. "Gelin, gelin. De Vereler'de hepimiz sizi aradık, biliyor musunuz? Kötü bir olaydı, o. Gelin. Yukarıya çıkalım." Kaptan Guardian, yukarı çıkıldıkça daha da daralan, dar bir merdiven boşluğunu işaret ediyordu, çıktılar, Kaptan Guardian son basamağın duvarları arasından sözcüğün tam anlamıyla, büzülerek geçti, oysa konuğu duvarlara değmemişti bile, bu merdiven her ikisini de soluk soluğa bırakarak, kâğıtlar, çizimler ve sayfa kenarları bükülmüş tanıtım kitaplarıyla dolu ve içinde ufak bir ateşin neşeyle yandığı, dört penceresi çevreyi her noktasıyla gözler önüne seren bir odaya çıkartmıştı. "Tam bir Karga Yuvası," dedi Kaptan Guardian. Ve konuğuna oturması için bir yer gösterdi. Lemprière bacaklarını toparladı. Eben konuğuna baktı. Gergin bir zayıflıktaydı, De Vereler'deki o gün, kırılmış merdiven kalıntısının arasında örümceksi, komik bir görüntüsü vardı. Fiziği yine aynıydı, ama şimdi duruşunda gülünecek hiçbir şey yoktu. Gergin görünüyordu. Onu rahatlatmak gerekti. Eben babasının havasından hoşlanmıştı, görünüşe göre gerçekçi bir adamdı. Fluyt bekleyebilirdi.

"Babanızın ölümünden ötürü üzüntülerimi bildiririm," dedi ve genç adam bunu ciddi baş eğişiyle kabul etti. "Nasıl olduğunu merak ediyorum–"

"Av kazası," dedi Lemprière çabucak. "Korkarım, sizinle olan randevumu kaçırdım."

Randevu, diye düşündü Guardian. De Vereler'in evinin önündeki randevuydu, kuşkusuz. "Önemi yok, hayır, nasıl olsa sizi bulabilmek için peşinize düşmüştük." Fluyt, Guardian'ın düşüncelerinde yeniden yüzeye çıktı. Lombar deliklerine benzer lombar kapakları, ama yeterince büyük, yükleme yapmaya yetecek büyüklükte. Bu, işe yarardı. Ayrıca, insanların geçebilmesi için rampa görevi de görürdü.

"Merak ettiğim bir şey var," diyordu genç adam, "babamın size yazdığı mektuplar hakkında konuşmak istedim."

"Kuşkusuz. Öyle yapmalısınız. Hayranlık uyandıracak bir adamdı, sizin babanız. Limanlar ilgisini çekiyordu."

Charles Lemprière, Eben'in merakını körüklemişti. Gemi oluşturmak başka bir işti ve büyük bir işti, buna kuşku yoktu. Ama iş pek burada bitmiyordu. Yüklemek, yüzdürmek, dümeni kullanmak, seyir yapmak, tüm bu eylemler gemiyi dokuna, limanına, denize, denizin kaprislerine ve her şeyin ötesinde yıldızlara bağımlı kılıyordu. Tüm bunlar bu olayın can damarıydı. Zorunluklar da öyle, ama tüm bunların geminin tonajıyla ve gemideki tayfanın istekliliğiyle dengeli olması gerekiyordu, gerçek bir gemi buydu. Burundaki manacaları[1] göğüsleyen, burnunu kumsal sığlıklarına merakla sokup ilerleyen dinamik bir hayvandı o, limanları evi olarak kabul eden, bir kent eviyle, kil ve çamurla sıvanmış bir kulübe kadar bir diğerinden farklı canlı bir şeydi. Eben, Karga Yuvası'nın tıka basa dolu raflarını araştırdı.

"Fransa'nın batı kıyılarındaki limanlar. Dört yüz tonluk bir gemiyi barındırabilecek herhangi bir yer. Babanız, bu büyüklükte bir geminin düzenli olarak kıyı ticareti yapmakta olduğuna inanıyordu. Bu bana pek olası gibi gelmedi. Genç adam anlamamış gibi bakıyordu. "Çok büyük," diye sürdürdü Eben. "Kıyı ticareti nehir anlamına gelir. Buralarda seyretmek güçtür ve Fransa söz konusu olduğunda, oralarda hiçbir gemi yelken açamaz, orada rüzgârlar doğudan, batı kıyılarından içeriye doğru eser." Delikanlı yine anlamamış gibi görünüyordu. "Yelken açamazsınız," diye heceledi Guardian. "Akıntıları kullanmak zorundasınız. Bu büyüklükte bir geminin ise büyük bir akıntıya gereksinmesi vardır ve üstelik buraları çok sığdır. Loire akın-

[1] Mancana: Gemilerde içme suyu koyulan küçük fıçı. (Çev.)

tıları batıya yöneliktir, ama batı kıyılarından başlamaz. Rhône Arles'e dek iyidir, ama ondan sonra, eh... deniz haritaları işe yaramaz, gerçek sorun işte bu. Nehir yatakları değişir. Derin bir kanal ertesi yıl bir kumula dönüşebilir. Kısaca, böyle bir şey olası değil."

"O halde babam tam olarak neyi öğrenmek istiyordu?" diye sordu Lemprière.

"Liman krokilerini," dedi Eben, "uygun drafta sahip herhangi bir liman."

"Özür dilerim, 'draft' nedir, ben bu terimleri pek–"

"Bir geminin taşırdığı suyun derinliği, bir geminin gereksinmesi olan derinlik." Eben daha fazla açıklamak amacıyla şömine rafının üzerindeki bir kabartıyı işaretledi. "Yapan adamın adı Anthony Deane. Bunu, masalları ve bu gibi şeyleri kullanarak oluşturmuş. Pek değerli bir şey değil. Charles, babanız, böylesi bir geminin demirleyebileceği limanları gösteren bir kroki istiyordu."

"Ve siz de ona anlattınız mı?"

"Eh, hayır. Bunları elde edebilmek için Hollanda'ya haberler gönderdim, orada eski dostlarım var... Her neyse, sonuncusu birkaç hafta önce geldi. Göndermeye de hazırlanmıştım. Tüm bu şeyler zaman alıyor." Kaptan Guardian kitap rafının yanında durmakta olduğu yerden ayrıldı ve odanın öteki ucundaki bir plan çekmesine doğru yürüdü, bu çekmeceye Lemprière'in masaüstü sandığı bir nesne dayalı duruyordu. Eben bunu yukarıya doğru çekti ve geriye doğru salladı. "Bu cilt yanlış yapılmış olabilir," diye homurdandı. Deri kaplı tabaka yere çöktü.

İkisi yere çömeldiler. Genç adam ağır kapağı kaldırıp Le Havre, Cherbourg ve Brest Limanları'nın krokilerine göz atarken Eben dikkatle izliyordu. Charles Lemprière heyecanını ve merakını aynı ölçüde birbiriyle bağdaştırmıştı. Ölü adamın mektuplarındaki ayrıntılı sorular daha büyük ölçekteki soruların çevresinde dolanır gibiydi. Emin olamazdı, ama tüm deneyimi kendisine dört yüz tonluk bir geminin Fransa kıyılarını uysalca kucaklıyor olmasının, eğer olanaksız değilse, en azından görülmemiş bir olay olduğunu söylüyordu. Dört yüz ton; bu bir okyanus gemisiydi. Böyle bir geminin kıyılarda ne işi vardı?

Lorient. Nantes. Adamın oğlu, Eben'in merakını giderecek hiçbir şey yapmadı. Bu ziyaretin içinde ölü bir adamın etkinliklerinden daha fazla bir şey vardı. Eben, son krokinin sayfasını çeviren genç adamı yan gözle süzdü. La Rochelle. Genç adam yere doğru bakıyordu, delikanlının daha önceki dakikalarda dikkatsizce olan ilgisi birden yoğunlaşmıştı. Rochelle, öyleyse, diye düşündü Guardian. Bu hayalet geminin vatanı Rochelle miydi?

"Güzel limandır o, en iyi türden üstelik."

Genç adam başını kaldırıp baktı, düşüncelerinden ayrılmıştı. "Tür mü?"

"Ah, evet," dedi Eben. "Doğal bir limandır. İyi bir deniz kulağından oluşan bir limanı al, aradan beş yıl geçsin, nehir onu balçıkla doldurup katılaştırır. Rochelle'de ise bu doğal hinterland var." Minimés ve Chef de Bay noktalarını işaret etti. "Kötü havayı kovar. Yaklaşması karmaşıktır, kuşkusuz. İki ada vardır, şurada ve şurada, ve bir çift çamur kıyısı, Pen Breton ve Le Longe, burada ve burada. Sonra, Richelieu'nün kanalı daraltan şu saçma kulesi." Lemprière başını kaldırıp anlamadan baktı. "Ana direğin tepesini görebilirsiniz, ama geminin geri kalanı kulenin ardında kalır. Derinlik iyidir, gerçi. Tek engel dalgakıran kalıntısı"

"Dalgakıran mı?"

"Kuşatma sırasında yapılmış. Richelieu limanın ağzını tıkamış. Şuralarda gemileri batırmış," –Guardian en dar noktaya eliyle bir çizgi çekti– "ve bunun hemen arkasına bir dalgakıran yaptırmış, bir tür deniz siperi. Bu siper kenti kurtarmak için geçmek isteyen İngiliz gemilerini durdurmuş. Bu yıllar önce olmuş, ama hâlâ şu berbat şeyin kalıntıları var orada."

"Bin altı yüz yirmi yedi," dedi Lemprière. Plana bakıyordu.

"Evet, sanırım öyle. Ama La Rochelle, Richelieu için Avrupa'nın en iyi limanlarından biri olacaktı. Bu yalnızca benim düşüncem, kuşkusuz." Genç adam liman çizgisini eliyle izledi. "Limanın kendisi deniz kulağının ağzından uzakta; bu iki kulenin arasından geçip doğrudan kentin içine boşaltıyorsun yükünü. Doğal olarak gel-giti kullanıp giriliyor içeriye." Bu gözlüklü ziyaretçi bir garipti, söylediklerini dinliyor muydu acaba?

"Biçimi," dedi Lemprière boş bir sesle, hâlâ limana bakıyordu. "Ben bu biçimi biliyorum."

"Ne? Nereden biliyorsunuz?"

"Özür dilerim, öyle sandım... yanılmış olmalıyım." Genç adam düşüncelerini toplamaya çalışır gibiydi. "Ve La Rochelle dört yüz tonluk bir gemiyi barındıracak kapasitede öyleyse, değil mi?"

"Hiç kuşkusuz. Suların iyi bir gel-gitle yükselmesi size dört, beş kulaç derinlik sağlar. Bu, yeterinden fazladır bile. Sanırım, babanızın gerçek sorusu bu değildi, kuşkusuz."

"Hayır."

"Öyle mi?"

"Nasıl?"

"Önemi yok," dedi Guardian. Bu delikanlıyla, Lemprière'le baş etmek zordu.

"Demek istediğim, gerçek soru gemi hakkındaydı, değil mi?"

"Ah. Evet, evet anlıyorum."

"Kıyı boyunca gidip gelen bu büyüklükte bir gemi," diye sürdürdü Eben.

"Ne yapıyordu? Daha doğrusu, ne taşıyordu?"

"Doğru," dedi öteki.

"Eee?"

"Hiçbir fikrim yok. Belki sizin bilebileceğinizi düşünmüştüm."

"Babanızın ne aradığı hakkında hiçbir fikriniz yok mu?"

"Hiç yok," dedi Lemprière inandırıcı bir tavırla.

Eben içini çekti, sonra kitabı kapattı. Başka bir gizem daha. Konu denizdi kuşkusuz. Ama neden bir gemi? Neden her şeyin temelinde her zaman bir gemi olurdu? Yerden kalkarken dizleri çıtırdadı, doğu penceresine doğru yürüdü.

Akşam oluyordu. Işık düşmeye başlamıştı. Gözlerini Thames'in Yukarı Havuzu'nda birbirine toslayan gemi yığını arasında gezdirdi. Neşesi birden kaçmıştı. Yasal rıhtımlar her zamanki gibi doluydu. Güneyde yayılmış iskeleler de öyle. Üç direkliler, ufak brikler ve şalopalar, birkaç kömür gemisi; bunların hepsi pruvadan kıça dek birbirlerine girmiş, yan yana duruyorlardı. Yalnızca rıhtımları birbirinden ayıran basamakların çevresi boştu. Mavnalar, nehrin ortasında kör balıklar gibi demirlemiş, daha büyük gemilere burunlarını beceriksizce dayamışlardı. *Vendragon*'un dışında kuşkusuz. *Vendragon*'un yanında hiçbir şey yoktu. Kaptan Guardian paytak paytak salınan iskelelere, rıhtımlara ve su kapılarına, direkleri ve donanımlarıyla daha büyük ve daha küçük teknelere, bunların, onarım gerektiren farklı düzeylerdeki durumlarına bakındı, aşamalar, öncelikler, farklı oylumlar gördü: Aralarındaki konum farklılıklarının –denizin tahta, yelken bezi ve halatlardan ibaret gizli dilini oluşturan– karmaşık alt bölümleri ve dereceleri denizin kaprislerine karşı farklı tepkilerdi. Her türlü denizin kendine özgü bir gemisi vardı, böyle söylüyordu gemi yapımcıları, deniz kendi yalanlamalarını hiç kayırmadan ve ayırım gözetmeden dağıtıyordu. Eben önündeki tekneleri sakin gözlerle süzüyordu. Bu kadar çok gemi ve tekne. Bu kadar çok gizem...

"Ne kadar çok direk var," diye ona katıldı genç adam. "Bu iyi bir liman mıdır?"

"Yalnızca bir barınak," diye onu düzeltti Eben. "Arada bir taraklamak zahmetine katlansalar, tabakhanelere ve su değirmenlerine boğmasalar iyi bir liman olurdu. Köprünün öte yanı tam bir su seddi. Dyce's Rıhtımı'nı gördünüz mü?" Eliyle işaret etti.

"Büyük teknenin yanaşmış olduğu rıhtım mı?"

Eben düşünceli bir tavırla dudağını ısırdı. "Büyük geminin, evet. Orası yıllar içinde bir buçuk metre su yitirdi. Diğer bazıları ise daha fazla. Gel-git burada etkili oluyor, hepsi yavaşça safra eksiltiyor. Berbat bir onursuzluk. Rıhtım Yönetimi yeni rıhtımlar yapılmasını yasaklıyor. Bristol'un cephesi Londra Limanı'ndan daha geniş, ama tonajı buranın dörtte biri, buna ne dersiniz?" Ama kendi kendine konuşuyordu. Genç adam Havuz'u gözleriyle tarıyordu. Ne istiyordu?

"Eliniz iyileşti, öyleyse?" Kazanın bıraktığı izlere bakıyordu.

"Tanrı'nın cezası dövme," diye yanıtladı Eben. Otomaton'un açtığı yara, etinde örümceksi kara çizgiler bırakmıştı, avucunun içindeki *Falmouth* yazısı, şimdi avucunun içine bir daha çıkmayacak biçimde yerleşmiş, onun bir parçası olmuştu. Genç adam bir kez daha pencereden dışarıya baktı.

"Bir arkadaşım var, vardı: George Peppard..." Bu ad Eben'in belleğinde hafifçe çınladı. Peppard, Peppard... Neagle olayı elbette. Peppard avukattı, gemiyle, *Falmouth*'la birlikte o da batmıştı. Bu ikinci Lemprière elinin içindeki yarayı görmüş, Maillardet'nin o garip makinesinin elindeki karalamayı almaya çalışmasının temel nedenini duymuştu. *Vendragon. Falmouth.* Aynı şeydi. Çocuk kendisine Neagle olayından, balinalardan söz ediyordu... Her şeyi anımsıyordu.

"Alan Neagle'ı tanıyan hiç kimse balinalar hakkında öyküye inanmamıştı," dedi delikanlı. Eben onun sözünü kesti, "O iyi bir denizciydi, neslinin en iyisi, ama ölçüsüz bir tutkusu vardı. Kendi karısına bile yalan söylemişti, değil mi?" Genç adam hâlâ konuşuyor, kendisine zaten bildiği şeyleri anlatıyordu. Neagle'ın gemisi uzaklarda, ardında hiçbir iz bırakmadan batmıştı, kuşkusuz. Neagle susturulmuştu, kanıt yetersizliği yüzünden bir sigorta yolsuzluğu davası açılamamıştı.

"Şirket bir skandalı göze alamazdı, onu, karısını ve karısının avukatını susturmak *zorundaydılar*..." Evet, evet diye düşündü Eben, sigorta yolsuzluğu. Çok kötü şeyler olmuştu.

Ama artık kanıt Londra'daydı, gözünün önünde, bir halat uzaklığında demirliydi, *Vendragon* ya da *Falmouth*. Neagle'ın yitik gemisi. Bunu haftalardır biliyordu, gemi ilk yola çıktığında Neagle'ı da tanımıştı. Ona gıpta etmiş, birazcık da hoşlanmamıştı. Açıkgöz ve sığdı. Güzel bir karısı vardı. Şirket tarihinde bir okyanus-aşırı gemiyi yöneten en genç kaptandı, parlak bir konuşmacıydı. Neagle'ı herkes tanırdı ya da herkes onunla ilgili bir şeyler duymuştu.

"Arkadaşım George, gerçeği söylediği halde, onursuzluğa uğratılmıştı ve sonra siz bana geminin burada olduğunu söylediğinizde, onun doğru söylemiş olduğu kanıtlanmış oldu. Ona yeni bir ad vermişlerdi, ama o hâlâ Neagle'ın gemisiydi. O, *Vendragon* değildi, değil mi? *Falmouth*'du."

"Yardımcı olduğuma sevindim. Eğer bir adamın adını temize çıkartabilirsem," diye başladı Eben, ters bir sesle.

"Yapamazsınız. Kimse yapamaz. İki hafta önce, kendisine sizden öğrendiğim şeyleri anlattığım o gece öldürüldü." Öldürüldü mü? Eben, tüm bunların amacını anlamaya başlamıştı. Onu Şirket öldürmüştü... Evet, buna inanabilirdi.

"Bir hırsızlık olayı değildi, hiçbir şey alınmamıştı. Bir rastlantı da değildi. Ona kendisine yardım edeceğime söz vermiştim. O gece, ona adını temize çıkartmasına yardım etmeye söz vermiştim." Sesi çatlak çıkıyordu. Yitirilen dostlar, Eben bunu anlıyordu. Yıkım ve acı, denizin üzerinde yolculuk yapanlara biçtiği bedel işte buydu. O halde, dostunu öldürmüşlerdi ve bu sırık boylu örnek adam onlara hesap soracak ve onları kolombire[1] gönderecekti. Çok iyi, çok iyi. Charles'in oğlunun niçin burada olduğunu şimdi anlıyordu. Bulmak amacıyla geldiği kanıt hâlâ gözler önündeydi, nehrin ağır ağır kabarmasıyla birlikte tık, tık, tık diye rıhtıma vuruyordu.

"Orada," Eben rıhtımı gösterdi. "İşte bu *Falmouth.* Neagle'ın gemisi işte bu."

Eben genç adamın öne doğru eğilişini izledi, burnu neredeyse cama değecekti. Hamallar çalışıyor, eskisi gibi, adamların birer ucundan tuttuğu kaytan saplı sandıkları rıhtım boyunca taşıyorlardı. Rıhtımın uzak ucundaki bir yük arabasından boyuna sandık boşaltılıyordu. Gözetlemekte olan iki kişiyi göremiyordu. Onlar giderek daha geç gelmeye başlamışlardı. Genç adamın yüzü gerilmiş, bakışları *Vendragon*'a dikilmişti. Bu sahnede olup bitenleri anlayamamış olmalıydı; evet görüyordu, ama işte o kadar.

"Eğer arkadaşınız, şu Peppard, öldürüldüyse, siz de tehlikede değil misiniz?" diye sordu Eben. Sandıklar yük arabasından gemiye taşınıyordu.

"Sanmıyorum, bu garip ve uzun bir öykü," dedi delikanlı boş bir sesle, gözleri gemiye ve sandıklara dikilmişti. "Onu niçin geri getirdiler? Neden şimdi?" Eben ona baktı. Bu ince yüzde meraktan daha fazla bir şeyler vardı.

"Geldiğinde boştu," dedi. "Yalnızca birkaç safrayı dışarı taşıdılar, başka bir şey yoktu. Ve geleceğini biliyorlardı. Gemi demirlenmeden bir hafta önce o rıhtım boşaltılmıştı. Bunun için ufak bir servet harcamış olmalılar."

"Uzun zamandır burada mı?"

"Aylardır. Aslında birkaç günde yüklenmiş olması gerekirdi. Bu, son derece yoğun bir rıhtımdır."

---

[1] Kolombir: Gemi direğinde çarmıkların kapele olduğu yerle destemora ya da direk şapkası arasında kalan bölüm, tayfanın ceza için çıkartıldığı yer. (Çev.)

"Sizce neler oluyor?"

"Benim küçük bir tahminim var. Orada çalışan adamlar Coker'ın adamlarıdır. Kiralanmış adamlar yani. Eğer bu yasal bir yük olsaydı, kendi sürekli adamlarını kullanırlardı."

"Bunu öğrenmeliyim," dedi birden genç adam ve Eben'in sesi odanın içinde yükseldiğinde neredeyse merdivenlerden aşağıya iniyordu.

"Hayır!" Genç adam durdu, çevresine sorgular gibi bakındı. Eben, onun Strand'da ya da Adelphi'de bulunmadığını, burada, doklarda karaya özgü yasa, kural ve kodların yıpranıp paçavraya dönüştüğünü genç adama nasıl açıklayacağını düşündü, çünkü kara suyun içine doğru uzandığında, gel-gitin hem kara hem de su olduğuna karar verdiği bir çamur yatağı oluyordu. Burası, dışarıdan gelen biri için, kendi kurallarına, kendine özgü özelliklere ve cezalara sahip bilinmeyen bir bölgeydi. Onu Havuz'un içine atabilirler, onu bir sandığın içine koyup çivileyebilirlerdi. Hiç düşünmezlerdi bile. O cahildi, yasalara karşı ahmakça davranan bir salaktı. Bilmiyordu. Ona bunu söylemeliydi.

"Onlar kaba tayfalardır, anlıyor musunuz?" dedi. "Hiçbir yanıt alamazsınız. Üstelik başınıza berbat şeyler gelir, beni anlıyor musunuz? Sorularınızla birlikte doklardan uzak durun. Bu iyi bir öğüttür, genç Lemprière–"

O anda, rıhtımdan gelen yüksek bir çatırtı ve bunu izleyen bir küfür salvosuyla sözü kesildi. İkisi de pencerenin önünde buluştular ve boyunlarını iyice görebilmek için uzatıp baktılar. Sandıklardan biri düşmüştü, sapı kopmuştu. Sap, yere çarpan sandığın içinden çıkan şeyin yanında kibrit çöpü gibi duruyordu. Bu, omzunda bir çömlek taşıyan bir figürü simgeleyen ve boyu bir buçuk metreden fazla bir heykeldi, dikilmiş duruyordu. Ambalaj samanları heykelin çevresinden ayrılıp yere dökülüyordu. Demek taşıdıkları şey buydu. Yapılı bir adam ötekilere bağırıyordu.

"Bu Coker," dedi Eben. İki adam gemiye koşup bir örtüyle geriye döndü ve bunu heykelin çevresine sardı. Önceki taşıyıcılar ve örtüyü getirenler bu yükü aralarında paylaşarak taşıdılar, heykel onların aralarında, geçici bir hamağın içinde salına salına yolculuğunu sürdürdü. "İşte!" diye uzattı parmağını Eben ve

Lemprière yalnızca, dok vinçlerinin arkasından çıkıp ilerleyen, karalar içinde, şapkasız, tel gibi bir adam gördü.

"Onu gördün mü? Yükü o gözetiyor."

"Kim o?"

"Bilmiyorum. Genellikle iki kişiler, biri ötekinden saklanıyor." Heykel iskele tahtasında, yolu yarılamıştı. "Coker emirleri bundan alıyor, öteki ise bir bilmece. Emirleri karalar içindeki adam veriyor." İkisi de baktı. Karalar içindeki adam başarılı bir biçimde yok olmuştu.

"O, Şirket'in adamı olacak," dedi Lemprière. Eben başını salladı, ikisi de emin değillerdi. Heykel ambarın içinde yok olmuştu. Sandık dizisi yine harekete geçti. "Heykeller," dedi Lemprière. "Bundan daha fazla bir şey olmalıydı. Belki ne heykeli olduğunu bilsem."

"Büyük bir çömlek taşıyan Neptün'dü," dedi Kaptan Guardian. "Bu çömleğin içinden, yapay bir mağarada olduğu gibi sular akması gerekiyor."

"Neptün mü? Ama elinde üç çatallı mızrak yoktu ki, siz nasıl–"

"Üç çatallı mızrak dökemezler. Bu çok önemsiz bir şey," dedi Eben.

"Özür dilerim ama, nasıl, nereden biliyorsunuz? Ben heykeli zor görebildim; ama–"

"Daha önce elli kez görmüştüm. Akar suyu olan her orta halli bahçe sahibinin havuz başında böyle bir heykeli vardır. Değersiz bir taştan oyulurlar, böyle yüzlerce heykel vardır. Bu da, dokuz gine, üç şilin ve on pens değerinde bir şey, eğer belleğim yanıltmıyorsa. Bu gemiye ucuz heykeller yükleniyor," diye güldü Guardian. "İşte şimdi bu gerçeği öğrendiniz." Genç adam gergin bir gülümsemeyle yanıt verdi.

"Bundan daha fazlasını öğrenmem gerek," dedi. "Her an yola çıkabilirler ve hiçbir şey öğrenemeden kala kalırım." Aşağıya, adamlara ve gemiye doğru bakıyordu. Guardian onun düşüncelerini okuyabiliyordu.

"Size bunu yapmamanızı söyledim," dedi. "Uzak durun. Eğer işin içinde bir aldatmaca varsa, Peppard'a yaptıkları şeyi, size de yaparlar. Şirket'le oyun olmaz."

"Şirket hain bir canavar," dedi genç adam acı bir sesle. "Soğuk bir sürüngen. Hiçbir şey yapmayacak mıyım?"

"Düzenli bir Asiaticus," dedi Eben güler yüzle. Bu Lemprière'in içine sız, onu sakinleştir. Aptallar acele eder... Onu şu kiralık tayfalardan uzak tut, keskin bir sona doğru ilerlemekten alıkoy. Ama konuğu şimdi onu garip bir bakışla süzüyordu, sakin değildi, ama etkilenmişti. Acaba neden?

"Asiaticus hakkında ne biliyorsunuz?" diye sordu genç adam keskin bir sesle. Guardian durup düşündü, delikanlının sorularının birden yön değiştirmiş olması onu şaşırtmıştı. Birkaç ay önce, rıhtımın biraz ötesindeki çamur yataklarında bulup yıkadığı kitapçıktan söz etti ona, baş sayfasında, özenli bir el yazısıyla, "Bir Defin Tezkeresi" yazılmıştı, yazarının iğneleyici sözleri, öfkesi, çamura bulanıp lekelenmiş, akıntıya kapılıp burgaçlanmış ve nehrin kıyısında sırılsıklam kendisinin eline geçmişti. Eve götürülmüş ve şimdi odanın öteki ucunda sönmeye yüz tutmuş bulunan ateşin ısısıyla kurutulmuştu, Guardian, Şirket'e karşı böylesi bir nefretle dolu bir şeyi okumaktan hoşlanmıştı. İşin aslında kendisinin de bu şirkete karşı pek sevgisi yoktu. Bir geç sonbahar ikindisi canlanmış, kendisini tek bir gecede çıkıp geliveren Safra Bozgunu'nun melankolisinden kurtarmıştı. Şimdi kitapçığı Lemprière'e verdi, delikanlı gözlerini öfke alfabesi üzerinde gezdirdi. Bu dört kitapçığın üçüncüsüydü. Yine açıklamalardan çok sözler veriyordu. Sözler ya da gözdağları.

"İşinizee yarayacaksa, sizde kalsın..." Lemprière buruşmuş, kurumuş sayfaları aldı. Evet, işine yarayacaktı, neye yarayacağını bilmiyordu, ama yine de. Teşekkür ederim. Gözleri yine gemiye döndü.

"Dinleyin genç Lemprière. Ben bu gemiyi gözleyeceğim. Şimdi onu rahat bırakın. Yelken açmaya hazırlanırsa, size haber gönderirim. Ve eğer buna zaman olmazsa, yönetimi ben ele alırım, anlıyor musunuz? Size söz veriyorum." Konuğunun yüzünde şimdiden kuşkular belirmeye başlamıştı. Verdiği sözleri bir de desteklemek zorunda mıydı? "Ben bu barınaktan çocukluğum ve yetişkinliğim boyunca tam kırk yıl yelken açtım. Eğer olaylar bu noktaya varırsa, gereksinme duyduğum adamları bulabilirim, inanın bana," diye sözünü güçlendirdi. Kuşkular yavaşça dağıldı. İkisi el sıkıştılar.

"Size borçluyum," dedi Lemprière ciddi bir sesle.

"Ah," Eben bunu elinin bir işaretiyle savuşturdu.

"İki adam demiştiniz, değil mi?"

"İki mi? Ah evet. Biri gördüğünüz adam. Öteki daha garip bir yaratık. Kara pelerinli, şapkalı–"

"Neye benziyordu?"

"Söyleyemiyorum. Şapka yüzünü kapatıyordu. Şöyle, geniş siperlikli bir şapka." Eben havada, başının çevresinde geniş bir çember çizdi. "Onu tanıyor musunuz?"

Lemprière şapkaları düşündü. "Hayır," dedi.

"Şimdi sorma sırası bende," dedi Eben. "Babanız gerçekte neyi arıyordu? Onun soruşturduğu şu gemi, neyin peşindeydi?"

"Keşke bilebilseydim, ama bu güne dek, bırakın gemiyi, bir limanı aradığından bile haberli değildim. Tüm içtenliğimle söylüyorum, ben de sizden fazla bir şey bilmiyorum." Eben bunu gönülsüzce kabullendi. Ateşi karıştırdı, sonra genç adam yine konuştu.

"*Falmouth*'un tonajı ne kadardı?" diye sordu birden. Eben gülümsedi.

"Evet," dedi, "dört yüz ton kadar bir şey olmalı."

"Babam bu tonajdaki bir gemiyi barındırabilecek bir liman arıyordu."

"Yalnızca bu limandan, bu tonajda otuz ya da kırk kadar gemi kalkıyor. Tüm öteki indianamanlar yaklaşık bu tonajdadır."

"Öyleyse babam bir indianaman arıyordu," diye bu olgunun üzerine atladı Lemprière.

"Bu büyüklükte daha pek çok gemi var, yüzlercesi–"

"Ama bunların çoğu indianaman. Demek istiyorum ki, ya babamın yitik gemisiyle Neagle'ınki bir biçimde birbirleriyle bağlantılıysa?"

"'Ya ikisi de aynı gemiyse' demek istiyorsunuz."

"Evet."

"Çünkü her ikisi de olasılıkla dört yüz tonluk gemiler."

"Evet."

"Ve her ikisinin de Şirket'le bir ilişkisi var, olasılıkla."

"Evet."

"Benim düşüncemi sorarsanız," dedi Kaptan Guardian, "bu, Lübeck'in saldığı gemi vergisinden sıyıran bir Ijmuiden yük gemi gemisi kadar olası. Ve," diye önemle ekledi, "bu da son derece olmayacak bir şey."

Gerçekten de öyleydi. Lemprière, Karga Yuvası'dan, Guardian'ın verdiği söz, yaptığı uyarı ve harita kitabıyla birlikte kısa bir süre sonra ayrıldı, kara deriden bir yelkenliye benzeyen kolunun altındaki kitabın genişliği elinin ulaşabileceği mesafeden iki santim kadar daha uzun olduğundan ancak iki elle ve yüzünden otuz santim uzakta tutulabiliyordu, bunu taşırken herhangi bir esintinin ya da diğer kent kargaşalarının acımasına terk edilmiş durumdaydı, böyle bir şey onu uçurup pat diye düşürebilir, kendi çevresinde döndürüp durdurabilir ve alabora edip narin sırtını tümüyle incitebilirdi. İşe bir de şapkalar karışmıştı: Çelik gibi el, Farina'nın yarattığı kargaşanın arasında kendisini çekip çıkartır ve ceketi yırtılırken –hâlâ onarılmamıştı– panik içindeki bir anda, Guardian'ın sözünü ettiği şu ele geçmez 2 No.lu casusun giymekte olduğu geniş siperlikli şeye benzer bir şapkayı görür gibi olmuştu ve şimdi, kolunun altında kanat çırpan atlası sert rüzgâra karşı iterek, hafif eğimli Pillory Lane yokuşunu tırmanıp Thames Street yönünde eve doğru ilerlerken, Ship in Distress'deki Hintli geldi aklına, adamın gözlerinin yırtık ceketine kayışını, üzerinde, tıpkı Guardian'ın tanımladığı şapkaya benzer, geniş siperlikli bir şapkanın durduğu sandalyenin arkalığına attığı pelerinini *(kara bir pelerindi)* düşündü. Tüm bunlar aynı şapka mıydı? Farklı şapkalar mıydı? Farklı adamlar tarafından düzenli aralarla değiş tokuş edilen aynı şapka mıydı; yoksa ortaya çıkartılması daha da zor olan başka bir düzenleme miydi?

Thames Street'e girdiği sırada büyük bir esinti dalgası kara yelkenini üfürdü, delikanlı sokak boyunca hızla ilerledi ve sokaktan geçip gitti. Lemprière sendeledi ve tökezledi, gelip geçenler için eğlendirici bir görüntü oluşturuyordu. Biçimsiz yelken delikanlının görüşünü engelliyordu. Kaldırım taşlarının hafif çıkıntıları, gemi omurgasını parçalayan kayalıklara ve sokağın öteki sakinleri, denizin ortasında dinlenen ve çarpışmaya neden olabilecek gemi kalıntılarına dönüşmüştü. Tehlikeli bir yolculuktu ve yüzeydeki kargaşanın altında, dibe yakın derinliklerden gelen tekdüze bir ses Lemprière'le birleşiyor ve sonra Aegeus'un, o ilk oğlunun yaptığı hata, indirmeyi unuttuğu kara yelken yüzünden kayalıklardan aşağıya iteleyerek kendini öldürdüğü ve artık kendisi de uzun zaman önce ölüp gitmiş bir Yunanlıyı bulmak üzere bir kez daha aşağıya dalıyordu. Parmakları harcadığı çabadan ve soğuktan ötürü uyuşmuştu. Hava kararmıştı. Yaklaşmakta olan bir köylü ayaklanmasının işaretleri başkentin duvarlarını süslüyordu: Rowlandson cam fabrikasının duvarlarına, *Bayrakları Sokaklarda Kanla Lekelenecek,* diye yazılıydı, sonra yandaki avlunun tuğlalarının üzerine tebeşirle, daha basit, daha partizanca bir tavırla: *Farina,* diye yazılmıştı, bu yazı, delikanlı şiddetinden hiçbir şey yitirmeyen rüzgârın içinde evine giden yolu bulmaya çalışırken ufalanmaya, ayaklar altında ezilerek kent humusu içinde yok olmaya başlamıştı bile. Delikanlı, kamçılayan rüzgârın ve yağmurun o putların çizgilerini, burunları ve ağızları yumuşayıp canlanıncaya dek aşındırıp kurtarıcının dokunuşuna hazırladığını imledi. Aptalca sırıtan Theseus. Ve "içinden yapay bir mağarada olduğu gibi suların akabileceği" bir çömlek taşıyan Neptün. Bu yapay heykellerde bir iş vardı, Coade taşından yapılan seri üretimden daha fazla bir şey...

Bu durumda, denizin resimleri, limanların resimler olan yelkenler tarafından çekilerek, bilinen ve bilinmeyen kıyılar arasında akılsızca dönüp duran, yan yatmış canlı bir gemi gibi ilerledi. Yüzlerce farklı rüzgârın yönlendirdiği dümensiz bir gemiydi, eski hatalardan oluşan bir denizin üzerinde silkiniyordu, grandi direği, son limanının lime lime olmuş ağzına doğru, ufkun altında yavaşça batmaktaydı, burunların arasında sıkışacak ve Rochelle limanının havzasında, yitik bir gemi olarak dinlenecekti.

Limanın planı kendisine tanıdık gibi geliyordu, bu yarı ayırdına varılmış bir ilişkiydi. Belki, anımsamadığı bir zaman diliminde, Rochelle havzasının içinde gezinmiş, şu ya da bu yana uzanan burunlara ve kıyılara bakınmıştı, sonra Guardian'ın haritasında o sahnenin soyutlanmış çizimini görünce her şey yerine oturmuş ve daha önceden anılarında kalmış çevreler, sanki kendisi tüm bunların üzerinde uçmuşçasına yukarıdan zihnine geri dönmüş, sanki doğal limanı tepeden ağzı ile birlikte tümüyle görmüştü, o tek geçit, yuvarlak çemberinin içindeki tek kırıkla birlikte liman, geniş ve düzgün olmayan bir "C" gibiydi.

***

Sırılsıklam olmuş bir haberci çocuk genelevin holünde beklemişti. Onlar Jaques'ın notunu okumuş ve hemen bulundukları yerden ayrılmışlardı. Vaucanson dolu dolu yağan yağmuru anımsadı. Hintli'yi Rue Boucher des Deux Boules'de, kötü ün sahibi evin önünde bulmuşlardı. Villa Rouge'den gelen ışıklar perdelerin ince dokusundan dışarıya, parıldayan kırmızı kareler biçiminde sızıyordu. Hintli dışarıda bir nöbetçi gibi duruyordu. Le Mara onu çevresinde şöyle bir döndürmüş, bir vuruşta soluğunu kesmiş, parıldayan çelik bir bıçağı hemen boğazına dayamıştı. Kiralık adamlar işi bitirmişti.

On yedi: Vaucanson o geceden beri kışları sayıp durmuştu. Onu arabaya taşımışlardı. Hintli'nin, kendisine bakan oval yüzünü anımsıyordu. Onu İngiltere'ye götürmüşlerdi. Dover'den metropolise geçip, gizli yollardan ve tünellerden aşağıya inmişlerdi, Vaucanson onu kendi yerine, saat yapımcısının ve cerrahın araç gereçleriyle, gümüş teller, bakır rotlar, köşe eklemleri, yaylı regülatörler, ufak dişli çarklar ve zincir ağlarla dolu çalışma bölmesine taşımıştı. Vaucanson burada, Canavar'ın uzak bir bezesinin içine gizlenmiş durumda, Hintli'nin parmaklarını kesmek ve yerine parıltılı çelik rotları kaydırmak için hiç zaman yitirmemişti. Yerler kan içinde kalmış, kendi kolları da bileklerine dek pıhtılaşmış kanla kaplanmıştı. Hintli'nin gözlerinin içine bakıyor, orijinal adamla vitesleri, ince vinçleri, kendi kendini yönetebilen ekstensorları[1] ve duyu sinirleriyle, insana özgü olamayacak bir tarafsızlığa, anlamsız bir hareketsizliğe sahip makinenin birbirine uyum sağladığını görüyordu: bu, Sıfır-Durumu'nun dinginliği idi.

"Bahadır," demişti makine boğuk bir sesle.

Nawab'ın son 'elçi'sini geri göndermişti. Paris'teki o gece, Jaques genelevden dışarıya kıpkırmızı gözlerle ve yanındaki salakla birlikte çıkmıştı, Lemprière'lerin en sonuncusu, bilinçsiz-

[1] Extensor: bir organı çekip uzatan kas. (Çev.)

ce kendi omzuna yıkılmıştı; başka bir tehlikeli oyun daha, sonunda, on yedi yıl sonra kim çözümlemişti bunu? Uzun aylar boyunca, köpekler havlar ve üzerine pislerken burada kim ter dökerek onların nefret ve düşkünlüklerini çelik tellerle germiş, yumuşak beyinlerini gümüş tellerden oluşan ilmiklerle birbirine bağlamış, böylece onların Gölcük'ü ve Adam'ı görmelerini sağlamış, onların köpeksi düşkünlüklerini, çıplak kızın ve öteki kıyıda çalılıkların arasında saklanacak olan delikanlıya hiç dokunmadan, nehir kıyısındaki acıbaklagillere doğru yöneltmiş, sonra onların bu isteklerini Charles Lemprière'i parçalamaya kim dönüştürmüştü?

Kaba makinelerdi, bu köpekler. Casterleigh onları daha sonra vurmuş ve onlardan kurtulmuştu. Ama Bahadır, onun daha önceki daha değerli yaratısı, tümüyle farklıydı, gerekli insan anılarıyla, onun vida dizileri, ufak bıçak ve bıçkı altındaki kendi makinesi arasındaki daha karmaşık bir dengeleme eylemiydi. Onu, bu katili, efendisi Nawab'a sessiz bir sigorta olarak geri göndermişlerdi.

Sonra onu bir biçimde yitirmişlerdi. Carnatic'e ve efendisine geri dönmüştü, onunla ilgili hiçbir haber gelmemişti. Nawab eskisi gibi davranmayı sürdürmüştü. Ve şimdi Bahadır'ın yerine bir başkası gelmişti kente, bu görev için daha yetkin birisi. Onlara ulaşmakta daha başarılı olan birisi.

Böylece aynı nedenle Charles Lemprière'in oğlu da öyleydi. Vaucanson ardına, insansı biçimler dizisine baktı. Solgun ışık teller, pirinç ve çinko düğümleri, metal ve metal olmayan birleşme noktalarından oluşan bir ağın içine yerleştirilmiş çelik plakalara düştü. Tüm bunlar balçığın içinde ete dönüşecekti. Bu bir tür amalgamdı, bunları Fabrika'ya gönderecekler, bahçe heykellerine dönüştürüp gizleyeceklerdi. Boffe'nin o iğrenç gösterilerinden biri daha, hoşnutsuzlukla, De Vereler'in döküm araçlarını ve vinçleri su çekme araçları kılığında bahçelerden geçirip bataklığa çektirmelerini düşündü. Su çekme araçları! Coade Fabrikası uygundu, çoktan ayartılmış, başka amaçlar için kullanılmıştı ve yine de...

Yine ardında sıralanan biçimleri düşündü. Kaba ve sınırlı şeylerdi, tek bir amaç için üretilmişlerdi. Önder'in planı onların hepsini kapsıyordu, onları şu yana, bu yana savurarak kendilerini şaşırtıyordu, kendisi de onun isteğiyle savrulmuş, başını sallayıp bu yeni parametreleri kabullenmişti. Bu son Lemprière, sekizinin de, kara bir perde önünde karalar giyinmiş kukla oynatıcıları gibi içine sindikleri bu zırh takımını, bu boğucu soytarı giysisini, tüm bu gizlenme ve yanıltıcı zırh katlarını çıkartacak mıydı? Önder üzerlerini olanaksız tasarılarıyla kaplamıştı, sanki adamın içinde bir yerlerde, basit bir ilmeği sağlama almış olması gereken bir bağlantı yerinden çıkmıştı; şu yana, bu yana savrularak kendilerini delice düşünce serpintileriyle sel gibi önüne katmış, gidiyordu. Kendi amaçları böylesine basitken, bu tasarılar hangi işleve hizmet ediyordu?

Sırasının yukarısında asılı saat döndü ve çaldı. Vaucanson lambayı önünde tutarak çalışma bölmesinden ayrıldı ve bölmenin ilerisindeki düz çıkıntı boyunca dikkatle ilerledi. Canavar'ın kendi sönük aydınlığı pek yeterli değildi. Yine Hintli'yi ve Le Mara'yı, tüm evreleri defalarca yinelemekte, zihninden tekrar tekrar geçmekte olan, yağmur altında yıkanan Paris sokaklarındaki o kısa boğuşmayı düşündü. Toplantı odasının pirinç mangalı şimdi karşısında, giriş holünün önündeki çakıllı alanın ortasındaydı. Bu Casterleigh miydi? Evet ve yanındaki de Le Mara'ydı.

İki siluet odanın içine kaydı. Ufak kuru taşlar her adımının altında gürültüyle yerleşiyor, Vaucanson'un ayak sesleri mağaranın kemerli tavanında yankılanıyordu.

"Artık yalnızca bizim gemiyi bekliyorlar..." Vaucanson girdiğinde Jaques konuşuyordu. Duvarda yedi kandil yanıyordu, kendisininkiyle birlikte sekiz oldu. Yalnızca dokuzuncu sönüktü. Bir tek Önder'in yanındaki sandalye boştu. Hepsi oradaydı: Önder, iki yanında duran ve onun sözlerini birer yankı gibi yineleyen nöbetçileri, Monopole ve Antithe; Boffe, Le Mara, Casterleigh ve onlara Paris'i anlatan Jaques.

"Duluc, Protagoras ve Kardinal adamlarını yerleştirmiş durumdalar. Kendilerinden ne istendiğini anladılar. Her konuda fikir birliğine vardılar. İlk ayaklanmalar ufak provalar yerine geçecek. Paris'e, son ana dek dokunulmayacak. Olayların kaynamaya başlaması için haftalar, hatta aylar geçmesi gerek, sonra taşacak. Anahtar Paris. Paris'ten, taşraya geçecek, sınırlara dek yayılacak. Daha da ötelere belki. İşte biz o zaman harekete geçmeliyiz."

"Ama fonumuz bunu desteklemeye yetecek mi? Tüm bu girişimi destekleyebilecek miyiz?" diye sordu Casterleigh. "Elimizde avucumuzda hiçbir şey kalmaz, eğer–"

"'Eğer'lere yer yok," diye konuştu Jaques, sakin bir sesle. "Paris düşecek. Fransa düşecek. Ve onu biz ele geçireceğiz."

"Eğer olmazsa?"

"Jaques haklı." Önder'in yıpranmış sesi gölgelerin arasından geldi. "Ülke bir kez daha bizim olacak. Eğer onu yitirirsek, o zaman her şeyimizi yitirmiş oluruz. Bu konularda çoktan anlaşmış bulunuyoruz. Biz birbirimize kesin sözlerle bağlandık. Burada sonsuza dek sürgün yaşayamayız. Tek bir beden gibi hareket etmeliyiz. *Hepimiz.*" Önder bu sözcüğe doğal olmayan bir vurguyla basmıştı.

Vaucanson hepsinin yüzüne baktı. Casterleigh yatışmıştı. Jaques kendilerine gemiyi, Point Minimés'deki randevuyu, renkli ışıkları, kararlaştırılan zamanları, işaretleri anlatıyordu.

"Duluc adamlarıyla birlikte orada olacak. Kararlaştırılan gecede yükü boşaltmaya hazır olacaklar." Vaucanson dönüşlerini imlemeye çalıştı, gemi donanımlarının gıcırtısını, eve doğru yelken basarlarken dalgaların yuvarlanışını, ama aklına yalnızca, başka, çok uzak bir yolculuk, siperleri geçerek gerçekleştirilen alçakça bir kaçış, ter kokuları içinde korkuyla bir tekneye sinişleri ve tüm bunun ardında, yıkılmış, terk edilmiş kentin üzerinde bir kefen örtüsü gibi asılı duran o iğrenç, pis koku geliyordu. Yanık kokusu... Buna geri dönebilirler miydi? Yangına, giderek sönen çığlıklara, ama bunların hepsi çok uzun süre önceydi, böyle söyledi kendi kendine, hepsi ölmüşler ve gömülmeden artlarında kalmışlardı, kendilerini güvenceye almanın bedeliydi bu. Şimdi bunu ödeyeceklerdi, son *mangırına* dek, kendi mülklerini geri alabilmek için her şeylerini vereceklerdi. Seçim çoktan yapılmıştı. Casterleigh sessizce çökmüş oturuyordu, sessiz bir öfke içindeydi. Şu avukat, Peppard, konusunda düşünce ayrılıkları vardı, adam yirmi yıldır Şirket'in çevresinde vızıldayarak uçuşup duran, kanatlı bir tedirginlikti, kendilerine çok fazla yaklaşmıştı. "Onu sindirin," diye emir vermişti Önder, ama Le Mara adamı öldürmüştü ve bunun arkasında Casterleigh vardı. Bunların tümü gelip bir yarı aydınlık gerçekler ve uzlaşmalar örgüsünün, belirsizlikler ve halusinasyonların, kendi dünyalarının içine yerleştirmeleri gereken çocuğa, Lemprière'e dayanıyordu, tüm bu çevresinde dönmeler ve engellemeler, Lemprière'lerin tüm inatçı nesilleri üzerinde uygulanmış ve denetlenmiş eski çözümün yerini alacaktı, Le Mara bu çözümün ne olduğunu en iyi bilen kişiydi. Avukat, bu en sonuncu Lemprière'e yardımcı olmuştu ve kendilerinin işi geciktirmelerinin bundan başka bir nedeni yoktu; avukatın aradan çıkartılmasının zamanı çoktan gelmiş ve geçmişti. Jaques'in sesi konuşmayı sürdürürken Vaucanson düşünüyordu. Lemprièreler, her nesil ortaya çıktığında kesip attıkları bir kurtçuğun dilimleri gibi, yıllar boyunca yılan gibi kıvrılarak çıka gelmişler, her nesil, sonuncunun bıraktığı yerden işi gelişigüzel devralmıştı. Bu eşitsiz kavga sürüp gitmiş, sonunda kendilerine bu yılansı düşmanlarının bir sonu yok gibi gelmeye başlamıştı. Şu John herhalde, Medusa gibi diye tanımlardı bu durumu. Şimdi en sonuncusu burada, ellerinin altındaydı, ama Önder hâlâ onları harekete geçmekten alıkoyuyordu. Bu neslin sonunu getirmek düşüncesi Önder'i bir biçimde korkutuyordu, şu gözlüklü çocukla olan öteki bağlantıydı bu korku.

"Delikanlı buradan yaklaşacak." Boffe soyut planını önlerine sermiş, onlara, kendisi için çok değerli olan hoşgörüleri, ilgileri için yakarıyordu. Fabrika kaba bir kutuyla simgelenmişti. Boffe olayların gelişmesi beklenen yönü işaretlerken kutunun tepesi açıldı. "...buradan ve kapıdan dışarıya..."

"Kızın bu olaya katılması gerekli mi?" diye sordu Jaques.

"Delikanlı kızı izlemek zorunda," diye açıklamaya başladı Boffe.

"Kız bir yem," diye onun sözünü kesti Casterleigh. "Ve ben onu dilediğim gibi sağa sola serpiştireceğim." Juliette, Casterleigh'in yaratısı. "O, kendisine ne söylersem onu yapacaktır." Vaucanson, Jaques'in yüzünde beliren hafif değişikliği gördü, ama onun kız üzerinde hiçbir talebi, onunla hiçbir özel ilgisi yoktu, ona Paris'te eşlik etmiş olmasının dışında elbet. Vaucanson o yağmurlu geceyi, Jaques'in Villa Rouge'den dışarı çıkışını düşündü.

"Elinizde bu amaç için kullanabileceğiniz bir kız var zaten değil mi, şu Rosalie?"

"Kız yeterince güvencede," dedi Casterleigh. "Tedirginliği gerektirecek bir şey yok Mösyö Jaques." Bu neredeyse bir alaydı.

"Çok açık ki, Mösyö Vikont," diye geldi Önder'in sesi. Vaucanson, Casterleigh'in yüzünde pek de saklamadığı bir sırıtışla başını öteye döndürdüğünü gördü. "Lemprière kendisine verdiğimiz rolü oynayacaktır," diye konuşmasını sürdürdü Önder. "Dostlarımız size bu konuda güvence veriyorlar ve zamanımız çok azaldı, çünkü delikanlı artık gemiyi buldu."

Ötekiler şaşırarak baktılar, ama içlerinde en çok Le Mara şaşırmıştı, Vaucanson onun bazı tutarsız olgularla savaşmasını izledi, adam acımasız tekdüze sesiyle, "Bu olanaksız," dedi.

"Anlaşılan bir kasanın kırıldığını görmüş. Dostumuz, onun kasanın içindekileri gördüğünü söyledi..." Ve işte yine, Önder'in sesinde sıcaklığa benzer bir şey vardı, Lemprière'in, uzattıkları çemberlerin içine atlamak konusunda gösterdiği çeviklikle övünüyor gibiydi. "Gemiyi biliyor, Fabrika'yı biliyor ya da öğrenecek. Dostumuz bunu sağlayacak. Anlaştık mı?" Başlar tutuk ve isteksiz sallandı. Vaucanson'un, bu anlaşma içindeki rolü çoktan tamamlanmıştı, çok aşağılardaki çalışma bölmesinde körü körüne bekliyordu, ayarlanmıştı, *tık, tık, tık* çalışıyordu.

Toplantı sona erdi. Vaucanson giriş holüne varınca gelmiş olduğu yola saptı. Ardında bir ses duyunca durdu ve döndü. Casterleigh ve Le Mara karanlıkların içinden çıkıp geldiler.

"Bir şey konuşmak istiyoruz, Mösyö..." Bu konuşma sona erdikten sonra dönüp uzaklaşır, boş galeriler ve taşlaşmış yaylım ateşleri arasından geçip dar kenarlar ve tüpsü koridorlar boyunca aşağıya doğru inmeyi sürdürürken, onların önerileri, zihninde verdiği kararlar, evet ve hayır, olumlu ve olumsuz arasında, yanında ve karşı yönde, bir o yana, bir bu yana gidip gelmeler, Casterleigh'in tutkusunun kendilerini Önder'in tasarılarından ve delice hazırlıklarından kurtarabileceğini kavraması, kendi düşüncelerinde sıraya konuyor ve sonra, evet, onlarla birlikte olduğunu ve Önder'in artık kullanım süresini aşmış bulunduğunu kabul etmesiyle sonuçlanıyordu.

***.

Gökyüzünde garip bir şeyler oluyordu. Gün boyu barut grisi kümülüsler her yeri kaplamış, tekdüzeliğini tüm çevreye yaymıştı. Bu yassı bulut örtüsünün çok yukarısında, gözle seçilebilir bir güneş bu engeli delebilmek için çabalayıp durmuş, ama başarılı olamamıştı. Şimdi, güneşin batmasıyla birlikte gökyüzündeki yoğun bir yara, nehrin gökyüzündekine benzeyen ince ve uzun yarasına garip morlarını ve sarılarını döküyordu.

Lemprière, Westminster Köprüsü'nde durmuş, rengârenk ışığın nehir yüzeyini gökyüzü ile birleştirmesini izliyordu. Arkasındaki pirinçten kutsal kişi, ışık bulut kümelerini birdenbire yırtıp açacak, heykel yakın geçmişte parlatılmış, güvercin pisliklerinden ve öteki –daha istemli kirliliklerden temizlenmiş olsa, sanki yaşama dönüp alevler içinde parıldayacaktı. Kaidesinin üzerine yeşil tebeşir darbeleriyle, *Sokaklar Farina diye çınlayacak,* diye karalanmıştı, sinsi slogancıların işiydi. Böylesi duygu ve düşünceler giderek artıyor, kentin içinde güç kazanıyor, kendi alçak sesli mırıltı ve homurtularını, inatçılığını ve korkakça protestolarını katalize ederek, hoşnutsuzluk ritüellerine daha güçlü terimler aşılıyordu. Çözümleri henüz, araba camlarını kırmak, kiliselere çamur fırlatmak, opera binalarını yakmak gibi odaklanmamış şiddet eylemlerini içeriyordu. Lemprière, şimdi üzerindeki ışığın ucuz mücevherlerin renklerine dönüştüğü köprünün üzerinde Septimus'la olan randevusuna doğru seke seke koşmazdan önce, *bunu benim yaptığımı sanacaklar,* diye düşünerek çevresine tedirginlikle bir kez göz attı, sonra yeniden baktı, Septimus geç kalmıştı, herhalde gelmeyecekti. Elma satan bir kadın geliyordu arkasından. Bu noktada gökyüzü neredeyse grileşmişti. Nehir ise hâlâ mordu.

Lemprière köprünün üzerinden, bir hafta önce Guardian'ın heykel malzemesi adını anmasıyla ilgisini çeken Coade'yi aranırken, De Vereler'deki o velvele arasında kulağına çarpmış bulunan bir konuşmayı anımsamıştı; Coade'dan dökülmüş dev kaplumbağlardan söz etmişlerdi, Marmaduke adında biri, bir opera binasıyla ilgili bir şeyler söylemişti. Coade Taşı.

"Coade Fabrikası, Lambeth'in içinde," diye bildirmişti Septimus kendisine.

Bu, iki gün önceydi, Karga Yuvası'ndan dönmesiyle, Septimus'un gelişi arasında geçen süre içinde, sözlüğü üzerinde büyük bir çaba göstererek çalışmış, sonunda 'Iphigenia'da durmuştu. Bu başlık kendisine, babası Agamemnon'un daha sonraki düşlerinden çıkagelmiş Iphigenia'nın kendi suçlayan gözleri gibi bakıyordu.

"Onu kurban et," diye emir vermişti Calchas[1], Aulis'deki Yunanlı kumandanlara. Yetersiz rüzgârlar onları Boeotian kıyılarında kupkuru tutuyor ve geçici kampları uzlaşmalarla doluyordu, kötü talihlerine karşı edindikleri gerçek ve kurgu duygusallıklar olası kışkırtmalar biçimine dönüşmek üzereydi, bu arada askerler topuklarını kumsalda serinletmeye çalışırken komutanları da suçun kimde olduğu konusunda kavgaya tutuşmuşlardı. Belki Agamemnon, tartışmanın sonuca bağlandığı ve yatıştırıcı kurbanın seçildiği bu en önemli toplantıya katılmamıştı. Belki o sırada ava çıkmış ve belki onun bu davranışı, birbirine girmiş kumandanlara bu resmi sonucu esinlemişti. Agamemnon, içlerinden birinin Diana'nın gözüne girmesini sağlamaya yetecek kadar geyik avlamıştı. *Geyikler, Diana, her zamanki karşıtlar toplanıyor, bir tur daha başlıyor*... bu güven verici bir şeydi, Calchas'ın onayı ve kendi dayanışmalarıyla...

Agamemnon elini çenesine dayayıp düşündü, kararını verdi, bu belirli gereksinmeyi anladı ve kızı getirmeleri için birilerini gönderdi. Clytemnestra'ya bir haber gönderildi, kızlarının Achilles ile evlenmesi konusunda saçma bir yalan uyduruldu. Iphigenia uğursuz hazırlıkların üstüne geldi, evlilik korkuları yerini ölümlülük korkularına bıraktı, sonradan Agamemnon'un gece Truva duvarlarına çarpıp geri dönmesine neden olacak olan yaş dolu gözlerle yalvardı. Ve yine de, Calchas'ın bıçağı kalkıp aşağıya hızla indiği, ilk parlak kan damlası içinde masum eti ve masum kemiği dilimlenir gibi olduğunda, o anda, eh... Bir keçi, evet herkesin gözleri önünde orada, sunağın üzerinde meleyen, sarı gözlerini kırpıştıran bir keçi vardı. Bu bir değişim miydi? Bir metamorfoz? Tanrıça'nın inananları böyle yorumladılar. Bu işte Tanrıça'nın parmağı vardı, kesinlikle ve

[1] Calchas (Kalkhas): Agamemnon'a öfkelenen Artemis (Diana)'in uygun rüzgârları kesmesi yüzünden gemileri ilerlemeyince, Tanrıça'nın öfkesini yatıştırmak için Agamemnon'a, kızı Iphigenia'yı kurban etmesi gerektiğini söyleyen kâhin. (Çev.)

işin aslında öykü böylece sürüp gitti, Yunanlıların bu öyküden haberleri yoktu ama sonradan, klan üyelerini ve zamanın hava kabarcıklarıyla su yüzeyine çıkartacağı olağandışı bir çözümlemeyi kapsayan daha yaygın başka bir çeşitlemesi oluştu.

Lemprière, Iphigenia'nın parçalanmasını ve eli kulağında olan savaşın yarattığı yapay karşı akıntılarla yeniden bir araya gelişini gördü, bu, daha geniş ve daha korkunç bir çatışmanın öngörüsüydü. Agamemnon'u, kendisine simgesel bir direniş öneren savaş arkadaşlarının küstah entrikalarına fazla da karşı koymadan kandırılmış yenik bir aile reisi olarak görüyordu, bu arada karısı da suç ortaklığı yapması için oyuna getirilmişti. Orada, Mikene'de, köleler, kadınlar ve Argive Kralları'nın hayaletleri, Electryon, Perseus, Acrisius bir araya gelmişler ve hepsi –buna benzer bir düzenlemenin kurbanı olan Danae'nin torunu, oğlu ve babası– safça, kabul etmesi için kadını kışkırtmışlar ve Clytemnestra kızı göndermişti. Daha kaç kız evlat yitirilecekti? Ve kaçı rastlantısal olarak, şans eseri, yazgısı gereği ya da yukarının istemiyle kurtulacaktı? Lemprière, Iphigenia'yı oyuncak bir bebek, sinsi kahramanlar topluluğunun uzun rüzgârsız günleri geçiştirmek için kullandıkları, değişken hevesleri doğrultusunda bir o yana bir bu yana çekiştirdikleri bir oyun aracı olarak düşündü, ta ki kurban törenine dek, o zaman o soyut keçi kendileriyle alay ederken orada, öylece durup kalmışlardı, bunun, daha kapsamlı bir mantığın, en kurnazlarının gücünü bile ferah fersah aşan bir düşüncenin ürünü olduğu öylesine açıktı ki. Ve anlatıldığı gibi bu olayın kendine özgü bir kodası[1] vardı.

Gökyüzünün yıpranmış ağzı kapanıyor, nehirden mor ışığı emip alıyordu. Lambeth, Lemprière'nin karşısındaydı. Yaşlı bir kadın elmalarını satmaya çalışıyordu.

"Lambeth," demişti Septimus, 'G'lerin çoğunu, 'H'lerin hepsini ve 'I'ların büyük bölümünü toplayıp bir araya getirirken. "Hepsi imzalandı mı?"

Lemprière görünüşte tembelce iki gün geçirdi, bu arada kendisini Aulis'deki sunağın üzerine atılırken imgeliyordu, sırıtkan bir Plautineli köle, törensel göğüs plakaları içinde toplan-

---

[1] Koda: (Müz.) Bir kanon'un sonunda yer alan bağımsız parça. Klasik bir balenin finali. (Çev.)

mış *milites gloriosi*'lere yukarıdan bakarak kızı kapmış ve koşarak, bekleyen bir kanoya ulaşmıştı. Kendisi zayıf kıyı akıntısına karşı kürek çekerken yolundan sapmış bir ok (*yolundan sapmış ok?*) kızı bulacaktı, yasa girilecek (gelenek bunu emrediyordu) ve öc alınacaktı. Juliette'i düşündü, birbirlerini yitirmeleri ve her ikisinin de uzun yıllar yas tutmalarını içeren güzel bir gelecekle ilgili hayallere daldı. Onu yitirmek de bir tür aşk serüveniydi. Her şeyden önce, onu kazanmış olduğuna neredeyse inanmıştı. Ama sonra o öpücük geldi aklına, kütüphanede hafifçe bağışlanan o ilk öpücük. Kızın dudaklarının değişi, kendisini kiliseden dışarıya çıkartan elleri, tüm bunlar kendi bulutlu kurgularını dürtüyor, sonunda gözlerini ovuşturarak kalkıp odayı arşınlıyordu. Niçin bu yeterli olamıyordu? İşaretler, kaderin oyunu olan karşılaşmalar, hep göksel bir onay bekliyordu. Septimus ve Lydia, Warburton-Burleigh, hatta Boksör, bunların hepsi bir güven içindeydiler. Bu herkeste vardı. Juliette de vardı. Kendisinde yoktu.

Yükseklerde, kendi kendisini sağaltan, berelenmiş ışığı sıkıp bir yarığa, soluk bir çizgiye dönüştüren daha koyu gri bulutlar bel vermiş alt yanlarını kentin üzerine, batmakta olan gemiler gibi indirmişlerdi. Westminster Köprüsü ayrıntılarını alacakaranlığın içine doğru uzatmıştı ve Lemprière, Septimus'un artık gelmeyeceğine karar verdi. Saat altıyı çoktan geçmişti. Lemprière birkaç elma satın aldı, döndü ve Coade'ye gitmek üzere nehrin üzerinde güneye yöneldi.

"Komik şeyler," demişti Septimus. "Ve Eleanor ise olması gerektiği kadar garip değil. O, burayı yirmi yıl önce ele almıştı, süslemeler, heykellerle donattı. Bunları bahçede, yapının üzerinde, evin her yerinde görebilirsin."

"Ama onları hiçbir yerde görmedim," diye karşı çıktı. "Nedir bu Coade Taşı?"

"Kurnazlık. Tıpkı taşa benziyor, taş kadar sert, ama fiyatı çok daha ucuz. Bunun ne olduğunu kimse bilmiyor, neredeyse porselene benzer bir tür çömlekçi hamurundan yapılıyor. Gerçek formülü ise bir giz. Bu hamuru kalıba döküyorlar, sonra fabrikadaki dev gibi fırınlarda pişiriyorlar. Şu Yunus heykellerini biliyor musun? Edmund'da bir çift var. İşte bunlar Coade'den yapılmış."

Lemprière, Karga Yuvası'ndan yaptığı gözlemi, kasanın kırılıp rıhtımın üzerinde açılmasını anımsadı.

"Demek gemiyi bunlarla yüklüyorlar," diye sürdürdü Septimus, cebinden bir şişe çıkartmış, bardak aranıyordu. "Peki, ne olmuş? Bunun ne önemi var?"

Lemprière, Blue Anchor Lane'deki o gece, George bir odanın içinde, çevresindeki ucuz mobilyaların arasında ölü yatarken, Theobald'ın ardından atılganca bağırılarak verilmiş olan bir sözü anımsatmıştı. Guardian'ın öğüdünü, Peppard'ın kendisine şansını zorlamaması için yaptığı uyarıyı düşünmüştü. Onlar için bu işten bile değildi, George'a yaptıkları kadar kolay bir işti. Septimus'a dönmüş, "Yardımına ihtiyacım var," demişti.

Nehir artık ardında kalmıştı, Yeni Yol'un gelişigüzel sokaklarından kuzeye doğru uzanıyordu. Havada yeşilimsi bir ton asılı kalmıştı, Lambeth sanki suya batmış gibiydi.

Şarap, genç adamın bardağına birbiri üzerine yığılan pembe zarlar gibi kaymıştı. Septimus ortadan yok olan, yeniden ortaya çıkan gemiler, balinalar, kasalar, heykeller, sigorta ve La Rochelle'in liman draftı hakkındaki öyküyü dinlemişti. Lemprière'in anlaşma konusundaki kuşkularını duymuş ve bunun şimdiden bir adamın yaşamına mal olduğu, aynı şeyin belki bir başkasının başına da gelebileceği söylenmişti kendisine.

"Peppard geminin burada, Londra'da bulunduğunu biliyor, ama nedenini bilmiyordu. Bu yüzden fabrikaya gitmek zorundayım," diye sözünü tamamlamıştı Lemprière.

Gitmek zorunda mıydı? Septimus'un güvenilemezliği konusundaki sinir bozucu düşünceler bu son iç dökmelere neden olan dürtülerle karışıyordu. Başka kime anlatabilirdi? Başka kim dinlerdi? *Falmouth* Londra'da demirlemişti, yeni adı *Vendragon*'du; bu gemiye heykeller yüklenmişti. Geçmişte François, Thomas de Vere'le bir anlaşma yapmış, La Rochelle'de bir şeyler olmuştu, George ölmüştü. Bu olgular artık onun uyduları haline gelmişti. Babası ölmüştü. Yine gölcüğü, köpekleri, kocaman gri bulutları ve ayağını sudan çıkartan kızı düşündü. Bu öğeler çevresinde toplanmıştı. Babası devriliyordu, bir kolu artık geçmiş bulunan tehlikeleri savuşturmak için yukarıya doğru uzanmıştı, aynı sahne delikanlının zihninde ince gümüş bir tel gibi hızla çözülüyordu. Kadın bozulmuş yüzüyle o parıltılı sağanaktan, metalin hışırtısından, kokusundan kıvrılarak uzaklaşıyordu. Bu şeyler delikanlının içine yapışmıştı. Gömülmüş söylenceler, nesillerin ölü gömme törenlerinden çatlayarak çıkıyor, kendisinin ayırdında olmadan verdiği emre uyarak akıp geliyorlardı. Tüm bunları bir arada tutan kendisi miydi? Peppard herhangi bir gemi için ölmemişti, bir buçuk yüzyıl önce imzalanmış bir kâğıt parçası yüzünden ölmüştü. Daha doğrusu, bu kâğıdın üzerinde bulunan ve kendisinin sorduğu bir düşünce yüzünden ölmüştü. Suçluydu.

Coade Yapay Taş Fabrikası, King's Arms Stairs yakınlarındaki Narrow Wall'daydı. Geniş bir üç yüzlü yapıyı birbiri ardına kanat gibi çeviren yüksek tuğla duvarların koruduğu iki gösterişli avlusu vardı, birbirleriyle karşı karşıya duran yüksek ve dar damlı dört kulübe ve penceresiz uzun bir hangar bu bileşik yapıyı iki kat büyük gösteriyordu. Kulübelerin yan duvarları caddeye bakıyordu, evden belirgin biçimde, üç metreden fazla, yüksek olan bu kulübelerin çatı altı duvarları geriye doğru uzaklaşıp gözden yitiyordu. Tuğla duvara tutturulmuş parmaklıklı bir kapının demir ızgarasının içinden, bu damları pencereli kulübelerle, kendisi hiç de sıradan bir yapı olmayan ev arasında bir geçidin uzanmakta olduğu görülüyordu. Daha büyük iki çift parmaklıklı kapı yoldan otuz ya da kırk adım aşağıda avlulara geçişi sağlıyordu ve bunların üzerine 'Coade Taşı Fabrikası' yazılı dövme demirden kasnaklar yerleştirilmişti. Gündüzleri bu sahne, avlulardan birine gelen ham maddenin öteki avluda bitmiş ürünün gönderilmek üzere kasalanıp fabrikadan ayrılmasıyla canlı bir hareketlilik içinde oluyordu. İşçiler kil ve kok kömürünü el arabalarıyla içeriye taşıyor, ateşçiler *grog*'u –önceden pişirilmiş ufak topaklar halindeki hamur– oluşturacak fırınları besliyordu, bunun eklenmesiyle şu şaşırtıcı ve neredeyse, onda sıfır nokta dört santimi bile bulmayan fire oranı sağlanıyordu. Fabrikanın servetinin üzerinde kurulduğu formülü porselen hamuru, kum ve cam oluşturuyordu.

Şimdi Lemprière üç kapıdan, ortada ve en ufak olanına yaklaşıyordu, bunu açınca ötesindeki geçide ulaşacaktı, tesiste kimse yoktu. Geçit onu, ilk kulübenin loş girişine açılan bir çift yüksek kapıya doğru götürdü.

İçeriye girdi, gözlerinin, başının üzerindeki bir dam penceresinden sızan soluk ışığa alışmasını bekledi. Duvarlardan birinin önünde kocaman tahta fıçılar ve içleri kömür dolu Hesse çuvalları duruyordu. Kapının bir yanındaki bir rafın üzerine yağ lambaları sıralanmıştı.

"Merhaba," dedi Lemprière. Kimse yanıt vermedi. Yağ lambalarından birini yakalayıp kibrit bulabilmek için kulübenin duvarları boyunca yürümeye başladı. Bir kulübeyi ötekinden ayıran bölme karşıdaki duvardan birkaç metre daha kısaydı. Lemprière girişlerin zikzaklı bir biçimde düzenlenmiş olduğunun ayırdına vardı. Girişin hep en uzak ucunda bulunan geçişleri bulabilmek için delikanlının her kulübenin duvarları boyunca yürümesi gerekiyordu. Düzgün bir zikzak çizerek ikinci kulübenin içine doğru ilerledi, burası da ilki kadar dar ve yüksekti. Islak kil kokusunu duyabiliyordu. Fabrikanın bu bölümündeki zemin katı planını artık anlamaya başlamıştı, daha güvenle yürüyerek bir dizi alçak teknenin ve arkalarındaki duvara asılmış kovaların yanından geçti. Bir tür karıştırma aracına ayağa takılıp kaydı, bir ikincisine takılıp tökezledi ve sonuncu teknenin üzerine tüm ağırlığıyla düşmek üzereyken arka duvardaki kovaya tutunup kurtuldu, kova bu basınç altında duvardaki çivisini çekip çıkarttı ve içindeki öğütülmüş cam bir sel halinde teknenin içine boşaldı. Delikanlının elindeki yakılmamış lamba, camlarla kaplanmış kilin üzerine yumuşakça düşerken, Lemprière'in kendisi de, teknenin kıyısında bir şu yana bir bu yana sendeleyip sonunda geniş bir baca duvarının üzerine düştü. Orada bir an kalakaldı, sonra burnuna bir yanık kokusu geldi. Eli yanıyordu! Tuğlalar kavurucu sıcaklıktaydı. Baca duvarı dev ocağın bir yanını oluşturuyordu. Elini çekti ve sakınarak lambayı arandı. Lamba zarar görmemişti.

Lemprière lambanın başlığını çıkarttı ve ocağın ağır kapağını açmaya davrandı. Hâlâ sıcak olan kömürlere değdirdiğinde fitil hemen alev aldı. Yeniden teknenin başına döndü, boş yere kil hamurunun içindeki camı kürekle atmaya çalıştı. Sonunda yenilgiye uğrayarak kovayı yerine koydu. Lamba kulübenin dik duvarlarına kocaman gölgeler fırlatıyordu. Teknenin bir yanında, yeşil tebeşirle 'Stalkart' diye yazılmıştı, bunun altında da 'H. O.' Harfleri vardı. Lemprière ilerledi, ocağın yanından geçti, el arabalarının, halat kangallarının, küreklerin ve geniş bir su tankının arasından dolanıp dördüncü kulübeye girdi, burada görünüm birden değişiyordu.

Duvardan yüzler bakıyor, kol ve bacaklar, kenarları oyulmuş omuzlar ve kalçalardan kımıltısızca sarkıyordu, öfkeyle hırıldayan tavırlar içindeki hayvanlar tersyüz edilmiş durumdaydı. Bunların kalıp olduklarını anladı. Dizi halinde yığılmış bu hayvan kalıplarının arasındaki dar geçit boyunca ilerledi. Dördüncü kulübe onu, dışarıdan görmüş olduğu hangarın bir köşesine yöneltmişti.

Daha geniş bir alana sahip olan bu hangarda oraya buraya serpilmiş kalıplar duruyordu. Bunlar kocaman yarım küre biçimli şeylerdi, düzenli bir biçime sahip olmayan ters çevrilmiş kubbelere benziyorlardı, boyları bir buçuk metre kadardı. Üzerlerine yine yeşil tebeşirle bir şeyler karalanmıştı. Yine 'Stalkart' yazısı vardı, şimdi 'M. Stalkart' olmuştu ve 'H. O.' Da 'Hmkt. Op.' Olmuştu. Daha yakından baktı. Lemprière bunların, içi dışına çıkmış dev gibi kaplumbağalar olduklarının ayırdına vardı...

Hangar bir depoydu. Hangarın içi, lamba ışığının titreşen aydınlığından öteye uzanıp gidiyordu. Uzaktaki duvar görünmüyordu. Burası heykellerle, solgun, neredeyse içten aydınlatılmış biçimlerle doluydu. Lambayı yukarıya kaldırdığında kör gözler baktı kendisine. Yüzlercesi, binlercesi, dragon dişleriyle dokunmuş taşlanmış ormanlara benziyorlardı. Küpidler ve ufak melekler, tanrılar ve tanrıçalar engin, karışık bir tablonun içinde yayılıyordu. Pomona'yı, Baba Zaman'ı, mızraksız (ve elinde üç dişli mızrağıyla...) Neptün'ü görebiliyordu, engereklerin boğazını sıkan bir Garces, Samson, Hercule üçlemesi, elinde şimşekleriyle Zeus da vardı, hepsi de Coade Taşı'ndan yapılmış olan bu heykeller sessiz tanıklar gibi dikilmiş duruyorlardı. Ve hepsi de kendisine doğru bakıyor gibiydi. Kollarını uzatmış üç kadın vardı, birincisi tepeden tırnağa örtülüydü, ikincisi miğferliydi, üçüncüsü taştan köpüklerin içinden yükseliyordu: Paris'in kararını bekleyen Juno, Minerva ve Venüs'tüler. Lemprière kadınların boş avuçlarının içine birer elma yerleştirdi ve kendi kendine alayla güldü. Tanrıçalar keyifsiz keyifsiz bakıp duruyorlardı.

Kulağına, yukarıda bir yerlerden yumuşak bir tınlama geldi. Lambayı havaya kaldırıp baktı ve yaklaşık her üç metrede bir yinelenen kancalara takılı zincirler, uzun zincir düğümleri ördü, ağır raylarla desteklenmişlerdi, tüm depoyu bir boydan bir boya ağ gibi sarıyorlardı. Bir tür kaldıraç sistemiydi. Heykeller birbirlerine öylesine yakın yerleştirilmişlerdi ki kaldırmak–

Güm! Bu, kapıydı, ilk kulübenin kapısı ve Lemprière, gelip geçen bir kişi, bir hırsız, formülü elde etmeye gelmiş bir casustu. Donup kaldı, sonra heykellere doğru ilerledi, bunların arasına saklanmayı düşünüyordu. *Çıt*, heykel sıralarının arasında bir yerden bir ses gelmişti, sonra *çıt, çıt, çıt*... İkinci kulübede bir şey yere çarpıp parçalandı.

... *çıt, çıt, çıt,* gergin zihinsel yüzeyler hareketsizlik durumundan çıkmışlardı. Lemprière taşın taş üzerinde öğütüldüğünü duyuyordu, orada, geride bir yerlerde, karanlığın içinde kımıldıyorlardı. Ayak sesleri mi? Ayak sesleri! Şimdi üçüncü kulübeden yaklaşarak geliyordu, kendisi, kol ve bacakları yarı aydınlıkta seyiren heykel yığınlarının arasına doğru yürümeyi başaramıyordu. Çabucak çevresine bakındı, lambayı kısmayı düşündü, gizlenecek bir yer aranırken uğradığı panik içinde bile ayak seslerinin daha yükseldiğini, daha yakına geldiğini duydu, kafasının içindeki serin, açık seçik bir ses, kendisine ait olmayan bir ses, "*Yine başlıyor, bunun ana hatlarını biliyorsun, şimdi yalnızca senin katılman bekleniyor...*" diyordu. Bu ses kafasının içinde değildi. Nereden geliyordu?

Lemprière duvardan bir kaplumbağa kalıbını aldı, düşündüğünden daha ağırdı. Kabuğunun çanağı içine büzüldü, ayak sesleri son kulübenin köşesini dönerken onun üzerine bir yer kapağı gibi basıp aşağıya indirdi. Elleriyle ağzını tıkadı, korktuğu için değil –gerçi korkuyordu–, ama kabuğun kenarı aşağıya inerken, daha önce alay etmiş olduğu üç Tanrıçanın, parmaklarını elmaların üzerine kapatmakta oldukları ve taş eklemlerinin arasından elma hamurunun sızıp yere damladığını görmüştü. Ölmüştü. Ayak sesleri durduğu ve manevralar başladığında titriyor, soluk almamaya çalışıyordu.

Bir hava deliği. Lemprière, kaplumbağa kalıbının içine sinip gözünü bu deliğe dayadı. Ayak seslerinin çevresinde döndüğünü duydu. Sarı lamba ışığıyla aydınlanan heykellerin boş yüzlerini görebiliyordu. Bu kendi lambasının ışığı değildi. Bir gölge hava deliğinin yakınından geçti, başka bir gölge daha, bilekleri, etekleri, uzun kara saçlarıyla birisi yürüyüp geçmiş, uzaklaşmıştı. Bu bileklikler, üzerine turkuaz taşları yerleştirilmiş deri bantlar mıydı? Ayırdına varmaya başladı; kız yarı dönmüş durumdayken, bir santim kadar yükselmeye çalıştı ve bir şey kalıbın üzerine bastırıp onu yere çarptı, bir şey hava deliğini kapattı.

"Juliette!" diye bağırdı. Kız heykellerin arasına doğru yürüyordu. "Kaç buradan!" Delikanlı öğütme sesinin yükseldiğini, kalıbın kabuğundan içeriye sızdığını duydu ve sonra yumuşak bir ünleme, "Ah," pek de şaşırmışa benzemeyen bir ses tonuydu bu. Öğütme sesi daha yükselmişti ve delikanlı kalıbı üzerinden atmak için sırtıyla zorladı, ama kalıp yerine mıhlanmıştı. Yine tekmeleyip bağırdı. Kalıbın içinde bir şey kırıldı, tekmesiyle kırmış olduğu bir Coade Taşı parçasıydı. Bunu yakaladı ve ne yaptığını bilmez durumda kabuğa vurup durdu, ama bu da işe yaramadı. Kırık çömlek parçasının elini kestiğini duyumsadı. Dışarıda, daha yumuşak bir ses duyuldu, sanki çamurun içine batmış bir bot kendisini kurtarıyordu, bir emme sesiydi... Zincirler harekete geçtiler ve tekdüze bir biçimde şangırdadılar.

Çıt. Hava deliği açıldı. Heykeller değişmemişti, kımıltısızdı. Kabuğu yine itti ve üzerinde ağırlığı kaldırabildiğini gördü. Ayağa kalkıp dikildi. Birkaç santim arkasında, yere konmuş bir lamba yanıyordu.

"Juliette?" diye seslendi sakınarak, sonra yine daha yüksek bir sesle. Zincirler yumuşakça sallanıyor, halkaları birbirine çarpıyordu. Lambayı yakalayıp yukarıya kaldırdı, heykel dizilerinin arasından görmeye çalıştı. Bir yerde, bir tank sızdırıyordu. Boynunu uzatarak biraz daha yaklaştı. Arkasındaki kulübenin içindeki bir yerden, sürekli bir damlama sesi geliyordu.

"Juliette?" Damlama sesi daha yükseldi, birazcık daha hızlandı. Sağına, soluna bakındı. Kız gitmiş miydi? Kaçmış mıydı? Bir an için böyle düşündü. Geriye döndüğünde yerdeki kara, kaygan ıslaklığı gördü. Tarafsız ışık, hızla *tıp, tıp, tıp* diye yere çarpan damlaları yakaladı. Başını kaldırıp zincirlere doğru baktı. Başının üç metre kadar üzerinde bir hayvan cesedi asılıydı.

Bir keçi. İçi tümüyle boşaltılmış olan keçi bir tür hamak gibi sallanıyordu. Lemprière kasası kırılınca açığa çıkan heykelle baş etmeye çalışan, onu hamak gibi bir örtünün içinde gemiye yükleyen hamalları görür gibi oldu. Heykelin başı aşağıya doğru sarkıyordu. Kızın saçları, uzun ve kara, aşağıya sallanıyordu. Ayakları öteki uca bağlıydı, deri bantlar hâlâ bileklerindeydi. Yüzünü görebilmek zordu. Boğazından gelip çenesinden geçerek soğuk yerin üzerine damlayan kan, gözlerini, burnunu ve ağzını kaplamıştı. Ve gözlerine inanamadı. Bulunduğu yerin karşı duvarında bir kapı açılmıştı. Bunun ardında ikinci avlu vardı. Oraya doğru yürüdü, dikkatli adımlarla yürümeye başladı, kapıdan geçerken koşuyordu, avluya çıkınca daha hızlı koştu, kasa yığınlarının arasından hızla geçti, şimdiye dek hiç olmadığı kadar hızlı koşuyordu. Arkasında kız, keçi derisinin içinde nazikçe sallanıyordu. Zincirlerin halkaları neredeyse duyulmayacak kadar yumuşakça şıngırdıyor, sinirli asker adımları, kitle halindeki askerlerin havayı koklayarak birbirlerine bakışı, parlak toynaklarını sunağın üzerine vurup duran keçinin görüntüsü karşısında aşağılanmış komutanlarının oldukları yerde kül gibi bir yüzle donup kalışı gibi, *tık, tık* diye birbirine vuruyordu, orada, bu kez, Iphigenia kurtarılmayı çok uzun süre beklemişti... Juliette?

***

Kaza ve kasıt. Nazım bunlardan birine uğramış, diğerinin içinde yitmişti. Mahzenin karanlığı hayaletlerle dolmuştu, kendisine farklı diyalektlerle farklı öyküler anlatıyorlardı. Hepsinin ardında, nazikçe kıvrılan bir Ur dili yalayarak yayılıyor, ötekileri okşayarak yerlerinde kalmaya yönlendiriyordu, bu bir tür duyumdu. Daha değil, daha değil. Aradığı Dokuz'lar şimdi sekiz kişi kalmıştı. Sel gibi yağan yağmurun sokakları yıkadığı ve mavi saten giysiler içindeki iki kadının geçici bir ateşin karşısında Rosalie adındaki bir kızdan ve Lemprière'e oynanan bir 'eşek şakası'ndan söz ettikleri o gece, içlerinden birine karşı komplo kurmuşlardı. Üç ay sonra o ölmüş, Blue Anchor Lane'deki bir odanın içinde boğazı kesilmişti. Bahadır'ın 'Lemprière'in ve kendisinin: Üçü kendi üçgenlerinin içinde tutukluydular. Şimdi bu kırılmış, Lemprière ölmüş ve bu olguyla birlikte Nazım'ın içindeki bir halka özgür kalmıştı, onu görevine bağlayan bir şey, *bul onları*, Nawab'ın sarayında söylenen bu sözler, o garip gergin gülüş, *öldür onları*.

Düşüncelerinin patikaları üzerinde uçuşan ve dış çizgileri bir görünüp bir yitirilen Lemprière, onun belirsiz konuğu, bir anda ve hiç uyarısız görünür olmuştu.

Öbür yanına döndü ve katı madalyonun kaburgalarına battığını duyumsadı: o minyatür, o gri gözlü kadın. Lemprière'in annesi. Yukarıda, iki kadından geriye kalanı bitkinlik içinde hareket ediyordu. Yine bir ateş yakmamıştı. Neredeyse şafak sökmek üzereydi.

Hanın dışındaki kalabalığın arasında, Lemprière'in Blue Anchor Lane'de öldürüldüğü o gecede, bir hafta sonra Ship in Distress'da, neredeyse adını öğreneceği "John..." havada asılı kalmıştı –o garip pembe ceketi içindeki uzun boylu genç adamı hep engellemeler izliyordu; merhum Lemprière'in sağ kolu olan bu adam başlı başına, gezinen bir kazaydı. Genç adam Theobald'la konuşmaya dalınca kendisi sıvışmış ve dışarıda beklemişti. Orada neyle karşılaşacaklarını ve karşılaştıkları bu şeyin kendisine hiçbir katkıda bulunmayacağını bildiği halde onları Blue Anchor Lane'e dek görev bilirlikle izlemişti. Sonunda onu, üzerinde hiçbir iz olmayan bir düzlüğe çıkartan başka bir iz sürme daha ve Nazım kendini bir kez daha, iyi bildiği bir zindanın içinde bulmuştu. Çareyi doklara sığınmakta görmüş, ama *Vendragon*'u yükleme işi bile artık aralıklı olarak yapılmaya başlamıştı. Onun yenilenmiş uyanıklığını günler boyu süren hareketsizlik karşılaşmış ve bu yeni tarzı kabul edişindeki rahatlık kendisini tedirgin etmişti. Bahadır'ı, minyatürde betimlenen kadını ve o anda yukarıda, zorlukla duyabileceği bir ses tonuyla anlaşılmaz sözler geveleyen Karin'i, mavili kadını düşündü. Evi bir çürümüşlük kokusu sarmıştı ve Nazım kadının çöküşünü giderek azalan bir ilgiyle izlemekte olduğunun ayırdına vardı. Kayalığın üzerinde gölgeler yarışıyordu. Nazım değişiklikleri duyumsadı.

Gözetleme görevinin içine girdiği bu yeni evrenin ikinci haftasında, rıhtımın üzerinde bir kasa kırılıp açılmıştı. Bir su çömleği taşıyan birini simgeleyen büyük bir heykeldi, yerde olduğu gibi yatıyordu, hemen büyük bir yelken bezi bulunup onun içinde gemiye taşındı. Le Mara gizlendiği yerden bir yılan balığı gibi ortaya çıkıp atılmış, sonra yine gizlenme yerine geri dönmüştü. Heykel anında oluşturulan bir salıncakla yüklenmişti gemiye. Nazım, bu aksiliği izleyerek, çevreye ve kendi çevresine bakınarak kimse tarafından görülmeden olduğu yerde kalmıştı. Ve yukarıda. Evin tepesindeki pencere aydınlıktı, gemiden bir yüz metre, ama kendi bulunduğu yerden ancak elli metre kadar uzaktı. Başının üzerinden iki tane yüz, rıhtımın üzerindeki fiyaskoyu izliyordu. Bu daha önce, bu yapıda yaşayan tek kişi olarak kabul ettiği yaşlı adamdı, yanında ise, gözlükleri kimliğini belirleyen, aşağıdaki gemiyi ve heykelin ağırlığı altında ezilen adamları izleyen yüzündeki ince kıvrımların bu saptamayı onayladığı Lemprière'in arkadaşı duruyordu.

Lemprière'in kendisi, gülümseyerek, temsilcilerinden ilkini tanıtarak birden ortaya çıkmıştı: *Tanış onlarla, ellerini sık...* Nazım, kasalardan oluşan bir karışıklığının ve ortalığa yayılmış kalasların ardında kenardan gözetliyor, gözlerini yukarıdaki figüre dikmiş bakıyordu, çevresinde dolandığı hanın içinde görüyordu onu, dimdikti, ağzından çıkan her duraksamalı vurguda, başını hafifçe arkaya atışını anımsıyordu. Tıpkı devekuşu gibi yaklaşmıştı, pembe ceketindeki yırtık hâlâ onarılmamıştı. Hafif yırtılma sesi kızgın gürültülerin içinde zar zor duyulmuştu. Farina sakin olmalarını haykırarak düşmanlıkların ertelenmesini sağlamaya çalışırken öfke çevresini sarmış ve kendisi, Nazım, genç adamı yakasından yakalamıştı. Hayvansı kalabalık kavgaya girişmişti. Farina haykırıyordu. Nazım şimdi, giderek daha iyi anlamaya başlıyordu, kentin içine yayılmış büyük, küçük sayısız eylemlerin içinde bulunmuştu, çocuğun ceketindeki yırtık ve sokak köşelerinde toplanmış yoğun kalabalıkların attığı sloganlar, tanımlanması daha zor, daha acil eylemlere, çabucak toplanıp dağılan gruplara, çeşitli anıştırmalara dönüşmüş, kentin cilasının içindeki ufak çatlaklar sismik sessizlikte ağırdan bir biçim oluşturmaya başlamıştı. Yakında, diye düşündü Nazım, ama ne zaman?

Ve yine Lemprière söz konusuydu: Dönen dolabın ortaya çıkartılması konusunda bir kez daha başarısızlıkla karşılaşılınca, kendi kendine gülen, yanıltıcı ve *J'adoube*[1] diye mırıldanan bir Lemprière, Nazım bu adı, Nawab'ın sarayında ilk kez olarak duyduğu ânı anımsadı. Bu ad, şimdi çok uzaklarda kalmış gibi görünen zaman ve uzaydaki bir noktayı işaretlemişti. Nawab'ın emirleri belirsiz bağırışlar, sönen çığlıklar, anlamazdan gelinebilecek yakınmalardı. Öykü aynıydı, çünkü kendisi onları bulacak ve onları öldürecekti, ama şimdi bu, kendisi ve ötekiler arasındaki bir şeydi. Kendisi ve Bahadır. Kendisi ve Lemprière. Hatta kendisi ve yukarıdaki kadın ya da minyatürdeki kadın, ya da ortadan yok olan o iki kişi. Hatta kendisi ve Le Mara.

Çocuk, o sahte Lemprière, daha sonra evden, kocaman kara bir kitapla boğuşarak, rıhtıma bakınarak uzaklaşmıştı. Nazım, Le Mara'yı, izleyen günlerde daha başka olayların ortaya çıkacağı Thames Street'e dek izlemişti.

Bu olaylar kara araba ile birlikte başladı. Bu arabayı en son olarak, kahvehaneden aldığı mavili kadınla birlikte, yayaları iki yana savurarak uzaklaşırken görmüştü. Araba Tower Street'in köşesinde yeniden belirmiş ve Le Mara'nın evinin dışında durmuştu. Rıhtımın üzerindeki olaydan beri üç gün geçmişti. Arabanın kapısı açıldı ve iri yapılı karga burunlu bir adam arabadan aşağıya inip dosdoğru eve girdi. Nazım kapının kapanmasını izledi. İkindi ışıkları sönmeye yüz tutmuştu, ama pencerelerde ışık yanmadı. Nazım evin bodurumdaki yer kapağını düşündü. Adam sabahın ilk saatlerine dek yeniden ortaya çıkmadı. Araba hızla uzaklaştı. Nazım atların toynaklarının kaldırımlarda çıkarttığı ses, yerini gecenin sessizliğine bırakıncaya dek dinledi. Dokuzlar'dan biri daha, diye düşündü Nazım. Şimdi sekiz kaldılar, diye düzeltti kendisini. Lemprière içinde kımıldandı, yeniden ayaklanıp eski haline dönüştü.

İkinci gün aynı olay yinelendi, Nazım araba ve uyuklayan evle birlikte bekledi. Gece yarısını biraz geçe yukarıdaki pencerede bir ışık belirdi ve bundan kısa bir süre sonra Nazım gölgelerin içine büzüldü, çünkü kendisinin yalnızca yirmi, yirmi beş metre uzağında genç bir adam belirmişti, kara bir palto, kara ayakkabılar ve kara çoraplar içinde, neredeyse görünmez durumdaydı, caddeden aşağıya, eve doğru yürüyordu. Kendisini kabul etmek üzere kapı açıldı ve genç adam içeriye girdi. Bir ya

[1] J'adoube: Fr. Onarıyorum. (Çev.)

da iki saat sonra ayrıldığında evin üst katındaki ışık söndü. Yer kapağının altında her ne yatıyorsa bu delikanlının gözlerinden gizli tutulmuştu; kendisine güvenilmeyen, yardımcı bir oyuncu, diye düşündü Nazım.

İzleyen iki gün boyunca Le Mara yine, önceki ayların çabalarının kendi üzerlerine katlanışını izleyen Nazım'ın beklemekte olduğu rıhtıma dönmüştü. Daha önce *Vendragon*'a yüklenmekte olan kasalar artık çıkartılıyordu. Bununla birlikte, bu işle görevlendirilmiş adamlar yüklerini eskiye oranla daha büyük bir kolaylıkla taşıyorlardı. Kasaların boş olduğu belliydi. Nazım, bu kasalarla doldurulmuş bir yük arabasının sokaklardan ağır ağır geçerek Le Mara'nın evine yönelmesini izledi.

Hamalbaşı, yardımcıları ve Le Mara burada indiler. Arabadaki kasalara ötekilerden daha büyükçe iki kasa ekledi. Kiralanmış adamlar bu kasaların ağırlığı altında biraz bocaladılar. Yük arabası yeniden hareket etti ve Nazım yine, Thames Street'ten aşağıya yuvarlanarak ilerleyen, Londra Köprüsü'nün batısına doğru yoluna devam eden ve burada nehri geçen yük arabasını izledi. Londra idari bölgesi, her ikisini de –vagonu ve gölgesini güneye yönlendirdi, geniş cadde yerini, Narrow Wall Road'a, oradan da King's Arm Stairs'e ulaşan dar sokaklardan oluşan bir labirent bıraktı. Araba bir çift geniş kapıdan geçerek avluya girdi. Nazım kapıdaki yazıyı okudu: Coade Yapay Taş Fabrikası. Gökyüzü kasvetliydi, bu, gün boyu böyle sürmüştü. Şimdi yukarılarda bir yarık açıldı ve garip bir ışık bu yarıktan geçerek, kuzeylerde bir yere doğru aktı.

İki kasa arabadan indirildi ve ilkinin kapağı bir çubukla açıldı. Nazım kasanın içinden genç bir kızın çıkartıldığını gördü. Kızın bacaklarında bir gariplik vardı. Şaşkın ifadeli, güzel bir kızdı, uzun kara saçları sırtından aşağıya sarkıyordu. İki adam onu kol ve bacaklarından tutup büyük tuğla yapının, gerisinde birkaç yüksek kulübe bulunan avlunun bir yanını oluşturan kenarı boyunca taşıdılar. Bunların ötesinde daha alçak, daha yaygın bir yapı uzanıyor, sonra ötekinin eşi ikinci bir avlu Fabrika'yı tamamlıyordu. Le Mara bu çirkin alayın peşinden gidiyordu.

İkinci kasa yük arabasının yanında, yerde kalmıştı. Nazım bunun içinden keskin bir tekmeleme, bir kazıma sesinin geldiğini duyuyordu. Ses gelişigüzel patlamalar biçiminde geliyordu. Birkaç dakika sonra Le Mara ve adamları döndüler. Kız yanlarında yoktu. Le Mara'nın yüzü değişmemişti. Yardımcılarının adımları biraz sakıngan gibiydi. Bağırılarak bir emir verildi ve adamlar ikinci kasayı açmaya başladılar. İki adam Le Mara'nın emir vermesiyle kasanın içindekiyle boğuşarak onu yakalayıp dışarıya çıkarttılar. Çıkartılan şey orada durdu, solmakta olan ışığın içinde gözlerini kırpıştırdı. Bu bir keçiydi. Le Mara hemen onun yanına çömeldi ve keçi iki yana sallandı. Arka ayakları bedenini destekleyemedi. Düştü ve yere yığılıp hareketsiz kaldı. Boğazından kan akıyordu. İki adam onu yakalayıp kaldırdılar ve kulübelere doğru taşıdılar. Gökyüzündeki uzun yarık kapandı, akşam yaklaşıyordu.

Bundan sonra olaylar hızlandı. Kara araba belirdi, yoldan aşağıya hızla kayıp kapılardan girdi. Le Mara işaret etti. İki çift göz tarafından gözetlenen bir figür tereddütle ilerliyordu. Bu sahte Lemprière'di, kendilerine doğru geliyordu, Fabrika'nın yan duvarları boyunca ilerlerken yarı yolda durdu, tuğla duvarın içindeki küçük kapıdan içeriye girdi. Kara arabadan bir yolcu indi. Bir an, aynı kız gibiydi, aynı giysiler, aynı uzun kara saçlar. Çizgileri daha ince, daha narin miydi ne? Alacakaranlıkta ve uzaktan söylemek zordu. Sahte Lemprière, Fabrika'ya tuğla yapıyla kulübelerin arasından girmişti. Le Mara kızı kolundan tutuyordu. Kızın yüzünde aynı şaşkın anlatım vardı, sanki gözü kapalı olarak havadan indirilmiş gibi çevresine bakınıyordu. Araba hareket etti, yoldan aşağıya ikinci avluya doğru gitti. Le Mara ikinci kızı, ilkini götürdüğü yoldan, yapının arkasına doğru yöneltiyordu. Nazım yoldan aşağıya, uzaktaki avluya ilerlerken arabayı kullandı, kapılara ulaşıncaya dek arabanın yanında çömelmiş durumda yoldan aşağıya koştu, şimdi kulübelerin arkasındaki yapının uzak yanındaydı. Kız belirdi. Yüzüne bir şey bastırmıştı. Arabanın kapısı açıldı, iri yapılı adam ona yakaladı. Kız savaştı. Nazım kızın tokatlandığını, sonra adamın yukarıdan kızın yüzüne baktığını gördü.

"Pazarlık eden sendin," dedi soğuk bir sesle. Kız çabaladı. Çabucak arabanın içine çekildi ve araba yine hızla uzaklaştı. Nazım içeride bir yerden gelen ayak seslerinin yer değiştirdiğini duydu, adımlar giderek hızlanıyordu, sonunda kapı bir yana savrulup açıldı ve sahte Lemprière birden koşarak avluyu geçti. Nazım hemen bir kasanın arkasına daldı. Çocuk sendeledi, yeniden toparlandı, sonra düştü, yine kalktı, kapılardan geçip sokaktan aşağıya daha hızla koşarak uzaklaştı. Nazım bir an düşündü, sonra onun ardından koştu.

Sonradan mahzenin serin sessizliğinde yatarken, Nazım yaptığı bu seçimi sorguladı. Fabrika'yı araştırabilirdi, içerisi daha sonraki olaylar hakkında kuşkusuz ona daha çok bilgi verebilirdi. Sahte Lemprière, yolun birkaç yüz metre ilerisinde soluk soluğa çökmüştü. Gelip geçenler ona merakla bakıyordu. Yeniden doğrulup yoluna devam ettiğinde bilinçsiz gibi görünüyordu, en yakındaki meyhaneye doğru ilerlerken yolda bir o yana, bir bu yana sallanıyordu. Nazım onun bir bardak brendi, sonra bir tane daha ısmarladığını gördü. Birisi ona çarptı ve delikanlı suçlunun başının tepesinden yakalayarak, ona vurdu. Adam da kendisine vurunca delikanlı yere düştü, sonra bir grup adam onu yakalayıp kapıdan dışarıya savurdu. Genç adam yeniden içeriye girdi, daha çok dayak yiyecekti, ama kaba kalabalığın arasından kara giysili bir adam çıkıp genç adamın yanında durdu. Grup onu alaşağı edebilirdi, ama adamın havasındaki bir şey onların ellerini kullanmalarına engel oldu. Sahte Lemprière kurtarıcısı tarafından yerden kaldırıldı, delikanlı sonra onu da yumruklamaya çalıştı. Daha çok içki içildi. Kurtarıcı barın tezgâhından geriye doğru döndüğünde Nazım bu adamın iki gün önce Le Mara'nın evini ziyaret eden, ayak seslerini duymamış olduğu, güvenilmeyen kişi olduğunu gördü. Ve kendisi meyhanenin kirli penceresinden onları gözetlerken bu iki genç arasında hafif –sahte Lemprière'in yüzünde bereler belirmeye başladıkça daha da hafifleyen– bir benzerlik olduğunun ayırdına vardı.

İkisi birbiri ardına kadehler devirirken Nazım seçimini yanlış yapmış olduğunu anladı. Arabayı izlemiş olması gerekiyordu ya da yük arabasını ya da Fabrika'yı araştırmalıydı. Burada hiçbir şey öğrenemeyecekti, şu Lemprière ölümünden sonra bile, yine kendisini aldatmıştı. Meyhaneden ayrılmış ve oradaki yaşlı bir kadının elma satın alması için kendisine baskı yaptığı Westminster Köprüsü'nden geçerek evine doğru yürümüştü. Stonecutter Lane'deki eve vardığında cepleri elmayla doluydu.

Karin başının üzerinde, yere yatmış uyuyordu. Nazım yer kapağını kaldırdı ve sessizce odaya tırmandı. Elmaları ceplerinden sessizce birer birer çıkartarak kadının yanına sıraladı. Yeniden mahzene döndü. Bir yanlış daha yapmıştı, iz bırakmış, yine kör bir sokağa sapmıştı. Kendisini, daha önce hiç olmadığı kadar denize açılmış gibi duyumsuyordu, içinin derinliklerinde, birbiriyle yarışan, çatışan dalgaların arasında sürükleniyordu. Tek bir iyi davranış yapmış olmak isteğinin etkisiyle, yenilgiye uğraması gerektiğini daha önce hiç olmadığı kadar güçle duyumsuyordu. Kadın uyanmış, yanındaki elmaları bulmuştu. Sonunda güneş yükseldi, parlak ışıltılı bir ışın sızdı. Nazım mahzenin içinde yatarken kadının elmayı çiğnediğini duyuyordu. Kadının onları çiğneyip yutmasını dinledi. Kendi kendisine gülümsedi ve Lemprière de yanında kıkırdadı.

Şimdi, güçlü rüzgârlar daha geniş bir tuval üzerinde açılmaya başlamıştı. Mart ayı Afrika kıyılarının kabuğunu soyuyor ve kuzeye, Akdeniz üzerinden yukarıya, Adriatik'in kısa, kalın ve engin denizlere özgü kıstağının[1] içine doğru yayıyordu. Burada, yürekli ton balıkları parıldayan sardalya sürülerinin arasında yüzüyor, okyanus akıntıları neredeyse onların hayaletlerine teslim oluyordu. Trieste, Fiume ve Venedik çevresindeki kıyıları dürtükleyen suların bu noktaya erişebilmesi kırk yıl almıştı. Cebelitarık Boğazı'nı yeniden görünceye kadar bir kırk yıl daha geçmesi gerekiyordu. Dalga tepelerini kamçılayarak yapay ak taçlar oluşturan mart rüzgârları bu yakalarla buluşuyor ve bu çevrelerin coğrafyası üzerine gizemli hava sistemleri indirmek üzere ileri atılıyordu. Kar henüz Macaristan Stepleri'ni süpürüyor, Klagenfurt Havzası'nda geziniyor, ılık fern rüzgârları[2] Bosna kırıklarını sıkıştırıp Hersek ve Dalmaçya'nın kuru vadilerinden geçmezden önce bu gevşek pudrayı çevreye yayıyordu. Dillere destan Macar kışı sona eriyordu ve Sefer Mevsimi'nin bir kez daha eli kulağındaydı.

Avusturya İmparatorluğu elçisi iz bırakmadan ortadan yok olmuş ve Venedikliler bir Türk filosunun Castel Nuovo dışında harekât yapmasına izin vermişlerdi. İmparator'un kendisi Trieste'ye gitmişti. Viyana'da, Venedik elçisi toplum içinde daha az

[1] Kıstak: Berzah, iki büyük bölümü birleştiren dar bölüm. (Çev.)
[2] Fern: Alp dorukları kuzeyinde esen sıcak ve kuru rüzgâr. (Çev.)

görünür, ama sarayda hiç görünmez olmuştu. Kent içinde kendisinin özel alışkanlıklarıyla ilgili öyküler dolaşıyor ve Alman gazetelerinde incelikli anlatımlarla yeniden beliriyordu. Türk filosu Adriatik'de bir boydan bir boya geziniyordu. Yüzlerce mil ötede, İstanbul'da, Sultan'ın sarayında, Muhammed'in sancağı halkın savaş hevesini canlandırmak üzere yeniden ortaya çıkartılmıştı. İmparatorluk elçisinden hâlâ hiç söz edilmiyordu.

Paris'te, bölünmeler daha az karışık, daha dolambaçlıydı. Görünmez bir emir kendisini görünür olanın ardında belli ediyordu. Bunu yalnızca Kral bilmiyordu. Bütçe Gelirleri konusundaki Resmi Açıklamalar'a *arrêt*[1]lerini yerleştirip, *lettre de cachet*[2]'i yürürlükten kaldırmayı reddederek, sinirli bir Parlemento'yu yatıştırmaya çalışıyordu. "Benim Parlamentom benim sağduyumun uygun bulduğu her şeye saygı ve sessizlikle boyun eğmelidir. Bu konu üzerindeki tartışmalarınızı yenilemenizi son olarak yasaklıyorum." O anda bunu dördüncü kez olarak söylüyordu. Endişeliydi. Birileri portakal ağaçlarını harekete geçirmeyi sürdürüyordu, bu da onun, ne anlama geldiğini kolayca sezemeyeceği bir şeydi. Hem kendisinin hem de Monsieur[3]'ün bedenleri su toplamıştı. Madame[4] ev masraflarında elli bin lui altını kısıntı yapmaya söz vermişti; bu cesaret vericiydi. Kral bir dizi vergiyi yürürlükten kaldırmıştı; kutlamalar için bir opera ısmarlanmıştı. Vendée'den gelen haberler, kendi yaptığı vergi reformlarıyla rızklarına el konulan hoşnutsuz kaçakçıların silaha sarıldığı yolundaydı. Seçkinler Meclisi[5] bütçe gelirlerini yüz seksen beş milyon frank olarak ilan ediyordu. Kral hoşnuttu. Bütçe açığına gelince, Kral bunalımdaydı.

Ve... Paris üzerindeki hava, yırtıcı kuşların avlarının üzerine çullanmalarına, dalışlar yapmalarına, ilkbaharın yaklaşmakta olan ılıklığı gökyüzünü doldururken kendilerini yalnızca havanın kaldırışına keyifle bırakmalarına çok uygun hoş meltemler, alaycı esintiler ve termal rüzgârlarıyla doluydu. Ortamı hava Tanrıları çevrelemişti, orada burada bedenlenirlerken sonsuz

[1] Arrêt: Fr. Yargı, emir, buyruk. (Çev.)
[2] Lettre de cachet: Fr. Hükümdar buyrultusu. (Çev.)
[3] Monsieur: Fr. Eskiden Fransa Kralı'nın küçük erkek kardeşine verilen ad. (Çev.)
[4] Madame: (Fr.) Kraliçe'den söz ediliyor. (Çev.)
[5] Seçkinler Meclisi: Fransa tarihi: Kralın acil durumlarda toplantıya çağırdığı, ayrıcalıklı kimselerden oluşan grup, eşraf, ileri gelenler. (Çev.)

bir yardımseverlik içinde, onu, anakent meleği OK'u, aşağıya doğru, görev yönünde yuvarlıyorlardı... Onlarla karşılaştırıldığında kent çatlak bir fırlatma rampası, kırık bir tabak, Kirli Nehrin ikiye böldüğü, su geçirmez hücrelerin ve asilerin toplanma noktalarının, sinsi toplantıların ve ilişkilerin kamçı gibi dikilmiş tüm izleriyle birbirine geçen, zikzaklanan, üst üste kapladığı rengin içinde derinleşen bir seramik çerçöptü. En solgun izler, en yoğun birleşme yerleri, onun işiydi. Bu, o denli sıradan bir şey gibi görünüyordu ki, Kardinal, Monsieur Calonne'ye haber göndermeli, Duluc'un, Palais de Justice'in tam altında yaylım ateşi gibi yayılan mahzenleri kiralaması ya da Protagoras'ın kenti bilmece gibi saran katakombları araştırmakla görevlendirmesi gerektiğini söylemeliydi, böylece bu kentin en çapraşık ve şaşırtıcı bölümlerine geçilebilirdi, bu geçişlerin çoğu henüz keşfedilmemiş, araştırılmamıştı... *les Cacouacs*'ın sarmaşıksı eylemlerde bulunmasından, ölçülü genişlemelerinden ve aşamalı hazırlıklar yapmasından daha doğal ne olabilirdi? Bu uzaklıktan izlendiğinde her şey çok duru, çok açık görünüyordu. Kim bunu görmezden gelebilirdi? Özellikle de en yakınlarının yoğun onaylama fısıltıları, gösterdikleri sessiz anlayışlar, anıştırmalı göz kırpmalar, nemli el sıkışmalar, neredeyse tümüyle bu işle kuşatılmış gibiydi. Ve portakal ağaçlarını kim *kımıldatıyordu*?

Cherbourg'a odun sevkiyatı gecikiyordu. Savunma hattı (şimdi dağlar gibi yığılmış olan yazışmalardaki resmi dilde, yeniden savunma hattı deniliyordu buna) aylar önce odun ihtiyacı yüzünden programının gerisinde kalmıştı, yukarısı hepsini ve her şeyi güler yüzle karşılar gibi bakıyordu. Morallerinin bozuk, cesaretlerinin yitik olması, en azından korku içinde olmaları gerekiyordu. İş neredeyse durma noktasına varmıştı. (Yüksekteki rüzgârlar gökyüzünü temizlemişti, sakin, mavi bir sonsuzluk izlenimi yaratıyordu.) Kanalın üzerine, yukarısına ve çevresine kocaman ak kümülüs kümeleri yayılmıştı. Aşağıda, Deal'de, kıyıdan uzakta demirlemiş yatan gemiler, *Cockatrice* şalopası ve *Nimble* ve *Wasp* kotraları vardı. Saint George Kalesi'ne doğru yol alan *William Pitt* adlı İndianamenden, Charles Mitchell, Kuzey Carolina'ya doğru yol alan *Commerce*'in ufukta gözden uzaklaşmasını izliyordu. Osmerus[1] ve somon yüklü tek direkli balıkçı tekneleri Thames'in ağzındaki engellerden geçiyordu, kuzey kıyısı çoktan arkada kalmıştı, önlerinde kuş sesleri ve çakıllarla dolu olarak hektarlarca uzanan bataklıksı kıyı şeridinin ardında, Kent'in ağaçlıklı yamaçları yükseliyordu. Nerelerden beri uzanmakta oldukları belirsiz kızılağaç, söğüt, meşe ve huş ağaçları nehir yönünde dizilerek kalabalık nehrin kıyılarını oluşturuyor ve her keresinde, beş ya da altı saat süren gel-git, burunlarını Blackwall'e Yukarı Havuz'a doğrultmuş durumda bağlanma yerlerine doğru giden tekneler üzerinde etkisini düzenli olarak gösteriyordu. *Mexborough Kontesi* Oporto'ya doğru yol almak üzere ayrılıyordu, ama bir gecikme oldu, bir noksanlığın farkına varılmıştı ve Kaptan Guardian, yün balyalarının Hamalların Rıhtımı'na boşaltılmasını izledi. Kaptan Roy aşağıda, çevrede koşuşup duruyordu. Bu sabah Charing Cross'a doğru yola çıkmak niyetindeydi. Francis Battalia, diğer adıyla Taş Yiyen, Cockspur Sokağı, 10 numarada, iki şilin altı pens karşılığında gösteri yapacaktı (kaptanın küt bacakları sendeliyordu), bu adamın çakılları, taşları ve ufak kayaları yutmasını açık ağızlarla izleyen aşağı sınıftan kişiler bunu son derece olağandışı bir olay diye nitelendiriliyordu. "Kişiler dilerlerse beraberlerinde taşlarını getirebilirdi," onlar da öyle yapıyorlardı. İçlerinde pek azı, dosdoğru yukarı çıkan ve ödeme yapması gerekmiyor gibi görünen o ağır yapılı adamların ayırdına varmıştı. Taş Yiyen'in iri dışkılarını inceleyen Bay Boyle (cerrah) bunların renklerinin bej ve kumlu bir yapıda olduklarını bildirdi. Kuşkucular bulundukları yerde kaldılar, bunlardan çoğu gösterişli züppelerdi, ama François bile, kendi içinde yer alan bu hayvan –mineral ortak yaşamının anlaşılmaz bir bağırsak olayı olduğunu tahmin edebiliyordu, kendi yaratısı olan tekniği, Ağza Doğru–Geriye Doğru Takla ve *yutkunma*, Kum Sıvazlama, Çakıl Yaylım Ateşi (bunu yaparken son zamanlarda tepesinde ufak bir Avusturya bayrağı bulunan bir kep giyiyordu) ve Büyük Kaya Yutuşu, bu olayın çevresinde kanat çırpıyordu. Akıp gelen kalabalığın arasında, Farina'nın adamlarının merdivenlerden inip çıkmalarını, koridorlar boyunca yukarıya, oraya, bura-

[1] Osmerus: Alabalığa benzeyen, sırtı yeşilimsi, karnı ve yanları gümüş rengi, eti yağlı, küçük ve lezzetli bir balık. (Çev.)

ya gidiş gelişlerini ve görünüşe göre son derece masumca olan toplanmalarını bile elinde olmadan izliyordu. İçlerinden birisi, dinleyicilerin arkasındaki bir topal denizcinin bastonuna takılıp gürültüyle tökezlediğinde bile, dinleyiciler dönüp bakmamışlardı. Bu durum, casuslar tarafından üzerinde çalışılmış bir sıradanlık havasıyla belirsizce kullanılmış olsa bile, onun sanatı için bir övgü sayılırdı. Solmuş empirmeler ve rengârenk pamuklu giysiler içindeki genç kadınlar ve genç erkekler şaşkınlıkla onu izlemeyi sürdürüyorlardı. İpek ve satenlere bürünmüş gruplar uzakta duruyorlardı. Onlar, kente yakınlarda, Sarti'nin *Guilio Sabino*'sunu söylemek üzere gelmiş bulunan Signor Marchesi'nin altın gırtlağını bekliyorlardı. Adamın sesinin Gabrielli'nin sesinden aşağı olmadığına karar verilmişti, kontraltodan en yüksek sopranonun tizliğine ulaşabilen bir tenor mezzo-bas'tı ve bu, onun ünlü olmasını sağlamıştı. Portamento[1] da ve ifadede aşkın bir yetenek gösteriyordu, üç oktavlık yarı-tonlar üzerinde Cramer'in kemanı kadar hızlı, düzgün ve kesinlikle koşuyordu, böyle söyleniyordu. Artırma çok yüksekti, Lord Lansdowne, özel bir resital için 100 Sterlinlik'lik bir teklif yapmış ve geri çevrilmişti. Bir Coade faturasına yakalanmış bulunan Marmaduke Stalkart artırmaya hiç katılmamıştı. Mart boyunca Storace'nin *La Cameriere Astute*'siyle yarışan şu sevilen opera komiği, *Gli Schiavi Per Amore*'yi yeniden sahneye koymak üzere Signorlar Morelli, Calveri ve Merigi ile anlaşmıştı. Yeterli seyirci vardı ve perde arasında bir *pas seul, pas de deux, cinq, sept* sergileyen, *Bernois* ve *Russe*, her zamankinden daha az yuhalanmıştı. Adam yalnızca kaplumbağalar yüzünden tedirgin olmuştu. Marmaduke bunların en geç marta kadar yerleştirilmiş olmasını istiyordu, ama Fabrika işi geciktirmiş, engellemelerden söz etmiş, özürler dilemişti. Tiyatro severleri Cobb'a gitmekten alıkoyacak yirmi yedi hayvanın kurnazlıkla Haymarket Opera Evi'nin üzerinden dostça sırıtması gerekiyordu, ama dam hâlâ boştu ve bankadaki hesabı da boşalmış durumdaydı. Konseri (gerçek bir zarar kaynağı olan) Yeni Müzikal Fon için iptal etmeyi düşünüyor, ama düş kırıklığına uğramaktan korkuyordu. Kaplumbağalar bir gelse, her şey yoluna girecekti. Coade'de neler oluyordu? Ve tiyatronun duvarlarında belirip duran şu slo-

[1] Portamento: (müz.) Ses kaydırması. (Çev.)

ganlar da neyin nesiydi? Yeşil tebeşirle, *Düşmanı Canlı Ele Geçir, Farina* diye yazılmıştı?

Londra, mart ayında oldukça soğuk ve yağmurluydu. Lincolnshire'ın çoğu yerleri sular altında kalmış ve Londra, geçen yılın bütçe açıklarıyla ilgili haberlerin ardından işten çıkartılan Keltli bakır madencilerinin ve daha da gürültücü ipek dokumacılarına katılan yeni bir hoşnutsuz sığınmacıların akınına uğramıştı. Kader Kurbanları'nın intiharları da sürüyordu. Great Wild Caddesi'nde yaşlı bir kadın bir küvet suyun içinde boğulmuş olarak bulundu ve Kral'ın arabasını çekecek güzel kara atları seçen General Carpenter'in rozetli şapkası Serpentine[1]'den çıkartıldı, göl, solgun bedeni bulununcaya dek ağlar, kancalar ve sırıklarla akşama dek tarandı. Bay Antrobus öldü. Covent Garden'da, *Francomania* adlı üç perdelik bir oyunun açılışı vardı. Cruikshank organları tümüyle ters yerlerde olan bir kadavrayı parçalara ayırdı, cesedin solu sağında, sağı solunda yer alıyordu. Mufti, Craven Bahislerini kazandı ve Napoli Kraliçesi gebe kaldı.

Croatia vadilerinde, Türklerin sessiz ve gösterişli duman bulutlarının hemen ardından gecikmiş ses patlamaları duyuluyordu. Topun kırık yayı üçlü bir atış yapıyor, top gülleleri, duman pufları ve top sesleri arasında, *dink an sih* diye gümlüyor, sahneyi ufak parçalara ayırıyordu. Sahne çok hareketsiz, çok fazla hareketsizdi...

Ama mart ayı tuhaflıklarla doluydu ve bu yüzden Domuzeti Klübü, bu saatlerde genellikle bir bardak *Maraschino de Zara* ile ve ayakkabı tokalarındaki Paris modasıyla ilgilenmekteydi, bu gün ise kafalarını cinayete yoruyorlardı. Craven Arms'da toplanmışlardı.

"Bir keçi mi?" Walter Warburton-Burleigh gözlerini Avusturya-Türkiye arasındaki çatışmayla ilgili bir rapordan ayırmıştı.

"Bir keçi," diye onayladı Monsieur Mustachio ve *Lud'un Kent Haberleri*'ni yüksek sesle okudu, "Önceki gece, Coade Yapay Taş Fabrikası'nın yakınındaki Kings's Arms Stairs'in tepesinde, bir grup salapurya tayfası tarafından, on beş ile yirmi yaşlarında, koyu renk saçlı, üzerinde pahalı giysiler olan bir kız

[1] Serpentine: Londra'da, Hyde Park'taki yapay göl. (Çev.)

bulunmuştur. Kız, boğazlanmış bir keçiden oluşan bir hamağa sarılı durumdaydı–"

"Keçi!" diye hayretle bağırdı Kont. "Korkunç!" Septimus heyecanla, boş yere *Dünya* gazetesinin sayfalarını karıştırdı. Lemprière yerinden kıpırdamadı.

"'–Kızın boğazı bir boydan bir boya kesilmişti–'"

"Nerede?"

"Bay Rudge, Albay Rudge, çeşitli can çekişme belirtilerine bakarak kızın aynı gece öldürülmüş olduğunu söylüyor." –Lemprière birden ayağa kalktı– "Ne kızın ne de katilinin kimlikleri şu ana dek biliniyor. Hey!" Lemprière, Monsieur Musstachio'nun iskemlesine çarpmıştı, sendeleyerek kapıya doğru yürüyordu.

"John?" Kont yerinden doğrulmuştu. Septimus başını kaldırıp baktı.

"Juliette," dedi Lemprière. "Bu kız Juliette." Sonra gitti, kapı ardından çarparak kapandı ve Domuzeti Klübü'nü tedirgin bir sessizlik kapladı. Bu sessizliği Boksör bozdu.

"'Leydi Yonge'un Konseri'ne," diye heceledi, kalın parmağıyla gazete sayfasına bastırıyordu, "'baba kız Casterleighler de katıldı.' O ölmemiş."

"Yalnızca uyuyor..." diye mırıldandı Warburton-Burleigh.

"John ne demek istedi?" diye sordu Kont ortaya, bakışları sonunda *Dünya* gazetesinin üstünden bakan Septimus'un üzerinde karar kıldı.

"Ne demek istediğini yalnızca John bilir," dedi Septimus geçiştirerek. "İşi yüzünden. Şu sözlük onu zaman zaman garipleştiriyor." Bu konuyu sürdürdü. "Geçen gece Lambeth meyhanesinde denizcilerle dövüşmeye kalkıştı, onu yerden kaldırmak zorunda kaldım." Domuzeti Klübü bundan hafifçe etkilenmişti.

"Bu haberi bulamıyorum," diye homurdandı, ateşin yanındaki bir adam.

"Ben de bulamıyorum," dedi bir başkası, sütunları araştırarak. Olumsuz yanıtlar içeren bir koro toplanmaya başlamıştı, aslında böyle bir öykü, başka hiçbir gazetede, hiçbir biçimde yer almıyordu.

Denizciler kızı, King's Arms Stairs'den suların geri dönmesinden bir saat önce kepçeyle çıkartmışlar ve onu, başı yukarıda, totem gibi taşıyarak nehrin üzerinden gerisin geriye, Bow Street'e taşımışlardı. Kızı beş adam bulmuştu. Bu alay oraya varıncaya dek yüz kişiyi bulmuştu ve Sir John, katilinin kanı için uluyan bir ayaktakımı kalabalığının önünde, elleri belinde dikildi. İki kolunu kaldırarak onları uyardı, "Baylar, hepiniz çok iyiydiniz." Ama henüz doyurulmamış iştahlar, taşma noktasına gelmiş gereksinmeler, bir şeyi, birini kurban etme dürtüsü duyumsuyordu, Sir John, Aulis'te kitle halinde yığılmış askerlerin önündeydi ve keçinin sarı gözleri üzerine dikilmişti. *Ne yapmalı? Ne yapmalı?*

"Adalet yerini bulacak," diye güçlü, bas bir ses tonuyla konuştu, bu, bağışlanmaz intikamın sesiydi, istedikleri buydu. Kanlarında ayaklanan azgın hırslarının dizginleri boşalacak olsa adalet, canlı canlı gömmek, kol ve bacaklarını kopartmak ve imgelemeye gereksinim duydukları herhangi bir şeyden ibaret olacaktı. Aman Tanrım, şimdi bu ayak takımına bir kurban fahişesi uzatan Pandar[1] mı olmuştu? Ama işte dönüyorlar, geri çekiliyorlardı. Hiçbir gel-git çevrelemeyecekti onu, bu gece olmayacaktı; bu gece düzen dağıtan bir işaret kulesiydi, evet, güvence yollarını körü körüne ışığıyla aydınlatan uzun bir kuleydi.

Ama bu kötüydü, yani bu defaki. Simgeler bir cemiyeti işaret ediyordu: Keçi, keçinin yarılmış karnını pürüzlü bir dikişle birleştiren altın tel, nehrin kıyısındaki basamaklara keçiyle birlikte bırakılan ve orada suların yükselmesini bekleyen bir ceset içindeki başka bir ceset olan kız, iyi hava ve hızla yelken basabilmek için yapılmış bir adaktı.

"En az on beş, en fazla yirmi yaşında," dedi Bay Rudge sonradan, şarabını yudumlarken ve Sir John keçinin dikişlerinin açılıp içindeki meyvenin nasıl ortaya çıkartıldığını dinledi. "Ve güzel. Uzun kara saçları var. Birazcık bakımsız." Boğazı kesilmiş, bıçak bir boydan bir boya çekilmiş, öne doğru itilip dışarı çıkartılmıştı. Sir John. Peppard'ın cesedini düşündü, profesyonel bir cinayet. Aynı elden miydi?

"Evet, sanırım bu mümkün." Su leğenin içinde hızla akıyordu. Bay Rudge ellerini yıkıyordu. Ama simgeler... daha ileriye doğru uzanan eylemin eklentileri. Bunlar kalabalığı etkile-

---

[1] Pandar: Pandarus, Truva önderlerinden biri. Cresida'nın, iki sevgili arasında arabuluculuk yapan amcası. (Çev.)

mişlerdi, kendisini ve hatta Rudge'ı. Morgun en soğuk mahzenin içinde, karanlığa tek gözle bakan mavili kadın; altın, yanlarında delikler açan, ağzından dışarı taşan o iğrenç küme, engel oluşturan etin düşüp gitmesi için bekleyen kadından geriye kalanlarla birlikte soğumuştu artık. Soğuk, yankılı havada tatlı bir koku asılı kalmıştı. Kız çürüyordu ve Rudge onun gömülmesini istiyordu. Buna cesaret edemezdi. Sessiz kalmasını sağladığı kişinin, genç Kont'un konuşmayacağına güvenilebilirdi. Yine de, o gece boşta kalan ucun peşine düşmemişti. Arama grubunun cesedi bulmazdan önce aradıkları kişi, Lemprière'di. Tatlı koku şimdi daha da artmıştı, kokuşma kendisinden geliyordu, hepsinden. Rudge'un ayak sesleri yassı taşların üzerinde sürükleniyordu. Bu katili bulmak zorundaydı. Kalabalık kurban istiyordu. Onların bu gereksinmesini doyurmak zorundaydı. Farina orada, dışarıdaydı, barınaklarda ve avlularda, görünür ve görünmez geçitlerde, Sir John'un yanlışını bekliyordu. Kız hakkında çoktan bilgilenmiş olmalıydı ve eğer bu olay, şu Peppard'ın ölümüyle bağlantılıysa, o ilk kadının öldürülme nedeni de açıklığa kavuşurdu, bu ritüelin anlaşılmaz özünü dilediği her şeyle doldurabilirdi, her tür korkuyla, dikkatle kanalize edilmiş herhangi bir yırtıcılıkla. Hava şimdiden değişmekteydi, başkaldırma dürtüleri ve torbalar dolusu çarpıklıkla kesişen soyluluk anlaşması engellenmiş bir sıklıkla belirsiz ve anlaşılamaz alanlarda ortaya çıkıyordu. Garip eylemler yürürlükteydi. Lord Barrymore ve Duke of Bedford arasındaki şu çok dile düşmüş kedi yeme yarışması geçen hafta üçüncü turuna girmişti. Hem de canlı kediler. Carpenter'in intiharı, doğrusunu söylemek gerekirse, genelde intiharlar, onu rahatsız ediyordu. Ve rakamlar yükseliyordu. Politik gövdenin içi dışına çıkıyor, organlarını açık seçik ortaya sererek kaba parmakların kendisini sıkıştırıp itiştirmesine izin veriyordu. Ahlaksal örnekler sergileme zamanıydı, ama yüksek tabaka 'birer tabakhane çırağı' gibi giyiniyor ve 'Kahvelerini Lloyds'da alan çıraklar' gibi davranıyorlardı. Farina'nın orada, dışarıda biriken ve toplanan hastalıklı etkisine karşı siperler, engeller kurmak gerekiyordu. Henry olsa ne yapardı? Göz kamaştırıcı, şık bir şeyler, diye anımsadı Sir John kederle. Hızlı algılama ve Arama'ydı, kendi parolası. Bunu yanlış kullanıyor gibiydi. Neyi hızlı algılama? Nereyi arama? Kötülük çoktan buraya, kentin içine kadar girmişti. Belki de hastalık kentin ta kendisiydi.

Çürümenin pis kokusu artmıştı. Rudge'ın korkunç hareketleri, korkunç ufak kesme sesleri ve keskin yırtılmalar onun düşüncelerini ölü etiyle dolduruyordu. Pıtır pıtır bir ayak sesi duyuldu, oğlan geliyordu.

"Efendim?" Evet. Yukarıda bir kadın, bir saattir bekliyordu. Westminster Köprüsü'nden bu yana cesedi izlemişti.

"Bir dakika sonra geliyorum." Sir John çocuğu aceleyle geriye yolladı. Çocuk gelişme gösteriyordu. Boynundaki tasma artık gerekli değildi.

"Rudge!" diye seslendi. Meslektaşı cesedin üzerindeki keçi kanını ilaçlı bezle temizliyor, tenin yüzeyi üzerinde sistemli bir biçimde çalışıyordu.

"Sana bir ad söyleyeceğim, olmayacak bir ad..." Rudge bir iki kez hafifçe vurdu, sonra iri yapılı Sir John'a baktı. "En sıradan, ama aynı zamanda en olmayacak bir ad."

"John Smith," dedi Rudge hemen.

"Çok doğru." İkisi de, gözleri ardına dek açılmış, şimdiden kedere batmış durumda Peppard'ın odasına dalan genç adamı düşündüler ve arkasından gelen ve ona kısaca, "John," diye seslenen daha sakin Theobald'ı.

"Smith değil mi?" diye atıldı Rudge.

"Smith olmadığı kesin. Ama ne?"

"Adamın kardeşi, Theobald, biliyordur. Birlikteydiler. Her neyse, zaten ceketi bir ilan tahtası gibiydi. Parlak pembe."

"Kuşkusuz, baş–" Sir John neredeyse 'başlangıç olarak' diyecekti, ama bu sözcüğün yeri değildi; zamanlar artık onarılamaz biçimde bileşik olmuştu. "Bay *Smith*," diye alay etti Sir John.

"Ve gözlükler," diye ekledi Rudge, Sir John yukarıya çıkarken, havanın içindeki çürüme kokusu giderek anlatılamaz derecede ağırlaşan mahzende lifleri bir araya getiriyor, kırt kırt kesiyordu, çözüm ve çözülme bir aradaydı, cesetler aşağıdaydı, bu arada çocuk kendisini, beklemekte olan kadına doğru götürüyordu, içeriye girdiği anda kadın, zor anlaşılır bir aksanla, gevezeliğe başladı, konuşmalarında saçma ve sağduyu birbirine karışıyordu.

"Susun," diye emir verdi Sir John. Kadın iskemlesinde kıpırdandı. "Ne söylemek istiyorsunuz?"

"Kızı gördüm efendim, onu getirirlerken gördüm. Anlıyor musunuz, dışarıdaydım, oradaydım, anlıyor musunuz ve düşündüm ki, kaybolmuştu efendim, o çok..." Sir John meseleyi anladı.

"Yani bu kızı, bu gece öldürülen kızı tanıdığınızı mı söylemek istiyorsunuz?"

"Ah, evet, onu tanıyorum, efendim, hemen hemen öyle. O Rosalie'dir, anlıyor musunuz, efendim–"

"Bu kadını doyurun," diye emir verdi Sir John. "Bir saat sonra onu bana getirin."

Kapının dışında, mırıldanarak ve ayaklarını sürüyerek, yağlı saçları ve mürekkepli parmaklarıyla gazeteciler duruyor, şimdiden kaşlarını çatıyor, en kötü kokulara sahip kötü haberleri bekliyorlardı, çünkü Sir John'un içindeki sansürü sezmişlerdi.

"Tek sözcük yok," dedi Sir John bu başkaldırı tayfasına yaklaşırken. "Tek bir sözcük bile yok..." onların dokuz dilli karşı koymaları ve *Lud'un Kent Haberleri*'nin tedbirsiz boşboğazlığı sayılmazsa, böyle de oldu. Gazeteciler hâlâ, kader kurbanlarının intiharları, Lade'in ve Bullock'un Büyük Horoz Maçı, Mendoza'nın Epping'deki savaşı, Kelt bakırlarının çöküşü, keten bezi ticaretindeki tedbirsizlikle ilgili öyküler, Paskalya göçüne karşı hicivler ve Blackfriar's Road'da bir buldoğun saldırısına uğrayan atlılarla ilgili uzun uzun makaleler, Kadınsı Engeller için Welch Hapları ve Bakirelere Göre Olmayan Yakınmalar konusunda genişletilmiş reklamlar basıyorlardı, tüm bunların arasında bir de Leydi Yonge'nın konseri hakkındaki haber vardı...

"'... katılanlar arasında baba, kız Casterleighler de bulunuyordu.'" Septimus gazeteyi Boksör'den almış ve arkadaşını aramak üzere ayrılmıştı.

"Coade'de gördüğün her kimse, o Juliette Casterleigh değildi. O yaşıyor ve önceki gece keyfi yerindeydi, oturmuş Handel'i ve" –gazeteye daha yakından baktı– "Clementi'nin Cenaze Marşı'nı dinliyordu!" Masasının üzerine kapanmış olan Lemprière acı acı güldü.

Söz konusu olan gece, Westminster Köprüsü'nü geçerek birlikte eve dönmüşlerdi. Lemprière, sarhoştu ve kayıkçılarla yaptığı karşılaşmadan sonra hırpalanmış durumda arkadaşının koluna girmişti. Aylarca önce, yağmur her ikisinin de üzerine boşalmaktayken Juliette'in adını ilk olarak ağzından kaçırdığı yerden geçerlerken akla uygun olmayan şeyler gevelemişti. Geçmekte oldukları köprünün ve altından akan nehrin pek de farkında değildi, ama Lemprière, elmalarıyla gelen geçenin başını ağrıtan yaşlı kadını anımsamış ve arkadaşından ayrılmıştı. Kadından bir elma kaparak yukarıya kaldırmıştı.

"Tanrıların besini!" diye bağırarak bir o yana, bir bu yana dönmeye başlamış, elmayı, şaşıran ağırbaşlı kadınlara ve pazar işçilerine vermeye çalışmıştı, sonunda Septimus satıcıya elmanın parasını vermiş ve hâlâ bağıran, aptalca küfreden delikanlıyı çekerek uzaklaştırmıştı. Southampton Street'e yaklaştıkları sırada Lemprière sakinleşmişti. Kapıya vardıklarında sürdürmekte olduğu ağız kalabalığı azalmıştı.

"Demek onu öldürdüler," demişti heyecansız bir sesle. "Artık Juliette'i öldürdüler."

"Kim?" diye sormuştu Septimus. Ama Lemprière sesini çıkartmamıştı. Juliette'in yüzü gecenin içinde hızla uzaklaşıyordu, bir at, gölcükten aşağı akan derenin kıyısında topraklarını şakırdatıyordu, bunların hepsi geçip gitmişti.

"'... ve akşam büyük bir neşe ve *bon ton*[1] içinde geçti,' diye tamamladı Septimus. Lemprière ilk tepkisi inanmamak oldu, bunu bir rahatlama izledi. Ayağa kalktı, oda dönüyor, duyguları değişiyordu. Onun 'ölümü'nü izleyen iki gün boyunca incecik bir tabakaya dönüşen buzun üzerinde yürümüştü. Soğuk sular her saat, kendi tuzağını, yer kapağını açacak olan o ilk çatlağı beklemişti. Kız yaşıyordu, kız canlanmıştı ve Lemprière bu olgunun ağırlığı altında yatağına çöktü. Başı düştü. Sonra ilk kuşku, kuşkunun şişmekte olan ilk tohumu düştü.

"'Bu Taş Yiyen...'" Septimus yüksek sesle okuyordu, ama Lemprière dikkatini yalnızca kendi düşüncelerine vermişti. Eğer Juliette değilse, kimdi o zaman? Onun yerine kim ölmüştü? Juliette'in baş aşağı duran ve kanla maskelenmiş yüzündeki o gevşek ağız. Kanın taş zeminin üzerine hızla damladığını duy-

[1] Bon ton: (Fr.) Kibar kimselerin tarzında. (Çev.)

du, kız soğuk ve ıslak kapanında, kendi yerine geçen keçi leşinin içinde sallanırken zincirin halkaları birbirine çarpıyordu. İphigenia.

Çünkü öykü sürüyordu. Aulis'teki sunağın üzerine kızın yerine keçiyi bırakarak onu Taurica'ya götürdüler; Diana'nın rahibesi olan kız artık sıra kendisine geldiğinden bıçağını kurbanlar üzerinde kullanmaya başlamıştı. O ülkede yakalanan her yabancı sunağın üzerine düşüyordu, ancak bir gün, iki Yunanlı, Argives ve kendisi gibi iki yakın dost, sürüklenerek önüne getirildi. O uzun sürgünün İphigenia'nın merakını ateşlemiş ve kızın onlardan vatanında neler olup bittiğini öğrenmek istemiş olması şaşırtıcı değildi. Erkek kardeşi Orestes'e mektuplar yazdı ve adamlarına, bu ikiliden birinin mektuplarını taşıması için özgür bırakılmasını söyledi. İki dost mektupları bir diğerinin götürmesi için birbirlerine yalvardılar, sonunda ikisinden biri, Pylades mektupları götürmeye razı oldu. Bununla birlikte mektupların kime yazılmış olduğunu görünce, İphigenia'ya bu mektupları kendisinin vermesini söyledi. O gitmeyecekti, kıza böyle söyledi. Buna gerek yoktu. Mektupların alıcısı zaten oradaydı. Arkadaşı, Orestes'in ta kendisiydi: O, kızın erkek kardeşiydi. Ege Denizi'nden uzaklarda bir birlik kurulmuş, Atreus'un sarayındaki payandalardan biri daha düşmüştü. Üçü birlikte Taurica'dan kaçtılar. Diana'nın heykeline gelince, üçünün devirdiği bu heykel sonradan İtalya'daki Aricia koruluğuna dikildi. Delikanlı sonra bazı bilgi kaynaklarını saydı, Pausanias, Ovid, Virgil, ama Aulis'teki kurban töreninden söz etmedi. Lemprière maddeyi imzaladı ve *Cuma, 14 Mart, 1788* diye tarihledi.

Orates ve Pylades, Theseus ve Pirithous: Bunlar dillere destan olmuş dostlardı. Pirithous, yeniden tanıdığı Theseus'la karşılaşmak ve katil Minotaur'un yürekliliğini ölçmek için işi onun ülkesine saldırmaya dek götürmüştü. İki adam savaş meydanında derhal dost olmuşlar ve sonradan cehennemin alevleri bile bu ikiliyi ayıramamıştı. Septimus bir gün sonra bunu ve öteki maddeleri almaya geldiğinde, Lemprière duraklayıp kendi arkadaşlıkları üzerine düşündü. Yüzündeki bereler kaybolmuş, bacağının üzerindeki morluk gösterişli, ama acısız bir ize dönüşmüştü. O geceden kalan tek hasar, kaplumbağa kalıbını yakaladığı sırada Coade Taşından kopan bir parçanın elinde oluşturduğu kesikti. Ertesi sabah bu parçayı hâlâ elinin içinde sımsıkı tutmakta olduğunun ayırdına varmıştı. Bu parça şimdi şömine rafının üzerinde duruyordu. Kesik iyileşiyordu ve kuşkusuz Septimus yaranın daha kötüleşmesine engel olmuştu. Yine de Septimus, İphigenia'nın mektubunu onun alması için diretir miydi ya da iki düşman ordunun içinde karşılaştıklarında onu bir dost olarak karşılar mıydı? Lemprière'in bu konuda kuşkuları vardı ve daha kötüsü, böylesi bir durumla karşılaşıldığında arkadaşının bunu kabul etmemek için, bir dizi göz kamaştırıcı ve akla uygun özürle çıkageleceğini düşünüyordu.

"Belki tüm bu öyküyü sen hayal etmiş olabilirsin," diyordu Septimus son dilim salamı alırken. Ama Lemprière bunu hayal etmemişti, ölü kız, ister Juliette olsun, ister olmasın, bir gerçekti. Soru döndü. O, *Vendragon*'un amacının ne olduğu konusunda bir ipucu elde etmek için gitmişti fabrikaya ve hiçbir şey bulamamış, ama o anla şimdi arasında geçen günler boyunca o geceyi çevreleyen daha başka olayları da anımsamış, bu arada kendi doğası ortaya çıkmaya başlamıştı. Kendisini buna yönlendiren yine Septimus'tu.

"'Onu öldürdüler!' derken, ne demek istiyordun?" diye sordu Septimus, Lemprière maddeleri toparlarken. "'Onlar,' dediğin kim?" Ve Lemprière'in bu soruyu verilecek gerçek bir yanıtı yoktu, elinden yalnızca Peppard'ın izlenmekte olduğunu söyleyerek kendisine yaptığı uyarı vardı, Blue Anchor Lane'deki oda aklına gelince, tıpkı kızınki gibi kesilmiş o boğazı düşündü, karmaşık bir korkuydu bu.

"'Onlar', 'ben' değil," dedi uzak bir sesle, sözcükler ağzından çıkar çıkmaz, ne anlama geldiğini kavramıştı. "O kızı ben öldürmedim. Onu et gibi doğrayıp bir kasap çengeline asan ben değilim. Bunu onlar yaptı. Ve Peppard'ı da onların öldürdüğüne inanıyorum." Yere doğru baktı, bu düşünceyi daha ileriye götürebilir, sonuca varıncaya dek izleyebilirdi, ama o anda bu kadarı yeterliydi.

"Ben deli falan değilim." Açık bir sesle konuşuyordu, bir an için donakalan ve söyleyecek söz bulamayan Septimus'a baktı.

"Çok iyi," dedi adam sonunda. "İyi iş çıkartmışsın. Şimdi eğer bu salamı yemeyeceksen..." Lemprière aralarındaki mesafenin daha da genişlediğini duyumsadı, sanki birbirinden oldukça ayrı iki düzenin ürünleriydiler.

İzleyen haftalarda sözlüğüne döndü. Daha doğrusu sözlüğünün üzerine kapandı. Daha önce 'A'dan başlayıp 'Z'ye doğru sistemli olarak çalıştığı halde, şimdi garip bir öfke içinde gelişigüzel çiziktiriyor, karalıyordu. Çalışma alışkanlıkları belirli hiçbir sisteme bağlı değildi, maddeleri yazarken onları hiçbir kalıba uydurmuyordu. İlgisini çeken karakterlerin öykülerini kovalıyor, sonunda bunlardan bıkınca ötekilere geçiyordu. Metinleri gelişigüzel açıyor, başlıkları şansa bırakıyor, heveslerini izliyor, yazı tura atıyordu. Herhangi bir sağaltma işlevi görmekten uzaklaşmış olan maddeler yazarlarının tutkularından başka bir rehberin önderliğinde ilerlemiyordu. Herhangi bir zamanda ya da tüm saatler boyunca, herhangi bir koşulda yazıyordu. Bu, bir tür kurtuluştu, bir saplantıyı gitsin diye koyverme, aynı zamanda zihninin gerisinde bir yerlerde dönüp duran ve sözlüğün kapsamı dışında bulunan bir sorudan bir kaçıştı. Artık şu ya da bu saptırılmış metnin ayrıntıları üzerine kafa yormuyordu. Düzeltmelerle kendisini çok fazla sıkmıyordu. Yaptığı göndermeler giderek belirsizleşmeye başlamıştı ve Septimus, Cadell'den sel gibi yağan ufak yakınmalar aktarıyordu, bunların tümü, bu gidişle sözlüğün temmuzda biteceği olgusuna dayandırılıyordu (Septimus buna hemen işaret etmişti). Genç adam, maddeleri toparlamaya gereğinden daha sık uğrar olmuştu. Genellikle yanında Lydia oluyordu. İkisi Lemprière'i çeşitli gezilere heveslendirmeye çalışıyor, ama delikanlı bunları yalnızca dikkatini dağıtacak şeyler olarak görüyordu. Onların dayatmalarından tedirgin olmaya başlamıştı. Örneğin, bir kedi yeme yarışmasını izlemeyi ya da Burges'deki egzotik ağaçları görmeyi hangi nedenle istesindi?

"Portakal ağaçları, Citron ağaçları, Yasemin ağaçları..." Septimus bir el ilanını yakalamıştı.

"Arap ve Katalan," diye okuyordu Lydia onun omzunun üzerinden.

"Hayır," dedi Lemprière.

Lydia, onun sağlıksız, hatta hastalıklı bir iş yaptığını düşünüyordu. Onun sözlüğü bulaşıcı bir hastalıktı. Kız, Septimus'un zorlamalarına katılıyor ve hatta delikanlının kabul etmemesi karşısında huysuzlanıyordu. Lemprière bunun ona hiç yakışmadığını düşündü. O ağaçlara bakmayı istemiyordu, Lord Barrymore'un bir kediyi yediğini izlemek için hiçbir istek duymuyordu. Onun işini sürdürmekten başka hiçbir isteği yoktu ve hepsi de bu kadardı. Bununla birlikte, onların davetleri sürdü ve hatta yoğunlaştı. Lydia, Burgess'deki depodan bir portakal ağacıyla geri döndüğünde –Septimus bunu Savoy Step'ten buraya kadar yol boyu taşımıştı– delikanlının direnişi zayıflamaya başladı.

İşin aslında, bu korkunç bir şeydi, sarı küvetinin içinde, çirkin ve dağınık dallarıyla bir buçuk metre boyunda bir ağaçtı. Çeşitli ağaç hastalıkları çoktan her yanını sarmıştı, ince uzun gövdesini kabarcıklar ve reçineli yaralar kaplamıştı, şükür ki çok az olan yaprakları gevrek ve kâğıtsıydı, üzerleri kuşkulu yaralar ve parazit izleriyle beneklenmişti. Yapraklarını çeşitli sinek ve böcek kolonileri sarmıştı, yaşama alanlarının darlığı karşılamak için büyük bir güçle ürüyor ve sık sık odanın içinde oraya buraya saldırıyorlardı.

"Odanı neşelendirecek," dedi Lydia. "Ve daha büyüyünce, portakal yiyebilirsin."

Portakal ağacına bakan Lemprière, sığınmacısının bu sürgün yerine karşı inatçı bir alınganlık içinde olduğunu sezdi. İstekle portakal ağacı dizilerini, güneşte yanmış dönümlerce kumlu toprak üzerinde uzayıp giden şişkin su kabakları ve bunun gibi şeylerle yüklü verimli fidan sıralarını düşündü, bunların hepsi ne kadar uzaklarda kalmıştı, odasını ele geçiren bu nesne orada ne denli mutlu olabilirdi. Yine de etkilenmişti ve Septimus, birlikte gidip Charing Cross'ta taş yiyen adamı görmelerini önerince, yanıtı, "Bu ay olmaz," olmuş, "Hayır," dememişti.

"Mükemmel," dedi Septimus. "On dördünde gideriz." Lydia da heveslendi ve Lemprière tüm bunlardan ötürü hafifçe utanmaya başladı.

Deli gibi çalıştı ve bu projeye başladığından beri ilk kez, işinin kendi içine girmeyip kendisini işinin içine girdiğini duyumsadı. Yazıları dağlar gibi yığıldı, bir yazı biter bitmez isterse şeytanın eline geçsindi, onun umurunda bile değildi; üretimini önemsemiyordu. Hiçbir şeyi yeniden gözden geçirmiyordu.

Ve zihninin gerisinde, bu eylemin merkezinden çok uzaklarda, o soru hâlâ dönüp duruyordu. Eğer Juliette değilse, kimdi? Bu soru kendisine yabancı değildi, ama kılık değiştirmiş bir biçimde geliyordu. Bunu düşünüp canını sıkacak değildi. Çok meşguldü, karmaşık bir durumdaydı ve kendisine karşı hoşgörülüydü. Yine de ayın sonuna yaklaşırken, bu soru, batmazdan önceki son birkaç saniye içinde yuvarlanan, yalnızca bir kez görülebilecek ve bir daha asla tekrarlanmayacak bir görüntü sergileyen bir gemi gibi yuvarlandı ve ona, kuşkularını artıran, aynı zamanda özlemlerini yoğunlaştıran bir görünüm sundu. Eğer bu kız Juliette değilse, o zaman niçin ona bu kadar çok benziyordu? Bu değişik bir evreydi. Geminin ambarından içeriye havanın hızla akmasından, gemi omurgasının ve yaralı teknenin sulara batmasından önce, kendisini son olarak göstermesinden önceki anda, en sonunda bu ânın içinde, kendi kendisine, Juliette'in hangi rolü oynadığını sordu.

Bu gibi kaygılardan uzakta, kentin gölgeli parkları ve bahçelerinin içinde martın yumuşak bir sona ulaşmasıyla badem ağaçları ve hanımeli çalıları tomurcuklanmaya başlamıştı. Ayın son gününde bektaşiüzümü çalıları tümüyle yapraklanmış ve ilk yaz sinekleri ortaya çıkmıştı. Birden bire mart, nisan olmuştu.

***

Nisanın ikinci haftasında kare yelkenli, iki direkli bir gemi Constantinople Limanı'na ağır ağır yanaştı. Ege filosundan ayrılan *Teşrifati* şalopasına, Gazi Hasan'ın Midilli'deki denizcilik okulundan yeni mezun olmuş taze bir yüz kaptanlık ediyordu. Halil Hamid bu ilk kumandanlığını, *Teşrifati*'nin, her birine on dört top yerleştirilmiş bordalarından ateş etmeye hazır, iyice yağlanmış bir dövüş makinesini arşipelin dar kanallarından ustalıkla manevralarla geçireceği, düşmanın kokusundan ve daha üst bir göreve atanma umudundan başka bir şey bilmeden günler ya da haftalar boyu yaşayacağı düşüncesiyle almıştı. Oysa karşısına, hoşnutsuz tayfası, kokuşmuş balıktan oluşan stokları ve nemli barutuyla, sızdıran bir tüp çıkmıştı. Nemli barut kokusu, *Teşrifati*'nin yirmi dört topundan ancak üçte birinin ateş edebildiği düşünülecek olursa önemsizdi, geriye kalanının ise kendi kendilerini, topçu tayfasını ve sonuçta da gemi cephaneliğini havaya uçurma olasılığı bulunuyordu. Emirlerine karşı eğitimli bir itaat beklerken, en iyi olasılıkla tembellik konusunda işbirliği, en kötü olasılıkla da alışkanlığa dönüşmüş başkaldırı dürtüleri ile karşılaşmıştı. Hepsi birden borçlular, zorunlu askerler, önemsiz hırsızlar, *kif* ve afyon müptelalarından oluşuyordu. Şimdi alt güverteden tatlı dumanlar yayılıyordu. Gemi yumuşakça limana girerken Hamid raporunu bir daha gözden geçirdi. Rapor kısa ve özdü. "Lissa ve Ancona arasında iki aylık seyir. Önemli hiçbir şey gözlenmedi." *Teşrifati* yanaştı ve Hamid, tayfasının iskele tahtasından aşağı ayaklarını sürüyerek inişlerini izledi. Hepsinin görünüşünden tiksiniyordu. Kuşkusuz, umuda karşın umut besliyordu, kuşkusuz bunlar gemiyi terk edip gidecekti.

İki gün sonra tüm tayfa gemideydi. Her biri. Trabzon'a doğru yola çıkmakta olan bir savaş gemisine binerlerken topluca yakalanmış, elleri kelepçeli olarak getirilmişlerdi. Şimdi güverte altında zincire vurulmuşlardı. Hamid her şeyi kendisi yönetmek zorunda kaldı. Kokuşmuş balıkla dolu eski fıçıların boşaltılmasını ve yerlerine yenilerinin konulmasını gözetti. Midilli'deki mühimmat deposuna götürülecek güherçile yükü alt güvertenin her yanına istiflenmişti, anladığına göre buraya gelişinin amacı buydu. Varacakları hedef kendisine, ip merdivenlere tırmandığı günleri ve her zamanki rahatlatıcı cezaları, Ege mehtabının aydınlığında kıllı kucaklayışlarıyla acımasız, ama adil çavuşların gözetimi altında trigonometri çalıştığı geceleri anımsatıyordu...

Hamid bu tatlı anılarından geminin yan tarafında bir sandığın havada sallanmasıyla ayıldı. Kabaca bir buçuk metre karelik sandık gürültüyle kıç güvertesinin üzerine oturdu. Sultan Divanı'nın Beylik bölümünden bir görevli kendisinden bir şey imzalamasını istiyordu.

"Planda küçük bir değişiklik oldu..." diye başladı memur, kendisi imzalarken.

Bir saat içinde yük istiflendi, kelepçeleri çıkartılan tayfa, anında tembel tembel dolaşmaya başladı, *Teşrifati* tatlı bir rüzgârın önüne düşüp Boğaz'dan aşağıya kaymaya başladı. Hamid aşağı güvertede durmuş sandığı inceliyordu. Bu sandık Liverre'de derhal teslim edilecekti. Kendisine verilen ağırlıklı emir buydu ve sandığın içindekinin ne olduğuna kafa yorması gerekmiyordu. Bundan sonra Ege'deki devriyesi yeniden başlayacaktı. Hamid'in tayfası somurtkan suratlarla bakıyordu. Zincirleri çözüldüğünde, Hamid, boğazını temizleyerek kendilerine verilen rahatsızlık için onlardan özür dilemek zorunda kaldı. Aç görünüyorlardı. Kendisinin gözlerinin içine bakmıyorlardı. Niyetleri bela çıkartmaktı. Derken, Hamid sandığın üzerine yüreklendirici bir şaplak attı. Anında sandığın içinden bir ses bağırmaya başladı.

"Geçiş izni istiyorum! Venedik Elçisi'ni görmek istiyorum, uygun olanaklar, bir çevirmen. Eşyalarımı ve Divan'a çıkma izni istiyorum..." Bu talepler bir zaman böylece sürdü. Hamid bunları, adamın sesi giderek tizleşip, çaresizleşinceye dek dinledi, "Ben Peter Rathkael-Herbert'im," diyordu, "Avusturya'nın Babıâli elçisiyim ve su istiyorum." Sonra, "Su, lütfen," sonra, "Lütfen," bir kez daha sessizlik. Halil Hamid kafasında, görevlerinin ne olduğunu tarttı, sonra konuğu için bir kaldıraç, bir kap ve taze soğuk su dolu bir testi getirmeye gitti.

Sandık tartışmanın uç noktalarının sonunda birleştiği orta zeminde bulunuyordu, ya Elçi'nin ciddi kafası bir torbanın içinde geri gönderilecek ya da tutukluluğun bedeli olarak her tür olası görkem içinde kendisine sınıra dek eşlik edilecekti, o anda içinde bulunduğu durum ise şimdi, alçak rütbeli bir subayın korkunç hatası olarak açıklanmaktaydı. Kuşkusuz, daha başka yönlere çekilebilecek anıştırmalar da vardı. Elçi'nin kafasının kesilmesi, son günlerde Transilvanya'da elde edilen kazançları ve şu son Drave kıyımlarının yanı sıra, pervasızca savaş çığırtkanlığı yapılmakta olduğunu akla getirecek, Türk güçlerinin kıyamet gününe dek savaşmaya hazır olduklarının güçlü bir işareti olacaktı. Öte yandan, kendisine eşlik edilmesi ise, bir yumuşama işareti olacak ve kimseye bir yararı olmayan savaşa çabucak son verecekti. Belgrad çevresindeki açmaz ve Sırbistan'daki anti-Osmanlı başkaldırılar bu yönde destek veriyordu. Sandıktaki dikbaşlı hava kararsız bir uzlaşmaya dönüşmüştü. Eğer Elçi hayatta kalacak olursa her şey yolunda demekti. Eğer kalamazsa, eh, ne de olsa o bir düşman değil miydi?

Asi bir kapsül denizin örtüsü üzerinde yol almaya çabalıyordu, gece Avrupa'nın üzerine inerken *Teşrifati*, bir çok işaret kulesinden biriydi. *Mekanik* çalkantılarla ilerleyen geminin üzerinde köylü homurtuları dolaşıyordu –Magdeburg sirkinin cüceleri arasında bir başkaldırı, Thuringia[1]'da Anabatist[2] bir heyecan– bu ışıklar yanıp sönerken göz kırpıyorlardı. Daha başkaları da vardı. Bu görünüm nisanda hâlâ belirsizdi, ama halkın heyecanı arttıkça, böylesi patlamalar daha sık görülecek, işaret ateşleri daha çoğalacak, ışıldağın dağ tepelerinden çan kulelerine, gözetleme kulelerinden platformlara nöbetleşe çakan –geçirme ve alma konusundaki dakik tarifeye uygun olarak kesin eğem derecelerine göre yönlendirilmiş *x* ve *y* çakışma noktalarıyla göndermekte olduğu– mesajlar, istasyonlardan oluşan bu haberleşme ağını doğrularken, bir noktayla öteki arasında çizilen çizgilerin anıştırdığı uzun süredir beklenen bir biçim ortaya çıkmaya başlayacaktı. Mesajın kendisi, kısa ve titrek yaşamını destekleyen haberleşme ağıyla karşılaştırıldığında fazla önemli gibi görünmüyordu, tıpkı bir mektubun güçlü Thurn und Taxis posta sistemi karşısında bir hiç oluşu, bacağına takılan kapsülün, taşıyıcı güvercinin uçuşuyla karşılaştırıldığında ihmal edilebilir bir önem taşıması gibiydi. Böylece, bu nisan gecesinde ortaya çıkan mesaj, bu ortaya çıkışın aracı olan sistemin yanında en fazla, ikincil bir öneme sahipti. Sorun ölçekteydi, jeopolitik kitleye karşı insan birimi, Euro-sisteme karşı mono-kültürdeydi. Yaklaşmakta olan volkanik patlamalar, yer plakalarının düzenli sismik hareketleri aracılığıyla, sözün tam anlamıyla, sonsuz uyarılar olmasına karşın, ölümlü gözlemciye gelişi güzel ve tümüyle damdan düşmüş gibi görünecektir –ama bu patlayan şiddeti, her saniye binlerce metre yüksekliğe fışkıran bu erimiş döküntü yağmurunu, daha önce santim santim ilerleyerek buna neden olan tektoniğin çağlar boyu süren tırmanışıyla nasıl bağlantılandırmalı? Bağlantıyı kuracak terimler noksandır ve aradaki boşluğu yalnızca ilkel falcılık doldurmaktadır. Bu nisan gecesinde *Teşrifati*'nin yaptığı yolculuğu İmparator'un yatak çarşafları gerçekten öngörebilir mi? Bu kopukluklardan yararlanan birçok şarlatan zengin olmuştur. Yeterli derecede say-

[1] Thuringia: Orta Almanya'da bir bölge. (Çev.)
[2] Anabatist: Çocukların vaftizine karşı çıkan bir Hıristiyan mezhebine bağlı olan kimse. (Çev.)

gın bir üst noktanın olmayışı yüzünden kâhinler, kurban edilen hayvanların iç organlarına ve kuşların uçuşuna bakarak gelecekten haberler veriyorlardı, her tür remil atma ve gizemli fal uygulanıyordu. Oldukça masum yapılaşımlar ve düzenlemeler felaketleri ve öteki düzensizlikleri işaret eden haberciler olarak güç kazanmışlardı. Örneğin, Versaille'deki portakal ağaçları.

Le Notre'un planında bu oldukça açıktı. Portakal ağaçları düzgün sıralar halinde bahçenin her iki yanında, sarayın arka bölümünden uzağa, yapay göle doğru bir çift teras halinde uzanıyordu. Louis'nin ilk matematik öğretmeni, bu koşut çizgilerin gözlemcinin gözünden sonsuza kadar uzak bir noktada ya da daha açıkça söylemek gerekirse, Tanrı'nın tahtının dibinde birleştiklerini söylemişti. Louis, bu ikinci benzetmeyi yeğler ve belli belirsiz, bunu kendi kutsal haklarıyla bağlantılandırarak sık sık da anımsardı. Ayaklanmadan sonra, arduvaz kaplamalı kübik çanaklarının içinde sıralar halinde göle dek uzanan düzgün tıraşlanmış portakal ağaçlarına bakarken hafif bir rahatlık duyardı. Gözlerini şaşılaştırınca çizgiler birleşirdi ve Tanrı gölün içindeydi.

İlk değişiklik bir ay önce gelmişti, başlangıçta nazik bir siyasal reorganizayon görünümündeydi, ama mart sonuna doğru daha dikkati çekecek biçimde gelişmişti. Nisana kadar kuşku götürmez bir durum aldı. Portakal ağacı dizileri birbirleriyle birleşiyordu. Önce, aşırı hevesli bir dalkavuğun onları ayışığında yeniden düzenlemeye çalıştığını, bu adam ya da kadının kendini göstermek için yalnızca bu davranışından hoşnut kalındığını gösteren bir işaret beklemekte olduğunu düşünmüştü. Bu düşünceyle portakal ağaçlarının çevresinde gülümseyerek bir hayli dolaşmış, ellerini çırpmış, işaret etmiş, neşeli bir sesle, "ha," demişti. Hiç kimse çıkmadı ortaya. Belki de bahçevanlar yapmıştı bunu. Portakal ağaçlarının bulunduğu yere bir nöbetçi dikilmiş, ama hiçbir önemli sonuç elde edilememişti. Bir zamanlar nesnelerin düzeninde en tepede bulunan yerini onaylayan portakal ağaçları şimdi yalnızca sıkıntılarına yeni sıkıntılar ekliyordu.

Bu motif kendisini yineliyordu. Vendeé'de kaçak vergi memurları işi eşkıyalığa vurmuşlardı, kendisinin sözde iptal etmiş olduğu bir örgüt aracılığıyla kendi gizli gümrük tarifelerini uyguluyorlardı. Bir mali yıkımı ortadan kaldırmak amacıyla gönderilen memurlar izleniyor, ailelerine gözdağı veriliyordu. Şamatacı bir Parlamento, kendisi iptal kararını ilan ettiğinde yatışmıştı ve sonradan kendisini, yerleştirilmiş olduğu yerde yeniden onaylanmış ve dingin hissetmişti. Şimdi işler tersine dönmüş, kendisine karşı olmuştu. "Vergi reformu" sözlerini duymaya başlamıştı, bu ona keskin bir tedirginlik veriyordu, bundan sonra alacağı yardımsever önlemin hangi sıkıntılara neden olacağını düşünüp merak ediyordu. Olduğu yerde kımıltısız durunca nesnelerin kendi başlarına hareket etmekte olduğunun farkına varıyordu. Kendisi harekete geçince, her şey duruyordu. Yine portakal ağaçları.

Saat üretimi ticaretini (kadın saat üreticilerini) yeniden güçlendirme konusundaki planı umut vericiydi ve eninde sonunda yeni Donanma Dairesi güvenilir biçimde kurulmuştu. Yine de olaylar ona karşı çalışıyordu. Banka Direktörlerinin genel kurulları sırasında yaptıkları öfke gösterileri basına sızmıştı ve Monsieur Caburrus'un istifası bu raporları onaylar gibi görünmüştü. Yeni miktarlar haftalık bültenler halinde basılırken, çeşitli firmalar yükselip duran Necker'in rakamlarından bütçe açığını yeniden keyifle hesaplıyorlardı. Besbelli ki, Necker, Toulouse, Rouen ve Montpellier Parlamentoları'nın kabul etmedikleri 'vingtième'[1] adı verilen vergileri onaylamıştı. Bu kentlerde ve kendi *arrêt*[2]'inin her zamanki gibi düşmanca karşılandığı öteki kentlerde ufak başkaldırılar yer alıyordu. Cherbourg'da işler tüyler ürpertecek kadar gecikmiş ve fiyatlar ay içinde –dört belki de beş milyona– yükselmişti. En azından bu, Donanma Dairesi'nin sorumluluğuydu. Vaudreuil ve Bougainville sekreterlerine bu projeyi zamanında ve bütçe olanakları içinde oluşturmaları için olağandışı güçlü yetkiler vermişler, haftayı zamanından önce onların eline teslim etmişlerdi. İkinci olarak, bütçe üzerindeki karmaşık zarar sınırlama çabaları, dünyanın –hafifçe alaylı da olsa– övgülerini çekmiş bulunan Mali Büro'da görevli Monsieurs Duluc ve Protagoras, Cherbourg'dan La Rochelle'e geçeceklerdi. Burada onları başka bir görev bekliyordu. Vaudreuil onlar aracılığıyla büyük bir stok düzenlemişti, hatta Kar-

[1] Ving-tième: Fr. Yirminci. (Çev.)

[2] Arrêt: Fr. Yargı, durdurma, tutuklama. Burada kralın buyrukları anlamında kullanılıyor olmalı. (Çev.)

dinal bile kendi bonservisini vermişti. Bütçe açığı doğal olarak çok büyüktü, ama onların çabaları olmasa daha da büyüyebilirdi, öyle değil mi? Kral bunu düşünmek bile istemiyordu.

Gün ışığı arkasındaki çatı duvarından ayrılıp terasın ve kendisinin üzerinde parladı, gölü ışıldattı, esneyen saray koridorlarını ısıttı ve önündeki endişeli ağaçların içi geçmiş ufak portakallarını olgunlaştırdı.

Aynı güneş, şimdi Cherbourg yamaçlarının üzerinde duran güvenilir ikinci sekreterlerinin üzerine vuruyordu.

"Aptallık," dedi Protagoras. Görüntüyü bıkkın gözlerle araştıran arkadaşı onaylayarak başını salladı. Paris'ten buraya gelmeleri tam bir haftayı almıştı. Üç günde de gelinebilirdi, ama saptıkları birkaç önemsiz uğrak sanıldığından daha çok zamanlarını almıştı. Bunlardan hiç biri çalkantılı başkentte fazla heyecan uyandırmazdı, ama burada bulunmalarına hemen açıklama getirmeleri de zordu. Olağandışı yetkilerinin tüm genişliğine karşın, Toulouse, Rouen ve Montpellier Parlamentoları'ndaki küçük memurların kendi atanmalarına karşı gösterdikleri ilgi sorular uyandırabilirdi. Ve niçin gece yarısı Argentan dışındaki bir köyde buluşmaları gerekmişti? Vendée'deki hoşnutsuz vergi memuruyla yaptıkları resmi olmayan temaslar, neredeyse sınırsız yetkilerine karşın bir biçimde resmi rollerinin dışına taşmış gibi görünüyordu. Kısa aşamalarla, genel araçların içinde göze çarpmaksızın yolculuk ediyorlardı, yolculukları böylesi duraklamalarla geçmekteyken, bir önceki akşam bir handa, Kardinal'in, sağlamak için özel sıkıntılara girdiği bir bağlantıyla buluştular.

Kimse onu tanıtmadı. Üçü, yukarıdaki bir odada, üzerine kâğıtlar yığılmış bir masanın çevresinde oturdular. Konuşma İngilizce yapıldı. Adam uzun rakam sütunları yazdı, altlarını çizdi ve toplamları karmaşık bir sağlama sistemiyle işaretledi, bu arada Duluc ve Protagoras onu izlediler.

"Bunları bir havza içindeki gölcüklere benzetebiliriz," diyordu, onlar masanın karşı tarafında kendisi izlerken. "Tek tek gölcüklerin düzeyleri inip çıkabilir, ama havzanın içindeki su miktarı hep aynıdır. Ancak dağıtım miktarları değişir. Bu nedenle Avrupa ve tüm dünya, işlerini böyle yürütür. Her gölcük, serveti az ya da çok olan bir ülkedir. Burası Fransa, örneğin, hemen hiçbir şeyi olmadığından eksi bir değerdir. Fransa yine de işini yürütebilir, çünkü neyi var, nesi yok satılacak olsa, ortaya çıkan miktar bütçe açığını epey fazlasıyla kapatır. Şimdi, bir devlet, içalım-dışsatım dengesine bakılması, dış borçlarıyla yatırımlarının tartılması, her bir tebasının anamal servetinin ortaya çıkan miktara eklenmesi suretiyle 'değerlendirilir', o devlete değerine uygun bir numara verilir. Bu, iyi bilinen bir yöntemdir. Bu değerler bir araya getirildiğinde, tüm havzanın ya da tüm ulusların servet hacmine uygun ikinci bir numara çıkar ortaya. Bununla birlikte ben şu anda gölcüklerle ilgileniyorum."

"Gölcükler mi?" diye onun sözünü kesti Protagoras.

"Bireysel olarak uluslarla. Kuşkusuz bunların değeri, geri ödeme ve masraflar, ödünç alınan miktarlar ve kazançlardan çıkartılarak, ayrıca içalımların bedeli de dışsatımlardan mahsup edilerek hesaplanır. Sonuçta ortaya çıkan rakam o ulusun sahip olduğu serveti gösterir. Kuramsal olarak bu basit bir iştir. Uygulamada ise"–kâğıtlarla dolup taşan çantasını işaret etti–" güç bir öyküdür. Yine de, sizin Kardinal'iniz yeterince uygun bir ödemede bulunarak–"

"Kardinal?" diye keskin bir sesle onun sözünü kesti Duluc. "Biz Kardinal diye birini tanımıyoruz." Üçüncü adam bir an şaşırarak baktı, sonra kendisini toparladı.

"Kuşkusuz," dedi çabucak. "Şimdi, sizin *dostunuz*, bana İngiltere'nin son üç yıllık mali yılının gözden geçirilmesi görevini verdi. Dediğim gibi, hesaplamalar hiçbir zaman kesin değildir. Matematiksel olarak, bu çok sıkıcı bir görevdir. İşin içine hep yanlışlar giriyor. Dikkate alınamayacak öğeler var, kaçak mallar, resmi olmayan yükler, yolda bulunan mallar ve bu gibi şeyler. Ama genel olarak bunlar ihmal edilebilir öğelerdir ve aradan çıkartıldıklarında yine de bir saptama yapılabilir. Ben, yüzde iki ya da üç yanılma payı koyuyorum. Bu nedenle ortaya çıkan bu rakamlar beni şaşırtıyor. Bunları ikinci kezdir yeniden denetliyorum. Her üç yılda bir, neredeyse yüzde dörtlük bir fark ortaya çıkıyor. Bu milyonlarca pound anlamına geliyor. Sanki birisi, bankacılık sisteminin dışında bir yerde bir merkez bankası yönetiyor. Daha da garibi, para asla yeniden sisteme geri dönmüyor, başka hiçbir ülkede bu rakamı karşılayan bir yükseliş de yer almıyor. Bu para kullanılmıyor. Şu ya da bu biçimde bu para bir yerde oturuyor. Nerede bulunduğunu ve bunu nasıl öğreneceğimi bilmiyorum. Ama böyle bir para var baylar, bu kesin." Adam sonra başını kaldırıp baktı, onların yüzünde şaşkınlık, en azından merak görmeyi bekliyordu. Protagoras ve Duluc yalnızca onaylayarak başlarını sallamakla yetindiler.

"Bir şey daha var," dedi adam. "Aynı hesabı bir yüzyıl önceki aynı miktarda yıl için de yapmıştım. Sonuçlar aynı çıkmıştı ve bahse girerim aradaki yıllar boyunca aynı açık olduğu yerde kalmıştır. Bu süreci kimler ya da her ne denetliyorsa, dünyanın herhangi bir devletinin sermayesinden daha büyük miktardaki bir parayı denetliyor demektir."

Adam kâğıtlarını toparlayıp sabahleyin kalkan posta gemisine yetişmek için aceleyle ayrıldıktan sonra, Duluc aynı masanın başına geçip kısa notlar yazdı. İlki Kardinal'e yazılmıştı. Şöyle diyordu, "Jaques'in kendisi ve arkadaşları için öne sürdüğü her şey doğru. Biz onayımızı gönderiyoruz. Amacımız güvende." İkinci not Jaques'in kendisine yazılmıştı. Yalnızca, az önce beraber oldukları kişiyi tanıtıyor ve onun hesaplamalarından ortaya çıkan bulguların altını çiziyordu. Bu, yeterliydi. Jaques ya da ortakları, işin bundan sonrasını kendileri ele alacaklardı. İmza yerine "On üçüne dek," diye yazdı ve mektubu dikkatle mühürledi. Bu mektup olasılıkla kurbanı ile aynı posta gemisinde yolculuk edecekti.

Ertesi sabah Protagoras'la birlikte, rüzgârı orsalayarak yavaşça ilerleyen ve limandan çıkmakta olan posta gemisini izlediler. Büyük bir gemiyi bu limana sokmak bir kılavuz için karabasan demekti. Bunun nedeni açıktı. Cherbourg Limanı'nda tahta bir canavar suların içinde yuvalanmıştı. Bu canavar, iki yüz metre uzunluğa ve çevrelerinde, paslanmış ya da çarpılmış işe yaramaz yapım gereçlerinin birikip dalgalandığı, orasından burasından çıkan kazıkları ve uzunluğu boyunca köşelerinde sıralanan biçimsiz tasarımlarıyla farklı genişliklere sahipti. İlk bölümü kabaca düzgündü, ikincisi, kabaca eğimliydi ve üçüncüsü de kabaca her iki özelliğe de sahipti. Canavar, liman havuzunda diyagonal biçimde yatıyor ve Duluc'a, tekerlekli el arabalarından oluşturulmuş gibi görünen bodur bir kuleyle sona eriyordu. Donanma Dairesi'nin bürolarına yağmur gibi yağan resmi yazışma içinde büyük bir yer tutarak giderek artan ve sonunda görevlilerin istifalarının da bu yığına katılmasıyla birlikte oluşan kütle, tüm bu yapı, Yeni İskele hakkındaydı. Burası Donanma Dairesi'nin kutsal timsahıydı ve kendi rahiplerini yemişti.

"Tam bir aptallık," dedi Protagoras bir kez daha. İstihkâm ince, uzun ve çoğu yeri tahta kaplamalı iskelesiyle daha alçakgönüllüydü. Zararı veren ise rıhtımdı. Cherbourg halkı burada on ya da yirmi yıl demirlemiş gemilerin şimdi kuzey ya da güneydeki limanları yeğlediklerini söylüyordu. Hanlar boş ve iskeleler işsiz güçsüzdü. Kent ölüyordu. Kral'ın kendisine verilmek üzere bir dilekçe düzenlenmişti. Odun kıtlığı uydurma bir sorundu. Daha çok değil, daha az oduna gereksinme vardı, hele limanda ise oduna hiç gereksinme yoktu. İki hafta sonra, Duluc ve Protagoras, öykünmeleri dikkatle dinleyip boş vaatler vererek rollerini oynayacaklardı. Ufak sabotaj eylemlerini görmezden gelecekler, çevrede miller boyunca yayılmış bulunan çiftliklerin her birinde, odun tüketiminin engellenmiş olmasına karşın, tepe gibi yığılmış stoklar bulunduğu hakkındaki raporları duymamış gibi davranacaklardı. Bağlı bulundukları büroya, bu projenin ilk fırsatta ortadan kaldırılması yolunda tavsiyede bulunacaklardı. Çok aşağılarda, birkaç İngiliz fersahı açıklarda bulunan bir savaş gemisinin kuzey-doğuya yönelmiş olduğu da sonradan dilekçelerinde yer alacaktı. Duluc ve Protagoras bulundukları bu elverişli noktadan ayrılıp bekleyen arabaya doğru yürüdüler. Düşünceleri şimdiden, kendilerini daha farklı bir projenin beklemekte olduğu güney yönüne, La Rochelle kıyılarına doğru uçuyordu.

***

Katı bir rüzgârın kovaladığı dönüştürülmüş bir savaş gemisi olan *Tisiphone*, kanaldan yukarıya, Deal'a doğru yol alıyordu. Gemiye toz mangal kömürü yüklenmişti ve kaptanı ertesi günkü gel-giti yakalamayı umuyordu. Kuyruk rüzgârı akşam üzeri geç saate dek sürdü, sonra söndü. *Tisiphone* ertesi gün, ikindiyin saat dörtte Deal'a ulaştığında sular yükselmeye başlamıştı bile. *Cockatrice* adlı şalopa ile *Nimble* adlı kotra çoktan demirlemişlerdi. *Tisiphone* geceleyin onlara katıldı, ertesi sabah da Yukarı

Havuz'a doğru yola çıktı. Gemilerin silinmekte olan dümen suları uzaklara doğru açılarak ilerledi ve nehir yatağının dibinden fışkırarak kıyıdan kıyıya çarpıp geri tepen ters akıntılar, gel-gitin büyük dalgalarıyla yavaşça kente doğru ilerleyen üç direkli gemiyi nazikçe salladılar. Alt güvertelerde, sıkıca kapalı fıçıların içindeki mangal kömürü yer değiştirerek gözle görülmez desenler, verimli halkalar oluşturuyor ve bu oyun, tepeden dibe, suların çarpışan güçlerinin gizlice yankılanmasıyla, ortaya kara üstüne kara atlı karıncalar, ağır dönüşler ve dalgalanmalar koyuyordu. O akşam saat altıda Kraliçe'nin Rıhtımı'nda yasal iskelelere bağlanan üç direkli gemi, Kaptan Guardian'ın uyanık gözlerini nehirden yukarı, *Vendragon*'un kırk beş metre uzağında kendi üzerine çekerek bu yeni yanaşma olayını gözlemesine neden oldu.

"*Tisiphone*," diye bildirdi, şöminesinin üstündekileri onaylayarak süzen Kaptan Roy'a. "Cherbourg yoluyla Lizbon'dan geliyor, mangal kömürü taşıyor." Geminin gelişini bir ay önceden bildiren gemi haberlerini okumuştu. "Erken geldi," dedi.

"Belki de Cherbourg'a uğramamıştır," diye yorum yaptı Kaptan Roy.

"Ah."

Cherbourg'da olan bitenler raporlarda yer almıştı. Eben, aşağıdaki rıhtıma, *Vendragon*'a bir kez daha baktı. Söz verdiği gibi, gözü hep bu indianamanın üzerinde olmuştu, ama rapor edilecek pek az şey vardı. Yükleme birkaç hafta önce sona ermişti ve tek bir nöbetçi dışında, geminin önündeki iskelede hiç kimse yoktu. Birçok kez alt güvertede ışıkların kımıldadığını, tahta kaplamanın arasında kısa parlamaların sızmakta olduğunu gördüğünü sanmış, ama haftalardır gemiye kimse binmemiş, gemiye hiçbir erzak sağlanma girişimi olmamıştı. Geminin rıhtımdaki yeri kaçak yolcular için hiç de uygun değildi. Bu nöbeti tuttuğu sırada olayla ilgili açık bir kaygı duymamış, özellikle tanımlayabileceği hiçbir şey, çok belirgin bir şey olmamıştı, ama yine de bu haftalar boyunca içinde belirsiz bir tedirginlik duymuştu. Bunu nasıl tanımlayabilirdi? Rıhtım boyunca uzanan iskeleler değişiyordu, karakterleri eskisine göre daha farklıydı. Bu değişiklik ayırt edilebilir gibi değildi, hatta zor tanımlanabilir düzeydeydi, ama bu daha kötüydü.

Doklara her zaman sert ve kaba türden yerler olmuştu, her zaman kendi yasaları ve âdetleri, süregelen kendi çekişmeleri ve kan davaları vardı. Ama son zamanlarda Eben'e, bu yasa ve âdetler daha bir yoldan çıkmış, çekişme ve kan davları daha şiddetlenmiş gibi görünüyordu. Ortaya yeni bir kötülüğün çıkması an meselesiydi. Butler'in Rıhtımı'nda bir adamın tekmeyle yere serilip orada ölüme terk edildiğini görmüştü. Bir gümrükçünün güney kıyısında sıkıştırıldığı ve elleri değnekli iki sıra adamın arasından geçirilerek dövüldüğü yolunda haberler geliyordu. Alışılmış tartışmalar yumruk kavgalarına, yumruk kavgaları hayvanca dövülmelere tırmanıyordu. Yaşamında ilk kez olarak limanı tehlikeli bir yer olarak görmeye başlamıştı ve bu değişimin önemli bir sonucu da Kaptan Roy'du.

Bu sakat adam limandaki iskeleler ve rıhtımlar boyunca saygı gösterilen bir kişiydi. Büyük bir gömülü hazinesi bulunduğu söylentileri, denizlerde geçirdiği gençlik yıllarında gezdiği dünya limanları hakkındaki eşsiz bilgi birikimi ve bacaklarını yitirmiş olması yüzünden duyulan sempati nedeniyle korunan Kaptan Roy, Eben'in oraları mesken tutmasından önceki yıllarda bile doklarda devriye gezmişti. Sabahları kent pazarında seyyar satıcılık yapar, kibrit satardı, öğle sonları ve ikindiler onu nehre geri çağırırdı. Hiç kimse Kaptan Roy'a parmağını bile sürmemişti. Bu, bir yasaydı. Sonra, iki hafta önce, ayın ilk gününde, bir grup genç serseri ile karışlaşmıştı. Bunlar küçük bir kayığa sandıklar yüklüyorlardı. Kaptan Roy anlamlı bir biçimde onların bu hırsızlıklarını görmezden geldi ve rıhtım boyunca ilerledi. Bu da bir yasaydı. Birkaç metre uzaklaştıktan sonra arkasında hızlı ayak sesleri duyuldu. Birden havaya kaldırılıp denize fırlatıldı. Teknenin yüksek bordasında tutunacak bir yer yoktu. Küt bacakları başarısızca çırpındı. Boğuluyordu, serseriler onu kendi kaderine terk etmişlerdi.

Anlaşıldığına göre bir salapuryadan onu yukarıya çekmişlerdi, adam öksürüp tıksırıyor, soğuktan titreyerek, saldırganlarına lanet okuyordu. Uğradığı şaşkınlık onu sersemletmişti. Kuşkuya yer yoktu; onu öldürmeye çalışmışlardı. Bunun yasada yeri yoktu.

Bu olayı duyan Guardian, kaptanın nerede olduğunu araştırmış ve onu Kule Merdivenleri'nin ötesindeki kısa rıhtımda hâlâ titrer durumda bulmuştu. Kaptan Roy'a bir göz atan Eben, yirmi yıldır sürdürdüğü tek başına yaşamın sona ermesi gerektiğine karar vermişti. O akşam üzere kaptan Karga Yuvası'na yerleştirilmişti. Doklar değişmişti ve dolaylı olarak kendi yaşamı da onlarla birlikte değişiyordu. O güne dek, konuğu uyumlu bir arkadaş olduğunu göstermişti. Benzer heyecanları paylaşıyorlar ve bildik terimlerle söyleşiyorlardı. Roy yeniden kibrit satmayı, Eben ve *Vendragon*'u gözetlemeyi sürdürüyorlardı. Bu akşam, ilk kez birlikte dışarıya çıkmışlardı. Bu bir deneydi ve Eben bunun aynı zamanda, kendi konukseverliğine bir karşılık olduğunun ayırdındaydı. Kaptan Roy, onu Taş-Yiyen'i görmeye gitmeleri için davet etmekte diretmişti.

İki saat, dört mil ve beş şilin harcadıktan sonra iki kaptan, Cockspur Street'teki kalabalık odanın içinde Taş-Yiyen Francis Battalia'nın görünmesini bekliyorlardı. Kaptan Roy dışarıda birkaç frank öderken, ufarak, soluk renkli birisinin yol gösterdiği iri yapılı bir adam doğru kuyruğun önüne geçmiş ve hiçbir şey ödemeden içeriye girmişti. Onlar ödemedikten sonra kendisi niçin ödeyecekti? Kendisine, onların gösteriye girmediği açıklandı, gerçekten de Eben içeride çevresine bakındığında onlardan iz bile bulamadı. İçeride, yukarı kata çıkan birkaç basamaklı bir merdiven vardı. Kalabalık, genç kadın ve erkeklerden oluşuyordu, bunlar genellikle yoksul tabakadandı. Gözüne bir çift güzel kırmızı küpe ilişti, kadının yanında iki genç vardı, yine baktı, sonra bir kez daha baktı. Onunla burada karşılaşmayı hiç ummamıştı, kendisinin burada olması da aynı nedenle yakışıksızdı ya. Kızıl saçlı kız bir şey söyledi ve iki genç de kıza doğru döndüler. Gözlükler, o ahmakça ceket, evet ta kendisiydi. İzleyicilerin arasından el salladı ve seslendi. "Genç Lemprière." Genç adam çevresine bakınıyordu. Yine işaret etti. "Bizim yanımıza gelin," diye seslendi uzaktan. Eben, üçünün kalabalığı yararak kendilerine doğru yaklaşmalarını izledi.

"Tanıştığımıza memnun oldum, ben Lydia." Eben uzatılan eli sıktı.

"Ve Bay Septimus Praeceps," diye tanıştırma törenini tamamladı Lemprière. Eben her üçüne, Kaptan Roy'u tanıttı ve 'Septimus' olarak tanıtılan genç adamı tarttı.

"Daha önce karşılaşmış mıydık?" diye sordu içtenlikle. Yüzü tanıdık gibi gelmişti. Yakından bildiği değil, ama anımsadığı bir yüzdü.

"De Vereler'de, geçen Noel'de," dedi Septimus.

"Kuşkusuz, evet..." Ama onu başka bir yerden anımsıyor gibiydi ve bu, geçen Noel'den çok öncesine ait bir yerdi. Zihninde bunu araştırdı.

"*Vendragon*'dan ne haber?" diye sordu Lemprière ve Guardian ona rıhtımlarda esen yeni rüzgârdan, Kaptan Roy'dan ve kendi korkularından söz etmek istedi, ama tüm söylediği, "Alt güvertede birkaç ışık yandı, başka bir şey yok. Gemi yüklendi ve yola çıkmaya hazır durumda. Siz Coade'de ne buldunuz?" oldu. Lemprière o zaman, o daha da garip bir öykü anlatmayı, daha da yaygın bir kuşkudan söz etmeyi istedi. Ama, "*Vendragon*'un amacını anlamama yardımcı olabilecek hiçbir şey," dedi.

"Heykeller," dedi Kaptan Roy. "Sakladığı şey işte bu."

"O bunu biliyor," dedi Eben.

Odanın gerisindeki uşaklar yağ lambalarını kısıyorlardı.

Eben'in gözleri yine Septimus'un yüzüne kaydı.

"Saint Helier!" diye bağırdı birden. "Biz sizinle Jersey'de karşılaştık."

"Jersey mi?" Lemprière bir Eben'e, bir Septimus'a bakıyordu.

"Sanmıyorum," dedi Septimus.

"Bir yüzü asla unutmam," dedi Eben.

"Olanaksız," dedi Septimus. "Jersey'e hiç adım atmadım."

"Şşt!" diye tısladı önlerindeki bir genç kadın.

"Burası oldukça karanlık," dedi Lemprière bir uzlaşma sağlamak ister gibi.

Kalabalık yer değiştirdi, sonra ikiye ayrılıp kısa sağlam yapılı bir adamın öndeki alçak sahneye geçmesine izin verdi. Adam dönüp çirkin ve zeki yüzünü kalabalığa gösterdi.

"Ben Français Battalia'yım," diye bildirdi, "genelde 'Taş-Yiyen' diye bilinirim. Bu geceki ilk gösterim Kum Sütunu." Böyle söyleyerek bir avuç dolusu kumu kepçeleyip ağzına doldurdu, başını arkaya yatırdı. Yanakları seyirdi, sonra kasıldı ve kum sütunu havaya fışkırdı, orada bir an asılı kaldı, sonra aşağıya inip, yine ağzına doldu. Bu eylem ânında yinelendi.

Kumlar bir kez daha havaya fırladı, sütun bu kez biraz daha inceydi. Lemprière, Taş-Yiyen'in boğazının kasılmasını, kum taneciklerini aşağıya, midesine doğru indirmeye çabalamasını izledi. Kum sütunu her lokma yutulduktan sonra giderek incelmiş durumda yükseliyor, düşüyordu, sonunda yalnızca, adamın dişlerinin arasında tuttuğu tek bir ufak kütle kaldı. Adam bunu üfledi, parçacık havaya fırladı, tahta tavana vurdu ve derhal yutulmak üzere aşağıya yöneldi. Bir anlık sessizlik oldu, sonra tüm oda alkışlarla inledi.

"Teşekkür ederim," dedi Taş-Yiyen. "Şimdi Çakıl'lı Top Ateşi için şapkamı giymem gerekiyor..."

Eben bu gösteriden umduğundan daha çok hoşnut kalmıştı. Onu yalnızca Septimus tedirgin ediyordu. Genç adama uzaktan bir göz atınca ilk düşüncesine haklı olduğunu duyumsadı. Jersey'de karşılaşmışlardı, bundan oldukça emindi. Keşke hangi koşullarda olduğunu anımsayabilseydi ya da hangi yılda. Hiçbir yüzü unutmamak, başka pek az şeyi anımsamak anlamına geliyordu sanki.

"Bundan sonraki gösterim için izleyicilerimden bana yiyecek bir şeyler vermelerini dilemek zorundayım," diyordu Taş-Yiyen.

"Haydi," diye dürttü Lydia, Lemprière'i.

"Bu kahrolası şeyi özellikle getirdin ya," diye söze karıştı Septimus. Lemprière, gönülsüzce cebinden krem rengi bir taş çıkarttı.

"Büyük Kaya Yutma gösterisi için sizlerden bir kaya parçası istiyorum," diye sürdürdü Taş-Yiyen. Aynı yüz, diye düşündü Eben.

Taşını vermek konusunda birden isteksizleşen ve kendisini öne doğru itekleyen Septimus'a karşı çıkan Lemprière'i, "Şşşt!" diye uyardı bir kadın.

"Şşşt sana!" diye tısladı Kaptan Roy kadına. Lemprière'in tereddütle sahnenin önüne gelişi tek tük alkışla karşılandı. Delikanlı ilerledi, kayası elindeydi.

"Şu çirkin küçük adam," dedi kadın yanındaki arkadaşına, adam ayakkabılarına doğru bakınca orada yalnızca Kaptan Roy'u gördü.

"Teşekkür ederim," dedi Taş-Yiyen, Lemprière'den Coade parçasını alırken. Kayayı elinde tarttı, sonra kaşlarını çattı. Bu taşta bir gariplik vardı. Francis Battalia başını geriye yatırdı, kayayı dikkatle ağzına yerleştirdi ve boğazını çalıştırmaya başladı. Kaya yavaşça, santim, santim aşağı inmeye başladı. Görünürde yalnızca ucu kaldığında, adam birden paniğe kapıldı. Bu özellikli kaya parçasındaki bir şey onu derinden rahatsız etmişti. Derken birden bire üç şey oldu. Sir John Fielding toplantı odasının en arkasında belirdi ve herkese oldukları yerde kalmalarını söyledi, Kaptan Roy yakınan kadının bacağını ısırdı ve Francis Battalia mesleğine henüz olgunlaşmamış ve hak edilmemiş bir son verecek olan taşı yuttu. Bundan sonra işler karıştı.

Kadın çığlığı basıp tekmeyi attı. Bir grup polis odaya doldu, merdivenlerden yukarıya çıktı. Lydia geriye devrilip duvara sıkıştı. Bir yağ lambası yere düşüp kırıldı. Septimus alevlerden geriye sıçradı. Kaptan Roy kadını yeniden ısırdı. Sir John'un memurları tarafından izlenen, daha önce kuyruğu atlatıp içeri dalmış bulunan dört adam merdivenlerden aşağıya koşarak indiler. Septimus duvara doğru büzüldü. Kadın, Kaptan Roy'u tekmelemeye çalıştı. Lemprière, Lydia'yı, yere çarpıp kırılan yağ lambasından uzaklaştırdı. Yağ yer tahtalarının üzerinde bir alev dili gibi yayıldı. Sir John'un polisleri, kuyruk atlatan dört adamın üzerine atladılar. İzleyiciler oldukları yerde kalmadılar. Kaptan Guardian, Lemprière'in kuyruk atlatan adamların yanındaki soluk renkli adamı dikkatle süzdüğünü gördü. Sir John Fielding ufak adamın Lemprière'e bir işaret yaptığını görmedi. Septimus duvara yapışmış gibiydi. Kuyruk atlatanlara vurmakla meşgul olan memurlar rahat bir tavırla kapıdan dışarıya çıkan ufak adamı fark etmediler. Kaptan Roy yanlışlıkla Lydia'yı ısırdı. Lydia yakınan kadını bilerek itti. Francis Battalia zorla yutkundu ve insanlardan sakinleşmelerini istedi. Memurlar dört adamı ite kaka uzaklaştırdılar. Sir John Fielding ilgili herkese işbirlikleri için teşekkür etti ve herkes Sir John'u bir tur alkışladı.

"Septimus?" Lemprière sönmekte olan lamba alevlerine bastı ve arkadaşını omzundan tutup sarstı. Septimus yanıt vermedi. Duvara iyice yaslanmıştı, gözleri de sımsıkı kapalıydı. Yüzünden renk çekilmişti.

"Bırak onu," Lydia'nın sesi arkasından geliyordu. Kız, son alevleri de üzerlerine basarak söndürmeye çalışıyordu. Ateş sönünce kız genç adamın omuzlarını tuttu ve öne doğru çekti.

"Bir şeyi yok," dedi gözleri hâlâ kapalı olan adamı kapıya doğru götürürken. "Alevler yüzünden," dedi açıklar gibi. "Merak etme. Bunu daha önce de gördüm." Lemprière kendisinden gitmesinin istendiğini anladı. İki kaptanın yanına döndü.

"Balina avına gittiğim günlerden bu yana hiç böyle bir heyecan görmemiştim," dedi Kaptan Roy. Kaptan Guardian başını salladı.

"Alevler," dedi Lemprière. "Alevlerden çok korkuyor." Daha önce bunun ayırdında değildi. Guardian başını bir kez daha salladı.

"Onun hakkında yanılmışım," dedi. "Yine de, Saint Helier'de karşılaştığım o adamın ta kendisi sanki." Bu karşılaşmanın nerede olduğu gelmişti aklına. Bir meyhane locasındaydı.

"Bu, en azından yirmi yıl önceydi."

"Adamın ta kendisi demek?" diye sordu Lemprière. "Nasıl oluyor bu?"

"Anımsadığım adamın bir kopyası, ama sizin Septimus'unuz o zamanlara bir bebek olmalıydı ya da yirmi yıldır hiç yaşlanmamış."

"Böyle bir ziyaretten bana kesinlikle söz ederdi, buna eminim," dedi delikanlı Kaptan'a, "Eğer Jersey'e gelmiş olsaydı."

Üçü, kalmalı mı, gitmeli mi diye karara varamayan bir grup kalabalığın parçası olarak orada öylece durdular. Başlarının üzerindeki katta polislerin gürültüyle dolaştıkları duyuluyordu.

"Onlar da herkes gibi ödeme yapmalıydılar, sanırım," dedi Lemprière, kuyruk atlatanları düşünerek. Bunlar şimdi güvenlik güçlerinin gözetimi altındaydılar. Eben ona yan yan baktı. Serinkanlılıkla kaçıp giderken Lemprière'i tanıdığını belli eden o hafif hareketi yapmış bulunan o ufak, soluk renkli adamı düşünüyordu. Yoksa delikanlının da bu ayaktakımıyla bir ilişkisi var mıydı? Böyle bir şey pek olası değildi ama, yine de...

"Onlar bunun için tutuklanmadılar, daha neler," diye alay etti Kaptan Roy, Lemprière'le. "Onlar dinleyicilerin arasında bile değildiler."

"Öyleyse ne? Kimdi onlar?" Ama Lemprière, bunu söylerken bile, Dul'la konuştuğu gün, hanın dışında görmüş olduğu o ufak tefek yardımcıyı anımsıyordu, aynı adamdı, Stoltz'tu. Böylece dört adam bu akşam sürüklenerek götürülmüştü...

Eben ona anlattı. "Bunlar Farina'nın adamlarıydı," dedi.

***

"Beş ot minder, beş iskemle, bir masa, kentin bir haritası, beş yarı dolu bardak, beş tabak, beş yarısı yenmiş ekmek–"

"Kaç adam, Çavuş?" diye kesti Sir John bu envanteri.

"Dört, Sir John."

"Bir kez daha."

"Dört, Sir John."

"Teşekkür ederim Çavuş."

Stoltz kargaşadan yararlanıp sıvışmış ya da işin ortasında gelmiş ya da her şeyden önce, oraya hiç gelmemişti... Hayır, aldıkları bilgi doğruydu.

"Onları fesat çevirmekten, kavga etmekten, herhangi bir şeyden suçlayın." Çavuş'u bezgin bir tavırla yolladı. Hücreler kentin her yerine yayılmıştı, ama Stoltz ele geçirilebilseydi... Farina'nın sağ kolu, omun *éminence grisei*,[1], yöneticisi ve onun ayaktakımının para dağıtıcısı. Stoltz kendisini, bir hayalet olan Farina'ya bile götürebilirdi. Kendisinin baskınları her zaman geç kalıyor, avı her zaman daha önceden haberlendiriliyor ve kendisine ılık çarşaflar, sallanan kapılar, dumanı tüten kandiller, 'asla hiçbir şey görmeyen' ağzı sıkı hizmetliler bırakıyordu. Bu gece, bir kez daha, adama bir darbe vurmuş, ama onu kaçırmıştı. Farina hâlâ büyük ölçüde kentin ek yerlerinin içine gizlenmişti, kentin hoşnutsuzlarıyla besleniyor, giderek güçleniyor, güçleniyordu.

Karşılığında kent de onu iyi besliyordu. Uyaran bekleyen suçlar, barınacak yer bekleyen asalaklar vardı, Farina onlara bunu veriyordu. Clary'e karşı açılan dava birkaç gün içinde çökecekti. Sir John onun bir kundakçı olduğunu biliyordu, Yangın Bürosu da onu tanıyordu, ama her ikisi de sorunun nedenini bilmiyorlardı. Garrow ve leech de aynı durumdaydı. Tutukev-

[1] Éminence grise: Fr. Önemli kül rengi. Soluk renkli adama değiniyor. (Çev.)

leri, bir hafta önce Savoy Tutukevi'ni ateşe veren asker kaçakları, şanssız celp kurbanlarıyla doluydu. Bir gardiyan rehin alınmış ve neredeyse ateşe verilmişti. Kundakçılar şimdi Mızraklı Hamle Oyunu alanında kilit altındaydılar, ama halk onlardan yanaydı. Nehrin güney kıyısında bir gümrük memuru ateşe verilmiş, sonra kendisinden rıhtım boyunca koşması istenmişti. Dover arabasından inen, kimliği hâlâ saptanmamış bir adam güpegündüz bıçaklanarak öldürülmüştü. Sir John onun bir gün önce Cherbourg'dan gemiyle gelmiş olduğunu öğrenmişti, ama daha fazla bir şey bilmiyordu. Bavulu kâğıtlarla, kâğıtların üzeri ise rakamlarla doluydu, ama üzerinde adını taşıyan hiçbir belge yoktu. Hatta İncil'inin bile, ilk sayfası kesilip çıkartılmıştı.

Öykünün özü buydu. Açıkça adı konulmuş hiçbir şey yoktu. Tüm bu sorunlar bir biçimde olağanüstüydü, kavrayamadığı bir şeyle yüklüydüler ve bunu Farina'nın kavrayabildiğinden kuşkulanıyordu. Kader kurbanlarının intiharları çoğalıyordu, bunun anlamı neydi? Bir Bay Wyatt seyyar bir hastane icat etmişti. Somerset Place'de, terasın üzerinde dikilmiş duruyordu, pencereleri ve havalandırma lombarları olan akıllıca bir şeydi. Söküldüğü zaman iki yük arabası dolduruyordu. Akıllıcaydı, ama Sir John'u tedirgin ediyordu. Bir hastanenin bir yerde sabitleştirilmiş olması gerekirdi, Müfettişler Bürosu ya da mahkeme gibi, Parlamento, saray ya da tutukevi gibi. Başka her şey gelip geçici olabilirdi, ama yerinde duran şeyler olmalıydı. Henry bunu anlardı ve ne yapması gerektiğini bilirdi. Ama kendisi, olayların hızı arttıkça, geride kalır gibiydi. Arkaya doğru gitmeye başlamıştı. Rehber çocuk anlayışla geriye dönüyordu. Koşumları yeniden kullanmaya başlamalıydı. Yalnızca garip cinayetler (şimdi kendine özel düşüncelerinde bunları 'Törensel Cinayetler' diye adlandırmaya başlamıştı) konusundaki incelemeleri kendisini biraz yüreklendiriyordu, ama bunda bile tökezlemeye başlamıştı. O kadın, Karin, karnı doyurulduktan sonra Müfettişler Bürosu'na getirildiğinde karşısına oturmuş ve kendisi tarafından, bazı alanların üzerine varılmadan, diğerlerine defalarca geri dönerek ve sonunda tüm köşeler elden elden geçirilip süpürülerek, nazikçe ve kararlılıkla sorguya çekilmiş, elenmiş sonuçlar düzenli bir yığın halinde önüne yığılmıştı.

Kadın, en yeni kurbanı, son olarak beş hafta önce, Sir John'un eskiden bildiği Craven Arms denilen bir tavernada görmüştü. Rosalie o gece ortadan yok olmuştu, o geceyle, öldürüldüğü gece arasında geçen süre içinde nerede olduğu hâlâ bir gizemdi. Sir John'un bu kuruluşa yaptığı ziyaret sırasında sorduğu bir dizi farklı soru kızın hangi saatte ortadan kaybolmuş olduğu hakkında kendisine hiçbir bilgi sağlamamıştı. Burada bir klüp düzenli olarak toplantılar yapıyordu, domuzlar, domuz yavruları gibi bir şeydi. Klübün çalışmalarının çoğu içki oyunlarıyla ilgiliydi, görünüşe göre bu oyunlar tavernanın sahibi olan kadının desteğiyle yapılıyordu, bu, inanılmaz derecede yaşlı bir kadındı, Sir John, onun yirmi yıl önce bile yaşlı olduğunu anımsıyordu. Kocası kötürümdü. Müşterilerinin hepsinin iyi çocuklar olduğunu söylüyordu. Aptal olabilirlerdi ama işin özünde hepsi kendi halinde genç adamlardı. Kocakarı, Kupalar Oyunu'nun inceliklerini Sir John'a açıklandı; nasıl oynanıyor, nasıl kazanılıyordu.

"O gecenin ödülü Rosalie'ydi," dedi Kocakarı.

"Ödül mü?"

"Kazanan o gece onu alacaktı, eğer başarabilirse."

"Peki o gece kazanan *kimdi*?" diye sordu Sir John yavaşça.

"Hay Allah, yeni biriydi, bu kesin, daha önce onu hiç görmemiştim ve o geceden sonra da bir kez gördüm. Adı neydi, bakayım, bir ay kadar önce buraya yeniden gelmişti, bir Fransız'dı sanırım..." Elinde ölü bir kaz taşıyan hizmetçinin biri mutfağa doğru gidiyordu.

"Jemmy!" diye seslendi Kocakarı. "Kupalar Oyunu'nu kazanan kimdi, hani şu yeni gelen, hani bir Fransız adı vardı?" Jemmy bir an düşündü.

"Pierre," dedi. "Sıska biriydi. Onu ne diye çağırıyorlardı, bakayım, Uzun Pierre miydi ne?"

"Evet, böyle," dedi Kocakarı, emin değildi. "Uzun Pierre." Sir John başını yavaşça Kocakarıya doğru döndürdü. Yüzünün çizgilerine hafif bir gülümseme yayılmıştı.

"Lemprière," dedi dikkatle.

"Evet," dedi Kocakarı birden güçlü bir kararlılıkla, "adı işte *buydu*. Lemprière."

Bu adın sahibi, yarım milden daha az bir uzaklıkta ve adından söz edildiğinden habersiz, düşüncelerine dalmış oturuyordu. Lemprière yalnızca, kendisinin Taş-Yiyen'e yapmış olduğu ziyaret ve ayın beşindeki kar fırtınasıyla kesintiye uğratılan ılımlı bir nisan içinde sözlüğünün krallığında devriye geziyordu.

Geleceğin bir hayaleti gibi, İsaurilerin, savaşçı İspartalıların, dalgaların kıyılarına attığı gemicileri yiyen Lestrigonların ve köpek yiyen Mandurianların arasında dolaşıyordu. Latium'da[1], sonradan Romalıların yükseleceği yerde, kalın yapraklı defne ağaçlarının arasında kendisine yol bulup geçti, Suburra'da gururla yürüyen boyalı sosyete orospularıyla kaynaştı, Tabernae Novae'de[2] bölmeler tıkabasa doluydu ve tutuklular Tullianum'un[3] yeraltı katlarında çığlıklar atıyorlardı. Mezopotamya, Pannonya[4] ve Samiriye'nin[5] açık alanlarında sınırları oluşturan çizgileri, gelişip kentlere dönüşen sınır taşlarını izledi. İleride Roma'ya ve Babil'e rakip olacak köyler gördü: Lutetya, Olisipiyo ve Londinyom ve artlarında yalnızca inanılmaz öyküler bırakarak toprağa gömülecek olan daha da garip yerlerdi bunlar: Ofiodes, topaz adası o denli parlaktı ki ancak geceleri görülebiliyordu; Limni, Girit ve Assinoe'da, derinliklerindeki üç bin yüz bölmenin içinde gizlenen mumyalanmış kutsal timsahların bulunduğu labirentler vardı; Semadirek Adası'nda, sonradan insanların düşüncelerine sızacak gizemler büyüyordu. Euxine[6] kıyılarında Trapezus'u[7] araştırdı ve öykünün başka bir çeşitlemesinde Achilles'in İphigenia'yı üçgen biçimli Leuce'nin üzerinde kendisine eş olarak aldığı denize açıldı. Ama kız orada değildi. Kuşatılmış *Palus Mceotis*'den, Kimmerya'ya[8] ve Trakya Boğa-

---

[1] Latium: İtalyan yarımadasında, kuzeyde Bolsena Gölü, doğuda Abruzzi Dağları, güneyde ve batıda Tiren Denizi'yle sınırlı bölgenin eski adı. (Çev.)

[2] Tabernae Novae: Lt. Esk. Rom. Yeni Taberna. Bir Roma kentinde foruma ya da bir sokağa açılan atölye ya da dükkânlar topluluğu. (Çev.)

[3] Tullianum: Eski Roma'da Servius Tullius döneminde yapılmış olan antik tutukevi. (Çev.)

[4] Pannonya: Tar. Coğ. Tuna, Noricum, İllyricum ve Moessia ırmaklarının çevrelediği bölge. Pannoyalılar Keltlerle karışık, İllyria ırkından gelme barbarlardı. Uygarlıkları Tene kültüründen gelmişti. Romalılar Pannonya'yı İ.Ö. 35 - İ.S. 10 arasındaki bir savaştan sonra fethetmişlerdi. (Çev.)

[5] Samiriye: İbranilerin kuzey krallığı olan eski Filistin'in başkenti ve burayı çevreleyen bölge. (Çev.)

[6] Euxine: Tar. Coğ. Karadeniz kıyıları. (Çev.)

[7] Trapezus: Tar. Coğ. Trabzon kentinin Antikçağ'daki adı. (Çev.)

[8] Kimmerya: Eskilerce karanlıkta yaşadıkları söylenen efsanevi Kimmerler, Kırım'ın ilk sakinlerinden olup daha sonra buradan kovularak İ.Ö. 7. yy.'da Anadolu'yu istila eden göçebe halk. (Çev.)

zı'ndan Akdeniz'e, oradan kuzeydeki Liburnia'ya[1], güneyde, Syrtes plajlarının üzerinden, Roma kuşatmasının başarıya ulaşmasından ve kentin yakılmasından sonra Kartacalıların kaçtığı Melita[2] ve Utica'ya[3] geçti. Danae'nin ilk olarak gördüğü kara olan Seriphus'un kayalık kıyıları, Ariadne'nin Theseus için feryat ettiği Naxos Adası'nın verimli tepeleri boyunca ve Paris'in öldürücü kararından önce içinde yıkanan üç Tanrıça, Minerva, Juno, Venüs tarafından Ksanthos adıyla anılan Küçük Menderes çayının içlerine doğru ilerledi. Bu kişilerin hepsini aradı oralarda.

Ama Ksanthos çamurlu bir dere, Kartara bir yıkıntı, Zama,[4] Scipio ve Annibal ordularından akan kanların çoktan toprağa karıştığı bir yerdi. Kendisi ise kalıntıların arasında kendine yol açan davetsiz bir konuktan başka bir şey değildi. Liburnia şimdi kirli bir sınır savaşına sahne olan bir yerdi, böyle duymuştu. Quiza, Moritanya diye bir yerin kıyısında yer alıyordu. Onoeum'da önemli hiçbir şey yer almamıştı. Taenarum, Avrupa'nın en güney ucuydu. Velinus durgun bir göldü ve Umria'da sık sık yağmur yağıyordu. Birisi Kslepolis'den söz etmişti. Pliny[5] miydi? Zyras'ın kıyılarında pek az şey yetişiyordu.

Nisanın haftaları geçmekteyken delikanlı, bu kentler, krallıklar, adalar ve denizlerden bir şeyin eksilmiş olduğuna inanmaya başladı. Onların kendisi üzerindeki baskıları gevşedikçe, kendisinin onlar hakkındaki düşünceleri de değişmeye başlamıştı. Dış çizgileri oldukları yerindeydi, ama kurumuş ve kâğıt inceliğinde kalmışlardı. Gergin derilerinin içinde kolunu geçirecek olsa, derinin altındaki etin içeride yol olduğunu, yüreğin ve ciğerlerin birbirinden ayrılmış olduğunu görecekti. Bu, tümüyle yitip gidecek bir dünya değildi, ama toprağı, kayaları, nehirleri ve denizleri kuruyup gidiyordu, ham maddesi, bir kum saatinin içinden akıp giden kumlar gibi kendi amacından uzaklaşıyordu, gelecek sürekli olarak geçmişin içine ağır ağır damlıyor-

[1] Liburnia: Tar. Coğ. İllyria'nın Adriya Denizi kıyısında Istrie ve Dalmaçya arasında kalan kesim. (Çev.)

[2] Melita: Eski Malatya. (Çev.)

[3] Utica: Tar. Coğ. K. Afrika'da, Kartacanın kuzey batısında kent. (Çev.)

[4] Zama: Tar. Coğ. Numidia'da yer. Scipio Africanus burada Annibal'i yendi. (Çev. Büyük Larousse.)

[5] Pliny: Yaşlı Pliny, (İ.S. 27-29) 37 ciltlik ansiklopedik eseri 'Doğal Tarih' günümüze dek ulaşmıştır. Vezüv yanardağının patlaması sonucu öldü. (Çev. Y. Ox. Res. Ans. Söz.)

du. Daha az aldatılmakta olan Lemprière, bunun kendi kuşkuculuğunun hak ettiği bir ödül olduğunu biliyordu. Düş gücünün bir zamanlar içinde oynadığı tarlalar kuruyor ve çatlıyordu. Eski kahramanlar haklarından yoksun bırakılıyorlardı. Kendi kendisine, onların krallıklarının şimdi nerede olduğunu soruyordu. Onlar belirsiz sokaklarda kişisel görevler peşinde, amaçsız kadın ve erkek grupları halinde dolaşıyorlardı. Kendisi de bir sürgünler kentinde onların arasındaydı, bir gruptan ötekine dönüp, yüzlerine bakarak hâlâ onu arıyordu. Iphigenia, kardeşi ve onun arkadaşıyla birlikte Taurica'dan kaçmıştı. Nereye kaçmıştı? Kendilerinin ganimeti olan Diana heykeli, sonradan Comana ya da Sparta ya da Aricia'ya ulaşmıştı, bu konudaki kayıtlar birbirini tutmuyordu. Oretes ve Pylades Argos'a dönmüşlerdi. Ama Iphigenia kendi başlangıçlarını unutan ve sonlarını göremeyen yitikler topluluğuna katılmıştı. Kentin ötesinde yalnızca uzanıp giden düzlükler ve cansıkıcı gökler vardı. Yüzler, cesetlerin yüz çizgilerinden, anıların kabuklarından kopartılıp alınmış maskelerdi. Yalnızca kent sımsıkı yerinde duruyordu; Truva ya da Kartaca, birinci ya da ikinci Roma – duvarlar onu sımsıkı tutuyor, anıları çevreliyordu. Yanık kokusu, ilk delikti. Kuşatmacılar Paris'in ödülünü, hepsini içine çeken mücevheri, arayarak sokaklarda esip yağmaya, kapılara sopalarla vurmaya, çatıları ateşe vermeye başlamazdan önce, kendisi bulacaktı onu. Yüzler makaraya sarılmış gibi önünde çevrilip duruyordu, hepsi yanlıştı, hiçbiri aradığı yüz değildi. Danae, Iphigenia, Helen... Bunlardan hiçbiri Juliette değildi.

***

Beş gün geçmişti, tayfası aşağı güvertede oturup pipolarından reçineli dumanlar çıkarır durur ya da *Teşrifati*'nin kıçında boş yere ton balığı tutmaya çalışırken geçen beş günün sonunda, Hamid hiçbir şeyin değişmemiş olduğunun ayırdındaydı. Adamlar köpekten beterdi, pis kokular içinde kaşınıp duruyorlar, küfürsüz ve tekmesiz hiçbir şey yapmıyorlar, arkasından kendisine gülüp kendisiyle alay ediyorlardı. Ondan "çocuk" diye söz ediyorlardı ve kendisi de onlardan nefret ediyordu. Sık sık Midilli'yi, arkadaşlarını, çavuşlarını düşünüyordu. Sonra gemisine bakıyor, her yanını haşarat kaplamış bir hurda görüyor ve yüreği ağırlaşıp sarkıyordu. Bu umutsuzluk anlarında, tek sığınağı ambardı, burada sandığın içindeki gizemli adamı görev bilirlikle besleyip ona su veriyordu. Her gün, bir sürahi su ve bir çanta gemi bisküvisiyle sahanlıktan aşağıya iniyordu. Akdeniz sıcağı altında bir sandığın içinde kilitli olmak zaten yeterince kötüydü. Konuğuna bir de balık getirmeyecekti. Görevleri izin verdiğinde birlikte, olabildiğince söyleşiyorlardı. Hamid tayfasının yetersizlikleri konusunda homurdanıyor, konuğu da, olağandışı kötü bir Türkçe ve tek bir sözcük dışında hiçbir şey anlamadığı bir dilin karışımından oluşan yanıtlar veriyordu, bu sözcük, 'acqua' idi. Adam her zaman önce bu sözcüğü söylüyordu. Çevrelerinde *Teşrifati*'nin kaburgaları çatırdar, sintinedeki su dökülüp saçılır ve fareler güherçile varillerinin üzerinde korkusuzca koşuştururken delikanlı sırtını sandığa dayayarak çömelip oturur, Avusturya elçisi sandığın içinde kasılırdı. Farklı türdeki gizemlerin bir araya getirdiği sığınmacılardı onlar.

İlk hafta hava güzel geçmiş, *Teşrifati* güzel bir rüzgâr altında, başını batıya, karayı görecekleri yöne doğru çevirmiş pupa yelken gitmişti. Hamid, Messina Boğazı'ndan geçmekten vazgeçmiş, Sicilya yakınlarından geçerek Tyrrhenian[1] Denizi'ne güneyden, Marsala ve Kartaca'nın arasından geçip girmeye karar vermişti. Syrtes plajlarını geminin iskele yanında tutmuştu, düzgün giden hava, pipolarını doldurarak güvertelere doğru yuvarlanan kokulu mavi dumanlarının tatlı bulutlarını salan ve tüm dikkatlerini fincan gibi gözleriyle denizin yüzeyinde dolaşan içsel şeytanlarına ve meleklerine vermiş durumdaki tayfanın çok az iş yapmasını gerektiriyordu. Sonra, sekizinci gün sirokko esmeye başladı.

Bu sıcak rüzgâr gün boyu onları kuzeye sürüklemişti. Hamid geminin sancak tarafında Egadi Adaları'nın kayıp geçtiğini görür gibi olmuştu. Akşam olup yelkenler alçaldığında, Hamid gemiyi dolaşıp tayfaya sis inebileceğini haber vermişti. Sıcak rüzgâr denizden kaldırdığı buharı rastladığı ilk geçici durgunlukta kendilerini tümüyle çevreleyen yoğun kıyılara indirecekti. Tayfa bunu umursamadı. Bazıları hamaklarının içinde kendilerinden geçmişti, diğerleri dimdik oturmuş, cam gibi gözlerle

[1] Tyrrhenian: Yunanlıların İtalya'nın eski halkı Etrüsklere verdiği ad. (Çev.)

bakıyorlardı. Bazısı inliyor ve kişisel korkularının tutsağı olmuş durumda umutsuzca çırpınıyorlardı, bazıları da, var olmayan arkadaşlarıyla acele acele anlaşılmaz bir şeyler konuşuyorlardı. *Teşrifati*, çevresindeki sakin denizin içinde sürüklenmeye terk edilmiş bir beşik gibi yüzüyordu. Görünen tek ışık pipolardan çıkan sönük parıltılar, duyulan sesler yalnızca inlemeler ve pipocuların saçma gevelemeleriydi. Gece indi. Yıldızlar birer birer seçilir oldular. Sabahleyin öngörüldüğü gibi gemi sisin içine sürükleniyordu.

Hamid kıç güvertesinde tek başına duruyordu. Sis gemiyi birdenbire denizin dar sahanlığına indirgenen bir dünyanın içine hapsetmişti. Hurda tekneyi en fazla birkaç metrelik bir açıklık çevreliyordu. Her yanda ak duvarlar inip çıkıyor, gemi içlerine doğru ilerledikçe biçimden yoksun devler eriyor ya da geminin üzerinden geçip gidiyordu, Hamid gemisinin hareket mi ettiğini, yoksa olduğu yerde mi kala kaldığını bilemiyordu. Suyun içine attığı tahta parçaları farklı yönlere doğru uzaklaşıyor, bazıları geri dönüyor, bazıları da sisin içinde yutulup gidiyordu. Uzaktaki direği güçlükle görebiliyordu ve geminin herhangi bir yerde bulunabileceğini, yabancı bir limanda, gel-git dalgalarına kapılıp kayalıklara ya da kayalık yamaçlara doğru sürüklenir durumda olabileceğini düşünüyordu. Bu ak koza yükselecek ve... Hayır, bu durumda kayalıklara çarpan dalgaları, suyun mercanların üzerinden akışını, gemicilerin çığlıklarını duyması gerekirdi, oysa kendisini ve gemisini çevreleyen sis sessizdi. Bu sessizliği yalnızca hurda gemiye çarpan dalgaların sesi bozuyordu. Hamid boş gri duvarlara baktı ve sis sürüp gitti, ne kalınlaştı, ne inceldi, yalnızca kımıltısız geminin üzerinde dalga dalga yuvarlanıp durdu. Öğle üzeri sis henüz kalkmamıştı. Güneş ışınları parlamamıştı. Genç adam, *Teşrifati*'nin yanında ilerleyen kocaman biçimler gördüğünü sandı. Tayfası üst güvertede çevresinde bitkin adımlarla dolanıp duruyordu, ama Hamid'in onlara aldırdığı yoktu. Kımıltısız dikilmiş duruyor, eriyen ak duvarların içine doğru bakıyordu, Hamid ve gemisi giderek sisin içine doğru sürükleniyordu.

Sonra o karanlık serap. Önce *Teşrifati*'nin kendi gölgesiydi. Hiçbir yerden gelmeyen garip bir ışık kırılması gemisinin karanlık bir örneğini geminin iskele yanına düşürmüştü. Sonra, sessiz ipnotik saatlerin içinden çıkan bir imgenin yinelendiğini ve geri döndüğünü sandı. Ve sonra sisin içinden çıkan kara bir gemi doğru kendisinin üzerine indi. Hamid döndü ve bağırmaya başladı. Gemisinin yanında karanlık bir biçim hızla ilerliyordu, çarpışma noktası açısının darlığı bu biçimin saatlerdir orada olduğunu gösteriyordu. Hamid merdivenlerden aşağıya yuvarlanarak indi, ambar kapaklarının içinden, borda iskelelerinden bağıra çağıra, tayfaların kafalarını yumruklayarak geçti. Topların hiçbirisi hazır değildi. Teknelerin arasında oluşan kanaldan akan suyun sesini duyuyordu. İki-üç adam kımıldanıyordu. Hamid baktı ve sisin içinden hayalet gibi çıkan kara geminin iskele yanındaki topların üzerine doğru geldiğini gördü. Barut tozunu bastırıp sıkıştırarak topu aşağıya indirdi. Kara geminin pervazlarında, pruvadan pupaya dek yaşlı yüzler sıralanmıştı. İki tayfa kollarına asıldı. Delikanlı onları itti. Gemi neredeyse üzerlerine bindirmek üzereydi, sisin içinden leke gibi çıkmıştı, gece gibi kocaman ve kapkara, gökyüzünü doldurmuştu. Genç adam kavı yaktı. Çevresindeki tayfalar kendisine bağırıyor, geriye doğru çekiliyorlardı. Hamid fünyeye dokundu ve geriye dönüp elleri başlarında toptan uzağa kaçışan adamlarına baktı. Fünye tısladı, korsanların attığı ilk yakalama kancasının üst güverteye gürültüyle düştüğünü duydu. Sonra top patladı.

Sandığının güvenliği içindeki Avusturya elçisi uzaktan bağrışmalar duydu, yukarıda bir yerde, bir şey devrildi, sonra sağır edici bir patlama oldu, başka şeyler de devrildi, korkunç bir gıcırtı duyuldu, çevresinde ayak sesleri her yöne doğru koşuşuyordu. Gemi bir şeye bindirmişti. Varillerin iskele tahtaları boyunca yuvarlandığını ve sahanlıktan yukarıya taşındığını duydu. Genç arkadaşının kendisini beslediği ve su verdiği delik dosdoğru başının üzerindeydi ve az bir şey görmesine olanak veriyordu. Hiç yararı yoktu. Sonra kendi sırası geldi, sandık kaldırılıp yukarıdaki güverteye taşınırken kendisini sandığın "duvarları" ve tabanına yaslanarak destekledi, sonra, *Teşrifati*'ye saldıran geminin güvertesi üzerine konulmadan önce bir an havada asılı kalır gibi oldu. İngilizce konuşan sesler duydu. Gıcırtı yine duyuldu. Gecikmiş olarak teknelerin birbirine çarptığının ayırdına vardı ve sonra gemiler birbirinden kurtuldu. Tayfaların varillerin kapaklarını kaldırmakta olduklarını duyuyordu. Varlığını belli etmek üzere bağırmak için başını kaldırdı, ama sesi boğazında düğümlendi. Sandığı, ana yelken direğinin hemen altına konulmuştu. Beslenme deliğinden baktığında dönüp duran sisi, çıplak seren direğini ve yelken donanımlarını görüyordu. Direğin tepesinde parçalanmış bir flama uçuşuyordu ve flamanın üzerinde bir kuru kafa ile çaprazlanmış kemikler vardı. Varillerin kapaklarını levye ile kaldırarak sıra ile açıyorlardı. Peter Rathkael-Herbert, sandığının içinde büzülerek varlığının ortaya çıkmasını çaresizlik içinde, umutsuzca bekledi. Sonra sıra kendisine geldi. Başının üzerindeki tahta dağılıp açıldı ve parçalanmış tahta parçaları üzerine yağdı, adam büzülmüş ve başını ellerinin arasına gömmüştü. Kapak kaldırıldı ve yukardan boğuk bir ses, "Aha!" dedi, sonra güçlü eller uzandı, onu sığındığı yerden kopartıp çıkarttı ve güverteye bıraktı. Çökmüş, ağrılar ve acılarla gerilmiş, bitkin durumdaki Peter Rathkael-Herbert, başını kaldırınca yukarıdan kendisine bakan kır saçlı, teni güneşte yanmış yaşlı bir adam gördü. Yaşlı adam eğilip ona yaklaştı ve İmparatorluk Elçisi'ne elini uzattı.

"Benim adım, Wilberforce van Clam," dedi bu kılıksız yığına. "*Işığın Yüreği* gemisine hoş geldiniz."

Sirokko esmeye, sisi süpürmeye başlamıştı.

Peter Rathkael-Herbert, *Işığın Yüreği*'nin güvertesinde on beş günden beri ilk kez olarak gün ışığını gördü. Yelkenlere ve tayfanın yola çıkma hazırlıkları yaptığı güvertede çevreye bakınırken, gemicilerin hayli yaşlı oldukların gördü. Ellinin altında kimse yok gibiydi. Wilberforce van Clam dümendeydi.

"Biraz çay için." Yanı başındaki katlanır bir masanın üzerinde duran ve demlenmekte olan bir çaydanlığı işaret ediyordu. "Wilkins," diye bağırdı. "Konuğumuza bir fincan getir, lütfen!"

Altmış yaşında, ak bıyıklı, canlı bir adam olan Webley 'Midye' Wilkins bu görevi yerine getirmek üzere yerinden fırladı.

"Sizler... korsan mısınız?" diye sakınarak sordu, Peter Rathkael-Herbert, geminin yelken donanımlarıyla uğraşarak bir aşağı, bir yukarı gidip, gelmekte olan yaşlı adamlara bakarak.

"Korsan mı? Ah evet, elbette korsanız, bizler kesinlikle korsanız, değil mi çocuklar?"

"Evet!" yanıtı geminin her yanından geldi.

"Ama bizler Pantisokratik[1] Korsanlar'ız," diyen Wilberforce van Clam konuşmasını sürdürdü, "Biz aslında hiç de korsan olmak istememiştik." Durakladı ve çayından bir yudum aldı. "Toplum getirdi bizi bu duruma."

"Toplum mu?" Peter Rathkael-Herbert bu söz karşısında şaşırmıştı. "Ama nasıl?"

"Aha!" dedi Wilberforce, o gün, ikinci kez olarak. "Şimdi, bu anlatmaya değer bir öykü. Wilkins! Dostuma bir koltuk getir!"

Ve böylece, görkemlice döşenmiş bir koltuğa oturan ve çayla desteklenen İmparatorluk Elçisi, Wilberforce van Clam'ın kendisine açtığı Pantisokratik Korsanlar'ın öyküsünü dinledi.

"Biz ilkin 1753'te, Londra'da bir araya geldik," diye başladı Wilberforce. "Bu, büyük Tarama Ayaklanması'ndan ve yabancı uyruklu Anglikan Kilisesi karşıtlarının Kışkırtma Yasası uyarınca gözaltına alınmasından sonraydı, bunlar bizlerdik, anlıyorsunuz ya. Bizler Polonyalı, Prusyalı, Sırp, Dalmaçyalılarız, aklınıza gelebilecek her ulustan adam var aramızda. Hatta bir Fransızımız bile var. Her neyse, hepimizi yakalayıp Newgate tutukevine koydular ve işlerin yatışmasını beklediler. Ama öyle olmadı. Biraz daha çay?" Peter Rathkael-Herbert başını salladı. "Çok iyi, diye düşündük, mahkemeye çıkartılmayı bekledik. Standart işlemdir bu, anlıyorsunuz ya. Mahkemeye çıkar, suçu kabul eder ve sürgün edilirsin, üç gün Boulogne'da kalır, sonra hafta içinde geri dönersin. Ama zaman geçiyor ve biz hâlâ mahkemeye çıkartılmıyorduk. Bu arada kendimize uğraşlar buluyor, politik tartışmalar yapıyor, görüşüyor, biraz mantıksal yorumlamalara girişiyorduk. Şimdi o eski günleri Pantisokrasinin doğduğu günler olarak görüyoruz. Ulaşabildiğimiz tek uzlaşma konusu buydu. Tutucu bir Anabaptist[2] ya da Thüringen'li bir ultramontanist[3] iseniz, inanın bana, daha geniş kapsamlı bir

[1] Pantisokratik: Herkesin eşit ve yönetimde söz sahibi olduğu bir topluluk (Southey ve Coleridge'in böylesi bir topluluğa verdiği ad). (Çev.)
[2] Anabaptist: Çocukların vaftiz edilmelerine karşı çıkan bir mezhep. (Çev.)
[3] Ultramontanist: Papanın mutlak yetkisini isteyen topluluk. (Çev.)

kavrama gereksinmeniz olacaktır. Pantisokrasi, başka hiçbir şey olmasa bile, geniş kapsamlı bir kavramdır."

Wilberforce piposuna uzandı ve onu yapışkan bir maddeyle doldurmaya başladı. "Tüm insanlar eşittir," dedi piposunu yakarken ve Peter Rathkael-Herbert'in burnuna, *Teşrifati*'den tanıdığı tatlımsı bir koku geldi. "Bu gerçekten böyle. Topraktaki iyelik hakları hakkındaki kurallar gemide geçerli değildir. Her neyse, sonuçta bu gecikmenin ayırdına vardık. Karşı gelmekle suçlandığımız Yasa'nın bizimle ilgili bölümü henüz yasalaşmamıştı ve ayaklanma tehdidinin kol gezdiği o günlerde, onu yasa kitabına yerleştirmek kimseyi fazla ilgilendirmiyordu. Bizi mahkemeye çıkartmadıkça özgür bırakmayacaklardı ve yasa yürürlükte olmadığı için mahkemeye de çıkartılamazdık. Orada bir yıldan fazla çürüdük, sonra önceden bizi suçlayan sulh yargıcı bir gemi kiraladı. Gerçi o zamanlar adı *Alecto* idi ve işte o, bu gemiydi."

Wilberforce, konuğuna doğru sürüklenen tatlı mavi duman bulutları gönderdi. "Bize söylenen şuydu: Bir kaçış düzenle, bu gemiye sıçra, kaçmakla suçlan, suçu kabul et, Fransa'ya sürgün edil, birkaç gün sonra da geri dön. Burada, tek sorun Sulh Yargıcı'ydı. Bizi *Alecto*'nın güvertesinde bırakıp hemen o hafta emekliye ayrıldı. Birdenbire darağacıyla aramızda hiçbir şey ve hiç kimse bulunmayan kanun kaçakları olmuştuk. Teknik olarak zaten korsan sayılırdık. Kısa bir tartışmadan sonra bu işi sonuna dek götürmeye karar verdik. Kaptanı ve tayfalarını büyük filikaya doldurduk, vinçle denize indirdik ve o gece Barbary[1] Kıyıları'na doğru yelken açtık. Bu, otuz küsür yıl önceydi ve size söylüyorum, aramızdan hiçbir gemici o zamandan beri geriye dönüp bakmadı. Ben hâlâ o sulh yargıcını düşünüyorum ve bunu her yaptığımda kadehimi onun onuruna kaldırıyorum: 'Mutlu emeklilikler Henry Fielding!' O olmasaydı, şimdi hepimiz İngiliz çizmesi altında yaşıyor olacaktık, ama buradayız ve burada kalacağız. Bu bizim için bir avarelik yaşamı ve hiç de kötü bir yaşam değil, ha, ne dersiniz çocuklar?"

"Doğru kap'n," diye yanıtladı, kıç güvertesinden yürekleri ağarmış kapkara bir üçlü.

---

[1] Barbary: Eski Berberistan, kuzey Afrika'da, Fas, Cezayir, Tunus ve Trablusgarp'ı içine alan bölgenin eski adı. (Çev.)

Wilberforce van Clam pipoyu Avusturya Elçisi'ne uzattı. "Çek bir nefes oğlum."

Sıcak tatlı duman Peter Rathkael-Herbert'in boğazında kıvrıldı. Diz kapaklarının içinde ufak metal kırkayaklar birbirini kovaladı.

"Nn," dedi, soluk verdi ve pipoyu geri uzattı.

Gökyüzü boş bir göz gibiydi, sıvama maviydi. Güneş alev alev denizin üzerine inmişti. Adam öksürdü ve kaptana teşekkür etti.

"Yalnızca bu günlük," diye açıkladı Wilberforce ona. "Yarın Wilkins kaptan olacak, sonra Schell, dönüşümlü olarak kaptanlık yaparız, anlıyor musunuz, herkes her şeyde eşittir. Bazan bu biraz karmaşıklaşır."

Elçi'nin başı dönüyordu, ağır yarım dönüşler gemiyi ve yaşlı tayfalarını belirsizleştiriyordu, her nasılsa olduklarından daha inanılmaz görünüyorlardı.

"Korsanlar," dedi dili dolaşarak. Koltuk o denli sarmalayıcıydı ki, tüm bir dünyaydı sanki.

"Buna mali, etik, politik ya da hangi açıdan istersen, bakın," diye kendisine doğru uzandı Kaptan van Clam, "ama bizler, bu denizlerdeki gelmiş geçmiş en başarılı korsanlarız."

"Birini saymazsak." Webley (Midye) Wilkins arkasında belirmişti.

"Ha?" Elçi'ni dizlerinin içleri şimdi kocaman tahta oyuklar gibiydi. Yüzlerce ufak metal top, tahta kaplamadan dışarıya zıplayıp sıçrıyordu sanki.

"Indianaman korsan değil ki," diye karşı çıktı van Clam.

"Onların korsanlığı karada, ama o da bir korsan gemisi, bu sözümü mimle," diye yanıt verdi Wilkonson.

"Teşekkürler." Avusturya Elçisi pipoyu aldı, derin bir nefes çekti ve Wilkins'e geçirdi. "Hangi Indianaman?"

"Indianamanlar," dedi kaptan. "İşe ilk başladığımızda adı *Sophie* idi. Bu gemi tam bir gizdi. Bizi onun hakkında ilkin Gazi Hasan uyarmıştı, bu onun, Sultan için bir deniz akademisi kurmasından ve Türk donanmasını filan yeniden düzenlemesinden önceki, özgürce taban teptiği günlerdeydi."

"Türk donanması!" diye tükürdü Wilkins.

"Her neyse o, bu gemi hakkında birbirine uymayan şeyler söylüyordu ve öyküyü de tam anlatmadı. 'Bu gemiye rıhtımda geniş bir yer açın' demişti, öyle yaptık. Hiç kimse onun nerede kayıtlı olduğunu bilmiyordu, hiç kimse tayfasını görmemişti ve hiç kimse hangi nedenle denizlerde dolaştığını bilmiyordu."

"Yılda iki sefer yapar," diye, Wilkins aldı öyküyü. "Her yıl Hayfa kıyıları açıklarında ortaya çıkar, ama asla tümüyle aynı noktada değil, her zaman Akdeniz'in güney köşesinde, bir yerlerde belirir. Batıya doğru yelken basar, Cebelitarık boğazından çıkar, sonra burnunu kuzeye çevirir. Bundan sonra hiç kimse nereye gittiğini bilmiyor, ama iki ya da üç ay içinde geri döner. Belki İspanya'dan, Fransa'nın batı kıyılarından, hatta İngiltere'den bile geliyor olabilir, ama her nerede demirliyorsa, yükünü işte orada boşaltır. Batıdan doğuya gelirken karinası suyun epey üzerindedir, boştur yani, ben bunu bilir bunu söylerim."

"Indianamanlar dediniz."

"Indianamanlar, hm. İki tanedir bunlar. Önce dediğim gibi *Sophie* vardı, sonra bir ikincisi çıktı. Bu denizlerde aşağı yukarı yedi ya da sekiz yıldır yelken basıyorduk sanırım ve ikinci bir gemi hakkında söylentiler başladı. Bu da bir Indiaraman'dı, iyi donanımlıydı, bir sürü topu vardı, bordası hayli genişti, görünüşe göre daha yeni yapılmıştı. Aynı sıralarda *Sophie* ortadan yok oldu, sanki birden eriyip gitti. Hiç bir gemi kalıntısı filan da yoktu ortalıkta. *Korsan*'lar gemilerini yitirmişlerdi, korsan gemileri de yok olmuştur. O, cehennem gibi bir gemiydi, hele şükür deniyordu, kıyının kuzeyi ve güneyinde yaygın olan duygu buydu. Ama kutlamalar kısa ömürlü oldu. İkinci Indianaman birincinin bıraktığı yerden işe başladı, durum eskisinden de kötüydü. Ona her kim komuta ediyorsa bu denizleri bizden bile iyi biliyor gibiydi ve o Tanrı'nın cezası gemiye bir Argonot gibi yelken basıyordu."

Avusturya Elçisi bu öykünün kulaklarının çevresinde nazikçe dolanmasına izin veriyordu. Hava dalgalanmıyordu, maviliğin üzerine geniş bir gölge gözkapağı gibi inmeye başlamıştı. Bu yolculukların niçin yapıldığını, açıklanan geminin amacı konusundaki gizemi öğrenmeyi istiyordu. Belki bunları soracaktı ve Van Clam kendisine, Hayfa dolaylarında kıyıya ulaşan ve burada gemiyle buluştuğu ve gemiyi en ender bulunur metaller ve en değerli mücevherlerle yüklediği söylenen kervandan söz edecekti. Tüm yıldızların yakalanan ya da yitirilen şanslar olduğu böylesi açık bir göğün altında, bir düşün içine kayarken belki de geminin adını, eskilerin, öfkeli Tanrılar'ın adlarını, o ad sahiplerini davet eder korkusuyla anmaktan kaçınmaları gibi, seslendirmeye çekindikleri o adı belki de sormuştu. Ama korsanların korkuları yersizdi, o adın nesnesi yüzlerce mil uzaklardaydı, asla dönmeyecekti ve şimdi onlar tarafından, Avusturya Elçisi'nin uykusuna ulaşan hecelerle söyleniyordu. "*Vendragon*" dedi, Wilberforce bir titremeyle. "Ve bu adı yeniden görecek olursak Tanrı bizi korusun."

"*Megaera!*" çanaklıktan[1] bağırılan bu ad, Avusturya Elçisi'ni uykusundan kaldırdı, güneş çoktan yükselmişti, yaşlı korsanlar halatlara tırmanıyor, bordo iskelesinden yuvarlanıyor, ambar kapaklarına dalıyorlardı.

"*Megaera!*" İşte oradaydı, ufuk çizgisinde ufacık kara bir noktaydı ve Kaptan Wilkins avına hangi yönden saldıracağını planlarken, Avusturya Elçisi, *Işığın Yüreği*'nin olduğu yerde döndüğünü duyumsuyordu.

"Sülfür taşıyor," diye bağırdı Wilkins omzunun üzerinden. "Barutumuz epey azaldı, anlıyor musunuz? İskeleye asılın! *Teşrifati*'nin güherçilesini bu yüzden istiyorduk. Birkaç fıçı sülfür ve aynı miktarda odun kömürü elde ettik mi, kısa sürede, gereksinmemiz olan her şeye kavuştuk demektir."

Güneş giderek yükseliyordu ve Peter Rathkael-Herbert'te avlarının üzerine giderek yaklaştıkları izlenimi uyandı. Öğleye dek aralarında on üç deniz milinden daha az bir uzaklık kalmıştı.

"Daha çok yelken açın!" diye gürledi Wilkins yukarıya. Ufukta ince, gri bir leke görünür olmuştu, kara giderek görünür oluyordu.

"Tanrı cezasını versin!" diye patladı kaptan. *Megaera*'ya yaklaşıyorlardı, ama çok yavaşça. Kara ise ona daha önce ulaşacaktı.

[1] Çanaklık: Ya da Karga Yuvası, gemi direklerindeki gözetleme yeri. (Çev.)

"Bu yıl üçüncü kezdir kaçırıyoruz onu. İşte gidiyor, bakın şuna." Wilkins yumruğunu salladı. "Bir dahaki sefere, sizi solucanlar, bir dahaki sefere!"

Ama *Megaera* gerçekten de kaçmıştı ve *Işığın Yüreği* karadan uzaklaşmak için yelkenlerini gevşetirken o, Marsilya limanına güvenlik içinde kayıp girdi, kaptanı, yasal gemileri korsan yağmasından koruyacak bir filo bulunmadığı için o yıl üçüncü kez olarak küfretti.

Hemen o gün bir mektup karaladı ve Paris'e gönderdi. Kral'a başvuracaklardı. *Megaera*'nın kaptanının sabrı taşmıştı. Caltanisetta sülfürünün Cagliare ve Londra arasında taşınması düzene sokulmalıydı. İki yüzyıl önce *Flota* bunu kolaylıkla yapmıştı. Oysa kendisini açık denizde bir yerlerde o kara gemi, *Işığın Yüreği* bekliyordu. Toplu tüfekli gemilerin, *Işığın Yüreği*'i cehennemin en derin yerine gönderecek gemilerin kendisine eşlik etmesine gereksinmesi vardı.

"Hayır," dedi Louis, *Megaera*'nın, otuz dörder toplu üç korvet istediğine ve ardılı olan Monsieur Calonne tarafından verilmiş yönergelerin yanlışlığının kabul edilmesini isteyen Monsieur Necker[1]'in bu isteğine de "Hayır," dedi. Louis, kararlılıkla dolu parlak bir şafağa uyanmıştı. Daha önce Bordeaux Parlamentosu'nu Liborne'ye sürgün etmiş, Toulouse'deki bir albayın istifasını reddetmiş ve Britanya'daki Katolik Majesteleri'nin protestolarına karşı sözlü saldırıda bulunmuştu.

"Hayır," dedi Saray'ı koruyan İsveç birliğinin maaşlarından kesinti yapılması isteğine. Bu gün gözünü yıldırmalarına izin vermeyecekti. Kahvaltıdan önce en azından on kadar karar verecekti. Veliahtın yine hastalandığını biliyordu. Ve karısı... Karısını kimse sevmiyordu ve bu yadsınamazdı. Bugün sorunlarla yüzleşme günüydü.

"Cherbourg'dan bir dilekçe, efendim." Bir sekreter yaklaşmıştı. "Engelli bir liman konusunda."

"Hayır," diye yanıtladı Louis, "kesinlikle hayır. Eğer engelli bir liman istiyorlarsa, kendileri yapsınlar."

---

[1] Necker, XVI. Louis tarafından maliye bakanlığından uzaklaştırılarak yerine Calonne getirilmişti. Ticaretin özgürleştirilmesinden yana olan Calonne'nin mali politikası, sonunda iflas edince, XVI. Louis Necker'i yeniden göreve çağırmak zorunda kalmıştı. (Çev.)

"Sanırım zaten böyle bir limanları var, efendim. Onlar bu limanın kaldırılmasını istiyorlar..."

"İstiyorlar, istemiyorlar. Benim buna kafa yormam mı gerekiyor? Kararım değişmedi. Hayır, dur, bu dilekçeyi..." Cherbourg dilekçesi konusunda duyduğu öfkeyle önünde oturduğu masadan kalkmıştı.

"Majesteleri?" Sekreterin kalemi hazır bekliyordu; şimdi gözünü pencereye dikmiş bulunan efendisine baktı. Sabahın ışıkları yapay gölün üzerinde parlıyordu.

"Majesteleri?" dedi yine, ama Louis'in gözleri portakal ağaçlarına takılıydı. Çizgiler kırılmış, düzensizleşmiş, karışmıştı. Portakal ağaçları sanki oraya bir balonla indirilmişlerdi. Bu rezalet olduğunda nöbetçileri neredeydi? Portakal ağacı ayaklanmasına mı karışmışlardı yoksa?

"İsveçlilerin maaşlarını," dedi omzunun üzerinden konuştu sekreterle, "ikiye katlayın."

"Peki ya, Cherbourg dilekçesi, Majesteleri?"

"Donanma Dairesi'ne," diye böğürdü Louis aşağıda karşılaştığı hakarete başını çevirirken. "Bırakalım onlar uğraşsınlar bununla." Durakladı. "Bu günlük bu kadar," dedi, daha sakin bir sesle. "Artık yoruldum."

Ve böylece Cherbourg Dilekçesi, ötekiler resmi yazılarla birlikte hemen Paris'e geri gönderildi ve oradan, savsaklanmış dilekçeler, reddedilmiş teklifler, yıllar önce terk edilmiş projelerin toplantı notları, uygulama tekniklerinin henüz keşfedilmemiş olduğu çok uzak bir geleceğe ait tasarı planları, geçmiş, şimdiki ve hatta gelecekteki müdürlerin çok hoşlandıkları kavramlarla ilgili olarak biriktirilmiş çok küçük krokiler ve bunların tahmini maliyetlerinden (Donanma Dairesi'ne Genel Müdür seçimi politikasının parlak renkli kalemlerle yapılan çocukça uygulamalarına eşlik eden yöresel kayırma yöntemi bu sonuncuyu desteklemekteydi) oluşan tam bir birikim kütlesinin baskısıyla hizmete sokulan düzgünce etiketlenmiş maun çekmeceler, üzerleri dolup taşan büro masaları, lake not tepsileri ve yaldızlı Louis Quinze sehpalar aracılığıyla, sallanan kâğıt tepelerinden darmadağın dizilere dönüşen evrelerle ilerleyeceği Donanma Dairesi'nin bürolarına ulaştırıldı, tüm bunlar, onları birbiri üzerine koyarak her maddenin, kendi içinde tek örnek olan belirli birer kategoride toplanmasına yol açan ve sonunda tüm bu karışımın, örnekse, bir granit bloku gibi çok katı ve sert bir zemine yüksekten düşürülen bir ince porselen çay takımı misali, hiçbir şeye benzememesini sağlayan, birbirini izleyen bağımsız düşünceli sekreterler tarafından eşsizce tasarlanmış bulunan dosyalama sistemleri içinde dosyalandı, işaretlendi ve göndermeler düzenlendi, böylece o (şu dilekçe) çabucak, bunun şu anda Cherbourg'la, La Rochelle Limanı arasında yolda bulunan güvenilir elemanları Monsieurs Duluc ve Protagoras'ın ilgilenmesi gereken bir konu olduğunu düşünen Monsieur Bougainville'in dikkatine sunuldu, hava koşulları uygun olduğundan bu dilekçe oraya vardıklarında kendilerini bekliyor olacaktı. Ve öyle de oldu.

Mayısın yirminci gününde dört atlı bir posta arabası La Rochelle'e doğru uzanan düzlükte yorgun argın ilerliyordu. Araba, Bressuire Yolu boyunca üzerine savrulan tozdan kıpkırmızı olmuştu. Marrans'ı geçmiş bulunan araba, yol boyunca düzgün toprağın üzerinde yol aldığından en ufak tümsekten bile kaçınabilmek için kıvrılıp bükülüyor ve görüntüyü bir o yana, bir bu yana kaydırıyordu, sonunda iki yolcusu gidecekleri yere varıp varamayacakları merak etmeye başladılar. Duluc, bir buçuk yüzyıl önce Richelieu'nün ordularını konuk etmiş bulunan düzlüğe pencereden göz attı, hendeklerin ve harçların arkasında yolun dönüşüyle birlikte bir görünüp bir yiten duvar dizilerinden uzakta bir çadır kent doğmuştu. Bu duvarların ardında Rochelleliler dövüşmüş, aç kalmış ve sonunda Kardinal'in ağır süvari birliği tarafından ele geçirilmektense kendilerini diri diri ateşe vermişlerdi. Eski öyküler. Duluc, gelecek yıllar içinde, La Rochelle'e uğrayan yolcuların bu duvarlara bakıp gözlerini yumarak, önlerindeki haftalar içinde yaratacak olduğu sahneyi düşleyip kendi adını mırıldanıp mırıldanmayacaklarını merak etti. Sonunda kapılardan geçip kente girerlerken, birkaç yapının o zamandan beri ayakta kalmış olduğunu görerek irkildi. Bu olguları biliyordu, ama işte bu olgular taş, tahta ve yıllar önce hiçliğe dönüşmüş et ve kan olarak karşısındaydı. Birden algıladı, bu kent kuşatmadan sonra asla kendisine gelememişti.

Sular çekilmiş olduğundan, limanı tıkayan dalgakıranı görebiliyorlardı. Limanın kendisi, denizle buluştuğu yerde kırılan kaba bir çember biçimindeydi. Ötelerde Île de Ré uzanıyor, güneye doğru, Île d'Oléron, çevresindeki sulardan daha koyu bir leke gibi görünüyordu. İkisi arasındaki sular, kuşatmanın son gününde bu suların üzerinden uçtuğu söylenen genç çocuğun söylencesiyle bağlantılandırılan, karşı akıntılar ve garip burgaçlarla tedirgindi.

Donanma Dairesi'nin memurları rolündeki Duluc ve Protagoras, bunun asıl nedeninin, gel-gite tepki olarak su yüzeyinin altında göze görünmeden hareket eden kumullardan oluşan karmaşık bir sistem olduğunun bilincindeydiler. Limanın iç gölcüğünün girişini iki kule işaretliyordu. Rıhtımları dolduran alçakgönüllü tek direkli balıkçı tekneleri ve mavnalara göz gezdiren Duluc, bu limanın *Les Cacouacs* ortaklarının deniz aşırı servetlerinin başlangıç noktası olduğuna inanmakta zorlandı. Kabala üyeleri buradan kaçmışlardı ve yine buraya döneceklerdi. Hayır, hiç kimse Duluc'u anımsamayacaktı. Le Mara, Cas de I'Île, Romilly, Vaucanson, Boffe, Les Blas, Lemprière ve onların, kimliği kendisine açıklanmayan önderleri. Rochelle'in üzerine kazınacak olan adlar bunlardı, tıpkı Yunanlı kumandanların adlarının Truva'nın, Scipio'nun adının Kartaca'nın üzerine kazındığı gibi. Suyun öte yakasındaki prenslere hizmet eden Duluc unutulacaktı. Onların dönüşüyle karanlığa gömülecekti.

Gelişlerini izleyen hafta içinde kentin kuzeyine düşen Lauzières köyünün sakinleri, Pointe du Plombe'de sona eren dar kıstakta sicimler, kazıklar, pusulalar ve krokilerle çalışan iki adamı giderek azalan bir merakla izledi. Bunlar Paris'ten gelmişlerdi, araştırmacı oldukları sanılıyordu. İki adam, ufak mavi not defterlerine rakamlar yazarak, şakulle düşey çizgiler saptayarak kıyı çizgisi boyunca gidip geliyorlardı, hatta bir tekne kiralayarak kürekle açılmış, iskandil almışlardı. Bunlar da not defterlerine yazılmıştı.

İki gün sonra, Lauzières, Nieul-sur-Mer ve Marsilya'da, Donanma Dairesi'nden Monseurs Duluc ve Protagoras'ın bir çalışma ekibi toparlamakta oldukları haberi yayıldı. Pointe du Plombe'de bir gemi iskelesi yapılacaktı. Bu iskelenin uzunluğu kırk beş metre olacak ve ucuna, dört yüz tonluk bir gemiyi güvenlik içinde taşıyacak güçte bir duba yapılacaktı. Köylüler merakla, alaya alma duyguları arasında bocalıyorlardı. Rochelle Limanı varken, hangi gemi Pointe du Plombe'de demirlemek isterdi. Tüm o ölçümleri, aldıkları notlar ve gel-git şemaları ve haritalarıyla birlikte dolaşıp duran o iki Parisli açıkça akıllarını kaçırmış olmalıydı. Böylesi bir demirleme yerini niçin istiyorlardı acaba? Ve, tüm o öteki yerler varken niçin burada? Gün içinde Duluc ve Protogoras gereksinmeleri olan tüm işçileri elde ettiler.

Yaptıkları araştırmalar yapaydı. Çabaları bir bilmece çözmekten ileri gitmemişti. Yapılacak rıhtım altı ay önce çizilmiş ve yapılacağı yer işaretlenmişti. Kardinal'in Paris'teki evinde, Jaques masanın üzerinden eğilmiş durumda krokiyi parmağıyla işaretlerken kız da somurtkan gözlerle onu izlemişti. "Buradan, şuraya kadar uzanacak. Gemi dört yüz tonluk, beni izliyor musunuz?" Kardinal, bu görevi yardımcılarına aktarmazdan önce başını sallayarak bunu onaylamıştı. Donanma Dairesi uygun bir kılıf olmuştu.

"Burada çok dar, bir adamın omuzları genişliğinde bir kanal var. Derinleştikçe, zemin üzerine doğru kapanıyor ve burası bir mağaraya, bir tünele dönüşüyor." Jaques'in yüzü katılaşmıştı. "Uzun bir tünel." Sesi uzaklardan gelir gibiydi. "Rıhtımı kanalın denizle buluştuğu yere yapın."

Duluc, üzeri ufak ağaçlar ve çalılıklarla kaplanıp engellenmiş olan bu kanalı geldiklerinin ikinci günü bulmuştu. Protagoras'la birlikte çalılıkların arasında kendilerine yol açmışlardı. Tek sıra halinde ilerlemişlerdi, çünkü kanal Jaques'in tanımladığı kadar dardı. Giderek kanalın duvarları yükseliyor ve başkalarını üzerinde birleşiyordu; tabandaki bitki örtüsü seyreliyor ve sonunda ayak altında gıcırdayan kumlar yer alıyordu. Bölmenin derinlerine doğru ilerledikçe girişten gelen ışık azalmıştı, Duluc bir mum çıkarttı. Birkaç adım attıktan sonra geçit genişledi, sonra uzun ve alçak bir mağaraya açıldı. Birden geçidin zemini bitti.

Önlerinde, ötelere doğru uzanan bir gölün kıyısı vardı ve ellerindeki mum ancak tavanı gösteriyor, ama ne sağlarını ne de sollarını, ne de karanlığa doğru uzanıp giden suları aydınlatıyordu. Ama dikkatlerini çeken şey, bir kayık oldu. Yaklaşık üç metre boyunca bir gezinti sandalıydı, gölün kumlu kıyısına çekiliydi. Bir zamanlar birisi, gölü bununla geçmişti. Duluc pusulasını çıkarttı ve kendisine doğru dönen ucuna baktı. Güneye, kente doğru bakıyorlardı. İkisi orada öylece durup gölün üzerindeki karanlığa baktılar, düşünceleri güneye, Rochelle'e yöneliyor ve yüz atmış yıl öncesine, Rochellelilerin kentleriyle birlikte yandıkları ve şimdi kendi ortakları olan dokuz adamın bu kıyımdan kaçıp gittikleri zamana doğru geri gidiyordu. Sandalın üzerinde titreşen mum ışığında, karanlık kıyıda dururlarken, her ikisi de aynı anda kavradılar.

"İşte buradan kaçmışlardı," dedi Duluc.

* * *

Karga Yuvası'ndan aşağıda, akıntı yönünde, çevresine dört yüz tonluk su taşıran *Vendragon*, sabırla efendilerinin dönüşünü bekliyordu.

"Algae[1], Île de Ré açıklarında bol bulunur," diye okudu Eben, rıhtıma bakan penceresinin önünde bulunduğu yerden.

"Balık mı?" diye sordu Kaptan Roy.

"Yüzlercesi suyun içinde yayılır," dedi Eben. Gözlerini bir kez daha, zorlukla seçtiği yazıdan ayırıp aşağıda demirli gemiye çevirdi. Nöbetçinin geri dönmesini bekliyordu.

"Genç Lemprière'in gemilerle bir ilgisi yok," dedi.

"Hoş çocuk." Roy, Taş-Yiyen'in yerinde bir ay önce geçirmiş olduğu eğlenceli akşamı anımsadı. "Arkadaşı da hoş bir korkaktı." Eben, Septimus'un zararsız alevleri görünce, yüzü solarak, gözleri sımsıkı kapalı durumda duvara yapıştığını görmüştü.

"Ateş," dedi, her iki . dam da başlarını salladılar, gemilerde buna benzer sahneler görmüşlerdi. Herkesin kendi özel korkusu vardı ve deniz genelde yeterince ortaya çıkartırdı bunu.

"Bu, adamın son gösterisi olabilir." Taş-Yiyen'in adı başka bir kolonda Guardina'ın gözüne çarpmıştı. "Sir John, yapıya giriş çıkışı yasaklamış durumdadır ve Kral, Cockspur Sokağı'nın komşuları için çirkin bir görüntü oluşturduğu düşüncesinde olduğundan, oranın tümüyle yıkılmasını istemektedir."

"Adam hastalanmış," dedi Roy. "Asıl neden bu. Bulwer'e kabızlık nedeniyle danıştığını duydum." Eben o son lokmayı,

---

[1] Algae: Zehirli su yosunları. (Çev.)

Sir John'un adamları Farina'nın serserileriyle boğuşurken, Lemprière'in kremsi pembe taşının Taş-Yiyen'in boğazından kayışını düşündü. Serserilerin kaçan lideri, her durumda, Farina'nın sağ kolu olan Stilz ya da Stoltz'la Lemprière arasında garip bir işaretleşme olmuştu. Roy bir kadının bacağını bir kez değil, birçok kez ısırmıştı ve akşam bir yığınlaşmaya, neredeyse bir başkaldırıya dönüşmüştü. Bu gece tiyatroya gideceklerdi. İçinde bastıramadığı, giderek yükselen bir tedirginlik vardı. Bir kez daha, aşağıya, gemiye baktı, ama değişen bir şey yoktu. Bir operaya gideceklerdi. Kaptan Roy'un oradan, Taş-Yiyen'den olduğu kadar hoşnut kalmasını umuyordu. Gözleri bir kez daha, gemiye doğru döndü, ama nöbetçi hâlâ gelmemişti.

Aynı sabah, Lord Brudenell, Leydi Cramer, Sir W. W. Wynne ve üst tabakanın öteki üyeleri, Cumberland ve Queensbury Dükleriyle birlikte oturuyorlardı. Marmaduke Stalkar suratını asmış kendisinin ve çevresindekilerin gösterilerini izliyor, bu arada Signor Morelli ve Signor Morigi önündeki sahnede bir arkaya, bir öne gidip gelerek *La Frascatana*'nın aryalarını karşılıklı söyleyip duruyorlardı.

"Cambaz sahnesini ekle," diye seslendi Bolger'e. "Adı Richter miydi, neydi?" Bolger başını salladı ve bu yönergeyi not etti.

"Yooo-ooo-hooo!" diye şakıdı Sinyor Morelli.

"Meee-ee-ee!" diye yanıtladı Morigi. Leydi Cramer dar kadrolu orkestra üyelerine kemanıyla yol gösteren kocasına mendilini salladı. Kadının bu hareketi gözüne takılan adam karşılık verdi. Orkestra durakladı.

"Çok iyi, Morigi," diye, tenora seslendi Stalkart. "*Rispondi*leriniz[1] çok tatlı." Morigi omzunu silkti ve kulise doğru ilerledi. "Bu gece bir allegro ekleyebilir miyiz?" diye sordu Stalkar, sahneden aşağıya inmekte olan Bolger'e, "Kısa bir şey?"

"*Se serce, se dice,*" dedi Leydi Crammer varolmayan birkaç 'r'yi yuvarlayarak.

"Biraz canlı bir şey olsun," diye araya girdi Cumberland Dükü ters bir sesle.

"Çok geç," dedi Bolger. Stalkart içini çekti. "On bire kadar ara veriyoruz, herkese söylüyorum." Ellerini çırptı, ayağa kalk-

[1] Ripsondi: (İtl.) Yanıtlar, onaylamalar. (Çev.)

tı ve Bolger'i kolundan tutarak çekti. Birlikte loş dinleyici salonunda ilerlediler.

"Bu opera binası bir ay içinde ışıklarını söndürecek. Şuraya bakın." Bolger kara kaplı defterinde yazılı rakam sütunlarını gösterdi. Marmaduke eğilip baktı.

"Morelli'nin sesi formunda, onu duydunuz mu?" Güzel gümüşsü tonlar, miktarları giderek azalan rakam sütunlarını bir an gözden uzaklaştırdı.

"Şu lambaları söndürün!" diye bağırdı geriye doğru Bolger, merdivenlerden çıkarak ayrılırken. "Beni anlıyor musunuz Marmaduke? Bir ay sonra," –parmaklarını enlemesine boğazından hızlı geçirdi– "perde." Ardından gelecek sözleri bilen Marmaduke önden merdivenleri tırmanıyordu.

"Ne zaman durulacağını bilmek gerek, ama şimdi tam zamanı, bunu söylüyorum." Marmaduke bekledi. "Şu Tanrı'nın cezası kaplumbağalarınız bizi batıracak. Bu tiyatroyu çökertecek onlar ve kazık herkese girecek..."

İşte başlamıştı. Kaplumbağalar. Bolger haklıydı kuşkusuz, ama ileri görüşlü değildi. Marmaduke çoktandır ortağının dar görüşlülüğünü biraz genişletme çabasındaydı. Azalmakta olan izleyiciler için *La Cameriera, Astute, Gli Schiavi Per Amore* ve şimdi de *La Frascatana* hiçbir yenilik sunmuyordu. İşin püf noktası buydu. İnsanlar yenilik diye yalvarıyorlardı, böylece o da programı cambaz sahneleri, kılıç düelloları, konser parçaları ve baleyle donatmıştı. Yine de, parter çukurunda ve galeride boş koltuklar uzanıyordu. Onların iştahlarını doyurmak için yeterli olamıyordu. Bazen tiyatronun arkasında durup onları gözlerdi, yüzleri bomboştu. Yüz çizgileri, koltuk komşularına seslenir ve onlarla selamlaşırken bile, önlerindeki sahnede yer alan parçanın saçtığı ateş ve yaşamla birlikte bez bebeklerinkine benzer kafalarının her şeyi emen paçavraları içinde eriyip gidiyor, sahnedeki eseri aç bir tepkiyle içlerine çekiyorlardı, sanki gidermeleri gereken bir yetersizlikleri vardı, daha fazlasını, hep daha fazlasını istiyorlardı. Bu, yenilenen bir açlıktı ve onu eski repertuarlarla beslemesi olanaksızdı. Sadler's Wells'de, bir tiyatro (tiyatro mu? Üç mumlu ve dört sandalyeli bir bakkal dükkânıydı yalnızca) onları değnek dövüşüyle sarıp sarmalıyordu. Cockspur Sokağı'nda taşları yutan bir adam, üç hafta öncesine dek orada iyi iş yapmış ve kendisi, parterdekiler cambaz gösterileri isterken dans finalleriyle, onlar atçılık isterken cambaz gösterileriyle baş başa kalmıştı ve bu böylece sürüp gidiyordu. Bu nedenle kaplumbağalarına, inananları olmayan bir peygamber gibi sıkı sıkıya tutunmuştu; gelmeleri uzun süredir ertelenmiş, ama bu konuda söz alınmıştı ve geldikleri zaman, eh, işte o zaman krallığı kurtulacaktı.

"Siparişi iptal edin," diyordu Bolger. "Hayır, asla, hiçbir durumda, tiyatro Haymarket'in içine alevler arasında çökecek bile olsa, hayır."

"Zaten paraları yarı yarıya ödendi," dedi ve Bolger'in bu karşı darbeyi gerisin geri yutmasını bekledi, sıkıntılarının nedeni büyük ölçüde bu yarım ödeme yüzündendi. Kaplumbağaların Coade'den, üç ay önce gelmiş olması gerekiyordu. Birbirini izleyen özürlerle –onuncusu kırılan bir kalıptı– Marmaduke'e güvence veriliyordu.

"Olayların hiçbirinde yer almayan bu şeyleri kimse görmeyecek," dedi Bolger, Marmaduke'u takıntılarından vazgeçirmenin her zaman çok çaba gerektiren bir iş olduğunu bilerek.

"Ah, doğru değil, bak..." ve Marmaduke ona kaplumbağaları damda nasıl düzenleyeceğini açıklamaya başladı, baş kaplumbağayı dama, en önde ve şahlanmış durumda yerleştirmeyi düşünüyordu, bu şahlanmış kaplumbağa elinde, lejyonun Minotaur'u betimleyen bayrağını taşıyacaktı, bu belki de lejyonun savaş planının gizini anıştıran bir simgeydi.[1] Bunun ardında, kitle halindeki kaplumbağa dizileri çok güzel salkımlanacaktı. Çoğu görünmeyecekti, bu doğruydu. Ama Marmaduke deli değildi. Özellikle görünmedikleri için kalabalığın, ne bu ne gelecek, ne de ondan sonraki mevsim tüketebileceği bir yenilik oluşturacaktı. Bu kaplumbağalar en iyi ve en ilgi uyandırıcı, kalabalıkları en çok çekecek bir gizem oluşturacaktı.

"Seni kendi düşlerinle baş başa bırakıyorum," diye kalktı Bolger ve Richter'i aramak üzere yürüyüp gitti. Marmaduke onun ayrılışını sessizlik içinde izledi. Kuşkusuz, kaplumbağalar bile tiyatroyu tek bir ay içinde kurtaramazdı. Buna inanacak kadar aptal değildi. Onun bir darbeye, bir açıklamaya, parıltılı

[1] Roma tarihi: 3000-6000 arasında erden oluşan piyade ve süvari birliği, kalkanlarını kaplumbağanın sırtı gibi birleştirerek yekpare bir biçimde ilerlerlerdi. (Çev.)

bir sürprize, tüm Londra'yı şoka uğratarak buraya akın etmelerini sağlayacak bir şeye gereksinmesi vardı. Sözün kısası Marchesi'ye.

Cobb onunla bir sözleşme imzalamıştı bile, ama o ana dek, ünlü tenordan tek bir nota bile duymamışlardı. Marchesi'nin boğazını bir dizi enfeksiyon sarmıştı, provada dekorla, öteki şarkıcılarla ilgili sorunları yaşanmıştı... Marmaduke, bu bildik işaretleri anlamakta zorlanmıyordu. Marchesi daha çok para istiyordu ve kendisi, Marmaduke, ona istediğini vermekte kararlıydı. Cambazların, süslü süvarilerin, dansçıların, taş-yiyenlerin ve tüm o öteki şarlatanların canı cehennemeydi, Marchesi gibi bir ün elinde olduktan sonra para bankada sayılırdı. Bununla birlikte, para da bir sorundu. Bolger bu olgu için, günde iki-üç kez inandırıcı raporlar veriyordu. Para yoktu. Ortada hiç para yortu.

Marmaduke sandalyesinde geriye yaslandı ve kendi kendisine gülümsedi. Orada oturmuş, bu hırçın çemberin içinden çıkmaya çalışırken, dışarıdaki koridordan gelen şakır şukur sesler duydu. Marmaduke kapıdan başını çıkartıp iki yanına bakındı, boğaz tokluğuna köle gibi çalışan sahne işçisi Tim, bir kovayı ayağıyla vurarak yere devirmişti. Marmaduke kovanın içindeki koyu gri-yeşil suya baktı.

"Bir boyacı daha mı?" Tim olumlar anlamda homurdandı ve yoluna gitti. Marmaduke bu sloganın iki ay önce tiyatronun duvarlarında belirmiş olduğunu anımsadı. Bu şifreli mesaj önce ilgisini çekmiş, sonra bunu, temizlemesi, Tim'i birkaç gün uğraştıracak bir saçmalık diye almıştı. Şimdi ise tedirgindi. Tiyatro Farina'nın adamlarının ellerinde bir tür özel uygulama hedefi olarak seçilmiş, onurlandırılan ve beğenilen tabakanın bu kalesine özel bir saldırı planlanmış gibi görünüyordu. Şikâyette bulunduğunda Sir John sözünü kesmişti.

"Saçmalamayın, Stalkart. O değerli tiyatronuzun dışındaki dünyaya hiç bakmaz mısınız? Aynı sloganlar her yerde..." ve sonra Marmaduke *bakmıştı*, doğruydu. Bunlar kentin her yanına yayılmıştı. Farina. *Farina.*

Tim'in kovasının sesi sonunda kulağından uzaklaşıp gitti ve adam kapıyı bir kez daha kapattı. Birkaç dakika sonra kapıya vuruldu, konukları gelmişti. Gelenlerden birini belli belirsiz tanır gibi olan Stalkart, onları sıcak karşıladı.

"De Verelerde karşılaşmamış mıydık?" İki konuktan daha uzun olanı odanın içinde bir aşağı, bir yukarı dolaşırken, tel gibi bir görüntüsü olan arkadaşı ifadesiz yüzüyle sessizce kapının hemen dışında, bir saldırı beklermiş gibi duruyordu. Bu komik bir durumdu, ama Marmaduke gülümsemedi. Koşullar ve ödemenin ana çizgileri belirlenirken, dinleyerek bekledi. Marchesi'yi, adamın şişko altın boğazını çözecek olan o şişman bir kese altını düşünüyordu.

"... tüm alanlarda kolaylıklara sahip olacaksınız, gardırop, eşyalar, sahne mekaniği..." diyordu iri adam.

"Bir gösteri mi yapacağız, çok güzel. Orkestra çok–"

"Orkestra gerekli değil."

"Kuşkusuz, kuşkusuz," diye onayladı Marmaduke.

"Tiyatroyu tek bir gece için kiralayacağız. Bundan daha fazlasını bilmeniz gerekmiyor." Sonra, Marmaduke'un bu düzenleme konusundaki tüm belirsiz kuşkularını silip süpüren ve daha sonra Bolger'inkileri de süpürecek olan rakamdan söz edildi, ama sonradan bu paranın zaten harcanmış durumda olduğunu, hatta Marchesi'nin hizmetlerini de güvenceye alacak oranda harcanmış durumda olduğunu öğrenince neşesi biraz kaçacaktı.

"Bu kabul edilebilir bir miktar," dedi Marmaduke sakin bir sesle; altın notalar şimdiden yükseliyor, kötü çemberler erdeme kavuşuyor, kaplumbağalar, Marchesi, para, hepsi yerli yerine oturuyordu.

"Şimdi yalnızca tarihi saptamak kaldı, Vikont," diye zorladı Marmaduke, konuğunu.

"İki ay sonra, Temmuz'un dördünde," ve Casterligh, Le Mara ile birlikte, Marmaduke Stalkart'ı bu darbe karşısında sevinmiş, meraka düşmüş ve daha çok da, onların tiyatrosunun tam olarak hangi amaçla kullanmak istediklerini düşünürken bırakarak dışarı çıktılar. Adamın zihninde kaplumbağalar uçuşa geçmişlerdi bile.

***

Hayır, Sir John, Stalkart'ın şikâyetine pek kafa yormamıştı, Farina'nın adı Grenn Park'tan Shadwell'e dek her resmi yapının üzerine karalanmış ve bulaştırılmıştı. Yeşil tebeşir –bu bir ipucu, okunması gereken bir mesaj mıydı yoksa? Bunu bilmiyordu, her durumda yeşili imliyordu. Farina'nın kampanyası yeraltına inmişti. Yardımcıları, aralarında Stoltz da olmak üzere ortadan kaybolmuşlardı, Önder'in kendisi de, eh, bu konudaki öykülerin sayısı artıyordu. Ordu toplamak için Paris'e ya da Amsterdam'a ya da Lizbon'a gitmişti. Rahip olmuştu, Wesleyitelere katılmıştı, Tothil Fields'de işçi olarak çalışıyordu, Hindistan'a doğru yelken açmıştı, ölmüştü ya da öldükten sonra intikamcı bir melek olmuştu, şeytanın neferi, kendi kendisini icadı bir yaratıktı. Kafatası saf gümüşten yapılmıştı, zehir içmiş, ölmemişti, Gazi Hasan'la birlikte korsanlarla savaşmıştı. Kendi doğumunu anımsıyor ve ne zaman öleceğini biliyordu. O, Farina'ydı.

Kentin gergin yüreğinin ayaklarının altında attığını duyan Sir John için o, lağımlarda ve yeraltı dehlizlerinde, bodrum altlarında ve hücrelerde, kentin gündelik görünümünün altındaki ışıksız boşluklarda kuluçkaya yatmış bir canavardı. Bir kez, cılız ve pürüzlü boynunu ışığa uzatmış, et için gaklamış ve gözden kaybolmuştu. Gelecekte, yavruları acımasız, aç ve beslenme dürtüsü içinde yükselip çıkacaklardı. O kentte yanlış olan her şeydi. Yoksulluk, pis koku, yıkımdı. O, faili meçhul cinayetler ve öngörülemeyen çöküşlerdi ve Sir John onu bulamıyordu.

Kendisine daha çok memur verilmesini istemiş ve nazik gülümsemelerle karşılanmıştı. Buna gereksinme olduğunu açıkladı, sokakları işsizler seliyle dolduran Linen House'ın çöküşünden söz etti, mağaralarda ve barınaklarda biriken yeni kinlerden, ayağı burkularak bir damarını çatlatan ve sokağın ortasında kanamadan ölen bir kadından, çevresinde dans eden, yüzlerini kadının kanıyla boyayan sokak çocuklarından söz etti, belki bilmiyorlardı, belki onlara bunu yaptıran masumiyetleriydi, ama buna inanmıyordu. Reddedildi. Sorun çıkacak olursa, kışla yakındı. Sir John onlara, tutukevlerinin bu kışlalardan kaçan askerlerle dolu olduğunu söyledi, ama yine de kabul etmiyorlardı. Derken, kendisine istediği adamları, polis memurlarından oluşan bir gücün başındaki kör bir adamdan –kendi halklarından ve kalabalıklardan korktukları gibi– korktukları için vermediklerini kavradı. Ona güvenmiyorlardı. Henry ne yapmıştı? Yabancıları toparlayıp bir teknenin içine koyup göndermişti, ancak aradan geçen otuz yılın sonunda, bu olayı anımsayan Sir John bunun bir başarı olmadığını düşünüyordu. Bu adamlar tekneyle –daha doğrusu gemiyle– kaçmışlar ya da kaybolmuşlardı. Buna, Tarama Ayaklanması denmişti, bu günkü kendi korkularıyla karşılaştırıldığında hafif bir dalgalanmadan başka bir şey değildi. Kendi adamları korkuyor ve baş kaldırıyorlardı. Hatta kendi rehberi olan çocuk bile, bu berbat bir olaydı, hiç aklına getirmese daha iyiydi. Bir yıkımla sonuçlanabilirdi; zevzeklikti, bir alay, bir kışkırtma, bir dürtükleme, bir tökezlemeydi ve sonra şişman kör bir adam ayaktakımının ayakları altında yerde yuvarlanacak, tekmelenecek, tekmelenecekti. Kalabalığın ruh durumu şimşek hızıyla değişebilirdi. Çocuk, Sir John'un boynuna doladığı tasmayı çözmüş ve ufak bir köpeğin boynuna bağlamıştı. Köpek, Sir John'u pazara, Bow Street'in merdivenlerine doğru yöneltmiş ve durumu kulağına fısıldayarak kendisini kurtaran bıçak bileycisi Bay Gyp olmuştu, "Sizin oğlan bir köpeğe dönüşmüş, Sir John," demişti, kendisi geçerken. Bu öyle açık bir alaydı ki, anlaşılmayacak gibi değildi, Baş Sorgu Yargıcı pazarın ortasında bir köpek tarafından yönlendiriliyordu. Gyp hakkında yanılmış olmalıydı. Tasma şimdi çocuğun boynuna asma kilitle takılmıştı. Kilidin şıkırtısı Sir John'u sinirlendiriyordu.

Her düzeyde sorunları olduğundan, Bow Street'deki işini yarım yamalak yerine getiriyordu. Sorgu Bürosu'nda bir dizi kundakçılık ve kavga raporu yığılıyordu, gelecek fırtınalara karşı açık duran gözü ve çok derinliklerinden ürpermekte olan yeri dinlemekte olan bir kulağı dikkatini bir şuraya, bir buraya yöneltip duruyordu. Bir sığınma yerine gereksinmesi vardı ve bunu Rudge'ın morgunun serin odalarında buldu. Rudge kentin kargaşasından pek haberli değildi. Sir John'un bildiği kadarıyla, morgun kapılarının ötesine hiç geçmemişti. Sir John burada, Törensel Cinayetler (bu, biraz da üzüntüyle Rudge'le paylaşmakta olduğu bir terimdi) üzerindeki araştırmalarını bahane edip, kadınların ve Peppard'ın ölümlerindeki ayrıntılar arasında dolanarak, uzun saatler geçiriyordu, bu, sıkıntılarından kısa bir süre kurtulmak için bulduğu bir arınma yöntemiydi. Bu araştırma, son zamanlardaki başarısızlıklarının listesindeki tek başarıydı. Lemprière'in görüntüsü, asla öyle pek fazla ilişkili, ama asla fazla uzak da olmadan bu olayın çevresinde dolanıyordu. İlk cinayetin işlendiği gece De Verelerdeydi ve belki, Rosalie'yi canlı olarak gören son kişiydi. Ama beş ay önce...

Kuşkular Sir John'un kafasında dönüp duruyordu. Avının kokusunu alıyordu, ama hepsi o kadar. Craven Arms'a yaptığı ziyaretin yönlendirmesiyle, Rosalie'nin cesedini bulan gemicileri anımsadı, King's Arms tavernasında, deli bir adamla kendi aralarında tek yönlü olarak geçen bir kavgadan söz etmişlerdi. Bu, cinayetin işlendiği geceydi ve saldırgan gözlüklü ve pembe ceketli biriydi. Rudge'a, bu delikanlıyı, Peppard'ın odasından anımsayıp anımsamadığını sordu. Hani, Theobald Peppard'ın arkadaşıydı ve Rudge, 'John Smith'in o gece King's Arms'da görülmüş olduğunu onayladı, ancak gerçek adı John Smith değildi.

Sir John, Sorgu Bürosu'na çağırttığı tanığın gelmesini bekledi. Bu adam kendi çıkarımlarını boşa harcatmayacaktı. Cinayetleri birbirine bağladığı mantıksal zincirin halkalarında bir eksiklik yoktu. Ama yine de, mantığının dinginliğini bozan bir şey, kendisine tüm çıkarımlarının onu yanlış yönlendirdiğini, attığı adımların aslında onların adımları olduğunu ve bu adımların başka efendilere hizmet ettiğini söyleyen bir şey vardı. Duyduğu üst üste kuşkular önündeki davayı bulutlandıyor, sıkıntılarını bir kat daha arttırıyordu. Kapısına vuruldu.

"Girin!" diye emretti Sir John. Kapının açıldığını ve zeminde ilerleyen telaşlı adımları duydu. "Buyurun oturun, Bay Peppard." Eliyle masanın önünü gösterdi.

"Sir John," dedi Theobald otururken, selamlar gibi.

"Siz, rahmetli George'un kardeşi ve Leadenhall Street'deki Doğu Hindistan Şirketi'nin bir çalışanısınız, değil mi?"

"Baş Arşivci ve Haberleşme Dosyaları bölümünün şefiyim, evet," diye yanıtladı Theobald. Sir John öne doğru eğildi.

"Kardeşiniz cesedinin bulunduğu gece, yanınızda başka bir centilmen vardı, o geceyi anımsıyor musunuz?"

"Doğal olarak, Sir John, kendi kardeşimin ölümünü nasıl unutabilirim?"

Sir John, çünkü herkesin dediğine göre onunla, yirmi yıl önce onun temiz adı, *Falmouth* ve Kaptan Neagle ile birlikte battığı zamandan beri konuşmamışsınız, diye düşündü kendi kendisine.

Yüksek sesle, "O gece yanınızda olan arkadaşınızın adını anımsıyor musunuz?" dedi.

"O benim arkadaşım değildi! Hayır, hiç de değil. Onunla, o gece tanışmıştım yalnızca, George'u berbat bir işe girişmesi için zorlamaya çalışıyordu. Şantaj, buna inanır mısınız? Size söylüyorum, bu centilmen hakkında benim kendi kuşkularım var–"

"Doğal olarak." Sir John bu akıntıya kapılmamaya çalıştı. "Ama bu adamın adını biliyor musunuz, Bay Peppard?"

"Lemprière," dedi Theobald hemen. "L-E-M-P-R-I-E, şöyle bir aksanla söyleniyor," diye elini kaydırarak işaret etti ve Sir John gizlice içini çekti. "R-E."

***

Ölüler kentinde geleceğin bir hayaleti kımıldandı, ayağa kalktı ve unutulmuş kahramanların arasında, gökyüzü çok uzaklardaki bir ışık levhası olana dek yükselen ve içe eğilen sokaklardan geçerek yürüdü. Güçlü Tanrılar burada yalnızca aile putlarına indirgenmiş yerel mabudlar, gözetilmemiş mezarlardan çıkan ruhlardı. Sahte peygamber, Laocoon'u[1] gördü, yaptığı yanlışlar şimdi kimseyi yolundan çıkartamayacaktı, çünkü onlar için gidilecek hiçbir yer kalmamıştı. Paris'e, kız kaçırmanın sonuçlarından ve delikanlının kendi sonundan söz eden Nereus ve Ceenone'u, kendilerine kulak verilmemiş peygamberleri gördü, ama bu, o zaman hiç işe yaramamıştı ve yine, asla yaramayacaktı. Larga ve Lais, kötürüm bacakları üzerinde, hafifçe eğimli yokuşları ve sıradan kaldırım taşlarıyla hepsi birbirine benzer sokaklarda –ve bu sokaklar aynı zamanda temizdi, sanki göze görünmez çöpçüler daha sonraki yokuşun altında, bir sonraki köşede sürekli olarak çalışıyor ve burada yaşayanların izlerini temizliyorlardı– topallayarak ilerleyen Lycurgus'un gölgesiyle alay ederek kol kola yürüyorlardı. Macco gevezelik ediyor ve Mandana yeni evlendiği kocasına yan yan bakıyordu. Manto

[1] Laocoon: (Yunan Ef.) Truvalı papaz; Truva halkını tahta ata karşı uyardı. (Çev.)

sessizdi, çünkü burada anlatılacak bir şey yoktu. Niobe'nin[1] melezleri, o sürüklenip giderken, gölgenin gölgesi olarak kadının ardında kuyruk gibi uzayıp gidiyordu. Odatis, kaldırım taşlarına acı gözyaşları döküyordu, gelmeyeceğini kesinlikle bilmekten doğan bir sabırla âşığının gelmesini bekleyen Pasiphae[2] onun yanında duruyordu; Minotauros asla doğmayacaktı, labirentte Theseus tarafından asla öldürülmeyecek, o da, suç ortağını Naksos kıyılarında ağlarken bırakıp kaçmayacaktı.[3] Delikanlı asla geri dönmeyecekti. Kız da onu asla beklemeyecekti. Penelope gün boyu halı dokuyacak, gece boyu dokuduklarını sökecek ve bu görevini asla savsaklamayacak, çünkü kocası asla İthaka'ya ulaşamayacaktı. O da, herkes gibi kül gibi rengi ve hayali varlığıyla kendi çevresinde, geriye ve çevreye doğru dönüp duran, katlanan ve yeniden katlanan gri sokaklarda başı boş dolaşan gri bir adamdı. Theseus ve Pirithous birbirlerini tanımadan geçip gittiler; Volumnius ve Lucullus eski dostluklarına unuttular. Xenodice ve annesi de yakınlardaydı; Zenobia oralardaydı; kendi çocuğunu, bükülüp duran, kendi üzerine katlanan, birer birer sıralanan, Roma'nın birinci, ikinci, üçüncü ve dördüncü, sonra tüm kentlerinde, Kartaca'nın tüm kentlerinde ve bir kez içine katlandıktan sonra binlerce böylesi kentin en son taşına dek katlanmayı sürdüren, her duvarın bir kez düştüğü ve her kapının aynı yassı kır görüntüsüne açıldığı, yassı çakılların miller boyunca hiç yağmur yağmayan, güneş açmayan göklerin altında yuvarlanıp gittiği kentlerin içinde bir yerlerde yitip gitmiş olduğunu biliyordu...

Ve işte araştırmaları buralarda sürüp gidiyordu, bu geleceğin hayaleti, kent içini bu sokakların zararına doldurulan sözlüğüyle eş ağırlığa sahip olduğundan, aynı geçmişin farklı yorum-

---

[1] Niobe: (Yunan Ef.) Tantalos'un kızı. Leto yalnızca iki çocuk doğurmuşken kendisinin on iki çocuk doğurduğunu söylemesiyle, onun kendisini anneleriyle bir tutmasına sinirlenen Apollon ve Artemis tarafından tüm çocukları öldürülür, kendisi taşa, gözyaşları da bu taştan akan derelere dönüştürülür. (Çev.)

[2] Pasiphae: Girit kralı Minos'un karısı. Bir boğaya âşık olmuştu. Sevdiği bu boğadan gebe kalarak Minotauros'u doğurdu. Minos Minatauros'u Girit'te yeraltı mağaralarına hapsetti. Theseus onu öldürdü. (Çev.)

[3] Theseus'un kaçışı: Theseus'a labirentte Minotauros'u öldürmesi için Kral Minos'un kızı Ariane yardım etmişti. Theseus'a âşık olan Ariane onunla birlikte gemiyle kaçmıştı. Ancak denize alışkın olmayan Ariane'nin ağlamalarından sıkılan Theseus onu Naksok Adası'na bırakıp gitti. (Çev.)

ları arasındaki ilişkiden –kentten ve kitaptan– sorumluydu. Yüzler grileşiyor, giderek daha grileşiyordu, tıpkı gözle görülmeyen merkezdeki bir düğümün çevresinde halkalanan sokaklar ve onların daha dikleşmekte olan hafif yokuşları kadar saydamdılar. Şimdi sayıları azalmıştı ve yayılmakta olan bir ışığın içinde yürüyen kör adamlar gibi el yordamıyla yürüyorlardı, çünkü damlar kararıyor ve sokaklar orakla biçilmiş ekinler gibi geniş ve yumuşak, yere serilen gri taşlara açılıyordu. Yine de küçülüp büzülen hayaletler vardı ve kendi dokunuşu altında solup gidiyorlardı. Onların hiçliğe yuvarlanıp gittiğini görüyor, ama güvende olacaklarını biliyordu, sayfaların üzerinde, dalgaların bir gemi kalıntısından süpürüp getirdiği, plaj boyunca uzanan cesetler gibi sütunlar ve diziler içinde sıralanıyorlardı. Kentin merkezinde kale vardı ve o daha şimdiden, bu kadar uzaktan bile, kalenin kapılarına vurur görüyordu kendisini, ağır demirin üzerinden yankılanan gümbürtülü vuruşlardı bunlar, çünkü o içeride olmalıydı, aradığı her kimse, o içeride olmalıydı, çünkü bu görkemli giriş kapılarının ötesinde boşluktan başka bir şey yoktu ve yumruğunu bu kapılara indirip duruyordu, *güm, güm, güm...*

... güm, güm, güm, "John!" *Güm.* "Orada mısın?" Eli seyirdi, Xenodice maddesinin üzerine bir mürekkep damlası saçıldı. "John!"

"Evet! Bir saniye..." Mürekkebe hafifçe bir fiske indirdi, sonra kapıyı açmaya koştu. Septimus onun yanından geçip odaya daldı.

"Ah." Lemprière'in çabasına kendi çabasını da ekleyince geriye kalan mürekkep damlası silinip gitti. "Çok güzel bir iş." Sayfaları karıştırıp maddelere göz attı, birini çekip çıkarttı. "İmzalanmamış?" Lemprière imzayı atıp tarihledi, hâlâ düşüncelerini toparlamaya çalışıyordu.

Çalışmaktaydı, bir ölü bekleme düşü içinde hortlakları sözlüğünün içine uyarlıyordu. Septimus, kendisini çalışmaları için kutlamak ister gibi tamamlanmış maddelerden oluşan desteyi salladı. Neredeyse bitirmek üzereydi. Bir ay daha geçince o garip gri kent boşalmış olacak, tüm sakinleri, başlarında mezar taşı yerine kendi hazırladığı maddelerle gömülecеklerdi. Septimus onun çalışmasından, içinde Boksör'ün ve Warburton-Burleigh'in yer aldığı kuşkulu bir olaydan söz ediyordu. Lydia iyiydi. Cadell'in bu proje konusunda ne denli hevesli olduğundan, hava durumundan, opera düzenlemesinde karşılaşılan aksiliklerden, Kader Kurbanlarının İntiharları'ndan, Lemprière'in, birdenbire gelişerek ağaç hastalığını köşe başında kıstıran portakal ağacından söz etti ve Taş-Yiyen'i görmeye gittikleri akşam hakkında kendisine sorular sormayı kararlaştırmış bulunan Lemprière –onu aradan geçen süre içinde, üç ya da belki dört haftadır görmemişti– bunun yerine, o gece, Kanal'da suyun yüzeyine vurmuş ölü balık sürüleri, Somerset House'a dikilen bir gezici hastahane, Magdeberg sirkinden ayrılan bir cüce grubu gibi, hayli geniş bir konu yelpazesi boyunca uzayıp giden bu zorlama konuşmayı dinledi.

"Onlar, Perpignan'da görüleli dün bir hafta oldu," dedi. Ama Lemprière, onun gözleri kapalı, tüm rengi uçmuş durumdaki yüzünü görüyor ve Lydia'nın, onu bu denli korkutan şeyin zararsız bir alev olduğu yolundaki sözlerini duyuyordu. Septimus'un özellikle yürekli biri olduğunu düşünmüyordu, ama dehşet duygusunu arkadaşıyla bağdaştıramıyordu. King's Arms'daki mavnacılarla kapışmıştı. Kendisini hiç kaybetmemişti. Bu son haftalarda niçin kendisinden uzak durmuştu, amacı, yüzünü bu korkusuzluk maskesinin ardına gizlemek miydi? Soracaktı. Şimdi, diye düşündü. Bekleme.

"Septimus," diye sözünü kesti ve tam sorusunu dile getirmek üzereydi ki, kapıya ikinci kez vuruldu.

"Bu, Lydia olacak," dedi Septimus kapıyı açarken.

Ama Lydia değildi. Üç profesördü: Ledwitch, Linebarger ve odaya dalar dalmaz hemen konuşmaya başlayan Chegwyn.

"Bay Lemprière," dedi Ledwitch. "Duyar duymaz koştuk."

"Sizin araştırmalarınızı anımsadık," diye ekledi Chegwyn.

"Uçan adamlar," diye Septimus'u da konuya katılmaya çağırdı Linebarger. "En sonunda sağlam bir kanıt bulundu."

"Kuzum siz neden söz ediyorsunuz?" diye sordu Lemprière, profesörler bunu pek hoş karşıladı.

"Ha, ha! Neden söz ediyoruz, ha ha!"

"Kim *bu* insanlar?" diye sordu Septimus.

Bir saat sonra, Lemprière, Septimus ve üç profesör, bir zamanlar Lemprière'e, kocası ve âşığı, bir gemi ve bir balina hakkındaki öyküyü açan Dul Neagle'le birlikte konuştukları odada oturuyorlardı. Ledwitch, *Morning Chronicle* gazetesinin bir nüshasını sallıyordu. Septimus parmaklarını birleştirerek oturmuş, Banat'tan kuzeye yürürken bir uçan adam görmüş olduklarını söyleyen Türk tutsaklardan söz eden Ledwitch'i dinlerken, yüzünden yoğun bir kuşku yansıyordu.

"Önce bunun bir martı olduğunu sanmışlar," dedi Ledwitch.

"Martı değildi," dedi Chegwyn. "Hiçbir martı adam büyüklüğünde olamaz."

"Hiçbir martı," dedi Ledwitch.

"Sizin Rochelle'in Ruhu'ya ilgilendiğinizi anımsadık," dedi Linebarger, Lemprière'e, "ve bu görüntü o denli aynıydı, öylesine çarpıcı biçimde öncekinin aynısıydı ki."

"Onun yüzünü görmüşler," diye sürdürdü Ledwitch. "Tıpkı Ruh'un yüzü gibi kararmıştı, küçük bir çocuğun yüzüydü–"

"Daha önce bana böyle şeyler anlatmamıştınız," dedi Lemprière.

"Fazla şaşırtıcı değil," diye mırıldandı Septimus.

"Küçük bir çocuğun kavrulmuş yüzü," dedi Lemprière, arkadaşlarından çok kendi kendine.

"Alevler yüzünden," dedi Ledwitch. "Kaledeki alevler, Rochellelilerin öldüğü zamanki o alevler. Kuşkusuz bunun Muhammed'in bir meleği olduğunu sanmışlar–"

"Adamlar başka ne anlatmışlar?" diye sordu Septimus.

"Hiçbir şey," dedi Ledwitch. "Ölmüşler. Karlstadt'dan, yürüyüşle iki gün uzaklıkta kafaları koparılmış durumda bulunmuşlar. 'Çavuş Vıttig' diye biri tutuklanmış."

"O halde başka ayrıntılar da var. Uçan bir adam, kararmış bir yüz, küçük bir çocuğun yüzü–"

"Ruh o, evet. Kayıtlar var. Richelieu'nün adamları görmüşler–"

"Karlstadt'da görülenden söz ediyorum. Küçük bir çocuğun kararmış yüzü mü demiştiniz?"

"Bir Faslının yüzü, bir Müslümanın. Söyledikleri gibi Muhammed'in bir meleği olsaydı, yüzü esmer olurdu, değil mi?"

"Ama o zaman Ruh olmazdı, yani, eğer böyle bir şey var idiyse, değil mi?" diye, yine konuştu Septimus. "Ve kayıtlar küçük bir çocuktan ya da küçük bir çocuğun yüzünden söz etmiyor ve bilgi Viyana kayıtlarından alınmış, öyle değil mi?" Lemprière'e döndü. "Böylesi bir mucizenin bu biçimde ortaya çıkmış olması Avusturyalıların işine gelmez mi; ne de olsa dikkatleri, Bay Vittig'in yaptığı kıyımdan başka yöne çekmiş olur, öyle değil mi? Ve tutsakların bir Avusturyalı asker kaçağı tarafından katledilmiş olması, dediklerine göre kendi elçisi Türklerin elinde esir olan ve kendisini açıkça bu savaşın dışında tutmaya çalışan İmparator için en azından uygunsuz bir durum olmaz mı? Ve sizin Ruh'unuza gelince," –bu sözcüğü kuşku duyduğunu belli eden bir tonlamayla söylemişti– "Richelieu ve dostları için böyle bir Ruh'un varlığı ne kadar da işe yarardı. Bir melek, uçan bir adam. Kuşatmanın kirli ayrıntılarından çok daha çekici bir çözüm. Ruh'un öyküsünden söz etmek varken, diri diri yakılan kadın ve çocuklarla kim ilgilenirdi o zaman? Sen buna herhangi bir biçimde inanıyor musun, John?" Sesinin tonunda aynı anda hem incinme, hem şaşırma ve hem de öfke ifadesi vardı.

Profesörler onun bu olumsuz etkilenişi karşısında seslerini kesmişlerdi. Lemprière makaleyi çabucak okudu.

"Bu makale daha çok kıyımla ilgili," dedi. "Bunları bana kendi odamda da anlatabilirdiniz."

"Böyle bir hayvan yok,"diye bastırdı Septimus. "Ne Karlstadt'da, ne Rochelle'de, ne burada, ne de başka bir yerde. Benim meslektaşımın zamanını niçin böyle harcıyorsunuz? Böyle saçmalıklarla uğraşamayacak kadar meşgul biri o. Gel John, Lydia, bizi bekliyor olmalı–"

"Hayır, bekleyin!" dedi Ledwitch. Lemprière ayağa kalkmıştı ve ceketini giyiyordu. Şaşırarak döndü.

"Demek istiyorum ki, lütfen bekleyin," diye yineledi Ledwitch. "Eğer siz–"

"John?" Septimus ayrılmak üzereydi.

"Sizi aldatmak istemedik," dedi Linebarger.

"Beni aldatmak mı?"

"Sizin yardımınıza gereksinmemiz var Bay Lemprière. Sizi buraya getirmek zorundaydık." Durakladı ve öteki ikisine baktı, onlar konuşmayı sürdürmesi için başlarını salladılar.

"Bu, Dul'la ilgili," diye başladı.

Ve kuşkusuz Lemprière, Dul'u düşünmüştü. Dul'un George'u yitirdiği, ama o sırada bunu bilmediği, Blue Anchor Lane'de, Theobald Peppard'ın ardından bağırdığı o gece düşünmüştü onu. Ona kavuşmuş olabilirdi; birbirlerine kavuşmuş olabilirlerdi. Tüm aksiliklere karşın ellerindeki mal değerlenmiş, uzun süredir bekledikleri yük Kaptan'ın evinin altında demirlenmiş gemiyle gelmişti. Ama George ölmüş, Lemprière, Dul'u düşünmüş ve bir şey yapmamıştı. Şimdi hesap vermeye çağırılıyordu. Profesörler, kendisinin Peppard'ın ölümüyle ilgisi konusunda, katili George'un odasına çeken anlaşma ile ilgili hiçbir şey bilmiyorlardı. Profesörlerin daha önce ev sahiplerinin adını anmamış olmaları ne denli garip idiyse, Lemprière'in onun hakkında bir şey sormamış olması da bir o denli garipti. Onun evinde oturmak ve konuşmak, ama onun adını anmamak: Delikanlı bundan önemle kaçınmıştı, profesörlerinki ise bunun yanında küçük bir yalandı. Lemprière, nasıl yardım edebileceğini sorduğunda, Ledwitch onu, 'Bay Peppard' adındaki birisi hakkında bir şeyler bilen tek kişinin kendisi olduğunu söyleyerek yanıtladı, o zaman delikanlı aradan geçen, boş yere harcanmış ayların üzerine yığmış olduğu büyük ağırlığı duyumsadı.

"Onun ölümünü duyduğundan beri," dedi Ledvitch, "çok değişti. Şimdilerde odasından hemen hiç çıkmıyor ve bizler ne yapacağımızı bilmiyoruz. Belki onunla konuşacak olursanız, diye düşündük..." Sözleri kadının yokluğundan bir yerlerde yitmiş gibi uzayıp gidiyordu.

Sonradan profesörlerle vedalaşırken, kendi yalanlarının çok daha büyük olduğunu düşünerek onlara, kendisine söylemiş oldukları yalan konusunda kaygılanmamalarını söyleyecek, neşeli havasıyla kendisinin tipik karşıtı olan Septimus'la birlikte Thames Caddesi'nin gürültü ve karmaşası arasında yürüyerek dönerlerken, Septimus'un esprilerine karşı dayanıklı olduğunu kanıtlayan kendi asık suratlı sessizliğinin içine gömülecek, öyle ki, sonunda Septimus, Dul'u nasıl teselli etmiş olduğunu sormak zorunda kalacak ve Lemprière bu soruyu, yalan söylemiş olduğunu söyleyerek yanıtlayacaktı. Ama şimdi, Dul'un odasının kapısını vurarak açarken hâlâ, George'un umutlarından bir azını küllerinin üzerine üfleyebileceği düşüncesindeydi, böylece kadının, ölmüş avukatın utanca boğulmasından beri geçen tüm o yıllar boyunca ayakta kalmasını sağlayan yırtıcılığı ve tüm öfkesiyle fırlayıp ayağa kalkabileceğini umuyordu. Ama perdeleri çekili pencereden uzakta, oturmakta olduğu arkası yüksek koltuktaki yaşlı kadını görünce durumun böyle olmadığını bir bakışta anladı.

Kendisi girerken Dul başını kaldırıp bakmamıştı. Loş odada kadının önünde durarak uzun başsağlığı konuşmasına başladı. Dudaklarını kemirerek, parmaklarını birbirine geçirerek konuşmasını sona erdirdi. Gözlüklerini çıkarttı ve oda ortadan yok oldu. Kadının ifadesiz yüzünü, kendisine hiç bakmayan ve kendisini suçlamayan gözlerini göremiyordu. Kendisi gerçeği biliyordu ve gerçek gitmiş, kadını, kendisini çekecek hiçbir şey olmadığı için artık pek seyrek dışarı çıktığını bu odada, terk edilmiş durumda bırakmıştı. Artık, Skewer'ın bürosuna yapılacak öfkeli ziyaretler, yanına yaklaşılacak ve uyumlu sorularla yerinde mıhlanacak yabancılar, suyun karşı kıyısında, kendisini isteyen ve karşılığında kadın tarafından istenecek olan âşık yoktu. Lemprière, annesiyle birlikte gittikleri bürosunda, d'Aubisson'un annesine söylemiş olduğunu anımsadığı yatıştırıcı sözcükleri arayarak bocalarken bunları düşündü. Ona, üzgün olduğunu, George'u sevmiş olan kendisinin de acı çekmekte olduğunu söyleyebilirdi ve tüm bu sözler doğruydu. Kadına, George'un kendisini sevmiş olduğunu, yaşasaydı kendisiyle evlenecek olduğunu, çünkü adını temize çıkartacak fırsatı yakalamış bulunduğunu, George kendisine tüm bunları söylemiş ve her sözcüğü inanarak söylemiş bulunduğunu anlatabilirdi. Bu gerçeklerle kalafatlanmış, kadının daha sonra keşfedeceği şeylere karşı sigortalanmış olarak çekip gidebilirdi. Gözlüklerini yeniden taktı ve zayıf düşmüş durumdaki kadına baktı.

"George sizi sevdi," dedi. "Ama size gelemedi. O bunu anlıyordu, bunu biliyorum. Her ikinize karşı çok fazla komplo kurulmuştu." Lemprière, Peppard'ın, her ikisini de kurtaracak olan Neagle'ın gemisinin en sonunda döndüğünü duyduğunda nasıl sevinmiş olduğunu anımsadı. "Sizinle asla evlenemezdi," dedi ve bu yalandan içten içe ürktü. Dul kımıldanır gibi oldu ve Lemprière uzunca bir an bekledi, sonra kapıya doğru döndü. O zaman Dul konuştu.

"Yitiren, her zaman biz oluyoruz," dedi.

"Bu doğru değil," dedi Lemprière. Juliette'i düşünüyordu. "Bu her zaman doğru değil," dedi, ama bu kez Dul yanıt vermedi.

***

Gökyüzünde, doğu yönünde, pembe ve altın renginde uzun ve derin bir yara izi vardı. Gün doğumunun ışınları ufukta bir leke gibi yayılmıştı. Sabah ışığı dorukları ve uçurumları yakalıyor ve güneş daha yukarılara tırmandıkça kısalan, sonra yok olan uzun gölgeler düşürüyordu. Deniz gün doğumunun gönderdiği ışınlarla dilimlere ayrılıp parıldıyor ve ay parlak mavi bir göğün içindeki soluk bir ayrıntıya dönüşüyordu.

Işığın Yüreği'nin güvertesinde Peter Rathkael-Herbert gözlerini bir yaz şafağının parıltısına açtı ve bir erkek için, haziranda açık denizlerde seyretmek ve bir korsan olmaktan daha iyi bir şey olmadığını söyledi.

"Sonsuza dek, öyle," diye selamladı Elçi'yi, Wilberforce van Clam. Elçi, *Teşrifati*'deki tutsaklığından kurtulalı yirmi üç gün olmuştu ve bu arada dümeni yönetme sırası dönüp dolaşıp yine Wilberforce'a gelmişti.

"Nerede o?" diye sordu. Marsilya limanının açıklarında pusuya yatmış *Megaera*'yı bekliyorlardı. Geminin kaptanı, kendisine bir koruma gemisi verilmesinden umudu kestiği için, kendisini izleyen gemiden kurtulabilmeyi umarak gece karanlığından yararlanıp kaçmıştı. Tan ağarırken geminin babafingo direği ufukta ancak görünür olmuştu. Karanlık bir saat daha geçmiş olsaydı gemi kaçmış olacaktı, ama kovalamaca sürüyordu.

"Yirmi altı ya da kırk mil uzaklıkta," diye öteleri işaret etti. "Şimdi Rochelle dolaylarından geçiyor olmalı." Bu kovalamaca, kendilerini Akdeniz'in batısına doğru sürüklemiş, Cebelitarık Boğazı'ndan geçirip Atlantik'in kabaran geniş dalgalarının içine atmıştı. *Megaera, Işığın Yüreği*'ni dümen suyuna takmış, kuzey'e, Fransa'nın batı kıyılarına doğru yol alıyordu.

İşin gerçeği, korsan gemisi daha hızlıydı, ama tayfalarından bazıları, en azından, dümencilik konusunda ötekilerden daha yetenekliydi. Günler ölü bir dinginliğin içinde yitip gidiyordu. Yelkenler asla esmeyen rüzgârlar için hazırlanıp duruyordu. Tüm bu süre içinde *Megaera*, *Işığın Yüreği*'de daha iyi bir dümenci iş başına geçip aradaki uzaklık bir kez daha azalmaya başlayıncaya dek uzaklaşıp gidiyordu. Kovalamaca şu ana dek, gece gündüz bir hafta sürmüştü ve her iki gemi de Fransa'nın, bir günlük uzaklıktaki batı kıyılarından on mil açıkta duruyorlardı. Sülfürle adamakıllı yüklü olmasına karşın *Megaera* iri dalgaların arasında ustalıkla ilerliyordu, gökyüzü portakal rengine ya da yeşile dönmekteyken, birlikte oturup tatlı mavi dumanı pupadan dışarı üfleyip gevezelik yaptıkları sırada, Wilberforce, İmparatorluk Elçisi'ne, *Megaera*'nın kaptanı hakkında, "gemiyi rüzgârın yönüne orsa etmeyi iyi biliyor," gibisinden bir şeyler söyledi, Elçi de bunu gerçekten büyük bir övgü olarak aldı.

Şimdi güneş hayli yükselmiş ve yaşlı korsanlar güvertede belirmeye başlamışlardı. Bir zamanlar Bavyera'nın tek Jansenist'i, bugün ise *Işığın Yüreği*'nin asteğmeni olan Heinrich Winkell, sırtını kamburlaştırmayı denedi, yavaşça yana doğru yürüdü, öksürdü, tükürdü, Oiβ ve Lobs De Vin kardeşleri selamladı. İzmirli mistik ve sıradan tayfa Amilcar Buscallopet, sakat ayağını öne uzattı. 'Sıska' Jim Pett, baş tarafa yaptığı güç ziyaretten döndü.

"Çok güzel!" diye güverteleri yıkayan haziran güneşini selamladı, sonra sırtına birden bir ağrı saplanınca, "Aah," diye bağırdı, "Aman Tanrım..."

"Buraya gel!" dedi Hörst 'Sucuk' Craevisch ve onu alt taraflarında bir yerinden sıktı. Korsanlar, soğuk sabah havasında hırıltıyla soluyarak bir araya gelip toplandılar, dümenin başındaki Wilberforce ve Elçi onları izliyorlardı. Gevrek kemikleri ve romatizmalı eklemleri kendi ağır kalk borusunu çalarken kaşınıp mırıldandılar. Açıkçası sabahları hareket etmek onlara zor geliyordu.

Yukarılarda bir yerlerde aceleci bir hışırtı duyuldu ve 'Midye' Wilkins çanaklıktan aşağıya inerek ikisine katıldı.

"Onu üç çanın oralarda gördüm," dedi soluk soluğa, "ayışığının içinden geçiyordu. Sandığımızdan daha yakındalar." Wilkins ciğerlerine soluk çekebilmek için durdu.

"Ne kadar yakın?" diye sordu Wilberforce.

"Yakın. Yirmi, yirmi beş mil kadar. Bir an için ayışığı yelkenlerini yakaladı. Işıkları sönüktü. Sanırım bu–"

"Oy!" diye bir bağırtı geldi alt güverteden. Üçü aşağıya baktılar ve Hörst'ün sırtüstü yerde yattığını ve kalkmak için şişman kol ve bacaklarıyla havayı dövmekte olduğunu gördüler.

"Salyangozlar mı yapardı böyle? Sırt üstü düşünce kalkamayan şey neydi?" diye sordu Wilkins.

"Kaplumbağalar," dedi Elçi. Lobs ve Oiβ de Vin birer kolundan tutarak onu ayağa kaldırdılar. Wilberforce bir kez daha baktı.

"Sanırım şu sıralarda Rochelle'e yaklaşıyordur," diye cümlesini tamamladı Wilkins.

***

"*Megaera*," diye yüksek sesle yorumladı Duluc. Teleskopu yere doğru eğdi. Gemi tüm yelkenlerini açmıştı, kıyıdan birkaç mil kadar uzaktaydı. Protagoras arkadaşının elindeki aleti aldı ve kendisi de baktı.

"Hmmm," dedi, sonra sola, Île de Ré'ye doğru dönerek adayla komşusu arasındaki denizi taradı. Rochelle'deki ilk günlerinde denizin yüzeyinde gözlemiş oldukları koyu rengin yosun olduğu anlaşılmıştı. Yerel balıkçılar bunun, bu sulardaki yüzey balıklarını zehirlemekte olduğundan söz etmişlerdi ve gerçekten de adaların arasındaki geniş kanalın içinde karınları havada, suyun üzerinde dalgalanan bir balık sürüsü görülmüştü. Geceleri, kıyıya doğru sürüklenen akıntıların bu ufak yaratıkların hücrelerini dalgalandırmasıyla bu bölgede hayaletsi yeşil bir parıltı oluyordu. Işık, ortalarında yüzen balıkların ak karınlarında yansıyordu, yosunlar sanki bir merkeze, onaylayıcı bir toteme gereksinmeleri varmışçasına ölü balıkların çevrelerinde salkımlanıyordu. Bir gece önce, Protagoras kiraladıkları bir mavnanın güvertesinde ayakta durmuş, soluk bir helyograf ve uydurma bir şifre aracılığıyla, özel olarak ısmarladıkları yeşil camdan panelleri ve bir dizi yağ lambasını ayarlanabilir panjurların önünde koyarak düzenleyen Duluc'la işaretleşmişti, sonunda, söz verilen yüküyle birlikte gelecek olan bir geminin daha önceden kararlaştırılmış olan bu işareti görebileceğine emin olmuşlardı. Duluc tepenin üzerinde, ufak çalışma ekibini aralıklı olarak, bu panjuru ya da şu kenarı düzeltmeleri için yönetirken, Protagoras da yosunların Île de Ré burnunun arkasından yavaşça kayarak çıkmalarını izlemişti. Ölü balıkların kokuları kara bir denizin üzerinde sürükleniyordu. Kıyıda yeşil ışıklar aralıklı olarak parıldıyordu ve içinden elini çabuk tutması ve bu işi bitirmesi için meslektaşına söylenip duruyordu. Sanki yosunlar ufak teknenin varlığını sezmiş gibi, çevresini sarmak üzere ağır ağır o yana yöneliyordu.

Şimdi, teleskopla araştırırken, o ışık halısının tümüyle oradan yok olmuş bulunduğunu gördü. Gel-git yüzünden diye düşündü. Eğer yosunlar kendisinin kuşkulandığı gibi Île de Ré'nin kör yanına doğru sürüklendilerse, *Megaera* dosdoğru onların içinden geçecekti. Teleskopu Duluc'a uzattı.

Her ikisinden de aşağılarda, tepenin altında ve kıyının arkasında bir çizgi halinde uzanan yoğun bitki örtüsünün ötesinde, çalışma ekipleri rıhtımı yapmak için sıkı çalışıyorlardı. Geldiklerinden beri geçen iki hafta içinde Pointe du Plombe'de, Cherbourg'daki canavara karşıt, basit, ama dayanıklı bir yapının temelleri atılıyordu. Denizden üç metre yükselen çift sıralı sütunlar denizin içinde on sekiz metre boyunca uzanıyordu, gövdeleri yarıdan kesilmiş iki sıralı ağaçlara benziyorlardı. Şimdi deniz çekilmişti, ama sular, yükseldiğinde sütun başlarının bir buçuk, iki metre altına dek gelecekti. Duluc'un, (kendi kişisel ve deneysel gözlemleri ve sık sık başvurduğu daha önce yayınlanmış tablolarla karşılaştırılmakta olan) kapsamlı hesaplarına göre, Temmuz'un on üçünde, sabahın üçünde, sular bu sütun başlarının iki metre altına dek yükselecek, böylece sütunların destekleyeceği geniş borda iskelesinden sekiz metre aşağıda kalacaktı. Bu bir uzlaşmaydı: Gelen gemiyi yüzdürmeye yeterli derinlik bulunacak, ama borda iskelesi geminin güverteleriyle eş düzeyde olacaktı. Bu yükün boşaltılmasını çabuklaştıracaktı: Asıl önemli olan şey buydu. Ama ya gemi karaya oturursa... Bu ince sınır konusunda tedirginlik duyuyor, hesaplamalarının üzerinden bir daha, bir daha geçiyordu.

Rıhtımından hoşnuttu, ama yine de, tek bir gece içinde –gerçekten yaşamsal önemi olan tek bir geceydi gerçi, ama ne de olsa yalnızca kısa bir geceydi– tüm çabasının gel-git ve hava durumu nedeniyle boşa gitmesinden korkuyordu. Doğal olarak Kardinal'e gönderdiği raporlarda yalnızca iş hakkındaki olgulardan söz ediliyordu: şu ya da bu evre tamamlandı, şu ya da bu malzemeye gerek var gibi. *Le Conseil aux Conseils* kendisinin coşkularıyla ilgilenmiyordu, işin aslında onlara, daha çok kuşkuyla bakma eğilimindeydi. Meslektaşı Protagoras'a karşı daha gevşek bir protokol izliyor, ama dikkatli davranıyordu. Rıhtımını gizlice, hatta utanarak süslüyordu. Bu uzun ve eşsiz bir hayvandı ve onun kendi coşkusu, çalışma ekibini de gayrete getiriyordu. O sırada duyduğu hafif bir gürültü düşüncelerinin akışını bozunca bunun kaynağını bulmak için dönüp baktı ve dört öküz tarafından çekilen birbirine eklenmiş iki yük arabası görerek memnun oldu, sürücüsü oturduğu yerden ayaklanmış, büyük bir çabayla freni çekiyordu, çünkü bu garip araba tepeden aşağıya inerek kendisine doğru geliyordu. Arabanın yükünün ne olduğu açıkça belliydi. Bu kendisinin sabah postasıydı. Dokuz metre uzunluğunda ve çapı on üç metre olan bütün bir meşe ağacıydı. Tepeden aşağı inerek kıyıda bekleyen çalışma ekibine doğru yürüdü. İyi bir gün başlıyordu.

Daha sonra, güneş gökyüzünde alçaldığında ve çalışma ekibi dirseklerinden destek alarak yorgunluk içinde uzandıkları ve bacaklarındaki çamur, günün son sıcağıyla kurumakta olduğu bir sırada, Duluc başını kaldırıp bakabildi ve yerine getirmekte olduğu görevin denizden düzgün ve uzun biçimiyle yükselmekte olduğunu gördü. Gelecek yüz yıllar boyunca orada olacak, diye düşündü. Gözleri iki sıralı sütunlar üzerinde dolaşırken, rıhtımın perspektifine, sanki sırf o amaçla yapılmış gibi kusursuzca oturan ikinci gemi birden görüş alanına girdi. Balıkçı kayıkları bu gemiyle kendisi arasında gidip geliyordu, gündüz balıkçılarının yerini ağlarını gece atan adamlar almıştı. Gelen gemi neredeyse *Megaera*'yı andırıyordu, önceki gemi ise burnun arkasına kayalı saatler olmuştu. Teleskopunu bir kez daha eline alan Duluc ikinci geminin adını seçti. Bu da ilki gibi tüm yelkenlerini basmış kuzeye doğru gidiyordu. Gözlerini, yaşlı adamlardan oluşan grupların tembelce durduğu güvertelerde gezdirdi. Geminin gövdesi karaydı. Katran karası değildi, karaya boyanmıştı; kesinlikle karaydı. Gemi hiçbir şeyi yansıtmıyordu: Denizi ve bu akşam bir ateş topuna benzeyen, batmakta olan haziran güneşini tümüyle yutmuş gibiydi. Çevresindeki su bile daha karanlık görünüyordu. Sonra teleskopu grandi direğine kaydırdı. Bir kez baktı, gözünü kırptı, yeniden baktı, sonra "Protagoras!" diye bağırdı. Grandi direğinin üzerinde bir flama uçuşuyordu ve bu flamanın üzerinde bir kafatası ve iki çapraz kemik vardı..

"Protagoras!" diye seslendi yine. "Korsan Bayrağı takmış bu gemi!" Üçüncü bir kez daha seslenecekti, ama Protagoras görünürde yoktu ve Duluc birden onun bir kez daha yeraltına, mağaraya ve mağaranın önünde uzanan yeraltı gölüne inmiş olduğunu anladı.

"Korsanlar," dedi kendi kendine ve sonra hâlâ gözlerine inanamamış durumda, yeniden baktı. "Çok yaşlı korsanlar."

Rochelle Limanı'nın açık ağzını iki-üç mil açıktan geçen Wilberforce, iç limanın girişini denetleyen ikiz kuleleri, Rochellelilerin içinde ölmüş olduğu kaleyi, Richelieu'nün, dış limanı bir yandan yana çevreleyen ve deniz çekildiğinde görülebilen dalgakıranın bulunduğu çizgiyi işaret etti. Peter Rathkael-Herbert, yer darlığının yapıları yukarıya doğru yükselmeye zorladığı bir kent gördü. Arduvaz grisi damlar açılı zikzaklarla birbirleri üzerine yığılıyor ve bacalar gün batarken ufuğun dibinde solan hafif dumanlarıyla daha da yükseklere tırmanmaya zorlanıyorlardı ve kent eski bir taşın hayaleti gibi gri gölgelerin içine çekilmişti. Limana baktı ve haç biçiminde dizilmiş Buckingham'ın donanmasını, Richelieu'nün oluşturduğu engel karşısında savaş adamlarının savaş bayraklarını ve işaret flamalarını nasıl salladıklarını hayal etti. İkiz kulelerin ve ötesindeki iç limanın korumasından yalnızca bir buçuk mil uzakta, suyun üzerinde öylece kala kalmışlardı, duvarların ardında açlıktan ölen Rochellelilere bu bir buçuk mil, asla aşamayacakları bir okyanus gibi görünmüş olmalıydı.

Işığın Yüreği yoluna devam ederken dümeni Île de Ré'ye yönelmişti. Tayfa geminin sol yanında oturuyordu. Nöbet cetveline uygun olarak 'Midye' Wilkins öğle üzeri dümeni Wilberforce'dan devralmıştı. Güneş neredeyse batmak üzereydi. Yarı tamamlanmış bir rıhtım. Burundan kentin kuzeyine doğru uzanıyor ve bir grup adam bunun arkasındaki tepeden yukarıya yürüyordu. Bu tepenin ardı ormanlıktı, birkaç alçak tepe ve bunların ardında dumanı yükselen bir köy vardı. Peter Rathkael-Herbert, Wilberforce'u piposunu tıkıştırırken izledi, reçineyi pipo çanağının içine başparmağıyla tıkarken elleri biraz titriyordu. Pipoyu yaktı, dumanı ciğerlerine üç, dört kez çekti ve pipoyu arkadaşına uzattı.

"Demek hepsi öldüler?" diye sordu adam pipoyu alırken. Piponun ağızlığını salıp aşağıya çekerken çanaktan yoğun puflar halinde halkalanarak çıkan duman sıcaktı. Dalgalar geminin yanlarına daha bir gürültüyle çarpıyordu.

"Ölmek mi? Öldüler, evet. Bazıları. Sonunda hepsi ölüp gittiler."

Deniz daha kararmış, hem de daha mavileşmişti. Ağzı kurumuştu, öksürüp tükürdüğünde, tükrüğünün çok yoğun ve çok ak olduğunu gördü. Geminin bordasına dayanıp, tükrüğün havada çizdiği eğrinin hızlandığını, saniyeler içinde bulanık suların içine mavi-yeşil bir ışık çamuru içinde düşüşünü izledi.

"Zavallı Rochelle," dedi Elçi. *Teşrifati*'den bildiği bir koku yayıldı güvertelerin üzerine. Bordadan aşağıya bir kez daha baktı ve bunun nedenini gördü. Yüzlerce ölü balık suyun üstünde karın üstü yüzüyordu. Baş tarafa doğru, sular *Işığın Yüreği*'nin pruvasıyla kesilirken hafif bir parıltı saçılıyordu.

"Bana yetti." Pipoyu Wilberforce'a uzattı.

"Hmm?"

"Yeter. Artık yeterince içtim. Deniz garip görünüyor..." Wilberforce kımıldayıp yandan aşağıya baktı.

"Yosun," dedi bilgiç bir tavırla. "Üzerine gidince parlar. Berbat bir saçmalık, ama yakında içinden geçip gideceğiz."

Böylece güvence verilen Peter Rathkael-Herbert pipoyu geri aldı ve bir saat içinde bir düşler ülkesinde, adli bir soruşturma heyetinin başkanı olarak, daha önceki işvereninin vatan haini olarak suçladığı bir davaya başkanlık ediyordu.

Wilberforce yine oturdu, geminin her yanında mavi ve yeşil renklerle parıldayan yosunların zehir yüklü dinginliğinin kırmızı levreklerin ve atak yayınbalıklarının ölüm çırpınmalarıyla bozuluşunu izledi. Elçi yanındaki koltukta uyukluyordu. İşkenceli düşünden ara sıra bir sözcük ya da yarım bir tümce kaçıyordu. Wilberforce, onun, "Suçlu," az sonra da, "Asın İmparator'u," diye mırıldandığını duyduğunu sandı. Yosunlar bitmek bilmiyordu. Afyon piposu gevşek parmaklarından kaymadan önce son düşüncesi, yedi okyanusun içinde yüzyılda bir yetişen en büyük yosun kütlesi olmalı bu, oldu, göz kapakları kapandı ve o da uykuya yenik düştü.

Işığın Yüreği Cherbourg'a on altı günlük bir yolculuktan sonra ulaştığında, hâlâ aynı yosunların içinde yüzüyordu. O zamana dek tayfa, o zehirli mavi-yeşil halıyı oluşturan milyarlarca ufak yaratığın kendilerini izlediğinin ayırdına varmıştı. Geminin yakın çevresinden daha büyük ve zararlı balıkların temizlenmesi için etkin bir sistem geliştirilebilir ve yosunların *Işığın Yüreği*'ne böylesine yapışmasını açıklamak için çeşitli kuramlar ortaya konabilirdi. Yosunların oluşturduğu halı sancak ve iskele yönünde kırk beş, elli beş metre yayılıyor ve pupada doksan metreyi buluyordu. Zaman zaman bu halının bazı bölümleri koparak başka bir yerdeki talihsiz bir icthyo-ecosystem[1]e zarar vermek için uzaklaşıyordu, ama yosunlar çabucak yenileniyor ve gün batımına doğru bu boşluk milyonlarca yeni biyoluminesans[2] hücre tarafından yeniden dolduruluyordu. Bunların *Işığın Yüreği*'ne yapışmalarının nedeni basitti. Makrobiyotikler.

Alecto, Işığın Yüreği, 1752'de Wilberforce ve öteki korsanlar tarafından ele geçirildiğinde gövdesi, yeni ovulmuş bir kasap tahtası kadar temizdi. Altı hafta önce Blackwall'de karina edilmiş ve meşe bölümleri öylesine ovulmuştu ki, damarlarını görebilirdiniz. Ama denizlerde geçen yirmi altı yılın bir bedeli vardı. Su çizgisinin üzerinde, sayısız etobur ufak yumuşakça teknenin gövdesine tutunmuş ve yavaşça pervaz tahtasına dek yayılmışlar ve burada, tutundukları şeyin bir hayvan değil bir bitki türü olduğunu çok geç anlayınca açlıktan ölmeye başlamışlardı. Şimdi hepsi ölmüştü ve hâlâ tutundukları yerde duruyorlardı,

---

[1] Icthyo (Ichtyosauria)-ecostysem: Bedenleri balığa benzeyen ve yunusa benzer yüzgeçlere sahip soyu tükenmiş deniz sürüngenleri. Yazar, bu yaratıkların soyundan gelen, değişime uğramış deniz hayvanlarından ve onların aralarındaki bağlantı ve ilişkileri oluşturan çevresel sistemden –eko sistemden– söz ediyor. (Çev.)

[2] Biyoluminesans: Bazı canlı türlerinin organik olarak soğuk ışık çıkarması ya da ışıması olayı. (Çev. Y. Oxf. Res. Ans. Söz.)

Işığın Yüreği'nin mat kara gövdesinin nedeni onların kokuşmuş kalıntılarıydı. Korsanlar sık sık bu yumuşakçalara ve kitle halinde kendilerini feda edişlerinden arda kalan bu kalıt gece kamuflajına sessiz teşekkürler gönderiyorlardı. Ancak, su çizgisinin altındaki öykü bu denli mutlu değildi. Her dümencinin başına bela olan, teknenin gövdesini saran bu makrobiyotikler yüzünden *Işığın Yüreği* hantal ve dümen manevralarına karşı tepkisiz olmuştu. Ters dip akıntıları, sualtı alıngaçlardan oluşan bu kalın ormanı yakaladıklarında tüm gemi yana yatıyordu. Aşağıdan yaklaşan balıklar bu beklenmedik beslenme alanında mutlulukla oynaşıyorlardı. Doğallıkla zengin bir protein ve beslenme kaynağı olan bu yumuşakçalar mengene çeneli, açgözlü yırtıcı balıkları ve yumrulu neritik[1] büyük deniz yosunları, kıvranan yılan balıklarını çekiyor, *Işığın Yüreği*'nin pürüzlü, kaba tüylü alt bölümü, buraya şiddetle tutunarak su çizgisinin altında atipik kalın bir kat oluşturan zehirli deniz yosunları için zorlayıcı bir yaşama alanı oluşturuyor, yosunlar uzanan her bir kordona ve uzun ota rahatça yapışıyor, böylece teknenin tüm gövdesi jelatimsi ve asalak bir çorbayla sarılmış bulunuyordu. Kendiliğinden hareket edebilen hücreler, kırbaçlarını kendi kendilerini mutlulukla kutlayarak sallıyor, ışıltılar, on bin parıltılı metre karelik kıvranan çift kırbaçları tek bir geniş biçim halinde toplayıncaya dek, geceleri parıldayan ışıklarını yakıp söndürüyor, denizle gökyüzü, su ile hava arasında, kendi bir ve sıfır durumları arasında titreşiyorlardı, bu isteksiz ev sahiplerine yosunlarından gönderilen yaygın bir aşk mektubuydu. Yosunlar *Megaera*'nın peşinde olsun ya da olmasınlar, kendi yaban yüzme yaşamlarına veda etmişler kendilerini kitle halinde buraya demirlemeye karar vermişlerdi. Kendilerini dayattıkları kesindi. Yosunlar *Işığın Yüreği*'ne âşık olmuştu.

Aşk, düşüncesiz aşk. İnatçı varlıklarının dolaylı olarak *Işığın Yüreği*'ni yıkıma götüreceğini bilmiş olsalar, belki çekilip giderler, işi oluruna bırakıp şeytani isteklerini körelterek yeni çayırlarda yemek ve yenilmenin büyük oyununu oynamaya giderlerdi. Kitle halindeki balık ölümleri Fransa'nın batı kıyılarına doğru ilerleyişlerini engelledikçe, koloniyi kesinlikle belir-

[1] Neretik: Kara sahanlığının üzerinde, iki yüz metre ya da daha az derinliklerde yaşayan organizmalar. (Çev.)

siz, açıkça söylenmemiş bir melankoli kaplamıştı: Yosunlar acımasız değildi. Ama *Işığın Yüreği*'nin olası yazgısını nereden bilebilirdi? Âşık olunan gemi avının, *Megaera*'nın peşinde, arası kapatılamaz bir on saat gecikmiş olarak Cherbourg'a vardığında yosunlar, yuva saymayı öğrendikleri teknenin arkasında, mavi ve parıltılı yeşil renkteki geniş bir âşık pelerini gibi okyanusun üzerinde dalgalanarak, hâlâ yayılıyordu.

Aşktı öyleyse, umutsuzca peşine düşülmüş bir aşk. Pupadan bakan Wilberforce van Clam geminin istenilmeyen konuklarından acı acı yakınıyordu. Alışık oldukları avlanma alanlarında bu denli uzaklaşmakla yeteri kadar delice bir yüreklilik göstermişlerdi. Ama bu sıçrama, direğinde korsan bayrağı dalgalanır durumda bir ışık denizinin içinde yüzerken Cherbourg'da demirlemek delilikti. Neyse ki, liman o denli sıkış sıkıştı ki, bir filonun üzerlerine saldırmak üzere oradan çıkabilmesi çok kuşkuluydu, ama yine de... Amilcar Buscallopet akşam dualarını özellikle bu yosun sorununun çözülmesine adamıştı ve "Midye" Wilkins, Lobs ve Oiβ de Vin'in yardımıyla, küçük sandalın küreklerinden oluşturdukları uzun saplı bir kargıyla onları başarısızca kesip atmaya çalışmıştı. Ama çabaları sonuç vermedi ve bu süre içinde *Megaera* Thames halicinin güvenliğine doğru kaçıyordu. Zehirli yosunlar, öteki makrobiyotikler, kaçan *Megaera* ve kendi azalan barut tozu stokları gibi sorunlarla karşı karşıya olan korsanlar umutsuz bir durumda olduklarını biliyorlardı. Bu koşullarda Wilberforce van Clam, geminin yirmi altı yıllık tarihinde dördüncü kez olarak *Işığın Yüreği*'nin, tayfanın her üyesinin söz sahibi olduğu en yüksek yasa koyucu organını, *Işığın* Pantisocratik Kurultay'ını toplantıya çağırdı ve bu forumda basit ama yürekli bir öneri yaptı.

Bu öneri şöyleydi: *Işığın Yüreği* kendi özgün adını alacak ve *Aleco* kılığında (işin aslında bu kendisiydi zaten), *Megaera*'yı Thames'den yukarıya izleyecek ve orada, Londra Limanı'nın tam ortasında, yelkenler fora, tam bir korsan saldırısını başlatacaktı. Umutsuzca gereksinme duydukları sülfürü böylece stoklarına doldurduktan sonra, kendi renklerini taşıyarak nehirden aşağıya seyredebilir, belki yol üzerindeki ufak birkaç kıyı köyünü yağmalar, sonra şişman Akdeniz ticaret yolları üzerinde yuvalanan kendi mutlu varlıklarını sürdürürlerdi. Wilberforce, gemi yoldaşlarına şaşırtma ögesinin önemini ve daha kurnazcası, böylesine akıl almaz bir davranışın hepsine sağlayacağı ünü güçle vurguladı. *Işığın* Kurultayı, protokol gereği onun önerisini sessizce dinledi ve sona erdiğinde, Hörst Craevisch ayağa kalkmaya çabaladı.

"Aptallık!" diye bağırdı havaya otoriter bir parmak kaldırarak, "Tam bir delilik!"

Wilberforce'un planına karşı her türden örneği verir ve olası tuzakları öne sürerken midesi heyecandan titriyordu. Ama Wilberforce hazırlıklıydı. Yaklaşık bir saat sonra ayağa kalktığında, sesinin tonu ölçülü ve sakindi, uzlaşmacı bir biçimde konuşuyordu, ikinci planının biçimi buydu.

"Yosunlar," dedi ve sustu, sözün yerine yerleşmesini bekledi. Gri saçlı korsanlar, protokol gereği kalçalarının üzerinde zorlukla çömelerek ciddi ciddi başlarını salladılar.

"Yosunlar," diye yineledi Wilberforce "ve öteki asalaklar. Yosunlar teknenin gövdesindeki bu asalaklara tutunuyor. Bir ara ve bir yerde, bu bizim *Işığın Yüreği*'ni karina etmemiz ve ovalayıp yosunlardan arıtmamız gerekiyor."

"Ve midyelerden," dedi bir ses.

"Ve midyelerden," diye onayladı Wilberforce. "Şimdi, Londra Limanı ile ilgili korkularınıza katılıyorum. Biz oradan kaçmıştık. Ama bu yaşlı bayan hiç nedensiz iki yana sallanır ve sakin bir denizde yuvarlanır ya da iskandiller derinliği belirlediği sırada omurgasını yırtarken hepimiz dümen başında acı çektik." Yosunlar gemiyi sarmadan da bu aksiliklerle karşılaşan daha az yetenekli dümenciler başlarını şiddetle salladılar. "İkinci bir plan öneriyorum. Bir ek plan diyebilirsiniz, isterseniz: Oraya varıp *Megaera*'yı Majesteleri'nin savaş gemileri tarafından korunurken bulmak zorunda mıyız, öyleyse öykümüz basit. Blackwall'deki kuru havuza yöneleceğiz, tek istediğimiz tekneyi temizlemek ki bu da doğru. Eğer tekneyi temizletmemiz gerekiyorsa, bu neden orada yapılmasın? Ve eğer bu konuklardan kurtulmayı istiyorsak"–eliyle geniş bir çember çizerek, her yanı yeşile çevirmiş olan çevrelerindeki yosunları işaret etti–"bu gemi havuza çekilmeli, kaldırılmalı ve bordasına dek her yeri ovulmalı."

Işığın dördüncü Pantisokratik Kurultay'ı üç hafta daha sürdü, tam yetkili kurullar ve delege komiteleri, alt-komiteler düzeyinde yapılan düzeltmelere yöneldi, sonra konuşmalar, konuşmalar hakkında konuşmalar başladı, değiş tokuşlar, alt güvertelerdeki gizli lobi çalışmaları, birçok utanmasız engelleme çabaları yer aldı ve hatta iş gelip, şu saçma oy çalma olayına bile dayandı, ama sonunda Wilberforce van Clam yapmış olduğu ikili çözümün iki oy farkla kabul edildiğini görecekti ve ancak o zaman, *Işığın Yüreği*, âşığı bitkisel planktonların eşliğiyle izlenerek Deal'a doğru yol alarak ya *Megaera*'ya ve şan şerefe ya da Blackwall Havuzları'na ve burada bir hafta boyunca temizlenmeye yönelecekti, ama hangi seçenek kabul edilirse edilsin (Thames'e vardıkları zaman bu konuyu yeniden oylayacaklardı), Wilberforce gizlice, tüm bu politik çalışmalar içinde oyu kendi tarafına çeken başlıca öğenin yosunlar olduğuna gizlice inandı. Yosunların sürekli çevreleyen varlığı dalgalanan oyları baskı altına almış, kararsızları karar vermeye zorlamış ve açık denize alışık olan bu adamlar üzerinde eşsiz bir baskı oluşturmuştu, onlar kendilerine eşlik eden kıpır kıpır ışıklara bakmış ve onların varlıklarının ardında engin ve yaygın bir amaç bulunduğunu, dahası, en çok tedirginlik yaratan biçimiyle işin içinde, kendileriyle hiçbir ilgisi yokmuş gibi görünen, sanki eşlik eden kendileri, yani tayfaymış da, yosunlar gerçek başrol oyuncusuymuşçasına, bir tür belirsiz alış-veriş olduğunu sezmişlerdi, en azından yosunların görüş açısından zaten durum buydu. Böylece, *Işığın Yüreği*'ni yuvaya götürme planında Wilberforce'un en güçlü destekçisi yosunlar oldu. Onların sessizce araya girişleri olmasa tayfanın yüreğini ve aklını kazanmak için giriştiği savaşı yitirebilir, *Işığın Yüreği* çok az bir çoğunlukla güneye yol almakta olabilir ve başına gelecek felaket pekâlâ önlenmiş olabilirdi.

Ve Wilberforce? Elçi, onun blöfçüleri bekleyişini, kararsızları inandırışını, heyecanlı uzun tartışmaları yitirişini, sonra yeniden kazanışını ve gözleri miller ötedeki İngiltere'ye, Londra Limanı'na ve *Işığın Yüreği*'nin yüreğine çivilenmiş olan gizeme dikili durumda güverteyi saatler boyu arşınlayışını gözledi ve son oylama kendisine savaşı kazandırdığında, adamın kendisini pruvanın parmaklıklarının ardındaki kafesin içine atışını ve bir kalem keskiyle çivilerin başlarını kırışını izledi, sonunda geminin adını gösteren levha çatırtıyla yerinden ayrılıp yosunların içine yuvarlandı, ince mavi-yeşil yaratıklardan oluşan bir zar tabakası *Işığın Yüreği*'nin üzerini kaplayıp gözlerinin önünde içine çekti, levha, herkesi çevreleyen ve saran koloninin bir parçası olup gözden uzaklaştı. Peter Rathkael-Herbert, bulunduğu yerden özgün levhanın koyu renkli tahtasını görebiliyordu, geminin ilk adı, *Alecto*, tüm bu yıllar boyunca havadan ve meraklı gözlerden üzerine konulan levha nedeniyle korunmuş ve onun kaldırılmasıyla birlikte ortaya çıkmıştı. Şimdi o bir maske olmuştu, kendilerini Londra Limanı'nın yüreğinin derinliklerine götürecek olan yapay renkler tayfı içindeki başka bir yapay renkti ve bu nedenle Rochelle'in bir uyarlamasıydı.

Megaera'nın kaptanı kendilerini kovalayanlardan Cherbourg'da kurtulduğunu sandı. Kanalı geçtikten sonra Deal'a kadar kıyıya yakın seyretti, haziranın on üçünde Thames'in ağzına vardılar. Halicin sığlıklarını ve kum tepelerini geçerken kendisine Gravesend'e dek bir salapurya eşlik etti, burada gemiyi kılavuz karşıladı ve onu nehirden yukarıya Shadwell ve Rotherhithe'nin bodur yerleşmelerinin arasından geçirerek, güney kıyısındaki tıkış tıkış rıhtımların önünden geçip Kule'ye varıncaya dek ona yol gösterdi, burada nehir, Yukarı Havuz'daki daha büyük gemilerin çevresinde demirli duran ufak tekneler, mavnalar, küçük sandallar ve salapuryalarla doluydu, hepsi grev nedeniyle rıhtıma yanaştırılmayı ve yüklerini boşaltmayı bekliyordu. Kraliçe'nin Rıhtımı'nın açığında dar bir yer bulundu ve gemi, kömür yükünü boşaltmak için hâlâ bekleyen *Tisiphone*'u itiştirerek yanına yanaştı.

"*Megaera*," dedi Kaptan Guardian ertesi sabah. "Caltanissetta'dan geliyor."

"Yükünün sülfür olduğuna bir gine bahse girerim," diye meydan okudu Roy.

"Tamam," diye kabul etti Guardian ve o gün daha sonra, yakıcı sıcağın altında rıhtımda yürüyüşe çıktıklarında, Roy'un tahmininin doğru olduğunu öğrenince konuğuna bu parayı verdi.

"Sülfür olmak zorundaydı," dedi Roy kazandığı parayı alırken. "Orada başka bir şey yoktur."

Akşamın ileri saatleriydi ve hava kapalıydı.

Londra haziran sıcağıyla kaynıyordu. Yaz her caddede ve dam tepesinde göz kamaştırarak parlıyordu. Geçitler ve avlular sıcağı yakalıyor ve gece gündüz aynı biçimde kent sakinlerinin üzerine boşaltıyordu, kentliler kendilerini yatakta bir o yana, bir bu yana atıyor, sonra ertesi sabah içine göçmüş gözlerle kalktıklarında, aynı güneşin kendilerini beklemekte olduğunu görüyorlardı. Ve daha ertesi sabah. Eben gün doğumuyla birlikte kalktı ve işlerini erkenden gördü. Sabahın sekizi ya da dokuzunda lağımlar pis kokuyor, ışık gözlerini yakıyordu, terledi, tedirgin oldu ve az uzağa, içinde erkeklerin ve kadınların hareket halindeki bir denizin yansımaları gibi bir görünüp bir yittikleri yükselen sıcağın oluşturduğu parıltılı pusa baktı. Rıhtımlar durgundu, bununla birlikte bu, sıcağa bağlı bir şey değildi. Grevle ilgiliydi.

Grev, haziranın ilk haftasında başlamıştı. Kimse amacını ya da hatta, bu anlaşmazlığın kiminle kimin arasında olduğunu bilmiyordu, ama daha şimdiden her türden savsaklama ya da görev aksatma konusunda bir bahane olmuştu, böyle olunca da kendisine abone bulmakta sıkıntı çekmiyordu. Kasaplar Rıhtımı'nda birbiri üstüne yığılan yün balyalarının nedeni grevdi. Yukarı Havuz'da üç aydan beri bekleyen bir kömür gemisinin nöbetçisiz güvertelerinden –elbet her şeyden önce nöbetçisiz olması gerekiyordu– çuvallar dolusu kömürün her gece sokak çocuklarının saldırısına uğrayıp yok olmasının nedeni de grevdi. Toplantılar yapılıyordu. Rıhtım müdürüyle gemi sahipleri, gemi sahipleriyle depocular, depocularla yükleme-boşaltma işçileri, yükleme-boşaltma işçileriyle rıhtım müdürleri arasında toplantılar süregeliyordu. Ama tartışma konusu belirsizdi ve bu arada grev anlaşılmaz bir parazit gibi kuzey ve güney yönündeki tüm iskelelere ve rıhtımlara yayılmıştı. Adamlar çalışmak için geliyor, ama asla işe başlamayı başaramıyorlardı. Ambarlardaki mallar çürüyor ve iskeleleri tıkıyor, yukarıya ve geriye doğru Thames Caddesi'ne çıkan tüm yolları engelliyordu, Eben ve Roy'un rıhtım boyunca yapmakta oldukları akşam gezintileri, sandıklar, çuvallar, kablolar, zincirler, kalaslar, putreller ve atılmış safranlardan oluşan bir yolu izlemeye dönüşmüştü. Kimse bu tembel yaratığı kuyruğundan tutup kaldıramıyordu, bu yaratığın bir adı ya da nedeni yoktu, sonunda Eben'e bu grevde, son günlerdeki her şeyde olduğu gibi, Farina'nın parmağı var gibi gelmeye başladı. Adamın adı Opera Binası'nın taş duvarlarına yazılmıştı bile, Eben bunu anımsayınca olduğu yerde kaldı.

"Bugün günlerden nedir?" diye sordu Roy'a, ikisi birlikte Karga Yuvası'nın güvenli ortamına doğru giderlerken ve ayın on üçü olduğunu duyunca iki nedenden ötürü hafifçe küfretti. Roy başını kaldırıp ona şaşırarak baktı.

"Kaplumbağalar," dedi Eben.

"Ah," dedi Roy.

Operaya gitmişlerdi. Kaptan Roy'un kendisini Taş-Yiyen'i görmeye götürmesine karşılık olarak (son haberlere göre adam hâlâ bağırsak rahatsızlığı çekiyordu) Kaptan Guardian da konuğunu *La Frascatana*'yı görmeye Haymarket'e, Kral'ın Tiyatrosu'na götürmüştü. Rakip firmaların yaptığı karşıt reklamlara karşın Eben, gazetelerde sözü çok edilen altın gırtlaklı Marchesi'nin Cambio rolünde oynayacağı hakkında güvence almıştı. Ancak gece, hiç de başarılı sayılmazdı.

Eben operaya en son on beş yıl önce gitmişti. Sahibini şöyle böyle tanıyordu. Stark, Starkart gibisinden bir adı vardı. Sola ve sağa dönerek yavaşça yükselen geniş alçak merdivenleri, dinleyici salonuna açılan bir giriş olduğunu anımsıyordu, uzaktan tanışılan kimselerle nazikçe selamlaşılırdı, genel bir neşe ortamı olurdu. Adını unutmuş olduğu oyun oldukça hoştu: bal gibi tatlı ve İtalya esintili aceleci yaylı sazlar ve kırmızı kadifeler içinde erkeklere şarkı söyleyen şişman kadınlar kendilerine yanıt veren erkekler, sonra bir ağızdan söylenen şarkılarla *tout va bien*di.[1] Sonra arabayla eve döner, ateşin karşısında bir bardak porto şarabı içerdiniz. Bunların hepsi kişiyi hiç zorlamayan ve eğlenceli şeylerdi. Oraya, uzun süre önce yeniden gitmiş olması gerekirdi. Stalkart, adamın adı buydu.

Operaya yaptıkları en son ziyaret oldukça farklı geçti. Fuayeye girdiklerinde, Eben derhal, bu gece hiçbir tanıdığını göremeyeceğini anladı. Fuaye gemi düdüğü gibi bağrışan ve itişip kakışan ipsiz sapsız tiplerle tıklım tıklım doluydu. Roy'un geniş merdivenlerde kaçınılmaz olarak ağır ilerleyişi bu aşağı dü-

---

[1] Tout va bien: Fr. Her şey yolundaydı, iyiydi. (Çev.)

zeyli kalabalıktan sabırsız küfürler yağmasına neden oldu. Kendilerine toslandı, bozguna uğratıldılar, sonunda Roy bu asi kalabalığa küfürler savurmaya ve homurdanmaya başladı. Koltuklarının güvenliğine sığındıklarında, çevrelerini arsızca gülüp eğlenmekte olan çırakların ve hizmetçilerin sarmış olduğunu gördüler, sanki oyun başlamazdan önce her tür yer değiştirme olanağını tüketmek istermişçesine ayağa kalkıyor, oturuyor, sonra yine ayağa kalkıyorlardı. Derken Marchesi'nin altın gırtlağının düğümlenmiş olduğu ve oyuna bu gece onur veremeyeceği duyuruldu. Cambio'yu onun yerine Signor Morigi oynayacaktı.

Dinleyiciler yuhaladılar ve perde açılıp yapay görüntüler ve aynalı yarım sütunlardan oluşan bir girişin arkasında, kocaman bir kaplumbağanın sırtına ata biner gibi oturmuş belirsiz bir Romalı asker resmi ortaya çıkınca da yuhalamayı sürdürdüler. Birisi sahneye bir şey attı, şarkıcılar sahneye girdiler ve bir umutsuz aşk öyküsü oynanmaya başlandı, daha doğrusu, eğer ayağa kalkıp kötü laflar bağıran, birbirleriyle yer değiştiren, ayrılan, dönen ve birbirleriyle ağzı bozuk konuşmalar yapan bedenlerin arasında izleyebilselerdi, oynanmaya başlayacaktı. Tüm sıralar Cambio'nun final aryası sırasında, Eben'in neresi olduğunu bilmediği bir yere sıvışıp, ancak oyuncular, kısa süren selama çıktıklarında hakaretler savurmak için geri geldiler. Bu gösteriyi bazı İrlanda havaları izledi, daha iye karşılandı. Bir ipte yürüme gösterisi de vardı, daha sonra yer alan bir pandomim yer yer alkış aldı.

Tüm bunlar olurken Roy yanında sessizce oturmuştu. Eben oyunun berbatlığından ötürü kendisini aşağılanmış hissetti, Roy'un da bunu bildiğinin ayırdındaydı. Yinelenen bir ipte yürüme gösterisinin orta yerinde, gitmek üzere ayağa kalktılar. Roy, operanın hayal etmiş olduğundan çok farklı bir şey olduğunu söyledi.

Tiyatrodan ayrılırken merdivenlerde Stalkart'la karşılaştılar. Saçı başı karmakarışıktı, tıraşlıydı, gözleri kan çanağı gibiydi, Eben'i dirseğinden yakaladı.

"Onu gördünüz mü?" diye sordu, gözleri öteye bakıyordu.

"Onun rahatsız olduğu söylendi–" diye başladı Eben soğuk bir sesle.

"Onu değil! Kaplumbağayı, gördünüz mü onu?"

Eben beden kütlelerinin arasında gözüne çarpan sahne düzenlemesini anımsadı. "Ah, evet–"

"Yirmi yedi tane! Düşünün bir! Bekleyin, göreceksiniz, göreceksiniz. Herkes görecek. Kaplumbağalar, ha? Nerede dersiniz? Nerede?" Eben başını sallayıp iki yanına bakındı. "Damda! Onları oraya koyacağız," –Marmaduke tavanı işaret ediyordu– "damın üzerine. Bir hafta sonra, her biri bir ton çeken bu güzel şeyleri, kaldıraçla kaldırıp oraya tutturacağız. Gelin, görün, herkes ve" –sesini alçaltmazdan önce çevresine bir şeyler gizliyormuş gibi bakındı– "yukarı çıktıkları zaman, onları artık hiç kimse görmeyecek. Anlıyor musunuz? Bu bir gizem olacak!" Ve yavaşça kendi kendine gülmeye başladı. Eben onu dikkatle gözlüyordu. Sakinleştiği zaman Eben'e oyundan hoşlanıp hoşlanmadığını sordu ve hoşlanmadığını duyunca, her iki adamı fuayeye doğru çekerek çabucak bir kâğıt parçasının üzerine bir şeyler karaladı.

"İşte." Bunu Eben'e verdi. "Her ikinizi de içeri alacaklar. Aman, kimseye tek bir sözcük etmeyin..." Eben kâğıda bakıp okudu. "Gizli Gala. On üç Haziran. Saat ikide içeri alın." İmza, "M. Stalkart."

"Bir hafta sonra. Yalnızca tanıdıklar, unutmayın. Marchesi şarkı söyleyecek hem de..." Kendisini tutmak ister gibi olduğu yerde dans etti. "Size söyleyemem, bu bir giz, anlıyor musunuz? Evet, bir giz. Ama kaplumbağalar." Birden yine ciddileşti. "Onlar gerçek bir gösteri olacak. Kaplumbağaların havaya kaldırılması saat ikide başlayacak. Gelin," diye onları özendirmeye çalıştı. "Eğlenin!" Eben ve Roy kaçamak tavırlarla fuayeden çıkarken elini sallayarak vedalaştı. "Biriniz, hepiniz gelin."

Onlar kaçıp giderken o hâlâ elini sallıyordu. Roy eve dönüş yolu boyunca genelde sessiz kaldı, sonra Thames Caddesi'ne döndüklerinde, boğazını temizledi.

"Oldukça ilginç, şu kaplumbağa meselesi," dedi. Eben şaşırarak ona baktı.

"Öyleyse gideriz," dedi, gecenin kalıntısından bir şeyler kurtarabildiğine memnun olmuştu.

Şimdi, sekiz gün sonra, rıhtım boyunca yürüyerek geri dönerlerken, ayın kaçı olduğunu öğrenince küfretmesinin nedenlerinden biri, o gün Marmaduke'ün kaplumbağalarının havaya kaldırılacak olmasıydı. Bunu kaçırmışlardı.

"Aldırma," dedi Roy. Bu rıhtım gezintileri sırasında *Vendragon*'un yanından geçiyorlardı.

"Yalnızca o değil," dedi Eben. Kendi kendisine çok kızdığı belli oluyordu. "Bugün bir cenazeye katılmam gerekiyordu."

Kent içinde, bir öğle sonrasının yanıp tutuşan ısısı ve pusunda, Fleet'de, Charing Cross'un sıcaktan bunalan barınaklarının ötesindeki Strand'dan aşağıda kaplumbağalar havaya kaldırılıyordu. Şişman, pembe ve duygusuz kaplumbağalar, fabrikanın ocaklarında iki kez fırınlanmış oldukları halde bu haziran öğle sonrasının sıcağında bir kez daha pişiyor, sapanlarının ucunda umulmadık pandüller gibi sağa sola ve aşağı yukarı sallanarak, santim santim göğe, dama yükseliyor, korkuluğun üzerinden aşarak, Opera Binası'nın doruğuna yerleşmiş cılız vinci yönetmekte olan, terleyen, küfreden ve boyları bir metreden fazla, ağırlıkları bir ton olan bu hayvanları çeken adamlara doğru yaklaşıyordu, bu arada aşağıda kabloyu tutan adamlar, bu kocaman heykellerin sonunda, çok yukarılardaki damın üzerine konduğunu duyuncaya dek, tam yirmi sekiz kez dizlerinin üzerine çökmüşlerdi. O sabah Coade Fabrikası'ndan yirmi yedi yük arabası ayrılıp konvoy halinde dar duvar boyunca ilerlemiş, Westminster'de nehri geçmiş, Whitehall'a doğru zorlanarak ilerlemiş, Cockspur Caddesi'nin kısa yokuşunu zorlukla çıkabilmiş ve Haymarket'deki varış yerlerine ulaşabilmişlerdi. Her yük arabasına, içi samanla sıkıca doldurulmuş birer sandık ve her sandığın içinde, yumuşak otçul sırıtışı, küt bacakları ve kabuğundaki her bir levhaya dek tüm ayrıntılarıyla betimlenmiş, pembemsi bej Coade taşından kusursuzca gerçekleştirilmiş birer kaplumbağa yatıyordu.

Opera Binası'nın çevresine samanlar ve parçalanmış kasalar yayılmıştı. Yirmi altı yük arabası boşalmıştı. Marmaduke Stalkart heyecanla oraya buraya koşuşurken, son kaplumbağa da ambalajından çıkartılarak diyaframının çevresinden halatla bağlandı ve yavaşça öteki tüm kaplumbağalardan farklı olarak kendisine ayrılan baş köşeye, parapetin üzerine yerleştirildi –çünkü o *primus inter pares*, bu taburun önderiydi– şimdi kesinlikle tiyatroya akacak olan kalabalıklar tarafından görülebilecek tek örnek olan bu kaplumbağa şaha kalkmıştı. Bulger kendisini elinde kara kaplı defteriyle izliyordu, ama onun umurunda değildi. Marchesi'nin kendilerini yolmasını, zaten yüksek olan sahneye çıkış ücretini daha da yükseltmek için hastalıklar ve mukavelede bazı boşluklar icat etmekte oluşunu umursamıyordu. Casterleigh'in parasının çoktan harcanmış, geriye hiçbir şey kalmamış olması ve işten anlayan kişilerin sürüler halinde uzakta durması da umurunda değildi. Tiyatronun Vikont'a kiralanmış olması konusunda Bulger'in, 10 Temmuz'da ortaya çıkabilecek herhangi bir rahatsızlığın tiyatroyu tümüyle çökertebileceği, kendisini, Marmaduke'ü (Bolger'in kendisinden kastı, yıkımdan onu sorumlu tutmasıydı) yıkıma sürükleyebileceği düşüncesiyle tedirgin olması da umurunda değildi. Ne sloganlara, ne Farina'ya, ne örgütlenmiş çeteler halinde sokakları çalımla arşınladıkları ve gelen geçeni hiç nedensiz dövdükleri söylenen ayak takımına, ne sıcağa, ne bu sabah kendisinin de Eben ve ötekiler gibi katılmış olması gereken cenazeye –ölen kadın bunu anlayışla karşılayacaktı– ne de, Coade'nin kiralanmış işçilerinin çalışmalarına aldırış ettiği vardı. Hayır, başını kaldırıp bir ayağı üzerinde şaha kalkmış durumda parapetin üzerinden aşağıya doğru sırıtan o son hayvanın yerine kenetlendiğini gördüğü sırada onu tek ilgilendiren şey, kendi kaplumbağalarıydı. Kendi kendine utkuyla, gelin, hepiniz diye düşünüyordu. Gelin dostlar, düşmanlar, kaplumbağalarım hepinizi yener.

Arkasında yirmi yedi boş yük arabası fabrikanın avlusuna geri dönmeye hazırlanıyordu. Sürücüler bir an atlarını denetlediler ve saygıyla şapkalarını çıkardılar. Bir cenaze arabası geçiyordu, ama arkasına dönüp baktığında oradaki ufak kalabalık, sürücüler, öteki işçiler, Bolger ve en sonunda da kendisi, Marmaduke, bu arabanın boş olduğunu gördüler. Kuzeye doğru yarım mil ötede, Dean Caddesi'ndeki Saint Anne Kilisesi'nin çanları çalmaya başladı.

* * *

"Tanrı'nın cezası!" Rudge, Sir John'a şaşırarak baktı. Bu öfkenin nedenini anlamamıştı. Çanlar yine çaldı.

"Cenaze! Benim şu unutkanlığımın Tanrı cezasını versin," diye bağırdı Sir John. Rudge meslektaşının yatışmasını bekledikten sonra sorusunu sordu.

"Aksanlı mı dediniz?"

"Şöyle." Sir John havada soldan sağa doğru alçalan verev bir işaret yaptı. "Gördüğünüz gibi. L-E-M-P-R-I-E, şöyle bir aksanla," –aynı hareketi yineledi– "R-E."

"George Peppard'a şantaj mı yapılıyormuş?"

"Bu Lemprière'in elinde kendi atalarından biriyle Doğu Hindistan Şirketi arasında imzalanmış bir tür anlaşma varmış. Görünüşe göre Şirket'in hissesi varmış, dokuzda bir oranında."

"Dokuzda bir mi? Aman Tanrım!" Rudge'ın sesi kuşkuluydu. Sir John başını salladı.

"Ben de tam öyle düşündüm. Ama Theobald diretiyordu. Bu davayı George üstlenecek ya da bir tür anlaşmaya gitmenin yolunu bulacaktı, yoksa Lemprière, eh, bu konuda Theobald pek açık konuşmadı. Neagle olayı ile ilgili yeni bir durum olduğunu düşünüyordu."

"Bu yıllar önce kapanmış bir dava," diye homurdandı Rudge. Tezgâhı siliyordu. Sir John, meslektaşının uğraşından çıkan hafif sesleri, nemli bezin mermerin üzerinde dolaştığını duyuyordu. Taş zeminin üzerine su damlaları düşüyordu.

"Her neyse, George bunu kabul etmedi ve Lemprière onu ağzına çok yakın bir yerden keserek öldürdü, Theobald böyle öne sürüyor." Son dört sözcük havada, iki adamın arasında asılı kaldı. Yukarıdaki sokak hafif bir uğultudan başka bir şey değildi. Morgun bu en alttaki hücresine yalnızca çanların sesi ulaşıyor gibiydi.

Sir John, Theobald'ın gerçeği söylemesini istiyordu. Kuşkusuz kendisi Lemprière'in suçlu olmasını istiyordu. Ya da, yine kuşkusuz, suçsuz olmasını. Ama yüreğinin içinde George'un kardeşinin bir yalancı olduğunu seziyordu. Belki de gerçeği söylüyordu, ama böyle olsa bile bu söylem, yalnızca daha geniş, daha bulutlu bir yalanı desteklemek amacını taşıyordu. Sir John onun öyküsünü ne zaman kurcalayacak olsa, Theobald'ın aklı giderek daha çok karışıyor ve adam hep bir şeyleri unutuyordu. Bu, Lemprière, başka her şey olabilirdi, ama bir şantajcıya benzemiyordu. Sonra şu kadınlar sorunu vardı. Onların bu işteki rolü neydi? Bildiği kadarıyla, George Peppard'ın, Rosalie adındaki kızın ve cesedi, şimdi bulundukları hücrenin yanındaki mahzende bir tabutun içinde çürümekte olan orta yaşlı kadının ortak noktaları yalnızca kuşkulanan katilleriydi. Bu konuyu açıklayacak hiçbir ipucu yoktu ve Sir John, bu günlerde her şeyden önce, güçlü bir tutkuyla ipuçları arıyordu. Nasılsa, Henry de olsa aynı şeyleri yapardı.

"Başka bir şey daha," diye birden konuştu Rudge. "Eğer Theobald bu Lemprière'in adını buluştukları geceden önce hiç duymamışsa ve durum öyle gösteriyor ki, o geceden sonra hiçbir ilişkileri olmamışsa, bu adı hecelemeyi nereden bilebilir?"

"Adı mı? Eh, bu zor değil..." derken Sir John, Rudge'un ne demek istediğini kavradı. "Aksan," dedi ve aynı hareketi üçüncü bir kez daha yineledi. "Haklısın. Bu adı yazılı olarak görmüş olması gerekir. Bir tavernada, Blue Anchor Lane'de yapılan bir yürüyüşte... böyle bir fırsatı olmuş olamaz."

O anda hem yakın, hem de uzak olan bir boşlukta, genç kadının boynunun çevresine sıkıca sarılmış bulunan ilmek çok yavaşça gevşedi, Sir John'u görüntünün içinde, orak biçimli bir ay ya da çok ince bir orak ya da bir kopça gibi asılı tutan çengeli oraya çıkartan bir rahatlama oldu.

"Aynı mantıkla," diye sürdürdü Sir John, "eğer daha önce karşılaşmamışlarsa, Theobald ne diye böylesi bir iftirayı uydurmuş olsun?" Yüksek sekle düşünüyordu. "Bu işin içinde başka birileri daha var," dedi.

"En azından başka birisi," diye yanıtladı Rudge.

Sir John, Bow Caddesi'ndeki Sorgu Bürosu'na giderken bu düşünceye karşı direnecekti. Lemprière keskin ve sert bir ipucuydu. İçinde tutarsızlıklar ve karmaşıklıklar vardı kuşkusuz, ama kökeninde, işin özünde, elle tutulur bir şeydi, böyle söylüyordu kendi kendisine. Buna inanmaya gereksinimi vardı, ona gereken tek bir kuşkuydu. Yüzlercesi değil. Bu ipucunun, yaygınlaşmaya, kargaşaya, belirsizliğe çekilmeye eğilimli genel sorunlara katılmak üzere elinin altından kaymakta olduğunu duyumsuyordu. Düzensizlik. Her şey yozlaşarak bir karışımın içine doğru çekiliyor olabilirdi, ama kendisi, Lemprière'in bozulmamış, tüm bunlar tarafından ele geçirilmemiş durumda kalmasını ya da daha iyisi tüm bunların, Lemprière ipucu olarak taşıdığı özelliklerinden çoğunu üstlenmesini istiyordu.

Ama 'tüm bunlar' haziran ayında fazla rahatlatıcı değildi. Kentteki sıkıntılar, çeteler, toplanma nedenleri belirsiz kalabalıklar biçiminde geliyordu. Sıcak kendi kendisini çevrelemiş ve yoğunlaşmış, kentin dokusunu yakıp ürkütücü belirginlikte delikler açmak üzere yapılanmaya başlamıştı. Çocuklar: Boğulmuştu, iki çocuk Thames'de yüzerken boğulmuştu; Union Caddesi'ndeki bir kumaşçı dükkânında çıkan yangında yanmışlardı; Lambeth Anayolunda devrilen bir posta arabasının altında kalıp ezilmişlerdi; Pultney Caddesi'de bir suçlunun asılmasını izledikten sonra kendilerini öldürmüşlerdi; Berwick Sokağı'nda, bir hizmetçinin dikkatsizliği nedeniyle üçüncü kattan düşen bir çiçek saksısı yüzünden kafaları kırılmıştı. Çökme olayları: Bir yaz fırtınası Kömür Ölçüm Büro'sunun temellerini çökertecekti; Fleet Nehri'nin üzerindeki köprüde, Leadenhall'un arnavutkaldırımlarında çatlaklar belirecekti; Wapping'de dört ev, hiçbir bozuk hava durumu, yer sarsıntısı, yeraltından gelen hiçbir gümbürtü ya da başka hiçbir belirti olmaksızın bir gecede ortadan yok olacaktı. Norwood'da, iki derecelik ufak bir deprem olduğu bildirilecek ve Deptfort'da, dev gibi bir doğa tehlikesi oluşturan hortum bir kulübeyi ve dört barınağı temelinden sökecek ve içindekileri havaya savuracaktı. Devrilen bir meyve arabası yüzünden bir adam ölecekti. Son olarak da, organlar: Lord Chatham'ın ayağı, ayakkabı kopçasının açtığı bir sıyrık yüzünden kangren olarak kesilecekti; White Friar's Rıhtımı'nda, ayakkabısına bakılacak olursa bir kadına ait olan, hapı yutmuş durumdaki bir bacak ve bir kalça bulunacaktı; Blackwall'de iki direkli bir teknenin lombar deliğinden çıkan kollar orada kölelerin istiflenmiş olduğunu ortaya çıkartacaktı, kölecilik olgusunu gizlemek için üç yüz köle öldürülmüş, altmışın üzerinde kölenin organları kesilmişti; Araştırma Bürosu'nda Sir John'a, hiçbir açıklama eşliğinde olmaksızın, çok temiz durumda tek bir parmak getirilecekti.

Sir John'u bekleyen haziran ve temmuzun bir bölümü buydu. Bu aksilik gruplarının ardından, liman grevi rıhtımların ötesine taşacak, ipek dokumacıları yürüyüşe geçecek, sıcak yoğunlaşacak, kara ve deniz yoluyla gelen hoşnutsuzların, kışkırtıcıların, aykırıların, sorun çıkartan yabancıların, kokuşmuş bir but jambona üşüşen sinekler gibi kente akmakta olduğu rapor edilecekti; eski bir hata (kendi hatası değildi) onun uykularını kaçırmak üzere geri dönecekti ve tüm bunların, hatta o eski hatanın, hatta sıcağın ardında bile Farina'nın bulunduğundan kuşkulanıyordu.

Böylece, Sir John, tüm bu kötü akıntının ortasında Lemprière'e tek bir kesinlik gibi sımsıkı sarılıyor, Rudge'a ve bunu sağlıksız bir saplantı olarak kabul ederek rehber çocuğu karmaşık söylevlerle canından bezdirip, kendisine Freak'in ispirtoda eritilmiş kınakına kabuğundan satın aldıran Bayan Fielding'e bu konudan hiç durmadan söz ediyordu. Derken 10 Temmuz'da, kuşatılmış bir kentin altındaki tüneli destekleyen payandaların devrilmesi gibi, bu son destek de bir tekmede yıkılacak, kulenin temelleri bir köşeden ufalanacak, çatlak duvarlara, küçük kulelere ve burçlara ve sonra tüm kente yayılacak, millerce taş birbiri üzerine devrilecek ve damlar tutuşacaktı; tüm bunlar, sesini hafifçe anımsayacağı, şu cinayetler ve Lemprière hakkında Sir John'un kendisinden daha çok bilgi sahibi olan, kendisini, Lemprière için 'kaygılanan bir arkadaş' olarak tanıtarak cinayetleri sırasıyla ve ayrıntılarıyla ele alacak ve Sorgulama Bürosu'nu –Sir John'un saatler sonra, ilk kurbanı arabasının tavanında Londra'ya geri getiren ve kendisiyle altı ay önce konuşmuş bulunan birisine ait olduğunu güçlükle anımsayacağı– adını vermeden terk edecek genç bir adamın damdan düşer gibi bürosunu ziyaret ettiği zaman olacaktı ve bu adamın adı doğal olarak, Septimus'tu.

Bu adam geldiğinde Sir John için geç, çok geç olacaktı, kent için de çok geç olacaktı. Şimdi, Bow Street'e dönerlerken rehber çocuk zincir şakırtılarıyla önünden yürür ve Sir John bu bulanık olayın içine sızma yollarını araştırırken o henüz uzaklardaydı: Gelmesine daha yaklaşık bir ay vardı. Rehber çocuk durdu.

"Ne oldu şimdi?"diye böğürdü Sir John. Oysa zinciri ve tasmayı artık çıkartmayı düşünüyordu. Hoşa gider bir görüntü değildi.

"Cenaze efendim," dedi rehber çocuk. Sir John yine hafifçe küfretti.

"Cenaze arabası boş," dedi çocuğa, böylece üçüncü bir gözü olduğu söylentilerine ince bir kat daha eklemiş oluyordu.

"Biliyorum efendim," dedi çocuk, "ama yük arabaları yüzünden geçemiyoruz, efendim." Sir John yirmi yedi ağır yük arabasının önlerinden yavaşça tangırtıyla geçişini dinledi.

"İyi çocuk," dedi. Belki zinciri çıkartabilirdi. Yine ipi denemeliydi.

Konvoy geçtikten sonra ikisi yollarına devam ettiler. Sir John cenaze arabasının en son yükünü düşündü ve orada bulunmayışı nedeniyle içi ikinci kez bir suçluluk duygusuyla sızladı. Sonra gecikmesine neden olan morgdaki konuşmayı düşündü. Bu iki düşünce birbirine karıştı ve adam onların sentezinden yükselen ufak bir kesinlik ve hafif bir dinginlik duyumsayıp keyiflendi. George Peppard'ın öldürülmesi. Theobald'ın öyküsü, Lemprière ve antika bir anlaşma hakkındaki bu inanılmaz saçmalık, en azından Alice de Vere'le hiçbir ilişkisi olmayacak yarı gerçeklerin oluşturduğu çapraşık bir durumdu.

***

Dong!

Rahmetle on birinci Kont'un dul eşi ve on ikinci Kont'un annesi Braith Kontesi Leydi Alice de Vere, 9 Haziran, Cuma günü, saat üçte, oğlunun drenaj projesini denetlerken huzur içinde öldü.

Dong!

Kendisini yeniden yaşma döndürmek için yapılan çabalar sonuç vermediğinden, acılı oğlu Edmund cenazenin dört gün sonra Dean Street'de, Saint Anne Kilisesi'nde yapılmasını kararlaştırdı.

Dong!

Şimdi, cenaze bildirileri gönderilmiş, tabut taşıyıcılar kiralanmış, cenaze arabası ayarlanmış ve papaz, elli yıldan fazla bir zaman önce selefi tarafından Kont'la evlendirmiş bulunan göçmüş kişinin yetmiş iki yıla yayılmış yaşamını anımsatırken Edmund de Vere kilisede ayakta duruyordu. Kont'un yanında John Lemprière yer almaktaydı. Birlikte iki kişilik bir dinleyici kitlesi oluşturuyorlardı.

Papaz onlarla konuşurken arkalarında uzanıp giden boş sıralara bakmamak için büyük çaba harcıyordu, bu boş sıralar, anlamı gereği sessiz ve belirsiz olmakla birlikte, kendi varlığını tümüyle zorlayan bir tanıklığı işaretliyordu. Lemprière'den başka kimse gelmeye çaba göstermemişti.

Lemprière, daha sonra, Berwick Street'deki bir tavernada Kont'la birlikte oturuyordu. Kont bir kupa bira almıştı, sonra bir ikincisini. Lemprière, birasını içerken kendisini yeniden toparlayan ve ünlü harfleri daha belirgin söylemeye başlayan Edmund'u izliyordu.

"Çok âni oldu," dedi. "Batı çayırında benim drenaj projeme bakıyorduk."

"Ah." Lemprière bu projeyi Alice de Vere'le tek buluşmasından anımsıyordu.

"Çalışmalardan ötürü şaşırmıştı sanırım. Ya da hiçbir çalışma olmayışı yüzünden. Toprağın içinde bir delik ve bir vinç vardı... görülecek fazla bir şey yoktu. Zaten vincin aylar önce oradan gitmiş olması gerekiyordu."

"O, drenaj projesi miydi?" Lemprière, gece göğünde sallanan o kara kolu, o parıldayan çukuru düşünerek öne doğru eğildi. "Hepsi bu mu?"

"Evet." Kont biraz şaşırmıştı. "Ben de daha fazlasını bekliyordum, bana öyle söz verilmişti. Aslında, bu sabah Septimus'la birkaç konuda tartıştım."

"Septimus? Onun ne–"

"Mühendisleri salık verdi, bizi tanıştırdı, garantiler verdi. Şimdi hepsi hiçbir iz bırakmadan çekip gittiler. Yine de artık pek önemi kalmadı sanırım. Annem işin başından beri tüm bunlara karşıydı; onun başka hevesleri vardı." Lemprière, Septimus'un bu işle olan ilgisini sessizce sindirdi.

"Ölümünden birkaç gün önce sizin hakkınızda konuşmuştu." Lemprière yine başını kaldırıp baktı. "Hep aynı takıntı. Şu gizli anlaşma, dördüncü Kont, nerede gizlenmiş olduğunu kimsenin bilmediği olağanüstü bir hazine, siz, Şirket." Kupasından büyük bir yudum içti. Lemprière kaşlarını mendille sildi. Tavernanın içinde boğucu bir sıcak vardı. Patlama, beklenmedik bir anda ve konunun dışından geldi. "Ve hiçbiri ortalıkta görünme zahmetine girmedi. Hiçbiri!"

Lemprière hazırlıksız yakalanmıştı. Boş kilisenin içinde bu olgu düşüncelerini doldurmuştu. Törenin bittiği saniyeden beri ürküntü içinde beklediği andı bu. Şimdi, haklarında o gün orada bulunmamalarından başka hiçbir şey bilmediği insanlar için özürler bulmaya çalışan kendi sesini dinliyordu. Sıcak yüzündendi, yaz uyuşukluğuna kapılmış orta sınıfın kent dışına kaçmış olmalarıydı neden, seyyar satıcılar, engebeli yollar, grev, yetersiz duyuru, hatta Farina, tüm bunlardan herhangi biri ya da hepsi yüzündendi, en küçücük bir tanışıklığı bulunan kişilere, Stalkart'ın kulak misafiri olduğu bir sözüne, Maillardet'in sıkıntısına ve Byrne'nın *schandenfreude*[1] tavırlarına, zengin bir dulun küstah bakışlarına, bir kaz sürüsü gibi kıkırdayarak yelpazelerinin ardına sığınıp kendisini yok sayan yeğenlerine de aynı türde bahaneler buluyordu. Bunların hepsi aklı karışmış, yanılgıya düşmüş, geri kalmış ya da bir şeylerden yoksun bırakılmış kişilerdi, ama sıra kendi ortak arkadaşlarına gelince durakladı, bulabildiği tüm bahaneler tükenmişti.

"En azından Klüp gelir diye düşünüyordum." Kont'un sesi titriyordu. "Evvelsi gün Walter'e söylemiştim. Herkese haber verecekti. En azından Septimus gelir diye düşünüyordum ya da Lydia, biliyorsun o ilgili bir tiptir, ben onun..." Kont'un yüz ifadesi ağır ağır değişmişti. "Gerçekten, Lydia'ya güvenebilirim diye düşünüyordum, anlıyorsun ya. Ben gerçekten onun..."

Lemprière birden, Walter Warburton-Burleigh'in Domuzeti Klübü'nden hiç kimseye cenazeyi haber vermemiş olduğunun ayırdına vardı ve aynı şeyi Edmund de Vere'e lafı hiç evirip çevirmeden söyledi. Kont bu olguyu uysallıkla başını sallayarak onayladı, ama Lemprière onun aklının başka bir yerde olduğunu görebiliyordu.

"Lydia'nın bilmesi gerekirdi," diye ekledi ve Kont yine başını salladı. Başını kaldırmış Lemprière'in arkasındaki açık pencereden dışarı bakıyordu. Lemprière döndü ve karşıdaki binaların üst katlarını bakışlarıyla taradı, burası bir fırındı. Pencereleri açıktı ve içeride bir hizmetçi toz alıyordu.

"Güzel sardunyalar," dedi Kont akşam güneşinden yararlanmaları için pencere çıkıntısının üzerine konulmuş çiçek saksılarını işaret ederek, baş sallama sırası Lemprière'deydi. "Ama,

[1] Schadenfreude: Alm. Başkalarının başına gelen felaketlere sevinmek. (Çev.)

ne kadar kabayım!" diye birden ünledi Kont. Lemprière şaşırarak hemen dönüp baktı. "Burada oturmuş kendi talihsizliklerimi meleyip duruyorum. Canınızı sıkıp kafanızı karıştırmış olmalıyım. Şimdi söyleyin bana, o büyük eseriniz nasıl gidiyor? Sözlüğünüzde nereye geldiniz?"

Delikanlı, sözlüğü tamamlamak üzereyken 'A'dan önceki ve 'Z'den sonraki bir yerde merkeze zincirlenmiş ve en dış sınırına, kenarına ve metnin içine asılı kalmış, yarıya ve çeyreklere bölünmüştü. Bu, onun kendi dev anıtı, kendisinin bir uzantısıydı. Kendisinin gasp edici bir kopyasıydı, onu kendi asalağı tarafından tüketilen harcanmış bir ev sahibi haline gelinceye dek iliğini emen ve yerinden eden bir hayaldi o. Lemprière sabahleyin erkenden kalkıyor ve bunaltıcı haziran sıcağında masasının başına oturup önündeki el yazması sayfalara, başarı duygusu içinde, bazen zevk ve gururla, bazen sıkıntıya bakıyordu. Bazı günler, pencerelerden avaz avaz bağıracağı, bazı günler ise elyazmalarını yakacağı geliyordu. Septimus'un bunları derhal toparlayıp götürmesinin ardındaki nedeni anlamaya başlamıştı.

Septimus cenazeden önce iki ve sonra iki kez geldi. Sonraki ziyaretlerinin her birinde Lemprière onu törene gelmediği için azarladı, ama her dört gelişinde de ona eşlik eden Lydia, Lemprière'in şaşkın bakışları altında portakal ağacına su verirken bu eleştiriyi kendi üzerine de alınınca, gözyaşlarına boğulup kendi düşüncesine göre, Septimus'un birbirinden farklı arkadaşları arasındaki en soylu ve en kendini bilen insan olan Kont'a karşı duyduğu sıcaklığı uzun uzun itiraf etmeye başlayınca geri çekildi. Septimus, geleneksel sesler çıkarttı ve bunun günahını Walter'in bir gün önceki savsaklamasına yükleyen özürler sıraladı, ama yüzünün ifadesi mesafeliydi ve Lemprière, Lydia'nın, orada olup olmadığına emin olmak ister gibi zaman zaman çabucak genç adama göz atmakta olduğunu fark etti. Genç adamın uygunsuz neşe patlamaları ve aşırı dışa dönük enerjisi azalmıştı, Lemprière'le konuşurken ona doğru bakıyor, ama gözleri delikanlının arkasındaki bir noktaya dikilmiş gibi görünüyordu. Bu konuda kendisine soru sorulduğunda ise, havadan sudan söz ediyordu.

Septimus'un ilk ziyaretinde Lemprière ona her zamankinden daha ince bir deste sundu, bu deste ikinci ziyaretinde daha da inceydi. Adam, üçüncü ziyaretinde dört sayfalık yetersiz bir deste ve dördüncüsünde de, yalnızca tek bir sayfa elde edebildi. Haziranın son haftasında Lemprière günler boyu masasının başında oturacak, ama bir kez bile kalemine uzanmayacaktı. Tedirgin edici ayrıntılar, portakal ağacının saran yaprak bitleri ya da unutulmuş yemeklerinin üzerine yerleşen sinekler gibi başının çevresinde dolanıp dururken mürekkep hokkasının içinde sıcaktan kurudu. Haziran sıcağı daha da yoğun temmuz sıcağına dönüşünce, sekiz ay önce başlamış bulunan görevinin neredeyse sona ermekte olduğunu ve sözlüğünün boş sayfaları doldukça, kitabın öznelerinin peşindeki zihninin içinde dolaşıp durduğu kentin boşalmış bulunduğunun ayırdına vardı.

Kent şimdi, sanki kendisini çevreleyen bu tekdüze görüntünün parçasıymış gibi yassı çakılların arasından yükseliyordu; ikisini birbirinden ayırt etmek zordu. Kapılarının önünde, Laverna'nın sunağı boştu, kızın başı yerinden alınmıştı. Sokaklar değişmemişti, kapılar ve pencereler daha küçülmüş, belki girişler daha donuklaşmıştı. Buraların boş olduğunu biliyordu. Yürüdü ve adımlarının çıkarttığı ses kaldırım taşlarının içine battı. Hiçbir yankı yoktu. Sokaklarda hiçbir şey kıpırdamıyordu. Gri taşların üzerinde amblemler buldu. Gebe Latona'yı[1] araması için Juno'nun gönderdiği pitonun attığı deri delikanlıya onların göçüp gittiklerini anlatıyordu. Kendisi onları çoktan almıştı. Çocukları yiyen Lamia'nın[2] ortalığa serptiği kol ve bacakları görür gibi oldu. Havayı, Lelaps'ın[3] sonsuza dek izleyeceği, ama avını asla bulamayacağı ve efendisine götüremeyeceği bir koku sarmıştı. Yanık kokusu. Yapıların ön yüzlerini saldığı gölgeler, içinde Leucippus'un[4] yanlışlıkla babasını öldürdüğü karanlıktı, kaldırım taşlarının çatlaklarında toprağın altını üstüne getiren kırmızı yosunlar, bir Luperkalya töreninden kalma keçi kanıydı ve yalnızca bu kurbanın çok uzun süre önce kesilmiş olduğunu haber veriyordu. Magnes'i, demir yumrulu ayakkabıları aşa-

[1] Latona-Leto: Yun. Mut. Apollon ile Artemis'in anneleri. (Çev.)

[2] Lamia: Yun. Mit. Deniz tanrısı Poseidon'un kızı. Zeus'tan olan çocukları. Zeus'un kıskanç karısı Hera tarafından öldürüldüğü için çocuk düşmanı olmuş ve eline geçen çocukları yemeye başlamıştı. (Çev.)

[3] Lelaps-Laelaps: Kephalos'un köpeğinin adı. Bu köpek Themis'in gönderdiği canavarı kovalarken canavarla beraber taş kesilmişti. (Çev.)

[4] Leucippus: Likyalı bir kahraman. Kendi öz kız kardeşine âşık olmuş, bu yüzden babasının kanıyla ellerini kirletmişti. (Çev.)

ğıdaki mıknatısa çakılmış durumda, zorlarken buldu, ejderhanın dişi asla Menoeceus olmayacak, Mercury'nin ayakları kaplumbağanın üzerinde asla dinlenmeyecekti. Bunları hepsini çekip almıştı o. Avludaki kuyu kendisininkinden yüz kat daha güzel bir yüz gösterdi ona, ama suyu süzen bu yüz yine de kendisine aitti, Narcissus'a değil ve kendisi almak için uzanırken suyun içinde erimekte olan o belirsiz biçim Orestes'in, Iphigenia'dan asla birlikte kaçamayacaklardı. Onları da çekip almıştı. Kızı değil, delikanlının kız kardeşini, kızın erkek kardeşini. Nessus'un kokuşmakta olan leşinin kokusu havayı dolduruyordu, Ozoli adını buradan almıştı. Alanın ortasında, kalenin demir kapılarının önünde, bin kalkan üst üste yığılmıştı. Rutuli'yi, ilk Romalıyı, hepsi Quiritelere karışıncaya dek onların arasında dolanan Sabinleri düşündü. Tarpeia, kalkanı tutan kollarındaki altın bilezikleri işaret etmişti. "Kente girmek için sol kolunuzdaki takıları verin." Hepsi kabul etmişler ve yaptığı hıyanet yüzünden kadını kalkanlarının altında ezmişlerdi, ama kendisi kalkanları birer birer kaldıracak olsa altlarında hiçbir şey bulamayacaktı. Kadın, ötekileriyle birlikte gitmişti. Utika'nın Kartaca'yı emip sonra da Vagitanus'un peşinden yetişen çocuk çığlıklarına dek yemesi gibi, bu seslerin tümü de sözlük tarafından emilmişlerdi, kendilerini içine alırken hemen hiç titreşmeyen, sonra durulan, Alekto'nun içinden geçip cehenneme indiği Velinus kadar hareketsiz kalan suların içine batmışlar, kurtarmış olduğu nankör Kartaca'dan uzaklaşıp asla ulaşamayacağı Korent'e yelken basan Xanthippus gibi kesinlikle yutulmuşlardı. Burası, Zacynthianlıların, Anibal'e boyun eğmektense kendilerini diri diri yaktıkları Saguntum'dı. Scipio'nun Anibal'i ezdiği, Kartaca'nın uzun süren düşüşünün başladığı Zama'ydı.

Şimdi kalenin kapılarına yaklaşıyordu. Duvarların üzerinde uzun, koyu gri taşlardan daha kara işaretlerin sıralanmakta olduğunu gördü. Bunların yüksek kemerli pencerelerden yayıldığına dikkat etti ve burnuna yine yanık kokusu geldi. Kapılara vurmak için kolunu kaldırdığında, ağır demir geriye doğru yaylandı, açılıp kendisinden uzaklaştı. Rüzgârın sesini duyuyor, ama esişini duyumsamıyordu; içten içe hafif bir iniltiydi. Kentten geriye kalan buydu, sözlüğünün son sayfasıydı. Eğer buralara dek hortlaklarını gömmek ya da dışarı atmak için geldiyse, oraya varmıştı işte. Babası ölmüştü, mavi giysili kadın ölmüştü. Rosalie ölmüştü. Bu kurbanları isteyen hayaletler geçmişindeki kişilerdi, kurbanlarıyla birlikte gitmişlerdi. Eğer bu yeterli olacaksa, işte yapılmıştı.

Kapılardan geçti ve kendisini bir deniz kabuğunun içinde buldu. Duvarlar gri bir gök kütlesiyle birleşiyordu, çünkü dam yoktu. Duvarlardan, kirişlerin katların üstündeki katları destekledigi yerlerden kararmış tahta kütükler uzanıyordu, bu destekler hep birlikte yanıp kül olmuşlardı. Kemerli pencereler, dumanın dışarı aktığı yerlerde kalıplanmış boşluklardı. Yerlere kömüre dönüşmüş tahta parçaları saçılmıştı. Yanık kokusu her yere sinmişti. Bu koku delikanlının burun deliklerine batıyordu. Taş yerlerden ve duvarlardan hâlâ hafif bir sıcaklık yayılıyordu, ama burada her ne olduysa, büyük yangın her nasıl çıktıysa ve içeridekilerin kaderi her ne olduysa, bu ateş çoktan sönüp gitmişti. Tek ipucu küller, duman ve isti. Hiçbir şey, ona hiçbir şey anlatmıyordu.

Temmuzun ikinci haftasında, Lemprière kalemini indirdi ve elyazmalarının son sayfalarını bir araya getirip toparladı. Bunları ne kadar zamanda yazmış olduğunu düşündü, geldiğinden beri sekiz ay olmuştu. Ama çalışmalarını hesapladığı zaman, onun bu kentin içinde geçirdiği zamanı işaretleyen şeyin, sözlüğünün 'A'dan 'Z'ye kapsadığı dilim olmadığını anladı.

Septimus'u, Domuzeti Klübü'nde birlikte Kupalar oyununu kazandıklarında, kendisine zaferle şişeyi uzatırken gördü. Güçlü bir el kendisini Farina'nın çıkardığı kargaşadan çekip çıkarırken ceketinin yırtıldığını duydu. George'un yüz ifadesinin, *Vendragon*'dan söz edildiğinde acıdan neşeye nasıl dönüştüğünü gördü. Sonra aynı odada George'u ölü olarak gördü; kadının çukurun içinde öldüğünü ve yüzüne Juliette'nin yüzü yapıştırılmış bulunan ve zaten ölü olan kızı gördü. Thames Caddesi'ndeki loş odada sessizce oturan Annabel Neagle'ı gördü ve Alice de Vere'in acılı parlamasını, kendisine umutsuzca başvurmasını duydu. En sonunda da, karın ortasında karanlığın içinden çıkan, ancak, yanından geçip giden ve penceresinin Juliette'in yüzünü çerçevelediği arabayı gördü, kız farklı bir yaklaşımla karanlığın içine doğru akıp gitmişti. Sonra başını eğip sözlüğünün son sayfalarına baktı ve tüm halkıyla birlikte yanıp kül olan bir kenti düşündü ve yaptığı şeyin yeterli olmayacağını anladı. Dahası vardı, 'A'dan 'Z'ye kadar koşturmuş da olsa bunu bulamamıştı.

Lemprière son cümlenin arkasına son noktayı koyduğunda –hâlâ kuşkularla boğuşuyordu, bir şeyleri dışarda bırakmış olduğuna emindi– kendisini bir şeyler yitirmiş gibi hissediyordu. Tüm öteki projelerini, çalışmalarının son ayları boyunca savsaklamıştı, şimdi ipin ucunu nasıl toparlayacağını bilemiyordu. Yolculuk sandığında el sürülmemiş durumda yatan anlaşmayı, Kaptan Guardian'ın evinin altında hâlâ demirli bulunan *Vendragon*'u düşündü, Kaptan kendisine gemide olan biteni anlatmaya söz vermişti. Nerelerde olduğu, gerçekten hâlâ kentte olup olmadığı bilinmeyen Juliette'i düşündü. Herhangi bir şey yapmak isteğiyle ceketini ve botlarını giyip o gece sokaklarda yürüdü.

Kent değişmişti. Bunu bir dakikada anladı, daha önce göremediği için kör olmalıydı. Sokakları yalnızca ay aydınlatıyordu, lambalar yakılmamıştı. Her köşede çöpler yığılmıştı. Gelip geçenlerin, bir süre sonra bu çöplerle dolan yan geçitlere tekmeyle ittiği berelenmiş meyveler ve sebzeler, kırılmış kasalar, kirli kâğıtlar ve başka kaba ürünler her yere yayılmıştı. Sokakları hafif bir esinti dolaştığında samanlar oraya buraya uçuşuyordu, ama bu sıkça olmuyordu. Sıcak, evlerle dükkânların arasına kalın tabakalar halinde yerleşmişti. Oluklar tozlar kadar kuruydu. Amaçsızca canlı adımlarla yürüyordu, önce kuzeye, pazara yöneldi, sonra doğuya ve güneye döndü. Yanından çete halinde adamlar geçiyordu, yürüyüşleri amaçlıydı, gözleri onun göremediği noktalara dikilmişti. Kurnaz davranarak yollarının üzerinden çekildi; tavırlarındaki bir şey onu tedirgin etmişti, tek bir göreve koşullanmış bulunan ve yerine getirmek için araştırma yapan köpeklere benziyorlardı. Genellikle on kişiden fazla, çok seyrek olarak da yirmiden az olan ve çetelerden bazıları koşar adım seke seke yürüyorlardı. Tüm üyeleri aynı biçimde giyinmişti, sanki her birinin üzerinde, aynı derecede gizli amaçlarına uygun kuşkulu üniformalar vardı: geniş atkılar, kol bantları, köşeli şapkalar. Bazıları rozetler, amblemler taşıyordu:

bir kamçı, hafif bir sopa, kısa bir kılıç. Onları her yerde görüyordu. Öteki kişileri itip kakıyor, onlara tosluyor, onları sanki yokmuşlar gibi itip geçiyorlardı. Ayakta durarak alçak seslerle konuşuyorlardı, böyle bir grubun yanından geçtiğinde adamlar susup onun geçişini izlediler. Onların sonunda belirli bir yerde durduklarını göremedi ya da bu müfrezelerin yürüyüş amaçlarını keşfedemedi. Onlardan kaçınıyor, onlar geçerken sokağın bir yanından diğer yanına geçiyordu. Hatta çocuk grupları bile vardı. Altı, yedi yaşında yüzler yanından anlamsız bir coşkuyla geçtiler ve cesaretini toplayıp içlerinden birine, daha bebekliğini yaşayan bir kıza yürüyüşünün amacını sorduğunda, kız ona bilmediği için deliymiş gibi bakarak, "Farina için," diye yanıtladı.

O zaman bu çetelerin Theobald ve o karanlık yüzlü sahtekârla buluştuğu tavernada konuşmalarını duymuş olduğu ipek dokumacılarının değişime uğramış mirasçıları, hanın dışında kargaşa yaratanların son kuşağı olduğunu ve yaptıkları yürüyüşün arkasındaki amacın da, bilerek ya da bilmeyerek birbirleriyle buluşmak ve kavga etmek ya da birleşmek olduğunu kavradı. Kararsız kalmış bir durumda evine döndü. O gece uyuduğunda düşünde çatışmalar gördü.

Ertesi gün ikindi ortasında kapısı vuruldu. Septimus'un gelmiş olduğuna emindi, yanılıyordu. Kapıyı hızla açtığında sarı saçlar ve tanıdık bir yüz gördü.

"Haklıydınız," dedi Theobald Peppard. "Ben yanılıyordum." Bu sözler güçlükle söylenmişti, adamın zayıf onuru, başarısız bir biçimde gizleniyordu. "George'un söylediği her şey–" Durakladı ve Lemprière ona içeriye girmesini işaret etti. "Bunların hepsi gerçekti. Bunu kanıtlayan kâğıtlar buldum, hem de burnumun dibinde. George başından beri haklıydı."

"Biliyorum," dedi Lemprière.

Doğu Hindistan Şirketi, Leadenhall Street'de bulunuyordu, her iki yana on beş ve arkaya doğru bir doksan metre kadar uzanan dört katlı bir yapıydı. Lemprière, Theobald'ı bildiklerini açıklaması için üstelemiş, ama öteki bunu kabul etmemiş ve kendisini Fleet Market'in içlerinden kentin doğusuna doğru sürüklemişti, Saint Paul Kilisesi'nin önünden geçmişler ve Cornhill boyunca yürüyerek adamın çalışma yerine ulaşmışlardı. Bir gece önce görmüş oldukları kötü niyetli çeteler, yanıp tutuşan sokaklarda yine ortalığa dökülmüş durumdaydılar. Gün ışığında daha tehlikesiz görünüyorlardı, ama kent sakinlerinin bir gece önce duyumsamış olduğu gerilim azalmamıştı.

Theobald sinirli görünüyordu, ama hiçbir zarar görmeden gidecekleri yere ulaştılar. Delikanlı George ve Dul Neagle'dan dinlediği tiradlardan sonra bunaltıcı bir tutukevi, kuleleri olan sıkıcı bir kale, engin bir kötülük evi görmeyi bekliyordu, ama Doğu Hindistan Yapısı uysal ve yüzü olmayan, büyük boyutuna karşın çevresindeki evlerin ve dükkânların arasında hiç de göze çarpmayan bir yapıydı. Sıcaktan ceketinin içinde terlemeye başlamıştı, rehberinin yanında hevesle yürüyordu, Theobald sonunda merdivenlerinden çıkıp içerideki daha serince koridorlara girdi.

"Bunlar Şirket sahipleri ve Direktörler'in Genel Kurul Odaları." Theobald sağdaki geniş bir odayı işaret ediyordu, Lemprière bu odanın içinde, Pegasus koşturacak büyüklükte at nalı biçiminde bir masa bulunduğunu gördü. Güçlü gün ışığında kamaşan gözleri içerisinin loşluğuna alışmaya çalışıyordu.

"Bunlar satış odaları." Aynı biçimde kocaman olan boş odalar solda uzanıp gidiyordu. Ortadaki uzun koridor Şirket'te çalışan kâtipler ve öteki memurlarla doluydu, bunların hepsi kâğıt desteleri ve dosyalar aşıyor, kendi görevleriyle meşgul görünüyorlardı. Ama yapının arkalarına doğru ilerledikçe bu geçit boşalmaya başladı. Theobald Doğu Hindistan Şirketi'nin arka bölümünde, depolarla ilgili çeşitli büroları gösterdi. Önlerinden geçtikleri sırada bunları Lemprière'e açıklarken, sayılarının çokluğundan ve oralarda yapılan işler hakkındaki kendi bilgilerinden açık bir gurur duyuyordu.

"Genel Kurul karmaşık bir senatodur," dedi, "Hıristiyanla, Türk ve Yahudi ya da ülkeler ya da cinsiyetler arasında bir ayırım yapılmaz. Direktörler'i Şirket Sahipleri seçer, Direktör'ler Komiteler'i oluşturur. Burada"–işaret etti–"Yazışma Komitesi toplanır, bu, tüm Komiteler içinde en önemlisidir. Ben yazışma Sorumlusu'yum, anlıyorsunuz değil mi? Burası, Hazine Komitesi ve burası da Hukuk Davaları ve Askeri Fon Komiteleri." Sonra döndüler ve başka bir koridor boyunca ilerlemeye başladılar, Lemprière burada, Satın alma, Depolama, Yerleştirme ve

Muhasebe Komiteleri'nin bulunduğunu öğrendi. Theobald bunları fazla önemle vurgulamadan gösteriyordu. Birkaç basamaklı bir merdiven onları bir öncekinin eşi olan ve onun altından geçen başka bir geçide indirdi.

"Üçüncü sınıf Komiteler burada buluşurlar," diye açıkladı Theobald. Lemprière yine, Gemicilik Komiteleri'nin ağır işleyişi, Özel Ticaret Komitesi içindeki terslikler, Hükümet Grupları Komitesi'nin içindeki ufak anlaşmazlıklar ve Ambar Komitesi'nde yapılan çeşitli düzeylerdeki aptallıklar konusunda kısa öyküler dinlemek zorunda kaldı. Bu Komite'lerden her birinin Theobald'in bilgisinden kaçmayan küçük kusurları ve bürokratik aptallıkları bulunan kendi Toplantı Başkan'ları, Direktör'leri, Baş Kâtip'leri ve memurları vardı.

"Ama dediğim gibi, en önemlisi Yazışma Komitesi'dir," diye şeytanca böbürlendi Theobald. Yukarıya doğru işaret etti. "Orası," dedi.

"Yazışma gerçekten bu denli önemli mi?" diye sordu Lemprière yarı masumca ve sonra Theobald'ın, Hindistan'a gönderilen siparişlerin Müfettişler Bürosu'nca nasıl hazırlandığı ve sonra kırmızı mürekkeple ekleme ve çıkartmalar yapılması için Denetim Kurulu'na nasıl gönderildiği hakkındaki açıklamalarını dinlemek zorunda kaldı. Adam konudan saparak bu rakip bölümler arasındaki çekişmelerden söz etti ve bu mürekkep savaşının gelişi güzel bir tarihini aktardıktan sonra, üzerine notlar yazılmış bu yazışmanın nasıl gönderildiğini ve Müfettişler Bölümü'nün ilgili şubelerindeki Sekreterya'ya dağıtılmazdan önce, en son yanıt için Direktörler Kurulu'nda nasıl okunduğunu, Sekreterya'da özetinin çıkartılmasından sonra bu özet kopyalarının Direktör'lere nasıl gönderildiğini ve burada Müfettişler'in yanıt için gereken tüm materyal ve belgeleri nasıl bir araya getirmeyi başladıklarını ve bunun üzerine tüm sürecin yeniden nasıl başladığını anlatarak sürdürdü.

"Peki tüm yazışmalar böyle mi oluşturuluyor?" diye sordu Lemprière içten bir kuşkuyla. Theobald, içten içe küçük bir savaşı kazanıp kazanmadığını düşünürken duraklar gibi oldu.

"Hepsi değil," dedi çabucak. "Siparişleri doğrudan doğruya Hindistan'a gönderebilen on üçüncü bir Komite daha var, bu

Komite üzerinde kendisininkinden başka bir otorite bulunmuyor. Bunun adı ise Gizli Komite."

"Ama sizin bundan haberiniz var? Olasılıkla ötekilerin de. Nasıl gizli olur?"

"Gizli," dedi Theobald, "çünkü kimse içinde kimlerin olduğunu, ya da, nerede toplandıklarını, ya da, hatta ne iş yaptıklarını bilmiyor."

Sonra yollarına devam ettiler, sarılmış kâğıtlarla dolu cam kapaklı kitap raflarından oluşan uzun sıraların önünde birbiri ardına, diziler halinde oturmuş, şiddetle bir şeyler karalayan kâtiplerle dolu odaların önünden geçtiler. Theobald, her birinin belirli işlevleriyle birlikte bunların, Şirket'in planlaması içindeki durumlarını açıkladı, bu açıklamalar, hep söz konusu edilen bu bölümleri en aşağıya yakın bir yere ve Yazışma Sorumlusu olan kendisini en tepeye yakın bir yere yerleştirir nitelikteydi. Koridorlar hemen hemen boştu. Theobald yanlarından geçen birkaç kâtibe başıyla kısa ve sert işaretler yaptı. Bunlar merdivenlere geri döndüler, yapının uzantılarının izin verdiğinden daha ötelere çıkıyorlardı sanki, sonra en aşağıdaki zemine inen merdiven kuyularında gözden uzaklaştılar. Theobald, son merdiven basamaklarının dibinde, üzerinde hiçbir yazı bulunmayan ufak bir kapının önünde durdu.

"Şirket'in binlerce çalışanı arasında yalnızca benim kendime ait tüm bir katım var," dedi. Sonra kapıyı açtı ve içinde iki yazı masası, bir iskemle ve bir yağ lambası bulunan bir büroya girdiler. "Yazışma Sorumlusu'nun Bürosu," diye bildirdi Theobald.

Theobald lambayı yakıp sonra bir çekmeye uzanırken Lemprière, "Sizin katınız diğerlerinden daha küçük görünüyor," dedi. Büyük bir anahtar Lemprière'e bir yanıt verir gibi yazı masasından çıkartıldı ve Lemprière, Theobald'ın kısıtlı bölümlerinin öte yanında üzerinde ufak bir ızgara bulunan alçak bir kapı bulunduğuna dikkat etti. Theobald, kullanılmamaktan sertleşmiş olan kilitle biraz uğraştı, sonra eğildi ve menteşeleri daha da sertleşmiş bulunan kapıyı geriye doğru itti. Kapı açılınca büronun içine küflü bir koku doldu. Theobald lambayı aldı ve Lemprière'e kendisini izlemesini işaret etti. Kapı alçak olduğu kadar da dar olduğundan tek sıra halinde içeri girdiler. Theobald lambayı boyunun bosunun olanak verdiği kadar yukarıya kaldırmıştı ve Lemprière önündeki sahneyi görebilmek için dikildi.

Theobald'ın egemenlik alanı gerçekten de Doğu Hindistan Yapısı'nın uzunluk ve genişliği boyunca uzanmaktaydı. Lambanın saçtığı ışık otuz metreden fazla bir alanı aydınlatıyor, sonra alçak iç bölümlerin alaca karanlığına yeniliyordu, ondan ötesi ise yalnızca karanlıktı. Burası, aslında, engin bir mahzendi.

Kaba saba koridorlar önlerinde ve her iki yandaki yüzlerce kalıp bloğun arasında uzanıyordu. Bunlardan her birinin uzunluğu üç metreden fazlaydı ve yerden tavana dek yükseliyorlardı. Lemprière bunların bodur destek payandaları olduğunu düşündü. İçerdeki küf kokusu daha yoğundu, hava nemli ve soğuktu. Delikanlı daha sonra bunların kâğıt sütunları olduğunu gördü: Kâğıt destelerinden oluşan kocaman diziler blok halinde yığılmışlardı. Bu mahzen dev oranda bir arşivdi. Theobald önden yürüyordu, kalıp halindeki dizilerin arasından geçerek bir şu yana, bir bu yana dönüyordu, sonunda ne girdikleri kapıyı, ne yan duvarları, ne de mahzenin uzak ucunu göremez oldular. Lemprière karanlığın içinde bir yerlerden gelen hafif bir su damlaması duyuyordu. Nemli kâğıt kokusu her yanı sarmıştı.

"İşte," dedi Theobald, yeşil küfle beneklenmiş kötü kokulu bir kâğıt yığınının önünde duruyordu, eliyle çevrelerindeki karanlığı işaret etti, "Yazışma bölümü burası. Hepsi. Her şey. İlk girişimcilerden bu güne dek olan her şey." Sonra sustu ve çevresine bakındı. "Burada gizler var, onları bulabilirsen elbet," dedi hafif bir sesle. "Şirket'in günümüzden, bin yıl sonrasına dek ortaya çıkmasını istemeyeceği konular bunlar. Bazıları korkunç şeyler..." Lemprière, Theobald'ın sesinde bir pişmanlık sezer gibi oldu, kardeşini ve Neagle davasının öteki şanssız oyuncularını anıştırıyor gibiydi. Ama sonra sesinin tonu değişti, bir kez daha bürokrat olmuştu.

"Yalnızca benim bu Arşiv'e girmeye hakkım var," diye öne sürdü. "Direktörler bile bunun için izin almak zorundadır. Şimdi bak–" Kâğıt yığınının orta yerinden bir deste çekti ve bunu Lemprière'e uzattı. "*Falmouth*'un, Neagle'ın gemisinin kayıtları," dedi. Lemprière, gemiyle alınan nesnelerin listesinin, tersane işçilerinden alınan faturaların ve öteki harcamaların yanında uzun rakam sütunları gördü.

"Sonuna bak," dedi Theobald ve Lemprière sütunların sonunu buluncaya dek sayfaları çevirince bunların birden, eskilikten sararmış ve küfle lekelenmiş bir kâğıdın üzerinde, 1766'da son bulduğunu gördü, kâğıdın geriye kalan yerleri boştu.

"Ne?" diye sordu. Önemli bir şey görememişti. "Bu geminin battığı tarih mi?"

Theobald başını salladı. "Toplam alınmamış," dedi. "Ve hiçbir ödeme yapılmamış. Ne yükle, ne de gemi kirasıyla ilgili sigorta talep edilmiş."

Lemprière birden bire, Theobald'ın kentin öbür ucunda sözünü ettiği 'kanıt'ın bu olduğunun ayırdına vardı, tam alınmak üzereydi ki, Theobald'ın omuzlarının sarsılmaya başladığını ve yanaklarından aşağıya yalancı gözyaşlarının inmekte olduğunu gördü.

"George başından beri haklıydı," diye hıçkırırken, Lemprière de bu oyuna katılıp onun sırtına vurdu. Ama her ikisi de arkalarındaki kapının ikinci bir kez itilip açıldığını duyduklarında delikanlının eli olduğu yerde donup kaldı ve Theobald'ın yaşları bir anda durdu.

Döndüler ve ince yapılı iki insan figürünün Arşiv'e girdiğini gördüler, arkalarından gelen daha iri üçüncü bir adam yanan bir lambayı tutuyordu, iri adam omuzlarını kısarak kapıdan güzlükle geçmişti. Theobald kendi lambasını kıstı ve Lemprière'i, onların yolundan uzaklaştırıp, Arşiv'in yarı karanlığına doğru çekti. Lemprière çabucak Theobald'a baktı, paniğe kapılıp kapılmadığını görmek istiyordu, ama adam sakin ve denetimliydi. Üç figür arkalarından geçip gitti.

İkisi anında görünmez olmuştu, üçüncüsü ise yirmi metre kadar ötelerinde, lamba ışığı altında sönük bir biçimdi. Güçlü yapılı bir adam, diye düşündü Lemprière. Aralarında hafif sesle yaptıkları, sözcükleri anlaşılmayan konuşma arkalarından sürükleniyor, bu arada Lemprière ve Theobald, kalıp halindeki yığınların arasında sessizce ilerliyorlardı. Lambayı ve onu tutan kişiyi görür gibi oluyorlardı, ama öteki ikisi gözden uzaktı.

"Ne yapıyorlar? Kim bunlar?" diye fısıldadı Lemprière. Theobald yalnızca başını salladı ve onu yine arkaya doğru çekti.

Ama hangi yöne dönerlerse dönsünler, lamba sonuçta yavaşça, arşivi bölgelere ayırarak ve kaçış yollarını daraltarak onları izliyordu. Zaman zaman, öteki ikisinin ayak sesleri olabilecek sesler duyuyor ve bu sesler hafifleyinceye dek yavaşça geriliyorlardı. Arşiv'in içinde onlara saatler gibi gelen bir süre, bu biçimde manevralar yaptılar; gerçekte bu, ancak dakikalarla ölçülebilecek bir süreydi. Sonra Lemprière bir köşeyi döndü ve orada, yalnızca birkaç adım uzağında, birden soluğunu sertçe içine çekmesiyle birlikte kendisine doğru dönen bir biçim gördü, başı kendisine doğru dönüyordu ve Lemprière bir çığlığı önlemek için iki elini onun ağzına bastırdı, aşağı doğru çekip olabildiğince güçle bastırdı, lamba yaklaşıyordu, yalnızca altmış metre uzaklarındaydı, sarı ışığı köşeden sürüklenerek geliyordu, sonunda altındaki bedeni aydınlattı, kapı yönünden gelen kişiyi ve altında bulunan kızı tanırken, kulağına bildik bir ses geldi. Su ses Casterleigh'a aitti. Kız Juliette'ti. Vikont kıza sesleniyor ve onlara doğru yaklaşıyordu. Kızın gözleri korkudan büyümüştü. Casterleigh yine seslendi.

"Yanıtla onu!" diye fısıldadı kızın kulağına. Elini ağzından çekerken kız sessizce ona baktı. Uzun bir an geçti. Genç adam, delice bu ânın daha uzamasını diledi. Lamba yalnızca birkaç adım uzaklarındaydı ve delikanlı Vikont'un ayak seslerinin yaklaştığını duyuyordu.

"Bekle!" diye bağırdı Juliette, sonra ayağa kalktı ve kalkarken, "Yarın," diye fısıldadı, ancak delikanlı kız sıvışıp uzaklaşırken yüzünde hâlâ korku izleri olduğunun ayırdına vardı.

"Gel!" diye komut verdi Vikont ve Lemprière kızın öne doğru çekilirken hafifçe sendelediğini fark etti. O zaman kızın korkusunun hiç de kendisine karşı olmadığını anladı.

Ayağa kalkacaktı, ama Theobald onu öne doğru çekti. İkisi birlikte Casterleigh'in uzaklaşan lambasını izlediler, öteki üçü kapıdan en uzakta bulunan duvara doğru ilerlerken lambanın sarı ışığı, gölgeleri birbiri üzerine, çeneler gibi kapanan her bir bodur sütunun köşelerini yakalıyordu. Bu ışık altmış beş metre ötede soluk bir ışıltı halini alınca Lemprière ayağa kalktı ve yavaşça bu ışığın peşine takıldı. Sırasıyla her geçit boyunca ileriye bakarak yan yan ilerliyordu. Bir kapının açıldığını duyar gibi oldu, ışık dalgalandı, sonra birden söndü. Bir anahtar döndü. Birden kapkara olan bu ortamda ileriye doğru koştu.

Theobald lambasını yeniden yakıp daha rahat bir hızla onu izledi. Lambadan saçılan ışıklar parıldıyor, uzaktaki duvara, Arşiv'in sonuna ulaşan Lemprière'la buluşmak için acele eden dev bir gölge düşürüyordu. Arşiv, içine nişler yerleştirilmiş bir duvarla son buluyordu, bu nişlerden binlercesi sağa ve sola uzanıyordu. Her bir nişin içinde, girmiş oldukları kapıdan bile daha alçak birer kapı bulunuyordu.

Lemprière, "Nerede o?" diyerek bir aşağı, bir yukarı aranıp kapılara göz atarken Theobald da yaklaşıyordu. "Dışarı çıktıkları kapı, hangisi?" En yakınındaki kapıyı çekip açtı. Ağır meşeden, kalın ve demir bantlı bir kapıydı. Açılırken bir menteşe çatırdadı. Kâğıt, içerideki bölme derinliğince, yerden tavana dek kâğıtlarla tıka basa doluydu. Başka bir kapıyı açtı. Aynı durum.

"Bu değil," dedi Theobald. "Bunlar yalnızca ufak hücreler, Arşiv için ek depo odaları. Bunların hiç birisi herhangi bir yere açılmaz."

"Hiç denediniz mi?" diye Lemprière bir başkasını çekip açtı ve başka birini daha. Lamba ışığının sağında bir yerlerde gözden uzaklaştığını görür gibi olmuştu.

"Bunun başka yolu yok." Sırayla tüm kapıları yokluyordu. Theobald açık kuşkuculuğuna karşın, lambasını yukarıdan, onun bu çalışmalarına doğru tutuyordu. Sonra çektiği bir kapı açılmadı. Yine denedi, ama kapı bir milim bile yerinden oynamamıştı.

"Burası," diye yöneltti Theobald'ı ve her ikisi de kilit deliğinin içinde taze çizikler gördüler. "Anahtar," diye sordu, ama Theobald başını salladı.

"Ben bunun kilitli olduğunu bilmiyordum. Bir anahtar *olduğunu* da bilmiyordum." Lemprière'in başı düştü, sonra ayağa kalktı ve sıradaki öteki kapıyı denedi. Ötekiler gibi o da biraz çabayla açıldı ve yine ötekiler gibi içerisi tıka basa kâğıtla doluydu. Ama daha düzensiz biçimde.

Lemprière birden üzerine yığılan kâğıt çığının içinde yarı yarıya gömülü kaldı, bunları sinirle tekmeledi. Yine kilitli kapının koluna atılıp açmaya çalıştı, ama çabası sonuçsuz kaldı. Sonra öfkeyle bu engeli tekmeledi, o zaman kapının ardındaki bir yerden derin bir gümbürtü yankılandı. Her iki adam da, bu beklenmedik gürültü karşısında geriye çekildi, sonra izleyen sessizlik içinde geri dönen ayak seslerini duymak için, her ikisi de derhal kaçmaya hazır durumda durup beklediler. Ama yalnızca sessizlik vardı. İki adam birbirine baktı.

"Bilmiyordum," dedi Theobald. "Düşündüm ki... Ben hiç denemedim." Theobald bitişik kapıdan saçılan kâğıtları toplamak için eğildi. Bunların çoğu bağlıydı, bu yüzden işini kolaylaştırıyordu. Lemprière ona yardım etmek için eğildi. İlk kucak dolusu desteye elleri kapandığı sırada, tanıdık bir kapak gözüne çarptı. Durdu.

"Ne?" diye sordu Theobald, ama Lemprière yalnızca bu broşüre bakmayı sürdürüyordu. "Nedir o?" diye yine sordu beriki.

"Asiaticus," dedi Lemprière. Öteki broşürleri de topladı. Hepsi aynıydı, binlercesi. "Dördüncü broşür," dedi. Sonra kendi kendine, "Hem de burada..."

Her ikisinin de altında, yüzlerce metre aşağılarda, bir milin çevresine yerleştirilmiş bir merdivenin alt basamağında üç kişi durdu ve kilit deliğinden sızan ışığa baktı. Önce Le Mara öte yana döndü. Vikont, Juliette'i yana çekti. Üçü mağaranın hafif eğiminden aşağıya inerlerken, kapıdan aşağıya inen milden bir vurma sesi yankılanıyordu, bu ses, içinde yürüdükleri geniş tünel boyunca yuvarlanarak ilerliyordu. Casterleigh, bu atılgan darbeyi düşünerek kendi kendisine gülümsedi. Kız bu ses karşısında duraklar gibi olmuştu.

"Kımılda!" diye uludu adam. Bu emir, ilk sesin ölmekte olan yankılarına katıldı, ikisi birbirine çarpıp sekerek Canavar'ın boğazından aşağıya indi. Adam kızı yine ileriye doğru itti. Kız sallanıyor, sendeliyordu, adam bunu biliyordu ve onun ne dereceye kadar güveniliyor olduğunu düşünüyordu. Biraz daha ilerlesin diye kızı sessizce itti. Bundan sonra bir önemi olmayacaktı. Yarından sonra, hiçbir şeyin önemi kalmayacaktı.

***

"Ü," bu Büyük *İngiltere* Krallığı'nın altında asılmış, sallanmakta olan o ak ve şişko Göbek, Yırtıcı bir Süvari, Gizli bir Binici gibi oraya tutunmuş bulunan *John Şirketi*'nin sırtında büyümekte olan *Ülser* içindir, bulunduğu yere yapışmış bulunan bu ülser onun gücünü ve onun aracılığıyla tüm Krallığın gücünü çekip almaktadır. Ve ben, Asiaticus, bu *Ülser*'in yaban ellerde büyümüş olduğunu biliyorum, o, bu Krallığa giren kaçak bir dış güç, bir Kabaladır[1]..."

Delikanlı kapıyla uğraşmaktan vazgeçmiş ve Theobald'ın broşürleri yeniden küçük odaya yerleştirmesine yardım etmiş, ama tek bir kopyayı kendisine almıştı. Kapıyı kapayıp sıkıştırmış ve Arşiv'i boydan boya yürüyerek Theobald'ın bürosuna geri dönmüşlerdi. Theobald tüm çekmeceleri açıp, kendisinde anahtar bulunmadığını göstermişti. Lemprière küçük adama gösterdiği çabalar için teşekkür etmişti. Theobald'ın burnu havadaydı ve yapmış oldukları keşif konusunda hiç de tedirgin görünmüyordu. Yankı çok ağır uzaklaşmıştı.

"V *Kabala*'nın, *Bağışlanabileceği Varsayılan Günahları* içindir –Katolik terminolojiye göre böyle olduklarına inanılır– ama onlar ölümlüdür, o zamanlar otuz bin kez daha ölümlüydüler ve şimdi de Banat halkının değimiyle *Vampir* olmuşlardır, kendileri de kan dökmüş oldukları için şimdi bu nedenle Kan emmektedirler, ama o dökülen kanı birazı da bana ait olduğundan bayrağımı kırmızıya boyadım, çünkü V aynı zamanda öcümü almak için uçurduğum *Vexillum*'u[2] da simgelemektedir. Ben onların üzerine *Vlad* gibi yürüyüp ambarlarını ele geçireceğim..."

Delikanlı evine doğru yürürken bir bulutun içinde gibiydi. Sokakların arasında sıcak bir rüzgâr, cansız parçacıklar halinde şişman sıcak hava blokları üfürüyordu. Akşam olmuştu. Ay neredeyse dolunaydı. Çetelerin sayısı çoğalmış, kent sakinlerininki azalmıştı. Bir köşede, bir grup insan toplanmış birlikte alkış tutuyordu. Yanından gelip geçen insanların birbirlerine işaretler yapmakta olduklarını gördü, bunlar garip küçük selamlar, baş eğmeler biçimindeydi. Kollarında bir bebek tutan bir kadın gördü, ama bebek hareketsizdi ve üstünde çürüme kokusu vardı. Kar içindeki yolda, çürümekte olan kâğıt sütunlarının arasında kızın kayıp gitmesine yine izin vermişti.

---

[1] Kabala: Gizli öğreti. Kutsal Kitab'ın Musevilerce batini yorumu. İbrani felsefesinin ve söylence yazılarının tümü. (Çev.)

[2] Vexillum: 1. (Rom.antiq) Sancak, bayrak. (Çev.)

"*W*, şimdi kulaklarından tutmakta olduğum kurt *(Wolf)* ve dilimin üzerinde kıvrılmış olan kurtçuk *(Worm)* için. Ben onlarla savaşa *(War)* giriyorum, sözlerim *(my Words)* sonuna yaklaşıyor. Ölülerin bağırsaklarından ördükleri ağa *(Web)* kendilerininkiler de eklenecek çünkü şimdi Ak Bayanlar (White Ladies) da onlarla birlikte, bu yeni Londra Seçkinleri *(Worthies)* ölümü önceden haber veriyorlar. Yakında onlara daha fazlasını söylemek için geleceğim..."

Evine ulaşmış ve broşürü ceketinin yırtılmış cebinden çıkartmıştı. Asiaticus'un öfkesi önceki broşürlere göre, birilerine daha doğrudan yönelmiş gibi görünüyordu ve Lemprière'in önceki tahminleri daha bir kesinlik kazanmaya başlamıştı. Adamın hedefi yalnızca Şirket değil, aynı zamanda yatırımcılardı. "Yabancı topraklarda büyümüş bir... bir Kabala," diyordu onlara. Görünüşe göre Asiaticus, broşürlerinin incelikli sözlerinin ötesinde, belirli bir saldırı üzerinde karar kılmıştı. "Seçkinler" *("Worthies")*: Tıpkı yatırımcılar gibi dokuz seçkin vardı[1], ama François da bu dokuzların arasındaydı. Okuduğu metne güçlükle yoğunlaşabiliyordu. Kız kendisine söz vermişti.

"*'X'*, kendisi güvenlik içinde ordularının ardında dururken, Greklerle savaşmalarından önce, 'Bu topluluktan geriye kaç kişinin döneceğini kim söyleyebilir?' diyerek yapay gözyaşları döken *Xerxes*[2] içindir. Bu adam onların akıl hocasıdır, çünkü onlar da ancak orduları tümüyle yok olduğu zaman geri döndüler. Yahudilerde bir ad vardır. Buna *Yom Kippur*[3] derler, işte benim 'Y'm budur, bunun anlamı, İsa'nın insanların günahlarını ödemek için öldüğü gündür, bu onların da ölüm günüdür, bugün onların hepsinin üzerinedir ve hepsinden fazla da senin üzerinedir *Zamorin*, çünkü ya sen benim sonum olacaksın ya da ben senin ve benim son harfim Z, sensin."

Broşür burada sona eriyordu. Lemprière, yatırımcılardan oluşan Kabala'nın kendi halkları olan Rochellelilerin arkalarında, sanki onlar bir kalkanmış gibi durduklarını hayal etti, ama

[1] Seçkinler: Dokuz seçkin –saygıdeğer– değerli kişi: Ortaçağ efsane ve tarihinin ünlü kişileri. Üç Yahudi (Joshua, David, Judas Maccabaeus), üç Yahudi olmayan kişi (Hector, İskender Sezar) ve üç Hıristiyan (Arthur, Şarlman, Bouillon'lu Godfrey). (Çev. Yeni Oxford Res. Ansk. Sözlük.)

[2] Xerxes: Pers Kralı(İ. Ö. 486-465) Darius'un oğlu. Yunanistan'ı işgal etti, Salamis Savaşı'nda yenildi, öldürülünce yerine oğlu geçti. (Çev.)

[3] Yom Kippur: Yahudilerde tövbe günü, o günü perhiz ve duayla geçirirler. (Çev.)

Asiaticus bundan daha da ölümcül bir ihanetten söz eder gibiydi. Ne de olsa, kenti karadan ve denizden kuşatan, kent sakinlerini bombardımana tutup onları sonunda ruhlarını teslim etmeye ve ele geçmektense kendilerini öldürmeye yönelten kişi Richelieu'ydü. Asiaticus'un öfkesi ise onun yatırımcıları, ölmekte olan ketten kaçışlarından çok daha kötü bir anlaşmayla suçlanmakta olduğunu düşündürüyordu. Ama bu anlaşma her ne idiyse, dördüncü ve sonuncu broşür bu öfke, nefret ve gözdağı sözlüğünü bunu açıklamadan sona erdiriyordu.

Lemprière, Asiaticus'un bu destan içindeki çıkarının ne olduğunu merak ederek sayfaları ileri geri karıştırdı. Adamın sözünü ettiği gibi savaşa girişmiş olduğu düşünülebilirdi, ama Doğu Hindistan Şirketi'nde bulduğu bu broşürün varlığı onun yenilmiş olduğuna işaret ediyordu. O uzun yıllar önce ölmüştü. Onu ve broşürlerini bulmuşlar ve her ikisinin de işini bitirmişlerdi. Ya da şu *Zamorin* yapmıştı bu işi; içlerinden biri, önderleri diye tahmin etti.

Sayfaları dikkatle incelerken, bu satırların üzerine basılmış olduğu kâğıdın üzerinde hemen hiçbir leke olmadığının ayırdına vardı. Küf, arşivin her yanını sarmıştı, ama önündeki sayfalar tertemizdi. 1629 ya da 1630'da basılmış olan bu sayfaların orada yaklaşık yüz altmış yıldır yatmış olması gerekiyordu. Sararmışlardı, ama hepsi o kadar. Ayağa kalkıp yolculuk sandığının kapağı üzerindeki kitap sütunlarını kaldırdı, sonra daha önceki üç broşürü buluncaya dek sandığın içini adamakıllı araştırdı. Bunları çabucak karşılaştırınca gizem çözüldü. Bu daha iyi bir cins kâğıttı. İlk üçü kaba kâğıtlara basılmıştı, ama dördüncü daha hafif, daha ince bir malzemeydi, daha çok mektup kâğıdına benziyordu. Ayrıca, o ufak mahzenler, içlerinde saklanan kâğıtlara, daha geniş ve nemli olan genel arşivden daha kuru bir yuva sağlamış olabilirdi.

Lemprière dört broşürü masasının üzerine koydu. Düşüncelerinin gerisinde başka olgular vardı, ama yüzeye çıkmayacaklardı. Bu, broşürlerin dışarıya uğrayıp kendisinin üzerine yıkılmasıyla ilgili bir şeydi, ama zihni Juliette'e çekiliyordu. Onu beklemeye başlamıştı bile. Kızın arabanın arka penceresinden, arşivde kendi ellerinin arasından bakan, kendisinden çekilip uzaklaştırılan yüzünü görüyordu. Her defasında kendisine daha çok yaklaşıyor, ama her defasında farklı türde karanlıkların içine çekiliyordu. O tek sözcüğü, *Yarın*'ı duydu ve kızı geri getirebilmek için bu sözcüğü güçle vurguladı.

Güçlü gün ışığı onu uyandırdı. Masasının başında uyuya kalmıştı. Sabah güneşi pencereden yüzünün üstüne akıyordu. Doğruldu, gözlüklerini düzeltti, çıkartıp yıkadı, sonra yerlerine taktı ve yeniden yerine geçti. Odanın içi sıcaktı ve terliyordu. Sonra bir bekleme günü başladı.

Sonradan gazeteler, Temmuz'un on birinin yılın en sıcak günü olduğunu yazacaklardı. Öğle oluncaya dek oda boğucu bir hal almıştı. Pencereleri açtı, ama hava doygun bloklar halinde asılı kalmıştı. Sokak fırın gibiydi ve güneş doğudan batıya doğru ilerlerken karşıdaki yapıların pencereleri ışığı yüzüne yansıtıyordu. Kendisini oyalamaya çalıştı, sözlüğü bitmiş olduğundan artık işine yaramayan kitapları üst üste yığdı. Oppian'ın balıklar üzerine yazdıklarını okudu, ama okyanusun serin sularını düşünmek ona yalnızca daha çok işkence ediyordu, vazgeçip yatağına uzandı, sözlüğüne almadığı maddeler olup olmadığını düşünmeye çalıştı. Anımsayabildiği kadarıyla böyle bir şey yoktu. Bir hafta önce Septimus gelip son sayfaları da almıştı. Kuşkular kendisini rahatsız ediyordu. Orada yatarken birçok kez, merdivenlerde hafif ayak sesleri duyduğunu sandı ve yerinden sıçrayıp kapıyı açtı, ama orada kimse yoktu. Ona yalnızca beklemek düşüyordu, yapacağı başka bir şey yoktu.

Belki başka bir şey söylemek istemişti. *Yarın* bana gel. Beni *yarın* bul. Belki bu bir uyarıydı ve gece inerken yatağının üzerinde, George'un kendi yatağında yatmış olduğu gibi yatıyor olacaktı. Ama kızın gelip onu bulabileceği düşüncesiyle olduğu yerde yatıp kalıyor, bekliyordu. Evinin saldığı gölge yavaşça karşısındaki yapının üzerinden yükseldi, Southampton Sokağı, sıcak her sesi katılaştırmışçasına sessiz ve kımıltısızdı. Zaman zaman derin soluklar alıyordu, ama ciğerlerini dolduran hava değil, sıcak oluyordu. Portakal ağacı bulunduğu köşeden onu izliyor, onun tedirginliğinden acımasızca keyifleniyordu.

İkindinin son saatlerine doğru sıcak değişmeye başladı. Daha ağır, daha yapışkandı, her yeri ve her şeyi kapladı. Güneş batınca yerinden kalktı ve pencereden sarktı, ama hava kımıltısızdı, hemen hiç esinti yoktu. Yüzüne su serpti, gözlüklerini takarken kapısına bir tek kez vuruldu, alışık olmadığı bir işaretti bu. Lemprière soluğunu tuttu, kendisini toparladı, sonra ziyaretçisini karşılamak için kapıya doğru yürüdü.

"Ah, John..." Lemprière geriye bir adım attı, omuzları düş kırıklığı ve rahatlamayla karışık düştü. Bu, içeriye girip girmemeye karar veremeyen Septimus'tu. Genellikle kapıyı gümbürdetir, hele yanında bastonu varsa çok hızla vururdu. Genellikle hiç sormadan içeriye dalardı. Ama Lemprière onun yüzünde belirsiz bir ifade olduğunu görüyordu, tıpkı bundan bir önceki, son gelişinde olduğu gibi.

"Gir içeri," dedi ve Septimus eşikte oyalandı, sonra ilerleyip odanın ortasında durdu. Kısa bir sessizlik oldu.

"Ne?" diye sordu Lemprière. Septimus döndü.

"Ah, John," dedi, sanki onu yeni görüyormuş gibiydi.

"Evet?"

"Evet."

"Ne?" Septimus'la daha önce de bu tür iletişimleri olmuştu. Genelde bu durum kendisini sinirlendirirdi, ama bu kez arkadaşı son derece sersemlemiş gibi görünüyordu.

"Ben maddeleri merak ettim. Eğer düşündüğüm gibi sonuncuları tamamladıysan, onları şimdi toparlasam iyi olacak."

"Evet," dedi Lemprière. "Ama ben son maddeleri sana on beş gün önce vermiştim." Merakla Septimus'u süzdü. "Nerelerdeydin? Lydia nerede?"

"Oh..." Septimus elini kararsız bir biçimde salladı. Lemprière yine arkadaşına baktı. Bu belirsiz şakanın nedenini öğrenme isteğiyle, Juliette gelirse diye, onu bir an önce gönderme dürtüsü arasında kalmıştı. Septimus burada bulunmayan bir şeyi arar gibi çevresine bakınıyordu.

"Ah, John," dedi yine. Sandalyenin arkasında asılı duran pembe ceketini görünce gözleri parlamıştı. Bu ceket ona sığınılacak bir şey gibi gelmişti, her zamanki işgüzar tavırları geri geldi ve Lemprière'i acınacak halde olan ceketinin durumu konusunda azarlamaya başladı. Sandalye yırtık cebi göze batar bir durumda sergiliyordu.

"Yukarıdaki adama gittim..." diye söze başladı Lemprière, oldukça hazırlıksız yakalanmıştı, arkadaşına terzinin garip bir biçimde kısıtlı olan uzmanlık alanından söz edecekken Septimus birden daha önceki ruh durumuna geri dönüverdi.

"O alçak heriften söz etme bana!" diye patladı. "Bir kez ona bir gömlek diktirmiştim. Berbat bir işti, tek elli bir sarhoş bile daha iyisini yapardı..." Adamı büyük bir öfkeyle yermeyi sürdürürken Lemprière yüksek sesle gülmeye başladı. "Yaptığı iş, iğneyi adamın kıçına sokmak, pantolonu yok etmek, başka bir şey değil–"

"Pantolon mu?"

"Pardon, gömlek diyecektim, ama ona da gömlek denirse. Bu sahtekârdan uzak dur, benim sana vereceğim öğüt işte bu."

"Haklısın," dedi Lemprière, hâlâ gülüyordu.

"Ah, John," diye sırtına vurdu Septimus. "Pek aklım başımda değil. Kusuruma bakma." Lemprière'in açık tuttuğu kapıya doğru yürüdü. "Buraya bir nedenle gelmiştim ama," dedi Septimus ayrılırken, "ama ne olduğunu unuttum, Tanrı cezamı versin."

Lemprière onu selametledi ve merdivenleri ikişer ikişer inişini gözledi. Kapıyı kapattı. Sonra gülmeyi bıraktı. Kaç dakika sürecekti? İki, üç dakika.

Lemprière ceketi sandalyeden aldı, içini dışına çevirdi ve sıkıca içine doğru sardı. Sonra üst katın merdivenlerini tırmandı ve kapıya yumuşakça vurdu. Bir sandalyenin çekildiğini ve ayak seslerinin yerde çabucak yürüdüğünü duydu.

"Tam zamanında..." dedi adam kapıyı açarken. "Bekliyordum... Ah." Terzi başını kaldırıp bakınca karşısında Lemprière'i görmüştü. Yüzünün anlatımı can sıkıntısından şaşkınlığa, sonra yine can sıkıntısına dönüştü. "Size daha önce de söyledim," dedi çabucak, "yalnızca pantolon. Şimdi eğer izin verirseniz..." ve kapıyı kapatacak gibi yaptı.

"Pantolon," dedi Lemprière, elindeki tomarı kaldırıp ayağını kapıya dayayarak.

"Çok meşgulüm!" diye bağırdı terzi.

"Pantolon!" Lemprière ceketini salladı. Sonra kapıya dayanıp itti. Terzi geriye düştü ve Lemprière odanın içine girdi.

"Çocuklarınız nerede?" diye sordu masumca. "Ve karınız?"

Terzinin sesi çıkmıyordu. "Yapmakla çok meşgul olduğunuz iş? İğneleriniz? İplikleriniz?" Ama terzi yalnızca somurtkan bir sessizlik içinde dikiliyordu.

Lemprière odada çevresine bakındı. Dar bir yatak, masa, sandalye, ötedeki duvara dayanmış kitaplar. Tıpkı kendisininki gibi bir odaydı.

"Kimi bekliyordunuz?" diye sordu, oysa terzi kendisini gecikmiş konuğuyla karıştırmış olduğu anda bu sorunun yanıtını anlamıştı. O kendisiyle aynı boydaydı, giysileri de aynı koyu giysilerdi. "Ne yapıyorsunuz?"

Bu yanıt masanın üzerindeydi. Sözlüğünün son maddeleri benzer bir sütunun yanında yığılıydı. Düzgün ve temiz bir kopyaydı. Lemprière bunlara sessizce baktı.

"Benim sözlüğümü kopya ettiniz," dedi. 'Terzi' başını salladı. "Hepsini mi?" Baş yine sallandı. Lemprière bir an düşündü. "İmzalar," dedi. "Nasıl yaptınız–"

"Onları boş bıraktım. Tarihleri de. Bunları neden yazılmış olduğunu anlamadım zaten."

"Yayın hakları, Bay Kopyacı," diye yanıtladı Lemprière keskin bir sesle.

"Hiçbir önemi yok, hiçbir şey fark etmez," diyordu kopyacı. Lemprière bu bilgiyi sindirdi, sonra taktik değiştirdi.

"İyi ödüyor mu bari, Bay Praeceps?" Septimus'un evine yaptığı bu ziyaret şimdi, Septimus'un kendisi için öyle olmasa da, olduğu gibi açıklık kazanmıştı.

"Yeterince. Buraya bakın Bay Lemprière." Adamın sesi içtenlikliydi. "Bir kopya çıkartmakta garip bir şey yok. Güvenceye almak için, demek istiyorum. Cadell'in yeri yangına dayanıklı değil–"

"Benim bilgim dışında mı? Gizlice mi? Benim arkamdan mı?" Sözlüğünü yazarken, tam yukarısına yerleşmiş bir kâtibin, kaleminden çıkan her satırı izlediğini, yazdığı her sözcüğü kopyaladığını düşünmek, onu çileden çıkartıyor, ama bunun nedenini kendi kendisine açıklayamıyordu. Bu eylem bir biçimde onu aldatmak için yapılmıştı. Lemprière her iki kâğıt sütununu da masadan toparlayıp aldı.

"Bunları niçin istediğini bilmiyorum." Kopyacı onu yatıştırmaya çalışıyordu, ama Lemprière sözlüğün son sayfalarını da kucaklayarak adamı itip geçti. Kapıyı çarptı ve merdivenlerden aşağıya hızla indi, aynı zamanda hem şaşkın, hem öfkeli, hem de merak içindeydi. Ama sonra kâğıtları ve rulo yapmış olduğu ceketini unuttu, şaşkınlığı azaldı ve öfkesi uçtu. Merakı, ertelenmiş ve şimdiden yarı unutulmuş bir merakın anısına dönüştü, çünkü Juliette tek başına kapısının önünde duruyordu.

Üzerinde krem rengi ketenden bir giysi vardı. Delikanlı bu giysiyi, Saint Martin Kilisesi'nin avlusunda, arabadan indiği o ilk günden anımsıyordu. O zamanlar, inanılmaz, dokunulamaz bir yaratık olarak görünmüştü delikanlıya. Bir hayal. Delikanlı yaklaşırken kız ona doğru döndü. Jersey'in tepeleri ve güneş altında yanan çayırları çok uzaklardaydı, o yaz, farklı bir çağdı. Kız oldukça güzeldi. Bu, değişmemişti.

"Geldiniz," dedi.

Kız yatağın üzerine oturdu. Delikanlı sandalyesine oturup ona baktı. İlkin dili tutulur gibi oldu. Başına gelen tüm olaylar içinde birikmişti. Yalnızca bir tekini özetleyecek olsa tüm o sel boşalacak, her ikisini de boğacaktı. Kız kendisine, kütüphanedeki o öğle sonrasını anımsattı, her ikisi de çabucak güldüler, sonra durdular bu anı bir giriş olmuştu. Kız onun çalışmalarından, sözlükten haberliydi. Delikanlı bunun son yapraklarını hâlâ eliyle kavramış olduğunun ayırdına vardı ve onları ceketiyle birlikte bıraktı.

"Bitti öyle mi?" diye sordu kız, delikanlı başını salladı. Her ikisi de yerlerinde dimdik oturuyorlardı.

"Eve dönebilirsiniz–"

"Evet, sanırım dönebilirim," diye düşünmeden yanıtladı. Kıza baktığında, onun yüzünde bir tür yalvarış gördü. "Benimle gel, benimle geri dön," dedi çabucak. Artık ne istediğini biliyordu. "İkimiz birlikte bırakıp gidebiliriz bu–"

"Hayır!" diye çözüldü kız. "Yapamam, bunun nedenini sana söyleyemem; bu nedenle geldim. Şimdi git, John, öylece bırak git."

"Baban–"

"Ne biliyorsun?" Birden tüm dinginliğini yitirmişti. "Söyle bana!" diye onu zorluyordu.

Lemprière şaşırdı. Walter'in kendisine söylemiş olduklarını anlattı, kızın gerçek bir tutuklu gibi yaşadığını, önceki gün arşivde, kızın içine düştüğü dehşet karşısında kendi algılarının söylediği şeyleri. Ama kendisi konuştukça kızın yüzündeki yalvarış ifadesinin vazgeçmişliğe dönüştüğünü gördü. Kızın başı düşmüştü.

"Vikont benim babam değil," dedi. "Ben yalnızca onun korumasındayım. Başka bir şeyi değilim."

"Öyleyse bırak, hemen bırak," diye zorladı kızı.

"Babamın kim olduğunu biliyor o," diye yanıtladı. "Yakında bana söyleyecek..." Kızın sesi umutsuzdu. "O zamana dek kalmalıyım, biliyorum, bana söyleyecek. Sonunda bana söylemek *zorunda*..." Bu tarzda konuşmayı sürdürdü, ama bunu birçok kez prova yapmış gibi, giderek kendi kendisine konuşuyordu. Sonunda sustu. Lemprière yine, kendisiyle birlikte Jersey'e dönmesi gerektiği konusunda kızla tartışmaya başladı. Juliette oturduğu yerde başını olumsuz anlamda sallıyordu.

"Bana nasıl bakabildiğini anlamıyorum!" diye patladı kız. Lemprière bir tümcenin ortasında durup kaldı. Yavaşça yanakları kızardı.

"Ben hiçbir şey bilmiyordum, çok sonraları öğrendim," dedi. "İnan bana, sana yalvarıyorum." Delikanlı başını öte yana çevirdi, zihninde iki imge karşı konulmaz biçimde yükseliyordu: babasının ölüm çırpınmaları içinde debelenen parçalanmış ve kanlı cesedi ve şimdi önünde oturan kızın gölcüğün içindeki çıplak bedeni.

"Ben sandım ki," diye başladı ve boğazını temizledi. "Bunun benim suçum olduğunu sandım, anlıyor musun? Bu yüzden yazdım bunu." Sözlüğünün son sayfalarını gösteriyordu. "Başka şeyler de oldu: De Verelerde, Coade'de..." Bu anılarla bir an için sustu. "Ama bu benim suçum değildi." Kendini toparlamıştı.

"Hayır," dedi Juliette.

"Köpekler, seni tanıyorlardı, kuşkusuz, ama babamı tanımıyorlardı. Belki benim yaptığım gibi hareketsiz yatıp kalsaydı, o zaman bu olmayabilirdi. Böyle şeyler oluyor, bunu anlıyorum ve sanırım olan biteni kabullenmek zorundayım..." Şimdi kıza kazayı açıklarken kendi kendisine konuşan oydu. Başını kaldırıp kıza baktığında onun yüz ifadesinin yine değişmiş olduğunu gördü. Juliette'in yüzünde korku ve aynı zamanda şaşkınlık vardı. "Ne oldu?" diye sordu delikanlı. "Yüzünden korku içinde olduğunu anlıyorum–"

"Anladığını biliyorum. Önemi yok," dedi kız çabucak.

"Ne var, o zaman?"

"Hiçbir şey," dedi kız. "John, seni burada tutan bir şey yok. Git, lütfen git." Kız ayağa kalkınca Lemprière de kalktı.

"Benimle gel," dedi delikanlı.

"Gelemem. Buraya nasıl geldiğimi anlamıyor musun? Geri dönmek zorundayım."

"Öyleyse, ben de gelirim."

"Hayır," dedi kız. Ama Lemprière saplantılıydı. Lemprière kendisinin ardından gelir gibi yapınca kız yine, "Hayır," dedi. Delikanlı karşı koymak için ağzını açtı ve kız onun ağzına kendisininkiyle kapattı. Kız onu öptü, sonra delikanlı kızın onu ileriye doğru çektiğini duyumsadı. Birlikte yatağın üzerine çöktüler.

"Tanrı cezanı versin." Kız delikanlının gömleğini çekiştiriyordu. Delikanlının eli kızın saçlarına takılmıştı.

"Tanrı ikimizin de cezasını versin," dedi delikanlı soluk soluğa. Juliette elini onun ağzının üstüne koydu.

"Evet," dedi.

Odanın içindeki hava ısındı, yavaşça her ikisinin üzerinde halkalandı. Kız iki kez, "Uyuyor musun?" diye fısıldadı. İki kez delikanlının onu mırıltıyla yanıtladığını duydu. Kız delikanlının yanında yatıyordu, hâlâ yarı çıplaktı. Kızın üçüncü sorusunda delikanlıdan yanıt gelmedi. Kız fısıldadı, "Gerçekten, nasıl bilmiyor olabilirsin?" Delikanlı uykusunun içinde yer değiştirdi. Juliette sessizce kalktı ve yatağın ayak ucunda durup ona baktı. Delikanlı dizlerini göğsüne çekmiş uyuyordu. Kız giysilerini toparlamaya başladı, ve delikanlı kımıldandı. Kız bir an olduğu yerde kaldı, sonra işine devam etti. Sessizce odadan çıktı, dışarıdaki sahanlıkta giyindi. Delikanlının bilgisizliği bir mucizeydi. Kıza verilmiş bir armağandı. Eğer babasının başına gelenlerin gerçekte ne olduğunu bilecek olsa, bu işin peşine düşmekten asla vazgeçmezdi. Ama yine de delikanlı bunu bilmiyordu ve kız merdivenlerden aşağıya sıvışmaya hazırlanırken kendi babasını –her kim idiyse– düşünüyordu. Onun adını kendisine saklamayı yeğleyen adam, Vikont, ortaklarıyla birlikte dışarıda bekliyor olmalıydı. Kızı onlara bağlayan şey ise kendi bilgisizliğiydi. Uyumakta olan bedene bir kez daha baktı. Onun bilgisizliği, diye düşündü, belki, yine de onu uzakta tutabilirdi.

Juliette inerken merdiven gıcırdadı, kız bir an karanlığın içinde dinleyerek kımıltısız kaldı. Sonra yoluna devam etti, evin kapısından sokağa çıktı, ikisinin ayrı türdeki bilgisizlikleri burada birbirinden ayrılmış oluyordu. Merdivenlerin en tepesinde, bir çift göz açıldı ve uzun bir bekleyişle tutulmuş durumda bir beden karanlığın içinde karıştı.

Lemprière soluk soluğa geriye düştü, tükenmiş, boşalmıştı. Kızın bedeninin kendisini onun bedenine uydurduğunu duyumsuyordu. Kızın soluğu yavaşladı. Kızın kendisine fısıldayan sesini duydu. Kız odanın sıcağından da sıcaktı. Pencerelerden hafif bir esinti geliyor, yavaşça her ikisinin üzerinde dolanıyordu. Kız yine fısıldadı, ama sesi bu kez daha uzaktı. Delikanlının kendi soluğu onunkiyle uyum içine girdi, onları nazikçe birbirlerine ve birbirlerinden uzağa, uykuya doğru salladı.

Merdiven gıcırtısının ona ulaşabilmesi için çok derinlere inmesi gerekmişti. Delikanlının gözlerini açtıran şey yalnızca bu ses değildi. Kızın yokluğu, delikanlının bedeninin ekseni boyunca duyumsanan bir tedirginlik olarak algılanmıştı. Bir dengesizlik, kolunu atıp kızı ararken görülen bir düştü. Bu düş gerçek olacak ve soluğu tutulacaktı. Gözleri açılırken delikanlı kızın gitmiş olduğunu biliyor olacaktı. Sonra yerinden kalkacak ve pencereye koşup kızı köşeyi dönmezden önceki an içinde görecekti. Sonra delikanlı kendine geldiğinde kız gitmişti.

Lemprière ceketini üzerine çekti ve botlarını giydi, merdivenlerden yarı koşarak, yarı yuvarlanarak, yarı giyinik, yarı uyanık durumda indi, Southampton Sokağı'ndan aşağıya, kızın arkasından tökezleyerek koştu, Strand'ı döndü ve dolunayın saçtığı yarı aydınlıkta kızı yüz metre kadar uzağında gördü, ay ışığı kızın giysisini ağartıyor, krem rengini parlak aka dönüştürüyordu, boş sokaktan aşağıya koşan delikanlı için hareketli bir işaret ateşi gibiydi. Kız bir kez daha kaçmıştı. Sabahın ilk saatleri olmalıydı. Ay doğu göğünde alçaktaydı; esinti şimdi biraz daha güçlenmişti. Kız döndü, delikanlıyı gördü ve koştu. Merdivenlerin tepesindeki gövde, karanlığın içinde yavaşça doğruldu ve her ikisinin ardından merdivenlerden aşağıya inmezden önce ağrıyan kol ve bacaklarını ovuşturdu.

Lemprière ak alçı kemerlerin ve yay kenarlı pencereleri, parmaklıkların ve ay ışığının düşürdüğü gölgelerle çukurlaşan tuğla duvarların önünden koşarak geçti. Delikanlı kızın ardından koşarken alçak çöp yığınlarına takılıp sendeledi, pazar yerinin daha büyücek döküntü tepelerinin çevresinden dolandı. Kız önü sıra koşuyordu, delikanlı döndüğü her sokakta onu yeniden görüyordu, sonunda kız bir köşeyi döndü ve sonra kendisi de o köşeyi döndüğünde, sanki sokaklar kızın görüntüsünü her yitirişinde daha da uzuyorlarmışçasına kız hep daha uzakta olacaktı. Juliette, kentin batısına doğru zikzaklanan dar sokaklardan ve geçitlerden geçti, sessiz yapılar, çevrelerinde yükselirken delikanlı, yaklaşarak, geri kalarak hep onun ardındaydı. Delikanlı Cockspur Sokağı'nın köşesini döndüğünde kızı yitirmiş olduğunu sandı. Haymarket'e gelmişti ve çevredeki kent sakinleri o saatte yavaşça ortaya dökülmeye başlamışlardı. İçlerinden hiç birisi o değildi. Opera Binası'nın geniş merdivenleri sağındaydı, sonra arkasında bir kapının kapandığını duydu. Delikanlı döndü, ama hiçbir şey görmedi. Durdu, birkaç adım geri gitti. Tiyatronun yanında dar bir sokak vardı. Kapkara bir sokaktı. Lemprière bu geçitte elleriyle duvarları yoklayarak ilerliyordu. Birden duvarın taşları aralandı, delikanlı itince bir kapı yaylanıp açıldı. Genç adam içeriye girince kendisini sola ve sağa kıvrılan bir koridorda buldu. Tek bir yönden ölgün bir ışık geliyordu. Lemprière arkasındaki kapıyı kapattı ve bu ışığa doğru yürüdü. Yaklaştıkça durgun bir uğultuya dönüşen alçak tonlu bir ses duydu. Koridor uzun bir yay çizerek kendisini bir dizi merdivenin dibine getirmişti. Ses burada daha güçlüydü, bir bağrışma ve çığlık kakafonisiydi. Bir perdeyi yana çekti, gözlerini eliyle gölgeleyerek başını arkaya attı.

Dinleyici salonu ışık içinde yanıyordu. Sıraların arasına ve sahneye yağ lambaları ve mumlar sıralanmıştı. Delikanlı salona yandan, orkestra çukuru ile ilk sıradaki koltuklar arasındaki boşluktan girmişti. Salon inip kalkan bir kostümlü insan kitlesiyle, bağrışan, birbirlerine küfürler savurarak, ileri geri kabarıp duran, koltukların üzerinden ve arasından güçlükle tırmanan, sahneyi ve orkestra çukurunu büyük bir karmaşa ve çekişmeyle dolduran bedenlerle dolup taşıyordu. Kılıçlar ve mızraklar sallanıyordu; kakafoniye dönüşmüş bulunan gürültüler kulakları sağır edici düzeydeydi. Lemprière şişelere, yapay silahlarına yapışmış ve birbirlerini kavramış şamatacılar kendisine doğru yaklaşır ve uzaklaşırken duvara yaslanıp büzüldü. Bu sendeleyen sürüye bakıyor, ama kimse kendisini görmüyor gibiydi. Juliette'e gelince, kızdan hiçbir iz yoktu.

Geride kaldı ve önündeki sahnede bir tür düzen bulunduğunun ayırdına vardı. İlk önce bunu gruplara ayrılmış bir maskeli balo olduğunu sanmıştı. Herhalde nazik konuşmalar ve güler yüzle maskelerin çıkartılmasıyla ve *kibarların* tüm o alışılmış tavırlarıyla başlamış, ama yanlış giden bir şeyler olmuş, geleneksel tavırlar şişelere yenik düşmüş, iğneli sözler kötü sözlere indirgemiş, mantıklı kuşku yerini deliliğe bırakmıştı. Herkes karnaval kılığı –kara ya da ak ketenden geniş bol büzgülü giysiler– içindeydi, yüzlerinde göz ve ağız delikleri bulunan kaba tahta maskeler takmışlardı. Uygunsuz kavga çukurda, kara giysililerle ak giysililer arasındaydı, şişelerle savaşanlar her iki renge de beceriksiz darbeler savuruyorlardı. Delikanlı onları izlerken, birkaç kara giysili arkalarını dönüp kaçmaya başlayınca ak giysililer onları zararsız kılıçlarla (tahtadan mı, diye merak etti delikanlı) vurarak sürdüler, kara giysililer salona doğru gerilediler, burada, yükselen sıraların en önünde kollarını kavuşturmuş, kara giysili bir adam duruyordu. Bu, bir devdi.

Delikanlı yine Juliette'e bakındı, ama kız ne dinleyici salonunda, ne orkestra çukurunda, ne de, ak giysililerin biriktiği (içlerinden bazıları aşağıdaki kargaşayla hiç de ilgili gibi görünmüyorlardı) sahnedeydi; ak giysililer gerilemeye başladığından, delikanlı şimdi sahneye doğru sürükleniyordu. Tedirgin bir ateşkesle herkes yerinde kaldı. Kara giysililer, ilk sıradaki koltukların önünde dizeleri bağırarak bir arada şarkı söylemeye başladılar. Ak giysililer de sahnenin kenarında aynı şeyi yapıyorlardı. Onların da kendi devleri vardı, onları kara giysililerinki kadar büyük olmayan bu dev yönetiyordu görünüşe göre, sonra Lemprière kendisini eller üzerinde havada buldu, sahneye, deve doğru taşınıyordu, dev tahtadan uzun bir kılıcı onun ellerine tutuşturup, sırtına bir şaplak attı, ötekiler kendisini kollarından tutup sahneden orkestra çukuruna fırlatmazdan önce neşeyle bağrıştılar, bu sırada delikanlı umutsuzca çırpınıyordu, pembe ceketi içinde gösteriye girmiş olduğunun kesinlikle ayırdındaydı, hâlâ neşeyle çığrışan destekleyicileri, ona meydan okuyan ve elinde tıpkı kendisininki gibi tahta bir kılıç tutan kara giysililerden birinin delikanlının önüne dikilmesini görebilmek için başlarını kaldırıp baktılar, ancak meydan okuyan dev kılıcını aralarında yatan bir sandalyenin üzerinden fırlattı, çelik kılıç parıldayarak yere on beş santim içeri girerek saplandı. Taklit sahnenin tüm dekor ve yapaylığı ortasında, bu gerçek bir kılıçtı ve kendisine meydan okuyan adamın boynuzları vardı, maskesinin içindeki ağzı açılıp, karısı tarafından aldatılan adamın meydan okuyuşuyla böğürdü. "Paris!"

Lemprière ayağa kalktı. Bir an elindeki tahta kılıcı adama doğrulttu, sonra, "Buna inanabilmek için deli olmalıyım," diye düşündü. Menelaus ilerledi. Lemprière elindeki yapay kılıcı atıp sahneye tınmandı, kara giysili dev kendisini bir korkak ve yumuşak bir tecavüzcü olmakla suçlayıp azarladı, ama Lemprière onun bu hareketlerini duymazdan gelip kalabalığı ite kaka sahnenin gerisine gidip ekibindeki Truvalıların maskelerini çıkartmaya başladı. Ruja bulanmış, boya ve macunla lekelenmiş, çiçek bozuğu yüzler, dişsiz ağızlar ve içkiden yuvalarında dönüp duran gözlerle karşılaştı. Bu yapay görüntünün boyalarını sıyırmaya çalışırken bile yere saplanmış bulunan kılıcı düşündü. "Beni sisten bulutuna sarıp güvenliğe ulaştıracak Afrodit nerede?" diye meraklanıyordu. Ama bu sorunun yanıtı bir saat ve bir mil geride, odasındaki dar yatağında, kendisine ilk kez olarak ve sonsuza dek, onun da kendisi gibi et ve kandan yapılmış olduğunu göstermişti, ama eğer bu da bir hayal değilse. Bağırdı. Bağırdı, "Juliette!" Ama sesi gürültüde boğuldu ve hiç kimse bu ada sahip çıkıp arkasını dönmedi.

Arkasında, ak giysili Truvalılar yine öne doğru ilerlediler, kara giysili Yunanlılar koltuk engellerine takılıp geriye devrilirken saldırganlarına boş şişeler ve tahtadan mızraklar fırlattılar. Truva'nın Önder'i, Lemprière'i azarlayan Hektor, öne atıldı ve Yunanlılara saldırmaya başladı, birini karşı duvara, ötekini omuzlarının üzerinden, bir üçüncüyü de kendi arkadaşlarına doğru savurdu. Kara dev yerinden kımıldamamıştı, kara kara düşünen bir Aşil'di, kendisini çevresi sarılmış durumda bulan

Hektor geriye, sahnenin önüne dek geriledi. Bu karşı saldırının yürekli önderini yakalayıp boğazını sıktı, adam sonunda yere çöküp kımıltısız kaldı. Kara giysili Aşil sonunda harekete geçti. Ak giysili savaşçıları elleriyle iki yana savurarak, Truva saldırılarını etkisiz bırakarak, sahnenin önünde bir aşağı bir yukarı koşan Hektor'a ulaştı. Öne arkaya sallanan, Tanrıların katından inme Olimpos'lu trapez oyuncuları, ona ayağa kalkmasını ve savaşmasını fısıldadılar. Bu öğüt yerine getirildi, bu, bir yanlıştı. Aşil onu yakaladı ve tek bir korkunç darbeyle yere savurdu. Salon boşaldı, bir tekerleği arızalı ve ucuz malzemesinin üzerindeki yaldızlı boyaları pul pul kalkmış bir savaş arabası çeken iki pandomim atı hızla ilerledi, bu araba Aşil'in ağırlığı altında dağılıyordu, adam Hektor'u salonun çevresinde sürükleyerek dolaştırdı. (Truvalılardan acı yüklü ulumalar yükseliyor ve Hekabe'nin[1] göğsü yarılıyordu.) Aşil yoruldu, durdu ve bir şişe açtı, bu arada sahnede Paris, Helen'in sahne gerisindeki perdeye doğru kaçmakta olduğunu gördü ve uğultuların üstünden bağırdı "Juliette!" Kız başını geriye döndürdü ve delikanlı Truvalı cesetleri bir yana itmeye çalışırken omzunun üstünden "Geri dön!" diye bağırdı.

Böylece kovalamaca yine başladı. Sahne gerisinde, sahne donanımı görevlileri parçalanmış savaş arabası üzerinde son hızla çalışıyorlardı. Pandomim atları ortalarından ayrılmıştı. İçlerindeki kişiler yüzleri kızarmış ve ter içinde kendilerini soğuk keten bezlerle kurulayıp birayla rahatlatmaya çalışıyorlardı. Kostümler, parlak pamuklu kumaşlar, tüller, hayvan kafaları ve inandırıcı olmayan kalkanlar, zemin üzerinde her yere saçılmış durumdaydı. Delikanlı başını kaldırıp bakınca tavanın kapı boyunca uzandığını gördü. Yukarıdan ipler ve makaralar sarkıyordu, sallanan merdivenler başının otuz metre kadar üzerindeki gevşek sahanlıklara ve iskelelere uzanıyordu. Dağınık sahne parçaları havada, orta yerde asılı kalmışlardı: Bir zafer takı, bir dağ, birkaç ağaç, mavi-beyaz boyalı düzensiz tüplerden oluşan ve döndürmek için bir kolu bulunan bir aygıt, delikanlı bunun deniz olduğunu tahmin etti.

---

[1] Hekabe: (Yun. Mit.) Truva kralı Priam'ın karısı, Hektor, Paris ve Kassandra'nın annesi; Truva savaşı sırasında çocuklarının hemen hepsini yitirdi. (Çev.)

Juliette donanımların tepesine çıkmıştı bile, yüksek gölgelerin içindeki ufacık ak bir parıltıydı. Delikanlının bakışları altında, dama çıkan bir kapağı açtı. Delikanlı kare biçimli bir gece göğü gördü, kızın silüeti bu fon üzerinde belirdi ve sonra kapak kapandı. Lemprière kızın ardından merdivenlerden çıkmaya başladı. Yarı yolda durdu, aşağıya baktı. Zemin düşündüğünden daha uzakta kalmıştı, çok uzaktı. Tırmanışını sürdürdü, ağır ağır sahanlıkların en yükseğine ulaştı, sonra iplerinin üzerinde özgürce sallanan bir iskelede yürüdü ve tavan kapağına ulaştı. Kapağı itip açtı, kendisini delikten yukarıya çekti ve soluk soluğa sırtüstü uzandı. Gök, yıldızlar, gece. Delikanlı Opera Binası'nın damına çıkmıştı.

Ilık bir rüzgâr esiyordu. Yassı dam önünde otuz beş, kırk metre uzanıyordu. Yağmur çinko kaplı damın üzerine yer yer tuz artıkları bırakmıştı, ay ışığı ve havanın oksidi birleşip damı ağartmış, neredeyse beyaza kesmişti. Delikanlı damın gerisinde duruyordu, önünde uzanan yassı yüzey garip tümsekler, bir tür garip yaratıklarla noktalanmıştı. Yirmi, belki de otuz tane vardı bunlardan. Kaplumbağalar kendisinden en uzak noktadaydı, tek bir yaratık alçak parapetin üzerinde şaha kalkmıştı. Bunlar, en azından göğüs yüksekliğinde kocaman şeylerdi. Kendisi sayılmazsa, sahne kımıltısızdı. Yine "Juliette!" diye bağırdı. Bir an hiçbir yanıt gelmedi, sonra damın öteki yanında bir insan biçiminin doğrulduğunu ve kendisine doğru geldiğini gördü.

"İyi geceler, Lemprière! Bana ait olan bir şey için geldin," dedi insan biçimi yaklaşırken. Bu Vikont'tu. Botları çinkonun üzerinde gümbürdüyordu. Lemprière yan yan geriledi.

"O sizin değil," diye yanıtladı, "Bana söyledi... Siz onun babası değilsiniz." Vikont daha yaklaştı.

"Doğru, Lemprière, çok doğru..." Kendi kendine kısaca güldü. "Burada söz konusu olan o değil. Ondan daha önemli bir şey çekiyor ilgimi, ele geçirilmesi çok daha zor olan bir şey." Durdu ve ikisi karşı karşıya bakıştılar, aralarında hâlâ metreler vardı. Ay ışığı Casterleigh'in yüzüne, yüz çizgilerini değiştiren gölgeler düşüyordu. Delikanlı Juliette'i arıyordu, yalnızca onu. Başka ne vardı ki?

"Senin hissen, Lemprière! Senin Şirket'teki dokuzda bir hissen!" diye onun yüzüne karşı savurdu bunu Vikont. Delikanlı köpeklerden söz ettiğinde Juliette'in yüzünün aldığı biçimi görür gibi oldu: Şaşırmış, çok korkmuştu. "Babanın aradığı şey," diye böğürdü Vikont.

"Babam!" diye soluğunu tuttu delikanlı.

"Baban, büyükbaban, onun babası ve ondan önce, onun babası, hepsi. Hepsi de senin aradığın şeyi aradı. Onları ne denli hızla kesip atarsak atalım, yeniden türediler. Hepsi, Lemprière. Ve senin baban... Bunun bir kaza olduğuna gerçekten inandın mı?"

Lemprière yerde alçaktan koşan köpekleri düşündü, dönüp kaçmaya çalışan babasının üzerine atılışlarını, babasının havaya kalkan kolunu, döne döne yuvarlanışını...

"Hepsi de kaza mıydı, Lemprière?" Vikont ona doğru ilerliyordu.

"François bile mi?" Casterleigh olduğu yerde durdu. Lemprière geriledi. Şimdi sırtı parapetlerden yana dönüktü. Vikont yine ilerledi. İri gövdesi Lemprière'in tepesinden bakıyordu.

"Her şey sırasıyla yapıldı," dedi ve öne doğru bir hamle yaptı. Lemprière geriye düştü. İlk kaplumbağa baldırlarına çarptı. Toparlanıp kalktı ve Vikont yine hamle yaptı. Kurbanının ardından umursamazca geliyordu, kaplumbağaların çevresinden dolanıyor, Lemprière'i parapete doğru yöneltiyordu.

"Bu kez sıra senin Lemprière." Kısa bir hançer çıkarttı. Lemprière yine geriye doğru bir adım attı, başını silkti. Babasının mektubundan bazı parçalar geliyordu aklına. *Eğer benim bu dünyadan göçüşüm, atalarımızın ölüm biçimleri tarzında olduğu takdirde... kuşkular ve yanıtlanmamış sorular. John, bu kuşkuların peşine düşme...* Vikont yine üzerine geldi. *Merakın yatışmayacak.* Parapetin arkasına çok yakın olduğunu duyumsadı, onun ardında ise yalnızca düşüş vardı, *intikam duygun asla yasal bir doyuma ulaşamayacaktır.* Aptal, diye kendi kendisine küfretti. Hançer önünde bir yay çizerek onu gerilemeye zorladı. Delikanlı geriledi ve artık daha öteye gidemeyeceğini bildi. Vikont sırıttı ve yine hançeri salladı. Lemprière sıçradı, parapetin üzerine çıktı. *Kâğıtlarıma gelince, yak onları.* Aptal! Casterleigh son kez ona doğru bir hamle yaptı, bıçak yüzünden bir santim uzaklıktaydı, delikanlının ağzı konuşmak ister gibi açılıp kapanıyordu; parapet ayağının altından kaydı, ağırlık merkezi bedenini terk edip arkasına geçmiş, otuz metre aşağıdaki taşlara doğru hızla yol alıyordu. Delikanlı sırtüstü boşluğa yuvarlanıyordu. Yitirmişti ve ölecekti, tüm öteki Lemprièreler gibi ve eli boş olarak, çünkü o son Lemprière'di.

Ve Casterleigh'in yüz ifadesi donup kaldı.

Lemprière, bundan sonra olup bitenleri öğelerine ayırarak üzerlerinde bir çok kez düşünecek, ama hiçbir zaman, sıralamalarını tam olarak yaptığına emin olamayacaktı. Önce arkasında yüksek, sağır edici ve aşağıdan yükselen bir hava akımı duydu. Casterleigh'in, sanki bir darbe yemiş gibi sallanarak geriye doğru devrildiğini gördü, adamın gözleri kendi başının üstündeki bir noktaya odaklanmıştı. Ağzına tuz tadı geldi. Sırtında sert bir el duyumsadı, bunun bir el olduğuna emindi, olağandışı bir güçle kendisini öne doğru itiyordu. En garibi ise yanık kokusu almasıydı.

Ama rüzgâr esmiyordu ve kimse Vikont'u itmemişti. Tuz? Kendi ağzı tükrükle doluydu, korku yüzünden olduğunu tahmin etti. Hiçbir şey yanmıyordu ve sırtındaki el, o bir *eldi,* bundan oldukça emindi ve yine de bu nasıl olabilirdi? Tanrı'nın eli mi? Parapetden yukarıya büyük bir güçle uçmuştu. Baş aşağı inerken dam, erimekte olan, ince, hafif bir sis gibi dağılan, kocaman bir çinko plakası gibi onunla buluşmak üzere yükselip görüş alanını doldurmuştu, derken Vikont, onun ardında kaplumbağalar, onların dam kapağı ve hatta gökyüzü emilip gitmiş ve onların yerini önce ak, sonra gri ve sonra kara olan çinko almıştı.

John. Eller boynuna sarılmıştı, onu öne, yukarıya doğru çekiyordu. *İzle onları...* İki yanağına vurup duruyorlardı. O da vurmaya çalıştı.

"John." Gri dalgalar geriye yuvarlanıyor, aydınlanıyordu. Kendisine vurduklarına göre uyuyor olmalıydı, böyle düşündü.

"John! Uyan!" Griler keskinleşiyordu. Yukarıya baktı ve kendi yüzünün üzerinde bir yüz gördü. Baş aşağı duruyordu. İnledi ve başını kaldırmaya çalıştı. Tokatlar durdu.

"Ayağa kalk, Tanrı aşkına. Gitmemiz gerek, haydi John!" Bu, Septimus'tu.

Tiyatronun yanındaki dar sokakta yatıyordu. Septimus yanında çömelmişti.

"John, gitmeliyiz! Ayağa kalkmak zorundasın." Kalkmaya çalıştı. Başı dönüyordu.

"İyi, şimdi kımılda."

"Septimus, sen burada ne... Buraya nasıl geldin?" Alnını ovuşturdu. Alın kemiği yumuşamış gibiydi.

"Senin yanından ayrılırken kızın geldiğini gördüm, merdivenlerde bekledim–"

"Juliette! O nerede?"

"Bilmiyorum. Her ikinizi de izledim, seni damın üzerinde yatarken buldum... Bununla oyalanacak zamanımız yok. Bak." Geçitten yukarıya, Haymarket'e doğru işaret etti, Lemprière orada, düzenli çeteler halinde, birbirlerine bağırarak, toplanarak, bir araya gelerek yaklaşan gruplar gördü. "Kent ayakta, görmüyor musun? Şimdi, gel haydi!"

Lemprière'in daha önce geçtiği tüm sokaklardan geri döndüler. Ama delikanlı şimdi önünden kaçan tek bir kız yerine, ellerinde sopalar, meşaleler taşıyan, yüzlerinde garip boyalar olan ve "Farina" diye bağıran kadın ve erkek grupları görüyordu. Birbirlerine çarparak, karışarak ve birleşerek her yönden akıyorlardı. Ama genelde doğuya yönelmişlerdi. Septimus'la birlikte yol alırken, zihni yerine gelmeye başlayan Lemprière arkadaşını garip garip süzmeye başlamıştı. Oradan uzaklaştıkça Septimus daha önceki amaçlı ve zorlayıcı tavrını yitirmeye başlamıştı, Strand'dan aşağıya inerlerken, ayak takımı kalabalığından uzaklaşmaları için acele eden Lemprière oldu. Zarar görmeden Southampton Sokağı'na vardıklarında, Lemprière, Septimus'u sokak kapısından içeriye ve odasına doğru yöneltti, arkadaşı burada, bir içtepiyle buralara kadar gelmiş de, artık daha öteye gidemezmiş gibi çöktü.

Açık pencereden ılık bir rüzgâr esiyor, masasının üzerinde yatan broşürlerin sayfalarını hışırdatıyor, delikanlının ayrılışından beri odanın içinde serilen havayı döndürüyordu. Juliette'in ve kendisinin kokusu birbirine karışmıştı, bu ağır koku dağılmaya başlıyordu. Sokaktan garip bağırışmalar ve kaldırım taşları üzerinde hızla ilerleyen ayak sesleri geliyordu. Septimus dağınık yatağa çökmüştü. Lemprière odanın içinde gezindi, ara sıra derin düşüncelere dalmış görünen Septimus'a bakışlar fırlatıyordu.

"Demek merdivenlerin başında bekledin ha?" diye sessizliği bozdu en sonunda. Septimus dirseklerine dayanıp doğruldu ve bezgin bir tavırla başıyla onayladı. "Kopyacının kapısında mı?" Septimus şaşırarak başını kaldırıp baktı, sonra kabullendi ve başını salladı.

"Niçin?" diye sordu Lemprière. "Eğer sözlüğün kopyalanmasını istiyorduysan, bunu gizlemek yerine kolayca bana sorabilirdin." Septimus konuşmak için ağzını açtı, ama beriki susması için elini kaldırdı. "Demek bekledin ve benim peşimden geldin ve sanırım tüm pandomimi izledin. Tüm bunlara inanmam mı gerekiyordu? Paris olduğumu sanmam mı geriyordu? Ben deli değilim, anlıyor musun?" Septimus'un tepesine dikilmiş duruyordu, adam ondan kurtulmaya çalışıyordu, ama Lemprière'in söyleyecek sözleri vardı ve sonuna kadar gitmeye niyetliydi. "Bunların hepsi bir düzendi, değil mi? Bu gece tiyatroda ve daha önce..." Zihni geriye doğru hızla yol alıyordu, birden sesine bir soğukluk ve kesinlik egemen oldu. "Coade'ye gideceğimiz gece neden geç kaldın?" diye sordu. "De Verelerde bir çukur kazılmasını ve bir bataklığın ortasına bir vinç konulmasını gözetliyordun değil mi? Haydi Septimus, haydi. Bir drenaj projesiyle ilgileniyordun demek, öyle mi?"

Ve sonra Septimus'un açıklamaları karmakarışık olmaya başladı: Juliette, Lemprière'de bir saplantı olmuştu, kendisinin bir şeyler yapabileceğini düşünmüştü. Coade'deki gece mi? Geç kalmıştı, aklından çıkmıştı, unutmuştu, çok geç gelmişti ve çukurla vince gelince, bu konuda bir şey bilmiyordu. Yalnızca Kont'a birisini önermişti, eğer bu adam düzenbazın biri çıktıysa, bunun için üzgündü, ama hepsi bu kadardı. Septimus bu açıklamaları sıralarken toparlanmaya başlamıştı. Doğrulmuş ve soruları sırasıyla yanıtlamaya başlamıştı. Ama doğaçlama yapıyordu. Yanıtlarını, Lemprière'in kuşkulu kulaklarına ulaştığı anda biçimlendiriyor gibiydi ve bu yanıtlar zayıftı. Delikanlının önceden bildiği Septimus, kendisini inandırıncaya dek işi kaba gürültüye ve zorbalığa getirirdi. Ama şimdi belirsiz ve duraksamalı bir havası vardı, sözlerinin ortasında duruyor ve Lemprière'in sözlerine inanmadığını belli eden homurtularına karşı taktik değiştiriyordu. Önündeki konulara zihnini yoğunlaştıramıyor gibiydi. Bu durum Lemprière'in dengesini bozdu. Arkadaşına neredeyse bağırmaya başladı.

"Ne oluyor sana? Haftalardır bu durumdasın, hatta daha öncesinden beri..." Taş-Yiyen'de, ufak zararsız alevler çevresini sarınca Septimus'un nasıl korkmuş olduğunu anımsadı, adamın tüm bedenini bir korku sarmıştı. Sonra, ondan önce, kahvehanede, ardından Septimus olmayan bir kabuk, bir kılıf bırakmışçasına kayıp gitmişti sanki. Daha sonra kendisiyle bu kılıf konuşur olmuştu.

"Ben... Ben pek kendimde değilim John, bu doğru. Seni orada bırakmalıydım, ama buraya, geri getirmeyi istedim. İşte, seninle sık sık burada buluşuyorduk, bu odada. Düşündüm ki bu geceden sonra..." Sustu ve ayağa kalktı. "İstediğini düşünebilirsin. Senin tehlikede olduğunu düşündüm ve böylece seni izledim. Bizim arkadaş olduğumuza inanıyordum. Arkadaş sayılırız, değil mi?"

"Casterleigh beni öldürmeye çalıştı," dedi Lemprière. Bunu söylerken Septimus'a sırtını dönmüştü. Ay yükselmişti, ışıkları pencereden masasının üzerine düşüyordu. Rüzgâr artmıştı. "Beni damdan aşağıya atmaya çalıştı." Önündeki sayfalar uçuşuyordu.

"Kızı yüzünden," dedi Septimus arkasından. "Sana söyledim."

"Hayır," dedi Lemprière. "Onun kızı değil o ve nedeni de o değildi. Seninle ikimizi ilk olarak bir araya getiren nedendi." Septimus arkasında kımıldadı. "Anlaşma," dedi. "George yanılıyormuş meğer. Bu anlaşma hâlâ geçerdi, nasıl olduğunu bilmiyorum, ama öyle. Bu anlaşma bizim, tüm Lemprièrelerin üzerindeki bir lanet olmuş hep. François için bile. Onlar kaçtıktan sonra kendisini aldatıp hissesine el koymaya çalışmışlar sanırım."

Rüzgâr arttı ve önündeki broşürlerden birinin ilk sayfasını açtı. Ay parıldadı ve ay üzerinde parlarken metnin iki yanı bir an için birbirine girmiş gibi göründü. Delikanlı François ve Thomas de Vere'i, onların kuşatmadan sonraki rastlantısal buluşmalarını düşünüyordu. Alice de Vere'le karşılaşmasından anımsadığı dördüncü Kont'un günlüğündeki not geldi aklına. Kadının aptalın, delinin biri olduğunu sanmıştı, tıpkı yüz elli yıl önce kadının atasının kendi atası hakkında düşündüğü gibi. Thomas de Vere, François ile olan buluşmasından kulaklarında François'in verdiği söz çınlayarak ayrılmıştı: "... bana yakında kendisinden başka herkesten zengin bir adam olacağımı söyledi, çünkü benimle bir anlaşma yapmıştı ve buna sadık kalacağını söylüyordu." Dördüncü Kont bu sözcükleri umutlarına sıkı sıkıya sarılarak yazmıştı, bununla birlikte yine de, "Bu sözler deliliğe benzer bir öfkeyle söylenmişti..." diye not etmeyi unutmamıştı. Ve sonra François ortadan yok olmuştu.

Lemprière, Casterleigh'in damdaki sözlerini düşündü. François'yı bulmuşlar, onu susturmuşlardı ve o ardında kanıt olarak verdiği bu sözü bırakmıştı. Şirket'in dokuzda biri Lemprièrelerindi ve hepsi birer birer bunun peşine düşmüşlerdi, babası bile, kendisi bile. Her biri teker teker François ile aynı kaderi paylaşmışlardı. Bu servet bir yerde, bir biçimde var olmayı sürdürürken gerçek sahipleri onun izini sürme uğruna ölüp gitmişlerdi. Son gizem bu muydu? Yatırımcılarla Lemprièreler arasındaki kan davasının nedeni bu muydu? Bu, yeterli değildi. Ne babası için, ne de babasının babası için, hiçbiri için yeterli olmamıştı. François için de yeterli değildi:

"Kendisine öteki tüccar dostları için hâlâ yas tutup tutmadığını sorduğumda –çünkü son katliamdan bu yana birkaç ay geçmişti– beni, hayır, diye cevapladı, çünkü henüz yaşıyorlardı, ötekilerle birlikte yanıp ölmüş olsalardı bile cevabı yine hayır olacaktı, çünkü yavrularını yiyen kuşlardan nefret ettiği kadar, belki de daha fazla nefret ediyordu onlardan. Bu sözler deliliğe benzer bir öfkeyle söylenmişti..."

Delilik. Kuşatmada olan bir şey. Rüzgâr biraz daha sert esti ve önündeki masanın üzerindeki dördüncü broşürün sayfalarını, Asiaticus'un sözlüğünün son harflerini döndürmeye başladı.

"*X*, kendisi güvenlik içinde ordularının ardında dururken, Greklerle savaşmalarından önce, 'Bu topluluktan kaç kişinin geriye döneceğini kim söyleyebilir?' diyerek yapay gözyaşları döken *Xerxes* için. Bu adam onların akıl hocasıdır..."

Akıl hocaları, aptal kuşlar, ordularının ardında güvenlik içinde duran krallar. Yıllar geçtikçe kârlarını üst üste katlayan Şirket, bir yerde istiflenen engin bir servet. Güneş ışıklarından sıcağı emen ay daha da parladı ve masasının üzerine dondurucu ışınlar attı. François için yeterli olmamıştı:

"Eski arkadaşları olan öteki sekiz tüccara kötülük etmekten söz ettiğini sanmıştım, ama o yalnızca onların kâğıtlarını işaretlemekten ya da işaretli kâğıtlara sahip olmaktan söz ediyordu, kendi aksanıyla *seni işaretliyorum*, diyor ve göz kırpıyordu. Bana gelince *sükunetimi* muhafaza ettim ve başka şeylerden, mesela ikinci sınıf yazarların Şirket'e yaptığı acımasız saldırılardan konuştuk..."

"Yahudilerde bir ad vardır. Buna *Yom Kippur* derler, işte benim 'Y'm budur, bunun anlamı İsa'nın insanların günahlarını ödemek için öldüğü gündür ve bu onların da ölüm günüdür, bugün onların hepsinin üzerinedir..." Zarar vermek, öc almak, günahlarını ödemek için ölmek. Ne için? Hırsızlıkları için mi? Bu yeterli değildi. Dahası olmalıydı, yatırımcıların servetinin ötesinde bir şey, üzerlerine ay ışığı düşerken yavaşça yuvarlanan sayfaların üzerindeki sözcüklerin ardında bulunan daha önemli bir şey ve yanıt karşısına dikilip ona baktı. Sonra bunun ne olduğunu anladı.

Ay ışığı sayfaların arasından akarken dördüncü broşürün sayfalarının, Thomas de Vere'i o denli şaşırtan 'işaretli kâğıtlar' olduğunu kavradı. Lemprière sayfaları ışığa doğru tuttu ve birer birer çevirdi. Bu sayfaların her birinde bir filigran, kaba bir yeni ay vardı.

"Önemli olan para değildi," dedi, yarı kendi kendine, yarı Septimus'a. Lemprière filigrana baktı. Önündeki bu simgenin niteliği kendi gizini açıklıyordu. Delikanlı bunun ne olduğunu anlamıştı, iki kez görmüştü bu simgeyi: geniş bir bayrak ve katı bir amblem olarak, hem büyük hem de ufak olarak. İkisi arasındaki ilişkiyi gözden saklayan şey yalnızca ölçekleriydi.

"Septimus," dedi arkasındaki kişiye. "Çekmecemde bir yüzük olacak ve yanında büyük bir kitap var. Lütfen getirebilir misin?.." Bu kişinin arkasında, odada dolaştığını duyuyordu. François'in yüzüğünü alıp filigranın yanına tutunca, yüzükteki pürüzlü 'C' işaretinin Asiaticus'un broşüründeki filigranda yinelendiğini gördü, o anda zaten bundan emin olmuştu. François ve Asiaticus aynı kişiydi. Onların nefreti aynı nesneye yönelikti. Septimus önündeki masada duran kitabın sayfalarını çeviriyordu. Babasının ısmarlamış olduğu ve Ebenezer Guardian tarafından derlenip iple bağlanan ve sonuçta Lemprière'in kendisi tarafından toparlanıp eve getirilen Fransa'nın batı kıyılarındaki limanların planları kendilerini ortaya koyuyordu: Le Havre, Cherbourg, Brest, Lorient, Nantes.

"İşte." Delikanlı ötekinin elini engelledi. Aynı simge, daha büyük olarak yine belirmişti. Pürüzlü yeni ay bir limanın dış çizgileriydi, çemberdeki kırık ise bu limanın ağzıydı. Lemprière bu planın üzerindeki adı okurken, broşürün sayfalarına basılan filigranın gerçek öneminin bu olduğunun ayırdına vardı. François'in yatırımcılara verdiği gerçek gözdağı buydu. Ne John Şirketi'ne karşı yöneltilen kötüye kullanma suçlaması, ne de adamın nefret ABC'si, ama dördüncü broşürün sayfalarında onlara gönderilen bir simgeydi. François Lemprière'in önceki ortakları onun öfkesini uyandıracak her ne suç işlemişlerse, bu suç bir biçimde burada belirtiliyordu. Bunun açılımı onları, François'yı ve onun izini süren tüm Lemprièreleri öldürmeye yöneltecek denli korkuya salmıştı. Bu üç imge, yüzük, kitap ve filigran keskin odaklanmalar halinde gözlerinin önünde çakıştılar. Bu kan davasının kökenleri şimdi önünde planı bulunan yerde yatıyordu.

"Bu motifi anladım," diye mırıldandı kendi kendine. Septimus geriye çekildi.

"İşte," bu yeri işaret ediyordu, sonra o adı söylüyordu. "Her şey burada başladı, burada–"

Ama sözünü bitiremedi. Septimus delikanlıyı, başına yediği darbeyle çökmeden önce kollarının altından yakalayıp yere indirdi.

"Rochelle'de," diye fısıldadı Lemprière'in bilinçsiz kulağına. "Her şey Rochelle'de başladı."

ROCHELLE

Antisiklon doğuya, Azorlardan Portekiz'e doğru ilerledi, sonra Temmuz'un on üçünde gün yükselirken kuzeye yöneldi. İzobar eğrileri, derece derece, geniş bir rüzgâr kütlesinin karada, doğudan batıya doğru hareket etmekte ve giderek büyümekte olan bir yaz fırtınasına dönüşmekte olduğunu işaretlediler. Yassı düzlüklerin ve sıra dağların üzerinde ufak dalgalar halinde doğan antisiklon, kıyıları gecenin gölgelerine karışan Tuna Nehri'nin engin sularına gün ışığı düşmeye başlarken karaya yöneldi. Gün yükselirken basınçlı özü sıkıştı ve rüzgârlar biraz daha güçlendi. Mitteleuropa[1] üzerindeki sakin hava sevimli dönüşlere başladı, sırasıyla birkaç burgaç eklendi ve bu süreç az sonra, daha da hafif olmak üzere, saat yönünde ve saat yönünün aksine sayıca daha sık dönüşlerle kendi kendisini yineledi, her yeni dönüş bir öncekinden daha karmaşık ve daha az tanımlanabilir durumda, Haliç'ten Hollanda Çengeli'ne dek kuzeye ve doğuya yayılıp tozları havalandırdı, yaprakları sarstı. Her zamanki yerey rüzgârlar –misral, kesişme, Alplerden esen rüzgârlar, çeşitli esintiler– yarıldılar ve yeni gelenlere katılarak hava akımları ve karşı hava akımları, girişim motifleri ve basınç alanları yarattılar, hepsi bir arada, karmaşıklığı gözlemcilerin yeteneklerini aşan ve onları rüzgârın önüne kapılmış düzenleyici araçlara dönüştüren bir hava sistemi oluşturdular. Tüm bilgilendirme düzenleri sürüklendi ve gizli, tatlı bir bırakılmışlıkla bu âni rüzgârın önünde trilyonlarca çimen yaprağının, kum taneciklerinin, toz zerrelerinin arasından hafifçe dalgalanarak geçtiler, bu sistemin etkilerini, trilyonda bir taneciğinden, en dev

[1] Mitteleuropa: Alm. Akdeniz'in Avrupa kıyıları. (Çev.)

boyutlu ölçeğine dek kaydedebilecek bir gereç varsa, o da, artık Avrupa'ya benzer yanı kalmayan bir kara kitlesiydi. Sivri uçları şimdiden seyiriyordu, limanların ağızları sonuna dek açılmıştı ve bu hava dolaşımı, ancak tekdüze bir ses olarak algılanabilen böylesine karmaşık bir müziği mırıldanıp duruyordu. Ama bu müzik ancak o kusursuz gözlemci için, bu zorlayıcı makineye tepeden bakan tek yetkili içindi...

Antisiklon yaklaştı. Merkezi kuzeye kaydı, kara kitlesinin kıyısına, kendisine bir giriş araştırır gibi vurdu. İç karadan denize doğru dönüp kıvrılan rüzgârlar ayaklandı ve merkezdeki basınç alanına dayandı. Güneş yükseldi ve önceki günlerin tembel ılıklığı kendisini sıcak bir rüzgâra odakladı. Makine bir daha yüksek sesle uğuldadı. Özenle budanmış manzara ağaçlarının kusursuz küre ve silindirleri içinde, kırpılmış kurtbağırının kesin çizgileri boyunca, yapraklar ve sapların dibindeki çift yaprakçıkların ışıkları alttan alta bir görünür, bir görünmez olup seyirdiler, ışığı karanlığa, karanlığı ışığa dönüştürdüler. Gölün aynası yeni bir buruşuk yüzey oluşturuyordu, diyagonal çizgileri batıdan doğuya koşan bu yeni yüzey, rüzgâr, sınırlayan yüzey gerilimini yardıkça zikzaklanıyordu. Çimenlikler, her bir çim yaprağı bir o yana, bir bu yana yattıkça anlaşılmaz mesajlar veriyordu, hepsi bu konserin parçalarıydı, hepsi, biçilmiş karelere ve düzenli dikdörtgenlere karşı işbirliği yapıyorlardı. Güneş onları helyograflara, bahçenin düz mantığından daha yabanıl bir perspektife ve farklı bir yöne sapan yansımalı, yeni ve akıl karıştırıcı, şifrelere dönüştürmüştü.

Yerlerinden kalkan Majesteleri, önlerindeki parkede kayar gibi gezinen pomadlı ve pudralı insan biçimlerini izlediler. Bir eğilme ve diz kırma, bir ipek hışırtısı ve uzaklaşma. Majesteleri saat maşasını, çark dişlisinin hareketini düşündüler, yumuşak bir sürçme ve aşağıya iniş. Derken bir sonraki ve daha sonraki, sonsuza dek böylece dönüp duracaktı.

"Ah, Monsieur!" Parlak bir insan figürü kendisine doğru sürüklendi, sustu ve sonra uzaklaştı, derken onun yerini başka birisi aldı. Sürekli dönüp duruyorlardı, tıpkı yeryüzünün güneşin çevresinde ya da ayın yeryüzünün çevresinde dönmesi gibi. Ayağa kalkıp dışarı çıktığında herkes duruyordu, kendisi bu insanlardan oluşan düzgün koridorun arasından kapıya doğru gidiyor, sonra kapı ardından kapanıyordu. Güneşi ele alalım, diye düşündü. Işıklar yayıyor, tüm gezegenler onun maiyeti oluyordu. O olmasa hepsi, sayılması olanaksız yollar izleyerek kimbilir nerelere, belki de zararlı bir yerlere uçup giderlerdi. Güneşin otoritesi kendi örneği içinde, bir tür cömertlikti. Birisi komutlar *veriyordu,* emirler *veriyordu,* örneğin. Şimdiye dek iyiydi. Gezegenler ve uyduları belirli bir biçimde hareket ediyorlardı, belirli hızlarla belirli yollarda uçuyor, belirli aralarda şurada ya da burada beliriyorlardı... Bu, saygı göstermekti ve güneşin yerini koruması için gerekliydi, böyle düşündü. Şimdi zor bölüm geliyordu.

Terasa adım attığı anda yüzünde gün ışığını ve sıcak rüzgârı duyumsuyordu. Güzel ve rüzgârlı bir gündü. İnsanlar bahçede yayılmışlar ve eriyip gitmişlerdi. Gezegenler falan gibi dönüp duruyorlardı, yörüngeleri asla birleşmiyordu, ama güçlerini (merkezcil ve merkezkaç, yerçekimsel, yarışan kitlesel çekimler, sözün kısası güzlerin *toplamını*) güneşten alıyorlardı. Ya da, daha doğrusu, yörüngelerinin çapı boyunca çizilen çizgilerin hepsi güneşte birleşiyordu. Bu, daha iyiydi. Her şey güneşin içindeydi.

Merdivenlerden indi ve portakal ağaçlarına doğru ilerledi. Ardında, maiyeti çiçek bahçesinin üstündeki son basamakta durdu. Göl uzaktan baştan çıkartıcı parıltılar saçıyordu. Majesteleri onlara elini salladılar ve onlar da merdivenlere doğru gerilediler. Belki terasta gezinmeyi sürdürmeliydi. Tüm çizgiler güneşte birleşiyordu, en aykırı olanları bile. Portakal ağaçları dizisinin çizgileri şimdi daha yaklaşmıştı, bahçıvanlarının kendisi için yarattığı heykelsi kürelere hayranlıkla bakarak arduvaz saksıların arasında ilerledi. Rüzgâr yükselmişti ve ağaçların dış görünüşleri, başka bir garip perspektifin içine doğru uzun çizgiler halinde sıralanmayı sürdürmekle birlikte, bu yumrulu kürelerin içindeki yapraklar rüzgârların ve esintilerin onları oradan buradan fiskeleyip altüst ederek yeniden düzenlemesiyle birbirine girmiş gibiydi, Louis kaşlarını çattı. Maiyeti, kendisinin önemsiz bir yorumuna uyarak terasın köşesini dönüp gözden uzaklaşmışlardı, yapraklar hışırdadı. Yine uzun çizgilerin öte ucuna doğru baktı, orada hafif bir kıvrım gördüğünü sanmıştı. Louis biraz daha ilerledi, sonra yine kaşını çattı. Portakal ağaçlarının bundan öteye uzandığını düşünmüştü, ama sıralar birbirine karışmıştı ve gölün görüntüsü oldukça bozulmuştu. Bunun ardında, yine aynı hikâye vardı. Yine, buraya kadar gelmişti...

Döndü ve bitişik sıranın içine geçti, ama portakal ağaçları birbirlerine çok yakın yerleştirilmişlerdi ve aralarından geçmeye çalışırken bunların da daha öncekiler gibi aynı düzensizlik içinde olduğunu gördü. Yine ilerledi ya da böyle yaptığını sandı, ama yalnızca, kendisini başladığı yerde bulmuştu. Duraksadı, sonra yürüdü. Daha iyiydi. Gölü karşısında bulması an meselesiydi. Ama biraz sonra, kendisini sağa yönelten bir patikaya sapmıştı anlaşılan, sonra birbirine girmiş ağaçların oluşturduğu bir kemerin altına girdi, daha sonra bu kemer daraldı, belki yeniden başa dönmüş olabilirdi. Bunu söylemek zordu. Yine ilerledi, ama bu kez pek hızlı yürüyemiyordu, çünkü portakal ağaçları o denli birbirine girmişti ki, durmak zorunda kaldı. Güneş tepesinde hiç de yardımcı olmadan parıldıyordu. Yapraklar rüzgârın önünde her yön ve açıya, nöbetleşe yukarı, aşağı ve karşıya doğru dalgalanıyordu. Adım atmaya başladı, ama karşısındaki direnç güçlü, engel yüksekti. Durdu, yeniden yürümeye başlayacak gibiydi. Arkasındaki portakal ağaçları yer değiştirdiler. Az sonra yine yürümeye başlayacaktı, hatta şimdi bile. Yapraklar, yapay gölün üzerindeki gözle seçilebilir halkalanmalar ve çimenlikteki çim yaprakları, hepsi düzensiz bir konserle sallanmaya başladılar. Çok yakındaydı. Portakal ağaçları kımıldadılar ve çevrede uydular gibi kapandılar. Güneş yukarıda olduğu yerde kalmıştı. Çok yakında. Durdu. Işığı yansıtan çimenlik, çift stakatoyla[1] gevezelik ederek göz kırpıp duruyordu, gölde ufak uçurumlar ve doruklar oluşuyor, yapraklar içeri dışarı işaretler veriyor, verdiği mesaj bulanıklaşıncaya, bu makinenin her deliği havada dönüp duruncaya, her giriş kapısı açılıp kapanıncaya dek giderek hızlanıyordu. Bu aygıtın bir ve sıfır durumları arasındaki fark yalnızca Durum'a indirgendi ve Durum'un içinde, patikalar birbirini kesti ve yayıldı, birbirine girdi ve birbirine karıştı, eyleme geçti ve birbiriyle karşılaştı, öyle ki sonunda bu çalışmaların yer aldığı alan bir olasılıklar alanı oldu, patikaların oluşturduğu ağ, içinde her tür olayın yer alabileceği ya da olasılıkla almayabileceği bir pulluk gibiydi, şimdi

[1] Stakato: Müz. Kesik kesik çalınan nota. (Çev.)

en azından bu açıdan bakıldığında, tüm bu panoptik[1] karmaşa göz kamaştırıyordu, çok fazla açık seçikti.

Havanın basınç alanı İberik Yarımadası'nın üzerinde dönüp duruyordu, burnunu merakla Biskay Körfezi'ne doğru uzatmış ve kuzeye yönelmişti. Atlantik kıyılarından yukarıya ilerleyen, Gironde'nin ağzından geçen antisiklon Île d'Oléron'a doğru yayıldı. Canlı rüzgârları önüne ve sonra ardına kattı. Merkezi oldukça sakindi. Duluc ve Protagoras tepede oturmuş rıhtıma bakarlarken arkalarında bir doğu rüzgârlarının garip coşkusunu duyumsadılar. Güneş yüzlerine vuruyordu ve henüz yüksekti. Sabırla oturup belediler. Yakında yük arabaları gelecekti. Sonra gece inecekti. Bundan bir süre sonra işaret ateşini hazırlayacaklardı, sonra, bundan bir süre sonra bu işarete bir yanıt gelecekti. Kendilerinin ve denizin öte yanındaki ortaklarının tüm bu çılgınca çabalarından, tüm kaprislerden ve yapılan tüm toplantılardan, rastlantısal çarpışmalardan ve tüm değerler birbirine vurulup ölçülüp biçildikten, hemen her güç incelenip karşıt güçlerle karşılaştırıldıktan sonra, bu kıyımdan ortaya tek bir aşırı yüklenmiş parçacık çıkacak ve kendilerini tek olasılık olan bir doğru çizgi boyunca ilerletecek ve *Vendragon* sonunda rıhtımlarına yanaştığında, bu güç de tüm ötekilerle dengelenecek ve son patika da sona ermiş olacaktı.

Şimdi rüzgâr dinmeye başlamıştı ve artık ikisi, kendilerini garip bir dinginliğin içinde oturur bulmuşlardı. Birbirlerine baktılar, sonra ikisi de bakışlarını denize çevirdiler. Havadaki güçler en kararsız durumuna ulaşmıştı ve yaklaşmakta olan fırtınanın gözü hepsine yukarıdan bakıyordu. Antisiklonun kımıltısız merkezi doğrudan Rochelle'in üzerine yaslanmıştı.

***

Yaz ayları sürüklenip giderken Nazım görevinin de kendisinden uzaklaşıp gitmekte olduğunu duyumsuyordu. Haftalara uzayan günler boyunca kavurucu sıcağın altında Butler's Rıhtımı'nın palangalarının arkasında durdu ve *Vendragon*'un suyun içinde çalkalanışını izledi. Bazen amaçlı olduğu kadar da, deği-

[1] Panoptik-panoptikon: Bentham'ın önerdiği, hücrelerin bir sahanlık çevresinde dizildiği ve böylece gardiyanların hükümlüleri her an görebileceği çember biçimindeki tutukevi. (Çev.)

şiklik olsun diye Thames Caddesi'ne gidiyor ve Le Mara'nın evinin ışıksız pencerelerini gözetliyordu. Ama *Vendragon* efendileri –bunlar kendi düşmanlarıydı, bunu anımsattı kendi kendisine– tarafından yüklenmiş ya da unutulmuş ya da ertelenmiş ve Le Mara sanki havaya karışmıştı.

Kendisinin varlığını bildiklerine kuşkusu yoktu. Başından beri rıhtımdaki kendi varlığını Le Mara'ya ilan etmiş durumdaydı. Kendisi, onların makinelerine sıkışarak düzgün çalışmasını bozan yabancı bir beden, direngen bir parçacıktı. Kendisinin gözetleyen varlığının baskısı altında onların çalışmalarının bükülüp kırılacağına ve bu durumun kendisine gereksinim duyduğu bilgiyi sağlayacağına inanmaya çalışmıştı. Ama böyle olmamıştı. Eğer yanılmıyorsa, onların eylemlerine dokuz ay önce, *Nottingham*'ın iskele tahtasından indiği gün öğrenmiş olduklarına daha fazla bir şey eklememişti. Hazırlanıyorlardı, *hazırlanıyorlardı.* Ama ne için?

Coade'deki gece onların ellerinin olayların üzerinde olduğunu eskisine göre daha bir ortaya çıkartmıştı, ama durum yine de belirgin değildi. Görünüşe göre ikiz olan iki kız vardı, aynı biçimde giyinmişlerdi ve kara bir araba, Le Mara ve iri yarı ortağı, karalar giyinmiş handaki genç: Gözetlemekte olduğu bu kişilerin davranışları, adamların kendilerinden başka kimseye herhangi bir açıklama getirmiyordu, tıpkı kendisini birleştiren ve dağıtan berbat bir masa oyunu, bir makine gibiydi. Bu amaçsız eylemlerin merkezinde o sahte Lemprière vardı. Oyuncu mu? Baş eylemci mi? Kukla mı? Bunu bilmiyordu ve gerçek Lemprière ölmüştü, Blue Anchor Lane'deki odada boğazı kesilmişti.

Nazım ceplerinde o gecenin anısını aradı. Minyatürden gri gözlerini kendisine dikmiş bulunan kadın oğlunun ölmüş olduğunu ve yerini belirsiz bir gaspçının almış olduğunu biliyor muydu acaba? Kendisinin bunları bildiğini onlar da biliyor olmalıydılar, ama yine de onu görmezden geliyorlardı ve adamlar bu umursamazlık içinde, kendi eylemlerinin dış sınırına saplanan konu dışı bir şeymişçesine onu yok sayıyorlardı. Aynı biçimde, Nawab'ın etki alanı da daralmış, Nazım'a verdiği emirler artık solgun öneriler ve davranış eğilimleri olmuştu. Özgün amacını yeterince açıklıkla anımsıyordu. Bul onları, öldür onları, benim olanı ele geçir... Bu emirlerin zorlayıcılığı kalmamış ve kendisi, sendeleyen iki döngü arasında, yakalayamadan ve ikisi tarafından yakalanmadan düşte gezinen bir gözlemciye dönüşmüştü.

Böylece yaz sıcağında havada yüzüyor ve aylar tembelce gelip geçiyordu. Arı kovanı gibi işleyen rıhtımların yayılan grev patlak verip her şeyi giderek hareketsizliğe ittiğinde, o bunu, kendi sürüngen hareketsizliğinin dış görünümü olarak gördü. Kendi dünyası, mahzenin karanlık sığınağında yatıp yukarıdaki kadının güçsüz kımıltılarını dinlemeye indirgenmişti. Nazım daha da geriye çekildi, uyudu, kör edici gün ışığının ve kırmızı kayalıkların, kendisine farklı bir görüntü ve farklı bir ölümsüzlük hayali verdiği düşler gördü. Bahadır'ın şaşırmayan yüzü her zaman kendisini orada bekliyordu. Burun deliklerinde, düşünün temiz sessizliğine saldıran, çürümüş insan bedeni kokularıyla uyanacaktı. Çürüme, ölüm, ölümün farklı biçimleri. Bir şey kendisine bu ikisinin karşıt olduğunu söylüyordu. Bahadır'ın kayalıklardan aşağıya uzun dalışında, kadının çok insansı zayıflığındaki bir şey eksikti, göğsünü işaret eden amcasının yüzündeki soğukluğun düşündürdüğü bir şey. "Biz içerden değişiriz..." Kendisine olan da bu muydu? Her ikisine de olan?

Sıcaklık her gün bir iki derece yükselirken haziranın sonlarına doğru, kentte bazı değişiklikler olduğuna dikkat etti. Sokaklarının tüm bastırılmış enerjisi hiçbir sonuca ulaşamadan ortalıkta dönüp duruyordu. Kent sakinleri, tüm çeşitliliklerine karşın, sanki aynı yüzü takınmış gibiydiler, onları birbirlerinden yalnızca yüzlerindeki ifade farklılıkları ayırıyordu. Pazarlarda aynı işlemleri ve aynı alış verişleri görüyordu. Kentteki tedirginlik, makinenin her zamanki gibi işlemesini ancak sağlayabilmek için tüm enerjisine gereksinmesi varmış gibi kendi üzerine dönmüş gibiydi hep.

Ama haziran yavaşça temmuza yaklaşırken sıvalı ve tuğla duvarlara sinen yeni özellikler gördü. Uysal duvarların üzerinde sloganlar görülmeye başlamıştı. Daha tedirgin bir yaratık yaklaşıyordu, gelişi, sokaklarda yükselen çöp yığınları ve yakılmadan bırakılmış lambalarla savsaklama biçiminde beliriyordu. Mahzenin üzerinden geçen gece devriyeleri giderek azalmaya ve düzensizleşmeye başlamıştı, sonunda tümüyle ortadan kalktı. O zaman dışarıya daha sık çıkmaya başladı ve geceleri sokaklarda gezinmeye başladı, geçici metropol dedikodularını dinleyerek hanlara ve tavernalara dikkati çekmeden girip çıktı. Parlak konuşmacıların çevresinde yeni birleşimler, iyi kotarılmış ifadelerin çevresinde hücreler oluştuğunu gözledi. Temmuz, avluları ve geçitleri yabancı aksanlarla doldurdu, pelerini ve yüzünü gizleyen geniş şapkasıyla geçerken erkek grupları kendisini kuşkuyla süzdü. Mırıltılar kendisini gözden uzaklaşıncaya dek izledi. Ayın ikinci haftası hafif, sıcak bir rüzgâr belirdi ve çeteler genişledi. Ana caddelerde dolanmaya ve sokaklarda tek üniteler halinde yürümeye başladılar. Sıcağın yüreğinde henüz bastırılmış, henüz belirsiz olan yeni bir amaç seziliyordu. Her geçen gün bunun yükselmekte olduğunu sezinliyordu, sanki sayısız farklı istek, doyumlarını kentin içinde bulmak için toplanıp bir araya geliyordu. Hepsi aynı şey olmaktaydı... Bu bildik bir yoğunlaşmaydı. Bildik, ama nereden, bunu çıkartamıyordu. Odak olduğunu, hatta odaktan çekilmiş olduğunu duyumsuyordu. Le Mara'nın evinin önünde, boşalmış doklarda tuttuğu nöbeti gözden geçirdi, bunun tembellik değil, beklemek olduğunu anladı, bekliyordu. Sokaklar, tıptı kendisininki gibi açıklanmayan bir amaçla uğulduyordu ve kent, çevresinde gerilen ve gerildikçe bildik bir şeyle karşı karşıya olduğu duygusu artıyordu. Beklentisi, içinde bir düğüm olmuştu, ayın yirmisi gecesi ilk iplik kopuncaya dek bu düğüm giderek sıkılaştı.

Le Mara'nın evinin dışındaydı. Dar sokaklar boşalmıştı. Mor bir gün batımı batı göğünü pembe ve koyu mavilerle lekeliyordu. Sıcak, sokaklarda bir kilometre taşı gibi yuvarlanıyordu ve hafif, sıcak rüzgâr hiçbir rahatlama sağlamadığından Nazım şapkasının altında terliyordu. Kara araba göründüğünde bu evi bir saatten fazla bir zamandır beklemiş durumdaydı. Nazım geriye sıçradı ve arabanın durmasını izledi. İçinden hiç kimse çıkmadı. Araba orada birkaç dakika bekledi, sürücüsü sıcağa karşın boyun atkılarına bürünmüştü yerinde hiç kımıldamadan oturuyordu. Sonra evin kapısı, ne ışık, ne ses, hiçbir uyarı olmaksızın birden açıldı ve içerden dört kişi çıktı. Nazım bunların hepsini Coade'deki geceden tanıyordu. Önce ak giysiler içindeki kız çıktı, kız görünüşe göre isteksizdi, çünkü arkasındaki iri yarı adam onu öne doğru itti: Le Mara'nın ortağı. Dokuzlardan biri. Sonra Le Mara'nın kendisi göründü, yüzü her zamanki gibi ifadesizdi. En sonunda da Fabrika'daki olaydan önce ve sonra yalnızca iki kez görmüş olduğu birisi çıktı, onu ilk olarak burada, bu evin dışında ve sonra da King's Arms tavernasında, sahte Lemprière'e hantal saldırganlıklarıyla gözdağı veren serserileri yüz üstü yere çivilediği sırada görmüştü. Ötekiler onu Septimus diye çağırıyorlardı.

İlk üçü arabanın içine girip gözden kayboldular, araba yavaşça harekete geçti. Nazım, arabayı izlemeye niyetlendi, ama Septimus, evin dışında durup bir o yana, bir bu yana bakındı. Nazım'a yalnızca, çaresizlik içinde Thames Caddesi'nin batı köşesinde gözden uzaklaşan arabanın ardından bakmak kaldı. Genç adam orada birkaç dakika daha oyalandı, sonra sokaktan yukarıya yavaşça yürümeye başladı. Nazım izledi. Genç adam da araba gibi batıya yöneldi. Bow Caddesi'ne dek yürüdü, burada görkemli bir yapının kapısı önünde durakladı, sonra içinden verdiği bir kararla merdivenlerden çıktı ve içeriye girdi.

Kapı kapandığında, Nazım yaklaştı ve duvarın bir yanına yerleştirilmiş plakayı okudu: "Baş Sorgu Yargıcı" ve altında, "Sir John Fielding." Adam çevresine bakındı. Sokaklar sakin, neredeyse boştu. Bu saat için garip bir durumdu. İçinde yine o garip, bildik bir şeyle karşılaştığı duygusu uyandı. Değişmekte olan kent kuluçkaya yatmıştı, bir şeyi bekliyordu. Sir John'un adının altına birisi "Farina" diye karalamıştı. Ancak birkaç dakika geçmişti ki, Nazım, bir kez daha açılan kapının ağzında, sargılı gözleri bir biçimde yanındaki bilgi kaynağına, teşekkür etmekte ve elini sıkmakta olduğu adama yönelmiş durumdaki Sir John'u gördü, adam, "Evet, çok yardımcı oldunuz, Bay Praeceps, gerçekten çok yardımcı oldunuz. Aradan çıkartılan bir şey, başka bir şeyi ortaya çıkartır..." diyordu, daha sonraki sözleri iyice duyamadı, ama daha sonra söylenen adı duydu, tümce mırıltı halinde söylenmiş olmakla birlikte buna emindi, "...Lemprière..." Ama bu adı kimin söylemiş olduğuna emin değildi, sonra kapı kapandı, adam bu Septimus'u Piazza boyunca ve Southampton Sokağı'na dek izledi, burada arabayı gözden kaçırmış olduğuna üzülmemesi gerektiğini anladı, çünkü araba yolun başında bekliyordu. Nazım, Bay Praeceps'in arabanın içindekilere başını salladığını, sonra sokaktan aşağı yürüyerek evlerden birine girip gözden uzaklaştığını gördü.

Kendisine sokakta, arabanın yukarısında, açık bir görüş alanı bulunan bir yer buldu ve yerleşip bekledi. Sokaklar hâlâ sakindi. Bir saat kadar sonra, arabanın kapısının açıldığını ve kızın arabadan indiğini gördü. Ay yükselmişti, kızın ak giysisi üzerinde parıldıyordu. Kız Southampton Sokağı'ndan aşağıya yürüdü ve Bay Praeceps'in girmiş olduğu kapıdan aynı binaya girdi. Araba bir kez daha harekete geçti ve batıya doğru ilerledi. Nazım yine yerinde kalmakla, izlemek arasında kararsız kalmıştı. Yerinde kaldı. Gece ilerledi ve adam yanlış bir karar vermiş olduğunu düşünmeye başlamışken evin kapısı açıldı, kız dışarıya süzüldü, kaldırım taşlarında parmaklarının üzerinde sessizce ilerledi. Sokağın başına vardığında geriye dönüp baktı. Her ikisi de kapının hızla açıldığını gördüler. Kız kendisini gizlemek için harcadığı tüm çabaları bırakıp koşmaya başladı. Pembe ceketli, saçı başı darmadağın bir adam sendeleyerek kızın ardından koşmaya başladı ve Nazım ay ışığı altında önce bunun Septimus olduğunu sandı. Adam önünden geçinceye dek bekledi, sonra o da arkalarından koşmaya başladı. Onun önceki avı olmadığını gördüğünde nedense şaşırmadı. Sahte Lemprière, bir köpeğin sinekler arasında yarattığına benzer bir kargaşa yaratıyordu.

Garip bir kovalamaca sürüyordu, sokaklarda üç dizi ayak sesi yankılanıyordu. Nazım, onun da kızın gölgesinin peşinde olduğunu bilerek Lemprière'in gölgesinin peşine düşmüştü. İzledikleri yol, Haymarket'e ulaşıncaya dek batıya doğru zikzaklanarak ilerlemişti, burada her ikisi de gözden uzaklaşmışlardı. Nazım caddede sağına soluna bakınarak ilerledi. Kara arabayı, bir tiyatronun kuzey yanından aşağıya ilerleyen bir geçidin içinde yine kendisini bekler durumda buldu. Yapının öteki yanından aşağıya uzanan aynı biçimde bir geçit daha vardı, ama bu boştu. Haymarket'in kendisi ise geçtiği dar sokaklardan daha kalabalıktı. Erkekler ve kadınlar ikili ve güçlü gruplar halinde burada bir aşağı bir yukarı yürüyüp duruyorlardı. Ay daha yükselmişti ve insanlar, yüzlerine vuran soğuk ay ışığı altında tebeşirden oyulmuş gibi görünüyorlardı. Tiyatronun arkasındaki geçitte gezindi. Kızın Fabrika'da oynadığı yem rolünü anımsadı, sahte Lemprière'i tıpkı bu gece tiyatroya çektiği gibi çekmişti Fabrika'ya. Ve bu Septimus da o gece daha sonra, Tanrıları zarar görmekten koruyan bir tür rehber melek gibi ortaya çıkmıştı. Ama bu gece, kız delikanlıya geri dönmesi için eliyle işaret etmişti; ve Praeceps o eve kolaylıkla girmişti. Adam, Dokuz'ların –en azından ikisinin– izniyle sahte Lemprière'in güvenini kazanmış olmalıydı. Ancak şimdi sekiz kaldılar, diye düşündü, gerçek Lemprière'in Blue Anchor Lane'deki cesedini düşünerek.

Bir saatten fazla bir zaman geçti. Sağında, arabadan doğru ayak sesleri duyuldu ve köşeyi dönen kızın sesini duydu, araba kapısının bu sesi örterek kapandığını gördü. Daha yakına gitti ve arabanın içinde bir tür mücadelenin geçmekte olduğunu duydu, kızın sesi eskisinden daha keskin çıkıyordu.

"Bırakın beni, bırakın gideyim! Ona zarar gelmeyeceğini söylediniz. Yemin ettiniz, Tanrı cezanızı versin" ve mücadele yeniden başladı.

"Kes." Le Mara'nın tekdüze sesi birkaç dakika sonra böğürdü. Sonra yine, "Kes" ve arabanın karanlığında nasıl bir gözdağı verildiyse, etkili oldu, çünkü sesler birden kesildi. Nazım arabanın yanından çömelerek geçti, her an harekete geçebileceğini düşünüyordu, ama atlar koşumlarının içinde kımıldamadan bekliyorlardı. Yukarılarda bir yerde hızla esen bir hava akımı duyuldu. Sıcak rüzgâr yükseliyordu, meydanda daha çok insan birikmeye başlamıştı, ufak gruplar halinde ileri geri dolaşıyorlardı. Bu toplanmalar dikkatini çekti, ona bir şeyi anımsatmıştı. Geçitten yukarı ilerleyen tok ayak sesleri duyuldu, dönüp baktığında neredeyse üzerine doğru gelen Le Mara'nın ortağının iri gövdesini gördü, adam kendisine ve arabaya doğru yaklaşıyordu.

Kendisini kesinlikle göreceklerini düşündü, ilerleyen kişiyle, ay ışığında yıkanan ötedeki sokak arasında sıkışmıştı, ama adam uykuda görür gibi paytak paytak geliyordu ve Nazım adamın başının geriye devrilmiş olduğunu gördü, göğe doğru bakıyordu. Yüzü grileşmişti ve ağzı, adam sanki bir şey söylemeye başlamışken birden dili tutulmuş gibi açık kalmıştı. Kanı çekilmiş yüzüyle, varlığının ayırdına varmadan Nazım'ın yanından geçti, yuvarlanarak arabaya bindi. Kapı açıldı ve Nazım aracın, adamın çöken ağırlığı altında yaylarının eğilmesiyle hafifçe yerinden oynadığını gördü. Yavaşça yakına sokuldu ve Le Mara'nın rendeleyici sesiyle bir soru sorduğunu duydu.

"Oldu mu, Vikont?" Ama Vikont bir şey söylemedi ve Le Mara soruyu yinelemek zorunda kaldı.

"Hayır," diye yanıt geldi o zaman. "Hâlâ yaşıyor." Kız kısa bir şaşkınlık ve rahatlama çığlığı attı.

"Ben bitiririm bu işi."

"Hayır!" diye bağırdı Vikont yanıt olarak.

"Ben onu bulurum–" Ama Vikont onu tuttu. Sesi titriyordu.

"Geçmişimiz geri geldi, şimdi. Orada, yukarda gördüm onu. Beni buldu. Neden söz ettiğimi biliyorsun–"

"Onu bulmazsak Praeceps, emir verildiği gibi kurtaracak çocuğu."

"Bırak bunu, sana söylüyorum. Beni anla şimdi, bırak bunu. Kızartacak daha büyük bir balığımız var, eğer çocuk ortaya çıkarsa onların yazgısını paylaşabilir. Haydi, gidelim."

Nazım çocuğu kolayca buldu. Araba hareket edince Haymarket'in içine kadar peşinden gitti ve kuzeye yönelmesini izledi. Praeceps ve sahte Lemprière tiyatronun öbür yanındaki geçitte yatıyorlardı. Haymarket kargaşa içinde dönüp duran insanlarla doluydu ve Nazım onların aralarına karıştı. Sonunda ikisi belirdiler, önce Praeceps, sonra ona dayanmış durumdaki sahte Lemprière, çocuk gözlüklerinin ardından gözlerini kırpıştırıp duruyor, pembe ceketinin içinde her zamanki gibi dikkati çekiyordu. Birlikte kadın ve erkek çetelerinin arasından geçtiler. Nazım izledi. Southampton Sokağı'na yaklaşırlarken rolleri tersine dönmüştü, bu kez daha sinirli grupların arasından ötekini geçiren sahte Lemprière'di. Nereden çıktıkları anlaşılmayan kent sakinleri bir araya gelerek ve dağılarak ilerliyorlardı, bu bedenlerin arasında, giderek doğuya doğru bir yöneliş kendini göstermeye başlamıştı. Bazıları yüzlerini boyamışlardı. Çetelerden biri taşıdıkları kısa çomakları sallıyor ve avuç içlerine vuruyorlardı. 'Farina'nın adı her yerde duyuluyordu.

İkili, Southampton Sokağı'ndaki eve ulaşırken Nazım sokaklardan akan gergin amacı duyumsadı. Demek başlıyor, diye düşündü kendi kendisine.

Daha sonra ikili, evden tekrar çıktıklarında Nazım onları gelişi güzel izledi, rolleri yine değişmişlerdi. Bu kaçınılmazdı. Praeceps arkadaşını, sanki öteki sarhoşmuş gibi sırtlamıştı. Çeteler sokakta toplanmaya başlamışlardı. Praeceps'in Strand'da bir arabaya el ettiğini ve bilinçsiz durumdaki sahte Lemprière'i çuval gibi arabanın içine attığını gördü.

"Leadenhall, Doğu Hindistan Binası!" Araba kalabalığın içine daldı ve Nazım onların peşini bıraktı. Eğer bu sahte Lemprière, Şirket'e karşı, kendisininkiyle koşut bir yol izliyor idiyse, artık bu yolun sonuna varmış demekti. Kendi yolu ise biraz daha uzundu ve hiç değilse üzeri temizlenmişti. Kent artık kendi kıyısına ulaşmıştı ve yarından sonra artık daha fazla zaman kalmamış olacaktı.

Nazım doklara yöneldi ve Hythe Rıhtımı'nda bir dükkânın kapısını kırıp girdi. Aradığı gereci buldu ve mahzene geri döndü. Ertesi gün boyunca, tedirgin bir ara verip gözleri açık, karanlığa bakarak en sonunda ne yapacağını düşündü. Gece inince doğruldu ve toplanmakta olan kalabalığın arasından geçip Le Mara'nın evine gitti. Pencereler karanlıktı. Arka kapıdan girdi ve mahzene indi. Zemindeki kapak, beklediği gibi kilitliydi. Kayışından kol demirini çıkarttı ve kapağın kenarından aşağıya soktu. Ağırlığını demirin üzerine verdi, kapağı kanırtıp açmaya çalıştı. Kapak inledi ve çatladı ve sonunda bu saldırı karşısında parçalara ayrıldı. Nazım kendisini toparladı, sonra yer kapağını çekip açtı ve aşağıya baktı. Kapağın kolu aşağıya, karanlığın içine düştü. Aşağıda, diye söyledi kendine, onu bekliyorlardı.

***

Yalnızdı. Karanlıktı. Tuzağa düşmüştü.

Lemprière gözlerini açtı, boynunu eğdi ve sıkıcı bir ağrı omuzlarından geçip kafatasına saplandı. Ağzının tadı kötüydü. Ellerini yüzüne götürdü ve gözlüklerinin hâlâ yerinde durduğunu anladı. Bedeni, ayakları ve başı bir tünelin eğimi nedeniyle hafifçe yüksek durumda yatıyordu. Yerin altındaydı. Aklı başına geldikçe, bu karanlığın çok yoğun olmadığının ayırdına vardı. Elini yüzüne götürecek olsa, parmaklarını sayabiliyordu.

Yarı karanlığın içinde, kaynağı belirsiz bir ışık yayılıyor, ona, her iki yöne bükülen ve dönen bir tünelin içinde yattığını gösteriyordu. Lemprière kendisini çekip doğruldu ve sessizce oturdu, şimdi ne yapacağını düşündü.

Septimus kendisini Skewer'in bürosundaki o ilk günden beri aldatmıştı. Casterleigh babasının katiliydi ve büyük babasının belki, büyük büyük babasının. Casterleigh, Kabala'nın bir üyesiydi, Rochelle sığınmacılarındandı. Septimus'la birlikte (o da onlardan biri miydi? Kiralanmış bir işçi miydi?), kendisini bir kukla gibi bir şu yöne, bir bu yöne çekiştirip durmuşlardı. Ve kendisi tüm bunlara inanmıştı: babasının ölümüne, De Vere'lerde çukurun içindeki kadına ve Fabrika'da olup bitenlere, her şeye inanmış, bu bölümlerin üzerine kendi delice yapılarını kurmuştu. Actaeon, Danae, Iphigenia ve sonra –kendi sözleriyle, "pek az bir yüreklilik göstererek savaşan" ve delice sevdası, Truva'ya kuşatmayı, insanlarına da kıyımı getiren– Paris olarak kendisi. Belki kendisi de fazla yüreklilik göstermemişti. Belki tüm o tuzaklar nedeniyle gerçeği biraz daha önce anlayabilirdi. Ama o Paris değildi. Bu delice bir sevdadan başka bir şeydi.

Tünelin içindeki hava ılık ve sakindi. Gözlükleriyle bile, genelde ancak dış çizgileri görebiliyordu, şu garip ışık pek sönüktü. Solunda, birkaç metre ötesinde karanlık bir biçim görür gibi oldu. Başındaki ağrı can sıkıcı bir nabız gibi atıyordu. Tozun içinde o biçime doğru emekledi, ama kımıldar kımıldamaz tüm görüntü yoğun bir kara bulutun ardında görünmez oldu. Toz o denli inceydi ki, en ufak bir kımıltı kocaman dalgalı toz bulutlarına neden oluyordu, toz boğazının gerisine kaçınca delikanlı öksürmeye başladı, bu da, daha çok toz bulutuna neden oldu. Bu pudra çevresinde dönüyor, gözlerini kapatıyor, onu öksürtüyordu. Durdu ve gözleri kapalı durumda bir süre çok kımıltısız oturdu. Gözlerini açtığında toz yerleşmiş ve hafif ışık geri dönmüştü. Sakınarak yüzündeki ince tabakayı süpürdü. Işık eskisine göre daha sararmış ve daha parlamıştı. Tünelin içinde yatan karaltının kendisininkine benzer bir biçimi olduğunun ayırdına vardı. Işık daha güçlendi, az sonra bu biçimi daha iyi görebilecekti, ama hafif ışığa doğru bakınca, tünelin kıvrımında ufak toz dalgalarının yuvarlandığını gördü. Elinde lambayla birisi yaklaşıyordu, ama her şey, gelen erkek ya da kadının adımlarıyla havalanan parçacıklar tarafından yutuluyordu. Ve şimdi bu adım seslerini duymaya başlamıştı, tozun içinde yumuşak düzenli darbelerdi. Fener giderek yaklaşıyordu. Toz perdesi ilerledi ve Lemprière bir kez daha tozun içinde kayboldu. Gözleri sulandı ve burun delikleri tıkandı. Bu toz kuru kara bir sisti ve fener yakınlarda sallandı, sonra tam üzerinde asılı kaldı. Zehirli hava. Yumuşak ayak sesleri durdu. Konuşmaya çalıştı, ama bunun yerine öksürdü. Fener sessizlik içinde orada asılı kaldı. Giderek toz bir kez daha yerleşti ve Lemprière yukarıya doğru bakabildi. Belki Septimus'u görmeyi bekliyordu. Ya da Casterleigh'i ya da hatta Juliette'i. Tanıdığı bu yüz hiç birisi değildi. Kendisini burada bulabilecek tüm kişileri düşünmüş olsa, şimdi selamlamakta olduğu adam, bunlardan hiç birisi olamazdı. Yine de bu adam, bundan bir yüz yıl önce ve başka bir dünyada, Jersey'deki gölcüğün yanında ölümün yer aldığı gün kendisini Blanche Pierre'in tepesindeki tarlalarda dolanırken bulan adamdı. Ve bu adam, o gün babasının görmeye gittiği, ama hiçbir zaman ulaşamadığı, o gün, yazın son günü, Charles'in kendisini görmeye geleceğini bilen adamdı.

"Jake!" dedi tozun arasından beliren ve lambanın ışığında sararmış görünen ve aşağıya, kendisine doğru bakarken şaşırmayan yüzü görünce.

"Jaques," dedi Jaques, eğilip Lemprière'in ayağa kalkmasına yardımcı olurken.

Sorular vardı, kesinlikle sorulacak büyük sorular vardı şimdi, yine de Lemprière onları sormadı. Dönemeçli geçitlerden ve Canavar'ın kemerli mağaralarından birlikte yürüyüp geçerlerken delikanlının soruları dudaklarında söndü, Jake'ın yalnızca varlığı, burada bulunması, her şeyi kapsayan ve yanıtlayan bir kendini suçlama gibiydi. Onlardan olmadıkça, burada başka nasıl bulunabilirdi...

Ama şimdi çevrelerindeki toz yerleşince dilini tutmasını sağlayan şey, az önce gözüne çarpmış olan o karaltıydı. Fenerin ışığı altında, kendisinden dokuz-on metre uzakta tünelin içinde yatan bir insan biçimi olduğu görülüyordu. Ona doğru yavaşça yaklaştı. O yaklaşırken, kara toz göğsüne kadar dalgalı katlar halinde yükselip cesedin üzerini kapladı. Lemprière hareketsiz insan biçiminin başında durdu ve toz bulutlarının yerleşmesini bekledi. Toz tabakaları seyrelir ve yere inerken boğulmuş bir adamın çok geç kalmış olarak su yüzeyine yükselmesi gibi bir yüz belirdi; ak dişler ve şerit gibi ince ve gergin dudaklar gördü. Gözleri büzülüp bezelye kadar kalmış ve derisi, çorak tünel cesedin tüm suyunu çekmiş gibi kafatasının üzerinde gerilmiş, sanki geriye yalnızca porselen kemiklerin üzerinde kuru kâğıt gibi gerilmiş deri kalmıştı.

Kadavra kol ve bacakları yayılmış durumda yatıyordu, giysileri hâlâ üzerindeydi. Lemprière'in gözüne, boyunun çevresinde bir tür kırmalı yaka gibi duran bir küme ak saç ve bir ceketin düğmeleri takıldı, ama giysiler de giyen kadar kurumuştu, ikisi birbirinden ayırt edilemez durumdaydı. Lemprière, boş ve güzel konuşmalar sandığı Asiaticus'un öfkesini ve atasının, Thomas de Vere tarafından aktarılmış bulunan delice konuşmalarını düşündü. Kadavranın yüzüne baktı ve bu duyguların burada karanlıkta, tek başına, aynı sonla karşılaşmış olduğunu anladı. François'yı bulmuşlardı ya da o kendilerini bulmuştu. Onu öldürmüş ve burada bırakmışlardı. Lemprière atasına baktı ve aynı sonun kendisini de bekleyip beklemediğini merak etti.

"John," diye seslendi Jaques. "Çözümlenmesi gereken sorunlar var." Lemprière atasına bir kez daha baktı, sonra durmuş kendisini bekleyen adama döndü.

"Siz de onlardan birisiniz Jake, değil mi? Siz Dokuzlar'dan birisiniz."

"Öyleyim," diye yanıtladı Jaques. "Tıpkı senin gibi, John."

***

Nazım yer kapağının parçalari arasında çömeldi ve aşağıya baktı. Uzun, dikey bir mil karanlığa uzanıyordu. Bu milin yanlarının ilk altı metre kadar tuğlayla örülmüş olduğunu, daha sonra bunların masif kayadan oyulmuş olduklarını gördü. Tuğlaların içine demir bir merdiven yerleştirilmişti. Nazım kol demirini pelerinin içine yerleştirdi ve kısa bir bıçağı kılıfından çıkartarak dişlerinin arasına sıkıştırdı. Ceplerinde mum ve kibrit aradı, sonra parçalanmış bir tahta parçasını milden aşağıya attı. Milden yukarıya boğuk bir gümbürtü duyulduğunda altıya kadar saymıştı. Delikten duru ve ılık bir hava geliyor, odanın daha nemli buğusuyla karışıyordu. Nazım şapkasını iyice aşağıya çekti, sonra milin ağzından döndü ve aşağıya inmeye başladı.

Mil dardı ve sonsuza dek uzanıyor gibiydi. Demir basamaklar sürüp gidiyordu. Yukarıdaki giriş bir bozuk para büyüklüğünde görünüyor ve mil sürekli aşağıya doğru iniyordu. Durup bir nefes çekti ve yüreğinin göğsünde gümbürdediğini duydu. Aşağıya baktığında yalnızca karanlığı görüyordu. Orada, aşağıda bir yerlerde kendisini bekliyorlardı. İnmeyi sürdürdü, tutuna tutuna derinliğin içinde ilerliyordu. Ayakları bir ritme takılmış, düzenli olarak basamaklardan aşağıya iniyordu. Dişleri bıçağın çevresinde kenetlenmişti. Dakikalar geçti. Sonra birden bire kayar gibi oldu, basamaklar yok olmuştu. Boşlukta asılı kalmıştı. Bacakları sallanıyordu, eliyle aranıp son basamağı yeniden buldu. Yukarıya baktı ve tepedeki kapağı iğne ucu bir ışık gibi gördü. Aşağısında hiçbir şey yoktu. Nazım kolunu basamağa dolayıp ceplerinde kibrit aradı. Kibriti cebinden çıkarttığı sırada ağırlığı yer değiştirdi, ayağı kaydı ve yine basamağı yakalayıp asılmak zorunda kaldı. Kendisini yeniden merdivenin üzerine çekip küfretti. Kibritleri düşürmüştü. Nazım orada birkaç dakika dinlendi ve daha sonra ne yapacağını düşündü. Birkaç dakika düşündükten sonra, bacaklarını gerdi, merdivenden ayrıldı ve karanlığın içine atladı.

Düşündüğü gibi iki, üç metre kadar düştükten sonra güvenlik içinde yere ayak bastı. Basamaklar milin dibinden birkaç metre önce bitmişti. Bir eğimin üzerinde duruyordu, milin daha geniş bir tünelin yanından aşağıya indiğinin ayırdına vardı. Kibritler düştüğü yerde duruyordu, mumu yakmak üzereyken iki soluk biçimi görmekte olduğunu ayırdına vardı, bunlar elleriydi. Gözleri yarı karanlığa alışınca koyu karanlık biraz daha aydınlandı. Neden geldiği belli olmayan hafif bir parıltı vardı, kayalardan geliyordu. Bulunduğu tünelin çapı kendi yüksekliğinin birkaç katıydı. Kenarları kendi kendisinin üstünde ve çevresinde kıvrılıyor, taşlaşmış kaslardan oluşan kalın kaburga kemikleri birbirinin içinde hafif çukurlar oluşturuyordu. Bunların genişliğinin yürüyüşüne uygun olduğunu görünce, bu özelliğin Le Mara'nın yürüyüşü için de uygun olduğunu düşünüp tümsekli kenarların üzerinde rahatça yürümeye başladı.

Tünelin içinde ilerledikçe duyuları keskinleşti. Belki on sekiz, yirmi metre ötesini görebiliyordu. Birkaç dakika sonra zeminin giderek eğim kazandığını fark etti, tünel yükselmeye başlamıştı ve kısa süre sonra izlediği yolun, kerestelerle kabaca payandalanmış bir engel kütlesiyle kesilmiş olduğunu gördü. Bu engel, mağaranın tavanına dek yükseliyordu, ama tahtalar kuru ve gevrekti. Nazım pelerinin içinden kol demirini çıkarttı, tahtalardan ikisi yana çekti ve aralarından içeri süzüldü. Kendisini daha büyük bir mağarada buldu, ötekinin bitişiğindeki bu mağara birden genişlemiş ve açılmıştı. Nazım, görünüşe göre havada asılı duran uzun, taş bir platformun üzerinde duruyordu. Altı metre kadar altında ufak, kara bir göl oluşmuştu, ama buradaki en garip özelliklerden biri, mağaranın her iki yanında bulunan kıvrık ve keskinleştirilmiş dikilitaşlar dizisiydi, bunlar aşağıdan, suyun içinden çıkıyor ve yukarıdan tavandan aşağıya doğru iniyordu, bunların her birinin yüksekliği dokuz, on metreydi ve kocaman dişlere benziyorlardı.

On sekiz, yirmi metre ötesinde ilki gibi bir engel daha vardı ve Nazım dile benzeyen dar yolun üzerinde canlı adımlarla bu engele doğru yürüdü. Engelin yapısı ötekinin aynısıydı, ancak buradaki keresteler kuru değil, sırılsıklamdı. Nazım, dokunur dokunmaz ayrılan bir keresteyi çekerken, bir yanlış yapmış olduğunu kavramaya başlamıştı, kerestelerin ardında kırmızı balçıkla örülmüş bir duvar vardı. Bu kaygan kırmızı yüzey Nazım'ın bakışları altında hafifçe bel verdi, sonra ilk mili, Le Mara'nın evinin konumunu, tünelde yürüdüğü yönü düşündü ve güneye, Thames Nehri'nin altına doğru ilerlemiş olduğunun ayırdına vardı. Sular balçık tıkaçtan sızıyordu, rahatını düşüncesizce bozmuş olduğu şey Thames'in kendisiydi ve düzgün damlalar bakışlarının altında çürümüş kerestelerin arasında ince bir çizgi halinde akmaya başladı. Döndü ve kendi adımlarını ters yönde izleyerek ağızdan geri dönüp Canavar'ın boğazına indi, milin dibinden geçti, ardında balçık kırılmaya başlarken, sızıntı çizgisi ince bir duş fışkırmasına dönüşmüştü. Nazım, araksında ne olup bittiğini düşünmeden şimdi daha hızlı yürüyor, yalnızca önünde kendisini neyin beklediğini düşünüyordu.

***

"Neredeyiz?" diye sordu Lemprière.

"Kentin altında," diye yanıtladı Jaques, arkasından. "Yaklaşık on beş saattir yukarıdaki dünya için ölüsün." Bir dizi mağaranın içinden geçiyorlardı, bu mağaralar o denli yüksekti ki, fenerden çıkan ışınlar tavanlarına erişemiyordu. Üstünde ve çevresindeki doğal katedrallere bakan Lemprière, yukarıdaki tek düze sokaklarda, ayaklarının altındaki katı toprağın bilmece gibi tüneller, geçitler ve engin bölmelerle dolu olduğunun farkında olmadan dolaşan sıradan erkek ve kadınlar bulunduğuna inanmakta güçlük çekiyordu. Arşivdeki kilitli kapıya indirdiği tekmeyi yanıtlayan yankılı gümbürtüyü anımsadı ve bu sesin aynı bölümlerden geçmiş olduğunu düşündü.

"Babamın o gün öldürüleceğini biliyordunuz." Omzunun üzerinden bu suçlamayı fırlattı.

"Gerçekten hayır," diye geldi yanıt. Bunu ağır bir sessizlik izledi. "Ama gelmeyince, bunun yapıldığını anladım. Anlayamazsın, John. Henüz anlayamazsın."

"Sizin arkadaşı, ortağı olduğunuza inanıyordu. Onu her zaman yanılttınız. İş yaşamında bile yanılttınız."

"Onu kurtarmaya, vazgeçirmeye çalıştım. Onu yıkmaya *çalıştığımızı* anlamıyor musun? Bizi bulmadan önce, onu durdurabilmek için elimden geleni yapmadığımı mı sanıyorsun?"

"Ama sizi buldu–"

"Hepiniz buldunuz bizi. Her Lemprière bu gizemi kalıtsal olarak üstlendi, her biri bunu çözdü ya da bizi harekete geçmeye zorlayacak denli yaklaştı. Her biriniz yok oldunuz ve görevi bir sonrakine devrettiniz ya da bir biçimde bir şeyler buldunuz. Nasıl direndiğinizi ya da her Lemprière'in aynı yolu nasıl izlediğini bilmiyoruz. Bu da sizin gizeminiz, ama bir şey Charles'ı bize doğru çekti, tıpkı babasının ve babasının babasını çektiği gibi–"

"Ve beni."

"Hayır. Durumlar değişti. Biz seni kendimize çektik. Anlıyor musun, seni bekledik, John. Bir süredir seni bekliyorduk."

Birçok kalsium ve granit köprülerden geçtiler, uçlarında kuartzlar bulunan stalaktik iğnelerinin altından ilerlediler ve hafifçe eğimli levhalara tırmandılar, kayarak ufalanmış taşlarla dolu, parçacıkları spiral sarmallarla boş kuleler ve bal peteği minareleri oluşturan çukurlara indiler. Bunlar her iki yanlarından derin deliklerle birbirlerine açılıyorlardı ve kendilerini boşluğa yönelten döner taş kirişlerden yukarıya tırmanırlarken omuzlarını lifler süpürdü. Fener her yöne ışık saçıyor, ama engin bir karanlığın ortasında asılı duran önlerindeki yoldan başka bir şey görünmüyordu. Lemprière kenardaki gevşemiş bir taşa tekme attı ve yere çarpınca çıkaracağı sesi duymayı bekledi. Hiçbir şey duymadı. Karanlığın içinde sürekli olarak yükseliyorlardı ve Lemprière şimdi, üzerlerinde duran engin bir kaya kenarının altını görüyordu, ama bunun nereye tutunduğunu görmüyordu. Alttan yavaşça bu kayaya yaklaştılar, kayanın açıldığı yer görüş alanına girince delikanlı kum ve ufak taşlarla örtülü geniş yassı bir platform gördü. Lambanın ışığı sonunda bu en büyük mağaranın tavanını gösteriyordu, üzerlerinde otuz metre yukarıda eğimle iniyor ve karanlıkta kalan duvarlar oluşturuyordu. Patikadan ayrılırken ayaklarının altında çakıllar gıcırdadı ve duvarlar uzaktan hayal gibi göründü, sağda ve solda katı kayalar bulunuyordu, ama tam önlerinde garip göğüslü sütunlar oluşturmuştu. Jaques sola dönmeleri gerektiğini işaret etti, Lemprière şimdi, duvarın içine yerleştirilmiş ağır kapıyı gördü. Lemprière durdu ve Jaques'e döndü. Arkalarındaki karanlık tünellerin içinde yatan kurumuş kadavrayı ve kendisi doğmadan çok önce yanar durumda bırakılmış olan kenti düşünüyordu.

"François'nın bildiği ve hepinizi bu kadar çok korkutan şey neydi?" diye sordu. Jaques'in yüzü, kendi yüzüne boş boş baktı. Kapıya yaklaştı ve itip açtı. Odada mum ışığı parlıyordu. Lemprière sesler duydu, ama kapı hızla açılırken bu sesler kesildi. Bunun yerini, bekleyen bir sessizlik aldı ve delikanlı bölmenin içinde onun girmesini beklediklerini anladı.

***

Zihni yarışıyordu, ayakları tünelin kalın kenarları üzerinde hızla kayıyordu. Bahadır'ın yüzü karanlıktan çıkıp üzerine gelir olmuştu. Yüz ifadesindeki dinginlik kendisini korkutuyordu; insanca olmayan bir geri çekilişti bu ve uçurumun ağzında yakaladıkları bedeni kadar soğuktu. Uçurumun ağzından aşağıya bakıyordu. Sarayda bekliyordu. *Nottingham*'ın iskelesinden aşağıya iniyordu. Tayfa ona sesleniyordu. Ak paçavralardan oluşan bir bohça yüzlerce metre aşağıya düşüyordu ve o, *evet* diyordu, Nawab'ın gülüşü sarayın koridorlarında yankılanıyordu. Bahadır ölümüne doğru yuvarlanıyor, aşağı, daha aşağı iniyordu. Çarpışmayı niçin görememişti?

İçeriye girdiği milin yanından geçtikten kısa bir süre sonra, mağaramsı geçit eğimle inmeye başladı. Adam Canavar'ın içinde daha derinlere doğru indikçe yol döndü ve sağa, sola kıvrıldı. Yukarıdan inen mili belki bir yarım mil kadar geçtikten sonra, birden durdu ve içinde delice bir ses, *düştüğü yer işte burası, işte o burada,* dedi. Önündeki geçidin ortasında ak paçavralardan oluşan bir bohça duruyordu. Ama Nazım daha yakına geldikçe bunların kumaş değil kâğıt olduğunu gördü. Bir tür ufak kitapçık yığınıydı. Tünelin ortasında ve bir yanında tepe halinde yığılmış ve yayılmıştı. Burada, aşağı inmiş olduğu milin bir eşi tam üzerinden tünele iniyordu. Bu kitapçıklar aşağıya düşmüş ya da atılmış, gelip bu noktada yığılmıştı. Nazım bu ikinci mili gözetledi, ama hiçbir ses duymadı. Kendi tahminine göre, Borsa'nın altında bir yerlerde, yapının temelinden yüzlerce metre aşağıdaydı. Bu mil hemen her yerde insanın karşısına çıkabiliyor, diye düşündü. Yoluna devam etmek üzereyken Praeceps'in bir gece önce arabanın sürücüsüne verdiği emri anımsadı. Leadenhall Sokağı. Doğu Hindistan Yapısı. Yine milden yukarıya baktı ve Şirket kadar engin bir kuruluşun, böylesine dar bir kanal aracılığıyla denetlenmekte oluşuna şaşırdı, çünkü burasının, onların yukarıdaki örgüte emirlerini ilettikleri geçit olduğuna emindi.

Tünel daha dik olarak aşağıya inmeye devam ediyordu, Nazım yükseltilere basıp bunları birer basamak olarak kullandı. Hava giderek daha ısınıyor ve kuruyordu. Sonunda kendisini bir kez daha, düz bir yerde yürürken buldu. Geçit daha genişlemişti, huni gibi açılıyordu, Nazım sonunda yan duvarları göremez olmuştu. Yükseltiler daha az çıkıntılı ve seyrekti. Kayalık zeminden garip konik tepeler yükseliyordu ve tavandan da aynı biçimler aynadaki birer imge gibi aşağıya iniyordu. Nazım yerden yükselen ve tavandan inen konilerin çevresinden dolanmaya başladı. Koniler buluşmaya başladı, kalın temelleri sarkıt ve dikit olarak buluşuyor, incelmiş taş liflerle birleşiyordu, bunlar öylesine inceydi ki, elini içlerinden geçirince dağıldıklarını duyuyordu. Bu ince göğüslü sütunlar burada böylesi yüzlerce küresel bölge, bu süngersi yapıda karşıdan karşıya geçerken içine daldığı sayısız karanlık balon olduğunu düşündürüyordu. Nazım yukarıya baktı ve tavanın yükselip gözden uzaklaşmış olduğunu gördü. Bunun yerine, balgömeci bir taş yapısı kalın eklem ve liflerini kendisinden çok yukarılarda, bir yandan bir yana, ileriye ve geriye doğru yayıyordu. Sonra bunlar tıpkı yükseldikleri gibi düşmeye başladılar, kısa süre sonra Nazım yine, ortaya çıkacaklarını önceden haber vermiş bulunan köksü piramitlerin çevresinden dolanıyordu. Ayağının altındaki toz kabalaşmaya başlamıştı, daha dikkatle yürüyordu. Yassı bir çakıllı düzlüğe çıkmış olduğu anlaşılıyordu. Her iki yandaki duvarlar kayalıklar gibi kıvrılıp uzaklaşıyordu, bu duvarlardan birini izlemeye hazırlanıyordu ki, düzlüğün uzak yanında ilerleyen iki çift ayak sesi duydu.

Nazım durdu ve çömeldi. Ayak sesleri yaklaştı, önünden geçti, sonra sağına döndü. Yarı aydınlık alanı gözden geçirdi ve bu çakıllı düzlüğün kendisinden elli, elli beş metre ötede sona erdiğini görür gibi oldu. Bunun ötesi karanlıktı, başka hiçbir şey yoktu, bu bir boşluktu. Ayak sesleri durdu ve şimdi Nazım sağından bir ışık sızdığını gördü, burası genişleyip bir kapıya dönüşüyordu. İki insanın orada bir an durakladıklarını gördü, içeriye girdiler ve kapı bir kez daha kapandı. Nazım döndü, saklanıp beklemeyi seçtiği süngersi yapıya doğru yürüdü. Gördüğü şey hakkında ne düşüneceğini bilmiyordu. Gözlükler, pembe ceket, başka kim olabilirdi? Sahte Lemprière de demek onlardan biriydi sonuçta.

* * *

Sekiz mumun ışığı parıldadı ve mağaranın yüzeyine birbirini kovalayan bir gölgeler labirenti saldı. Delikanlı Juliette'i gördü, kız sırtı yan duvara yaslanmış durumda ayakta duruyordu. Gözlerini mum ışığından ayırmamıştı. Hiçbir şey görmüyor gibiydi. Ne kollu büyük şamdanın gövdesini, ne mumların alevini, ne kendisini, hatta ne de, masanın çevresine sıralanmış hareketsiz oturan ve sessizliği bozması gereken kendisiymiş gibi ona bakan sekiz adamı görüyordu. Delikanlı dilini tuttu, yine lambaya ve ince mumlarına baktı. Bir tanesi yakılmamıştı.

Masa at nalı biçimindeydi. Kendisi hemen hemen iki ucunun arasında duruyor ve bekleyen adamlara bakıyordu. Önünde, solunda, Jaques sandalyesine oturdu. Onun yanında ince yüzlü bir adam ifadesiz yüzüyle soğuk soğuk ileriye bakıyordu, onun ötesinde kırmızı yüzlü, duyulur biçimden ağzından soluk alan çok şişman biri çökmüş oturuyordu. Casterleigh, Jaques'in karşısında oturuyordu, Juliette onun arkasında durmaktaydı, Casterleigh'in yanında Lemprière'in çıkartamadığı beşinci bir adam vardı. Masanın başında, iki yanında birbirinin aynısı iki koruyucunun –bunlar donuk yüzlerle taş sütunlar gibi sessizce dikilen gri adamlardı– durduğu ve ötekilerden daha derin ve daha yüksek olan bir sandalye vardı. Sandalyede birisi oturuyordu, ama Lemprière bunu yalnızca, karanlığın içinden çıkan ve önündeki masaya dayanmış bulunan bir çift elden anlamıştı. Karanlık burada daha yoğunlaşmış olarak salkımlanıyor gibiydi ve koltuğun yüksek kenarları içinde oturan kişinin yüzünü gizliyordu. Ellerinin arasında, masanın üzerinde kara deri ciltli bir kitap duruyordu. Lemprière bu kitaba ve oturdukları yerden kendisini inceleyen adamlara baktı. Dış çizgileri düzgün olan masanın iç çizgilerinin, ileri geri gidip çıkan her tür girinti ve çıkıntıyla fantastik bir biçimde düzensiz olduğuna dikkat etti. Bu biçimi, yüzüğün üzerindeki desenden, broşürdeki fligrandan, limanın haritasından tanıyordu; tüm bunlardan, ama önem sıralamasına göre, bunları da aşan ve bu aşkınlığı ancak özgün model oluşundan ileri gelen bir yerden, Rochelle'deki limandan biliyordu. Koltukta oturan kişi kımıldar gibi oldu. Önder, diye düşündü Lemprière ve François'nın son kitapçığındaki son sözcükleri anımsayarak adama Zamorin adını verdi. Gölgeler bir kez daha kımıldandı ve sonra Önder konuştu.

"En sonunda, hoş geldiniz, John Lemprière," dedi. Sanki boğazında birbirine sürtünen taşlar varmış gibi konuşuyordu. "Sizi bir süredir bekliyorduk."

Ellerin parmakları kımıldadı. Casterleigh kendisine açık bir nefret ve damdaki yüz ifadesinin izini taşıyan başka bir duygu ile –düş kırıklığı, şaşkınlık ve korkuyla bakıyordu. Orada kendisini dehşete düşüren bir şey görmüştü, şimdi adamın bakışlarına karşılık veren Lemprière buna neden olan şeyin kendisi olmadığını anladı. Önder'in parmakları yine seyirdi, sonra kitabı alıp açtı. Lemprière masanın üzerinde açılan sayfalara yan yan baktı. El yazısı, çıkartmalar, lekeler ve sayfanın kıyısına yazılmış notlar gördü. Sayfalara tarih ve aynı imza defalarca atılmıştı. Bu imza kendisine aitti. Bu kitap kendi sözlüğüydü.

"Güzel bir çalışma," dedi Önder'in sesi karanlıkların arasından gürleyerek. Lemprière sessizliğini bozdu.

"Benim sözlüğüm! Onunla ne yapıyorsunuz? Bunun nedeni nedir... Ben niçin buradayım?"

Önder el yazmalarının sayfalarını çevirdi. "Her şeyin sırası var, John Lemprière. Ne de olsa çok zaman aldı. Bu kadar uzun süreceğini sanmamıştım, yine de, işte buradasınız ve sözlüğünüz de sizinle beraber..."

"Siz kimsiniz?" diye onun sözünü kesti Lemprière. Eller durdu.

"Bizim kim olduğumuzu biliyorsunuz, John Lemprière. De Vereler'de keşfettiğiniz girişimcilerin soyundan geliyoruz, kentten kaçıp sığınanlar bir buçuk yüzyıl önce göçtüler, atanızın peşinde olduğu, burada bir köşeye sıkıştırdığınız adamlarız biz. Sizin avınız biziz Lemprière ve şimdi bizi ele geçirdiniz. Biz Kabala'yız." Eller bir yandan bir yana hareket ediyor, çevresindeki adamları işaret ediyordu. "Jaques'i ve Vikont'u, yukarıdaki kimlikleriyle tanıyorsunuz. Sağımdakiler, Mösyö Le Mara ve Mösyö Boffe, solumdaki Mösyö Vaucanson ve arkamdakiler de Monopole ve Antithe Les Blas."

"Sözlüğünüz burada," durdu ve ağır bir soluk verdi, "bunun bir çok nedeni var. Bunlardan bazılarını zaten biliyorsunuz, ama daha pek çok neden var, John. Siz bunların hepsini bilemezsiniz. Sözlüğünüz burada, çünkü siz aklınıza sahip olmadığınızı sanıyordunuz; çünkü kendinizin deli olduğuna inanıyordunuz; çünkü Lemprière'ler çok uzun süredir bize teğet geçtiler ve bizler sizin geri dönmenizi istiyoruz. Sizin sözlüğünüz tüm bu nedenler yüzünden burada. Hatta bunlardan bile önce, olaylarla dolu pek çok yıllar geçti, şimdi bu olaylar bizim için bile çok uzaklarda kalmış gibi görünüyor. Sizin sözlüğünüz, sizin kendinizden bile çok daha önce başladı, John, sizden ya da biz bunu tasarlamadan çok önce başladı. O bir yolculukla başladı. Bir yolculuk ve kuşatmayla."

"Rochelle."

"Evet, Rochelle. Ve Saygıdeğer Tüccarlar Şirketi'nin Doğu Hindistan'a yaptığı ilk araştırma yolculuğuyla; ve bu tam bir felaketti."

Lemprière karşıdan Juliette'e baktı, ama o kıpırdamadan duruyor, boşluğa bakıyordu. O bir gölgeydi. Gerçek bedeni başka bir yerdeydi ve bu dalgın beden kendisini tanımıyordu, kendisi kıza bakarken Casterleigh'in gözlerinin masanın üzerinden Le Mara'ya kısaca göz attığını gördü.

"1600 yılıydı, yüzyıl yeni başlıyordu ve atalarımız, gemiler yola çıktığında burada, bu kentteydi," diye başladı Önder. "Kraliçe'nin Denizyolları'nın yöneticileri kürsülerden bağırıyor umut ve cesaretten başka yükleri olmayan dört geminin nehirden aşağıya çekilen suların üzerinde yüzüşünü izliyordu. Onlar tüm bunları izlediler ve kendi hükümdarlarının güvensizliğini düşündüler. Bu gemiler, kendi gemileri, Rochelle'den gelen bu gemiciler, kendi adamları ve dönüşte getirecekleri yükler kendi yükleri olmalıydı... Ama bu konu hakkında zaten bir şeyler biliyorsunuz."

"Yolculuk başarısız olacaktı," dedi Lemprière.

"Doğal olarak; yoksa biz burada olamazdık, ne siz, ne de, sizin sözlüğünüz burada olurdunuz. Atalarımız, daha yolun başında bundan kuşkulanmışlardı. Rochelle'e döndüklerinde, bu araştırma yolculuğu akıllarından çıkmadı. Onlar tüccar ve satıcıydılar, gemi yapımcıları ve bankacılardı, İngiliz meslektaşlarının gördüğü şeyleri bu dokuz adam da görüyordu ve Hollandalılar bunu onlarca yıldır görmekteydiler. Doğu, tıka basa dolu bir altın çömleğiydi ve gereken şey yalnızca, gemiler, adamlar ve onaydı. Bir patent. Dokuz kişi bunun mümkün olduğunu biliyordu, ama Katolik Kilisesi hiçbir şeye izin vermiyordu. Kendileri başka bir inanca sahiptiler. Onlar Huguenot mezhebindeydiler. Rochelle onların kalesiydi. Böylesi bir araştırma yolculuğu düzenleyecek ve yapacak olsalar, Kral'ın savaş gemilerinin kıyılarının açıklarında ve ağır süvari birliklerinin kapılarında biteceğini biliyorlardı. Belki de ne olursa olsun bu tehlikeli girişime kalkışabilirlerdi –savaş gemileri ve süvari birlikleri her durumda geleceklerdi zaten– ama böyle yapmadılar, sakıngan davrandılar. Beklediler.

"İki yıl geçti ve hiçbir haber çıkmadı. Normal işleri sürüyordu, kıyı boyunca gide gele mal taşıyıp duruyorlar, kıyı ticareti yapıyorlardı. Zengindiler, ama doygun değildiler. Daha fazlasını istiyorlardı ve 1603 sonlarında dört gemi tıka basa dolu geldiğinde, diledikleri oldu."

Lemprière, Şirket'in biberleri ve pazarın çöküşü konusundaki öykünün açıklanışını ikinci kez olara dinledi, ama Alice de Vere'in sesinin can sıkıntısına ve umutsuzluğa düştüğü yerlerde Önder'in sesi heyecanla yükseliyordu. Thomas de Vere, bir kez daha büküldü ve kaybının altında ezildi, kendisine kredi vererek yardımına gelenler aç köpekler gibi peşinden koştular ve adamın tüm mali olanakları bu tehlikeli girişimin delicesine yüreklilikle açtığı çukurun içine düştü. İngiliz yatırımcılar beş parasız kalmıştı, yükleri ise değersiz biberdi.

"Kabala böyle değildi," diye sürdürdü Önder. "Atalarımız bu yükü her şeyin üzerinde tutuyorlardı ve böyle de olacaktı, ama bu konu sorunlarla kuşatıldı. İngiliz yatırımcılar, Philpot, Smith, De Vere ve diğerlerini meslektaşları olan bireyler olarak görüyorlardı. Onlar haklı olduklarını kanıtlamışlardı. Hollandalı rakipleri pazarı ele geçirmişlerdi, politik oyunlardı bunlar, ama bu oyunlar kendilerine Şirket'i armağan etmişti. Bu sefer yapılabiliyordu, ticaret orada durmuş bekliyordu ve elde edecekleri kârları hesapladıklarında, tüm tehlikeli girişimleri göze aldılar. Kaynaklarını toparlayıp bir araya getirdiler ve ertesi mayıs ayında Londra'ya yelken açtılar. Oraya vardıklarında, Şirket'in çıkmaz durumda olduğunu gördüler. Tüccarlardan Havuz işletmecilerine dek her gemi yapımcısı, erzakçı ve acente borç altında eziliyordu. Kentte ikinci bir sefer için mali destek sağlayacak hiçbir girişimci yoktu. Onların kendi avuçlarına düşmüş olduklarını hemen anladılar.

Dokuzlar ilk yatırımcılarla teke tek konuştular. Hiç biri diğerlerine de yaklaşılmış olduğunu bilmiyordu. Herkes kuşkulanmış olmalıydı. Atalarımız onlara reddedemeyecekleri koşullar önerdiler: borçları ödenecekti, Şirket yeniden yapılandırılacak ve ikinci bir yolculuk başlatılacaktı. Karşılığında dokuzlardan her biri, elde edilecek kârın ya da zararın dokuzda birine sahip olacak, her girişimciye bu miktarın onda birini verecekti. İngiliz girişimciler Kabala'nın acenteliğini üstleneceklerdi. Doğal olarak tüm bu görüşmeler son derece gizlilik içinde sürdürülüyordu. Atalarımız Protestan olabilirdi, ama hepsi Fransız'dı ve ülkelerimiz o sırada savaştaydı. Onları bir araya getiren şey bu bağlamdı. İçlerinden hiç biri, öteki tarafından açığa çıkartılmayı göze almadıkça bu anlaşmayı bozamazdı. Bir İngiliz için Kraliçe'nin Gemicilik Şirketi'ni satmak keskin bir uygulamadan daha fazla bir şeydi. Yaptıkları şey vatana ihanetti. Anlaşmalar her tür süslü sözlerle bu olguyu maskelemişti, ama her şey ortadaydı ve hepsi bunu biliyordu.

Dördüncü Kont en uzun süre direnen kişi oldu. Bunun ne anlama geldiğini biliyordu. Ama o yılın nisanında, Norwich'te, Thomas de Vere de imzayı attı, o bunu yaptığı zaman Şirket bize geçti. Atalarımız fatih krallar gibi Rochelle'e döndüler ve bu olayı bir ay kutladılar. Bir klüp oluşmuştu. Onlar bu hilekârlığı ve gizliliği bir tür şaka, büyük bir oyun olarak gördüler ve klüplerine "Kabala" adını verdiler, bunun da bir tür şaka olduğunu düşünüyorlardı. Bunun gerçek olacağını hayal etmemişlerdi."

Önder'in sesi neredeyse inanamaz, neredeyse ürkmüş gibiydi. O andaki Kabala oturduğu yerden onu süzdü. Onların gözleri Önder'in kanını dondurdu. Kuşkusuz bu gerçekleşmişti. İstediklerini almışlardı. Onlar kendi düşlerinin efendileri olmuşlardı, tıpkı kendisi gibi. Şimdi bunu yadsımaya çalışıyorlardı. Delikanlı onlar için hiçbir duygu taşımıyordu. Onların bu duruma inanamayışları bir yalandı. Gölgelerin içindeki Önder içini çekti ve sesi yine duyuldu.

"Aradan geçen yıllar Kabala'nın umutlarını fazlasıyla yerine getirdi. Öteki gemilerle başka yolculuklar da yaptılar, Hollandalıları yerlerinden ettiler ve ticaret yaptıkları yerler öylesine bir bereket boynuzuydu ki her yere baharatlar, ipekler ve değerli taşlar, ender metaller, gümüş ve altın saçtılar. Denizden zenginlik toplamak için kovalarını eğmeleri yetiyordu. Krezüs kadar zenginleştiler ve her geçen yıl daha da zenginleşmeyi sürdürdüler. Şirket gemileri dönüş yolculuğunda taşıdıkları ağırlıklar nedeniyle suyun içine gömülüyordu, fırtınalı bir deniz hepsini yutabilirdi ve yitirilen her ton kendilerine yüze katlanmış olarak geri dönüyordu.

İngiltere'deki ortakları da aynı biçimde kâra geçmişlerdi. De Vere, Philpot, Smith ve diğerleri, bunların hepsi bu kentin içinde hatırı sayılır güçler haline gelmişlerdi. Elde edilen miktarlar olağandışıydı, ölçüsüzdü. Her yıl bir indianaman Rochelle'in birkaç mil kuzeyinde kıyıdan açıkça demirliyordu. Yükü kotralarla taşınıp oraya yakın bir mağaranın içinde gizleniyordu. Bu yük altın ve gümüş külçelerinden ve değerli taşlardan oluşuyordu. Mücevherler bizim barbar Tanrımız içindi. Bu basit bir işti, yılda bir kez Şirket'in kârının onda dokuzu açık denizdeki gemiden küreklerle kıyıya getiriliyordu. Bunu hiç kimse bilmiyordu. Hiç kimse bunu keşfetmedi. Atalarımızın serveti artık hesaplarına sığamaz olmuştu. Öylesine akıl almaz, öylesine ölçü dışı bir servetti bu. Bunu bir yere yatırmak ya da borç vermek istiyorlardı, ama gizlice uygulanacak her proje onların servetini binde bir azaltmayacaktı, daha büyük çapta yapılacak bir girişim ise dikkatleri üzerine çekecekti, bunu gizlemekte güçlük çekeceklerdi. Her şeye sahiptiler, ama bununla hiçbir şey yapamıyorlardı. Bu, onların ve bizim gerçekten hiçbir zaman –belki bu güne dek– çözemeyeceğimiz bir sorundu. Ama o zamanlar, onların buna aldırış ettiği yoktu. Anlaşmalar geçerliydi ve Şirket büyüyordu. Atalarımız, kendilerine düşledikleri her şeyi veren denize bakıyorlardı, ama bu arada karabasan pusuda bekliyordu. Asla arkaya bakmadılar, asla omuzlarının üzerinden dönüp bakmadılar. Belki bunu yapmış olsalardı onun yaklaştığını görebilirlerdi, çünkü bu karabasan kara yoluyla geldi."

"Kuşatma," dedi Lemprière.

"Evet," dedi Önder. "Rochelle kuşatması; işte burada yanlış yaptık."

Yassı tuz bataklıkları hiçbir şeyi gizlemeyen bir tampon bölge gibi La Rochelle kalesinden içerlere, her yönde uzanır. Limanı yalayan ufak dalgalar, ötelerde şişip kabarık Atlantik'i alt bölgelere ayırır. Kıyı Armorika'yı Akitanya havzasına bağlayan pürüzlü bir dikiş yeri gibi karayla denizin ayrıldığı yeri işaretler. Bu, iki olasılık, iki karşıtlıktır ve kent ise bu tampon bölge üzerindeki bir noktadır. Yaklaşan ordular ve yaklaşan fırtınalar, kıtlıklar ve burunu tırmanıp geçen hastalıklar; Ptolemy'nin dürbünü kalenin üzerinde olduğu halde bunların hepsi açıkça görülebiliyordu. İlerliyor olabilirlerdi, ama ilerleyişleri ölçülüydü, işaret kulelerinde gözetlenen bu belaların uzakta oluşu nöbetçiler tarafından bir güvence olarak algılanıyordu. Ama bu aldatıcıydı; ordular ya da fırtınalar tüm bu sinsi ilerleyişle kendilerini gizlemiş olarak geliyorlardı, o yaz sırtlarına hayvan postları atmış, düzlüklerde ilerliyor, kaçınılmaz hava durumları gibi yaklaşıyorlardı.

Köpek sürüsünün toprağı üzerinde hızlı ve alçaktan sürünüşünün, sürek avının yaklaşmakta olan heyecanını ve bunun ardında da avcının amacını bildirmesi gibi, daha da kendi siklonik hareketsizliğini, çok fazla sıcak hava içeren kımıltısız merkezini, onun ardından, basıncın derin şişkinliklerini ve çukurlarını, onun ardından yer kürenin kendi dönüş hızını, güneşin gün adı verilen ve büzülmekte olan uzaklıkların ölçütü olan periyodik parlamalarını, bu arada ufuk çizgisinde, uzaklardaki menekşe renginin talihsizliğin derin ve uzun kırmızı yarasına dönüştüğünü ve bunların, boş umutlarla her zamanki bildik gökyüzüne bakmakta olan kuşatma altındaki kişilerin tepelerinden aşağıya saçılacağını haber veriyordu. Yağmur pek yağmura, güneş pek güneşe benzemiyordu. Yaklaşan sistemin kendi eğilimleri ve olasılıkları vardı, bunları ele vermiyordu, bunlar, yalnızca mısırlar yuvarlanırcasına kabardıkları, bağlar yapraklarını salladıkları ve Rochelle'i çevreleyen düzlüklerdeki hafif uçurumlar ve tepeler birden büyük bir enerji dalgasıyla kabarıp yükseldikleri, yuvarlanıp kendi içlerine katlandıkları zaman birden bire görünür olmuşlardı. O zaman rüzgâr altı olan yerler yutuldu, aradaki uzaklık yok oldu ve enerji dalganın çalkantılı sivri ucunda toplandı. Fırtına birden görünür olmuştu. Hektor kendisinin yalnız, oyuna gelmiş ve savunmasız kaldığının ayırdına vardı. Aşil mızrağını kaldırdı. En kötü şey çıka gelmişti.

Yassı bataklık kırışmadı ve kıvrımlar çadır dizilerini açığa çıkarttı, siperleri birbirine kattı, ön mevziler kale burçlarına tosladı, toplar duman bulutlarıyla yıkım haberleri gönderirken binler ve binlerce ufak kırmızı nokta duvarlara savruldu, ilk top ilk duvarı indirirken bir an içinde bu haberi doğrulayarak sokakların içinde patladı ve ilk Rochelleliler kendilerini şimdiden kılıca ve top güllesine, baruta ve meşaleye, aylar geçtikçe çevrelerini saran ve sıkıştıran, sürünerek ilerleyen toprak siperlere, kendi umutsuz savunmalarına, aldatılmalarına ve son olarak da yenilgiye terk etmiş bulunan, yanmakta olan bir gökten iner gibi görünen döküntülerle öldü. Kuşatma başlamıştı ve neredeyse sona ermek üzereydi. Gerçek galipler zaten kentin içindeydi.

Bölme sessizdi. Lemprière, Le Mara'nın masanın üzerinden Vaucanson'a baktığını gördü. Jaques, Önder'in koltuğuna baktı, sonra sanki bir işaret verilmiş gibi döndü.

"Kuşatma sona ulaşmak için bir araç oldu," dedi. "Richelieu onların ayrıcalıklarını, özellikle ticari ayrıcalıklarını ellerinden almak istiyordu. Ticareti yürütecek yeni şirketler kurmak niyetindeydi. Kendi adına Kral, şu ya da bu biçimde La Rochelle'i kendisi için almak niyetindeydi. Daha var, ama..."

"Anlat ona," diye sözünü kesti Casterleigh. "Ona her şeyi, öteki nedenleri anlat."

"Hangi nedenleri?" Lemprière masanın çevresindeki yüzleri araştırdı. Vaucanson konuştu.

"Rochelle herhangi bir kent değildi. Kendi yasaları, kendi meclisi, kendi kilisesi vardı. Fransa'daki Huguenotlar için orası bir örnek olmuştu. Ne olabilirdi, anlıyor musunuz? Louis bunu biliyordu ve Richelieu bunu biliyordu. Krallığın içindeki her reform cemaati kendilerine rehberlik etmesi için gözünü Rochelle'e dikmişti. Ve giderek bu rehberlik daha fazla bir şey olmaya, daha çok bir plana dönüşmeye başlamıştı. Hatta bir başkaldırıya. Rochellelilerin hükümdarı öldürme girişimcileriyle bir ilişkisi yoktu, ama Kral bir Cizvitler ve *dévot*'lar[1] hükümdarı, Birlik'in, bizim ülke içindeki ve dışındaki düşmanlarımızın bir destekçisiydi. Anlıyor musunuz?" Lemprière başını salladı.

"Bir darbe!" diye dayanamayan Boffe girdi araya. "Büyük bir darbe. Bunun planlandığı yıllardı, bunu kökü Saint Bartholomeo kıyımı gününe, Duplessis-Mornay'a ve tüm bir destekçiler birliğine dek geri gidiyordu. Ah, bu şanlı bir entrika parçasıydı..."

---

[1] Dévot: Fr. Softa. (Çev.)

"Ama duvarlarının dibine kuşatmayı getirdi," diye daha sıkıntılı bir sesle sürdürdü Jaques, "atalarımız böyle olacağını biliyorlardı. Bu kuşatmanın nedeni ticaret ve devletti. Kral'ın güçleri sonunda 1627 Ağustos'unun ilk haftasında duvarların dışında görünür oldu. Buckingham'ın donanması İngiltere'den gelmiş ve bir hafta önce Île de Ré açıklarına yerleşmişti. Saygıdeğer Dük, Toiras'a baskı uygulamaya başlamıştı bile, garnizonun geri kalanı da Fort Saint Martin'deydi. Krallık ordusu bu cepheyi yarıp geçti ve doğudaki kaleleri onardı..."

"Görülmeye değer bir gösteriydi, Mösyö Lemprière." Boffe koltuğunda başını sallıyordu. "Adamlar, atlar, toplar. Sahne binlerce siper ve istihkâmla doluydu. Ve Rochellelilerle. Yürekli, kuşatılmış kahramanlar. Tüm Avrupa onların zor durumda olduğunu biliyordu."

"Ve tüm Avrupa bunu bilmezden geldi," diye küçümsedi Casterleigh. "İngilizler, Fort Saint Martin'i asla alamayacaklardı, almış olsalardı bile bunun pek az önemi olacaktı."

"Daha önce de kuşatmalar yapılmıştı," diye konuştu Vaucanson. "Ama bunlar resmi yazışmalar yoluyla olmuştu. Aralarında birkaç konuşma yapılmıştı. Anlaşma koşulları üzerinde anlaşmaya varılmış ve sorunlar genelde yine eski yerlerini korumuştu. Atalarımızın kendi kötü durumlarının herhangi bir fark yaratacağına inanmak için fazla nedenleri yoktu."

"Ama bu kez durum farklıydı," dedi Jaques. "Belki Kral onların planlarının daha ilerlemiş olduğunu biliyordu, belki ticaretleri kendi sandıklarından daha çok gelişmişti. Nedeni her ne olursa olsun, kraliyet ordusu birikti, birikti ve sonuçta, o yılın eylül ayında Rochelle'in çevresinde yirmi bin birlik kamp yapmış durumdaydı. Rochelleliler hâlâ rahatsız olmadan duvarlardan onlara bakıyordu. Kendilerinin ve İngilizlerin donanmaları batıdan denizi tutmuşlardı ve erzakları feribotlarla kolaylıkla taşınıyordu. Doğal olarak dış limandaki noktalarda bataryalar vardı, ama bunların ateşi etkisiz kalacaktı, limanın ağzı çok genişti, gemiler ise çok hızlıydı. Sonra ekim ortalarında, denizde garip bir yapılaşma oluşmaya başladı. Burunlarının uçları her gün, azar azar, giderek limanın ağzına doğru birbirine yaklaşır gibi görünüyordu."

"Richelieu limanın ağzını kapatmak için bir dalgakıran yaptırıyordu," dedi Casterleigh.

"Bu bir tür siperdi," diye açıldı Vaucanson. "Sütunlardan ve kayalardan oluşan iki kaba rıhtım yapılmıştı. Bir fırtına ya da hatta güçlü bir gel-git bunu süpürüp götürebilirdi. Ama bu rıhtımın iki yanında gemileri içlerine taşlar doldurup batırdılar ve aradaki boşluğu çakıllarda doldurdular. Ortada denizin basıncını azaltabilmek için bir boşluk bıraktılar. Bu masayı liman kabul edersek, şimdi sizin durduğumuz yerle arasında ancak bir metreye yakın bir uzaklık vardı. Rochelleliler yine, bunun kış fırtınalarına karşı duramayacağını düşünüyorlardı. Kral'ın askerleri Pointe de Coureille'ye yeni bir batarya koyarak atalarımızın gemilerini tedirgin etmeye başladılar. Dalgakıran yapımı bu arada güçlükle ilerliyordu, ancak o yılın son ayları boyunca kuşatılanlar fazla korku duymuyorlardı."

"Doğuda," dedi Jaques. "Kral'ın hatları geçilmez durumdaydı. Karada yapılabilecek fazla bir şey yoktu. Şimdiye dek her şeyi denizden sağlamışlardı ve atalarımızın yaşam alanı şimdi de orasıydı. Rochelleliler, kentte yalnızca yirmi beş bin kişi bulunduğu halde düşmanın niçin duvarlara büyük çapta saldırılar yapmadıklarını anlamaya başlamışlardı. Onlar Rochellelilerin açlıktan kırılmalarını istiyorlardı. Bu dalgakıranın ardındaki amaç buydu.

"Buckingham kasımda İngiltere'ye doğru yelken açtı. Geri döneceğine söz vermişti ve Saint Martin, Kral'ın adamlarının eline geçmişti."

"Peki geri döndü mü?" diye sordu Lemprière.

"O yılın sonlarına doğru bir katilin eliyle yaşamı sona erdi, ama eğer gemilerinin Fransa'nın batı kıyıları boyunca engellenmeden seyretmesini istiyorlardıysa, İngilizlerin Rochellelilere gereksinmesi vardı. Richelieu'nün ne istediğini yeterince anlıyorlardı. Ama Rochelleliler, Richelieu'nün dalgakıranının bir gemi kalıntısı gibi sürüklenip gideceğini sanıyorlardı. Ancak o sırada, yeni yılın ilk günlerinde, güneyden büyük bir fırtına çıkageldi. Gece boyunca yeğinleşti ve sabahleyin limana baktıklarında, ilk kez olarak endişelenmeye başladılar."

"Neden? Ne değişmişti?"

"Hiçbir şey, hemen hemen hiçbir şey. Belki bu bir kapristi, Kardinal'in şansının bir parçasıydı, ama dalgakıran yerinde duruyordu. Bu fırtınanın ardından boylu boyunca beş kulaç aşağıda yatmakta olacağını sanmışlardı, ama o hiç el değmemiş gibi yerinde duruyordu. Ancak o zaman kentin düşebileceğini anladılar ve o zaman sizin atanız François'yı İngiltere'ye gönderdiler." Vaucanson bu konuşma sırasında hep Jaques'e bakmıştı. Şimdi Lemprière'e döndü.

"Eğer bu dalgakıran fırtınaya dayanabilmişse, İngiliz donanmasına da dayanabilirdi. Kabala, İngilizlerin kendileriyle ilgili planlarını öğrenmek istiyordu. Kaçmalarının gerekip gerekmediğini, gerekiyorsa bunun ne zaman olacağını öğrenmek zorundaydılar. Bu yüzden François'yı gönderdiler."

"Ocak ayının son günü gece karanlığında ufak bir tekneyle ayrıldı." Jaques öyküyü Vaucanson'dan devraldı. "Planı, kıyıya tuz için gelen bazı Hollandalılarla buluşmaktı. Ama dalgakırandan geçerken görüldü. Duvarların üzerinden bir tüfek ateşi başlatıldı. Atalarımız hiçbir şey yapacak durumda değillerdi, onun yaşayıp yaşamadığını bile bilmiyorlardı."

"Bununla birlikte yaşadı," dedi Lemprière.

"Ah, evet, yaşadı," diye yanıtladı Casterleigh.

Jaques masanın üzerinden ona baktı ve boğazını temizledi. "Diğer sekiz kişi duvarların arasında kalmıştı. O günden sonra filikadan büyük hiçbir tekne dalgakırandan geçemedi. Dalgakıranın ağzını kapatmak için gemiler batırdılar, bunların direkleri sudan dışarıya bir çit gibi yükseliyordu. Rochelleliler duvarların arkasından dalgakırana ateş ediyorlar, ama bunun pek bir etkisi olmuyordu. Tuzağa düşmüşlerdi ve bunu biliyorlardı."

Lemprière gölgelerin arasında, öykünün başından beri sessizliğini koruyan Önder'i görmeye çalıştı. Ötekiler, kuşatmanın olayları yeniden yaşandıkça canlanıyor, sanki ikinci kez olarak kurtuluyorlardı. Ama gölgeler kımıltısızdı, arkasındaki insandan sütunlar da kımıltısızdı.

Le Mara bile daha canlanmış gibiydi ve Le Mara şimdiye dek ağzını açıp bir şey söylememişti.

"Bundan sonra Kabala sekiz kişi kalmıştı," diye sürdürdü Jaques. "François'dan, bir elçiden ölü ya da diri bir haber gelmesini beklediler. Kent de bekliyordu, artık karadan ve denizden yolu kesilmişti. Atalarımız gerektiğinde oradan nasıl kaçacaklarını biliyorlardı, ama bu riskli bir şeydi. Denetleyemeyecekleri olgular vardı–"

"Nasıl kaçabildiler? Eğer savladığınız gibi yolları kesilmişse–" diye onun sözünü kesti, Lemprière.

"Sabredin, çünkü bundan önce anlatılacak başka şeyler var. Rochelleliler yenilgiye uğrayabileceklerini anlamaya başladılar. Kent değişmeye başladı. Tüccarların bulunduğu bölgede birkaç yangın çıkmıştı, top ateşi nedeniyle başladığı sanıldı, ama bunlar kundakçıların işiydi, aralarına sızmış kundakçılar vardı. Yakabilecekleri her şey –saman, kuru otlar, ince odun demetleri, cephanelikteki barutlar– kalenin içine taşınmış ve oradaki mahzenlere saklanmıştı. Hatları geçmeye çalışan askerler yakalanmıştı, ellerinde Richelieu tarafından imzalanmış geçiş belgeleri bulunuyordu. Hainler ortaya çıkartıldı ve meydandaki darağaçlarına her defasında düzinelercesi asıldı. Ocak sonlarına doğru kente bir hastalık yayıldı, insanların çeneleri kararıyor ve dişetleri kanıyordu. Bu iskorbüttü. Yiyecek bulmak zorlaşmıştı. Rochelleliler atları, sonra eşekleri ve katırları, kedileri ve köpekleri, sonunda da sıçanları ve fareleri öldürmeye başladılar. Yoksa yoksul bölgelerde yamyamlık ortaya çıkabilirdi. Yaşayan her şey öldürülüyordu. Yutulabilecek her şeye yiyecek olarak el konuluyordu: öküz derileri, deriden kılıç kınları ve mum yağında kaynatılmış botlar, hatta eczanelerden alınan tarçın ve meyan kökleri. Saman ve şekerle bir tür ekmek yapılmıştı ya da havanda dövülmüş tahta, sıva, toprak, hatta hayvan gübresi bile yeniyordu. Mayıs ayında Denbigh'in elli gemisiyle kıyıdan açıkta belirmesine bile sevinecek güçleri kalmamıştı. Ama dalgakırana yerleştirilmiş bataryalar onları uzaklaştırdı. Rochelle'in savaş gemileri zarar görmeden kıyılara sürüklendiler. François'dan hâlâ haber çıkmamıştı. Mayıs sonunda silolar boşaldı ve halk kıyı boyunca düşman ateşi altında karamuk[1] ya da duvarların arasında ve Kral'ın hatlarında yabani semizotu toplamaya başladı. Kentin içinde, yaşlılar ve gençler ölmeye başladılar."

Juliette'in yüzü mum ışığında kımıltısızdı, neredeyse insanca değildi. Kabala'nın enerjisi sönmeye başlıyordu. Jaques, ku-

---

[1] Karamuk: Zararlı bir ot. (Çev.)

şatmanın son aylarındaki imgeleri ruh çağırır gibi çağırırken Lemprière dinliyordu: Tükenmiş bedenlerin üstündeki içine çökmüş yüzler, kadavra benzeri bedenler, gömülmemiş ölülerin kokuları, yamyassı gökler, yeterince barut bulunduğu halde, askerlerin kendi tüfeklerini dolduracak güçleri kalmadığı için yanıt bulmayan topun tekdüze *patlamaları*. Yapay bir sağlık parlamasıyla ışıldayan tenler. Pek az çocuk kalmıştı. Sokaklar ıssızlaşmıştı. Tan ağarırken gece nöbetçilerinin sayıları yarıya inmişti. Büyük çan sessiz kalmıştı. Çünkü artık kimsenin onu çalacak gücü kalmamıştı. Dış duvarlar şimdiden soğumuştu ve halk kentin merkezine doğru hayaletler gibi ilerliyordu. Dedikodular ve söylentiler onları kalenin demir bantlı kapılarına doğru çekiyordu. Kent ölüyordu, bunu biliyorlardı, ama nasıl öleceği henüz bilinmiyordu. Öyküler üretilmişti, Krallarının kendilerinden öc alacağı yolunda anıştırmalar yapılıyordu. Bu söylentiler onları tekdüze sokaklardan geçirip kapıları kapalı ve arkalarına dayak vurulmuş kaleye yöneltiyordu. Yüksek kemerli pencereler yukarıdan aşağıdaki beden kitlelerine bakıyordu. Yitirecek hiçbir şeyleri yoktu, öykü böylece sürüp gidiyor. Söylenecek başka bir şey yok.

"Ekim girerken yüzlerce Rochelleli ölmeye başlamıştı. Delegeler Guiton ve Richelieu arasında gide gele mekik dokuyor, anlaşma zemini arıyorlardı. Bras de Fer, düşman hatlarına doğru bir intihar saldırısından söz ediyordu. Yirmi beş bin kişilik kentte sekiz bin kadar insan kalmıştı. Ayın son haftasında, François'nın şifreli mesajı acele Guiton'a, valiye ulaştı. François'nın mesajı şöyleydi: *Sefer yapılmayacak. Hiçbir destek gelmiyor. Kendinizi kurtarın.* Kent yağmalanacak, duvarları temelinden yıkılacaktı. Anlaşma falan yoktu, çünkü Rochelais hiçbir öneride bulunmuyordu ve kentteki herkes bundan kuşkulanıyordu. Yitirecek hiçbir şey kalmamıştı. Hiçbir şey. Böylece atalarımız nasıl kaçacaklarını planladılar." Lemprière, oturan Jaques'e baktı, ama Jaques gözlerini kaçırıyordu. Vaucason da ona bakıyordu.

"Neden beklediler?" diye sordu delikanlı. "Neden daha önce kaçmadılar?"

"Orada yaşıyorlardı." Jaques şimdi ona bakıyordu. Gölgeler, bir tür onaylamayla kımıldandı. Oluşturdukları ve uğruna çalıştıkları her şey, gemileri, duvarları, evleri Rochelle'deydi... Bunların hepsini yitireceklerini biliyorlardı. Ama ana stok, Şirket'ten sağladıkları servetin hepsi saklanmış ve yirmi beş yıldır gizlenmişti, François'nın mesajı gelinceye dek hâlâ bunu kurtarabileceklerini düşünüyorlardı. Atalarımız çok uzun süre beklemişlerdi ve şimdi yaşamlarını kurtarmak için kaçmaları geriyordu." Jaques yine sustu ve Lemprière, Önder'in karanlığın içinde kımıldandığını gördü. Vuacanson konuştu.

"Bir geçit vardı. Kara ve deniz yolu onlara kapalıydı. Rochelle'den çıkabilmenin yalnızca iki yolu vardı: Ya havadan ya da toprağın altından geçmek gerekiyordu. Kalenin altında bir tür mağara vardı, bir tünel mahzenlerden başlayıp kentin temellerinin altından geçerek bir yeraltı gölüne ulaşıyordu. Bunu kendileri keşfetmişlerdi, bu büyük bir gündü ve merkezinde hazinelerini gizledikleri ufacık bir ada vardı. Göl yerin altında kuzeye doğru iki mil kadar uzanıyor, uzak ucunda bulunan bir çakıl şeridi bir tür kıyı oluşturuyordu. Bu gizli kıyıdan uzanan ikinci bir tünel Pointe du Plombe'nin bilinen kıyısına açılıyordu."

"Yüklerini burada boşaltıyorlardı."

"Bu, onların rotası olacaktı, doğrudan buradan çıkabilirlerdi, ama Kraliyet Kampı bunu engelliyordu."

"Kamp kıyı boyunca millerce uzanıyordu. Engindi," Boffe kavuşturduğu kollarını çözmüştü.

"Burada bir savaş hastahanesi ve belki birkaç baraka kurulmuştu. Dışarı çıktıklarında Kral'ın süvarileriyle burun buruna gelebilirler ya da onlar tüneli ve gölü bulabilirlerdi–"

"Ve altını."

"O nasılsa elden gitmiş sayılırdı. Altını yanlarında götüremezlerdi. Onun için dikkatleri saptırmaları gerekiyordu, böylece François'nın mesajını yaşamayı başaranlara verdiler. Bir kıyımın yaklaşmakta olduğu söylentileri hemen kentin içine yayıldı... İnsanlar neredeyse buna inanmak istiyorlar gibiydi. Ayın on üçünde kalenin içinde bir toplantı yapıldı. Binlerce kişi geldi. Kadın, erkek, kendi karıları ve çocukları. Kapıları içerden desteklediler..." Jaques'in sesi düşmüştü. "François'ya inanmışlardı, Rochelle'in ve içindeki herkesin ölüme mahkûm olduğuna inanmışlardı." Durdu, sanki çok önemli bir engele ulaşmıştı ve çevresine, Kabala'nın öteki üyelerine bakındı. Kimse konuşmadı.

"Böylece, kalenin altındaki geçitten geçip kaçtılar–"

"Evet!" dedi Jaques çabucak. "O gece kaçtılar. Tünelden geçtiler, bir sandalın içinde kürek çekerek gölü geçtiler, sekizi de açlıktan bitkin düşmüştü. Pointe du Plombe'ye vardıklarında tan ağarmak üzereydi. Kraliyet Kampı kargaşa içindeydi, atlar başıboştu, askerler oraya buraya koşuşuyordu, komutansız tugaylar birbirleriyle tartışıyor ve müfrezelere ayrılıyorlardı, mutlu ve düzensiz bir kalabalık neşeyle çığrışıyor ve güneyi, Rochelle'i gösteriyordu. Atalarımız onlarla birlikte o yöne baktılar. Kaleden çıkan kalın bir duman sütunu ağaran gökyüzüne yükseliyordu. Pencerelerden dumanlar ve alevler çıkıyordu. İnsandan ateş topları kurşun gibi düşüp gözden siliniyordu. Bu bir saat kadar sürdü. O uzaklıktan bile net olarak görülebiliyordu. Askerler hep birlikte her yanan beden düştüğünde neşeyle bağrışıyorlardı. İlerlediler. Kentin bitmiş olduğunu biliyorlardı. Sonra birden herkes sessizleşti–"

"Bu konu onu ilgilendirmez." Casterleigh'in sesi kabaca araya girmişti. Boffe, endişeyle bir Jaques'e, bir ötekilere bakıyordu. Jaques bu patlayışı duymazdan geldi.

"Sessizleştiler," diye yineledi. "Herkes görmüştü: Bir ateş topu pencereden aşağıya yuvarlanıyordu, ötekilerden daha ufak, yanan bir figürdü. Belki bir çocuktu. Bunun havaya daldığını ve yükseldiğini gördüler. Yine düştü, bu kez denize düşmüştü ve deniz suyu onun ateşini söndürdü."

"Bir sanrı, bir ışık oyunu," diye homurdandı Casterleigh.

"Yine yükseldi, öykü böyle sürüyor, kara bir nokta hızla uzaklaştı, sonunda bir martı kadar kaldı, uçan bir şeydi ve sonra bir şey görünmez oldu."

"Ben bunu zaten biliyorum," dedi Lemprière. "Bu Ruh'tu,uçan adamdı."

Diğerleri tedirginlikle yerlerinde kıpırdandılar. "Daha sonra onun yüzünün kömürleşmiş olduğunu ve bir melek gibi kanatları bulunduğunu söyleyeceklerdi," diye mırıldandı Jaques.

"Kara bir melek," dedi Lemprière. Jaques kendisini toparlamış gibiydi.

"O da kurtulmuştu, tıpkı atalarımız gibi," dedi. "Kalenin içindeki başka herkes ya aşağıya atladı ya da alevler içinde kaldı." Yine aynı engele takılmış gibi durakladı.

"François yanılmıştı..." Dikkatle konuşuyordu. "Kent yakılıp yıkılmayacaktı. Kendilerini desteklemek üzere hiçbir sefer planlanmamış olduğu doğruydu, bu konuda haklıydı. Ama Rochelle asla yakılıp yıkılmayacaktı. Ne Richelieu'nün ne de kralının kenti bir moloz yığınına çevirmeye niyetleri vardı. Ama bizim atalarımız buna inandılar, anlıyor musun? Kendi karıları ve çocukları da içinde olmak üzere yüzlerce kişi ve başka binlercesi... Bunun her durumda hepsinin başına geleceğini, yitirecek bir şeyleri olmadığını düşünüyorlardı. Önce kale, sonra da tüm kent yerle bir olacaktı. Ve eğer Kraliyet Ordusu kendilerinin de ölmüş olduğuna inanacak olurlarsa, ne diye peşlerine düşsündü? Onlar Rochellelilerin zaten ölmüş sayıldığını düşünmüşlerdi. Kendilerinin de ölmesi gerekli miydi?"

Delikanlı durumu yeni yeni kavramaya başlamıştı. Lemprière, Jaques'in masanın üzerinde kavuşturduğu kendi ellerine bakmakta olduğunu gördü.

"Rochellelileri kalenin içinde topladılar," diye amaçlı olarak konuştu. "Kapıları arkadan desteklediler. Kendileri kaçtılar ve onları geride bıraktılar. Pointe du Plombe'de ortaya çıktılar, geriye baktıklarında onların bir duman bulutunun yükselmekte olduğu pencerelerden atladıklarını gördüler." Jaques yavaşça başını salladı. Lemprière konuşmayı sürdürdü. "Kent yıkılıp yakılmamıştı, ama kale ve içinde toplanan insanlar yanıyorlardı. Düşman birlikleri hâlâ kalenin dışındaydı, ama yine de alevler başlamıştı."

Le Mara konuşmaya başladı, Lemprière onun sesini ilk kez duyuyordu. "Bizim atalarımız yaktı onları," dedi.

"Ve bir hiç yüzünden," diye ekledi Jaques.

Delikanlı yine Juliette'e baktı, kızın yüzünde yine hiçbir ifade yoktu. Sekiz kandil devamlı olarak yanıyor ve yansıyan ışıkları büyük masanın yüzeyinde dalgalanıyordu. Jaques mırıldanıyor, kurban etmek ve gereklilik hakkında bir şeyler söylüyordu, kendi karıları ve çocuklarını daha büyük amaç uğruna ateşin içinde yitirmişlerdi.

"Ya François?" diye sordu. Jaques onayını belirtmek için başını sallarken, Monopole ve Antithe Önder'in koltuğunun arkasında, onun içindeki bir harekete tepki verir gibi hafifçe kımıldamışlardı. Jaques karşı duvardaki Juliette'e bakıyordu.

"Kabala kaçmıştı," diye Vaucanson öyküyü devraldı. "Ve kasımın sonu yaklaşırken burada, Londra'da, bu mağaraların içine yerleşmişlerdi. Atalarımız buranın suyunu boşalttılar ve kendi servetlerini hiç yoktan yeniden oluşturmaya başladılar." Ama Vaucanson konuştukça, Lemprière'in düşünceleri yine yangına dönmüştü, kalenin içindeki kıyım ortaya çıktığında Rochellelilerin çektiği son acıları düşünüyordu. İki mil ötede sekiz kişi bunu soğukkanlılıkla izleyebilmişler, belki de kaçabilmiş olduklarına sevinmişlerdi ve dokuzuncunun, François'nın hiçbir şeyden haberi yoktu.

"Ya François'ya ne oldu?" diye sordu, Vaucanson'un sözünü bir tümcenin ortasında yarıda keserek. Hiç kimse yanıt vermedi. "Gerçekten de suçun hepsi ona mı aitti? Sizin atalarınız hiç de suçlu değilmişler! Ne de olsa yanlış yönlendirilmişlerdi," diye onları dürtükledi, ama yine kimse kendisini yanıtlamadı. Vaucanson Önder'e baktı ve Lemprière onun bir saattir ilk kez olarak konuştuğunu duydu..

"Ona François'yı anlatın," diye emretti.

"Atalarımız François ile kasım sonunda, Londra'da buluştular," dedi Vaucanson.

"Rochelle'de bacağından tüfek yarası almış ve henüz iyileşememişti. Onu bir yıldır görmemişlerdi, ama ilk bakışta değiştiği görülebiliyordu, davranışları eskisine göre biraz farklı gibiydi. Ona her şeyi anlattılar, kuşatmanın nasıl geliştiğini, Rochellelilerin nasıl kötü bir durumda kaldıklarını, mesajının yaptığı etkiyi. O, bu konuda yanılmış olduğunu içtenlikle kabul etti, ama bir daha böyle bir yanlışlık yapmayacaktı. Sonra kendi kaçışlarını anlattılar, ona kendi karısından, çocuklarından ve kötü yazgılarından söz ettiler." Vaucanson durdu.

"Devam et," dedi Önder. Bu öykü Lemprière'e anlatıldığı kadar kendisine de anlatılıyor gibiydi.

"Deliye döndü. Onları çıkarcı ve katil olmakla suçlayıp bağırdı. Sonra Lemprière'lerin kendilerinden öclerini alacağı konusunda yemin etti."

"Ve bu iş böylece başladı," diye kendi kendisine mırıldandı Lemprière.

"François bundan sonra ortadan kayboldu. Kuşkusuz yeni ailesiyle birlikte Jersey'deydi; sizin ailenizle birlikte, Bay Lemprière. O zamanlar yapılacak çok iş vardı. Şirket iki yıl kadar yönetimsiz kalmıştı. Kabala'nın düzenlemeleri kargaşa içindeydi. Rochelle olmadan bu çalışmaların hiçbir temeli yoktu, kâr akışı sürecekse yeni rotalar, yeni stoklar bulmak gerekiyordu. Tüm bunların ortasında François'yı ve öc alma konusundaki sözlerini unuttular. Sonra, 1629 Ocak'ında, ilk kitapçık ortaya çıktı."

"Asiaticus," dedi Lemprière.

"Önce bunun yazarının kimliğini tahmin edemediler, ama şubatta ikinci bir kitapçık daha çıktı ve o zaman kuşkulanmaya başladılar. Martta bir üçüncüsü de çıkınca bundan emin oldular. Düşmanları François'ydı. Kitapçıklar kendileri dışında kimsenin bilemeyeceği olaylara değiniyordu: Şirket'in satın alınışı, anlaşmalar, acente sistemi, kârların dağıtım planı, tüm bunlar ve daha fazlası. Bunları siz de gördünüz, nasıl düzenlenmiş olduğunu biliyorsunuz. Dördüncüsü 'T' den 'Z' ye kadardı ve bu sonuncusuydu, Kabala'nın Şirket'in gerçek sahipleri ve daha doğrusu, Rochelle kasapları olduğunu ortaya koymaya söz veriyordu. Onun mart sonlarında Thomas de Vere'le buluştuğunu biliyorduk ve bundan birkaç gün sonra atalarımız doğrudan doğruya kendisinden haber aldılar. Sonunda bu sorunu çözümlemek için onlara gelecekti."

Lemprière çok aşağılarında, mağaranın içinde yatmakta olan kurumuş kadavrayı düşündü ve öldürülmeden önceki yüzleşmeyi hayal etmeye çalıştı. François'yı, intikamcıyı, Rochelle'in gerçek Ruhu'nu, tünellerin ve galerilerin arasından tırmanır ve o sekiz kişiye ulaşmaya çalışırken gördü, onu da kendisini bekledikleri gibi sabırla beklemişlerdi. O, zamanında gelecekti. Her şey zamanı gelince ortaya çıkıyordu. Sonra karşılaştılar ve kanlı bir çekişme hızla gerçekleşti ya da belki biraz daha uzun sürmüş olabilir miydi? Belki François'yla anlaşmaya çalışmışlardı, onu bir kez daha topluluğun içine almaya çalışmışlardı.

"Daha önce tanımış oldukları adama benzemiyordu." Jaques konuşuyor, sözcüklerini abartılı bir dikkatle seçiyordu. "Yalnızca sorun çıkartmaya çalışıyor, yalnızca öfkeyi biliyor gibiydi. Eski ortakları, karısının ve çocuklarının katiliydi onun için. Bu olgunun ötesinde başka hiçbir şey yoktu."

"Ama o ardından başkalarının geleceğini biliyordu, Lemprièreler'in kendilerini bu çukurun içine, onu bedenleriyle dolduruncaya dek atmayı sürdüreceklerini biliyordu–"

"Evet." Önder'in sesi Lemprière'in sözünü kesti. "Evet, bunu biliyordu." Elleri yine sözlüğün sayfalarını çeviriyordu. Ama ellerinin hareketi bu kez daha amaçlıydı, Lemprière, kitabının orta sayfalarının arasından katlanmış bir parşömenin çıkarıldığını gördü, bu kâğıt Monopole'e, ondan Boffe'ye, daha sonra Jaques'e, Le Mara'ya geçirildi ve sonunda kendisine verildi.

"Buluşmadan kısa bir süre önce yazılmış olan bu mektubun size yönelik olduğuna inanıyorum." Lemprière katlanmış kâğıdı açtı ve sık satırlarla yazılmış bulunan metnin sayfanın büyük bölümünü doldurmakta olduğunu gördü. Sayfanın yukarısında bir not vardı: *Ben, tüccar François Lemprière, bu mektubu sana yazıyorum ey soyumdan gelen kişi, bunu her nerede okuyorsan ve her kimsen. Hoş geldin!* Sararmış parşömeni mum ışığına yaklaştırdı ve okumaya başladı. *Belki benim oğlum ya da torunumsun, ama öyle olacağını sanmıyorum, korkarım bu işin çözümlenmesi nesiller boyu sürecek ve aradan uzun yıllar geçmesi gerekecek, ama eğer bunu okuyorsan, o zaman sorunun çözümü yakın demektir ve sana bu mektubu burada, benim sığınağım ve sürgün yerim olan Londra kentinde yazarken sonunda gelmiş olduğuna seviniyorum.* Lemprière başını bu vasiyetten kaldırıp baktı.

"Ne yapacağını biliyordu o zaman?"

"Biliyordu," diye yanıtladı Önder. Lemprière başını bir kez daha eğdi.

Kendi kendime senin olayın ne kadarını bildiğini soruyorum. Sanırım benim bildiğimden fazlasını biliyorsundur. Yarın, Rochelle'de benden aldıkları şeyleri geri almak için onları aramaya gideceğim. Yarın seni de aramaya başlayacağım. İlk ailemi Rochelle'de bıraktım, altı çocuğumu ve bir yedinciye gebe olan karımı. Şimdi bu sorunu çözümlemek için Jersey'deki ikinci ailemi de bırakmak zorundayım. Seni terk etmek zorundayım, ey soyumdan gelen kişi ve şimdi bu satırları yazarken, yalnızca senin dönüşünü umut edebilirim.

Ortaklarıma ve Şirket'imize gelince, onlar hakkında burada pek az şey söyleyeceğim. Eğer bunu okuyorsan Şirket'i İngilizlerden almış olduğumuzu zaten biliyorsundur. O yıllar sımsıkı bir araya kenetlenmiş olduğumuz ve savaşımızı tek bir beden gibi sürdürdüğümüz güzel yıllardı. Ama artık hepsi bitti, kuşatmayla birlikte bitti ve Rochelle'deki ölülerle birlikte unutuldu. Mirasçılarımı bir kez daha yitirmeyeceğim. Lemprière kuşatmayla ilgili bilgileri ve François'nın İngiltere'deki görevini anlatan ilerki bölümleri okudu. İngilizler dalgakıranın ötesine asla geçememişlerdi. Kabala kaçmış ve Rochelleliler kalenin içinde ölmüşlerdi, François'nın karısı ve altı çocuğu da onların arasındaydı. François onların katil olduklarını düşünüyor ve öcünü alacağını söylüyordu. Bu yazılanlar Lemprière'e bir delinin saçmaları gibi görünmedi. Yarın bu sorun yoluna koyulacak, bu satırları okuduğun sırada son çetele tutulmuş olacak. Sonra sözlerin yine doğrudan kendisine yöneldiğini gördü. Bu mektubu, sana yazmış olduğum mesajı okuyabilmek için senden öncekilerin cesetlerinin saçılmış olduğu garip yollardan geçip denemeler ve ağır çalışmalarla engellenerek geldin. Büyük olasılıkla Jersey'den, Rozel'de benim yaptırtmış olduğum evden geldin. Sen de benim gibi yuvanı ve aileni terk ettin ve belki benim için onlar için yas tutmaktasın. Şimdi bana katılmak üzere geldin. Birlikte, benim vermiş olduğum sözü hâlâ yerine getirebiliriz. Birlikte galipler olarak Rochelle'e dönebiliriz. Bir kez daha, mirasçım ve ardılım, hoş geldin.

Sen de hoş geldin, diye düşündü Lemprière, kadavrayı anımsayarak. Parşömeni dikkatle katladı. Önder'in gözlerinin kendi üzerinde olduğunu duyumsuyordu.

"Buna ne diyorsunuz?" diye sordu Önder. François'nın vasiyeti delikanlıya dokunmuştu. Bu mektup birkaç çağrıda bulunuyordu, gizli umutları ve beklentileri, her şey olup bittikten sonra kötü yazgısına yenilmiş görünüyordu.

"Bu mektup buluşmadan bir gece önce yazılmıştı, son kitapçıktaki gözdağlarının aynısı. Bu sözleri orada da okudunuz sanırım."

"Beni oraya siz yönelttiniz, kitapçıkları oraya benim için siz yerleştirdiniz, değil mi?" Lemprière, arşivdeki buluşunu anımsadı, kitapçıkların düşüp yere yayılmasını... her şey öylesine doğaldı ki. Kapalı kapının ardında yığılmışlardı, içeriden kapıya istiflenmişlerdi. Casterleigh'in, Juliette'in ve arkadaşlarının nasıl ortadan kayboldukları şimdi biraz daha belirginleşmişti.

"Kuşkusuz," diye yanıtladı Önder. "Buraya kadar yardımsız gelmediniz. Bu açıdan atanızdan farklılığınız var."

"O karısı ve çocukları için gelmişti. Ben babam için geldim ve George için, ailemin öteki üyeleri için–"

"Ve kadınlar için, John. Kadınları da anımsayın." Sesinin tonu iğneleyici ve eskisine göre daha sertti. "Ve sizi kendilerine arkadaş olarak seçen tüm öteki masumlar. Siz hâlâ yaşamaktayken onların niçin öldükleri sorun kendi kendinize. Bu neden oldu, John? George niçin öldü? Ya da babanız? Ya da kadınlar? Siz hiç kimse için gelmediniz. Siz getirildiniz. Siz François değilsiniz. François misilleme için geldi ve biz bunu çözümledik–"

"Ve çözümlemenizden sonra, o bir daha buradan ayrılmadı," diye atıldı Lemprière. "Bu düzenlemeden geriye, yakınında uyandığım kadavra kaldı ya da sizin el hüneriniz, bu doğru değil mi?"

"Hayır, bunları kimse yadsımıyor, John, ama henüz her şeyi duymadınız." Önder'in ses tonu yeniden sakin ve yumuşaktı. "Bekleyin, dinleyin. Bu düzenlemeyle birlikte yeni bir dönemeç, daha farklı bir varlık düzeyine ulaşılmıştı. Kabala bu bölmelerde yaşamaya başlayıp yukarıdaki dünya ile ilişkilerini kesti. Tahmin edebileceğiniz ya da Theobald'ın boşboğazlığı nedeniyle öğrenmiş olacağınız gibi biz bir Gizli Komite oluşturduk. Bu bölmeden ve bu gizlilik içinde yeryüzünün en büyük Şirket'ini yönettik. Kuşatma döneminde sürüklenip gitmiş olan kendi servetlerimizi ve Şirket'in servetini yeniden oluşturduk. Hindistan'daki önemsiz yöneticileri ve despotları, onlara Şirket aracılığıyla krediler açarak ve karşılığını doğrudan kendimize aktararak destekledik. Bu yolla Şirket'in kârları daha İngiltere'ye ulaşamadan bize yöneldi. Her yıl bir kervan şu ya da bu bölgesel tiranın sarayından yola çıkarak Akdeniz'in doğu kıyılarına ulaşıyordu. Her yıl kervanı karşılayacak bir gemi gönderiyorduk. Bu gemi altın ve gümüş külçelerin ağırlığı altında sulara gömülerek Akdeniz kıyıları boyunca batıya doğru yelken açıyor, sonra kuzeye, Fransa'nın batı kıyıları boyunca Rochelle'deki eski gizli yerimize ulaşıyordu. Özünde bu basit bir süreçti. Uygulamada ise güçlüklerle doluydu ve en azından bir keresinde neredeyse düşüşümüze neden olacaktı. Gizlice gemilere el koymak zorunda oluşumuz bizi yalandan gemi batırmaya yöneltmişti, karavanları gözetecek ufak ordulara gereksinmemiz vardı ve Hintli acentelerimizin ne derece güvenilir oldukları su götürürdü. Bununla birlikte bunu da düzenledik, ancak tüm bu iş bizim varlığımızı ilan eder bir durumda gelişiyordu. Bu iş için özellikle tüm tayfalarını yitirmiş indianamanlar kullandık. Onlara yeni adlar verdik. Sizin ve ötekilerin böylesine bir ilgi göstermekte olduğunuz *Vendragon*, uzun bir zincirin son halkasıdır. Kaptan Neagle yirmi yıldan biraz daha fazla bir zaman önce onun önceline rastlamıştı, bunu bir sigorta yolsuzluğu sanmasına karşın ahmakça hareketleri neredeyse tüm düzenlemeyi açığa çıkartıyordu, elbet onun yanı sıra bizi de. Ama bildiğiniz gibi Neagle'i susturup gemisini aldık. *Falmouth*, *Vendragon* oldu ve altın yine akmayı sürdürdü. Şimdi burada, Londra'da demirlenmiş durumda yatıyor ve bizi bekliyor. Ama ben daha öteye geçiyorum.

"Başından beri her şeyi buradan yönettik. Gizliliği seçtiğimiz için bu, bizim ilkemiz oldu. İstesek ortaya çıkabilirdik, ama asla kendimiz olarak değil. Bizler içeriden ve dışarıdan sürgün olduk, bizler farklıyız, ancak gerçekte buraya aitiz. Yıllar geçtikçe biz de değişmeye başladık John, buradan değiştik." Bir eli gölgelerin içine çekildi. Lemprière bu elin Önder'in göğsüne hafifçe vurduğunu duydu. Vaucanson amaçlı olarak dikkatle bakıyordu ve Önder daha fazla bir şeyler söyleyecekken, eli yine Lemprière'in sözlüğünün kapağı üzerine yaslandı.

"Kuşatmadan ve sonraki düzenlemelerinden sonra, atalarımız yeni çevrelerine alışıp bu güçlüklerin ortasında Şirket'i yeniden ayaklarının üzerinde durur hale getirdiler, yapılacak öyle çok iş vardı ki, en azından Lemprièrelerle olan anlaşmazlıklarını çözümlemiş olduklarını düşünüyorlardı. Ama yanılıyorlardı. Bu, yalnızca başlangıçtı. Sizin atalarınız birbiri ardına bizim peşimizden geldiler ve biz de onları birer birer kırdık. Kendi kendimize, Lemprièreleri bizim üzerimize birbiri ardına gönderen şey nedir, diye düşündük. İnsan bunu nereden bilebilir ki?" Lemprière, geçmişi düşünüp kendisine bunun nerede başladığını sorarken başını salladı. Babasının gölün kıyısında suyun içine yuvarlanışını düşündü.

"Anlaşma," dedi.

"Hayır. Sizi ona biz yönelttik ve yalnızca sizi. Başka bir şey daha var John. Bir el Lemprièrelere yol gösteriyordu. Ama kimin eli? Bu üçüncü el kimindi, John?" Kabala'nın başları kendisine dönmüştü ve tek bir göz gibi ona bakıyorlardı. O halde biz, Lemprièreler yalnız değil miyiz, diye düşündü. Bizim bir dostumuz mu var? Babasının söylemiş olduğu ve bu konuya ışık tutabilecek bir söz bulabilmek için beynini zorluyordu.

"François ailesine hiçbir şey söylememişti," dedi Önder. "Bizimle ilgili hiçbir şey söylememişti. Yine de, nesiller boyu bizim peşimizden geldiler, birini durdurduğumuzda onun yerine sıçrayan bir başkası, bize başka bir yönden saldırıyordu. Başlangıçta bu Rochelle'di. İlk Lemprièreler kuşatma ve bizim bu kuşatmanın sonuçları üzerindeki rolümüz hakkında daha çok şey biliyorlardı, bunları tek başlarına ortaya çıkartmış olmaları olanaksızdı. Her şeyden önce, bu konuda sorular sormayı nereden akıl ediyorlardı? Sonraki atalarınız daha da yakına gelmeye başladılar, Şirket'e ulaştılar, ondan sonra da, her şeyin üzerine serdiğimiz örtünün neresinde bir yırtık varsa, oradan sızdılar, sanki bir Lempriére durmuş orada bekliyor, yırtığa gözünü uydurmuş gözetliyor, kumaşı ikiye ayırmaya çalışıyordu. Babanız için bu, Neagle olayıydı. Bunun taşıdığı önemi nereden bilebilirdi? Onu Fransa'nın batı kıyılarına yönelten şey neydi? Yaşamış olsaydı planladığı gibi buraları araştıracaktı, Rochelle'deki depomuzu ve içindeki her şeyi bulabilirdi. Nereden öğrenmişti?" Birkaç dakika geçti, sonunda Lemprière kendisinden bir yanıt beklendiğini anladı.

"Babam bana işleri konusunda hiç bilgi vermezdi," dedi katı bir sesle.

"Hayır," dedi Önder vazgeçmiş gibi. "Belki artık önemi de kalmadı. Kaçınılmaz olarak bazı uçlar boşta kalıyor."

"Ben bu nedenle mi buradayım? Babam da boştaki bir uç muydu?" dedi Lemprière acı bir sesle.

"O merkezdeki ipti, John. Sizi ve sözlüğünüzü buraya getirtmek kolay olmadı." Yine kitap. Önder'in parmakları kitabın köşelerinde seyiriyordu, kapağını biraz kaldırıyor, sonra yine indiriyordu. Birden kapak açıldı ve görünmeyen kişi yüksek sesle okumaya başladı, "Aaassus. Aba. Abacenae. Abadir. Abae. Abaeus..." Okumayı sürdüren adam, bir noktadan sonra onun çalışmalarıyla alay eder gibi görünmeye başladı. Onun sözlüğüyle. Bu nedenle mi buradaydı? "... Abagarus. Abala. Abali. Abalus..." Lemprière bunun başlangıcını düşünmeye çalıştı, Kalkbrenner'in bu düşünceyi, kendisinin üzerini etle kaplaması gereken bir iskelet gibi önerdiği zamanı, bu projeye girişmeye karar verdiği o günü anımsadı. Septimus oradaydı ve Septimus onların hizmetindeydi. Kalkbrenner de mi öyleydi? "... abana. Abandus. Abannae..." Önder'in sesine koruyucuları da katılmıştı, Monopole ve Antithe efendilerinin söylediklerini papağan gibi yineliyorlardı. Kalkbrenner, Septimus ya da her ikisinden önce. Geçmişi, adayı düşündü, çift anlamlı akşam karanlığını ve pencereden Rozel'in tarlalarına doğru bakan kendisini; tarlalar alacakaranlıkta yer değiştirmişler ve kendilerini eski bir inanca göre biçimlendirmişlerdi, yaşlı bir beden kendisini köklerden çekip çıkartıyor ve tel gibi çimenler, uzaklardan sinsice kendi savsaklanmış bölmelerine doğru yürüyordu: Vertumnus. Deliliğinin ilk hayali; ama nasıl bilebilirlerdi? "... Abanta. Abantes. Abantias..." İkinci hayal Actaeon'du. Çukurun içindeki Danae. Coade'deki İphigenia. "... Abantidas. Abantis. Abaorte. Abaraza..." Paris. Yine Juliette'e baktı ve Saint Martin Kilisesi'nin önünde arabadan aşağıya adım atışını düşündü. Daha ne kadar geriye gitmesi gerekiyordu? Kafasının içindeki bu parıltıyı ne zaman yakalamışlardı? Yine o geceyi düşünmeye çalıştı, penceresinden gördüğü o imgeyi ve bunu izleyen o tedirgin uykuyu. O gece, karanlığın içine doğru bağırarak bir şeyler söylemişti. Bizi duymuş ve anlamış mıydı? Buna inanamıyordu. Uyandığında papazı görmeye gitmiş ve orada bir aptal yerine konmuştu. Bir ağacı tırmanmış ve düşmüştü, Juliette onu yolunun üzerinde bulmuştu, kiliseye mi gidiyordu? Evet, kiliseye.

"Calveston," dedi ve Önder'in arkasındakiler sustu. Boynu yine ağrımaya başlamıştı. Oturmak istiyordu. "Peder Calveston söyledi size benim şeytanlar, karanlıkta hayaletler gördüğümü. Size deli olduğumu söyledi."

Juliette kendisini geride, aklı karışmış durumda bırakarak patikadan aşağıya, kiliseye doğru yürümüştü. Kendisi yürüyerek eve dönmüştü. Kütüphaneye davetiye gelmiş ve birkaç gün sonra, teşekkürlerle birlikte Ovid baskısı gönderilmişti. İçinde o tek baskı olan kitaptı bu: Gösterişli çıplaklığı içindeki Diana. Actaeon acılarının ilki olmuştu. Okumuş olduğu öyküydü bu, bunu tahmin etmişler ve ona göre davranmışlardı. Parıldayan kırmızılar. Çelik griler. At dönmüş ve nehirden yukarıya yürümüştü.

"Çok iyi, çok iyi." Babasının dedesi hâlâ orada yatıyordu. Önder'in sesi çok uzaklardan geliyor gibiydi. Calveston kıza söylemişti, kız da Vikont'a, Vikont ise şimdi konuşmakta olduğu adama.

"Siz aklınızın karıştığını sandınız, kendi canavarlarınız için çaresiz bir kanal oldunuz. Kitaplarınızı bir yana bırakıp gözlerinizi kapattınız, ama o zamana dek çoktan sizi elde etmiştik, John. Bu kente geldiğinizde size Septimus'u verdik, önünüzdeki yolculuk için gereksinmeniz olan *güvenilir* Achates'inizi ve Septimus sizi nereye yönelttiyse, onu izlediniz. Kalkbrenner'e, sözlüğümüzün içinize ilk olarak konulduğu yere gittiniz. Sözlüğün sayfalarının yaşam bulduğu De Verelere. İphigenia'yı astığımız Coade'ye. Sözlük bizimdi, John. Danae'nin ölümü bizim işimizdi ve İphigenia, o size benim bir armağanımdı." Sayfaları çeviriyordu.

"İşte sizin canavarlarınız. Onları işte burada zincirliyordunuz. Her birinin altında tam yazıldığı tarihler ve sizin imzanız var. Kataloğa adınızı her koyduğunuzda size biraz daha yaklaşıyorduk. Septimus her maddeyi tarihleyip imzalamanızı neden istedi sanıyorsunuz?" Lemprière'in başı zonkluyordu. Daha önceki darbe yüzündendi, Septimus'un vurduğu darbe sanki etten kalın bir yaka gibi kendisine eklenmişti. "Septimus mu?" diye sordu.

"Şirket'te çalışan genç bir eleman. Zor bir durumda insiyatif gösterdi; kendisini kanıtladı..." Önder'in sözlerini izlemekte güçlük çekiyordu. Her birini imzala ve tarihle, bu kesinlikle en önemli şey. Güldür onları, ağlat onları. "... kurbanlar gerçekti, John. Sizin yardımınızla ya da sizin yardımınız olmadan öldürüldüler." Ödet onlara. "Sir John'un bakış açısıyla, cinayet kurbanı oldular..."

Sir John'un adı onu kendisine getirdi. Septimus ve Cadell geçmişe, hiçliğe karıştı. Sir John, katilleri ve hırsızları yakalayan ve onları asan adam. Onun adı burada yersiz kaçıyordu, bu yerde, bu Şirket'in içinde, havada kalan bir yasa kuralı gibi yankılanıyordu. De Verelerin karla kaplı topraklarının üzerinde kendilerinden kaçtığı araştırmacıların arkasında duran, şimdi, o gece Coade'den kaçan genç adamın ya da kendisinin peşine düşmüş olan Sir John'a, Peppard'ın odasında yalan söylemişti.

"Katil sizsiniz, John. Sözlüğünüz bir anahtar, bir ipucu." Boynunun çevresindeki yaka daha kalınlaştı, bir kas şeridi boynunun çevresini daha da sıkmaya başlamıştı.

"Bu sizin imzalı itirafınız."

Elleri iki yanındaki masanın kenarlarına değdi. Buna asla inanmayacaklardı, kendisinin bir katil olduğuna asla olasılık tanımayacaklardı, asla... ama kanıtlar yığılmıştı: cinayetlerin olduğu yerdeki ya da yakınlarındaki kendi varlığı, sonraki sessizlikleri, Sir John'a söylediği yalanlar. (Smith? Lemprière) Sözlüğü. Kendisinin mahkemeye çıkartılışını görüyordu: miyop, içine çekilmiş, garip. Suçlu. Belki dengesiz, Bayanlar ve Baylar, babasının beklenmedik ve kuşkulu ölümüne de tanık olmuştu, bu kentte tek başına kalmıştı, yaklaşmasına izin vermeyen kadınlardan korkunç bir öc almaya karar verdi... Asılacaktı. Onu asacaklar ve bu kavga böylece bitecekti. Hoş geldin, François. Hoş geldin, John.

Parapetin altından kaydığını bir kez daha duyumsadı. Casterleigh'in yüzü ona bakıyordu, sanki Lemprière'in kendisi, burada ve şimdi, tiyatronun damında her ne belirdiyse, o şeyin kendisi olmuş gibi bir yana eğilmişti. O zaman, ikinci kez, sırtında bir elin kendisini öne doğru ittiğini duyumsadı.

"Ama asılmayacaksınız, John."

"Yıllar önce bir yemin etmiştim," dedi Önder, kendisi görünmemekle birlikte bu sözlerin Lemprière'e, yalnızca ona yönelik olduğu anlaşılıyordu. "Galibi salıverecektim. Bu gece, evet bu gece, bu sözümü tutmak istiyorum. Sizin de bu sözü benimle birlikte tutmanızı istiyorum. Buralara kadar gelmekle iyi ettiniz, Lemprière. Daha da ileri gitmelisiniz. *Vendragon* bizi alıp Rochelle'e götürmek için dokuzumuzu bekliyor. Yüz elli yıl önce kaçmış olduğumuz ülke şimdi her şeyden habersiz bizi, yöneticilerini bekliyor. Bana katılın, John. Bu size kalmış bir şey. Benimle bir olun." Önder bu sözlerle kendisini gizleyen karanlıktan çıkıp öne doğru eğildi, mum ışığına çıktı ve Lemprière gölgelerin adamın yüzünden, etin üzerinden akan kanlar gibi çizgi çizgi aktığını gördü. "Ya da asılın."

Yanlış bir şey vardı. Yüzünün derisinde değil, kafasının içinde değil, ama her ikisinin arasındaki bir şeydi. Önder'in yüzündeki deri ve et sanki seyiriyor ve dudakları, yanakları, çeneyi ve burunu harekete geçiren sinir telleri tersine davranarak bu hareketleri durdurmuş gibi asılı kalmış durumda hareket ediyordu. Ağzının bir biçimi yoktu. Lemprière, adam konuştuğu zaman boynunun kabardığını gördü, sesi sanki midesinden geliyordu. Kasları çökmüştü. Yüzü tembelce asılı kalmıştı, kafası sanki etle doldurulmuş düzensiz bir torbaya benziyordu.

"Mumlar, John." Başının hafif bir hareketiyle içinde mumların yanmakta olduğu lambayı işaret etti. "Sekiz mum burada bulunan sekizimiz için yanıyor, bir tanesi yakılmamış." Lemprière, Casterleigh'in bakışlarını kendisinden ayırıp masanın üzerinden ne Jaques'e, ne de Le Mara'ya yönelik olan bir işaret yaptığını gördü. "Dokuzuncusu sizin için, John. Yakın onu."

Gözünün ucuyla Vaucanson'u masanın üzerinden Casterleigh'e bakarken yakaladı, ama hiçbir şey söylemedi ve hiçbir işaret verilmedi. Vaucanson ve Casterleigh. Jaques ya da Le Mara. İki olası üçgen. Bunların tümü, kendi farklı tarzlarıyla, belli etmemekle birlikte Önder'e bakıyorlardı, sanki kendisi gibi onun yüzünü hiç görmemişlerdi ve Lemprière, kuşatmadan beri geçen yıllar boyunca son Lemprière'in gelmesini ve dokuzuncu yeri almasını bekleyerek geçen uzun yalnızlık yıllarını düşündü. Ama niçin? Bu soru yüzünde belirirken Önder'in yüzü yaklaşık bir gülümsemeyle yükselmeye başladı, sorulmamış sorusunu anlamıştı.

"Niçin siz, Lemprière? Çünkü siz François'nın anlaşmasının parçasıydınız. O zamanlar adınızı bilmiyorduk, yalnızca bir Lemprière olacağınızı biliyorduk. Yüz yıldan fazla bir zaman önce henüz doğmamıştınız, ama sonunda geleceğinizi biliyordum. Sizin yeriniz hep korundu. Hisseniz de güvencede. Eğer isterseniz, kız sizindir ve zamanı gelince bu masanın başında, benim yerimi alacaksınız. Eğer bana katılırsanız bunların hepsi sizin."

"Buraya, İngiltere'ye öc almak için gelmediniz," diye dikkatle konuştu Lemprière. "Rochelleliler için gelmediniz. Şirket için geldiniz."

Le Mara bir Casterleigh'e, bir Önder'e, sonra yine Casterleigh'e baktı. Casterleigh'in yüzü donmuş gibiydi. Önder ona baktı ve Lemprière onun bu bakışını karşıladı. Adam yanıt verdiğinde sesi değişmişti, eyleminin soğuk olgusuna kattığı yumuşak tonlar sıyrılıp gitmişti. Artık gösteri yapmıyordu.

"Evet, Şirket'i istedim ve elde ettim. Sizi istedim ve sizi de elde ettim. Sizin yargılarda bulunma lüksünüz yok Lemprière. Bir seçim yapmanız gerekiyor. Bu gece, bizi kovmuş olanları yerlerinden etmek için Rochelle'e ve Fransa'ya dönüyoruz. Bana katılın ya da asılın."

Bunu söylerken elleri kitabın üzerinde birleşti ve kitabı masanın üzerine fırlattı.

"Sözlüğünüzü geri alın, Lemprière. Bizimle gelin." Lambayı işaret etti. "Son mumu yakın."

Lemprière kitabı aldı ve atasının vasiyetini onun sayfaları arasında kaydırdı. Kitap sandığından ağırdı. Le Mara'nın konumu değişmemişti, koltuğunun içine çöreklenmiş, oturuyordu. Ama yüzü farklıydı. Lemprière kitap elinde, lambaya doğru yürüdü. Katilin yüzünde şaşkın bir anlatım gördü, sanki bir şey olmuş ya da olması beklenen olmamıştı, ama kendisi bunu açıklamaktan yoksundu. Lambanın içinde sekiz mum yanıyordu. Bir an öteye baktı ve gözlerini kırpıştırdı. Aynı ifade Vaucanson'un yüzünde de vardı. Delikanlı ince mumu eline aldı, geriye doğru dönmek üzereydi. Adamların her ikisi de masanın üzerinden Casterleigh'e bakıyorlardı. Onu bekliyorlardı. Delikanlının elindeki ince mumun alevi yükseldi ve parladı, alevi parafini eritmeye başladı. Delikanlı başını kaldırdı ve Juliette'in yüzünün en sonunda kendisine doğru döndüğünü gördü. Kızın yüzü gergindi. Delikanlının az aşağısında, sağında Le Mara'nın oturduğu ve gözlüklerinin çerçevelerinin sona erdiği yerde bir kımıltı oldu, dünya bulanıklaştı. Lamba çok yakınındaki bir ışık parıltısıydı, dokuzuncu mumu ateşlemek için elini uzattığında, Casterleigh'in bu soruyu yanıtlar gibi, "Evet," dediğini duydu ve Jaques sanki bu bir soruymuşçasına, "Hayır," dedi. Le Mara harekete geçmişti bile, yerinden yarı kalkarak kolunu ileriye doğru savurdu. Lemprière aşağıya doğru baktı ve gördü. Le Mara'nın bıçağı kabzasına dek gömülmüştü. Jaques, yüzünde şaşkın bir anlatımla, öne doğru eğilmiş ileri geri sallanıyordu. Bıçağın kabzası koltuğunun arkasına tık, *tık, tık* diye vuruyordu. Bıçak Jaques'in sırtına yerleşmişti. Önder karşı çıkıncaya dek sanki aradan saatler geçti.

"Ne cesaret!" Vaucanson de ayağa kalkmış, Boffe'yi tutmuştu. Le Mara adamın başını yakalamış kollarının arasında sallamış ve birden geriye doğru çekmişti, taş bölmenin içinde adamın kalın boynu gürültüyle kırıldı. Boffe'nin elleri masanın üzerinde seyirdi.

"Nasıl cesaret edersiniz!" Önder'in sesi öfke doluydu. Arkasındaki iki kişi yerlerinden kımıldamamıştı. Kendisi de kımıldamamış, ancak kolları bedenini ayağa kaldırmaya çabalamıştı. Lemprière adamın ayağa kalkamadığını anladı. Jaques konuşmaya çalışıyordu, ama sözcükler boğazından bir hırıltı gibi çıkıyordu. Lemprière olduğu yerde donup kaldı.

"Mumu yak, John!" Vikont oturduğu yerden ona gelişigüzel sesleniyordu, sesinin tonu Önder'in sesinin taklidiydi. Juliette delikanlının arkasındaydı, doğrudan doğruya Lemprière'e bakıyordu, gözleri açılmıştı, yüzünde zorlayıcı bir ifade vardı. Gözleriyle kendisine bir şey söylemeye çalışıyordu. Delikanlı elindeki ince mumu acıklı bir kılıç gibi kaldırdı.

"Siz benimsiniz, John!" dedi taklit ses yine. Ama bu kez ciddiydi. Vikont yerinden doğrulurken, Lemprière adamın iri gövdesini, fiziksel kütlesini ve damda yaşadığı korkuyu anımsadı. Jaques öksürdü ve boğazından bir kan damlası tükürdü.

"Juliette," diye konuşmaya başladı, ama ağzı yine kanla dolunca gerisi duyulmaz oldu. Kız mumlara bakıyor, Lemprière'e işaret ediyordu. Casterleigh bir sandalyeyi tekmeyle bir yana savurdu ve masanın çevresinde dönmeye başladı. Delikanlı Juliette'in bakışlarına karşılık verdi, gözleri bir kıza, bir kendisine doğru yaklaşmakta olan Vikont'a gidip geliyordu. Mumlar oluk gibi akıyorlardı, Casterleigh sırıttı ve yaklaşırken ellerini esnetti. Juliette kımıldamaya başladı ve birden Lemprière anladı. Aynı anda Casterleigh kızı gördü ve o da anladı. Lemprière ciğerlerini patlayıncaya dek havayla doldurdu ve Vikont kendisini öne doğru fırlattı, ama kocaman elleri onu yakalamak için geç kalmıştı.

***

Nazım, önce bir dizini, sonra ötekini uzatarak, sırtını kamburlaştırıp düzelterek, boynunu yuvarlayarak, el ve ayak parmaklarına dek her eklemini esneterek bölmenin dışında, karanlıkta bekliyordu. Sahte Lemprière ve arkadaşı bölmenin içinde gözden uzaklaştıklarında Nazım çakıllı alanın kıyısına yerleşmişti. Dakikalar, sonra saatler geçtikçe kol ve bacaklarını ritmik hareketlerle oynatıyordu. Aklı hızla çalışıyordu ve bir kez daha sahte Lemprière'in peşine düşmüştü. Genç adamla karşılaşmalarını yeniden aklından geçirdi: Domuzeti Klübü'nde mavili kadının korumasındaki kadını kazanan adam, Farina'nın adamları tarafından hanın dışında tartaklanan adam, Blue Anchor Lane'de öldürüldüğü gece gerçek Lemprière'le baş başa konuşan adam, bundan bir hafta sonra Ship in Distress hanında "Theobald" adındaki adamı onunla karıştıran adam, Coade'den dışarıya deli gibi koşarak çıkan adam, bir önceki gece kızın ardından tiyatroya doğru koşan adam, birkaç saat sonra Bay Preaceps tarafından bilinçsiz durumda arabaya taşınan adam –aynı kişi– o gece Sir John'la konuşmuş ve konuşmaları "Lemprière" adı üzerinde yoğunlaşmıştı, oysa o adı taşıyan adam aylar önce Le Mara tarafından öldürülmüş bulunmaktaydı ve tüm bunlar, bir zamanlar Domuzeti Klübü'nde bir eşek şakasının sarhoş hedefi olan ve neredeyse Farina'nın çapulcularının kurbanı olacakken kurtulan gözlüklünün omuzlarına yıkılıyordu görünüşte, bu, gerçek Lemprière'i aldatan ya da ona sadık bir arkadaş olan adamdı, Ship in Distress Hanı'ndaki miyop aptaldı, Coade'deki deliydi, Opera Evi'ndeki âşıktı, Praeceps'in arkadaşı, sonra Southampton Sokağı'ndaki bilinçsiz bedendi ve şimdi de görünüşe göre, Nazım'ın hızla ortadan kaldırmak üzere olduğu Dokuzlar'la iş birliği yapan, hatta belki onlardan biri olan bir adamdı.

Nazım bu sahte Lemprièreler'le kararlılıkla güreşiyor ve onları tek bir Lemprière'in yapmacık kopyaları olarak gördüğünden geriye doğru izlerini sürmeye çalışıyordu, ama oluşturduğu düşman henüz ince kolları ve bacakları, garip köşeli bedeniyle, kesinlikle bu ya da kuşkusuz şu ya da belki tümüyle başka bir şey, diye bir köşeye yerleştirilemeyecek denli acemice bir biçimdi. Ne karanlık, ne de aydınlıktı ve Nazım her şeyi açık seçik görmek istiyordu. Gerçek ya da değil. Bu Lemprièreler yerine oturmuyordu. Şimdi, her zamankinden çok basit düşünmek istiyordu, ama canavar da Lemprière kadar belirsizdi, saf ya da kurnaz, suçlu ya da göründüğü kadar masumdu ve kaynağı belirsiz ışığı, sırasıyla bakışını çeken dalgalı çukurlarına ve yüksekliklerine, kemerli boşluklarına garip biçimler veriyordu. Yoğun bir karanlık olsa bunları hayalet sanabilirdi, kişi gözlerini iyice kısıp kapatarak baktığında görülen modeller, beynin çalışmayan mekanizmalarının kaprisleri gibi görünüyordu. Belirlenmemiş nesneler ve biçimler yukarısındaki yarı aydınlıkta havada uçuşuyor ve çırpınıyor gibiydi.

Bir ya da iki kez, havada bir karışıklık, havanın çok yukarılardaki bir yabancı bedenin üzerinden, çakıllı alanı geçip Lemprière ve arkadaşının bir saat kadar önce içinden çıkmış oldukları boşluktan doğru hızla aktığını duyar gibi olmuştu. Kaprisler ve hayaletler. Canavar, onun yanıtlanmamış sorularını çağırmak için bunları üzerine salıyor ve kuşkularını besliyordu. Kalaslar ve payandalarla kapatılmış bölmeye ulaşmak için izlediği yivli tüneli, stalaktik dişleri ve balçıktan duvarın arkasında basınç yapan suyu yalar gibi görünen o taşlaşmış dili düşündü. Desteklerini hiç düşünmeden tekmelemiş olduğu duvardan sızan suyu, o ufak parlak boncukları, sonra gümüş bir damlayı anımsadı, sanki Canavar, kendi yıkım zamanına ayarlanmış engin bir su bombası gibiydi. Bir damla, bir dere... Ve sonra?

Ve sonra endişeleri geriye, yukarısındaki karanlık boşluklara doğru geriledi. Oradaki havanın birden, sanki bir esinti tünellerin arasından kendisine bir yol bulmuşçasına hızla aktığını duyuyordu, özel bir tür esinti –önce sesi duyuluyordu– merak etti, bu bir yarasa olabilir miydi? Ama görüş alanına bir anda girip çıkan biçim daha büyük bir şeydi, çok daha büyüktü, solunda gözden uzaklaşırken ona böyle görünmüştü ve bir şey, belirgin bir *çatırtı* ile kırk beş, elli metre ötesindeki çakıllı alana kondu. Tiyatroda, dakikalar önce Le Mara'nın arkadaşı arabanın içine çökerken de aynı sesi duymuştu. Ayağa kalktı ve loş alana doğru yan yan baktı. Bir şey görmedi. Bir şey yoktu. Yassı çakıllar kendi kendilerine kımıldıyorlardı, havanın hışırtısı, kendi bedeninin ısısıyla harekete geçen ısıyı aktaran bir hava akımı, kendisinin saygılı bir kopyası, hiçbir şey, başka hiçbir şey yoktu. Ama, çakıllı alanın uzak ucunda, bölme girişinin uzağında, birisinin ya da bir şeyin kendisi gibi karanlıkta gizlenmiş beklemekte olabileceği kuşkusunu üzerinden atamıyordu.

Dakikalar geçti ve başka bir şey duyulmadı. Nazım'ın dikkati giderek yine bölmeye yöneldi. Yine kaslarını ve eklemlerini, sırtını, boynunu, omuzlarını esnetmeye başladı... Karanlığın içinde bir ses kabarcığı patladı, bölmenin kapısından birbirine girmiş sesler boşaldı ve kapı yeniden kapandığından sesler birden yarıda kesildi. Nazım bir erkek sesinin emirler dağıttığını duymuştu, sonra bir öksürme sesi, daha derin öfkeli bir ses yükseldi, daha sonra sessizlik, bu sessizliğin içinde bölmenin içinde yaklaşan, denetimsiz ayak sesleri duyuldu. Hiç ışık yoktu. Bir çift ayak sesi Nazım'a doğru yaklaşıyordu, adam bunu adımlar kendisine doğru yaklaşırlarken fark etti. Kapı yine açıldı. Bu kez lamba yakılmıştı. Arkalarından, kapının ağzından gelen ışığın içinde silüet olarak beliren iki kişi Nazım'a doğru yaklaşıyordu, bu arada kapı, ötekilerin önünde sendeleyerek ilerleyen iki kişinin üzerine gölgesini düşürüyordu, öteki iki kişi bir an kapıyla çerçevelendiler, sonra onlar da ötekilerin peşine takıldılar. Kapı kapandı, karanlık geri döndü ve şimdi yalnızca kendisine doğru çakılların arasında ilerleyen hızlı ayak sesleri vardı. Nazım bir elinde minyatürü sıkı sıkıya tutarken, bıçağı öteki elinde, onlara doğru ilerledi. İlk çift şimdi çok yakınındaydı, çıkardıkları sesler o denli yüksekti ki onları fark etmemesi olanaksızdı. Birden iki yüz yarı aydınlıkta belirdi, korkmuş, denetimsiz yüzler, önce kızın yüzü ve sonra, onun biraz arkasında sarf ettiği çabayla ürkmüş durumdaki sahte Lemprière. Kendisini görünce ikisi de şaşkınlık içinde durdular. Sahte Lemprière'in gözleri kendisini tanıyarak daraldı.

"Siz!" dedi boğulur gibi, bu çiftin ardından onları kovalayanların daha düzenli ayak sesleri de durdu.

Üçü, Lemprière, Juliette ve Nazım birbirlerine bakarken kısa ve tam bir sessizlik oldu, arkadan gelenler bu kesin sessizlik karşısında birden şaşırıp durakladılar. Sonra bu sessiz ânın içine bir ses, niteliksiz bir *pop* düştü, bunun ardından hava akımına benzeyen, ama bu kez daha özlü, daha güçlü bir şey çıkageldi ve Nazım bu şeyi, çok geride kalan yerlerden, süngersi yapılaşımlardan ve geniş tünelden, düzenlerini bozmuş olduğu çürük kalaslardan biliyordu, balçık çökmüş, saat dolmuştu ve şimdi su Canavar'ın boğazından kendilerine doğru hızla akıyordu. Kızın kolu sahte Lemprière'in bedenine sarılmış durumdaydı. Nazım bıçağını kaldırıp ileriye doğru bir adım atarken birbirlerine baktılar.

***

Basit olmuştu. Casterleigh kendisini öne doğru fırlatırken Lemprière mumları üflemiş ve bölme karanlığa gömülmüştü. Vikont'un iri bedeninin bir koltuğa tosladığını duydu, adam inleyerek yere düştü, sonra güçlü bir el bileğine yapışıp onu kapıya doğru çekti.

"Bu yandan," diye zorladı kendisini Juliette'in sesi. Kız onu bölmeden dışarıya çıkartıyordu ve sonra delikanlı ayaklarının altında gıcırdayan çakılların sesini duydu; dışarı çıkmış, koşuyorlardı, ayak sesleri mağaranın kemerlerinde tüfek patlaması gibi yankılanıyordu. Delikanlının gözleri hafif ışığa alışırken kızın giysisi belirginleşti, önü sıra ak bir alan gibi dalgalanıyordu. Arkasında bir kibrit çakıldığını ve kapının açıldığını duydu. Lamba yeniden yakılmıştı. İki kişi kapının ağzında belirdi, biri iri ve uzun, öteki daha kısa ve ince yapılıydı. Sonra kapı yine kapandı ve her yer karardı. Kendisinin ve Juliette'in arkasından koşanların deneyimli ayak seslerini duyabiliyordu.

Belki otuz beş metre kadar kazanmışlardı, çakılları hışırdatarak birlikte ileriye doğru koşuyorlardı, kızın eli hâlâ onun bileğindeydi, delikanlının şimdiden soluğu kesilmişti. Yer ayaklarının altından kayıyor, sanki attığı her adımda kendisini geriye doğru çekiyor gibiydi. Juliette'in de soluk soluğa kalmaya başladığını duyuyordu, kendi ayak seslerinin altında Casterleigh'in ve Le Mara'nın yaklaşmakta olan ayak sesleri vardı. Birden Juliette'in bedeni kendisininkine çarptı. Koşarken durmuştu ve kendisi onunla çarpışırken kızın kolları kendi kollarında destek aradı. Arkalarından gelen ayak sesleri de durdu. Lemprière baktı ve kara pelerinli ve şapkasının geniş kenarı Ship in Distress'den tanıdığı bir yüzü gizleyen, karalar içinde bir adam gördü, bu, gerçek Theobald gelinceye dek Theobald'ın yerini almış olan Hintliydi.

"Siz!" diye bağırdı. Ve o şapka... Bir hanın dışında, kargaşanın ortasında gördüğü şapkaydı, güçlü bir el kendisini Farina'nın serserilerinden çekip kurtarmıştı ve başka bir yerde daha. Kurtarıcısı buradaydı. Üçü de sustu. Lemprière önündeki uzaklığın içinden gelen bir ses duydu, sanki bir tıpa çekilip çıkartılmış ve şarap akmaya başlamıştı. Su akıyordu. Juliette ona baktı ve kollarını kendi kollarına sardı. Hintli kolunu kaldırdı ve ilerlemeye başladı. Bakışları kendilerinin içinden geçip ötelere uzanıyor gibiydi. Elinde bir bıçak vardı. Arkalarındaki ayak sesleri yine duyuldu. Lemprière, Juliette'i de kendisiyle birlikte çekerek yana sindi. Ayak sesleri hızlanmış ve yükselmişti. Hintli, sanki onlar hiç yana çekilmemişler gibi az önce onların bulunduğu noktaya doğru ilerledi ve oradan da şimdi ayak sesleri açıkça duyulmakta olan kendilerini kovalayan kişilere yöneldi. Nazım avına doğru ilerlerken gençler bir an durup baktılar. Adam onları geçip gitmiş, onları esirgemişti ve delikanlıyı ileriye, süngersi taş oluşumlarına doğru çeken yine Juliette oldu. İkisi ilerleyip uzaklaşır ve pelerinli kişi kendilerini kovalayanlarla buluşmak üzere öne doğru yürürken, bir altıncı oyuncu, öteki beş kişi tarafından görülmeden ve duyulmadan çakıllı alanın uzak kıyısında yerleştiği yerden ayağa kalktı ve gözlerini kendi avının bulunduğu bölmeye çevirdi.

Çakıllı alanı geride bırakan Lemprière ve Juliette hızla katı kayaların üzerinden koşuyorlardı. Garip taştan tepeler yükselip kaçışlarını engellemeye başlayınca hızları düştü. Lemprière, arkalarındaki üç kişinin ayak seslerinin birbirine girdiğini ve durduklarını duyabiliyordu. Dövüş başladığında hızlı bir esinti duyuldu. Ötelerinde, akan su sesi daha yükselmiş ve daha belirginleşmişti, suyun kendilerine doğru aktığı açıktı. Bir çift ayak sesi gerileyip kendisini dövüşten ayırdı, giderek yükseldi, sonra, kendilerinin gitgide daha güçlükle yürümekte oldukları katı zemine varınca birden durdu.

Tepecikler daha uzamış, daha çok mızrağa benzemeye başlamıştı, her biri bir adam yüksekliğindeydi, bölgeyi açık bölmelere ayırıyordu, sanki erimiş kayaların içine hava kabarcıkları üflenmiş ve katılaşıp bal gümeci gibi bir yapı oluşturmuştu. Akmakta olan suyun sesi daha yükselmişti. Lemprière, kovalamacayı sürdürenin Casterleigh mi, yoksa Le Mara mı olduğunu merak ediyordu. Casterleigh olmalı, diye düşündü. Bu Vikont olmalıydı. Juliette önünden gidiyor, süngersi yapının içinde bir yol izliyordu. Garip yol her ikisinin önünde dosdoğru uzanıyor, şimdi gerideki her sesi boğuyordu.

Bele kadar gelen sütunlar giderek yeniden daha yuvarlak tepelere, şişkinliklere dönüştü ve sonra yükselip gözden uzaklaşan bir kayayla karşılaştılar. Açık ağza benzer bir açıklık katıksız kayayı merkezinden deliyordu –burası yirmi metrelik geniş bir tünele açılıyordu– burada gürüldeyen suyun sesi daha güçlü olarak duyuluyordu. Lemprière başka bir giriş arayışı içine girdi, ama Juliette onu bu hışırtıya doğru çekti, "Buradan!"

"Su," diye karşı çıktı delikanlı, ama kız buna kulak asmadı.

"Nehir içeriye girmiş," diye bağırdı omzunun üzerinden. "Burayı yakında sel basacak. Sular yükselmeden önce şafta ulaşmalıyız, yoksa boğuluruz."

"Başka bir yol olmalı." Lemprière umutsuzlukla çevresine bakınıyordu.

"Buranın yalnızca üç girişi var. İkisi orada." Tünelin içini işaret ediyordu.

"Ya üçüncüsü–"

"Millerce ötede. Ta, geriye Opera Binası'nın altına çıkıyor." Kız arkasını işaret ediyordu. "Le Mara, Hintli'nin işini bitirdikten sonra orayı denetim altına alacaktır." Juliette delikanlının bileğini yakaladı ve ileriye doğru çekti.

Bölmeden kaçtığından beri ilk kez olarak sözlüğünün hâlâ elinde olduğunu anımsadı. Kalın cildi ceketinin yıpranmış cebine soktu ve kızın arkasından aceleyle seyirtti. Tünele girer girmez, Lemprière suyun ilk diliminin botlarının çevresinde kıvrılmakta olduğunu ve tabanlarından içeriye sızmaya başladığını duyumsadı. Tünelin tabanı dalgalanır gibiydi. Su her çukurun içine dolmaya başlamıştı. Kenarlara takılıp sendeledi. Suyun tünelden aşağıya yankılanan gümbürtüsü o denli yüksekti ki, ileriye doğru sendeleyerek ilerleyen kendi ayaklarının, suyun içindeki şapırtılı ilerleyişi zar zor duyuluyordu. Juliette, arkalarından kovalayan kişinin kendilerini her an yakalamasını bekler gibi omzunun üzerinden geriye bakıp duruyordu. Eteklerini toplamış yol gösteriyordu. Kısa süre sonra su dizlerine yükselmişti ve Lemprière akıntının kendilerine karşı koyduğunu duyumsuyordu. Tünel yükselmeye başladı ve su basamak olarak kullandıkları kenarlarda çağlayanlar yaparak akan geniş bir sel halini almıştı.

Nehrin suyu pis kokuyordu. Yukarıya güçlükle tırmanırlarken Lemprière yumuşak ve nemli bir şeyin bacaklarına dolanmakta olduğunu sezdi, sonra bir tane daha, başka bir tane daha, bu, kumaş gibi ak bir şeydi. Kendisine doğru hızla geliyorlardı, düzinelercesi sele kapılmış sürükleniyordu. Bunların François'nın kitapçıkları olduğunu anladı. Bacağından bir tanesini çekip aldı, Juliette ona döndü.

"Artık pek uzakta değil," diye soludu. Su kızın göğsüne kadar yükselmişti. Yine çabalamaya başlarken, her ikisi de arkalarındaki tünelden gelen sesi duydular: bu, bir hayvanın, anlaşılmaz bir öfkeyle dolu böğürtüsüydü. Her ikisi de bunun kendilerini izleyen Vikont olduğunu anlamışlardı. Çabalarını iki katına çıkardılar, ama akıntı daha güçlenmişti, ilerdeki sel ise daha da yüksek sesle çağıldıyordu. Artık tünelin ortasında yürüyemiyorlardı, kenarlara tutunmak zorundaydılar. Su daha da yükseldi ve Lemprière düşündü: Kabala tarafından ailesine getirilmiş olan ölümler arasında en sıkıntı vereni yeraltında bir fare gibi boğulmak olmalıydı. Sonra Juliette kısa bir çığlık attı.

Lemprière baktı, orada, bir dokuz metre kadar önlerinde, yukarıdan inen bir milin üzerinde çıkıntılar yapan bir merdiven vardı. Juliette döndü ve bu merdiveni işaret etti ve suyun sesini bastırmaya çalışarak bağırdı. Uğultu sağır ediciydi, inanılmaz derecede yüksekti. Derken, onlar çabalayarak merdivene ulaşırken, hiç beklenmedik bir anda bu ses kesiliverdi.

Lemprière ve Juliette tam bir şaşkınlık içinde birbirlerine baktılar. Sırılsıklam ve soluk soluğuydular. Sular alçalmaya bile başlamıştı. Lemprière sırıttı ve konuşmak üzereydi, ama Juliette elini onun ağzına koydu. Her ikisi de hızlı ve düzensiz şapırtıları ve peşlerinden gelen kişinin homurtulu küfürlerini duydular. Adam yakındaydı, henüz görünmüyordu, ama hızla ilerliyordu.

Juliette delikanlının ilk basamağı tutmasını sağladı. Delikanlı tırmandıkça botları metal basamakların üzerinde ses çıkartıyordu. Juliette onu izliyor, daha hızlı tırmanması için zorluyordu.

Suyun sesi neredeyse kesilmiş, tembel burgaçlarla dönen sakin bir akıntı halini almıştı, altlarında, milin çevresini çerçeveliyordu. Yukarıda ise yalnızca karanlık vardı. Delikanlı bir çatırtı duydu ve önce bunun, kendi ağırlığı altında merdivenin çıkarttığı bir ses olduğunu sandı. Ama çatırtı sesi sürüyor ve yükseliyordu. Bu ses milden yukarıya doğru çıkıyordu, kulak paralayan bir çatırtıydı, kayanın üzerinde parçalanmakta olan tahtanın, artık son kerteye çıkmış bulunan o itici gıcırtısıydı ve su engellenmiş, sonra birden özgür bırakılmış gibi tünelden aşağıya bir kez daha hızla akmaya başladı. Juliette ona daha hızlı tırmanması için bağırdı. Milin dibindeki su çalkalandı ve köpürdü. Akıntı yeniden başlayınca parıldar gibi olmuştu, fosforsu bir aklıktaydı, neredeyse mavimsi beyaz gibiydi. Su yeşil yeşil parıldıyordu. Juliette onun bacağını güçle itiyordu. Parlak yeşil bir ışıktı ve aşağıda, bu ışığın altında hareket eden belirsiz bir biçim vardı. Kız kendisine bağırıyor, milin altını işaret ediyordu.

"Yeşil!" diye bağırdı yanıt olarak. Ama kızın mesajı bu değildi. Işık daha parladı ve bu ışığın içinde delikanlı birdenbire aşağıdaki belirsiz biçimin sandığı kadar uzakta olmadığını ve hatta, hiç de o denli uzakta bulunmadığını gördü. Merdivenden yukarıya çıkan kişi Casterleigh'ti. Güçlü bir biçimde tırmanıyor ve amaçlı olarak kendilerine doğru ilerliyordu. Lemprière o anda bile durakladı, aşağıda gördükleri karşısında olduğu yere mıhlanmıştı, milin çevresindeki çembersel alanda başka ve daha da garip bir görüntü yer alıyordu. Yeşil ışık kıyılarına doğru bir aylaya indirgenmişti, bu ayla, Lemprière'in ne olduğunu kavradığı, ama burada bulunması kendisine olanaksız gibi görünen, üçgen bir biçimi vurguluyordu, bu biçim az önce geçmiş oldukları tünelden aşağıya doğru hiçbir yanlış anlamaya yer bırakmadan ilerliyordu. Bu bir gemi pruvasıydı. Üç direkli bir gemiydi, ama direkleri, güvertenin bir metre kadar yukarısından kırılıp ikiye ayrılmıştı ve geminin bordası anında parçalanmış olmakla birlikte tünelin çevresini sımsıkı sarması nedeniyle bir arada durmaktaydı. Derken suyun akışı kesildi. Geçitten aşağıya o çatırtılı ses bir kez daha duyuldu ve Lemprière ikinci bir geminin daha içeri girmek üzere Canavar'ı zorladığını anladı.

***

Bu gece Londra, Avrupa makinesinin ileri karakoluydu: Rochelle'in yeniden olasılık kazandığı bir yerdi. Sonun başlangıçları unutulmuştu. Truva, Kartaca, birinci ve ikinci Romalar. Yankıları şimdi yansıtıcı yüzeyler, eski dramayı yeniden oynamaya uygun yerler arıyordu: Belgrad çevresindeki kuşatmayı belki ya da Paris'in, İstanbul'un ya da hatta Viyana'nın –İmparator Joseph'in kararsızlığı bu kentin üzerinde hâlâ asılı duruyordu– bulmacamsı temelleri gibi yerler. Ya da Londra. Bu gece Londra seçilmişti ve kusurlu bir yorumu alttan alta harekete geçmiş durumdaydı, yankılar ve benzer yaklaşımlar limanlarından ve dolaşım ağından geçerek pompalanmaya başlamıştı bile. İnsanlar bu yükün altında eziliyorlardı. Avrupa makinesi mırıldanıyor ve dönüyor, benzer ayrıntıları eski kentten dışarıya, antisiklonun sessiz merkezinden uzağa ve yeni metropolitan kalıplarının içine boşalırken seyirerek olası durumlarına girip çıkıyordu.

Bildik çevreler yine Opera Binası'nı doldurmuşlar, orada, kalenin içindeki o kader mahkûmu yığınlar gibi toplanmışlardı. Sokaklar meşalelerle aydınlatılmıştı, durmadan akıp gelen kalabalık doğuda toplanırlarken binlerce meşale tutuşturulmuş durumdaydı. Bu arada Rochelle'de, karanlık denizin üzerinde, kararlaştırılmış bulunan yerde yeşil bir işaret parıldıyor, bekliyordu ve bu da kendi bozulmuş kopyasını, kendi tersine çevrilmiş yansımasını, duruma el koyan ve nehirden yukarıya, kente doğru yol alan yorumunda buluyordu. Aşağıda olduğu gibi toprağın üzerinde de oyuncular yerlerini almışlardı. Londra, Rochelle için hazırdı.

Gün batımı olağanüstü parlaktı. Ölmekte olan ışık, biriken mavi-kara gecenin içine kısa renk şeritlerini fırlatırken, Eben, Karga Yuvası'ndan batıya doğru baktı. O, kırmızılar, pembeler ve altın sarıları bekliyordu –bu yaz gökler tedirgin ve belirsizdi– ama hiçbir zaman bu geceki gibi olmamıştı. Göğün en çılgın paleti çok ender olarak yeşile dek uzanırdı. Bununla birlikte işte, oradaydı. Göğün, Tanrı'dan kopup gelen yukarı bölümdeki şişman bir parıltıydı, Tanrı bilir hangi meteorolojik kapristen –belki millerce uzaktan, belki Afrika'dan– geliyordu, çamursu bir yeşil de değildi. Parlaktı bu yeşil. Yaprak yeşili.

"Yeşil," dedi.

"Yeşil," diye onayladı Kaptan Roy. Pencerede karşısına yerleşmişti, doğuya bakıyordu.

"Belki de Afrika'dan," diye sürdürdü Eben.

"Belki başlangıçta," dedi Roy. "Şimdi Shadwell'de, artık," ve nehrin aşağısını işaret etti, Eben o yana bakmak için yaklaştı. Thames'in dirsekleri doğu bölgelerine doğru kıvrılıp gidiyor, Roy'un işaretlemiş olduğu Shadwell'e dek koyu bir sel gibi uzanıyordu ve Eben ötede nehrin kıvrımlarının gerçekten de, sanki korkunç bir yılan, çağdaş bir Laocoon'un[1] peşinde karanın içine doğru kıvrılmış gibi parlak yeşil renkte olduğunu gördü ve bu yanar dönerliğin içinde silüet halinde görünen kafası pupaya doğru kıvrılan bir gemi vardı. Bu gemi gel-gitin son büyük dalgalarının üzerinde nehirden yukarıya doğru seyrediyor ve ardında kendisine eklenmiş olan yeşil, nehrin genişliği boyunda yayılmış, onu izliyordu.

"Olağandışı," iye mırıldandı Eben.

"Zehirli yosun," dedi Roy.

Öyleydi; ve gemi de *Işığın Yüreği* idi. Yeni adıyla *Alecto*, bu üç direkli gemi eşliğindeki uğursuz parıltı ile birlikte, nehirden yukarıya yavaşça ilerliyordu. Zehirli yosun, Tilbury'den beri her iki kıyıya değecek kadar genişlemişti. Nehir parıldıyordu, erimiş gibiydi, garipti. Yeşil. Peter Rathkael-Herbert, Londra Limanı'na yaklaşırlarken, nehrin aşağısında demirlemiş mavnaların ve tek direkli balıkçı teknelerinin geçmekte olan daha büyük gemilere, briklere, kömür taşıyan teknelere, sonra savaş gemilerine, indianamanlara ve bu büyüklükteki gemilere yol verişlerini köprüden izliyordu.

"Çok şaşırtıcı," diye mırıldandı onun yanında duran Hörst 'Sucuk' Craevisch. Arkalarında göz alabildiğine uzanan yeşil bir denizin içindeydiler. Gel-git onları düzenli olarak kente doğru

[1] Laocoon: Yun. Mit. Truvalı papaz; halkını tahta at'a karşı uyardı; denizden çıkan iki yılan iki oğluyla birlikte onu ezerek öldürdü. (Çev.)

çekiyor ve parıldayan eşlikçileri onları izliyordu. Yitik avlarından, *Megaera*'dan (ve özellikle Sicilya sülfüründen oluşan yükünden) henüz hiçbir iz yoktu. İmparatorluk Elçisi ilerledi ve yeni edindiği denizci kılıcıyla bir deneme hamlesi yaptı.

"Çok iyi Peter," diye onu yüreklendirdi Wilberforce van Clam, ilerdeki kıç güvertesinden. "Şimdi saldır, saldır! Evet, evet!"

Ölü balıklar kendilerini çevreleyen parıltılı halıda bir dalıp bir çıkıyorlardı. Bu kötü kokuya artık alışmaya başlamıştı ve geceleri düşünde hâlâ *Teşrifati*'de geçirmiş olduğu günleri görüyordu, boğulma ve çürümeyle ilgili korkunç düşlerdi bunlar. Wilberforce ona devam etmesi için işaret ediyordu, ama o içindeki dürtüyü yitirmişti.

"Ver şu pipoyu." Pipoyu kendisine uzatan Hörst'e doğru uzandı. Üflediği mavi duman, balıkların keskin kokusunu bastırarak çevresine yoğun dumanlar halinde dağıldı. Zehirli yosun geminin çevresinde dalgalar gibi yuvarlanıyordu. Hörst'ün bağıran sesi sanki çok uzaklardan geliyordu, "İşte orada, Wilberforce! *Megaera*, tam önümüzde!" Korsanlar kıç güvertesinde, Wilberforce'un çevresinde toplanmaya, başlamışlardı. Çoğu, dişlerinin arasına bıçaklarını sıkıştırmışlardı. Peter Rathkael-Herbert bir hamle daha denedi. İyi değildi.

"Nerede?" diye sordu Hörst'e ve geminin yöneldiği yöne, sancak bordasına doğru baktı, burada direk kargaşası ve birbirine toslayan teknelerin arasında Yukarı Havuz bulunuyordu, uzun bir rıhtıma demirlemiş bir mavna, sonra bir yük gemisinin arkasında, boyutları küçültülmüş bir indianamana benzeyen *Typhoon* ya da *Tisiphoe* adındaki başka bir gemi ve en sonunda da, *Megaera*'yi gördü. Lobs de Vin yakalama çengeliyle hamleler denemeye başlamıştı bile. Peter Rathkael-Herbert piposundan derin nefesler çekiyordu. Liman boşalmış, neredeyse terk edilmiş gibiydi. Yaklaştıkça, garip yığınların ve tepeciklerin, terk edilmiş depoların ve dağınık balya yığınlarının rıhtımın her yerine saçılmış olduğunu gördüler. İlk kancalar parıldayan suların üzerinden fırlatıldı ve *Megeara*'nın alçak donanımlarına geçirildi. *Alecto* süzüldü ve avına doğru ilerledi. Peter-Rathkael-Herbert arkadaşları olan korsanlara katılmak için aşağıya sıçrarken gemiyi küçük bir titreme sardı, sonra bir tane daha.

Geminin pruvası nazikçe *Megaera*'nın pupasına değdi, ipler sıkıştırıldı ve sonra o da ötekilerle birlikte öne atıldı, zehirli yosunlar çevrelerini sarmış, yeşil yeşil parıldarken bıçaklar elde ve tüfekler hazır durumda, ayakları yanaştıkları teknenin güvertesine çarptı, birden titremeler her iki gemiyi de sarsmaya başladı. Peter Rathkael-Herbert yandan eğilip baktı, kaşlarını çattı ve yeniden baktı. Gemiler kabloları zorlayarak giderek daha çılgınca hareket etmeye başlamıştı. Nehir burgaçlanıyordu. Yüzeyi dibe çöküyordu. Hayır, diye düşündü. Arkadaşlarına döndü.

"Gemiyi terk edin!" diye bağırdı. "Wilberforce! Hörst! Suya bakın! Ah, Tanrım, hayır..."

Nehrin parıltılı yüzeyi toplanıyor, kabaran yeşil siperler gibi üst üste yığılıyordu; yaşlı baba Thames birdenbire, sanki *Megaera* ile bir balinanın kendi tüpleriyle oynaşması gibi oynayan kaslı bir dev kesilmişti, yükselen suyun katı duvarları, güvertesi öne doğru fırlayan geminin her yanını çevrelemişti. Korsanlar güvertede kaymaya başladılar, suyun içinde ilk oyuk açılırken kaydılar ve pupaya doğru yuvarlanarak indiler, bir fırdöndü gemi kaburgasından, şimdi pruva parmaklıklarına tırmanan yaşlı korsalara geçen titremelerle gemiyi kendisine doğru ekiyordu, eşkıyalıkla ilgili tüm düşünceler, birbirine girmiş kollar ve bacaklar, kafalar, kısa kılıçlar, bıçaklar, sopalar ve tüfeklerden oluşan umutsuz kargaşanın içinde o anda unutuldu, *Megaera* yuvarlamaya başlarken gemiden saçılan büyük bir insan paniği kıyıya doğru yayılarak kümelendi.

Suyun içindeki hortum derinleştikçe havayı korkunç bir emme sesi doldurdu. Yeşil ışık derin nabızlar halinde körü körüne dönüp duran geminin çevresini sarmıştı, gemi tahtaravalli gibi delice aşağı yukarı inip çıkarak, kendi çevresinde çılgınca, yıkıcı bir biçimde dönerek rotadan çıkarken, kabloları iplikler gibi birbirine çarpıyordu. Nehir, direkleri delice parmaklar gibi boş bir göğü işaret eden gemiyi, nabız gibi atan yüzeyden aşağıya çeken bir girdap olmuştu. Ambardaki kömür fıçıları birbirine çarpıyordu. *Megaera*, nehir onu iyice ele geçirdikçe kendi çevresinde dönüp duruyor, aradan kaçan havanın büyük püskürmesiyle yüzeyin altına çekiliyordu. Gemi gözden uzaklaşırken, iç parçalayıcı bir inilti, işkenceye uğrayan gemi kaburgaların uluyan sesi, geminin henüz ölmediğini gösterir gibi katil çağıltının arasından duyuluyordu. Sonra ses kesildi. Kısa bir an sular sakinleşti, sonra gemi sular tarafından yutuldu, gemiyi alttan çeken derinlik yeniden kabardı. İskeleye çıkarak olayı izleyen Peter Rathkael-Herbert ve korsanlar kendi gemilerinin de fır döndüğünü ve burnunun körlemesine burgaca doğru yöneldiğini gördüler. Nehrin yatağında bir delik, gemileri yutan aç bir ağız açılmıştı.

Ne yapabilirlerdi? İskelede sessizlik içinde durdular, gemileri şimdi yukarıya fırlayıp kendisini her yönden sıkıştırarak aşağıya doğru çeken yeşil suların içine önce pupadan çarpıp dalarken, ortaya çıkan bu yıkımı ellerinden bir şey gelmeden izleyen gözlemcilerdi.

Yine bir duraklama, yine o sessizlik ânı, parçalanan kaburgaların çığlığı, derken rıhtımın yukarısındaki *Tisiphone* delirmiş bir hayvan gibi öfkeli kız kardeşlerine katılmak üzere çekildi. Emme gücü üçüncü kız kardeşi de almıştı, zehirli yosundan oluşan aşk halısının çoğunu içine çekmiş, onları da aşağıya sürüklenmişti. Belki de dikkatsiz âşıklar gibi isteye dileye, aşağıdaki kardeş gemilere yeşil bir meşale taşıyarak gidiyorlardı, çünkü onların buna da gereksinimleri olacaktı. Çünkü, akreplerin kamçısı, bu öfkelerin kararlaştırılmış öc alma eylemi için tek başına yeterli olmayacaktı.

Son parıltılı yeşil dereler de batıp gözden uzaklaştı. Sular karardı, burgaçlar yerlerini anaforlara, anaforlar hafif titreşimlere bıraktı, sonunda nehir sakin, gevşek bir karanlığa ve korsanların gördüklerine inanamayan gözlerinin önünde yapışkan bir sıvıya dönüştü. Peter Rathkael-Herbert, Wilberforce van Clam, Amilcar Buscallopet, Heinrich Wikell, 'İnce' Jim Pett, 'Midye' Wilkins, Lobs ve Oiβ de Vin ve *Işığı Yüreği*'den arda kalan tüm diğer gutlu, saçları ağarmış tayfa iskelede bir arada duruyorlardı.

Hörst, Wilberforce'a döndü.

"Şimdi ne olacak?" diye sordu kaptanına.

"Olağandışı," dedi Guardian Karga Yuvası'nda, önünde durduğu doğuya bakan pencereden bakarken. "Yaşamım boyunca hiç..."

"Buna benzer bir şeyi Malaka'da görmüştüm bir kez," diye ona katıldı Kaptan Roy. "Şey olmuştu..." Sesi söndü. Kuzey penceresinin yanındaki plan sandığının üstüne tünemişti, birden öne doğru eğildi.

"Ne? Ne olmuştu?" Ama Roy dinlemiyordu. Başını kaldırmış, yasal rıhtımları yukarıdaki Thames Sokağı'na bağlayan kısa pasaja doğru bakıyordu.

"Taş-Yiyen'i anımsıyor musun, Eben?"

"Ne? Şeydeki Taş-Yiyen'i mi?–"

"Ah! Evet, kuşkusuz evet,"

"Şu sinsi ufak şeytan, kargaşa arasında kaçıp gitmişti, anımsıyor musun? Merdivenlerden aşağıya inerken genç Lemprière'e işaret etmişti." Eben anımsıyordu, bu odada ona vermiş olduğu üstünkörü sözü de anımsıyordu ve aralarındaki pek az tanışıklığın, içine Farina'nın sadık adamını ve onun da ötesinde Farina'nın kendisini ve Tanrı bilir daha neleri –belki de ayak takımının tümünü?– alacak denli genişlediği o gece, duyduğu kuşkuları da anımsıyordu. Evet, bu tanışıklık belki ayak takımını da alabilirdi içine, iş oraya varacak olursa, ama kesinlikle şimdi iskelede korsanlara doğru yürüyen *bu* birey, peşinde dağınık bir sıra halinde kendisini izleyen bedenlerin (kırk mı? elli mi?) başı durumundaydı. *Vendragon* güvenle bağlamış durumda duruyor ve nehrin bu son saldırısından etkilenmemiş görünüyordu, bu da daha önce vermiş olduğu sözü güçlendiriyordu. Ve Eben anımsıyor muydu? Kuşkusuz anımsıyordu.

"Stoltz," dedi. Roy akıllı akıllı başını salladı ve bir an düşündü.

"Öyleyse Farina nerede?" diye sordu.

***

Şimdi ne olacak?

"Kendimizi savunacağız," dedi Wilberforce ve Hörst'ün kafası geriye doğru fırdöndü, kendilerine doğru ellerinde sopalarla seke seke koşan gözü dönmüş haydut çetesini işaret etti ve başlarında bir önder vardı, kendilerine doğru yaklaşırken yarım saat önce raslantı eseri derlemiş olduğu takımın yerinde durup durmadığını, güçlü ve her şeyin ötesinde düzgün olup olmadığını denetlemek için omzunun üzerinden geriye sinirli bakışlar fırlatan bu önder, Stoltz'du.

"Bire iki. İyi bir oran değil Wilberforce," diye mırıldandı Hörst kılıcını çekerek başındaki gevşemiş mendili düzeltirken. Göz bantlarımızı takmalıydık, diye düşündü gizlice, sonra sırtına bir sancı girince çekingenleşti. Lobs ve Oiβ de Vin aralarında silahları kavradılar ve onun arkasından Peter Rathkael-Herbert isteksizce hayali bir düşmana hamle yaptı. Ayağını daha gelişmiş bir davranışla öne doğru uzattı ve Wilberforce'a dönüp onayını almak için baktı. Ama Wilberforce'un ne ona, ne Höst'e hatta ne de, kendilerinden on metre kadar uzakta kusursuzca sıraya girmiş durumda karşılarına dikilen bu ukala tavırlı ayak takımına aldırış ettiği vardı.

"Pek milise benzemiyorlar," diye mırıldandı Amilcar. "Belki bir görüşmeliyiz? Ha, Wilberforce?" Ama Wilberforce doğuya, rıhtımdan aşağıya doğru bakıyordu, bakışları *Tisiphone, Magaea* ve kendi *Alecto*'larının daha önce bulunduğu yeri aşıp geçerek, o girdap dönmeyi sürdürseydi, bu şanssız üçlüyü izlemiş olacağı kesin olan bir gemiye dikilmişti.

Wilberforce, ayaktakımından uzaklaşarak rıhtım boyunca ilerledi, şaşkın bir merak onu, suyun üzerinde beklentiyle oturmakta olan bir gemiye doğru çekiyordu. Olamaz, diye düşündü. Sholtz'un ayaktakımı yaklaşarak sopalarını hazır durumda havaya kaldırdı. Peter Rathkael-Herbert kocaman bir kılıcı nişan aldı. Bu o, diye düşündü Wilberforce. Geriye, adamlarına doğru baktı ve iri görünüşlü babacan bir adamla, arkasından gelen daha ufarak (bacakları mı yoktu?) birisinin, korsanların takındığı pozu alan ayaktakımının arkasında rıhtım boyunca koşarak gelmekte olduklarını gördü, evet, adamın ayakları yok, diye onayladı ilk kılıç havaya kalkarken, geriye döndü ve o cehennem gemisinin adının bordasının üzerinde açıkça yazılı olduğunu gördü.

"O, şu berbat *Vendragon!*" diye böğürdü, ama bunu hiç kimse duymadı, ne Hörst, ne Amilcar, ne Elçi, ne Stoltz, ne gürühu, hatta ne de rıhtımdan aşağıya seyirten Kaptan (oysa, kendisinin tanımış bulunduğu ve Eben'in, gönülsüz de olsa savunmaya söz vermiş olduğu gemi kuşkusuz onların kararlı duraksamalarının asıl nedeniydi), çünkü o anda hepsinin üzerinde durduğu zemin büyük bir vuruşla sallandı ve toprağın bağırsaklarının derinliklerinden korkunç bir şamata koptu ve yukarıya, havaya doğru patladı. Hepsi tek bir beden gibi, şimdi yarılıp açılan nehrin yüzeyine baktılar, sanki gemileri yutan Charybdis[1] şimdi onları kusuyordu.

***

Aşk, umutsuz aşk. Lemprière üç kez, katı kayalara çarpan bir geminin parçalanan yan kenarlarının çığlıklarını duyuyordu, üç kez sular sakinleşmiş, sonra yine gemiyi arkadan iterek ve üzerinde bulundukları mile doğru yükselerek akmaya başlamıştı. Âşığının korkunç alçalışı sürerken zehirli yosunun yapışkan eşliği, Canavar'ın kamçılayan ve onun kaburgasını ezen tırmalayıcı kayalarına ve çentiklerine karşı boş yere kalkan olmaya çalışmıştı. Zehirli sular yükseldi ve suların parıltısında, Vikont'un, bu etle kaplı çelik makinenin arkalarında homurdanarak ve böğürerek kendisini merdivenden yukarıya doğru çektiğini görmüşlerdi.

"Daha çabuk!" diye bağırdı Juliette'e. Kızın kol ve bacakları şimdi daha ağır hareket ediyordu. Şimdi otuz metre kadar tırmanmışlardı. Delikanlının kendi ciğerleri yanıyordu, elleri, bir sonraki halkaya uzanırken uyuşmuş durumdaydı. Suyu akış sesi kulaklarına dolmuştu ve yukarısında yalnızca milin salt karanlığı vardı. Aşağıya baktı ve suların, mili yukarıya doğru iterek, Vikont'un üzerini kaplayarak bir kez daha toplanmakta olduğunu gördü, zehirli parıltıları neredeyse kendisinin altında tırmanmaya çalışan kıza ulaşmak üzereydi. Geride kalmışlardı ve Vikont hâlâ oradaydı, merdivene tutunmuş, suya batmış bedeni hayaletsi bir yeşillik içinde hâlâ arkalarından geliyordu. Juliette'in enerjisi tükenmek üzereydi.

"Az kaldı!" dedi kız boğulur gibi. Lemprière aşağıya uzandı ve kızın ellerinin kendi kollarına sarıldığını duyumsadı. Kızı bez bir bebekmiş gibi yukarıya çekti, omuzlarındaki kaslar inildiyordu, ayakları artık basamakları duyumsayamaz durumdaydı, tepeye yaklaşırken basamakların her biri sanki birer dağ gi-

[1] Charybdis: Yun. Mit. Sicilya kıyısına yakın ve kadın canavar olarak kişileştirilen tehlikeli bir girdap. (Çev.)

biydi. Ama Vikont yakındaydı. Lemprière aşağıya bakmaya cesaret edemiyordu, her basamak ona, dur, diye sesleniyordu, soluk al, dinlen, uyu... acıyla dolu bir tür transa girmişti, yukarı, yine ve sonra elleri kâğıtların arasından sıyrılıyor, kuru toprağı kazıyordu. Milin tepesine ulaşmıştı. Deliğin ağzına vardıklarında, üzerindeki ağır demir ızgara hayal gibi görünüyordu, geriye uzanıp Juliette'i çekti. İkisi de aşağıya baktılar ve Vikont'un güçle tırmanmakta olduğunu gördüler, sular yükseliyordu. Birlikte ağır ızgaraya yüklenip onu yukarıya ittiler, sonunda masif menteşe gıcırdadı ve bir çatırtıyla milin ağzından dışarıya devrildi. Juliette dizlerinin üzerine çöktü.

Lemprière mahzenin içinde ileriye doğru koştu. Öfkeyle tekmelemiş olduğu kapıyı gördü ve onu yanında Theobald ile birlikte açmış oldukları kapı vardı. Ama bu kapı büyük bir kâğıt yığınının arkasında kalmıştı, bunlar François'nın kitapçıklarıydı, onları tekmeyle dağıttı. Bir an kapının kilitli olduğunu sandı; öfkeyle tekmeledi ve kapı eski tahta menteşelerinin üzerinde döndü, sonunda savrulup açıldı. Arkasında suyun milden yukarıya yükselmekte olduğunu duyuyordu.

Juliette, ızgaranın deliklerinden Vikont'un yüzünün dönüp baktığını gördü. Kendisinden yalnızca birkaç metre aşağıdaydı. Daha hızla tırmanıyordu, ama su bileklerine gelmişti bile. Juliette onun ilerleyişini dinginlik içinde izledi, sonra, adam tepeye yaklaşırken ayağa kalktı ilerledi ve kararlı bir biçimde tüm ağırlığıyla demir ızgaranın üzerine çıktı. Vikont'un elleri parmaklıkların çevresine sarıldı. Su göğsüne kadar yükselmişti. Bir kez itti ve ızgara titredi; yeniden itti, ama ızgarayı kaldıramadı. Gergin yüzünü parmaklıkların arasına bastırdı. Sular şimdi daha ağır yükseliyordu. Adamın gözleri parmaklıkların arasından kızınkilerle karşılaştı.

"Kendi babanı ha?" Sesinin tonu neredeyse ayıplar gibiydi. "Kendi babanı mı öldüreceksin?" Yüzü bir an kayboldu, sonra yine belirdi.

"Siz benim babam değilsiniz," dedi kız düz bir sesle, ona bakarak. Sular adamın göğsüne kadar yükseldi. Boynuna ulaştığında, adamın dinginliği yok olmaya başladı.

"Yardım et," diye fısıldadı. Juliette hemen diz çöktü.

"Söyle bana," diye tısladı. "Bana adını ver. Bana babamın adını söyle."

"Söyleyeceğim. Lütfen, yaklaş. Söylemek istiyorum..." Elleri parmaklıkların arasından kızı yakalamaya çabalıyordu. Ağzı yutkundu, kendisini biçimlendirmeye çalıştı; sonra kızın kulağına fısıldadı.

Lemprière kızın çığlığını duydu, "Hayır! Yalan söylüyorsun!" Delikanlı mile doğru koşarken Juliette tökezleyerek geriledi ve kapıya doğru koştu. Bu parmaklıklara ulaşmıştı. Vikont'un yüzü suların ardında bozuldu, ağzı ciğerlerine hava çekmeye çalıştı. Ama su acımasızca yükseldi, ağzının üzerini kapladı, gözlerini ve burnunu. Lemprière, Vikont'un bedeninin çekül gibi sessizce su altındaki milde aşağıya inişini ve sonunda Canavar'ın kara suları tarafından yutuluşunu izledi.

Döndü ve mahzenden çıkıp ötedeki arşive geçti. Kalıplamış kâğıtların oluşturduğu bulvarlarda sağına, soluna bakındı, seslenmek üzereydi ki, arşivin uzak ucundaki kapının gürültüyle çarpıldığını duydu.

"Juliette," diye seslendi. "Juliette." Arşivin yarı aydınlığında ileriye doğru koştu, ama o gitmişti. Kız kendisinden yine kaçmıştı. Niçin?

***

Jaques üç kez su akıntısının kesildiğini duydu. Üç kez boğulmayabileceğini düşündü. Henüz zamanı olduğunu düşünüyordu; henüz kızı bulabilir, gemiye yetişebilir, kaçabilir, yaşayabilirdi. Ama sular yine boşaldı, mağaralardan ve bölmelerden geçerek kendisine doğru kaçınılamaz biçimde yuvarlanarak ilerleyen derin bir gümbürtüydü, yapay umutlarını katı gerçeklerin karşısında boşa çıkartıyordu. Kızı bulacaktı ya da delikanlıyı. Vikont her ikisini de bulacaktı. Belki onlara bir şey yapmazdı. Belki kendi uydurduğu ve Casterleigh'in doğru sandığı yalanı söyleyecekti onlara ve bunu öyle düz bir inandırıcılıkla söyleyecekti ki, onlar da buna inanacaklardı. Buna hepsi inanmışlardı. Charles bile.

Jaques kanamayı fazla duyumsamamış, Le Mara'nın bıçağı içine girerken fazla kımıldamamıştı. Şimdi bu acı, belkemiğinin üzerine yerleşmiş kırık bir buz parçasıydı. Öne doğru eğildi ve kabzanın koltuğun arkasına vuran sesini duydu, bu onu iskemleye bağlı tutuyordu. Belinden aşağıya hiçbir şey duymuyordu. Boffe'nin kafası yine solundaki masanın üzerinde seyirdi. Önder koltuğunda mırıldandı. Arkasında Monopole ve Antithe hâlâ heykel kadar kımıltısızdılar. Vaucanson onları ele geçirmişti, içlerinde koyduğu bir şeyle onları yumuşatmıştı. Şimdi Vaucanson kaçmıştı ve onlar, Juliette ve delikanlı, arkalarında, umutlarının üzerine bir sopa gibi döşediği o yalanı savurarak kendilerini kovalayan Vikont'la birlikte tünellerin arasında bocalıyorlardı. Babalar ve yalancı babalar. Zaman kalmamıştı.

Midesi ayaklandı ve boğazından biraz daha kan geldi. Şimdi her an ortakları kapıyı savurup açabilir ve onu kurtarabilir, merhamet melekleri, kurtuluş öğeleri gibi yardımına koşabilirlerdi, tıpkı o gece, o yalanın başladığı gece olduğu gibi. Çok yakında, diye korkusunu bastırdı. Daha önce olduğu gibi yine geleceklerdi. Ya da delikanlı. Evet, yaşlı Jake'e, babasının eski arkadaşına yardım etmek için geri gelecekti. Charles olsa böyle davranırdı. Charles onu bırakmazdı. Charles dik kafalı dürüstlüğü ile başka türlüsünü yapmazdı, mektup geldiğinde elinde olduğu halde bu göreve omuz silkmeyi kabul etmemişti kendi, Jaques ona bu mektuba boş vermesini söylemişti. Kadın yalnızca para istiyordu, başka bir şey değil ve o da kadına hiçbir şey vermemeliydi. Kadının karnını şişiren yalanı görmüştü. Hiç açılmadan geri gönder onu: Kendi öfkeli öğüdünü yeniden duyar gibi oldu ve fazlasını da söyleyecekti o zaman, ama Charles çocuğun kendisinden olduğuna inanmıştı ve bu görev de ona aitti. Böylece parayı ödedi, Vikont köpeklerine onun kokusunu verdi ve onlar da, o makbuzların izini sürerek, pencereleri kırmızı kareler halinde parlayan ve yağmur her ikisinin de üzerine boşalırken holde, sendeleyerek üzerlerindeki suları sızdırdıkları Paris'teki o eve ulaşmışlardı.

Casterleigh kızı on iki yıl sonra bulmuş, onu eğip bükerek dilediği biçime sokmuş ve kızı onların önüne sarkıtmıştı, burada, tam bu bölmede, piç Lemprière olarak biçimlendirmiş olduğu kız, hem babaya ve hem de oğula karşı olacaktı. Bu ödül karşısında, biçimlendirecekleri düzgün üçgen karşısında zevklenmişti. O zaman konuşabilirdi, ama sessiz kalmıştı, Rue Boucher des Deux Boules'de, Villa Rouge'a sığındıkları o geceyi düşünmüştü; o yağmurlu geceyi.

Hintli'yle ilgili iş tamamlanmıştı. Vaucanson onu arabanın içine atıp sımsıkı bağlamıştı bile. Yağmur, kapının dışına vuran sular gibi hâlâ boşanıyordu. İçeride mumlar, şimdi arkasında olduğu gibi yanıyor ve kadınlar güzel hayaletler gibi ortalıkta dolaşıyor, hoşlukları içinde çevresinde dolanıyorlardı, parmaklarına ve boyunlarına sürdükleri macunlar parlıyordu. Neredeyse tan ağaracaktı. Charles'ı arayarak üst kata çıkmıştı –kapının dışında ilk çatırtıyı duydu– kapıları açıp bakıyor, arkadaşını arıyordu –yine bir çatırtı duyuldu, bu kez daha yüksekti. Boğazında kanın yükselmekte olduğunu duyumsadı. Arkasında mumlar parıldıyordu –kadın dağınık yatağın içinde dikilmiş oturuyordu. Charles kadının yanında yatağa yığılmıştı, içki yüzünden dünyadan haberi yoktu. O da kırmızıydı, ama iş böyle olmamıştı. Kendi başı dönüyordu ve kadın hafifçe kımıldandı ve kadın ona ters ters baktı. Kadının tüm bedeni kırmızıydı ve kendi bedeni de, sanki ev çevrelerinde yanıyordu. Kadın bacaklarını davet eder gibi açmıştı. Tavan tepelerinde kabaran koyu bir çemberdi, katları açılıp yayılmış ve gözkapakları geriye doğru soyulmuş kara bir yüz yukarıdan kendisine bakıyordu. Yalnızca kara değildi. Kömürleşmişti. Kapı savrulup açıldı. Charles yanlarında kımıldandı. Bir bebeğin yüzüydü, kömürleşmiş dudakları oynuyor ve soyulmuş göz kapaklarının ardındaki gözlerini kırpıştırıyordu, ama şimdi yatak odasında değil, bölmenin kapısının ağzındaydı.

Zaman durmuş gibiydi, anımsanan sahnenin ardında bastırılmış ve şimdi özgür bırakılmıştı, kapı çatırdayarak geriye savrularak, içeriye giren şeyin gücüyle parçalanırken, o şey öne doğru hızla atıldı. Kapının parçalarının arasında bir biçim duruyordu. Gürüldeyen suyun sesi Jaques'in kafasına çarptı. Kendi kanı gözlerini kırmızıyla dolduruyordu, ama kapının ötesindeki öfkeli sel yeşil bir ışıkla parlıyor, koyu kırmızıyı zorla yana çekiyordu, derken bölmenin dışında yükselen selin içinde üç geminin öne atıldığını ve parçalandığını gördü. Kapının ağzındaki figür kararmış yüzünü kendisine döndürdü, bir intikamcı melek kafasının içine her ikisinin de bildiği konuları fısıldadı. Gemiler çarpışıp birbirine giriyordu, gövdeleri dağılıyor, yükleri havaya saçılıyor, fıçılar patlayıp açılıyor ve dağılan teknelerin çevresinde dönmekte olan toz bulutları yayılıyor, öksürtüyordu, işleri tümüyle bitmişti. İntikamcı melek şimdi Jaques'dan, masanın başında oturan kişiye dönmüştü ve Jaques onun Önder'in önünde diz çöktüğünü gördü. Konuşuyor gibiydi, ama sözleri kırılan direklerin kakafonisinde ve Jaques'in kendi yüreğinin gümbürtüsü içinde yitip gidiyordu. Jaques öksürdü ve çabaladı, ama boğuluyordu, ölüyordu ve kimse yardımına gelmiyordu. Işık solar gibi oldu. Juliette? Hayır, şimdi kızı yitirmişti. Melek doğrulmuştu, Önder'in ağzı oynuyor, konuşmaya çalışıyordu, meşale duvardan söküldü, toz bulutları dönerek daha yoğunlaştı, büyük yeşil ve gri ekinler yanıcı tüm yüzeylerle birlikte açığa çıktı, yalnızca bir kıvılcım bekliyorlardı. *Tisiphone, Megaera, Alecto.* Kibrit çöpleri, harcanıp gitmiş gemiler. Jaques hava almak için ağzını açtı, yalnızca kan vardı. Kara melek döndü, yüzünde bir bebek gülümsemesi yandı. Önder ona bağırıyordu, ama sözler yok olmuştu. Kara figür döndü. Jaques onun kolunu geriye doğru çektiğini gördü, sonra lambayı ve lambadaki sekiz tane parıldayan mumu tozun yüreğine savurdu.

***

Avrupa makinesi giderek kargaşaya düşmüştü. Limanlarına çift mesajlar çarpıyor, gecikmiş kopyalar birbirini izliyor, dağılmakta olan yörüngeleriyle denetleme ağını üst üste bindiriyordu. Mesajların birbirleriyle olan uyumu belirsizdi, bir zamanların güçlü işaretleşme sistemi çöküyordu. Rochelle'in kuzeyindeki tepelerden gelen işaret ateşleri sürüyor, ama çok küçük derece farklılıkları yüzünden bağlantılar ortadan kalkmıştı ve bunun bozulmuş bir örneği kendisini, bu gece Londra sokaklarında ortaya çıkan sonuçla ortaya koyuyordu. Opera Evi'ndeki şanssız seçkinler çevresi, aç kulaklarla Marchesi'yi bekliyordu. Rıhtım boyunca kaba ilişkiler kuruluyor, korsan-sıtması, saygı kurallarına Stoltz-ateşiyle karşı koyarak yeni bir direngen gerilim türetiyordu. Yeraltı vektörleri, olması gerektiği gibi birbirlerine doğru değil, birbirlerinden farklı yönlere doğru ilerliyordu. Her şey ters gidiyordu. Katiller kaçıp gitmiş, darbe toplantıları karşı darbeye dönüşmüş, batıya doğru ilerleyip karanlığa karışmıştı. Vikont çoktan harcanmıştı. Gemilerin yükleri birbirine karışırken Lemprière, yitik aşkının yankılı koridorları boyunca, hâlâ aşağıya doğru dönen ve filizlenen büyük dalgalarla birlikte, mırıldanan gömülü dolaşımlardan dışarıya ve yukarıya doğru koşuyordu, en bilgili oyuncu, elimizdeki kusursuza en yakın gözlemci, mumları eline alıyor, iki düzeni birleştirmek ve tüm bu oyuncuların en büyüğünü devreye sokmak üzere işaretini yukarıya göndermek için bekliyordu. Bu ateşlemeden yüzlerce metre yukarıda saldırı başlamak üzereydi. Ayaktakımı Leadenhall Sokağı'nda toplanmıştı.

Günün, ardına yaz sıcağını almış bulunan öncelikli yakıcı sıcağı, şişman kara toprağı pişirmişti. Kabaran nehir, yarılmış hendekleri doldurmuş, doyuma uğramış gibi fokurdamaya başlamış, kavurucu güneşin içinde kristalleşen köpüklü bir çorba olmuştu. Engin bir *güherçile halısı* açık sarı rengiyle yayılmış, doğru karışımın oluşması için sülfür ve kömürün daha kaba elementlerini bekliyordu. Oranlar değişiyor, sütunlar, ufak silahlar, toplar ve barut tozlarıyla batıp çıkarak birbirleriyle yarışıyor, kendi kendilerini güherçile, sülfür ve mangalkömürü oranlarıyla sıraya koyuyordu, *75: 10: 15* neredeyse, bileşenlerin ve elementlerin yeniden birleşerek parçalanıp birbirinden ayrılabileceği o büyüsel *75: 12: 13*'e varmak üzereydi. Baruz tozu kav gibi kurumuştu, karışım neredeyse tamamdı. Canavar'ın iç organlarında kibrit çoktan çakılmış, fünyenin üzerindeki yerini almıştı. Kentin altında engin bir barut madeni oturuyordu ve belki kent de bunu biliyordu, çünkü yapılar içlerini, eski düzenden kaçan ve yenisinin peşinde olanlarla dolup taşan sokaklara boşaltmıştı. Geçitler ve yan yollar kasılıp genişliyordu, sanki aşağıdaki Canavar'ın bağırsakları yaşama dönmüş, taştan derisini yırtarak yukarıdaki kıvranan yüzeyde esnek bir dış kabuk oluşturmuştu. Kentin dolaşım sistemini birbirleriyle çarpışan bedenler doldurmuştu, Lemprière bu sahneye birdenbire katılıp Doğu Hindistan Şirketi'nin merdivenlerinde aşağıya koşarak inerken meşale alevleri arkasındaki karanlık girişten sonra derinlik, kırmızılık ve parıltı gözünü almıştı, delikanlı Leadenhall Sokağı'ndan aşağıya uzanan kalabalığın içinde kendisine yol açarak, başkaldıran kişileri bir yana iterek umutsuz arayışının peşinde ilerliyordu, çünkü kızı yine yitirmişti ve tek bulabildiği kabaran kaba dalgalardı.

Meşale alevinde sarı ve turuncu görünen erkek yüzleri sokakları dolduruyor ve kıvrılarak gözden uzaklaşıyordu, hepsi batıya, sinmiş kilise görevlilerine ve sokak aralarında, kendilerinden güvenli bir uzaklıkta, karşı koyan Milislere doğru bakıyordu. O ana dek bu düzensiz kalabalık uyuşuk bir hayvandı, ana bedeni henüz seçenekleri sindirmekteydi, ama bu çok başlı yılanın pullu başında Farina vardı. Bir rüzgâr esiyordu, dakikalar geçtikçe daha güçlenen sıcak bir rüzgâr. Arkada kalabalığa hitap eden adamın saçları uçuşuyordu.

Lemprière bu cansız bedeni dirsekleyerek kendisine yol açıyordu, bu arada küfürler duyuyor, gelişigüzel yumruklar yiyordu, boynunu uzatarak ileriyi görmeye çalışıyor, kızın adını bağırıyordu. Çevresindeki kalabalık değişti ve mırıldanmaya başladı. Bağrışan gruplar vardı, birikmekte olan düşünceler karşısında sessizleşen gruplar vardı. Farina işaret ediyordu. Kalabalığın tavrı değişmeye başlıyordu. Lemprière çevresine bakındı, zorlayıcı bakışları, hepsi de daha ileri gitme niyeti taşıyan yüzleri taradı. Kalabalığın önündeki dört adam bir şey almak için yere eğildi. Ayaktakımının dikkatleri onları bu çabaları üzerinde toplanmıştı, kendi istekleri bu yeni görüntünün çevresinde pıhtılaşıyordu. Lemprière, saçları karışmış başların üzerinden baktı, dört adam, bir zamanlar korkmuş olduğu, o zamandan beri düşündüğü ve şimdi de korktuğu bir nesneyi taşıyordu. Bu olabilir miydi?

Farina'nın sesi kalabalığın üzerinde, uğuldayan rüzgârın üzerinde yükseldi.

"... ve bu, bizim adaletimizden sakladıkları şey işte bu!" Kalabalığın dikkati, taşımakta oldukları yükü kaldırarak gözler önüne seren adamların üzerinde toplanmıştı. Evet, diye düşündü Lemprière uyuşmuş gibi. Karabasanlarının bir bölümü bir kez daha yukarıya kaldırılıyordu, o garip nesne hâlâ ağzındaydı, paçavraya dönmüş mavi giysi yırtılmıştı ve rüzgârda dalgalanıyordu. Hava birden kapandı, çürüme kokusu güçlüydü ve delikanlı yeniden De Verelerde, çukurun başındaydı, şimdi kadavra yalnızca kendisine bakıyordu. Ama ancak bir an için. Hepsinin ayaklarının altında bir yerden alçak bir gürleme baş gösterdi. Yer titremeye başladı. Ses yükselirken, Lemprière panik içinde çevresine bakındı, ses giderek arttı ve sonunda bir ses olmaktan çıkıp fiziksel bir güce dönüştü. Derken, arkasında bir yerde, ayaklarının altındaki derinliklerden patlama tüm gücüyle sokaklara püskürdü.

***

Demek başladı, diye düşündü Sir John, Bow Sokağı'ndaki Müfettişlik Bürosu'nun kirli pirinçleri ve cilalarının içinde.

"Silahlanın," diye buyurdu adamlarına tane tane sözcüklerle ve sakin bir tavırla. "Milisler, Fleet Caddesi'nde bize katılacaklar." Rehber çocuk yanında yer değiştirip duruyordu. Sinirli görevliler üniformalarının içinde terliyorlardı. Sir John bu kokuyu duyumsayabiliyordu. Gün boyu doğuda toplanan kalabalıklar hakkında raporlar almıştı. Sıcak bir rüzgâr esiyordu ve sokaklar garip biçimde sessizdi. Sir John yine düşmanını düşündü. Çocuk zincirlerini şiddetle çekerek yine yer değiştirdi. Farina.

"Yürüyün!" dedi düz bir sesle, adamlarının boyun eğerek, kendisinin ardında savaşa doğru döndüklerini duydu.

Başlarında hızla yürüdü, özelliği olan gözlerini Bow Sokağı'ndan doğuya doğru yöneltip, Drury Lane'den geçirdi ve Lincoln's Inn Fields'e doğru ilerlediler, Portugal Row'dan geçip Cursitor Sokağı'na geçtiler, çocuk kısa bir zincir boyu önünde şıngırdayarak yürüyordu ve adamlarının hızlı adımları da arkadan geliyordu. Fleet'e vardılar, burada Milisler kendilerine katıldı, şimdi Ellarden Sokağı'na doğru daha bir güvenle yürüyorlardı, oradan Saint Paul Kilisesi'nin kuzey duvarına geldiler ve Cheapside'den Cornhill'e dek ilerlediler. Yol boyunca durmadan konuşan çocuğa göre sokaklar boştu. Sir John bunu duyunca yüreklendi.

"Milisler arkamızda," diye ağzını aradı rehberinin, "belki bin kişi kadardırlar?"

"Bin mi, S'John? Bu sayıdan emin değilim, efendim. Bin kişi olduklarını hiç sanmıyorum, efendim."

"Öyleyse birkaç yüz. Bir araya gelmiş yüzlerce adam, beni dinliyor musun, çocuk?"

"Oh, yüz olduklarını biliyorum, efendim. Yalnızca bin konusunda emin değilim. Bir bakayım, efendim..." Sir John, çocuk oraya buraya dönerken zincirin silkindiğini duyuyordu. "Evet, bu doğru olabilir, efendim."

"Birkaç yüz mü?"

"Yüz kişi kadarlar, efendim. Belki biraz daha az. Şu Farina'yı yenmek için bu kadarı yeterlidir, değil mi, efendim?" Ama Sir John yanıt vermedi. "Efendim?"

"Evet!" diye böğürdü Sir John, hayır, bin kez hayır, diye düşünürken. Çocuk bu patlama karşısında sesini kesti. Elindeki zincir korkunç derecede ağır geliyordu, adama ve yüzüne doğru hızla esen rüzgâr da kendisini zorluyordu.

Çocuk bir an için sindi. Kısa süre sonra toparlandı. "İşte oradalar, efendim! Tam önümüzdeler, efendim!"

"Dur!" Sir John kolunu kaldırınca adamları arkadan yaklaştılar. "Çökün!" Sinirli asker adımlarının yer değiştirdiğini duydu. Pek az, diye düşündü. Çok az.

"Bu ayaklananlar," –entrikacı bir tavırla çocuğa doğru eğildi– "dur bir tahminde bulunayım yüzlerce kişi mi?"

"Yüzlerce mi efendim? Ah, yüz kişiyi kolayca sayabilirim, bunu söylemeliyim efendim. Daha çok binlerce..." Sir John, önünde ve ardında hareketler seziyordu, biri kitlesel homurtular, öteki Milisler'in kararlılıkları çözülmeye başlarken ortaya çıkan tedirgin ürkeklikti.

"Yerinizde kalın!" diye seslendi omzunun üzerinden, ama çok geç kalmış olduğunu zaten biliyordu. Aylarca geç kalmıştı. Rüzgâr yükseldi, Leadenhall Sokağı'ndan kendisine doğru sürüklenen Farina'nın sesini duyabiliyordu.

"... ve bu, bizim adaletimizden gizleyebileceklerini sandıkları şey, işte bu!"

Sir John gizleme kavramını düşündü, içtenlikle istenen bir şeyi, gizlenen şeyleri ve Rudge'ı düşündü. Çocuk, "Bir şeyi havaya kaldırıyorlar, Sir John," diyordu ve Sir John, Farina'nın kalabalığı şiddete yöneltmek için toprağın altından çıkartmış olduğu şeyin ne olduğunu biliyordu. İçindeki Henry'nin sesi çıkmıyordu ve çocuk, "Onu bulmuşlar, Sir John. Her zaman sözünü ettiğiniz o kadını, o ölüyü..." derken zincir şakırdıyordu. Sir John zaten biliyordu, zihninde o mavi giysiyi, Rudge'ın en soğuk ve en derin mahzenlerinin çürümekten ve kendisinin düşmanı olan Farina'nın meraklı gözlerinden koruyamadığı o mavi teni görüyordu. Kadın onların dili bağlı gücenikliliklerini ayaklandıran susturulmuş bir totem gibi havaya kaldırılmıştı. Kadın onların anlayabilecekleri bir hakaretti.

"Tüfek omza!" diye buyurdu gür bir sesle, arkasında solukların keskince içe çekildiğini, kolalı üniformaların hışırtısını, tüfek horozlarının sesini duymayı bekleyerek dinledi. Ama beklediği bu seslerin yerini başka bir ses aldı. Aşağıdan derin bir uğultu geliyordu. Patlama, kendisinin az ilerisinde yol bulup sokağa saçıldığında ayaklarının altındaki taşlar dalgalanır gibi oldu. Suların yeryüzüne düştüğünü duydu, sonra bir sessizlik oldu.

"Nişan alın!" Kendi sesi patlamanın gümbürtüsünden sonra teneke gibi geldi kulağına. Kısa bir an sustu, tüfeklerin omza kaldırılmış olduğunu imledi, sonra emrini verdi. "Ateş!"

Sessizlik.

Arkasında gerçekten yaylım ateşi başlamış gibi harekete geçti. Geriye dönmeye başladı, ama çocuğun sesini yanında duyunca hareketini denetledi.

"Bize doğru geliyorlar, Sir John."

"Ateş!" diye komut verdi yine. Yine sessizlik. Sir John midesinden yükselen paniği duydu. Zinciri çekti, ama zincir gevşemiş gibiydi. Ayak sesleri duyuyordu, binlerce, binlerce ayak sesi kendisine doğru ilerliyordu. Birden şişman, kör bir adam oluvermişti. Yuvasından uzaktaydı. Yalnızdı. Yanında hafif bir ses duydu.

"Çocuk?"

"Ben hâlâ buradayım, Sir John."

"İyi çocuk. Yakalığı çıkarttın mı?"

"Çıkarttım, Sir John." Şimdi sesleri duyuyordu, yeri kazıyarak yaklaşan ayak seslerini.

"Yalnız mıyız, çocuk?"

"Adamlar kaçtılar, Sir John." Yalnızdı. "Ötekiler şimdi oldukça yakındalar, Sir John." Yakında. Ötekiler. Kendisi yenilmiş, Farina kazanmıştı.

"Beni burada bırakma," diye fısıldadı. Bekledi. Sessizlik. "Çocuk! Neredesin–"

Birisi elinden zincirin serbest ucunu aldı. "Merak etmeyin, Sir John," dedi.

***

Kadavra kalabalığın önünde havaya kaldırıldığında rüzgâr çürüme kokusunu sokaktan aşağıya kırk, kırk beş metre sürüklemişti. Lemprière'in arkasında bir kadın, "Bet!" diye çığlık attı ve kadın yere düşerken çevresindeki kalabalık geriledi. Lemprière, saçları arkasında uçuşan Farina'yı gördü, yüzünü rüzgâra dönmüş, adalet, diye böğürüyordu. Adamın ilerisindeki kırmızı ceketliler eriyip gidiyorlardı, yalnızca Sir John kalmıştı. Yer sarsıldı ve sallandı, sonra ayrıldı, aşağıdaki öfkeler öclerini alıyordu.

Bekleyiş çok uzun sürmüştü, Rochelle'den beri geçen yıllar içinde çok fazla yüklenmiş ve harcanamayan güçleri hatalı planların ve çatlakların oluşmasını beklemişti, şimdi gerçek, arenaya çıkmak için bir geçide gereksinim duyuyordu.

Aşağıdaki patlama yeryüzünün direncini parçalarken Leadenhall Sokağı boyunca güçlü bir yarık açıldı. Kalabalık sağa sola saçıldı, görünüşe göre çatlak, korunmak için kolunu ileriye uzatan Farina'ya doğru yöneliyordu. Çatlağın pürüzlü ağzı sokağın adama doğru olan bölümünü yırtıyordu, bu yırtık genişleyerek onu bütünüyle yutmak üzereydi, ama o olduğu yerde duruyordu, gururlu ve tek başına kötü yazgısını karşılamayı bekliyordu... Hayır. Çatlak kendisine küstahça meydan okuyan bu adama birkaç santim kala durdu. Farina birdenbire galip duruma geçmişti, önderdi, şifacıydı, öne doğru yavaşça ilerleyen kalabalık için tüm bunları ve bundan daha fazlasını simgeliyordu, kalabalık toparlandı ve püskürmeyle sönmüş olan meşalelerini yeniden tutuşturdu. Şimdi hepsi onun izindeydi, öteki nedenleri gözardı edilecek olursa, Lemprière bile. Sir John, ufak bir çocuğun kısa bir ipe benzer bir şeyin ucundan tutarak kendisine yol göstermesiyle bir yan sokağa sapmış, kaçıyordu. Kalabalık santim santim ilerledi, sonra cakayla yürümeye ve sonra "Opera Evi'ne!" diye bağıran önderine doğru koşmaya başladı, Sir John, Milisler'in peşinden batıya doğru akan bu öfkeli dalga tarafından süpürülüp geçildi.

Kalabalığın pürüzlü uçları, arkada kalan ve dalgalanan izleyicileri, Leadenhall Sokağı boyunca uzayan suyla dolu çatlağın iki yanında yürüyorlardı. Az sonra sokak baştan başa boşaldı. Çatlağın içinde pis sular birikmişti. Aşağıdaki patlamanın gücü sokağın yüzeyini soymuş, çatlağın her iki yanında birer dudak biçimlendirmişti. Yüzeyden garip kabarcıklar yükseliyor ve rüzgâr uzunluğu boyunca dalgacıklar oluşturuyordu. Su tedirgin olmaya başlamıştı. Suyun içinde başka bedenler de vardı ve şimdi bunlar yukarıya yükseliyordu. Sıvı daha bir güçle yer değiştirmeye zorlanıyordu. Kara bir biçim yuvarlanıyor ve kör suların arasında budaklanarak, kendisini çatlağın pürüzlü yanlarından kurtararak yükseliyordu. Bir kadavra, kaygan ve ıslak bir biçimdi, kolları belirsizce dalgalanıyordu. Sokak sessiz ve boştu. Doğu Hindistan Yapısı uzakta hayal gibi görünüyordu. Sular yine karıştı. Çatlağın daha aşağılarından, ikinci bir beden daha yüzeye çıkıyordu. Bir an suyun içinde asılı kalır gibi oldu, sonra başı yukarı kalktı ve kolları havaya uzandı.

***

Bu olayın boyutuna inanamıyordu, mum ışığının ölçüsüz genleşmesi bir an içinde cehenneme ve yakıcı bir sıcaklığa dönüşmüş, gemiler şeytanlar gibi alev alırken patlamadan fışkıran gücün kara çarşafı bölmeye bindirip her şeyi bir tahta, su ve et ezmesine dönüştürmüştü. *Hoşça kal Önderim.* Adamın eski korkusu alevlerle yarıştı, ama her zamanki gibi yine alevler kazandı. Kurbanının tahtını parçaladı, taht odası yerle bir oldu. Önder en sonunda eriyen bir etti ve sonunda her şey bitti. Toprak ve kayalar onun defne yapraklarıydı ve yukarıdaki havaya açılan çatlak geçit, onun Rochelle'in alkış tutan hortlaklarına doğru ilerlemesini sağlıyordu. Yeryüzü kabuğundan soyulup açılmıştı, yukarıdaki gökyüzü onundu artık. Şimdi neden oyalanıyordu? Su ve hava arasında dalgalanmak nedendi? Alevler sönmüştü ve yanmakta olanların çığlıkları, ona ayağa kalkmasını ve oradan ayrılmasını, sonunda kendilerine katılmasını söyleyen fısıltılardı. O halde niçin Lemprière'i düşünüyordu?

Kendisini sudan çekip çıkarttı. Ölü adamın başı nazikçe sallandı. Bu kadavranın, toprağın taşıma kapasitesi altında yapacağı yolculukta kendisine arkadaşlık edecek adam olduğunu anladı. Ama onun bakışları altında sular çekilmeye başladı. Jaques' in bedeni batıyordu. Sular daha hızlı alçalıyordu. Dışbükey bir ay gökyüzünde alçakta duruyordu. Jaques'in yüzünü gördü, kara suların içinden yansıyan bir aydı o ve çevresinde gümüş bir telaş vardı, sonra ceset çatlağın karanlığına batarken bu küçük işaretler bile yok oldu.

***

Kalabalık, Milisler'in ardından batıya yönelirken balmumlu meşale kokuları, ter ve heyecan ve yerel bir *sudor anglicus*[1] kokuyordu. Yol boyunca, bu öfkeli yığın, kentin taştan kılıfını kundakçılara özgü bir *rus in urbe*ye[2] dönüştürürken kuru saman yığınları, ölü ağaçlar ve öteki çeşitli çöpler çatırdayarak bu gizemli alevleri içine çekiyordu. Yaban çocuklardan oluşan çeteler çığlıklar atarak ortalıkta koşuşuyorlardı. Ticaret alanlarındaki son yıkımlar nedeniyle geçici olarak işten çıkartılan keten bezi işçileri ve bakır madencileri bayrak sallıyorlardı. Berberler, garsonlar, terziler, ayakkabı yapımcıları, vitrinli dolap yapımcıları, kadın şapkacıları, giysi üreticileri, yapay çiçek yapımcıları, saraçlar, araba yapımcıları, nalbantlar, aşçılar, konfeksiyoncular ve makinistler burada buluşmuşlardı, kibarların bu yazı kent dışında geçirmeleri yüzünden tümüyle işsiz kalmış olmaları nedeniyle aralarında rekabet söz konusu değildi; Opera Evi müşterilerinin görkemli bir simgesi olmuştu.

Farina, çevresi kendisini koruyan ve duruma egemen olan ipek dokumacılarıyla sarılmış durumda ayaklanmayı yönetiyordu. Kalabalık Fetter Lane'den ve Lincoln's Inn Fields'den geçerek batıya yönelirken şarlatanlar ve onların soytarıları, kumarhane yöneticileri ve sepetli bisikletlere binmiş çocuklar kendi ticaretlerini yürütüyorlardı. Gezgin satıcılar ilerleyen blokların arasında dolaşıp börek ve bira satıyorlardı. Balık da bulunuyordu. Haklı öfke haykırışlarıyla ateşli küfürlerin arasına satıcıların bağrışmaları da katılıyor ve tüm bu sesler aya doğru yükseliyordu. Yol boyunca sıralanmış pencerelerden meşale alevleri

[1] *Sudor anglicus:* Lat. İngiliz teri, (Çev.)
[2] *Rus in urbe:* Lat. Kentin içindeki tarla, (Çev.)

sallanıyordu. Kalabalığın ilerlediği rota boyunca geçen yüzlerce, binlerce bacağı sayan parmaklıklar, bir phenakistoscope'un üzerinde yuvarlanan levhalardı. Dört buçuk milyon kaldırım taşı, karşı çıkan bu adımların, uzun çizmelerin, saboların, tahta ayakkabıların sesini kaydediyordu, aralarında çizmekte oldukları harita tüm Avrupa'yı kımıldayan çizgilerden oluşan bir dantelle örtebilirdi, bu çizgiler Londra'da birleşiyor, tüm kenti karartan bu ağ, emici bir ağız gibi onları Stalkart'ın bodur kuleli kültür yuvasına çekiyordu...

Lemprière, ön sıradan bir yüz metre kadar geride bulunan bir kısa boylu insanlar bölgesinde beceriksiz kol ve bacak hareketleriyle cıyaklayarak zıplayıp duruyor, göze çarpıyordu. Öncü ayaklar bağrışarak ve alay ederek Fleet Caddesi'nden ve Strand'dan geçip, dağınık birleşimlerini bir araya toplayıp sıkıştırarak, kaçan Milisler'in peşinden ara sıra kayalar fırlatırken, delikanlı kalabalığın, arkasında uzayıp gittiğini görüyordu; savaşa giden bir kent devletine benziyorlardı. Charing Cross'da, ufak geçitler ve yan yollardan oluşan ağın içinden süzülmek üzere bölündüler, ama sonra yeniden toparlanarak Haymarket'e tek bir beden halinde girdiler, burada Milisler'den geriye kalanlar sağdaki geniş bir yapının içine sığınıp gözden uzaklaştılar. Kendine özgü uyuşumlar tek bir bileşim, canı sıkkın ve uçucu bir karışım olmuştu. Lemprière, kendi bedeninin çevresinde sarsılan ve dönen bedenler duyumsuyordu. Neler olup bittiğini iyice anlamak istiyordu. Kızın adını bağırıyordu, ama kalabalık, Opera Evi'nin çevresinde toplanıyor, içeriden desteklendiği anlaşılan kapıları yumrukluyordu. Yapıdan dışarıya belirsiz çığlık sesleri geliyor, ama bunları antifonik[1] rüzgâr yanıtlıyordu. Kalabalığın içinde, yüksek kapıların ve merdivenlerin dibinde bir yarım çember açıldı. Lemprière bunun içine adım attı ve bulunduğu bu daha yüksek yerden kalabalığı inceledi. Kendisi onlara bakarken en yakınındaki yüzlerin yukarıya doğru dönmüş olduğunu gördü, sonra bu durum kabaran kalabalığa yayıldı, görülebilen her göz dama çevrildi. Lemprière tüm bu insanların dikkatlerini niçin oraya topladıklarını belli belirsiz merak etti, derken bir beden sırtına vurarak kendisini yere serip yamyassı etti ve olduğu yerde döndürüp az önce kendisi-

---

[1] *Antifonik:* Karşılıklı okunan ilahiler. (Çev.)

nin bulunduğu noktaya büyük bir gürültüyle çarptı. Lemprière hırıldadı ve çevresine bakındı. Bir şey kendisini yakalamıştı, baktı, kolları hâlâ kendi bacaklarına sarıldıydı, kendisine doğru bakıyordu. Sonra gülümsemesi soldu.

Arkasında, basamakların üzerinde, yüzünde aptalca bir gülümsemeyle, bodur ağırlığı, talihindeki bu sarp düşüşü pembemsi bir hoşgörüyle karşılayan bir şey vardı, bu şaha kalkmış kaplumbağa idi. Lemprière kaplumbağayı az çok fark etti. Kaplumbağanın sırtında bir beden vardı. Göğsü düşüşün etkisiyle yırtılıp açılmıştı ve göğsünün içinde bir şey vardı, duyarsızca dönen, neredeyse insana özgü olmayan bir şey. Ayrılmış et şeritlerinin arasında küçük pistonlar seyiriyordu ve bu parçalanmış makinenin içinde pirinçten yapılma düzgün bir eşkenar dörtgen vardı. Lemprière çevresine bakındı, ama kalabalığın yüzleri hâlâ yere çarpan bu şeylerden ve kendisinden uzağa, dama çevriliydi. Ve bu kez kendisi de baktı.

***

Dövüşün başladığı Canavar'ın derinliklerinde, girişten süngersi yapıya dek, Le Mara ve Nazım hamle yaparak, savuşturarak ve karşı hamle yaparak galerilerden, tünellerden ve mağaralardan geçmişler, yüzlerce metre yukarıdaki kalabalığın çığrışan ilerleyişine tümüyle koşut olarak bir yeraltı vektörü boyunca kendilerine yol bulmuşlardı. Onların çatışmaları sessizlik içinde geçiyordu. Varlıklarını, yalnızca kendi âni soluk alışları ve kısa homurtuları belli ediyordu. Kanlı kur yapma törenini prova eden zırhlı böceklerdi, ufak boynuzları birbirine giriyor, parçalı bacakları ışıksız taşların üzerinde basacak yer arıyordu. Hareketleri birbirleriyle uyumluydu, soru ve yanıt, çizilen yaylarla ve hızlı hamlelerle, yanıltıcı hareketler ve geri çekilmelerle ileri geri değiş tokuş ediliyor ve Nazım göz kırpmayan düşmanı tarafından geriye doğru ilerlemeye zorlanıyordu. Durum eşit gibi görünüyordu, ama öyle değildi. Nazım gücünü yalnızca bir kez Kabala'nın katiliyle denkleştirebilmişti, bu bıçağının üzerine tüm gücüyle abandığı zamandı. Adamın kolu soğuk ve metal kadar katıydı. Adamın bu yanıltıcı gücü onu şaşırtmıştı, bir bebek gibi bir yana devrilmiş ve kalkıp gücünü yeniden toparlamıştı. Nazım onun zayıflıklarını, hatalarını, kendisine hakim olamadığı anları arıyordu, ama bu hiç olmuyor ve dövüş sürüyordu. Arkalarından akan suyun sesi kulaklarını dolduruyordu; gözleri sürekli olarak bir diğeri üzerindeydi. Rakibi asla gözünü kırpmıyor ya da tökezlemiyordu, yalnızca ona doğru ilerliyor, onu geriye doğru sürüyordu.

Çatışmaların ölümcül yarı aydınlığında Nazım'ın hayaletleri, Bahadır ve sahte Lemprière çıkageldi. Minyatür elinin içinde, bıçağına bir karşı ağırlık oluşturan katı bir eşkenar dörtgendi. Kadının gri-mavi gözleri, yumuşak gülümseyişi... O, yalancı bir oğlun annesiydi. Gerçeği şimdi kendisine yönelik olan el tarafından çoktan öldürülmüştü ve onun yerine geçen adamın dalgalanan dış çizgileri kendisinin içindeydi, bir gölge oyunu oynuyor, onlar yer değiştirdikçe kendi bedeninin dış çizgilerinin ardına dalıyor ve katilden dönerek uzaklaşıyordu. Ve Bahadır, daha uygun bir varlık olarak onun hareketlerini yönetiyor, bir kez daha genç akrabasının biçimlenmesi için eğitmenlik yapıyordu, *işte böyle, evet, bıçağını kenara doğru çek...* Sahte Lemprière onun kaba komedisine kendi kendine gülüyor, yalancı ve zıt öğütler veriyordu. Nazım'ın esirgediği, yanından yürüyüp geçmesine izin verdiği, biçim değiştiren, kendi kendisine karşı gelendi, dövüşünde kendisine şans diliyordu. Niçin? Bunu niçin yapıyordu? Orada, geride değerli bir şey mi vardı, delikanlının kendisine tepeden bakışındaki, kızın kollarını delikanlının göğsüne dolayış biçimindeki bir şey. Aptallık, saçmalık; Bahadır'ın sesi girdi araya, soğuk ve zorlayıcı. Paris'ten, metal büyüsünü onun üzerinde deneyen bu büyülü kentten dönmüştü. Farklıydı, değişmişti. Birlikte kayalığın tepesinde yürüyorlardı. Yalancı Lemprière esirgenmişti, arkasındaki karanlığa karışıp gözden uzaklaşmıştı. Le Mara yine üzerine geldi. Bahadır uçup kendisinden uzaklaştı, kayalığın en ucuna tırmanmış, oradan bakıyordu, ama o göremez, duyamazdı. Nazım yalnızca amcasının bedeninin soğuk basıncını duyuyordu ve kolu göğsünü işaret ediyordu, *biz değişiriz...* Tünel eğimle yukarıya doğru yükseliyordu. Le Mara'nın yüzü boştu. *İçimizden değişiriz.*

Birden toprak sarsıldı ve bir saniye içinde tünelin içinden yukarıya doğru yükselen ağır bir gürültü duyuldu. Nazım ileriye atıldı, bıçağını katilin göğsüne sapladı, tüm gücüyle yüklenerek bıçağı büküp deriyi ve etleri parçaladı. Ama bıçak iki buçuk santim içeriye girdi ve durdu, derinin altındaki düzgün ve sert bir şeyin üzerinde kenarlara kaydı, bu şeyin üzerindeki büyük bir et parçasını koparttı, fırlatıp attı. Nazım geriye doğru sendeleri, ortaya çıkarttığı şeye baka kaldı. Le Mara sanki hiç dokunulmamış gibi kendisine doğru ilerliyordu. Bir an zihni dondu. Sonra Le Mara'nın arkasındaki tozun havaya kalktığını gördü. Katilin arkasında tünelden yukarıya bir toz bulutu yükseliyordu, patlama dalgaları Canavar'ın tüm geçitlerini, kılcal damar ve deliklerini havaya uçururken sessiz bir döküntü pudrası yükseliyor, her ikisini de ele geçirip çevreliyordu. Bu bulut kendisini kör etmezden önce Nazım döndü ve tünelden yukarıya baktı, kaygan gri kenarlar eğilip uzaklaşıyor, yukarıdan bir şey sallanıyordu. Koştu. Tozlar burnuna ve ağzına doluyordu. Le Mara'nın ayak sesleri arkasından boğuk ve düzenli gümlemelerle geliyordu. Patlamanın etkisi azaldıkça toz yerleşiyordu, dövüşte açığa çıkmıştı, ele geçmiş ve yakalanmıştı. Bir şey sallanıyordu... Bir merdiven!

Bir yer kapağı açıldı, Nazım kumaştan sahne aksesuarları, güve yeniği perukalar ve kostümlerin arasında belirdi. Yukarıdan gemi donanımı gibi ipler sarkıyordu. Mırıltılı konuşmalar, müzik, şarkı söyleyen bir ses, bir kız sesi duyuluyordu... Opera Evi'ndeydiler ve Nazım, ardındaki Le Mara ile tırmanmaya başladı, kendi kurdukları bir ağın üzerinde savaşan iki örümcektiler, iplerden ve iskele tahtalarından yukarıya, dama doğru seyirtiyorlardı. Şişko bir ay vardı. Ilık bir rüzgâr esiyor ve aşağıdaki sokak, ağır ağır birikmelerini geçen haftalar ve aylar boyunca izlemiş olduğu kadın ve erkeklerle dolup taşıyor, kaynaşıyordu. Otuz metre aşağıda kıvranan böceklerdi. Arkasında yer kapağı çarpılıp kapandı. Düşmanı karşısındaydı, çok iyi, çok iyi. Döndü ve Le Mara'nın yaklaşmasını izledi. Şimdi bu işin nasıl sona ereceğini biliyordu. Yine döndü, sırtı adama dönüktü ve kenara doğru yürüyordu. Kaplumbağaya benzer bir heykelin üzerine tırmanmış olduğu alçak bir parapet vardı. Öteki kaplumbağalar damın üzerine noktalar halinde yayılmışlardı. Le Mara ardından geliyordu, ayak sesleri olması gerektiğinden daha ağır gibiydi. Bunları duymazdan geldi. Bahadır onun niyetini anlamıştı. *Evet, iyi, işte böyle.* İçindeki sahte Lemprière sessiz ve şaşkındı.

Oylumlu heykellerin, bir daha yeniden uygulanamayacak olan bir yapımın ürünlerinin arasında gelişigüzel bir yol izlerken Le Mara ardındaydı. Açık seçik ol, şimdi dikkatli adımlar at. Katilin ayak sesleri şimdi koşmaya başladığını gösteriyordu. Dönme, bekle, bekle, *evet*...

Ayak sesleri yaklaşırken birden önüne parapet çıkmıştı, katil şimdi kendisine doğru hızla yaklaşıyordu. Le Mara üzerine atılırken döndü, eğildi, yüzünün karşısında bir şeyin yandığını duyumsadı ve sonra katil onun üzerinden geçti, parapetin ve heykelin üzerinden uçtu, Nazım arkadan tüm gücüyle katilin düşüşünü destekliyor, onu parapetin kenarından aşırmaya çalışıyordu.

Şaha kalkmış kaplumbağa kurtardı Le Mara'yı. Bedeni boşlukta sallanırken çelik gibi bir el kaplumbağaya sarılmıştı. Bu yaralı, içi dışına çıkmış bedenin görüntüsü Nazım'ı bir an durdurdu, sonra, çok uzaklardaki kalabalık sessizce kendilerini izlerken parapetin üzerinde ayakta durarak adamının üstüne bindi. Yüzünden sıcak bir şey akıyor ve yüzünün o yanını göremiyordu. Bıçağı indirdi, keskin çeliğin korunmasız bir noktaya girdiğini duyumsadı. Dönerken, boynu olsun, diye diretti, bırak boynu olsun. Adamın bedeni soğuk ve katıydı. Ama çenesine gelmişti. Bıçağı yalnızca çenesini bulmuştu. Le Mara'nın ağzı kasılıp açıldı. Nazım adamın ağzındaki bıçağı görüyordu, kasılmaya başlayan dilini kesmişti. Le Mara'nın yüzü kendi yüzüne yapışmıştı, kolu aşağıya doğru iniyordu. Yitirmişti. Bunu, adamın bıçağı midesini bularak göğsüne doğru keserek kendine bir yol açmazdan önce anlamıştı. Acı her ikisini de kaplayan kara bir dalga gibiydi. Dişlerini bitiştirip sırıttı, tırnaklarını avucunun içini kazırken elleri bıçağını sımsıkı tuttu, ama yine de, o minyatür. *Evet, işte böyle*... Nazım minyatürü yukarıya kaldırdı ve adamın tıkırdayan ağzına attı, boğazından aşağıya itti. Katilin göğsünde bir yerlerden bir çığlık gelmeye başladı. Nazım ağırlığını geriye verdi. Katil titriyordu, kolları bacakları denetlenemez bir biçimde sarsılıyordu. Kendi organları ise kurşun gibiydi. Her yerinin çok soğuk olduğunu duyumsuyordu. Le Mara'nın bir eli hâlâ o komik heykele tutunuyordu. Öteki eliyle Nazım'ın bıçağını yüzünden çıkartmaya çalışıyordu. Bıçak birden kurtuldu ve Nazım katilin bıçağı yavaşça kendi göğsünün içine batırıp çekmesini izledi. Bıçak göğüs kemiğinin altında kayboldu. Orada içindeki o direngen pirinçten eşkenar dörtgeni arıyordu. Ses korkunçtu. Bir an titreme durdu. Katilin başı Nazım'a doğru döndü. Heykel sallanır gibi oldu. Le Mara öne doğru eğildi, bir an hareketsiz kaldı, sonra heykelin kaidesi parçalanıp ayrıldı ve onu havaya çekerek boşluğa, otuz metre aşağıdaki sokağa fırlattı. Nazım sopa gibi kol ve bacakların dalgalanarak düşlerinin temiz sessizliği içinde düşüp uzaklaştığını gördü. *Şimdi gördün mü Bahadır?* Çok aşağılarda adamın göğsü parçalanıp açıldı ve açık yara, şimdi hepsi aşağıda pompalanmakta olan pirinç ve çelikten çubukları, bakırdan eklemleri, ufacık kapakçıkları ortaya çıkarttı. Şimdi değişikliği, Bahadır'a yapmış oldukları şeyi görüyordu. *İçimizden değişiriz...* Parapetin üzerine çıktı ve bu kentin ay ışığıyla aydınlanmış damlarına baktı. Aşağıdaki kalabalığın, boş düşlerle dolu kafaları ona hiçbir şey ifade etmiyordu. Elini göğsüne koydu, soğuğun kol ve bacaklarına yayıldığını duyumsadı. Çok uzaktaki sokağı gördü. Kapkara gökyüzü ve çatıları aydınlık kent. Parapetin üzerinden eğildi ve bedeninin ağırlık merkezinin kendisini boşluğa çektiğini duyumsadı.

***

Kalabalık sessizdi, her erkek ve kadın yukarıda parapetin üzerinde duran kişiye bakıyordu. Çok sakin görünüyordu, orada yapayalnızdı. Farina belki onları orada, önem verdiği başlıca damarın boşaldığı yerde yitirmiş oldu. Birden öylesine sessizleşmişlerdi, yukarıdaki adamla öylesine ilgiliydiler ki. Adam ağır ağır belinden doğru eğildi, sanki aşağıdaki izleyicilerini selamlıyordu. Boşluğa eğildi. Düşüyordu. O öne doğru fırlarken düş kırıklığı ve üzüntü sardı kalabalığı. O an için Milisler unutuldu. Hintli'nin bedeni Opera Evi'nin basamaklarına, düşmanının bedeninin yanına boğuk bir gümbürtüyle düştü. Nazım, Le Mara, kaplumbağa: Kalabalığın kavrayışına farklı yönlerden meydan okuyorlardı. Sessiz yüzler basamakların üzerindeki bedenlerin çevresini meşale dumanıyla çevrelemek için acele ettiler. Lemprière güçlükle ayaklarının üzerinde doğruldu, adımları Le Mara'nın ezilmiş cesedine doğru yöneldi. Göğsü boynundan kasıklarına dek yarılmıştı. Dikkatini çeken bir şeyi almak için eğildi; bu, oradaki büklümlü makinelere ait olmayan pirinçten bir eşkenar dörtgendi. Her nasılsa onun burada oluşu kendisini şaşırtmamıştı. Minyatürü açtı. Gri-mavi gözler kendi gözlüklü bakışlarıyla karşılaştı.

"Anne..."

Annesinin boyanmış imgesi sanki kendisine yanıt verebilirmiş gibi yüksek sesle konuşmuştu. Nazım'ın gözleri açıldı. Lemprière o anda niçin dönmüş ve Hintli'nin gözlerinin kendi gözlerinin içine baktığını görmüştü? Aralarında etkileşim yaratan belirsiz borçlar vardı, kalabalıklarla ve âşıklar için yaylanıp açılan kapılarla, ışıksız boşluklara asılmış ışıklarla ilgili bir şeydi. Artık her şey için çok geçti. Çok fazla yanlış yapmıştı. *İşte böyle, evet...* Hintli, gözlerinin önünde açığa çıkan gizemi izliyordu. Dudakları kıpırdandı.

"Lemprière?.." Lemprière, Hintli'ye doğru ilerledi, ama adamın gözleri kendisinin ayrılmış olduğu noktaya dikili kalmıştı, geride bıraktığı solgun dış çizgiler havada asılı duruyor, rüzgârın esintisinde ve gizemli meşale ışığında dağılıyordu, kendi kimliğini ele geçiren sahte Lemprière elini oval yüzün üzerinden geçirdi, gözler artık asla ışıldamadı. Soluk durmuştu. Lemprière ölü adamın gözlerini kapattı ve ayağa kalktı. Minyatür kapanmış ve ceketinin iyi durumda olan tek cebine indirilmişti. Ötekinden sözlüğü sarkıyordu. Vikont'un bedeni karanlığın içine dalıp uzaklaştı, delikanlı döndü, kız yine gitmişti. Lemprière yanı başında duranları bir yana itti ve onu aramaya gitti.

Şimdi kalabalığın enerjisi geri dönmeye başlamıştı; bu hayvan için durağan düşünce normal bir durum değildi. Sekiz ya da dokuz iri yarı adam yolu açtı, kaplumbağanın başında üst üste biriken grupları dağıttılar. Kolektif bir homurtu oldu ve kaplumbağa omuzlara alındı. Bu ufak ve hırpalanmış koç başıyla basamakları çıkıp kapılara yaklaştılar ve vurmaya başladılar. Bu olağanüstü gümbürtü kalabalığı sardı, onları etkileyerek ileriye doğru atılmalarını sağladı, adamlar bir ritim yakalamışlardı, sonunda kapılar bu saldırı karşısında sallanmaya başladı. Hintli'yi ilginç bulmuşlardı, ama bu gümbürdemeler, bağrışmalar ve ezici yığınlar halinde olmak başkaldırmış bir kalabalığa daha yakışan bir şeydi. Saldırgan grubun ritmine uyarak öne arkaya sallandılar. Kapı bu baskı altında titredi, kalabalığın tüm dalgın dikkati çarpma noktasında odaklandı, yumurtamsı pembe biçimi ve şimdi ahmakça görünen sırıtışıyla sağlam tiyatrovari kapıları parçalamış, şaha kalkmış kaplumbağanın sırıtkan başı, onları içeride saklanan Ispartalılarla savaşmaları için içeriye yönlendirmişti.

***

Rochelleliler, çok uzaklarda kalmış, üzerinden uzun süre geçmiş, artık neredeyse unutulmuş ve o gece neredeyse tümüyle tüketilmiş bulunan ölmekte olan kentin sokaklarından akarken bilemezlerdi, çünkü kendi yangınlarını saptamış olan anılar, yerleşik düzene seçkici ve politik niteliklerini kanıtlama durumundaydılar. Öteki yaşamlar, ihanetleriyle geride bırakmış oldukları kömürleşmiş boşlukları doldurmak zorundaydılar, duvarların üzerindeki gölgeler, olup bitenlerin öteki görünümleri onları aldatacaktı. İşte bunlardan biri...

Yapışkan sarı mumları Stalkart için, Opera Evi'nin kara talihli dam alanı içinde takım yıldızları, uğurlu birleşimleri, mutlu kehanetleri gösteriyordu. Yukarıda Tanrılar vardı, inildeyen yapıya kaplumbağalar gibi katlanan kocaman Tanrılar, ağır Tanrılar. Kaplumbağalar. Evet, Opera Evi bu gece yaşamla parıldıyordu, çünkü lambalar yakılmıştı ve tıngırdayan orkestra, çukurda sazlarını akort ediyor, her lobi, ara yol, kat ve merdiven seçkinlerle dolup taşıyordu. Lord Brudenell buradaydı ve Cumberland Dükü ile Queensberry Dükü, Bay Edgecumbe ve Sir. W. W. Wynne, yeşil ve gümüş rengi yalnızlı yapraklarla süslenmiş mor krep giysileriyle Leydi Harrowby ve Leydi Fawcett ve Sleath'ın, Bozuk Biçimler İçin Geliştirmiş Olduğu Destekleyici Korseler içindeki saygıdeğer Bayan Petre. Norfolk Dükü, Tastikli Fatura konusundaki o yıpratıcı olaydan beri Lansdowne Markisi ile konuşmuyordu ve Charles Fox, Lord Loughborough, Bay Gray ve Bayan Sheridan –genellikle seçkinlerce tanınmakla birlikte, bu tanınma durumu öyle pek de ileri derecede sayılmazdı doğrusu, çünkü opera ve havlayan köpekler arasındaki farkı pek birbirinden ayırt edemediklerine inanılıyordu– Leydi Frances Bruce ve Leydi Clunbrassil crême de Canelle ve Barbados sitron suyuyla dolu ince bardaklarının ardından, serveti birçok taşralınınkini aşan Bay Hanway'i izliyorlardı. Albay Downright sıfatıyla, *'Size ne olduğunu ben söyleyeyim'*leriyle daha yeni bir zafer kazanmış olan Bay Aiki, o ikindi ölmüş bulunan tüccar Morris Morris'in dul karısını avutuyordu.

"*Neden* geldiğimi bilmiyorum," diye ağlıyordu kadın. "Kendimi çok *kötü* hissediyorum."

'Haydi, haydi," diye onun omzuna hafifçe vuruyordu Albay Downright, sıkıntıyla.

Stalkart, Fop's Alley'de bir aşağı bir yukarı sıçrayıp duruyor, kendisini sıkıştıran etlerin baskısı altında müşterilerini selamlıyordu. Hevesli topluluğun arasında değerli dedikodular ve beklentiler dalgalanırken, o da kendi neşesinin sıcaklığı içinde ısınıyordu. Bu geceki opera nedir? Söylemeyecekti, hayır, Bayan Manners'ın en çekici gülümsemesine bile karşı koyacaktı, Bay Edgecumbe kendisini gizlice bir kenara çektiği zaman bile söylemeyecekti ve hatta Kaptan James Hay'ın iğrenç yeğenleri çevresini alıp kendisini nazikçe aşağıladıkları zaman bile söylemeyecekti.

"Bu bir giz," diye gülümsüyordu, az sonra, bir kolun altından kayıp geçecek, ancak herkesi sürekli olarak Brüksel'deki evinde yemeğe davet edip duran Kont Trautmansdorf'un saldırısıyla karşılaşacaktı. Leydi Villiers ile Leydi Digby'nin başlarının üzerinden Bolger'in kendisine el sallamakta olduğunu gördü.

"Bir tane daha," dedi gizlice Bolger, Sorgu Hakimliği'nden gelen kısa ve öz mesajı göstererek. Bunlar gün boyu gelip durmuştu. Sir John'un düzgün el yazısı kendisine bakıyordu. *Çıkacak soruna karşı hazır olun,* diye yazıyordu. Bolger, "Tim'i fuayeye yolladım," dedi ve Stalkart bunu onaylayarak başını salladı. Sorun bekleyin, beklenecek başka ne vardı? Sorun, o günün parolası olmuştu: Marineri'nin sahnesiyle ilgili sorun (yukarı kalkmıyordu), Sinyor Schiotti'nin aşağı inişiyle ilgili sorun (aşağı inmiyordu), Lupino'nun asker kostümleriyle ilgili sorun (üzerlerinden çıkmıyordu), ama en önemlisi Sinyor Marchesi ile ilgili sorundu, gelmiyordu. Kartonpiyerden yapılma bir deniz manzarası da sorun olmuştu, Marmaduke, iğne iplik diye bağırıyordu ve değişken huylu tenora yapılan ek bir ödeme bu ufak krizleri çözmüştü. Şimdi deniz manzarası yerleştirilmişti, Schinotti gözyaşlarına boğulmuştu, askerler kendi tuniklerine dikilmişti ve Marchesi bu geceki gösterinin, eğer birinçisinde olmazsa, ikinci perdesinde sahneye çıkacaktı. Evet, bir değil, iki operada yer alacaktı: çift fatura. Daha ne? Cramer, Stalkart'a döndü ve Stalkart başını salladı. Cramer kemanını tıkladı ve müzik başladı. Stalkart göğe doğru, parlak mum ışıklarının buluştuğu yere, kendisine yalancı fedakârlık, öfke ve yıkıcı aşk hakkında bir öykü anlatan ışıldayan kubbenin içine bakıyordu. Truva'yı ve Isparta'yı ve onların yazgılarını düşündü. Tahta atları düşündü. Akortsuz yaylılar, önünde yaslı yaslı kabarıyorlardı. Stalkart kaplumbağaların kaçışlarını düşündü.

Açılışı yapan andante yerini ağır oktavlı pasajlara ve daha sonra obua ve flütün aralarındaki kederli çekişmeye bırakırken, Sir W. W. Wynne oturduğu yerde arkaya yaslandı, aynı müziğin on dört yıl önce Paris'te kulaklarında oynaştığı bir geceyi düşündü ve Du Roullet'in o iğrenç librettosunun ilk dizeleri söylenirken, beğeniyle bir soluk verdi.

"Ah," diye mırıldandı, "Gluck. Anımsıyorum, Paris'teydim–" Charles Fox kendisine yüksek sesle susmasını söyledi.

Marchesi sahneye yürüdü, izleyicilerden çoğu ayağa kalktı, o denli alkışlıyorlardı ki, adam repliğini şaşırdı. Cramer, çalgıcıları başa döndürdü ve yeniden aynı yere geldi. Marchesi yine kaçırdı. Korodan birkaç kişi orkestra boşluğuna düştü. İzleyiciler sessizleşip beklediler. Cramer tenora işaret ediyordu; sonra salonun sessizliği içinde Marchesi şarkısını söylemeye başladı. Göksel güzellikte bir sesti, altın boğazından dışarıya hoş gümüşsü notalar dökülüyor ve izleyici sessiz bir hayranlık içinde oturuyordu...

GÜM! Kaba bir gümbürtü glisandonun arasına girdi. *GÜM!* Marchesi kekeler gibi oldu. *GÜM!* İzleyiciler koltuklarında geri dönüp baktılar. Ne oluyordu, yahu? *GÜM!* Marchesi boğazını tutuyordu. Neden? *GÜM! GÜM! GÜM! ÇATIR!* Artık bu ses anlaşılmayacak gibi değildi. Bir kapı kırılıyordu ve bu kakafoniyi birçok kaba bağrışma ve küfür izledi, ayaktakımı arka kapıdan girmişti ve merdivenlerden yukarıya akıyor, ellerinde sopalar, meşaleler, dillerinde sloganlar, kaba ve bayağı duyarlılık ifadeleriyle geliyordu. Stalkart, ara geçitleri dolduran ve bir aşağı bir yukarı gezinerek bir şey arıyor gibi görünen saçı başı karmakarışık çapulcuları dehşetle izliyordu. Müzik gıcırdayarak durdu ve sahnenin üzerinde koro sinir içinde birbirine sokuldu. Çapulcuların arasında onlara uygun olmayan birisi vardı, bu kalabalığın Leadenhall Sokağı'ndan aşağıya çekilişi sırasında onlar tarafından sürüklenmiş ve zihni başka yerde olduğu halde onlar tarafından oraya buraya çekilmiş, yakalanmış ve onlarla birlikte batıya doğru sürüklemiş olan birisiydi, rehin alınması konusunda henüz olgunlaşmamış düşünceler vardı, çünkü kaptanları işlerin bu gece kötü gideceğini biliyordu. Onlar kızı unutmuşlardı, ama Juliette hâlâ oradaydı, beklemeden, hatta fazla düşünmeden, yalnızca oradaydı.

Kalabalık içeriye doldukça insanlar yerlerinden kalkıyorlardı. Dışarıda daha çoğu birikmişti, yapıyı ve çevresindeki sokakları çınlatıyorlardı. İpek dokumacıları sonunda neyi aradıklarının ayırdına vardılar (Milisler'i), ama ötekiler yalnızca her şeyi berbat ediyor, Stalkart'ın müşterilerini dürtükleyip sağa sola iterek sıraların ve yan yolların arasında dolaşıyorlardı. Bir grup seyis yamağı bu uygulama dışında bir şey yapıp kamçılarını kullandı ve kargaşanın başlamasına neden oldu.

Çekişme, merkezdeki kavgadan ek kargaşalara ve dövüşmelere sıçradı, ufak çatışmalar ve yumruklaşmalar da cabasıydı. İki cılız ve huysuz kocakarı, Leydi Brudenell'in tül kravatına yapıştı ve Kont Trautmansdorf onları gösterişle, Brüksel'e yemeğe davet etti, yol paraları da kendisindendi. Tom Willis, saygıdeğer Bayan Betre'ye bir yumruk nişanladı ama yalnızca, kadının esnek Sleath korsesinde elinin eklemlerini bereleyerek acı içinde ortalıkta dönmeye başladı ve Norfolk Dükü ile Lansdowne Markisi'nin kazanma garantili taktik işbirliğiyle, yarım kündeye getirilip yere serildi. Şarap tüccarı Albert Hall, kulağına yediği, içi , Welch'in Bakireler için uygun olmayan Kadın Engelleri ve Şikâyetleri İçin Haplar şişesiyle desteklenmiş bulunan bir çorap darbesiyle sersemleyip yeri öptü, sonunda herkes işin içine girdi. İnsanlar balkonlardan aşağıya yuvarlanıyor, büyük tiyatrovari inlemelerle yere düşüyor ve yeniden ayağa kalkıp arkaları dönük hasımlarına vuruyorlardı.

Bu sevimli pandomime yakalanan, sürüklenen ve onun ortasında kalan Lemprière aralarına dalıyor, dövüşenlerin arasından bir geçit bulup sıyrılarak kendisine daha iyi bir görüntü sağlayabilmek için çabalıyor ve kıvranıyordu. İzleyici salonunun önlerine doğru (şimdiye dek kargaşanın dokunmamış olduğu) sahneye en yakın bulunan yerde, dövüş daha az çılgın, daha ince düşünceli, hatta daha hesaplıydı. Savaş burada sona eriyordu, orada bulunanlar ayrılıyor ve ayağa kalkarak birbirlerine endişeyle bakıyorlardı. Lemprière oraya yaklaşırken içlerinden çoğu dövüşmeyi bırakmıştı bile. Şimdi oldukça sakin duruyorlardı, çoğu yüzlerini, sinir içinde birbirlerine sokulmuş olan koronun bulunduğu sahneye çevirmişti. Lemprière onların arkalarında bir yerden gelen duman kokusu aldı. İnsanlar anlamaya başladılar. Koro geriye döndü ve alevlerin sahne gerisindeki duvarı yalamaya başladığını gördü. Kundakçılar sinsi sinsi sağ yandaki geçitten yukarıya çıkmaya başlamışlardı. Birden gürültüyle yanmaya başlayan kartonpiyer fırtına sahnesi herkesin başını o yana döndürdü; şaşırmış, dona kalmış yüzler alevlerin sahne donanımına doğru yükselişini izlediler, tüm dikkatler tiyatronun *o* bölümü üzerinde odaklanmıştı, koro yavaşça geriye döndü, sinirli asker adımları tahtaların üzerini dövmeye başladı, bu üniformalar Stalkart'ın ürünü olabilmek için fazla gerçekçiydi, yüzleri de fazla gergindi. Ve sayıca çok daha fazlaydılar...

İlk iskele tahtası alevler içinde aşağıya düştü ve Milisler çöktüler. Sahneden öne doğru saçıldılar, panik içindeki disiplinsiz bir sürü, ayaktakımının onları beklemekte olan tekme ve yumruklarına doğru atıldı. Kalın kara bir duman çok yukarılardaki kubbeyi sarmıştı bile ve yukarıdaki sıralar orkestra çukurunun içine düşüyordu. Askerler iki sıralı eli sopalı adamların arasında koşuyorlardı, sahne boşaldı ve kocaman duman bulutları yan kulislere doldu. Karşı duvardaki bir perde derhal ateş aldı ve ayaktakımı, Milisler, seçkinler tehlikede olduklarını kavradılar.

Birisi suyu düşündü ve bağırdı, "Nehir!" Ama bu çığlık silahlanmak için ikinci bir çağrı gibi algılandı, "Nehir! Nehir!" Kapılara doğru hayvansı bir tırmanış başladı. Aşağıdan kalın ve öksürtücü duman dalgaları geliyordu. Erkekler ve kadınlar öksürüyorlar, mendillerini yüzlerine götürüyorlardı. Alevler bir yandan diğerine sıçrıyor, ısınan hava küller ve yanan parçacıklarla dönüp duruyordu. Lemprière tükrükler saçarak ve çevresindeki bedenleri iterek, is ve külle lekelenmiş ve artık bir ötekinden ayırt edilemez hale gelmiş yüzlere bakıyordu. Hiçbiri onun yüzü değildi.

Üzgün masklar perdenin önünden aşağıya bakıyordu, sıcaktan yaldızları kararmıştı. Sıvalar alevlerin sesini bastıran bir çatırtıyla çatladı ve aşağıya, kaçışan son bedenlerin üzerine yağmaya başladı. Alçıdan melekler kurudu ve eklemleri zayıflayıp inildemeye başladı. Ağırlık çok fazlaydı. Duman Lemprière'e dalgalar halinde geliyordu, yutarak, öksürerek sahneye doğru ilerliyordu. Yakıcı sıcaklığın içinde orada bir figür kımıldıyordu, her iki yanını alevler çevirmiş ve aydınlatmıştı. Orkestra çukurunun içinde duran Stalkart'ın yanından geçti, adam düşmekte olan çatıya doğru kollarını kaldırmış bağırıyordu, "Uç! Uç!" Çatı yanıyordu. Delikanlı onun yanından geçip gitti, gözleri sulanıyor, teni sıcaktan çatlıyordu. Sağında, solunda büyük alevler püskürüyordu. İleride sürüklenen ak giysiyi görüyordu, duman ve kül dalgaları yuvarlanırken kısa aralıklarla görünüp yitiyordu. Ciğerleri patlar gibi olurken kıza ulaştı, onu çekip kendisine döndürdü. Ama kızın yüz ifadesi boş ve ilgisizdi. Üzerlerinde, ilk kiriş kırıldı ve tiyatronun içine düştü. Delikanlı kızı yakaladı ve öne doğru çekti, ama kız yürümüyordu, bu cehennemin içine, geriye doğru bakıyor, onun çabalarına hiç enerji göstermeden ya da iradeyle karşı koyuyordu.

"Bırak beni," dedi. Delikanlı onun yüzünü kendi yüzüne doğru çevirdi.

"Neden?" diye bağırdı alevlerin gürültüsü üzerinden. Kızın gözleri onun gözlerine değil, başka yere bakıyordu.

***

Patlama, on beş, yirmi metre yükseklikte bir su kütlesini havalandırmıştı, bu kabaran kolon bir an havada asılı kaldı, sonra aşağıdaki nehrin yüzeyine birdenbire sıvı damlaları halinde döküldü. Rıhtımda, korsanlar ve ayaktakımı hep birlikte düşen bu kolona baktılar. Başlamak üzere oldukları savaş unutulmuş ve savaşçılar, nehir akşamının bu son gizemli kutsamasına boyun eğerken oldukları yerde donakalmışlardı. Yüzeye tahta parçaları sürüklendi: parçalara ayrılmış eşyalar, fıçı tahtaları, üzerine yumuşakçalar kazınmış gemi, şu ya da bu gemi gövdesinin parçaları, çoğu tanınmayacak derecede kömürleşmişti. Aşağılardan gelen bazı kusmuklardı bunlar...

Tayfa arkadaşlarına doğru dönüp ilerleyen Wilberforce van Clam yüzeyde toplanan gemi enkazının oluşturduğu sala hüzünle baktı ve şapkasını çıkarttı. Öteki korsanlar da bu hareketi yinelediler. Peter Rathkael-Herbert kılıcını indirdi ve Stoltz'un adamları daha sakinleştiler.

Oldukça gerisinden gelmekte olan Kaptan Roy'la birlikte Kaptan Guardian, rıhtımdan yukarı oflayıp puflayarak koşup geliyordu.

"Siz Stoltz olacaksınız," diyerek topluluğun en tanımlanmamış kişisine yöneldi. Stoltz başını salladı. "Iyi, iyi," diye sürdürdü Kaptan, "şimdi, ben genç Lemprière'le konuştum ve plan şöyle–"

"'Genç Lemprière' de kim oluyor?" diye ekledi Stoltz. "Peki ya, sizler kimsiniz?" Wilberforce cebinden piposunu çıkarttı ve çanağını reçineyle doldurmaya başladı.

"Pekâlâ şimdi," dedi, "kesinlikle anlatılmaya değecek bir öykü var burada. Belki, elli üçteki Tarak Ayaklanmaları'nı anımsarsınız." Ceplerini yokladı. "Birinizde kibrit var mı?" Aşağıdan bir avuç dolusu kibrit uzatıldı. "Teşekkürler."

"İki pens," dedi Kaptan Roy.

Belki bir saat kadar sonra, pipo birkaç kez elden ele geçip başa dönmüştü, kimse kaç kez döndüğünü bilmiyordu; Stoltz'un adamları ve korsanlar birlikte karışık olarak oturmuşlardı, rıhtımda oraya buraya serpilmiş ufak kümeler oluşturmuşlardı. Zaman zaman, biri ayaklarının üzerinde doğrulup pipoyu bitişik gruba götürüyor, bir-iki şey söyleyip, geri dönüyordu. Rüzgâr artık hafiflemişti, gel-git geri gelmeye başladığından nehir sakinleşmişti. Batıda kentin üzerinde portakal rengi bir ayla parlıyordu. *Işığın Yüreği*'nin parçaları aşağıdaki iskeleye hafif hafif vuruyordu. Onlar da sakinleşmişlerdi. Arkalarında, havuz loş ve karmaşık bir babafingo ve seren direği yapılaşımı sergiliyordu. *Vendragon*'un koyu gövdesi gel-gitle kabaran suların üzerinde nazikçe sallanıyordu.

"... böylece, işte buradayız," diye bitirdi sözlerini Wilberforce. Stoltz tembelce başını salladı. Peter Rahtkael-Herbert piposundan bir nefes çekti ve onu Eben'e verdi, o da bunu üçüncü kez olarak geri çevirdi. Wilberforce omzunun üzerinden arkasındaki kararmakta olan gemiye baktı. Eben onu izledi.

"Bu gemiyi tanıyor musunuz?"

"Şöyle, böyle," dedi Wilberforce. İki adam dikkatle birbirlerinin gözlerinin içine baktılar. "Ama belki alt güvertelere bir göz atabilirim," diye önerdi. Eben başını salladı. "Biz gerçekten bir gemiye gereksinim duyuyoruz. Kendi gemimiz, şey, yutuldu."

"Gördük," dedi Eben. Wilberforce ayağa kalkıp rıhtımın üzerinde aylaklık eden korsanlara seslendi.

"Beyler," diye başladı. "Bir kez daha sıkıntılı bir durumun içinde bulunuyoruz..." Konuşmayı sürdürdü, durumlarını ve bu duruma eşlik eden tehlikeleri özetledi. "... ve böylece, şu planı öneriyorum." Wilberforce gemiyi işaret ederek görüşünü tartışmaya açarken içlerinden bir-ikisi başlarını kaldırıp baktı. "Nasıl olsa, yitirecek neyimiz var?" Hörst dirseklerinin üzerinde güçlükle doğrulup bıkkın bakışlarını Wilberforce'ın üzerinde odakladı.

"Wilberforce," dedi, "yetti artık," sonra çöktü. Ötekiler başlarını sallıyorlardı. Artık her şey için vakit geçti ve onlar yorgun ve çok yaşlıydılar. Eben geri çekilen tayfaya bakındı.

"Görünüşe göre yalnızca ikimiz kaldık," dedi Wilberforce'a.

"Üçümüz," dedi Roy. Eben doğruldu ve geriye, rıhtıma doğru baktı. Karga Yuvası portakal rengi göğün üzerinde küçük bir kule gibi duruyordu. Bu parıltının olduğu yerden kalın duman bulutları yükseliyordu. Kentin damları tekdüze bir mozaik gibiydi.

"Yangın," dedi Eben.

"Opera Evi," diye mırıldandı Stoltz üzerini kaplayan bir düşün derinliklerinden mırıldanarak. Orada, ama Tanrı adına, diye düşündü Eben. Wilberforce yoldaşlarının arasında geziniyor, eğilip omuzlarına vuruyor, ellerini sıkıyordu. Sonunda doğruldu ve Eben'le Roy'a başını salladı.

Üç kaptan birlikte rıhtımdan aşağıya, bekleyen gemiye doğru yürüdüler. *Vendragon*'un iskele tahtasına vardıklarında arkalarında ayak sesleri duyuldu. Tek bir beden gibi döndüler. Peter Rahtkael-Herbert uykulu gözlerle ve biraz da kendinden geçmiş durumda orada duruyordu.

"Düşündüm ki, ben de, gelsem diyorum. Eğer bir sakıncası yoksa..."

"İyi adam," dedi Eben. Wilberforce onun sırtına vurdu. Dört adam birbirlerine sırıttılar. "Gel öyleyse," dedi Roy.

Güverteler boştu. Pupanın üzerinden tırmanıp kıç güvertesine atladılar.

"İkiye ayrılmalıyız," diye önerdi Roy, "ve–"

"Hayır!" Wilberforce'un sesi neredeyse bağırdı. Eben şaşkınlık içinde ona baktı. "Demek istiyorum ki, birbirimizle sımsıkı bir arada olmalıyız, tamam mı?" diye ekledi daha sakin bir sekle. Roy başını salladı.

"Eğer öyle istiyorsan."

Peter Rahtkael-Herbert ambar kapağını kaldırdı ve birlikte karanlığın içine doğru baktılar. Eben Stockholm katranı ve ılık idrar kokusu aldı. Gelip geçen ayları ve Karga Yuvası'nın güvenliği içinde gözetledikleri adamları, genç Lemprière'e verdiği aceleci sözü, heykelleri anımsadı... Yeterli değildi. Ambar kapağından aşağıya süzüldüler, aşağıda, merdivenin dibinde kucaklanıp indirilmek için eğilen Roy'u beklediler. Ay ışığı açık ambar kapağından içeriye akıyor, onlara ana yelken direğinin iri sütununu gösteriyordu. Onun ötesinde yalnızca boş kamaralar ve her iki yönde düzenli olarak istiflenmiş dişli donanımı vardı. Dikkatle ilerlediler, tavandaki kapakları aşağıdan iterek açtılar, ama orta güverte de, yukarı güverte kadar boştu. Bir kez daha aşağıya inip alt güverteye ulaştılar. Ay ışığı buralara dek uzanamıyordu. Wilberforce bu büyük gemide, alt güverteyi dar bir geçide dönüştüren topların deliklerini yoklayarak yol buluyordu. Başını yukarıdaki güvertenin kerestelerine çarptı, sonra sallanan bir şeye tosladı. Bu, bir lambaydı. "Kibritler, Kaptan Roy," diye fısıldadı omzunun üzerinden. Roy öne doğru ilerledi. Bir kibrit parladı ve bu sınırlı alanın içinde Roy birden bağırdı. Dördü de aydınlanmış güvertede çevrelerine bakındılar. Her iki yanda, lambanın gösterebildiği yere dek önlerinde ve arkalarında toplar sıralanmıştı. Her topun yanında bir adam duruyordu, ışık yüzlerine vurunca gözleri, *tık, tık, tık, tık, tık*... diye açıldı. Çevrelerini açık havada bronzlaşmış yüzler sarmıştı.

Derken, ağır ayak sesleri kendilerine doğru ilerledi ve karanlıkların içinden bir adam çıkıp geldi. Onun yüzü de arkadaşlarının yüzleri gibi güneşte yanmıştı, sakalı ne denli gürse, gözleri de o denli ölüydü. Eben bir baktı, sonra bir kez daha baktı. Bu olanaksızdı. Bu figür önlerinde durunca, Eben Wilberforce'u itip öne geçti. Doğruydu.

"Alan?" diye kaçırdı ağzından, sesinde inanmazlık vardı. "Kaptan Neagle? Değil, mi?–"

"Emirler," diye konuştu figür. Gözleri Guardian'ın üzerine dikilmişti. Adamın sesi düz ve değişim göstermeyen bir tondaydı, neredeyse metalikti. Dördü, arkadaşlarıyla birbirlerine baktılar, kafaları karışmış, şaşkınlıklar içinde kalmışlardı.

"Sanırım, bu bir soruydu," dedi Peter Rathkael-Herbert. Roy, Neagle'a ve topların yanında sıralanmış tayfaya baktı.

"Demir alın," diye emir verdi ve *Vendragon*'un tayfası çoktandır beklenen eyleme doğru atılırken kurnazca geriye çekildi.

***

Delikanlı onu dumanların ve alevlerin arasından çekip çıkartırken kız ölü bir ağırlık gibiydi, cansız bir şeydi. Dam, üzerlerinde patlayan bir odun yığınıydı, aşağıda yanmakta olan orkestra çukurunun içine kirişler fırlatıyordu. Yapı inliyordu, sonra son çöküş başladı. Lemprière yukarıya baktı ve bükülmekte olan damın çöktüğünü gördü. Masif bir şey katların arasından geçip, katları kibrit çöpü gibi birbiri ardı sıra keserek gürültüyle geliyordu. Bulundukları yerden çok yukarılarda kaplumbağalar yere doğru dalışa geçmişlerdi, parmaklıklara ve balkonlara çarparak düşerlerken damın geri kalanını da beraberlerinde sürüklüyorlardı. Bu bombardımandan kaçarken alevlerin sırtını yaladığını duyumsuyordu. Dumanın helozon biçiminde döndüğü ve ciğerlerindeki havayı emdiği merdivenler tutuşmuş bir koridordu. Kızı da yanı sıra sürüklüyordu, öksürerek ve şişerek, arkasına hiç bakmadan ilerledi, sonunda, önünde sokak göründü, buraya ulaşınca birden eğildi, bayılacak gibiydi, göğsü sıkışıyordu. Arkasında bir yerlerde camların kırıldığını duydu. Adamlar askerlerin ardından koşuyorlardı. Gözlerini kapattı, kara duman kalın koruyucu dalgalar halinde yine üzerinde yuvarlanır gibiydi, ortalık kararıyor, kararıyordu...

Kız yanında ayakta duruyor, yukarıdan ona bakıyordu. Delikanlı yavaşça doğruldu ve dumanı öksürerek ciğerlerinden atmaya başladı. Kızın gözlerine bakmaya çalıştığı zaman o başını çevirdi.

"Juliette?" Kız dönmedi. Lemprière kızı yakaladı ve kendisine doğru çekti, ama delikanlının niyetini anlayınca silkinip kurtuldu.

"Benim kendi babam..." Sesi sakindi. Delikanlı onu zorlukla duyabiliyordu.

"Ne demek istiyorsun?"

"Öldü. Hepsi öldüler." Bir fısıltıydı bu.

"Ama sen dedin ki... Onun senin için hiçbir şey olmadığını söyledin, hiçbir şey..." Kız ona doğru döndü, yüzü öfkeyle doluydu.

"Vikont değil, aptal! Anlamıyor musun? Babam! Bilemiyor musun? Ne yapmış olduğumuzu gerçekten tahmin edemiyor musun?"

Arkalarında Opera Evi'nin kararmış duvarları içine doğru çökmeye başladı. Ön yüzündeki yüksek kemerler kırıldı ve alevler boşlukları sardı. Tüm yapı eriyor gibiydi, düşmüyor, batıyordu, sonra kendi yıkımını haber veren mantar biçimli bir kül bulutu salarak kendi içine çöktü.

***

Çekilen sularla birlikte nehirden aşağıya taşınarak Shadwell'i, Köpek Adası'nı, Blackwell'deki dokları ve Gravesend'in sürüklenen ışıklarını geçip halicin sığlıklarının ve kum tepeciklerinin arasından açık denize ulaştılar, *Vendragon*'un tayfası gıcırtılı donanımların arasında sessizlik içinde çalışıyordu, dönen rüzgâr yelkenlerini şişirdi ve Alderney akıntısı onları ileriye doğru itti, güneye, kanal akıntılarıyla birlikte Rochelle'e, kendi yazgısına doğru yönelen bir kapsüldü onlar. Eben, Roy, Wilberforce ve Peter Rathkael-Herbert kıç güvertede bir arada duruyor, tayfanın çalışmalarını izliyorlardı. Neagle geminin güvertelerinde bir aşağı bir yukarı dolaşıyor, kendilerinin yanından, varlıklarının farkında olmadan gelip geçiyordu. Deniz kara ve gümüş rengindeydi. Ay ışığı küçük dalgacıklara vuruyordu, batı limanlarının ışıkları artık uzaktaki işaret ışıklarıydı, hızla güneye doğru akarken görmüşler, yanlarından geçip gitmişlerdi. Sular geminin karinasına çarpıyordu ve Kaptan Guardian, Güney Çin Denizi'nde geçirmiş olduğu geceleri düşündü. Hava o denli ılık ve yüklü, gökyüzü o denli açık seçikti ki.

Vendragon'un tayfası güvertenin epey üzerinde, yatay seren direğinin üzerine tırmanıp sıralanmış, yelkeni açıyordu. Yukarılarında yelken bezi şişip kabardı ve gemi öne doğru sıçradı, pruvası suyu yararken gemi ardında parıltılı bir iz bırakıyordu. Wilberforce, limandaki tanıdık kerteriz noktalarının kayarak uzaklaşmasını izliyordu. *Işığın Yüreği*'nin son yolculuğu yineleniyordu, ama bu daha hızlı ve ters yönde bir yolculuktu, alçak kıyı çizgisinde Cherbourg ve Lorient parıldıyordu. Çıkıntılar, noktalar ve kayalıklar karanlığın içinde birbirine girmişti, ama o her birini anımsıyordu. Şimdi altında dalgalanan teknenin yapmış olduğu yolculukları, doğudan batıya, sonra güneyden kuzeye ve gerisin geriye yinelenen açıları düşündü. Akdeniz sularının Atlantik'e dönüştüğü, denizin okyanus olduğu suları hayal etti ve *Vendragon* yönünü bulup ikinci ekseninde yol almayı sürdürürken yıllar boyunca oraya dönüp geldikçe, bu yolculuklar zihnine, buz pistinde patenlerin bırakmış olduğu çizgilere benzer çentikler düşüyordu. Denizde artık çok fazla yolculuk yapılmış ve deniz artık yıpranmış olabilir miydi hiç? Olası gemilerin yaptığı yolculuklar kendi solup giden izlerini çizdikçe okyanusun yüzeyi üzerinden kocaman zikzaklar oluşuyordu. Fosfor halılar ve içinden suların fışkırdadığı delikler gerçek eşgüdümler ve yer değiştiren nesnelerdi. Bir balina sürüsü bir adaydı; enlem ve boylamları gözle görülebilir birleşme noktaları her bir gemi enkazını işaretliyordu. Gizemler kutuplaşmış halde değildi, yayılmışlardı, aşınmış olan tuzlu suyun içinde erimişlerdi. Wilberforce geminin kıçından bakıyor ve *Işığın Yüreği*'nin son yolculuğunun, *Vendragon*'un çabalarıyla yeniden damgalanmakta olduğunu, sonra solduğunu, dümen suyuyla birlikte arkada kaldığını görüyordu.

Karanlık Vendée bölgesi iskele yönünden geçti ve kıyı çizgisi sallanarak uzaklaşırken kara artık arkalarında kaldı. *Vendragon*'un burnu alçak bir adaya yönelirken tekne vira eder ve kıyıdan dışarı sürüklenir gibi oldu. Şimdi, Peter Rathkael-Herbert yan yan bakıyordu, sonra ilerideki noktalardan birinden gelen solgun bir ışığı işaret etti. Bu arada gemi iskele yönünden şiddetle silkindi, yön değiştirdi ve bu işarete uyar gibi o noktaya burnunu verdi. Dört adam solgun ışığın yaklaşmasını izledi. Yeşil bir ışık *Vendragon*'a işaret veriyordu, onu kıyıya doğru çeken bir işaret ışığıydı.

"İşte yanaşacağımız yer burası," dedi Eben inandırıcı bir sesle.

"Neredeyiz?" diye sordu Peter Rathkael-Herbert.

"Eğer bu Île de Ré ise," dedi Wilberforce şimdi sancak yönünde kalan karanlık adayı işaret ederek, "o zaman Rochelle'den bin mil kadar uzaktayız."

***

Opera Evi şimdi için için yanmakta olan bir yığındı. Sokaktan aşağıya ellerinde kovalarla adamlar koşarak geliyordu. Ayaktakımı gitmişti. Onun yerini şaşkına dönmüş kadın ve erkekler almıştı, üstleri başları sokağı sarmış meşale dumanları ve alevleriyle yol yol olmuştu. Çabalarının hiçbir sonuca ulaşamayacağını görerek ne yapacaklarını bilemez durumda durmuş bakıyorlardı. Tiyatronun çöküşüyle havalanan küller şimdi yer yüzüne geri dönüyor, Lemprière ile Juliette'in üzerine konfeti gibi yağıyordu.

"Vikont sana söyledi mi? Sana onun adını söyledi mi?" diye soruyordu kıza. Kız başını salladı. "Kimmiş?"

Kâğıtlar şeritler kafasının çevresindeki havanın içinde eridi. Yanık kokusu hâlâ burun deliklerini yakıyordu. Ufak şeritler aralarında çizgiler oluşturuyordu, makbuzlar *"reçue par Madame K," beni bağışla Marianne...* kızın geride, Paris'te sığ bir yay çizen kısa dönemli yaşantısı ve yağmur yağdığı o gece, Rue Boucher des Deux Boules'deki bir ev. Casterleigh bu çizgileri doğru mu çizmişti? Delikanlı kızın arabadan aşağıya atlayışını, kütüphanede elini masaya vuruşunu gördü. Işık yoksunluğu. Bilgisizlik. Arşivde kızın gitmesine izin vermişti, milin tepesinde onu yitirmişti. Kızın araba camının arkasındaki yüzü kendi yüzünden uzaklaşmış, farklı türlerdeki karanlıkların içine çekilmişti. Kız kendisinin yanında yer değiştiren bir varlıktı, o dar yatağın içinde kendi üzerinde beslenen aç bir ağızdı, birden onun âşığı oluvermişti. Kendi gereksinimi hızla, kolayca doyurulmuştu orada. Charles kiraladığı odada oturmuş, karısına mektup yazmıştı. O simge kendi kendisini, her ikisini de şifreleyen, ama birleşmelerine karşı olan dev bir makineye dönüştürmüştü, Casterleigh'in makinesiydi bu, kendilerini buraya dek kovalamıştı, dişlileri takırdıyordu, kız o noktada ölü gözlerle dönmüş ve kendisini yanıtlamıştı: "Senin baban. Senin ve benim, her ikimizin de babası."

***

Çocuk kendisini kuzey yönünde, Bishopsgate'e dek sendeleyerek koşturmuştu, sonra batıya, Londra Duvarı'nın altındaki geçitler labirentine sokmuştu ve buradan sonra nereye gittiklerini bilmiyordu. Ayaklarının altında yumuşak çamur, tıkışık toprak, arnavutkaldırımları, yassı taşlar ve tahtalar olduğunu duyumsamıştı. Çocuğun, önü sıra koşmakta olan hafif adımlarını ve zaman zaman kalabalığın uzaklardan gelen sesleri duyuyordu. Rehberinin seçmiş olduğu yolların dirsekleri ve dönüşleri içinde kaybolmuştu, daracık geçitlerden ve tepede asılı bir fare yolundan mı, yoksa orta yerde, Strand'ın merkezinde mi koşturmakta olduğunu bilmiyordu. Öteye, rehberine doğru seslendiğinde, çocuk kendisine hiçbir şey anlatmayan sözlerle yanıt veriyordu, Magpie çevresindeki şu geçide yaklaşmışlardı ya da Silvero'nun köşesini dönüyorlardı. Magpie. Silvero. Çocuğun kenti anlaşılabilir gibi değildi.

"Burada bekleyin, Sir John." Adam durdu ve ciğerlerine havayı çekti. Çocuk ileride koşuyordu. Bir dakika kadar geçti, adam yüreğinin gümbürtüsünü dinliyordu. Çocuk döndü. "Yol temiz, Sir John." Kendisinin bir köşeden döndürülüp ötedeki sessiz caddeye çıkartılmasına katlandı. Çocuk yine durdu.

"Geldik, Sir John. Burada güvende olacaksınız." Birkaç basamak tırmandılar ve Sir John elinin kapının koluna konduğunu duyumsadı.

"Neredeyiz biz?" diye sordu, kapıyı itip açarken. İçeriye girerken serin girişin havası dışarıya sürüklendi. "Çocuk?" Ama hiçbir bir yanıt yoktu. "Orada mısın?" Aşağıdaki mahzenlerden burnuna hafif bir fenol kokusu geldi. Çocuk gitmişti. Morgda yalnızdı.

Alışık olduğu merdivenlerden aşağıya inerken, "İyi çocuk," diye mırıldandı. Aylardır süren bekleyiş sona ermişti. Sonunda Farina ile karşılaşmıştı ve şimdi, yenilgiye uğramış da olsa, omuzlarından düşmanının ağırlığının kalkmış olduğunu duyumsuyordu. Adamlarını savaşa sürmüştü, onlar ise kaçmıştı. Yalnızca çocuk, yenilmiş generalini kutsal sığınağına doğru yönlendirmek için kalmıştı.

Merdivenler düzgün, taş bir zemine iniyordu. Rudge'ın otopsi odasının arka tarafında yüksek sırtlı bir iskemle olduğunu anımsıyordu. Sir John, levhaların ve masaların arasından kendisine el yordamıyla bir yol buldu. Henry'nin hiç böyle bir gecesi olmamıştı, eğer olmuş olsaydı, ne yapabilirdi? Hiçbir şey, diye düşündü Sir John. Hem de hiçbir şey.

❋❋❋

Vendragon işaret ışığına yaklaşırken, tayfa yukarıda yelkenleri gevşetmek için güçle çalışıyordu. Üç kaptan ve Peter Rathkael-Herbert görünmekte olan karayı izlediler. Yeşil ışık alçak bir bayırın üzerine yerleştirilmişti. Bu noktadan ötede denize doğru uzanan bir iskele vardı. Eben, rıhtımın ardındaki kıyıda uzun bir dizi yük arabası ve bunların çevresinde dağınık durumda kümelenmiş, ellerinde levyeler ve uzun saplı çekiçlerle büyük bir erkek kalabalığı bulunduğunu gördü. Rıhtım düşündüğünden daha hızla yaklaşıyordu ve Eben bir an teknenin rıhtıma çarpacağını sandı, ama hayır, geminin geniş iskelesi rahatça rıhtıma kaydı, aşağıdaki dubaların üzerine kablolar yayılmıştı, bekleyen ellere halatlar atıldı ve sıkıştırıldı. Kıyıdaki erkek grupları gemiye doğru hızla ilerlemeye başladılar. Ötekilerden daha iyi giyimli iki kişi iskelede en önde *Vendragon*'a doğru yürüyordu. Wilberforce önlerinde sıralanan güçlere baktı ve Eben'e döndü.

"Bunun görünüşünü pek sevmedim." Eben başını salladı. "Onlarla görüşürüz," dedi.

Dört adam, gelen çifti karşılamak için görev bilirlikle geminin iskelesinden aşağıya indiler, iki adam yaklaşırlarken birbirlerine dönüp bir şeyler fısıldaştılar.

"İyi akşamlar!" diye selamladı Eben.

Adamlar yine fısıldaştılar, sonra biri elini uzattı. "Hepiniz hoş geldiniz," dedi daha kısa boylu olanı. "Mösyö Jaques gemiden çıkmadı mı henüz?"

"Jaques mı? Ben Jaques diye birini tanıdığımı sanmıyorum. Biz genç Lemprière için buradayız," diye kesin konuştu Kaptan Guardian ciddi bir sesle. Bu sözleri yine fısıldaşmalar izledi. Onlar aralarında konuşurlarken iskelenin üzeri, iki kumandanın arkasında duran adamlarla dolmuştu. Sonunda, arkadaşının yanındaki Duluc geriye döndü ve arkasındaki kalabalıkla konuşmaya başladı. Sık sık dört adamı işaret ederek son derece canlandırıcı sözlerle konuşuyordu, ama hepsi Fransızca'ydı, böylece söylenen sözler hakkında yalnızca Peter Rathkael-Herbert kabaca bir fikir sahibi olmuştu.

"Bizi kutluyorlar," diye aktardı. "Bizim özgeciliğimiz olmasa, her şey yitirilebilirmiş. Bir şey daha... Bizler devrimin adsız kahramanlarıymışız."

"Çok hoş," dedi Eben.

"Şimdi yük arabalarıyla ilgili bir şeyler söylüyor. Sanırım geminin yükünü boşaltmak istiyorlar. Evet, öyle. Yük..."

Konuşmasını bitirmeden önce adamlardan ilk konuşanı öne doğru ilerledi, iskeleden çıktı ve ambar kapağından içeriye girdi.

"Geminin yükü nedir?" diye sordu Wilberforce.

"Heykeller," dedi Eben.

Neagle ve tayfası alt güvertede gözden kaybolmuştu. Dördünün bakışları altında ilk kasalar ambarlardan dışarıya taşındı, geminin yanından indirildi ve rıhtım boyunca kıyıda dizilmiş yük arabalarına taşındı. Burada adamlar çubukları ve çekiçleriyle işe koyuldular, az sonra ortalık parçalanmış tahtalarla doldu. Heykeller parçalanan kasalarının içinden çıkartıldılar ve kıyı boyunca dik durumda dizildiler. Yükleme, boşaltma işçileri aralıklı olarak çalışıyorlardı, az sonra arabaların çevresine birçok figür yığıldı: Minevra, Juno, nenfleriyle çevrili Diana, engerek yılanlarını boğan Herkül, elinde yıldırımlarıyla Jove, üç çatallı sopasıyla Neptün, satirler, orman perileri, ağaç perileri, diğer Tanrılar, Tanrıçalar ve kahramanlar parçalanmış kasalarından çıkartılarak kendi akranlarının yanına katılırlarken, hepsi birbirlerine görmeyen gözlerle bakıyorlardı.

"Onları neden yüklemiyorlar?" diye sordu Peter Rathkael-Herbert. Wilberforce omuz silkerek bilmediğini gösterdi, ama o böyle yaparken bu ufak gizem açığa çıkmaya başladı.

Çekiçli adamlar hareketsiz figürlerin çevresinde toplandılar ve kendileriyle daha önce konuşmuş olan adamın bir hareketiyle heykel yığınlarına yaklaştılar. Çekiçlerini balta gibi sallamaya başladılar. Kollar ve kafalar kırıldı. Yere düşen gövdeler kırılıp açıldı ve kısa süre sonra bu kıyımın üzerini beyaz ötesi bir duman kapladı. Bir noktada, üzerlerinden bir kap su elden ele geçirildi. Her adam birer yudum aldı, sonra iş sürdü. Yüzler ve parmaklar çekiç darbeleri altında parçalandı, sonunda tüm heykeller kırılmıştı. Toz yatışmaya başladı. Eben kendisiyle konuşan adamın eğilip molozların arasından ağır bir şey aldığını gördü. Bir başkası ona katıldı ve onun bu nesneyi en yakın arabaya kaldırmasına yardım etti. Şimdi tüm çalışma ordusu yok edilen heykellerin arasında bir şeyler kaldırıyordu. Arabalar art arda yüklendiler ve arkadaki tepeden yukarıya doğru sürüldüler.

"Altın," dedi Kaptan Roy. Bir adam su kabını önündeki, düzgün bir biçime sahip olmayan madenin üzerine boşalttı ve toz akıp gidince ay ışığının altında tanıdık bir ışıltı görünür oldu. Yük arabalarından sonuncusu tepeyi tırmanıp uzaklaştı. Adamlar soluklarını tutarak çalışmalarının ezilmiş kanıtları arasında oturdular. İki adam bir kez daha yanlarına yaklaştı, bu çiftten ilki daha önceki gibi yine Eben'le konuştu.

"Hazırlıklarımız artık tamamlandı. Lemprière, Jaques ve ötekilere teşekkürlerimizi ve selamlarımızı iletin. Bugünden bir yıl sonra onları zevkle bekleyeceğiz." İki adam birer kollarını selamlamak için kaldırdılar. "On dördünde!"

"On dördünde!" diye yanıtladılar dört adam aynı biçimde selamlayarak. Döndüler ve arkalarında sessizce bekleyen Neagle'ı gördüler.

"Şimdi ne yapacağız?" diye sordu Wilberforce.

İç karada, kara kütlesi karanlığın içine uzanıyordu. Yeşil ışık sönmüştü. *Vendragon* suyun içinde yükselmiş durumda yatıyor, sallantının içinde yuvarlandıkça hafifçe rıhtıma vuruyordu. Doğu göğü ağarıyordu, gün doğumuna artık yalnızca bir saat kalmıştı. Kaptan Guardian sancak yanındaki parmaklıkların üzerinden, Rochelle'in kara ve deniz arasındaki sınırı belirleyen sessiz bir nöbetçi gibi dikilmiş olduğu yere doğru baktı. Peter Rathkael-Herbert, Istanbul'daki gün doğumunu, kentin üzerinde yükselen yaldızlı kubbelerin üzerinde parlayan ilk gün ışığını düşündü. Onun yanındaki Wilberforce ve Roy'u bir titreme sardı. Kuzeyden doğru hafif ve ısırıcı bir rüzgâr esiyordu.

"Güney," dedi Eben, ötekiler onaylarını belirterek başlarını salladılar. Güneydi.

❋❋❋

14 Temmuz sabahında Londra'nın üzerinde parlak bir güneş yükseldi. Yüksek rüzgârlar kuzeyden esti ve kentin üzerinde birden soğuk esintiler halinde alçaldı. Leadenhall Sokağı'nda işçiler, yığdıkları kum tepeleri ve kovalarla çalışmaya başlamışlardı bile, yolu ikiye ayıran çatlağı dolduruyor ve çimentoluyorlardı. Haymarket'de için için yanan yıkıntıdan düzensiz duman demetleri kıvrılarak yükseliyordu. Bow Caddesi'ndeki Sorgu Hakimliği Bürosu'nda, Sir John Fielding memurlarını haşlıyor ve kentten gelmekte olan raporları dinliyordu. Milisler Opera Evi'nden Saint James Parkı'na, oradan da nehre kadar kovalanmışlar, orada nehre atılmışlardı. Sevimsiz küçük kayıkçılar onların kurtarılması için adam başına yarım gine istemişlerdi. Yağmalar, tutuklanmalar olmuş ama sonunda başsız kalan ayaktakımının keyfi kaçmış, bölünmüştü. Gün doğumundan az sonra dağılmışlar ve sokaklar sessizleşmişti. Kent bir gece önceki aynı kent olmuştu.

Bow Caddesi'nden yola çıkıp, Covent Garden pazarından geçerek Mızraklı Hamle Oyunu Alanı'na gelen Sir John, balıkçı kadınların seslerini ve gevezeliklerini ve sıkı pazarlık yapan satıcıları dinledi. Doğu köşesinde önünden geçerken Gyp'in biley taşı alçak bir vızıltıydı. Bir kadın sepet içinde kalkan balığı satıyordu. Balık, sebze ve kadınlarla erkeklerin yıkanmamış beden kokularını aldı. Hiçbir şey değişmemişti. Şimdi, sabahın soğuk ışığında, korkuları abartılı, neredeyse gerçeklerden uzak gibi geliyordu. Neyi düşünüyordu?

Tutukevinin kapısında gardiyan tarafından karşılanmış ve onun eşliğinde avludan geçirilerek aşağıdaki zindanlara indirilmişti. Anahtarların şıngırtısını duyuyordu, kapılar kilitleniyor ve açılıyordu. Parmaklıklar arkasından çarpılıp kapatılıyordu.

"Çok iyi. Peki üzerlerine geldiğinizde hangi işle iştigal ediyorlardı?"

"Nasıl, Sir John?"

"Ne *yapıyorlardı?*"

"Ah, anladım efendim. Şey, uyuyorlardı, Sir John. Hem de onları uyandırmadık. Yük arabasının içine kömür çuvalı gibi atmak zorunda kaldık."

Sir John ağırbaşlılıkla başını salladı. "Devam edelim," dedi.

İkinci hücre de ilki kadar kalabalıktı.

"Bu grup Stoltz ve ötekilerle birlikteydi," diye bildirdi gardiyan, "korsan olduklarını öne sürüyorlar, efendim."

"Korsan mı? Londra'da korsan morsan yoktur..."

"Biz varız, efendim," ses hücrenin içinden gelmişti.

"Peki, ya siz kim oluyorsunuz, acaba?" diye sordu Sir John.

"Horst Craevisch," diye yanıtladı ses, "ve zamanında, *Alecto* diye bilinen *Işığın Yüreği*'nin tayfası..." *Aleto.* Korsanlar... Hayır, bu olanaksızdı. Otuz yıl sanki tek bir gün gibi geçmişti.

"Söyleyin bana, Bay Craevisch, sizler nasıl korsan oldunuz?"

"Ah şimdi, efendim. Anlatılmaya değer bir öyküdür bu. Elli ikideki Büyük Tarak Ayaklanması'nı anımsarsınız belki. Eh, o zamanlar ortalıkta bir sulh hakimi vardı–"

"Teşekkür ederim, Bay Craevisch," diye bu nutuğu kesti Sir John. "Yeterince duydum. Gardiyan, bu adamları salıverin."

"Sir John? Korsanlık. Demek istiyorum ki efendim, bu ciddi bir suç..." Ama Sir John dinlemiyordu. İşte, sonunda kendi yapımı olmayan bir bilmece çıkmıştı karşısına. Korsandılar gerçekten. Hiç değilse bunun suçu doğrudan kendisine ait değildi. Yarım kardeşini ve kurnazca çözümlerini düşündü. Kör gözlerini, kişisel eşyalarını toplamaya başlayan korsanların bulunduğu hücreye çevirdi. Hayır, bu hiç de kendi suçu değildi. Bu, Henry'nin yapmış olduğu bir şeydi.

Sir John, korsanların sıraya girerek dışarıya çıkmalarını bekledi, sonra gardiyanın ardından son hücrenin önüne geldi.

"Bu, biraz garip biri," diye bildirdi gardiyan.

"Bir suçlama var mı?"

"Kavga, kundakçılık ve cinayet, Sir John. Zaten kendisi itiraf etti. Aslında, özellikle sizi görmek istediğini söyledi."

"Bu suçlamalar hangi temele dayanıyor?"

"Şey, efendim, tutuklandığı sırada kendisini tutmak isteyen memurlarınıza yumruk attı, Haymarket'teki Opera Evi'ni yakmış olduğunu ve o kadınları da kendisinin öldürmüş olduğunu söylüyor, sürekli bunu söyleyip duruyor, efendim. Anlattıkları çok korkunçtu, Sir John. Onların içlerini metallerle doldurmuş ve cesetlerini ölü hayvan derilerine sarmış..." Sir John belli etmeden içini çekti.

"Gözlük mü takıyor?"

"Şey, evet."

"Ve pembe bir ceketi var, değil mi?"

"Evet, Sir John, öyle. Çok pis bir ceket..."

"Peki tutuklandığı zaman tam olarak ne yapıyordu?"

"Şey, Opera Evi'nin içine girmeye çalışıyordu, Sir John. Yapı alevler içindeydi ve çocuklar onun kendini öldürmesini engellemeye çalışmak istemişlerdi–"

"Bay Lemprière!"

Sir John hücrenin içindeki kişi ile konuşuyordu. Bir sessizlik oldu, sonra tanıdığı bir ses köşeden kendisini bitik bir durumda yanıtladı.

"Onları ben öldürdüm, Sir John. Hepsi bu kitabın içinde, tarihler, yöntemler, hepsi imzalı. Nasıl olduğunu size ben de anlatacağım..." Sir John onun bazı sayfaları karıştırmakta olduğunu duydu.

Okumaya başlamak için soluk aldığında, Sir John susması için elini kaldırdı.

"Bay Lemprière, her iki gece arkadaşınızla konuşmuştum. Onun ifadesine göre De Verelerdeki cinayetin olduğu saatlerde siz oradan kilometrelerce uzakta imişsiniz. Fabrikaya gelince, sizin King's Arm Stairs'deki meyhanede görülmüş olduğunuzu arkadaşınız ve bir düzine gemici anımsıyor. Daha iki gece önce arkadaşınız beni görmeye gelip sizin bu konudaki saplantılarınızdan söz etti. Şimdi, biliyorum ki–"

Genç adam birden patladı.

"Seni kör aptal! Eğer doğru olmasa, neden itiraf edeyim? Onları ben öldürdüm. Ben yaptım. Anlamıyor musun?"

"Bay Lemprière, bildiğim kadarıyla siz bu kente bir anlaşmayı çözümlemeye geldiniz ve oturup bir sözlük yazmaya başladınız. Siz hiç kimseyi öldüremediniz, geçmişte sizden kuşkulanmış olup olmamam bu olguyu değiştirmez. Arkadaşınız Bay Praeceps bana gelmekle size büyük bir hizmette bulunmuş oldu. Şimdi, sözlüğünüzü alın ve evinize gidin, Bay Lemprière." Ve Sir John, bunu söyleyerek gardiyana tutuklusunu salıvermesini işaret etti.

***

Genç adam rıhtımda yolculuk sandığıyla birlikte oturuyordu, önünde açık bir kitap vardı. Sabahtan beri orada oturuyordu. Sık sık birisini bekliyormuş gibi başını kaldırıp bakıyor, rıhtımın boş olduğunu görünce yine kitabına dönüyordu.

Vineeta yolcu gemisinin kaptanı Radley geminin kıçında durmuş, gözlüklerini birçok kez çıkartıp silen genç adamı izliyordu. Delikanlının görünüşü olağandışıydı: saçları taranmamıştı, yüzü isle kaplıydı, bir zamanlar pembe olan ceketi tümüyle lekelenmiş ve yırtılmıştı. Kaptan'ın bakışları altında genç adam ceketine daha sıkıca sarındı. Açık denizden esen rüzgâr soğuktu. Temmuz için garip sayılabilecek bir kuzey-batı rüzgârıydı. Güneş teknenin üzerinde parlıyordu. Kaptanın yanında dizili duran kasaların içindeki piliçler kendi gürültülü savaşlarındaydılar.

"Dikkat edin," diye bağırdı iskeleden sendeleyerek çıkan kadına. Kadın canlı bir tavırla güverteye ayak bastı ve Kaptan Radley yine genç adama baktı. Kitabını düşürmüştü, kitap şimdi ayaklarının dibinde terk edilmiş durumda yatıyordu. Delikanlının gözlükleri tembelce bir elinden sarkıyor, dudakları kendi kendine mırıldanır gibi hafifçe kımıldanıyordu.

Nehrin ve yolcu gemisinin yukarısında, *Nottingham* birden görüntüye girdi. Kocaman indianaman, nehrin üzerindeki tüm diğer teknelerden fazla su çekiyordu, küçük kayıklar ona yol açmak için sinirli sinirli kürek çekip uzaklaştılar. Kaptan Radley geriye döndü ve kalan son kasaları kıç tarafa yığan tayfasını izledi. Teknenin yanlarına vurmaya başlayan suların sesini duydu. Sular yükselmeye başlamıştı. *Nottingham* kılavuzu ile birlikte sıyrılıp geçti ve nehrin kıvrımını dönmeye başladı. Uzaktaki kıyı parıldıyordu. Kadın dümenin arkasında bir yere yerleşiyordu.

"O, gelecek mi?" diye sordu yolcusuna, tek başına rıhtımda oturan genç adamı göstererek. Kadın bilmiyorum, der gibi omuz silkti.

"Herkes gemiye!" diye seslendi. Ama genç adamda duyduğunu gösteren hiçbir belirti yoktu. Yeniden seslendi ve delikanlı şaşırmış gibi kımıldandı. Kaptan Radley, onun sandığını omzuna kaldırıp rıhtım boyunca taşıyarak iskeleye çıkışını izledi.

"Saint Peter Port?" Genç adam başını salladı. "Kamara yok, haber vereyim." Genç adam yine başını salladı ve sessizlik içinde yol parasını uzattı.

"Demir al!" diye bağırdı Kaptan Radley. Gemi kaymaya başladı.

"Durun!" Genç adam rıhtımı işaret ediyordu. "Kitabım. Kitabımı bıraktım."

"İpi tutun!" diye bağırdı Radley. "Çabuk olun," diye uyardı yolcusunu ve genç adamın kıyıya atlayışını izledi. Kadına döndü.

"Kitabını unuttu," dedi. Kadın yine omzunu silkti. Kaptan Radley suyun üzerinden havada süzülerek, neredeyse suya değerek, hızla uçan martıları izledi. Üç martı nehirden aşağıya kaçan bir dördüncüyü kovalıyor, hepsi birden bağrışıyorlardı, sonra yukarıya yükseldiler, yükseldiler, sonunda göğün sarmalayan maviliği içinde ufak noktalar oldular. Bir kez daha aşağıya, rıhtıma doğru baktı, ama yolcusu neredeyse kırk beş elli metre kadar uzaktaydı, bırakmış olduğu yerde hâlâ yakmakta olan o baş belası kitabını metrelerce geçmişti.

"Hey!" diye bağırdı ve elini salladı. Genç adam döndü ve o da elini salladı. Yanında birisi vardı. Konuşuyorlar ve birbirlerine işaretler yapıyorlardı. İkisi de rıhtım boyunca koşmaya başladılar.

"Şu baş belası kitap!" diye böğürdü, her ikisi de kitabın yanından koşarak geçerlerken. Kız durdu ve kitabı aldı. Genç adam güverteye sıçradı ve beceriksizce piliçlerin içine düştü. Kızın ayakları daha sağlam basıyordu. Delikanlı kendisini toparlayınca, Radley onun tavırlarının değişmiş olduğunu gördü. Gülümsüyordu. Kız da öyle.

"Ne?" diye sordu. "Komik olan nedir? Şimdi siz de mi geliyorsunuz?" Kız başını salladı. Tanımlamak gerekirse, kız ötekine göre daha uygunsuz bir durumdaydı.

"Kamara yok, uyarırım," dedi yine. Ama onların aldırdıkları yoktu. Delikanlı soruyordu, "Nereden biliyorsun?" ve kız, "Septimus..." diyordu.

***

Avluları ve geçitleriyle, damlarının ve sokaklarının çatlamış mozaikleriyle onun eski savaş alanı olan kent arkasında duruyordu. Bir gece önceki ayaklanmadan ötürü küplere binen ve ikiye ayrılan Londra, şimdi işçilerin yaralarını onarmak üzere gelişiyle yeniden durulmuştu. Buraya gelirken onların Leadenhall Caddesi'ndeki çalışmalarını görmüştü. Kendisinin artık terk edilmiş bir hurda, bir türbe olarak gördüğü Doğu Hindistan Şirketi yapısı onların bu çabalarını yukarıdan izlemekteydi. Eski efendileri ölmüştü ve kendisi de görev yerlerinden sonuncusuna ulaşmış bulunmaktaydı.

Nehir önünde yılan gibi kıvrılarak uzaklaşıyor, gün ışığında şişmanlıyor ve parıldıyordu. Sular geri dönerken *Nottingham* ağır tonajıyla nehirden aşağıya kayıyor, tahta suyu yerinden ediyordu, tayfası bağırışıyor, nehrin kıvrımına ve öteki ufarak tekneler öne, arkaya ve uzun iskelelerden aşağıya daha uzaklara doğru kürek çekiyorlardı, sonunda Juliette'in belirdiğini gördü. Rıhtımda bir aşağı bir yukarı bakınıyor, orada olacağı konusunda kendisine güvence vermiş olduğu birini arıyordu. Çabuk ol, diye düşündü kendi kendine, sonra rıhtımdan aşağıya, gemiye doğru baktı.

Kızdan uzakta, nehirden aşağıda yolcu gemisinin kaptanı kıça doğru ilerledi. Rıhtımın üzerindeki genç adama bağırıyor gibiydi, çünkü köşeli figür ayağa kalkıp yol sandığını omuzladı. Juliette onu görmüştü, ona doğru ilk adımını atıyor, daha hızlı yürümeye başlıyor ve sonra koşuyordu. Genç adam tekneye bindi. Yolcu gemisi demir alıyor ve rıhtımdan ayrılıyordu. Kız daha hızlı koşmaya başlamıştı. Septimus, delikanlının onun bağırdığını duyduğunu sandı, ama kız, kırk beş, elli metre uzaktaydı. Kızın gemiye yetişemeyeceğini düşündü. Sonra gemiye binmiş olan delikanlı ayağa kalktı, o zaman kızın ona yetişeceğini anladı, gemi bekleyecek ve kendi çabaları boşa gitmemiş olacaktı. Septimus rıhtımda, her şeyi görebildiği yerden, Lemprière'in iskeleden yukarı koştuğunu görüyordu.

Sona yaklaşılmıştı. Belki, Coade'deki olaylardan sonraki bir zamanda olmuştu bu. Jaques kendisini önceden bir yana çekmişti. Bu kez kendisine açılmıştı. O, bu işin bir delilik olduğuna inanıyordu, çocuk onların hepsinden daha aklı başındaydı; o planlarının boşa gitmesinden çok, başarılı olmasından korkuyordu. Jaques'in dili açıldıkça kendisi dinliyordu. Jaques'in sinirleri bozulmuştu, adam çözülüyordu; ortakları mantıksız davranıyordu, Jaques onlara güvenmiyordu ve dahası vardı. Endişelerinin ardında yapmış olduğu ve yapmamış olduğu bir şey gizliydi, bunu söylemeyi istemiyordu. Ve o konuşurken Septimus, Jaques'in kararsızlığındaki dalgalanmaların yavaşça dindiğini ve önemsiz bir oyuncunun çevresinde durakladığını gözlemledi, kendisinin böylesine önemli olduğunu asla tahmin edemeyeceği bu oyuncu, Juliette idi.

Septimus kızın bir yemden, şu Lemprière'i dışarıya çekecek bir tuzaktan başka bir şey olmadığını sanıyordu. Ve kuşkusuz kendisi, De Verelerdeki o dondurucu gece, arşivin karanlığı içinde, işin içinde kendi eli olduğunun açığa çıktığı o gece, kentin içinde tiyatroya doğru hep izlemişti. Ama kızın Jaques için taşıdığı anlam daha başkaydı. Adam, on yedi yıl önce, Paris'te geçen bir geceden söz etmişti. O ve Charles Lemprière istekli kolların arasında kendilerinden geçmişlerdi. Charles yapmış ya da yapmamış olduğu şeylerin farkında olacak durumda değildi, sonradan hiçbir şey anımsamadığında arkadaşının tüm sözlerini doğru kabul etmişti. Ama Jaques her şeyi çok iyi anımsıyordu. Arkadaşını bulmak için merdivenleri tırmanmış ve kadını, yanında kendinden geçmiş durumda yatan Charles'le birlikte duyumsuz bir durumda bulmuştu. Ertesi sabah erkenden ketten ayrılmışlardı. Dokuz ay sonra, talepler Charles'in kapısına ulaşmaya başlamıştı. Ama baba olan Charles değildi, asla. Jaques'in gizi buydu.

Septimus başını sallayıp hiçbir şey söylememişti. Lemprière'in antik sözlüğü kendi yalancı rehberliği altında sürüp gidiyordu. Arkadaşının, onların tuzağına doğru sendeleyerek ilerlemesini izliyordu, delikanlı (aynı zamanda kendilerinin de olan) sözlüğünün üzerinde ter döküyordu ve bu süre içinde kız, bu Lemprière'in düşüncelerini dolduruyordu. Şaşkındı, saftı, sağduyudan yoksundu, kendisini inandırabilecek her yabancının elini arkadaş olarak kabul edebilirdi. Değerli bir hasım bile sayılmazdı. Kendisine aşırı güvenen bir Æeas'a yalancı bir Achates olmuştu. Lemprière, Domuzeti Klübü'ndeki gece, köprünün üzerinde ve yağmurun altında kendisine her şeyi anlatmıştı. Görevi son derece basitti ve ağ delikanlının çevresinde toplandıkça Septimus, kendi kendine bunun kendisini niçin rahatsız etmeye başladığını sormuştu. Coade'deki olaydan sonra arkadaşının acısını dindirmeye çalışan dost rolünü oynamıştı. Bu rol onu zayıflatmıştı ve sonunda, yavan sözler ve belirsiz yaklaşımlar içine girmişti. *Bir tür arkadaş...* Lemprière yüzüğü kitapçığın sayfalarındaki filigranı da haritanın üzerine yerleştirmiş ve Southampton Sokağı'ndaki odada kendisine bakan Rochelle'le karşılaşmıştı. Septimus, Lemprière'in arkasında harekete geçerken, amaç duygusunun geri çekilmekte olduğunu ve garip bir kırgınlıkla yer değiştirdiğini duyumsamıştı. O sırada niçin Jaques'in sözlerini, kızı ve bu umutsuz hayranını düşünmüştü? Kendisi güven dileyen kiralık bir elden başka neydi? Bu Lemprière'den, kendisiyle arkadaş olmasını hiç istememişti ki.

Opera Evi yanmıştı. Septimus kalabalığın arasında durduğu yerden delikanlının kızın yüzüne bakmak istediğini ve kızın ona yüz çevirdiğini görmüştü. Jaques ölmüştü, ama kendi ihaneti onları ayırıyordu. Kendi korumasında bulunan bu yalan onu ileriye doğru atılmaya zorluyordu, ama Lemprière'le yüz yüze gelemezdi. Sir John'un adamlarının delikanlıyı sürükleyip götürdüklerini gördü. Kız kendi çılgınlığı içinde yitip gitmişti. Onu izledi ve kızın dumanla lekelenmiş durumda sokaklarda dolaştığını gördü, kendisinin varlığıyla ilgilenmemişti. Onlar yenilgiye uğramış kumpasçıydılar, yalnızca suç ortaklıkları açısından birbirlerine benziyorlardı. Ancak gerçek, kendisini değil, ama kızı kurtarabilirdi.

"O Charles değildi, hiçbir zaman..." Kızın gözleri onun üzerine dikildi. Adam babasının adını söyledi ve kızın yüzü canladı. "O hep Jaques'dı..." Kızını aldatan baba; ve Septimus, belki Jaques'ın kendisinin böyle davranacağını tahmin etmiş olacağı gibi, bu yenilgiyi tersine çevirmişti. Kız geriye dönüp uzaklaştı ve o tek başına kaldı. Ama o Jaques için öne çıkmamıştı. Hatta kızı için bile değil.

Şimdi Lemprière rıhtımdan yukarıya koşuyordu. İkisinin çabucak kucaklaştıklarını, sonra dönüp gemiye doğru gittiklerini gördü. Kaptan bağırdı ve genç kız eğilip rıhtımın üzerinde duran bir şeyi aldı, bu bir kitaptı. Teknenin kıçına atladılar; halat atıldı ve yolcu gemisi nehrin içine kaydı. Birdenbire onlara, kendisinin burada olduğunu, onların birbirlerini bulduklarını bildiğini söylemek istedi. Elini salladı, ama ikisi birbirleriyle meşguldüler. Sular şimdi daha hızla yükseliyor, onları nehrin ortasına çekiyordu. Septimus, *Vineeta*'nın nehrin kıvrımına ulaşmasını izledi, ama âşıklar başlarını kaldırıp bakmadılar. Nehrin uzak kıyısı kendi görüş alanının dışındaydı, gemi onun arkasında gözden uzaklaşırken, orası artık kapanmakta olan bir kapıydı. Nehrin yüzeyi şimdi cansız ve yağlı görünüyordu. Septimus bulunduğu yerde dikilmiş duruyor, hâlâ uzaklaşmakta olan geminin ardından bakıyordu. Öteki gemiler onu izliyor, Thames'ın akıntısı onları nehirden aşağı sürüklerken birbirlerinin üzerine yığılıyordu. Adamın gözleri bu çıkışı izlerken bir o yana, bir bu yana gidip geliyordu. Nehir onları sürükleyip götürdü. Gitmişlerdi. Döndü ve kendisini kente geri götürecek olan yola doğru yürüdü.